謝冰瑩　邱燮友
林明波　左松超
應裕康　黃俊郎
傅武光　黃志民
注譯

（增訂五版）

新譯

# 古文觀止

三民書局

# 刊印古籍今注新譯叢書緣起

劉振強

人類歷史發展，每至偏執一端，往而不返的關頭，總有一股新興的反本運動繼起，要求回顧過往的源頭，從中汲取新生的創造力量。孔子所謂述而不作，溫故知新，以及歐洲文藝復興所強調的再生精神，都體現了創造源頭這股日新不竭的力量。古典之所以重要，古籍之所以不可不讀，正在這層尋本與啟示的意義上。處於現代世界而倡言讀古書，並不是迷信傳統，更不是故步自封，而是當我們愈懂得聆聽來自根源的聲音，我們就愈懂得如何向歷史追問，也就愈能夠清醒正對當世的苦厄。要擴大心量，冥契古今心靈，會通宇宙精神，不能不由學會讀古書這一層根本的工夫做起。

基於這樣的想法，本局自草創以來，即懷著注譯傳統重要典籍的理想，由第一部的四書做起，希望藉由文字障礙的掃除，幫助有心的讀者，打開蘊蓄於古老話語中的豐沛寶藏。我們工作的原則是「兼取諸家，直注明解」。一方面熔鑄眾說，擇善而從；一方面也力求簡明可喻，達到學術普及化的要求。叢書自陸續出刊以來，頗受各界的喜愛，使我們得到很大的鼓勵，也有信心繼續推廣這項工作。隨著海峽兩岸的交流，我們注譯的成員，也由臺灣各大學的教授，擴及大陸各有專長的學者。陣容的充實，使我們有更多的資源，整理更多樣化的古籍。兼採經、史、子、集四部的要典，重拾對博雅器識的重視，將是我們進一步的工作目標。

古籍的注譯，固然是一件繁難的工作，但其實也只是整個工作的開端而已，最後的完成與意義的賦予，全賴讀者的閱讀與自得自證。我們期望這項工作能有助於為世界文化的未來匯流，注入一股源頭活水；也希望各界大雅君子不吝指正，讓我們的步伐能夠更堅穩地走下去。

# 增訂五版序

同人於民國六十年出版了《新譯古文觀止》，幾十年來迭經修訂，以求與時俱進，精益求精。今年再次做了大幅的增訂。此次增訂，在既有的基礎上，力求更能配合時代脈動、讀者需求，因此特別再加強題解、注釋、語譯和研析四部分的工作。

題解是講明文章出處、命題緣由、篇題大意，以及該文寫作的時空背景、重點、主旨等。相關敘述前此或在注釋交代，或在研析提及，此次增訂，乃以「題解」一欄列在每篇選文之前，可以讓讀者在閱讀該文前，先有一初步之認識。相信對於閱讀、理解與賞析，會有更好的幫助。

注釋是了解文章的基礎，注釋的文字應力求與當代語言一致，方能有其效果。因此，此次在注釋行文上，更力求語意明晰，體例一致。另外，以閱讀習慣而言，讀者對本書未必從頭到尾依序閱讀，因此有些詞語就不避重出。

語譯是讀者掌握原文意旨的重要依據。譯事三難：信、達、雅，既要不失原作意旨，又要保持其神采精魂，然後卻要呈現給當代讀者，此即其難處之所在。此次語譯部分，原則仍採直譯，以求其信；但力求其通順、流暢，期使更具有可讀性，甚至可當範文來閱讀，以對讀者有最大的幫助。我們自信做得相當努力，也有著相當的成果可以貢獻給讀者。

研析部分側重在全文意旨、段落大意的分析，以使讀者更能掌握全文的脈絡；另外，讀古文的目的，不外陶冶性情，增長見識，加深思想，其主體是讀者，而讀者是當代的人，因此，對於文章所呈現的思想感情，除將它放在作者的時空環境去詮釋，還特別著重以今人觀點去進行批判，或做引申發揮。

這樣的作法是否合適，是否能對讀者真有助益，還望學界先進、廣大讀者不吝賜教。

編輯委員會　謹識

# 新譯古文觀止 目次

## 卷二 周文



## 卷三 周文

### 國語



### 公羊傳

## 卷五　漢文



## 卷六　漢文

卷七 六朝唐文

卷八　唐文

## 卷九　唐宋文

## 卷一〇 宋文



蘇　洵



蘇　軾



## 卷一一 宋文

## 卷一二 明文

# 導讀

## 一、源遠流長的「古文」

自從唐代韓愈、柳宗元等人以古文倡導天下，「古文」這個名詞遂被用來指稱一種文體。最初，韓、柳所說的「古文」，指的是先秦、兩漢的散文，其後，此一概念擴大為凡以「古文」為典範的散文作品，也都稱為「古文」。所以，簡單地說，「古文」的基本概念就是散文。散文而冠以「古」字，目的在於和「時文」區隔，而韓、柳面對的「時文」是六朝到初唐盛行的駢體文，明、清「古文」家面對的是科舉考試的八股文。

依循「古文」即指散文的概念，追溯其發展脈絡，則可大致分為先秦、兩漢、魏晉南北朝、唐宋、明清等五個時期。

㈠先秦　先秦是中國散文的成熟期和第一個繁榮期，《尚書》則是中國的第一部散文集。《尚書》中的〈盤庚〉三篇，記錄商代中興賢主盤庚向臣民說明必須遷都至殷的三次講演，它的文字古奧精簡，譬喻生動，是中國現存最古的散文。《尚書》從漢朝以來被歸入經部，其書大都是記言性質，有誓辭，有講演，有對話，以今日眼光來看，可視為保存史料的歷史散文。其後的《春秋》、《左傳》、《國語》、《戰國策》，記載春秋、戰國時代各國的政治、軍事、外交活動和重大事件，以及遊走於各國的策士、說客的言論，皆可歸之於歷史散文一類。此外，面對春秋、戰國時代急劇的社會變動，以及不停息的攻伐戰爭，諸子百家蠭起，他們各有所思、各有所見，或抒發理想、或闡述道理，於是又有哲理散文一脈。《老子》、《論語》、《墨子》、《孟子》、《莊子》、《荀子》、《韓非子》等，皆可歸之於哲理散文一類。

清代章學誠的《文史通義・詩教上》說：「蓋至戰國而文章之變盡，至戰國而著述之事專，至戰國而後世之文體備。」不論思想內容、形式技巧或語言風格，先秦散文都為後代奠定了深厚的基礎，成為中國散文取之不盡的源頭活水，其影響久遠而廣泛。

㈡兩漢　兩漢散文繼先秦而有更進一步的發展。先秦哲理散文在當代政治、經濟、社會各方面的具體條件之下而勃興，其所呈現的思想、所闡發的道理，也都以現實為觸發，兩漢政論散文以此為基礎，綜合儒、道、法三家的思想，更進一步與時代脈動緊密聯繫，發揮其經世濟民的功能。賈誼的〈論積貯疏〉、〈過秦〉、〈治安策〉，鼂錯的〈言兵事疏〉、〈論貴粟疏〉，鄒陽的〈獄中上梁王書〉，桓寬的《鹽鐵論》，王符的《潛夫論》，崔實的《政論》，仲長統的《昌言》，大都內容具體豐富，立論精當嚴密，語言樸實渾厚。歷史散文一脈，先秦以《左傳》成就最高，文字簡練而生動，敘述曲折而有致，唐劉知幾《史通・雜說上》說它「殆將工侔造化，思涉鬼神，著述罕聞，古今卓絕」，可謂推崇備至。司馬遷的《史記》承此基礎而有更為宏觀的視野，更為進步的人文精神，更為壯闊的氣勢。《史記》不僅是文學和史學的名山之作、不朽典範，更是司馬遷一生理想、熱情和血淚的結晶，唐、宋以迄明、清的散文作家，都深受其人、其文的影響。兩漢歷史散文的名著尚有班固的《漢書》，其書斷取西漢一代，對於後代正史之體例有其影響，所可注意的是在文字方面，《漢書》較諸《史記》喜用古字，尚藻飾，用排偶，已可部分看出六朝文風的端倪。

大抵先秦、兩漢的散文，或記載、詮釋歷史，或針砭、議論當代，或為解決問題而發，或為陳述理想而著，其動機、其目的本不在於文，故各家散文，各有其本色精光，這就是唐、宋以來散文作家孜孜以「古文」為典範而大力提倡的基本原因。

㈢魏晉南北朝　魏晉南北朝時期是春秋、戰國之後，中國歷史上第二個社會大變動的時期。二者之不同在於春秋、戰國時期為封建解體和國家形成的過渡階段，是一個由分而合的過程；魏晉南北朝是在大一統的漢帝國崩潰後的分裂時期。不同的歷史狀態、走向決定了不同的文學品味和風氣。春秋、戰國時期的散文可說是一個記載歷史或發表哲理的工具或手段，而魏晉南北朝時期的散文雖仍不脫工具、手段的性質，但它卻找到了一個不屬於歷史或哲理的目的——美。因為追求美，所以講究形式，注重辭藻，而個人情感的元素也顯然加重了許多。故大體而言，此一時期的文風，傾向於精緻細膩，不似兩漢散文的雄偉壯闊或事理賅洽。最足以代表此期文風的是以表現山水之美為目的的山水散文。山水是自然的，政、經、社會是人為的；面對人為種種的混亂脫序，文人企圖從山水之美尋找寄託、慰藉，這是可以理解的。

此一時期的山水散文，可以北魏酈道元的《水經注》和楊衒之的《洛陽伽藍記》為代表。《水經注》文字精美、文筆流暢，呈現雄奇秀麗的山水景致，生動而有韻味，對於後代的山水遊記影響極大；《洛陽伽藍記》記洛陽的佛寺園林，文字簡潔，辭采豐美，而記述詳實，可與史實參證。此外，一些山水小品，往往字句清麗，意境高遠，趣味雋永，充分表現此一時期文人的心態。

㈣唐宋　唐代結束了魏晉以來長期的分裂和動亂，締造了繼漢之後中國第二個大一統的帝國。唐帝國之不同於漢者，在於其文化包容力較強，因此魏晉以來的佛、老思想以及唯美文風依然持續。一直到中唐，韓愈有見於帝國衰象已露，企圖透過文學的復古運動，恢復儒術獨尊的主流地位，以挽狂瀾，故所謂古文運動，乃以文學復古為表，以思想和文化的復古為裡。

韓愈對散文的基本主張有三：其一，儒家思想是文學的指導，文學的目的在於闡發儒家思想；其二，文學創作是「不平則鳴」（韓愈〈送孟東野序〉）；其三，文學語言貴獨造，「惟陳言之務去」（韓愈

〈答李翊書〉），應做到「文從字順各識職」（韓愈〈南陽樊紹述墓志銘〉）。至於韓愈的散文，語言明快暢達，文氣充厚貫注，不論論說、敘事、抒情，皆有極高的成就。古文運動的另一倡導者柳宗元則以山水遊記及寓言短文，提供了散文優於駢文的實證。柳宗元山水遊記藉山水以寫自身遭遇和感慨；寓言短文則短小警策，或評時政，或諷人性，皆犀利而又深遠。

宋代歐陽脩以繼承韓愈為職志，領導當代古文運動，有門生、故舊三蘇父子、王安石、曾鞏等人為之羽翼，形成一強而有力的文學集團。此六人與唐代韓、柳合稱八大家，在中國散文史上有其堅固不可動搖的地位。整體而觀之，八大家的散文是唐、宋散文的傑出者、代表者，其文兼有歷史散文之事、哲理散文之理以及魏晉南北朝散文之情，三者全備，而散文之能事至此已到極峰。

(五)明清　明清為中國古典文學的最後階段。在金元散文不振，作家沉寂之後，明清散文有著復興的氣象。由於長期的歷史積累，明清散文作家面對汗牛充棟的經典作品，如何學習借鑑，遂成為一個必須討論的命題。明代前、後七子的「文必秦漢」，歸有光、唐順之等人的師法唐宋，清代桐城派的講求「義法」，宗主雖有不同，心態卻是一致的。另外，由於王陽明心學的影響，強調個人尊嚴、個性解放的浪漫思潮盛行於晚明，加上晚明政局的動盪、對外關係的挫折，於是強調抒發性靈、講求超逸品味的文學主張出現，與上述或尊秦漢、或法唐宋的作風，迥異其趣，公安派袁宗道、袁宏道、袁中道三兄弟的論文主張和散文風格，可為代表。

此一時期值得特別注意的文類有二：其一是小品文。小品文在魏晉南北朝時期已有相當好的創作成績，但其題材大都限於山水遊記，明清小品則題材擴大到生活的各方面，風格也呈現多樣的面貌。其二是傳記文。傳記文的人物，從市井到朝堂，或記事，或抒情，或議論，皆各有一段精光，不可磨滅。

## 二、溝通古今的工作

在中國散文悠久綿長的歷史過程中，不論題材、手法、風格，都呈現多樣多元的特色；不同時代、不同流派、不同作家，彼此激盪、相互借鑑，創造出相當豐富的遺產，留下極為寶貴的創作經驗，可供後人欣賞學習。但由於時空的懸隔，近代中國社會的急遽西化，使得今日的中國人，由陌生隔閡而畏懼排斥它們，從經驗傳遞和文化創新的角度來看，這是一個相當令人憂心的現象。

其實，文章的內涵不外乎情、理、事，情、理、事的表達，不外乎行文與結構。基本上，一篇好的文章，或蘊含人間至情，能使人沉吟低迴、心弦盪漾，因而容易感人；或揭示宇宙至理，使人觸類興發、心智靈明，因而容易服人；或記載典型事件，使人見賢思齊、遷善改過，因而容易教人。具備如此內容，加上行文的繁簡適度、清新流暢，結構的條理分明、波瀾起伏，便是天地間絕佳的文章。因此，文章只有好壞之分，而沒有古今之別。一個希望從事文學創作的人，必然要經過學習、模仿的階段，多方面學習前人的優秀作品，最後才能建立自己的風格；古典作品的閱讀、體會，絕對有助於創作水準的提高。一個並不想從事文學創作的人，也應該期許自己是一個高水準的讀者，而古典作品的閱讀、欣賞，絕對有助於欣賞品味的提昇。

道理極為淺顯易知，但問題的癥結仍在。因此，如何消除古文和當代讀者之間的隔閡，縮短其時空距離，便是從事古典文學研究的工作者無可旁貸的責任了。

古文遺產要繼承，然而中國古典散文作品，汗牛充棟、浩如煙海，窮個人畢生精力，亦難窺其全豹。就廣大讀者而言，一本優質的古文選本，應該是極為迫切的需求。但即就選本而言，自《昭明文選》以來，亦所在多有，為數不少，足以令人目眩神迷，不知所從。作為一本適合當代讀者閱讀條件的入門選本，同人認為它必須：(1)包含先秦以來優秀的散文作品，使讀者能把握中國古典散文的大體輪廓；(2)博采各類文體、不同作家的代表作品，不能局限於一家一派的成見；(3)其中的情、理、事，能提供讀者借古鑑今的助益；(4)篇幅不長，文字障礙不大。基於這樣的考量，同人選擇了清初康熙年間浙江省山陰縣人吳楚材、吳調侯叔姪的《古文觀止》為範本。此書凡十二卷，上起東周，下迄明末，凡二百二十二篇，中間除極少數的駢文名作和散文化的辭賦，餘均為散文作品。此書自康熙三十四年（西元一六九五年）問世以來，風行各地，雅俗共賞，家喻戶曉，影響之廣泛深遠，遠超過姚鼐《古文辭類纂》、曾國藩《經史百家雜鈔》，其原因即如上述。

其次，閱讀障礙必須消除，於是同人在民國六十年即出版了《新譯古文觀止》，以今注今譯的形式，希望能對當代讀者閱讀、欣賞古文，略盡棉薄。四十年來，本書曾經陸續修訂，其間大規模而全面的修訂，除此次外，尚有民國七十六年、八十六年兩次。這樣的不厭其煩，乃基於同人精益求精的一貫精神，力求配合時代脈動、讀者需求，以回饋長期以來廣大讀者、學界先進的不斷支持和教益。

對於這部書，同人首先依據原書所選篇章，重新做一次校勘的工作，找各專書專集的善本來校訂。例如《左傳》、《公羊傳》、《穀梁傳》、《禮記》的選文，用南昌重刊本的十三經來校訂；《國語》、《戰國策》、《史記》的選文，用《四部叢刊》或其他善本、武英殿的版本來校訂；其他各家的文章，用收於《四部叢刊》或其他善本的該家文集來校訂。這樣做的目的，在於恢復文章的原貌，作為正確理解文章、欣賞文章的基礎，不致於以訛傳訛，曲解作者原意。校訂本文之後，再進行下列的工作：

(1)進行本文的分段、標點，並加注讀音。
(2)介紹作者的生平傳略。
(3)進行文章的解題。
(4)注釋生難、重要字詞。

(5)語譯全文。

(6)賞析文章旨意、思想、結構、技巧。

老王賣瓜，雖不免自誇之嫌，同人的苦心經營，自認為可向讀者交代的，卻也不能不說：

(1)分段、標點，完全依循原文的表現形式、全文的思想脈絡，條理清晰，能正確反映原作的精神面貌。全文逐字加注讀音，方便閱讀。

(2)作者生平傳略，使用簡潔的文字，概括作者一生的重點，所處的時代背景，有「知人論世」的功能。

(3)題解扼要解說全文背景意旨，可以迅速了解文章全豹，掌握閱讀重點。

(4)注釋的文字，淺顯易懂，體例一致，不致造成誤解或甚至注釋比原詞更為艱深難解。

(5)語譯原則上採用直譯，但亦兼顧現代的語言習慣，做到流暢通順，具有相當高的可讀性。

(6)研析部分可以幫助讀者進一步了解文章的精妙，從中學習寫作的方法、技巧；對於文章所顯示的經驗、思想，或從歷史的角度，或以現代的觀點，進行評論，既提示解讀文章的方法，也可以使「古為我用」，在古人的基礎上，提升吾人的人生境界、思想深度。

## 三、對讀者的誠懇建議

我們的心力已經付出，我們的成果已經問世；當然，我們秉持精益求精的一貫精神，衷心期待讀者諸君的批評指教。在與讀者諸君共享這成果的同時，我們建議在閱讀本書各篇文章時：

㈠誦讀它　古人為文，頗重視文字的抑揚頓挫；有些文章，尤其是以抒情為主的文字，作者喜怒哀樂、悲歡離合的情感起伏，往往蘊藏在音節變化之中。這些精妙細膩之處，正是作者內心世界的奧祕，光憑眼觀，往往不能深刻體會，必須口誦，方能察覺。因此，誦讀它。這時，你會與作者同其憂樂，在心靈上獲得尚友古人、與古人對話的樂趣。

(二)批判它　如果說誦讀的建議是為了深入文章的肌理，以獲致情感的共鳴，批判就是為了跳出文章的藩籬，保持閱讀者的主體性靈明。所謂「橫看成嶺側成峰，遠近高低各不同。不識廬山真面目，只緣身在此山中」（蘇軾〈題西林壁〉），深入其中固然可發現其精妙，但它究竟是古人的文理、古人的觀點，這樣的文理、這樣的觀點，我既已經了解，但它是否能為我所用，是否適合現代社會，卻也是讀者所必須冷靜思考的。我們當然必須向古人學習，但卻不可以被誤導、被牽著鼻子走，否則我們如何立足、存活且在當代社會能自我實現？因此，批判它。這時，你會更深一層的了解那篇文章；這時，古人的成功能為你所用，古人的失敗卻不會讓你重蹈。

我們誠懇地提出這樣的建議，目的在於期待讀者和我們共同成長，一起進步。

# 卷一 周文

## 左傳

《左傳》，春秋時代魯國太史左丘明所作，經後人增益而成。一般認為《左傳》是解釋孔子《春秋》經的書，和《公羊傳》、《穀梁傳》合稱「春秋三傳」，但也有人認為這是一部自成一家之言的史書，並不是為解釋《春秋》經而作的。

《左傳》編年記載春秋時代的史事，以魯國為中心，從魯隱公元年（西元前七二二年）起，歷隱公、桓公、莊公、閔公、僖公、文公、宣公、成公、襄公、昭公、定公、哀公十二君，至魯哀公二十七年（西元前四六八年）止，共二百五十五年。此書提供了春秋時代列國在政治、經濟、軍事、文化各方面的豐富史料，也為後代敘事散文提供了優良的典範，對後代散文作家有著深遠的影響。

東漢以來，為《左傳》作注解的很多，以收在十三經注疏中的《春秋左傳注疏》最為通行，此書為晉杜預注、唐孔穎達疏。

### 鄭伯克段于鄢

隱公元年

**【題解】**本文選自《左傳》魯隱公元年（鄭莊公二十二年、西元前七二二年），篇名據《春秋》經文句而訂。

鄭伯，指春秋時代鄭國國君鄭莊公。姓姬，名寤生，在位四十三年（西元前七四三～前七〇一年）。鄭國為伯爵諸侯，故稱鄭伯。克，戰勝。段，鄭莊公的同母弟。鄢，鄭國邑名，在今河南鄢陵北。魯隱公元年六月，鄭莊公出兵，在鄢邑打敗了弟弟段，段逃亡到共。《春秋》經只用「鄭伯克段于鄢」六個字記載這一事件，《左傳》則一方面詳述事件始末，一方面闡發經文的微言大義，進而批判了鄭國王室母不慈、子不孝、兄不友、弟不恭的弊病，表現出作者「正名」和「孝慈」的倫理觀念。

初，鄭武公❶娶于申❷，曰武姜❸，生莊公及共叔段❹。莊公寤生❺，驚姜氏，故名曰寤生，遂惡之。愛共叔段，欲立之，亟❻請於武公，公弗許。及莊公即位，為之請制❼。公曰：「制，巖❽邑也，虢叔❾死焉。他邑唯命❿。」請京⓫，使居之，謂之京城大叔。

祭仲⓬曰：「都城⓭過百雉⓮，國之害也。先王之制，大都不過參國之一⓯；中，五之一；小，九之一。今京不度⓰，非制也。君將不堪。」公曰：「姜氏欲之，焉辟害⓱？」對曰：「姜氏何厭⓲之有？不如早為之所⓳，無使滋蔓⓴；蔓，難圖也。蔓草猶不可除，況君之寵弟乎？」公曰：「多行不義必自斃，子姑待之。」

既而大叔命西鄙㉑、北鄙貳㉒於己。公子呂㉓曰：「國不堪貳，君將若之何？欲與大叔，臣請事之；若弗與，則請除之，無生民心㉔。」公曰：「無庸㉕，將自及。」大叔又收貳㉖以為己邑，至于廩延㉗。子封曰：「可矣！厚㉘將得眾。」

公曰：「不義不暱㉙，厚將崩。」

大叔完聚㉚，繕㉛甲兵，具卒乘㉜，將襲鄭。夫人將啟㉝之。公聞其期，曰：「可矣。」命子封帥車二百乘以伐京。京叛大叔段，段入于鄢，公伐諸鄢。五月辛丑㉞，大叔出奔共。

書㉟曰：「鄭伯克段于鄢。」段不弟，故不言弟。如二君，故曰克。稱鄭伯，譏失教也。謂之鄭志㊱，不言出奔，難㊲之也。

遂寘㊳姜氏于城潁㊴，而誓之曰：「不及黃泉㊵，無相見也。」既而悔之。潁考叔㊶為潁谷㊷封人㊸，聞之，有獻於公。公賜之食，食舍肉。公問之，對曰：「小人有母，皆嘗小人之食矣，未嘗君之羹㊹，請以遺㊺之。」公曰：「爾有母遺，緊㊻我獨無。」潁考叔曰：「敢問何謂也？」公語之故，且告之悔。對曰：「君何患焉？若闕㊼地及泉，隧㊽而相見，其誰曰不然？」公從之。

公入而賦㊾：「大隧之中，其樂也融融。」姜出而賦：「大隧之外，其樂也泄泄㊿。」遂為母子如初。

君子曰：「潁考叔，純(51)孝也！愛其母，施(52)及莊公。《詩》曰：『孝子不匱，永錫爾類(53)。』其是之謂乎！」

【注　釋】❶鄭武公　春秋時代鄭國的國君。名掘突，武是其諡號。鄭國原為周宣王之弟友的封國，在今陝西華縣東，春秋之鄭為武公所建，都新鄭（今河南新鄭）。❷申　國名。在今河南南陽北，春秋時代初期，為楚文王所滅。❸武姜　鄭武公之妻。武為其夫之諡號，姜為其母家之姓氏。❹共叔段　鄭武公之子，名段。共是國名，後為衛所併，在今河南輝縣。叔是排行，古代以伯仲叔季排行，此處表示其小於莊公。段後來出奔到共，故稱共叔段。❺寤生　難產的一種。胎兒出生時腳先出來。寤，同「牾」。牾，「牾」的訛字。逆；倒著。❻亟　屢次。❼制　鄭國邑名。即虎牢，原為東虢之地，在今河南汜水縣西。❽巖　險要。❾虢叔　東虢的國君。虢，國名，有東虢、西虢、北虢。東虢在今河南滎陽東北，東周平王四年（西元前七六七年）為鄭武公所滅。❿唯命　「唯命是從」的省略。意思是一定聽從命令。⓫京　鄭國邑名。在今河南滎陽東南。⓬祭仲　鄭國大夫。祭是其食邑，在今河南中牟，仲是其字。⓭都城　都邑的城牆。都，指諸侯分封給子弟或卿、大夫的食邑。⓮雉　高一丈，長三丈。⓯參國之一　國都城牆的三分之一。鄭國為伯爵之諸侯國，其國都城牆三百雉，三分之一為百雉。⓰不度　指城牆長度不合規定。度，規矩。⓱焉辟害　如何避免禍害。辟，同「避」。⓲厭　滿足。⓳所　處置；安排。⓴滋蔓　滋長蔓延。㉑鄙　邊地。㉒貳　兩屬。此指同時聽命於鄭莊公及大叔。㉓公子呂　鄭國大夫。即下文子封。㉔無生民心　別使人民有二心。㉕無庸　不用；不必。庸，用。㉖貳　指西鄙、北鄙二地，前已兩屬者。㉗廩延　鄭國邊邑名。在今河南延津北。㉘厚　指土地擴大。㉙暱　親附；愛戴。㉚完聚　修城郭、積糧草。㉛繕　整修、製造。㉜具卒乘　準備步卒、兵車。春秋時兵車一車四馬為一乘，甲士三人，步卒七十二人。一說：一車用甲士十人。㉝啟　開城門。㉞五月辛丑　即五月二十三日。㉟書　寫；記載。此指《春秋》經之記載。㊱鄭志　鄭莊公的意圖。㊲難　不容易；不方便。《左傳》以為《春秋》經記某人「出奔」，是以此人為有罪，今段固然有罪，而鄭莊公實亦有罪，如言段「出奔」，似專歸罪於段，故不言「出奔」，乃因難以下筆。㊳寘　安置。㊴城潁　鄭國邑名。在今河南臨潁西北。㊵不及黃泉　不到墓穴。即不到死後。黃泉，墓穴之代稱。古人以為天玄地黃，泉在地下，故曰黃泉。㊶潁考叔　鄭國大夫。㊷潁谷　鄭國邑名。在今河南登封西南。㊸封人　管理邊疆的官。封，疆界。㊹羹　帶汁的肉。㊺遺　呈獻；贈送。㊻繄　發語詞。㊼闕　通「掘」。㊽隧　地道。㊾賦　賦詩；作詩。㊿泄泄　和樂的樣子。(51)純　大。(52)施　推及。(53)孝子不匱二句　語出《詩經・大雅・既醉》。錫，賜予。

【語　譯】當初，鄭武公從申國娶來的夫人，叫做武姜，生下莊公和共叔段。莊公出生時腳先出來，嚇著了姜氏，所以取名寤生，並且因此而討厭他。武姜偏愛共叔段，想要立他為太子，屢次向武公請求，武公都不答應。等到莊公即位，武姜替共叔段請求分封在制邑。莊公說：「制，是形勢險要的地方，從前虢叔因此而死。要是別處，我一定聽從命令。」武姜又請求京邑，莊公就把京邑封給段，鄭國人稱他為京城大叔。

祭仲說：「都邑城牆超過三百丈，是國家的禍害。先王的制度，大邑城牆不超過國都的三分之一，中邑不超過五分之一，小邑不超過九分之一。現在京邑城牆長度超過規定，不合先王的法度。君王將無法承受。」莊公說：「是姜氏要這樣的，我該如何避害呢？」祭仲回答說：「姜氏哪有滿足的時候？不如早作處置，不要讓他繼續滋長蔓延；一旦蔓延就難對付了。蔓延的野草尚且無法剷除，何況是君王寵愛的弟弟呢？」莊公說：「多行不義一定會自取滅亡，你等著瞧吧！」

不久，大叔命令西鄙、北鄙也要同時接受他的命令。公子呂說：「一國不能忍受有兩個君王，君王有什麼打算呢？如果要讓位給大叔，臣就請求去事奉他；如果不讓，就請除掉他，別使人民有二心。」莊公說：「用不著，他會自取其禍的。」大叔又進一步把西鄙、北鄙據為己有，並且擴大到廩延。子封說：「可以下手了。再擴大下去他就會得到人民的歸附了。」莊公說：「他多行不義，人民不會親附他，勢力擴大就會崩潰。」

大叔修城郭、積糧草，整補軍備，充實軍隊，準備偷襲鄭國。武姜打算開城作內應。莊公得知進兵的日期，說：「可以了。」就命子封率領兩百輛兵車討伐京城。京城人民背叛大叔段，段退入鄢，莊公又討伐鄢。五月辛丑，大叔逃到共國。

《春秋》經記載說：「鄭伯克段于鄢。」段不敬兄長，所以不稱弟。兄弟如同兩國之君對敵，所以稱克。稱莊公為鄭伯，是譏諷他不教導弟弟。認為鄭莊公本來就有殺弟的意圖，所以不說出奔，這是因為難以下筆。

於是莊公把姜氏安置到城潁，並且發誓說：「不到黃泉，不再相見。」不久卻又後悔。潁考叔是潁谷的封人，聽到了這事，就藉著進獻貢物去見莊公。莊公賜他食物，他把肉放在一邊不吃。莊公問他，他回答說：「小人家有母親，嘗過小人所有的食物，就是沒嘗過君王所賜的肉羹，請讓小人帶回去給她。」莊公說：「你有母親可送，偏偏我卻沒有！」潁考叔說：「請問這是什麼意思呢？」莊公就告訴他原因，並且表示自己的後悔。潁考叔回答說：「君王有什麼可憂慮的？如果掘地見泉，在地道中相見，有誰敢說不對？」莊公就照他的話做了。

莊公進入地道，賦詩說：「大地道中，其樂融融。」武姜走出地道，賦詩說：「大地道外，心情愉快。」於是恢復母子之情。

君子說：「潁考叔真是大孝啊！他愛自己的母親，又影響了莊公。《詩經》說：『孝子的心無乏匱，永遠賜福你族類。』說的就是這種情況吧！」

【研　析】本文可分八段。前四段記敘鄭莊公和共叔段兄弟鬩牆，以致兵戎相見的來龍去脈。過程中，武姜因私心偏愛而請求廢長（莊公）立幼（共叔段）、請求分封（巖邑——制、大都——京）、準備作內應，這對莊公而言是不慈；共叔段因狂妄無知而據大都、收邊邑、準備襲鄭，這對莊公而言是不恭；而莊公靜以制動、養弟之惡，最後一擊再擊，趕盡殺絕地將段逐出鄭國，這對武姜而言是不孝，對共叔段而言是不友。這四段，以記事之筆從反面強調了「正名」和「孝慈」。第五段是對經文微言大義的闡發。第六、七兩段記「克段」之後，莊公逐母、母子和好的經過，從側面強調了「孝慈」。武姜不慈在先，莊公不孝隨之，二者的矛盾到「遂寘姜氏于城潁」為極點。莊公逐母之後，雖然「既而悔之」，卻必須潁考叔的獻策，在保全顏面的前提下，隧見母親，這顯示他的後悔恐非出於天倫之情，而有著統治利益的虛偽成分在，所以末段「君子曰」所稱讚的是潁考叔而非莊公，這正是一種意在言外的「春秋筆法」。

本文最大的優點在於：一、有史觀而非僅為史料的堆砌。相較於《公羊傳》、《穀梁傳》的記載，即可昭然得知。二、人物性格深刻而生動。莊公的陰狠、武姜的私心、共叔段的狂妄，透過他們的言語、動作，可說是躍然紙上。三、脈絡分明而不紊亂。全文將重心放在莊公、武姜、共叔段的主要矛盾——君位爭奪的攻防，再配以次要人物的襯托，使得全文所及雖是綿亙二十餘年的紛爭，卻能以條理清晰的面貌呈現在讀者面前。

# 周鄭交質

隱公三年

【題解】本文選自《左傳》魯隱公三年（周平王五十一年、西元前七二〇年），篇名據傳文內容而訂。周，指東周王室。鄭，指鄭國。交質，交換人質。東周平王時，鄭莊公擔任天子卿士，掌握政務。後來因為平王想分散鄭莊公的權柄，導致鄭莊公不滿，雙方雖以交換人質來示信，但終於還是彼此交惡。本文記敘這一件事，重點在強調君臣皆須本於誠信，遵照禮制，才能和諧無間。

鄭武公、莊公❶為平王❷卿士❸。王貳❹于虢❺，鄭伯❻怨王。王曰：「無之。」故周、鄭交質❼，王子狐❽為質於鄭，鄭公子忽❾為質於周。王崩，周人將畀❿虢公政。四月，鄭祭足⓫帥師取溫⓬之麥；秋，又取成周⓭之禾⓮。周、鄭交惡。

君子曰：「信不由中⓯，質無益也。明恕而行，要⓰之以禮，雖無有質，誰能間⓱之？苟有明信，澗谿沼沚⓲之毛⓳，蘋蘩薀藻⓴之菜，筐筥㉑錡釜㉒之器，潢汙㉓行潦㉔之水，可薦㉕於鬼神，可羞於王公，而況君子結二國之信，行之以禮，又焉用質？〈風〉㉖有〈采蘩〉、〈采蘋〉㉗，〈雅〉有〈行葦〉、〈泂酌〉㉘，昭忠信也。」

【注釋】❶鄭武公莊公　見前篇〈鄭伯克段于鄢〉。❷平王　東周平王。西周幽王之子，名宜臼，平是其謚號，在位五十一年（西元前七七〇～前七二〇年）崩。幽王為犬戎所殺，諸侯迎立平王在洛陽即位，是為東周。❸卿士　指執掌政權的卿。❹貳　兩屬。此指將鄭莊公任卿士的政務分一半給西虢公。❺虢　指西虢公。東周時，其封地在今河南陝縣境。❻鄭伯　指鄭莊公。鄭國為伯爵之諸侯國，故稱。❼交質　交換人質。用來表示互信。❽王子狐　周平王之子。❾公子忽　鄭莊公之子。❿畀　給予。⓫祭足　即鄭國大夫祭仲。祭是其食邑，字仲，名足。⓬溫　周邑名。在今河南溫縣。⓭成周　即洛陽。東周都城。⓮禾　五穀的總稱。⓯中　內心。⓰要　約束；節制。⓱間　離間。⓲沚　小沙洲。⓳毛　草。⓴蘋蘩薀藻　浮萍、白蒿、水草、水藻。㉑筐筥　皆竹器。方形為筐，圓形為筥。㉒錡釜　皆鼎屬。有足為錡，無足為釜。㉓潢汙　池中的積水。潢，水池。汙，水不流動。㉔行潦　路旁的積水。行，道路。潦，積水。㉕薦　進獻。下「羞」字同。㉖風　指《詩經・國風》。㉗采蘩采蘋　《詩經・國風・召南》兩篇名。二詩詠採蘩、採蘋以供祭祀。㉘行葦洞酌　《詩經・大雅》兩篇名。行葦義取忠義，洞酌義取雖行潦，亦可供祭祀。

【語譯】鄭武公、莊公相繼擔任東周平王的卿士。平王想把卿士的政務分一半給西虢公，莊公埋怨平王。平王說：「沒有這回事。」因此周鄭交換人質，平王的兒子狐到鄭國做人質，莊公的兒子忽到周做人質。

平王死後，周人準備把政務分給西虢公。四月，鄭國大夫祭足領兵強割了溫邑的麥子；秋天，又強割了洛陽的穀子。從此，周鄭便互相仇視。

君子說：「信誓如果不是發自內心，即使交換人質也沒有用。如果心存誠意、彼此諒解，再用禮來約束，雖然沒有人質，又有什麼能離間他們呢？如果真有誠信，即使是山澗、溪谷、池沼、沙洲的野草，浮萍、白蒿、水草、水藻的野菜，方形的筐、圓形的筥、有足的錡、無足的釜這些器具，池中和路旁的積水，都可以用來祭祀鬼神、獻給王公。何況是在位君子，締結兩國的信約，按照禮制行事，又何必交換人質呢？〈國風〉有〈采蘩〉、〈采蘋〉兩篇詩，〈大雅〉有〈行葦〉、〈洞酌〉兩篇詩，都在表明忠信的重要啊！」

【研析】本文可分三段。前二段記事，末段針對事件而發議論。議論重點在於：行事須守誠信、合禮制。周為天子，鄭為諸侯，周平王欲分政務於西虢公，本是天子權柄所在，卻因鄭莊公的埋怨而有所忌憚；鄭莊公身為臣子，卻越分而與天子交換人質，又出師侵周，這種情況，真是「君不君，臣不臣」，有失禮制了。雙方既已交換人質，而周人在平王死後，又想「畀虢公政」，顯見交質只是一種欺飾的動作，並非真有誠信。文中「周、鄭交質」、「周、鄭交惡」、「結二國之信」等語，可見作者將周、鄭視同對等的國家，其譏刺的言外之意是很明顯的；當然，譏刺的對象並不僅限於周，鄭也是有分的。

## 石碏諫寵州吁

隱公三年

【題解】本文選自《左傳》魯隱公三年（衛桓公十五年、西元前七二〇年），篇名據傳文內容而訂。石碏，春秋時代衛國大夫。州吁，春秋時代衛國國君衛莊公之子。記敘石碏向衛莊公進諫，勸說衛莊公不可過度寵愛公子州吁，須教之以正道，不可讓他走上邪途，以免種下國家動亂的禍根。魯隱公三年時，衛莊公之子衛桓公繼位已經十五年，所以全文屬於追敘，而不是魯隱公三年的事。

衛莊公❶娶于齊❷東宮❸得臣❹之妹，曰莊姜❺，美而無子，衛人所為賦〈碩人〉❻也。又娶于陳❼，曰厲嬀❽，生孝伯，早死。其娣❾戴嬀，生桓公❿，莊姜以為己子。

公子州吁，嬖人⓫之子也，有寵而好兵⓬，公弗禁。莊姜惡之。

石碏諫曰：「臣聞愛子，教之以義方⓭，弗納⓮於邪。驕奢淫佚，所自邪⓯也。四者之來，寵祿過也。將立州吁，乃⓰定之矣；若猶未也，階之為禍⓱。夫寵而不驕，驕而能降⓲，降而不憾⓳，憾而能眕⓴者，鮮矣。且夫賤妨貴，少陵㉑長，遠間㉒親，新間舊，小加㉓大，淫破義，所謂六逆也；君義，臣行，父慈，子孝，兄愛，弟敬，所謂六順也。去順效逆，所以速㉔禍也。君人者，將禍是務去㉕，而速之，無乃不可乎？」弗聽。

其子厚與州吁遊，禁之，不可。桓公立，乃老㉖。

【注釋】❶衛莊公　春秋時代衛國的國君。衛武公之子，名揚，在位二十三年（西元前七五七～前七三五年）。衛國之始封君為周武王少弟康叔，初都朝歌（今河南淇縣東北），後遷楚丘（今河南滑縣東），又遷帝丘（今河北濮陽東北），秦二世時為秦所滅。❷齊　國名。周武王封太公望於此，都營丘（今山東臨淄），領今山東東北部、中部。❸東宮　太子所居之宮。後用以指太子。❹得臣　齊莊公之太子。早夭，未立。❺莊姜　衛莊公之妻。莊是其夫之謚號，姜為其母家姓氏。❻碩人　《詩經・衛風》篇名。詩中讚頌莊姜美而賢。❼陳　國名。周武王滅商，封舜之後代胡公（名滿）於宛丘（今河南淮陽），後為楚所滅。❽厲嬀　厲是其謚號，嬀是其母家姓氏。下文「戴」亦為謚號。❾娣　同嫁一夫之妹。❿桓公　春秋時代衛國的國君。名完，在位十六年（西元前七三四～前七一九年）。⓫嬖人　受寵之人。此指姬妾。嬖，寵愛。⓬兵　武事。⓭義方　正道。方，道。⓮納　入。⓯所自邪　邪惡由來的根源。自，由；來。⓰乃　即；就。⓱階之為禍　寵祿過度，將導致禍害。階，階梯。引申指經由、緣由。之，指上文「寵祿過」。⓲降　屈抑。⓳憾　怨恨。⓴眕　厚重能忍。㉑陵　侵犯；陵駕。㉒間　離間。㉓加　陵越；超過。㉔速　招致。㉕禍是務去　務去禍。即致力於去禍。㉖老　告老致仕。

【語譯】衛莊公娶齊國太子得臣的妹妹為夫人，叫做莊姜，貌美而沒有生孩子，她就是衛國人所作〈碩人〉這首詩的主人翁。莊公又從陳國娶了夫人，叫做厲嬀，生下孝伯，很小就死了。厲嬀的妹妹戴嬀，生下桓公，莊姜把他當做自己的兒子。

公子州吁是莊公寵妾所生，受到莊公的寵愛，州吁喜歡武事，莊公也不禁止他。莊姜則討厭他。

石碏諫莊公說：「臣聽說愛兒子就要教他正道，不讓他走上邪路。驕傲、奢侈、淫樂、放蕩，都是邪惡的根源。這四者之所以發生，是由於太受寵愛、賞賜過多。如果要立州吁為太子，那就趕快確定；如果還沒決定，則過度的寵愛賞賜，將會導致禍害。受寵而不驕傲，驕傲而能屈抑，受屈抑而不會怨恨，怨恨而能忍耐，這種人太少了。並且低賤妨害尊貴，年少陵駕年長，疏遠離間親近，新人離間舊人，位低超越位高，淫亂破壞道義，這就叫六逆；君合義，臣從命，父慈愛，子孝順，兄友愛，弟恭敬，這就叫六順。捨順而學逆，是招致禍患的原因。國君應致力消除禍患，如今反而去招致它，恐怕不可以吧！」莊公不聽勸。石碏的兒子石厚和州吁交往，石碏加以禁止，但沒有用。到桓公即位，石碏就告老退休。

【研　析】本文可分四段，重心在於石碏諫衛莊公的一段話。這一段話，概括而言，即人要行「義方」、守「名分」，方不至於招致禍患。

根據《春秋》經和《左傳》，州吁於魯隱公四年（衛桓公十六年，西元前七一九年）弒衛桓公而自立，同年九月被衛人所殺，而石碏之子石厚也因依附州吁，遭殺身之禍，這應驗了石碏「階之為禍」和「禁之」的預警。如果衛莊公和石厚都聽石碏的話，州吁能不驕奢淫佚，則上述悲劇應不致於發生才是。

「義方」是個人行為的規範，「名分」是人際關係的分寸，這在今天，仍是吾人所當究明並且實踐的。

# 臧僖伯諫觀魚

隱公五年

【題　解】本文選自《左傳》魯隱公五年（西元前七一八年），篇名據傳文內容而訂。臧僖伯，春秋時代魯國大夫。魯孝公之子，名彄，字子臧，諡號僖。本文記敘魯隱公將到邊遠的棠邑（在今山東魚臺北魚亭山）觀看捕魚，臧僖伯認為捕魚是小事，國君不應過問，而魯隱公不聽。《春秋》經以「公矢魚于棠」五個字記載這一件事，《左傳》以為這是諷刺魯隱公的行動不合禮制。

春，公❶將如棠觀魚者❷。臧僖伯諫曰：「凡物不足以講大事❸，其材不足以備器用❹，則君不舉❺焉。君，將納民於軌、物者也。故講事以度軌量❻謂之軌，取材以章物采❼謂之物。不軌不物，謂之亂政。亂政亟❽行，所以敗也。故春蒐❾、夏苗、秋獮、冬狩，皆於農隙以講事也。三年而治兵❿，入而振旅⓫，歸而飲至⓬。以數軍實⓭、昭文章⓮、明貴賤、辨等列⓯、順少長、習威儀也。鳥獸之肉不登於俎⓰，皮革齒牙、骨角毛羽不登於器，則公不射，古之制也。若夫山林川澤之實⓱，器用之資⓲，皁隸⓳之事，官司⓴之守，非君所及也。」

公曰：「吾將略地㉑焉。」遂往。陳魚㉒而觀之，僖伯稱疾不從。

書曰㉓：「公矢㉔魚于棠。」非禮也，且言遠地也。

【注釋】❶公　指魯隱公。春秋時代魯國的國君，魯惠公之子，名息，在位十一年（西元前七二二～前七一二年）。魯國之始封君為周公長子伯禽，都曲阜（今山東曲阜）。《左傳》記事以魯為中心，故其稱公，皆指魯公。❷魚者　捕魚者。❸講大事　講習大事。講，講習；演習。大事，指祭祀與兵戎。❹器用　器具。此指大事所用之器具。❺舉　舉動；行動。❻度軌量　端正法度。軌量，法度。軌、量為同義詞。❼章物采　彰顯器物。物采，器物。物、采為同義詞。❽亟　屢次。❾蒐　春獵之名。下文「苗」、「獮」、「狩」皆獵名，因季節而有異稱。❿治兵　出兵。古禮兵出曰治兵。整齊隊伍，以尚威武。治，整齊之。⓫振旅　回兵。整齊隊伍。振，整。旅，眾。⓬飲至　祭告宗廟而後飲酒。⓭數軍實　檢查軍備。數，檢點；計算。⓮昭文章　顯示車服旌旗之華彩。昭，明。文章，文彩；華彩。⓯等列　等級；階級。⓰俎　祭器。⓱實　財貨。此指所產物。⓲資　材料。⓳皁隸　服賤役之人。⓴官司　官吏。㉑略地　巡視邊地。棠邑在魯、宋交界。㉒魚　指漁具。㉓書曰指《春秋》經的記載。㉔矢 陳列。

【語　譯】春天，隱公要到棠邑去看捕魚。臧僖伯進諫說：「任何事物如果不能用來講習國家大事，它的材質不能用來做有用的器具，國君就不去理會它。國君，是把人民納入『軌』、『物』的人。所以，講習大事以端正法度叫做『軌』，選擇材料以彰顯器物叫做『物』。不合『軌』、『物』，叫做亂政。亂政頻繁，是國家衰敗的原因。所以春蒐、夏苗、秋獮、冬狩，這四季的打獵，都是配合農閒時間來講習軍事。每三年軍隊出城大演習一次，入城時整齊好隊伍，入城後祭告宗廟再飲酒，這樣就可以藉機檢查軍備、顯示車旗的華彩、明示貴賤、辨別階級、調順長幼、講習威儀。如果鳥獸的肉不能擺在祭器供祭祀，牠們的皮革齒牙、骨角毛羽不能用來裝飾祭器，國君就不去射獵，這是古代的法制。至於山林川澤的產物，製造器具的材料，這是賤役的工作，官吏的職責，不是國君所當過問的。」

隱公說：「我是為了巡視邊地啊！」於是就去了。讓漁人陳列漁具，看他們捕魚。僖伯推說有病，沒有陪著去。

《春秋》經記載說：「隱公到棠邑檢視漁具。」這是諷刺隱公不合禮，並且表示棠邑太遠，隱公是不該去的。

【研　析】本文重心在臧僖伯向魯隱公進諫的一段話。話中的意思是國君所應關心的是祭祀、兵戎兩件大事，捕魚是小事，國君不必去理會。國君而去過問小事，將會紊亂體制，招致衰敗。

其實，不光是政治組織要講求體制、職責，任何一種組織、團體，都必須講求此道；權責分明，分工合作，才能正常運作，達成既定的目標。泯除時空的距離、社會型態的差異，本文所呈現的本質意義，應如上述。

## 鄭莊公戒飭守臣

隱公十一年

【題　解】本文選自《左傳》魯隱公十一年（齊僖公十九年、鄭莊公三十二年、西元前七一二年），篇名據傳文內容而訂。鄭莊公，春秋時代鄭國國君。姓姬，名寤生，在位四十三年（西元前七四三～前七〇一年）。本文記敘鄭莊公於伐許成功，許莊公逃亡至衛國後，將許國東邊交給許莊公之弟許叔，讓許國大夫百里輔佐許叔；西邊派鄭國大夫公孫獲駐守。一方面期許百里安撫人民，保持和鄭國的友好關係；一方面又告誡百里，勿作久占的打算。《左傳》以為鄭莊公的處置可算得是「知禮」。

秋七月，公❶會齊侯❷、鄭伯❸伐許❹。庚辰❺，傅❻于許。潁考叔❼取鄭伯之旗蝥弧❽以先登，子都❾自下射之，顛❿。瑕叔盈⓫又以蝥弧登，周麾⓬而呼曰：「君⓭登矣！」鄭師畢登。壬午⓮，遂入許。許莊公⓯奔衛。齊侯以許讓公。公曰：「君謂許不共⓰，故從君討之。許既伏其罪矣，雖君有命，寡人弗敢與聞⓱。」乃與鄭人。

鄭伯使許大夫百里奉許叔⓲以居許東偏⓳，曰：「天禍許國，鬼神實不逞⓴于許君，而假手于我寡人。寡人唯是一二父兄㉑不能共億㉒，其敢以許自為功乎？寡人有弟㉓，不能和協，而使餬其口於四方㉔，其況能久有許乎？吾子其奉許叔以撫柔㉕此民也，吾將使獲㉖也佐吾子。若寡人得沒于地㉗，天其以禮悔禍㉘于許，無寧茲㉙許公復奉其社稷。唯我鄭國之有請謁㉚焉，如舊昏媾㉛，其能降以相從也；無滋㉜他族實偪㉝處此，以與我鄭國爭此土也。吾子孫其覆亡㉞之不暇，而況能禋祀㉟許乎？寡人之使吾子處此，不唯許國之為，亦聊以固吾圉㊱也。」

乃使公孫獲處許西偏。曰：「凡而㊲器用財賄㊳，無寘㊴于許。我死，乃亟㊵去之。吾先君㊶新邑㊷於此，王室而既卑矣，周之子孫日失其序㊸。夫許，大岳之胤㊹也。天而既厭周德矣，吾其能與許爭乎？」

君子謂鄭莊公於是乎有禮。禮，經㊺國家，定社稷，序㊻民人，利後嗣者也。許無刑㊼而伐之，服而舍之，度德而處之，量力而行之。相㊽時而動，無累後人，可謂知禮矣。

【注釋】❶公　指魯隱公。❷齊侯　指齊僖公。齊莊公之子，名祿父，在位三十三年（西元前七三〇～前六九八年）。齊國為侯爵諸侯國，故稱齊侯。❸鄭伯　指鄭莊公。❹許　國名。初封於許（今河南許昌東），後遷至葉（今河南葉縣）。❺庚辰　即七月初一日。❻傅　附著。此指逼近。❼潁考叔　鄭國大夫。❽蝥弧　旗名。為鄭莊公之旗，用以指揮。❾子都　鄭國大夫。鄭莊公將伐許，於祖廟頒發兵器，子都因與潁考叔爭車而結怨。❿顛　墜下。據同年此後傳文，知潁考叔因而墜死。⓫瑕叔盈　鄭國大夫。⓬周麾　向四周揮動旗幟。周，遍。麾，揮動。⓭君　指鄭莊公。⓮壬午　即七月初三日。⓯許莊公　春秋時許國的國君。名弗。⓰不共　不守法；違背法度。共，法度。⓱與聞　參與其事。此指占領許國之地。⓲許叔　許莊公之弟，名鄭。⓳東偏　東邊。⓴不逞　不滿；不快。㉑父兄　古代國君對同姓臣屬的稱呼。㉒共億　相和睦；相安。㉓弟　指共叔段。參見〈鄭伯克段于鄢〉。㉔餬其口於四方　寄食四方。此指共叔段出亡在外。餬，以薄粥塗物。㉕撫柔　安撫。㉖獲　即下文公孫獲。鄭國大夫。㉗沒于地　以壽終。㉘悔禍　終止降禍。㉙無寧茲　願使；願意讓。無，發語詞。無義。茲，使。

㉚請謁　請告；請求。謁，告。㉛昏媾　婚姻；通婚。㉜滋　通「茲」。使。㉝偪　通「逼」。逼迫；逼近。㉞覆亡　挽救危亡。覆，掩蔽。此引申為救護。㉟禋祀　誠敬齋潔以祭祀。㊱圉　邊陲；邊疆。㊲而　通「爾」。你。㊳財賄　財貨；財物。㊴寘　置。㊵亟　急。㊶先君　指鄭武公。鄭莊公之父。㊷新邑　指新鄭。在今河南新鄭。鄭舊封在今陝西華縣東北，東周時，鄭武公伐虢、檜而併其地，立國於此，至莊公，僅二世，故曰新。㊸序　通「緒」。功業。㊹大岳之胤　四岳的後代。大岳，即四岳。官名，主四岳之祭。大，通「太」。胤，後代。㊺經　治理。㊻序　秩序。此用為動詞。㊼刑　法度。㊽相　看；觀察。

【語　譯】秋七月，魯隱公會合齊侯、鄭伯攻打許國。初一，軍隊逼近許國城下。穎考叔拿著鄭伯的蝥弧旗搶先登城，子都從城下用箭射他，穎考叔摔了下來。瑕叔盈又拿著蝥弧旗登城，向四周揮旗大喊說：「國君登城了！」於是鄭軍全登上了城。初三，占領許國。許莊公逃亡到衛國。齊侯要把許國讓給隱公。隱公說：「君王認為許國違背法度，所以寡人跟隨君王討伐許國。現在許國已經伏罪，雖然君王有這樣的命令，寡人還是不敢接受。」於是把許國給了鄭。

鄭伯讓許國大夫百里輔助許莊公之弟許叔住在許國的東邊，說：「上天降禍於許國，鬼神對許君不滿，而借寡人的手懲罰他。但是，寡人連一兩個臣屬都不能相安無事，又哪敢把討伐許國看作是自己的功績呢？寡人有個弟弟，都不能和睦相處，而讓他寄食四方，又怎能長久占有許國呢？你就幫著許叔安撫這些人民吧，我會派公孫獲來幫你。如果寡人能夠以壽而善終，上天也依禮終止降禍給許國，願意讓許公再度統治許國，那麼，如果我國有所請求，希望許國能像對待舊親戚一樣，委屈聽從；並且不要讓別族逼近而進入這裡，來跟我鄭國爭奪這塊土地。那我的子孫救亡都來不及，哪還能替許國祭祀祖先呢？寡人之所以讓你住在這裡，不僅為了許國，也是為了鞏固我的邊陲啊！」

於是派公孫獲住在許國的西邊，說：「你所有的器用財貨，都不要放在許國。我死後，你就趕快離開此地。寡人的先君剛在這兒新建都城，而周王室又已日益衰微，周朝的子孫，一天天喪失原有的功業。而許國，是四岳的後代。上天既然厭棄了周，寡人哪還能和許國爭呢？」

君子認為鄭莊公處理這件事是合禮的。禮，是治理國家、安定社稷，使人民有秩序、後代得利的啊！許國違反法度，因此加以討伐，服罪了就寬恕它，酌量自己的德行和力量來處理事情，見機而行，不連累子孫，這可說是「知禮」的了。

【研　析】本文可分四段，前三段為史事，末段為評論。首段記魯、齊、鄭三國聯合伐許成功，齊、魯互讓，許國歸鄭國處置。二、三段記鄭莊公對許國的處置，以及對兩國守臣的戒飭。末段以「知禮」讚美鄭莊公。

關於鄭莊公對許國的處置是否合禮，後人也有和《左傳》不同的看法，認為鄭莊公不立許叔為君，而將許一分為二，又派自己的大夫居其一半而加以監控箝制，名為保存許國，實有併吞之心；《左傳》謂之有禮，乃只論其事而未暇誅其用心。

如果撇開封建禮制的觀點和直指其用心的企圖，純從本文的二、三段來觀察，則鄭莊公可說是擅於言辭、處事周詳。第二段鄭莊公委婉紆曲地向許國大夫百里表達了幾點意思：一、許國的禍難乃上天所降，言外之意指伐許乃承順天意。二、鄭國沒有能力長期地占領許國的土地。這兩點分別從自己的動機和條件，間接表示其無領土的野心，乃是在許國土地已被分割的既成事實下，希望藉此安撫人心，消除其反抗。三、鄭、許的和好合作，能同蒙其利。這是以對未來的期待，來固結其情分，預留其餘地。至於第三段，則鄭莊公以直接肯定的口氣，以他所體察的當時的局勢，告誡鄭國大夫公孫獲自處之道。二、三段的語氣、內容各不相同，卻同樣的符合人我的關係，對別人是一套言辭、一種口氣，對自己人又是另一套；從現實的角度來看，可算得是得體合宜的了。

# 臧哀伯諫納郜鼎

桓公二年

【題　解】本文選自《左傳》魯桓公二年（西元前七一〇年），篇名據傳文內容而訂。臧哀伯，春秋時代魯國大夫。郜，國名。在今山東成武。春秋時代，宋國滅郜，得其大鼎，是為郜鼎。魯桓公二年，宋國大夫華督弒宋殤公，擁立宋莊公。魯桓公與齊僖公、陳桓公、鄭莊公聯合，共同承認宋國的變局，宋國對上述四國各有賄賂，魯國得到的就是郜鼎。本文記敘臧哀伯諫阻魯桓公納郜鼎於太廟，而魯桓公沒有接受諫言。《左傳》認為魯桓公的作為不合禮制。

夏四月，取郜大鼎于宋❶。戊申❷，納于大廟❸。非禮也。

臧哀伯❹諫曰：「君人者，將昭德塞違❺，以臨照❻百官。猶懼或失之，故昭令德以示子孫。是以清廟茅屋❼，大路越席❽，大羹不致❾，粢食不鑿❿，昭其儉也。袞冕黻珽⓫，帶裳幅舄⓬，衡紞紘綖⓭，昭其度⓮也。藻率⓯鞞鞛⓰，鞶厲⓱游纓⓲，昭其數也。火龍黼黻⓳，昭其文也。五色比象⓴，昭其物也。鍚鸞和鈴㉑，昭其聲也。三辰旂旗㉒，昭其明也。夫德，儉而有度，登降㉓有數，文物㉔以紀之，聲明㉕以發之，以臨照百官。百官於是乎戒懼，而不敢易㉖紀律。今滅德立違，而寘其賂器㉗於大廟，以明示百官。百官象㉘之，其又何誅㉙焉？國家之敗，由官邪也。官之失德，寵賂章㉚也。郜鼎在廟，章孰甚焉？武王克商，遷九鼎㉛於雒邑㉜，義士㉝猶或非之，而況將昭違亂之賂器於大廟，其若之何？」公不聽。

周內史㉞聞之，曰：「臧孫達㉟其有後於魯乎！君違，不忘諫之以德。」

【注　釋】❶宋　國名。周成王時封商紂之兄微子，號宋公，在今河南商邱。❷戊申　即四月初九日。❸大廟　帝王的祖廟。❹臧哀伯　魯國大夫。❺違　邪。指違禮背義之事。❻臨照　昭示；明示。❼清廟茅屋　用茅草覆蓋宗廟的屋頂。清廟，宗廟。帝王祭祀祖先的地方。茅，用為動詞。❽大路越席　用蒲草席子做大路的車墊。大路，祭天所乘坐的車。越席，結蒲草為席。❾大羹不致　祭祀用的肉汁不調五味，不求精緻。致，指口味精緻。❿粢食不鑿　祭祀的主食使用不舂的粗米。粢食，主食。鑿，舂。⓫袞冕黻珽　禮服、禮帽、蔽膝和玉笏。袞，天子及上公祭祀時所穿的禮服。衣上畫有蜷曲的龍。冕，禮帽。大夫以上所戴。黻，用熟皮革製成的蔽膝。珽，天子所用的玉笏。⓬帶裳幅舄　大帶、下衣、綁腿和複鞋。帶，大帶。以絲為之，用以束腰，束腰所剩而下垂者稱紳。裳，下身所穿。亦稱裙。幅，從腳背斜纏而上至於膝的布巾。有如今日的綁腿。舄，雙層底的鞋。一層皮，一層木。天子諸侯於吉事時所穿著。⓭衡紞紘綖　橫笄、瑱繩、冠繫和覆版。衡，固定冠冕的橫笄。紞，冠冕兩旁懸瑱的繩。瑱用美石為之，懸於紞而垂至耳邊。紘，固定冠冕的繩子。先繫結固定在左耳邊的橫笄上，另一頭經下巴再向上繫在右耳邊的橫笄上。綖，冠冕上的覆版。⓮度　制度；法度。⓯藻率　在佩巾上畫水藻。藻，畫水藻。率，通「帥」。佩巾。⓰鞞鞛　佩刀刀鞘上方的裝飾叫鞞，下方叫鞛。⓱鞶厲　垂革帶以為裝飾。鞶，革帶。厲，革帶下垂為飾的部分。⓲游纓　旌旗的飄帶和套馬頸的革帶。⓳火龍黼黻　皆衣裳之花紋。火，畫火。其形為半環。龍，畫龍。黼，用黑白二色繡成的斧形圖案。黻，用黑青二色繡成的花紋。其形似兩弓相背。⓴五色比象　用五色畫各種形象。五色，青黃赤白黑。㉑鍚鸞和鈴　車馬旌旗上的鈴鐺。鍚，馬額上的飾物，銅質，行走時有聲響。鸞，車衡上的鈴。和，車軾前的小鈴。鈴，旌旗上的小鈴。㉒三辰旂旗　旗上畫日月星等。三辰，日月星。旂旗，旗的總稱。天子旗名太常，畫日月，一說亦畫星。㉓登降　增減。㉔文物　圖紋形象。㉕聲明　聲音顏色。㉖易　違反。㉗賂器　此指郜鼎。㉘象　效法。㉙誅　懲罰。㉚章明顯。㉛九鼎　夏代所鑄鼎。材料由九州所貢，故稱。一說：鼎有九。㉜雒邑　今河南洛陽。㉝義士　高義之士。或曰指伯夷、叔齊。二人皆孤竹國國君之子，兄弟讓國，後皆投奔周，反對周武王伐紂，及周武王滅商，逃至首陽山，不食周粟而死。㉞內史　周王室官名。㉟臧孫達　即臧哀伯。

【語　譯】夏四月，從宋國取得郜國的大鼎。初九，安置在太廟。這是不合禮的。

臧哀伯進諫說：「國君要表彰道德、杜絕邪惡，以昭示百官。還怕有所缺失，因此顯揚道德，垂示子孫。所以，用茅草覆蓋太廟的屋頂，用蒲草席子做大路的車墊，祭祀用的肉汁不求口味精緻，祭祀用的主食使用不舂的粗米，這是為了昭示節儉。禮服、禮帽、蔽膝、玉笏，大帶、下衣、綁腿、複鞋，橫笄、瑱繩、冠繫、覆版，這是用來昭示制度。在佩巾上畫水藻，在佩刀刀鞘的上下方有裝飾品，革帶下垂以為裝飾，旌旗上的飄帶，套馬頸的革帶，這是昭示定數。衣裳上畫火、龍、黼、黻，這是昭示文采。用五色畫各種形象，這是昭示物色。車馬旌旗上的鈴鐺，這是昭示聲音。旌旗上畫日月星辰等，這是昭示光明。所謂德，就是要節儉而有法度，增減而有定數，用圖紋形象來表示它，用聲音顏色來彰顯它，以此來昭示百官。百官因此而戒懼，不敢違反紀律。現在反而破壞道德、樹立邪惡，將郜鼎安置在太廟，公然向百官展示壞的榜樣，如果百官跟著學樣，還能懲罰他們嗎？國家的衰敗，由於百官的邪惡。百官的失德，由於仗恃恩寵、公然賄賂。郜鼎在太廟，還有比這更明顯的賄賂嗎？周武王滅商，把九鼎搬到雒邑，卻還有明理之士說他不對，何況把明示邪亂的賄賂的器物放在太廟，這怎麼可以呢？」桓公不聽。

周天子的內史聽到這件事，說：「臧孫達的後代一定能在魯國長保祿位吧！國君違背禮制，他能不忘以德去勸阻。」

【研　析】本文可分三段。首段前四句記事，這四句《春秋》經和《左傳》文字相同；「非禮也」一句，則是《左傳》在記事之後所下的評論，是《春秋》經所無。第二段臧哀伯對於魯桓公接受郜鼎的諫言是全文的重心，也是上段「非禮也」的具體論述。諫言的內容可分兩部分：其一，從正面立論，以「昭德塞違」為人君的責任；能昭德則能塞違，使百官「戒懼」，「不敢易紀律」。其二，從反面立論，認為「滅德立違」將導致國家敗亡；而「納鼎」乃違之大者，故不可為。納鼎之所以是「違」，正因為那是宋國亂臣華父督的「賂器」。

當然，臧哀伯所說的「德」，是一種封建制度下的「禮制」，但如果將它理解為「秩序」、「分寸」，則他所說的這一段話，對我們還是有著相當的啟示意義。

# 季梁諫追楚師

桓公六年

【題解】本文選自《左傳》魯桓公六年（楚武王三十五年、西元前七〇六年），篇名據傳文內容而訂。季梁，春秋時代隨國（在今湖北隨縣南）賢人。本文記敘季梁識破楚武王的誘敵之計，諫止隨侯追擊故意示弱的楚軍，並且勸告隨侯應當「忠於民而信於神」、「脩政而親兄弟之國」，以免除大國侵逼的禍害。隨侯接納諫言，楚國因而不敢伐隨。

楚武王❶侵隨，使薳章❷求成❸焉，軍於瑕❹以待之。隨人使少師❺董成❻。鬭伯比❼言于楚子❽曰：「吾不得志❾於漢❿東也，我則使然。我張⓫吾三軍，而被⓬吾甲兵，以武臨之，彼則懼而協⓭以謀我，故難間也。漢東之國，隨為大。隨張⓮，必棄小國。小國離，楚之利也。少師侈⓯，請羸⓰師以張之。」熊率且比⓱曰：「季梁在，何益？」鬭伯比曰：「以為後圖，少師得其君⓲。」王毀軍⓳而納少師。

少師歸，請追楚師。隨侯將許之。季梁止之，曰：「天方授楚，楚之羸，其誘我也。君何急焉？臣聞小之能敵大也，小道大淫。所謂道，忠於民而信⓴於神也。上思利民，忠也；祝史㉑正辭㉒，信也。今民餒㉓而君逞欲㉔，祝史矯舉㉕以祭，臣不知其可也。」公曰：「吾牲牷㉖肥腯㉗，粢盛㉘豐備，何則不信？」對曰：「夫民，神之主也。是以聖王先成民而後致力於神。故奉牲以告曰『博碩肥腯』，謂民力之普存也，謂其畜之碩大蕃滋㉙也，謂其不疾瘯蠡㉚也，謂其備腯咸有也。奉盛以告曰『絜粢豐盛』，謂其三時㉛不害而民和年豐也。奉酒醴以告曰『嘉栗旨酒㉜』，謂其上下皆有嘉德而無違心也。所謂馨香㉝，無讒慝㉞也。故務㉟其三時，脩其五教㊱，親其九族㊲，以致其禋㊳祀，於是乎民和而神降之福，故動則有成㊴。今民各有心，而鬼神乏主，君雖獨豐，其何福之有？君姑脩政而親兄弟之國㊵，庶免於難。」

隨侯懼而修政。楚不敢伐。

【注釋】❶楚武王　春秋時代楚國的國君。名熊通，在位五十一年（西元前七四〇～前六九〇年）。楚國之始封君為熊繹，都丹陽（今湖北秭歸東），本為子爵諸侯國，春秋時代僭稱王。❷薳章　楚國大夫。❸求成　談和。❹瑕　隨國地名。在今安徽蒙城東北。❺少師　官名。❻董成　主持和談。董，主持。❼鬬伯比　楚國大夫。❽楚子　即楚武王。❾得志　得逞其志；得遂其志。指擴大國土。❿漢　指漢水。⓫張　擴充；擴大。⓬被　具備。⓭協　和合；聯合。⓮張　自大。⓯侈　自傲；自大。⓰羸　弱。⓱熊率且比　楚國大夫。熊率，複姓。⓲得其君　得其君之寵信。⓳毀軍　藏其精銳而以老弱士卒示之。⓴信　誠。㉑祝史　主持祭祀祈禱之官。㉒正辭　言辭真實。㉓餒　飢餓。㉔逞欲　滿足慾望。逞，滿足。㉕矯舉　詐稱功德。矯，偽。㉖牲牷　祭祀用的犧牲毛色純一。牲，祭祀用的牛羊豬。牷，毛色純而完全。㉗腯　肥。㉘粢盛　指祭祀所用的穀物。㉙蕃滋　蕃育；蕃生。㉚瘯蠡　疥癬。㉛三時　指春夏秋。春耕、夏耘、秋收，皆務農之時。即所謂農時。㉜嘉栗旨酒　清潔美好的酒。嘉，善。栗，通「洌」。清；潔。旨，美。㉝馨香　芳香遠聞。㉞讒慝　讒言邪惡。㉟務　專心致力。㊱五教　父義、母慈、兄友、弟恭、子孝。㊲九族　杜預注：「九族謂外祖父、外祖母、從母子及妻父、妻母、姑之子、姊妹之子、女子之子並己之同族。」㊳禋　潔祀。㊴成　功。㊵兄弟之國　同姓之國。隨國為姬姓國，此指漢陽諸姬姓之國。

【語　譯】楚武王想要侵略隨國，先派薳章去假意談和，並把軍隊駐紮在瑕等待。隨國派少師主持和談。

鬬伯比對楚子說：「我國在漢水東邊不能得志，是由於我們自己的失策。我們擴大軍隊，整頓裝備，用武力威脅別國，他們當然會害怕而聯合起來對付我們，所以難以離間。漢水東邊的國家，隨國最大。隨國如果自大，必然離棄那些小國。小國離心，就是楚國的利益。少師是個自大的人，請君王讓他看我軍的老弱士卒使他更加自大。」熊率且比說：「隨國有季梁在，這樣做有什麼用？」鬬伯比說：「這是為以後打算，因為少師將因此而受到隨君的信任。」楚王就擺出老弱士卒而接待少師。

少師回去後，請隨君追擊楚師。隨侯打算答應。季梁勸阻說：「現在楚國正是得天命的時候，楚軍的疲弱，恐怕是誘騙我們的。君王何必性急呢？臣聽說小國之所以能抗衡大國，是因為小國有道而大國荒淫。所謂道，就是忠於人民並且以誠心事奉鬼神。在上位的人想造福人民，這就是忠；祝史能真實地祝禱，這就是信。現在人民還在挨餓，而君王卻想滿足私慾，祝史虛報功德來祝禱，臣真不知道這怎麼行得通。」

隨侯說：「我祭祀用的犧牲毛色純一又肥壯，穀物也豐盛完備，怎能說是不誠呢？」季梁回答說：「人民是鬼神所關心的主體。因此聖王先造福人民然後盡力事奉鬼神。所以奉獻犧牲時祝告著說『碩大而肥壯』，這是說人民的財力普遍富足，牲畜又多又肥大，並且沒有疥癬的疾病，又有各種好的品種。奉獻穀物時祝告著說『乾淨而豐盛』，這是說沒有妨礙農時，人民和洽而收成很好。奉獻酒醴時祝告著說『清潔而甜美』，這是說上下都有美德而沒有邪惡之心。所謂祭物的芳香，就是沒有讒言邪惡。所以致力於農時，修明五教，親睦九族，以盡心祭祀鬼神，就可以人民和洽，鬼神降福，所以做任何事情都能成功。現在人民各有異心，鬼神沒有關心的主體，君王雖然祭祀特別豐盛，又能求得什麼福分？君王姑且修明政事而親近兄弟之國，或許可免於禍難。」

隨侯畏懼而努力修明政事。楚國也不敢來侵略了。

【研　析】本文可分五段。首段敘事件的起始，為以下二至四段鋪陳其背景。二段記楚國定謀示弱。三、四段記隨君與季梁的論辯。末段記事件的結局。

楚國的如意算盤是透過示弱、驕敵使隨國自大，以離間隨國與漢東各小國的團結，進一步將各國一一併吞。這個策略是基於對隨國少師自大心理的了解，可謂直攻其心，相當高明，但是「季梁在，何益」，卻也暗示了隨國自有人在，此計妙則妙矣，其奈未必能行得通；末段「楚不敢伐」的結局，在此實已先伏一筆。

三、四段是全文的重心。少師、隨國國君果然相繼中計，這回應了二段鬬伯比「張之」的預期，而季梁勸阻隨國國君的兩段話，又印證了二段熊率且比「何益」的質疑。季梁的諫言，其中心論點乃一種民本的思想，所以說「所謂道，忠於民而信於神也」、「是以聖王先成民，而後致力於神」、「上思利民，忠也」、「夫民，神之主也」。這種思想，在春秋時代，有著超越的積極意義。

相對於楚國，隨國是個小國，在強楚虎視之下，能終春秋之世而不亡，必有其保全之道。如就此次事件來看，則季梁之識破敵人陰謀並且直言極諫，而隨國國君之能納諫並落實於「修政」，應是「楚不敢伐」的主因。

## 曹劌論戰

莊公十年

【題　解】本文選自《左傳》魯莊公十年（齊桓公二年、西元前六八四年），篇名據傳文內容而訂。曹劌，春秋時代魯國人。齊桓公因為魯國在他與公子糾爭位時，支持公子糾，因此，繼位後便在魯莊公十年正月，出兵伐魯，兩軍在長勺（在今山東曲阜北）交戰，魯國以小勝大，打敗齊師。《春秋》經以「公敗齊師于長勺」七個字，記載這次戰役，而《左傳》則以二百多字，清晰生動地描述了戰役的始末，更藉曹劌的議論和舉動，表達了儒家觀點的戰爭思想。曹劌認為戰爭的憑藉，在於民心的凝聚，而民心的歸向又繫於統治者能公忠從事、愛護人民；至於戰場勝負的關鍵，則在於士兵勇氣的消長，掌握彼消我長的契機，方能克敵制勝。

齊師伐我❶，公❷將戰。曹劌請見。其鄉人曰：「肉食者❸謀之，又何間❹焉？」劌曰：「肉食者鄙，未能遠謀。」乃入見。問何以戰。公曰：「衣食所安❺，弗敢專❻也，必以分人。」對曰：「小惠未徧❼，民弗從也。」公曰：「犧牲玉帛❽，弗敢加❾也，必以信❿。」對曰：「小信未孚⓫，神弗福也。」公曰：「小大之獄⓬，雖不能察，必以情⓭。」對曰：「忠之屬也，可以一戰。戰，則請從。」

公與之乘。戰於長勺。公將鼓⓮之。劌曰：「未可。」齊人三鼓。劌曰：「可矣。」齊師敗績⓯。公將馳⓰之。劌曰：「未可。」下，視其轍⓱，登，軾⓲而望之，曰：「可矣。」遂逐齊師。

既克⓳，公問其故。對曰：「夫戰，勇氣也。一鼓作氣，再而衰，三而竭。彼竭我盈，故克之。夫大國，難測也，懼有伏⓴焉。吾視其轍亂，望其旗靡㉑，故逐之。」

【注釋】❶我　我國。指魯國。《左傳》記事以魯國為中心，故稱魯國為「我」。❷公　指魯莊公。春秋時魯國的國君，名同，在位三十二年（西元前六九三～前六六二年）。❸肉食者　指在位者。❹間　參與。❺安　感到舒適美好。❻專　獨有；獨享。❼偏　普遍。❽犧牲玉帛　皆祭品。犧牲，指牛、羊、豬。❾加　增加。指祭品以少報多。❿信　誠。⓫孚　取得信任。⑫獄　訟案。⑬情　忠誠。⑭鼓　擊鼓。古代作戰，擊鼓進軍。⑮敗績　大敗。⑯馳　驅車追逐。⑰轍　車輪輾過的痕跡。⑱軾　車前橫木。⑲克　勝。⑳伏　埋伏。㉑靡　倒。

【語　譯】齊軍侵略我國，莊公準備迎戰。曹劌請求進見。他的同鄉人說：「這事自有在位者在謀畫，你又何必去參與呢？」曹劌說：「那些在位者都很淺薄，不能深謀遠慮。」於是曹劌就去進見莊公。

曹劌問莊公憑藉什麼可以迎戰。莊公說：「舒適美好的衣食，我不敢獨享，一定分給別人。」曹劌回答說：「這種小恩惠並不普遍，人民是不會跟從的。」莊公說：「祭祀用的牛羊玉帛，不敢以少報多，一定對神誠實。」曹劌回答說：「這種小誠實得不到神的信任，神不會降福的。」莊公說：「大小訟案，雖不能一一明察，但一定竭盡我的忠誠。」曹劌回答說：「這是忠於人民的表現，可以一戰。出戰時請讓我跟隨。」

莊公和曹劌同乘一部兵車出發。在長勺和齊軍交戰。莊公準備擊鼓進攻。曹劌說：「還不行。」齊軍三次擊鼓後，曹劌說：「行了。」齊軍大敗。莊公準備追擊。曹劌說：「還不行。」他先下車，察看齊軍的車輪痕跡，又爬上車，靠著車前橫木瞭望敗退的齊軍，說：「行了。」於是擊退了齊軍。

戰勝後，莊公問他為什麼這麼做。曹劌回答說：「作戰，靠的是勇氣。第一通鼓士氣振作，第二通就衰退，第三通士氣就耗盡了。他們士氣耗盡而我們士氣正飽滿，所以戰勝他們。但是大國的虛實難於捉摸，我怕他們有埋伏；後來我看他們的車輪痕跡混亂，旌旗歪倒，所以才敢追擊。」

【研　析】本文可分四段。首段記齊、魯將戰，曹劌請求進見魯莊公。從「請見」的動作和與鄉人的對話，作為全文靈魂人物的曹劌，其性格特徵一開始就有了凸出的表現。他有著「國家興亡，匹夫有責」的愛國意識，也有著「國家興亡」、「舍我其誰」的干雲豪氣。

二段承上「入見」，記曹劌和魯莊公的對話。對話的主題是曹劌提出的「何以戰」，這既呼應了上段的「公將戰」，也表現出曹劌對戰爭的「遠謀」，與上段「肉食者鄙，未能遠謀」互相照應。魯莊公的三次回答，第一次針對貴族，第二次針對神靈，而他自認足以憑之一戰的這兩個條件，卻被曹劌一一否定，直到第三次回答，曹劌認為「可以一戰」，才塵埃落定。在緊湊而精簡的文字中，產生一起一伏的波瀾，筆法生動活潑而曲折有致。從曹劌的三次「對曰」，可以看出他意識到戰爭得以勝利的基本力量是民心的凝聚團結，這必須統治者平日忠於職守、愛護人民。這種見識是卓越的，是合乎儒家觀點的。

三段記戰事，承上「可以一戰」。但全段重心並不在戰事，而在曹劌一連串有關進攻、追擊時機的正確判斷，這再度回應了首段的「遠謀」。文中「未可」、「可矣」的交迭出現，也有著起伏跌宕的效果。而由於記敘文字簡潔緊湊，使得這「未可」和「可矣」的理由是什麼，勢必引起讀者的好奇，但直到戰事結束，曹劌並沒有說明（也許可以說是作者在賣關子），因此本段充滿懸疑的氣氛——讀者和魯莊公一樣地在期待著答案。

末段承上，曹劌對於他在戰事進行時的種種主張和動作提出說明，前半針對「鼓之」，後半針對「馳之」。總的來看，本段又回應了首段的「遠謀」，可以說三段是「遠謀」所呈現的表面動作和其效果，本段則為「遠謀」的內在謀慮和依據。

綜觀全文，以曹劌為重心，透過生動條理的文字，全面地敘述了長勺之戰。各段之間層層推進、環環相扣，既各有重點，又彼此呼應，分別從各個方面、不同層次表現了曹劌的「遠謀」。這使得全文成為一個有機的、不可分割的整體。從散文藝術上看，這種成就極為傑出。



# 齊桓公伐楚盟屈完

僖公四年

【題　解】本文選自《左傳》魯僖公四年（齊桓公三十年、西元前六五六年），篇名據傳文內容而訂。齊桓公，春秋時代齊國國君。齊僖公之子，名小白。春秋五霸之一，在位四十三年（西元前六八五～前六四三年）。屈完，春秋時代楚國大夫。齊國是春秋初期代鄭國而興的強國，齊桓公則是春秋五霸的頭一個；楚國是南方新興的強國，常想向中原擴張。齊國在中原的霸業大致完成之後，這一北一南的兩大強國，遂形成對峙並有著利益衝突的態勢。魯僖公四年齊桓公率諸侯之師，先敗蔡國，再伐楚國。雙方雖未交戰，楚國也未屈服，但還是訂立了盟約。這使得齊桓公的霸業、楚國的企圖暫被阻止。本文記敘此一事件，著重於雙方的外交折衝、言辭攻防。

春，齊侯❶以諸侯❷之師侵蔡❸。蔡潰❹，遂伐楚。楚子❺使與師言曰：「君處北海❻，寡人處南海，唯是風❼馬牛不相及也。不虞❽君之涉❾吾地也，何故？」管仲❿對曰：「昔召康公⓫命我先君太公⓬曰：『五侯九伯⓭，女⓮實征之，以夾輔周室。』賜我先君履⓯，東至于海，西至于河，南至于穆陵⓰，北至于無棣⓱。爾貢苞茅⓲不入，王祭不供，無以縮酒⓳，寡人是徵⓴。昭王㉑南征而不復，寡人是問。」對曰：「貢之不入，寡君㉒之罪也，敢不供給？昭王之不復，君其問諸水濱！」

師進，次于陘㉓。

夏，楚子使屈完如師㉔。師退，次㉕于召陵㉖。

齊侯陳諸侯之師，與屈完乘而觀之。齊侯曰：「豈不穀㉗是為？先君之好是繼，與不穀同好如何？」對曰：「君惠徼㉘福於敝邑之社稷，辱收㉙寡君，寡君之願也。」齊侯曰：「以此眾戰，誰能禦之？以此攻城，何城不克？」對曰：「君若以德綏㉚諸侯，誰敢不服？君若以力，楚國方城㉛以為城，漢水以為池，雖眾，無所用之。」

屈完及諸侯盟。

【注　釋】❶齊侯　指齊桓公。齊國為侯爵諸侯國。❷諸侯　指魯、宋、陳、衛、鄭、許、曹七國。❸蔡　國名。其始封君為周武王之弟叔度，在今河南上蔡西南。春秋初，在今河南新蔡，後避楚，遷今安徽鳳臺。❹潰　敗退逃散。❺楚子　指楚成王。名惲，在位四十六年（西元前六七一～前六二六年）。楚國為子爵諸侯國。❻北海　指極遠之地。與下句「南海」相對成文。指相去甚遠。海，指邊荒極遠之地。❼風　馬牛發情，雌雄相引誘、相追逐。❽虞　料想。❾涉　到；進入。❿管仲　名夷吾，字仲，春秋時代潁上人。齊桓公之相，佐齊桓公以成霸業。⓫召康公　即召公奭。名奭，召是其食邑，康是其謚號。曾佐周武王滅商，周成王時任太保，與周公分陝而治。⓬太公　太公望，名尚。齊國的始祖，因佐周文王、周武王滅商有功而封於齊。⓭五侯九伯　泛指諸侯。五侯，公、侯、伯、子、男五等爵。九伯，九州諸侯之長。⓮女　汝。⓯履　足跡所到之處。此指征伐之範圍。⓰穆陵　關名。即穆陵關（一作木陵關），在今湖北麻城北百里。⓱無棣　地名。在今河北盧龍一帶。⓲苞茅　成束的菁茅。苞，包裹；捆束。茅，指菁茅。一種有毛刺的茅，產於荊州，為楚國應納的貢物之一。⓳縮酒　祭祀儀式之一。束茅立之，將酒從上澆下，酒滓留在茅中，酒汁逐漸滲下，象徵神在飲酒。⓴徵　責問；問罪。㉑昭王　周天子。周成王之孫，名瑕，在位五十一年（西元前一〇五二～前一〇〇二年），曾南巡荊蠻，渡漢水，船壞溺死。㉒寡君　臣子對他國謙稱自己的國君。㉓陘　楚國地名。在今河南郾城境，下文「召陵」之南。㉔如師　至齊師駐地。師，此指齊師。㉕次　停留。此指軍隊臨時駐紮。㉖召陵　楚國地名。在今河南郾城東。㉗不穀　諸侯自稱之謙辭。穀，善。㉘徼　求。㉙收　接納；不嫌棄。㉚綏　安撫。㉛方城　山名。在今河南葉縣南。

【語　譯】春，齊侯率領諸侯的軍隊攻打蔡國。蔡軍潰敗，於是又攻打楚國。

楚子派使者來到軍中說：「君王在北方，寡人在南方。即使是牛馬發情追逐，也跑不到對方的地界去。沒想到君王竟然來到我國，這是為什麼呢？」管仲回答說：「從前召康公命令寡人的先君太公說：『天下諸侯，你都可征伐他們，以輔助王室。』賜給先君征伐的區域，東到海，西到黃河，南到穆陵，北到無棣。你們該進貢苞茅而不進貢，使得天子祭祀時沒有苞茅，不能漉酒祭神，寡人為此而來問罪。昭王南征而沒有回去，寡人為此而來責問。」使者回答說：「不貢苞茅，這是寡君的罪過，豈敢不照舊進貢？至於昭王沒有回去，請君王到漢水岸邊去問吧！」

諸侯進軍，駐紮在陘。

夏，楚子派屈完來到軍中。諸侯軍隊後退，駐紮在召陵。

齊侯陳列諸侯軍隊，和屈完一同乘車觀看。齊侯說：「諸侯並不是為了寡人而和齊國結盟，而是為了延續和先君的友好關係，貴國也和敝國友好好嗎？」屈完回答說：「承君王的恩惠求福於敝國社稷，又承蒙願意接納寡君，這正是寡君的意願。」齊侯說：「用這些軍隊打仗，誰能抵擋他們？用這些軍隊攻城，什麼城攻不下？」屈完回答說：「君王如果以德安撫諸侯，誰敢不服？君王如果動武，楚國有方城山作城牆，漢水作護城河，君王軍隊雖多，也派不上用場。」

於是屈完和諸侯訂立了盟約。

【研　析】本文可分六段，其中一、三、四、六共四段記事件之始末，文字精簡，而二、五兩段記雙方交涉攻防的言辭，是全文最精彩的部分。

基本上，楚國所面對的是齊、魯、宋、陳、衛、鄭、許、曹等八個國家的聯軍，而且是得勝之軍，作為楚國使者的人，其言辭稍有不慎，即有辱國或引發大戰之虞，但兩次的楚國使者都能掌握分寸，保住國格，也避免了戰爭。第二段裡楚國使者先以「風馬牛不相及」責備齊國的入侵為師出無名，語氣嚴正而又生動；針對管仲的強烈反責，又避重就輕地承認不貢苞茅的過失並保證恢復，而冷峻地拒絕了「昭王南征而不復」的近乎羅織的罪名，可謂能屈能伸、有進有退。第五段楚國使者屈完在齊侯示好的軟性訴求下，也以軟性言辭應對；當齊侯語含威脅時，又以堅定的口氣予以反擊，可謂能剛能柔、有攻有守。

在齊國方面，第二段裡管仲的言辭既針對楚國使者的責問而防禦——以齊國奉命有專征之權、夾輔之責為防禦，進一步又以「苞茅不入」、「昭王南征而不復」為楚國的罪名而加以反擊，並間接表示齊國是師出有名的。這樣的連消帶打、反守為攻，技巧也是高超的。而第五段裡齊侯示好、示威，軟硬兼施的言辭，也誘使楚國使者表示結好乃「寡君之願」。君臣二人一唱一和，效果不惡。

雙方的立場都很堅定，言辭都很精彩，結果是盟約的成立。但是，如果齊國不強大，怎能結合其他七國，發動大軍進入楚國境內耀武揚威？如果楚國不強大，又怎能毫不示弱，堅持結好可以、打仗不怕的立場而退壓境的強敵呢？強大的國力是外交立場之所以能堅定的重要後盾，這恐怕是古今一理的吧！

# 宮之奇諫假道

僖公五年

**【題解】**本文選自《左傳》魯僖公五年（晉獻公二十二年、西元前六五五年），篇名據傳文內容而訂。宮之奇，春秋時代虞國（在今山西平陸）大夫。假道，借路通過。本文記敘晉國再次向虞國借道攻打北虢，宮之奇勸阻虞君而虞君不聽，結果晉滅北虢後，隨即襲滅虞國，虞君被捉。在此之前，魯僖公二年，晉國已曾向虞國借道伐北虢，占領了北虢的下陽（《穀梁傳》作「夏陽」），當時宮之奇即已勸諫，而虞君不但不聽，還出兵幫助晉國，導致晉國食髓知味，再次借道，結果虢滅，虞也不保。

晉侯❶復❷假道於虞❸以伐虢❹。

宮之奇諫曰：「虢，虞之表❺也；虢亡，虞必從之。晉不可啟❻，寇❼不可翫❽；一之謂甚❾，其可再乎？諺所謂『輔車❿相依，脣亡齒寒』者，其虞、虢之謂也。」

公曰：「晉，吾宗⑪也，豈害我哉？」對曰：「大伯⑫、虞仲⑬，大王⑭之昭⑮也，大伯不從⑯，是以不嗣⑰。虢仲、虢叔⑱，王季⑲之穆⑳也，為文王卿士，勳在王室，藏於盟府㉑。將虢是滅，何愛於虞？且虞能親於桓、莊㉒乎？其愛之也，桓、莊之族何罪，而以為戮㉓，不唯㉔偪㉕乎？親以寵偪，猶尚害之，況以國乎？」

公曰：「吾享祀豐絜㉖，神必據㉗我。」對曰：「臣聞之，鬼神非人實親，惟德是依。故〈周書〉㉘曰：『皇天無親，惟德是輔。』又曰：『黍稷非馨㉙，明德惟馨。』又曰：『民不易物㉚，惟德繄㉛物。』如是，則非德，民不和，神不享矣。神所馮㉜依，將在德矣。若晉取虞，而明德以薦馨香，神其㉝吐之乎？」弗聽，許晉使。宮之奇以其族行，曰：「虞不臘㉞矣！在此行也，晉不更舉矣。」

冬，晉滅虢。師還，館㉟於虞。遂襲虞，滅之，執虞公。

【注釋】❶晉侯　指晉獻公。春秋時代晉國的國君，名詭諸，在位二十六年（西元前六七六～前六五一年）。晉國之始封君為周成王弟唐叔，都絳（今山西翼城東南），至晉獻公，略有今山西大部，河北西南部，河南西端、北端，陝西東端之地。❷復　又；再。❸虞　國名。周武王克商，封虞仲於此，在今山西平陸東北。❹虢　國名。此指北虢，為西虢的別支。❺表外表。此有屏障、外圍之意。❻啟　開啟；引發。❼寇　敵人。❽翫　同「玩」。輕忽。❾甚　過分。❿輔車　面頰和牙床。⓫宗　同宗。晉、虞二國皆出於周，姬姓。⓬大伯　周太王長子。吳國的始祖。⓭虞仲　周太王次子。虞國的始祖。⓮大王　周太王。即古公亶父，后稷之第十二代孫，周文王之祖父。⓯昭　與「穆」合為古代廟次及墓次，稱昭穆。始祖居中，左為昭，右為穆。周以后稷為始祖，其奇數之後代為昭，偶數之後代為穆，上一代為昭，則下一代為穆，反之亦然。周太王為穆，故其子為昭。⓰不從　不跟隨在側。周太王生大伯、虞仲、季歷，季歷生子昌（周文王），太王欲立季歷以傳昌，故大伯逃往荊蠻以讓季歷。⓱嗣　繼承；繼位。⓲虢仲虢叔　皆季歷之子，周文王之弟。仲為西虢始君，叔為東虢始君。⓳王季　即季歷。后稷第十三代孫，周文王之父。⓴穆　季歷為后稷第十三代孫，為昭，故虢仲、虢叔為穆。㉑盟府　收藏盟誓典策的府庫。周室及諸侯皆有。㉒桓莊　桓叔及其子莊伯。晉獻公為莊伯之孫、桓叔之曾孫。㉓戮　殺。桓、莊之族為晉獻公同祖兄弟，晉獻公懼其族太盛而逼公室，於魯莊公二十五年（西元前六六九年）盡殺群公子。㉔唯　僅因；只因。㉕偪　同「逼」。侵逼。㉖絜　同「潔」。㉗據　依；從。㉘周書　《尚書》的一部分。《尚書》有〈虞書〉、〈夏書〉、〈商書〉、〈周書〉四部分。以下三處引文，分別出自偽古文《尚書》的〈蔡仲之命〉、〈君陳〉、〈旅獒〉三篇。㉙馨　芳香遠聞。㉚民不易物　人不能改變祭物。民，人。易，改。物，指祭物。㉛繄　是；此。㉜馮　同「憑」。㉝其　豈。㉞臘　祭名。歲末大祭眾神。在夏曆十月，周曆十二月。㉟館　留止。此指軍隊駐紮。

**【語　譯】**晉侯又向虞國借道去攻打虢國。

宮之奇進諫說：「虢國，是虞國的屏障；虢國亡，虞國一定跟著滅亡。不可以引發晉國的野心，也不可以輕忽敵人；一次已經過分了，怎可再來一次呢？諺語所說的『輔車相依，脣亡齒寒』，正是虞國、虢國的寫照啊！」

虞公說：「晉國是我的同宗，難道會害我？」宮之奇回答說：「大伯、虞仲，都是太王的兒子；大伯沒跟隨在太王身邊，所以沒有繼位。虢仲、虢叔，都是王季的兒子，做過文王的卿士，對王室有功，盟府有記錄。晉國既要滅虢國，又怎會愛惜虞國呢？並且虞國能比桓叔、莊伯更親嗎？如果晉國愛惜桓叔、莊伯，那他們的子孫有什麼罪，卻全被晉侯所殺，不就只因為怕兩家勢力太大會侵逼公室嗎？對於侵逼公室的親族，尚且加以殺害，何況是國家呢？」

虞公說：「我祭神的物品豐盛而潔淨，神一定會依從我。」宮之奇回答說：「臣聽說鬼神並不是親近哪個人，而只是依從有德的人。所以〈周書〉說：『皇天沒有私親，只輔助有德的人。』又說：『黍稷不算芳香，美德才有芳香。』又說：『人不能改變祭物，只有德行可以充當祭物。』照這樣說來，那麼，沒有德行就不能使人民和諧、鬼神接受祭祀了。鬼神所依從的，就在德行了。如果晉國占領了虞國，而用明德作為芳香的祭物來祭神，神難道會吐出來嗎？」

虞公不採納，而答應晉國使者的要求。宮之奇帶著族人離開虞，說：「虞國過不了今年的臘祭了！就在這一次，晉國不必再發兵了。」

冬，晉國滅了虢國。軍隊回來，駐紮在虞國。於是襲擊虞國，把虞國滅了，捉了虞公。

【研　析】本文可分六段。第一段及第六段，記事件的始末。重心在二、三、四、五段宮之奇進諫的言辭，及虞君「弗聽」之後，宮之奇的行動和預言。

第二段宮之奇以虞、虢二國相互依存的形勢，勸阻虞公，不可假道給晉國，又以面對強鄰，不可輕忽，勸誡虞公，可謂深諳小國的自保之道。段末引「輔車相依，脣亡齒寒」的諺語以譬況虞、虢兩國的關係，使得前面所講種種，有一個形象化並且生動的概括，語言技巧頗高。

第三段虞公自認與晉國同宗，晉國必不會加害，而宮之奇則從晉國今日的舉動、往日的表現，以及對同宗的外國、同祖的親族之加害，對比凸顯出晉獻公的野心，既駁斥了虞公不切實際的想法，也回應了上段「晉不可啟，寇不可翫」。虢、虞、晉三國，皆為同宗的姬姓諸侯，今晉國既伐虢國，又怎能相信其獨愛於虞國而不以兵戎相加？桓、莊之族與晉獻公為親族，晉獻公尚且盡殺群公子，又怎能期待其獨愛較疏遠的同宗外國，不吞之而後快？這些論斷，既有事實依據，又深符國際間只有利害而無情義的務實觀點，相當紮實而透闢。

第四段虞公自認祭祀誠敬、神必依從，宮之奇則指出存亡在人而不在神，有德方能使人民和諧而鬼神受享。這是一種民本思想，有力地駁斥了虞公依賴鬼神的想法之虛妄。

不可期待敵人的慈悲，不可仰仗鬼神的保護，這是宮之奇三處諫言的基本態度。他以嚴密的推論、有力的證據，甚至於引經據典地說出他之所以反對假道給晉國，但是虞公竟然不聽，宮之奇只好帶著族人遠離，並且預言虞國亡在旦夕。事件的結局是虞國國亡君執，這是虞君「咎由自取」，也證實了宮之奇的高瞻遠矚。

## 齊桓下拜受胙

僖公九年

【題解】本文選自《左傳》魯僖公九年（周襄王二年、齊桓公三十五年、西元前六五一年），篇名據傳文內容而訂。齊桓，齊桓公。春秋時代齊國國君，齊僖公之子，名小白。春秋五霸之一，在位四十三年（西元前六八五～前六四三年）。胙，祭祀用的肉。本文記敘齊桓公在葵丘（在今河南考城東）與諸侯會盟，依禮下階拜謝周襄王所賜祭肉，然後登堂領受，表現了一個霸主的風範。

會于葵丘，尋盟❶，且脩好❷。禮也。

王❸使宰孔❹賜齊侯❺胙❻，曰：「天子有事❼于文、武，使孔賜伯舅❽胙。」

齊侯將下拜。孔曰：「且有後命。天子使孔曰：『以伯舅耋❾老，加勞❿，賜一級⓫，無下拜。』」對曰：「天威不違⓬顏咫尺⓭，小白⓮余敢貪⓯天子之命無下拜？恐隕越⓰于下，以遺⓱天子羞，敢不下拜？」下，拜；登，受。

【注釋】❶尋盟　重申前盟。尋，通「燖」。重溫。❷脩好　增進友好。❸王　指周襄王。東周天子，名鄭，在位三十四年（西元前六五二～前六一九年）。❹宰孔　周襄王之宰，名孔。❺齊侯　指齊桓公。齊為侯爵諸侯國。❻胙　祭祀用的肉。❼事　指祭祀之事。❽伯舅　天子對異姓諸侯的稱呼。❾耋　老。❿勞　有功勞。⓫賜一級　加賜一等。級，等。君有賜，臣當下階，面北再拜稽首，然後登堂，又再拜稽首，受賜，今免其下拜，是進一等。⓬違　離。⓭咫尺　形容距離近。咫，八寸。⓮小白　齊桓公名。⓯貪　受。⓰隕越　顛墜。此指敗壞禮法。⓱遺　帶給。

【語　譯】齊桓公在葵丘和諸侯會見，重申前盟，並增進彼此的友好。這是合禮制的。

周襄王派宰孔把祭肉賜給齊侯，說：「天子祭祀文王、武王，派孔把祭肉賜給伯舅。」齊侯要下階拜賜。宰孔說：「還有進一步的命令。天子命孔說：『因為伯舅年事已高，且對王室有功，所以加賜一等，不用下階拜謝。』」齊侯回答說：「天子的威嚴，近在面前，小白怎敢接受天子的寵命而不下階拜賜呢？恐怕在下的我敗壞了禮法，給天子帶來羞辱，怎敢不下階拜賜？」於是下階，拜賜；登階上堂，拜受。

【研　析】春秋時代周天子威權陵替，主導天下的是強國、霸主。霸主以武力為後盾，以尊王為號召，取得政治上的實利，齊桓公的「尊王攘夷」、「九合諸侯」是一個典型範例。天子以爵賞籠絡強國、霸主，仰賴其實力維持天下秩序，保住王室象徵性的共主地位。二者相需而用，各得所欲。本文可看作是這一歷史客觀形勢的具體事證。

周天子賜齊侯祭肉，並賜其不必下階拜謝，純是籠絡。宗廟祭肉，只分給同姓諸侯及二王（夏、殷）之後，齊國並非周天子的同姓諸侯，亦非二王之後，周天子之賜，純因齊國之強大，足以號令諸侯而已，此即文中所謂的「勞」。臣受君賜，有一定的禮節儀式，下階面北再拜稽首是不可免的，今周天子賜其不必下拜，自降威嚴，其原因亦如上述。齊侯堅持依禮拜受，在形式上既已維繫了禮法和周天子的尊嚴，實質上又無損於其霸主的威望，反因此更能得天下諸侯的歸心，可謂一舉兩得。

本文雖簡短，但透過對話的主要形式，生動地反映了天子、霸主之間的微妙關係，有著意在言外的效果。

# 陰飴甥對秦伯

僖公十五年

【題解】本文選自《左傳》魯僖公十五年（晉惠公六年、秦穆公十五年、西元前六四五年），篇名據傳文內容而訂。陰飴甥，春秋時代晉國大夫。姓呂，名飴，字子金。陰（在今山西霍州東南）是其食邑，為晉侯之甥，故稱「陰飴甥」。晉國在晉獻公時，因為寵愛驪姬而殺太子申生立驪姬之子奚齊，群公子紛紛逃亡。秦穆公出兵助公子夷吾歸晉國即位，是為晉惠公。晉惠公即位後並沒有實踐割地給秦國的諾言，又先接受秦國的賑糧而後坐視秦國的饑荒，秦穆公乃出兵伐晉國，在韓原（在今山西榮河縣北）一役，打敗晉軍、俘虜了晉惠公。本文記戰後陰飴甥赴秦求和，以巧妙的外交辭令回答秦伯，促使秦穆公釋放被俘的晉惠公。

十月，晉陰飴甥會秦伯❶，盟于王城❷。

秦伯曰：「晉國和❸乎？」對曰：「不和。小人恥失其君❹而悼喪其親，不憚征繕❺以立圉❻也，曰：『必報讎，寧事戎狄。』君子愛其君而知其罪，不憚征繕以待秦命，曰：『必報德，有死無二。』以此不和。」

秦伯曰：「國謂君何？」對曰：「小人慼❼，謂之不免❽；君子恕❾，以為必歸。小人曰：『我毒秦❿，秦豈歸君？』君子曰：『我知罪矣，秦必歸君。』貳⓫而執之，服而舍之，德莫厚焉，刑莫威焉。服者懷德，貳者畏刑，此一役⓬也，秦可以霸。納⓭而不定，廢而不立，以德為怨，秦不其然。』」

秦伯曰：「是吾心也。」改館⓮晉侯，饋七牢⓯焉。

【注釋】❶秦伯　指秦穆公。名任好，春秋五霸之一，在位三十九年（西元前六五九～前六二一年）。秦國為伯爵諸侯國。❷王城　秦國地名。在今陝西朝邑西南。❸和　和睦；和洽。❹君　指晉惠公。即下文「晉侯」，名夷吾，在位十四年（西元前六五〇～前六三七年）。❺征繕　徵軍賦、治甲兵。❻圉　晉惠公太子。即晉懷公，繼晉惠公而立，在位二年（西元前六三七～前六三六年）。❼慼　憂慮。❽不免　不免被殺。❾恕　以己心推想他人。❿毒秦　害秦。指秦國曾兩次運糧救晉國之饑荒，其後秦國饑荒晉國卻置之不救。⓫貳　有二心。⓬役　戰役。指魯僖公十五年秦國、晉國於韓原之戰役。⓭納　進入。此指秦穆公於魯僖公十年（西元前六五〇年）助晉惠公入晉國即位。⓮館　接待賓客的館舍。此用為動詞。晉惠公原被拘於靈臺，今則使入賓館。⓯七牢　七牛、七羊、七豕。七牢為饋贈諸侯之禮，此秦伯示意將送晉惠公歸國，故以諸侯之禮待之。牛、羊、豕各一為一牢。

【語譯】十月，晉國陰飴甥會見秦伯，在王城訂盟約。

秦伯說：「晉國內部和睦嗎？」陰飴甥回答說：「不和睦。人民以國君被俘為恥又傷悼失去親人，不怕徵稅徵兵以立圉為國君，說：『一定要報仇，寧可事奉戎狄。』士大夫愛國君也知道他的過失，不怕徵稅徵兵以等待秦國的命令，說：『一定要報答秦國的恩德，至死不變。』因此不和睦。」

秦伯說：「你們認為你們國君的結果會怎樣呢？」陰飴甥回答說：「人民憂慮，認為不免被殺；士大夫將心比心，認為一定會送回來。人民說：『我們害了秦國，秦國哪肯讓國君回來？』士大夫說：『我們已經知罪了，秦國一定會讓國君回來。有二心就捉了他，服從了就釋放他，這是最深厚的恩德，最威嚴的刑罰了。使服從的懷念恩德，有二心的畏懼刑罰，憑這一次戰役，秦國就可以稱霸。助他回國即位而不能使他安定，甚至於又廢掉他，這是把恩德變成怨仇，秦國不會這樣做的。』」

秦伯說：「這正是我的意思啊。」於是把晉君遷到賓館，送他七牢之禮。

【研　析】本文可分四段。一、四段記事，二、三段記陰飴甥的外交辭令。秦穆公問陰飴甥兩個問題，「晉國和乎」和「國謂君何」。秦穆公的原意是藉會見以刺探晉國的虛實，可滅則滅，可和則和。所以這兩個問題完全是一副試探的口氣，陰飴甥如果應對不當，即有可能激怒秦穆公或者洩漏了晉國內部情形，這對晉國都是不利的。但是他不亢不卑、外柔內剛，說盡晉國人對秦國的觀感，絲毫不帶個人的主觀，不但宣示了晉國人復仇的決心，又適度表達了晉國人對秦國的期待，使得秦穆公只好說送回晉惠公「是吾心也」。不久，也便送晉惠公回國了。其實秦穆公是從陰飴甥的言辭中察覺滅掉晉國並不容易，也感到被尊重、被期待的滿足，才會順水推舟的說出這話吧！

堅定的立場、委婉的言辭、巧妙的表達，是陰飴甥完成此次外交任務的原因。

# 子魚論戰

僖公二十二年

【題　解】本文選自《左傳》魯僖公二十二年（宋襄公十三年、楚成王三十四年、鄭文公三十五年、西元前六三八年），篇名據傳文內容而訂。子魚，春秋時代宋國公子，名目夷，字子夷。曾為宋襄公之相。魯僖公二十二年冬，宋、楚兩國戰於泓水，宋師大敗，宋襄公負傷，並於次年五月不治而死。戰爭的起因是在諸侯霸主齊桓公死後，宋襄公想跟楚國爭霸，因為鄭國依附楚國，宋襄公怒而伐鄭國，而楚國則出兵伐宋國救鄭國。本文記敘此次戰役的戰前、戰時、戰後，暗示了宋師敗績的原因，在於宋國失天命，以及宋襄公的迂腐和不識時務。

楚人伐宋以救鄭。宋公❶將戰，大司馬❷固❸諫曰：「天之棄商❹久矣，君將興之，弗可赦也已。」弗聽。

及楚人戰于泓❺。宋人既成列，楚人未既濟❻。司馬❼曰：「彼眾我寡，及其未既濟也，請擊之。」公曰：「不可。」既濟而未成列，又以告。公曰：「未可。」既陳❽而後擊之，宋師敗績。公傷股，門官❾殲❿焉。

國人皆咎⓫公。公曰：「君子不重傷⓬，不禽二毛⓭。古之為軍也，不以阻隘⓮也。寡人雖亡國之餘，不鼓⓯不成列。」子魚曰：「君未知戰。勍⓰敵之人，隘而不列，天贊⓱我也；阻而鼓之，不亦可乎？猶有懼焉。且今之勍者，皆吾敵也。雖及胡耇⓲，獲則取之，何有於二毛？明恥教戰，求殺敵也。傷未及死，如何勿重？若愛重傷，則如⓳勿傷；愛其二毛，則如服焉。三軍以利用⓴也，金鼓以聲氣㉑也。利而用之，阻隘可也；聲盛致志㉒，鼓儳㉓可也。」

【注釋】❶宋公　指宋襄公。春秋時代宋國的國君，名茲父，在位十四年（西元前六五〇～前六三七年）。❷大司馬　官名。掌軍旅之事。❸固　公孫固。宋莊公之孫。❹商　宋國為殷商之後，故宋人每自稱商。❺泓　泓水。舊河道約在今河南柘城北。❻濟　渡過。❼司馬　官名。即下文「子魚」，名目夷，宋襄公之異母兄。❽陳　通「陣」。列陣。❾門官　君王近衛。❿殲　盡。⓫咎　埋怨。⓬重傷　再傷。傷害已受傷者。⓭二毛　毛髮半白半黑。⓮阻隘　在險隘處遏阻敵人。⓯鼓　擊鼓進軍。此指攻擊。下「鼓之」同。⓰勍　強。⓱贊　助。⓲胡耇　老人。胡、耇皆有「壽」、「老」之意。⓳如　應當。下「則如服焉」同。⓴以利用　因利而用；有利則用。以，因。㉑以聲氣　用其聲以勵勇氣。以，用。㉒聲盛致志　因鼓聲大作而士氣高昂。致，極。㉓儳　不整齊。

【語譯】楚國攻打宋國以援救鄭國。宋公將要應戰，大司馬公孫固進諫說：「上天久已拋棄我商國，君王卻想要復興，這是得不到寬恕的。」宋公不聽。

宋軍和楚軍在泓水交戰。宋軍已經列陣，楚軍還沒全部渡河。司馬說：「他們人多而我們人少，趁他們還沒全部渡河，請下令攻擊。」宋公說：「不行。」楚軍全部過河而尚未列陣，司馬又請求攻擊。宋公說：「不行。」等到楚軍已經列陣，宋公才下令攻擊，結果宋軍大敗。宋公大腿受傷，左右衛士全部陣亡。

宋國人都埋怨宋公。宋公說：「君子不傷害傷兵，不捉毛髮半白的人。古人用兵，不在險隘的地方遏阻敵人。寡人雖是亡國的後代，不會攻擊尚未列陣的敵軍。」子魚說：「君王並不了解戰爭。強敵因為地形險隘而尚未列陣，這是天助我們；加以阻遏、攻擊，不是很好嗎？只怕這還未必獲勝哪。並且這些強悍的楚國士兵，都是我們的敵人啊。即使是老人，捉到就抓回來，管他頭髮白不白呢？讓士兵知恥，教他們作戰，就是要他們殺敵啊！受傷而沒有死的敵人，為什麼不可以再殺他？如果不忍心殺害受傷的敵人，那一開始就不該殺傷他；如果同情年長的敵人，那就該向他們投降。軍隊是為求取戰果而出動，金鼓則是用聲音來激勵勇氣。為求戰果而出動，那麼在險隘的地方遏阻敵人是可以的；鼓聲大作、士氣高昂，那麼攻擊尚未列陣的敵人也是可以的。」

**【研　析】**本文可分三段。首段記戰前，重點在於大司馬公孫固的諫言。大司馬以為商（即宋）失天命已久，宋襄公欲興商而發動戰爭，是違天命而不可赦。兩國交戰，可記的事必定很多，而作者重點地記下這段話，從文章技巧的角度看，這有著預示下文「宋師敗績」的伏筆的作用。

第二段記戰事，但重點擺在宋襄公和司馬子魚對於出擊時機的不同看法。子魚主張「以整擊亂」，趁楚國軍隊未完成戰鬥準備時出擊，宋襄公則堅持在敵方「既濟」、「既陳」「而後擊之」，結果是「宋師敗績」。從文章技巧的角度來看，本段既重點突出宋師在戰場上的失利是由於宋襄公戰術運用的失當，與上段的「失天命」共同構成宋國失敗的原因；又引發了讀者對於宋襄公何以如此的疑問或好奇，於是下段宋襄公與子魚的對答，就有它的必要性了。

第三段記戰後。宋襄公的話，具體說明了他在此次戰役中何以有如上段的表現。可以說，他對戰爭的觀念還停留在封建制度下一切依禮行事的認識，而子魚的話，則代表了春秋以來求戰果而不計人道的嶄新的戰爭概念。如果說宋師敗績的原因是由於宋襄公的延誤戰機，那麼，此一延誤其實是根源於宋襄公不合潮流的戰爭概念。

從文章的角度來說，全文依序為戰前、戰時、戰後，層次非常分明；如果以「宋師敗績」為中心，我們也可以看出全文環繞著這個重心而作有選擇性的史料安排，結構非常嚴謹。

從思想的角度來說，宋襄公既想爭霸於當代，又心存古代的觀念，這註定了他霸圖的失敗。戰爭必有殺戮，那是不人道的，因為任何生命都是寶貴的；如果要講求人道，而戰爭又不可避免，那麼，人道的極限又何在？這似乎也是閱讀本文後一個可以思考的問題。

# 寺人披見文公

僖公二十四年

【題　解】本文選自《左傳》魯僖公二十四年（晉文公元年、秦穆公二十四年、西元前六三六年），篇名據傳文內容而訂。寺人，宦官。披，人名。文公，晉文公。春秋時代晉國國君。晉獻公之子，名重耳，春秋五霸之一，在位九年（西元前六三六～前六二八年）。本文記敘晉文公回國即位後，其弟晉惠公的舊臣呂甥與郤芮圖謀焚燒宮室，殺害晉文公。寺人披得知這個陰謀，向晉文公告密，因此得以預先防範而免於難。寺人披是晉文公的舊仇，晉文公能接納舊仇，拋棄前嫌，是他幸免的原因。

呂、郤❶畏偪❷，將焚公宮而弒晉侯❸。

寺人披請見。公使讓❹之，且辭❺焉，曰：「蒲城之役❻，君❼命一宿❽，女❾

即至。其後余從狄君⑩以田⑪渭濱，女為惠公⑫來求殺余，命女三宿，女中宿⑬至。雖有君命，何其速也？夫袪⑭猶在，女其行乎！」

對曰：「臣謂君之入也，其知之矣。若猶未也，又將及難。君命無二，古之制也。除君之惡，唯力是視⑮。蒲人、狄人，余何有焉？今君即位，其無蒲、狄乎？齊桓公置射鉤⑯而使管仲相，君若易之⑰，何辱命焉？行者甚眾，豈唯刑臣⑱？」

公見之，以難告。晉侯潛會秦伯⑲于王城⑳。己丑晦㉑，公宮火。瑕甥㉒、郤芮不獲公。乃如河上，秦伯誘而殺之。

【注釋】❶呂郤　呂甥和郤芮。皆晉惠公舊臣。呂甥即〈陰飴甥對秦伯〉中的陰飴甥。名飴，食邑於陰，又食邑於呂，為晉侯之甥。❷偪　通「逼」。迫害。❸晉侯　指晉文公。晉為侯爵諸侯國。❹讓　責備。❺辭　拒絕。❻蒲城之役　魯僖公五年（西元前六五五年），晉獻公殺其太子申生，公子重耳（晉文公）奔蒲（今山西隰縣），晉獻公命寺人披攻蒲，重耳翻牆逃走，寺人披砍下重耳的一截衣袖。❼君　指晉獻公。❽一宿　隔一夜。即出發日的第二天。❾女　汝。❿狄君　狄人之君。狄為北方部族名，重耳母親為狄人。⓫田　打獵。⓬惠公　指晉惠公。晉文公之弟，先晉文公即位。⓭中宿　一宿。即出發日起的第三天。⓮袪　衣袖。⓯唯力是視　盡力而為。⓰射鉤　射中衣帶鉤。管仲初事公子糾，為助公子糾即齊國君位，以箭射小白（齊桓公），中其帶鉤。⓱易之　反之；改之。指作法與齊桓公相反。⓲刑臣　刑餘之臣。宦官須受宮刑，故寺人披自稱如此。⓳秦伯　指秦穆公。秦為伯爵諸侯國。⓴王城　地名。在今陝西大荔東。魯襄公十一年（西元前五六二年）始屬秦國。㉑己丑晦　即三月二十九日。晦，月末。㉒瑕甥　即呂甥。

【語　譯】呂甥和郤芮恐怕受到迫害，準備放火燒宮室而殺晉文公。宦官披請求進見。晉文公派人責備他，並且拒絕接見，說：「蒲城那件事，君王命令你第二天到，你卻當天就到。後來我和狄君在渭水邊打獵，你為惠公來找機會殺我，命令你第四天到，你卻第三天就到。雖然你是奉了君命，但又何必那麼快呢？當年被你砍下的袖口還在，你還是走吧！」

披回答說：「臣以為君王回國後，應該知道為君之道了。如果還不知道，恐怕還會遇到禍難的。人臣執行君王命令，不得有二心，這是古代的制度啊！為君除害，本當盡力而為。蒲人、狄人，對我來說算什麼呢？現在君王已經即位，難道不會再有像在蒲、狄時的禍難嗎？齊桓公不計較被射中帶鉤的舊怨而任用管仲為相，君王如果和他相反，何必君王的命令呢？離開的人一定很多，豈只臣一人而已？」

晉文公接見了他，他把即將發生的禍難向晉文公報告。晉文公暗地裡到王城去會見秦穆公。三月二十九日，晉文公的宮室起火。瑕甥、郤芮找不到晉文公，就趕到河邊，秦穆公誘殺了他們。

【研　析】本文可分四段。首段記呂、郤的陰謀。二段記晉文公責備寺人披並拒絕接見。三段記寺人披的答辯。四段記呂、郤發難及此事件的結局。

寺人披曾兩次受命殺害公子重耳，所以當他求見，晉文公便以舊怨相責並拒絕接見。針對晉文公的反應，寺人披的答辯首先以「君命無二」、「唯力是視」為自己脫罪，表示從前種種，無非奉命行事，罪不在己；其次舉齊桓公「置射鉤而使管仲相」為例，暗示晉文公當不念舊惡方能成大事。透過這兩點答辯，寺人披表示他對國君的忠心，並不專主一人而是視其在位與否。今晉文公既已在位，便是自己效忠的對象，用這來對晉文公輸誠，而又時時語含威脅，暗示晉文公如果不能寬大為懷、盡棄前嫌，則「行者甚眾」、「又將及難」、「其無蒲、狄乎」，禍難仍有可能發生。

從文章的結構看，寺人披得知呂、郤的陰謀，他的反應是「請見」。寺人披的動作，經過「拒絕」、「答辯」，最後交集在「公見之」而完成，接著「以難告」，除了進一步完成「動作」的目的，也呼應並延續了首段。於是，陰謀曝光、失敗，陰謀者被殺。這樣的結構，線索脈絡明晰，又有凸出的重心，可說相當傑出。從文章的內含來看，寺人披可算是一個陰險反覆的小人，也可以把他看作是一個識時務、明利害的世俗之人。總之，他不是一個能「擇善固執」的君子人。但是，從第三段他的反應，我們不得不佩服他的辯才無礙。晉文公的「使讓之，且辭焉」，可以看作是人情之常的反應，但其後的「公見之」，則又充分顯現出一個霸者所具有的氣度。如果不是接見了寺人披，晉文公很有可能會被燒死，則他哪來往後名留青史的霸業呢？

# 介之推不言祿

僖公二十四年

**【題　解】**本文選自《左傳》魯僖公二十四年（晉文公元年、西元前六三六年），篇名據傳文內容而訂。介之推，一作介子推、介推。春秋時代晉國人。曾隨晉文公流亡。本文記敘晉文公流亡國外十九年後，回國即位，賞賜跟隨他流亡的人，而介之推認為晉文公是得天命而立，臣下不該冒功領賞，便和母親一起隱遁，至死而不求祿。

晉侯❶賞從亡者。介之推不言祿❷，祿亦弗及。

推曰：「獻公之子九人，唯君❸在矣。惠、懷❹無親，外內棄之。天未絕晉，必將有主。主晉祀者，非君而誰？天實置❺之，而二三子以為己力，不亦誣❻乎？竊人之財，猶謂之盜，況貪天之功以為己力乎？下義❼其罪，上賞其姦，上下相蒙❽，難與處矣。」

其母曰：「盍❾亦求之？以死，誰懟❿？」對曰：「尤⓫而效之，罪又甚焉。且出怨言，不食其食⓬。」其母曰：「亦使知之，若何？」對曰：「言，身之文⓭也。身將隱，焉用文之？是⓮求顯也。」其母曰：「能如是乎？與汝偕隱。」遂隱而死。

晉侯求之不獲，以緜上⓯為之⓰田⓱，曰：「以志吾過，且旌⓲善人。」

【注釋】❶晉侯　指晉文公。晉國為侯爵諸侯國。❷祿　賞賜。❸君　指晉文公。❹惠懷　指晉惠公、晉懷公父子。❺置　立。❻誣　欺騙；虛妄。❼義　用為動詞。視之為義。❽蒙　欺騙；蒙蔽。❾盍　何不。❿懟　怨。⓫尤　罪過。此用為動詞。責其罪過。⓬食　指俸祿、賞賜。⓭文　文飾；裝飾。⓮是　此；如此。指上文「文之」。⓯緜上　晉國地名。在今山西介休東南介山下。⓰之　其。指介之推。⓱田　祭田。⓲旌　表揚。

【語　譯】晉侯賞賜跟隨他流亡的人。介之推從不談賞賜，而賞賜也沒有給過他。

介之推說：「獻公的九個兒子，只有君王在世了。惠公、懷公沒有親近的人，國內外都離棄他們。如果天意不滅絕晉國，必定會有君主。主持晉國祭祀的人，除了君王還有誰？這是天意立他為君，而那些人卻以為是自己的功勞，這不是欺騙嗎？偷別人的財物，尚且叫做盜，何況是冒取上天的功勞認為是自己的力量呢？下面的人把罪過看作合理，上面的人賞賜他們的奸惡，上下相互欺蒙，這就難和他們相處了。」

他的母親說：「何不也去求賞呢？就這樣直到老死的話，你能怨誰？」介之推回答說：「既然批評了他們，卻又去效法他們，那我的罪過就更深重了。況且已口出怨言，就不該再受他的俸祿。」他的母親說：「也讓他知道一下，怎麼樣？」介之推回答說：「言語是身體的文飾。身體就要隱遁了，哪用得著文飾？文飾就是求顯達了。」他的母親說：「你能這樣嗎？那我就和你一起隱遁。」於是隱居到死。

晉侯找不到介之推，就把緜上作為他的祭田，說：「用這來表示我的過失，並且表揚好人。」

【研　析】本文可分四段。首段記事，而「不言祿」、「祿亦弗及」是以下三段記言、記事之所本，故本段可看作是全文的總冒或引子。二段記介之推的言論，說明上段所記「不言祿」的理由。他認為晉文公之立乃天命而非人力，所以那些爭功求賞的人是錯的，進一步他認為在那「上下相蒙」的環境，他很難和那些人相處（「難與處矣」），這為下段的「隱」埋下一伏筆。三段記介之推母子的對話，從「求之」、「使知之」等與「不言祿」正好相反的假設性舉動，進一步表明了介之推「不言祿」的堅定不移；最後的「遂隱而死」，則為「不言祿」作出結局。四段記晉文公以緜上為介之推祭田，此段遙承首段的「祿亦弗及」，使得整個故事有一個較為公道的結局。

全文值得注意的有兩點，其一是對比的效果，突出表現了介之推耿介廉潔的人格，這應是本文重點之所在。所謂對比，具體表現在「從亡者」的爭功求賞和介之推的不敢居功。其二是介之推的母教。二段介之推母親的問話，可以看作是她對兒子的反激、試探，而不是她在鼓勵兒子去求祿，所以在經過兩番試探，確定兒子的心意之後，她以「與汝偕隱」對兒子作出最好的支持。如果我們從本文而肯定介之推人格的高尚，那他所受的母教，應該是一個很重要的原因吧！

## 展喜犒師

僖公二十六年

【題　解】本文選自《左傳》魯僖公二十六年（齊孝公九年、西元前六三四年），篇名取傳文首段四字而訂。展喜，春秋時代魯國大夫。本文記敘齊國伐魯國，展喜以犒勞齊師為名憑其外交辭令，說服齊孝公退師。

齊孝公❶伐我北鄙。公❷使展喜犒師❸，使受命于展禽❹。

齊侯❺未入竟❻，展喜從之❼，曰：「寡君聞君親舉玉趾，將辱於敝邑，使下臣犒執事❽。」齊侯曰：「魯人恐乎？」對曰：「小人恐矣，君子則否。」齊侯曰：「室如懸罄❾，野無青草，何恃而不恐？」對曰：「恃先王❿之命。昔周公⓫、大公⓬，股肱⓭周室，夾輔⓮成王。成王勞之，而賜之盟，曰：『世世子孫，無相害也。』載⓯在盟府，太師⓰職⓱之。桓公是以糾合諸侯，而謀其不協，彌縫⓲其闕⓳，而匡⓴救其災，昭舊職也。及君即位，諸侯之望㉑曰：『其率㉒桓之功。』我敝邑用不敢保聚㉓，曰：『豈其嗣世九年㉔，而棄命廢職？其若先君何？君必不然。』恃此以不恐。」

齊侯乃還。

【注釋】❶齊孝公　春秋時代齊國的國君。齊桓公之子，名昭，在位十年（西元前六四二～前六三三年）。❷公　指魯僖公。魯莊公之子，名申，在位三十三年（西元前六五九～前六二七年）。❸犒師　犒勞齊師。犒，用酒食勞軍。❹展禽　展喜之兄。魯國人，名獲，字禽。食邑於柳下，私諡惠，亦稱柳下惠。❺齊侯　指齊孝公。齊國為侯爵諸侯國。❻竟　通「境」。❼從之　就之。即出境見齊侯。❽執事　供使令之人。此指齊師。❾室如懸罄　形容貧乏無儲蓄。貧窮人家，屋舍之脊高起，兩簷下垂，室內空無所有，如磬之懸掛，故稱。罄，通「磬」。古代的一種打擊樂器，用石或玉雕成，中間高，兩邊折而向下，其間空洞無物。❿先王　指周成王。⓫周公　周文王之子，名旦。輔佐周成王，周成王封其長子伯禽於魯。⓬大公　即姜太公。佐周武王伐紂，為周開國元勳，周成王封之於齊。⓭股肱　大腿和胳膊。引申為輔佐君王的大臣。此用為動詞。衛護。⓮夾輔　輔佐。⓯載　盟約。古稱載書，省稱載。⓰太師　官名。掌國家典籍等。⓱職　主管。⓲彌縫　彌補；補救。⓳闕通「缺」。缺失。⑳匡　補救。㉑望　期望。㉒率　遵循。㉓保聚　聚眾保衛。㉔九年　齊孝公於魯僖公十八年繼位，至此九年。

【語　譯】齊孝公攻打我國北部邊境。僖公派展喜去犒勞齊師，並且要他先向展禽請教如何措辭。

齊孝公還沒進入我國國境，展喜就出境去見齊孝公，說：「敝國國君聽說君王親自出動大駕，將要光臨敝國，特派下臣來犒勞君王的軍隊。」齊孝公說：「魯國人怕嗎？」展喜回答說：「人民怕，士大夫則不怕。」齊孝公說：「屋舍像懸掛的罄那樣空洞，四野連青草都沒有，仗著什麼而不怕？」展喜回答說：「仗著先王的命令。從前周公、太公衛護周室，輔佐周成王。周成王慰勞他們，賜給他們盟約，說：『世世代代、子子孫孫，不可互相傷害。』這盟約藏在盟府，由太師掌管。齊桓公因此聯合諸侯，來調解他們的不和，彌補他們的缺失，挽救他們的災難，這是彰顯舊有的職責啊！到了君王即位，諸侯期望著說：『一定遵循齊桓公的功業吧！』敝國因此不敢聚眾保衛，說：『難道繼位才九年，就拋棄王命、荒廢職責？這樣怎對得起他的先君？君王一定不會這樣的。』仗著這個，所以不怕。」

齊孝公就收兵回國了。

【研　析】本文可分三段。首、末兩段記事，一為事件之起始，一為事件之結局。二段記展喜說齊孝公的言辭，為全文重心。

展喜奉命犒勞齊師，而實擔負說退敵軍的外交使命。從文中齊孝公所說的「魯人恐乎」、「何恃而不恐」，可見其顧盼自雄、志在必得的信心，而展喜卻能以委婉堅定的言辭，使得齊孝公無言而還，可見其措辭之妙。文中展喜有三段話，重點在最後一段。第一段話可說是後二段話的引言，屬於一般的外交辭令；第二段話的「小人恐矣」，是順著齊孝公「魯人恐乎」的問話，先滿足齊孝公的自大心理，而真正要說的則是「君子則否」。這樣的簡短肯定，可想而知，必然引起齊孝公的好奇或者說是不解，所以順著齊孝公「何恃而不恐」的疑問，第三段話詳細闡說了「君子則否」的原因。為什麼「君子則否」呢？展喜說出二大原因：一是「恃先王之命」，那「世世子孫，無相害也」的盟約，這是從體制上提醒齊孝公。如果齊孝公在主觀意識或客觀實力上尚未能完全否定以周天子為中心的封建體制，而在這個體制之下，齊、魯又有著淵源久遠、關係密切的傳統，那麼，齊、魯必無相害之理。二是「諸侯之望」齊孝公「昭舊職」。這是以「霸主」的頭銜來套住齊孝公。齊桓公為春秋的首位霸主，其功業在於「糾合諸侯，而謀其不協，彌縫其闕，而匡救其災」。換言之，霸主是為天下維持秩序的，而不是以強凌弱、以大欺小的。齊孝公既有意繼承其父齊桓公的霸業，自當如是，所以展喜的結論是「君必不然」，不會強凌弱、大欺小。如此這般，當然是「不恐」了。

熟悉歷史並抓準齊孝公的心理，再加上明晰的說理，是展喜之所以能圓滿達成任務的原因，也是本文第二段的精彩佳妙之處。

## 燭之武退秦師

僖公三十年

**【題　解】**本文選自《左傳》魯僖公三十年（晉文公七年、秦穆公三十年、鄭文公四十三年、西元前六三〇年），篇名據傳文內容而訂。燭之武，春秋時代鄭國大夫。魯僖公二十八年，晉、楚二國為爭奪霸權，爆發了城濮（在今山西鄄城西南）之戰，楚國戰敗，晉國因而稱霸諸侯。鄭國在此次戰役中曾出兵幫助楚國，加上先前晉文公流亡在外時，受過鄭國的冷落，新仇舊怨，終於使晉文公聯合秦國圍攻鄭國。本文記敘燭之武在鄭國的危急關頭，擔任說客，說服秦穆公單獨撤軍，並且派人助鄭國防守，迫使晉國也只好撤兵，因而使鄭國化險為夷、安渡難關。

晉侯❶、秦伯❷圍鄭，以其無禮於晉❸，且貳於楚❹也。晉軍函陵❺，秦軍氾南❻。

佚之狐❼言於鄭伯❽曰：「國危矣！若使燭之武見秦君，師必退。」公從之。辭曰：「臣之壯也，猶不如人；今老矣，無能為也已。」公曰：「吾不能早用子，今急而求子，是寡人之過也。然鄭亡，子亦有不利焉！」許之。

夜，縋❾而出。見秦伯，曰：「秦、晉圍鄭，鄭既知亡矣。若亡鄭而有益於君，敢以煩執事❿。越國以鄙遠⓫，君知其難也；焉用亡鄭以陪鄰⓬？鄰之厚，君之薄也。若舍鄭以為東道主⓭，行李⓮之往來，共⓯其乏困，君亦無所害。且君嘗為晉君賜⓰矣，許君焦、瑕⓱，朝濟⓲而夕設版⓳焉，君之所知也。夫晉，何厭⓴之有？既東封㉑鄭，又欲肆㉒其西封；若不闕㉓秦，將焉取之？闕秦以利晉，唯君圖之。」

秦伯說㉔，與鄭人盟，使杞子、逢孫、楊孫㉕戍㉖之，乃還。子犯㉗請擊之。公曰：「不可。微㉘夫人㉙之力不及此。因人之力而敝㉚之，不仁；失其所與㉛，不知；以亂易整㉜，不武。吾其還也。」亦去之。

【注釋】❶晉侯　指晉文公。晉國為侯爵諸侯國。❷秦伯　指秦穆公。秦國為伯爵諸侯國。❸無禮於晉　指魯僖公二十三年（西元前六三七年），重耳（晉文公）流亡過鄭國，鄭文公不以禮待之。❹貳於楚　指鄭國與楚國親近而對晉國有二心。貳，兩屬。此指鄭國既附晉國，又親楚國。❺函陵　鄭國地名。在今河南新鄭北。❻氾南　氾水之南。氾，水名。此指東氾水，在今河南中牟南。❼佚之狐　鄭國大夫。❽鄭伯　指鄭文公。名踕，在位四十五年（西元前六七二～前六二八年）。鄭國為伯爵諸侯國。❾縋　用繩繫之使其自上往下墜。❿執事　供使令之人。此處實指秦伯，為示尊敬，不敢直指。⓫鄙遠　以遠地為邊邑。鄙，邊邑。此用為動詞。⓬陪鄰　增加鄰國的土地。陪，增加。鄰，鄰國。此指晉國。⓭東道主　東方道路上的主人。秦國與東方諸侯往來，多經鄭國。⓮行李　外交人員。亦作「行理」。⓯共　通「供」。供應。⓰為晉君賜　有恩於晉國國君。此指晉惠公得秦穆公之助而回國即位。⓱焦瑕　晉國之二邑名。在今河南陝縣南。⓲濟　渡河。⓳設版　指築城牆。版，築牆用的夾版。⓴厭　滿足。㉑封　封地；領土。此用為動詞。開拓領土。㉒肆　拓展。㉓闕　損害；削弱。㉔說　通「悅」。喜悅；高興。㉕杞子逢孫楊孫　皆秦國大夫。㉖戍　防守。㉗子犯　晉國大夫。姓狐，名偃，字子犯，晉文公的舅父，又稱舅犯。㉘微　無。㉙夫人　那個人。此指秦穆公。秦穆公曾助晉文公回國即位。㉚敝　敗。㉛所與　所親善。此指秦國。㉜以亂易整　以分裂取代團結。

**【語　譯】**晉侯、秦伯圍攻鄭國，因為鄭國曾經對晉侯無禮，又和楚國親近，對晉國有二心。晉國駐軍在函陵，秦國駐軍在氾南。

佚之狐對鄭伯說：「國家危險了！如果派燭之武去見秦國國君，秦軍一定會撤走的。」鄭伯聽從他的話，去請燭之武。燭之武推辭說：「臣壯年時，尚且不如他人；現在老了，更是不中用了。」鄭伯說：「我沒有及早任用你，現在形勢緊急才來求你，這是寡人的錯。可是鄭國滅亡，對你也不利啊！」燭之武就答應了。

夜裡，用繩子將他吊下城去。見了秦伯，他說：「秦國、晉國圍攻鄭國，鄭國已經自知要亡了。如果滅掉鄭國對君王有益，那倒值得勞動君王的左右。但是越過他國而以遠方的土地為邊邑，君王也知道它的困難；又何必滅掉鄭國來增加鄰國的土地呢？鄰國的擴大，就是君王的削弱啊。如果放過鄭國，作為東方道路上的主人，使者的往來，鄭國可以供應所缺，對君王並沒有害處。並且君王曾有恩於晉國國君，而晉國國君答應以焦、瑕二地作為報答，結果早晨渡過黃河，晚上就築牆設防，這是君王所知道的。晉國，哪會滿足呢？既在東邊的鄭國開拓領土，一定又要擴大它西邊的領土；如果不侵損秦國，到哪裡去取得土地？侵損秦國來使晉國得利，這一切只有請君王考慮了。」

秦伯很高興，和鄭國結盟，派杞子、逢孫、楊孫在鄭國幫助防守，就回去了。

子犯請晉侯截擊秦軍。晉侯說：「不行，沒有那個人的幫助，我哪有今天。受人幫助卻回頭來打擊他，這是不仁；失去親善的盟國，這是不智；以分裂取代團結，這是不武。我們還是回去吧！」晉軍也撤兵了。

【研　析】本文可分五段。首段記晉、秦兩國聯合圍攻鄭國，為全文營造了一種山雨欲來、泰山壓頂的緊張氛圍。這其中有兩點值得注意：其一是圍攻鄭國乃出於晉國的主動，「無禮於晉，且貳於楚」都是晉、鄭兩國之間的恩怨，與秦國無干；其二是晉、秦二國雖聯合圍攻鄭國，但其軍隊一北一南，並未有統一的指揮系統，可說是雖合實分、各自為政。第一點是戰爭的起因，第二點是聯軍的態勢，作者在本段著意於此，似乎有意暗示：燭之武分化離間的言辭，正是針對此種狀況而見縫插針，成功的機率相當地高。

二段記鄭國內部的因應。本段在文章技巧上值得注意的有二：其一是佚之狐的話，有著承上啟下的關鍵作用。對於國家危機的高度警覺（「國危矣」），派燭之武為說客的建議，這是承上，亦即回應首段所鋪陳的危急形勢。派燭之武為說客的建議及「師必退」的預測，又成為以下文字的張本，這是啟下。其二是對比手法的運用。燭之武原本存在著的一些怨望——在這之前不被鄭伯重用的怨望，由於鄭伯的引咎自責，動之以利害，而前嫌盡棄；因此，鄭國內部是在大敵當前的情況下，君臣和衷共濟、休戚與共。這和首段晉、秦二國動機強弱不一，結合鬆散的情況，正成一強烈對比，而晉軍不能得逞，鄭國將得保全的結局，在此似乎也已先伏一筆。

三段記燭之武對秦伯的說辭，是全文的高潮，也是最精彩的部分。燭之武的說辭可分兩方面來了解：其一是滅亡鄭國無益於秦國而有利於晉國，利於晉國即有害於秦國。所以說「越國以鄙遠，君知其難」，而「亡鄭」只是「陪鄰」，「鄰之厚，君之薄也」，其結果將至於「闕秦以利晉」。為了落實這樣的說辭，他還翻晉惠公忘恩食言的舊帳，以加深秦伯原有的對晉國的不滿，並且暗示秦伯：晉國是不可靠的。其二是說之以利，但卻僅許之以「行李之往來，共其乏困」這種小利。全段重點在曉之以害，這主要是燭之武洞悉了晉、秦二強在當時的矛盾，極力從其矛盾關係中施展攻心之計；而全段八次提到「君」，似乎處處在為秦國著想，而不是為鄭國著想，更增強了說辭的親切和感染力，所以秦伯「說」似乎也是勢所必至、理所必有的反應了。

四、五段記結局。五段晉文公的話，反映出一個霸主的自我期許，可見其成功自有原因。

從全文的結構來看，一、二段為起局，四、五段為結局，三段為高潮，呈現出一種對稱之美；而通過前後的對比、承應，使得全文環環相扣，密不可分，是非常嚴謹的。

## 蹇叔哭師

僖公三十二年

**【題　解】**本文選自《左傳》魯僖公三十二年（秦穆公三十二年、鄭文公四十五年、西元前六二八年），篇名據傳文內容而訂。蹇叔，春秋時代秦國大夫。本文記敘蹇叔勸諫秦穆公別出兵偷襲鄭國，而秦穆公不聽勸阻，秦軍出發，蹇叔面對秦師及出征的兒子哭泣，並預言師出無回，必定覆敗。魯僖公三十年，晉、秦二強圍攻鄭國，鄭國大夫燭之武奉命說秦穆公，單獨與鄭國訂盟，並派大夫杞子等三將領助鄭國防守。魯僖公三十二年，晉文公卒，鄭國又讓杞子掌管北門，於是秦穆公想趁機襲滅鄭國，以遂行自秦襄公（西元前七七七～前七六六年在位）以來逐鹿中原的東進政策，因此不聽勸阻而出師遠征。次年，因軍機洩露，匆促退兵，在殽山為晉軍截擊而大敗，領軍的孟明等三將領被俘，證實了蹇叔的老成持重、動燭機先。

杞子❶自鄭使告于秦曰：「鄭人使我掌其北門之管❷，若潛師❸以來，國可得也。」

穆公訪❹諸蹇叔。蹇叔曰：「勞師以襲遠，非所聞也。師勞力竭，遠主備之，無乃不可乎？師之所為，鄭必知之；勤❺而無所❻，必有悖❼心。且行千里，其誰不知？」

公辭焉。召孟明、西乞、白乙❽，使出師于東門之外。蹇叔哭之，曰：「孟子❾，吾見師之出而不見其入也！」公使謂之曰：「爾何知？中壽❿，爾墓之木拱⓫矣！」

蹇叔之子與師，哭而送之，曰：「晉人禦師必於殽⓬。殽有二陵焉，其南陵，夏后皐⓭之墓也；其北陵，文王⓮之所辟⓯風雨也。必死是間，余收爾骨焉。」

秦師遂東。

【注　釋】❶杞子　秦國大夫。秦國助鄭防守的三個將領之一。參見〈燭之武退秦師〉。❷管　鎖鑰。❸潛師　祕密出兵。❹訪　問；諮詢。❺勤　勞苦。❻無所　無所得。❼悖　背離。❽孟明西乞白乙　皆秦國大夫。孟明，名視。西乞，名術。白乙，名丙。❾孟子　指孟明。子，男子之美稱。❿中壽　中等壽命。《呂氏春秋・安死》：「中壽不過六十。」時蹇叔約七、八十歲，故下文云「爾墓之木拱矣」。⓫拱　兩手合抱。⓬殽　亦作崤。山名。即崤山，在河南洛寧北，有東西二殽，地勢險要。⓭夏后皐　夏桀之祖父。后，君。⓮文王　指周文王。⓯辟　通「避」。

【語　譯】杞子從鄭國派人回秦報告說：「鄭國派我掌管他們北門的鎖鑰，如果偷偷發兵前來，就可以占領鄭國了。」

秦穆公去請教蹇叔。蹇叔說：「勞動軍隊去偷襲遠方的國家，我沒聽過這種事。軍隊疲憊，戰力衰竭，加上對方有了準備，恐怕不行吧？軍隊的舉動，鄭國一定知道；勞累而沒有斬獲，一定會有背離怨恨之心。

何況千里行軍，誰會不知道？」

穆公不聽。召見孟明、西乞、白乙，命令他們在東門外出兵。蹇叔哭著送他們，說：「孟子，我眼看著軍隊出發卻看不到他們回來了。」穆公派人對他說：「你知道什麼？如果只活六十歲，現在你墳上的樹已經可以兩手合抱了。」

蹇叔的兒子也在軍隊中，蹇叔哭著送他，說：「晉人一定在崤山設伏兵攔擊我軍。崤山有兩座山頭，南邊的是夏后皋的墓，北邊的是當年周文王避風雨的地方。你一定死在這兩座山之間，我會去那裡收你的屍骨。」

秦軍就向東出發了。

【研　析】本文可分五段。首尾兩段都是記事，首段記秦穆公決定偷襲鄭國的原因——杞子掌管鄭國北門，可作內應；末段記秦軍出發。餘二、三、四段可看作是本文的重心，而在這三段中，蹇叔和秦穆公是主角，一個反對偷襲鄭國，一個堅持，茲各別分析如下。

在第二段裡，由於秦穆公的諮詢，蹇叔以元老的身分，對於偷襲鄭國一事作了相當冷靜明智的分析，結論是「行不通」。他的理由是鄭國距秦很「遠」，由於「遠」，所以：㈠我方「師勞力竭」；㈡敵方（包括鄭國、晉國）「必知之」，而知之必「備之」。在這種情況下，當然是「無乃不可」了。但是，秦穆公不聽他的意見而下達出兵的命令，於是蹇叔預見秦師的慘敗而有三、四兩段的「哭」，而其言辭也一改第二段中的冷靜委婉，變得激切露骨。從蹇叔為人的角度來看，這反映了他熱切的愛國心，不忍眼睜睜看到可以預料的挫敗之發生。從文章技巧的角度來看，則蹇叔的三段話以及一哭再哭，有著層層推進、逐步加深、漸次明朗的預示，預示次年殽之戰的結果——秦軍慘敗。

有關秦穆公方面，我們從「訪諸蹇叔」可知他尊重蹇叔；但從「公辭焉」又可知他的諮詢動作，其實是想替他既定的決策尋求支持而已，未必是真心想要聽取蹇叔的意見；及至蹇叔哭師，秦穆公派人傳達的話，已遠遠逾越一個君主應有的風度，以及對待國家元老所應有的禮節了。這三層，作者活現出秦穆公對於偷襲鄭國一事的急切和自信，畢竟東進是秦國長期以來的目標，而晉文公剛死、鄭國又有可乘之機啊！

綜觀全文，層次分明，條理清晰，而人物個性，透過作者的旁述或人物的言辭，都表現得相當的生動。

# 卷二 周文

## 鄭子家告趙宣子 文公十七年

【題解】本文選自《左傳》魯文公十七年（晉靈公十一年、鄭穆公十八年、宋文公元年、西元前六一〇年），篇名據傳文內容而訂。子家，鄭國大夫。趙宣子，晉卿趙盾，宣子是其諡號。魯文公十六年，宋國人弒其國君宋昭公。魯文公十七年春，晉靈公聯合衛國、陳國、鄭國伐宋國，立宋昭公之弟宋文公而還。本文記敘事後諸侯在鄭國的扈邑（在今河南原武西北）會盟，以與宋國媾和。會盟之地雖在鄭國，主盟的晉靈公卻獨不接見鄭穆公，子家寫了一封信給趙宣子，表達嚴正立場，化解了一場外交危機。

晉侯❶合諸侯于扈，平宋❷也。於是晉侯不見鄭伯❸，以為貳於楚也。

鄭子家❹使執訊❺而與之書，以告趙宣子，曰：「寡君即位三年，召蔡侯❻而與之事君❼。九月，蔡侯入于敝邑以行。敝邑以侯宣多❽之難，寡君是以不得與蔡侯偕。十一月，克減❾侯宣多，而隨蔡侯以朝于執事。十二年六月，歸生佐寡君之嫡夷❿，以請陳侯⓫于楚而朝諸君⓬。十四年七月，寡君又朝以蕆⓭陳事。十五年五月，陳侯⓮自敝邑往朝于君。往年⓯正月，燭之武往，朝夷⓰也。八月，寡君又往朝。以陳、蔡之密邇⑰於楚，而不敢貳焉，則敝邑之故也。雖⑱敝邑之事君，何以不免？在位之中，一朝于襄，而再見于君。夷與孤⑲之二三臣，相及于絳⑳。雖我小國，則蔑㉑以過之矣。今大國曰：『爾未逞吾志。』敝邑有亡，無以加焉。古人有言曰：『畏首畏尾，身其餘幾？』又曰：『鹿死不擇音㉒。』小國之事大國也，德，則其人也；不德，則其鹿也。鋌而走險㉓，急何能擇？命之罔極㉔，亦知亡矣，將悉敝賦㉕以待於鯈㉖，唯執事命之。文公㉗二年，朝于齊。四年，為齊侵蔡，亦獲成㉘於楚。居大國之間，而從於強令，豈其罪也？大國若弗圖㉙，無所逃命。」

晉鞏朔㉚行成於鄭，趙穿㉛、公壻池㉜為質焉。

【注釋】❶晉侯　指晉靈公。晉文公之孫，晉襄公之子，名夷皋，在位十四年（西元前六二〇～前六〇七年）。晉國為侯爵諸侯國。❷平宋　與宋國媾和。❸鄭伯　指鄭穆公。鄭文公之子，名蘭，在位二十二年（西元前六二七～前六〇六年）。鄭國為伯爵諸侯國。❹子家　鄭國大夫。即下文「歸生」。❺執訊　官名。掌通報訊問。❻蔡侯　指蔡莊公。名甲午，在位三十四年（西元前六四五～前六一二年）。❼君　指晉襄公。❽侯宣多　鄭國大夫。以立鄭穆公之功，恃寵專權而作亂。❾克滅　消滅。克，勝。滅，通「烕」。滅絕。❿嫡夷　指鄭太子夷。鄭穆公之子，即鄭靈公，西元前六〇五年在位，是年，為公子歸生所弒。嫡，嫡子。夷是其名。⓫陳侯　指陳共公。名朔，在位十八年（西元前六三一～前六一四年）。陳國為侯爵諸侯國。⓬君　指晉靈公。以下皆同。⓭蕆　完備；完成。⓮陳侯　指陳靈公。名平國，在位十五年（西元前六一三～前五九九年）。⓯往年　去年。即魯文公十六年、鄭穆公十七年（西元前六一一年）。⓰朝夷　使太子夷往朝於晉。⓱密邇　靠近。⓲雖通「唯」。發語詞。下文「雖我小國」，同。⑲孤　子家稱其君鄭穆公。小國之君自稱孤，其臣子傳達辭令時亦以孤稱其君。⑳絳　晉都。在今山西翼城東南。㉑蔑　無；沒有。㉒音　聲音。㉓鋌而走險　受打擊而被迫冒險。鋌，箭莖。即箭頭的末端與箭桿相入的部分。此用為動詞。指鹿中箭。又引申指國家受打擊、逼迫。一說：鋌，疾走的樣子。㉔罔極　無準則。罔，無。極，準則。㉕敝賦　本國軍賦。賦，兵糧及一切軍用物資。㉖鯈　地名。在晉、鄭二國交界處。㉗文公　指鄭文公。西元前六七二年即位。㉘成　媾和。㉙圖　設想；諒解。㉚鞏朔　晉國大夫。㉛趙穿　晉卿。㉜公壻池　晉臣。公壻為姓氏，名池。

【語　譯】晉侯在扈邑會合諸侯，這是為了與宋國媾和。這時晉侯不肯和鄭伯會見，因為晉侯認為鄭伯和楚國有勾結。

鄭大夫子家派執訊官帶信給晉國的趙宣子，說：「寡君即位的第三年，就邀請蔡侯一起事奉貴國國君。九月，蔡侯先到敝國再前往貴國。敝國因為侯宣多的亂事，寡君因此不能和蔡侯同行。十一月，消滅了侯宣多，就隨蔡侯朝見執事。十二年六月，歸生輔佐寡君的太子夷，到楚國請陳侯一起朝見貴國國君。十四年七月，寡君又到貴國朝見以完成陳侯歸服於貴國的事。十五年五月，陳侯從敝國前往朝見貴國國君。去年正月，燭之武到貴國去，這是為了讓太子夷前往朝見貴國國君。八月，寡君又前去朝見。以陳國、蔡國那樣地靠近楚國，卻不敢對貴國有二心，這是因為敝國的緣故啊。敝國這樣地事奉貴國國君，為何還不能免罪呢？在位至今，朝見貴國先君襄公一次，貴國國君兩次。太子夷和孤的幾個臣子先後到過絳。敝國這樣的小國，禮數是無人能比得過的了。現在大國說：『你沒有讓我滿意。』那敝國只有滅亡，也不能再增加禮數了。古人說：『頭也怕，尾也怕，還剩多少不怕的呢？』又說：『鹿在臨死前，也顧不得鳴聲是否好聽了。』小國事奉大國時，有恩德，就會像人一樣；沒恩德，就會像鹿一樣。受到打擊而被迫冒險，急迫之間哪能選擇？貴國的命令沒有準則，敝國也知道將面臨滅亡了，只好動員全國的軍力在鯈地待命，就聽憑執事的命令了。文公二年，敝國曾朝見齊君。四年，為齊國攻打蔡國，也能和楚國取得和議。處在大國之間，而聽從其強制的命令，這難道是罪過嗎？大國如果不能諒解，我們也無從逃避命令。」

晉國鞏朔到鄭國媾和，並以趙穿、公壻池為人質。

【研析】本文可分四段。首、尾兩段記事，重心在第二段鄭子家給趙宣子的信。晉侯會合諸侯而獨不見鄭伯，因為他「以為（鄭）貳於楚」。這「貳於楚」曾在晉文公時作為聯合秦國圍攻鄭國的藉口（見〈燭之武退秦師〉），如今晉侯又這樣地「以為」，豈非兵禍又要降臨鄭國的前兆？子家有什麼說辭去化解這一可能到來的災難呢？

其一，鄭國對晉國奉事唯謹、禮數周到。信中依時間先後，歷述鄭國從穆公即位以來，其君臣奉事晉國的事實，即在強調這一點，所以說「雖我小國，則蔑以過之矣」。這是從正面直接表明鄭國並不「貳於楚」。

其二，鄭國極力拉攏原本親楚的陳、蔡二國以奉事晉。信中亦依時間先後歷述此一事實，而結以「以陳、蔡之密邇於楚，而不敢貳焉，則敝邑之故也」。連親楚的國家，鄭都將之拉到晉的陣營中來，那麼，鄭國又怎可能「貳於楚」呢？這是從側面間接的表明鄭國並不「貳於楚」。

其三，陳述小國夾在強權中間的困窘，縱然「從於強令」，實在也不能怪罪小國。這一點，信中舉鄭文公朝齊、為齊侵蔡的往事為例來說明，這是在表明了鄭國並未有「貳於楚」的意圖之後，退一步假設若晉國有此疑心，也應體諒鄭國夾在二強中間的苦衷。值得注意的是鄭文公雖有朝齊、侵蔡等就楚國而言是不友善的行動，但「亦獲成於楚」，得到楚國的諒解，信中提到這事，顯然含有向晉國抗議的意味。

以上三點，圍繞著首段「貳於楚」這個中心，企圖化解晉國對鄭國的猜疑心結。從晉國為諸侯霸主的現實考慮來看，鄭國這樣的委屈求全，的確有其必要；但從同為周天子之諸侯的角度來看，這又幾乎是有辱國格的，並且一味的軟弱，有時反而會被敵人鄙視，招來災禍，所以信中於娓娓解說之外，也表明了鄭國可屈不可辱的立場。從「古人有言曰」到「唯執事命之」的一節文字，子家要告訴趙宣子的是晉國不要把鄭國逼得「鋌而走險」，否則，鄭國在「急何能擇」的情況下，「將悉敝賦以待於儵」，不惜傾全國之力訴諸一戰的。

既有服事大國的誠意和事實，又有保全基本國格的底線和決心，子家的信，不亢不卑、亦柔亦剛，既能解晉之心結，又能保鄭之國格。全信以理為主，而以事實為理據，文字雖素樸無華，卻都鏗鏘有力，所以最後晉也只能「行成」了事了。

## 王孫滿對楚子

宣公三年

【題　解】本文選自《左傳》魯宣公三年（楚莊王八年、周定王元年、西元前六〇六年），篇名據傳文內容而訂。王孫滿，周之大夫，周共王之孫，名滿。對，回答。楚子，楚共王。春秋時代楚國國君。名侶。在位二十三年（西元前六一三～前五九一年），春秋五霸之一。楚國為子爵諸侯國，故稱楚子。本文記敘楚莊王乘伐陸渾之戎的機會，在周天子境內閱兵示威，並向周天子使臣王孫滿詢問象徵天子權威的九鼎之大小、輕重，王孫滿答以天子威權在道德與天命而不在鼎，因而折服了楚莊王。

楚子伐陸渾之戎❶，遂至於雒❷，觀兵❸于周疆。定王❹使王孫滿❺勞楚子。楚子問鼎❻之大小、輕重焉。對曰：「在德不在鼎。昔夏之方有德也，遠方圖物❼，貢金九牧❽，鑄鼎象❾物，百物而為之備，使民知神、姦。故民入川澤、山林，不逢不若❿，螭、魅、罔、兩⓫，莫能逢⓬之。用能協于上下，以承天休⓭。桀有昏德，鼎遷于商，載祀⓮六百。商紂暴虐，鼎遷于周。德之休明⓯，雖小，重也。其姦回⓰昏亂，雖大，輕也。天祚⓱明德，有所厎止⓲。成王定鼎于郟鄏⓳，卜世三十，卜年七百，天所命也。周德雖衰，天命未改。鼎之輕重，未可問也。」

【注　釋】❶陸渾之戎　古代北方民族之一。本居瓜州，魯僖公二十二年（西元前六三八年），秦、晉二國誘而遷之於伊川，即今河南嵩縣及伊川縣境。❷雒　指雒水，今作洛水。源出陝西洛南，至河南鞏縣入黃河。❸觀兵　檢閱軍隊。用以示威。❹定王　周定王。名瑜，在位二十一年（西元前六〇六～前五八六年）。❺王孫滿　周大夫。周共王之玄孫。❻鼎　指九鼎。相傳為夏禹所鑄，後為三代傳國之寶，置於首都，為王權之象徵。❼遠方圖物　遠方各繪製其珍物的圖畫以進獻。圖，繪；畫。❽貢金九牧　九州長官各進貢其地之金屬。金，金屬。九牧，九州之牧。相傳禹分天下為九州。牧，州長。❾象　模仿。❿不若　不順；不利。即下句「螭魅罔兩」等不利於人之物。⓫螭魅罔兩　皆古代傳說中的山川木石之精怪。⓬逢　遇。⓭休　福佑。⓮載祀　二字皆「年」之別稱。古人或稱載、祀、年、歲，其義相同。⓯休明　美善、光明。⓰姦回　奸邪。回，邪曲。⓱祚　賜福。⓲厎止　固定。厎，定。⓳郟鄏　地名。東周王城所在，在今河南洛陽西。

【語　譯】楚子去討伐陸渾之戎，於是來到洛水邊，在周的境內閱兵示威。

周定王派王孫滿去慰勞楚子。楚子問他九鼎的大小、輕重。王孫滿回答說：「大小、輕重取決於君王的德行而不在於鼎的本身。從前夏朝正當有德的時候，遠方進貢繪製物類的圖畫，九州長官進貢金屬，於是鑄造九鼎並且把圖上的物象鑄在鼎上，各種物象都具備，讓人民認識神物和惡物。因此人民進入川澤、山林，不會碰上不利於己的物類。螭魅蝄蜽，都不會碰上。因此能上下和協，而得到上天的福佑。夏桀德行昏亂，九鼎易主歸商，經過了六百年。商紂暴虐，九鼎又易主而歸周。如果德行美善光明，鼎雖小卻是重的。如果奸邪昏亂，雖大卻是輕的。上天賜福給有德的人，有固定的天命。成王把九鼎安置在郟鄏，占卜的結果是傳三十代，享國七百年，這是天命啊！周德雖然衰退，天命並未改變。九鼎的輕重，是不可以詢問的。」

【研　析】楚國是春秋時代南方的強國，楚莊王是春秋五霸之一。他承繼先人的基業，積極推展其經略中原的北進政策。魯宣公三年他出兵伐陸渾之戎，表面上是一樁「攘夷」的工作，但陸渾之戎是由晉、秦二國將之從瓜州誘遷而來，故此一役實有向晉國示威挑戰的意味；他又利用這機會「觀兵于周疆」、向周天子的使臣王孫滿問九鼎的大小輕重，這就有向周示威，向周天子僅存的象徵性的權威挑戰，想要取代周天子地位的暗示意味在。

面對楚莊王這樣無禮的舉動和暗藏的野心，王孫滿的答話，也有明暗兩層。從「在德不在鼎」到「雖大，輕也」，這是明白地以德之美惡為鼎之輕重的前提來回答楚莊王的問題。天子之德休明，則鼎重不可移；若其姦回昏亂，則輕而可移。由於鼎是三代傳國之寶，一如後代的傳國璽，所以有鼎即有天下的意思。鼎可移，故夏移於商，商移於周。今楚莊王既有意於天下，自當修德以待之，而不應觀兵以示威，這可能是王孫滿強調「在德不在鼎」的暗示意義。從「天祚明德」到「未可問也」，這是以「周德雖衰，天命未改」為理據，明斥楚莊王問鼎之大小輕重的不合禮制、不符天命，而暗示楚莊王不可生覬覦之心。

王孫滿的觀點，主要是道德與天命。從他對夏鑄九鼎的動機——使人民免除自然之災害（「故民入川澤、山林，不逢不若」）——之解釋來看，則他認為統治者的道德乃以利民為目標，如此則「天祚明德」，得以擁有天下；反之，則失天下。這在當時的歷史條件下，既有著進步的意義——以民為本的道德觀，又能和舊有的畏天命的傳統取得一定的妥協，而易於被人接受。他的這番說辭，《左傳》雖未明言其效果如何，但從《史記・周本紀》「楚兵乃去」、《史記・楚世家》「楚王乃歸」的記載，可見得是折服了楚莊王了。

# 齊國佐不辱命

成公二年

【題　解】本文選自《左傳》魯成公二年（晉景公十一年、齊頃公十年、西元前五八九年），篇名據傳文內容而訂。國佐，春秋時代齊卿。魯成公二年，晉國大夫郤克率晉、魯、衛、曹四國聯軍攻打齊國，敗齊軍於鞌（在今山東濟南西）。戰爭的起因有二，一是晉國、齊國兩強之間的霸權爭奪；二是盲一眼、瘸一腿的郤克於魯宣公十七年（西元前五九二年）出使齊國時，遭齊頃公之母嘲笑，心懷怨恨。本文記敘聯軍打敗齊軍後，一路追擊，直到距離齊都臨淄（在今山東淄博）甚近的馬陘（在今山東淄博東南）。齊頃公派國佐赴晉軍談和，憑其情理兼顧、軟中帶硬的言辭，拒絕了郤克無理的媾和條件，圓滿完成使命。

晉師從❶齊師，入自丘輿❷，擊馬陘。齊侯❸使賓媚人❹賂以紀❺甗❻、玉磬❼與地❽。「不可，則聽客❾之所為。」

賓媚人致賂。晉人不可，曰：「必以蕭同叔子❿為質，而使齊之封內⓫盡東其畝⓬。」

對曰：「蕭同叔子非他，寡君之母也。若以匹敵⓭，則亦晉君⓮之母也。吾子⓯布大命於諸侯，而曰必質其母以為信，其若王命何？且是以不孝令也。《詩》曰：『孝子不匱，永錫爾類。』若以不孝令於諸侯，其無乃非德類⓰也乎？

「先王疆理⓱天下，物⓲土之宜而布⓳其利。故《詩》曰：『我疆我理，南東其畝⓴。』今吾子疆理諸侯，而曰『盡東其畝』而已，唯吾子戎車㉑是利，無顧土宜，其無乃非先王之命也乎？反先王則不義，何以為盟主？其晉實有闕㉒。

「四王㉓之王也，樹德而濟㉔同欲焉；五伯㉕之霸也，勤而撫之，以役㉖王命。今吾子求合諸侯，以逞無疆㉗之欲。《詩》曰：『布政優優，百祿是遒㉘。』子實不優，而棄百祿，諸侯何害焉？

「不然，寡君之命使臣，則有辭矣。曰：『子以君師辱於敝邑，不腆㉙敝賦，以犒從者。畏君之震㉚，師徒橈敗㉛。吾子惠徼㉜齊國之福，不泯㉝其社稷，使繼舊好，唯是先君之敝器、土地不敢愛。子又不許，請收合餘燼㉞，背城借一㉟。敝邑之幸㊱，亦云從也；況其不幸，敢不唯命是聽？』」

【注　釋】❶從　追逐；追趕。❷丘輿　齊國邑名。在今山東益都西南。❸齊侯　指齊頃公。名無野，在位十七年（西元前五九八～前五八二年）。❹賓媚人　即國佐。❺紀　古國名。在今山東壽光南。魯莊公四年（西元前六九○年）滅於齊。❻甗　古代的一種烹飪器。分兩層，上層可蒸，下層可煮。此當為銅製，與下文「玉磬」皆齊國滅紀國時所得。❼玉磬　玉石所製樂器。❽地　指齊國所侵占的魯、衛二國之地。❾客　指晉人。此次侵齊國，晉國由郤克領軍，故此「客」字當實指郤克。❿蕭同叔子　蕭同叔的女兒。即齊頃公之母。蕭，春秋小國名。同叔，蕭國國君之字。子，此指女兒。⓫封內　境內。⓬東其畝　將田壟改成東西走向。畝，田間高畦。即田壟。田壟若取東西走向，則溝渠道路亦多東西向，有利於晉國自西往東侵齊國時兵車人馬之通行。⓭匹敵　平等；對等。⓮晉君　指晉景公。⓯吾子　指晉國大夫郤克。⓰德類　道德法則。類，法則；規範。⓱疆理　畫疆界、分地理。⓲物　相。即觀察。⓳布　布置；安排。⓴我疆我理二句　語出《詩經・小雅・信南山》。南東其畝，或東西其田畝，或南北其田畝。南，指南北走向。東，指東西走向。㉑戎車　兵車。㉒闕　缺失；過失。㉓四王　指舜、禹、湯、武。㉔濟　完成。㉕五伯　指夏伯昆吾、商伯大彭、豕韋、周伯齊桓公、晉文公。㉖役　服事。㉗無疆　無止境；無盡。㉘布政優優二句　語出《詩經・商頌・長發》。優優，寬緩的樣子。遒，聚集。㉙腆　富厚。㉚震　威。㉛橈敗　失敗。橈，挫折。㉜徼　求。㉝泯　滅。㉞餘燼　燒剩的殘餘。此喻殘兵敗將。㉟背城借一　以背向城，決一死戰。㊱幸　幸運。此指若幸而獲勝。

【語　譯】晉軍追趕齊軍，從丘輿進入齊境，打到馬陘。齊侯派賓媚人帶著紀國的甗和玉磬以及所侵占的魯、衛的土地做禮物。並且指示：「如果對方不願媾和，就隨他們怎麼辦吧。」

賓媚人把禮物送去。晉人不同意，說：「一定要以蕭同叔的女兒做人質，並且把齊國境內的田壟全改成東西走向。」

賓媚人回答說：「蕭同叔的女兒不是別人，正是寡君的母親。如果從對等地位來說，那也就是晉君的母親啊。您向諸侯發布命令，卻說要他的母親做人質，這怎能符合天子的命令呢？並且這是以不孝來號令諸侯啊。《詩經》說：『孝子的心無乏匱，永遠賜福你族類。』如果以不孝來號令諸侯，這恐怕不合道德法則吧？

「先王畫定天下土地的疆界、區分其地理，完全看土地的特性而做最有利的安排。所以《詩經》說：『我畫疆界分地理，田畝或南北向或東西向。』現在您為諸侯畫疆界、分地理，卻說『田畝全部東西向』而已，只管自己兵車的便利，而不顧地勢是否合宜，這恐怕不是先王的政令吧！違反先王就是不義，怎能做盟主？晉國這可就有過失了。

「四王之所以王天下，是因為樹立德行而滿足天下的共同要求；五伯之所以領袖諸侯，是因為辛勤地安撫諸侯，以服事王命。現在您卻以會合諸侯，來滿足無盡的私慾。《詩經》說：『施政寬緩，福祿聚集。』您這樣的不寬緩，而自棄福祿，這對諸侯有什麼害處呢？

「如果您不答應，寡君派我為使臣時，已經有所交代了。說：『您帶領貴國國君的軍隊光臨敝國，敝國也有微薄的力量，可以犒勞您的隨從。因為畏懼貴國國君的威望，我們的軍隊失敗了。如果得到您的恩賜，我們可以祈求齊國的福分，就請不要滅亡齊國，讓我們和貴國繼續過去的友好，那麼先君所留下的破舊器具以及土地，我們是不敢愛惜的。如果您還是不肯允許，我們就請求收拾殘兵，背靠城牆，再決一死戰。如果敝國有幸獲勝，還是會聽從貴國的；更何況如果不幸失敗，豈敢不唯命是聽？』」

**【研　析】**本文可分三段。首段記國佐出使的背景。二段記晉人開出的談和條件，一是「以蕭同叔子為質」，這可視為郤克的公報私怨，一是「使齊之封內盡東其畝」，這是強迫齊國改變壟畝走向，以便利日後對齊國用兵，可視為對齊國霸權擴張的壓抑。第三段記國佐的言辭，為全文重心，又可分為四小節。

第一小節，國佐駁斥晉人以齊頃公之母為人質的條件。他以周朝封建禮制為理據，在封建禮制下，晉、齊二國地位對等，同是周天子諸侯，於是齊國國君之母「則亦晉君之母也」，由此暗示晉國要求以齊國國君之母為人質，則意同於以晉國國君之母為人質。這是不合「王命」的，也是不合孝道的。第二小節駁斥晉人「盡東其畝」的條件。他引《詩》說明先王治天下，視「土之宜而布其利」，田畝走向，各因地形以求地利，所以晉人基於其「戎車是利」所提出的此一要求，是不合先王之命的，是不義而不能為盟主的。第三小節直斥晉國統帥郤克的要求，實在是基於個人慾望，並斷言如此則郤克是自棄「百祿」。第四小節國佐轉達齊國國君的吩咐，表明有求和的誠意，也有一戰的決心。

戰爭的勝負也許要看武力的強弱，但是談和的工作，則非有情理兼顧、使人無可辯駁的說服力不可。有之，則國家利益可獲得最大保障，如果無此能力，則喪權辱國，也是必然的結果。據《左傳》，晉師與國佐於是年八月「盟於爰婁」。國佐的說辭，井井有條，句句在理，無怪乎其能成功。

## 楚歸晉知罃

成公三年

【題　解】本文選自《左傳》魯成公三年（楚共王三年、晉景公十二年、西元前五八八年），篇名據傳文內容而訂。知罃，春秋時代晉國大夫，晉國上卿荀首之子。魯宣公十二年（楚莊王十七年、晉景公三年、西元前五九七年），晉、楚二國大戰於邲（今河南鄭州附近），楚國戰勝，俘虜了知罃，晉國則俘虜了楚莊王之子穀臣，射殺楚國連尹襄老。魯成公三年，晉國送還穀臣以及連尹襄老的屍體，交換知罃回國。本文記敘知罃回國前與楚共王的對話。楚共王希望知罃感恩圖報，知罃則表達了公私分明、國家為重的嚴正立場。

晉人歸楚公子穀臣❶與連尹襄老❷之尸于楚，以求知罃。於是荀首❸佐中軍❹

矣，故楚人許之。

王❺送知罃，曰：「子其怨我乎？」對曰：「二國治戎❻，臣不才，不勝其任，以為俘馘❼。執事不以釁鼓❽，使歸即戮，君之惠也。臣實不才，又誰敢怨？」王曰：「然則德我乎？」對曰：「二國圖其社稷而求紓❾其民，各懲❿其忿以相宥也，兩釋纍囚⓫，以成其好。二國有好，臣不與及，其誰敢德？」王曰：「子歸，何以報我？」對曰：「臣不任⓬受怨，君亦不任受德。無怨無德，不知所報。」

王曰：「雖然，必告不穀⓭。」對曰：「以君之靈⓮，纍臣得歸骨於晉，寡君之以為戮，死且不朽。若從君之惠而免之，以賜君之外臣⓯首⓰；首其請於寡君，而以戮於宗⓱，亦死且不朽。若不獲命，而使嗣宗職⓲，次⓳及於事，而帥偏師⓴以脩封疆，雖遇執事，其弗敢違㉑。其竭力致死，無有二心，以盡臣禮。所以報也！」

王曰：「晉未可與爭。」重為之禮而歸之。

【注釋】❶穀臣　楚莊王之子。❷連尹襄老　楚之連尹，名襄老。連尹，楚官名。❸荀首　晉上卿。即知莊子，封於知，以邑為氏。❹佐中軍　即任中軍佐。為中軍的副帥。晉有中、上、下三軍，各軍皆有帥有佐，中軍總其命令指揮，帥佐皆由執政之上卿兼。❺王　指楚共王。名審，在位三十一年（西元前五九〇～前五六〇年）。❻治戎　指作戰。戎，兵事；軍事。❼俘馘　俘虜。馘，割取所殺或所俘的敵人的左耳，以計戰功。知罃僅被俘而未被馘，此「馘」字連類而及，無義。❽釁鼓　以血塗鼓。此指殺戮。釁，殺牲以祭，取其血塗於新成之器物。古代亦有殺俘虜或囚犯以釁器物者。❾紓　緩和；消解。❿懲　抑止；消弭。⓫纍囚　俘虜。纍，捆綁。囚，拘禁。⓬不任　未曾。⓭不穀　不善。諸侯自稱的謙詞。穀，善。⓮靈　福惠；恩德。⓯外臣　卿大夫對他國之君的自稱。⓰首　指荀首。⓱宗　宗廟。⓲宗職　宗子之職。⓳次　依次序。⓴偏師　全軍之部分。㉑違　逃避。

【語　譯】晉國人把楚國公子穀臣和連尹襄老的屍體送還給楚國，以要求換回知罃。這時荀首已經是晉國的中軍佐，所以楚國人答應了。

楚王送別知罃，說：「你怨恨我嗎？」知罃回答說：「兩國交戰，臣沒有才能，不能勝任自己的職務，成了俘虜。君王左右沒有殺臣，讓臣回國去接受處分，這是君王的恩惠啊。是臣自己沒有才能，又敢怨恨誰？」

楚王說：「那麼，感激我嗎？」知罃回答說：「兩國各為自己的國家打算，希望消解人民的痛苦，各自抑止其怨恨而相互諒解，雙方都釋放俘虜，以恢復友好。兩國和好，並非臣個人的事，又能感激誰的恩德？」

楚王說：「你回去後，怎樣報答我？」知罃回答說：「臣未曾有怨恨，君王也未曾有恩德。沒有怨恨，沒有恩德，臣不知道該報答什麼。」

楚王說：「話雖如此，你一定得告訴我。」知罃回答說：「託君王的福，囚臣能活著回晉國去，寡君如果殺了臣，臣死也不朽。如果照著君王的恩惠而赦免臣，把臣交給君王的外臣首；首又向寡君請准，在宗廟處死臣，這也是不朽的。如果寡君不准許，而讓臣繼續宗子的位職，依次序承擔任務，而率領部分軍隊保衛邊境，即使遇到君王的左右，臣也不敢逃避。只有盡全力、拚死命，沒有二心，以盡臣子的責任。這就是臣的報答。」

楚王說：「晉國，我們是不能和它相爭的。」於是重禮送他回國。

【研　析】本文可分六段，首、尾兩段記事，中間四段是知罃回國之前與楚王的對話，為全文重心。

楚王凡四問，知罃凡四答。楚王的前二問是試探性質，後二問才是重點；前二問是迂迴的，後二問是直接的，而其最終目的即在於以釋歸一事為恩德，拉攏知罃並求其回報。如果此一目的能夠實現，那對楚國是有利的，因為當時知罃之父荀首正掌晉國的軍政權柄；從楚王的立場去設想，他這樣的不厭其煩、迂迴曲折以求最起碼獲得知罃感恩圖報的口頭承諾，也是可以理解的。

楚王的問題並不好回答，但是，知罃卻以高度的技巧、得宜的分寸、嚴正的立場使得楚王心生敬畏。在技巧方面，他以「臣實不才」的自責，「又誰敢怨」的結語，巧妙撇開楚王「怨我乎」的問題；以「臣不與及」表示釋囚非個人之事，因而「其誰敢德」；又以「無怨無德，不知所報」，閃開——事實上也是拒絕——楚王「何以報我」的期待。亦即在前三問三答中，知罃所採取的是四兩撥千斤的手法，將楚王的問題輕輕推開，看似輕鬆，其實技巧是很高妙的。最後一問，知罃則緊緊堅守晉國臣子的嚴正立場，雖肯定楚王不殺他是「君之惠」，但這只是私惠，若將來在戰場上遭遇，他還是會盡臣子之禮，為晉國效死無二，這就是他對楚王的「報」。易言之，這是他以晉國臣子的身分、立場的最正確的對待楚國的態度。可以說，知罃對於楚王「何以報我」的問題，是以公私分明的分寸做了嚴正而明確的回答。

最後一段楚王說「晉未可與爭」，這是由於知罃言辭中所表現的國家立場、愛國情操，使得楚王因為對人的敬畏推而對其國家產生敬畏。個人表現會影響國家形象，這恐怕是古今都一樣的道理吧！

# 呂相絕秦

成公十三年

【題　解】本文選自《左傳》魯成公十三年（晉厲公三年、秦桓公二十七年、西元前五七八年），篇名據傳文內容而訂。呂相，春秋時代晉國大夫，亦稱呂宣子。魯成公十一年，晉、秦二國有令狐（在今山西猗氏西）之會，但秦國於會後即背盟，企圖聯結白狄及楚國對付晉國。晉國遂於魯成公十三年五月，聯合魯、齊、宋、衛、鄭、曹、邾、滕等國伐秦國，在秦國麻隧（在今陝西涇陽附近）大敗秦軍。本文記戰前晉國派呂相至秦國，數說秦國的種種不是，逼秦講和，否則斷交決戰，過失在於秦國。

晉侯❶使呂相絕秦，曰：「昔逮我獻公❷及穆公❸相好，戮力❹同心，申❺之以盟誓，重之以昏姻❻。天禍晉國❼，文公❽如齊，惠公❾如秦。無祿❿，獻公即世⓫。穆公不忘舊德，俾我惠公用能奉祀于晉⓬。又不能成大勳，而為韓之師⓭。亦悔于厥⓮心，用集我文公⓯，是穆之成也。

「文公躬擐⓰甲冑，跋履山川，踰越險阻，征東之諸侯，虞、夏、商、周之胤⓱而朝諸秦，則亦既報舊德矣。鄭人怒⓲君之疆埸⓳，我文公帥諸侯及秦圍鄭⓴。秦大夫不詢于我寡君，擅及鄭盟。諸侯疾㉑之，將致命于秦㉒。文公恐懼，綏靖㉓諸侯，秦師克還無害，則是我有大造㉔于西㉕也。

「無祿，文公即世，穆為不弔㉖，蔑㉗死我君，寡㉘我襄公，迭㉙我殽地，奸絕㉚我好，伐我保㉛城，殄㉜滅我費滑㉝，散離我兄弟㉞，撓亂我同盟㉟，傾覆我國家。我襄公未忘君之舊勳，而懼社稷之隕㊱，是以有殽之師㊲。猶願赦罪于穆公。穆公弗聽，而即㊳楚謀我。天誘其衷㊴，成王隕命，穆公是以不克逞志㊵于我。

「穆、襄即世，康、靈㊶即位。康公，我之自出，又欲闕翦㊷我公室，傾覆我社稷，帥我蝥賊(43)，以來蕩搖我邊疆，我是以有令狐之役(44)。康猶不悛(45)，入我河曲(46)，伐我涑川(47)，俘我王官(48)，翦我羈馬(49)，我是以有河曲之戰(50)。東道之不通，則是康公絕我好也。

「及君(51)之嗣也，我君景公(52)引領西望，曰：『庶撫我乎！』君亦不惠稱盟(53)，利吾有狄難(54)，入我河縣(55)，焚我箕、郜(56)，芟夷(57)我農功(58)，虔劉(59)我邊陲，我是以有輔氏之聚(60)。君亦悔禍之延，而欲徼福于先君獻、穆，使伯車(61)來命我景公曰：『吾與女同好棄惡，復脩舊德，以追念前勳。』言誓未就，景公即世，我寡君(62)是以有令狐之會(63)。君又不祥(64)，背棄盟誓。白狄(65)及君同州，君之仇讎，而我之昏姻(66)也。君來賜命曰：『吾與女伐狄。』寡君不敢顧昏姻，畏君之威，而受(67)命于吏。君有二心(68)於狄，曰：『晉將伐女。』狄應且憎(69)，是用告我。楚人惡君之二三其德(70)也，亦來告我曰：『秦背令狐之盟，而來求盟于我：「昭告昊天(71)上帝、秦三公(72)、楚三王(73)」曰：『余雖與晉出入(74)，余唯利是視。』不穀惡其無成德(75)，是用宣之，以懲不壹(76)。』諸侯備聞此言，斯是用痛心疾首，暱(77)就寡人。

「寡人帥以聽命，唯好是求。君若惠顧諸侯，矜哀寡人而賜之盟，則寡人之願也。其承寧[78]諸侯以退，豈敢徼亂[79]？君若不施大惠，寡人不佞[80]，其不能以諸侯退矣。敢盡布之執事，俾執事實圖利之。」

【注釋】❶晉侯　指晉厲公。名州蒲，在位八年（西元前五八〇～前五七三年）。晉國為侯爵諸侯國。❷獻公　指晉獻公。❸穆公　指秦穆公。❹戮力　併力；協力。❺申　表明。❻昏姻　指秦穆公娶晉獻公之女。❼天禍晉國　指晉獻公寵驪姬，殺世子申生及諸公子，公子重耳（文公）、夷吾（惠公）皆出奔他國。❽文公　指晉文公。❾惠公　指晉惠公。❿無祿　不幸。⓫即世　去世。⓬奉祀于晉　奉行晉國社稷宗廟之祭祀。指回晉國繼位。⓭韓之師　魯僖公十五年（西元前六四五年），秦、晉二國戰於韓原，晉惠公被俘。韓，韓原。在今山西榮河縣東北。⓮厥　其。此指秦穆公。⓯集我文公　指秦穆公送重耳回晉國即位。集，成就；成全。⓰擐　穿。⓱胤　後代。⓲怒　挑釁；侵犯。⓳疆埸　疆界。⓴圍鄭　魯僖公三十年，晉、秦二國聯兵圍鄭國。見〈燭之武退秦師〉。㉑疾　痛恨。㉒致命于秦　為晉國效命而攻秦國。致命，效命。㉓綏靖　安撫。㉔大造　大功勞。造，成就；成功。㉕西　指秦國。㉖不弔　不善；不仁。㉗蔑　輕視。㉘寡　孤弱。此用為動詞。㉙迭　通「軼」。侵襲。㉚奸絕　斷絕。奸，通「干」。犯。㉛保　通「堡」。土築之小城。㉜殄　滅。㉝費滑　滑國。費，滑都，在今河南偃師。滑，姬姓國。魯僖公三十三年（西元前六二七年）為秦所滅。㉞兄弟　兄弟之邦。指鄭、滑。二國與晉同為姬姓國。㉟同盟　同盟之國。指鄭、滑。時二國與晉國同盟。㊱隕　墜落。此指滅亡。㊲殽之師　魯僖公三十三年，秦、晉二國戰於殽，秦國敗。㊳即　就。㊴天誘其衷　天開其心。意同「老天有眼」、「上天保祐」。用為事態於己有利的慶幸語。此指楚國太子商臣弒其父楚成王，秦國聯楚圖晉之謀不得逞，事態有利於晉國。㊵逞志　得遂心願。㊶康靈　康，指秦康公。名罃，穆公之子，穆姬（晉獻公女）所生，在位十七年（西元前六二〇～前六〇四年）。靈，指晉靈公。名夷皋，在位十四年（西元前六二〇～前六〇七年）。㊷闕翦　損害。㊸蝥賊　喻危害國家之人。此指晉公子雍。雍為晉文公夫人（秦穆公女）所生，即晉襄公之弟。蝥，食苗根害蟲。賊，食苗節害蟲。㊹令狐之役　魯文公六年（西元前六二一年），晉襄公卒，太子夷皋年幼，晉國大臣派人往秦國迎公子雍，次年秦國派兵送雍至晉邑令狐（今山西猗氏西），而晉國改立夷皋（靈公），發兵敗秦軍於令狐。㊺悛　悔改。㊻河曲　晉國地名。在今山西永濟東南。黃河在此折而東流。㊼涑川　涑水。源出山西絳縣，至永濟入五姓湖，又西南入黃河。㊽王官　晉國地名。在今山西聞喜西。㊾羈馬　晉國地名。在今山西永濟南。㊿河曲之戰　魯文公十二年（西元前六一五年），秦康公伐晉國，戰於河曲。51君　指秦桓公。在位二十八年（西元前六〇四～前五七七年）。52景公　晉景公。名據，在位十九年（西元前五九九～前五八一年）。53稱盟　結盟。稱，舉。54狄難　魯宣公十五年（西元前五九四年），晉師滅赤狄別種潞氏。55河縣　晉國河東各縣。56箕郜　皆晉國地名。箕，在今山西蒲縣東北。郜，在今山西祁縣西。57芟夷　割取。58農功　農作物。59虔劉　屠殺。虔、劉皆「殺」。60輔氏之聚　魯宣公十五年，秦桓公伐晉國，晉國於輔氏打敗秦軍。輔氏，晉國地名。在今陝西朝邑西北。聚，集。戰必聚眾，故亦曰聚。61伯車　秦桓公之子。名鍼。62寡君　指晉厲公。63令狐之會　魯成公十一年（西元前五八〇年），晉厲公、秦桓公會於令狐。晉厲公先至，秦桓公不肯過黃河，於是秦國大夫史顆至河東與晉厲公盟，晉國大夫郤犨至河西與秦桓公盟。64不祥　不善；不仁。65白狄　狄之一支。在今山西汾陽西至陝西膚施一帶，其地屬古代雍州，與秦國同，故下云「同州」。66昏姻　白狄曾伐赤狄，得二女，以季隗嫁晉文公，叔隗嫁晉國大夫趙衰。67受　同「授」。68二心　欺騙、不誠之心。69應且憎　表面答應，內心憎惡。70一三其德　善變；無誠信。71昊天　天。昊，廣大無邊貌。72秦三公　指秦國之穆公、康公、共公。73楚三王　指楚國之成王、穆王、莊王。74出入　往來；交往。75成德　完美的德行。此指信義。76不壹　不誠。77暱　親近。78承寧　安撫。79徼亂　求亂；製造戰亂。80不佞　不才；不聰敏。

【語　譯】晉侯派呂相去和秦國斷交，說：「從前我國獻公和貴國穆公相友好，協力同心，不但用盟誓來表明，並且結成婚姻。上天降禍給晉國，文公逃到齊國，惠公逃到秦國。不幸，獻公去世。穆公不忘舊日的交情，幫助我國惠公得以回國繼位。但是穆公又不能貫徹這件大功勞，而發生了韓原的戰役。後來穆公大概心裡也覺得後悔吧，因此成全了我國文公，這是穆公的功績啊。

「文公親自穿戴甲冑，跋涉山川，經歷險阻，征服東方的諸侯，使虞、夏、商、周的後代都來秦國朝見，這也就報答了舊日的恩德了。鄭國侵犯君王的邊疆，我國文公率領諸侯和秦國一起包圍鄭國。秦國大夫沒有徵詢寡君，擅自和鄭國訂立了盟約，諸侯很是痛恨，打算和秦國拼命。文公恐懼，安撫諸侯，秦軍才能平安回去，這是我們對於秦國的大功勞啊。

「不幸，文公去世，穆公不仁，看不起我國去世的國君，認為我國的襄公孤弱，侵襲我國的殽地，破壞兩國的友好，攻打我國的城堡，消滅我們的滑國；拆散我國的兄弟之邦，擾亂我國的同盟之國，顛覆我們的國家。我國襄公沒有忘記穆公往日的功勞，而又害怕國家的滅亡，所以才有殽地的戰役。但是還希望取得穆公的諒解。而穆公不肯，反而拉攏楚國，想對付我國。上天保祐，楚國成王喪命，穆公因此不能得逞。

「穆公、襄公去世，康公、靈公即位。康公，是我國的外甥，但又想損害我國公室，顛覆我國社稷，帶著我國的敗類，來擾亂我國的邊疆，因此才有令狐一戰。康公還不悔改，又入侵我國河曲，攻打我國涑水，劫掠我國王官，占領我國羈馬，於是才有河曲一戰。貴國東來道路的不通，那是康公和我國斷絕了友好啊！

「到了君王繼位，我國景公伸長著脖子望著西邊，說：『大概會和我國修好吧！』但是君王依然不肯和我國結盟，反而趁著我國有狄人的內患，入侵我國河東各縣，焚燒我國的箕、郜二地，強行割取農作物，屠殺邊境人民，於是才有輔氏一戰。君王也後悔災禍的蔓延，想求福於先君獻公、穆公，派伯車來命令我國景公說：『我和你同心同德，拋開前嫌，恢復舊日友誼，追念過往勳勞。』盟誓還沒完成，而景公去世，寡君因此有令狐之會。君王卻又不懷好意，背棄盟誓。白狄和君王同在雍州，是君王的仇人，我國的姻親。君王派人來命令說：『我和你一起去伐狄。』寡君不敢顧及婚姻關係，畏懼君王的威嚴，就下達命令給官吏。君王卻又存欺騙之心，向狄人說：『晉國要攻打你們。』狄人表面接受而心生厭憎，因此告訴了我國。楚國厭惡君王的善變，也來告訴我國說：『秦國違背令狐的盟約，而來向我國請求結盟，說：「祝告皇天上帝、秦國三位先公、楚國三位先王：『我雖然和晉國來往，我只是想取得利益而已。』」不穀討厭他沒有信義，所以把它公開，來懲戒他的不誠信。』諸侯都聽到了這些話，所以非常痛恨，而親近寡人。

「現在寡人率領諸侯以聽候君王的命令，只是為了請求友好。君王如果顧念諸侯，體恤寡人，肯和我們結盟，那正是寡人的願望。就可以安撫諸侯而退走，豈敢挑起戰亂？君王如果不肯施給大恩惠，寡人不才，就不能帶領諸侯退走了。冒昧地把全部情形向君王的左右報告，請君王左右權衡一下利害得失。」

【研　析】本文除第一句記事外，其餘都是呂相責備秦國的言辭。言辭內容主要有三：其一，歷數秦國之穆公、康公、桓公對晉國的種種不友善，諸如違約背信、侵犯領土、傾覆社稷、離散兄弟之邦、撓亂同盟之國，以此為秦國的罪過。其二，歷陳晉國之獻公、文公、襄公、靈公、景公、厲公對秦國的種種友好，諸如知恩圖報、信守盟約、力求和平，以此凸顯晉國無虧於秦國。其三，逼秦國媾和，否則斷交決戰，過在於秦國。

晉、秦二國是鄰國，其統治階級相互間有著密切而錯綜的婚姻關係，但是由於霸權的爭奪，兩國在基本上又存在著難以化解的矛盾。因此，自魯僖公三十三年（西元前六二七年）殽之戰以來，即時和時戰，恩怨糾葛，其間實在沒有道德意義的、絕對的是非善惡可言。但就語言技巧來看，呂相歷歷的舉證、縱橫雄辯的言辭、酣暢淋漓的氣勢，的確達到了醜化秦國使其孤立，美化晉國使其先聲奪人的作用。戰爭的勝利，就是建立在這種宣傳戰成功的基礎上。進一步分析，可以發現呂相使用的技巧主要有二：其一，避重就輕。這可以敘述秦穆公為例，秦穆公先後助晉惠公、晉文公回國即位，可說是大有功於晉國的安定，但呂相卻寥寥數語帶過，反而全力鋪敘他的罪過，強調晉文公的「報舊德」；韓原之役的主要原因是晉惠公得秦國之助回國即位後，馬上背棄割地的承諾，又只接受秦國的賑濟而坐視秦國的饑荒，不加援手，理曲在晉國，但呂相卻完全避開此一事實，反說秦穆公為德不卒（「又不能成大勳」）。凡此，皆只言人之非，而不言己之不是，是為避重就輕。其二，歪曲事實。例如說到魯僖公三十年，晉、秦二國圍攻鄭國，秦國單獨與鄭國媾和一事，呂相說「諸侯疾之，將致命于秦」，其實根據《左傳》該年的記載，是晉國大夫狐偃建議晉文公乘秦國退兵時截擊秦軍，並不是所謂「諸侯」云云，但經此一歪曲，好像秦國退兵真犯了眾怒似的。這兩種技巧的巧妙運用，再加上呂相所指陳也並非全部不真實，所以這一番說辭就替晉國打了一場漂亮的宣傳戰了。當然，最重要的還是晉國緊接著在戰場上的勝利，益發彰顯了呂相所言的不虛。

## 駒支不屈于晉

襄公十四年

【題　解】本文選自《左傳》魯襄公十四年（晉悼公十五年、西元前五五九年），篇名據傳文內容而訂。駒支，春秋時代姜姓之戎族的首領。魯襄公十三年，吳國侵略楚國，結果大敗。由於晉國與吳國是同盟國，所以晉國以范宣子為首，在吳國的向地（在今安徽懷遠西）會合十三國的卿大夫，共同商討對付楚國的策略。本文記敘范宣子預謀拘執戎人領袖駒支，於是在會前一天，公開指責其罪過，恐嚇駒支不得參加次日的會盟，否則將予於逮捕。駒支據理、據事答辯，毫不退縮，使得范宣子只能謝罪，並取消禁命。

會于向。將執戎子❶駒支，范宣子❷親數❸諸朝❹，曰：「來！姜戎氏！昔秦人迫逐乃祖吾離于瓜州❺，乃祖吾離被苫蓋❻、蒙荊棘❼以來歸我先君。我先君惠公有不腆❽之田，與女剖分而食之。今諸侯之事我寡君❾不如昔者，蓋言語漏洩，則職❿女之由。詰朝⓫之事，爾無與焉。與，將執女。」

對曰：「昔秦人負恃其眾，貪于土地，逐我諸戎。惠公蠲⓬其大德，謂我諸戎，是四嶽⓭之裔胄⓮也，毋是翦棄⓯。賜我南鄙之田，狐狸所居，豺狼所嗥⓰。我諸戎除翦其荊棘，驅其狐狸豺狼，以為先君不侵不叛之臣，至于今不貳⓱。

「昔文公與秦伐鄭，秦人竊與鄭盟而舍戍⓲焉，於是乎有殽之師。晉禦其上，戎亢⓳其下，秦師不復⓴，我諸戎實然。譬如捕鹿，晉人角㉑之，諸戎掎㉒之，與晉踣㉓之。戎何以不免？自是以來，晉之百役，與我諸戎相繼于時，以從執政，猶殽志也，豈敢離逷㉔？今官之師旅㉕，無乃實有所闕，以攜㉖諸侯，而罪我諸戎。

我諸戎飲食衣服不與華㉗同，贄幣㉘不通，言語不達㉙，何惡之能為？不與於會，亦無瞢㉚焉。」賦〈青蠅〉㉛而退。

宣子辭㉜焉，使即事於會，成愷悌也。

【注　釋】❶戎子　戎族之君。下文「駒支」為其名。戎，此指姜姓之戎，為西戎之別種，居晉國之南鄙，歸服於晉國。子，《春秋》經稱小國或夷狄之君。❷范宣子　晉卿。士氏，名匄，字伯瑕。❸數　指責。❹朝　指會見議事之處所。❺瓜州　即今甘肅敦煌。❻苫蓋　白茅所編，用以遮身之物。❼蒙荊棘　頭戴荊棘編成之物。蒙，戴。❽腆　豐厚；多。❾寡君　指晉悼公。名周，在位十五年（西元前五七二～前五五八年）。❿職　主；當。⓫詰朝　明日；明晨。⓬蠲　顯明；顯示。⓭四嶽　堯時方伯。姜姓。⓮裔胄　後代。裔、胄為同義詞。⓯翦棄　拋棄。翦，去。⓰嗥　野獸咆哮。⓱不貳　無二心。⓲舍成　置軍戍守。舍，安置。秦置軍助鄭戍守事，見〈燭之武退秦師〉。⓳亢　抵擋。⓴不復　指殽之戰秦軍全軍覆沒，無一返者。復，返；歸。㉑角　執其角。引申為當面迎擊。此即上文「禦其上」。㉒掎　拖其後足。引申為從後牽引。此即上文「亢其下」。㉓踣　仆倒。㉔離逷　違背。逷，遠離。㉕官之師旅　晉國執政者屬下的官吏。實指晉國之執政者。官，執政者。師、旅，皆官吏之名位。㉖攜　背離。㉗華　華夏。指中原。㉘贄幣　見面禮。㉙達　通。㉚瞢　悶；憂。㉛青蠅　《詩經．小雅》篇名。中有「豈弟君子，無信讒言」。豈弟，通「愷悌」。和樂平易的樣子。㉜辭　謝罪。

【語　譯】諸侯在向地會盟。范宣子準備要抓戎子駒支，就在朝位上責備他，說：「聽著！姜戎氏！當初秦國將你的祖先吾離趕出瓜州，你的祖先吾離身披白茅衣、頭戴荊棘帽來歸附先君。先君惠公只有並不豐厚的田地，還分給你們享用。現在諸侯事奉寡君之所以不如從前，大概是有一些言語被洩漏了出去，這一定是你。明天的事，你不要參加了。如果參加，就把你抓起來。」

駒支回答說：「當初秦國仗著他們人多，貪求土地，驅逐我們各部戎人。惠公顯示他的大德，說我們各部戎人，是四嶽的後代，不可拋棄。賜給我們南疆的田，那是狐狸居住、豺狼咆哮的地方。我們砍伐荊棘，驅逐狐狸豺狼，作為先君的不侵犯、不背叛的臣下，至今沒有二心。

「從前文公和秦國攻鄭國，秦國私自和鄭國結盟並安置兵力幫助鄭國防守，因此才發生殽之戰。晉國正面迎擊，我們背面牽制，秦軍全部覆滅，這是我們出力的結果。好比捕鹿，晉國抓牠的角，我們拉牠的腳，和晉國合力扳倒牠。戎人為什麼還不能免罪呢？從那次戰役以後，晉國的所有戰役，我們都全族出動、一次又一次地追隨執政，就像殽之戰一樣，豈敢違背？現在執政屬下的官吏，恐怕實在是有過失，使得諸侯離心，卻歸罪給我們。我們的飲食衣服和中原不同，不相往來，言語不通，能做什麼壞事？不參加會見，也沒什麼好擔心的。」就吟誦〈青蠅〉詩而退席。

范宣子向他謝罪，讓他參加會見，這是想成就「愷悌」的名聲啊。

【研　析】本文重心在范宣子和駒支的言辭攻防。范宣子以晉國對戎人有收容之恩，而駒支反而「言語漏洩」，使得諸侯對晉國有二心，所以禁止駒支參加明日之會，否則將逮捕他。表面上看來，是駒支的確犯錯，所以范宣子才禁止他與會，而逮捕只是在駒支不聽從禁止時才會付諸行動。但是從一開始的「將執戎子駒支」來看，則《左傳》作者的看法，范宣子所謂「言語漏洩，則職女之由」，根本就是「欲加之罪」，是編織的罪名，目的是在為將要採取的逮捕行動製造藉口，而所謂「與，將執女」就只是掩飾其意圖的煙霧彈了。

針對范宣子這一別有用心的指責，駒支的答辯顯得條理明晰、理直氣婉、有守有攻，使得范宣子只能謝罪，並讓駒支與會。首先，對於收容之恩，駒支予以基本的肯定，但也指出戎人居晉國南鄙，有著開闢榛莽的勤勞、守土退敵的功勞，並且始終沒有二心。這主要採守勢，表明其感恩圖報的事實。其次，對於諸侯二心的原因，駒支正面指出那是晉國「實有所闕」，又從反面指出戎人不與中原交往，「何惡之能為」；這「惡」字指的是范宣子所說的「言語漏洩」。這主要採攻勢，指斥范宣子的編織罪名、製造藉口。最後「不與於會，亦無瞢焉」和「賦〈青蠅〉而退」，則以淡然的口氣、間接的暗示，回應了范宣子的禁止他與會。對於執權柄的人，淡然可能是一種最好的、卻也是最危險的反擊，因為那雖可能促使執權者反省、愧疚，也可能使他惱羞成怒。但是〈青蠅〉詩中的「豈弟君子，無信讒言」，卻彌補了「淡然」所可能引發的危機。因為它暗示：㈠范宣子是一個「豈弟君子」；㈡今天的局面，是由於小人的讒言在作祟。范宣子的「辭焉，使即事於會」雖未必全由於駒支的「賦〈青蠅〉」，但在前面充分的說理、辯解之後，此詩實有收束前文、意在言外、畫龍點睛的妙用。

# 祁奚請免叔向

襄公二十一年

**【題解】** 本文選自《左傳》魯襄公二十一年（晉平公六年、西元前五五二年），篇名據傳文內容而訂。祁奚，春秋時代晉國大夫。免，赦免。叔向，春秋時代晉國大夫。姓羊舌，名肸。魯襄公二十一年，晉國執政的范宣子因為聽信讒言而放逐他的外孫欒盈，殺欒盈同黨羊舌虎等十人，大夫叔向為羊舌虎之兄，因受牽連而遭囚禁。本文記敘晉國已告老的大夫祁奚，基於愛賢和晉國安定的考慮，進見范宣子，解救了叔向。

欒盈❶出奔楚。宣子❷殺羊舌虎❸，囚叔向。

人謂叔向曰：「子離❹於罪，其為不知❺乎？」叔向曰：「與其死亡❻若何？

《詩》曰：『優哉游哉，聊以卒歲❼。』知也！」

樂王鮒❽見叔向，曰：「吾為子請。」叔向弗應。出，不拜。其人皆咎❾叔向。叔向曰：「必祁大夫。」室老❿聞之，曰：「樂王鮒言於君，無不行，求赦吾子，吾子不許；祁大夫所不能也，而曰必由之，何也？」叔向曰：「樂王鮒，從君者也，何能行？祁大夫外舉不棄讎，內舉不失親⑪，其獨遺我乎？《詩》曰：『有覺德行，四國順之⑫。』夫子⑬覺者也。」

晉侯⑭問叔向之罪於樂王鮒。對曰：「不棄其親⑮，其有焉。」於是祁奚老⑯矣，聞之，乘馹⑰而見宣子，曰：「《詩》曰：『惠我無疆，子孫保之⑱。』《書》曰：『聖有謨勳，明徵定保⑲。』夫謀而鮮過、惠訓不倦者，叔向有焉，社稷之固⑳也，猶將十世宥之，以勸㉑能者。今壹㉒不免其身，以棄社稷，不亦惑乎？鯀殛而禹興㉓；伊尹放太甲而相之㉔，卒無怨色；管蔡為戮，周公右王㉕，若之何其以虎也棄社稷？子為善，誰敢不勉？多殺何為？」

宣子說㉖，與之乘，以言諸公㉗而免之。不見叔向而歸，叔向亦不告免焉而朝。

【注釋】❶欒盈　春秋時代晉國大夫。❷宣子　范宣子。春秋時代晉卿。❸羊舌虎　春秋時代晉國大夫。欒盈之同黨。❹離　通「罹」。遭遇；遭到。❺知　通「智」。❻死亡　死的和逃的。亡，逃。❼優哉游哉二句　杜預以為語出《詩經・小雅》，今〈小雅〉無此二句，可能為逸詩。卒歲，度過歲月；過日子。❽樂王鮒　春秋時代晉國大夫。亦稱樂桓子。❾咎　責；怨。❿室老　家臣之長。古代大夫皆有家臣。⓫外舉不棄讎二句　推薦人才，大公無私，不因其為外人、仇人而不舉，也不因其為族人、親人而不舉。祁奚曾向晉悼公推薦其仇人解狐及自己的兒子祁午。⓬有覺德行二句　語出《詩經・大雅・抑》。有覺，正直貌。四國，四方。⓭夫子　指祁奚。⓮晉侯　指晉平公。名彪，在位二十六年（西元前五五七～前五三二年）。⓯親指叔向的弟弟羊舌虎。⑯老　告老。⑰馹　驛車。⑱惠我無疆二句　語出《詩經．周頌．烈文》。⑲聖有謨勳二句　此二句為《尚書》逸文。偽古文《尚書》據《左傳》此文，纂入〈夏書．胤征〉，改「勳」為「訓」。謨勳，謀略、訓誨。「勳」借為「訓」。徵，信。定，安。⑳固　安定。㉑勸　鼓勵。㉒壹　竟；乃。㉓鯀殛而禹興　舜誅鯀而用其子禹。鯀治水無功，故被誅。殛，誅殺。興，起。㉔伊尹放太甲而相之　伊尹放逐太甲，及太甲悔過而使之復位，伊尹仍為相。伊尹為商湯之相，太甲為商湯之孫，太甲即位荒淫，故伊尹逐之。放，放逐。㉕管蔡為戮二句　周公殺管叔、蔡叔，輔佐周成王。管叔、蔡叔為周公兄弟，作亂被殺。右，助。王，指周成王。㉖說　通「悅」。㉗公　指晉平公。

【語　譯】欒盈逃到楚國。范宣子殺了羊舌虎，囚禁叔向。

有人對叔向說：「您犯了罪，這恐怕是你不夠聰明吧？」叔向說：「比起那些死的和逃的呢？《詩經》說：『自在逍遙啊，姑且過日子。』這就是聰明啊！」

欒王鮒去見叔向，說：「我替您去求情。」叔向不回答。欒王鮒離去，叔向不拜送。左右的人都埋怨叔向。叔向說：「一定要祁大夫才行。」室老聽了，說：「欒王鮒對國君說的話，沒有行不通的，他要替您求情，您不答應；這是祁大夫做不到的，您卻說一定要他，為什麼？」叔向說：「欒王鮒，是一個順從君王的人，怎能辦得到？祁大夫推薦人才時，不避外人、仇人，也不避族人、親人，難道會單單不管我嗎？《詩經》說：『正直的德行，四方都順從。』祁夫子是個正直的人啊。」

晉侯向欒王鮒問叔向是否有罪。欒王鮒回答說：「叔向愛護弟弟，大概有通謀吧。」這時祁奚已經告老了，聽到這件事，就坐了驛車去見范宣子，說：「《詩經》說：『賜我恩惠無窮盡，子孫永遠保持它。』《尚書》說：『聖哲有謀略有訓誨，應當相信維護他。』說到謀略少有過失，教誨不會倦怠，叔向是具備的，他是使國家安定的賢人，即使他的十代子孫有罪都還應該寬免，以鼓勵有能力的人。現在竟然不赦免他，而遺棄社稷之臣，這不是令人困惑的嗎？舜殺鯀而起用禹；伊尹曾放逐太甲，太甲仍舊用他為相，始終沒有怨恨；管叔、蔡叔被殺，周公依然可以輔佐成王，為什麼要為了羊舌虎而捨棄一個社稷之臣呢？您做好事，誰敢不努力？何必多殺人呢？」

范宣子聽了很高興，就和祁奚一起坐車，去向晉平公報告，赦免了叔向。祁奚沒見叔向一面就回去了，叔向也沒向祁奚告知得赦就上朝去了。

【研　析】本文可分五段。首段節錄《左傳》原文，簡要交代事件的背景。二至四段分寫叔向和祁奚，是全文重心。此三段使用對話的形式、對比的手法，生動表現出二人的風格。二段以不特定之人對叔向平白受囚，提出「不知」的疑問，引出叔向一段樂天、坦然的答話。叔向認為比起那些死的和逃的，自己勝過多多，不能算是「不知」。三段記叔向拒絕樂王鮒的幫助而期待祁奚的援手，透過室老的疑問，叔向說出他對祁奚方能救他的信心。四段樂王鮒再次出現，卻對叔向落井下石，對比祁奚直接去見范宣子的行動，一者虛偽而狹隘，一者真誠而恢廓。我們可以說，從表現的角度看，樂王鮒在三、四段中扮演的是映襯主角祁奚的角色。四段祁奚的說辭要點是：因為叔向是賢人，不可棄；父子、君臣、兄弟，罪不應相及；希望范宣子為善救賢。這當中他引用《詩》、《書》，並以史實為證，相當有說服力。末段記事件的結果。令人激賞的是叔向的不謝恩私門，尤其是祁奚的助人而不圖報。可以說兩人都心存至公，無絲毫私心，風範極為高尚。

# 子產告范宣子輕幣

襄公二十四年

【題　解】本文選自《左傳》魯襄公二十四年（晉平公九年、鄭簡公十七年、西元前五四九年），篇名據傳文內容而訂。子產，姓公孫，名僑，字子產。春秋時代鄭國執政大夫。范宣子，春秋時代晉國執政之卿。范是姓氏，宣是其諡號，子為男子之美稱。幣，泛指車馬皮帛玉器等餽贈的禮物。春秋時代各小國照例須朝見霸主，獻納貢物。本文記敘鄭國執政大夫子產，認為諸侯對霸主之國晉國的進貢，負擔太重，因此趁鄭簡公前往晉國朝會，請隨行的鄭國大夫子西，轉交一封信給晉國執政的范宣子，說動了范宣子而減少各國的貢品。

范宣子為政❶，諸侯之幣❷重，鄭人病之。

二月，鄭伯❸如晉。子產寓❹書於子西❺，以告宣子曰：「子為晉國，四鄰諸侯不聞令德而聞重幣，僑也惑之。僑聞君子長國家者，非無賄❻之患❼，而無令名之難❽。夫諸侯之賄聚於公室，則諸侯貳；若吾子賴❾之，則晉國貳。諸侯貳則晉國壞，晉國貳則子之家壞。何沒沒❿也？將焉用賄？

「夫令名，德之輿⓫也；德，國家之基也。有基無壞，無亦是務⓬乎？有德則樂，樂則能久。《詩》云：『樂只君子，邦家之基⓭。』有令德也夫！『上帝臨女，無貳爾心⓮。』有令名也夫！恕思以明德，則令名載而行之，是以遠至邇安。毋寧⓯使人謂子，『子實生我』，而謂『子浚⓰我以生』乎？象有齒以焚⓱其身，賄也。」

宣子說，乃輕幣。

【注釋】❶為政　執政。為，治理。❷幣　帛。古人用以為餽贈之禮物。此泛指諸侯對於霸主之晉國的貢獻物。❸鄭伯　指鄭簡公。名嘉，在位三十六年（西元前五六五～前五三〇年）。鄭國為伯爵諸侯國。❹寓　寄；託。❺子西　春秋時代鄭國大夫。名公孫夏，字子西。❻賄　財貨。❼患　憂；愁。❽難　憂；愁。❾賴　取。❿沒沒　昏昧；迷惑。⓫輿　車。⓬務　專力。⓭樂只君子二句　語出《詩經・小雅・南山有臺》。只，語助詞。⓮上帝臨女二句　語出《詩經・大雅・大明》。⓯毋寧　寧可。毋，語助詞。⓰浚　深取；剝削。⓱焚　僵仆。即死亡。

【語　譯】范宣子執政，諸侯朝見晉國的貢品負擔很重，鄭國人對此感到痛苦。

二月，鄭伯到晉國。子產託子西帶信，告訴范宣子說：「您治理晉國，四鄰諸侯沒聽說晉國的美德而只聽說要很重的貢品，僑感到迷惑。僑聽說治國的君子，不愁沒有財貨，只愁沒有美名。諸侯的財貨聚集在晉國的王室，那諸侯便有二心；如果您拿了它，那晉國就會分裂。諸侯有二心，晉國就會受到傷害，晉國分裂，那您的家就會受到傷害。為什麼那麼執迷不悟呢？財貨有什麼用呢？

「美名，是德行的車子；德行，是國家的基石。有基石才不致於毀壞，不也該在這方面努力嗎？有德行就有快樂，快樂就能長久。《詩經》說：『快樂的君子，國家的基石。』這是有美德啊！『上帝監視著你，不要三心二意。』這是有美名啊！心存恕道以顯揚德行，那麼美名就載著德行傳揚四方，所以遠方來歸、近處安心。寧可讓人說您『您確實是養活了我們』，還是說『您剝削我們來養活自己』呢？象因牙而招致死亡，因為象牙是財貨啊。」

范宣子很高興，就減少各國的貢品。

【研　析】本文可分三段。首段記子產寫信的動機，三段記其結果，二段錄子產的信文，為全文的重心。信文的主題，在於闡說治國者應重德而輕財。蓋子產以為重財貨的弊病，將導致諸侯離心，內部分裂，而令德令名之利，能使「遠至邇安」。相較之下，利害判然分明。

全信主題明確，對比的使用是最大的原因；而其說理能使范宣子接受，則因此信全從晉國和范宣子的角度去剖析利害，而不直接要求減輕貢品。易言之，信中所傳達給范宣子的訊息是：子產為晉國的利益，所以反對「重幣」。這種方式的勸說，比較具有說服力，難怪范宣子會「說，乃輕幣」了。

# 晏子不死君難

襄公二十五年

【題解】本文選自《左傳》魯襄公二十五年（齊莊公六年、西元前五四八年），篇名據傳文內容而訂。晏子，名嬰，字仲，諡號平。春秋時代齊國夷維（今山東高密）人。歷事齊靈公、齊莊公、齊景公三世，以節儉力行，名顯於世。君難，指齊莊公為其臣崔武子所弒。本文記敘齊莊公私通其臣崔武子之妻，為崔武子手下所殺。晏子既不為國君殉死，也不逃亡，但他到崔武子家，依禮哭齊莊公之屍而後歸。

崔武子❶見棠姜❷而美之，遂取❸之。莊公❹通焉，崔子弒之。

晏子立於崔氏之門外，其人❺曰：「死乎？」曰：「獨吾君也乎哉？吾死也。」曰：「行❻乎？」曰：「吾罪也乎哉？吾亡也。」曰：「歸乎？」曰：「君死，安歸？君民者，豈以陵❼民？社稷是主。臣君者❽，豈為其口實❾？社稷是養。故君為社稷死，則死之；為社稷亡，則亡之。若為己死，而為己亡，非其私暱❿，誰敢任之？且人⓫有君而弒之，吾焉得死之？而焉得亡之？將庸何歸？」

門啟而入，枕尸股而哭。興⓬，三踊⓭而出。人謂崔子「必殺之」。崔子曰：「民之望也，舍之，得民。」

【注釋】❶崔武子　崔杼。春秋時代齊卿。❷棠姜　春秋時代齊國棠邑大夫棠公之妻。時棠公死，棠姜寡居。棠是其夫之氏，姜是其母家之姓。棠公是棠邑之大夫，以邑為氏。❸取　通「娶」。❹莊公　齊莊公。名光，在位六年（西元前五五三～前五四八年）。❺其人　指晏子的隨從。❻行　逃亡。❼陵　居其上。❽臣君者　為臣於君者；為君之臣者。❾口實　食物。此指俸祿。❿私暱　個人所親愛。指寵臣。⓫人　指崔杼。⓬興　起立。⓭踊　跳。

【語　譯】崔武子看到棠姜覺得她很美，就娶了她。齊莊公和棠姜私通；崔武子就殺了莊公。

晏子站在崔氏門外，他的隨從說：「殉死嗎？」晏子說：「光是我個人的君嗎？那我死。」隨從說：「逃亡嗎？」晏子說：「這是我的罪嗎？那我逃亡。」隨從說：「回去嗎？」晏子說：「君死了，回哪裡去？做君主的，難道是來高踞在人民之上的嗎？是來主持國家的。做臣子的，難道是為了俸祿嗎？是來保護國家的。所以君為國家而死，就為他殉死；君為國家而逃，就為他而逃。如果君為自己而死，為自己而逃，那除了他的寵臣，誰敢那樣做？並且這是別人殺死他的君主，我怎能殉死？怎能逃亡？又能回哪裡去？」

崔氏開了門，晏子進門，把屍體靠在自己大腿上而哭。起立，跳三次才出去。有人告訴崔武子「一定要殺他」。崔武子說：「他是得民望的人，放了他，可以得民心。」

【研　析】齊莊公私通其臣子之妻，這是「君不君」；崔杼因齊莊公私通其妻，而設計讓手下殺死齊莊公，這是「臣不臣」。齊莊公被殺於崔杼家裡，隨從的勇力之臣也有八人同時被殺，事後又有若干人為齊莊公而殉死。但是晏子並沒有殉死或逃亡，僅哭弔齊莊公之屍而已，這表現出晏子在君臣、死生之際，有他自己的看法。

晏子之所以不殉死、不逃亡而僅哭屍，其立足點全在「社稷」二字。他的基本觀點是立君在於「社稷是主」，目的是主持國家；置臣在於「社稷是養」，目的是保護國家。所以「君為社稷死，則死之；為社稷亡，則亡之」。今齊莊公乃因不正當的男女關係而死，那臣子也就不必因此而殉死或逃亡了。但齊莊公在名分上終究是君，君死，則盡哀而後歸，也是合乎禮制的。因此他站在崔杼家門外，開門後才進去哭、踊而後歸。

從這件事，可以看出晏子所要盡忠的是社稷，這種觀念是正確的。

# 季札觀周樂

襄公二十九年

【題　解】本文選自《左傳》魯襄公二十九年（吳餘祭四年、西元前五四四年），篇名據傳文內容而訂。季札，春秋時代吳王壽夢最小的兒子。名札，季是其排行。賢而博學，常出使中原各國。本文記敘季札訪問魯國，要求欣賞魯國保存的周王室的天子之樂，並一一加以讚賞和評論。魯國是周公長子伯禽的封國，周成王曾以天子之樂賜給周公，因此魯國有周王室的天子之樂。周王室東遷洛陽之後，禮崩樂壞，文物大多喪失，魯國依然保有，故季札得以觀之。

吳公子札來聘❶，請觀於周樂❷。

使工❸為之歌❹〈周南〉、〈召南〉❺。曰：「美哉！始基❻之矣，猶未❼也，然勤❽而不怨矣。」

為之歌〈邶〉、〈鄘〉、〈衛〉❾。曰：「美哉！淵❿乎！憂而不困者也。吾聞衛康叔、武公⓫之德如是，是其〈衛風〉乎！」

為之歌〈王〉⓬。曰：「美哉！思⓭而不懼，其周之東乎！」

為之歌〈鄭〉⓮。曰：「美哉！其細已⓯甚，民弗堪⓰也。是其先亡乎！」

為之歌〈齊〉⓱。曰：「美哉！泱泱⓲乎！大風也哉！表⓳東海者，其大公⓴乎！國未可量也！」

為之歌〈豳〉㉑。曰：「美哉！蕩㉒乎！樂而不淫㉓。其周公之東乎！」

為之歌〈秦〉㉔。曰：「此之謂夏聲㉕。夫能夏則大，大之至也，其周之舊乎！」

為之歌〈魏〉㉖。曰：「美哉！渢渢㉗乎！大㉘而婉，險㉙而易行。以德輔此，則明主也。」

為之歌〈唐〉㉚。曰：「思深哉！其有陶唐氏㉛之遺民乎？不然，何憂之遠也？非令德之後，誰能若是？」

為之歌〈陳〉㉜。曰：「國無主㉝，其能久乎？」

自〈鄶〉㉞以下無譏㉟焉。

為之歌〈小雅〉㊱。曰：「美哉！思㊲而不貳，怨而不言，其周德之衰乎！猶有先王㊳之遺民焉！」

為之歌〈大雅〉㊴。曰：「廣哉！熙熙㊵乎！曲而有直體，其文王之德乎！」

為之歌〈頌〉㊶。曰：「至矣哉！直而不倨㊷，曲而不屈；邇而不偪㊸，遠而不攜㊹；遷而不淫，復而不厭；哀而不愁，樂而不荒㊺；用而不匱，廣而不宣㊻；施而不費㊼，取而不貪；處㊽而不底㊾，行而不流㊿。五聲(51)和，八風(52)平，節(53)有度，守有序(54)。盛德之所同也！」

見舞〈象箾〉(55)、〈南籥〉(56)者，曰：「美哉！猶有憾(57)。」

見舞〈大武〉(58)者，曰：「美哉！周之盛也，其若此乎！」

見舞〈韶濩〉(59)者，曰：「聖人之弘(60)也，而猶有慚德(61)，聖人之難也！」

見舞〈大夏〉(62)者，曰：「美哉！勤而不德(63)，非禹，其誰能修之？」

見舞〈韶箾〉(64)者，曰：「德至矣哉！大矣！如天之無不幬(65)也，如地之無不載也。雖甚盛德，其蔑(66)以加於此矣，觀止矣。若有他樂，吾不敢請已。」

【注釋】❶聘　訪。諸侯派大夫訪問他國。❷周樂　周代音樂。包括周天子及諸侯的樂章。❸工　樂工。❹歌　演唱。此為絃歌，有伴奏。❺周南召南　江、漢一帶的南方音樂。以受周公、召公教化，故冠以周、召。今本《詩經》，〈周南〉有詩十一篇，〈召南〉有詩十四篇，居全書之首。❻始基　奠定基礎。指周之王業已在江、漢奠基。❼猶未　尚未成功。指周王業。❽勤　勞苦。❾邶鄘衛　皆國名。周初，邶在今河南湯陰東南，鄘在今河南新鄉西南，周公平定管、蔡之亂，二國皆併入於衛，封其少弟康叔。今本《詩經・國風》中，〈邶風〉有詩十九篇，〈鄘風〉有詩十篇，〈衛風〉有詩十篇。❿淵　深。⓫武公　衛國國君。康叔九世孫。時有幽王、褒姒之難，衛武公曾出兵助王室平戎。⓬王　東周王城。即洛邑，在今河南洛陽西。今本《詩經・國風》中，〈王風〉有詩十篇。⓭思　憂。⓮鄭　國名。今本《詩經・國風》中，〈鄭風〉有詩二十一篇。⓯已　太過。⓰堪　忍受。⓱齊　國名。今本《詩經・國風》中，〈齊風〉有詩十一篇。⓲泱泱　博大的樣子。⓳表　表率。⓴大公　太公望。即呂尚，齊國始祖。㉑豳　國名。周祖先公劉所建，在今陝西邠縣。今本《詩經・國風》中，〈豳風〉有詩七篇。㉒蕩　博大的樣子。㉓淫　過度；無節制。㉔秦　國名。今本《詩經・國風》中，〈秦風〉有詩十篇。㉕夏聲　正聲。一說：西方之聲。㉖魏　國名。在今山西芮城北。魯閔公元年（西元前六六一年）為晉所滅。今本《詩經・國風》中，〈魏風〉有詩七篇。㉗渢渢　浮動婉轉的樣子。㉘大　粗獷。㉙險　艱難。㉚唐　國名。在今山西太原一帶。周武王封其子叔虞於此，即後來之晉。今本《詩經・國風》中，〈唐風〉有詩十二篇。㉛陶唐氏　指堯。本封陶，後徙於唐（今山西太原）。㉜陳　國名。今本《詩經・國風》中，〈陳風〉有詩十篇。㉝國無主　國君荒淫，不能為社稷主。㉞鄶　國名。也作檜。在今河南鄭州南。

今本《詩經・國風》中，〈檜風〉有詩四篇。㉟譏　評論。㊱小雅　今本《詩經》之一部分，共七十四篇。㊲思　哀傷。㊳先王　指周代文、武、成、康諸王。㊴大雅　今本《詩經》之一部分，共三十一篇。㊵熙熙　和樂的樣子。㊶頌　今本《詩經》之一部分，凡〈周頌〉三十一篇、〈魯頌〉四篇、〈商頌〉五篇。㊷倨　傲慢。㊸偪　通「逼」。侵逼。㊹攜　分離。㊺荒　荒淫；過度。㊻宣　顯露。㊼費　耗損。㊽處　靜止；不動。㊾底　停滯。㊿流　泛濫不定。51五聲　宮、商、角、徵、羽等五聲音階。52八風　八音。金、石、絲、竹、匏、土、革、木八類樂器。53節　節拍。54守有序　交相鳴奏，各有次序，不相奪亂。55象箾　樂舞名。奏簫，舞者持竿作擊刺狀，是一種武舞。箾，簫。一說：箾即武舞所持竿。56南籥　樂舞名。用籥伴奏二南而舞，是一種文舞。南，二南。籥，形似笛之樂器。57憾　恨。言周文王恨不及身而致太平。58大武　周武王之樂。59韶濩　商湯之樂。60弘　大。61慚德　可慚之德。即德行尚有缺失。指湯以征伐得天下。62大夏　夏禹之樂。63不德　不自以為有德。64韶箾　虞舜之樂舞。65幬　覆蓋。66蔑　無。

【語　譯】吳公子季札來訪問，請求欣賞周朝的音樂。

讓樂工為他唱〈周南〉、〈召南〉。他說：「美好啊！王業已經奠基，而還沒完成，但是人民勞苦而沒有怨恨了。」

為他唱〈邶風〉、〈鄘風〉、〈衛風〉。他說：「美好啊！深厚啊！人民憂思而不困窮。我聽說衛康叔、武公的德化就像這樣，這大概是〈衛風〉吧！」

為他唱〈王風〉。他說：「美好啊！人民憂慮而不害怕，這是周室東遷以後的吧！」

為他唱〈鄭風〉。他說：「美好啊！但是太過瑣碎了，人民不能忍受的。這恐怕會早滅亡吧！」

為他唱〈齊風〉。他說：「美好啊！博大啊！真有大國之風啊！作為東海諸侯之表率的，這是太公的國家吧！國家不可限量。」

為他唱〈豳風〉。他說：「美好啊！博大啊！歡樂而有節制，這是周公東征時的吧！」

為他唱〈秦風〉。他說：「這就叫正聲。能用正聲，自然宏大，真是宏大極了，這是周朝舊有的吧！」

為他唱〈魏風〉。他說：「美好啊！浮動婉轉啊！粗獷而又婉轉，艱難而又容易推行。再用德行加以輔助，就是賢明的君主了。」

為他唱〈唐風〉。他說：「思慮很深啊！難道還有陶唐氏的遺民在嗎？不然，為什麼憂思那麼深遠呢？不是美德者的後代，誰能這樣？」

為他唱〈陳風〉。他說：「國家沒有賢君，還能久存嗎？」

從〈鄶風〉以下，他都沒有評論。

為他唱〈小雅〉。他說：「美好啊！哀傷而沒有二心，怨恨而沒有傾吐，這是周朝王化衰落時的吧！還有先王的遺民在啊！」

為他唱〈大雅〉。他說：「廣大啊！和樂啊！音樂曲折而立意正直，這是文王的德化吧！」

為他唱〈頌〉。他說：「好到極點了！正直而不傲慢，委婉而不卑下；親近而不侵逼，疏遠而不離心；遷徙而不邪亂，反覆而不厭倦；哀傷而不憂愁，歡樂而不荒淫；取用而不匱乏，寬廣而不顯露；施與而不耗損，收取而不貪婪；靜止而不停滯，流動而不泛濫。五聲和諧，八音均平，節拍有尺度，鳴奏守次序。這是盛德者所共有的啊！」

看了跳〈象箾〉、〈南籥〉舞，他說：「美好啊！但還有遺憾。」

看了跳〈大武〉舞，他說：「美好啊！周朝興盛時，就像這樣的吧！」

看了跳〈韶濩〉舞，他說：「聖人是那樣偉大，而還有所慚愧，可見聖人難為啊！」

看了跳〈大夏〉舞，他說：「美好啊！勤勞而不自以為有德。不是禹，有誰做得到？」

看了跳〈韶箾〉舞，他說：「德行到達極點了！偉大啊！像天一樣，無不覆蓋；像地一樣，無不承載。即使再大的盛德，恐怕也不能超過它了，就欣賞到這裡為止了。如果還有其他音樂，我也不敢再請求了。」

【研　析】季札對周樂的評論，是不是在聆賞過每一部分的整個內容才發表，例如是不是在聆賞〈周南〉、〈召南〉的整個內容後，才有「美哉！始基之矣」云云的評論，由於文獻的不足，我們不得而知；再則，他的每一段評論，是否完全正確，由於古樂早已亡佚，僅憑今本《詩經》保留的歌辭，以及其他一些零星片段的資料，我們也無法判斷。但是，本文仍有其珍貴的文獻價值。

其一，本文依次為〈風〉、〈小雅〉、〈大雅〉、〈頌〉以及文、武、湯、禹、舜的樂舞。若以今本《詩經》的次第和它相比較，則對於今本《詩經》的形成、次序，可以有一定的了解。

其二，季札的評論，大致可以分成兩個層次，一是就樂曲而論，如「美哉」、「美哉淵乎」等等；一是就樂曲風格及歌辭或舞蹈，推論其政情民風，這一層次尤為季札評論的重點。

《禮記·樂記》：「治世之音安以樂，其政和；亂世之音怨以怒，其政乖；亡國之音哀以思，其民困。」先哲對於音樂——尤其是來自民間自發創作的音樂，往往認為它和政治息息相關，可藉以體察政情民風，季札的評論正落實印證了這一觀點。於是，本文在一定程度上，也可作為研究當時政治、社會的一手資料。

# 子產壞晉館垣

襄公三十一年

【題解】本文選自《左傳》魯襄公三十一年（鄭簡公二十四年、晉平公十六年、西元前五四二年），篇名據傳文內容而訂。子產，姓公孫，名僑，字子產。春秋時代鄭國執政大夫。本文記敘子產陪侍鄭簡公赴晉國，因為未獲晉平公接見，晉國又不以禮接待，遂以拆毀賓館圍牆的動作，以及理直氣壯的辭令折服晉卿趙文子，晉平公也以禮接待鄭簡公。

子產相❶鄭伯❷以如晉，晉侯❸以我喪❹故，未之見也。子產使❺盡壞其館之垣，而納車馬焉。

士文伯⑥讓⑦之，曰：「敝邑以政刑之不修，寇盜充斥，無若諸侯之屬⑧辱在⑨寡君者何，是以令吏人完客所館，高其閈閎⑩，厚其牆垣，以無憂客使。今吾子壞之，雖從者能戒，其若異客⑪何？以敝邑之為盟主，繕完⑫葺⑬牆，以待賓客；若皆毀之，其何以共命⑭？寡君使匄請命。」

對曰：「以敝邑褊小，介於大國，誅求⑮無時，是以不敢寧居，悉索敝賦⑯，以來會時事⑰。逢執事之不閒，而未得見；又不獲聞命，未知見時。不敢輸幣⑱，亦不敢暴露。其輸之，則君之府實也，非薦陳⑲之，不敢輸也；其暴露之，則恐燥濕之不時而朽蠹⑳，以重敝邑之罪。

「僑聞文公之為盟主也，宮室卑庳㉑，無觀臺榭㉒，以崇大諸侯之館。館如公寢㉓，庫廄㉔繕修，司空㉕以時平易道路，圬人㉖以時塓㉗館宮室。諸侯賓至，甸㉘設庭燎㉙，僕人巡宮；車馬有所，賓從有代㉚，巾車㉛脂轄㉜，隸人㉝、牧、圉㉞各瞻㉟其事；百官之屬，各展㊱其物。公不留賓，而亦無廢事；憂樂同之，事則巡㊲之；教其不知，而恤其不足。賓至如歸，無寧㊳菑患？不畏寇盜，而亦不患燥濕。

「今銅鞮㊴之宮數里，而諸侯舍於隸人，門不容車，而不可踰越；盜賊公行，而天厲㊵不戒㊶。賓見無時，命不可知。若又勿壞，是無所藏幣以重罪也。敢請執事，將何所命之？雖君之有魯喪，亦敝邑之憂也。若獲薦㊷幣，修垣而行，君之惠也，敢憚勤勞？」

文伯復命。趙文子㊸曰：「信！我實不德，而以隸人之垣以贏㊹諸侯，是吾罪也。」使士文伯謝不敏焉。

晉侯見鄭伯，有加禮，厚其宴、好㊺而歸之。乃築諸侯之館。叔向曰：「辭之不可以已也如是夫！子產有辭，諸侯賴㊻之，若之何其釋辭也？《詩》曰：『辭之輯矣，民之協矣；辭之繹矣，民之莫矣㊼！』其知之矣！」

【注釋】❶相　佐助。❷鄭伯　指鄭簡公。名嘉，在位三十六年（西元前五六五～前五三〇年）。❸晉侯　指晉平公。❹我喪　指魯襄公之喪。魯襄公在位三十一年，卒於西元前五四二年夏六月。《春秋》以魯國為記史中心，故凡魯國皆稱「我」。❺使　使人；派人。❻士文伯　晉國大夫。名匄，字伯瑕。❼讓　責備；責問。❽屬　臣屬。❾在　存問。指朝聘。❿閈閎　門。閈、閎同義。⓫異客　他國賓客。⓬完　通「院」。牆。⓭葺　修理。⓮共命　供給所求。共，通「供」。命，指賓客之命。⓯誅求　責求。誅，責。⓰賦　指財物。⓱會時事　行朝見、聘問之事。會，朝會。時事，指聘問之事。⓲輸幣　送所貢於晉府庫。輸，送。幣，財帛之類。⓳薦陳　陳列。古代聘享之物，陳列於庭。⓴朽蠹　腐壞、蟲蛀。㉑卑庳　低小。卑、庳同義。㉒觀臺榭　供遊賞的臺榭。臺，四方而高的建築。榭，其上有屋的臺。㉓寢　寢宮。㉔庫廄　庫房、馬房。㉕司空　官名。掌土木工程。㉖圬人　泥水工匠。㉗塓　塗；刷。㉘甸　甸人。掌薪火的官。㉙庭燎　夜間燃火於庭。古者有大事，則庭燎以照明。其說有二，一謂積薪燃之，一謂手執火把。㉚代　代服勞役。㉛巾車　官名。管理車輛。㉜脂轄　用油塗車軸。轄，裹在車軸上的鐵皮。此指車軸。㉝隸人　掌灑掃清潔的人。㉞牧圉　看牛羊和看馬的人。㉟瞻　看顧；照料。㊱展　陳列。㊲巡　安撫。㊳無寧　寧；豈。㊴銅鞮　地名。在今山西沁縣西南，晉平公築別宮於此。㊵天厲　天災。厲，通「癘」。災。㊶戒　防備。㊷薦　進獻；呈獻。㊸趙文子　晉卿。名武。㊹贏　受。引申為接待。㊺厚其宴好　宴會隆重，餽贈豐美。好，指好貨。㊻賴　利。㊼辭之輯矣四句　語出《詩經・大雅・板》。輯，和。繹，通「懌」。喜悅。莫，安定。

【語　譯】子產輔佐鄭伯到晉國去，晉侯由於我國有喪事，沒有會見鄭伯。子產派人把賓館的牆全拆了，將車馬安置進去。

士文伯責備子產，說：「敝國由於政刑不修明，盜賊很多，對於諸侯派來朝聘寡君的人不知該怎麼辦才好，所以派官吏修繕賓客所住的館舍，大門造得高，圍牆砌得厚，讓賓客不必擔憂。現在您拆了它，雖然您的隨從能自行戒備，但是，別國的賓客又怎麼辦呢？由於敝國是盟主，因此修繕圍牆，以接待賓客；如果都毀了它，那要怎麼供給賓客的需求呢？寡君派匄來請問拆牆的用意。」

子產回答說：「由於敝國狹小，夾在大國之間，大國不時要求進貢，所以不敢安居，搜取了全國的財富，前來朝聘。碰上執事沒空，而不能朝見；又得不到命令，不知何時能朝見。既不敢呈獻財物，又不敢讓它暴露在外面。如果呈獻了，那就是君王府庫中的財物，不經過陳列的儀式不敢呈獻；如果讓它暴露在外，又怕乾濕無常而腐壞蟲蛀，因而加重敝國的罪過。

「僑聽說文公做盟主時，自己的宮室低小，沒有供遊賞的臺榭，而把賓館修得又高又大。賓館好像君王的寢宮，裡面的庫房馬房隨時修繕，司空按時整修道路，泥水工按時塗刷館舍宮室。諸侯的賓客到達，甸人在庭中點起火把，僕人在賓館巡邏；車馬有地方安置，賓客的隨從有人代服勞役，巾車在車軸上塗油，隸人、牧、圉各自照管分內的工作；百官各自陳列器物。文公不耽擱賓客，也不敢荒廢禮儀；和賓客同憂樂，有事就加以安撫；教導他們所不知的，體諒他們所不足的。賓客到晉國就像回到家一樣，哪有什麼災患？不必耽心盜賊，也不怕乾燥潮濕。

「現在銅鞮的別宮綿延數里，而諸侯住在像奴隸居住的屋子裡，門口進不了車子，又不能越牆而入；盜賊公然橫行，而天災又不能防備。賓客進見沒有確定的時間，也不知道什麼時候才有召見的命令。如果再不拆掉牆，這就沒有地方收藏貢禮而加重罪過了。請問執事，對我們將有什麼指示？雖然君王遭到魯國的喪事，這也是敝國所憂傷的啊！如果能呈獻貢禮，修好圍牆然後回國，這是君王的恩惠，我們豈敢怕勞苦？」

文伯回去覆命。趙文子說：「說得對！我們確實是理虧，用奴隸的房舍去接待諸侯，這是我們的罪過啊！」就派文伯去表示歉意。

晉侯接見鄭伯，禮儀加倍，宴會更隆重，贈送更豐厚，然後送他們回去。於是就建造接待諸侯的賓館。叔向說：「辭令的不可忽視就像這樣啊！子產善於辭令，諸侯因他而得到好處，為什麼要放棄辭令呢？《詩經》說：『辭令和睦，人民協力；辭令動聽，人民安定。』詩人是懂得這個道理了。」

【研　析】通常一個故事是由一連串的動作所構成。準此，我們以子產為主角，來分析他和一些相關人物的動作。首先，子產陪著鄭伯「如晉」，這個動作的目的當然是要「見」晉侯，但是晉侯「未之見」。想「見」和「未之見」之間，顯然是互相矛盾、有所衝突的；換句話說，子產想「見」的目的有了困難。面對這種衝突、這個困難，子產的反應是「使盡壞其館之垣，而納車馬焉」。這個動作透著怪異，並引起晉國的反應，派士文伯「讓之」，這時子產和晉侯之間有了間接的聯繫溝通，而其交會點就在於子產「盡壞其館之垣」的既成動作。士文伯「讓之」是針對拆牆動作的言辭責難，而子產的「對曰」則一方面為拆牆動作辯解，這是防守，一方面又借此機會攻擊晉侯的「未之見」。雙方的攻防，其結果是文伯「復命」、趙文子認錯（「是吾罪也」）、使士文伯「謝不敏焉」。這個過程，雙方由衝突、溝通進而取得諒解，子產透過拆牆所要傳達的主要訊息——希望早日會見，終於獲得晉侯的充分了解，並進一步有積極的回應——「見鄭伯」。至於末段叔向的話，則突出了子產在這故事中的重要地位，總結了這個故事所顯現的意義——辭令是非常重要的。

子產拆牆的動作是詭異而危險的，但這無疑使他有和晉國人對話的機會，讓他發揮辭令的才華，達到說服的效果。仔細分析子產的「對曰」，這種效果的獲得，不是沒有原因的。子產一方面表達了鄭國對晉國的服事之誠懇謹慎，一方面又訴說不得朝見所產生的困窘，軟中帶硬，理直氣婉，此其一。士文伯責問何以拆牆，子產卻迴避了問題的正面，而從反面訴說不得不拆，這是一種迂迴的技巧，免去了正面攻堅的困難，此其二。以晉文公的禮遇諸侯，使得「賓至如歸」，對比今日晉侯的虧待鄭伯、傲慢無禮，晉侯顯然有失霸主氣概。以捧晉文公來批評今日的晉侯，這在實質上既能針砭又不致激怒晉侯，而在技巧上就有著起伏跌宕的波瀾之勢，比較不會單調、沉悶，此其三。以晉文公的「憂樂同之」，引申為「雖君之有魯喪，亦敝邑之憂也」，正面表達了鄭國與晉國休戚相關的親切之意，反面則暗示了晉侯因魯國國君之喪而「未之見」的不當，可以說是「怨而不怒」，容易被接受。

當然，子產的一切動作、一切技巧，其出發點都是為了鄭國的國格、鄭伯的顏面，也就是為了鄭國的利益，這是在讚賞子產辭令巧妙之餘，最重要的一點認識。

## 子產論尹何為邑

襄公三十一年

【題解】本文選自《左傳》魯襄公三十一年（鄭簡公二十四年、西元前五四二年），篇名據傳文內容而訂。子產，姓公孫，名僑，字子產。春秋時代鄭國執政大夫。本文記敘鄭國上卿子皮想任命家臣尹何治理自己的家邑，子產認為尹何太年輕，缺乏經驗，子皮的任命，是愛之反而傷之，不但誤了子皮的家務事，也會使鄭國蒙受其害。

子皮❶欲使尹何❷為邑❸。子產曰：「少，未知可否。」子皮曰：「愿❹，吾愛之，不吾叛也。使夫❺往而學焉，夫亦愈知治矣。」

子產曰：「不可。人之愛人，求利之也。今吾子愛人則以政，猶未能操刀而使割也，其傷實多。子之愛人，傷之而已，其誰敢求愛於子？子於鄭國，棟也。棟折榱❻崩，僑將厭❼焉，敢不盡言？子有美錦，不使人學製❽焉。大官❾、大邑，身之所庇也，而使學者製焉，其為美錦，不亦多乎？僑聞學而後入政，未聞以政學者也。若果行此，必有所害。譬如田獵，射御貫❿，則能獲禽。若未嘗登車射御，則敗績⓫厭覆是懼，何暇思獲？」

子皮曰：「善哉！虎不敏。吾聞君子務知大者、遠者，小人務知小者、近者。我，小人也。衣服附在吾身，我知而慎之；大官、大邑所以庇身也，我遠而慢⓬之。微⓭子之言，吾不知也。他日⓮我曰：『子為鄭國，我為吾家，以庇焉，其可也。』今而後知不足。自今請，雖吾家，聽子而行。」

子產曰：「人心之不同如其面焉，吾豈敢謂子面如吾面乎？抑心所謂危，亦以告也。」

子皮以為忠，故委政焉。子產是以能為鄭國。

【注釋】❶子皮　鄭國上卿。名罕虎。❷尹何　子皮家臣。❸為邑　治理家邑。為，治理。邑，此指子皮之家邑。❹愿　忠厚。❺夫　此人。指尹何。下句「夫」字同。❻榱　屋椽。❼厭　通「壓」。❽製　裁。❾大官　指治理家邑之官。於子皮而言，為其屬下大官。⑩貫　通「慣」。熟習；熟練。⑪敗績　軍隊大敗。此指射御失敗。⑫慢　疏忽；忽視。⑬微　無。⑭他日　從前。

【語　譯】子皮想讓尹何治理家邑。子產說：「他還年輕，不知道行不行。」子皮說：「他為人忠厚，我喜歡他，他不會背叛我的。讓他去學習學習，他也就更懂得怎樣辦事了。」

子產說：「不可以。大凡喜歡一個人，總是謀求對這個人有利。現在您喜歡一個人就把政事交給他，這好比不會用刀而讓他去割東西，多半是會傷害到他的。您喜歡一個人，卻只會傷害到他，那誰還敢期待您的喜歡呢？您在鄭國是棟樑。如果棟樑斷折、屋椽崩塌，僑也要被壓在底下，豈敢不把話全說出來？您有漂亮的綢緞，絕不會讓人用它來學裁剪。大官、大邑是自身的託庇，卻讓學習的人去治理它，比起漂亮的綢緞，大官、大邑不是更重要嗎？僑只聽說學習以後才去辦政事，沒聽說拿做官來學習的。如果真這麼做，一定有所傷害。譬如打獵，射箭、駕車熟練，就能獲得獵物。如果沒上車射過箭、駕過車，那麼一心只怕車子翻了、人被壓了，哪有工夫想到獵獲物呢？」

子皮說：「說得好啊！虎真是不聰明。我聽說君子致力於了解大的、遠的，小人致力於了解小的、近的。我，是小人啊！衣服穿在我身上，我知道該慎重；大官、大邑是用來託庇自身的，我卻疏遠而忽視它。不是您這番話，我還不能覺悟哩！從前我說：『您治理鄭國，我管我的家務，這樣來託庇自己也可以了。』如今我才知道自己是不夠的。從現在起我向您請求，即使是我的家務，也聽候您的吩咐去辦。」

子產說：「人心的不相同，正如人面孔的不相同，我哪敢認為您的面孔該像我的呢？不過，我心裡覺得危險的，就把它告訴您就是了。」

子皮認為他忠誠，所以把政事託付給他。子產因此得以治理鄭國。

【研　析】子皮之所以「欲使尹何為邑」，是因為喜歡尹何，要讓他去學習。子產則在尹何年輕缺乏行政經驗的基本認知下，使用譬喻、對比，委婉而有力地指出子皮此一念頭的偏差。「未能操刀」譬喻尹何缺乏行政經驗，「使割」譬喻子皮「欲使尹何為邑」，此一譬。「美錦」譬喻「大官、大邑」，「學製」譬喻「學治」，此二譬。「田獵」譬喻「為邑」，「射御」譬喻「學」，此三譬。三組譬喻皆取材於日常貼近的事例，故其理易明。「未能操刀而使割也，其傷實多」，今派尹何為邑，則「傷之而已」；派尹何學治邑，其損害大過派人用美錦學裁製衣服，也大過「未能操刀而使割」；未習射御而田獵，將害及自身及同車之人，派尹何為邑，亦將使尹何、邑人、子皮、鄭國連鎖受害，如此對比，其害甚為明顯。更重要的是子產表達了他對這件事的休戚與共、利害相關的誠懇。他說在那可能的連鎖傷害之下，「僑將厭焉」，所以「敢不盡言」。本來派尹何為邑只是子皮的家務事，子產大可袖手不管，他卻能說出一番大道理，並且真心規勸，絕不置身事外，如此，子皮的感動，並非沒有理由的了。

政事不可以用來作為歷鍊人才的試驗品，因為那對人、對事、對國都是有害無益的，這是子產所給我們的啟示吧！而如何使事得其人、人稱其事，摒棄私心的愛憎而一秉至公，恐怕也是當權者所應該戒懼謹慎的吧！

## 子產卻楚逆女以兵

昭公元年

【題解】本文選自《左傳》魯昭公元年（鄭簡公二十五年、楚郟敖四年、西元前五四一年），篇名據傳文內容而訂。子產，姓公孫，名僑，字子產。春秋時代鄭國執政大夫。卻，拒絕。逆，指迎娶。本文記楚國公子圍到鄭國聘問，並準備迎娶鄭國大夫公孫段之女。鄭國對於帶著軍隊而來的公子圍有所忌憚，怕對鄭國不利，因此不准公子圍入城，並先後派人與公子圍交涉，讓楚軍在解除武裝的情況下進城。

楚公子圍❶聘于鄭，且娶於公孫段❷氏。伍舉❸為介❹。將入館。鄭人惡❺之，使行人❻子羽❼與之言，乃館於外。

既聘，將以衆逆。子產患❽之，使子羽辭，曰：「以敝邑褊小，不足以容從者，請墠❾聽命。」

令尹❿命大宰⓫伯州犁對曰：「君辱貺⓬寡大夫⓭圍，謂圍將使豐氏⓮撫有⓯而室⓰。圍布几筵⓱，告於莊、共⓲之廟而來。若野賜之，是委君貺於草莽⓳也，是寡大夫不得列於諸卿也。不寧唯是⓴，又使圍蒙㉑其先君，將不得為寡君老㉒，其蔑以復矣。唯大夫圖之！」

子羽曰：「小國無罪，恃實其罪。將恃大國之安靖己，而無乃包藏禍心㉓以圖之。小國失恃而懲㉔諸侯，使莫不憾者，距違君命，而有所壅塞不行是懼。不然，敝邑，館人㉕之屬也，其敢愛豐氏之祧㉖？」

伍舉知其有備也，請垂櫜㉗而入。許之。

【注釋】❶楚公子圍　楚共王之子、康王之弟。楚王郟敖時曾任令尹，魯昭公元年（西元前五四〇年）即位，是為楚靈王，在位十二年。❷公孫段　春秋時代鄭國大夫。❸伍舉　春秋時代楚國大夫。❹介　副使。❺惡　忌憚。❻行人　官名。掌朝聘禮賓。❼子羽　春秋時代鄭國大夫。❽患　憂。❾墠　清除野草雜物，理出平地，以供祭祀。❿令尹　楚國執政之官。此指公子圍。⓫大宰　官名。掌王室內外事務，輔助君王治理國事。⓬貺　賜。⓭寡大夫　對外國稱本國的大夫。⓮豐氏　即公孫段。時段已賜氏為豐。⓯撫有　有。二字同義。⓰而室　爾之妻室。而，通「爾」。室，妻室。⓱布几筵　陳列几筵。

布，陳列。几，古人席地而坐時用以倚靠的器具。筵，墊底的竹席。古人席地而坐，席不止一層，下曰筵，上曰席。⑱莊共　楚莊王、楚共王。公子圍之祖與父。⑲莽　草深。⑳不寧唯是　不僅如此。寧，語助詞。㉑蒙　欺騙。㉒老　大臣。㉓禍心　害人之心。㉔懲　警惕。㉕館人　守賓館的人。㉖祧　遠祖之廟。㉗垂櫜　倒掛弓袋。示無武器。櫜，弓袋。

【語　譯】楚國公子圍到鄭國聘問，同時要到公孫段家娶妻。伍舉做副使。將要進住城內的賓館。鄭國人有所忌憚，派行人子羽去協調，於是就住在城外。

聘問過後，公子圍準備帶兵入城去迎娶。子產為此而擔心，派子羽去拒絕，說：「因為敝國狹小，不能容納您的隨從，請允許我們在城外設墠來聽候您的命令。」

公子圍派太宰伯州犂回答說：「承蒙君王惠賜寡大夫圍，對圍說：將讓豐氏的女兒做你妻室。圍陳設几筵，祭告莊王、共王的廟然後來鄭國。如果在城外賜婚，這等於把君王的恩賜丟棄在草叢，也讓寡大夫不能立身在卿的行列。不但這樣，又讓圍欺騙了先君，將不能再做寡君的大臣，恐怕也不能回國了。請大夫考慮一下。」

子羽說：「小國沒有罪過，依靠大國而不防備就是它的罪過。本想依靠大國來得到安全，而大國恐怕卻存心不良想打小國的主意。如果因為小國失去依靠而使諸侯有所警惕，無不怨恨，抗拒君王的命令，使君王命令受阻而行不通，這是小國所怕的。不然，敝國就像是替貴國看守館舍的，哪敢愛惜豐氏的祖廟？」

伍舉知道鄭國已經有防備，就請求倒掛弓袋而進城。鄭國同意。

【研　析】楚國公子圍到鄭國聘問，按禮鄭國應該招待他住進城內的賓館，子產卻派人拒絕而讓他住在城外，這是不合禮的；公子圍要到鄭國大夫公孫段家迎娶妻室，按禮這儀式也要在城內公孫段的祖廟舉行，子產卻要他在城外行婚禮，這也是不合禮的。

子產為什麼對公子圍有這些不合禮的要求呢？因為公子圍這次出國帶著大批軍隊，要在鄭國的虢地和包括魯、晉、齊、宋、衛、陳、蔡、鄭、許、曹等國的代表會盟，子產怕公子圍帶兵進城會對鄭國不利，基於維護鄭國安全的考慮，他當然要加以拒絕。所以文中說「鄭人惡之」、「子產患之」，而在公子圍的兵眾解除武裝後，才答應他入城迎娶。

子產的反應是可以理解的，問題在於如何讓公子圍接受。由於本文對於公子圍「入館」事的雙方交涉僅簡單帶過，我們無從得知；但從針對迎娶一事雙方交涉的言辭，我們知道子羽乃是以剛柔互用、軟硬兼施的辭令使公子圍知難而退。在本文第二段中，子羽以地小不足容眾為由拒絕公子圍入城迎娶，這是柔中有剛、軟中帶硬，表面講的是鄭國地小，骨子裡卻是指斥公子圍不必要帶那麼多的兵入城。第三段楚太宰伯州犁幾乎無懈可擊的反駁，子羽則直斥公子圍「包藏禍心」，將對楚國不利為由，既迴避伯州犁的質問，又使伯州犁再無反駁的餘地，這是先剛後柔、硬中帶軟。

子產的洞燭幾微、子羽的妙善辭令，使得公子圍陰謀失敗，鄭國得以保全，這兩人的智慧都是超人一等的。

# 子革對靈王

昭公十二年

【題解】本文選自《左傳》魯昭公十二年（楚靈王十一年、周景王十五年、西元前五三〇年），篇名據傳文內容而訂。子革，春秋時代楚國大夫。靈王，楚靈王。春秋時代楚國國君。本文記敘楚靈王率師圍攻徐國，以威嚇吳國；躊躇滿志，要向周天子求鼎，向鄭國索取祖先的舊地。楚國右尹子革乘晚上晉見的機會，委婉曲折地勸諫楚靈王不應放縱野心，而當珍惜民力，顯揚德音。但楚靈王無法自我克制，終於招致殺身之禍。

楚子❶狩❷于州來❸，次❹于潁尾❺。使蕩侯❻、潘子、司馬督、囂尹午、陵尹喜帥師圍徐❼以懼吳，楚子次于乾谿❽以為之援。

雨雪。王皮冠，秦復陶[9]，翠被[10]，豹舄[11]，執鞭以出。僕析父[12]從。

右尹[13]子革夕[14]，王見之。去冠、被，舍鞭，與之語。曰：「昔我先王熊繹[15]與呂伋[16]、王孫牟[17]、燮父[18]、禽父[19]並事康王[20]，四國[21]皆有分[22]，我獨無有。今吾使人於周，求鼎以為分，王[23]其與我乎？」對曰：「與君王哉！昔我先王熊繹辟在荊山[24]，篳路藍縷[25]以處草莽，跋涉山林以事天子，唯是桃弧棘矢[26]以共禦[27]王事。齊，王舅[28]也；晉及魯、衛，王母弟[29]也。楚是以無分，而彼皆有。今周與四國服事君王，將唯命是從，豈其愛鼎？」

王曰：「昔我皇祖伯父昆吾[30]，舊許[31]是宅。今鄭人貪賴[32]其田而不我與。我若求之，其與我乎？」對曰：「與君王哉！周不愛鼎，鄭敢愛田？」

王曰：「昔諸侯遠我而畏晉，今我大城陳、蔡、不羹[33]，賦皆千乘[34]，子與有勞焉；諸侯其畏我乎？」對曰：「畏君王哉！是四國[35]者，專[36]足畏也，又加之以楚，敢不畏君王哉？」

工尹路[37]請曰：「君王命剝[38]圭以為鏚柲[39]，敢請命。」王入視之。

析父謂子革：「吾子，楚國之望也。今與王言如響[40]，國其若之何？」子革曰：「摩厲以須[41]；王出，吾刃將斬矣。」

王出，復語。左史倚相㊷趨過。王曰：「是良史也，子善視之！是能讀《三墳》、《五典》、《八索》、《九丘》㊸。」對曰：「臣嘗問焉。昔穆王㊹欲肆其心，周行天下，將皆必有車轍馬跡焉。祭公謀父㊺作〈祈招〉之詩以止王心，王是以獲沒於祇宮㊻。臣問其詩而不知也。若問遠焉，其焉能知之？」王曰：「子能乎？」對曰：「能。其詩曰：『祈招之愔愔㊼，式㊽昭㊾德音。思我王度，式如玉，式如金。形㊿民之力，而無醉飽之心。』」

王揖而入。饋51不食，寢不寐。數日，不能自克，以及於難52。

仲尼曰：「古也有志：『克己復禮，仁也。』信善哉！楚靈王若能如是，豈其辱於乾谿？」

【注釋】❶楚子　指楚靈王。楚國為子爵諸侯國。❷狩　冬獵。❸州來　國名。在今安徽鳳臺北，初為楚國屬邑，後為吳國所滅。❹次　軍隊臨時駐紮。❺潁尾　地名。在今安徽正陽。❻蕩侯　春秋時代楚國大夫。以下四人同。❼徐　國名。在今安徽泗縣西北，吳國的友邦。❽乾谿　地名。在今安徽亳縣東南。❾秦復陶　秦所贈羽衣。復陶，羽衣名。❿翠被　翠鳥羽毛所編織的披風。被，通「帔」。披風。⓫豹舄　豹皮做的鞋子。⓬僕析父　春秋時代楚國大夫。僕，官名。太僕。掌車馬。⓭右尹　官名。⓮夕　晚上晉見。⓯熊繹　楚始封君。⓰呂伋　齊太公之子丁公。⓱王孫牟　衛康叔之子康伯。⓲燮父　晉國唐叔之子。⓳禽父　周公長子伯禽。魯國始封君。⓴康王　周康王。周成王之子，名釗。㉑四國　指齊、衛、晉、魯。㉒分　賜予。㉓王　指周天子。時為周景王。㉔荊山　在今湖北南漳西。熊繹都於丹陽（今湖北秭歸東），在荊山南。㉕篳路藍縷　柴車、破衣。㉖桃弧棘矢　桃木的弓、棘木的箭。㉗共禦　進奉；貢獻。共，通「供」。禦，通「御」。㉘王舅　呂伋為周成王母舅。㉙王母弟　晉唐叔為周成王母弟，周公、衛康叔為周武王母弟。㉚皇祖伯父昆吾　昆吾為楚國遠祖季連之長兄，故此稱「皇祖伯父」。皇祖，遠祖。㉛舊許　舊許國之地。在今河南許昌。昆吾曾居此，後其地為鄭國所得。㉜賴　利。㉝不羹　指東不羹（今河南舞陽北）、西不羹（今河南襄城東南）。皆楚邑。㉞乘　一車四馬。㉟國　大都；大邑。㊱專　獨；單。㊲工尹路　工尹名路。工尹，官名。㊳剝　破。㊴鏚柲　斧柄。鏚，斧。柲，柄。㊵嚮　回聲。㊶須　待。㊷左史倚相　左史名倚相。左史，官名。㊸三墳五典八索九丘　皆古書名。㊹穆王　指周穆王。㊺祭公謀父　周卿士。封於祭，故曰祭公。祭，周畿內之國。㊻祗宮　周穆王之離宮。在今陝西華縣北。㊼愔愔　安和的樣子。㊽式　語助詞。無義。下兩「式」字同。㊾昭　明；顯。㊿形　成。(51)饋　進食。(52)及於難　魯昭公十三年（西元前五二九年），公子比弒楚靈王。

【語　譯】楚子在州來狩獵，軍隊駐紮在潁尾。又派蕩侯、潘子、司馬督、囂尹午、陵尹喜領兵包圍徐國以威嚇吳國，楚子進駐乾谿作他們的後援。

天下著雪。楚王戴著皮帽，穿著秦國的復陶羽衣，披著翠羽披風，穿著豹皮鞋子，拿著鞭子走出來。僕析父跟隨著。

右尹子革在晚上來朝見，楚王接見他，脫去帽子、披風，放下鞭子，和他說話。楚王說：「從前我的先王熊繹和呂伋、王孫牟、燮父、禽父一起事奉周康王，四國都得到賞賜，唯獨我國沒有。現在我派人到周，請求把鼎作為賞賜，王會給我嗎？」子革回答說：「會給君王啊！從前我國的先王熊繹僻居荊山，乘著柴車、穿著破衣以開闢荒野，奔走於山林之間以服事天子，只能用桃木弓、棘木箭為王室服務。齊國，是周成王的母舅；晉國和魯國、衛國是周天子的同胞兄弟。所以楚國沒有得到賞賜，而四國都有。現在周和四國都服從事奉君王，將會唯命是從，哪還會愛惜鼎呢？」

楚王說：「從前我的皇祖伯父昆吾，居住在舊許國。現在鄭國人貪圖這裡的土田之利而不給我們。我如果索討，他們會還給我嗎？」子革回答說：「會還君王啊！周天子不敢愛惜鼎，鄭國哪敢愛惜土田？」

楚王說：「從前諸侯疏遠我國而畏懼晉國，現在我大築陳國、蔡國和東、西不羹的城牆，每地都能出兵車千輛，你也是有功勞的；諸侯會怕我嗎？」子革回答說：「會怕君王啊！只這四個城邑，就足夠使人害怕了，再加上楚國，誰敢不怕君王呢？」

工尹路來請示說：「君王命令破開圭玉來裝飾斧柄，謹請示它的式樣。」楚王進去察看。

析父對子革說：「您，是楚國有聲望的人。現在和君王說話，對答就像回聲一樣，國家怎麼辦？」子革說：「我磨利了刀等著；君王出來，我的刀刃就要砍下去了。」

楚王出來，再和子革說話。左史倚相快步走過。楚王說：「這人是個好史官，你要好好看待他！這人能讀《三墳》、《五典》、《八索》、《九丘》。」子革回答說：「臣曾問過他。從前周穆王要滿足他的私心，周遊天下，要各地都有他的車轍馬跡。祭公謀父作了〈祈招〉這首詩來勸止穆王的私心，周穆王因此得以在祇宮善終。臣問他這首詩，他不知道，如果問得遠一點，他哪會知道？」楚王說：「你能知道嗎？」子革回答說：「能。這首詩說：『祈招的安和，顯現好名聲。想起君王的風度，像玉，又像金。保全人民的利益，自己卻沒有醉飽的心。』」

楚王作一個揖而走進去。吃不下飯，睡不下覺，好幾天，還不能自我克制，因而遭到災禍。

仲尼說：「古代有句話說：『克制自己，回到禮儀，這就是仁。』真是說得好啊！楚靈王如果能這樣，哪會在乾谿受辱呢？」

【研　析】楚王的野心，一言以蔽之，即在於畏服諸侯，建立霸權。他要向周天子求鼎，以彌補祖先未曾得到賞賜的遺憾；要向鄭國索取祖先曾居住過的土地；要以實力取代晉國的霸主地位。從三至五段所記的楚王的言辭，再加上二段對楚王服飾的描繪，其躊躇滿志的模樣，可說是躍然於紙上。

三至五段中子革的對答，一味附和楚靈王，正如析父所謂的「如響」；但是子革在這裡使用了相當巧妙的技巧，在楚王志得意滿到了極點時，猛然一擊，指出楚王這種好大喜功的心理之不當，這給楚王帶來相當大的困擾。分析子革的回話之所以產生這麼大的震撼——「饋不食，寢不寐。數日，不能自克」，一是楚王對子革的敬重，這從楚王接見子革時「去冠、被，舍鞭」，以及最後子革說出諫言後，楚王「揖而入」，可以得知；其次就是子革的對話技巧。

最後一段所引述的仲尼的話，可視為《左傳》作者對於這件事的評論；我們可以看出那是基於承認體制、尊重秩序的前提。但是春秋乃至於戰國，是中國歷史上一個從封建體制走向國家結構的關鍵階段，列國爭雄，都有著逐鹿中原、雄霸天下的企圖，楚靈王有那樣的野心，其實也是可以理解的。當然，就在次年，楚國公子比殺了楚靈王，但在篡弒頻仍的年代，我們大可不必以單純的因果報應去解釋它。

在這個故事中，子革的說話技巧是最值得注意的、最值得體味的。

## 子產論政寬猛

昭公二十年

【題　解】本文選自《左傳》魯昭公二十年（鄭定公八年、西元前五二二年），篇名據傳文內容而訂。子產，姓公孫，名僑，字子產。春秋時代鄭國執政大夫。本文記敘子產生前叮嚀大夫子大叔，要他接掌執政後，以猛施政。子大叔不忍猛而行寬政，招致盜賊為害。《左傳》於記事之後，以孔子的一番議論，說明為政當寬猛並濟，才能政事平和。

鄭子產有疾，謂子大叔❶曰：「我死，子必為政。唯有德者能以寬服民，其次莫如猛❷。夫火烈，民望而畏之，故鮮死焉；水懦弱❸，民狎❹而翫❺之，則多死焉。故寬難。」疾數月而卒。

大叔為政，不忍猛而寬。鄭國多盜，取❻人于萑苻❼之澤。大叔悔之，曰：

「吾早從夫子❽，不及此。」與徒兵❾以攻萑苻之盜，盡殺之，盜少止。

仲尼曰：「善哉！政寬則民慢，慢則糾之以猛；猛則民殘，殘則施之以寬。寬以濟猛，猛以濟寬，政是以和。《詩》曰：『民亦勞止，汔可小康。惠此中國，以綏四方❿。』施之以寬也。『毋從詭隨，以謹無良。式遏寇虐，慘不畏明⓫。』糾之以猛也。『柔遠能邇，以定我王⓬。』平之以和也。又曰：『不競不絿，不剛不柔。布政優優，百祿是遒⓭。』和之至也！」

及子產卒，仲尼聞之，出涕曰：「古之遺愛也。」

【注釋】❶子大叔　鄭國大夫。❷猛　嚴。❸懦弱　柔弱。❹狎　輕忽。❺翫　通「玩」。玩弄。❻取　聚。❼萑苻　蘆葦叢密的水澤。❽夫子　指子產。❾徒兵　步兵。❿民亦勞止四句　語出《詩經・大雅・民勞》。止，語助詞。無義。汔，其。表示期待或推測。中國，指西周王畿之地。綏，安撫。⓫毋從詭隨四句　語出《詩經・大雅・民勞》。從，今本《詩經》作「縱」。詭隨，詭詐善變的人。謹，約束。式，語助詞。無義。慘，乃；曾。今本《詩經》作「憯」。明，光明；正道。⓬柔遠能邇二句　語出《詩經・大雅・民勞》。能，親善。⓭不競不絿四句　語出《詩經・商頌・長發》。競，強；急。絿，緩。優優，溫和的樣子。遒，聚。

【語譯】鄭子產生病，對子大叔說：「我死以後，你必然執政。只有有德的人能以寬大來使人民服從，其次就莫如嚴厲。火性猛烈，人看著就怕，所以死於火的人少；水性柔弱，人輕忽而玩弄它，死於水的人多。所以寬大難。」子產病了幾個月，就去世了。

大叔執政，不忍心嚴厲而採寬大。鄭國因此多盜賊，在蘆葦水澤一帶聚結。大叔後悔，說：「我早聽夫子的話，也不致於這樣了。」就派步兵攻打那些盜賊，把他們全殺了，盜賊才稍稍減少。

仲尼說：「說得好啊！政令寬大人民就怠慢，怠慢就以嚴厲來糾正；嚴厲則人民受到傷害，傷害就實行寬大。用寬大來調劑嚴厲，用嚴厲來調劑寬大，政事因此而平和。《詩經》說：『人民已經很辛苦，可讓他們稍安康。先行加惠王畿地，用來安撫定四方。』這是實行寬大。『不要放縱詭詐人，用來約束不善良。制止侵奪殘暴者，和那不怕正道的強梁。』這是以嚴厲來糾正。『安撫遠方親睦近處，以定天下保君王。』這是用和諧來使國家平靜。又說：『不急不緩，不剛不柔。施政溫和，福祿就有。』這是和諧的極致。」

等到子產去世，仲尼聽到了，流著淚說：「他的愛心，真有古人的遺風啊！」

【研　析】本文前二段記事，後二段評論。全文有四點值得注意：

其一，根據第一段，子產固然是要大叔以猛施政，但這是針對大叔個人的具體狀況而作的指示，當執政者「有德」足以服民時，子產還是主張寬以施政的。換句話說，對於寬猛，子產的主張並非一成不變、一概而論，而是視個別的、具體的狀況做調整，其最終目的則在於避免以政害人，使人民誤蹈法網，所以孔子說他是「古之遺愛」。

其二，大叔因為「不忍猛而寬」，造成「鄭國多盜」，結果是出兵「盡殺之」，這是大叔沒有自知之明，使得一個愛民的動機卻產生殺民的結局。

其三，子產以水火來譬喻為政的寬猛。水譬喻寬，火譬喻猛；「多死」譬喻不得當的寬所造成的後果，「鮮死」譬喻猛所可能有的好處。譬喻的作用在於將艱深化為淺易，將抽象化為具體，因此用作譬喻的材料越為人所習知，其說明、表達的效力就越大。水和火是絕大多數人所習知的，因此，第一段子產的言辭中，水火的譬喻既恰當又有很好的效果。

其四，第三段「仲尼曰」以下，以寬猛為主題而發揮，先「分論」寬猛，再加以「合論」，進而得出「政是以和」的「結論」，最後則引述詩句作為前述理論的「例證」。這種方式，可供論說文寫作的參考。

綜合全文的思想來看，寬猛並濟是其主旨，而愛民、牧民是其基本觀點，相對於後代君主專制體制形成之後，統治者高高在上、殘民以逞的行為，本文所表現出來的思想是進步、可取的。但是在民主多元的政治、社會結構中，統治者的權力來自人民的認可和付託，並接受民意的監督，因此依法行政、行政中立，那也就沒有所謂寬猛的問題存在了。如果還有，那也不是經由統治者自由心證的抉擇，而是來自民意的要求。

# 吳許越成

哀公元年

**【題解】** 本文選自《左傳》魯哀公元年（吳夫差二年、越句踐三年、西元前四九四年），篇名據傳文內容而訂。成，求和；媾和。本文記敘吳國於夫椒（在今浙江紹興北）之戰打敗越王句踐後，大夫伍員勸諫吳王夫差不可答應越國的求和，吳王不聽，伍員預言吳國將於二十年後為越國所滅。

吳王夫差❶敗越❷于夫椒，報檇李❸也。遂入越。越子❹以甲楯❺五千保于會稽❻，使大夫種❼因吳大宰嚭❽以行成。吳子❾將許之。

伍員❿曰：「不可。臣聞之：『樹德莫如滋⓫，去疾⓬莫如盡。』昔有過⓭澆⓮殺斟灌⓯以伐斟鄩⓰，滅夏后相⓱。后緡⓲方娠⓳，逃出自竇⓴，歸于有仍㉑，生少康焉。為仍牧正㉒，惎㉓澆，能戒㉔之。澆使椒㉕求之，逃奔有虞，為之庖正㉖，以除其害。虞思㉗於是妻之以二姚，而邑諸綸㉘，有田一成㉙，有眾一旅㉚。能布其德而兆㉛其謀，以收夏眾，撫其官職；使女艾㉜諜㉝澆，使季杼㉞誘豷㉟。遂滅過、戈㊱，復禹之績，祀夏配天，不失舊物。今吳不如過，而越大於少康，或將豐㊲之，不亦難乎？句踐能親而務施㊳，施不失人，親不棄勞。與我同壤，而世為仇讎。於是乎克而弗取，將又存之，違天而長寇讎，後雖悔之，不可食㊴已。姬㊵之衰也，日可俟也。介在蠻夷，而長寇讎，以是求伯㊶，必不行矣！」

弗聽。退而告人曰：「越十年生聚，而十年教訓，二十年之外，吳其為沼㊷乎？」

【注　釋】❶夫差　春秋時代吳國國君。吳王闔閭之子，在位二十三年（西元前四九五～前四七三年）。在位時曾敗越國於夫椒，敗齊國於艾陵（在今山東萊蕪東北），在黃池（在今河南商邱附近）和諸侯會盟，與晉國爭霸，後為越國所敗，自殺而死。❷越　春秋時代國名。相傳始祖為夏少康庶子無余，都會稽（今浙江紹興）。春秋末年，與吳國屢戰，滅吳國，並向北擴展，戰國時為楚國所滅。❸檇李　吳地。在今浙江嘉興南。魯定公十四年（西元前四九六年），吳、越二國戰於此，吳王闔閭受傷而死。❹越子　指越王句踐。春秋時代越國國君，在位三十三年（西元前四九七～前四六五年）。❺甲楯　披甲持盾之兵。楯，盾。❻會稽　指會稽山。在今浙江紹興東南。❼種　文種。春秋時代越國大夫。❽大宰嚭　大宰名嚭。大宰，官名。嚭為楚國大夫伯州犁之孫，伯為其氏，亦稱伯嚭。自楚奔吳，以功任大宰，深得夫差寵信。❾吳子　指吳王夫差。❿伍員　楚國人。字子胥，楚國大夫伍奢之次子，以父兄為楚平王所殺，奔吳，為吳國大夫。以功封於申，又稱申胥。⓫滋　增長；增多。⓬疾　害；惡。⓭有過　過。古國名，在今山東掖縣北。有，發聲詞。下「有仍」、「有虞」同。⓮澆　人名。寒國國君浞之子。⓯斟灌　夏同姓諸侯國。在今山東壽光東北。⓰斟鄩　夏同姓諸侯國。在今山東濰縣西南。⓱相　夏君。夏啟之孫。⓲后緡　夏后相之妻。有仍氏之女。⓳娠　懷孕。⓴竇　孔穴。㉑有仍　仍。古國名，不詳其所在。或曰即任國，在今山東濟寧。㉒牧正　牧官之長。主管畜牧。㉓惎　恨；忌。㉔戒　防備。㉕椒　澆之臣。㉖庖正　掌飲食之官。㉗思　虞君名。姚姓。㉘綸　地名。在今河南虞城東南。㉙一成　土地方十里。㉚一旅　步卒五百人。㉛兆　開始。㉜女艾　少康之臣。㉝諜刺探敵情。㉞季杼　少康之子。㉟豷　澆之弟。㊱戈　豷之國。㊲豐　大。㊳施　賜予。㊴食　消除。㊵姬　指吳國。吳國始祖為周太王之子太伯、仲雍，故吳為姬姓之國。㊶伯　霸。㊷沼　汙池。

【語　譯】吳王夫差在夫椒打敗越軍，這是報復他父親在檇李戰敗的仇。於是進入越國。越子帶著披甲持盾的士兵五千人守住會稽山，並派大夫文種透過吳大宰嚭去求和。吳子打算答應。

伍員說：「不可以。臣聽說：『立德最好是不斷增長，除害最好是掃除淨盡。』從前過國的澆殺了斟灌的君王而攻打斟鄩，滅了夏后相。夏后相的妻子緡正懷著身孕，從牆洞逃出來，回到仍國，生下少康。少康後來做仍國的牧正，他痛恨澆，能心存戒備。澆派椒尋找少康，少康又逃到虞國，做虞國的庖正，以逃避危害。虞君把兩個女兒嫁給他，並封給他綸邑，擁有十里見方的田地，五百個步卒。少康能廣施恩德而開始進行復國的計畫，招集夏朝遺民，安撫他的官員；派女艾去偵察澆，派季杼去引誘豷。終於滅了過國、戈國，恢復了禹的業績，祭祀夏朝的祖先以配享天帝，光復原有的天下。現在吳不如過國，而越大於少康，上天也許會使越國壯大，這不就難了嗎？句踐能親近別人而且致力施惠，施惠就不會失去人才，親近就不會拋棄有功的人。越國和我國同在一塊土地上，而世代為仇敵。現在打了勝仗而不把它消滅掉，又打算讓它存在，這是違背天意而使仇敵壯大，以後就算懊悔，也消滅不了了。吳國的衰微，指日可見了。我國地處蠻夷之間，卻使仇敵壯大，這樣做而想要稱霸，必然行不通！」

吳王不聽。伍員退下去告訴別人說：「越國用十年來繁衍積聚，用十年來教育訓練，二十年後，吳國恐怕要變成池沼了吧？」

【研　析】本文記吳王夫差於夫椒戰勝後，不聽伍員的諫言而允許越國求和。

伍員之所以說媾和是「不可」的，其主要觀點在於「去疾莫如盡」；他視越國為吳國的「疾」，一定要徹底消除。根據這樣的理解，本文的第二段，其實是圍繞著「去疾莫如盡」的主題而申論。從「昔有過澆」到「不失舊物」一大節文字是本段的前半，以少康中興的故事印證「去疾莫如盡」的道理。從澆的立場來說，少康是他必除之「疾」，由於澆無法除去少康，才招致反被少康所滅的結局。這一大節講的雖然是歷史，但如以少康比越王句踐，而以澆比吳王夫差，則前事不忘，後事之師，吳王如要避免往後的不測，就必須趁著戰勝，一舉滅掉越國，以永絕後患。從「今吳不如過」以下是本段的後半，其議論有二層，一是今日如不滅越國，將來必定後悔不及，一是越國之存在，必定成為吳王霸圖的嚴重障礙。這後半段的文字，是以今日許越國媾和的前提，申說去疾不盡的將來之禍。在這前、後半段的文字中，「今吳不如過，而越大於少康」，具有承上啟下的作用，使得前半段少康中興的史實有了落實的意義。

就第二段來看，伍員的諫言，由古及今，從現在到未來，層層推進，既有主題，引證又相當確當，可算是相當具有說服力的。但是吳王並不採納，導致後來國滅身亡，這責任恐怕只有歸諸吳王的剛愎自用吧！

# 卷三 周文

## 國語

《國語》一書，有人認為作者是左丘明，也有人認為它和《左傳》本是一書，而《左傳》是從此書析出的。但據近人的考證，認為二者並非一書，亦非一人所作，其成書約在戰國時代，出於史官之手。全書凡二十一卷，計〈周語〉三卷、〈魯語〉二卷、〈齊語〉一卷、〈晉語〉九卷、〈鄭語〉一卷、〈楚語〉二卷、〈吳語〉一卷、〈越語〉二卷。重點記載自西周穆王起至東周定王止，五百多年間八國的史實，而以記言為重心。

此書三國韋昭曾為之作注，即《國語解》，近人則有徐元誥作《國語集解》。



### 祭公諫征犬戎

【題　解】本文選自《國語・周語上》，篇名據文意而訂。祭公，周穆王之卿士。本文記敘周天子穆王將要征伐犬戎，祭公認為古先聖王對待天下，都是彰顯德惠以服人，從不誇示武力以揚威。周穆王不聽勸諫，一意孤行，出兵征伐犬戎，結果僅得到四隻白狼、四隻白鹿的戰利品，而戎、狄從此不再朝見周天子，可說是得不償失。

穆王❶將征犬戎❷。

祭公謀父❸諫曰：「不可。先王耀德不觀兵❹。夫兵戢❺而時動，動則威❻，觀則玩❼，玩則無震❽。是故周文公❾之〈頌〉❿曰：『載戢干戈⓫，載櫜⓬弓矢。我求懿德，肆于時夏⓭，允⓮王保之。』先王之於民也，懋⓯正其德而厚其性，阜⓰其財求而利其器用；明利害之鄉⓱，以文⓲修之，使務利而避害，懷德而畏威，故能保世以滋⓳大。

「昔我先王世后稷⓴，以服事虞、夏。及夏之衰㉑也，棄稷不務，我先王不窋㉒用失其官，而自竄㉓于戎、狄之間㉔。不敢怠業，時序㉕其德，纂㉖修其緒㉗，修其訓典㉘；朝夕恪㉙勤，守以敦篤，奉以忠信。奕世㉚載㉛德，不忝㉜前人。至于武王，昭前之光明而加之以慈和，事神保民，莫不欣喜。商王帝辛㉝，大惡於民，庶民不忍，欣戴武王，以致戎于商牧㉞。是先王非務武也，勤恤民隱㉟而除其害也。

「夫先王之制，邦內甸服㊱，邦外侯服㊲，侯、衛賓服㊳，蠻、夷要服㊴，戎、狄荒服㊵。甸服者祭㊶，侯服者祀㊷，賓服者享㊸，要服者貢㊹，荒服者王㊺。日祭、月祀、時㊻享、歲貢、終王㊼，先王之訓也！有不祭則修意㊽，有不祀則修言㊾，有不享則修文㊿，有不貢則修名(51)，有不王則修德，序成(52)而有不至則修刑(53)。於是乎有刑不祭，伐不祀，征不享，讓(54)不貢，告不王(55)。於是乎有刑罰之辟(56)，有攻伐之兵，有征討之備，有威讓之令，有文告之辭。布令陳辭而又不至，則增修於德，而無勤(57)民於遠。是以近無不聽，遠無不服。

「今自大畢、伯仕(58)之終也，犬戎氏以其職來王，天子曰：『予必以不享征之。』且觀之兵，其無乃(59)廢先王之訓，而王幾頓(60)乎！吾聞夫犬戎樹惇(61)，帥舊德(62)而守終純固(63)，其有以禦我矣。」

王不聽，遂征之。得四白狼、四白鹿以歸，自是荒服者不至。

**【注釋】**❶穆王　周穆王。周昭王之子，名滿，在位五十五年（西元前一〇〇一～前九四七年）。❷犬戎　古代戎族的一支。商、周時游牧於涇、渭一帶。❸祭公謀父　祭（在今河南開封東北）為其封邑，故稱祭公，謀父為其字。❹觀兵　誇示軍威。觀，示。❺戢　聚。❻威　可畏。❼玩　輕慢。❽震　驚恐；懼怕。❾周文公　周公旦。文是其諡號。❿頌　指《詩經・周頌・時邁》。⓫干戈　古代兵器名。干，盾。戈，戟之屬。長柄，有小刃旁出，可橫擊、鉤援。⓬櫜　弓袋。此用為動詞。斂；藏。⓭時夏　此中國。時，是；此。⓮允　信；確實。⓯懋　勉。⓰阜　豐富。⓱鄉　通「嚮」。所在。⓲文　指禮法。⓳滋　更加。⓴世后稷　世代為后稷。指周之始祖棄為舜之后稷，其子不窋為夏啟之后稷。世，父子相繼。后稷，農官名。㉑夏之衰　指夏太康時。㉒不窋　棄之子。㉓竄　逃匿。㉔戎狄之間　堯封棄於邰（今陝西武功西南），至不窋而遷於邠（今陝西邠縣），西接戎，北近狄。㉕序　布；施。㉖纂　繼。㉗緒　事業。㉘訓典　教誨和法度。㉙恪　敬謹。㉚奕世　累世。㉛載　承；繼。㉜忝　辱。㉝辛　商紂之名。㉞牧　牧野（今河南淇縣南）。㉟隱　痛苦。㊱邦內甸服　干城四面各五百里內之地為甸服。甸服，耕治王田以服事王。甸，王田。服，服其職業。據《周禮・夏官・職方氏》，周之王畿方千里，即王城四面各五百里範圍內之地為王畿。王畿不在周代侯服等九服（侯、甸、男、采、衛、蠻、夷、鎮、藩）之內，以王畿為甸服乃《書經・禹貢》所記夏代之制，祭公謀父稱先王之制猶以王畿為甸服者，韋昭《國語解》以為「世俗所習也」。㊲邦外侯服　王畿之外為侯服。侯服，為王服斥候之事。據《周禮・夏官・職方氏》，侯服為王畿四面距離王城五百里至一千里之地。㊳侯衛賓服　侯服至衛服總稱賓服。賓服，以按時入貢、賓見於王為其職分。據《周禮・夏官・職方氏》，王畿之外有侯、甸、男、采、衛等五服，每服與王城之距離依序遞增五百里，衛服距王城二千五百里至三千里。㊴蠻夷要服　蠻夷之地為要服。要服，以結好互信、受約束為其職分。要，約束。據《周禮・夏官・職方氏》，衛服之外有蠻服、夷服，其距王城亦依序遞增五百里，夷服距王城三千五百里至四千里。㊵戎狄荒服　戎狄之地為荒服。荒服，極遠之地而服政教。荒，邊遠。據《周禮・大司馬・職方氏》，夷服之外有鎮服、藩服，其距王城亦依序遞增五百里，藩服距王城四千五百里至五千里。此荒服當是鎮服、藩服之合稱。㊶甸服者祭　甸服供應天子日祭祖、考之所需。祭，指日祭。祭祖、考。㊷侯服者祀　侯服供應天子月祀高、曾祖之所需。祀，指月祀。祀高、曾祖。㊸賓服者享　賓服供應天子四季享獻之所需。享，享獻。此指享其遠祖。㊹要服者貢　要服每年進獻祭神之貢品。貢，歲貢。㊺荒服者王　荒服於其新君即位或周天子嗣位時朝見周天子。王，指朝見於王。即朝見周天子。㊻時　四時；四季。㊼終王　新君即位或周天子嗣位時來朝見。終，終世。㊽修意　端正自己的志意。修，整治；涵養。㊾修言　整治國家政令。言，政令；號令。㊿修文　整治國家典法。文，典法。(51)修名　整治尊卑職貢之名號。(52)序成　指以上意、言、文、名、德五者，皆依次整治完成。(53)修刑　整治刑罰。(54)讓　譴責；責備。(55)告不王　命行人陳辭以曉諭其不朝見於王。告，宣告；曉諭。(56)刑罰之辟　刑罰之法律。刑，指肉刑、死刑。罰，指以金錢贖罪。辟，法律。(57)勤　煩勞。(58)大畢伯仕　犬戎的兩個君王。(59)無乃　莫非；豈不是。(60)王幾頓　「荒服者王」這種禮制，大概就要毀壞了。幾，大概；差不多。頓，毀壞。(61)樹惇　生性敦樸。一說：周穆王時犬戎的君主。(62)帥舊德　遵循先祖的德行。帥，順著；遵循。(63)守終純固　終身恪守，專志不移。純，專一。固，堅持。

【語　譯】周穆王要去征討犬戎。

祭公謀父勸諫他說：「行不得！先王都只彰顯德惠，從不以武力向人誇耀示威。軍隊平時要養精蓄銳，俟機而動，出動時才能威震八方，倘若不時炫耀武力，就容易流於輕慢，一旦流於輕慢，就沒有震懾的作用。

因此，周公所作的頌詩〈時邁〉說道：『收起干戈，藏好弓箭。我周希求惟美德，德惠廣被我華夏，吾王確實能保天下。』先王對於人民，總是勉勵他們端正德行並且敦厚性情，增加他們需求的財富並且便利他們的器用；讓他們明白利害之所在，而用禮法加以教化，使他們趨利避害，感戴朝廷的德治而畏懼威刑。所以先王的功業能夠代代相繼，日益壯大。

「從前我們的先王世代擔任后稷的官職，服事虞、夏二朝。及至夏朝中衰，廢置后稷之官，不復致力於農政，我先王不窋因而丟官，便自己逃匿到戎、狄之間。然而還不敢懈怠祖業，時時傳布恩德，繼續拓展祖先的事業，修明祖先的教誨和法度；從早到晚，敬慎勤奮，堅守敦厚篤實，奉行忠誠信實。世代相傳，承繼祖德，不敢辱沒祖先。到了武王，更將祖先光輝的事業發揚光大，並加上慈愛和善，事奉神明，愛護人民，神明和人民沒有不歡喜的。當時商紂為人民所極端厭惡，人民再也無法忍受，欣然群起擁戴武王，因此我周才出兵與商紂在牧野作戰。由此可見，先王並非崇尚武力，實在是用心體恤人民的痛苦，替他們除掉禍害罷了。

「先王的制度，王畿之內是甸服，甸服外五百里是侯服，從侯服到衛服總稱賓服，蠻夷之地是要服，戎狄之地是荒服。甸服供給祭祀祖父、父親的日祭之所需，侯服供應每月朔望祭祀高祖、曾祖的月祀之所需，賓服供應每季首月祭祀遠祖之所需，要服供應年終祭祀之所需，荒服只須在新君即位或天子登基之初進京朝見天子。每天祭祀祖父、父親，每月祭祀高祖、曾祖，每季祭祀遠祖，每年祭祀神靈一次，荒服只須承認天子主宰天下的至尊地位，一世進京朝見一次，這是先王的遺訓啊！若出現不供日祭的諸侯，天子就該自我反省，端肅志意；有不供應月祀的，天子就要檢查所頒布的號令；有不供應時享的，天子就應檢查國家的典法；有不進歲貢者，天子就須查覈王室所規定的諸侯尊卑等級和貢品的數量種類；荒服若不朝見，天子就該修治文德。這五種按次序都作了檢查修正，諸侯還有不來的，就必須整治刑罰。於是就有對不供日祭者的刑罰，對不供月祀者的攻伐，對不供時享者的征討，對不進歲貢者的譴責，對不朝覲天子者的警告。因此，就有刑罰的法律，有攻伐的軍隊，有征討的武備，有嚴厲譴責的命令，有曉諭的文辭。對於要服、荒服的諸侯，如果已經加以譴責、告諭而仍不歸服，那就再修飭自己的德行，而不要勞民遠征。因此，近處的諸侯無不聽命，而遠方的諸侯也沒有不信服的了。

「現在犬戎自從大畢、伯仕去世後，繼位君長都按照職分來朝見天子，天子卻說：『我定要照賓服諸侯不享的罪名征討他。』將要向他們炫耀武力，這豈不是會廢棄了先王的明訓，而荒服者一世一朝的禮制大概也會被破壞罷！我聽說犬戎君王稟性敦樸，能遵循先人的德行，畢生恪守，專志不移。這樣，他們大概就有抗拒王師的理由了。」

穆王不聽勸告，就出兵征討犬戎。結果只獲得四匹白狼、四隻白鹿回來。但從此以後，荒服的諸侯就再也不來朝見周天子了。

【研　析】本文記祭公謀父對周穆王將征犬戎的勸諫。以「先王耀德不觀兵」為中心，分別從先王教養、先王典制及現實情勢三方面加以論證，勸周穆王「增修於德，而無勤民於遠」，俾能近悅遠來。無奈忠言逆耳，周穆王仍一意孤行，結果因小失大。篇末以「自是荒服者不至」收煞，極富深意。

全文可分三段。首段透露周穆王將征犬戎的企圖，此一企圖背後是周穆王好大喜功的炫耀心態。二段祭公謀父展開其勸諫，可分四節。第一節開始的「不可」二字，顯示一種斬釘截鐵的、毫無轉圜餘地的反對態度，而反對的理由顯然源自一個傳統的政治觀——先王耀德不觀兵。作為政治典範的「先王」所代表的是一個不容置疑的傳統，而「耀德」、「觀兵」則各自蘊含著截然不同的政治心態，可作為君王能否體恤民情的判準。「兵戢而時動」等四句，一正一反，均是用來申明不可觀兵之意。又引〈周頌・時邁〉，轉入先王對百姓的教養，以明「耀德」之實。

第二節轉入對周朝建國史的回顧與沉思，以建國初期兩位關鍵性的「先王」為例，進一步說明「耀德不觀兵」的道理。「時序其德」四字可視為本段的重心：「朝夕」和「奕世」鉤勒出「時」的延續性；而「守以敦篤，奉以忠信」和「加之以慈和，事神保民」二句，則刻畫出「德」的具體內容。另方面，武王伐紂是個極富爭議性的話題。祭公謀父技巧性地運用了兩個「欣」字，解消了「致戎于商牧」可能導致的非議，予周穆王以口實。「昭前之光明而加之以慈和，事神保民，莫不欣喜」，指出武王所作所為無非「耀德」之舉，「耀德」正是「欣喜」之所由；「商王帝辛，大惡於民，庶民不忍，欣戴武王」，則透過百姓對兩位君主一惡一喜的情感（對商紂是「大惡」、「不忍」，對武王則是「欣喜」、「欣戴」），由此逼顯武王之用兵，乃是「耀德」後受到百姓「欣戴」的大勢所趨的不得已之舉。

第三節詳言畿服制，「增修於德，而無勤民於遠。是以近無不聽，遠無不服」幾句，總結先王無觀兵於遠國之事，下文方轉到周穆王身上。

第四節先言犬戎並無失禮之處，以見周穆王為滿足個人虛榮心而不惜破壞先王禮制的危險。「其無乃廢先王之訓，而王幾頓乎」和「其有以禦我矣」，連續兩個推測語氣，委婉中自有一股凜然之氣。

末段充滿惋惜，款款忠言終究撥不開慾望的迷霧，「王不聽，遂征之」六字，寫盡周穆王好大喜功、一意孤行的剛愎之姿。「自是荒服者不至」一語，宣告著周王朝威勢的淪喪，同時也是對那些過度自我膨脹且自以為是的人君的一記當頭棒喝！

## 召公諫厲王止謗

【題解】本文選自《國語・周語上》，篇名據文意而訂。召公，名虎，召康公之孫，周厲王的卿士。召，亦作「邵」。厲王，周天子厲王。名胡，周夷王之子，在位三十六年（西元前八七七～前八四二年）。本文記敘厲王暴虐無道，為了消弭人民的批評指責，任命衛國巫者監視人民，殺害批評者。召公勸周厲王應該讓人民暢所欲言，並加以採擇施行。周厲王不接受召公的諫言，三年後，遂被流放。

厲王虐，國人❶謗王。召公告曰：「民不堪命❷矣！」王怒，得衛巫❸，使監謗者。以告，則殺之。國人莫敢言，道路以目❹。

王喜，告召公曰：「吾能弭❺謗矣，乃不敢言。」召公曰：「是障❻之也。防❼民之口，甚於防川。川壅❽而潰，傷人必多，民亦如之。是故為川者決之使導❾，為民者宣❿之使言。故天子聽政⓫，使公卿⓬至於列士⓭獻詩⓮，瞽⓯獻曲，史獻書⓰，師箴⓱，瞍賦⓲，矇誦⓳，百工諫⓴，庶人傳語，近臣盡規㉑，親戚補察㉒，瞽、史教誨㉓，耆、艾修之㉔，而後王斟酌㉕焉，是以事行而不悖㉖。民之有口，猶土㉗之有山川也，財用於是乎出；猶其有原隰㉘衍沃㉙也，衣食於是乎生。口之宣言也，善敗於是乎興㉚。行善而備㉛敗，其所以阜㉜財用衣食者也。夫民慮之於心而宣之於口，成而行之㉝，胡可壅也？若壅其口，其與能幾何㉞？」

王不聽，於是國人莫敢出言。三年，乃流㉟王於彘㊱。

【注釋】❶國人　住在國都的人。❷不堪命　無法再忍受厲王暴虐的政令。堪，忍受。命，政令。❸衛巫　衛國的巫者。巫，能與鬼神溝通者。❹道路以目　路上相遇，用眼睛望一望以示意。❺弭　消除；止息。❻障　築堤防水。引申指阻塞或防堵。❼防　堵住。❽壅　堵塞。❾為川者決之使導　治河者疏浚壅塞，使水暢流。為，治理。決，開通水道；疏導水流。導，疏通。❿宣　開放。⓫聽政　聽取群臣奏議，並決定政事。⓬公卿　三公九卿。周以太師、太傅、太保為三公，以少師、少傅、少保、冢宰、司徒、宗伯、司馬、司寇、司空為九卿。⓭列士　士之總稱。士分上士、中士、下士三級，為王室各衙署中的一般辦事官員。⑭獻詩　獻詩以勸善規過。⑮瞽　盲者。古代樂師多以盲者擔任。⑯史獻書　外史獻書陳古今史事以為借鑑。史，外史。掌三皇五帝之書。⑰師箴　少師進勸勉諫諍之箴言。⑱瞍賦　瞍歌誦公卿列士所獻之詩。瞍，無眸子之人。瞍無眸子，謂其黑白不分。瞽無目，謂其中空洞無物。⑲矇誦　矇絃歌諷誦箴諫之語。矇，有眸子而看不見的人。⑳百工諫　百工就其職事進言規諫。百工，管理各種工匠的職官。㉑盡規　盡力規諫。㉒補察　補救天子的過失，察辨庶政之是非。㉓瞽史教誨　瞽史以陰陽、天時、禮法之書教誨天子。㉔耆艾修之　年高有德者整理各方意見。耆艾，指年高有德的人。㉕斟酌　權衡事情之可否而加以取捨。㉖悖　違背。㉗土　指土地。㉘原隰　寬闊而平坦的土地曰原，低下而潮濕者曰隰。㉙衍沃　低平之地曰衍，有河流溝渠灌溉之土地曰沃。㉚善敗於是乎興　善惡因此而呈現。興，起。此處有展現、呈現的意思。㉛備　防範。㉜阜　豐富；增多。㉝成而行之　好的意見即付諸實行。即上文「行善」之意。成，成熟合理。㉞其與能幾何　能維持多久。與，句中助詞。㉟流　放逐。㊱彘　在今山西霍縣東北。

【語　譯】周厲王暴虐，國都的人民都在背地裡說他的壞話。召公提醒周厲王說：「百姓已不能忍受您的政令了！」周厲王很生氣，就找來一個衛國的巫師，派他去監視察訪毀謗他的人。凡是經巫師告發的，一概處死。從此，國都的人民不敢再多言，就算路上遇見熟人，也只是用目光示意而已。

厲王很高興，對召公說：「我能夠消弭毀謗了，他們不敢說話了。」召公答道：「這不過是堵住他們的嘴罷了。堵住人民的嘴，比堵住大河的水還來得危險哪！大河一旦壅塞而泛濫，受害的人一定很多，堵住人民的嘴，也有這樣的危險。因此，治河的人要疏浚壅塞使水暢流，治理人民的人要啟發誘導讓人民說話。所以天子處理國政，令公卿大夫以至列士都獻上規諫的詩，樂官獻上反映民意的樂曲，外史進呈古代文獻，少師進獻勸諫的箴言，瞍者唱詩，矇者誦文，百工就其職掌諫諍得失，人民以各種方式向天子上達己意，左右近臣盡力規勸，宗族姻親隨時督察是非、彌補過失，樂官、太史提供教誨，元老重臣整理各種意見，然後天子斟酌施行，因此一切政事都能順利實施而不悖情理。人民有嘴，就像大地有山川，財貨物資都由此產生；又像土地有高原、窪地、溝渠和沃野一樣，衣食也都由此產生。人民用嘴發表意見，國家政事的好壞就從這裡反映出來。是好的就施行，壞的就加以防範，這是用來增加財富衣食的方法。人民心裡想的，從嘴裡說出來，若合理就去實行，怎麼可以堵塞它呢？假如只是堵塞人民的嘴，這又能維持多久呢？」

周厲王不聽，因此國都人民不敢再說話。過了三年，就把周厲王流放到彘地去了。

【研　析】本文可分三段。首段敘周厲王止謗之原委。國人之「謗」源自周厲王之「虐」，周厲王的「虐」由三方面呈現：首先，由召公的諫言透露百姓難以忍受的訊息——民不堪命矣，此為虛寫其「虐」；第二，實寫周厲王使衛巫監謗，遂使生殺大權轉由巫者決定，政令之「虐」，尤為不堪；第三，實寫國人畏死而不敢言，只能以目示意，則「不堪命」之「虐」至此達到極點。周厲王「以殺止謗」的嚴厲措施，不僅是百姓由「謗王」至於「莫敢言」的直接原因，也埋下他被國人放逐的導火線。

第二段是召公進一步勸諫的實際內容。他藉由治水的道理說明人君面對批評應有的態度：「宣之使言」。這四字是全篇主旨，以下層層敘說，無非寫此一句。周厲王的態度由「怒」而「喜」，但他的「喜」是奠基於百姓「乃不敢言」的極度壓抑之上，由此益見其「虐」。

末段言周厲王依然故我，終遭流放。全文否定句的多次出現，值得注意，如：「民不堪命矣」、「國人莫敢言」、「乃不敢言」、「王弗聽，於是國人莫敢出言」。否定句重複出現，有利於營造出某種不確定的、緊繃的氣氛，使全文籠罩在一觸即發的危機氛圍裡，而「乃流王於彘」的結局之出現，遂為順理成章的事了。

## 襄王不許請隧

【題　解】本文選自《國語・周語中》，篇名據文意而訂。襄王，周天子襄王。名鄭，周惠王之子，在位三十四年（西元前六五二～前六一九年）。隧，墓道。古代天子死後，靈柩經由平地斜挖到墓穴的通道入葬稱隧。周襄王十七年（西元前六三六年），其異母弟子帶引狄人攻周，周襄王逃到鄭國。晉文公出師勤王，殺子帶，重迎周襄王入王城。本文記敘亂事平定後，周襄王以賞賜土地酬謝晉文公，而晉文公辭謝土地，要求准許他採用「隧」的天子葬禮，周襄王以先王禮制不可因私情而更改，拒絕晉文公的請求。

晉文公既定襄王于郟❶，王勞之以地❷。辭，請隧焉。王不許，曰：「昔我先王之有天下也，規❸方千里以為甸服❹，以供上帝山川百神之祀，以備百姓❺兆民❻之用，以待不庭❼不虞❽之患。其餘以均分公侯伯子男❾，使各有寧宇❿，以順及天地，無逢⓫其災害。先王豈有賴⓬焉？內官⓭不過九御⓮，外官⓯不過九品⓰，足以供給神祇⓱而已，豈敢厭縱⓲其耳目心腹以亂百度⓳？亦唯是死生之服物、采章⓴，以臨長㉑百姓而輕重布之㉒，王何異之有？

「今天降禍災㉓於周室，余一人㉔僅亦守府㉕。又不佞㉖以勤叔父㉗，而班㉘先王之大物㉙以賞私德㉚。其叔父實應且憎㉛，以非㉜余一人。余一人豈敢有愛㉝？先民有言曰：『改玉改行㉞。』叔父若能光裕大德，更姓改物㉟，以創制㊱天下，自顯庸㊲也，而縮取㊳備物㊴以鎮撫百姓，余一人其流辟㊵於裔土㊶，何辭之有與？若猶是姬姓也，尚將列為公侯，以復㊷先王之職，大物其未可改也。叔父其懋昭明德㊸，物將自至，余何敢以私勞㊹變前之大章㊺，以忝天下？其若先王與百姓何？何政令之為㊻也？若不然，叔父有地而隧焉，余安能知之？」

文公遂不敢請，受地而還。

【注　釋】❶郟　東周王城所在。在今河南洛陽西。❷勞之以地　賞賜土地以為酬謝。勞，酬謝。以，拿；用。地，指陽樊（今河南濟源西南）、溫（今河南溫縣）、原（今河南濟源西北）、欑茅（今河南修武北）。❸規　規畫；劃分。❹甸服　王城周圍方千里之地。參見〈祭公諫征犬戎〉㊱。❺百姓　百官。❻兆民　萬民。❼不庭　諸侯不來朝見。意謂諸侯不服從朝廷。諸侯朝見天子，於庭中成禮。❽不虞　指意想不到的事。虞，預想。❾公侯伯子男　據《周禮》記載，公之地方五百里，侯方四百里，伯方三百里，子方二百里，男方一百里，此就封地大小不同而言。若依禮制則分為公、侯伯、子男三等。❿寧宇　安居。⓫逢　遭遇。⓬賴　利。⓭內官　宮廷中的女官、妃嬪。⓮九御　即九嬪。泛指後宮女官。⓯外官　宮廷外的官。即朝廷之官。⓰九品　九卿。⓱神祇　天神地祇。⓲厭縱　縱肆。厭，通「饜」。飽足。縱，放任。⓳百度　各種典章制度。⓴服物采章　服飾與器物上的色彩和花紋。古代不同階級的人，其衣服、器物，在色彩與花紋的配合上均有不同的規定。服物，衣服、織品及器物。采章，色彩花紋。㉑臨長　治理。㉒輕重布之　位尊者重，位卑者輕，各有等差。布，分；列。㉓禍災　指子帶之亂。㉔余一人　周天子自稱。㉕府　指先王之府藏。㉖不佞　不才。自謙之詞。㉗叔父　天子稱同姓諸侯。㉘班　通「頒」。分賜。㉙大物　大的禮儀。此指「隧」。㉚私德　私人的恩德。指晉文公出兵送周襄王返國復位。㉛實應且憎　即使接受，也會憎惡。應，接受。一說：遭受。且，通「詛」。詛咒。㉜非　責難。㉝愛　吝惜；捨不得。㉞改玉改行　佩不同的玉，就有不同的步伐。古人腰懸佩玉以節制行步，君臣佩玉不同，遲速有節。此喻君臣尊卑不同，晉文公仍在臣位，不可請隧葬。㉟更姓改物　指改朝換代。更姓，易姓。改物，改變曆法、服色。㊱創制　創立法度。㊲顯庸　昭明功勞。一說：顯，公開。庸，同「用」。採用。㊳縮取　收取。㊴備物　指天子的儀衛和器服。㊵流辟　流亡。流，流放。辟，通「避」。㊶裔土　邊遠的地方。㊷復　恢復。㊸懋昭明德　努力顯揚光明的德行。懋，勉；努力。昭，光明。㊹私勞　與上文「私德」同意。㊺大章　大法。指服物采章的規定。章，法度。㊻為　有。

【語　譯】晉文公助周襄王重返郟城復位之後，周襄王賜給土地酬謝他。晉文公辭謝不受，請求周襄王准許他採用天子所用的挖掘墓道下葬的禮儀。周襄王不許，說：「從前我先王統一天下的時候，規畫方千里之地作為甸服，以甸服的田賦職貢，來供應對上帝、山川各種神靈的祭祀，來供給百官和人民的衣食用度，以防備諸侯不來進貢和其他意外災害的發生。甸服以外的土地，則按公、侯、伯、子、男的等級均分給諸侯，使他們各自安居，以順應天地，不致遭受災禍。先王難道有獨擅其利嗎？王室宮內女官不過九嬪，朝廷官吏不過九卿，只夠服事天地祭祀祖先罷了，哪敢放縱聲色、滿足嗜欲而破壞各種典章制度呢？也只有這點生前死後所用的服飾、器物、車輿、旗幟等穿用的東西，為治理群臣而依照貴賤等級訂有不同的輕重標準，除此之外，天子還有什麼不同？

「現在上天降災難給周王室，我也只能保守先王的府藏而已，自己沒有才幹，以致煩勞叔父，現在如果將先王制訂的大禮賞賜給私恩之人，恐怕叔父您就算接受了，心裡也會憎惡，甚至責難我行事不當。我怎敢吝惜這隧葬之禮而不肯應允您呢？古人說道：『改換佩玉，就得改變步伐。』叔父若能顯揚您的德行，改易天子姓氏，更換正朔和服色，而創頒新制於天下，以昭明您的功業，且進一步採用天子的大禮去統治安撫百姓，那時我即使流亡於邊地，又能有什麼怨言呢？如果天子還是姬姓，叔父依舊列位公侯，就得盡臣子的職責，去恢復先王的職分，那麼這個天子用的大禮，仍是不能改的。叔父如能努力彰顯德行，天子的大禮自會降臨，我哪敢為酬謝私勞而任意變更先王規定的大法，因而愧對天下呢？這樣叫我又怎麼對得起先王和百姓呢？怎麼能推行政令呢？假使叔父仍不以為然，您自己有土地，就算私自開挖墓道實行隧葬，我又怎能過問呢？」

於是晉文公不敢再請求，接受了賞賜的土地回去了。

【研　析】晉文公在幫助周襄王復位之後，自以為有功勞，當受特殊的賞賜，一如周公得用天子禮樂之例；且當時晉文公年逾六十二，故寧可婉拒封地，而求死後的榮寵。周襄王如果答應，晉文公死後就享有和天子一樣的喪葬禮制，這無異承認晉文公也是天子。因此，儘管周王室的勢力已經日漸式微，但仍不肯應允這個僭越君臣名分的請求。

但是，面對勤王功臣這種近似敲詐的動作，周襄王既得衡量適當的賞賜，又要在不傷和氣的前提下避免喪權自辱。如何拿捏說話的分寸，就成為周襄王最大的挑戰了。

周襄王辭令之精彩，首先是他運用古今、彼我、正反的對比，反襯晉文公所請之僭禮。他先抬出「先王」這一招牌，「以供」、「以備」、「以待」三句，交代先王必須支付祭祀、利民、伐不臣等鉅額費用，其餘亦均分給諸侯，由是可知先王所為，無不謀及天下而為蒼生。「先王豈有賴焉」，謂其非以天下為私產；而「不過」、「足以」、「豈敢」諸句，則描繪出先王撙節用度的敬慎態度。「亦唯是」以下指出君臣貴賤之差等唯在死生之服物采章，以見其不容更改。「今天降禍災於周室」一句，透露政治情勢丕變的無奈，同時在正反對比中讓晉文公自行抉擇。在古今對比方面，先王「豈敢厭縱其耳目心腹，以亂百度」，而周襄王則自謂「余一人豈敢有愛」、「余何敢以私勞變前之大章」，凡此皆扣緊大公無私的立場，以相對於晉文公之「私德」和「私勞」，使晉文公無話可說。就彼我之別而言，周襄王不斷以「余一人」和「叔父」對舉，極力凸顯雙方的差異，並從正反兩面設論。「叔父若能光裕大德」、「若猶是姬姓也」，兩個「若」字逼得文公無所遁形；接著說「其若先王與百姓何？何政令之為也」，益使文公啞口無言；最後再以極露骨的口氣大膽假設：「若不然，叔父有地而隧焉，余安能知之？」使晉文公終究有所顧忌，「不敢請，受地而還」。

周襄王辭鋒之犀利，可由他扣緊「改」字看出，從「改玉改行」到「更姓改物」，強烈質疑晉文公的僭越之心，而歸結於「大物其未可改也」；益以公私之辨，多方設言，遂使晉文公知難而退。但從另一方面看，周襄王寧失溫、原等邑而不許晉文公請隧，說明王室重禮輕土，又何嘗不是周室王畿日蹙的原因之一，此亦不可不察。

# 單子知陳必亡

【題　解】本文選自《國語・周語中》，篇名據文意而訂。單子，即單襄公，名朝。周定王的卿士。本文記敘單襄公於周定王六年（西元前六〇一年）奉命出使宋國，並借道陳國而使楚，因在陳所見種種不合先王政教法令的現象，認為陳國必亡。其後，周定王八年，陳靈公被弒；九年，陳為楚國所破，單襄公的預言果然應驗。

定王❶使單襄公❷聘❸於宋，遂假道❹於陳以聘於楚。火朝覿矣❺，道茀❻不可行，侯不在疆❼，司空不視塗❽，澤不陂❾，川不梁❿，野有庾積⓫，場功⓬未畢，道無列樹，墾田若蓺⓭，膳宰不致餼⓮，司里⓯不授館⓰，國無寄寓⓱，縣無施舍⓲。民將築臺於夏氏⓳。及陳，陳靈公⓴與孔寧、儀行父㉑南冠㉒以如夏氏，留賓㉓不見。

單子歸，告王曰：「陳侯不有大咎㉔，國必亡。」王曰：「何故？」對曰：「夫辰角㉕見而雨畢，天根㉖見而水涸，本㉗見而草木節解㉘，駟㉙見而隕霜㉚，火見而清風戒寒㉛。故先王之教曰：『雨畢而除道㉜，水涸而成㉝梁，草木節解而備藏，隕霜而冬裘具㉞，清風至而修城郭宮室。』故夏令曰：『九月除道，十月成梁。』其時儆㉟曰：『收而㊱場功，偫㊲而畚梮㊳。營室㊴之中，土功㊵其始；火之初見，期㊶於司里。』此先王所以不用財賄，而廣施德於天下者也。今陳國火朝覿矣，而道路若塞，野場若棄，澤不陂障，川無舟梁，是廢先王之教也！

「周制有之曰：『列樹以表(42)道，立鄙食以守路(43)，國有郊牧(44)，疆有寓望(45)，藪有圃草(46)，囿(47)有林池，所以禦災也。其餘無非穀土(48)。民無懸耜(49)，野無奧草(50)，不奪民時(51)，不蔑(52)民功。有優無匱，有逸無罷(53)。國有班事(54)，縣有序民(55)。』今陳國道路不可知，田在草間，功成而不收，民罷於逸樂，是棄先王之法制也！

「周之秩官(56)有之曰：『敵國(57)賓至，關尹(58)以告，行理以節逆之(59)，候人為導，卿出郊勞(60)，門尹除門(61)，宗祝執祀(62)，司里授館，司徒具徒(63)，司空視塗，司寇詰姦(64)，虞人入材(65)，甸人積薪(66)，火師監燎(67)，水師監濯(68)，膳宰致饔(69)，廩人(70)獻餼，司馬陳芻(71)，工人展車(72)，百官以物至，賓入如歸。是故小大(73)莫不懷愛。其貴國(74)之賓至，則以班(75)加一等，益虔(76)。至於王吏(77)，則皆官正(78)涖事(79)，上卿監之。若王巡守(80)，則君親監之。』今雖朝(81)也不才，有分族(82)於周，承王命以為過賓(83)於陳，而司事莫至，是蔑先王之官也！

「先王之令有之曰：『天道賞善而罰淫(84)。故凡我造國(85)，無從非彝(86)，無即慆淫(87)，各守爾典(88)，以承天休(89)。』今陳侯不念胤續之常(90)，棄其伉儷妃嬪，而帥其卿佐以淫於夏氏，不亦嬻姓(91)矣乎？陳，我大姬(92)之後也。棄袞冕(93)而南冠以出，不亦簡彝(94)乎？是又犯先王之令也！

「昔先王之教，懋帥其德也[95]，猶恐隕越[96]。若廢其教而棄其制，蔑其官而犯其令，將何以守國？居大國[97]之間，而無此四者[98]，其能久乎？」

六年[99]，單子如楚。八年，陳侯殺于夏氏。九年，楚子入陳[100]。

【注釋】❶定王　周定王。周襄王之子，名瑜，在位二十一年（西元前六〇六～前五八六年）。❷單襄公　名朝。周定王的卿士。❸聘　古代國與國間遣使訪問。❹假道　借道；借路。天子之使聘訪，原本無須借道，然此時周王室衰落，故以諸侯相聘之禮派遣副使到所經國家的國都，獻束帛於朝，借道通行。❺火朝覿矣　早晨已能看到火星了。火，古星名。二十八宿中東方蒼龍七宿的第五宿（心宿），也叫「大火」、「商星」。中國古代天文學將周天的恆星分為二十八宿，作為觀察日月五星（金、木、水、火、土）的座標。一周天分四個方位，各有七宿，分別以四種動物相配，即東方蒼龍、北方玄武、西方白虎、南方朱雀。火是心宿第二星，頗巨大，古人以之觀測歲時季節。夏曆十月的早晨，火星出現於天空。朝，早晨。覿，見。❻茀　草木叢生，阻礙行道。❼候不在疆　候人不在邊境迎送賓客。候，候人。掌管迎送賓客的官。疆，邊境。❽司空不視塗　司空不巡察道路。司空，掌管道路工程的官員。塗，同「途」。❾澤不陂　湖沼漫溢而仍未築堤防患。陂，澤畔障水的堤岸。此作動詞。築堤。❿川不梁　河上沒有搭橋。梁，橋梁。此作動詞。搭橋。⓫庾積　露天堆積的穀物。庾，露天堆穀。積，米穀。⓬場功　指收禾穀之事。場，打穀場。功，農事。⓭墾田若蓺　田地裡禾苗稀少。蓺，茅草的芽。⓮膳宰不致餼　膳宰不依禮向賓客致送生牲、禾米。膳宰，掌管賓客飲食的官。餼，生牲及禾米。⓯司里　掌管宅里客館的官。⓰授館　為賓客安排客館。⓱寄寓　供賓客停憩居止的館舍。⓲縣無施舍　近郊沒有旅舍。周初王畿地區稱縣，後諸侯都城近郊亦稱縣。施舍，施予之館舍。指館廬、路室等，均以供旅客休息住宿。⓳築臺於夏氏　為夏氏築臺。一說：在夏氏宅旁橫築高臺，以觀其君臣醜行。臺，觀臺。以供眺望。夏氏，指春秋時代陳國大夫夏徵舒。其母與陳靈公、孔寧、儀行父君臣私通。⓴陳靈公　春秋時代陳國的國君。名平國，在位十五年（西元前六一三～前五九九年），為其臣夏徵舒所弒。㉑孔寧儀行父　二人皆春秋時代陳國大夫。㉒南冠　楚國的帽子。楚國居南方，故稱南冠。㉓賓　指單襄公。㉔咎　災禍。㉕辰角　古星名。即角宿。蒼龍七宿的第一宿。蒼龍七宿排列如龍，角宿是龍角。角宿於夏曆九月初寒露節早晨出現。㉖天根　古星名。即氐宿。

蒼龍七宿的第三宿。天根在寒露節後五日的早晨出現。㉗本　即氐星。㉘節解　草木枝節脫落。㉙駟　古星名。即房宿，又名「天駟」、「天龍」。蒼龍七宿的第四宿。房宿於夏曆九月中霜降節早晨出現。㉚隕霜　降霜。隕，降。㉛戒寒　戒人準備防寒。㉜除道　整修道路。㉝成　完成。㉞具　準備。㉟儆　通「警」。警告；告誡。㊱而　通「爾」。你們。㊲偫　準備。㊳畚梮　畚箕、籠筐。畚，盛土器。梮，抬土器。㊴營室　星名。即室宿。北方玄武七宿的第六宿。古人認為夏曆十月的黃昏，當它出現在正南方，正是農事結束，可以營造宮室的時候。㊵土功　土木之工。指營造宮室。㊶期　會聚。㊷表　標記。㊸立鄙食以守路　郊野有房舍，備飲食以接待客人。鄙，城外郊野。守，候。㊹國有郊牧　都城之郊，有放牧的地方。郊，都城之外。牧，放牧之地。㊺疆有寓望　邊境有寄住的屋舍、守候的人。疆，邊境。寓，寄住的屋舍。望，守候的人。㊻藪有圃草　水淺的湖澤有茂盛的草。藪，水淺的湖澤。圃，通「甫」。大；多。㊼囿　古代帝王畜養禽獸的地方。㊽穀土　種穀物的田地。㊾耜　翻土的農具。㊿奧草　叢生的雜草。(51)民時　農時。耕耘收穫的時令。(52)蔑　輕視；忽視。(53)罷　通「疲」。疲勞。(54)班事　政事井然有序。班，次序。(55)序民　守次序的人民。(56)秩官　不詳。或曰篇名。(57)敵國　地位相等的國家。(58)關尹　掌關門的官吏。(59)行理以節逆之　行理拿著瑞節迎接之。行理，掌朝覲聘問的官。即周禮小行人。節，瑞節。使者執為憑證的信物。逆，迎接。(60)卿出郊勞　卿出近郊慰勞。卿，天子或諸侯的高級官員。爵位在公與大夫之間。(61)門尹除門　掌門的官吏掃除門庭。除，清除；掃除。(62)宗祝執祀　宗伯、太祝執祭祀之禮。宗伯掌宗廟祭祀等禮儀，太祝掌祈禱祝辭之事。(63)司徒具徒　司徒供給徒役以修道路。司徒，掌邦教徒役。(64)司寇詰姦　司寇查禁盜賊。司寇，掌刑獄。詰，查問。(65)虞人入材　虞人供應木材。虞人，掌山澤。(66)甸人積薪　甸人積聚薪柴。甸人，即甸師。掌薪柴之事。(67)火師監燎　火師監督庭燎之事。火師，掌火之官。燎，燒柴火以照明。古有大事，則於堂前空地燃火炬以照明，謂之庭燎。(68)水師監濯　水師監督洗滌之事。水師，掌水之官。(69)膳宰致饔　膳宰送上熟食。饔，熟食。(70)廩人　掌出納米穀之官。(71)司馬陳芻　司馬陳列餵馬的草料。司馬，掌管圉人養馬之事。芻，乾草。(72)工人展車　工師檢查賓客的車輛。工人，亦稱工師、工正，主管手工業。展，視。(73)小大　指賓客地位的高低。大謂賓，小謂副手。(74)貴國　大國。(75)班　位次。(76)虔　敬。(77)王吏　天子之吏。(78)官正　官之長。(79)涖事　執行職務。涖，臨。(80)巡守　天子巡視諸侯之國。諸侯受封，為天子守土。(81)朝　單襄公自稱其名。(82)分族　親族的分支。(83)過賓　過路的客人。(84)淫　惡。(85)造國　建國。(86)非彝　不法。彝，法度。(87)慆淫　怠惰縱樂。(88)典　制度。(89)天休　天賜的吉祥。休，吉。(90)胤續之常　繼嗣的常道。(91)嬻姓　褻瀆同姓。夏徵舒之父為陳靈公之從祖父，今陳靈公通於夏徵舒之母，是姪孫與從叔祖母通姦，故曰嬻姓。(92)大姬　周武王之女。陳之遠祖妣。(93)袞冕　袞衣、冕冠。

上公之禮服。94簡彝　輕慢法度。95帥　通「率」。遵循。96隕越　墮落；敗壞。97大國　指晉、楚。98四者　指上文「教」、「制」、「官」、「令」。99六年　指周定王六年（西元前六〇一年）。100楚子入陳　周定王九年，楚以夏徵舒弒君亂政，伐陳，殺夏徵舒。楚子，指楚莊王。楚國為子爵諸侯國。

【語　譯】周定王派單襄公到宋國訪問，並且就向陳國借道，要到楚國訪問。那時早晨已能看到火星了，但是陳國的道路草木叢生，不好行走，候人不在邊境迎賓，司空不巡察道路，湖澤泛濫而未築堤，河上沒有搭橋，田野裡還有露天堆積的穀物，打穀場上的農事尚未完畢，路旁沒有排列成行的路樹，田地裡禾苗稀少，膳宰不致送生牲、禾米，司里不安排客館，都城沒有客館，近郊沒有旅舍。人民都替夏氏築臺去了。到了陳國，陳靈公和孔寧、儀行父戴著楚冠到夏氏家去，卻放下賓客不予接見。

單襄公回來後，向周定王報告說：「即使陳侯自己不遭大禍，陳國也一定要滅亡。」周定王說：「這是什麼緣故呢？」單襄公回答說：「辰角星在早晨出現時，雨水就沒有了；天根星在早晨出現時，河水就枯乾了；氐星在早晨出現時，草木就枯落了；駟星在早晨出現時，就開始降霜了；火星在早晨出現時，冷風刮起，預告人們要準備防寒了。所以先王的教訓說：『雨水沒有了，就要整修道路；河水枯乾了，就要造好橋梁；草木枯落了，就要做好收藏；開始降霜了，就要準備冬天的皮衣；冷風來了，就要修理城郭屋舍。』所以夏代的月令說：『九月整修道路，十月造好橋梁。』又按時警告百姓說：『做完你們在打穀場的工作，準備好你們的畚箕籮筐。營室出現在天空中央，要開始做建造屋舍的工作了。火星初現時，大家在司里那裡集合。』這就是先王不用財貨而能廣施恩德給天下百姓的原因。現在陳國在早晨已經看到火星了，而道路還阻塞不通，田野、打穀場也廢棄沒收拾，湖澤不築堤，河上沒有船、橋，這是荒廢先王的教導啊！

「周代有這樣的制度：『種植成列的樹木，用來標明道路；在郊野建屋舍、備飲食，用來接待客人；都城近郊有放牧牲畜的地方；邊境有客舍和守候迎賓的人；水淺的湖澤有茂盛的草；苑囿裡有林木水池，這都是用來防備災害的。其餘都是種穀物的田地。人民家裡沒有懸掛不用的犁，田野沒有叢生的雜草，不妨礙農事的時令，不忽視人民的工作。人民富裕而不貧乏，安樂而不疲勞。都城裡的政事井井有條，郊野的人民守法守序。』現在，陳國的道路無從辨認，田地淹沒在雜草間，莊稼成熟了也不收割，人民疲於作樂，這是廢棄先王的法制啊！

「周代的秩官說：『地位相等的國家有賓客到來，關尹就去報告國君，行理拿著瑞節去迎接，候人在前引導，卿出郊慰勞，門尹掃除門庭，宗伯、太祝陪客人到宗廟行祭祀的禮儀，司里供應館舍，司徒供應徒役，司空視察道路，司寇查禁盜賊，虞人供應木材，甸人積聚薪柴，火師監督庭燎，水師監督洗滌的事，膳宰送上熟食，廩人獻上生牲、禾米，司馬陳列餵馬的草料，工師檢查賓客的車輛，百官各自送來供應的物品，賓客一進入國境，就好像回到家裡一樣。所以不論地位高低，沒有不心懷感激的。如果大國的賓客到來，就依位次加高一等，更加恭敬。至於天子的使臣，就都要由官長執行職務，由上卿監督。如果是天子巡視，則由國君監督。』現在朝雖然不才，也是周室的親族，奉了天子的命令，是一個過路的賓客，而竟然沒有一個官員來接待我，這是漠視先王的官制啊！

「先王的教令曾說：『天道獎勵善良而懲罰邪惡。所以我們建立國家，不能做非法的事，也不要怠惰縱樂，各自遵守你們的制度，以接受天賜的吉祥。』現在陳侯不顧繼嗣的常道，拋棄他的后妃，帶領他的臣子到夏家縱情淫樂，這不是褻瀆同姓嗎？陳國，是我大姬的後代。拋棄袞冕而戴著楚冠出門，這不是輕慢禮法嗎？這又觸犯了先王的法令啊！

「從前先王的教訓，我們努力去遵循其德意，尚且害怕會墮落。如果廢棄先王的教訓和制度，漠視先王的官制而觸犯其命令，怎能保住國家呢？處在大國之間，而沒有以上四種操守，國家能長久嗎？」

周定王六年，單襄公到楚國去。八年，陳靈公被夏徵舒所殺。九年，楚莊王攻進了陳國。

**【研　析】**本文可分三段。首段記單襄公在陳國之所見，為二段單襄公議論和判斷的張本。末段記陳國在單襄公借道之後，三年之內，君死國破，為二段單襄公的判斷做印證。

第二段單襄公向周定王的報告是全文的重心。「陳侯不有大咎，國必亡」二句，是單襄公就其在陳國之所見所下的判斷；從文章結構的角度來看，這兩句是承上段的記敘而來，又作為以下論證的主題。「對曰」以下的文字，即依循上述主題而作條理的論證，可以分為五節。前四節以古今對照，凸顯陳國現況的不合古制，分別是：內政不修，「廢先王之教」；農事荒廢，「棄先王之法制」；待客失禮，「蔑先王之官」；君臣淫亂，「犯先王之令」。第五節總結以上四節，得出「將何以守國」、「其能久乎」的結論，回應了段首「陳侯不有大咎，國必亡」的論證主題。

不論是從全文或是從第二段來看，都表現出一種井然有序的條理，這是本文的最大優點。

# 展禽論祀爰居

【題解】本文選自《國語・魯語上》，篇名據文意而訂。展禽，春秋時代魯國大夫。名獲，字禽，食邑於柳下，諡惠，亦稱柳下惠。爰居，海鳥名。本文記敘魯國大夫臧文仲派人祭祀停在魯國東門外的海鳥，展禽批評這樣做是越禮而不宜。展禽認為唯有對國計民生有貢獻的人才配受祭祀，而海鳥是因為海上有災難，才會飛來停留，不應祭祀。臧文仲承認自己的過失，並將這一件事記在簡冊上。

海鳥曰爰居，止於魯東門之外三日，臧文仲❶使國人祭之。

展禽曰：「越❷哉！臧孫之為政也。夫祀，國之大節❸也；而節，政之所成也。故慎制祀以為國典❹。今無故而加典，非政之宜也。

「夫聖王之制祀也，法施於民❺則祀之，以死勤事❻則祀之，以勞定國則祀之，能禦大災則祀之，能扞[7]大患則祀之。非是族[8]也，不在祀典。

「昔烈山氏[9]之有天下也，其子曰柱，能殖[10]百穀百蔬；夏之興也，周棄[11]繼之，故祀以為稷[12]。共工氏之伯九有[13]也，其子曰后土[14]，能平九土[15]，故祀以為社[16]。黃帝[17]能成命[18]百物，以明民共[19]財，顓頊[20]能修之。帝嚳[21]能序三辰[22]以固[23]民，堯[24]能單均[25]刑法以儀民[26]，舜[27]勤民事而野死，鯀[28]鄣洪水而殛[29]死，禹[30]能以德修鯀之功，契[31]為司徒而民輯[32]，冥[33]勤其官而水死，湯[34]以寬治民而除其邪[35]，稷[36]勤百穀而山死[37]，文王[38]以文昭，武王去民之穢[39]。故有虞氏禘[40]黃帝而祖[41]顓頊，郊[42]堯而宗[43]舜。夏后氏禘黃帝而祖顓頊，郊鯀而宗禹。商人禘舜而祖契，郊冥而宗湯。周人禘嚳而郊稷，祖文王而宗武王。幕[44]，能帥顓頊者也，有虞氏報[45]焉。杼[46]，能帥禹者也，夏后氏報焉。上甲微[47]，能帥契者也，商人報焉。高圉[48]、大王[49]能帥稷者也，周人報焉。

「凡禘、郊、祖、宗、報，此五者，國之典祀也。加之以社稷山川之神，皆有功烈[50]於民者也。及前哲令德之人，所以為明質[51]也。及天之三辰，民所以瞻仰也。及地之五行[52]，所以生殖也。及九州名山川澤，所以出財用也。非是，不在祀典。

「今海鳥至，己不知而祀之，以為國典，難以為仁且智矣。夫仁者講功，而智者處物。無功而祀之，非仁也；不知而不能問，非智也。今茲海其有災乎？夫廣川㊼之鳥獸，恆知避其災也。」

是歲也，海多大風，冬煖。文仲聞柳下季㊽之言，曰：「信吾過也！季子之言，不可不法也。」使書以為三筴㊾。

【注釋】❶臧文仲　春秋時代魯國大夫。複姓臧孫，名辰，文是其諡號。❷越　超過。❸節　禮節；禮制。❹典　制度；法制。❺法施於民　立法定制而有恩惠於民。施，給予。此引申指恩惠。❻以死勤事　勤於其職事而以身殉職。❼扞　抵擋；抵禦。❽族　類。❾烈山氏　神農氏。烈山，山名。在今湖北隨縣北。傳說神農生於此。❿殖　耕種；耕植。⓫棄　周始祖之名。⓬稷　穀神。夏以前以柱為稷，商以來以棄為稷。⓭共工氏之伯九有　共工氏稱霸九州時。共工氏世居江、淮之間，為共工之官，因官為氏。後欲稱霸九州，帝嚳使人敗之。伯，通「霸」。九有，九州。⓮后土　共工氏之子。名句龍。黃帝時為土官，後遂祀為土神。后，官長。為土官之長，故稱后土。⓯九土　九州的土地。⓰社　土神。⓱黃帝　傳說為中原各族之共同祖先。姬姓，號軒轅氏、有熊氏。曾打敗炎帝、蚩尤，發明文字、音律、養蠶、舟車等。⓲成命　定名。命，名。⓳共　通「供」。供應。⓴顓頊　黃帝之孫。年二十即位，在位七十八年。初建都於高陽，號高陽氏。㉑帝嚳　黃帝曾孫。受封於辛。後繼顓頊王天下，號高辛氏。㉒三辰　日、月、星之合稱。㉓固　安定。㉔堯　帝嚳之子。名放勛，初封陶，後封唐，故稱陶唐氏。在位九十八年。㉕單均　力求公平。單，通「殫」。盡。均，平。㉖儀民　使人民向善。儀，善。㉗舜　姚姓，名重華。受堯禪而即帝位，號有虞氏。在位期間任用賢人，天下大治。後南巡，死於蒼梧（今湖南寧遠境）之野。㉘鯀　夏禹之父。堯封為崇伯。受堯命治理洪水，用築堤障水之法，九年而水未平，舜殺之於羽山。㉙殛　誅殺。㉚禹　夏代開國之君，姒姓。奉舜命治理洪水，疏通江河，興修溝渠，治平洪水，受堯禪而有天下。㉛契　商之始祖。助禹治水有功，舜任為司徒，掌教化。㉜輯　和睦。㉝冥　契之六世孫。夏時為水官。㉞湯　商代開國之君。㉟除其邪　指湯敗夏桀。㊱稷　即周之始祖棄。㊲山死　棄死於黑水之山。㊳文王　周文王。姬姓，名昌，紂時為西伯。在位五十年，天下歸心。㊴去民之穢　指武王伐紂。㊵禘　祭名。古代天子於始祖之廟祭祀其始祖所自出之帝，而配祭始祖。㊶祖　祭名。祭祀開國之祖。㊷郊　祭名。天子祭天，於每年冬至在南郊舉行，亦可配祭祖先。㊸宗　祭名。祭祀祖先、有德者。㊹幕　舜之後代，為夏諸侯。㊺報　報恩德的祭祀。㊻杼　禹之七世孫。夏少康之子。㊼上甲微　契之八世孫。商湯之六世祖。㊽高圉　棄之十世孫。㊾大王　高圉之曾孫。周文王之祖父。㊿功烈　功業。(51)質　信任。(52)五行　金、木、水、火、土。(53)廣川　大海。(54)柳下季　即展禽。季是其排行。(55)筴　通「冊」。簡冊。

【語　譯】有名叫爰居的海鳥，停在魯國東門外三天了，臧文仲派國人去祭牠。

展禽說：「臧孫這樣施政，也太越禮了！祭祀，是國家重大的禮節；政治的安定，要靠禮節才能做到。所以要慎重制訂祭祀的禮節，作為國家的法制。現在無緣無故的增加典制，不是執政者所該做的。

「聖王制訂祭典的原則是：能立法定制而有恩惠於人民的就祭祀他，勤於職事而死的就祭祀他，能勤勞定國的就祭祀他，能抵禦大災難的就祭祀他，能抵擋大禍患的就祭祀他。不是這一類的人，就不在祭祀之列。

「從前烈山氏得到天下，他的兒子叫柱，能種植各類穀物蔬菜；後來夏朝興起，周棄能繼續他的事業，所以尊他為稷神而祭祀。共工氏稱霸九州時，他的兒子叫后土，能平治九州的土地，所以尊他為社神而祭祀。黃帝能定百物的名稱，使人民明白應向國家供給財賦；顓頊能接續黃帝的事業。帝嚳能按日月星辰的運行安排時令，使百姓安居樂業；堯能力求刑法的公平，使人民向善；舜勤勞民事而死在蒼梧之野；鯀築堤阻遏大水無功而被誅殺；禹能以德行繼續鯀的事業；契擔任司徒使人民和睦；冥勤於職務而死於水；湯以寬大治理人民而能消滅邪惡；棄勤於植百穀而死在黑水之山；文王以文德而顯揚；武王為民除害。所以有虞氏禘祭黃帝而祖祭顓頊，郊祭堯而宗祭舜。夏后氏禘祭黃帝而祖祭顓頊，郊祭鯀而宗祭禹。商人禘祭舜而祖祭契，郊祭冥而宗祭湯。周人禘祭嚳而郊祭稷，祖祭文王而宗祭武王。幕，是能遵循顓頊德政的人，所以有虞氏報祭他。杼，是能遵循大禹德政的人，所以夏后氏報祭他。上甲微，是能遵循契之德政的人，所以商人報祭他。高圉、大王是能遵循稷之德政的人，所以周人報祭他。

「禘、郊、祖、宗、報，這五種都是國家的祭典。再加上社稷山川的神，都對人民有功德；以及從前有智慧、有美德的人，都是人民所信任的；以及天上的日月星，都是人民所仰望的；以及地上的金木水火土，都是人民賴以生活的；以及九州的名山川澤，都是生產財用的。除了這些，就不在祭典之列了。

「現在海鳥飛來，自己不了解，便去祭祀牠，當做國家的祭典，這就難以說是仁智了。仁者講求功績，智者能處理事物。沒有功績而祭祀它，這不是仁；不了解又不向人請問，這不是智。現在海上大概有災難吧？那些大海中的鳥獸，是常常能預知並且躲避災難的啊。」

這一年，海上多大風，冬天暖和，文仲聽到了展禽的話，便說：「這確實是我的過失！季子的話，不可不取法。」便叫人寫在簡冊上，一共寫了三冊。

【研　析】本文可分三段。首段記祭海鳥事，次段記展禽的批評。末段記臧文仲接受批評、承認錯誤。

第二段是全文重心，可分五節。第一節有兩層：其一，祭祀是國家大典，關係著政事的成敗。可以說這是展禽對於祭祀的基本認識。其二，祭海鳥是「無故而加典，非政之宜」。「故」字是以下三節論述的中心。第二節指出只有「法施於民」等五種情況才在先王祀典之列。這一節從正面提綱挈領列舉先王制祀的「故」；而「非是族也，不在祀典」，則從反面暗示祭海鳥的「無故」。第三節歷舉古代聖賢的事跡，說明他們之所以受祭祀的「故」；因其事跡的不同，祭祀也有別。這一節是第二節的舉證，同時落實了第一節「故」字的具體內容。第四節列舉社稷山川之神等等之所以在祀典的「故」，是第三節的補述。「非是，不在祀典」除總結三、四兩節，也呼應了第二節「非是族也，不在祀典」，再一次暗示祭海鳥的「無故」且「非政之宜」。第五節是本段的總結。以「非仁」、「非智」批評祭海鳥的失當。不知海鳥何以至而不請教於人，這是非智；海鳥「無功而祀之」，這是非仁。值得注意的是「功」字，這其實就是首段「故」字的意含，二至四節所敘種種在祀典之列的，都是因其有功。這個字在前三節時時可以看到其影子，到了末了才明白指出，有著畫龍點睛的巧妙。

總結展禽的言論，他之所以批評臧文仲派人祭海鳥，一言以蔽之：海鳥「無功」；必須有功於國家人民，才配列在祀典。這種觀點是人本的，符合儒家觀點的。在這種觀點下的祭祀，是一種肯定和感念的崇拜行為，具有教育和示範的社會功能。展禽將它和政事成敗看成具有因果關係，當係因為臧文仲是當時魯國的執政大夫，是一種針對個案而發的議論；其實，祭祀的功能當不僅於此。

在這個故事裡，展禽的直言無諱，臧文仲的能容能改，也是值得我們注意的。

## 里革斷罟匡君

【題解】本文選自《國語・魯語上》，篇名據文意而訂。里革，春秋時代魯國大夫。罟，魚網。本文記敘魯宣公在泗水捕魚，里革認為正值夏季魚類孕育小魚的時節，這種舉動是貪心無度，因此割斷魚網，並且闡述了古人資源取用的規範和含意。魯宣公聽從了里革，並且把破網留下來作為警惕。

宣公❶夏濫❷於泗淵❸，里革斷其罟而棄之，曰：「古者大寒降❹，土蟄❺發，水虞❻於是乎講❼罛罶❽，取名魚❾，登川禽❿，而嘗⓫之寢廟⓬，行諸國人⓭，助宣氣⓮也。鳥獸孕，水蟲⓯成，獸虞⓰於是乎禁罝羅⓱，矠⓲魚鱉，以為夏犒⓳，助生阜⓴也。鳥獸成，水蟲孕，水虞於是禁罝㉑罜麗㉒，設穽鄂㉓，以實廟庖㉔，畜功用也。且夫山不槎蘖㉕，澤不伐夭㉖，魚禁鯤鮞㉗，獸長麑䴠㉘，鳥翼鷇㉙卵，蟲舍蚳蝝㉚，蕃㉛庶物也。古之訓也。今魚方別孕㉜，不教魚長，又行網罟，貪無藝㉝也。」

公聞之，曰：「吾過，而里革匡我，不亦善乎？是良罟也，為我得法。使有司藏之，使吾無忘諗㉞。」師存㉟侍，曰：「藏罟，不如寘㊱里革於側之不忘也。」

【注釋】❶宣公　魯宣公。名俀，在位十八年（西元前六〇八～前五九一年）。❷濫　浸；漬。此指浸網於水以取魚。❸泗淵　泗水的深處。泗，水名。在今山東泗水縣。淵，深水。❹大寒降　大寒以後。大寒，二十四節氣之一，在夏曆十一月。❺降，下；以後。❺蟄　伏藏在土中的蟲類。❻水虞　官名。掌川澤之禁令。❼講　講習；講求。❽罛罶　捕魚的工具。罛，魚網。罶，捕魚的竹器。❾名魚　大魚。❿登川禽　取鱉蛤之類的水產。登，取。川禽，水產。指鱉蛤之類。⓫嘗　古代秋祭名。⓬寢廟　宗廟。宗廟前殿供祀祖先稱廟，後殿藏祖先衣冠稱寢。⓭行諸國人　令國人亦取之。諸，「之於」的合音。「之」為動詞「行」的賓語，代指上文「取名魚，登川禽」。⓮助宣氣　助陽氣之宣洩。⓯水蟲　指魚類。蟲，動物的總名。⓰獸虞　官名。掌鳥獸之禁令。⓱罝羅　捕鳥獸的網。罝，捕獸網。羅，捕鳥網。⓲矠　刺取。⓳夏槁　曬乾儲存，供夏天食用。槁，曬乾。⓴生阜　生長。㉑罝　高誘注：「當作罛。」罛，大魚網。㉒罜麗　小魚網。㉓穽鄂　陷阱。穽，陷阱。鄂，埋有尖木樁的陷阱。㉔廟庖　宗廟庖廚。指祭祀宗廟所需。㉕槎櫱　砍伐新生的嫩枝。槎，砍伐。櫱，樹木被砍伐後再生的新枝。㉖夭　初生的草木。㉗鯤鮞　小魚和魚卵。鯤，小魚。鮞，魚卵。㉘麑麌　小鹿和小麋。麑，小鹿。麌，小麋。㉙鷇　幼鳥。㉚蚳蝝　蟻卵和小蝗蟲。蚳可作醬，蝝可食。蚳，蟻卵。蝝，尚未長翅膀的小蝗蟲。㉛蕃　繁衍；繁殖。㉜別孕　孕育小魚。別，後代；下一代。㉝無藝　無極。藝，極。㉞諗　規諫。㉟師存　樂師名存。㊱寘　同「置」。安置。

【語譯】魯宣公在夏天時到泗水的深處下網捕魚，里革把網割破並且丟掉，說：「古代大寒以後，伏藏在土中的蟲類開始活動，水虞在這時候策畫使用魚網竹籠之類去捕大魚、捉鱉蛤，以供宗廟祭祀，並讓人民也去捕捉，這是要幫助陽氣宣洩上升。當鳥獸懷孕，魚類長大時，獸虞就禁止人們使用獸網鳥羅，只准許刺取魚鱉，製成魚乾供夏天食用，這是要幫助鳥獸生長繁殖。當鳥獸長成，魚類懷卵時，水虞就禁止人們使用大、小魚網，而准許設陷阱捕捉鳥獸，以供宗廟祭祀，這是要蓄積有用之物。至於上山不砍新生的嫩枝，進入水澤不砍初生的草木，禁止捕小魚、取魚卵，要讓小鹿和小麋成長，要保護幼鳥和鳥蛋，要放過蟻卵和小蝗蟲，這是要讓萬物繁殖。這些都是古人的遺訓。現在魚正在孕育小魚，不但不讓牠產卵成長，還要用網去捕捉，真是貪心無度啊！」

魯宣公聽了這些話，說：「我有過失，里革就來糾正我，不是很好嗎？這是一張很有意義的網，它使我懂得古人的法度。叫主管官吏收藏好，讓我不要忘記這一番勸告。」樂師存陪侍在一旁，就說：「與其收藏魚網，不如把里革留在身邊，更不會忘記。」

【研　析】本文可分二段。首段記魯宣公捕魚，里革割網和他的諫言；二段記宣公納諫，藏網以示不忘，而樂師存則進一步以藏網不如留人為諫，為這一故事做一個更具人本意義的結尾。

臣子能以行動和言辭直諫，君主能納諫從善，這些都是值得肯定的，而更值得注意的是里革的諫言裡所隱含的意識。他敘述了古人對於取用動植物資源的種種作為和禁止，分別給予「助宣氣」、「助生阜」、「畜功用」、「蕃庶物」的詮釋。簡而言之，即人要在尊重自然秩序、維護動植物生機的前提下，適度合時地取用自然資源，而不可以「貪無藝」。這種意識之形成，雖與當時生產力較為低下有關，但絕大部分是源於人與自然萬物必須和諧相處、共存共榮的傳統思想。今日科技日昌、物質發舒，人類掠奪資源的能力也與時俱增，眼看生態環境問題已經嚴重到即將危害人類生存，人類追求無盡享受的惡果已日益明顯；那麼，里革的言辭，是否也該對今日人類有著諫諍的意義呢？

## 敬姜論勞逸

【題　解】本文選自《國語·魯語下》，篇名據文意而訂。敬姜，春秋時代公父穆伯之妻，公父文伯之母。本文記敘敬姜告誡其子公父文伯，當務勤勞、去淫逸，以免荒廢祖先留下的事業，甚至招致祭祀斷絕的惡果。

公父文伯❶退朝，朝❷其母，其母方績❸。文伯曰：「以歜之家而主❹猶績，懼忓❺季孫❻之怒也，其以歜為不能事主乎！」

其母歎曰：「魯其亡乎！使僮子❼備官❽而未之聞耶？居❾，吾語女。

「昔聖王之處民❿也，擇瘠土而處之，勞其民而用之，故長王⓫天下。夫民勞則思，思則善心生；逸則淫，淫則忘善，忘善則惡心生。沃土之民不材⓬，逸也；瘠土之民，莫不嚮義，勞也。

「是故天子大采⓭朝日⓮，與三公、九卿祖識⓯地德⓰；日中⓱考政，與百官之政事，師尹惟旅牧相⓲，宣序⓳民事；少采⓴夕月㉑，與大史㉒、司載㉓糾虔天刑㉔；日入，監九御㉕，使潔奉禘、郊㉖之粢盛㉗，而後即安㉘。諸侯朝㉙修天子之業命㉚，晝考其國職㉛，夕㉜省其典刑㉝，夜儆㉞百工，使無慆淫㉟，而後即安。卿大夫朝考其職，晝講其庶政㊱，夕序其業，夜庀㊲其家事㊳，而後即安。士朝受業，晝而講貫㊴，夕而習復㊵，夜而計過，無憾，而後即安。自庶人以下，明㊶而動，晦㊷而休，無日以怠。

「王后親織玄紞㊸，公侯之夫人加之以紘、綖㊹，卿之內子㊺為大帶㊻，命婦㊼成祭服，列士㊽之妻加之以朝服，自庶士㊾以下，皆衣其夫㊿。社而賦事(51)，蒸而獻功(52)，男女效績(53)，愆(54)則有辟(55)，古之制也。君子勞心，小人勞力，先王之訓也。自上以下，誰敢淫心舍力(56)？

「今我，寡也，爾又在下位，朝夕處事，猶恐忘先人之業。況有怠惰，其何以避辟？吾冀而(57)朝夕修(58)我，曰：『必無廢先人。』爾今曰：『胡不自安？』以是承君之官，余懼穆伯之絕祀(59)也。」

仲尼聞之，曰：「弟子志之，季氏之婦不淫矣！」

【注　釋】❶公父文伯　春秋時代魯國大夫。名歜，季悼子之孫，公父穆伯之子。❷朝　拜見；謁見。古代臣見君、子見父母皆稱朝。❸績　搓麻成繩或線。❹主　家主。春秋、戰國時代稱大夫為主，其妻亦從夫稱。❺忓　通「干」。觸犯。❻季孫　指季康子。名肥，季悼子之曾孫。當時為魯國執政之卿，位高權重。❼僮子　未成年的男子。此指不明事理的人，即指公父文伯。❽備官　居官；做官。❾居　坐。❿處民　治理人民。處，安置。⓫王　君臨；統治。⓬不材　不成材。⓭大采　五采的袞服。為君王之禮服。⓮朝日　祭日神。古代天子於春分祭日。⓯祖識　熟習認識。⓰地德　地利。指地生百物以養人。⓱日中　太陽正中時。即正午。⓲師尹惟旅牧相　師尹與眾州牧輔助天子。師尹，大夫官。惟，與。旅，眾。牧，州牧。相，輔助。⓳宣序　宣布並依序推行。⓴少采　三采的袞服。亦君王之禮服。㉑夕月　祭月神。古代天子於秋分祭月。㉒大史　官名。掌典籍、策命、天文、曆法、祭祀等。㉓司載　官名。掌觀察天文以辨吉凶。㉔糾虔天刑　恭敬地觀察天象所顯示的法度。糾，恭。虔，敬。刑，法。㉕九御　九嬪。天子內宮的女官，掌祭服祭品。㉖禘郊　皆祭名。禘，古代天子祭祀祖先。郊，古代天子祭天。㉗粢盛　盛在祭器內的黍稷。粢，祭祀用的黍稷。㉘即安　休息。即，就。安，歇息。㉙朝　日出時。即早晨。㉚業命　事業、命令。㉛國職　國事。㉜夕　日入時。㉝典刑　常法。典，常。㉞儆　通「警」。告誡。㉟慆淫　怠慢、放蕩。㊱庶政　各種政務。庶，眾；多。㊲庀　治理。㊳家事　封地之事。家，大夫采邑。㊴講貫　講習。㊵習復　複習。㊶明　日出；天明。㊷晦　日入；天黑。㊸玄紞　黑色的紞。玄，黑色。紞，冕冠上用以懸瑱的帶子。㊹紘綖　冠冕上的紐帶和飾巾。紘，冠冕上的紐帶，由頷下挽上而繫在笄的兩端。綖，覆在冕上的飾巾。㊺內子　卿的嫡妻。㊻大帶　黑帛做的束腰帶。㊼命婦　婦人有封號者。此指大夫之妻。㊽列士　上士。㊾庶士　下士。㊿衣其夫　為其夫製衣。衣，用為動詞。(51)社而賦事　祭社後頒布農桑之事。社，用為動詞。祭社。古代於春分祭社。賦，頒布。事，指農桑之事。(52)蒸而獻功　冬祭時呈獻農事之成果。蒸，冬祭。功，功績；成果。(53)績　功績；成果。(54)愆　過失。(55)辟　懲罰。(56)淫心舍力　心志放縱，不肯努力。(57)而　通「爾」。你。(58)修　警惕。(59)絕祀　無人祭祀；祭祀斷絕。指無後代子孫，因而祖先無人祭祀。

【語　譯】公父文伯退朝回家，去拜見母親，他的母親正在搓麻。文伯說：「像我們這樣的人家，主母還要搓麻，恐怕會觸怒季孫，以為我不能奉養母親呢！」

文伯的母親歎口氣說：「魯國恐怕要亡國了吧！怎會讓你這種不懂得道理的人去做官呢？而你竟然也沒聽說過治國之道嗎？坐下！讓我告訴你。

「從前聖王治理人民，總是選擇貧瘠的土地讓他們居住，讓人民慣於勤勞再使用他們，所以能長久地統治天下。人民勤勞就會思考，思考就會產生善心；安逸就會放縱，放縱就會失去善心，失去善心就會產生惡心。肥沃土地上的人民多半不成材，這是因為安逸啊；貧瘠土地上的人民，沒有不向義的，這是因為勤勞啊。

「所以天子在春分的早晨，穿著五采的禮服去祭日，和三公九卿熟習認識地利；正午開始考察政令和百官的政務，師尹和眾州牧輔助天子宣布政令、依序辦理民事；天子在秋分的晚上，穿著三采的禮服去祭月，和太史、司載恭敬地觀察天象所顯示的法度；從日入起就要監督九嬪，把祭祖、祭天的黍稷準備好，然後才去休息。諸侯早晨辦理天子的事情、命令，白天考察國內的政事，日入時省察法規制度，晚上告誡百官，使他們不敢怠慢放蕩，然後才去休息。卿大夫早晨查考自己的職務，白天辦理各種政務，日入時依序檢覈，晚上處理封地的事務，然後才去休息。士早晨接受任務，白天專心講習，傍晚再複習，晚上反省有無過失，沒有，然後才去休息。從平民以下，天亮就工作，天黑就休息，沒有一天的懈怠。

「王后要親自織玄紞，公侯的夫人還要加上做紘、綖，卿的嫡妻要做大帶，大夫的妻子要做祭服，上士的妻子還要加上做朝服，從下士以下的妻子，都要替丈夫做衣裳。春分祭社後就頒布分配農桑之事，冬祭時各自呈獻成果，男女都要努力追求績效，有過失就要受罰，這是古代的制度啊！在上位的要勞心，在下位的要勞力，這是先王的教訓啊！從上到下，誰敢放縱怠惰？

「現在我是個寡婦，你又只是個小官，就算從早到晚做事，都還怕失去祖先的事業。何況是這種怠惰的想法，又怎能避罪免罰呢？我希望你從早到晚都能警惕我，說：『一定不要荒廢祖先留下的事業。』你現在卻說：『為什麼不自求安逸？』照這樣去承當國君給你的官職，我真怕你父親就要無人祭祀了。」

孔子聽到這件事說：「弟子們記著這些話！像季氏這樣的婦人，可說是不放縱的了。」

【研　析】本文可分三段。首段記公父文伯見敬姜績麻，恐遭「不能事主」的罪名。二段記敬姜告誡公父文伯。三段記孔子的評論，「不淫」是對敬姜勤以守家的肯定。

二段是全文的重心，可分五節。第一節敬姜直斥公父文伯為不明事理、不知治國之道，這是針對上段所記公父文伯的言辭而來。第二節敬姜以為古代聖王之所以能長王天下，乃因「勞其民而用之」，「勞」字即為上一節敬姜以為是公父文伯所「未之聞」的治國之道，也是以下二節所要論證的中心。第三節言自天子以至庶人，無不晝夜勤勞；第四節言自王后以至庶士之妻，亦無不晝夜勤勞。這些說的都是「古之制」，而「自上以下，誰敢淫心舍力」二句為此二節之結語，並呼應了第二節所說的「勞其民而用之」，具體說明先王之所以能「長王天下」的原因。以上二至四節引述古代聖王的作為和教訓，其所闡發無非一個「勞」字。第五節再度回到對公父文伯的直接告誡，敬姜以為從公父文伯言辭裡所反映出來的怠惰心理，是違背先王之訓，是違背古制的。將有不可避免的惡果，甚至於將會因而毀家，敗壞先人事業、斷絕祖先祭祀。

從第二段裡，我們可以得知敬姜之所以強調勤勞，是因為她認為於公而言，淫逸足以亡國；於私而言，淫逸足以敗家，所以說「魯其亡乎」、「懼穆伯之絕祀」；而唯有「君子勞心，小人勞力」，才合乎先王之訓，才是保國守家王天下之道。所以必須務勤勞、去淫逸。

撇開敬姜的階級立場不談，第二段所說的「民勞則思，思則善心生；逸則淫，淫則忘善，忘善則惡心生」，實已說出人心真實的一面，頗能發人深省。

## 叔向賀貧

【題解】本文選自《國語・晉語八》，篇名據文意而訂。叔向，春秋時代晉國大夫。姓羊舌，名肸。本文記敘晉國正卿韓宣子以貧窮為憂，叔向卻慶賀他。叔向認為有財必須有德，否則財雖富有，亦不能長保，反而容易招致家破人亡。

叔向見韓宣子❶，宣子憂貧，叔向賀之。

宣子曰：「吾有卿之名而無其實❷，無以從二三子❸，吾是以憂。子賀我，何故？」

對曰：「昔欒武子❹無一卒之田❺，其宮❻不備其宗器❼，宣其德行，順其憲則❽，使越❾于諸侯。諸侯親之，戎、狄懷❿之，以正⓫晉國。行刑不疚⓬，以免於難。及桓子⑬，驕泰奢侈，貪欲無藝⑭，略則行志⑮，假貸居賄⑯，宜及於難，而賴武之德以沒其身。及懷子⑰，改桓之行而修武之德，可以免於難，而離⑱桓之罪，以亡於楚⑲。

「夫郤昭子⑳，其富半公室㉑，其家半三軍㉒，恃其富寵，以泰㉓于國，其身尸於朝㉔，其宗滅於絳㉕。不然，夫八郤，五大夫三卿㉖，其寵大矣，一朝而滅，莫之哀也，唯無德也。

「今吾子有欒武子之貧，吾以為能其德㉗矣，是以賀。若不憂德之不建，而患貨之不足，將弔㉘不暇，何賀之有？」

宣子拜稽首㉙焉，曰：「起也將亡，賴子存之。非起也敢專承之，其自桓叔㉚以下，嘉吾子之賜。」

【注釋】①韓宣子　春秋時代晉國正卿。名起，宣是其諡。②實　指財富。③二三子　指晉國之卿大夫。④欒武子　春秋時代晉國上卿。名書，武是其諡。⑤一卒之田　百頃之田。百夫為卒，一夫受田百畝。欒武子為上卿，應有一旅（五百夫）之田，即五百頃。⑥宮　宗廟。⑦宗器　宗廟所用的祭器。⑧憲則　法度。憲，法。⑨越　顯揚。⑩懷　歸附。⑪正　匡正；整飭。⑫行刑不疚　執行法令，沒有缺失。刑，法。疚，缺失；過失。⑬桓子　欒武子之子。名黶。⑭無藝　無極。藝，極。⑮略則行志　違犯法度，任意妄為。略，犯。則，法。⑯假貸居賄　放債取息，積聚財貨。居，蓄；聚。賄，財貨。⑰懷子　桓子之子。名盈。⑱離　通「罹」。遭受。⑲亡於楚　指欒盈出奔於楚。亡，逃。據《國語・晉語八》，晉平公因大夫陽畢之言，以欒書曾弒晉厲公，遂逐欒盈。欒盈奔楚，在楚三年，返晉，被殺，其族滅。⑳郤昭子　春秋時代晉國正卿。名至。㉑公室　諸侯之國。此指晉國。㉒三軍　周制諸侯大國三軍，一軍有一萬二千五百人。晉設中軍、上軍、下軍。㉓泰　驕縱奢侈。㉔尸於朝　被殺而陳屍於朝。尸，陳屍以示眾。㉕絳　晉國舊都。在今山西新絳北。㉖五大夫三卿　指郤氏有五人為大夫，三人為卿。五大夫為郤文、郤豹、郤芮、郤縠、郤溱，三卿為郤錡、郤至、郤犨。㉗能其德　能有其品德。其，指欒武子。㉘弔　哀悼。㉙稽首　叩頭至地。古代最恭敬的跪拜禮。㉚桓叔　韓氏之始祖。晉文侯之弟，名成師。其子萬，受封於韓為大夫，遂以韓為氏。

**【語　譯】**叔向去見韓宣子，韓宣子正在為貧窮而憂愁，叔向卻向他道賀。

韓宣子說：「我空有卿的虛名而沒有卿的財富，不能和其他的卿大夫相比，我正為此而發愁，您反而賀我，這是什麼緣故？」

叔向回答說：「從前欒武子田地不到百頃，宗廟裡連祭器都不完備，可是他能發揮德行，遵循法度，所以名聲顯揚於各國。諸侯都來親近他，戎狄也來歸附，因此而將晉國治理好。他執行法令，沒有缺失，因此而免遭禍難。到了桓子，驕縱奢侈，貪得無饜，違法任性，放債斂財，本應遭遇禍難的，但是靠著欒武子的遺德，安然度過他的一生。到了懷子，一反桓子的所作所為而繼承欒武子的品德，照說應可免於禍難的，卻被桓子的罪行所連累，因而逃亡到楚國。

「至於郤昭子，他的財富抵得上半個晉國，他的家臣將佐佔了三軍的一半，就因為仗著財富榮寵，在晉國驕縱奢侈，結果不但自己陳屍朝堂，連絳地的宗族也全被殺滅。要不然，以郤氏八人，有五個大夫，三個卿，榮寵可大了，卻在一時之間全被殺滅，得不到任何人的同情，這只因為沒有品德啊！

「現在，您像欒武子那樣的貧窮，我認為也一定有他那樣的品德，所以慶賀您。如果您不愁不能立德，只愁財貨不足，那我為您哀悼都來不及，還有什麼可賀的？」

韓宣子叩頭拜謝，說：「我韓起幾乎就要自取滅亡了，幸好有您來救我。這不單是我韓起一人受惠，從桓叔以下，我韓氏列祖列宗都要感謝您的恩賜。」

【研　析】本文可分四段。首段記韓宣子憂貧，叔向賀其貧。二段記韓宣子追問叔向為何賀其貧。三段叔向引晉國欒、郤二氏之興亡，規勸韓宣子應「憂德之不建」，不應「患貨之不足」。四段記韓宣子納諫拜謝。

叔向的規諫之所以能成功，原因有三：其一，充分掌握對方的好奇心，營造出有利於規諫的氣氛。韓宣子為貧而憂，叔向卻反常地「賀之」，這當然會逗起韓宣子的好奇而追問著「何故」。於是，叔向接下去的議論，便成為在韓宣子主動要求下所必然要說的，這就容易入耳了。其二，例證確鑿，近在眼前。叔向所引欒、郤二家族，都是晉國大族，當為韓宣子所習知。欒武子貧而有德，不但自身免於難，也庇廕了富而無德的兒子；桓子富而無德，因而連累了努力修德養行的兒子。郤氏富寵無其匹，卻因驕泰而滅族。兩個家族的事例，說明了貧窮並不足慮，德之有無才是個人成敗以及家族興亡的關鍵。其三，委婉其辭，正面鼓勵。叔向諫言的中心觀點是人應「憂德之不建」，不應「患貨之不足」；相對而言，韓宣子卻憂貧不憂德。如何讓諫言產生作用，便須技巧。叔向先由韓宣子如欒武子之貧，而肯定他「能其德」，再轉而說如果韓宣子僅憂貧而不憂德，便無可賀，反要哀悼。這一正一反之間，先予鼓勵，再委婉而諷，話就顯得中聽，不會刺耳。

叔向說話很有技巧，其觀點也頗可取；當然，韓宣子勇於認錯，接納雅言，那氣度也值得肯定。

# 王孫圉論楚寶

【題　解】本文選自《國語・楚語下》，篇名據文意而訂。王孫圉，春秋時代楚國大夫。名圉，為楚王族，故稱王孫。本文記敘王孫圉訪問晉國，晉卿趙簡子在饗宴時故意炫耀佩玉，並語帶譏諷地問起楚國把美玉白珩當作寶貝歷時多久。王孫圉答以楚國所寶是能輔佐君王的賢士大夫，是能供祭祀、享賓客、充軍備的山林川澤的物產，白珩只是玩好，非楚國之寶。

王孫圉聘❶於晉，定公❷饗❸之。趙簡子❹鳴玉以相❺，問於王孫圉曰：「楚之白珩❻猶在乎？」對曰：「然。」簡子曰：「其為寶也，幾何❼矣？」

曰：「未嘗為寶。楚之所寶者，曰觀射父❽，能作訓辭❾，以行事於諸侯，使無以寡君為口實❿。又有左史⓫倚相⓬，能道訓典⓭，以敘百物⓮，以朝夕獻善敗⓯于寡君，使寡君無忘先王之業；又能上下說⓰乎鬼神，順道⓱其欲惡⓲，使神無有怨痛⓳于楚國。又有藪⓴曰雲㉑，連徒洲㉒，金、木、竹、箭㉓之所生也。龜㉔、珠㉕、角㉖、齒㉗、皮㉘、革㉙、羽㉚、毛㉛，所以備賦㉜用，以戒不虞㉝者也；所以共㉞幣帛㉟，以賓享㊱於諸侯者也。若諸侯之好幣具，而導之以訓辭，有不虞之備，而皇神相之㊲，寡君其可以免罪於諸侯，而國民保焉。此楚國之寶也。若夫白珩，先王之玩㊳也，何寶之焉？

「圉聞國之寶六而已。明王聖人能制議㊴百物，以輔相國家，則寶之；玉㊵足以庇廕㊶嘉穀，使無水旱之災，則寶之；龜足以憲臧否㊷，則寶之；珠足以禦火災，則寶之；金足以禦兵亂，則寶之；山林藪澤足以備財用，則寶之。若夫譁囂㊸之美，楚雖蠻夷，不能寶也！」

【注 釋】❶聘 古代諸侯之間或諸侯與天子之間派使節訪問。❷定公 晉定公。春秋時代晉國國君，名午，在位三十六年(西元前五一一～前四七六年)。❸饗 用酒食招待賓客。❹趙簡子 晉卿。名鞅，簡子是其諡。❺相 襄助禮儀的進行。❻白珩 楚國美玉名。珩，佩玉的一種，形似磬而較小。❼幾何 多少。此問其年代。❽觀射父 楚國大夫。❾訓辭 得體的言辭。訓，典式；法則。❿口實 話柄。⓫左史 官名。周制左史記言，右史記事。春秋時代晉、楚皆有左史。⓬倚相 人名。⓭訓典 先王之典籍。⓮敘百物 論述各種事物。敘，論述。物，事。⓯善敗 善惡。⓰說 通「悅」。⓱順道 順從。道，遵從。⓲欲惡 好惡。⓳怨痛 怨恨。⓴藪 大澤。㉑雲 雲夢澤。在今湖北安陸南。㉒徒洲 洲名。洲，水中地之可居者。㉓箭 竹名。即箭竹，其稈可作箭幹，故名。㉔龜 指龜甲。用來占卜。㉕珠 指珍珠。古人以為可禦火災。㉖角 指獸角。可做弓弩。㉗齒 指象牙。可做珥(劍柄和劍身相接處的凸出部分)。㉘皮 指虎豹皮。可做車墊或馬上盛弓器。㉙革 指犀牛皮。可做甲冑。㉚羽 指鳥羽。可裝飾旌旗。㉛毛 指犛牛尾。可裝飾旗桿頭。㉜賦 兵賦。即軍用物資。㉝不虞 意外的。虞，料度。㉞共 通「供」。供應；供給。㉟幣帛 泛指用以聘享的財物。幣、帛皆絲織物之總名。古代聘享之財物，有車馬玉帛等，而以幣帛泛稱之。㊱賓享 以賓客之禮相待。享，款待。㊲皇神相之 天神助之。皇神，天神。相，助。㊳玩 玩物。㊴議 謀慮；計議。㊵玉 指祭祀用的玉器。㊶庇廕 保佑。㊷憲臧否 明示吉凶。憲，示。臧否，吉凶。㊸譁囂 喧譁。此指玉佩之聲。

【語 譯】王孫圉到晉國去訪問，晉定公設宴款待他。晉國大夫趙簡子作陪，把身上的佩玉弄得叮噹作響，並問王孫圉說：「楚國的白珩還在嗎？」王孫圉回答說：「是的。」趙簡子說：「把那東西當寶貝，至今有多久了？」

王孫圉說：「我們從來不把它當作寶貝。楚國所寶貴的，有個觀射父，他言辭得體，奉派到各國去，沒人敢拿敝國國君當話柄。還有個左史倚相，他能引用先王典籍，用來論述各種事物，隨時向敝國國君提供善惡興衰的道理，使敝國國君能不忘先王的功業；又能上下取悅鬼神，順從鬼神的好惡，使鬼神不會怨恨楚國。我們還有一個叫雲夢的大澤，連著徒洲，是金、木、竹、箭出產的地方，又有龜、珠、角、齒、皮、革、羽、毛，這些可以供應軍備，以預防意外災禍；也可以供作禮物，用來款待諸侯。如果諸侯喜愛的禮物已具備了，再用得體的言辭去溝通，又有預防災禍的準備，加上天神佑助，敝國國君或許可以避免得罪諸侯，而國家人民也就保得住了。這才是楚國的寶貝啊！至於白珩，不過是先王的玩物，有什麼寶貴的呢？

「圉聽說國家的寶貝只有六種。明王聖人能夠議訂百事，以輔助國家，可說是一寶；祭祀的玉器可以保護百穀，使國家沒有水旱災害，可說是一寶；龜甲占卜能夠明示吉凶，可說是一寶；珍珠可以防禦火災，可說是一寶；金屬可以抵禦戰亂，可說是一寶；山林湖澤可以供給財物，可說是一寶。至於只會叮噹作響的美玉，楚國雖然是蠻夷之邦，還不至於把它當寶貝呢！」

**【研析】**本文可分二段。首段記趙簡子以問楚玉白珩為名，企圖汙辱楚國。在招待外國使臣的宴會上，身為贊禮者的趙簡子居然「鳴玉以相」，其態度輕佻而禮，因此當他問「楚之白珩猶在乎」時，必定不是平常的應酬話，而由於其意圖未明，所以王孫圉僅簡單回答一個「然」字，其沉著冷靜，彷彿可見。當趙簡子再問「其為寶也幾何矣」時，那語氣的輕蔑，已到「是可忍，孰不可忍」的地步，於是王孫圉義正辭嚴地加以駁斥。

第二段一開始王孫圉便以「未嘗為寶」冷峻而直接地反擊趙簡子的輕蔑，以下便以長篇言辭暢論「楚之所寶者」、「國之寶六」，又分別以「若夫白珩，先王之玩也，何寶之焉」、「若夫譁囂之美，楚雖蠻夷，不能寶也」，呼應「未嘗為寶」。晉國是中原之邦，而王孫圉自稱楚為蠻夷，身為蠻夷尚且不以不急之玩物為寶，今趙簡子為晉國之卿，其見識理應高於來自蠻夷的使臣，卻反而問蠻夷所不寶之物，則為不如蠻夷矣，故「楚雖蠻夷」云云，其諷刺意味甚為犀利。至於所謂「楚之所寶者」和「國之寶六」的論述，其主要觀點乃在於對保國衛民有利的人、事、物才是國寶；此一道理亦理應為勞心治人者所共知，而趙簡子竟然炫耀身上佩玉、問白珩價值幾何。兩相比較，趙簡子的淺薄無知，就凸顯出來了。因此，王孫圉的議論，不僅在教訓趙簡子，也在暗示趙簡子的挑釁汙蔑有失身分。

言為心聲，言辭是否合宜，不但關係到個人的形象，甚至於也會影響到群體的榮辱。趙簡子的不當言辭，來自他偏差的心態，結果是自討沒趣、自取其辱；王孫圉沉著嚴正的言辭，不僅展現個人的素養，也保全了楚國的國格。

## 諸稽郢行成於吳

【題　解】本文選自《國語・吳語》，篇名據文意而訂。諸稽郢，春秋時代越國大夫。行成，求和；媾和。本文記敘吳王夫差起兵伐越，越王句踐採納大夫文種的策略，派諸稽郢赴吳向夫差求和。諸稽郢以卑辭求和，並許送越王子女入吳，春秋按時進貢，以天子之禮對待吳王。

吳王夫差❶起師伐越，越王句踐❷起師逆❸之江。大夫種❹乃獻謀曰：「夫吳之與越，唯天所授，王其無庸❺戰。夫申胥❻、華登❼，簡服❽吳國之士於甲兵，而未嘗有所挫❾也。夫一人善射，百夫決拾❿，勝未可成也。夫謀，必素見⓫成事焉，而後履⓬之，不可以授命⓭。王不如設戎⓮，約辭行成⓯，以喜其民，以廣侈⓰吳王之心。吾以卜之於天，天若棄吳，必許吾成而不吾足⓱也，將必寬然有伯⓲諸侯之心焉。既罷弊⓳其民，而天奪之食⓴，安受其燼㉑，乃無有命㉒矣。」

越王許諾，乃命諸稽郢行成於吳，曰：「寡君句踐使下臣郢不敢顯然布㉓幣行禮，敢私告於下執事㉔曰：昔者越國見禍，得罪於天王㉕。天王親趨玉趾，以心孤㉖句踐，而又宥赦之。君王之於越也，繄㉗起死人而肉白骨㉘也！孤㉙不敢忘天災，其敢忘君王之大賜乎？今句踐申㉚禍無良㉛，草鄙之人，敢忘天王之大德，而思邊陲㉜之小怨，以重得罪於下執事？句踐用帥二三之老㉝，親委㉞重罪，頓顙㉟於邊。

「今君王不察㊱，盛怒屬㊲兵，將殘㊳伐越國。越國固貢獻之邑㊴也，君王不以鞭箠㊵使之，而辱軍士，使寇令㊶焉。句踐請盟：一介㊷嫡女㊸，執箕帚以晐姓於王宮㊹；一介嫡男，奉槃匜㊺以隨諸御㊻，春秋貢獻，不解㊼於王府㊽。天王豈辱裁㊾之？亦征諸侯之禮也！

「夫諺曰：『狐埋之而狐搰㊿之，是以無成功。』今天王既封殖(51)越國，以明聞於天下，而又刈(52)亡之，是天王之無成勞也。雖四方之諸侯，則何實以事吳？敢使下臣盡辭，唯天王秉(53)利度義焉！」

【注釋】❶夫差　春秋末期吳國的國君。吳王闔閭之子，在位二十三年（西元前四九五～前四七三年）。在位期間曾攻破越國，在黃池（今河南封丘西南）之會與晉國爭霸。後吳國為越國所滅，夫差自殺而死。❷句踐　春秋末期越國的國君。在位三十三年（西元前四九七～前四六五年）。在位的第四年，曾被吳王夫差所敗，其後十年生聚，十年教養，終於消滅吳國，並向北擴展，大會諸侯，稱霸主。❸逆　迎戰。❹種　越國大夫文種。字少禽。❺無庸　不用。庸，用。❻申胥　伍員，字子胥。吳國封之於申，故稱申胥。楚國大夫伍奢之次子，父、兄皆為楚平王所殺，乃出奔吳國，助闔閭取得王位，打敗楚國。❼華登　宋國司馬華費遂之子。華氏在宋國作亂失敗後，華登奔吳國，為大夫。❽簡服　挑選並加以訓練。簡，選擇。服，習。❾挫　敗。❿決拾　佩帶決拾以學射箭。決，射箭者套在右手大拇指上的象牙套子，用以鉤弓弦時保護手指，俗稱扳指。拾，射箭者著於左臂的皮製護袖。⓫素見　預見。素，預先。⓬履　實行。⓭授命　送命。⓮設戎　部署軍隊。戎，兵。⓯約辭行成　卑辭求和。約，卑。成，講和。⓰廣侈　自大。⓱不吾足　不以敗我為滿足。⓲伯　通「霸」。稱霸。⓳罷弊　疲困。罷，通「疲」。⓴天奪之食　天奪其祿。之，其。指吳王。食，祿。㉑燼　餘。㉒命　天命。㉓布　陳列。㉔執事　供使令的人。此實指吳王。㉕得罪於天王　指吳、越檇李之役（西元前四九六年），吳王闔閭為越國所敗，傷足而死。天王，指吳王。㉖孤　棄。㉗緊　是。㉘肉白骨　使白骨生肉。即使人死而復生。㉙孤　侯王自稱的謙辭。㉚申　重複；再一次。㉛無良　不善。㉜邊陲　邊境。㉝二三之老　指越國的大夫。諸侯之大夫曰老。㉞委　承當。㉟頓顙　叩頭。顙，前額。㊱察詳審；細察。㊲屬　聚集；集合。㊳殘　毀壞。㊴貢獻之邑　進奉之國。即屬國。㊵鞭箠　馬鞭。㊶使寇令　使用抵禦外寇的命令。㊷一介　一個。㊸嫡女　正室所生之女。嫡，正室；正妻。㊹晐姓於王宮　入侍王宮。晐，備。君王後宮備有各姓女子，故云晐姓。㊺槃匜　盛水器。㊻諸御　侍御之近臣宦豎。㊼解　通「懈」。㊽王府　王室之府藏。收藏財物之處。㊾裁制裁。㊿捐　挖掘。51封殖　扶植。52刈　割斷；鏟除。53秉　衡量。

【語　譯】吳王夫差出兵攻打越國，越王句踐也派兵在江邊迎戰。大夫文種於是獻計說：「吳、越二國，都是上天所授命的，王可以不用作戰。那伍子胥和華登為吳國精練甲兵，從不曾吃過敗仗。只要有一個人擅長射箭，就會有一百個人帶箭拉弦爭著去學，因此我們未必打得過吳國。一切計畫，都必須能預見其成功，然後才去實行，不可以貿然地去送命。王不如一面部署軍隊，一面用謙卑的言辭去求和，來讓吳國人民高興，讓吳王驕縱自大。我們把這事向上天卜問，上天若是棄絕吳國，那吳國一定會答應我們的求和，並且不以敗我越國為滿足，將會肆無忌憚地想爭霸諸侯。這一來，既使百姓疲困，上天也會奪去他的祿命，我們安安穩穩地去收拾殘局，吳國也就天命終結了。」

越王接納了他的話，就命諸稽郢到吳國去求和，對吳王說：「敝國國君句踐派下臣郢來，不敢公然地陳列幣帛行禮，只敢冒昧地私下告訴左右執事的人說：從前越國遭到禍殃，得罪了天王。天王親自領兵征伐，本打算棄絕句踐，而又寬恕了他。君王對於越國，真是起死回生的救命恩人啊！孤不敢忘記上天所降的災殃，又哪敢忘君王的大恩呢？現在句踐再一次遭災禍，實在是自己的不善。只是，草野鄙人，哪敢忘記天王的大德，而為了邊境的小糾紛，再度得罪左右執事呢？句踐因此帶領了幾個大夫，親自來到邊境，叩頭等待領受重罪。

「現在君王不細察究竟，就盛怒出兵，將要毀滅越國。越國本是吳的屬國，君王卻不用馬鞭驅使我們，而要勞動軍士，發出禦寇的命令。句踐請求訂立盟約：派一個嫡生女兒，叫她拿著箕帚在君王後宮聽候使喚；派一個嫡生兒子，叫他捧著槃匜跟著侍御在旁侍候。每年春秋向王府進貢，不敢懈怠。天王何必屈駕來制裁越國呢？並且這也是天子向諸侯徵稅的禮制啊！

「諺語說：『狐狸自埋自挖，所以不會成功。』現在天王既然已經扶植越國，而且已經公開傳布於天下，卻又要鏟除它，這樣天王就沒有功績了。即使是天下諸侯，又叫他們憑什麼來事奉吳國呢？因此，冒昧地派下臣來說出全部的實話，請天王衡量這事的利害義理吧！」

【研　析】本文可分二段。首段記文種向句踐所獻的計謀。文種認為凡事必須謀定而後動，有成功的把握才去做。盱衡當時情勢，吳國強越國弱，越國沒有勝算，所以建議句踐一面備戰，一面卑辭求和，以助長夫差的自大，讓他北上爭霸，國力消耗，內部空虛，而後趁機敗之。

二段記諸稽郢至吳國轉達句踐求和的言辭。其要點為：表示感恩不忘、待罪惶恐之心；此其一。以越國為吳國的臣屬，吳王自可鞭箠使令之，今盛怒發兵，實為不審，將使天下諸侯，望而卻步，不敢服事吳國；此其二。送嫡子女入吳國，春秋按時進貢，有如對待天子；此其三。凡此，都在執行文種「廣侈吳王之心」，使其「寬然有伯諸侯之心」的策略。

成功的策略，正確的執行，使得夫差接受句踐的求和，也使得越國有生聚教訓的機會；最後，越終於滅了吳國，既雪恥，又除掉心腹之大患。當然，夫差之所以終於國滅身亡，與他的自大自用絕對有關，這也是文種計謀之所以能成功的根本原因。

# 申胥諫許越成

【題　解】本文選自《國語・吳語》，篇名據文意而訂。申胥，伍員，字子胥。春秋時代楚國人。以父兄皆為楚平王所殺，自楚投奔吳國為大夫。以功封於申（在今河南南陽西北），又稱申胥。成，求和；媾和。本文記敘申胥勸吳王夫差不可答應越國求和，應把握時機，一舉殲滅越國，而吳王不聽，兩國終於達成和議。

吳王夫差乃告諸大夫曰：「孤將有大志於齊❶，吾將許越成，而❷無拂❸吾慮。若越既改❹，吾又何求？若其不改，反行❺，吾振旅❻焉。」

申胥諫曰：「不可許也！夫越，非實忠心好吳也，又非懾❼畏吾甲兵之彊也。大夫種勇而善謀，將還玩❽吳國於股掌之上，以得其志。夫固知君王之蓋❾威以好勝也，故婉約❿其辭，以從逸⓫王志，使淫樂於諸夏⓬之國以自傷也。使吾甲兵鈍弊⓭，民人離落⓮，而日以憔悴⓯，然後安受吾燼⓰。夫越王好信以愛民，四方歸之，年穀時熟，日長炎炎⓱。及⓲吾猶可以戰也，為虺⓳弗摧，為蛇將若何？」

吳王曰：「大夫奚隆⓴於越？越曾㉑足以為大虞㉒乎？若無越，則吾何以春秋曜㉓吾軍士？」乃許之成。

將盟，越王又使諸稽郢辭曰：「以盟為有益乎？前盟口血未乾㉔，足以結信矣。以盟為無益乎？君王舍甲兵之威以臨使之，而胡㉕重於鬼神而自輕也？」吳王乃許之，荒㉖成不盟。

【注　釋】❶將有大志於齊　對齊國將有大志。意謂將伐齊國。❷而　通「爾」。你們。❸拂　違逆；反對。❹改　改變態度。意謂誠心事奉吳國。❺反行　回來。指伐齊國回來。反，通「返」。❻振旅　師還整軍。❼懾　懼。❽還玩　旋轉玩弄。還，轉。❾蓋　崇尚。❿婉約　婉轉卑順。約，卑順。⓫從逸　放縱。從，通「縱」。⓬諸夏　指中原各國。⓭鈍弊　耗損疲困。⓮離落　離散。⓯憔悴　困苦。⓰燼　餘。⓱炎炎　興盛的樣子。⓲及　趁著。⓳虺　小蛇。⓴隆　看重。㉑曾　乃；竟然。㉒虞　憂患。㉓曜　通「耀」。炫耀。㉔口血未乾　指方訂盟誓不久。古代訂盟，盟者以牲血塗口表示誠意信守。㉕胡　何。㉖荒　空。

【語　譯】吳王夫差於是告訴眾大夫說：「孤將對齊國有大企圖，所以要答應越國的求和，你們不要反對我的計畫。倘若越國已經改變態度，我還要求什麼？倘若還不改過，等我回來，再整軍攻打它。」

申胥規勸說：「不可以答應啊！越國並不是誠心要和我吳國和好，也不是害怕我們的軍隊強大。越國的大夫文種，勇敢而又善於謀略，只不過想把我們吳國放在他的股掌之上旋轉著玩弄，以達到他消滅吳國的野心。他本來就知道君王尚武好勝的心理，所以用謙卑的說辭，來使君王意志放縱，在與中原各國的交往中，沉溺於虛榮而傷害自己。使我們的甲兵耗損疲困，人民離散，一天比一天困苦，然後安安穩穩地來收拾殘局。越王講信用、愛人民，四方歸心，五穀年年豐收，國勢蒸蒸日上。我們應該把握這個可以戰勝他的時機，否則，就像小蛇不打死，到了牠長成大蛇時，那該怎麼辦？」

吳王說：「大夫為什麼這麼看重越國呢？越國竟然會是我們的大患嗎？假如沒有越國，那春、秋兩季，我們又到哪裡去炫耀軍威呢？」於是就答應了越國的求和。

即將訂盟了，越王又派諸稽郢婉辭說：「您認為盟誓有用嗎？那麼上次結盟到現在塗在嘴上的血還沒乾呢，足夠固結信守了。您認為盟誓沒有用嗎？那君王就放棄武力威脅，直接役使我們好了，又為什麼要看重鬼神而看輕自己呢？」吳王就答應他，兩國只講和而不在神前盟誓。

【研　析】本文在《國語》一書，緊承前篇〈諸稽郢行成於吳〉，又本書卷二選自《左傳》的〈吳許越成〉亦與此事有關，三篇文章可以參互閱讀。

夫差之所以要答應越國的求和，基本上他是認為越國不足以為吳國的大患。他說：「若無越，則吾何以春秋曜吾軍士？」「若其不改，反行，吾振旅焉。」在他心目中，取越國有如探囊取物，留著它，正如貓不一口吃下老鼠一樣，玩玩牠，顯顯自己的威風。再加上他認為越國已誠心順從，吳國之後方已無憂，正可北上伐齊國，爭霸中原。

對照上文〈諸稽郢行成於吳〉，申胥可說是洞燭越國求和的背後陰謀。他認為越國「非實忠心好吳也，又非懾畏吾甲兵之彊也」，實在是「固知君王之蓋威以好勝也」，故卑辭求和，使吳王縱逸自傷，吳國國力耗損，而後乘其虛而取之。因此，他力主趁此時機，一舉滅了越國，以免日後為吳國的大患。

夫差的剛愎自用，使得他聽不進申胥的直諫忠言，種下日後國滅身亡的下場。驕者必敗，這是千古不變的律則，我們大可不必為夫差的下場而惋惜，這是他自取的。然而自古以來忠臣直士之諫，亦有委婉曲折其辭，因而能感悟其君，力挽狂瀾敗局者；詳味文中申胥的諫言，其耿耿忠心，可昭日月，其縷縷分析，亦皆切中實情，然而除了夫差的剛愎，申胥的言辭是否太直接了呢？如果他能運用一下技巧，是不是能改變夫差的成見，而不致於造成日後吳國的覆亡，他自己也不會落到自殺身亡、屍體還要被投入江水之中呢？

# 公羊傳

《公羊傳》，《春秋》三傳之一，也稱《春秋公羊傳》、《公羊春秋》。戰國時齊國人公羊高受孔子弟子子夏之學而撰述，經公羊家世代相傳，至西漢景帝時，公羊高之玄孫公羊壽才和齊人胡毋生著於竹帛。

此書解經往往逐字逐句，詳加解釋，設問設答，反覆申述，重在闡發《春秋》的微言大義，故於史事，頗為簡略。這一種解經的方式，使得此書成為研究戰國至西漢儒家思想的重要典籍。

東漢何休有《春秋公羊解詁》、唐徐彥有《公羊傳疏》，此後注解之書罕見。至清代公羊之學再興，姚鼐有《公羊補注》、孔廣森有《公羊通義》、陳立有《春秋公羊義疏》、劉逢祿有《公羊何氏釋例》及《何氏解詁箋》等。

## 春王正月

隱公元年

【題　解】本文選自《公羊傳》魯隱公元年（周平王四十九年、西元前七二二年），篇名摘取《春秋》經文「元年春王正月」而訂。《春秋》編年記事，以魯國為中心，凡歷十二公。每一魯國國君即位的第一年，經文首句都是「元年春王正月」（魯定公於六月即位，故僅有「元年春王」四字，這是唯一的例外）。由於《春秋》記事始於魯隱公，故《公羊傳》於本年解說「元年春王正月」的意含，並進一步說明何以魯隱公元年的經文沒有「即位」的記載。從詮釋文字中，可以看出《公羊傳》尊王室、守宗法的封建精神。

元年者何？君❶之始年也。春者何？歲之始也。王者孰謂？謂文王❷也。曷為先言王而後言正月？王正月❸也。何言乎王正月？大一統❹也。

公❺何以不言即位？成公意也。何成乎公之意？公將平❻國而反之桓❼。曷為反之桓？桓幼而貴，隱長而卑。其為尊卑也微，國人莫知。隱長又賢，諸大夫扳❽隱而立之。隱於是焉而辭立，則未知桓之將必得立也。且如桓立，則恐諸大夫之不能相❾幼君也。故凡隱之立，為桓立也。隱長又賢，何以不宜立？立適以長不以賢❿，立子以貴不以長⓫。桓何以貴？母貴也。母貴則子何以貴？子以母貴，母以子貴。

【注　釋】❶君　指魯隱公。❷文王　周文王。姓姬，名昌，周始命之王。❸王正月　周王之正月。王，指周王。即周天子。正月，指周曆正月。古代王者受命，必改正朔。正即正月，歲之首。朔即初一，月之始。❹大一統　對天下一統的尊重。大，重視；尊重。一統，天下統一，服從於天子。❺公　指魯隱公。魯惠公之子，在位十一年（西元前七二二～前七一二年）。魯惠公元妃曰孟子，孟子卒，魯惠公以聲子為繼室，生隱公。❻平　平定；安定。❼桓　指魯桓公。名軌，魯惠公夫人仲子所生，魯隱公之異母弟，年較幼而身分貴於魯隱公，繼魯隱公為魯國國君，在位十八年（西元前七一一～前六九四年）。❽扳　通「攀」。攀附；援引。❾相　輔助。❿立適以長不以賢　立正妻之子，則以長幼為序，不問其賢不肖。適，通「嫡」。正室；正妻。此指嫡子。⓫立子以貴不以長　非嫡子，則依其身分之尊貴而立，不問其長幼。

【語　譯】「元年」是什麼意思？就是國君即位的第一年。「春」是什麼意思？就是一年的開始。「王」是指誰？是指周文王。為什麼先說「王」而後說「正月」？因為這是周王的正月。為什麼稱「王正月」？是表示對天下一統的尊重。

為什麼不說隱公即位？這是成全隱公的心意。成全隱公的什麼心意？隱公想要治理好魯國，然後把君位歸還給桓公。為什麼要歸還給桓公？因為桓公年幼而尊貴，隱公年長而卑賤。不過他們的尊卑差距很小，國人都不了解。隱公年長又賢能，大夫們都攀附隱公而立他為君。隱公當時如果推辭，則不知桓公是否一定會被立為國君。況且即使桓公被立，也怕大夫們不見得肯輔助這位幼君。所以，隱公接受擁立，是為桓公而接受。隱公年長又賢能，為什麼不宜立為國君？因為立嫡子是從長不從賢，立眾子是從貴不從長。桓公為什麼較尊貴？因為他母親較尊貴。母親尊貴為什麼兒子就較尊貴？兒子因為母親而尊貴，母親也因為兒子而尊貴。

【研　析】本文可分二段。首段解釋《春秋經》魯隱公元年的首句經文「春王正月」，依「春」、「王」、先王後正月、「王正月」的順序，一一解說其意含。次段則解釋《春秋》魯隱公元年經文何以沒有「即位」的記載。首先解釋不書即位的原因，乃在「成公意」。魯桓公貴而魯隱公賤，依理應立魯桓公，而魯桓公年幼，魯隱公恐其不勝君位，故先接受大夫之擁立，以圖他日能還政於魯桓公。《春秋》知魯隱公之意，不書即位以明之。其次說明魯隱公何以不宜立。依「立子以貴不以長」的原則，魯隱公長而卑，魯桓公幼而貴，故應立魯桓公。

全文文字質樸，首段依經文各字分別解釋，二段則重點在說明「立適以長不以賢，立子以貴不以長」。兩段呈現出各自不同的詮釋條理；前者依經文先後，後者則採推溯原因之方式。不論何種方式，都是值得吾人學習的。至於其對君位繼承方式的詮釋，完全體現了宗法制度的精神，此一精神在父系社會的結構中，被延伸到家族、家庭單位，具有保護宗族財產，不使分散的目的，與今日的繼承制度，有著相當程度的不同。

## 宋人及楚人平

宣公十五年

【題　解】本文選自《公羊傳》魯宣公十五年（宋文公十七年、楚莊王二十年、西元前五九四年），篇名取《春秋》經文「宋人及楚人平」而訂。全文針對經文，從「褒」、「貶」的觀點，說明《春秋》經的體例不記載魯國以外國家的和談（外平），此處何以要記宋、楚二國的和談；而促成和談的子反、華元，二人都是大夫，所以稱「人」以表示貶抑。

外平不書❶，此何以書？大其平乎己❷也。何大乎其平乎己？

莊王圍宋❸，軍有七日之糧爾，盡此不勝，將去而歸爾。於是使司馬❹子反❺乘堙❻而闚宋城，宋華元❼亦乘堙而出見之。司馬子反曰：「子之國何如？」華元曰：「憊❽矣。」曰：「何如？」曰：「易子而食之，析骸而炊❾之。」司馬子反曰：「嘻！甚矣憊。雖然，吾聞之也，圍者柑馬而秣之❿，使肥者應客⓫。是何子之情⓬也？」華元曰：「吾聞之，君子見人之厄⓭則矜⓮之，小人見人之厄則幸⓯之。吾見子之君子也，是以告情于子也。」司馬子反曰：「諾，勉之矣！吾軍亦有七日之糧爾，盡此不勝，將去而歸爾。」揖⓰而去之。反于莊王。莊王曰：「何如？」司馬子反曰：「憊矣！」曰：「何如？」曰：「易子而食之，析骸而炊之。」莊王曰：「嘻！甚矣憊。雖然，吾今取此，然後而歸爾。」司馬子反曰：「不可。臣已告之矣，軍有七日之糧爾。」莊王怒曰：「吾使子往視之，子曷為告之？」司馬子反曰：「以區區⓱之宋，猶有不欺人之臣，可以楚而無乎？」

是以告之也。」莊王曰：「諾，舍而止⑱。雖然，吾猶取此，然後歸爾。」司馬子反曰：「然則君請處⑲于此，臣請歸爾。」莊王曰：「子去我而歸，吾孰與處于此？吾亦從子而歸爾。」引師而去之。

故君子大其平乎己也。此皆大夫也，其稱人何？貶。曷為貶？平者在下⑳也。

【注　釋】❶外平不書　外國之間的講和，《春秋》不記載。外，指魯國以外的國家。《春秋》記事以魯國為中心，故稱他國為外。平，講和；和談。此指魯宣公十五年（西元前五九四年）楚、宋二國和談。❷大其平乎己　讚揚他們自行促成和談。大，讚揚；肯定。其，指楚國大夫子反、宋國大夫華元。❸莊王圍宋　楚莊王圍攻宋國。事在魯宣公十四年（西元前五九五年），因楚國大夫申舟路過宋國將聘問於齊國，未向宋國借道，為宋大夫華元所殺，楚莊王遂發兵圍宋國。楚莊王，名侶，在位二十三年（西元前六一三～前五九一年）。❹司馬　官名。掌軍事。❺子反　楚國大夫。即公子側。❻乘堙　登上土山。乘，登。堙，堆土為山，用以觀察敵情。❼華元　宋國大夫。❽憊　疲困。❾析骸而炊　拆屍骨為柴火。❿柑馬而秣之　以木勒馬口使不能進食。柑，以木勒馬口。秣，餵馬。⓫使肥者應客　讓肥馬給客人看。⓬情　真實。⓭厄　困難。⓮矜　憐憫；同情。⓯幸　慶幸。⓰揖　拱手為禮。⓱區區　小小的。⓲舍而止　築屋舍而止宿。舍，屋舍。此用為動詞。⓳處　止；停留。⓴平者在下　講和的人是在下位的大夫。

【語　譯】外國之間的講和，《春秋》是不記載的，這件事為什麼記載呢？這是讚揚子反、華元二人自行促成了和談。為什麼要讚揚他們自行促成和談呢？

楚莊王圍攻宋國，軍隊只有七天的糧食了，吃完這些糧食再不能打勝的話，就要放棄而回去了。這時，楚莊王派司馬子反登上土山去窺探宋國城內的情況，宋國大夫華元也登上土山並且出城來見子反。司馬子反問：「你們城裡情況如何？」華元說：「疲困啦！」又問：「疲困到什麼程度？」回答說：「交換孩子殺了吃，拆屍骨當柴火。」司馬子反說：「唉！真的是疲困極了。不過，我聽說，被圍的人往往用木頭勒住馬口，使牠吃不下，再讓肥馬給客人看。您卻為何說出實情呢？」華元說：「我也聽說，君子看到別人的苦難就憐憫他，小人看到別人的苦難就幸災樂禍。我看您是個君子，所以告訴您實情。」司馬子反說：「嗯，再努力吧！我們也只有七天的糧食了，吃完這些糧食再不能打勝的話，就要放棄而回去了。」說罷，拱拱手告別而去。回到楚莊王那裡。楚莊王問：「情況如何？」司馬子反回答說：「疲困啦！」又問：「疲困到什麼程度？」回答說：「交換孩子殺了吃，拆屍骨當柴火。」楚莊王說：「唉！真的是疲困極了。不過，我還是滅了它，然後才回去。」司馬子反說：「不行。臣已經告訴他，我們只有七天的糧食了。」楚莊王發怒地說：「我叫你去偵察敵情，你為什麼把這些告訴他？」司馬子反說：「以小小的宋國，還有不欺騙人的臣子，楚國可以沒有嗎？所以我告訴了他。」楚莊王說：「好吧。那就紮營住下。不過，我還是攻下它，然後才回去。」司馬子反說：「那麼，就請君王留在這裡，臣可要回去了。」楚莊王說：「你離開我而回去，我還和誰留在這裡？我也跟你回去了。」就帶領軍隊離開了宋國。

所以君子讚揚他們促成了這次和談。子反、華元都是大夫，為什麼稱「人」呢？那是貶抑的意思。為什麼貶抑他們呢？因為他們身居下位卻擅自作主講和。

【研　析】本文針對《春秋》經文的解說，重點有二：其一，「外平不書，此何以書？」《春秋》不記載魯國以外各國之間的談和，這裡為什麼記載楚、宋二國的媾和？《公羊傳》的解釋是「大其平乎己也」，肯定宋華元和楚子反促成此次和談，所以《春秋》特別記上一筆，用這來表示對二人的「褒」。其二，「其稱人何？」既然圍宋國是楚莊王親自帥師，談和也該是由他主動和宋國國君談，為什麼不說「宋公及楚子平」而稱「宋人及楚人平」？《公羊傳》的解釋是「貶」，因為「平者在下」，媾和應為君王之權柄，如今華元、子反皆大夫，卻擅自決定媾和，所以用「人」來表示對二人的貶。

全文可分三段。記事的重心在第二段，敘述宋華元、楚子反二人「平乎己」的過程。交戰雙方的大夫見了面，相互坦誠不欺的說出本身的狀況：「易子而食之，析骸而炊之」、「吾軍亦有七日之糧爾，盡此不勝，將去而歸爾」，然後子反因為堅持「不欺人」，不惜以「君請處于此，臣請歸爾」促使楚莊王「引師而去之」，解除了宋國的困境。

兩個大夫的坦誠不欺，促成了楚、宋二國的和談，受益最大的當然是無辜的百姓，這是《春秋》之所以褒；而其以稱「人」來示貶，則全從封建體制出發，認為有國君在，大夫不得擅專。一褒一貶，顯示《春秋》的史觀有進步的一面，也有保守的一面。

## 吳子使札來聘

襄公二十九年

【題解】本文選自《公羊傳》魯襄公二十九年（吳餘祭四年、西元前五四四年），篇名據《春秋》經文「吳子使札來聘」而訂。吳子，指春秋時代吳王餘祭。札，吳王壽夢最小的兒子。名札，故稱季札或季子。吳國在中原諸侯眼中，一向視之為夷狄，因此《春秋》經提到吳君，例同夷狄，貶稱「子」。並且《春秋》經記載吳國史事，向來僅稱「吳」，而不提其君或大夫。本年記吳國公子季札聘問魯國，既提到吳君稱之為「吳子」，又記來訪者之名「札」，《公羊傳》以為這是讚美季札讓國，故記敘讓國一事，詮釋經文的含義。

吳無君無大夫❶，此何以有君有大夫❷？賢季子也。何賢乎季子？讓國❸也。

其讓國奈何？

謁❹也，餘祭❺也，夷昧❻也，與季子同母者四。季子弱❼而才，兄弟皆愛之，同欲立之以為君。謁曰：「今若是迮❽而與季子國，季子猶不受也。請無與子而與弟，弟兄迭❾為君，而致❿國乎季子。」皆曰：「諾。」故諸為君者，皆輕死為勇。飲食必祝曰：「天苟有吳國，尚速有悔⓫於予身。」故謁也死，餘祭也立。餘祭也死，夷昧也立。夷昧也死，則國宜之季子者也。

季子使而亡⓬焉，僚⓭者，長庶⓮也，即之⓯。季子使而反⓰，至而君之⓱爾。闔廬⓲曰：「先君之所以不與子國而與弟者，凡⓳為季子故也。將從先君之命與？則國宜之季子者也。如不從先君之命與？則我宜立者⓴也。僚惡㉑得為君乎？」於是使專諸刺僚㉒，而致國乎季子。

季子不受，曰：「爾弒吾君，吾受爾國，是吾與爾為篡也。爾殺吾兄，吾又殺爾，是父子兄弟相殺，終身無已也。」去之延陵㉓，終身不入吳國。

故君子以其不受為義，以其不殺為仁。賢季子，則吳何以有君有大夫？以季子為臣，則宜有君者也。札者何？吳季子之名也。《春秋》賢者不名㉔，此何以名？許夷狄者，不壹而足㉕也。季子者，所賢也，曷為不足乎季子？許人臣者必使臣，許人子者必使子也！

【注釋】❶吳無君無大夫　《春秋》記吳國之事，向來不稱其國君，亦不稱其大夫。❷有君有大夫　君，指《春秋》經文的「吳子」。大夫，指《春秋》經文的「札」。❸讓國　辭讓君位。❹謁　吳王壽夢的長子。又稱諸樊。繼壽夢而立，在位十三年（西元前五六〇～前五四八年）。❺餘祭　吳王壽夢的次子。繼諸樊而立，在位十七年（西元前五四七～前五三一年）。❻夷昧　也作「餘眛」。吳王壽夢的第三子，繼餘祭而立，在位四年（西元前五三〇～前五二七年），卒後其子僚繼立。❼弱　年幼。❽迮　倉促。❾迭　更替；輪流。❿致　送給。⓫悔　災禍。⓬使而亡　出使未歸。亡，出外。⓭僚　夷昧之子。繼夷昧而立，在位十二年（西元前五二六～前五一五年），被弒。⓮長庶　眾子中最為年長者。庶，庶子。嫡長子以外的眾子。⓯即之　即國君之位。⓰反　通「返」。歸。⓱君之　已立為君。指僚已立為君。⓲闔廬　吳王謁之子。使專諸刺僚，繼立，在位十九年（西元前五一四～前四九六年）。⓳凡　皆。⓴我宜立者　我是應該繼位為君之人。季子既不繼位，理應由謁之子闔廬繼位，因為謁是嫡長，而闔廬為謁之子；僚則是夷昧之子，雖年長於闔廬而非嫡子。㉑惡　何。㉒使專諸刺僚　吳王僚十二年（西元前五一五年），闔廬宴請僚，使膳夫專諸藏匕首於魚腹，趁進獻時刺死僚。㉓延陵　春秋吳國邑名。在今江蘇武進。㉔賢者不名　不直稱賢者之名。謂《春秋》對賢者稱字或稱子，不稱名，以示尊重。㉕不壹而足　不以一事之美善為完足。

**【語　譯】**《春秋》記吳國之事，向來不提其君，也不提其大夫，這裡的記載為什麼有君、有大夫？這是讚美季子啊。讚美季子什麼呢？讚美他辭讓君位。他的辭讓君位是怎麼一回事呢？

謁、餘祭、夷昧和季子是同母的四兄弟。季子年紀最小而有才能，三個哥哥都愛他，一致希望立他為國君。謁說：「現在若是倉促地把君位給季子，季子還是不會接受的。我請大家不要傳位給兒子而傳給弟弟，兄弟輪流做國君，就可以把君位傳給季子了。」大家都說：「好。」因此這幾個兄弟輪到做國君的，都很勇敢而不怕死。飲食時一定禱告說：「上天如果有意保全吳國，請快降災禍給我。」所以謁死後，餘祭繼位。餘祭死後，夷昧繼位。夷昧死了，國君就該傳給季子了。

季子正出使在外，僚是子姪中年紀最大的，就即位了。等到季子出使回來，僚已經做了國君。闔廬說：「先君之所以不傳位給兒子而傳給弟弟，都是為了季子啊。如果遵從先君的遺命嘛，那麼君位應該傳給季子。如果不遵從先君的遺命嘛，那我就該做國君。僚怎麼可以做國君呢？」於是命專諸刺殺僚，而要把君位交給季子。

季子不接受，說：「你殺了我的國君，如果我接受你的君位，這便是我和你共謀篡位了。你殺了我哥哥的兒子，如果我又殺了你，這是父子兄弟相殘殺，永遠沒完沒了啊！」就離開都城到延陵去，終身不回吳國。

所以君子認為他不接受君位是義，不殺闔廬是仁。為什麼讚美季子就要提到吳國的君和大夫？因為有季子這樣的臣，就應該是有君的了。札是誰？是吳國季子的名。《春秋》不直稱賢者的名，這裡為什麼稱名？因為讚美夷狄，不能單憑一件好事就認為完美了。季子既是《春秋》所讚美的，為什麼還認為他不夠完美？因為讚美人臣必將他放在臣的地位，讚美人子必將他放在子的地位。稱季子的名就是將他放在臣的地位。

【研　析】本文是對《春秋》魯襄公二十九年（西元前五四四年）「吳子使札來聘」的經文作解說，因係事後的解說，所以發生在魯昭公二十七年（西元前五一五年）的專諸刺吳王僚也一併記入，以彰顯季子的不受君位之義，不殺闔廬之仁。解說的重點有三：其一，「吳無君無大夫，此何以有君有大夫」。吳國為夷狄之邦，《春秋》記吳國史事向來只稱「吳」，不記其君及其大夫，此處既稱吳王餘祭為「吳子」，又記其大夫之名「札」，《公羊傳》以為是「賢季子」。因為讚美季子，連帶也尊稱其君。其二，「何賢乎季子」。《公羊傳》以為是讚美季子能「讓國」，這是義；不殺闔廬，這是仁。其三，「《春秋》賢者不名，此何以名」。《春秋》記賢者，不直書其名，此處稱季子之名「札」，《公羊傳》以為季札是夷狄，「許夷狄者，不壹而足」，所以直書其名。

全文記事重心在季子兄弟之間的「讓國」。先記季子諸兄決定傳弟不傳子，並且輕死為勇，祝禱自身早死，寫出他們愛季子之才而「同欲立之以為君」的用心；次記季子不受君位，不殺闔廬，「去之延陵，終身不入吳國」，印證諸兄並未錯愛季子；而以「義」、「仁」肯定季子的品德。

孔子說：「能以禮讓為國乎？何有！不能以禮讓為國，如禮何？」（《論語・里仁》）禮的規範是否能落實，人是最重要的關鍵，無人遵守的規範，僅是具文。以王位繼承而言，歷代莫不有其規範，但也往往出現「竊國者為諸侯」（《莊子・胠篋》）的事例，出現過「父子兄弟相殺」的慘劇，相較之下，季子讓國的難能可貴，豈不昭然可知。

# 穀梁傳

《穀梁傳》為《春秋》三傳之一，相傳是戰國時期魯國人穀梁赤所作，最初僅是口耳相傳，到漢景帝、漢武帝時才由經師重加整理，寫定成書。

此書晉范寧有集解，唐楊士勛作疏，後收入《十三經注疏》；清許桂林有《穀梁釋例》，柳興宗有《穀梁大義疏》，鍾文蒸有《穀梁補注》。

## 鄭伯克段于鄢

隱公元年

**【題解】**本文選自《穀梁傳》魯隱公元年（鄭莊公二十二年、西元前七二二年），篇名據《春秋》經文「鄭伯克段于鄢」而訂。鄭伯，春秋時代鄭國國君鄭莊公。鄭武公之子，名寤生。在位四十三年（西元前七四三～前七〇一年）。鄭國是伯爵諸侯國，故稱鄭莊公為鄭伯。段，共叔段。鄭莊公同母弟。鄢，鄭國邑名。在今河南鄢陵。本文就《春秋》經文所記，解說其用語的意含。

克者何？能也。何能也？能殺也。何以不言殺？見段之有徒眾也。段，鄭伯弟也。何以知其為弟也？殺世子❶、母弟❷目❸君；以其目君，知其為弟也。段，弟也，而弗謂弟；公子❹也，而弗謂公子。貶之也。段失子弟之道矣。賤段而甚❺

鄭伯也。何甚乎鄭伯？甚鄭伯之處心積慮，成於殺也。于鄢，遠也。猶曰取之其母之懷中而殺之云爾，甚之也。然則為鄭伯者宜奈何？緩追逸❻賊，親親❼之道也。

【注　釋】❶世子　天子及諸侯之嫡長子，為君位之繼承者。❷母弟　同母所生之弟。❸目　稱。❹公子　諸侯之子，除嫡長為繼承者之外，皆稱公子。❺甚　極。❻逸　逃跑。❼親親　愛其親人。上一親字為動詞。愛。下一親字為名詞。親人。

【語　譯】「克」是什麼意思？就是能夠。能夠什麼？就是能夠殺人。為什麼不說殺？這是表示段擁有兵眾。段是鄭伯的弟弟。怎麼知道段是弟弟？凡是殺世子和同母弟的，都稱君。因為經文稱君，就知道段是弟弟。段既是弟弟，卻不稱弟；既是公子，卻不稱公子。這是貶低段的意思。因為段失了做子弟的道理。責備段，更責備鄭伯。為什麼更責備鄭伯？因為鄭伯早就千方百計的要殺段，最後也殺了。「于鄢」是表示路遠。這就如同說鄭伯從他母親懷中把段搶過來殺死一樣，是表示嚴厲責備鄭伯啊！那麼，作為鄭伯，他該怎麼做？他要慢慢地追，讓段逃走，那才是愛他親人的正確做法。

【研　析】本文主要的意思有五：其一，鄭伯和段是兄弟，是君臣，鄭伯殺段，經文不說殺而說克，好像兩國交戰，是含貶抑之義。其二，不稱段為弟、為公子，是貶段「失子弟之道」。其三，經文貶鄭伯更甚於貶段，因為鄭伯早就處心積慮想殺這個弟弟。其四，經文「于鄢」是嚴厲責備鄭伯老遠地動眾殺弟，如同從母親懷中奪而殺之。其五，提出鄭伯應「緩追逸賊」，才是「親親之道」。

此事《左傳》記載詳於始末（可參閱本書卷一〈鄭伯克段于鄢〉），而本文則側重在闡發經文的微言大義，二書之不同即在於此。

# 虞師晉師滅夏陽

僖公二年

【題　解】本文選自《穀梁傳》魯僖公二年（晉獻公十九年、西元前六五八年），篇名據《春秋》經文「虞師晉師滅夏陽」而訂。虞，國名。在今山西平陸北。夏陽，虢國邑名。在今山西平陸北。本文解說《春秋》經文的含義，並記敘虞國大夫宮之奇識破晉國以良馬、美玉向虞國借道的陰謀詭計，勸諫虞國國君不可借道，而虞君不聽，遂至晉師伐虢而取夏陽，並於魯僖公五年亡虢滅虞。

非國而曰滅，重夏陽也。虞無師❶，其曰師，何也？以其先❷晉，不可以不言師也。其先晉，何也？為主❸乎滅夏陽也。夏陽者，虞、虢❹之塞邑❺也，滅夏陽，而虞、虢舉❻矣。

虞之為主乎滅夏陽何也？晉獻公❼欲伐虢，荀息❽曰：「君何不以屈產之乘❾，垂棘之璧❿，而借道乎虞也？」公曰：「此晉國之寶也。如受吾幣⓫而不借吾道，則如之何？」荀息曰：「此小國之所以事大國也。彼不借吾道，必不敢受吾幣；如受吾幣而借吾道，則是我取之中府⓬而藏之外府⓭，取之中廄⓮而置之外廄⓯也。」公曰：「宮之奇⓰存焉，必不使受之也。」荀息曰：「宮之奇之為人也，達心而懦⓱，又少長于君。達心則其言略⓲，懦則不能強諫，少長於君則君輕之。且夫玩好⑲在耳目之前，而患在一國之後⑳，此中知㉑以上乃能慮之。臣料虞君中知以下也。」公遂借道而伐虢。

宮之奇諫曰：「晉國之使者，其辭卑而幣重，必不便㉒於虞。」虞公弗聽，遂受其幣而借之道。宮之奇諫曰：「語曰：『脣亡㉓則齒寒。』其斯之謂與？」挈㉔其妻子以奔曹㉕。

獻公亡虢，五年㉖，而後舉虞。荀息牽馬操璧而前，曰：「璧則猶是也，而馬齒加長㉗矣。」

【注釋】❶無師　未出兵。師，軍隊。此處《左傳》所記不同，《左傳》魯僖公二年：「虞公許之，且請先伐虢。宮之奇諫，不聽，遂起師。」❷先　引導。❸主　主謀；主使。❹虢　國名。有東虢、西虢、北虢。此指北虢，在今河南三門峽和山西平陸一帶，魯僖公五年（西元前六五五年）為晉國所滅。❺塞邑　邊界險要之地。❻舉　攻取；占領。❼晉獻公　春秋時代晉國的國君。名詭諸，在位二十六年（西元前六七六～前六五一年）。❽荀息　晉國大夫。❾屈產之乘　屈地所產的良馬。屈，晉國地名。在今山西吉縣北。一說：屈產，地名。在今山西石樓東南。乘，馬四匹。此指馬。❿垂棘之璧　垂棘所產的美玉。垂棘，晉國地名，在今山西省境，確址不詳。⓫幣　本指用作禮物的帛織品。此泛指禮物。⓬中府　宮內藏財貨的府庫。⓭外府　宮外藏財貨的府庫。⓮中廄　宮內的馬房。⓯外廄　宮外的馬房。⓰宮之奇　虞國大夫。⓱達心而懦　內心明達，個性懦弱。⓲略　簡略。⓳玩好　供玩賞的東西。此指上文「屈產之乘」、「垂棘之璧」。⓴患在一國之後　禍患在虢滅之後。一國，指虢。㉑中知　中智。知，通「智」。㉒不便　不利。㉓亡　無。㉔挈　帶領。㉕曹　國名。在今山東定陶西北。㉖五年　指魯僖公五年（西元前六五五年）。㉗馬齒加長　馬齒增長。馬齒隨年齡而增長，視其齒而知其齡。

【語譯】夏陽並不是國家，而《春秋》卻使用「滅」字，這是重視夏陽的緣故。虞國並沒有出兵，《春秋》

卻記載「虞師」，這是為什麼？因為虞國引導晉軍，所以不能不說「虞師」。說虞國引導晉軍，這是什麼意思？這是認定虞國是滅夏陽的主謀啊！夏陽是虞、虢兩國邊界的要塞，晉國只要滅了夏陽，就可以攻取虞、虢兩國了。

為什麼認定虞國是滅夏陽的主謀呢？晉獻公要攻打虢國時，荀息說：「君王為什麼不拿屈地的良馬和垂棘的美玉，去向虞國借路呢？」晉獻公說：「這些都是晉國的寶貝。如果虞國接受了我的禮物卻不肯借路，那怎麼辦？」荀息說：「這就是小國侍奉大國的道理了。如果虞國不肯借路給我們，就一定不敢接受我們的禮物；如果接受了禮物而借路給我們，那就好像我們把寶物從內府拿到外府，把良馬從內廄移到外廄一樣。」晉獻公說：「虞國有宮之奇在，一定不會讓虞公接受這禮物的。」荀息說：「宮之奇這個人，內心明達而個性懦弱，又是從小和虞公一起長大。內心明達，說話就會簡略；個性懦弱，就不能強力規諫；從小和虞公一起長大，虞公就會輕忽他。況且可供玩賞的東西近在眼前，而禍患卻要在滅虢國之後才見到，這要中智以上的人才能預想得到。臣料定虞君不過是中智以下的人罷了。」晉獻公於是向虞國借路去攻打虢國。

宮之奇規諫虞公說：「晉國的使者，言辭謙卑而禮物貴重，一定會對虞國不利。」虞公不聽，就收下禮物而借路給晉國。宮之奇規諫說：「俗語說：『脣亡則齒寒。』大概就是這種情形吧？」虞公仍然不聽，宮之奇就帶著妻小逃到曹國去。

魯僖公五年，晉獻公滅了虢國，隨即滅虞國。荀息牽著先前送給虞公的良馬，拿著美玉，走到晉獻公面前說：「美玉還是老樣子，只不過馬的牙齒增長了些。」

【研　析】本文可分四段。首段先解說夏陽非國家，何以經文言「滅」；以為夏陽為虞、虢兩國邊界要地，夏陽為晉國所取，則兩國隨之而下，故經文用「滅」以表示重視夏陽。次說晉國滅夏陽，虞國並未出兵，何以經文有「虞師」；以為虞國借道給晉國，晉國得以取夏陽，是夏陽之破，有如虞國為晉國之先導，主謀使晉國取之，故經文云「虞師」是表示對虞國的責備。以下二段即解說何以認定虞國為滅虢國之主使者。

二段記晉國大夫荀息向晉獻公進計，用良馬、美玉利誘虞國國君答應借道。荀息認為虞國小晉國大，虞國如不答應借道，必不敢接受禮物，如其接受，則借道之計可行，而禮物也只是暫存虞國而已，於晉國無損；且以虞國國君之智，必貪眼前小利而不知未來之禍，雖有宮之奇在，亦因其「達心而懦，又少長于君」，必不能強諫，即使強諫，亦必不為虞國國君所接受。荀息根據人我、利害的判斷，所以主張送禮借道。

三段記宮之奇諫虞國國君，不被接受，知國必亡，率家人奔曹國。四段記僖公五年晉國滅虢、虞二國，以完足此一事件之始末。「璧則猶是也，而馬齒加長矣」呼應二段「取之中府而藏之外府，取之中廄而置之外廄」，良馬、美玉不過暫存在虞國三年，如今再歸晉國，而晉國於馬、璧之外，又多得二國的土地，可謂有利而無害。

荀息計策之所以成功，是他能掌握晉、虞二國的強弱形勢，並且洞悉虞國君臣之弱點；而虞國國君之所以害人害己，則是貪小利而無遠慮，不知虢、虞兩國，「脣亡則齒寒」的依存關係；所謂「人無遠慮，必有近憂」（《論語・衛靈公》），正是這個道理。

# 檀弓

〈檀弓〉是《禮記》的篇名，分上下兩篇，多記春秋、戰國時代有關禮儀的故事。各個故事各自獨立而不相聯屬，篇名是取篇首人名檀弓而訂。檀弓是魯國人，善於禮。

中國自古重視禮儀，談論禮制禮意的著述，至漢初約存二百餘篇，博士戴聖從中選取四十九篇，稱《小戴記》，其叔戴德選取八十五篇，稱《大戴記》。《大戴記》今存三十九篇，《小戴記》則收入十三經中，尚有四十九篇，即今所稱《禮記》，並與《周禮》、《儀禮》合稱三禮。

《禮記》所收，大抵是孔子弟子及其後學所記，是研究中國古代禮樂制度、儒家思想的重要典籍。其注釋較重要的有東漢鄭玄注、唐孔穎達疏，收在十三經注疏中，此外清孫希旦的《禮記集解》最稱賅備。

## 晉獻公殺世子申生

【題　解】本文選自《禮記・檀弓上》，篇名摘取首句而訂。晉獻公，名詭諸。春秋時代晉國國君，在位二十六年（西元前六四六～前六五一年）。世子，天子諸侯的嫡長子。申生，晉獻公的嫡長子，夫人齊姜所生。晉獻公有九個兒子，申生是君位繼承人，但夫人齊姜死後，晉獻公寵妾驪姬想立兒子奚齊為世子，於是設計誣陷申生欲謀害晉獻公。晉獻公聽信驪姬讒言，逼申生自縊而死。本文記申生向其弟重耳（晉文公）、其師狐突表白心跡，而後坦然受死。

晉獻公將殺其世子申生，公子重耳❶謂之曰：「子蓋❷言子之志❸於公乎？」世子曰：「不可。君安驪姬，是❹我傷公之心也。」曰：「然則蓋行乎？」世子曰：「不可。君謂我欲弒君也，天下豈有無父之國哉？吾何行如❺之？」

使人辭於狐突❻，曰：「申生有罪，不念伯氏之言❼也，以至于死。申生不敢愛其死。雖然，吾君老矣，子❽少，國家多難，伯氏不出而圖❾吾君。伯氏苟出而圖吾君，申生受賜而死。」再拜稽首❿，乃卒。是以為恭⓫世子也。

【注　釋】❶重耳　晉獻公的兒子。申生的異母弟，即後來的晉文公。❷蓋　通「盍」。何不。下文「然則蓋行乎」同。❸志　心意。❹是　此；這樣做。❺如　往。❻狐突　春秋時代晉國大夫。姓狐，名突，字伯。申生之師。❼伯氏之言　魯閔公二年（西元前六六一年），晉獻公派申生伐東山皋落氏，狐突曾勸申生出奔避禍，申生不聽。伯氏，指狐突。❽子　指驪姬之子奚齊。❾圖　謀畫。❿稽首　跪拜叩首至地。古代九種拜禮中最為恭敬的一種。⓫恭　申生的謚號。敬順事上曰恭。

【語　譯】晉獻公要殺他的世子申生，公子重耳對申生說：「您為什麼不向父王表明您的心意呢？」世子說：「不行。父王寵愛驪姬，我要是這樣做，就傷了父王的心了。」重耳說：「那麼，您何不逃走呢？」世子說：「不行。君王說我要弒君，天下哪有無父的國家呢？我能逃到哪裡去？」

申生派人去向狐突訣別，說：「申生有罪，都是因為不聽先生的話，以致於送命。申生雖不敢貪生怕死，但是君王老了，弟弟還小，國家多災難，先生又不肯出來幫助君王策畫國事。先生如果肯出來幫君王策畫國事，申生就像受您恩賜一樣，死也甘心。」說完拜了兩拜，叩首，自殺而死。因此謚為恭世子。

【研　析】本文可分兩段，主要是以「記言」的方式寫申生臨死前的心情。首段是申生和重耳的對話，重耳一勸申生表明其清白，一勸其離開晉國逃亡，均為申生所婉拒。因為表白則必須揭發驪姬的奸計，將使深愛驪姬的晉獻公傷心；逃亡則身負「欲弒君」的罪名，將無所容於天地之間。從這對話中，可以看出申生對於君父的孝心。二段記申生訣別其師狐突的告語。申生既抱一死的決心，而所念念不忘的是「吾君老矣，子少，國家多難」，所以懇求狐突「出而圖吾君」，而坦然受死。從這告語中，可以看出申生對晉國之忠愛。

申生的忠孝之情，令人感動，他的行為也頗符合封建禮制的要求；但是身為世子，負有承繼君位的責任，而竟任令奸邪得逞，以致晉獻公卒後，晉國有一段時間的混亂。申生逆來順受、委屈求全，於私，其人格固然崇高；於公，卻也不免是一缺憾！

## 曾子易簀

**【題解】**本文選自《禮記・檀弓上》，篇名據文意而訂。曾子，名參，字子輿，春秋時代魯國南武城（在今山東費縣西南）人。孔子弟子，以孝著稱。易簀，更換寢蓆。簀，竹蓆。本文記曾子在病危臨終之際，因童子一句天真的問話，察覺自己的竹蓆是大夫所用，不合禮制，堅持更換以求合禮。

曾子寢疾❶，病❷。樂正子春❸坐於牀下，曾元、曾申❹坐於足，童子❺隅坐❻而執燭。

童子曰：「華而睆❼！大夫之簀與？」子春曰：「止！」曾子聞之，瞿然❽曰：「呼❾？」曰：「華而睆！大夫之簀與？」曾子曰：「然。斯季孫❿之賜也。

我未之能易⑪也。元，起，易簀！」曾元曰：「夫子之病革⑫矣，不可以變⑬，幸而至於旦，請敬易之。」

曾子曰：「爾之愛我也不如彼⑭。君子之愛人也以德，細人⑮之愛人也以姑息⑯。吾何求哉？吾得正⑰而斃⑱焉，斯已矣。」舉⑲扶而易之，反席未安而沒⑳。

【注　釋】❶寢疾　臥病在床。疾，生病。❷病　疾重；病重。疾、病二字皆為生病，分別言之，則輕曰疾，重曰病。❸樂正子春　曾參弟子。樂正，本為官名，後用為姓氏。周有大樂正為樂官之長，小樂正為副，總稱樂正。❹曾元曾申　曾參的兩個兒子。❺童子　未成年的人。❻隅坐　坐在角落。隅，角落。❼華而睆　華麗又美好。華，指竹蓆畫有文彩。睆，美好的樣子。❽瞿然　驚訝的樣子。❾呼　想要發問的聲音。❿季孫　春秋時代魯國大夫。掌魯國政柄。⓫易　換。⓬革　危急。⓭變　動。⓮彼　指童子。⓯細人　小人。指其見識短淺。⓰姑息　苟容取安。謂無原則地寬容。⓱正　合適。此指合於禮。⓲斃　死亡。⓳舉　全部。⓴沒　通「歿」。死亡。

【語　譯】曾子臥病在床，病情沉重。樂正子春坐在床下，曾元、曾申坐在曾子腳邊，小童坐在角落拿著燭火。小童說：「好漂亮啊！那是大夫用的竹蓆吧？」子春說：「別講！」曾子聽到了小童的話，驚訝地問：「哦？」小童說：「好漂亮啊！那是大夫用的竹蓆吧？」曾子說：「是的。這是季孫賜給我的。我沒有力氣起床換掉它。元，扶我起來，把竹蓆換掉！」曾元說：「父親病得這麼沉重，不可以移動，請父親忍耐一下，等到天亮再換吧。」

曾子說：「你對我的愛護，還不及這個小童。君子以德來愛護人，小人才以姑息來愛護人。我還有什麼好求的呢？我能合乎禮而死，也就夠了。」大家只好合力扶起他，換了竹蓆；曾子再回到床上，還沒躺好就去世了。

【研析】本文可分三段。首段記曾子病危，眾人陪侍在側。次段記童子發問，曾子因而要更換竹蓆，而其子曾元設法拖延。三段記曾子堅持，於是更換竹蓆而隨即去世。

〈檀弓〉的作者應是基於肯定曾子而記下這個故事。曾子因童子一問而猛然覺察，不顧生命之危，毅然命人更蓆，合禮而死，這當然是值得肯定的。但這種不合禮制的行為，應該不是一朝一夕之間的事，而是已經持續多時，以曾子之大賢，還必須有童子之言而後驚覺、改正，可見封建禮制在當時已經崩壞，或至少已沒那麼大的強制力了。文中樂正子春對童子的制止，曾元的設法拖延，都因顧及曾子的病情，而童子的一問再問，顯現其天真無偽，這些都在情理之中，都可理解。

全文主要以對話方式進行，樂正子春的一聲「止」，顯示其氣急敗壞的心情，故語氣簡短冷峻；曾子的反應，顯示其病中恍惚，一時會不過意來，先是一個在驚詫之下的疑問語氣「呼」，經童子重說一遍，則神志清楚地做說明、下決心；曾元則面對禮制和父命，委婉含蓄地設法想暫時化解場面的尷尬。凡此，都符合人物的身分心情，生動入理，這是本文在文章形式及手法上成功的地方。

# 有子之言似夫子

【題解】本文選自《禮記‧檀弓上》，篇名取第二段中文句而訂。有子，名若，字子有，春秋時代魯國人。孔子弟子。夫子，指孔子。本文記敘孔子死後，其弟子有子和曾子對孔子所說的「喪欲速貧，死欲速朽」，有不同的理解，經向子游求證，子游認為有子的理解接近孔子原意，所以說「有子之言似夫子」。

有子問於曾子曰：「問喪❶於夫子❷乎？」曰：「聞之矣。『喪欲速貧，死欲速朽。』」有子曰：「是非君子❸之言也。」曾子曰：「參❹也聞諸夫子也！」有子又曰：「是非君子之言也！」曾子曰：「參也與子游❺聞之。」有子曰：「然？然則夫子有為❻言之也。」

曾子以斯言告於子游。子游曰：「甚哉！有子之言似❼夫子也。昔者夫子居於宋❽，見桓司馬❾自為石椁❿，三年而不成。夫子曰：『若是其靡⓫也，死不如速朽之愈⓬也。』死之欲速朽，為桓司馬言之也。南宮敬叔反⓭，必載寶而朝⓮。夫子曰：『若是其貨⓯也，喪不如速貧之愈也。』喪之欲速貧，為敬叔言之也！」

曾子以子游之言告於有子。有子曰：「然！吾固曰非夫子之言也。」曾子曰：「子何以知之？」有子曰：「夫子制於中都⓰，四寸之棺，五寸之椁，以斯知不欲速朽也。昔者夫子失魯司寇⓱，將之荊⓲，蓋先之以子夏⓳，又申之以冉有⓴，以斯知不欲速貧也。」

【注釋】❶問喪　聽聞喪失祿位之事。問，聞。喪，失去。此指失官職祿位。❷夫子　弟子對其師的稱呼。此指孔子。❸君子　即夫子。指孔子。❹參　曾子之名。古人自稱用名，稱人用字或號。❺子游　姓言，名偃，子游為其字，春秋時代吳國人。孔子弟子，以文學著稱，曾任魯國武城（在今山東費縣西南）宰。❻有為　有原因；有用意。❼似　接近。❽宋　春秋時代國名。故城在今河南商邱南。❾桓司馬　指桓魋。姓向，名魋，春秋時代宋國大夫，封邑在桓，曾官司馬，故稱桓司馬、桓魋。司馬，官名。掌軍事。❿石椁　石製的外棺。⓫靡　奢侈浪費。⓬愈　好。⓭南宮敬叔反　南宮敬叔返國。南宮敬叔，春秋時代魯國大夫孟僖子之子仲孫閱，曾因失位而離開魯國，後又返回。反，通「返」。⓮載寶而朝　以車載著珍寶去朝見魯國國君。意即欲以行賄而求復位。⑮貨　賄賂。⑯制於中都　在中都制定法度。制，制定；規定。中都，春秋時代魯國邑名，在今山東汶上西。孔子於魯定公九年（西元前五〇一年）為中都宰。⑰司寇　官名。掌刑獄、糾察等事。孔子曾任魯司寇，魯定公十四年（西元前四九六年），因與季氏不合而去位。⑱荊　楚國舊名。⑲子夏　（西元前五〇七～前四〇〇年）姓卜，名商，春秋時代衛國人。孔子弟子，習於詩，擅長文學。孔子卒後，講學於西河，魏文侯師事之。⑳冉有　（西元前五二二～前四八九年）姓冉，名求，字子有，春秋時代魯國人。孔子弟子，曾仕為季氏宰。

【語　譯】有子問曾子說：「聽過夫子說到有關失掉祿位以後的事嗎？」曾子說：「聽過。『失掉祿位要貧窮得快，死了要腐爛得快。』」有子說：「這不應該是夫子的話。」曾子說：「參的確聽夫子說過。」有子又說：「這不應該是夫子的話。」曾子說：「參和子游都聽到的。」有子說：「是嗎？那麼夫子一定是另有原因而這樣說的。」

曾子把這話對子游說。子游說：「太厲害了！有子的話實在很接近夫子的本意。從前夫子在宋國的時候，看到桓司馬為自己做石槨，花了三年時間還沒做好。夫子說：『像這樣的奢侈浪費，死後還不如快些腐爛的好。』所謂『死了要腐爛得快』，這是針對桓司馬而說的。南宮敬叔失掉祿位後，每次回國總帶著許多珍寶去朝見魯國國君。夫子便說：『像這樣的行賄，失掉祿位後還不如快些貧窮的好。』所謂『失掉祿位要貧窮得快』，這是針對南宮敬叔而說的。」

曾子把子游的話告訴有子。有子說：「是啊！我本來就說這不應該是夫子的話。」曾子說：「您怎麼知道的呢？」有子說：「夫子治理中都時，曾定下法度，棺要四寸厚，槨要五寸厚，因此知道夫子並不希望人死後腐爛得快。還有，夫子在失去魯國司寇的官職後，打算到楚國去，就先叫子夏去表明意願，接著又叫冉有去再次重申，因此知道夫子並不希望貧窮得快。」

【研　析】本文可分三段。首段記曾子認為孔子主張「喪欲速貧，死欲速朽」，而有子不以為然，認為若真有其事，也是另有針對性的。二段記曾子求證於子游，證實了有子的理解為正確。「喪不如速貧」是針對南宮敬叔的行賄而發，「死不如速朽」則是針對桓司馬的奢侈浪費。三段記有子以孔子行事證其並不主張「喪欲速貧，死欲速朽」。

從第二段所記子游的證言，以及第一段曾子的堅持到第三段的「子何以知之」一問，可見在相關問題上的理解，有子是較為接近孔子的。而曾子為何會有誤解呢？原因即在於曾子不能分辨出特殊和一般之間的歧異。孔子因人設教，針對不同的事例和個別的人，常有不同的說法，這些說法就具備有針對性和特殊性，不能視為一般，不能認為即是孔子的基本主張或中心思想。就文中所記而言，「桓司馬自為石椁，三年而不成」，是一個個別之人的特殊事例，針對這一事實，孔子認為是「靡」，所以才說「死不如速朽之愈也」。這原是在兩害相權之下的輕重取捨，當然不能由此推論出在一般的、正常情況之下，孔子是主張「死欲速朽」。有子之所以為子游所肯定，即在於他能比曾子有更周密的分辨，並以孔子自身行事來理解孔子的思想。

這篇文章所記的事例，可以提示我們在認識方面的一些分際。

## 公子重耳對秦客

【題　解】本文選自《禮記・檀弓下》，篇名據文意而訂。重耳，晉文公之名。晉獻公之子。對，回答。本文記敘晉獻公死後，流亡到狄的重耳，在其舅父狐犯教導下，婉言拒絕秦穆公欲助其返國取君位的暗示。

晉獻公之喪，秦穆公使人❶弔❷公子重耳，且曰：「寡人❸聞之，亡國恆於斯❹，得國恆於斯。雖吾子儼然❺在憂服❻之中，喪❼亦不可久也，時亦不可失也。孺子❽其圖❾之！」

以告舅犯❿。舅犯曰：「孺子其辭⓫焉。喪人無寶，仁親以為寶。父死之謂何⑫？又因以為利，而天下其孰能說之？孺子其辭焉！」

公子重耳對客曰：「君惠弔亡臣重耳。身喪父死，不得與於哭泣之哀，以為君憂。父死之謂何？或敢有他志，以辱君義？」稽顙而不拜⑬，哭而起，起而不私⑭。

子顯以致命⑮於穆公。穆公曰：「仁夫公子重耳！夫稽顙而不拜，則未為後⑯也，故不成拜。哭而起，則愛父也。起而不私，則遠利⑰也。」

【注　釋】❶人　指秦穆公之子縶。亦即下文的「客」、「子顯」。❷弔　慰問喪家。❸寡人　古代諸侯自稱之謙辭。此以下為子顯轉述秦穆公之言。❹斯　這種時候。❺儼然　矜持莊重的樣子。❻憂服　喪服。指在喪期中。❼喪　失位。下文「喪人無寶」、「身喪父死」，二「喪」字並同。❽孺子　古代稱天子諸侯的繼承人。晉獻公諸子，世子申生外，重耳年紀最長，時申生已死，故稱重耳為孺子，以繼承人視之。❾圖　謀慮。❿舅犯　重耳之舅狐偃。字子犯，一作咎犯。隨從重耳流亡在外十九年，後助重耳回國即位。⓫辭　推辭。⓬父死之謂何　父親死了是何等事情。意謂父死為重大之事。⓭稽顙而不拜　僅行稽顙之禮而不拜謝。古代喪禮，主喪人對弔唁者先稽顙後拜謝，即下文所謂「成拜」。重耳以自己非君位繼承人，不能主喪，故僅稽顙而不拜謝。稽顙，跪而以額觸地。古代居喪者最重的敬禮形式。拜，長跪拱手，屈上身而俯首至手，上身與地面平行。⓮不私　不私下交談。⓯致命　覆命。⓰後　繼承人。⓱遠利　避開謀取君位的私利。遠，避開。

【語　譯】晉獻公死後，秦穆公派人去慰問公子重耳，並且說：「寡人聽說：失國常在這種時候，得國也常在這種時候。雖然您現在正莊重地處在喪期中，但是失位流亡在外也不可以太久，時機也不可以輕易喪失。孺子好好地考慮一下吧！」

重耳把這話告訴舅犯。舅犯說：「孺子一定要辭謝他的好意。失位的人沒什麼珍貴的東西，只有仁愛孝親才是最珍貴的。父親去世是何等重大的事？如果還要趁機牟利，天下有誰能替您解釋？孺子一定要辭謝他的好意！」

公子重耳回答客人說：「承蒙君王的恩惠，弔唁亡臣重耳。重耳失位流亡，如今父親去世，不能參加喪禮，哭泣哀悼，致使君王擔憂。父親去世是何等重大的事？哪敢有別的念頭，而辱沒君王的情義？」說完，跪在地上叩頭，但不拜謝，哭著站了起來，起來後不再和使者私下交談。

子顯向秦穆公覆命。秦穆公說：「真是仁愛啊！公子重耳。叩頭而不拜謝，那是他不以繼承人自居，所以不行成拜禮。哭著站起來，那是愛他的父親。起來後不再私下交談，那是為了遠避君位的利益啊！」

【研　析】本文可分四段。首段記秦穆公派人弔喪，並鼓勵重耳趁機回國取君位。二段記舅犯教重耳辭謝秦國使者。三段記重耳婉謝，並以合宜的禮數表明心跡。四段記秦穆公肯定重耳為「仁」。

晉獻公死後，晉國曾亂過一陣子。對於流亡在外的公子重耳來說，應該是回國取君位的好時機，況且秦穆公又有意相助，但重耳在舅犯的教導下拒絕了。

重耳先感謝秦穆公派人弔唁，並表明不敢趁父喪而謀取君位，「以辱君義」，似乎從對方的立場設想，這樣的婉拒，才不致拒人於千里之外；而不敢取君位是在父死這一前提之下的決心，其實也預留了將來情況改變時的迴旋空間。除了言辭，重耳又以「稽顙而不拜」等動作，間接卻有力地表達了因哀父喪而無心於君位。言辭加動作，遂贏得秦穆公「仁夫公子重耳」的肯定，故此後秦穆公仍以兵助其返國即位，可說是理所當然的。

以重耳的飽經患難，舅犯的老謀深算，此時的婉拒幫助，應有其客觀的考慮，但拒絕而不使對方難堪，反而更受敬重，這一點是相當不容易的。

# 杜蕢揚觶

【題解】本文選自《禮記・檀弓下》，篇名摘取末段「杜蕢洗而揚觶」而訂。記敘晉國大夫知悼子停棺未葬的喪期中，晉平公就在寢宮飲酒奏樂，廚師杜蕢勇闖寢宮，藉罰陪侍者飲酒，間接諫諍，使得晉平公認錯，並且也接受罰酒。

知悼子❶卒，未葬。平公❷飲酒，師曠、李調侍，鼓鐘❸。

杜蕢自外來，聞鐘聲，曰：「安在？」曰：「在寢❹。」杜蕢入寢，歷階❺而升。酌，曰：「曠，飲斯！」又酌，曰：「調，飲斯！」又酌，堂❻上北面❼，坐❽，飲之。降❾，趨❿而出。

平公呼而進之，曰：「蕢，曩者⓫爾心或開⓬予，是以不與爾言。爾飲曠，何也？」曰：「子卯不樂⓭。知悼子在堂⓮，斯其為子卯也大矣！曠也，大師⓯也，不以詔⓰，是以飲之也。」「爾飲調，何也？」曰：「調也，君之褻臣⓱也，為一飲一食，亡君之疾⓲，是以飲之也。」「爾飲，何也？」曰：「蕢也，宰夫⓳也，非刀匕是共⓴，又敢與知防㉑，是以飲之也。」

平公曰：「寡人亦有過焉，酌而飲寡人。」杜蕢洗而揚觶㉒。公謂侍者曰：「如我死，則必無廢斯爵㉓也！」至于今，既畢獻㉔，斯揚觶，謂之杜舉。

【注　釋】❶知悼子　春秋時代晉國大夫。即荀盈，荀首之子，卒於魯昭公九年（西元前五三三年）。荀首封於知，故以知為氏。❷平公　晉平公。名彪，在位二十六年（西元前五五七～前五三二年）。❸鼓鐘　敲鐘。鼓，用為動詞。敲擊。❹寢宮。君王所居的內宮。❺歷階　越級登階。即一步跨上兩階。❻堂　房室以外，臺階以上的部分。❼北面　面向北。古代臣見君北面。❽坐　兩膝著地，臀部在腳跟上。❾降　下臺階。❿趨　疾行；快步走。⓫曩者　從前；過去。此指杜蕢入寢時。⓬開　開導；啟發。⓭子卯不樂　甲子、乙卯之日不奏樂。紂以甲子日亡，桀以乙卯日亡，後以此二日為不祥之日。⓮在堂　停柩在堂。意謂其殮而尚未下葬。⓯大師　樂官。⓰詔　告訴。⓱褻臣　近臣。⓲疾　忌諱。⓳宰夫　膳夫。君王的廚師。⓴刀匕是共　供應刀匙。匕，匙。古代取食物的餐具。是，句中助詞。共，通「供」。㉑與知防　參與防閑諫諍。與知，參與。防，指防閑諫諍。㉒揚觶　舉起酒杯。觶，古代的一種酒器，青銅製。㉓爵　古代的一種酒器，青銅製。㉔獻　敬酒。

【語　譯】知悼子去世，還沒下葬。晉平公就喝起酒來，師曠和李調作陪，還敲著鐘助興。

杜蕢從外面進來，聽到鐘聲，問道：「鐘聲在哪裡？」有人回答說：「在寢宮。」杜蕢就走進寢宮，一步兩階的到了堂上。他斟了一杯酒，說：「曠，喝了它！」又斟了一杯酒，說：「調，喝了它！」再斟了一杯酒，在堂上面對北方，坐下來，自己喝了。然後走下臺階，快步走出去。

晉平公喊他進來，說：「蕢，剛才你的舉動，或許心裡有話要開導我，所以我沒跟你說話。你叫曠喝酒，是什麼意思？」杜蕢回答說：「不祥的日子不奏樂。知悼子的靈柩還停在堂上，這是大不祥的日子。曠是大師，不把這道理稟告君王，因此罰他喝酒。」「你叫調喝酒，是什麼意思？」答說：「調是君王的近臣，因為貪圖飲食，忘記君王應忌諱的事，因此罰他喝酒。」「你自己也喝酒，又是什麼意思？」答說：「蕢是個宰夫，不去做供應刀匙的事，還敢參與防閑諫諍，所以罰自己喝酒。」

晉平公說：「那寡人也有錯，斟一杯酒罰寡人喝吧。」杜蕢把觶洗乾淨，雙手舉起獻給晉平公。晉平公對侍者說：「我死了以後，也不可以丟棄這隻爵。」直到現在，宴席上敬完酒後，還要舉一舉觶，叫做「杜舉」。

【研　析】本文可分四段。首段記晉平公於大夫知悼子喪期中飲酒奏樂。二段記杜蕢入寢宮，酌酒罰師曠、李調，並且自罰。三段記杜蕢因晉平公之問，說明罰酒的理由。四段記晉平公認錯並接受罰酒。

晉平公在大夫喪期中飲酒奏樂，這的確是失禮的，但還輪不到宰夫杜蕢來諫諍。杜蕢也知道自己的職責是供應刀匙，備辦酒食，而不是防閑諫諍，但是他卻做了他不必、也不該做的事。從「歷階而升」、「降，趨而出」的急促動作，從「安在」、「曠，飲斯」、「調，飲斯」的短促話語，在在可以看出他的痛心和決心。君王失禮，而竟無一人挺身直諫，這是他的痛心；直闖而入，不顧身分，無懼於可能招來的大不敬的罪責，這是他的決心。當杜蕢快步走出寢宮時，一場可能降臨在他身上的禍害，似乎是可以預期的，也是身為讀者的我們所擔心的。

但事態的演變，卻大大出人意表。晉平公對於剛才杜蕢的舉動——那不合常態的、帶些詭異的動作，理解為「爾心或開予」，這可見在他內心裡對於自己飲酒奏樂多少有些忐忑，因而給予杜蕢一個很好的機會、很大的可能，去解釋自己的舉動，並間接或直接的指出晉平公的失禮不當。於是，故事情節急轉直下，杜蕢盡情指出師曠、李調「亡君之疾」的錯誤，自己越分諫諍的失當，卻也正是間接指出種種錯誤失當的根源來自於晉平公，很巧妙的讓晉平公承認過失，接受罰酒。

故事的結局是圓滿的，錯誤得以糾正，禮的精神得以維護；這固然主要是因為杜蕢的勇氣和技巧，但晉平公的大度能容、知錯能改，也是重要的原因。

# 晉獻文子成室

【題　解】本文選自《禮記・檀弓下》，篇名取首句而訂。獻，慶賀。文子，春秋時代晉國正卿趙武，文是謚號。成室，新屋落成。本文記敘趙武新屋落成，大夫張老以頌詞表讚美而隱含規箴，趙武既正面回應，又稽首拜謝。

晉獻❶文子成室，晉大夫發❷焉。

張老❸曰：「美哉輪❹焉！美哉奐❺焉！歌於斯❻，哭❼於斯，聚國族❽於斯！」文子曰：「武也得歌於斯，哭於斯，聚國族於斯，是全要領❾以從先大夫❿於九京⓫也！」北面再拜稽首。

君子謂之善頌⓬善禱⓭。

【注　釋】❶獻　慶賀。❷發　送禮。❸張老　晉國大夫。❹輪　高大。❺奐　通「煥」。華麗。❻歌於斯　祭祀奏樂歌唱於此室。斯，此。指上文「室」。下文五「斯」字，同。❼哭　謂喪事哭泣。❽聚國族　謂招待賓客及宗族。❾全要領　保全腰頸。謂免於腰斬、頸斬之刑，得以善終。古代死罪者或斬腰，或斬頸。要，通「腰」。領，頸子。❿先大夫　指去世的父親。趙武之父趙朔為晉國大夫。⓫九京　即九原。在今山西絳縣北境，春秋時代晉國卿大夫墓地之所在。⓬頌　讚美；祝福。⓭禱　祈福。

【語　譯】晉君慶賀趙文子新屋落成，大夫都前往贈送禮物。

張老說：「美啊，高大極了！美啊，華麗極了！可以在這裡祭祀奏樂，可以在這裡居喪哭泣，也可以在這裡招待賓客宗族！」趙文子說：「趙武得以在這裡祭祀奏樂，在這裡居喪哭泣，在這裡招待賓客宗族，就是能保全生命，得以善終，以追隨先大夫於九泉啊！」說罷，面向北方拱手再拜，叩頭答謝。

君子認為他們一個善於祝賀，一個善於祈禱。

【研　析】本文可分三段。首段記事。二段記張老之祝賀及趙文子之祈禱。三段評論。

趙文子為晉國正卿，在位得勢，所以當他新屋落成時，晉國國君致賀、大夫送禮，這既是人情之常，也是權勢使然；本文對此僅以兩句帶過，而將記事重點放在張老和趙文子的對話，原因是二人的對話，表現出

「善頌」和「善禱」。易言之，在眾多祝賀的動作中，張老以他的言辭表達了合宜的祝頌，而趙文子的回應亦然。

詳細體味張老的賀辭，其實隱含規箴。他祝趙文子長保其美輪美奐的房宅，可以子孫萬代祭祀於此、居喪於此、宴集於此。要能如此，則所謂居安思危、持盈保泰，就成為趙文子所必須念茲在茲的了。趙文子能聽出張老的弦外之音，而以自足自保、求全要領回應，並「北面再拜稽首」以答謝，可以說既能知善言，又能納雅言，這對於一個權勢在身的人來說，是難能可貴的。所以說他們一個「善頌」，一個「善禱」。

# 卷四　秦文

## 戰國策

《戰國策》，西漢劉向編。劉向以為所編皆戰國遊士為輔所用之國而定的策謀，故訂名「戰國策」。其書漢、魏以後，頗有散佚，至北宋曾鞏加以搜求訂正，重新編成。其時代上繼春秋，下迄楚、漢，約二百四十六年（西元前四五四～前二〇九年），計東周一、西周一、秦五、齊六、楚四、趙四、魏四、韓三、燕三、宋衛一、中山一，凡十二國三十三篇，保存了當時各國在政治、軍事、外交等方面的重要史料，以及活躍於其間的謀臣策士之流，縱橫捭闔、權謀詭變的策略和言辭。因其文筆犀利恣肆，活潑生動，也成為後代散文家學習的典範。北宋三蘇父子的策論，即受此書極大的影響。

最早注《戰國策》的是東漢高誘，其注今已殘缺。後來宋姚宏有校正續注、鮑彪有校注、元吳師道有校注。

### 蘇秦以連橫說秦

【題　解】本文選自《戰國策・秦策一》，篇名摘取首句而訂。蘇秦（西元前？～前三一七年），戰國時代東周洛陽（今河南洛陽）人。師事鬼谷先生，學縱橫家術，與張儀同為戰國縱橫家的代表人物。連橫，指秦國與六國和好，以解除孤立，分化六國，而後將六國各個擊破的外交、軍事策略。東西為橫，秦國在西，六國在東，故稱連橫。本文記敘蘇秦先以連橫之策遊說秦惠王，未被採用，落魄而歸。在家苦讀兵書謀略，一年後復出，以合縱之策說趙肅侯，獲得成功，聯合山東六國，共同抗秦，威勢財富，顯赫一時。其家人前倨後恭，反映了世態炎涼、人情冷暖的現實。

蘇秦始將連橫說秦惠王❶，曰：「大王之國，西有巴、蜀❷、漢中❸之利，北有胡貉❹、代馬❺之用，南有巫山、黔中之限❻，東有殽、函❼之固。田肥美，民殷富，戰車萬乘❽，奮擊❾百萬，沃野千里，蓄積饒多，地勢形便❿。此所謂天府⓫，天下之雄⓬國也。以大王之賢，士民之眾，車騎之用，兵法之教，可以并諸侯，吞天下，稱帝而治。願大王少留意，臣請奏其效⓭。」

秦王曰：「寡人聞之，毛羽不豐滿者不可以高飛，文章⓮不成者不可以誅罰，道德不厚者不可以使民，政教不順者不可以煩大臣。今先生儼然⓯不遠千里而庭教之，願以異日⓰。」

蘇秦曰：「臣固疑大王之不能用也。昔者神農伐補遂⓱，黃帝伐涿鹿而禽蚩尤⓲，堯伐驩兜⓳，舜伐三苗⓴，禹伐共工㉑，湯伐有夏㉒，文王伐崇㉓，武王伐紂，齊桓任戰㉔而霸天下。由此觀之，惡㉕有不戰者乎？古者使車轂擊馳㉖，言語相結㉗，天下為一。約從連橫㉘，兵革不藏；文士並飭㉙，諸侯亂惑；萬端俱起，不可勝理[30]；科條[31]既備，民多偽態[32]；書策稠濁[33]，百姓不足；上下相愁，民無所聊[34]；明言章理[35]，兵甲[36]愈起；辯言偉服[37]，戰攻不息；繁稱文辭[38]，天下不治；舌敝耳聾[39]，不見成功；行義約信，天下不親。於是乃廢文任武，厚養死士，綴甲厲兵[40]，效勝[41]於戰場。夫徒處而致利[42]，安坐而廣地，雖古五帝[43]、三王[44]、五霸[45]，明主賢君，常欲坐而致之，其勢不能，故以戰續之。寬則兩軍相攻，迫則杖戟[46]相撞，然後可建大功。是故兵勝於外，義強於內；威立於上，民服於下。今欲并天下，凌萬乘[47]，詘敵國[48]，制海內，子元元[49]，臣諸侯，非兵不可。今之嗣主[50]，忽於至道[51]，皆惛[52]於教，亂於治，迷於言，惑於語，沉於辯，溺於辭[53]。以此論之，王固不能行也。」

說秦王書十上，而說不行。黑貂[54]之裘敝，黃金百斤盡，資用[55]乏絕，去秦而歸。羸縢履蹻[56]，負書擔橐[57]，形容[58]枯槁，面目黧[59]黑，狀有愧色。歸至家，妻不下紝[60]，嫂不為炊，父母不與言。蘇秦喟然歎曰：「妻不以我為夫，嫂不以我為叔，父母不以我為子，是皆秦之罪也！」乃夜發書，陳篋[61]數十，得《太公陰符》[62]之謀，伏而誦之，簡練[63]以為揣摩[64]。讀書欲睡，引錐自刺其股，血流至足。曰：「安有說人主不能出其金玉錦繡，取卿相之尊者乎？」朞年[65]，揣摩成，曰：「此真可以說當世之君矣。」

於是乃摩(66)燕烏集闕(67)，見說趙王(68)於華屋之下，抵掌(69)而談。趙王大悅，封為武安(70)君，受相印。革車(71)百乘，錦繡千純(72)，白璧百雙，黃金萬鎰(73)，以隨其後，約從散橫(74)，以抑強秦。故蘇秦相於趙，而關不通(75)。當此之時，天下之大，萬民之眾，王侯之威，謀臣之權，皆欲決於蘇秦之策。不費斗糧，未煩一兵，未戰一士，未絕一弦，未折一矢，諸侯相親，賢於兄弟。夫賢人在而天下服，一人用而天下從。故曰：「式(76)於政，不式於勇；式於廊廟(77)之內，不式於四境之外。」當秦之隆(78)，黃金萬鎰為用，轉轂連騎(79)，炫熿(80)於道。山東(81)之國，從風而服，使趙大重。且夫蘇秦特窮巷、掘門(82)、桑戶(83)、棬樞(84)之士耳，伏軾撙銜(85)，橫歷天下，庭說諸侯之主，杜(86)左右之口，天下莫之伉(87)。

將說楚王(88)，路過洛陽，父母聞之，清宮除道(89)，張(90)樂設飲，郊迎三十里。妻側目而視，側耳而聽；嫂蛇行匍伏(91)，四拜自跪而謝(92)。蘇秦曰：「嫂，何前倨(93)而後卑也？」嫂曰：「以季子之位尊而多金。」蘇秦曰：「嗟乎！貧窮則父母不子，富貴則親戚畏懼。人生世上，勢位富厚，蓋(94)可以忽乎哉？」

【注　釋】❶秦惠王　戰國時代秦國國君。名駟，秦孝公之子。在位二十七年（西元前三三七～前三一一年）。❷巴蜀　皆古國名。後皆滅於秦國。巴在今四川東部，蜀在今四川西北部。此時巴蜀與下文「漢中」皆尚未屬秦國，故下文所謂「利」，或指交通、交易之利。❸漢中　本為楚國地，後屬秦國，置郡。在今陝西南部及湖北西北部。❹胡貉　胡地所產的貉。胡，指北狄。在今山西北部。貉，動物名。形似貍而較肥胖，毛溫滑可製裘。❺代馬　代地所產的馬。代，古國名。戰國時為趙所滅，置郡。在今山西北部及河北西北部。❻巫山黔中之限　巫山、黔中的屏障。巫山在今四川巫山縣東，黔中為楚郡，故城在今湖南沅陵西，此時皆尚未屬秦。限，屏障。❼殽函　殽山與函谷關。殽山，山名。在今河南靈寶東南，地勢險隘。函谷關，關名。在今河南靈寶南。❽萬乘　萬輛兵車。古代一車四馬謂之乘。周制，天子萬乘，春秋、戰國時代封建解體，諸侯大國亦萬乘。❾奮擊　奮勇作戰。此指奮勇作戰之兵士。❿形便　形勢便於攻守。⓫天府　天然的府庫。指其物產豐饒。府，聚藏財物之所。⓬雄　強大。⓭奏其效　奏明其策略。⓮文章　指法令。⓯儼然　鄭重嚴肅的樣子。⓰異日　他日；以後。⓱神農伐補遂　神農討伐補遂。神農，古帝名。相傳曾製耒耜，教民農耕，又嘗百草，發明醫藥。補遂，古國名。⓲黃帝伐涿鹿而禽蚩尤　黃帝出兵涿鹿，生擒蚩尤。涿鹿，山名。在今河北涿鹿西南。禽，通「擒」。蚩尤，傳說中東方九黎之君。⓳驩兜　堯之臣。與共工朋比為惡，被堯放逐在崇山。⓴三苗　古國名。在今湖北武昌、湖南岳陽、江西九江一帶。㉑共工　共工氏。居江、淮之間，子孫世代為水官，故以官為氏。堯舜時共工與驩兜、三苗、鯀被稱為四凶，舜命禹伐之，將之流放於幽州。㉒有夏　即夏朝。此指夏君桀。有，語氣詞。無義。㉓崇　商代時國名。在今河南嵩縣北。紂時卿士崇侯虎助紂為虐，為周文王所滅。㉔任戰　用兵。㉕惡　哪；怎。㉖車轂擊馳　車輛往來奔馳，互相摩擦撞擊。形容使者往來之多。轂，車輪中心的圓木圈，中空以承車軸。㉗言語相結　以會談締結盟約。㉘約從連橫　即合縱連橫。泛指各國之間的相互結盟，與戰國的合縱連橫不同。㉙文士並飭　辯士巧飾言辭以遊說。文士，指辯士。飭，通「飾」。修飾。㉚理　整治；處理。㉛科條　法令。㉜偽態　虛偽作假。㉝稠濁　繁多而混亂。㉞聊　倚賴；依靠。㉟章理　明顯的道理。章，通「彰」。明顯。㊱兵甲　指戰爭。㊲辯言偉服　雄辯的言辭，華麗的服飾。此指辯言偉服的使臣。㊳繁稱文辭　繁雜地引述書籍中的文辭。㊴舌敝耳聾　講破了舌頭，聽聾了耳朵。㊵綴甲厲兵　縫合鎧甲，磨利兵器。指整飭軍備。綴，連結。厲，磨。㊶效勝　求勝。效，求取效果。㊷徒處而致利　不必勞動而獲利。徒處，安居而無所作為。致，獲得；取得。㊸五帝　傳說中上古時代的五個帝王。有三說：一說指太昊、神農、黃帝、少昊、顓頊，一說指黃帝、顓頊、帝嚳、堯、舜，一說指少昊、顓頊、帝嚳、堯、舜。㊹三王　三代的君王。有二說：一說指夏禹、商湯、周文王及武王，一說指夏禹、商湯、周文王。㊺五霸　春秋時代稱霸一時的五個諸侯。有三說：一說指齊桓公、宋襄公、晉文公、秦穆公、楚莊王，一說指齊桓公、晉文公、楚莊王、吳闔閭、越句踐，一說指齊桓公、晉文公、秦穆公、楚莊王、吳闔閭。㊻杖戟　木棒和戟。戟，兵器名。能直刺、橫擊。㊼淩萬乘　淩駕大國。淩，超過。萬乘，萬輛兵車。此指大國。㊽詘敵國　屈服敵國。詘，屈服。敵國，實力相當之國。㊾元元　人民。㊿嗣主　繼位的君王。51至道　最高的道理。此指戰爭之理。52惛　不明。53辭　言辭。54貂　動物名。皮輕煖，為貴重裘料。55資用　財用；費用。56羸縢履蹻　裹著綁腿，穿著草鞋。羸，纏繞。縢，綁腿巾。履，穿著。蹻，草鞋。57橐　一種袋子。58形容　形體容貌。59黧　黑而黃的顏色。60紝　紡織。此指織機。61篋　小書箱。62太公陰符　書名。兵法一類的書。63簡練　精心研究。64揣摩　反覆思考。65朞年　滿一年。66摩　到達。67燕烏集闕　不詳。一說為趙國關塞名；一說燕烏集為趙國宮闕名。68趙王　指趙肅侯。名語，在位二十四年（西元前三四九～前三二六年）。69抵掌　手掌向旁側擊作勢。形容談話之熱烈。抵，通「扺」。側擊。70武安　趙國邑名。在今河南武安西南。71革車　兵車。72純　量詞。絲錦布帛一束稱一純。73鎰　重量單位。有二說：一說二十四兩，一說二十兩。74約從散橫　建立六國的合縱，解散六國與秦國的連橫。75關不通　指六國與秦國斷絕往來。關，指函谷關，為秦國與六國往來的要道。76式　用。77廊廟　指朝廷。78隆　顯赫。79轉轂連騎　形容車馬往來，連續不斷。80炫熿　光耀顯赫。81山東　指殽山以東。82掘門　鑿開牆壁以為門。掘，古字通「窟」。洞窟。83桑戶　以桑木為門板。84棬樞　以彎木為門軸。85伏軾撙銜　伏在車軾上，手拉著馬韁。軾，車前橫木。撙，控制。銜，裝在馬口中的橫鐵，用以控勒馬的行動。86杜　閉；塞。87伉　通「抗」。匹敵；抗衡。88楚王　指楚威王。名商，在位十一年（西元前三三九～前三二九年）。一說：指楚懷王。名槐，在位三十年（西元前三二八～前二九九年）。89清宮除道　打掃房屋，清除道路。90張　陳設。91蛇行匍伏　手足伏地而爬行。92謝　賠罪。93倨　傲慢。94盍　通「盇」。何；怎麼。

【語　譯】蘇秦最初用連橫的主張去遊說秦惠王，說：「大王的國家，西面有巴、蜀、漢中的財富，北面有胡地的貉、代地的馬可以利用，南面有巫山、黔中的屏障，東面有殽山、函谷關的堅固。田地肥美，人民富足，戰車萬輛，精兵百萬，肥沃的原野千里，財貨儲備豐富，地理形勢便於攻守。這可說是天然的府庫，天下的強國了。以大王的賢明，軍民的眾多，車騎的利用，兵法的講求，一定可以兼并諸侯，吞滅天下，稱帝而統治。請大王稍加留意，臣願說明統一天下的策略。」

秦王說：「寡人聽說過，羽毛不豐滿不可以高飛，法令不完備不可以施行誅罰，道德不深厚不可以使令人民，政教不和順不可以勞動大臣。現在先生鄭重地不辭千里之遠來教導我，不過，還是以後再請教吧。」

蘇秦說：「臣原本就懷疑大王不能採用我的主張啊。古時候，神農討伐補遂，黃帝出兵涿鹿而生擒蚩尤，堯討伐驩兜，舜討伐三苗，禹討伐共工，湯討伐夏桀，文王討伐崇侯，武王討伐紂王，齊桓公用兵征戰而稱霸天下。由此看來，哪有不戰爭的呢？從前各國互派使臣，車輛奔馳往來，用會談來締結盟約，以求天下統一。有合縱的主張，有連橫的主張，戰爭卻一直無法避免；辯士言辭巧飾，諸侯昏亂迷惑；各種事端紛紛發生，簡直無法處理；法令應有盡有，人民卻多虛偽作假；文書又多又亂，百姓卻衣食不足；上下互相責怨，人民無所依靠；道理講得越明白，戰爭越是發生；使臣往來越多，戰爭越不能止息；越是引述典籍，天下越是無法太平；講破了舌頭，聽聾了耳朵，仍舊不能成功；行仁義、講信用，天下還是不能相親。於是只有放棄文治，採用武力，多養死士，整飭軍備，在戰場上求取勝利。如果想不勞動而獲利，安坐而擴展領土，即使是古代的五帝、三王、五霸那樣賢明的君主，常想要坐取成功，形勢上也不可能做到，所以接著只能使用戰爭的手段。兩軍距離遠就相互追逐攻打，距離近就杖戟相撞，這樣才能建立偉大的功業。所以軍隊在外打勝仗，君王在內也就增強了仁義；君王建立了威望，人民自然服從。現在想要兼并天下，凌駕大國，折服實力相當的國家，控制天下，統治人民，臣服諸侯，就非用兵不可。可是當今繼位的君主，忽視這個最重要的道理，都不懂得接受教導，政令紊亂，迷惑於各種言論，沉溺於雄辯和詭辭。這樣說來，大王本來就不可能採行我的主張啊！」

蘇秦遊說秦王的奏章上了十次，始終都沒有被採納。黑貂的皮裘穿破了，百斤的黃金用光了，費用短缺，只得離開秦國回家。他裹著綁腿，穿著草鞋，背著書籍，挑著行李，容貌憔悴，面色黃黑，表情羞愧。回到家裡，妻子沒有離開織機，嫂嫂不燒飯給他吃，父母不跟他說話。蘇秦歎著氣說：「妻子不把我當丈夫，嫂嫂不把我當小叔，父母不把我當兒子，這都是秦王的罪過啊！」於是連夜找書，擺出數十個書箱，找出《太公陰符》的兵法書來，伏案誦讀，精心研究，反覆思考。讀得疲倦想睡時，就拿錐子刺自己的大腿，血一直流到腳上。對自己說：「哪有遊說人主而不能讓他拿出金玉錦繡、使自己取得卿相尊貴的事呢？」過了一年，他研究得透徹了，對自己說：「現在真可以去遊說當今的君主了。」

於是，蘇秦來到燕烏集闕，在華麗的宮殿裡向趙王遊說，抵掌高談。趙王非常高興，封他為武安君，授給相印。又給他兵車一百輛，錦繡一千束，白璧一百雙，黃金一萬鎰，讓他帶著，去推動合縱，瓦解連橫，以抑制強秦。所以蘇秦在趙國為相時，六國都斷絕和秦國的往來。這時侯，廣大的天下，眾多的人民，威望的王侯，權勢的謀臣，都要聽從蘇秦的決策。不費一斗糧，不動一個兵，不用一個將，不斷一根弦，不折一枝箭，諸侯都能相親，勝過兄弟。可見賢人在位而天下便都歸服，一個人受重用而天下便都跟從。所以說：「運用政策，不必使用武力；在朝廷上謀畫，不必在境外打仗。」當蘇秦最顯赫時，有萬鎰黃金可以使用，車馬成群，聲勢顯赫地往來於道路上。殽山以東的國家，望風而服從，使得趙國的地位大受尊重。並且蘇秦只不過是一個住在窮巷、挖牆當門、用桑木做門板、彎木做門軸的寒士罷了，可是他竟然能乘車駕馬，走遍天下，在各國朝廷遊說君主，而使君主的左右閉口無言，天下沒人可以跟他抗衡。

當他要去遊說楚王，路過洛陽時，他的父母聽到消息，連忙打掃房屋，清除道路，準備音樂，陳設酒席，到城外三十里的地方去迎接他。妻子只敢側面看他，側著耳朵聽他說話；嫂嫂伏地爬行，拜了四拜，跪在地上賠罪。蘇秦說：「嫂嫂，為什麼從前那麼傲慢現在又這樣謙卑呢？」嫂嫂說：「因為小叔現在地位尊貴錢又多。」蘇秦說：「唉！貧窮時父母就不把我當兒子，富貴了親戚也要畏懼。人生在世，對於權勢財富怎可以不重視呢？」

【研　析】本文可分六段。首段記蘇秦以連橫之策遊說秦惠王，勸其以秦國之有利條件，「并諸侯，吞天下，稱帝而治」。二段記秦王以條件未備、時機尚未成熟，婉拒蘇秦。三段記蘇秦申明自古帝王霸主、明主賢君，皆以用兵而成功，並歎惜當代君主不能採納其主張。四段記蘇秦遊說秦國失敗，回家後受到家人的冷淡鄙視，因而發憤，苦讀兵書。五段記蘇秦以合縱之策遊說趙王成功，建立縱約，瓦解連橫，使天下諸侯相親，趙國地位大重，並建立起他個人顯赫的聲望和權勢。六段記蘇秦將說楚王，路過洛陽，家人以其位尊而多金，謙卑熱絡以待之。

戰國時代由於農耕技術的進步，土地生產力大幅提高，土地成為最重要的富源，於是「爭地以戰，殺人盈野；爭城以戰，殺人盈城」（《孟子・離婁》）。為了兼并土地而進行的戰爭，其慘烈可知，人民的痛苦，可以想見。面對這樣的局面，有心之士，或以仁義為倡，主張王道，鼓吹仁者無敵，孟子者流是；或以兼愛為說，主張非攻，反對戰爭，墨家者流是。他們都具悲天憫人的胸懷，人道的理想，希望拯救生活在水深火熱中的人民。但同時也有一種人，他們憑著三寸不爛之舌和縱橫捭闔的智謀，遊說諸侯，取悅人主，替人主畫策設謀、運籌折衝，有時更不惜挑撥離間、倡議戰爭，以此來取卿相，得富貴。他們的言論，並沒有什麼學術思想可言，他們的主張也不見得有什麼理想抱負可說，所圖的僅是自身的功名富貴而已；他們與列國之君的主客關係，是建立在利害的衡量上，主君利用賓客的才能，賓客企求主君的富貴，利合則留，不合則去，並無任何道義情感可言；他們有時成功，有時失敗，成敗之間，往往有機運在。他們是戰國歷史舞臺上最為活躍的一群人。

蘇秦便是一個典型，他勤奮苦讀，目的只在「說人主」以「出其金玉錦繡，取卿相之尊」；他先是主張連橫，勸秦王併吞天下，後又主張合縱，為趙國遊說諸侯聯合抗拒秦國。這樣的反覆無常，前後迥異，完全是為了達成自己取得富貴的目的。他遊說秦王失敗，僅因當時秦國剛誅殺了變法的商鞅，國內保守貴族得勢，反對一切客卿的獻策，因而碰壁；他說趙王成功，只因當時秦、魏二國連年戰爭，山東諸侯畏懼秦國又無計可施，合縱的策略正符合他們的需要。前後天淵之別的結果，只因客觀環境的變化，可說有著相當的機運成分在。

蘇秦歷說各國，《史記・蘇秦列傳》記載頗詳，《戰國策》此文著重在說秦、趙二國的一敗一成，寫出其遊說秦王失敗後的困頓，遊說趙王成功後的騰達。雖其人未必人格高尚，其事未必意義非凡，但據此文，倒有兩點是值得我們深思的：其一，蘇秦說秦王失敗，引錐刺骨，發憤苦讀，並不因家人的冷淡而怨尤沮喪，此種艱苦卓絕、鍥而不捨的意志，如果化為拯救天下、福國利民的宏願，其所成就當是利己利人，有更為非凡的意義和積極的貢獻。其二，蘇秦家人前冷後熱、前倨後卑的醜態，應視為親情之變而非親情之常；人情冷暖，世態炎涼，自古已然，面對此一事實，而有「人生世上，勢位富厚，蓋可以忽乎哉」的感歎，固然也是人情之常，但也是一種妥協——對世俗價值觀的妥協。不錯，「男兒當自強」，但如果自強的目的只在取得世俗的譭譽，而非基於自我認知的堅持、道德判斷的執著，這樣的自強又有多大意義呢？

# 司馬錯論伐蜀

【題解】本文選自《戰國策·秦策一》，篇名據文意而訂。司馬錯，戰國時代秦惠王的將領。本文記敘司馬錯與張儀在秦惠王面前，爭論秦要伐蜀還是伐韓的問題。司馬錯主張伐蜀，張儀主張伐韓，結果秦惠王採納了司馬錯的主張，伐蜀成功，秦國因而更加富強。

司馬錯與張儀❶爭論於秦惠王❷前。司馬錯欲伐蜀❸，張儀曰：「不如伐韓❹。」

王曰：「請聞其說。」

對曰：「親魏❺善楚❻，下兵三川❼。塞轘轅、緱氏之口❽，當屯留之道❾，魏絕南陽❿，楚臨南鄭⓫，秦攻新城⓬、宜陽⓭，以臨二周⓮之郊，誅⓯周主之罪，侵楚、魏之地。周自知不救，九鼎⓰寶器必出。據九鼎，按圖籍⓱，挾天子以令天下，天下莫敢不聽，此王業也。今夫蜀，西僻之國而戎狄之長也。敝⓲兵勞眾，不足以成名；得其地，不足以為利。臣聞爭名者於朝⑲，爭利者於市。今三川、周室，天下之市朝也，而王不爭焉，顧爭於戎狄，去王業遠矣。」

司馬錯曰：「不然。臣聞之，欲富國者，務廣其地；欲強兵者，務富其民；欲王者，務博其德。三資⑳者備，而王隨之矣。今王之地小民貧，故臣願從事於易。夫蜀，西僻之國也，而戎狄之長也，而有桀、紂之亂。以秦攻之，譬如使豺狼逐群羊也。取其地，足以廣國也；得其財，足以富民繕㉑兵，不傷眾而彼已服矣。故拔一國，而天下不以為暴；利盡西海㉒，諸侯不以為貪。是我一舉而名實兩附，而又有禁暴正亂之名。今攻韓，劫天子；劫天子，惡名也，而未必利也，又有不義之名。而攻天下之所不欲，危。臣請謁㉓其故。周，天下之宗室㉔也。齊，韓之與國㉕也。周自知失九鼎，韓自知亡三川，則必將二國并力合謀，以因㉖于齊、趙，而求解乎楚、魏，以鼎與楚，以地與魏，王不能禁。此臣所謂危，不如伐蜀之完也。」

惠王曰：「善！寡人聽子。」卒起兵伐蜀。十月，取之㉗，遂定蜀。蜀主更號為侯，而使陳莊㉘相蜀。蜀既屬，秦益強，富厚，輕㉙諸侯。

【注釋】❶張儀　（西元前？～前三〇九年）戰國時代魏國人。與蘇秦同師事鬼谷先生，學縱橫家術。初遊說楚國受辱，後由趙國入秦國，相秦惠王，封武信君，以連橫之策說六國，破合縱。秦惠王卒，離開秦國入魏國為相，一年後卒。❷秦惠王　戰國時代秦國國君。名駟，秦孝公之子，在位二十七年（西元前三三七～前三一一年）。❸蜀　國名。在今四川西北部。❹韓　戰國七雄之一。春秋時代晉國韓武子封地。周威烈王時三家分晉，遂為諸侯，地在今陝西東部及河南西北部，西與秦國毗連。❺魏　戰國七雄之一。開國君為魏文侯，與韓、趙三家分晉，地在今河南北部及山西西南部。❻楚　戰國七雄之一。周成王封熊繹於楚，都丹陽（今湖北秭歸東），後徙於郢（今湖北江陵西北）。全盛時領有今湖南、湖北、安徽、江蘇、浙江及四川巫山以東、廣西蒼梧北、陝西洵陽以南之地。❼三川　指黃河、伊水、洛水之間的地區。在今河南黃河以南，靈寶以東。❽塞轘轅緱氏之口　堵塞轘轅、緱氏的出入口。轘轅，山名。在河南偃師東南，鞏縣西南，登封西北，山路環曲奇險，歷代為扼守要地。緱氏，山名。在河南偃師南，地當伊洛平原東部嵩山口，為兵家之要地。❾當屯留之道　擋住屯留的通道。屯留，地名。故城在今山西屯留南。❿南陽　地名。在今河南南陽。⓫南鄭　地名。在今河南新鄭西北。⓬新城　地名。在今河南洛陽南。⓭宜陽　地名。在今河南宜陽西。⓮二周　東周西周。周考王以王城（今河南洛陽西）故地封其弟揭，以續周公之職，稱河南公，地在洛陽西，稱西周。河南公封其少子班於鞏（今河南鞏縣）以奉王，在洛陽東，稱東周。⓯誅　聲討。⓰九鼎　傳說禹所鑄九個大鼎。象徵九州。夏、商、周奉為傳國之寶。⓱圖籍　地圖戶籍。⓲敝　疲憊。⓳朝　朝廷。⓴三資　三種條件。指廣地、富民、博德。資，憑藉。㉑繕　整治。㉒西海　西方。此指蜀。古人以為中國居天下之中，四方皆有海。㉓謁　告。㉔宗室　指國君或皇帝的宗族。㉕與國　友邦；盟國。㉖因　籍。㉗十月取之　據《史記》，秦惠王二十二年（西元前三一六年）十月滅蜀。㉘陳莊　秦臣。㉙輕　輕視。

【語　譯】司馬錯和張儀在秦惠王面前爭論。司馬錯主張伐蜀國，張儀說：「不如伐韓國。」秦惠王說：「我想聽聽你們的理由。」

張儀答說：「先和魏、楚兩國親善友好，然後出兵三川，堵塞轘轅、緱氏兩山的出入口，擋住屯留的通道，約定魏國截斷南陽，楚國兵臨南鄭，秦國攻打新城、宜陽，直逼東周、西周的城郊，聲討周天子的罪狀，然後再去侵襲楚、魏兩國的土地。周天子自知不能獲救，必定獻出九鼎寶器。秦國據有九鼎，按照地圖戶籍，挾持天子以號令天下，天下沒人敢不聽從，這是王者之業啊。至於蜀國，不過是一個僻處西方的國家，戎狄的領袖罷了。勞師動眾地去征伐，並不能成就威名；即使取得它的土地，也談不上什麼利益。臣聽說爭名要在朝廷，爭利要到市場。如今三川和周室，就是天下的市場和朝廷啊，君王不去爭奪，卻要到戎狄之地去爭，未免離王業太遠了。」

司馬錯說：「不對。臣聽說，想富國的，一定要擴大疆土；想強兵的，一定要使人民富足；想王天下的，一定要廣施恩德。三者齊備，王業也就跟著實現了。現在君王土地小百姓窮，所以臣希望先從容易的來做。說到蜀國，是僻處西方的國家，戎狄的領袖，卻有著像夏桀、商紂時那樣的荒亂。如果秦國去攻打它，就像豺狼追逐羊群一樣。占領它的土地，足以擴大疆土；取得它的財富，足以富民強兵；不用損兵折將，而對方就屈服了。所以雖然滅了一個國家，而天下不會認為是殘暴；占盡蜀國的財富，諸侯不會認為是貪婪。這樣做，我們可以名利兼收，還可以博得除暴定亂的美名。現在要是攻打韓國，劫持天子，要知道劫持天子是一種惡名，未必獲利，卻要落得個不義的名聲。攻打天下人都不願攻打的周室，那是危險的事。臣請說明箇中的道理。周是天下的宗室，齊國是韓國的友邦。周知道將要失去九鼎，韓國知道將要失去三川，兩國必定同心協力，共同設法，透過齊、趙二國，要求楚國、魏國退兵，把九鼎給楚國，土地給魏國，這是君王所不能制止的。這就是臣所說的危險，不如伐蜀國來得妥當啊。」

惠王說：「好！寡人聽您的。」終於出兵伐蜀國。十月，占領蜀國土地，就平定了蜀國。蜀君改稱為侯，派陳莊去做蜀相。蜀國既歸屬於秦國，秦國更加富強，從此傲視諸侯。

【研　析】本文可分四段。首段記事件之始：司馬錯主張伐蜀國，張儀主張伐韓國。二、三段承首段，分記張儀和司馬錯各自申論其主張。四段記事件之末：秦國伐蜀國成功，因而富強，傲視諸侯。

張儀認為伐蜀國不足以成威名、得實利，所以反對；其所以主張伐韓國，是認為藉此可進一步聲討周天子，挾之以號令天下，成就秦國之王業。司馬錯則認為成王業須有地廣、民富、德博的條件，而秦國尚未具備；劫天子乃天下之大不韙，危險又不易成功；伐蜀國容易，且可得廣地、強兵之利，禁暴正亂之名，立王業之根基。

論辯雙方，針鋒相對，精闢透徹，各有所見，相當的精彩。兩人的著重點其實都在於秦國之王業如何建立，但張儀的實踐方式是直接而強勁的，司馬錯則較為迂迴而和緩。秦惠王最後採納了司馬錯的主張，並且獲得成功，可見司馬錯主張伐蜀是有其客觀情勢的合理性；但張儀的主張未被採行，也不能遽以論斷其不合宜。所可注意的是張儀心目中並未尊重周室，也無所謂德義的判斷，這是他身為策士，一切以利害為衡量的必然表現，也正是當時遊說之士的典型；而司馬錯身為秦國臣子，乃體制內的人，他的博德之說，和對周天子的不敢貿然衝犯，正因秦國之安危與他息息相關，封建體制對他尚有拘束之力。二者主張不同，正因他們的身分有別。

# 范睢說秦王

【題解】本文選自《戰國策・秦策三》，篇名據文意而訂。范睢，字叔，戰國時代魏國人。因事逃離魏國，至秦，以遠交近攻的策略遊說秦昭王，拜相，封應侯。本文記敘范睢至秦國遊說秦昭王，秦昭王執賓主之禮再三請教，范睢再三婉謝，表示為秦國利益，不計個人生死榮辱，只恐秦王無法擺脫骨肉、大臣的羈絆而下定決心，任用新人，實行新政，故不敢暢所欲言。秦昭王則表示願意誠心領教，於是范睢領命。

范睢至，秦王❶庭迎范睢，敬執賓主之禮。范睢辭讓。是日見范睢，見者無不變色易容❷者。秦王屏❸左右，宮中虛無人。秦王跪而請曰：「先生何以幸❹教寡人？」范睢曰：「唯唯❺。」有間❻，秦王復請。范睢曰：「唯唯。」若是者三。秦王跽❼曰：「先生不幸教寡人乎？」

范雎謝曰：「非敢然也。臣聞始時呂尚❽之遇文王也，身為漁父，而釣於渭陽❾之濱耳。若是者，交疏也。已，一說而立為太師❿，載與俱歸者，其言深也。故文王果收功於呂尚，卒擅⓫天下而身立為帝王。即⓬使文王疏呂望而弗與深言，是周無天子之德，而文、武無與⓭成其王也。今臣，羈旅⓮之臣也，交疏於王，而所願陳者，皆匡⓯君臣之事，處人骨肉⓰之間。願以陳臣之陋忠，而未知王心也。所以王三問而不對者，是也。

「臣非有所畏而不敢言也。知今日言之於前，而明日伏誅於後，然臣弗敢畏也。大王信行臣之言，死不足以為臣患，亡不足以為臣憂；漆身而為厲⓱，被髮而為狂，不足以為臣恥。五帝⓲之聖而死，三王⓳之仁而死，五霸⓴之賢而死，烏獲㉑之力而死，賁、育㉒之勇而死。死者，人之所必不免也。處必然之勢，可以少有補於秦，此臣之所大願也，臣何患乎？伍子胥橐載而出昭關㉓，夜行而晝伏，至於蔆水㉔，無以餌㉕其口。膝行蒲伏㉖，乞食於吳市，卒興吳國，闔廬㉗為霸。使臣得進謀如伍子胥，加之以幽囚，終身不復見，是臣說之行也，臣何憂乎？箕子㉘、接輿㉙，漆身而為厲，被髮而為狂，無益於殷、楚。使臣得同行于箕子、接輿，可以補所賢之主，是臣之大榮也，臣又何恥乎？

「臣之所恐者，獨恐臣死之後，天下見臣盡忠而身蹶㉚也，是以杜口裹足㉛，莫肯即㉜秦耳。足下上畏太后㉝之嚴，下惑姦臣之態，居深宮之中，不離保傅㉞之手，終身闇惑㉟，無與照奸㊱。大者宗廟滅覆，小者身以孤危，此臣之所恐耳。若夫窮辱之事，死亡之患，臣弗敢畏也。臣死而秦治，賢㊲於生也。」

秦王跽曰：「先生是何言也。夫秦國僻遠，寡人愚不肖，先生乃幸至此，此天以寡人慁㊳先生，而存先王之廟也。寡人得受命於先生，此天所以幸先王而不棄其孤㊴也。先生奈何而言若此！事無大小，上及太后，下至大臣，願先生悉以教寡人，無疑寡人也！」

范雎再拜，秦王亦再拜。

【注釋】❶秦王　指秦昭王。名稷，秦惠王之子，秦武王之弟，在位五十六年（西元前三〇六～前二五一年）。❷變色易容　改變臉色表情。此形容臉色肅敬。❸屏　斥退。❹幸　表示請求的謙辭。❺唯唯　表示恭敬的應答之辭。❻有間　隔一會兒。❼跽　長跪。古人席地而坐，兩膝著地，臀部靠著腳跟謂之跪。伸直腰股謂之長跪，以示莊重。❽呂尚　周代齊國之始祖。姜姓，呂氏，名望。官太師，也稱師尚父。佐周武王滅商，封於齊。❾渭陽　渭水之北。水北曰陽。❿太師　官名。三公之一。⓫擅　據有。⓬即　假如。⓭與　通「以」。⓮羈旅　寄居作客於外。⓯匡　糾正。⓰骨肉　骨和肉。比喻至親之人或關係。此指秦昭王與宣太后為母子，秦相穰侯（魏冉）為宣太后之異父弟，秦昭王之舅。⓱漆身而為厲　用漆塗身，使皮膚腫癩。漆，用為動詞。塗抹。厲，通「癩」。⑱五帝　傳說中上古時代的五個帝王。有三說：一說指太昊、神農、黃帝、少昊、顓頊，一說指黃帝、顓頊、帝嚳、堯、舜，一說指少昊、顓頊、帝嚳、堯、舜。⑲三王　三代的君王。有二說：一說指夏禹、商湯、周文王及武王，一說指夏禹、商湯、周文王。⑳五霸　春秋時代稱霸一時的五個諸侯。有三說：一說指齊桓公、宋襄公、晉文公、秦穆公、楚莊王，一說指齊桓公、晉文公、楚莊王、吳闔廬、越句踐，一說指齊桓公、晉文公、秦穆公、楚莊王、吳闔廬。㉑烏獲　秦武王時的力士。㉒賁育　孟賁、夏育。皆衛國勇士。㉓伍子胥橐載而出昭關　伍子胥藏在牛皮袋子裡逃出昭關。伍子胥（西元前？～前四八五年），名員。春秋時代楚國人，父伍奢、兄伍尚為楚平王所殺，於是離開楚國，投奔吳國，佐吳王打敗楚、越兩國。昭關，在今安徽含山縣西北，春秋時代地當吳、楚二國交界。橐，指牛皮袋子。㉔蔆水　即溧水。在今江蘇溧陽。㉕餌　進食。㉖蒲伏　即匍匐。爬行。㉗闔廬　春秋時代吳國國君。在位十九年（西元前五一四～前四九六年）。㉘箕子　名胥餘。封於箕（今山西太谷東）。商紂之叔，官太師，紂無道，箕子屢諫不聽，乃佯狂為奴。㉙接輿　春秋時代楚國隱士。姓陸，名通，字接輿。楚昭王政令無常，乃披髮佯狂，躬耕不仕。㉚蹶　跌倒。此指死亡。㉛杜口裹足　閉口不言，停步不前。㉜即　接近；前來。㉝太后　指宣太后。㉞保傅　指內宮中負責教養君王的女官。㉟闇惑　迷惑不明。㊱照奸　明辨奸邪。照，明察。㊲賢　勝過。㊳慁　汙；辱。㊴孤　遺孤。此秦昭王自指。

【語　譯】范睢來到秦國，秦昭王在朝廷上迎接他，很恭敬地行賓主之禮。范睢謙讓不肯接受。接見范睢當天，凡是看見范睢的人，無不敬畏肅穆。秦昭王斥退左右，宮中空無一人。秦昭王跪著請求說：「先生願意教導寡人什麼呢？」范睢說：「喔，喔。」隔一會兒，秦昭王再度請求。范睢仍說：「喔，喔。」這樣的前後三次。秦昭王長跪說：「先生不願意教導寡人嗎？」

范睢謝罪說：「不敢如此。臣聽說當初呂尚遇見周文王時，不過是個漁父，在渭水北岸釣魚。像這樣，雙方交情是很疏淡的。不久，一次交談，周文王便立他為太師，載他一同回去，這是他們交談很深入啊。所以周文王果然得到呂尚的輔佐之功，終於據有天下而身為帝王。假如當時周文王疏遠呂望而不肯和他深談，那麼周便沒有天子的德行，而周文王、武王也就無從成就王業了。現在臣只是作客的外臣，和大王交情疏淡，而所要陳述的，都是糾正君臣的事，又處在大王的骨肉之間。臣雖然願意表達一片愚忠，但還不知道大王的心意。大王問了三次，臣之所以沒回答，就是這個緣故啊！

「臣並非有所畏懼而不敢說。即使明知今天說了，明天就有殺身之禍，臣也不敢心存畏懼。如果大王真會實行臣所說的話，臣即使死也不擔心，即使逃亡也不憂愁；用漆塗身而成為癩子，披頭散髮而成為瘋子，臣也不以為恥辱。五帝那樣的聖人也會死，三王那樣的仁人也會死，五霸那樣的賢人也會死，烏獲那樣的力士也會死，孟賁、夏育那樣的勇士也會死。死，是任何人都不能避免的。在必然會死的形勢下，能夠對秦國稍有補益，這是臣最大的心願，臣有什麼可憂慮的呢？伍子胥藏在牛皮袋子裡逃出昭關，晚上趕路，白天藏匿，到了蔆水，沒有食物充飢，雙膝跪著爬行，在吳國市上行乞，終於復興吳國，使闔廬成為霸主。如果臣能像伍子胥那樣進獻計謀，即使遭到幽禁，終身不再相見，臣的主張已經實行，臣還有什麼憂愁呢？箕子、接輿，塗漆在身上成為癩子，披頭散髮裝做瘋子，對殷商、楚國並沒有幫助。假如臣和箕子、接輿一樣，但可以有助於所敬佩的賢主，這是臣最大的榮幸，臣有什麼可羞恥的呢？

「臣所擔心的，只是怕臣死之後，天下人見我盡忠而死，因此而閉口不言，停步不前，沒有人肯到秦國來而已。大王上怕太后的威嚴，下被奸臣醜態所迷惑，住在深宮裡，不離保母師傅的左右，終身迷惑不明，無人幫助您辨別奸邪。這樣下去，大則國家滅亡，小則自身孤立危險，這才是臣所害怕的。至於窮困恥辱的事，死亡放逐的禍患，臣不敢害怕。臣死而能使秦國治理得好，勝過活著啊。」

秦昭王長跪著說：「先生，這是什麼話呢！秦國地處偏遠，寡人又愚昧無能，有幸承先生到來，這是上天讓寡人得以麻煩先生，保存先王的宗廟啊。寡人能受先生的教誨，這是上天福佑先王而不拋棄先王的遺孤啊。先生怎麼說出這樣的話呢！今後不論大事小事，上到太后，下到大臣，希望先生全教導寡人，不要懷疑寡人。」

范睢再拜，秦昭王也跟著再拜。

【研　析】本文可分四段。首段記范睢至秦，秦昭王執賓主之禮，再三請教，范睢再三婉辭。二段記范睢說明其再三辭謝之故。三段記秦昭王誠心領教。四段二句，記范雎再拜領命，秦昭王再拜答謝。

范雎死裡逃生，來到秦國，難道不是為了遊說秦昭王以取富貴？何以當秦昭王三跪求教時，他都唯唯作答，不置可否？這其實是故作姿態，以退為進的攻心手法。

秦昭王是秦武王的弟弟，秦武王死後，其兄弟爭奪王位，秦昭王在他舅舅魏冉（後封穰侯）的支持下取得王位，因此朝廷大權掌握在魏冉和他姊姊（昭王之母）宣太后之手。由魏國入秦國、九死一生的范雎，洞知秦國王室的權力結構，他想要秦昭王重用而獨掌大權，就必須徹底摧毀原有的權力核心，所以他不敢貿然行事，以免惹禍。

本文第二段表現出范雎這樣的步步為營、深謀遠慮。全段的言語，處處表現出不為個人，只為秦國著想，所以說「處必然之勢，可以少有補於秦，此臣之所大願也」、「使臣得同行于箕子、接輿，可以補所賢之主，是臣之大榮也，臣又何恥乎」、「臣死而秦治，賢於生也」，這樣的赤忱，當然容易打動秦昭王之心。再加上委婉曲折、層層深入的說辭，他終於取得秦昭王的信任，「事無大小，上及太后，下至大臣，願先生悉以教寡人，無疑寡人也」。

范雎的回答，可以分為三層。第一層先以交淺不言深、疏不間親、新不間舊，解釋何以秦王三請而他不答。所謂「交疏於王，而所願陳者，皆匡君臣之事，處人骨肉之間」，既作了解釋，又試探秦昭王是否有擺脫骨肉和大臣之舊關係而信用新人的決心。第二層則表示為秦國之利益，不惜死亡、放逐、恥辱等等個人的禍害。第三層表示身之死亡窮辱不足憂，而憂人才之不敢赴秦國，最終則承第一層的暗示試探，直指太后和魏冉專權的禍害：「大者宗廟滅覆，小者身以孤危。」

綜觀第二段，不外宣誓忠誠、曉以利害，這是典型的策士手法。而范雎之所以成功，是他能正確掌握當時秦國王室的權力矛盾和衝突，這又是戰國策士無與倫比的能耐。

# 鄒忌諷齊王納諫

【題解】本文選自《戰國策・齊策一》，篇名據文意而訂。鄒忌，戰國時代齊國大夫。齊威王時為相，封於下邳（今江蘇邳縣東），號成侯。齊王，齊威王。姓田，名嬰齊。在位三十七年（西元前三五六～前三二〇年）。本文記敘鄒忌領悟到妻有所私，妾有所畏，客有所求，因而皆謂鄒忌較城北徐公為美。於是將此領悟說齊威王，以免王受蒙蔽而不自知。齊威王接納諫言，廣開言路，遂使燕、趙、韓、魏四國臣服於齊國。

鄒忌脩❶八尺❷有餘，而形貌昳麗❸。朝❹服衣冠，窺鏡❺，謂其妻曰：「我孰與城北徐公美？」其妻曰：「君美甚，徐公何能及君也。」城北徐公，齊國之美麗者也。忌不自信，而復問其妾曰：「吾孰與徐公美？」妾曰：「徐公何能及君也。」旦日❻，客從外來，與坐談，問之曰：「吾與徐公孰美？」客曰：「徐公不若君之美也。」

明日，徐公來。孰❼視之，自以為不如；窺鏡而自視，又弗如遠甚。暮，寢而思之，曰：「吾妻之美我者，私❽我也；妾之美我者，畏我也；客之美我者，欲有求於我也。」

於是入朝見威王❾，曰：「臣誠❿知不如徐公美。臣之妻私臣，臣之妾畏臣，臣之客欲有求於臣，皆以美於徐公。今齊，地方千里⓫，百二十城。宮婦左右⓬，莫不私王；朝廷之臣，莫不畏王；四境之內，莫不有求於王。由此觀之，王之蔽⓭甚矣。」王曰：「善！」乃下令：「群臣吏民能面刺⓮寡人之過者，受上賞；上書諫寡人者，受中賞；能謗議⓯於市朝，聞寡人之耳者，受下賞。」

令初下，群臣進諫，門庭若市⓰；數月之後，時時而間進⓱；朞年⓲之後，雖欲言，無可進者。燕、趙、韓、魏聞之，皆朝於齊。此所謂戰勝於朝廷⓳。

【注　釋】❶脩　長。此指身高。❷尺　戰國一尺，約合今二三・一公分❸形䫉昳麗　身材容貌瀟灑美麗。䫉，同「貌」。昳，通「逸」。❹朝　早晨。❺窺鏡　照鏡子。❻旦日　明天。❼熟　仔細。❽私　偏愛。❾威王　齊威王。❿誠　確定；確實。⓫地方千里　土地面積有一千里見方。即縱橫各一千里。此非確數，言其為大國耳。⓬宮婦左右　后妃及近侍。⓭蔽　蒙蔽。⓮面刺　當面指出過錯。⓯謗議　批評議論。⓰門庭若市　門口和庭院有如市集。形容來往者之多。⓱間進　斷續而進。間，間隔。⓲朞年　滿一年。⓳戰勝於朝廷　在朝廷上，不必用兵就打勝仗。意謂修明朝政而服他國。

【語　譯】鄒忌身高八尺多，身材容貌瀟灑美麗。有一天早晨，穿戴衣冠，照著鏡子，問他的妻子說：「我和城北徐公誰比較美呢？」他的妻子回答說：「您這麼美，徐公哪比得上您哪！」城北徐公是齊國的美男子，鄒忌不相信，又問他的妾說：「我和徐公誰比較美呢？」妾說：「徐公哪比得上您哪！」第二天，有客人來訪，鄒忌跟客人坐著談話，問客人說：「我和徐公誰比較美呢？」客人說：「徐公不如您美。」

第二天，徐公來了。鄒忌仔細看了看他，自認為比不上徐公；再照照鏡子自己看了又看，更覺得遠不如徐公。晚上，躺在床上想著這件事，說：「妻之所以說我美，那是偏愛我；妾之所以說我美，那是怕我；客人之所以說我美，那是想對我有所要求。」

於是上朝謁見齊威王，說：「臣確實自知不如徐公美。但是臣的妻偏愛臣，臣的妾怕臣，臣的客人想對臣有所要求，都說臣比徐公美。現在，齊國的土地有千里見方，城有一百二十座。宮中的后妃近侍，無不偏愛君王；朝中的臣子，無不畏懼君王；全國上下，無不有求於君王。這樣看來，君王所受的蒙蔽就太嚴重了。」齊威王說：「對極了！」就下令：「大小官吏和人民，能當面指出寡人過錯的，可以領受上等的獎賞；能上書規諫寡人的，可以領受中等的獎賞；能在市集朝廷評論，讓寡人聽到的，可以領受下等的獎賞。」

命令剛宣布時，群臣紛紛進諫，門庭像鬧市一般；幾個月後，進諫的人時斷時續；滿一年後，即使想進諫，也沒有可諫的事了。燕、趙、韓、魏等國聽到這件事，都來朝見齊威王。這就是所謂在朝廷上戰勝了敵國。

【研　析】本文可分四段。首段記鄒忌之妻、妾、客人皆言鄒忌美於徐公。二段承上，記鄒忌領悟箇中之道理：妻有所私，妾有所畏，客有所求，故皆謂鄒忌為美。三段記鄒忌以此體悟說齊威王，王因而廣開言路，除蔽納諫。四段記齊威王受諫，朝政修明而服四國。

恭維阿諛能讓人舒坦，討人歡心，但這種不由衷的言行，也往往使人受蒙蔽利用而不自知；唯有明智之人，聽其言而察其真偽，方不致於受害。鄒忌身為大夫，又曾拜相封侯，掌握一定的權柄，這是奉承者的好對象，而他周遭之人，基於不同的動機目的去恭維他，說他比城北徐公為美，這是可以預料得到的。鄒忌卻能保持冷靜客觀，透過事實的檢視比較，「自以為不如」，「又弗如遠甚」，這是他的洞明練達之處。他又能從自身而推想到齊王，從生活的體驗察覺到政治的道理，使齊王納諫，朝政修明，那真可以說是「能近取譬」（《論語．雍也》）了。學問原本是可以從經驗中去淬取，智慧原本是可以從實踐裡去磨鍊的啊！當然，在這個故事裡，齊威王能察納雅言，並劍及履及的實踐，也是明君的典範，值得肯定。

全文主要以對話構成，重複的話語雖多，但作者能配合不同身分而做變化，使人不覺繁複，反而使文章更為生動，道理更為深刻明晰，這是本文成功的地方，值得仔細體會。

# 顏斶說齊王

【題 解】本文選自《戰國策・齊策四》，篇名據文意而訂。顏斶，戰國時代齊國處士。齊王，齊宣王，姓田，名辟疆。在位十九年（西元前三一九～前三〇一年）。本文記敘顏斶堅持士貴於王的理念，不屈從於齊宣王的頤指氣使、無禮對待，也不受利祿籠絡，寧願遠離權勢，歸真返璞，維護士人的尊嚴。

齊宣王見顏斶，曰：「斶前。」斶亦曰：「王前。」宣王不說❶。左右曰：「王，人君也；斶，人臣也。王曰斶前，斶亦曰王前，可乎？」斶對曰：「夫斶前為慕勢❷，王前為趨士❸。與❹使斶為慕勢，不如使王為趨士。」王忿然作色❺，曰：「王者貴乎？士貴乎？」對曰：「士貴耳，王者不貴。」王曰：「有說乎？」斶曰：「有。昔者秦攻齊，令曰：『有敢去❻柳下季❼壟❽五十步而樵采❾者，死不赦。』令曰：『有能得齊王頭者，封萬戶侯，賜金千鎰❿。』由是觀之，生王之頭，曾不若死士之壟也。」

宣王曰：「嗟乎！君子焉可侮哉？寡人自取病⓫耳。願請受為弟子。且顏先生與寡人遊⓬，食必太牢⓭，出必乘車，妻子衣服麗都⓮。」顏斶辭去，曰：「夫玉生於山，制⑮則破焉，非弗寶貴矣，然太璞不完⑯。士生乎鄙野，推選則祿焉，非不尊遂⑰也，然而形神不全。斶願得歸，晚食⑱以當肉，安步以當車，無罪以當貴，清淨貞正以自虞⑲。」則再拜而辭去。

君子曰：「斶知足矣！歸真反璞⑳，則終身不辱。」

【注釋】❶說　通「悅」。❷慕勢　貪慕權勢；趨附權勢。❸趨士　禮賢下士。趨，快步走。表示敬謹。❹與　與其。假設的語氣。❺忿然作色　氣憤而變臉色。❻去　距離。❼柳下季　春秋時代魯國賢大夫。姓展，名禽，字季，食采邑於柳下，諡惠。❽壟　墳墓。❾樵采　砍柴割草。❿鎰　古代重量單位。有二說：一說二十兩，一說二十四兩。⓫病　恥辱；羞辱。⓬遊　交往。⓭太牢　牛羊豕三牲具備。牢，祭祀用的犧牲。⓮麗都　華麗；華美。都，美。⓯制　雕琢。⓰太璞不完　玉石失去其天然本質。太璞，玉之未雕琢者。⓱尊遂　尊貴顯達。⓲晚食　遲吃；吃得遲。⓳自虞　自娛。虞，通「娛」。⓴歸真反璞　回歸本真。反，通「返」。璞，樸實；質樸。

【語譯】齊宣王召見顏斶，說：「斶，上前來。」顏斶也說：「大王，上前來。」齊宣王不高興。左右侍臣說：「大王是君，你是臣。大王叫你上前，你也叫大王上前，這樣可以嗎？」顏斶回答說：「斶上前是趨附權勢，大王上前是禮賢下士。與其讓斶趨附權勢，不如讓大王禮賢下士。」齊宣王氣得變了臉色，說：「君王尊貴呢？還是士人尊貴呢？」顏斶回答說：「士人尊貴，君王不尊貴。」齊宣王說：「有說法嗎？」顏斶說：「有。從前秦國攻打齊國，下令說：『膽敢到柳下季墳墓五十步內去砍柴割草的人，一定處死，絕不寬赦。』又下令說：『誰能得到齊王的腦袋，封萬戶侯，賜黃金一千鎰。』由此看來，一個活著的王的腦袋，還不及一個死去的士人的墳墓呢。」

齊宣王說：「唉！君子哪裡是可以怠慢的呢？寡人只是自取其辱而已！請您收我為弟子。只要顏先生和寡人交往，吃的是牛羊豕，出門一定坐車，妻子兒女一定衣服華麗。」顏斶辭謝而去，說：「玉生在山上，經玉工雕琢就被破壞了，雕琢過的玉並不是不珍貴，只是璞石的本質已經不完整了。士人生在鄉野，一旦被推薦選拔就有祿位，並不是不尊貴顯達，但是精神形體也已經不能保全了。斶希望能夠回去，情願遲些吃飯，可以當作吃肉一般；安閒地步行，可以當作坐車一般；不犯罪過，可以當作富貴一般；清淨正直，可以自得其樂。」於是拜了兩拜告辭而去。

君子說：「顏斶可算是知足的了。能回歸本真，那就一生不會蒙受恥辱了。」

【研　析】本文可分三段。首段記顏斶堅持士人的尊嚴比君王來得重要，故不願屈從於齊宣王的無禮。二段記顏斶寧願保全本真而不受籠絡。三段記君子之評論，以為顏斶能知足故不辱。

首段所記，齊宣王與顏斶之間，由於對彼此關係的認知有所差異而產生言辭齟齬。就齊宣王而言，他自認乃一國之尊，可以頤指氣使，所以他要「斶前」；顏斶「王前」的回應，可說完全出乎他的意料，所以「不說」。當顏斶進一步說出「與使斶為慕勢，不如使王為趨士」時，可說君王的權勢已遭到蔑視，是可忍，孰不可忍，所以他「忿然作色」；而「王者貴乎？士貴乎」的一問，形同攤牌，完全是一副盛氣凌人的口氣。就顏斶而言，他不但無視於齊宣王的傲慢，不理會他的不悅和忿然作色，反而因齊宣王情緒的逐漸激動，更為淋漓盡致、不留餘地地進行反擊，說出他所想說的話，表達出他所堅持的理念。「生王之頭，曾不若死士之壟也」，固然言之有據，但在齊宣王忿然而問的情況下，這樣的結論，對顏斶而言，無寧是極為不利的。這一段所記，二者之間的認知差異，隨著言辭的答問，造成逐步繃緊的衝突對立。

從衝突對立的角度來觀察，第二段齊宣王自承錯誤，願意受教，使得緊張緩和，具有降溫的作用；齊宣王進一步表示願意施予榮利，則已一改前段所表現的以勢壓人。至此，衝突似乎已經化解，兩種對立的觀點，似乎也可以在利的衡量下，取得一致，或各取所需。但「顏斶辭去」的反應，卻大出人之意表，使得文章又起波瀾。何以當齊宣王態度軟化且已示好之後，顏斶仍不肯妥協？其實，齊宣王雖認錯示好，但其潛意識仍是高高在上，並非真正體會顏斶士貴於王的堅持。從以勢壓人到以利誘人，看似不同，其基本心態卻是一樣的：權勢榮利，操之在我。所以接下去有一大段言辭，表明顏斶保全形神，不願因仕祿而受汙染的心志，其「再拜而辭去」，也就成為必然且可以理解的結局了。

戰國時代，士風卑下，大都畏權懼勢，好名貪利，但也不是沒有例外，本文所記的顏斶就表現出不畏權勢、不慕名利的高貴情操。孟子說：「說大人則藐之。」（《孟子・盡心下》）顏斶對齊宣王真是「藐之」了。

# 馮諼客孟嘗君

【題解】本文選自《戰國策・齊策四》，篇名據文意而訂。馮諼，戰國時代齊宣王時人。諼，或作「煖」、「驩」。孟嘗君，姓田名文，戰國時代齊國靖郭君田嬰之子。襲父封爵。好結交奇才異能之士，門下食客數千人，為戰國四公子之一。曾為齊湣王相。本文記敘馮諼為孟嘗君門客，以彈鋏三歌自歎不受重視，而孟嘗君逐一滿足了他的願望。其後馮諼以焚券市義、遊梁求售、立廟於薛，為孟嘗君鞏固權位，使孟嘗君在齊國為相數十年，而無任何禍難。

齊人有馮諼者，貧乏不能自存，使人屬❶孟嘗君，願寄食門下。孟嘗君曰：「客何好？」曰：「客無好也。」曰：「客何能？」曰：「客無能也。」孟嘗君笑而受之，曰：「諾❷。」左右以君賤之也，食以草具❸。

居有頃，倚柱彈其劍，歌曰：「長鋏❹歸來乎！食無魚。」左右以告。孟嘗君曰：「食之，比❺門下之客。」居有頃，復彈其鋏，歌曰：「長鋏歸來乎！出無車。」左右皆笑之，以告。孟嘗君曰：「為之駕，比門下之車客。」於是乘其車，揭❻其劍，過❼其友，曰：「孟嘗君客我。」後有頃，復彈其劍鋏，歌曰：「長鋏歸來乎！無以為家❽。」左右皆惡之，以為貪而不知足。孟嘗君問：「馮公有親乎？」對曰：「有老母。」孟嘗君使人給其食用，無使乏。於是馮諼不復歌。

後孟嘗君出記❾，問門下諸客：「誰習計會❿，能為文收責⓫於薛⓬者乎？」馮諼署⓭曰：「能。」孟嘗君怪之，曰：「此誰也？」左右曰：「乃歌夫長鋏歸來者也。」孟嘗君笑曰：「客果有能也。吾負⓮之，未嘗見也。」請而見之，謝⓯曰：「文倦於事，憒於憂⓰，而性懧愚⓱，沉⓲於國家之事，開罪於先生。先生不羞⓳，乃有意欲為收責於薛乎？」馮諼曰：「願之。」於是約車⓴治裝，載券契㉑而行，辭曰：「責畢收，以何市㉒而反？」孟嘗君曰：「視吾家所寡有者。」

驅而之薛，使吏召諸民當償者，悉來合券㉓。券徧合，起矯命㉔以責賜諸民，因燒其券，民稱萬歲。長驅㉕到齊，晨而求見。孟嘗君怪其疾也，衣冠而見之，曰：「責畢收乎？來何疾也？」曰：「收畢矣。」「以何市而反？」馮諼曰：「君云視吾家所寡有者。臣竊計，君宮中積珍寶，狗馬實外廄㉖，美人充下陳㉗。君家所寡有者以義耳。竊以為君市義。」孟嘗君曰：「市義奈何㉘？」曰：「今君有區區㉙之薛，不拊㉚愛子其民㉛，因而賈利之㉜。臣竊矯君命，以責賜諸民，因燒其券，民稱萬歲。乃臣所以為君市義也。」孟嘗君不說㉝，曰：「諾，先生休㉞矣！」

後朞年㉟，齊王㊱謂孟嘗君曰：「寡人不敢以先王㊲之臣為臣。」孟嘗君就國於薛，未至百里，民扶老攜幼，迎君道中。孟嘗君顧謂馮諼曰：「先生所為文市義者，乃今日見之。」

馮諼曰：「狡兔有三窟㊳，僅得免其死耳。今君有一窟，未得高枕而臥也。請為君復鑿二窟。」孟嘗君予車五十乘，金五百斤，西遊於梁㊴，謂惠王㊵曰：「齊放其大臣孟嘗君於諸侯，諸侯先迎之者富而兵強。」於是，梁王虛上位，以故相為上將軍，遣使者，黃金千斤，車百乘，往聘孟嘗君。馮諼先驅，誡孟嘗君曰：「千金，重幣㊶也；百乘，顯使也。齊其聞之矣！」梁使三反，孟嘗君固辭不往也。

齊王聞之，君臣恐懼，遣太傅㊷齎㊸黃金千斤，文車二駟㊹，服劍㊺一，封書謝孟嘗君曰：「寡人不祥㊻，被於宗廟之祟㊼，沉於諂諛之臣，開罪於君。寡人不足為㊽也，願君顧㊾先王之宗廟，姑反國統萬人㊿乎？」馮諼誡孟嘗君曰：「願請先王之祭器(51)，立宗廟於薛。」廟成，還報孟嘗君曰：「三窟已就(52)，君姑高枕為樂矣！」

孟嘗君為相數十年，無纖介(53)之禍者，馮諼之計也。

【注釋】❶屬 請託。❷諾 應允之辭。❸草具 粗劣的食物。草，粗劣。具，食物。❹長鋏 長劍。鋏，劍柄。借代為劍。❺比 比照。❻揭 高舉。❼過 拜訪。❽無以為家 無法養家。❾記 文書；公告。❿計會 即會計。指帳目之計算及錢財之出納等事。計，零星計算。會，總合計算。⓫責 通「債」。⓬薛 孟嘗君封地。在今山東滕縣東南。⓭署 簽名。⓮負 辜負。⓯謝 謝罪；道歉。⓰憒於憂 因憂煩而糊塗。憒，糊塗；昏亂。⓱懧愚 懦弱愚昧。懧，同「懦」。⓲沉 陷溺。⓳不羞 不以為恥辱。⓴約車 準備車馬。約，整理置備。㉑券契 契據；合約。㉒市 購買。㉓合券 合驗券契。古人把契約寫或刻在竹木版上，剖為兩半，債權人執左半，債務人執右半，償債時，兩半相合，以為驗證。㉔矯命 假命令。㉕長驅 前進不止。㉖廄 馬房；馬棚。㉗下陳 古代殿堂下陳列禮品、站立侍妾或表演歌舞的地方。引申指侍妾或後宮。㉘奈何 如何；怎麼樣。㉙區區 小小的。㉚拊 通「撫」。撫慰；安撫。㉛子其民 愛護人民。子，用為動詞。愛護。㉜賈利之 以商賈之道取利於民。㉝說 通「悅」。㉞休 休息。㉟朞年 滿一年。㊱齊王 指齊湣王。名地，齊宣王之子，在位十七年（西元前三〇〇～前二八四年）。㊲先王 指齊宣王。名辟疆，齊威王之子，齊湣王之父，在位十九年（西元前三一九～前三〇一年）。㊳狡兔有三窟 聰明的兔子，有三處藏身的洞穴。比喻為避禍而計慮周詳。㊴梁 即魏國。魏國本以安邑（故城在今山西夏縣北）為都，魏惠王（即梁惠王）遷都大梁（今河南開封），故又稱梁國。㊵梁王 指梁惠王。名罃，魏武侯之子，在位五十一年（西元前三六九～前三一九年）。㊶重幣 厚禮。幣，繒帛。古時以束帛為祭祀或贈送賓客的禮物。㊷太傅 官名。與太師、太保合稱三公。㊸齎 持物贈人。㊹文車二駟 有雕飾或彩繪的馬車二輛。駟，古代以四馬駕一車，因以稱四馬之車，或車之四馬。㊺服劍 佩劍。㊻不祥 不善。㊼宗廟之祟 祖先所降的災禍。宗廟，天子、諸侯奉祀祖先的宮室。此指奉祀在宗廟的祖先。祟，神禍。㊽不足為 不值得幫助。㊾顧 顧念。㊿萬人 指全國人民。(51)祭器 宗廟祭祀所用的禮器。(52)就 成。(53)纖介 細微。纖，細小。介，通「芥」。微小。

【語　譯】齊國有個叫馮諼的人，窮得沒辦法過活，託人請求孟嘗君，希望寄食在他門下。孟嘗君說：「客人有什麼喜好？」回答說：「客人沒有什麼喜好。」孟嘗君又說：「客人有什麼才幹？」回答說：「客人沒有什麼才幹。」孟嘗君笑著接受了，說：「好吧！」左右以為孟嘗君看不起馮諼，就用粗劣的食物給他吃。

過不久，馮諼靠著柱子彈著劍，唱道：「長劍啊回去吧！吃飯沒有魚。」左右就去告訴孟嘗君。孟嘗君說：「給他魚吃，比照門下可以吃魚的門客。」過不久，馮諼又彈著劍，唱道：「長劍啊回去吧！出門沒有車。」左右都笑他，又去告訴孟嘗君。孟嘗君說：「給他坐車，比照門下可以坐車的門客。」於是馮諼坐著車，高舉著劍，拜訪他的朋友，說：「孟嘗君以客禮待我。」又過不久，馮諼又彈著劍，唱道：「長劍啊回去吧！無法養家。」左右都厭惡他，認為他貪心不足。孟嘗君問道：「馮公有親人嗎？」回答說：「有老母親。」孟嘗君就派人供應他母親吃用，使她不再匱乏。於是馮諼不再唱歌了。

後來孟嘗君發布公告，問門下食客：「哪一位懂得會計，能夠替我去薛地收債？」馮諼簽上名說：「我能。」孟嘗君覺得奇怪，問說：「這是誰呢？」左右說：「就是唱『長劍啊回去吧』的那位。」孟嘗君笑著說：「客人果然有才幹，是我對不起他，從未接見過他。」於是請馮諼來見面，向他道歉說：「我被職務弄得很疲倦，因憂思而糊塗，而且生性懦弱愚昧，又為著國事忙碌，因此得罪了先生。先生不在意，竟然有意為我去薛地收債嗎？」馮諼回答說：「願意。」於是準備車馬，整理行裝，載著契據起程，辭行的時候說：「債收完後，買些什麼回來？」孟嘗君說：「看我們家缺少什麼，就買什麼。」

於是驅車到薛。派小吏召集所有欠債的人都來核對契據。核對完畢後，馮諼便假傳孟嘗君的命令，把應收的債全部贈送給他們，於是燒了契據，百姓都歡呼萬歲。接著便驅車趕回齊國，一大早就求見孟嘗君。孟嘗君對他這麼快就回來覺得很奇怪，穿戴好衣冠接見他，說：「債都收完了嗎？為什麼這麼快就回來了！」馮諼回答說：「都收好了。」孟嘗君問道：「買了什麼回來？」馮諼答說：「您說過看家裡缺什麼就買什麼。我私下思量著，您宮中堆滿了珠寶，外面的馬棚裡養滿了狗馬，又有眾多美女侍立在堂下，您家只缺少『義』罷了，因此我為您買了『義』。」孟嘗君說：「買義是怎麼一回事呢？」馮諼說：「如今您只有小小的薛地，卻不像對待子女一般地愛護您的人民，反而在人民身上圖利。我假傳您的命令，把債賜還給人民，燒掉契據，人民高呼萬歲，這就是我為您買來的『義』啊。」孟嘗君不高興，說：「哦！您去休息吧。」

過了一年，齊王對孟嘗君說：「寡人不敢以先王的臣子為我的臣子。」孟嘗君只好回到薛地去。距離薛地還有一百里，百姓扶老攜幼在路上迎接孟嘗君。孟嘗君回頭對馮諼說：「先生為我買的『義』，今天終於見到了。」

馮諼說：「狡兔有三個洞穴，才能免於死亡。現在您只有一個洞穴，還不能高枕而臥呢。讓我再替您挖兩個洞穴吧。」於是孟嘗君給他車五十輛、金五百斤，到西邊的梁國去遊說梁惠王，說：「齊國把大臣孟嘗君放棄送給諸侯，先請到他的諸侯便可富國強兵。」於是梁王把原來的相國調為上將軍，空出相位，派使者攜帶黃金千斤、車子百輛，前往聘請孟嘗君。馮諼趕在使者之前回去，告誡孟嘗君說：「千斤黃金是重禮，百輛車駕是顯耀的使節。齊國大概聽到這個消息了。」梁國的使者來回三次，孟嘗君都辭謝不去。

齊王聽到這件事後，君臣都很害怕，於是派遣太傅攜帶黃金千斤、彩繪的馬車兩輛以及佩劍一把，並且寫了一封信向孟嘗君謝罪，說：「寡人不吉祥，遭到祖先降災，受到阿諛之臣的迷惑，得罪了您。寡人實在是不值得幫助的，希望您顧念祖先的宗廟，姑且回來治理萬民吧。」馮諼告誡孟嘗君說：「希望您請求得到先王的祭器，在薛地建立宗廟。」宗廟落成後，馮諼回去報告孟嘗君說：「現在三個洞穴都已挖好了，您可以高枕無憂了。」

孟嘗君在齊國當了幾十年的國相，沒有一點災禍，這都是由於馮諼的計謀啊！

【研　析】本文可分八段。一、二段記馮諼寄食於孟嘗君門下，種種需索，孟嘗君都一一的滿足他。三、四段記馮諼自薦，替孟嘗君到薛地收債，並矯命燒券，免薛地人民之債，為孟嘗君市義，收攬民心。五段記孟嘗君罷官回薛，見到馮諼市義的效果。六段記馮諼為孟嘗君遊梁造勢。七段記孟嘗君復位，並依馮諼之策，請先王之祭器以立宗廟。八段記馮諼之計，使孟嘗君在齊為相數十年，始終無禍。

全文敘事重心在於馮諼的特異、智謀和孟嘗君的器度、雅量。馮諼的特異，從「客無好」、「客無能」的回答，「食無魚」、「出無車」、「無以為家」的需索，到矯命燒券，一步緊似一步的達到極點；孟嘗君的雅量，從「笑而受之」、「食之」、「為之駕」、「使人給其食用」的相對反應，及側筆襯映的「左右以告」、「左右皆笑之」、「左右皆惡之」，到強忍不悅的「先生休矣」，也層層推進，至於飽和。至此而筆勢一轉，從孟嘗君被貶退，見市義之效、薛地民心，不但化解了前面雙線並行的性格刻畫所隱含的衝突，並且肯定了馮諼在特異中所深藏的高瞻遠矚的智謀。於是雙線合一，君臣相得，遊梁國以造聲勢、立宗廟以鞏固地位的營窟行動，就全從正面直寫馮諼的智謀。結尾三句，總括馮諼之功，對照首段所謂「客無能」，原來正是大能大用。

有孟嘗君之量，方能容馮諼之異而用其智；有馮諼之智，方能得孟嘗君之用而展其才，古之君臣，今之主雇，理無不同。但才智表現並不在舌尖口利的言辭，或標新立異的行為，而應是待人處事的練達穩健、深識長慮。

# 趙威后問齊使

【題解】本文選自《戰國策・齊策四》，篇名據文意而訂。趙威后，戰國時代趙惠文王之后。趙惠文王卒，太子立，是為趙孝成王，年幼，由趙威后執政。本文記敘趙威后接見齊國使者，對於齊國種種的垂詢。趙威后先問齊國收成、人民，最後才問候齊王。因為齊國使者的不悅，進一步問齊國民間賢人，何以在齊國不受重視，表達了她以民為本的觀念。

齊王❶使使者問趙威后。書❷未發❸，威后問使者曰：「歲❹亦無恙❺耶？民亦無恙耶？王亦無恙耶？」使者不說❻，曰：「臣奉使使威后，今不問王，而先問歲與民，豈先賤而後尊貴者乎？」威后曰：「不然。苟❼無歲，何以有民？苟無民，何以有君？故❽問，舍本而問末者耶？」

乃進而問之曰：「齊有處士❾曰鍾離子❿，無恙耶？是⓫其為人也，有糧者亦食⓬，無糧者亦食；有衣者亦衣⓭，無衣者亦衣。是⓮助王養其民者也，何以至今不業⓯也？葉陽子⓰無恙乎？是其為人，哀鰥寡⓱，卹孤獨⓲，振⓳困窮，補不足。是助王息⓴其民者也，何以至今不業也？北宮㉑之女嬰兒子㉒無恙耶？徹其環瑱㉓，至老不嫁，以養父母。是皆率民而出於孝情者也，胡為至今不朝㉔也？此二士弗業，一女不朝，何以王齊國、子萬民㉕乎？於陵㉖子仲㉗尚存乎？是其為人也，上不臣於王，下不治其家，中不索交㉘諸侯。此率民而出於無用者，何為至今不殺乎？」

【注釋】❶齊王　指齊王建。齊襄王之子，戰國時代齊國末代之君，故無諡號，在位四十四年（西元前二六四～前二二一年），國亡被俘。齊亡而六國皆滅，秦統一天下。❷書　書信。此指齊王致趙威后書。❸發　啟封。❹歲　收成。❺無恙　安全無災。恙，災害。❻說　通「悅」。❼苟　若；如。❽故　為何。❾處士　有才能而不仕者。❿鍾離子　鍾離是複姓，子是男子之美稱。⓫是　語助詞。作用同「夫」。⓬食　用為動詞。拿食物給人吃。下句「食」字同。⓭衣　用為動詞。拿衣服給人穿。下句第二個「衣」字同。⓮是　此；這是。⓯不業　無功業。意謂不居官。⓰葉陽子　齊國處士。葉陽為地名，此以地代稱其人。子是男子之美稱。⓱哀鰥寡　憐憫鰥夫寡婦。鰥，老而無妻。⓲卹孤獨　撫卹孤兒寡老。孤，幼而無父。

獨，老而無子。⑲振　救濟。⑳息　繁育；生養。㉑北宮　複姓。㉒嬰兒子　女子名。㉓徹其環瑱　摘掉耳環耳玉。徹，通「撤」。除去。環，耳環。瑱，一種玉製的耳部飾物。㉔不朝　不上朝。古代女子唯有受封號為命婦方可上朝。㉕子萬民　統治人民。㉖於陵　齊國邑名。在今山東長山縣西。㉗子仲　人名。㉘索交　交往。索，求。

【語　譯】齊王派使者去問候趙威后。書信還沒啟封，趙威后就問使者說：「收成也還好嗎？人民也都平安嗎？齊王也平安嗎？」使者不高興，說：「臣奉命問候威后，如今威后不先問齊王，倒先問收成和人民，豈不是先卑賤而後尊貴嗎？」趙威后說：「不是這樣的。如果沒有收成，哪還有人民？如果沒有人民，哪還有國君？問候怎能捨根本而問枝節呢？」

於是趙威后繼續問道：「齊國有個處士叫鍾離子，他好嗎？他的為人，有糧的他也供他們食物吃，沒糧的他也供他們食物吃；有衣的他也供他們衣穿，沒衣的他也供他們衣穿。這是幫助君王撫養人民的人啊，為什麼至今還沒有職位呢？葉陽子好嗎？他的為人，憐憫鰥夫寡婦，撫卹孤兒寡老，救濟困苦貧窮，補助衣食不足的人。這是幫助君王生養人民的人啊，為什麼至今還沒有職位呢？北宮嬰兒子好嗎？這個女子摘掉耳環耳玉，到老不嫁，以奉養父母。這是帶領人民盡孝道的人啊，為什麼至今還沒有封她為命婦讓她上朝呢？這兩個賢士沒有職位，這一個女子不能上朝，如何能治理齊國統領百姓呢？於陵那個叫子仲的人還在嗎？他的為人，上對國君不守臣民的本分，下不能齊家，中不能結交諸侯。這是引導人民無所作為的人，為什麼至今還沒殺掉呢？」

【研　析】本文可分二段。首段記趙威后問齊國之年歲、人民、君王，並說明何以所問之先後如此。二段記趙威后問齊國之民間人物。

第一段所問，顯示趙威后以民為本的觀念，這在當時可算是一種進步的思想；第二段所問，則顯示其對齊國現況的深刻了解。全文以問為主，在問話中活現出趙威后的精明幹練和充分的自信，人物刻畫相當成功。

# 莊辛論幸臣

【題解】本文選自《戰國策・楚策四》，篇名據文意而訂。莊辛，戰國時代楚國人。事楚頃襄王。幸臣，君王左右得寵的臣子。本文為莊辛勸諫楚頃襄王不可信任幸臣，以免敵國乘隙、遂致亡國的全部內容。楚頃襄王即位後，親近幸臣，不圖振作，莊辛曾勸諫而不聽。楚頃襄王二十一年（西元前二七八年），秦將白起破楚國都城郢，楚頃襄王逃亡至陳國，使人召莊辛回楚國，莊辛乘機再諫，促其醒悟。

臣聞鄙語❶曰：「見兔而顧❷犬，未為晚也；亡❸羊而補牢❹，未為遲也。」臣聞昔湯、武以百里昌，桀、紂以天下亡。今楚國雖小，絕長續短❺，猶以❻數千里，豈特❼百里哉？

王獨不見夫蜻蛉❽乎？六足四翼，飛翔乎天地之間，俛❾啄蚊虻❿而食之，仰承甘露⓫而飲之，自以為無患，與人無爭也。不知夫五尺童子，方將調飴膠絲⓬，加⓭己乎四仞⓮之上，而下為螻蟻⓯食也。

蜻蛉其小者也，黃雀因是以⓰。俯噣白粒⓱，仰棲茂樹，鼓翅奮翼，自以為無患，與人無爭也。不知夫公子王孫，左挾彈，右攝丸⓲，將加己乎十仞之上，以其類⓳為招⓴。晝游乎茂樹，夕調乎酸鹹㉑，倏忽之間，墜於公子之手㉒。

夫雀其小者也，黃鵠㉓因是以。游乎江海，淹㉔乎大沼，俯噣鱔鯉，仰嚙陵衡㉕，奮其六翮㉖，而凌㉗清風，飄搖㉘乎高翔，自以為無患，與人無爭也。不知夫射者，方將脩其碆盧㉙，治其矰繳㉚，將加己乎百仞之上。被礛磻㉛，引微繳㉜，折㉝清風而抎㉞矣。故晝游乎江河，夕調乎鼎鼐。

夫黃鵠其小者也，蔡靈侯㉟之事因是以。南游乎高陂㊱，北陵㊲乎巫山㊳，飲茹谿㊴之流，食湘㊵波之魚，左抱幼妾，右擁嬖女㊶，與之馳騁乎高蔡㊷之中，而不以國家為事。不知夫子發㊸方受命乎靈王㊹，繫己以朱絲而見之也。

蔡靈侯之事其小者也，君王之事因是以。左州侯，右夏侯㊺，輦從㊻鄢陵君與壽陵君㊼，飯封祿之粟㊽，而戴方府之金㊾，與之馳騁乎雲夢㊿之中，而不以天下國家為事。不知夫穰侯(51)方受命乎秦王(52)，填黽塞之內(53)，而投己乎黽塞之外(54)。

【注釋】❶鄙語　俗語；俚語。❷顧　回頭。❸亡　丟失；丟掉。❹牢　飼養牲畜的欄圈。❺絕長續短　截長補短。意謂土地有廣狹，將之拼湊在一起計算。❻以　有。❼特　僅；只有。❽蜻蛉　蜻蜓一類的昆蟲。❾俛　俯；向下。❿虻　昆蟲名。似蠅而小，口有刺，喜叮牲畜。⓫甘露　露水。⓬調飴膠絲　調糖飴黏於絲。飴，米麥製成的糖漿。膠，用為動詞。黏上；黏住。⓭加　加害。⓮仞　八尺。一說：七尺。⓯螻蟻　螻蛄和螞蟻。螻蛄，俗稱「土猴」。⓰因是以　猶是已；也是這樣。因，猶；如同。是，此。以，通「已」。語助詞。⓱白粒　指米粒。⓲左挾彈二句　左手挾著彈弓，右手拿著彈丸。攝，持。⓳類　據王念孫《讀書雜志》卷一，此字當作「頸」。⓴招　鵠的；目標。㉑調乎酸鹹　指加佐料烹調。㉒倏忽之間二

句　據金正煒《戰國策補釋》卷三，此二句當移至「晝游乎茂樹」之前，譯文據以移前。㉓黃鵠　鳥名。俗名天鵝，似雁而大，飛翔甚高。㉔淹　止息。㉕蔆衡　菱角和香草。蔆，通「菱」。衡，通「蘅」。香草。㉖六翮　鳥翅的六根大羽。此指鳥翅。翮，毛羽之莖，中空。㉗淩　駕；乘。㉘飄搖　形容飛翔搖動的樣子。㉙碆盧　射鳥用的石製箭頭和塗漆的黑色弓。㉚矰繳　繫上絲繩，用以射鳥的箭。矰，末端繫絲，用以射鳥的短箭。繳，繫在箭上的絲繩。㉛被礛磻　中利箭。被，遭受。礛磻，尖利的石製箭頭。㉜引微繳　拖著微細的箭繩。引，拖。㉝折　斷。指飛翔中斷，不能再飛。㉞抎　通「隕」。掉落；墜落。㉟蔡靈侯　春秋時代蔡國國君。名般，蔡景侯之子。弒父自立，在位十二年（西元前五四二～前五三一年），為楚靈王所誘殺。㊱陂　山丘；山坡。一說：池。㊲陵　登。㊳巫山　山名。在今四川巫山縣東。㊴茹谿　水名。在今四川巫山縣北。㊵湘　湘水。源出廣西興安海陽山，在湖南注入洞庭湖。㊶嬖女　所寵幸的美女。嬖，寵幸；寵愛。㊷高蔡　地名。在今河南上蔡。㊸子發　楚國大夫。㊹靈王　指春秋時代楚國國君楚靈王。名虔，在位十二年（西元前五四〇～前五二九年）。㊺左州侯二句　左有州侯，右有夏侯。二人皆楚頃襄王寵臣。㊻輦從　隨從於輦後。輦，以人力推挽之車。秦漢以後，特指君后所乘車。㊼鄢陵君與壽陵君　二人皆楚頃襄王寵臣。㊽飯封祿之粟　食用取自封地作為俸給的穀物。飯，吃。祿，俸給。粟，泛指穀物。㊾戴方府之金　分得府庫的金錢。戴，增加；增多。方府之金，四方貢入府庫的金錢。方，四方。府，府庫。㊿雲夢　雲夢澤。在今湖北安陸北。(51)穰侯　秦將軍魏冉。秦昭王母宣太后之異父弟，封於穰（今河南鄧縣東南）。(52)秦王　指秦昭王。名稷，秦惠王之子，秦武王之弟，在位五十六年（西元前三〇六～前二五一年）。(53)填黽塞之內　軍隊布滿黽塞之內。填，滿；實。黽塞，古隘道名。在今河南信陽境。黽塞在楚國都之北，所謂內外，就楚國而言。(54)投己乎黽塞之外　把自己趕到黽塞之外。投，放逐。己，指楚頃襄王。秦昭王二十九年（西元前二七八年），秦將白起破楚都，楚頃襄王出奔陳。陳在黽塞之北，故曰外。

【語　譯】臣聽過這樣的俗話：「看到兔子再回頭去放狗，還不算晚；丟掉羊再去修補羊圈，還不算遲。」臣聽說從前商湯、周武王以百里的土地而昌盛，夏桀、殷紂擁有天下而滅亡。如今楚國雖小，截長補短，還有幾千里的土地，豈止百里呢？

君王難道沒見過那蜻蛉嗎？牠有六隻腳，四張翅膀，在天地間飛翔，俯身啄蚊虻吃，仰身接露水喝，自以為沒有禍患，與人無爭。哪知道五尺孩童正調了糖飴黏在絲繩上，要從四仞高的空中捉下牠，給螻蟻去吃呢。

蜻蛉被抓還是小事，黃雀也是這樣。牠飛到低處啄食米粒，飛上高處棲息在茂林，振動翅膀，張開羽翼，自以為沒有禍患，與人無爭。哪知道公子王孫，左手挾彈弓，右手拿彈丸，要從十仞高的空中打下牠，把牠們的脖子當作目標。一剎那間，就落在公子的手中。白天還在茂林中遊息，晚上已被烹調成為食物。

黃雀被打下還是小事，黃鵠也是這樣。牠遨遊在江海之上，棲息在大池沼邊，俯身啄食鱔魚鯉魚，仰頭咬嚼菱角香草，張開翅膀，乘著清風，飄搖地在高空中飛翔，自以為沒有禍患，與人無爭。哪知道射鳥的人，正在修理弓箭，準備好繫上絲繩的箭，要從百仞的空中射下牠。黃鵠身中利箭，拖著細繩，不能再飛，就從清風中掉了下來。所以牠白天還在江河上漫遊，晚上已被放在鼎鼐裡烹調了。

黃鵠被射下還算是小事，蔡靈侯的事也是這樣。他南遊高丘，北登巫山，飲茹谿的水，吃湘水的魚，左手抱著年輕的愛妾，右手摟著寵幸的美女，和她們在上蔡馳騁遊樂，不把國事放在心上。哪知道子發已經奉了楚靈王的命令，要用紅繩綁著他去見楚靈王呢。

蔡靈侯被殺還算是小事，君王的事也是這樣。君王左有州侯，右有夏侯，車後跟隨著鄢陵君和壽陵君，讓他們吃封地的糧米，分得府庫的金錢，和他們在雲夢澤之中遨遊，不把天下國家的事放在心上。哪知道穰侯已奉了秦昭王的命令，要率領大批軍隊進入黽塞，把君王趕到黽塞之外呢。

【研析】本文所選，是楚國郢都城破之後，莊辛對頃襄王的諫言。全文可分六段。首段以若能「亡羊而補牢」，楚猶有可為，勉楚頃襄王。二至四段，以物為喻，由小至大，說明居安而不思危，則禍害必至。五段以人為證，指出寵奸佞、貪佚樂，乃蔡靈侯之所以亡，而其智與物無異。六段直指楚頃襄王親小人樂佚遊，與蔡靈侯之所為相同，此乃國都淪陷、自身逃亡之原因。

莊辛的諫言，先以勉勵，再加警惕；以物喻人，以古證今；層層推進，步步深入，既表現出其耿耿之心，又明白指出楚頃襄王之蔽，故《戰國策》謂楚頃襄王聞之而「顏色變作，身體戰慄」，可見其言辭之切中肯綮。

# 觸龍說趙太后

【題解】本文選自《戰國策・趙策四》，篇名據文意而訂。觸龍，戰國時代趙國人，官左師。趙太后，即趙威后。戰國時代趙惠文王之后。趙惠文王卒，太子立，是為趙孝成王，年幼，由趙威后執政。本文記敘趙國被秦國所攻，情勢緊急，求救於齊國，齊國要求以趙太后幼子長安君為人質，方肯出兵，而趙太后堅持不肯。觸龍進見趙太后，以迂迴漸進的方式、情理兼具的說辭，說服趙太后，讓長安君赴齊國為人質交換了齊國出兵救趙國。

趙太后新用事❶，秦急攻之。趙氏求救於齊。齊曰：「必以長安君❷為質❸，兵乃出。」太后不肯，大臣強諫。太后明謂左右：「有復言令長安君為質者，老婦必唾其面❹。」

左師觸龍言願見太后。太后盛氣❺而胥❻之。入而徐趨❼，至而自謝❽，曰：「老臣病足，曾❾不能疾走。不得見久矣，竊自恕❿，而恐太后玉體之有所郄⓫也，故願望見太后。」太后曰：「老婦恃輦⓬而行。」曰：「日食飲得無⓭衰乎？」曰：「恃鬻⓮耳。」曰：「老臣今者殊不欲食，乃自強步⓯，日三、四里，少益嗜食⓰，和於身也。」太后曰：「老婦不能。」太后之色少解⓱。

左師公曰：「老臣賤息⑱舒祺，最少，不肖⑲。而臣衰，竊愛憐之。願今得補黑衣之數⑳，以衛王宮。沒死㉑以聞。」太后曰：「敬諾。年幾何矣？」對曰：「十五歲矣。雖少，願及㉒未填溝壑㉓而託之。」太后曰：「丈夫㉔亦愛憐其少子乎？」對曰：「甚於婦人。」太后笑曰：「婦人異甚㉕。」對曰：「老臣竊以為媼㉖之愛燕后㉗，賢㉘於長安君。」曰：「君過矣。不若長安君之甚。」

左師公曰：「父母之愛子，則為之計深遠。媼之送燕后也，持其踵㉙，為之泣，念悲其遠也，亦哀之矣。已行，非弗思也，祭祀必祝之，祝曰：『必勿使反㉚。』豈非計久長，有子孫相繼為王也哉？」太后曰：「然。」左師公曰：「今三世以前，至於趙之為趙㉛，趙主之子孫侯者，其繼有在者乎？」曰：「無有。」曰：「微㉜獨趙，諸侯有在者乎㉝？」曰：「老婦不聞也。」「此其近者禍及身㉞，遠者及其子孫。豈人主之子孫則必不善哉？位尊而無功，奉厚而無勞，而挾重器㉟多也。今媼尊長安君之位，而封之以膏腴之地㊱，多予之重器，而不及今令有功於國；一旦山陵崩㊲，長安君何以自託於趙？老臣以媼為長安君計短也，故以為其愛不若燕后。」太后曰：「諾！恣㊳君之所使之！」於是為長安君約㊴車百乘，質於齊，齊兵乃出。

子義㊵聞之曰：「人主之子也，骨肉之親也，猶不能恃無功之尊、無勞之奉，而守金玉之重也，而況人臣乎？」

【注　釋】❶新用事　剛剛執掌政事。用事，任事。此指執掌政事。❷長安君　趙太后幼子之封號。❸質　人質。先秦各國結盟，常以國君之子或兄弟往居盟國，以為信守盟約之保證。❹唾其面　往他臉上吐口水。❺盛氣　盛怒之氣。❻胥　通「須」。等待。❼徐趨　徐行；小步慢行。❽謝　謝罪；道歉。❾曾　乃。❿恕　忖度；推想。⓫郄　通「隙」。縫隙。此引申為身體欠安。⓬輦　以人力推挽之車。秦、漢以後，特稱君后所乘車。⓭得無　該不會。⓮鬻　通「粥」。⓯強步　勉強步行。⓰少益嗜食　稍微增加食慾。少、益，都是「稍」的意思。嗜，喜愛。⓱解　通「懈」。和緩。⓲息　兒子。⓳不肖　不似。後人不如先人，謂之不肖。引申為沒出息或不成器。肖，似。⓴補黑衣之數　補衛士的缺額。黑衣為衛士之服，因以借指衛士。數，名額。㉑沒死　冒死。㉒及　趁著。㉓填溝壑　棄屍骨於山溝谿谷。此觸龍自稱其死亡的婉辭。㉔丈夫　指成年男子。㉕異甚　特別厲害。㉖媼　稱年老婦女。㉗燕后　趙太后之女。嫁燕王為后，故稱。㉘賢　勝過。㉙踵　車踵。古代車子後面的橫木。㉚反　通「返」。古代諸侯嫁女與他國，不返，唯國滅或被廢，始返母國，稱大歸。㉛趙之為趙　趙國始建國時。即指趙由大夫之家而成諸侯之國時。趙原為晉之大夫，周威烈王時，趙籍（趙烈侯）、韓虔（韓景侯）、魏斯（魏文侯）三家共分晉國地，周威烈王二十三年（西元前四〇三年），正式封三家為諸侯。㉜微　非；不是。㉝諸侯有在者乎　即「諸侯之子孫侯者，其繼有在者乎」。承上文「趙王之子孫」云云而省略。㉞身　自身；自己。㉟重器　寶器。如鐘鼎圭璧之類。㊱膏腴之地　肥沃的土地。㊲山陵崩　古稱帝王之死。此指趙太后。山陵比喻帝王，言其崇高。帝王死曰崩。㊳恣　聽任。㊴約　整束；備辦。㊵子義　趙國賢士。

【語　譯】趙太后剛剛執掌政事，秦國趁機加緊攻打趙國。趙國向齊國求救。齊國說：「一定要長安君來當人質，我們才會出兵。」趙太后不肯答應，大臣都極力勸諫。趙太后明白地告訴左右的人：「有誰再說讓長安君去當人質，老身一定在他臉上吐口水。」

左師觸龍說希望晉見太后。趙太后怒氣沖沖地等著他。觸龍進來後，小步緩慢地向前走，來到趙太后面前，自己先謝罪，說：「老臣腳有毛病，所以走不快。好久沒來朝見太后了，臣心裡在想，不知太后玉體是否康健，所以希望能來朝見。」趙太后說：「老身行動全靠輦車。」觸龍說：「每天的飲食該不會減少吧？」趙太后說：「就吃點粥而已。」觸龍說：「老臣近來胃口很差，就勉強散散步，每天走個三、四里，食慾稍微好些，身體也比較舒適了。」趙太后說：「這老身可做不到。」這時，趙太后的臉色和緩了些。

左師公說：「老臣的賤子名叫舒祺，年紀最小，不成器。而臣已衰老，心裡卻疼他。希望能讓他補個衛士的缺，保衛王宮。臣冒死來向太后稟告。」趙太后說：「好的。年紀多大了？」觸龍回答說：「十五歲了。雖然還小，但希望趁著未死來拜託太后。」趙太后說：「男人也疼愛自己的小兒子嗎？」觸龍回答說：「比女人還要疼。」趙太后笑著說：「女人可疼得特別厲害呢！」觸龍回答說：「老臣認為您老人家疼燕后勝過疼長安君呢。」趙太后說：「您錯了。比不上疼長安君那樣深。」

左師公說：「父母疼愛子女，就要為他作長遠的打算。您老人家在送燕后出嫁的時候，緊抓著她坐車後面的橫木，為她哭泣，這是為她要遠離而傷心啊，也真夠疼她的了。她走後，您並不是不想念她，可是每逢祭祀必定祝禱說：『一定別讓她回來！』這難道不是為她作長遠的打算，希望她的子孫能世世代代為王嗎？」趙太后說：「是的。」左師公說：「從現在算起，三代以前，一直到趙氏立國的時候，趙王的子孫封侯的，現在還有繼承人在位嗎？」趙太后說：「沒有。」觸龍又說：「不單是趙國，當時其他諸侯的子孫封侯的，現在還有繼承人在位嗎？」趙太后說：「老身沒聽說過。」觸龍說：「這樣看來，禍患快的發生在白己身上，慢的就落在子孫身上。難道君王的子孫就一定不好嗎？因為他們地位高而沒有功勳，俸祿厚而沒有勞績，又擁有太多的寶器啊。現在您老太太讓長安君居尊貴的地位，封給他肥沃的土地，給他很多的寶器，又不讓他趁現在為國立功；一旦太后百年之後，長安君憑什麼在趙國立足呢？老臣認為您老太太為長安君的打算不夠長遠，所以認為您對長安君的疼愛不如對燕后。」趙太后說：「好！任憑您的安排吧！」於是就替長安君準備了一百輛車子，送他到齊國當人質，齊國也就出兵了。

子義聽到這件事，說：「國君的兒子，骨肉的至親，都還不能仗著沒有功勳的高位，沒有勞績的俸祿，而保住他的尊貴，何況是臣子呢？」

【研　析】本文可分五段。首段記秦國攻趙國，趙國危急，而趙太后峻拒以長安君為人質，換取齊國出兵相助。二段記觸龍求見，與趙太后閒話家常，趙太后由盛怒而轉緩和。三段記觸龍以幼子相託，引出父母之愛子女的話題。四段記觸龍以趙太后不趁此時令長安君為國立功，則恐其將來無以立足於趙國，則雖云愛之，實非「為之計深遠」，趙太后因而醒悟，以長安君為人質，換得齊國出兵相助。五段記趙國賢士子義對此事之論評。

忠言逆耳，本人情之常態，所以勸諫乃一難事；這尤以諫君王或掌權有勢者為然。基本上，進言者與被諫者往往存在著一定的認知或主張的歧異，居於弱勢地位的進言者，一有不慎，不但其忠言不被接納而於事態無補，且可能因而激怒對方而一意孤行，造成更嚴重的後果，甚且在對方盛怒而喪失理智的情況下，遭致極為不利的禍害。趙太后既已明言必唾諫者之面，則其認知乃以為為質於齊國是不利於長安君，此時，在她心目中，長安君的利與害，其重要性怕是遠超過趙國的安與危了。偏在此時而觸龍求見。觸龍之來，不諫何為？則是若可忍，孰為不可忍？趙太后盛氣以待，是可想而知。在這種情況下，觸龍欲有所諫，可說相當的困難。然而，他居然說服了趙太后，這當中是有著極為高妙的技巧的。簡而言之，曰迂迴，曰攻堅。

首先是迂迴以消除趙太后的敵意，化解趙太后的怒氣，然後逐步進入問題的核心。觸龍進門之後的動作，活脫一副老弱的模樣，對於這樣的一個人，通常較為不易產生敵意；然後觸龍訴說自己的病痛，和趙太后閒話家常，表示出他對趙太后起居健康的關心，使得「太后之色少解」，可說其迂迴戰術已經看到初步效果了；接下去再以幼子相託，很自然地把話題引到父母愛護子女上面，則更為接近核心了。這樣的迂迴前進，層層深入，不但使得原先可能的衝突對立化解於無形，且使讓長安君為人質以救趙國的主題，得以水到渠成地提出，且說動趙太后採納。

其次是攻堅，直接指出問題的是非利害。觸龍以為趙太后不讓長安君為人質，看似愛護長安君而為他的利益著想，但從長遠來看，其實反不利於長安君。亦即他針對趙太后切切以長安君之利益為重的堅持，指出其不利於長安君，而唯有使之為人質，以「令有功於國」，才是深遠之計。因此，觸龍並不反對維護長安君的利益，反而站在與趙太后同樣是維護長安君利益的立場，指出其更為深遠的考慮，更為積極的作法，那就是使長安君為人質，否則，愛之適足以害之。這一來，觸龍並未與趙太后維護長安君利益的立場相悖，而其主張雖與趙太后不同，反較趙太后之堅持為理智而可行，少害而多利，所以能為趙太后接受。

一個理性而有益的主張，加上巧妙運用的動作和言辭，是觸龍在這件事上面能獲得成功的原因。

# 魯仲連義不帝秦

**【題解】**本文選自《戰國策・趙策三》，篇名據文意而訂。魯仲連，戰國時代齊國人。帝秦，尊秦王為帝。本文記敘趙國國都邯鄲（在今河北邯鄲）被秦圍攻，魏王派兵救援，而畏懼秦國威勢，軍隊不敢前進。魏王又派使者，透過趙國公子平原君，企圖說服趙國使尊秦王為帝，以退秦兵。此時，魯仲連剛好在邯鄲，激於義憤，往見魏使，陳說利害而折服之，而魏公子信陵君奪魏將兵權，領軍解圍，魯仲連則拒受封賞，飄然而去。

秦圍趙之邯鄲。魏安釐王❶使將軍晉鄙救趙。畏秦，止於蕩陰❷，不進。魏王使客將軍❸辛垣衍❹間入❺邯鄲，因平原君❻謂趙王❼曰：「秦所以急圍趙者，前與齊湣王❽爭強為帝❾，已而復歸帝❿，以齊故。今齊益弱，方今唯秦雄天下，此非必貪邯鄲，其意欲求為帝。趙誠發使尊秦昭王⓫為帝，秦必喜，罷兵去。」

平原君猶豫未有所決。

此時魯仲連適⑫游趙，會⑬秦圍趙。聞魏將欲令趙尊秦為帝，乃見平原君，曰：「事將奈何矣？」平原君曰：「勝也何敢言事？百萬之眾折於外⑭，今又內圍邯鄲而不能去⑮。魏王使客將軍辛垣衍令趙帝秦，今其人在是。勝也何敢言事？」魯連曰：「始吾以君為天下之賢公子也，吾乃今然後知君非天下之賢公子也。梁⑯客辛垣衍安在？吾請為君責而歸之。」平原君曰：「勝請為召⑰而見之於先生。」

平原君遂見辛垣衍，曰：「東國⑱有魯連先生，其人在此，勝請為紹介而見之於將軍。」辛垣衍曰：「吾聞魯連先生，齊國之高士也。衍，人臣也，使事有職⑲，吾不願見魯連先生也。」平原君曰：「勝已泄⑳之矣。」辛垣衍許諾。

魯連見辛垣衍而無言。辛垣衍曰：「吾視居此圍城之中者，皆有求於平原君者也。今吾視先生之玉貌，非有求於平原君者，曷為㉑久居此圍城之中而不去也？」魯連曰：「世以鮑焦㉒無從容㉓而死者，皆非也。今眾人不知，則為一身。彼秦者，棄禮義而上首功㉔之國也。權㉕使其士，虜㉖使其民。彼則㉗肆然㉘而為帝，過而㉙遂正於天下㉚，則連有赴東海而死耳。吾不忍為之民也！所為㉛見將軍者，欲以助趙也。」辛垣衍曰：「先生助之奈何？」魯連曰：「吾將使梁及燕助之，齊、楚則固助之矣。」辛垣衍曰：「燕則吾請㉜以㉝從矣。若乃梁，則吾乃梁人也，先生惡能使梁助之邪㉞？」魯連曰：「梁未睹秦稱帝之害故也。使梁睹秦稱帝之害，則必助趙矣。」

辛垣衍曰：「秦稱帝之害將奈何？」魯仲連曰：「昔齊威王㉟嘗為仁義矣，率天下諸侯而朝周。周貧且微，諸侯莫朝，而齊獨朝之。居歲餘，周烈王㊱崩，諸侯皆弔，齊後往。周怒，赴㊲於齊曰：『天崩地坼㊳，天子㊴下席㊵。東藩㊶之臣田嬰齊後至，則斮㊷之。』威王勃然怒曰：『叱嗟㊸！而㊹母婢也！』卒為天下笑。故生㊺則朝周，死則叱之，誠不忍㊻其求也。彼天子固然，其無足怪。」辛垣衍曰：「先生獨未見夫僕乎？十人而從一人者，寧㊼力不勝、智不若邪？畏之也。」魯仲連曰：「然梁之比於秦，若僕邪？」辛垣衍曰：「然。」魯仲連曰：「然則吾將使秦王烹醢㊽梁王。」辛垣衍怏然㊾不說㊿，曰：「嘻，亦太甚矣，先生之言也！先生又惡能使秦王烹醢梁王？」

魯仲連曰：「固也，待吾言之。昔者鬼侯(51)、鄂侯(52)、文王，紂之三公也。鬼侯有子(53)而好，故入之於紂。紂以為惡，醢鬼侯。鄂侯爭之急，辨之疾，故脯(54)

鄂侯。文王聞之，喟然而歎，故拘之於牖里[55]之庫[56]百日，而欲舍[57]之死。曷為與人俱稱帝王，卒就脯醢之地也？齊湣王將之魯，夷維子[58]執策[59]而從，謂魯人曰：『子將何以待吾君？』魯人曰：『吾將以十太牢[60]待子之君。』夷維子曰：『子安取禮而來待吾君？彼吾君者，天子也。天子巡狩[61]，諸侯避舍[62]，納于筦鍵[63]，攝衽抱几[64]，視膳[65]於堂下，天子已食，乃退而聽朝也。』魯人投其籥[66]，不果納[67]，不得入於魯。將之薛[68]，假涂於鄒[69]。當是時，鄒君死，湣王欲入弔。夷維子謂鄒之孤[70]曰：『天子弔，主人必將倍殯柩[71]，設北面於南方，然後天子南面弔也。』鄒之群臣曰：『必若此，吾將伏劍[72]而死。』故不敢入於鄒。鄒、魯之臣，生則不得事養，死則不得飯含[73]，然且欲行天子之禮於鄒、魯之臣，不果納。今秦萬乘之國，梁亦萬乘之國。俱據萬乘之國，交[74]有稱王之名，睹其一戰而勝，欲從而帝之，是使三晉[75]之大臣，不如鄒、魯之僕妾也。且秦無已[76]而帝，則且變易諸侯之大臣。彼將奪其所謂不肖，而予其所謂賢；奪其所憎，而予其所愛。彼又將使其子女讒妾為諸侯妃姬，處梁之宮，梁王安得晏然[77]而已乎？而將軍又何以得故寵乎？」

於是辛垣衍起，再拜，謝曰：「始以先生為庸人，吾乃今日而知先生為天下之士也。吾請去，不敢復言帝秦。」秦將聞之，為卻軍(78)五十里。適會魏公子無忌(79)奪晉鄙軍以救趙擊秦，秦軍引(80)而去。

於是平原君欲封魯仲連。魯仲連辭讓者三，終不肯受。平原君乃置酒，酒酣，起，前，以千金為魯連壽(81)。魯連笑曰：「所貴於天下之士者，為人排患釋難、解紛亂而無所取也。即(82)有所取者，是商賈之人也，仲連不忍為也。」遂辭平原君而去，終身不復見。

【注釋】❶魏安釐王　戰國時代魏國國君。名圉，魏昭王之子，信陵君異母兄，在位三十四年（西元前二七六～前二四三年）。❷蕩陰　地名。當趙、魏交界，在今河南湯陰。❸客將軍　非本國人而為將軍者。❹辛垣衍　人名。辛垣為複姓。❺間入　乘隙而入。❻平原君　名勝。封於平原（今山東平原），故稱。趙孝成王之叔，趙武王之子，時為趙相。性好客，門下食客三千，為戰國四公子之一。❼趙王　指趙孝成王。名丹，趙惠文王之子，在位二十一年（西元前二六五～前二四五年）。❽齊湣王　戰國時代齊國國君。名地，齊宣王之子，在位十七年（西元前三〇〇～前二八四年）。❾爭強為帝　周赧王二十七年（西元前二八八年），秦昭王稱西帝，齊湣王稱東帝，後蘇代說齊湣王使去帝號，齊湣王從之，秦昭王隨之亦取消帝號。❿歸帝　歸還帝號。即取消帝號。⓫秦昭王　戰國時代秦國國君。名稷，秦武王異母弟，在位五十六年（西元前三〇六～前二五一年）。⓬適　恰好。⓭會　正遇上。⓮百萬之眾折於外　百萬軍隊在外挫敗。趙孝成王六年（西元前二六〇年），秦國將領白起大破趙軍於長平（今山西高平西北），坑殺趙國降卒四十餘萬。折，挫敗。⓯去　離開。此指退兵。⓰梁　即魏。魏國於惠王時遷都大梁（今河南開封）後又稱梁。⓱召　當從《史記・魯仲連鄒陽列傳》作「紹介」，即雙方的聯繫人。⓲東國　東方之國。此指齊國。魯仲連為齊國人，齊國在趙國東方，故云。⓳職　任務；職務。⓴泄　洩露。㉑曷為　為何。曷，何。㉒鮑焦　周之隱士。廉潔自守，不仕帝王諸侯，後抱木餓死。㉓從容　寬容；寬大。㉔上首功　崇尚斬首之功。秦國有爵級的制度，凡分二十級，以斬敵首計功而賜爵級。上，崇尚。㉕權　權詐。㉖虜　奴隸。㉗則　若。㉘肆然　公然。㉙過而　甚而；甚至於。過，甚。㉚正於天下　為政於天下。即統治天下。正，通「政」。㉛所為　所以。㉜請　通「情」。的確；確實。㉝以以為；認為。㉞邪　通「耶」。㉟齊威王　戰國時代齊國國君。田氏，名嬰齊，一作因齊，齊桓公之子，在位三十七年（西元前三五六～前三二〇年）。㊱周烈王　周天子。名喜，在位七年（西元前三七五～前三六九年）。㊲赴　通「訃」。報喪。㊳天崩地坼　天崩地裂。此指天子死亡。㊴天子　指周顯王。名扁，周烈王之弟，在位四十八年（西元前三六八～前三二一年）。㊵下席　謂居喪寢於苫席之上。㊶東藩　東方之藩國。此指齊國。古代封建諸侯以屏藩王室，故以諸侯為藩國。藩，屏蔽。㊷斮　砍；斬。㊸叱嗟　怒斥之聲。㊹而　通「爾」。㊺生　指周烈王生時。㊻忍　忍受。㊼寧　難道。㊽烹醢　皆古代酷刑。烹，煮。醢，剁成肉醬。㊾怏然　不高興的樣子。㊿說　通「悅」。(51)鬼侯　商代諸侯。封地在今河南臨漳。(52)鄂侯　商代諸侯。封地在今山西中陽。(53)子　指女子。上古「子」字本通稱男女。(54)脯　製成肉乾。(55)牖里　地名。亦作羑里，在今河南湯陰。(56)庫　監牢。(57)舍　處置。(58)夷維子　齊國夷維人。以邑為姓。夷維，今山東濰縣。子，男子之美稱。(59)策　馬鞭。(60)太牢　牛羊豬各一。(61)巡狩　天子巡視諸侯所守地。狩，通「守」。(62)避舍　離其正殿而不居。(63)納于筦鍵　獻出鎖匙。納，獻出。于，語助詞。筦鍵，鎖匙。(64)攝衽抱几　提起衣襟，移動几案。攝，提起。衽，衣襟。抱，捧。几，小桌；矮桌。(65)視膳　侍候別人吃飯。(66)投其籥　下鎖閉門。籥，通「鑰」。(67)不果納　不納；不使入。果，事如預期。(68)薛　齊國邑名。在今山東滕縣東南。(69)假涂於鄒　借道於鄒。涂，通「途」。道路。鄒，國名。在今山東鄒縣。(70)孤　指鄒之新君。(71)倍殯柩　移動靈柩至相反方向。靈柩本坐北朝南，今因「天子」將弔，故移為坐南朝北，以便「天子」面南而弔。倍，通「背」。殯，停喪。屍已入棺稱柩。(72)伏劍　以劍自殺。(73)飯含　將珠玉米貝等物放於死者口中。飯，把米放在死人口中。含，把玉放在死人口中。(74)交　互相；彼此。(75)三晉　韓、趙、魏三國最初皆為晉國之大夫，後分晉國而三，故稱。此處主要指魏、趙。(76)無已　不止；無止境。(77)晏然　安然。(78)卻軍　退兵。(79)魏公子無忌　即信陵君（西元前？～前二四三年）。名無忌，魏昭王少子，魏安釐王異母弟，信陵君為其封號。仁而下士，食客三千，為戰國四公子之一。信陵君姊為平原君夫人，故用侯生之計，託魏王愛妾如姬盜兵符，假傳王命，殺晉鄙，奪其軍而救趙國。(80)引　退。(81)壽　以財物贈人，表示慶賀、祝福。(82)即　若。

**【語　譯】**秦軍圍攻趙國的邯鄲，魏安釐王派將軍晉鄙去援救趙國。因為畏懼秦軍，軍隊停留在蕩陰，不敢前進。魏王派客將軍辛垣衍乘機進入邯鄲，透過平原君告訴趙王說：「秦之所以急於圍攻趙國，是因為從前曾跟齊湣王爭強稱帝，不久又取消帝號，這是由於齊國的緣故。現在齊國比從前更為衰弱，只有秦國稱雄天下，這次行動不一定是貪求得到邯鄲，他的意思是想做皇帝。如果趙國派使者去尊奉秦昭王為帝，秦王必定高興，撤軍離開。」平原君遲疑不定。

這時魯仲連正好在趙國遊歷，碰上秦軍圍趙。聽說魏國想叫趙國尊奉秦為皇帝，就去見平原君，說：「這件事打算怎麼處理？」平原君說：「勝哪敢談這件事？百萬大軍在外受挫，現在邯鄲被圍又不能退敵。魏王派客將軍辛垣衍叫趙國尊奉秦王為皇帝，此人現在還在這裡。勝哪敢談這件事？」魯連說：「原先我以為您是天下的賢公子，現在我才知道您並不是天下的賢公子。梁客辛垣衍在哪裡？我去替您責備他，讓他回去。」平原君說：「讓勝做個聯繫人，領他來見先生。」

平原君就召見辛垣衍，說：「齊國有位魯連先生，人在這裡，讓勝做個聯繫人，領他來見將軍。」辛垣衍說：「我聽說魯連先生，是齊國的高士。衍是人臣，奉使來此，職務在身，我不想見魯連先生。」平原君說：「勝已經告訴他了。」辛垣衍只好答應。

魯連見了辛垣衍，沒有說話。辛垣衍說：「我看在這圍城裡的人，都是有求於平原君的。現在我看先生的尊容，不像是有求於平原君的人，為什麼久留在這圍城裡而不離開呢？」魯連說：「世人認為鮑焦不能從容活在世上而自殺，這種看法是錯誤的。現在一般人不了解鮑焦，認為他只會為個人打算。那秦國，是一個拋棄仁義而崇尚屠殺的國家。用權詐差使將士，像奴隸般役使人民。秦國如果公然稱帝，甚至於統治天下，那連只有跳東海自殺而已，我實在不願當秦國的百姓啊！我之所以來見將軍，是想幫助趙國啊。」辛垣衍說：「先生如何幫助趙國呢？」魯連說：「我打算說服梁、燕二國來援助趙國，至於齊、楚二國本來就已幫助趙國了。」辛垣衍說：「我的確相信燕國會聽您的；至於梁國，我就是梁國人，先生怎能使梁國援助趙國呢？」魯連說：「這是因為梁國沒看出秦王稱帝的害處啊。如果梁國看出秦王稱帝的害處，就必定會援助趙國了。」

辛垣衍說：「秦王稱帝的害處會是怎樣呢？」魯仲連說：「從前齊威王曾經推行仁義，率領天下諸侯去朝見周天子。周貧窮又弱小，諸侯都不去朝見，只有齊王單獨去朝見。過了一年多，周烈王崩，諸侯都去弔喪，齊王最後才去。周顯王很生氣，派人到齊國報喪，並說：『天子死了，有如天崩地裂，繼位天子都睡在苫席上守靈，東方的藩臣田嬰齊竟敢遲到，罪該斬首。』齊威王勃然大怒說：『呸！你娘不過是個侍婢。』這一來，齊王終於被天下所恥笑。所以，周天子活著時去朝見，死後又叱罵他，實在是因為忍受不了周顯王的苛求啊。其實天子本來如此，不足為怪。」辛垣衍說：「先生難道沒見過奴僕嗎？十個奴僕之所以要聽從一個主人，難道是力氣不敵、智力不如嗎？是因為畏懼主人啊。」魯仲連說：「可是，梁國和秦國比，竟像是僕人嗎？」辛垣衍說：「是的。」魯仲連說：「那麼，我將會讓秦王把梁王煮了，剁成肉醬。」辛垣衍很不高興，說：「唉呀！先生的話也太過分了。先生又怎能讓秦王把梁王煮了剁成肉醬呢？」

魯仲連說：「當然能，讓我告訴你。從前鬼侯、鄂侯、文王，是紂王的三公。鬼侯有個女兒很美，所以獻給紂王。紂王卻以為她不好，就把鬼侯剁成肉醬。鄂侯為了這事極力爭辯，所以紂王就把鄂侯殺死曬成肉乾。文王聽到這件事，長歎一聲，所以紂王把文王囚禁在牖里的監牢裡一百天，想置他於死地。為什麼和別人一樣的稱帝稱王，結果卻要走上被曬成肉乾、剁成肉醬的地步呢？齊湣王將要到魯國去，夷維子執鞭駕車當侍從，他對魯國人說：『你們預備怎樣接待我國國君？』魯國人說：『我們準備用牛羊豬各十隻款待您的國君。』夷維子說：『你們這是用的什麼禮節來招待我國國君呢？我們的國君，是天子啊。天子巡視諸侯，諸侯要離開正殿，住在外面，獻出鎖匙，提起衣襟擺設几案，在堂下侍候天子進食，天子吃完飯，才退下去，回自己的朝廷聽政。』魯國人下鎖關門，齊湣王不被接納，不得進入魯國。齊湣王想到薛邑去，向鄒國借路。這時候，鄒國國君剛死，齊湣王想入鄒國弔喪，夷維子向鄒國新君說：『天子來弔喪，主人一定要掉轉靈柩，擺成坐南朝北的方位，好讓天子面向南面弔喪。』鄒國的群臣說：『一定要這樣，我們情願用劍自殺。』所以齊湣王不敢進入鄒國。鄒、魯二國的臣子，當國君活著的時候，不能侍奉供養，死後又不能行飯含的禮節，雖然如此，尚且能在齊湣王想對他們行天子之禮時，堅持不肯接納。現在秦國是萬乘的大國，梁國也是萬乘的大國。彼此都是萬乘的大國，互相都有稱王的名義，只因看到秦國一次戰勝，便想要尊秦王稱帝，這就使得三晉的大臣，不如鄒、魯的僕妾啊。並且秦王不止是稱帝而已，還會更動諸侯的大臣。他會撤換他認為不肖的人，任用他認為賢能的人；撤換他憎惡的人，任用他喜歡的人。他又會派他的女兒和善於進讒言的婢妾作諸侯的妃嬪姬妾，住在梁國的王宮裡，到時梁王還能安然無事嗎？而將軍又怎能得到原來的恩寵呢？」

於是辛垣衍站起身來，連拜了兩拜，謝罪說：「原本以為先生是個平凡人，我現在才知道先生是天下的賢士啊。我就此離去，不敢再說尊秦王為帝的話了。」秦將聽到這件事，因而退兵五十里。正好魏公子無忌奪得晉鄙的軍隊來救趙國，攻打秦軍，秦軍就退走了。

於是平原君想分封土地給魯仲連。魯仲連再三的推辭，始終不肯接受。平原君就設酒筵招待，酒喝得盡興時，平原君起身，向前，以千金為禮物致贈魯連。魯連笑著說：「天下賢士的可貴，就在於能替人排除憂患、消弭災難、調解紛爭而不求取報酬。如果有所求取，那就是商人了，這是仲連不願做的啊。」於是辭別平原君而去，終身不再和平原君見面。

【研　析】本文可分八段。首段記秦軍圍趙國，魏國援軍雖出，畏秦軍而不進，又使辛垣衍說趙國，欲使趙國尊秦王為帝。二段記魯仲連見平原君，願代為說服辛垣衍。三段記平原君徵得辛垣衍之同意而見魯仲連。四段記魯仲連表明不願見秦王為帝，而欲助趙國。五段記魯仲連言帝秦之害，梁王必被烹醢。六段舉例以證成帝秦之害，並謂雖小國，亦可以抗拒大國之無理要求。七段記辛垣衍被說服，而魏公子援軍至，趙國得以解圍。八段記魯仲連不受封賞，功成而去。

本文所記是趙孝成王八年（西元前二五八年）的事，上距趙孝成王六年趙軍大敗於長平（今山西高平西北），降卒四十餘萬被坑殺，僅有二年。趙國在元氣大傷而未恢復，與國援軍又逡巡觀望之餘，可說是岌岌可危，所以當辛垣衍以魏國使者的身分，來勸趙國尊秦王為帝，就連柄國的平原君也猶豫未決了。趙國無力應戰，又不願投降，則尊秦王為帝，未始不是一條可行的道路，但尊秦王為帝的利弊得失，又似乎一時難以評估，這是平原君之所以不能作決定的原因吧！

在這種情勢之下，魯仲連以一個普通外國旅客的身分，獨堅持不與強權妥協，不向暴力低頭的立場，激於義憤，說服了辛垣衍，既立下大功，又拒絕封賞，此種重義輕財的風範，透過文中的滔滔雄辯，表露無遺，使人如見其人，如聞其聲。而魯仲連之所以能說服辛垣衍，一在其議論有堅實的例證，非徒託空言；二在將秦王稱帝之害，與魏國之安危結合；三在點出秦王如果稱帝，則辛垣衍亦將因而失其故寵。他的剖析，從大局著手，最後集中於說客——辛垣衍——身上，這或許是辛垣衍之所以被說服的最重要的原因吧！

## 魯共公擇言

【題　解】本文選自《戰國策・魏策二》，篇名據文意而訂。魯共公，戰國時代魯國國君。在位二十三年（西元前三七四～前三五三年）。擇言，擇善言而陳述。本文記敘梁王宴請諸侯，魯君共公即席進諫，認為美酒、美食、美色、遊樂四者足以讓人沉溺而亡國，身為國君，理當警惕。

梁王魏嬰❶觴❷諸侯於范臺❸。酒酣，請魯君舉觴。

魯君興❹，避席❺擇言曰：「昔者帝女❻令儀狄❼作酒而美，進之禹，禹飲而甘❽之，遂疏❾儀狄，絕旨酒❿，曰：『後世必有以酒亡其國者。』齊桓公⓫夜半不嗛⓬，易牙⓭乃煎敖燔炙⓮，和調五味⓯而進之，桓公食之而飽，至旦不覺，曰：『後世必有以味亡其國者。』晉文公⓰得南之威⓱，三日不聽朝，遂推南之威而遠之，曰：『後世必有以色亡其國者。』楚王⓲登強臺⓳而望崩山⓴，左江而右湖，以臨彷徨㉑，其樂忘死，遂盟㉒強臺而弗登，曰：『後世必有以高臺陂池㉓亡其國者。』今主君之尊㉔，儀狄之酒也；主君之味，易牙之調也；左白臺㉕而右閭須㉖，南威之美也；前夾林㉗而後蘭臺㉘，強臺之樂也。有一於此，足以亡其國，今主君兼此四者，可無戒與？」

梁王稱善相屬㉙。

【注釋】❶梁王魏嬰　即梁惠王。戰國時代梁國國君，在位五十一年（西元前三六九～前三一九年）。梁即魏，梁惠王自安邑（今山西夏縣西北）遷都大梁（今河南開封），故也稱梁。嬰，《史記》作「罃」。❷觴　酒器。此用為動詞，設宴席請人喝酒。❸范臺　魏國臺名。臺，高而上平，可眺望四方的建築。❹興　起立。❺避席　離坐。古人席地而坐，離坐而起表示敬意。❻帝女　指禹之女。❼儀狄　相傳為禹時的造酒者。❽甘　味美。❾疏　疏遠。❿旨酒　美酒。旨，味美。⓫齊桓公　春秋時代齊國國君。名小白，齊僖公之子，齊襄公之弟，在位四十三年（西元前六八五～前六四三年），為春秋五霸之一。⓬嗛　通「慊」。滿足；快意。⓭易牙　齊桓公近臣。善烹調。⓮煎敖燔炙　皆烹飪方法。煎，有汁而熬之使乾。敖，通「熬」。用慢火煮物。燔，炙烤。炙，烤燒。⓯五味　辛、酸、鹹、苦、甘五種味道。⓰晉文公　春秋時代晉國國君。名重耳，晉獻公之子，在位九年（西元前六三六～前六二八年），為春秋五霸之一。⓱南之威　即南威。春秋時代美女名。⓲楚王　指楚莊王。名侶，也作「旅」、「呂」，楚穆王之子，在位二十三年（西元前六一三～前五九一年）。⓳強臺　楚國臺名。一作「荊臺」，即章華臺，在今湖北監利北。⓴崩山　山名。一作「崇山」。㉑彷徨　《淮南子・道應》：「強臺者，南望料山，以臨方皇。」注：「方皇，水名也。一曰山名。」《藝文類聚》引作「方湟」。㉒盟　發誓。㉓陂池　水池。㉔尊　酒器。㉕白臺　美女名。㉖閭須　美女名。㉗夾林　不詳。或曰當即今河南尉氏東北之夾河集，與開封隔賈魯河相對。㉘蘭臺　不詳。㉙相屬　相續。

【語譯】梁惠王魏嬰在范臺招待諸侯飲酒。喝得酒酣耳熱的時候，請魯共公舉杯敬酒。

魯共公站起來，離席致辭說：「從前夏禹的女兒命儀狄釀酒，酒味很甜美，呈獻給禹，禹喝了，覺得味道甜美，於是就疏遠儀狄，戒絕美酒，說：『後代必定有因美酒而亡國的。』齊桓公半夜覺得心情不佳，易牙就煎熬燔炙、調和五味，進呈給齊桓公，齊桓公吃得很飽，直睡到天亮還沒醒，說：『後代必定有因美味而亡國的。』晉文公得到美女南威，三天不上朝聽政，於是就疏遠了南威，說：『後代必定有因美色而亡國的。』楚王登上強臺，眺望崩山，左邊是江，右邊是湖，方湟橫在眼前，快樂得簡直忘了生死，於是就立誓不再登這高臺，說：『後代必定有因高臺陂池而亡國的。』如今君王杯裡的酒，就像是儀狄釀造的美酒；君王所吃的美味，就像是易牙烹調的食物；左有白臺，右有閭須，就像是南威那樣的美女；前有夾林，後有蘭臺，就像是登臨強臺的快樂。只要有其中一項，就足以亡國了。如今君王四項全有，能不警惕嗎？」

梁惠王聽了，連連稱讚。

【研　析】本文可分三段。首段記梁惠王宴請諸侯，酒酣而請魯共公敬酒。二段記魯共公致辭。三段記梁惠王稱讚魯共公的嘉言。

全文重心在二段。魯共公的言辭分二層，一是引述歷史，以夏禹、齊桓公、晉文公、楚莊王的故事，說明美酒、美味、美色、美景，不可沉溺，否則必招致亡國之禍；一是勸戒梁惠王，認為梁惠王的作為，已四者全犯，不可不戒。

梁惠王好大喜功，即位之後，連年征戰，一直想恢復春秋時代晉國的霸業。本文所記的這件事大約是在他即位的第十一年，當時正在打敗韓、趙二國之後，梁國聲勢大盛，魯、宋、衛、韓等國國君都來朝賀，梁惠王志得意滿，所以他要魯共公舉觴敬酒，無非想藉其口以誇示自己的功業榮耀，沒想到魯共公引古為鑑，直陳其非，被澆了一頭冷水，也只好「稱善相屬」了。

君子贈人以言，像魯共公這樣的人，可以算是君子人了。

# 唐雎說信陵君

【題解】本文選自《戰國策・魏策四》，篇名據文意而訂。唐雎，戰國時代魏國人。信陵君，名無忌。戰國時代魏安釐王的異母弟。為戰國四公子之一。趙孝成王六年（西元前二六〇年），秦、趙二國戰於長平（在今山西高平西北），趙軍大敗，降卒四十萬被秦軍坑殺，趙國元氣大傷。趙孝成王八年，秦軍又圍趙國都城邯鄲（在今河北邯鄲），情勢緊急。趙國向魏國求救，魏王派晉鄙領軍救援，但因畏懼秦軍強大，兵至魏、趙二國邊界，即駐留觀望。信陵君使人竊取魏王兵符，殺晉鄙，以其軍隊破秦軍，邯鄲因而得以保全。本文記敘戰後趙王將親自出城迎接，在見面之前，唐雎告誡信陵君「有德於人，不可不忘」，信陵君敬謹受教。

信陵君殺晉鄙，救邯鄲，破秦人，存趙國，趙王❶自郊迎。

唐雎謂信陵君曰：「臣聞之曰，事有不可知者，有不可不知者；有不可忘者，有不可不忘者。」信陵君曰：「何謂也？」對曰：「人之憎我也，不可不知也；吾憎人也，不可得而知也。人之有德於我也，不可忘也；吾有德於人也，不可不忘也。今君殺晉鄙，救邯鄲，破秦人，存趙國，此大德也。今趙王自郊迎，卒然❷見趙王，臣願君之忘之也！」信陵君曰：「無忌謹受教。」

【注釋】❶趙王　指趙孝成王。名丹，趙惠文王之子，在位二十一年（西元前二六五～前二四五年）。❷卒然　急遽；突然。卒，通「猝」。

【語譯】信陵君殺了晉鄙，救了邯鄲，打敗了秦軍，保全了趙國，趙王親自到郊外迎接他。

唐雎向信陵君說：「臣聽說，事情有不可以知道的，有不可以不知道的；有不可以忘記的，有不可以不忘記的。」信陵君說：「這話怎麼講？」唐雎回答說：「別人恨我，我不可以不知道；我恨別人，不可以讓人知道。別人對我有恩，不可以忘記；我對別人有恩，不可以不忘記。如今您殺了晉鄙，救了邯鄲，打敗了秦軍，保全了趙國，這是大恩德啊！現在趙王親自到郊外迎接，很快就會見到趙王，臣希望您忘了救趙的事吧！」信陵君說：「無忌謹接受您的教誨。」

【研　析】本文可分二段。首段記其事。二段記唐雎與信陵君之問對，而重心在唐雎之忠告。唐雎旨在告誡信陵君「吾有德於人也，不可不忘也」，即不可恃恩德而驕人，但他先說「事有不可知者」，次說「有不可不知者」，再說「有不可忘者」，最後才說到主題——「有不可不忘者」，而要信陵君忘卻救趙國之大德；如此說法，可謂一波三折，層層逼入，委婉誠懇，言簡意賅，無怪乎信陵君能敬謹接受。

# 唐雎不辱使命

【題　解】本文選自《戰國策・魏策四》，篇名據文意而訂。唐雎，戰國時代魏國人。本文記敘秦王想以換地為名，併吞魏國安陵君的封地安陵（在今河南鄢陵西北）。唐雎為此奉命出使，無視於秦王的威嚇，抱著必死的決心，慷慨陳辭，不辱君命，使秦王屈服，不再提換地的事。

秦王❶使人謂安陵君❷曰：「寡人欲以五百里之地易❸安陵，安陵君其許寡人。」安陵君曰：「大王加惠❹，以大易小，甚善。雖然，受地於先王，願終守之，弗敢易。」秦王不說❺。安陵君因使唐雎使於秦。

秦王謂唐雎曰：「寡人以五百里之地易安陵，安陵君不聽❻寡人，何也？且秦滅韓亡魏❼，而君以五十里之地存者，以君為長者，故不錯意❽也。今吾以十倍之地，請廣❾於君，而君逆寡人者，輕寡人與？」唐雎對曰：「否，非若是也。安陵君受地於先王而守之，雖千里不敢易也，豈直❿五百里哉？」

秦王怫然⓫怒，謂唐雎曰：「公亦嘗聞天子之怒乎？」唐雎對曰：「臣未嘗聞也。」秦王曰：「天子之怒，伏屍⓬百萬，流血千里。」唐雎曰：「大王嘗聞布衣⓭之怒乎？」秦王曰：「布衣之怒，亦⓮免冠徒跣⓯，以頭搶地⓰耳。」唐雎曰：「此庸夫⓱之怒也，非士之怒也。夫專諸⓲之刺王僚⓳也，彗星⓴襲月；聶政㉑之刺韓傀㉒也，白虹貫日；要離㉓之刺慶忌㉔也，蒼鷹擊於殿上。此三子皆布衣之士也，懷怒未發，休祲㉕降於天，與臣而將四矣。若士必怒，伏屍二人，流血五步，天下縞素㉖，今日是也。」挺劍而起。

秦王色撓㉗，長跪而謝之，曰：「先生坐，何至於此！寡人諭㉘矣。夫韓、魏滅亡，而安陵以五十里之地存者，徒㉙以有先生也。」

【注　釋】❶秦王　指秦始皇。時尚未稱帝。名政，在位三十七年（西元前二四六～前二一〇年），即王位的第二十六年，統一天下，稱「始皇帝」。❷安陵君　戰國時代魏襄王之弟。封於安陵，故稱。❸易　交換。❹加惠　施加恩惠。❺說　通「悅」。❻不聽　不從。❼秦滅韓亡魏　秦國滅韓國在秦王政十七年（西元前二三〇年），滅魏國在秦王政二十二年（西元前二二五年）。❽錯意　置意；放在心上。錯，通「措」。置。❾廣　擴大。❿直　但；僅。⓫怫然　憤怒的樣子。⓬伏屍　屍體仆地。⓭布衣　平民。古代平民穿麻布衣，故稱。⓮亦　不過。⓯免冠徒跣　脫去帽子，赤腳步行。徒，步行。跣，赤腳。⓰搶地　觸地。⓱庸夫　凡人；平庸之人。⓲專諸　（西元前？～前五一五年）春秋時代吳國人。吳公子光（即後之吳王闔閭）為爭王位，因伍員之推薦，使專諸刺殺吳王僚，僚死，專諸亦為衛兵所殺。⓳王僚　吳王僚。春秋時代吳國國君，在位十二年（西元前五二六～前五一五年）。⓴彗星　古稱妖星、欃星。後世俗稱掃帚星。㉑聶政　戰國時代韓國人。韓國大夫嚴遂欲殺韓相韓傀，乃結交聶政，使刺殺韓傀，聶政於事成後，自毀容貌，自殺而死。㉒韓傀　戰國韓相。㉓要離　春秋時代吳國人。吳公子光既殺吳王僚，僚之子慶忌逃至衛國，光又派要離往衛國，刺死慶忌，慶忌死，要離亦自殺而死。㉔慶忌　春秋時代吳國人。吳王僚之子。㉕休祲　吉凶禍福的徵兆。休，美善；吉祥。祲，妖氣。㉖縞素　白色喪服。㉗撓　屈服。㉘諭　明白。㉙徒　僅；但。

**【語　譯】**秦王派人告訴安陵君說：「寡人要以五百里的土地交換安陵，請安陵君答應寡人。」安陵君說：「承蒙大王施恩，拿大土地交換小土地，固然很好。不過，土地是先王所封，希望始終守住它，不敢交換。」秦王不高興。安陵君因此派唐雎出使秦國。

秦王對唐雎說：「寡人以五百里的土地交換安陵，安陵君卻不聽從寡人，這是為什麼？並且秦已滅了韓、魏二國，而安陵君以五十里的土地還能存在，那是寡人把安陵君當作長者，所以才不在意。現在我以十倍的土地，讓安陵君擴大領土，而安陵君竟然違抗寡人，他是輕視寡人嗎？」唐雎回答說：「不，不是這樣的。安陵君承受先王的封地而守住它，就算是千里的土地也不敢交換，何況僅是五百里呢？」

秦王勃然大怒，對唐雎說：「你也曾聽說過天子發怒嗎？」唐雎回答說：「臣不曾聽說過。」秦王說：「天子發怒，死人百萬，血流千里。」唐雎說：「大王曾聽說過平民發怒嗎？」秦王說：「平民發怒，不過脫帽赤腳，用頭撞地罷了。」唐雎說：「這是凡人發怒，不是志士的發怒。從前專諸刺殺王僚時，彗星侵襲月亮；聶政刺殺韓傀時，白虹貫穿太陽；要離刺殺慶忌時，蒼鷹在殿上撲擊。這三人都是平民中的志士，在他們心有憤怒還沒發作時，上天就有了徵兆。現在加上臣，就將要有四個人了。如果志士真的發怒，只會橫屍二人，血流五步，但天下人都要穿白色喪服，今天就會這樣。」唐雎便拔劍起身向前。

秦王臉色緩和了下來，挺直腰身跪著謝罪，說：「先生請坐，何至於這樣呢？寡人明白了。那韓、魏二國滅亡，而安陵君以五十里的土地倒能保全，只因有先生啊。」

【研析】本文可分四段。首段記安陵君不允秦王易地的要求，秦王不悅。二段記唐雎向秦王解釋安陵君不願易地的原因。三段記唐雎不受威脅，反以必死之決心，欲刺秦王於五步之內。四段記秦王氣餒謝罪。

安陵是魏國的附庸，地僅五十里，且在韓、魏二國相繼滅亡之後，秦國如以武力攻取，則安陵直如囊中物而已，何必以大易小呢？其實秦王是想用詐騙手段併吞安陵，否則安陵君願守先王封地而不敢易，理由是充分正當的，秦王何必「不說」，又何必「怫然怒」，又以「天子之怒，伏屍百萬，流血千里」，暗示將發動戰爭，屠滅安陵？說穿了這是詭計被識破後的惱羞成怒罷了。

安陵君能堅持國格，維護得自先人的土地，且婉言以免得罪強秦，可謂用心良苦，而唐雎在這種局勢之下，奉命出使，其艱難不言而喻。當唐雎面對秦王似是而非的責難時，他正確而委婉地轉達了安陵君的立場；當秦王惱羞成怒，以戰爭相脅時，他針鋒相對地以「布衣之怒」抗衡秦王的「天子之怒」，因而軟化了秦王。其言談的分寸，可說不亢不卑，故能不辱使命。

「天子之怒」固然嚇人，但以一對一、面對面而言，天子也不過是血肉之軀，未必是憤怒的布衣之士的對手，唐雎就是以這樣的氣勢，使得秦王「色撓」的。孟子說「說大人則藐之」，唐雎可說是掌握了這個認識了。

從這個故事看來，誰說弱國就一定無外交？

# 樂毅報燕王書

**【題　解】** 本文選自《戰國策・燕策二》，篇名據文意而訂。樂毅，戰國時代中山國靈壽（今河北靈壽）人，名將樂羊的後裔。時燕昭王禮賢下士，乃入燕。燕昭王二十八年（西元前二八四年），率燕、秦、趙、韓、魏五國軍隊擊破齊國，攻下七十餘座城，以功封於昌國（今山東淄川），號昌國君。及燕昭王卒，燕惠王立。燕惠王素與樂毅不合，又中齊國反間之計，於是改派騎劫為將，樂毅恐回燕國被殺，遂逃奔至趙國，而燕軍為齊國所敗，樂毅所攻占的齊國七十餘城復失。燕惠王恐怕趙國重用樂毅，乘燕國大敗而伐燕，遂遣使責備樂毅並表示歉意。樂毅回（報）書向燕惠王辯白，表示逃奔趙國乃出於不得已，並且不會乘機不利於燕國。

昌國君樂毅為燕昭王❶合五國❷之兵而攻齊，下七十餘城，盡郡縣之❸以屬燕。三城❹未下，而燕昭王死。惠王❺即位，用齊人反間❻，疑樂毅，而使騎劫代之將。樂毅奔趙，趙封以為望諸君。齊田單❼詐騎劫，卒敗燕軍，復收七十餘城以復齊。

燕王悔，懼趙用樂毅，承燕之敝❽以伐燕。燕王乃使人讓❾樂毅且謝之，曰：

「先王❿舉國而委⓫將軍，將軍為燕破齊，報先王之讎⓬，天下莫不振動。寡人豈敢一日而忘將軍之功哉？會先王棄群臣⓭，寡人新即位，左右誤寡人。寡人之使騎劫代將軍者，為將軍久暴露⓮於外，故召將軍且休⓯計事⓰。將軍過聽⓱，以與寡人有隙⓲，遂捐⓳燕而歸趙。將軍自為計⓴則可矣，而亦何以報先王之所以遇㉑

將軍之意乎？」

望諸君乃使人獻書報燕王，曰：「臣不佞㉒，不能奉承先王之教，以順左右之心，恐抵㉓斧質之罪㉔，以傷先王之明，而又害於足下㉕之義，故遁逃奔趙。自負㉖以不肖之罪，故不敢為辭說。今王使使者數㉗之罪，臣恐侍御者㉘之不察先王之所以畜幸㉙臣之理，而又不白㉚於臣之所以事先王之心，故敢以書對㉛。

「臣聞賢聖之君，不以祿私其親，功多者授之；不以官隨其愛，能當者處之㉜。故察能而授官者，成功之君也；論行而結交者，立名之士也。臣以所學者觀之，先王之舉錯㉝，有高世之心㉞，故假節於魏王㉟，而以身得察㊱於燕。先王過舉，擢之乎賓客之中，而立之乎群臣之上，不謀於父兄㊲，而使臣為亞卿㊳。臣自以為奉令承教，可以幸無罪矣，故受命而不辭。

「先王命之曰：『我有積怨深怒於齊，不量輕弱，而欲以齊為事㊴。』臣對曰：『夫齊，霸國之餘教㊵而驟勝之遺事㊶也。閑㊷於兵甲，習於戰攻。王若欲攻之，則必舉天下而圖之。舉天下而圖之，莫徑㊸於結㊹趙矣。且又淮北、宋地㊺，楚、魏之所同願也。趙若許，約楚、魏、宋盡力，四國攻之，齊可大破也。』先王曰：『善。』

「臣乃口受令[46]，具符節[47]，南使臣於趙。顧反命[48]，起兵隨而攻齊。以天之道，先王之靈，河北之地[49]，隨先王舉而有之於濟上[50]。濟上之軍，奉令擊齊，大勝之。輕卒銳兵，長驅至國。齊王[51]逃遁走莒[52]，僅以身免。珠玉、財寶、車甲、珍器，盡收入燕。大呂[53]陳於元英[54]，故鼎[55]反於曆室[56]，齊器[57]設於寧臺[58]；薊丘之植[59]，植於汶篁[60]。自五伯[61]以來，功未有及先王者也。先王以為順于其志，以臣為不頓命[62]，故裂地[63]而封之，使之得比乎小國諸侯。臣不佞，自以為奉令承教，可以幸無罪矣，故受命而弗辭。

「臣聞賢明之君，功立而不廢，故著於春秋；蚤知[64]之士，名成而不毀，故稱於後世。若先王之報怨雪恥，夷[65]萬乘之強國，收八百歲[66]之蓄積，及至棄群臣之日，遺令詔後嗣之餘義，執政任事之臣，所以能循法令，順庶孽[67]者，施及萌隸[68]，皆可以教於後世。

「臣聞善作者不必善成，善始者不必善終。昔者伍子胥[69]說聽乎闔閭[70]，故吳王遠迹至於郢[71]。夫差[72]弗是也，賜之鴟夷而浮之江[73]。故吳王夫差不悟先論[74]之可以立功，故沉子胥而不悔；子胥不蚤見主之不同量[75]，故入江而不改[76]。夫免身[77]全功，以明先王之迹者，臣之上計也；離[78]毀辱之非，墮[79]先王之名者，臣之所大恐也；臨不測之罪，以幸為利[80]者，義之所不敢出也。

「臣聞古之君子，交絕不出惡聲[81]；忠臣之去也，不潔其名[82]。臣雖不佞，數[83]奉教於君子矣。恐侍御者之親[84]左右之說，而不察疏遠之行也，故敢以書報，唯君之留意焉。」

【注釋】❶燕昭王　戰國時代燕國國君。名平，燕王噲之子，在位三十三年（西元前三一一～前二七九年）。❷五國　指燕、秦、趙、韓、魏。❸郡縣之　劃為郡縣。❹三城　指聊、莒、即墨。聊、莒均在今山東東南部，即墨在今山東平度東南。❺惠王　燕惠王。燕昭王之子，在位七年（西元前二七八～前二七二年）。❻反間　利用敵方間諜傳遞假情報，或散布謠言以離間敵人。時齊國田單散布謠言，謂樂毅故意留齊國二城，欲久仗兵威以服齊人而南面稱王，此即反間。❼田單　戰國時代齊國人。守即墨，以火牛陣破燕軍，收復七十餘城，以功任相國，封安平君。❽敝　疲憊；衰敗。❾讓　責備。❿先王　指燕昭王。⓫委　託付。⓬先王之讎　指周赧王元年（西元前三一四年），齊國乘燕國內亂伐燕，殺燕王噲。⓭棄群臣　丟下群臣。意謂其死亡。⓮暴露　在露天之下受日曬雨淋。此指長久在外。⓯休　休息。⓰計事　商量事情。⓱過聽　聽言有誤。猶今言「誤會」。⓲隙　裂痕；嫌隙。⓳捐　拋棄。⓴自為計　為個人打算。㉑遇　對待。㉒不佞　不才。自謙之詞。㉓抵　觸犯。㉔斧質之罪　死罪。斧、質皆古代刑具名。㉕足下　稱人之敬詞。㉖負　擔負。㉗數　數說；責備。㉘侍御者　左右侍候之人。此實指燕惠王。㉙畜幸　任用且寵幸。畜，養。此有「任用」意。㉚白　明白；了解。㉛對　回答。㉜能當者處之　使有才能者居官職。能，才能。當，相當；勝任。㉝舉錯　舉動；作為。錯，通「措」。㉞高世之心　高出世俗的用心。㉟假節於魏王　借為魏王持節使燕的機會。假，借；利用。節，古代使者所持的信物。魏王，指魏昭王。名遬，魏哀王之子，在位十九年（西元前二九五～前二七七年）。㊱得察　得到了解賞識。㊲父兄　指與燕王同姓之群臣。㊳亞卿　次卿。位在正卿之次。㊴以齊為事　以對齊國報仇為己事。㊵霸國之餘教　霸主之國的遺教。春秋時代齊桓公曾為霸主，故稱齊為霸國。餘教，遺留的教化。《史記》作「餘業」。㊶驟勝之遺事　常勝的經驗。驟，屢次。遺事，前人所留下的事跡。㊷閑　熟習。㊸徑　直接而便捷。㊹結　結交。㊺宋地　宋國之地。在今河南東部及山東、安徽、江蘇之間。周赧王二十九年（西元前二八六年），齊國滅宋國。㊻口受令　接受親口的命令。㊼符節　古代使者所持的信物。㊽顧反命　回來覆命。顧，回來。㊾河北之地　指黃河以北燕國之地。㊿濟上　指濟水之西。樂毅破齊軍於此。51齊王　指齊湣王。名地，齊宣王之子，在位十七年（西元前三〇〇～前二八四年）。五國聯軍破齊，齊湣王出走，為其相淖齒所弒。52莒　齊地。在今山東東南部。53大呂　鐘名。齊國所有。54元英　燕國宮殿名。55故鼎　指燕王噲時為齊國所奪的燕鼎。56曆室　燕國宮殿名。57齊器　齊之祭器。58寧臺　燕國臺名。在今河北薊縣境。59薊丘之植　薊丘的植物。薊丘，燕都。即今河北大興。60植於汶篁　種植於汶水的竹田。植，種植。汶，汶水。在齊境。篁，竹田。61五伯　即五霸。春秋時代稱霸一時的五個諸侯。有三說：一說指齊桓公、宋襄公、晉文公、秦穆公、楚莊王，一說指齊桓公、晉文公、楚莊王、吳闔閭、越句踐，一說指齊桓公、晉文公、秦穆公、楚莊王、吳闔閭。62頓命　敗壞使命。頓，敗壞。63裂地　分地。64蚤知　先見之明。蚤，通「早」。65夷　平定。66八百歲　齊國自太公望始封，至齊湣王，約八百年。67庶孽　庶子。妾所生之子。68萌隸　平民和奴隸。69伍子胥（西元前？～前四八五年）名員。字子胥，春秋時代楚國人，父奢、兄尚皆為楚平王所殺，遂奔吳國，佐吳王闔閭伐楚國，破郢。70闔閭　春秋時代吳國國君。也作闔廬，在位十九年（西元前五一四～前四九六年）。71郢　楚都。在今湖北江陵西北。72夫差　春秋時代吳國國君。闔閭之子，在位二十三年（西元前四九五～前四七三年）。73賜之鴟夷而浮之江　指吳王夫差殺伍子胥，以皮袋盛其屍而投之江。鴟夷，皮袋。74先論　先見。指伍子胥生前勸夫差拒絕越國之求和並停止攻伐齊國的主張。75量　度量。76改　後悔。77免身　免於身受禍患。78離　通「罹」。遭受。79墮　通「隳」。毀壞。80以幸為利　以幸災為利。指乘燕國之敝，以趙國伐之。81惡聲　惡言；壞話。82不潔其名　不洗刷其罪名。83數　屢；常。84親　相信。

【語　譯】昌國君樂毅為燕昭王聯合五國的軍隊去攻打齊國，攻下七十多座城，全劃為郡縣，隸屬燕國。只差三座城沒有攻下，而燕昭王就去世了。燕惠王即位，中了齊國人的反間計，懷疑樂毅，派騎劫代替樂毅領軍。樂毅逃奔趙國，趙國封他為望諸君。齊國田單用計欺騙騎劫，終於擊敗燕軍，收回七十多座城而復興了齊國。

燕惠王後悔了，又恐怕趙國任用樂毅，乘燕國疲憊時來攻打燕國。於是燕惠王派人去責備樂毅並且向樂毅表示歉意，說：「先王將國家託付給將軍，將軍替燕國打敗了齊國，報了先王的仇，天下諸侯沒有不震驚的。寡人怎敢有一天忘記將軍的功勞呢？正好先王離群臣而去，寡人剛即位，左右臣子誤導了寡人。寡人之所以派騎劫替代將軍，是因為將軍長久在外，所以召回將軍暫時休息並且商議國事。將軍誤會，以致和寡人有嫌隙，於是拋棄燕國而投奔趙國。將軍為自己打算，這是可以的，但是又拿什麼來報答先王對待將軍的厚意呢？」

望諸君就派人送信答覆燕惠王說：「臣不才，不能奉承先王的教訓，以順應君王左右的心意，恐怕觸犯死罪，因而傷害先王的英明，並且損害君王的道義，所以逃奔趙國。自己甘願承擔不肖的罪名，所以不敢辯白。現在君王派人來數說臣的罪過，臣唯恐君王左右不了解先王重用及寵幸臣的道理，也不明白臣事奉先王的忠心，所以才敢用這封信來回答。

「臣聽說賢聖的君王，不把爵祿私自賞給親信，只授給功勞多的人；不把官職隨意賞給喜歡的人，只授給有才能的人。所以考察才能而任命官職的，才是成功的君王；選擇德行而結交朋友的，才是能建立名聲的士人。臣憑所學，看出先王的作為，有著超越世俗的用心，所以利用替魏王持節使燕的機會，因而受到賞識。先王破格舉用，把臣從賓客中提拔出來，安置在群臣之上，並沒和宗室大臣商量，就任命臣為亞卿。臣自以為奉行命令、承受教誨，就可以僥倖無罪，所以接受任命而不敢推辭。

「先王命令臣說：『我和齊國有宿怨深恨，所以不顧力量的微弱，要向齊國報仇。』臣回答說：『齊這個國家，還保有霸主之國的遺教，常勝之國的餘威。熟習軍事，擅長戰爭。君王要想打它，一定要聯合天下諸侯一起對付它。聯合天下諸侯一起對付它，沒有比聯合趙國更直接便捷的了。並且淮北和宋國故地，是楚、魏都想要的。趙國如果答應了，再約楚、魏、宋共同出力，四國協同攻齊，可以大敗齊國。』先王說：『好！』

「臣於是接受了先王親口下的命令，帶著符節，南下出使趙國。回來覆命後，隨即出兵攻齊。依靠天道的保佑，先王的聖明，黃河以北的地利，我們隨著先王很快地打到濟水西岸。濟西大軍，奉命追擊，又獲大勝。輕裝精銳的士卒，長驅直入齊都。齊王逃往莒城，勉強脫身。珠玉、財寶、車輛、盔甲、珍貴器物，全都歸燕國所有。大呂鐘陳列在元英宮，從前被齊國奪去的鼎又回到曆室宮，齊國祭器都陳列於寧臺。薊丘的植物，種植在汶水的竹田。從五霸以來，功業沒有比得上先王的。先王認為心願達成，臣沒有辱命，所以封給臣土地，使臣得像小國諸侯一樣。臣不才，自以為奉行命令、承受教誨，就可以僥倖無罪，所以接受封命而沒有推辭。

「臣聽說賢明的國君，既建立功業就不讓它荒廢，所以名揚史冊；遠見的士人，既樹立名聲便不會毀壞它，所以名傳後世。像先王的報仇雪恥，平定萬乘的大國，沒收了齊國八百年的積蓄，到了拋棄群臣的時候，還遺命詔告子孫為政之道，使執政辦事的大臣，能遵循法令，安撫庶親，並施恩到一般百姓，這些都是可以教導後世的。

「臣聽說善於創始的未必善於完成，善於開端的未必善於結束。從前伍子胥的勸說被闔閭所接受，所以吳王的足跡能遠到楚國的郢都。夫差不是這樣，而是賜他一隻皮袋，把他的屍體裝著投進江中。吳王夫差不明白先見之明可以建立功業，所以把伍子胥丟入江中而不後悔；伍子胥不能及早看出前後君主的度量不同，所以被投入江中也還沒悔悟。脫身免禍，保全功勞，以顯揚先王的功績，這是臣的上策；遭受詆毀侮辱，敗壞先王名聲，這是臣最害怕的事；面對不可預測的罪名，幸災樂禍地圖謀私利，這是臣在道義上所不敢做的事。

「臣聽說古代的君子，和人絕交也不說壞話；忠臣離開國家，也不為自己的名聲辯白。臣雖然不才，也時常受君子的教誨。恐怕君王聽信左右的話，卻不了解遠臣的行為，所以才敢寫這封信來回報，請君王多加留意。」

【研　析】本文可分三段。首段記樂毅破齊國立功，因見疑而奔趙國。二段記燕惠王派人向樂毅解釋並無殺害之心，且責備其辜負燕昭王知遇之恩。三段為樂毅回信，可分七節：其一，說明寧自負罪名而奔趙國，乃恐回燕國後被殺，如此，既傷燕昭王的知人之明，又陷燕惠王於殺功臣之不義；回信旨在說明受燕昭王重用的原因，及事奉燕國的忠心。其二，說明燕昭王「察能而授官」，故身得用於燕國。其三，記其向燕昭王獻破齊國之策。其四，記破齊國立功，報燕昭王之仇。其五，記燕昭王臨終告誡後王，當循法令，施恩澤。其六，說明以伍子胥為鑑，故棄燕國奔趙國，但不會乘機不利於燕國。其七，申明回書辯白乃不得已。

燕惠王之所以會疑樂毅，是因中齊國人反間之計；其所以中計，又因燕惠王素來就和樂毅不睦。故樂毅深知若奉召回燕國，則必死無疑，勢不得不奔。燕惠王的解釋，可說是言不由衷，不必多辯，但其「亦何以報先王之所以遇將軍之意乎」的責備，卻不可不白，故樂毅報書的一至四節，殷殷以申明「先王之所以畜幸臣之理」，及「臣之所以事先王之心」。然棄燕國而奔趙國，既為事實，則於全始全終之德，豈不間然有缺？故五、六兩節，又委婉含蓄地暗示燕惠王之不能與燕昭王同量，不能遵燕昭王之遺教，疑忌先王功臣而有殺害之心，為「免身全功，以明先王之迹」，出走乃逼不得已。全書脈絡，大抵如此。

報書全文，直接稱先王者凡十五次，這固然是感於燕昭王能「擢之乎賓客之中，而立之乎群臣之上」的知遇之恩，又何嘗不是對燕惠王疑忠遠賢的慨歎；對燕昭王的感激越是深刻，對燕惠王的遺憾也就越是痛切。燕昭王能知人善任，用人不疑，「察能而授官」，燕惠王卻用人不當，疑忌功臣；燕昭王能因功而授祿，「裂地而封」破齊立功的樂毅，燕惠王卻奪其兵權，欲置之死；燕昭王能「功立而不廢」，燕惠王卻七十餘城復失。凡此種種，明為感念燕昭王之賢聖，實暗示燕惠王之愚闇，不出惡聲而寓諷諫。

忠而見疑，賢而被斥，不得不棄功遁逃，樂毅心中該有多少憤懣？但從報書中我們所看到的卻是心平氣和、委婉含蓄，光明磊落、溫柔敦厚，無怪乎燕惠王收信後會封其子樂閒襲爵，而樂毅也得以往來燕、趙，兩國均以為客卿。

# 李斯

李斯（西元前？～前二〇八年），戰國時代楚上蔡（今河南上蔡）人。年輕時曾任郡小吏，後從荀子學帝王之術。學成入秦國，投秦相呂不韋門下為郎，以併吞六國之策說秦王政，拜客卿。秦王政一統天下，以李斯為丞相，廢封建，置郡縣，定律令，築長城，統一文字，焚民間詩書百家語；秦朝規模制度，多出其手。秦始皇崩（西元前二一〇年），李斯依趙高之計，矯詔賜秦始皇太子扶蘇死，立其少子胡亥。後趙高擅政，誣李斯謀反，處腰斬，並夷三族。李斯長於書法，有《倉頡篇》，為識字讀本，傳世秦刻石也多出其手。其文章鋪陳排比，氣勢奔放，為漢賦之先聲。

## 諫逐客書

【題解】本文選自《史記・李斯列傳》，篇名據文意而訂。秦王政十年（西元前二三七年），秦國發覺韓王派來的水利專家鄭國，名義上是幫助秦國發展水利，其實是要藉機消耗秦國國力，以阻止秦國侵略韓國。秦國宗室大臣因而提議驅逐所有來自六國的人士。李斯也在被逐之列，故上此書，陳說逐客不利於秦，是錯誤的政策。秦王政接納諫諍，並恢復李斯官職。

秦宗室❶大臣皆言秦王曰：「諸侯人來事秦者，大抵為其主遊間❷於秦耳，請一切❸逐客。」李斯議❹亦在逐中。

斯乃上書曰：「臣聞吏議逐客，竊以為過❺矣。昔穆公❻求士，西取由余於戎❼，東得百里奚於宛❽，迎蹇叔於宋❾，來邳豹、公孫支於晉❿。此五子者，不產於秦，而穆公用之，并國二十，遂霸西戎。孝公用商鞅之法⓫，移風易俗。民以殷盛⓬，國以富彊；百姓樂用⓭，諸侯親服；獲楚、魏之師⓮，舉⓯地千里，至今治彊⓰。惠王用張儀之計⓱，拔三川⓲之地，西并巴、蜀⓳，北收上郡⓴，南取漢中㉑，包九夷㉒，制鄢、郢㉓，東據成皋㉔之險，割膏腴之壤；遂散六國之從㉕，使之西面事秦，功施㉖到今。昭王㉗得范睢㉘，廢穰侯㉙，逐華陽㉚，彊公室，杜私門㉛，蠶食㉜諸侯，使秦成帝業。此四君者，皆以客之功。由此觀之，客何負於秦哉？向使四君卻㉝客而不內㉞，疏士而不用，是使國無富利之實，而秦無彊大之名也。

「今陛下致昆山之玉㉟，有隨、和之寶㊱，垂明月之珠㊲，服太阿㊳之劍，乘纖離㊴之馬，建翠鳳之旗㊵，樹靈鼉之鼓㊶。此數寶者，秦不生一焉，而陛下說㊷之，何也？必秦國之所生然後可，則是夜光之璧不飾朝廷，犀、象之器不為玩好，鄭、衛之女㊸不充後宮，而駿良駃騠㊹不實外廄㊺，江南金錫不為用，西蜀丹青㊻不為采㊼。所以飾後宮、充下陳㊽、娛心意、說耳目者，必出於秦然後可，則是宛珠之簪[49]，傅璣之珥[50]、阿縞[51]之衣，錦繡之飾，不進於前，而隨俗雅化[52]，佳冶窈窕[53]，趙女不立於側也。夫擊甕叩缶[54]，彈箏搏髀[55]，而歌呼嗚嗚快耳者，真秦之聲也；鄭、衛、桑間[56]，〈韶〉虞、武〈象〉[57]者，異國之樂也。今棄擊甕叩缶而就鄭、衛，退彈箏而取〈韶〉虞，若是者何也？快意當前[58]，適觀[59]而已矣！今取人則不然，不問可否，不論曲直，非秦者去，為客者逐。然則是所重者在乎色樂珠玉，而所輕者在乎民人[60]也。此非所以跨海內[61]、制諸侯之術也。

「臣聞地廣者粟多，國大者人眾，兵彊則士勇。是以太山[62]不讓[63]土壤，故能成其大；河海不擇細流，故能就其深；王者不卻眾庶，故能明其德。是以地無四方，民無異國，四時充美[64]，鬼神降福，此五帝、三王之所以無敵也。今乃棄黔首[65]以資敵國，卻賓客以業[66]諸侯，使天下之士，退而不敢西向，裹足[67]不入秦，此所謂藉寇兵而齎盜糧[68]者也。

「夫物不產於秦，可寶者多；士不產於秦，而願忠者眾。今逐客以資敵國，損民以益讎，內自虛而外樹怨於諸侯，求國無危，不可得也。」

秦王乃除逐客之令，復李斯官。

【注釋】❶宗室　與國君或皇帝同祖宗的貴族。❷遊間　遊說離間。❸一切　一概。❹議　商議。❺過　錯誤。❻穆公　秦穆公。名任好，秦德公少子，秦成公之弟，在位三十九年（西元前六五九～前六二一年），為春秋五霸之一。❼西取由余於戎　從西邊的戎得到由余。由余，晉人。逃入戎，奉戎王之命使秦國，秦穆公愛其才，設計離間，由余乃降秦國，後秦國用其計，滅戎稱霸。戎，西方民族名。❽東得百里奚於宛　在東邊的宛地得到百里奚。百里奚，虞國大夫。晉獻公滅虞國，以百里奚為陪嫁的臣僕，入秦國，後逃至宛，為楚國人所執，秦穆公以五張黑色公羊皮贖之歸，與議國事，知其賢，授以國政，相秦七年而秦穆公以成霸業。❾迎蹇叔於宋　從宋國把蹇叔迎聘過來。蹇叔，秦國岐（今山西岐山縣）人。遊於宋國，秦穆公因百里奚之薦，迎聘之以為上大夫。❿來邳豹公孫支於晉　從晉國招來邳豹和公孫支。邳豹，晉大夫邳鄭之子。父為晉惠公所殺，乃奔秦國。公孫支，秦國岐人。初遊晉國，後歸秦國，為大夫。⓫孝公用商鞅之法　秦孝公採用商鞅的新法。秦孝公，名渠梁。秦獻公之子，秦穆公十五世孫，在位二十四年（西元前三六一～前三三八年）。商鞅（西元前三九〇～前三三八年），姓公孫，名鞅，衛國人。秦封之於、商十五邑，號為商君。初為魏相公叔痤家臣，入秦，秦孝公用之以變法，廢井田、開阡陌，獎勵耕戰，使秦國富強。⓬殷盛　富足。⓭樂用　樂於效力。⓮獲楚魏之師　俘獲楚、魏二國的軍隊。秦孝公十年（西元前三五二年），商鞅領兵圍魏國的安邑（今山西夏縣北），降之，二十二年伐楚國、擊魏國，虜魏公子卬，魏國割河西之地以求和。⓯舉　攻下。⓰治彊　安定強大。⓱惠王用張儀之計　秦惠王採用張儀的計謀。惠王，即惠文君。名駟，秦孝公之子，在位二十七年（西元前三三七～前三一一年），即位之十三年稱王（西元前三二五年），史稱惠文王或惠王。張儀（西元前？～前三〇九年），魏國人。入秦，相秦惠王，迫使魏國獻上郡，瓦解諸侯合縱，取楚國的漢中地。⓲三川　今河南河、洛、伊三水間地區。秦惠王三年（西元前三三五年）及秦武王四年（西元前三〇七年），秦二度拔韓國之宜陽（今河南宜陽），至莊襄王而置三川郡。⓳巴蜀　古二小國名。皆在今四川。巴在川東，蜀在川西，秦惠王二十二年（西元前三一六年），二國並為秦國所滅，分置巴郡及蜀郡。⓴上郡　今陝西北部及綏遠鄂爾多斯旗左翼等地。秦惠王十年（西元前三二八年）魏國納上郡十五縣於秦。㉑漢中　今陝西東南部及湖北西北部一帶。秦惠王二十六年（西元前三一二年），攻楚國之漢中，取地六百里，置漢中郡。㉒包九夷　兼并許多蠻夷部族。九，形容其多。㉓制鄢郢　控制楚國。鄢，楚地。在今湖北宜城。郢，楚都。在今湖北江陵北。㉔成皋　地名。又名虎牢，在今河南汜水縣境。㉕散六國之從　離散六國的合縱聯盟。蘇秦以合縱之策，遊說六國，使合力抗秦，後張儀為秦相，以連橫之計，勸諸侯奉事秦國，使合縱瓦解。從，通「縱」。南北為縱，東西為橫。㉖施　延續。㉗昭王　即秦昭襄王。名稷，秦惠王之子，秦武王之弟，在位五十六年（西元前三〇六～前二五一年）。㉘范雎（西元前？～前二一五年）魏國人。入秦，遊說秦昭王遠交近攻，加強王權，秦昭王以為相。㉙穰侯　即魏冉。秦昭王母宣太后之異父弟，先為將軍，又為相，封於穰（今河南鄧縣東南）。㉚華陽　名羋戎。宣太后同父弟，封於華陽（今陝西商縣東），稱華陽君。㉛彊公室二句　壯大王室權力，杜絕私人勢力。私門，權臣之門。指穰侯、華陽君。㉜蠶食　比喻逐漸侵吞。㉝卻　拒絕。㉞內　通「納」。收容。㉟昆山之玉　昆岡的美玉。昆岡，在于闐國（今新疆和闐）東北四百里，以產玉著名。㊱隨和之寶　隨侯之珠及和氏之璧。隨，古國名。也作「隋」，在今湖北隨縣。相傳隨侯曾救大蛇，後大蛇自江中銜珠報之。和，指卞和。春秋時代楚國人，得璞玉於山中，歷獻楚厲王及楚武王，皆以為石，雙足被刖，楚文王時，卞和抱玉哭於荊山下，楚文王使人剖之，果為美玉。㊲明月之珠　傳說中在夜間光如明月的珠子。㊳太阿　寶劍名。據《越絕書》，春秋時代楚王請歐冶子、干將鑿茨山，取鐵英，造龍淵、太阿、工布三把鐵劍。㊴纖離　古良馬名。㊵翠鳳之旗　用翠羽結成鳳形為飾的旗子。㊶靈鼉之鼓　以鼉皮製成的鼓。鼉，動物名。俗名豬婆龍，背灰褐色，上有黃斑及黃條，腹部灰色，長約二公尺，穴居池沼底部，皮可以張鼓，古人以為有靈異，故稱靈鼉。㊷說　通「悅」。㊸鄭衛之女　泛指外國的美女。以下「趙女」亦同。㊹駃騠　北狄的良馬。㊺外廄　宮外的馬房。㊻丹青　硃砂和空青。可作彩繪的塗料。㊼采　彩色；彩繪。㊽下陳　後列。此指侍妾。㊾宛珠之簪　以宛珠鑲飾的簪。宛，在今河南南陽。產珠玉。㊿傅璣之珥　鑲珠璣的耳環。傅，附；鑲嵌。璣，小珠。珥，耳飾。(51)阿縞　東阿所產的白色絹帛。東阿，齊國地名。在今山東東阿。縞，白色的生絹。(52)隨俗雅化　時髦而高雅。(53)佳冶窈窕　容貌嬌豔，體態美好。冶，豔麗。(54)擊甕叩缶　擊瓦甕，敲瓦盆。秦國人歌唱時，擊二者以為節拍。(55)彈箏搏髀　彈著箏，拍著腿。箏，樂器。有五絃、十二絃、十三絃等。搏，打。髀，股骨。(56)鄭衛桑間　指鄭、衛二國的音樂。桑間，衛國之地。其地歌謠之風甚盛。(57)韶虞武象　虞舜的〈韶〉樂，周武王的〈象〉舞。(58)當前　眼前。(59)適觀　觀看而覺舒適。(60)民人　人。此指人才。(61)跨海內　統一天下。(62)太山　即泰山。(63)讓　推辭；排斥。(64)充美　富裕美好。(65)黔首　百姓；人民。秦時謂人民曰黔首。或曰指人民髮黑，或曰指人民以黑巾裹頭。黔，黑。(66)業　用為動詞。指成其事、立其業。(67)裹足　纏裹其足。引申為止足不敢向前。(68)藉寇兵而齎盜糧　借武器給敵寇，送糧食給盜賊。藉，通「借」。兵，兵械。齎，贈送；給予。

**【語　譯】**秦國的宗室大臣都對秦王說：「從各國來秦服務的人，大都是為他們國君來遊說離間秦國的，請驅逐所有的客卿。」李斯也在議定的驅逐行列中。

於是李斯上書說：「臣聽說官吏們建議驅逐客卿，臣以為這是錯誤的。從前穆公訪求賢士，從西戎得到了由余，在東邊的宛贖得百里奚，自宋國迎聘蹇叔，由晉國招來邳豹、公孫支。這五個人都不是秦國人，穆公任用他們，結果就兼并了二十個國家，稱霸西戎。孝公用商鞅的新法，改變風俗，百姓因此富足，國家因此富強；百姓樂於為國效命，諸侯親近歸服；擊敗楚、魏，奪得千里的土地，到現在仍然安定強大。惠王用張儀的計謀，攻下三川，西併吞巴、蜀，北占領上郡，南攻取漢中，兼并蠻夷，控制楚國，東占據成皐的險要，割取肥沃的土地；於是離散六國的合縱，使他們向西事奉秦國，功業一直延續到現在。昭王得到范雎，廢黜穰侯，驅逐華陽君，壯大王室權力，杜絕私人勢力，逐漸侵吞諸侯，使秦國成就帝業。這四位君主，都是靠客卿的功勞。由此看來，客卿對秦國有什麼虧欠？假如這四位君主拒絕客卿而不接納，疏遠賢士而不任用，那秦國勢必沒有富足的事實與強大的威名了。

「現在陛下得到昆山的美玉，擁有隨侯珠、和氏璧，掛明月珠，佩太阿劍，騎纖離馬，豎翠鳳旗，設靈鼉鼓。這幾種寶物，沒有一樣出產在秦國，而陛下卻喜愛它們，為什麼呢？一定要秦國的產物才可以用，那麼夜光璧就不該擺飾在朝廷，犀角象牙做成的器具不該作為賞玩的寶物，鄭、衛二國的美女不該納入後宮，而北狄的駿馬不該養在馬棚，江南的金錫不該使用，西蜀的丹青不該拿來塗彩。所有用來裝飾後宮、充作姬妾、娛樂心意、取悅耳目的，一定要出產於秦國才可以，那麼鑲著宛珠的簪，嵌著珠璣的耳環，東阿白絹裁成的衣裳，織錦刺繡的服飾，不該進呈到面前，而時髦高雅、嬌豔姣好的趙國美女不該侍立在左右。擊瓦罐敲瓦盆，彈箏拍腿，嗚嗚地歌著叫著以愉悅耳朵，是道地的秦國音樂；鄭、衛、桑間的歌謠，虞舜的〈韶〉樂、周武王的〈象〉舞是異國的音樂。如今捨棄擊瓦罐敲瓦盆的音樂而改聽鄭、衛的歌謠，不彈箏而採用〈韶〉樂〈象〉舞，這樣做是為什麼呢？不過是求眼前的快樂，覺得舒適罷了！現在用人卻不是如此，不問優劣，不分是非，不是秦國人就排斥，凡是客卿就驅逐。那麼所重視的是美色音樂珍珠美玉，所輕視的是人才了。這不是統一天下、控制諸侯的作法啊！

「臣聽說土地廣的米糧多，國家大的百姓眾，軍力強盛兵士就勇敢。所以泰山不推辭土壤，才能成就它的高大；河海不捨棄細流，才能成就它的深；君王不排斥百姓，才能顯揚他的盛德。因此地不分東南西北，人不論本國外國，時時充實美好，鬼神降下福澤，這是五帝三王所以無敵的原因。現在卻擯棄百姓而幫助敵國，斥逐賓客以成就諸侯，使天下的賢士退避而不敢向西，止步不入秦國，這叫做借兵器給敵人而送糧食給盜賊啊。

「物品不產於秦國，但值得珍貴的很多；人才不出於秦國，而願意效忠的也很多。如今驅逐客卿而幫助敵國，損害人民去助長仇人，對內自損國力，對外結怨諸侯，而希望國家沒有危險，是不可能的。」

秦王就取消了驅逐客卿的命令，恢復李斯的官職。

【研　析】本文可分三段。首段記秦議逐客卿，末段記秦罷逐客之令，一始一末，為史家敘事之筆；中間一段為李斯所上書，是全文的中心。

李斯之書，要點可大分為四：其一，列舉秦國四賢君穆公、孝公、惠王、昭王，皆以重用客卿而使秦國富利強大，證明客卿非但不負於秦國，且於秦國大有利。此從正面言客卿之利，以駁斥逐客之議。其二，列舉秦王所珍愛玩好諸物，皆出異國而非秦國所產，指出若用人而「不問可否，不論曲直，非秦者去，為客者逐」，則是重色樂珠玉而輕人才，非欲一統天下者所應為。此從側面言逐客之不當。其三，強調帝王有容乃大，今若逐客，是反其道而行，將使天下之士裹足不入於秦國，而為他國所用。其四，言逐客即為資敵，客為諸侯所用，將大不利於秦國。三、四兩點，皆言逐客之害，從反面指出議者之不能遠慮。

全書純從秦國之利害而客觀分析，殷殷以秦國之富強為念，絕無乞憐求容之意。既動之以利害，又明之以事理，舉證確當，文氣暢達；排比、對偶的修辭手法，使得文章既有說服力，又極富文采。尤其第二部分，從人才說到玩物，比喻精彩，波瀾迭起，更是極盡文章之妙。

# 屈原

屈原（西元前三四三～前？年），名平，字原，戰國時代楚國人。屈與景、昭三姓皆楚國王族。屈原以其出身，宗族及國家意識特別濃烈。時當戰國末年，天下以秦國最強，齊國最富，而楚國則土地最廣。楚國內部或主親秦，或主親齊，屈原主親齊最力。年輕時以其博學多能又長於辭令，擔任左徒之要職，盡忠竭智，頗得楚懷王信任。其後因遭讒言，又逢親秦一派得勢，而被疏遠，甚至放逐。流浪江南多年，眼見國是日非，報國無門，滿懷悲憤，投汨羅江而死。所作〈離騷〉等二十五篇，為騷賦一體之祖，其文辭瑰麗，情感細緻，又開古典文學浪漫一派之先河。

## 卜居

【題解】本文選自《楚辭》。卜居，占卜請問居世自處之道。敘述屈原竭知盡忠而被放逐，心煩意亂，不知如何自處，於是求教於太卜鄭詹尹，但太卜卻只能勸勉屈原：照著自己的心意行事。

屈原既放❶，三年，不得復見。竭知❷盡忠，而蔽鄣於讒❸，心煩慮亂，不知所從。乃往見太卜❹鄭詹尹❺，曰：「余有所疑，願因❻先生決❼之。」詹尹乃端策拂龜❽，曰：「君將何以教之？」

屈原曰：「吾寧悃悃款款❾、朴以忠❿乎？將⓫送往勞來⓬斯無窮⓭乎？寧誅鋤草茅以力耕乎？將游大人⓮以成名乎？寧正言不諱以危身乎？將從俗富貴⓯以媮生⓰乎？寧超然高舉⓱以保真⓲乎？將哫訾栗斯、喔咿儒兒⓳以事婦人⓴乎？寧廉潔正直以自清乎？將突梯滑稽㉑，如脂如韋㉒以潔楹㉓乎？寧昂昂㉔若千里之駒乎？將氾氾㉕若水中之鳧㉖，與波上下，偷以全吾軀乎？寧與騏驥㉗亢軛㉘乎？將隨駑馬㉙之跡乎？寧與黃鵠㉚比翼㉛乎？將與雞鶩㉜爭食乎？此孰吉孰凶？何去何從？世溷濁㉝而不清，蟬翼為重，千鈞㉞為輕；黃鐘㉟毀棄，瓦釜㊱雷鳴；讒人高張㊲，賢士無名。吁嗟默默兮，誰知吾之廉貞？」

詹尹乃釋策而謝㊳，曰：「夫尺有所短，寸有所長㊴；物有所不足，智有所不明；數㊵有所不逮，神有所不通㊶。用君之心，行君之意，龜策誠不能知此事。」

【注釋】❶放 放逐。❷知 通「智」。❸蔽鄣於讒 被小人所遮蔽阻攔。鄣，同「障」。遮蔽。讒，指奸佞小人。❹太卜 掌占卜之官。❺鄭詹尹 人名。❻因 憑藉。❼決 決定。❽端策拂龜 擺正蓍草，拂淨龜甲。為表示虔敬的占卜準備動作。策，古代占卜用的蓍草莖。❾悃悃款款 誠誠懇懇。❿朴以忠 樸實而忠貞。朴，通「樸」。以，而。⓫將 還是。⓬送往勞來 送往迎來。指忙於應酬。⓭無窮 免於困窮。一說：不止。⓮游大人 交結高官顯貴。⓯從俗富貴 迎合時俗，追求富貴。⓰媮生 苟且求生。媮，同「偷」。⓱超然高舉 遠走高飛。指捨棄名利，遠離是非。⓲保真 保全純真，不受世俗汙染。⓳哫訾栗斯喔咿儒兒 形容巧言令色、曲己迎人的醜態。哫訾，阿諛逢迎。栗斯，故作戒懼小心的樣子。喔咿儒兒，故作笑容，裝出順從的樣子，以取悅於人。⑳婦人　指楚懷王寵姬鄭袖。鄭袖與子蘭上官大夫勾結讒害屈原。㉑突梯滑稽　圓滑伶俐。㉒如脂如韋　滑溜如油脂，柔軟如熟牛皮。㉓潔楹　潤潔楹柱，使之圓滑。比喻圓滑諂媚。或謂潔楹合音如「敬」，足恭媚世之意。㉔昂昂　超群出眾的樣子。㉕氾氾　浮游不定的樣子。㉖鳧　野鴨。㉗騏驥　駿馬。㉘亢軛　抗衡；並駕齊驅。亢，通「抗」。舉。軛，車轅前端曲木，用以套牛馬以駕車。㉙駑馬　劣馬。㉚黃鵠　天鵝。㉛比翼　並翼齊飛。㉜鶩　鴨。㉝溷濁　混濁。㉞千鈞　形容很重。三十斤為一鈞。㉟黃鐘　聲音宏亮，其音合黃鐘之律的大鐘。古樂分十二律，陰、陽律各六，黃鐘居陽律之首，最宏亮。㊱瓦釜　陶土燒成的鍋。㊲高張　居於高位，氣燄囂張。㊳謝　辭謝。㊴尺有所短二句　喻不同的情況，不同的標準，衡量的結果會有所不同，不能一概而論。㊵數　術數。此指占卜之術。㊶通　通曉。

【語　譯】屈原被放逐後，過了三年，一直無法再見到楚王。他竭盡心智、盡忠國君，卻被小人所遮蔽阻攔，因此心情煩悶，思慮混亂，不知如何是好。於是就去拜望太卜鄭詹尹，說：「我有一些疑問，希望先生幫我做個決定。」詹尹於是擺正蓍草，拂淨龜甲，說：「先生有何指教？」

屈原說：「我寧可誠誠懇懇、樸質而忠貞呢？還是送往迎來以免於困窮呢？寧可剷除茅草而努力耕作呢？還是結交高官顯貴以成名呢？寧可直言不隱而危害到己身呢？還是迎合時俗、追求富貴而苟且求生呢？寧可遠走高飛以保存本真呢？還是畏畏縮縮、強顏歡笑以事奉婦人呢？寧可廉潔正直以自保純潔呢？還是圓滑伶俐，像油脂、柔韋一樣用來潤潔楹柱呢？寧可高昂地像日行千里的良駒呢？還是像水中浮游不定的野鴨，隨波上下，苟且以保全我的身軀呢？寧可和駿馬並駕齊驅呢？還是跟隨劣馬的足跡呢？寧可和天鵝比翼而飛呢？還是和雞鴨爭食呢？以上什麼是吉？什麼是凶？什麼該捨棄？什麼該順從？世間混濁而不清，認為蟬翼是重的，卻說千鈞是輕的；黃鐘被毀壞拋棄，瓦釜卻像雷鳴般的響動；小人居於高位，氣燄囂張，賢士卻默默無名。我悲歎世間的沉默，有誰能了解我的廉潔忠貞？」

詹尹於是放下了筮草而辭謝，說：「尺有它的短處，寸也有它的長處；物理有時不一定能周全，智慧有時不一定能洞察；占卜有時不一定有把握，神靈有時不一定能通達。秉著您的良心，照您的意思去做吧。龜策實在不能知道這事。」

【研　析】本文可分三段。首段言屈原忠而被逐，心煩慮亂，乃往見太卜，欲借龜策決其疑惑。二段用反詰連詞「寧」、「將」，一口氣提出八個疑問，揭露其心中的矛盾和痛苦。三段言龜策亦無法決斷屈原之疑惑，太卜唯勉以「用君之心，行君之意」而已。

題為「卜居」，意謂問卜以求為人處世之道，其事未必是真，蓋假設問答，以自抒其懷抱，故朱熹云：「哀憫當世之人，習安邪佞，違背正直，故陽（編按：佯）為不知二者之是非可否，而將假著龜以決之。」洵為知言之論。

第二段是全文的重心，具體傾訴了首段的「心煩慮亂」。八個「寧」字所述，是屈原對生命價值的認識和堅持；八個「將」字所述，是屈原對於世俗「溷濁而不清」的認知和控訴。在理念和現實極端相反的情況下，矛盾和彷徨因而產生，抉擇不易的掙扎和痛苦，亦根源於此。相對於此，第三段的「用君之心，行君之意」，雖出自太卜之口，實為屈原最終的選擇；在舉世昏濁的現實世界，獨自保持其堅貞高潔，不隨波逐流，不同流合汙，這就是屈原無悔的執著。

全文從疑惑到苦悶，從求問於龜策到自我體悟，最終獲得解脫，表現出高度的人文精神，也展現出嚴謹的是非判斷，發抒其內心的憤慨，表明絕不妥協的堅定立場。

# 宋玉

宋玉（約西元前二九八～約前二二二年），戰國時代楚國人，生平不詳。約當生在屈原之後，為一仕途不得志的寒士。《漢書．藝文志》宋玉賦有十六篇，今傳者散見於《楚辭章句》、《文選》及《古文苑》中，凡十三篇。作品長於細緻描繪物象而情景融合，後人與屈原並稱屈、宋。

## 對楚王問

**【題解】**本文選自《昭明文選》。對，回答。楚王，戰國時代楚頃襄王。名橫，楚懷王之子。在位三十六年（西元前二九八～前二六三年）。本文記宋玉回答楚頃襄王對他品行是否有過失的問難，表現了宋玉孤高之情，以及懷才不得伸的怨懟。後代文體有對問一類，採問答對話形式抒情寫志，其源始於本文。

楚襄王❶問於宋玉曰：「先生其❷有遺行❸與？何士民眾庶❹不譽之甚也！」

宋玉對曰：「唯，然。有之。願大王寬❺其罪，使得畢其辭。客有歌於郢❻中者，其始曰〈下里巴人〉❼，國中屬❽而和者數千人；其為〈陽阿薤露〉❾，國中屬而和者數百人；其為〈陽春白雪〉❿，國中屬而和者不過數十人；引商刻羽⓫，雜以流徵⑫，國中屬而和者不過數人而已。是其曲彌⑬高，其和彌寡。故鳥有鳳⑭而魚有鯤⑮。鳳凰上擊⑯九千里，絕雲霓⑰，負蒼天⑱，足亂浮雲，翱翔乎杳冥⑲之上。夫蕃籬⑳之鷃㉑，豈能與之料㉒天地之高㉓哉？鯤魚朝發崑崙之墟㉔，暴鬐㉕於碣石㉖，暮宿於孟諸㉗。夫尺澤㉘之鯢㉙，豈能與之量江海之大哉？故非獨鳥有鳳而魚有鯤也，士亦有之。夫聖人瑰意琦行㉚，超然獨處。世俗之民，又安知臣之所為哉？」

【注釋】❶楚襄王　即楚頃襄王。名橫，楚懷王之子，在位三十六年（西元前二九八～前二六三年）。❷其　大概。表猜測的語氣。❸遺行　過失的行為。❹士民眾庶　士和百姓。❺寬　寬恕。❻郢　楚都。在今湖北江陵。❼下里巴人　古曲名。屬鄉野民歌。❽屬　接續。❾陽阿薤露　古曲名。❿陽春白雪　古曲名。⓫引商刻羽　拉長商聲，縮減羽聲。意謂力求曲調變化而和諧。引，延長。商，五聲之一。其聲敏疾。刻，削減。羽，五聲之一。其聲低平。⓬雜以流徵　中間加入抑揚流盪的徵聲。徵，五聲之一。其聲抑揚遞續，流盪變化，故稱流徵。⓭彌　更加。⓮鳳　即鳳凰。雄為鳳，雌為凰。⓯鯤　大魚名。⓰上擊　振翅高飛。擊，指兩翼上下拍動。⓱絕雲霓　穿越雲霄。絕，度過。霓，副虹。位於主虹外側，常出現於雨後。⓲負蒼天　背著蒼天。⓳杳冥　指眇遠幽深的地方。⓴蕃籬　用竹木編成的籬笆。蕃，通「藩」。籬笆。㉑鷃　鳥名。也作「鴳」，俗稱鵪鶉。㉒料　估量。㉓天地之高　即天之高。地字連類而及。㉔崑崙之墟　崑崙大山。崑崙山在新疆、西藏之間，西接帕米爾高原，東延入青海省境，峰嶺層疊，形勢聳峻。墟，大丘。㉕暴鬐　暴露魚鰭。暴，顯露。鬐，同「鰭」。魚類在水中運動的器官，由體壁突出而成，形狀扁平，有脊鰭、胸鰭、腹鰭、尾鰭等。㉖碣石　古山名。在今河北昌黎西北。㉗孟諸　古澤名。故地在今河南商邱東北。也作「孟豬」、「望諸」、「盟諸」、「明都」。㉘尺澤　一尺之澤。極言其小。㉙鯢　小魚。㉚瑰意琦行　奇偉不凡的思想和行為。瑰，奇偉。琦，珍奇。

【語　譯】楚襄王問宋玉說：「先生大概有過失的行為吧？為什麼士人和百姓都很不稱讚你呢？」

宋玉回答道：「哦，是的。有的。希望大王寬恕臣的罪過，讓臣把話說完。有個在郢都唱歌的外地人，最初唱〈下里巴人〉，城裡接續應和的有幾千人；後來改唱〈陽阿薤露〉，城裡接續應和的有幾幾百人；再唱〈陽春白雪〉，城裡接續應和不過幾十人；最後他拉長商聲、縮減羽聲，中間又加入抑揚流盪的徵聲，城裡接續應和的不過幾個人罷了。這表示曲調愈高，應和的人就愈少。所以鳥類中有鳳凰而魚類中有鯤魚。鳳凰振翅高飛，可以凌空九千里，穿越雲霄，背負青天，踩亂浮雲，在眇遠幽深的天際翱翔。那些只能在籬笆間跳躍的鵪鶉，怎能和牠估量天的高度呢！鯤魚早晨從崑崙大山出發，一直游到海畔的碣石山，傍晚又游回孟諸澤歇宿。那些小池裡的鯢魚，怎能和牠量測江海的寬廣呢！因此不單是鳥類中有鳳凰而魚類中有鯤魚，就是士人中也有特出的。聖人奇偉不凡的思想和行事，高超不群。那些膚淺的俗人，又怎能了解臣的所作所為呢！」

【研　析】本文可分二段。首段楚襄王問宋玉是否有遺行，二段宋玉答楚襄王之問。一問一答，構成全文，而重心在「答」，「問」只是為「答」立案而已。

「答」的部分，又可分為兩節。自「唯，然，有之」至「使得畢其辭」為第一節。此下至末為第二節。

第一節緊接襄王之問，而坦承有遺行。「唯，然，有之」四字之中而語氣三變。「唯」乃輕聲微應，語帶支吾，因猝然見問，措手不及，故藉此一頓，以換取思考之時間。及神思稍定，始肯定答覆曰「然」。繼則胸有成竹，而強調之曰「有之」，隱示事有必然。若常人，則必否認之不暇矣。故宋玉之答，極為反常，足使聞之者滿懷訝異，而切盼其解說。此文之卓犖新奇，全在於此。若一味否認，則雖文采可觀，亦落於俗套矣。

第二節旨在說明所以見譏之故，端在世俗之無知。此意又不從正面說出，而連設三喻以明之。先以曲為喻。依曲之高下與和者之多寡，分四層以相映襯，結出「曲高和寡」之至理，以見俗眾之不足以知名曲也。同樣情形，事例尚多，因以「故鳥有鳳而魚有鯤」引出鳥、魚兩喻，各用對比法，以明鷃不足以知鳳，而鯢不足以知鯤，歸結到世俗之民不足以知聖人。宋玉分明以聖人自居，而運用比喻的結果，不但無露才揚己之跡，而反有諷諭楚襄王勿聽小人之言的含意。

細檢全文，立意卓爾不群，結構井然有序。答語全用比喻，又多用對比手法，輾轉鋪陳，文辭溫婉而綺麗，有如彩霞滿天，令人目不暇接。而巧喻之中，語含諷諫，只是託意委婉，不易察覺罷了。

# 卷五 漢文

## 史記

《史記》一百三十卷，西漢司馬遷撰。全書起自黃帝，迄於漢武帝，凡二千餘年，共五十二萬餘字。內容分為十二「本紀」，記歷代帝王大事政績；十「表」，表列歷史大事；八「書」，記天文地理及典章制度；三十「世家」，記王侯將相事跡；七十「列傳」，記歷代名人事跡。是一部包羅萬象、博大謹嚴的紀傳體通史，對於後代散文作家也有極深遠的影響。

### 五帝本紀贊

**【題解】** 本文選自《史記・五帝本紀》，篇名據原題加一「贊」字而訂。贊，稱頌；讚美。《史記》以黃帝、顓頊、嚳、堯、舜為五帝，合此五帝事跡，作〈五帝本紀〉，置於全書之首。本文為〈五帝本紀〉的卷末，說明作紀的緣由，以及史料來源和考信原則。

太史公❶曰：「學者多稱五帝，尚❷矣。然《尚書》❸獨載堯以來，而百家❹

言黃帝，其文不雅馴❺，薦紳❻先生難言之。孔子所傳宰予❼問〈五帝德〉❽及〈帝繫姓〉，儒者或不傳。余嘗西至空桐❾，北過涿鹿❿，東漸⓫於海，南浮⓬江淮矣。至長老皆各往往稱黃帝、堯、舜之處，風教⓭固殊焉。總之，不離古文⓮者近是。

「予觀《春秋》、《國語》⓯，其發明〈五帝德〉、〈帝繫姓〉，章⓰矣。顧弟⓱弗深考，其所表見⓲皆不虛。《書》缺有間⓳矣，其軼⓴乃時時見於他說。非好學深思，心知其意，固㉑難為淺見寡聞道㉒也。余并論次㉓，擇其言尤雅者，故著為『本紀』書首。」

【注釋】❶太史公　司馬遷自稱。《史記》各卷贊語凡稱「太史公」皆司馬遷自稱，但〈天官書〉、〈封禪書〉的贊語兩稱「太史公」，係指其父司馬談。太史，官名。掌圖書典籍。❷尚　通「上」。久遠。❸尚書　即《書經》。❹百家　指先秦諸子。百為概括之詞，非真有百餘家。❺雅馴　高雅合理。馴，順；合理。❻薦紳　通「搢紳」，或作「縉紳」。插笏垂紳。古代朝士的裝束，今泛指仕宦者。搢，插。紳，大帶子。❼宰予　字子我，亦稱宰我。春秋魯人，孔子弟子。❽五帝德　與下〈帝繫姓〉皆《大戴禮》及《孔子家語》篇名。❾空桐　即崆峒。山名，在今甘肅平涼西。❿涿鹿　山名。在今河北涿鹿東南。⓫漸　入。⓬浮　泛。⓭風教　風俗教化。⓮古文　指用籀文寫成之典籍。與今文（用漢代隸書寫成）相對。⓯春秋國語　二書名。⓰章　明顯。⓱顧弟　但是。顧，特；但。弟，通「第」。但。⓲表見　表現。見，通「現」。⓳間　間隙；缺漏。⓴軼　通「逸」。散失。此指逸文。㉑固　本來。㉒道　解釋。㉓論次　依次敘述。

【語譯】太史公說：「很多學者都在談五帝的事情，可算是久遠了。但是《書經》的記載卻獨從唐堯開始，至於先秦諸子有關黃帝的記載，文辭多不高雅合理，所以縉紳先生都不談這些。像孔子所傳下的宰予問〈五帝德〉及〈帝繫姓〉兩篇，有的儒者便不肯傳述。我曾經西到崆峒山，北過涿鹿山，東至泛大海，南遊江淮。

每到一處，長老們常常講述一些某處與黃帝或某處與堯、舜有關的事情，可見風俗教化原本各處不同。總之，不背離古文典籍的就近於真實。

「我看《春秋》、《國語》二書，很明顯的，其間有很多可和〈五帝德〉及〈帝繫姓〉兩篇互相發明。只不過一般人不加深思罷了，其實書裡所發表的都不假。《書經》本有殘缺脫漏，它的逸文，時常散見於其他典籍，若不是好學深思，明白其中的意思，實在也是很難為孤陋寡聞的人說得明白的。我選擇古籍中文詞最雅馴的，按照時代次序，把它寫成『本紀』的第一篇。」

【研析】本文可分二段。首段談到後人往往不相信五帝事跡，而作者經實地訪求，發現各地風教不一，五帝事跡非全不可信。二段比對典籍，知《尚書》原有缺漏，他書可以補足，故擇其尤雅者，撰為〈五帝本紀〉。全文交代了司馬遷對古史的考信原則和《史記》的開卷義例，可與〈三代世表・序〉合觀。

在古史的考信原則方面，主要有兩項標準：一是取材於《尚書》、《禮記》、《春秋》、《國語》等文獻資料；二是透過實地勘查來驗證或補充，他曾「西至空桐，北過涿鹿，東漸於海，南浮江淮」，訪談於耆宿長老，以與古籍載錄者參證。這兩項標準，反映了司馬遷作史的實證精神。

其次，就寫作動機而言，《尚書》是儒家的重要經典，第一篇即為〈堯典〉；至於百家雜述黃帝事跡，文辭多半荒誕不雅正，使人半信半疑；而孔子回答宰予問〈五帝德〉、〈帝繫姓〉之事，竟連儒門後學都不傳習。基於這三項理由，司馬遷決定撰寫〈五帝本紀〉。

再就上溯黃帝的理由來說，首先，從傳播區域看，雖然各地風教不一，但都傳誦著黃帝的事跡；其次，司馬遷比對《春秋》、《國語》，認為〈五帝德〉和〈帝繫姓〉是可靠的資料；第三，《尚書》雖不記黃帝事跡，但它所遺漏的卻往往散見其他書中；第四，百家言黃帝雖使人疑信參半，但應非全然憑空捏造。綜合上述考察，司馬遷認為《史記》上限應起於黃帝，可以〈五帝德〉、〈帝繫姓〉為根據，擇取百家之言、耆宿傳述之雅馴者相互參證。

《史記》在取材和立傳原則上都有特殊用意，司馬遷自認為「固難為淺見寡聞道也」。但司馬遷乃是藉由《史記》來呈現他心中的歷史，他只呼喚那「好學深思，心知其意」的知音，而不奢望所有人都能了解其中的微言大義。知音畢竟難求，不是嗎？

## 項羽本紀贊

**【題解】**本文選自《史記・項羽本紀》，篇名據原題加一「贊」字而訂。贊，稱頌；讚美。項羽（西元前二三二～前二〇二年），名籍，字羽，下相（今江蘇宿遷）人。秦末，隨其叔父項梁起兵，大破秦師，率諸侯義師入關中滅秦，自立為西楚霸王，分封天下。後為劉邦所敗，自刎而死。《史記》將項羽列入「本紀」，歷敘其生平事跡。本文為〈項羽本紀〉的卷末，論定項羽「近古以來未嘗有」的功業，也評論了項羽自矜自是、專尚武力，至死而不覺悟的缺陷。

太史公曰：「吾聞之周生❶曰：『舜目蓋重瞳子❷。』又聞項羽亦重瞳子。羽豈其苗裔❸邪？何興之暴❹也！夫秦失其政❺，陳涉首難❻，豪傑蠭起❼，相與並爭，不可勝數。然羽非有尺寸❽，乘勢起隴畝❾之中，三年，遂將❿五諸侯⓫滅秦，分裂天下而封王侯，政由羽出，號為霸王。位雖不終，近古⓬以來未嘗有也。及羽背關懷楚⓭，放逐義帝⓮而自立，怨王侯⓯叛己，難矣！自矜功伐⓰，奮⓱其私智而不師古，謂霸王之業，欲以力征⓲經營⓳天下。五年，卒亡其國，身死東城⑳。尚不覺寤㉑，而不自責過㉒矣，乃引㉓『天亡我，非用兵之罪也』，豈不謬哉？」

【注　釋】❶周生　漢時儒者。事跡不詳。❷重瞳子　一個眼珠有兩個瞳孔。❸苗裔　後代子孫。❹暴　快速。❺秦失其政　秦朝政治動亂，天下不安。謂秦始皇暴虐，人民怨恨，及二世即位，趙高弄權，內政混亂，革命四起。❻陳涉首難　陳涉首先起事。陳涉，名勝，陽城（今河南登封）人。秦二世元年，與吳廣起兵，不久自立為王，後為其車夫莊賈所殺。軍事行動必予人以難，故最先興兵起事的叫首難。❼蠭起　蜂擁而起。形容其多。蠭，「蜂」之古字。❽非有尺寸　沒有尺寸的土地。❾隴畝　田野。這裡指民間。❿將　率領。⓫五諸侯　指齊、燕、韓、趙、魏。⓬近古　近代。這裡指戰國及秦、楚之際。⓭背關懷楚　放棄關中而東歸楚地。背，離開；放棄。關，指關中。懷楚，懷念楚國。⓮義帝　指楚懷王之孫。名心，項梁立為懷王，項羽入關，尊為義帝，後徙之長沙，陰令人擊殺之江中。⓯王侯　指韓廣、劉邦等。⓰功伐　功勳。二字乃同義詞。伐亦功。⓱奮　騁弄；施展。⓲力征　武力征伐。⓳經營　治理營謀。⓴東城　在今安徽定遠東南。項羽至此僅剩二十八騎，雖奮戰三勝，終敗死於此。㉑寤　通「悟」。㉒自責過　自責過失；自我檢討。㉓引　援引；據為理由。

【語　譯】太史公說：「我聽周生說：『舜的眼珠有兩個瞳孔。』又聽說項羽也有兩個瞳孔。項羽難道是舜的後代嗎？要不然，為什麼會興起得這麼快呢！那時秦朝政治失修，陳勝首先起事，英雄豪傑蜂擁而起，彼此爭奪天下，多得數不清。然而項羽並沒有一尺一寸的土地，他乘勢從民間興起，三年的工夫，就率領五國諸侯滅掉秦，分割天下封給各國王侯，一切政令都由項羽發布，自號西楚霸王。他的王位雖然不能保住，可是近代以來還沒有過這樣的人物呢！到了項羽離開關中回到楚國，又趕走義帝自立為王，卻怨恨諸侯背叛他，這事就很難了！自誇功勳，只憑一己的智慧而不取法古聖先賢，以為霸王的事業，只要使用武力征伐就能治理天下。僅僅五年，終於亡國，自己被迫自刎於東城。至死還不覺悟，不肯自責，還藉口說『這是天意要亡我，不是我用兵有錯誤』，豈不荒唐透頂麼？」

【研　析】本文可分兩層。第一層評論了項羽的成功。對於項羽的迅速崛起，司馬遷首先透過一則傳聞——舜和項羽均為重瞳子——來加以揣測。這則補敘是否足以證明項羽具有聖王的血統呢？若其不然，何以他能在「豪傑蠭起，相與並爭，不可勝數」的亂世中驟然興起？又如何能在三年之中「將五諸侯滅秦，分裂天下而封王侯」？若其然，何以竟於五年之後身死國亡？而其行事又何其乖謬，且至死不悟？難道項羽只是個虛有其表的莽夫，才略一無可取？抑或個性上的缺陷致使他功敗垂成？項羽猶如一個驚歎號，在歷史中劃下一道錯愕，使人還來不及驚賞，卻又在瞬間墜入無窮的歎惋。

其次，就項羽失敗的原因而言，主要有五點：一是目光短淺，分封諸侯而無統一天下之志，致使海內復陷於爭亂；第二，背關懷楚，喪失地利；第三，放逐義帝而自立，引發諸侯叛變；第四，自矜功伐，未能師法於古，廣施德政；第五，專恃武力，失去民心。項羽曾經擁有最好的機會，但卻由於個人的優柔寡斷與自矜自是，使得天時、地利、人和各項優勢一一流逝，實在令人惋惜。司馬遷也透過這些，表達了他對項羽愛恨交織的複雜情感。

最後，〈項羽本紀〉最引人爭議者，乃在於項羽未履天子之位，且落得身首異處的下場，何以司馬遷將他列入「本紀」？所以自唐人司馬貞作《史記索隱》，主張本篇宜降為「世家」，歷來學者意見頗為分歧。然深探司馬遷之用心，乃是不以成敗論英雄，如陳涉、孔子立「世家」，項羽立「本紀」，均破例為體，以突出其歷史地位，實為《史記》特色之一。

# 秦楚之際月表

【題　解】本文選自《史記・秦楚之際月表》，篇名據原題而訂。〈秦楚之際月表〉，自秦二世元年（西元前二〇九年）陳勝起事，至漢王劉邦五年（西元前二〇二年）定天下止，按月表列天下大事。本文為表前之序文，概述秦、楚之際天下局勢之激烈變動，強調王者得天命之不易。《史記》十「表」，凡年代不可考者作「世表」，有〈三代世表〉一篇；可考者作「年表」，有〈十二諸侯年表〉等八篇；局勢變動劇烈者則作「月表」，有〈秦楚之際月表〉一篇。

太史公讀秦、楚之際，曰：「初作難❶，發於陳涉❷。虐戾滅秦❸，自項氏❹。撥亂❺誅暴，平定海內，卒踐帝祚❻，成於漢家。五年之間❼，號令三嬗❽。自生民以來❾，未始有受命若斯之亟❿也。

「昔虞、夏之興，積善累功數十年⓫，德洽⓬百姓，攝行⓭政事，考之於天⓮，然後在位。湯、武之王，乃由契⓯、后稷⓰修仁行義十餘世，不期而會孟津⓱八百諸侯，猶以為未可，其後乃放弒⓲。秦起襄公⓳，章⓴於文、繆㉑，獻、孝㉒之後，稍㉓以蠶食㉔六國，百有餘載，至始皇，乃能并冠帶之倫㉕。以德若彼㉖，用力如此㉗，蓋一統若斯之難也。

「秦既稱帝，患兵革㉘不休，以㉙有諸侯也。於是無尺土之封㉚，墮㉛壞名城，銷鋒鏑㉜，鉏㉝豪傑，維㉞萬世之安。然王跡㉟之興，起於閭巷㊱，合從㊲討伐，軼㊳於三代。鄉㊴秦之禁，適足以資㊵賢者，為驅除難耳。故憤發其所為天下雄，安在無土不王㊶？此乃傳㊷之所謂大聖乎！豈非天哉？豈非天哉？非大聖，孰能當此受命而帝者乎？」

【注　釋】❶作難　發難；起事。❷陳涉　名勝，字涉。陽城（今河南登封）人，與吳廣為首先發難抗秦者，旋自立為王，後為其車夫莊賈所殺。❸虐戾滅秦　殘暴兇狠，屠秦都咸陽，殺秦二世。❹項氏　指項羽。❺撥亂　平亂。❻踐帝祚　登上帝位。踐，登上。祚，通「阼」。帝位。❼五年之間　指秦亡至漢王劉邦統一天下的五年之間。❽三嬗　三次更替。指由秦至項羽，由項羽而再至劉邦。嬗，通「禪」。更替。❾生民以來　有人類以來。即有史以來。❿受命若斯之亟　天命的變換像這般急速。受命，指接受天命，登上帝位。斯，這樣。亟，急速。⓫積善累功數十年　謂舜、禹在未即帝位前已服務國家數十年，且有功於百姓。按堯薦舜於天凡二十八年，舜薦禹於天凡十七年。⓬洽　融洽。⓭攝行　代理。⓮考之於天　受考察於天。⓯契　帝嚳之子，商代之始祖。⓰后稷　舜時農官名。周始祖棄曾為舜后稷，因號曰后稷。⓱孟津　在今河南孟縣南。⓲放弒　謂湯放桀，武王弒紂。⓳襄公　秦襄公。周平王東遷，秦襄公以兵送之，於是周平王賜以岐豐之地，為諸侯，秦國由是始大。⓴章　顯赫。㉑文繆　指秦文公與秦繆公。繆，也作「穆」。㉒獻孝　指秦獻公與秦孝公。㉓稍　逐漸。㉔蠶食　像蠶啃噬桑葉般慢慢吞併。㉕并冠帶之倫　吞滅文明較高的六國而統一天下。冠帶，戴冠束帶。代表重視禮儀。倫，輩；類。㉖彼　指上述虞、夏、商、周。㉗用力如此　像秦這樣的使用武力。㉘兵革　戰亂。㉙以　因為。㉚無尺土之封　不分封王侯。指秦朝廢封建，行郡縣制。㉛墮　通「隳」。毀壞。㉜銷鋒鏑　銷毀兵器。銷，鎔化。鋒，刀刃。鏑，箭鏃。㉝鉏　「鋤」的本字。鏟除；誅滅。㉞維　通「惟」。計慮；圖謀。㉟王跡　王者的跡象、活動。指漢高祖而言。㊱閭巷　鄉里；民間。漢高祖出身亭長。㊲合從　即「合縱」。謂聯合各路軍隊。㊳軼　勝過；超過。㊴鄉　通「向」。從前。㊵資　幫助。㊶無土不王　沒有土地就不能稱王。㊷傳　古書。

【語　譯】太史公讀秦楚之間的史實，說：「最初發難，始於陳勝。用暴虐手段滅亡秦朝，則是項羽。平定混亂，誅伐昏暴，安定天下，終於登上帝位的是漢家。五年之間，號令更換了三次。有史以來，天命變換從沒有這樣的急速。

「古代虞舜、夏禹的興起，都是累積了幾十年的善政事功，恩惠施及百姓，代行天子職務，接受上天考察，然後才正式即位。商湯、周武的成就王業，是從他們的祖先契和后稷開始修行仁政十幾代，而武王在孟津大會諸侯，不約而來的有八百餘，還認為時機未到，後來才有湯放逐夏桀，武王誅殺商紂之事。秦國由秦襄公時興起，文公、繆公時，國勢才日益顯赫，到了獻公、孝公以後，漸漸吞併諸侯，又過了一百多年，到秦始皇，才併吞六國而有天下。憑功德如虞、夏、商、周，用武力如秦，一統天下，原是這樣的不容易啊！「秦既稱帝，擔心戰亂不停，是因為有諸侯存在。於是不分封諸侯，毀壞名城，銷毀兵器，誅殺豪傑，以圖謀萬代的安定。然而帝王的興起，卻出於鄉里，聯合天下英雄討伐暴秦，其成就遠超過夏、商、周三代。從前秦朝的禁令，恰好幫助了有才能的人，為他們排除困難罷了。所以發憤為強就能稱霸天下，怎麼能說沒有土地便不能成王呢？這大概就是古書上所說的大聖人吧！難道不是天意嗎？難道不是天意嗎？假如不是大聖人，誰能擔當這重任而接受天命成為帝王呢？」

【研　析】本文可分三段。首段論秦朝亡至漢朝一統。「初作難」三字為陳勝定案，「虐戾滅秦」四字斷定項羽功過，而「撥亂誅暴，平定海內，卒踐帝祚」十二字則交代漢高祖功業。項羽和劉邦之行事，一虐戾一寬仁，恰為成敗之關鍵；另方面，五年之間，稟受天命而號令天下的共主竟三易其人，歷史事勢變化之劇烈與無常，實亦使人慨歎而驚心不已。

二段透過歷史的回顧慨歎一統天下之難，以與上段對照，並為下段論漢高祖事功預作鋪墊。以德服人者若虞、夏、商、周四代之興，以力征戰者如秦之崛起於西陲，其所以得天下的方式雖異，但都歷經了長時間的經營或併合。相較於秦楚之際，五年之中而號令三嬗，一緩一亟，一難一易間，形成強烈對比。

末段以秦之「失」和漢之「得」相對照。「鄉秦之禁，適足以資賢者為驅除難耳」二句語帶譏諷，適為首段「五年之間，號令三嬗」提供合理的解釋。劉邦起於閭巷，論「德」不如三代，論「力」不及秦，且無尺土之封，而竟能一統天下，真可謂奇蹟。司馬遷以推測口吻結篇，不無玄機。何以故？虞、夏之興以「積善」，湯、武之王以「仁義」，乃被典籍肯定為大聖，而劉邦之得天下，非盡由積「德」，何堪稱「聖」？另方面，秦以「力」征而稱帝，而劉邦竟能打破「無土不王」的歷史規律而受命稱帝，看似容易，實則極難。在「五年之間，號令三嬗」的歷史表象背後，涵括了陳勝的「初作難」、項羽的「虐戾滅秦」、劉邦「撥亂誅暴，平定海內」的「合從討伐」，以及秦帝國蓄意的「墮壞名城，銷鋒鏑，鉏豪傑」等一系列慘酷的殺戮，但劉邦卻能「憤發其所為天下雄」，則其一統似易實難，而其受命似亦非庸才所堪任。司馬遷在篇末連說了兩次「豈非天哉」，固然是驚賞於劉邦的一統之功，但又何嘗不是在感慨著秦、楚之際的劇變與天命的無常呢？

# 高祖功臣侯年表

【題解】本文選自《史記・高祖功臣侯者年表》，篇名據原題而訂。〈高祖功臣侯者年表〉是《史記》十「表」之一（參見〈秦楚之際月表〉題解），本文為其序文。追古敘今，說明古代人臣受封，有歷千載而猶存者，漢初所封侯者百餘家，僅百餘年而只餘五家，其關鍵在於一則篤於仁義而奉法，一則子孫驕溢而亡國，故作年表，以為殷鑑。

太史公曰：「古者人臣，功有五品❶：以德立宗廟❷、定社稷❸曰勳，以言曰勞，用力曰功，明其等❹曰伐❺，積日曰閱❻。封爵之誓曰：『使河如帶❼，泰山若厲❽，國以永寧，爰❾及苗裔❿。』始未嘗不欲固其根本⓫，而枝葉⓬稍⓭陵夷⓮衰微也。余讀高祖侯功臣，察其首封所以失之⓯者，曰：異哉所聞。

「《書》曰：『協和萬國⓰。』遷于夏、商，或數千歲⓱。蓋周封八百，幽、厲⓲之後，見於《春秋》⓳。《尚書》有唐、虞⓴之侯伯，歷三代千有餘載，自全以蕃㉑衛天子，豈非篤㉒于仁義、奉上法哉？

「漢興，功臣受封者百有餘人。天下初定，故大城名都散亡，戶口可得而數者十二、三㉓。是以大侯不過萬家，小者五、六百戶。後數世，民咸㉔歸鄉里，戶益息㉕。蕭、曹、絳、灌㉖之屬，或至四萬，小侯自倍，富厚如之。子孫驕溢㉗，忘其先，淫嬖㉘。至太初㉙，百年之間，見侯五㉚，餘皆坐法㉛隕命亡國，耗㉜矣。罔㉝亦少密焉，然皆身無兢兢㉞於當世之禁云。

「居今之世，志㉟古之道，所以自鏡㊱也，未必盡同。帝王者，各殊禮而異務，要以成功為統紀㊲，豈可緄㊳乎？觀所以得尊寵及所以廢辱，亦當世得失之林㊴也，何必舊聞？於是謹其終始，表見其文，頗有所不盡本末㊵，著其明，疑者闕之。後有君子，欲推而列之，得以覽焉。」

【注釋】❶五品　五等。品，類別；等級。❷立宗廟　建立宗廟。這裡指建立君主的基業。❸社稷　國家。社，土神。稷，穀神。古代君主都立社稷，後來便用以借指國家。❹等　等級。❺伐　通「閥」。積功。❻閱　經歷。❼帶　衣帶。此喻其狹。❽厲　通「礪」。磨刀石。此喻其小。❾爰　乃。❿苗裔　後代子孫。⓫根本　喻始封功臣的基業。⓬枝葉　指承業的子孫。⓭稍　逐漸。⓮陵夷　衰頹。⓯失之　失其封爵。⓰萬國　今《尚書・堯典》作「萬邦」。指四方諸侯。⓱遷于夏商二句　指堯時諸侯，有的經歷數千年，直到夏、商二代依然為侯。遷，移。⓲幽厲　周幽王、周厲王。西周兩個暴虐君主。⓳春秋　原為魯國史官記載的一部編年史書，相傳經孔子修訂，所記自魯隱公元年（西元前七二二年）起，至魯哀公十四年

(西元前四八一年)止，共二百四十二年。⑳唐虞　指唐堯和虞舜。㉑蕃　通「藩」。屏障。㉒篤　忠實；忠厚。㉓十二三　十分之二、三。㉔咸　都。㉕息　增長。㉖蕭曹絳灌　蕭何、曹參、絳侯周勃、灌嬰。皆劉邦豐沛故人，漢初功臣。㉗驕溢　驕奢過度。溢，滿；過度。㉘淫嬖　淫亂邪惡。㉙太初　漢武帝年號。西元前一〇四～前一〇一年。㉚見侯五　能見到的侯有五。即平陽侯曹宗、曲周侯酈終根、陽河侯卞仁、戴侯祕蒙、汾陽侯靳石。另谷陵侯馮偃失載，其餘一百三十七侯皆失國。㉛坐法　犯法。坐，因。㉜秏　盡。㉝罔　通「網」。法網。㉞兢兢　戒慎的樣子。㉟志　通「誌」。記住。㊱鏡　借鑑。㊲統紀　綱紀；綱領。㊳緄　縫合。謂帝王之道，原各不同，不可強合。㊴林　凡叢集之所皆可曰林。㊵不盡本末　不能原原本本記述。漢武帝太初(西元前一〇四～前一〇一年)以後尚有五侯，且谷陵侯馮偃始終失載，故云。

**【語譯】**太史公說：「古時人臣，功勞有五等：以仁德輔佐君王，建立基業、安定國家叫勳，建言的叫勞，出力的叫功，明其功績叫伐，任事長久叫閱。封爵時宣誓說：『即使黃河細得像帶子，泰山夷平似磨刀石，國家也長久安寧，一直傳到後代子孫。』最初分封的時候，未嘗不想使他的基業鞏固，可是後來的子孫，卻日漸衰頹下去。我研究高祖封侯的功臣，仔細考察他們初封和失侯的原因，那真是和我所聽說的完全不一樣。

「《書經》上說：『使萬邦和諧相處。』延續傳到夏代、商代，有的已幾千年了。周代所封的八百個諸侯，幽王、厲王以後，《春秋》上還有記載。《尚書》裡則有唐、虞時代的侯伯，有的經過夏、商、周三代達一千多年，仍能自我保全，並且藩衛天子，難道不是因為能篤守仁義而又奉行王法嗎？

「漢朝興起後，功臣受封的有一百多位，這時候，天下剛平定，過去的大城名都，戶口散亡甚多，算得出來的，大概只剩下十分之二、三。所以大侯的食邑不過萬家，小的只有五、六百戶罷了。過了幾代，人民大都還鄉，戶口日漸增多，像蕭何、曹參、周勃、灌嬰他們，有的竟封到四萬戶。就是小侯也比以前加了一倍，富貴殷厚也是如此。他們的子孫驕奢淫逸，忘卻了祖先創業的艱難，以致荒淫邪辟。到了太初年間，僅百餘年，能見到的侯只有五個，其餘的都因犯罪，送了命，亡了國，差不多都完了。法律固然嫌嚴了點，然而，都因他們不謹慎才觸犯禁令的啊！

「處在現在的時代，記取古道，正是用來作為自我鑑戒，但也未必完全一樣。做帝王的，各有各的禮教，各有各的事務，總之以成功做標準就是了，哪裡可以強合的呢？看他們所以得到尊貴寵愛，以及遭到被廢的恥辱，這也是當世得失事例的總會，何必要談過去？於是就謹慎地記下他們的始末，用表格文字表明，但有些地方不能原原本本地說出來，所以只把顯明的說一說，疑惑的從缺。倘後世的有志之士，想推求敘述，也可以用此作參考。」

【研析】本文可分四段。首段說明古代封建本在奬賞人臣功勳，期其享國久遠，然而漢高祖功臣之所以失侯，則與所聞古之封建不同。一個「異」字，既點出古今之別，又為下二段分敘的綱領。

二段敘古。透過《尚書》、《春秋》的記載，建構出一個封爵的觀念傳統（所聞），以與下段漢高祖功臣侯者之隕命亡國對比。唐、虞、三代受封之侯國，短者歷時數百年，長者且逾數千年，皆能自全以藩衛天子，如其封爵之誓所云，原因厥在其「篤于仁義，奉上法」。

三段敘今。漢興百年之間，天下由破敝而富厚，戶口由散亡而殷庶，然而諸侯卻由百有餘人而銳減為五，異於《尚書》「協和萬國」之舊聞，也不同於「國以永寧，爰及苗裔」之古誓。究其原委，則上之失在「罔亦少密焉」，下之失在「驕溢」、「淫嬖」、「皆身無兢兢於當世之禁」，以致「坐法隕命亡國」。

末段敘述列表的動機，在於總結歷史教訓，志古自鏡。「今之世」與「古之道」，「未必盡同」，這裡透露了一些訊息：首先是重視當世得失，沒有必要以古非今，此為字面上的意義。其次，「居今之世」則法網密，言下之意，則雖志古之道以自鏡，亦未必免於廢戮。第三，當世得失之林，只是當世之禁所致，遠非五品之功、封爵之誓所足以概括。「未必盡同」、「豈可緄乎」、「何必舊聞」三句，以反詰、質疑的口吻代替論斷，既能激射漢法之失，復不失委婉，亦屬難能。

# 孔子世家贊

【題解】本文選自《史記・孔子世家》，篇名據原題加一「贊」字而訂。贊，稱頌；讚美。孔子（西元前五五一～前四七九年），名丘，字仲尼，春秋時代魯國陬邑（今山東曲阜東南）人。曾任魯國司寇，後周遊列國，因不遇明君以行其道，歸魯，講學著述。為儒家創始人，後世尊稱「至聖」。司馬遷以孔子傳十餘世，為學者所宗，故將孔子生平歸之記世襲諸侯的「世家」。本文為〈孔子世家〉篇末結語，司馬遷推崇孔子無與倫比的學術地位與影響，並表達了對於孔子的仰慕之心，間接說明了何以孔子一介平民，而《史記》歸之於「世家」的用意。

太史公曰：「《詩》❶有之：『高山仰止，景行行止❷。』雖不能至，然心鄉往❸之。余讀孔氏書❹，想見其為人。適❺魯，觀仲尼廟堂❻、車服禮器❼，諸生❽以時❾習禮其家，余低回❿留之，不能去云。

「天下君王至於賢人，眾矣！當時則榮，沒⓫則已焉。孔子布衣⓬，傳十餘世⓭，學者宗⓮之。自天子、王侯，中國言六藝⓯者，折中⓰於夫子⓱，可謂至聖矣！」

【注釋】❶詩　指《詩經》。❷高山仰止二句　高山可以仰望，大道可供循行。語出《詩經・小雅・車舝》。此用以譬喻孔子的崇高偉大。❸鄉往　嚮往。鄉，通「向」。傾向。❹孔氏書　孔子遺書。主要指六經和《論語》。孔氏，指孔子。❺適　到。❻廟堂　指孔子廟。❼車服禮器　指孔子之遺物。禮器，祭器。❽諸生　學官弟子。即學生。❾以時　按時。❿低回　徘徊留連。⓫沒　通「歿」。死亡。⓬布衣　庶人；平民。⓭傳十餘世　孔子第十二代孫孔安國是司馬遷的古文《尚書》老師，所以孔子至漢已傳十餘世。⓮宗　崇奉。⓯六藝　有二說：其一指禮、樂、射、御、書、數，其一指《詩》、《書》、《易》、

《禮》、《樂》、《春秋》。此指六經。⑯折中　無過與不及之謂。此謂以夫子為標準，凡過與不及，皆取斷於夫子而得中。⑰夫子　指孔子。

【語譯】太史公說：「《詩經》裡有兩句詩說：『高山可以仰望，大道可供循行。』孔子的崇高偉大，雖然無法及得上，但卻一心企慕著。我讀孔子遺書，想見他的為人。到了魯國，參觀孔廟，和他遺留下來的車服禮器，學生按時到此來學習禮儀，我徘徊留連，捨不得離去。

「天下的君王和歷代賢能之士，可說人數眾多啊！他們在世時固然榮耀，但死後也就什麼都沒有了。孔子是一介平民，卻傳了十幾代，讀書人都崇奉他。從天子、王侯到全天下講六經的人，都以夫子為準則，真可稱為至聖了。」

【研析】本文可分兩段。首段以《詩經》中的兩句開端，恰恰是對孔子形象的概括：一方面謂其德行崇高，使人欽仰莫及；另方面則謂其學問廣博，足以作為人生的指導原則。「雖不能至，然心鄉往之」二句，寫盡司馬遷的仰慕之情。因此讀孔子之書而「想見其為人」，觀其廟堂車服禮器而「低回留之，不能去」，在在顯示司馬遷對孔子的推崇。

二段以君王及一般賢人和孔子對比，「當時則榮，沒則已焉」一語，不無嘲諷之意。在時間的競技場上，權勢終究不能挽救自身的湮沒；但道德和理性之光，卻能破除蒙昧而提升生命。司馬遷發憤著書，又何嘗不是將希望寄於未來呢？另方面，「折中於夫子」實亦司馬遷述史的原則之一，觀其〈孟子荀卿列傳〉輒引孔子相襯即可見其一斑，而首稱孔子為「至聖」，亦推尊之極致。

孔子以一介平民而列「世家」，就像項羽列在「本紀」，均是破例。不同的是，後者是基於「不以成敗論英雄」的觀點，而前者則是站在學術影響的立場。由此亦可推知，司馬遷想要傳述的毋寧是他心中的歷史，此亦〈太史公自序〉所謂「成一家之言」的旁解。

# 外戚世家序

【題解】本文選自《史記・外戚世家》，篇名據原題加一「序」字而訂。外戚，指帝王后妃及其外家。〈外戚世家〉記漢興以來外戚，本文為其序。主旨在強調帝王興起，非唯本身德行美好，亦賴有外戚之助，因為夫婦之際，是人倫中最為重要的一環，不可不慎。

自古受命帝王❶及繼體守文之君❷，非獨內德茂❸也，蓋亦有外戚之助焉。夏之興也以塗山❹，而桀之放❺也以末喜❻；殷之興也以有娀❼，紂之殺也嬖妲己❽；周之興也以姜原❾及大任❿，而幽王之禽⓫也淫於褒姒⓬。

故《易》基〈乾〉、〈坤〉⓭，《詩》始〈關雎〉⓮，《書》美釐降⓯，《春秋》譏不親迎⓰。夫婦之際，人道之大倫⓱也；禮之用，唯婚姻為兢兢⓲。夫樂調而四時和，陰陽之變，萬物之統⓳也，可不慎與？人能弘道⓴，無如命何。甚哉妃匹㉑之愛，君不能得之於臣，父不能得之於子，況卑下乎？既驩合矣，或不能成子姓㉒；能成子姓矣，或不能要其終㉓。豈非命也哉？孔子罕稱命㉔，蓋難言之也。非通幽明㉕之變，惡㉖能識乎性命㉗哉？

【注　釋】❶受命帝王　得天命而開國創業的帝王。命，天命。❷繼體守文之君　指繼承帝位之君。體，體統。指君位。文，指典章制度。❸內德茂　內在之德完美。茂，盛；美。❹塗山　古國名。在今安徽壽春東北。傳說禹娶塗山氏之女。❺放　放逐。湯放桀於南巢（今安徽巢縣東北）。❻末喜　桀之妃。一作「妹喜」。傳說桀伐有施，有施人進末喜，桀寵之。❼有娀　古國名。在今山西永濟。傳說帝嚳娶有娀氏之女簡狄為次妃，生契，為殷始祖。❽嬖妲己　愛幸妲己。妲己，有蘇氏之女。紂妃，專寵，助紂為虐，周武王滅紂，殺之。❾姜原　一作「姜嫄」。相傳為有邰氏之女，帝嚳元妃，后稷之母。❿大任　一作「太任」。周文王母。⓫禽　通「擒」。⓬褒姒　褒國之女。姓姒，周幽王寵妃，相傳性不喜笑，周幽王妄舉烽火以博其一笑，後犬戎入侵，周幽王舉烽火告急，諸侯因前受騙不來救，周幽王被殺，褒姒被虜。⓭易基乾坤　《易經》之理，始於〈乾〉〈坤〉。基，始。乾坤，二卦名。分別代表陰陽、男女等。⓮關雎　《詩經．周南》首篇。舊說以為詠后妃之德，以化天下夫婦。⓯釐降　嫁女兒。此謂堯以二女嫁舜。見《尚書．堯典》。釐，辦理。降，下降。此指下嫁。⓰親迎　婿自迎娶。魯隱公二年（西元前七二一年），紀侯娶魯國女，未親迎，《春秋》特記之以示譏刺。⓱大倫　重大的倫常。夫婦為五倫之一，有夫婦，而後有父子、兄弟等倫，故曰大倫。⓲兢兢　戒慎的樣子。⓳統　綱紀。⓴人能弘道　人能將道擴而大之。弘，大。語出《論語．衛靈公》。㉑妃匹　指夫婦。妃，配偶。㉒子姓　子孫。㉓要其終　白頭偕老。要，求得。終，善終；好的結果。㉔孔子罕稱命　《論語．子罕》：「子罕言利與命與仁。」㉕幽明　陰陽。指天地間隱微顯明之事物。㉖惡　怎麼。㉗性命　《易．乾卦》：「乾道變化，各正性命。」疏：「性者，天生之質，若剛柔遲速之別。命者，人所稟受，若貴賤夭壽之屬。」

【語　譯】古來開國的帝王以及繼承君位遵守典章的君主，不僅靠內在德行的美好，大抵也有外戚的幫助。

夏代的興起由於娶了塗山氏的女兒，而桀被放逐是由於寵幸末喜。殷商的興盛由於娶了有娀國的女兒，而紂王被殺是由於寵幸妲己。周代的興盛由於娶了有邰氏的姜原和大任，而幽王被擒殺是由於迷戀褒姒。

所以，《易經》的道理，始於〈乾〉、〈坤〉，《詩經》第一章是論后妃之德的〈關雎〉，《書經》特別贊美堯下嫁二女給舜，《春秋》譏諷不親迎。因為夫婦之間，是人道中最大的倫常；禮的作用，特別在婚姻上最應謹慎。要知道，音樂協調則四時和順，陰陽的變化，是萬物的法則，怎能不謹慎呢？人縱然能宏揚大道，但是對於命運卻無可奈何。夫婦的愛可說是至乎其極了，君王不能在臣子身上得到，父親不能在兒子身上得到，更何況那些卑微低下的人呢？既已相愛結合了，也許還不能繁衍子孫；就算有了子孫，也許還不能白頭偕老，這難道不是命運嗎？孔子所以少談命運，就因為它很難講啊。不是通達陰陽變化的人，怎能了解性命呢？

【研　析】本文可分三段。首段開宗明義點出一個王朝的興衰，多少都和外戚有關；成功的君主，不僅須時時修明個人的德行，還得仰仗外戚的輔助。由此觀之，外戚之於王朝，實有其不可忽視的重要性。

二段歷敘三代興廢之所由，得佳偶則成，淫嬖於狐媚婦人則敗。三代之興，皆在夫婦同心，惟其德馨，故能受命；而其後繼君王所以不免於放殺，實由於夫狎婦淫，以致綱紀廢弛。夫婦之道是一切人倫關係的起點，不可不慎。司馬遷透過王朝的興滅，清楚地揭示了這層意義。

末段追溯六經的本始，繼而拈出「命」字為全文眼目，隱然寄寓深意。《易經》藉由陰陽的消長來概括宇宙變化的法則，《詩經》以闡釋后妃之德的〈關雎〉始篇，《尚書》和《春秋》寄倫常教化於美刺，而《禮》《樂》二經則以敬慎的態度調和陰陽。六經雖然預設了一個立場，即透過對人類秩序的掌握來取得宇宙秩序的平衡，但仍無法保證其間不會出現突發性的變數。司馬遷將這種歷史中的偶然性稱之為「命」，以相對於永恆的至道。或許，在價值錯亂的現實世界中，將失意歸諸超乎天人關係的「命」，也算是種自我調適的方式吧！抑或歷史本來就是必然性和偶然性的交錯？

# 伯夷列傳

【題　解】本文選自《史記・伯夷列傳》。伯夷，殷商時孤竹國國君之長子，與弟叔齊互相讓位而逃離本國。後周武王伐紂，兄弟二人曾叩馬而諫。及殷商亡，恥食周粟，隱居首陽山（在今山西永濟南），採薇而食，最後餓死山中。〈伯夷列傳〉為《史記》列傳的第一篇，記敘伯夷、叔齊的行事，表達了對於「天道與善」這個傳統觀念的檢討，而以堅持理念、砥礪名行為士人之終極歸趨。

夫學者載籍❶極博，猶考信於六蓺❷。《詩》《書》雖缺❸，然虞、夏之文❹可知也。堯將遜位❺，讓於虞舜，舜、禹之閒，岳、牧❻咸薦，乃試之於位。典職數十年❼，功用既興❽，然後授政❾。示天下重器❿，王者大統⓫，傳天下若斯之難也。而說者⓬曰：「堯讓天下於許由⓭，許由不受，恥之，逃隱。及夏之時，有卞隨、務光⓮者。」此何以稱⓯焉？太史公⓰曰「余登箕山，其上蓋有許由冢」云。孔子序列古之仁聖賢人，如吳太伯⓱、伯夷之倫，詳矣。余以所聞，由、光義至高，其文辭不少概見⓲，何哉？

孔子曰：「伯夷、叔齊，不念舊惡，怨是用希⓳。」「求仁得仁，又何怨乎⓴？」余悲伯夷之意，睹軼詩㉑，可異焉。其傳㉒曰：「伯夷、叔齊，孤竹㉓君之二子也。父欲立叔齊，及父卒，叔齊讓伯夷。伯夷曰：『父命也。』遂逃去。叔齊亦不肯立而逃之。國人立其中子。於是伯夷、叔齊聞西伯昌㉔善養老，『盍㉕往歸焉？』及至，西伯卒，武王載木主㉖，號為文王，東伐紂㉗。伯夷、叔齊叩馬㉘而諫曰：『父死不葬，爰㉙及干戈，可謂孝乎？以臣弒君，可謂仁乎？』左右欲兵之㉚。太公㉛曰：『此義人也。』扶而去之。武王已平殷亂，天下宗周㉜，而伯夷、叔齊恥之，義不食周粟，隱於首陽山，采薇㉝而食之。及餓且死，作歌，其辭曰：

『登彼西山㉞兮，采其薇矣。以暴易暴兮，不知其非矣。神農㉟、虞、夏忽焉沒㊱兮，我安適歸㊲矣？于嗟㊳徂㊴兮，命之衰矣！』遂餓死於首陽山。」由此觀之，怨邪㊵？非邪？

或曰：「天道無親㊶，常與㊷善人。」若伯夷、叔齊，可謂善人者非邪？積仁絜行㊸如此而餓死。且七十子之徒㊹，仲尼獨薦顏淵㊺為好學，然回也屢空㊻，糟糠不厭㊼，而卒蚤㊽夭。天之報施善人，其何如哉？盜蹠㊾日殺不辜㊿，肝人之肉(51)，暴戾恣睢(52)，聚黨數千人，橫行天下，竟以壽終，是遵何德哉？此其尤大彰明較著(53)者也。若至近世，操行不軌(54)，專犯忌諱(55)，而終身逸樂富厚，累世不絕。或擇地而蹈之，時然後出言(56)，行不由徑(57)，非公正不發憤，而遇禍災者，不可勝數也。余甚惑焉。儻(58)所謂天道，是邪？非邪？

子曰：「道不同，不相為謀(59)。」亦各從其志也。故曰：「富貴如可求，雖執鞭之士，吾亦為之；如不可求，從吾所好(60)。」「歲寒，然後知松柏之後凋(61)。」舉世混濁，清士乃見(62)。豈以其重若彼(63)，其輕若此(64)哉？「君子疾沒世而名不稱焉(65)。」賈子(66)曰：「貪夫徇財，烈士徇名，夸者死權，眾庶馮生(67)。」同明相照，同類相求。「雲從龍，風從虎。聖人作而萬物覩(68)。」伯夷、叔齊雖賢，得夫子而名益彰；顏淵雖篤學，附驥尾㊴而行益顯。巖穴之士㊵，趨舍有時㊶，若此類㊷名堙滅而不稱，悲夫！閭巷之人㊸，欲砥行立名者，非附青雲之士㊹，惡㊺能施㊻於後世哉？

【注釋】❶載籍　書籍。❷六蓺　即六經。蓺，通「藝」。❸詩書雖缺　相傳《詩經》、《尚書》都經孔子刪訂，《詩》三百零五篇，《書》一百篇。由於秦始皇焚書，《尚書》已殘缺，漢初伏生所傳今文《尚書》只有二十八篇。❹虞夏之文　指《尚書》中的〈堯典〉、〈舜典〉、〈大禹謨〉等篇。❺遜位　讓位。❻岳牧　四岳九牧。四岳，四方諸侯之長。九牧，九州之長。❼典職數十年　指舜攝政二十八年，舜薦禹於天下十七年。典，掌管。❽功用既興　功績已經顯著。興，盛。❾授政　授以政事。即禪位。❿重器　寶器。⓫大統　指重大的法統。⓬說者　指諸子百家。⓭許由　上古高士。堯以天下讓之，不受，遁耕於潁水之北，箕山（在今河南登封東南）之下，堯又欲召為九州長，許由不欲聞，洗耳於潁水之濱。死葬箕山頂。⓮卞隨務光　皆夏代高士。湯欲以天下讓卞隨，卞隨恥而自投於潁水。湯伐桀，與務光謀，務光拒之，聞湯欲以天下讓，乃負石自沉於蓼水。⓯稱　說。⓰太史公　此指司馬談。⓱吳太伯　古公亶父長子。周文王伯祖，為讓國於弟季歷而逃至吳。⓲不少概見　一點梗概也看不到。不少，毫無。概，梗概。⓳伯夷叔齊三句　語出《論語・公冶長》。是用，因此。用，因；以。⓴求仁得仁二句　語出《論語・述而》。㉑軼詩　散失之詩。指下文采薇之歌。此詩不見於《詩經》，故云。軼，通「逸」。㉒傳　古書。指《韓詩外傳》及《呂氏春秋》。㉓孤竹　國名。商湯時所封。㉔西伯昌　指周文王姬昌。西伯，西方諸侯之長。㉕盍　何不。㉖木主　神主。㉗紂　殷商的末代帝王。㉘叩馬　扣住馬韁繩。叩，通「扣」。㉙爰　乃；於是。㉚兵之　以兵器擊殺之。㉛太公　指姜太公呂尚。㉜宗周　主周。即天下以周為宗。㉝薇　草名。嫩時可食。㉞西山　即首陽山。㉟神農　傳說中的遠古帝王。生於姜水，以姜為姓，教民務農，故號神農氏，以火德王，故又稱炎帝。㊱沒　消失。㊲安適歸　歸向何處。安，何。適，往。㊳于嗟　感歎詞。于，同「吁」。㊴徂　往。此指死亡。人死謂之徂，蓋謂生者來而死者往。㊵邪　語助詞。通「耶」。㊶親　愛。㊷與　贊助。㊸絜行　修養德行。㊹七十子之徒　孔門七十弟子之流。孔子學生三千，身通六藝者七十二人，七十是舉其成數。徒，輩。㊺顏淵　名回，字子淵。孔子弟子。《論語・雍也》：「哀公問弟子孰為好學。

孔子對曰：『有顏回者好學。』」㊻屢空　經常貧窮。《論語・先進》：「子曰：『回也其庶乎！屢空。』」㊼糟糠不厭　最粗劣的食物，都不能吃飽。糟糠，酒滓及穀皮。貧者之所食。厭，通「饜」。飽足。㊽蚤　通「早」。㊾盜蹠　古之大盜。展禽之弟。蹠，也作「跖」。㊿不辜　無辜；無罪。(51)肝人之肉　把人肉當作動物肝臟來吃。(52)暴戾恣睢　殘暴放縱。(53)較著　顯明；顯著。較，明。(54)不軌　不守法度。軌，法度。(55)忌諱　避忌諱言。此指法所棄者。(56)時然後出言　該說時才說。《論語・憲問》：「夫子時然後言。」(57)行不由徑　不走小路。語出《論語・雍也》。(58)儻　亦作「倘」。如果；或許。(59)道不同二句　語出《論語・衛靈公》。(60)富貴如可求五句　語出《論語・述而》。(61)歲寒二句　語出《論語・子罕》。(62)見　通「現」。出現。(63)彼　指上文「操行不軌」的人。(64)此　指上文「擇地而蹈」的人。(65)君子疾沒世而名不稱焉　語出《論語・衛靈公》。(66)賈子　賈誼（西元前二〇一～前一六九年）。西漢洛陽（今河南洛陽）人，長於辭賦及政論。(67)貪夫徇財四句　語出〈鵩鳥賦〉。徇財，為財而死。夸者死權，好大喜功者死於權勢。眾庶馮生，眾人貪生。馮，通「憑」。倚賴。(68)雲從龍三句　語出《易・乾卦》。世用以喻君臣之遇合。(69)附驥尾　附人而成名。(70)巖穴之士　指山林隱士。(71)趨舍有時　進退有時。趨，進取。舍，退隱。(72)類　大抵；大致。(73)閭巷之人　普通人。閭巷，指窮鄉僻壤。(74)青雲之士　有美德令譽之士。(75)惡　何；怎麼。(76)施　延續；流傳。

【語　譯】學者雖書籍極多，但還要以六經為徵信的依據。《詩經》、《尚書》雖有殘缺，然而虞、夏的記載還是可由此得知。堯準備退位，讓給舜，以及舜讓位給禹，都是經過四岳、九牧的一致推薦，才讓他們先行代理。掌管政務數十年，功績既已顯著，然後才授給帝位。這表示天下是寶器，帝王是重大的法統，傳讓帝位是這樣的慎重啊！可是有人說：「堯讓天下給許由，許由不接受，且引以為恥，於是逃走隱居於箕山之下。到了夏代，又有卞隨、務光兩人，也不接受湯的讓位。」這是根據什麼而這樣說的呢？太史公說過「我曾登上箕山，山上傳說有許由的墳墓」這樣的話。孔夫子論列古代仁人聖賢，像吳太伯、伯夷等人，詳細得很。就我所知，許由、務光的義行極高尚，可是《詩》《書》上卻連他們的梗概也沒有，這是為什麼呢？

孔子說：「伯夷、叔齊不記舊怨，因此怨恨也就很少了。」又說：「追求仁而做到仁，還有什麼怨恨呢？」我為伯夷兄弟的用心而悲痛，看他們那首未經《詩經》收錄的詩，感到奇怪。古書上說：「伯夷、叔齊是孤竹君的兩個兒子，父親想立叔齊為儲君，等到父親死了，叔齊讓給伯夷。伯夷說：『這是父親的遺命啊。』就此逃離。叔齊也不肯繼位而逃走，國人就立先君的中子為君。這時候，伯夷、叔齊聽到西伯昌能尊老養老，心想：『何不去投奔呢？』到了周，西伯已死，武王載了神主，追尊西伯為文王，東進伐紂。伯夷、叔齊拉住武王的馬韁繩向他勸說：『父親死了還沒有安葬，就興動刀兵，可以算是孝嗎？做臣子的要去殺國君，可以算是仁嗎？』武王左右的人要殺掉他倆，太公呂尚說：『這是有正義感的人啊。』叫人攙扶開去。武王平定了殷商的混亂，天下都歸附周朝，伯夷、叔齊卻以武王的行為為可恥，堅持不吃周朝的米粟，隱居在首陽山上，採食野菜。等到餓得快死的時候，作了一首歌，歌辭說：『登上那西山呀，採那薇草。以兇暴代替兇暴啊，還不知道自己的錯。神農呀！虞、夏呀！都匆匆地過去了，叫我往何處去呢！唉！唉！死期到了，生命衰了！』就餓死在首陽山上。」這樣看來，是怨呢？還是不怨呢？

有人說：「天道沒有偏愛，常贊助善人。」像伯夷、叔齊，可以算是善人呢，還是不算呢？這樣的累積仁義、修養德行，竟會餓死。還有孔子在七十二弟子中，單單稱讚顏回好學，可是顏回經常鬧窮，就連最粗劣的食物都吃不飽，而且早死。上天報答好人，又是怎樣呢？盜蹠成天殺害無辜，把人肉當作動物的肝臟來吃，殘暴放縱，聚集黨羽幾千人，橫行天下，竟能終其天年，這又是依據什麼準則呢？這些都是特別大而顯明的例子。至於近代，那些不守法度，專犯禁令的人，卻是終身安逸富貴，幾代不絕。有的人講究出處進退，該說話的時候才說，連走路都不走小路，不是公正的事絕不去做，卻遭遇災禍的，多到無法計算。我很迷惘。或許這就是所謂天道，是呢？不是呢？

孔子說：「志趣觀念不同的人，不必相互商量。」也就是說聽從各人的心志吧。因此，孔子又說：「富貴如果可以強求，就是叫我替人家趕車子我也做；如果不能強求，那就照我喜歡的去做吧。」「寒天才知道松柏是最後凋謝的。」世上一片混濁，清高的士人才顯現出來。哪裡可以因為善惡的後果輕重顛倒而改變其節操呢？孔子說：「君子痛心的是死後名聲不稱揚於世。」賈誼也說：「貪婪的人為財而死，英烈的人為名而死，好大喜功的人死於權勢，一般人只知道活命保身。」同樣有光明的，自然互相照亮；同是一類，自然互相應求。「雲隨著龍，風跟著虎，聖人興起而萬物瞻仰。」伯夷、叔齊雖是賢人，得到夫子的稱揚而名聲就更加彰明；顏回雖然是好學，由於追隨孔子而德行更顯著。那些山林隱士，講究進退有時，這種人大多姓名埋沒而不能稱揚於後世，真是可悲啊！鄉里小民，想要砥礪品行，建立名聲，不依附德高望重的人，怎能流傳於後世呢？

【研　析】本文雖以「伯夷」命篇，而記載伯夷、叔齊行事的「其傳曰」一節卻只有二百零八字，其餘四分之三的文字都是感慨議論，故從篇名看似屬傳狀類，實為序贊論文。其體制與十「表」序相同，冠於七十「列傳」之首，以提示「列傳」之義例。通篇以孔子為主，許由、務光、顏淵作陪，雜引經傳，變化奇特，堪稱絕妙好辭。

全文可分四段。首段藉堯讓天下襯出伯夷讓國的美德，有兩點值得注意：一、歷來高士之行多賴載籍而得以流芳，然則古書散佚不少，是以更需聖人稱許乃有可能為人傳誦；古代載籍雖多，要以六藝最為至道，而「中國言六藝者，折中於夫子」（《史記·孔子世家贊》），於是孔子遂成為一切學術的最高判準。二、「世家」以吳太伯為首，「列傳」以伯夷為首，乃有意透過爭讓、義利之辨來批評時弊。同樣以讓國著稱，吳太伯、伯夷之高義見傳，而許由、卞隨、務光的事跡卻因不載於《詩》《書》，幾欲泯沒。由此觀之，伯夷、叔齊尚稱幸運。

作者關注的焦點，通常透過不斷的重複來強調。二段延續上段的文脈，又雜引經傳的記載，以讓、義、恥、怨、逃、隱、歸七字為中心，鮮活地勾勒出伯夷清介的形象。禪讓被視為政治傳統中的一項美德，堯和舜均曾以讓賢而為人所樂道，而伯夷、叔齊則為孝悌而讓，他們服膺的是「義」的道德標準；姜太公所以稱他們為「義人」，而他們何以「義不食周粟」，都可由此得到解釋。另方面，許由、卞隨、務光所樹立的隱士文化傳統，乃是以某種「羞恥意識」為其基本心態。世俗的名位成為鄙棄的對象，同時也是羞辱的象徵，於是逃隱變成維持清高的必要行動。伯夷、叔齊之所以往歸周文王，在於周文王「善養老」，而養老乃基於對智慧的尊重，超越了對經濟生產力的考量，是「義」的極致；在他們由「逃」而「隱」的過程中，「義」一直是最高的價值判準，諫周武王以仁孝、義不食周粟、隱於首陽山這一連串的舉動，都是「尚義」的表徵。周武王違失了對君父之義，這是伯夷、叔齊所不齒的，於是他們以「餓死」作為最強烈的抗議，同時在死亡中完成最徹底的隱遯。「怨」源於不甘心，就伯夷、叔齊命運的波折而言是可怨的，但由他們所讓（利）所爭（義）均出於自覺的抉擇來看，則亦可無怨矣。司馬遷以反問句小結，頗耐人尋味。

三段轉入對天道的質疑，一方面藉顏淵、盜蹠一正一反的人物反襯伯夷，另方面又概括近世是非顛倒的悲哀，從而追問：如果天道不能明確而有效地展現其公正性，那麼生命的意義究竟應如何確定？末段乃引孔子的「道不同，不相為謀」自我調適，客觀的情勢畢竟不是個人所能扭轉，君子唯一能掌握的，乃是對自我理念的堅持；故而砥礪名行以傳譽於後世，遂成為絕望中的最後安慰。清代的梁玉繩曾舉出十條證據懷疑伯夷事跡的可信度，但司馬遷乃是要借伯夷的酒杯，澆自己胸中的塊壘，故反論贊之賓而為傳記之主，此亦感憤所激，變例為體。

# 管晏列傳

【題解】本文選自《史記‧管晏列傳》。管，管仲。晏，晏嬰。管仲（西元前？～前六四五年），名夷吾，字仲。春秋時代潁上（今安徽潁上）人。相齊桓公以成霸主功業，齊桓公尊稱之為仲父。晏嬰（西元前？～前五〇〇年），字平仲，萊州（治所在今山東掖縣）夷維人。歷事齊靈公、齊莊公、齊景公，顯名於諸侯。管仲、晏嬰相距百餘年，先後為齊相，司馬遷將二人合傳，記敘其軼事；而就取材而觀，實亦寓含對人與人相知相惜之心的高度推崇，以及深刻的忻慕。

管仲夷吾者，潁上人也。少時，常與鮑叔牙❶游，鮑叔知其賢❷。管仲貧困，常欺鮑叔，鮑叔終善遇❸之，不以為言。已而鮑叔事齊公子小白❹，管仲事公子糾❺。及小白立為桓公，公子糾死，管仲囚焉。鮑叔遂進❻管仲。管仲既用，任政于齊，齊桓公以霸，九合❼諸侯，一匡❽天下，管仲之謀也。

管仲曰：「吾始困時，嘗與鮑叔賈❾，分財利，多自與，鮑叔不以我為貪，知我貧也。吾嘗為鮑叔謀事，而更窮困，鮑叔不以我為愚，知時有利不利也。吾嘗三仕三見逐❿於君，鮑叔不以我為不肖，知我不遭時也。吾嘗三戰三走⓫，鮑叔不以我為怯，知我有老母也。公子糾敗，召忽⓬死之，吾幽囚受辱，鮑叔不以我為無恥，知我不羞小節，而恥功名不顯於天下也。生我者父母，知我者鮑子也！」鮑叔既進管仲，以身下之⓭。子孫世祿⓮於齊，有封邑⓯者十餘世，常為名大夫。天下不多⓰管仲之賢，而多鮑叔能知人也。

管仲既任政相齊，以區區⓱之齊在海濱，通貨積財，富國彊兵，與俗同好惡。故其稱曰⓲：「倉廩⓳實而知禮節，衣食足而知榮辱，上服度⓴則六親㉑固。」「四維㉒不張，國乃滅亡。」「下令如流水之原，令順民心。」故論卑而易行。俗之所欲，因而予之；俗之所否，因而去之。其為政也，善因禍而為福，轉敗而為功。

貴輕重[23]，慎權衡[24]。桓公實怒少姬，南襲蔡[25]，管仲因而伐楚，責包茅不入貢於周室[26]。桓公實北征山戎[27]，而管仲因而令燕修召公[28]之政。於柯之會[29]，桓公欲背曹沫之約，管仲因而信之，諸侯由是歸齊[30]。故曰：「知與之為取，政之寶也[31]。」

管仲富擬於公室，有三歸[32]、反坫[33]，齊人不以為侈。管仲卒，齊國遵其政，常彊於諸侯。後百餘年而有晏子焉。

晏平仲嬰者，萊[34]之夷維[35]人也。事齊靈公[36]、莊公[37]、景公[38]，以節儉力行重於齊。既相齊，食不重肉[39]，妾不衣帛[40]。其在朝，君語及之，即危言[41]；語不及之，即危行[42]。國有道，即順命[43]；無道，即衡命[44]。以此三世[45]顯名於諸侯。

越石父[46]賢，在縲紲[47]中。晏子出，遭之塗[48]，解左驂[49]贖之，載歸。弗謝[50]，入閨[51]。久之，越石父請絕[52]。晏子懼然[53]，攝[54]衣冠，謝[55]曰：「嬰雖不仁，免子於厄[56]，何子求絕之速也？」石父曰：「不然。吾聞君子詘[57]於不知己，而信[58]於知己者。方[59]吾在縲紲中，彼不知我也。夫子既已感寤[60]而贖我，是知己。知己而無禮，固不如在縲紲之中。」晏子於是延入[61]為上客。

晏子為齊相，出，其御[62]之妻從門閒[63]而闚[64]其夫。其夫為相御，擁大蓋[65]，策駟馬[66]，意氣揚揚，甚自得也。既而歸，其妻請去[67]。夫問其故，妻曰：「晏子長不滿六尺[68]，身相齊國，名顯諸侯。今者妾觀其出，志念深矣，常有以自下[69]者。今子長八尺，乃為人僕御。然子之意，自以為足，妾是以求去也。」其後，夫自抑損[70]，晏子怪而問之，御以實對。晏子薦以為大夫。

太史公曰：吾讀管氏〈牧民〉、〈山高〉、〈乘馬〉、〈輕重〉、〈九府〉[71]，及《晏子春秋》[72]，詳哉其言之也。既見其著書，欲觀其行事，故次[73]其傳。至其書，世多有之，是以不論，論其軼事[74]。管仲世所謂賢臣，然孔子小之[75]。豈以為周道衰微，桓公既賢，而不勉之至王，乃稱霸哉？語曰：「將順其美，匡救其惡，故上下能相親也[76]。」豈管仲之謂乎？方晏子伏莊公尸[77]哭之，成禮然後去，豈所謂「見義不為無勇[78]」者邪？至其諫說，犯君之顏，此所謂「進思盡忠，退思補過[79]」者哉！假令晏子而在，余雖為之執鞭[80]，所忻慕[81]焉。

【注釋】❶鮑叔牙　姓鮑，字叔，名牙。齊大夫。❷賢　多才。❸遇　對待。❹小白　齊桓公名。春秋時代齊國國君，齊釐公之子，齊獻公之弟，在位四十三年（西元前六八五～前六四三年），為春秋五霸之一。❺公子糾　齊襄公之弟。齊國亂，小白奔莒國，鮑叔傅之，公子糾奔魯國，管仲、召忽傅之，後小白立為齊桓公，遺書於魯國，殺公子糾。❻進　推薦。❼九合　多次會合。九，表示其多。一說：九，通「糾」。聚。❽一匡　整個匡正過來。一，整全。匡，正。❾賈　居貨待賣。❿見逐　被免職。⓫走　逃跑。⓬召忽　春秋時代齊國人。事公子糾。⓭以身下之　自居於其下位。身，自己。之，指管仲。⓮世祿　世世代代有官俸。⓯封邑　受封之地。⓰多　稱讚；推重。⓱區區　小。⓲故其稱曰　以下七句引文語出《管子・牧民》。

⑲倉廩　泛指倉庫。方者為倉，圓者為廩。一說：藏穀者為倉，藏米者為廩。⑳上服度　君王服行法度。㉑六親　王先謙謂諸父一，諸舅二，兄弟三，姑姊四，昏媾五，姻婭六。㉒四維　指禮義廉恥。㉓輕重　斟酌輕重。㉔權衡　衡量得失。㉕桓公實怒少姬二句　齊桓公與蔡姬戲於舟中，蔡姬蕩舟，驚齊桓公，齊桓公怒，使蔡姬歸母家省過，蔡國將蔡姬改嫁，齊桓公怒而興兵伐之，時為周惠王二十一年（西元前六五六年）。少姬，蔡女。蔡，國名。在今河南上蔡，南鄰楚國。㉖責包茅不入貢於周室　周惠王二十一年，齊國合八諸侯軍入蔡國，順道伐楚國，楚成王遣使問何故，管仲責以不貢包茅於周天子，及周昭王南征不復事，楚國自承失貢之罪，乃盟於召陵。按楚時稱王，因周室衰微而久不入貢。包，裹。茅，菁茅。香草名，供祭祀漉酒之用。㉗山戎　種族名。又稱北戎，在今河北北部。周惠王十四年（西元前六六三年），山戎侵燕國，齊桓公救燕國而伐山戎，因勸燕莊公入貢天子。㉘召公　名奭。周文王庶子，封於召，為燕國之始祖。㉙柯之會　周僖王元年（西元前六八一年），齊國打敗魯國，魯莊公獻邑以和，齊桓公與魯國會於柯。柯，在今山東東阿西南。㉚桓公欲背曹沫之約三句　齊國與魯國會於柯時，魯將曹沫以匕首劫齊桓公，請歸返魯所侵佔魯地，齊桓公許之，後欲不許，管仲以為不可背信而損威，遂與魯地，諸侯聞之，皆信齊國而歸附焉。㉛知與之為取二句　語出《管子．牧民》。與，給。㉜三歸　其說不一。或曰娶三姓女，有三房家室。或曰臺名，或曰地名，或曰指稅收。㉝反坫　古代諸侯燕飲享客，在獻酬禮畢時，用來放回空酒杯的土臺。㉞萊　萊州。舊治在今山東掖縣。㉟夷維　萊之邑名。㊱靈公　齊靈公。名環，齊頃公之子，在位二十八年（西元前五八一～前五五四年）。㊲莊公　齊莊公。名光，齊靈公之子，在位六年（西元前五五三～前五四八年）。㊳景公　齊景公。名杵臼，齊莊公異母弟，在位五十八年（西元前五四七～前四九〇年）。㊴重肉　兩種肉。㊵衣帛　穿絲織的衣服。衣，穿著。㊶危言　直言。㊷危行　正直的行為。㊸順命　順從法令而行。㊹衡命　權衡命令而後行。㊺三世　指靈公、莊公、景公三朝。㊻越石父　齊人。㊼縲紲　捆綁犯人的繩索。引申指囚禁。縲，黑索。紲，繫。㊽塗　通「途」。路上。㊾左驂　在馬車左邊駕車的馬。㊿弗謝　不招呼一聲。指晏子而言。謝，以言辭相問候。(51)閨　內室門。(52)請絕　請求絕交。(53)戄然　驚愕的樣子。(54)攝　整理；整飭。(55)謝　請罪。(56)戹　困窮；危難。(57)詘　通「屈」。委屈。(58)信　通「伸」。(59)方　當。(60)感寤　有所感而覺悟。寤，通「悟」。(61)延入　請入。延，引進。(62)御　本謂駕馭車馬。此指車夫。(63)門間　門縫。(64)闚　同「窺」。偷看。(65)蓋　車上的傘蓋。(66)策駟馬　駕著四匹馬。(67)請去　請求離開大家。(68)不滿六尺　謂身材矮小。下文「八尺」，謂體格高大。古時一尺約合今制七寸。(69)自下　自謙。(70)抑損　收斂；謙退。(71)牧民山高乘馬輕重九府　皆《管子》篇名。〈山高〉、〈九府〉二篇不在今《管子》八十六篇內。(72)晏子春秋　書名。舊題晏子撰，東漢應劭疑出於齊春秋，為戰國人摭集晏

子遺事而成。73次　編列。74軼事　史書所未載的事跡。75孔子小之　孔子輕視他。《論語・八佾》：「管仲之器小哉！」小，看不起。管仲有三歸、反坫，志奢意滿，故孔子小之。76將順其美三句　語出《孝經・事君》。謂國君有好的行為則助長之，如有惡處則匡救之，故君臣能相親。77伏莊公尸　周靈王二十四年（西元前五四八年），崔杼弒齊莊公，晏子枕尸而哭，盡禮而出。78見義不為無勇　語出《論語・為政》。79進思盡忠二句　語出《孝經・事君》。80執鞭　指駕車。81忻慕　欣喜嚮往。忻，同「欣」。

【語　譯】管仲夷吾是潁上人。年輕時常和鮑叔牙在一起，鮑叔牙知道他很有才能。管仲很窮，常常占鮑叔的便宜，但鮑叔始終待他很好，不說什麼。後來，鮑叔牙投效了齊公子小白，管仲則事奉公子糾。等到小白立為桓公，公子糾被殺，管仲被囚禁。鮑叔牙就向齊桓公推薦管仲。管仲被任用後，執掌齊國政事，齊桓公因此成就霸業，多次會集諸侯，匡正了整個天下，這些都是管仲的謀畫啊。

管仲說：「我從前窮困時，曾和鮑叔牙合夥做生意，分利潤時，自己多拿些，鮑叔牙不認為我貪財，他知道我貧窮。我曾替鮑叔牙計畫事情，反而使他更困難，鮑叔牙並不認為我笨，他知道時運有時順有時不順。我曾經三次做官，三次被免職，鮑叔牙不以為我沒有才能，他知道我沒有遇到好機會。我曾三次打仗，三次敗逃，鮑叔牙並不以為我膽小，他知道我有老母在堂。公子糾失敗，召忽自殺，我被囚禁，遭受屈辱，鮑叔牙並不以為我無恥，他知道我不羞小節，而以功名不能顯揚於天下為羞恥。生我的是父母，了解我的是鮑叔牙。」鮑叔牙既推薦了管仲，自己情願居管仲的下位。他的子孫世世代代都在齊國享俸祿，有封地的有十幾代，而且常常都有著名的大夫。因此，天下人並不讚美管仲的才能，卻敬重鮑叔牙能夠知人。

管仲既在齊國為相，執掌政事，使地處海邊的小小齊國，能流通貨物，聚積錢財，富國強兵，且和人民同好惡。所以他說：「倉庫充實才知道禮節，衣食充足才知道榮辱，君王服行法度，六親才會團結和睦。」「四維不發揚，國家就滅亡。」「發布命令像水的源頭，使它順應民心。」所以議論淺近，容易實行。百姓希望的就給他們，百姓反對的就廢除它。他處理政事，善於把禍患轉為福祉，把失敗轉為有功。注重斟酌輕重，謹慎衡量得失。齊桓公其實是恨少姬改嫁，才南侵蔡國，管仲卻藉機討伐楚國，責備楚國不向周天子進貢包茅之罪。齊桓公本來是北伐山戎，管仲卻藉機告誡燕國要重修召公時的政治。在柯地的會盟，齊桓公本想背棄對曹沫的許諾，管仲卻使齊桓公踐約，以昭信於天下。諸侯因此而歸附齊國。所以說：「知道給就是取，這是為政的法寶。」

管仲的財富可比諸侯，有三個公館，以及安放酒杯的土臺，可是齊國人並不認為他奢侈。管仲死後，齊國一直遵行他的法度，因此比其他諸侯都強。後來隔了一百多年，又有一個晏子出現。

晏平仲名嬰，是萊州夷維人。曾事奉齊靈公、齊莊公、齊景公，因為生活節儉、做事勤勉而在齊國受到推崇重。他已經擔任齊相，可是每餐未曾有過兩樣以上的肉食，姬妾都不穿絲緞的衣服。他在朝廷，國君問到他，他就直言無隱；不問到他，就正直地做事。政治上軌道，就照著法令做事；政治不上軌道，就權衡命令而後行。因此，在齊靈公、齊莊公、齊景公三朝，聞名於諸侯間。

越石父是個賢人，卻因案被囚禁。晏子外出，在路上遇到他，馬上解下車左的一匹馬替他贖罪，載他同車回家。到了家，沒有向越石父告辭就進了內室，過了很久。越石父要求絕交離去。晏子吃了一驚，慌忙地整理衣冠，向他道歉說：「嬰雖然沒有仁德，總是解除了您的危難，您為什麼這樣快就要告辭呢？」越石父說：「話不能這麼說。我聽說君子被不了解自己的人所冤屈，但在知己面前可以獲得伸張。當我被囚禁，是他們不了解我。您既然了解我而把我贖出來，這就是知己。知己而對我無禮，實在還不如被囚禁。」晏子聽了，馬上請他進去，尊為上賓。

晏子做齊相時，有一天出去，他車夫的妻子從門縫中偷看她的丈夫。她丈夫替國相駕車，坐在大傘蓋下，用鞭子抽打著駕車的四匹馬，趾高氣昂，十分得意。回家後，他妻子請求離婚，車夫問她是什麼原因，妻子說：「晏子身高不到六尺，身為齊相，名聞各國。今天我偷看他出來時，志氣深遠，態度謙卑。而你身高八尺，卻做人家的車夫。可是看你的意思，好像覺得很滿足，我所以要求離婚。」以後她丈夫自我收斂，晏子覺得奇怪而問他，車夫據實相告。晏子就推薦他做大夫。

太史公說：我讀管子的〈牧民〉、〈山高〉、〈乘馬〉、〈輕重〉、〈九府〉，以及《晏子春秋》，關於他們的思想主張說得很詳細。我既看過他們所著的書，還想看看他們行事，所以為他倆寫這篇傳。至於他們的書，世上有很多，所以不再介紹，只記他們的軼事。管仲是世人所說的賢臣，可是孔子卻輕視他。難道是因為周道衰微，桓公既然賢明，管仲不輔勉他建立王業，卻僅使他稱霸嗎？古語說：「助長君王的好行為，匡正君王的過失，因此君臣能夠相親。」這句話說的不就是管嗎？當晏子伏在齊莊公屍體上痛哭，做到應有的禮節，然後從容走開，他難道是《論語》上所說的「見義而不去做，就是無勇」的人嗎？至於進諫忠言，冒犯君王，這正是《孝經》上所說的「在朝就想到盡忠，退朝就想補過」的人啊！假使晏子現在還活著，我雖然替他拿鞭子趕車，也是衷心所欣喜嚮往的。

【研 析】本文可分八段。首段言管仲先後受知於鮑叔牙和齊桓公，而以「九合諸侯，一匡天下」八個字高度概括了管仲一生的功業。二段透過管仲自己的話，具現首段所言鮑叔「知其賢」的知人之明，和「善遇之」的容人器度；其中連用了五個「鮑叔不以我為……知我……」的句型，而以「生我者父母，知我者鮑子也」為結，充分反映管仲的知遇之感。

三段對照管仲論政要旨及其功績，一方面指出其成功的原因在於「論卑而易行」，且能與俗同好惡，「因禍而為福」；另方面則透露齊政靈活尚用的特質，鮮活地藉由齊桓公的平庸反襯管仲的因勢善導。四段則由齊人對管仲之奢侈的寬容以見其受愛戴，並言齊國所以長治久安，乃在於能貫徹管仲的治國理念。

五段言晏嬰之節儉守正，適與管仲之奢豪相對比；而其慎於權衡，則頗與管仲相類。六段以「知己」二字為核心，透過越石父之知遇於晏嬰來讚揚知己的可貴。晏子善於知人、勇於自省的恢宏氣度，越石父之方直廉貞，均使讀者印象深刻。

七段寫晏子識拔御者的經過，頗富戲劇性。晏子和御者雙方身材高矮與地位尊卑固然不成比例，而就處世態度觀之，御者之「甚自得」與晏子之「常有以自下者」亦形成強烈對比。御者由「自以為足」到「自抑損」的巨大轉變，透露了三則訊息：一、晏子之舉才不避貴賤。二、御者能夠痛定思痛，初步具備了客觀認知事實的能力與自我超越的志向，而反省實乃一切智慧的根源，故足以為大夫。三、御者因其妻之刺激而翻然改悟，知恥近乎勇；亦由此可以推知賢妻可為內助。末段說明取材原則，總結評價，並表示對於晏嬰的忻慕。

綜觀全文，敘管仲，而鮑叔之知遇，超過篇幅之半；敘晏嬰，則義贖越石父、推薦御者，又倍於晏嬰本人之事。管仲被知而晏子知人，對照司馬遷枉被刑獄而未見援手，此傳之取材，或亦有深意焉。

# 屈原列傳

**【題　解】**本文選自《史記．屈原賈生列傳》，篇名摘取原題而訂。〈屈原賈生列傳〉以屈原與漢代賈誼合列一傳，本文節選其有關屈原的生平事跡。記敘屈原既忠且賢、歷事楚國懷王、頃襄王兩代，初受信任重用，旋因小人忌妒而君王未能明察，以致忠而遭斥、信而見疑，終以懷石自沉於汨羅江而死。

屈原者，名平，楚之同姓❶也。為楚懷王❷左徒❸。博聞彊志❹，明於治亂，嫻❺於辭令❻。入則與王圖議國事，以出號令；出則接遇❼賓客，應對諸侯。王甚任之。上官大夫❽與之同列❾，爭寵而心害❿其能。懷王使屈原造為憲令⓫，屈平屬⓬草藁未定，上官大夫見而欲奪⓭之，屈平不與，因讒⓮之，曰：「王使屈平為令，眾莫不知。每一令出，平伐⓯其功，曰以為『非我莫能為也』。」王怒而疏屈平。

屈平疾⑯王聽之不聰也，讒諂之蔽明也，邪曲之害公也，方正之不容也，故憂愁幽思而作〈離騷〉。離騷者，猶離憂⑰也。夫天者，人之始也；父母者，人之本也。人窮則反本⑱，故勞苦倦極⑲，未嘗不呼天也；疾痛慘怛⑳，未嘗不呼父母也。屈平正道直行，竭忠盡智，以事其君，讒人間㉑之，可謂窮矣。信而見疑，忠而被謗，能無怨乎？屈平之作〈離騷〉，蓋自怨生也。〈國風〉好色而不淫，〈小雅〉怨誹而不亂㉒，若〈離騷〉者，可謂兼之矣。上稱帝嚳㉓，下道齊桓㉔，中述湯、武，以刺㉕世事，明道德之廣崇㉖，治亂之條貫㉗，靡不畢見。其文約，其辭微，其志潔，其行廉。其稱文小而其指極大㉘，舉類邇㉙而見義遠。其志潔，故其稱物芳㉚；其行廉，故死而不容。自疏㉛濯淖㉜汙泥之中，蟬蛻㉝於濁穢，以浮游塵埃之外，不獲㉞世之滋㉟垢，皭然㊱泥而不滓㊲者也。推㊳此志也，雖與日月爭光可也。

屈原既絀㊴，其後秦欲伐齊，齊與楚從親㊵，惠王㊶患之，乃令張儀詳㊷去秦，厚幣委質㊸事楚，曰：「秦甚憎齊，齊與楚從親，楚誠能絕齊，秦願獻商、於㊹之地六百里。」楚懷王貪而信張儀，遂絕齊，使使如㊺秦受地。張儀詐之曰：「儀與王約六里，不聞六百里。」楚使怒去，歸告懷王。懷王怒，大興師伐秦。秦發兵擊之，大破楚師於丹、淅(46)，斬首八萬，虜楚將屈匄，遂取楚之漢中(47)地。懷王乃悉發國中兵，以深入擊秦，戰於藍田(48)。魏聞之，襲楚至鄧(49)。楚兵懼，自秦歸。而齊竟怒不救楚，楚大困。

明年，秦割漢中地與楚以和。楚王曰：「不願得地，願得張儀而甘心焉！」張儀聞，乃曰：「以一儀而當漢中地，臣請往如楚。」如楚，又因厚幣(50)用事者(51)臣靳尚，而設詭辯(52)於懷王之寵姬鄭袖(53)。懷王竟聽鄭袖，復釋去張儀。是時屈平既疏，不復在位，使於齊。顧反(54)，諫懷王曰：「何不殺張儀？」懷王悔，追張儀不及。其後諸侯共擊楚，大破之，殺其將唐昧。

時秦昭王(55)與楚婚，欲與懷王會。懷王欲行，屈平曰：「秦，虎狼之國，不可信，不如無行(56)。」懷王稚子(57)子蘭勸王行：「奈何絕秦歡？」懷王卒行。入武關(58)，秦伏兵絕其後，因留懷王，以求割地。懷王怒，不聽。亡走趙，趙不內(59)。復之秦，竟死於秦而歸葬。

長子頃襄王(60)立，以其弟子蘭為令尹(61)。楚人既咎(62)子蘭以勸懷王入秦而不反也。屈平既嫉(63)之，雖放流(64)，睠顧(65)楚國，繫心懷王，不忘欲反，冀幸(66)君之一悟，俗之一改也。其存君(67)興國而欲反覆之(68)，一篇之中三致志焉。然終無可奈何，故不可以反，卒以此見懷王之終不悟也。人君無愚智賢不肖，莫不欲求忠以自為[69]，舉賢以自佐[70]，然亡國破家相隨屬[71]，而聖君治國[72]累世[73]而不見者，其所謂忠者不忠，而所謂賢者不賢也。懷王以不知忠臣之分[74]，故內惑於鄭袖，外欺於張儀，疏屈平而信上官大夫、令尹子蘭。兵挫地削，亡其六郡[75]，身[76]客死於秦，為天下笑。此不知人之禍也。《易》曰：「井渫不食，為我心惻，可以汲。王明，並受其福[77]。」王之不明，豈足福哉？令尹子蘭聞之，大怒，卒使上官大夫短[78]屈原於頃襄王，頃襄王怒而遷[79]之。

屈原至於江濱，被髮[80]行吟澤畔。顏色[81]憔悴，形容[82]枯槁。漁父見而問之，曰：「子非三閭大夫[83]歟？何故而至此？」屈原曰：「舉世混濁而我獨清，眾人皆醉而我獨醒，是以見放。」漁父曰：「夫聖人者，不凝滯[84]於物，而能與世推移[85]。舉世混濁，何不隨其流而揚其波？眾人皆醉，何不餔其糟而啜其醨[86]？何故懷瑾握瑜[87]而自令見放為？」屈原曰：「吾聞之，新沐[88]者必彈冠，新浴者必振衣[89]，人又誰能以身之察察[90]，受物之汶汶[91]者乎？寧赴常流[92]而葬乎江魚腹中耳，又安能以皓皓[93]之白而蒙世之溫蠖[94]乎？」乃作〈懷沙〉[95]之賦。於是懷石，遂自沉汨羅[96]以死。

屈原既死之後，楚有宋玉[97]、唐勒[98]、景差[99]之徒者，皆好辭而以賦見稱。然皆祖屈原之從容辭令，終莫敢直諫。其後楚日以削，數十年，竟為秦所滅。自屈原沉汨羅後百有餘年，漢有賈生[100]，為長沙王[101]太傅，過湘水[102]，投書以弔屈原。

太史公曰：余讀〈離騷〉、〈天問〉、〈招魂〉、〈哀郢〉[103]，悲其志。適[104]長沙，觀屈原所自沉淵，未嘗不垂涕，想見其為人。及見賈生弔之，又怪屈原以彼其材，游諸侯，何國不容，而自令若是？讀〈服鳥賦〉[105]，同生死，輕去就，又爽然[106]自失矣！

【注釋】❶楚之同姓　楚國王族姓羋，後有屈、景、昭三氏。楚武王之子瑕，封於屈，子孫以屈為姓。❷楚懷王　戰國時代楚國國君。名槐，楚威王之子，在位三十年（西元前三二八～前二九九年）。❸左徒　楚國官名。位次令尹。《史記正義》以為：相當於後世的左、右拾遺之類。❹博聞彊志　見聞廣博，記憶力強。志，通「誌」。指記憶力。❺嫻　熟習。❻辭令　指外交方面交際應酬的語言。❼接遇　接待。❽上官大夫　姓上官而為大夫者。即楚懷王寵臣上官靳尚。❾同列　同位。❿害　嫉妒；忌憚。⓫憲令　法令。⓬屬　適；正在。⓭奪　變更；修改。⓮讒　背後說人壞話。⓯伐　自誇大。⓰疾　痛心。⓱離憂　遭遇憂患。離，通「罹」。遭。⓲反本　追溯事物的本始。⓳極　疲困。⓴慘怛　傷痛。㉑間　離間。㉒國風好色而不淫二句　《詩經．國風》雖多男女愛慕之詩，但不淫蕩；《詩經．小雅》雖多怨恨批評之詩，但不狂亂。好色，指男女相互愛慕追求。淫，亂。怨誹，怨恨批評。㉓帝嚳　古帝名。相傳為黃帝曾孫，號高辛氏。㉔齊桓　齊桓公。名小白，春秋時代齊國國君，春秋五霸之一。㉕刺　譏諷。㉖廣崇　廣大而崇高。㉗條貫　條理。㉘其稱文小而其指極大　文辭瑣細而內涵廣大。小，瑣細。指〈離騷〉中廣泛出現的花草意象。指極，寄寓的義旨。㉙邇　近。㉚稱物芳　指〈離騷〉中多以蘭桂等香草自喻其志。㉛疏　遠離。㉜濯淖　汙濁。㉝蟬蛻　蟬脫殼。此喻解脫。㉞獲　受。㉟滋　黑；汙濁。㊱皭然　潔白的樣子。

(37)泥而不滓　雖被汙泥浸漬而不受穢染。泥，用如動詞。滓，汙染。(38)推　推廣；擴大。(39)絀　通「黜」。貶官。(40)從親　約縱而相親。從，通「縱」。指「合縱」，與「連橫」相對。(41)惠王　指秦惠王。名駟，秦孝公之子，在位二十七年（西元前三三七～前三一一年）。(42)詳　通「佯」。假裝。(43)厚幣委質　致送厚禮，表示歸順。幣，車馬玉帛之類。用為禮物。委質，臣子向君王呈獻禮物，表示歸順獻身。委，呈獻。質，通「贄」。進見時所呈禮物。(44)商於　皆秦地。商，在今陝西商縣東南。於，在今河南內鄉東。(45)如　到。(46)丹淅　二水名。丹水源出陝西商縣西北，東流入河南。淅水源出河南盧氏。二水在今河南淅川會合。(47)漢中　地名。在今陝西南部及湖北西北部。(48)藍田　在今陝西藍田。(49)鄧　古國名。在今河南鄧縣，春秋時代滅於楚國。(50)幣　贈送財物。(51)用事者　當權的人。(52)詭辯　混淆是非黑白的議論。(53)鄭袖　鄭國美女。楚懷王冊封為南后。(54)顧反　回來。顧，還。反，通「返」。(55)秦昭王　名稷。秦惠王之子，在位五十六年（西元前三〇六～前二五一年）。(56)無行　不要去。(57)稚子　幼子。(58)武關　地名。在今陝西商縣東。(59)內　通「納」。接納；收留。(60)頃襄王　名橫。在位三十六年（西元前二九八～前二六三年）。(61)令尹　官名。為楚國最高行政長官。(62)咎　指責；歸咎。(63)嫉　憎惡。(64)放流　放逐。(65)睠顧　眷戀；懷念。(66)冀幸　期盼；希望。(67)存君　惦念國君。(68)反覆之　指撥亂反正，恢復清明政治的舊觀。(69)自為　為自己辦事。(70)自佐　輔佐自己。(71)隨屬　連續。(72)治國　穩定、太平的國家。此與「聖君」對稱。(73)累世　數世；連著幾代。(74)分　分別。(75)六郡　指漢中一帶地區。(76)身　自己。(77)井渫不食五句　語出《易・井卦》。言井已淘洗而不汲飲，猶人修身潔行而不被用，使我心惻然，此井水之可汲，實猶此人之可用，王如明察而用之，則並受其福。渫，淘去汙泥。為，使。惻，心痛。(78)短　誣陷；毀謗。(79)遷　貶謫。(80)被髮　披散頭髮。被，通「披」。(81)顏色　臉色。(82)形容　形體容貌。(83)三閭大夫　楚國官名。掌楚國王族屈、景、昭三姓事務。(84)凝滯　拘泥固執。(85)與世推移　隨世俗而調整。(86)餔其糟而歠其釃　吃酒滓，喝薄酒。(87)懷瑾握瑜　抱著瑾，拿著瑜。比喻堅守美好的材質。瑾、瑜，皆美玉名。(88)沐　洗髮。(89)振衣　抖衣。(90)察察　明淨的樣子。(91)汶汶　汙濁的樣子。(92)常流　長流。(93)皓皓　潔白的樣子。(94)溫蠖　即塵埃。(95)懷沙　賦名。(96)汨羅　水名。在今湖南湘陰北。(97)宋玉　相傳為屈原弟子。(98)唐勒　楚國人。(99)景差　楚國公族大夫。(100)賈生　賈誼（西元前二〇一～前一六九年）。西漢洛陽（今河南洛陽）人，著名政論家、辭賦家。(101)長沙王　漢景帝之子，名發。(102)湘水　一名湘江。在今湖南湘陰東北，流經汨羅入洞庭湖。(103)天問招魂哀郢　皆《楚辭》篇名。(104)適　往。(105)服鳥賦　賈誼所作賦。(106)爽然　失意的樣子。

【語　譯】屈原，名平，是楚國王室的同姓。擔任楚懷王的左徒。學識淵博，記憶力強，明白治亂之道，熟習外交辭令。入朝就跟楚懷王商議國事，發布號令；出外就接待賓客，應對諸侯。楚懷王很信任他。有個上官大夫，跟他官位同等，和他爭寵而妒忌他的才能。有一次，楚懷王派屈原草擬法令，屈原正在草擬還沒有定案，上官大夫見了就要修改，屈原不肯給他改，因此就在楚懷王前進讒言，說：「大王命令屈原起草法令，大家沒有不知道的。每當法令公布，屈原都會自誇功勞說『如果不是我，誰能做這件事』。」楚懷王發怒而疏遠屈原。

屈原痛心君王不明是非，讒言遮蔽賢明，奸佞傷害公正，方正的人不被容納，所以憂悶愁思而寫了〈離騷〉。離騷，就是遭遇憂患。天是人的起源，父母是人的根本。人在困厄時，常回想自己的根本。所以，苦難無告時，沒有不喊天的；痛苦難當時，沒有不喊父母的。屈原依正道而直行，竭盡忠誠和心力，來事奉國君，竟被小人離間，命運可算是困窘了。誠信倒被猜疑，忠心反遭毀謗，怎能不怨呢？屈原寫〈離騷〉，實在由於怨恨啊。〈國風〉裡的詩，雖有男女私情，但不淫亂；〈小雅〉中的詩，雖有怨恨批評，但不過分，像〈離騷〉可算是兼而有之了。它讚美上古的帝嚳，稱道近世的齊桓公，敘述中古湯、武的革命，用來譏諷世事，彰明道德的廣大崇高，治亂的條理，一一呈現出來。他的文章簡約，辭意深微，志向高潔，操守清廉；他的文辭瑣細而內涵廣大，舉例淺近而義旨深遠。志行高潔，所以他稱引的物類都是芳香的；操守清廉，所以到死不肯稍有鬆懈。處在汙泥之中，能像蟬脫殼一般，不著一點汙穢，因此能浮游在塵世之外，不受世上垢濁的沾汙，清清白白，一塵不染。這種高潔的心志擴而大之，就是跟日月爭光，也未嘗不可呢！

屈原罷斥以後，秦國想攻齊國，但是齊國跟楚國約縱相親，秦惠王為此而擔心，於是差遣張儀假裝離開秦國，帶著厚禮表示願意投效楚國，說：「秦國非常痛恨齊國，但是齊國跟楚國卻有約縱相親的關係，如果楚國能和齊國絕交，秦國願意獻上商、於一帶六百里的土地。」楚懷王起了貪心，相信張儀的話，就和齊國絕交，派使者到秦國接受贈地。張儀卻騙說：「儀和楚王約定的是六里，沒有說六百里！」楚國使者一怒而離去，回來報告楚懷王。楚懷王惱怒，起大兵攻打秦國。秦國也出兵迎擊，在丹水和淅水一帶大敗楚軍，殺了八萬多人，俘虜楚將屈匄，就占領了楚國的漢中地。楚懷王於是盡起全國軍隊，深入秦國，會戰於藍田。魏國聽到這消息，出兵偷襲楚國，打到鄧地。楚軍害怕，從秦撤兵回來。齊國竟然也怨怒楚國而不救援，楚國因此大為困窘。

第二年，秦國割漢中地跟楚國講和。楚王說：「不願得地，情願得到張儀就甘心了！」張儀聽到，就說：「以一個張儀可以抵上漢中的土地，臣願意到楚國去。」到了楚國，又憑藉大量地贈送財物給楚國當權的靳尚，用詭詐的言詞說服楚懷王的寵姬鄭袖。楚懷王竟然聽信鄭袖，再把張儀放回去。這時候，屈原已經被疏遠，不再在位，出使在齊國。回來以後，進諫楚懷王說：「為什麼不殺張儀？」楚懷王聽了才後悔，派人追趕已來不及了。後來諸侯聯合攻打楚國，大敗楚國，殺了楚將唐眛。

這時，秦昭王和楚國通婚，想跟楚懷王會面。楚懷王想去，屈原說：「秦，是虎狼之國，不可輕信，不如不去。」楚懷王的小兒子子蘭勸楚懷王去，說：「怎麼可以失去秦國的歡心？」楚懷王終於去了。進入武關，秦國預設伏兵斷了他的歸路，因而扣留楚懷王，要求割地。楚懷王憤怒，不答應。逃到趙國，趙國不肯收留。再回到秦國，終於死在秦國，送回楚國安葬。

楚懷王大兒子頃襄王繼位，用他弟弟子蘭做令尹。楚國人都指責子蘭勸楚懷王到秦國去，以致一去不返。屈平也恨子蘭，雖然被放逐，但眷戀楚國，掛念楚懷王，時時不忘回國，希望國君有所覺悟，世俗有所改變。他那忠君愛國、想力挽頹勢的願望，在每一篇作品中，都再三地表示出來。然而終究無可奈何，所以不能再回去，由這可以看出楚懷王始終沒有覺悟。人君不論笨的，聰明的，賢能的，不肖的，沒有不想求忠臣做自己的幫手，用賢才做自己的輔佐，然而亡國破家的事接連不斷，而聖明天子與太平盛世，竟然經歷幾代都看不到，那都是因為君主所認為的忠臣未必忠，所認為的賢才未必賢啊。楚懷王因為分不清誰是忠臣，所以內受鄭袖的惑亂，外受張儀的欺騙，疏遠屈原而信任上官大夫、令尹子蘭。以致兵敗地失，丟了六郡，自己死在秦國，為天下人所恥笑。這是不知人的禍害啊。《易經．井卦》說：「淘洗過的井水，竟無人取用，使我心痛。淘洗過的井水，可以飲用的。王如果賢明，任用人才，上下都會得到福祉。」王不聰明，哪能有福祉呢？

令尹子蘭聽說屈原痛恨他，大怒，終於讓上官大夫在楚頃襄王面前誣陷屈原。楚頃襄王生氣而貶謫屈原。

屈原來到江畔，披頭散髮，在水澤畔邊走邊詠歎，臉色憔悴，形體乾枯。漁父見了他便問說：「您不是三閭大夫嗎？為什麼到這兒來？」屈原說：「世上都混濁，只有我清白；眾人都迷醉，只有我清醒，因此被放逐。」漁父說：「凡是聖人，都不拘泥於事物，能隨俗而調整。既然世上都混濁，何不隨波逐流一起瞎混呢？大家都迷醉，何不吃酒糟，喝薄酒，與他們同醉呢？何必自守美德而弄到被放逐的地步呢？」屈原說：「我聽說過：剛洗過頭的人，必定彈彈帽子上的灰；剛洗過澡的人，一定抖一抖衣服。有誰能拿自己的清白去受穢物的沾汙呢？寧可投水自盡葬身魚肚中，又怎能讓潔白的人格去蒙受世俗的塵埃呢？」於是做了一篇〈懷沙〉的賦，抱著石頭，自投汨羅江而死。

屈原死後，楚國有宋玉、唐勒、景差等人，都喜好辭章而以賦出名。但是他們只取法屈原委婉的辭令，始終沒人敢直諫。以後，楚國日益衰弱，幾十年後，竟被秦國滅亡。從屈原自投汨羅江以後一百多年，漢朝有位賈誼，做過長沙王太傅，當他經過湘水時，曾經寫過文章弔念屈原。

太史公說：我讀了〈離騷〉、〈天問〉、〈招魂〉、〈哀郢〉，為屈原的心志而悲痛。到了長沙，憑弔他自盡的汨羅江，不禁落淚，追念他的為人。等到讀了賈誼弔祭的文章，又怪屈原憑他那樣的才幹，如果去遊說諸侯，哪一個國家不會容納他，卻使自己弄到這步田地？讀了賈誼的〈服鳥賦〉，看到他把生死看得一樣，去就看得很輕，又不覺茫然若有所失了。

**【研　析】**本文可分九段。首段以屈原個人的才智為關鍵，記其由受信任到失勢的過程。二段以憂怨為〈離騷〉的創作動機，並從文辭志行四方面概括了〈離騷〉的特色。三至六段以楚懷王的貪地受辱、折將失地，反襯屈原實為國之干城；而子蘭的無知更直接導致楚懷王飲恨而死，且為其不容屈原埋下伏筆。七段則藉屈原和漁父的對話向世人剖析其自殺之原委。八段推崇屈原為辭賦之祖。末段為司馬遷的贊語，欲言又止，歎惋再三。

亂世危邦中的忠臣鮮有善終，屈原就是一個典型。就其才智觀之，「博聞彊志」反映他對客觀世界廣泛認知的學養，故能具備通盤規畫的真知灼見；另方面，「明於治亂」意謂洞悉政治乃是人事結構的整體運作，因而在體制內適當地調配人才，以充分發揮行政效率；「嫻于辭令」則代表協調溝通的能力，以確保政治秩序的穩定和外交關係的和諧。屈原憑藉這些才能蒙獲楚懷王的激賞，內與機要，外主交涉；但一遭上官大夫之讒而為楚懷王疏絀，復以子蘭之故而不見容於楚頃襄王，終於自沉以死，豈不令人悲惋。

楚懷王初能識拔屈原，似乎顯示他有知人之明；但他輕信讒言而不自知，則復透露其輕躁的個性與判斷力的薄弱。司馬遷以一個「怒」字揭示了悲劇的必然性：楚懷王一怒而疏屈原，再怒而興師伐秦國，三怒而亡走趙國，因其怒而不得善終；楚國使者為受騙而怒、子蘭因屈原怨己而怒、楚頃襄王亦不辨是非而怒，楚國君臣何以易怒若此？另方面，楚懷王的庸愚源自缺乏反省能力，全憑本能的衝動行事，且至死不悟。他可以因認定屈原觸犯了他的忌諱就棄之如敝屣；又見利忘義，而被張儀玩弄於股掌之上；終其一生，都在憤怒與悔恨交織的蒙昧中度過，此皆由於「不知人」所致。

屈原以自沉表達了他對人世不公的最大抗議，而司馬遷亦將感同身受的悲憤寄寓於激動的描述之中。於是我們也不禁懷疑：是否先覺者多半要在齗齗眾口間孤寂一生？還是先覺者的可貴，就在那種「橫眉冷對千夫指」（魯迅語）的執著？抑或身處在那「但為自保故，情義俱可拋」的官場生涯裡，司馬遷也只能藉著對屈原的同情來自我安慰呢？

# 酷吏列傳序

【題　解】本文選自《史記・酷吏列傳》，篇名據原題加一「序」字而訂。酷吏，執法嚴苛、殘害人民的官吏。〈酷吏列傳〉合漢武帝時的酷吏十人為一傳，本文為列傳前之序文。主旨在說明酷吏雖有其法治之功能，但法令僅為治標的工具，根本之道仍在以德化民。

孔子曰：「導之以政，齊之以刑，民免而無恥；導之以德，齊之以禮，有恥且格❶。」老氏❷稱：「上德不德，是以有德；下德不失德，是以無德❸。」「法令滋章，盜賊多有❹。」

太史公曰：「信哉！是言也。」法令者治之具，而非制治清濁之源❺也。昔天下之網❻嘗密矣，然姦偽萌起❼，其極也，上下相遁❽，至於不振。當是之時，吏治若救火揚沸❾，非武健嚴酷，惡能❿勝其任而愉快乎？言道德者，溺其職⓫矣。故曰：「聽訟，吾猶人也，必也使無訟乎⓬。」「下士聞道，大笑之⓭。」非虛言也。

漢興，破觚而為圜⓮，斲雕而為朴⓯，網漏於吞舟之魚⓰，而吏治烝烝⓱，不至於姦，黎民艾安⓲。由是觀之，在彼不在此⓳。

【注釋】❶導之以政六句　語出《論語．為政》。政，政令。免，免於犯罪受刑罰。格，正。❷老氏　指老子。道家的創始者。❸上德不德四句　語出《老子．三十八章》。高亨釋云：「上德之人，但求反其本性，不於性外求德，而終能全其本性，故曰上德不德，是以有德。」上德，最有德的人。下德，最無德的人。失，忘。❹法令滋章二句　語出《老子．五十七章》。意謂法令愈嚴酷，盜賊愈多。滋章，愈加繁多。這裡是嚴酷之意。❺制治清濁之源　政治清濁的根源。制治，政治運作的整體規畫。❻昔天下之網　指秦時之法。網，法網；法令。❼萌起　像初生草木般不斷發生。❽上下相遁　上下交相推諉塞責。遁，逃。❾救火揚沸　喻無濟於事。救火，「抱薪救火」的縮語。比喻欲除其害而反助其勢。揚沸，「揚湯止沸」的縮語。比喻捨本逐末。❿惡能　何能。⓫溺其職　失其職。溺，沒。⓬聽訟三句　語出《論語・顏淵》。聽訟，審理案件。猶人，與人同。⓭下士聞道二句　語出《老子・四十一章》。下士，下愚之人。⓮破觚而為圜　猶改方為圓。謂漢初去除秦之苛法，使法制簡約渾厚。觚，飲酒器。方形，故引申而有方意。⓯斲雕而為朴　削刮器物上繁縟的花紋，還原成樸素的形態。喻抑制巧詐奸偽，使民風返歸敦厚。斲，即「斲」字。斫削。雕，鏤刻繁縟的花紋。朴，通「樸」。樸實。⓰網漏於吞舟之魚　網目寬疏，吞舟大魚都可從網裡漏掉。比喻法令寬大。⓱烝烝　興盛的樣子。⓲艾安　治平無事。艾，通「乂」。治。⓳在彼不在此　在道德而不在刑罰。彼，指道德。此，指刑罰。

【語　譯】孔子說：「用法令來引導人民，用刑罰來齊一百姓，他們只想免於刑罰，但無所謂羞恥；用道德來引導他們，用禮來約束他們，人民不但知廉恥，而且很方正。」老子說：「上德的人，天性淳厚，不倡道德而有德；下德的人，不忘道德而有心做作，反而無德。」又說：「法令愈嚴酷，盜賊愈多。」

太史公說：「這些話說得對極了！」法令是治理天下的工具，並不是政治清濁的根源。從前秦朝的法網可算得嚴密了，然而奸詐虛假的事層出不窮，甚至到了上下通同作弊，鑽法律漏洞的地步，弄得國家衰頹不振。當這個時候，吏治已成抱薪救火、揚湯止沸的局面，若非採取勇武剛健嚴厲酷烈的手段，怎能擔當責任而且愉快地達成任務呢？假如這時候還談道德，那就是失職了。所以孔子說：「審理案子，我還比得上一般的人，要緊的是使人民不打官司，才是根本。」老子也說：「下愚的人，一聽到真正的道，就必定要大笑。」這真是一點不虛假啊！

漢朝興起，破除嚴厲的刑法，寬厚而圓通，去華采而崇尚樸實，法網寬大得吞舟大魚都能漏掉，然而吏治烝烝日上，沒有奸邪之事，老百姓都能平安度日。由此看來，治理天下是在於道德，而不在於嚴刑酷法啊！

【研　析】本文可分三段。首段分別引述孔子、老子的話，以德刑對舉的方式揭示其本末關係。次段借亡秦吏治武健嚴酷之風而贊其勝任愉快，暗漢指武帝之任用酷吏，實亦救火揚沸之舉。末段述漢初吏治寬仁而國泰民安，歸結於以德化為治亂之樞機。

《史記・循吏列傳》載錄諸人無一在漢武帝時，而〈酷吏列傳〉所列舉卻都在漢武帝朝，司馬遷的諷諭之意是不言可喻的。值得注意的是，他認為法令只是治標的辦法，為過渡時期的方便法門，根本之道仍在以德化民。社會正義必須維持，富於責任感的知識分子亦不能坐視民心陷於偷薄狡偽；然而中國傳統政治運作的實況仍以人治為主，酷吏本身雖以公廉強幹之才崛起，卻也因曲承上意，罔顧人情而為世所不容。另方面，治亂世以重典誠然迅速有效，但若未嘗啟發百姓的自覺向善之心，反倒會激發他們趨吉避凶的本能，化明為暗，陽奉陰違，「上下相遁，至於不振」。司馬遷透過〈酷吏列傳〉讓我們去反省為政以德的永恆性，意在言外，語簡而興寄深遠。

# 游俠列傳序

【題解】本文選自《史記・游俠列傳》，篇名據原題加一「序」字而訂。游俠，指生性豪爽，重然諾，輕生重義，能替人排難解紛、存亡死生的俠客。〈游俠列傳〉記敘漢興以來，朱家、郭解等俠客，合為一傳。本文即列傳之序文，強調俠客之行，雖遭學者排擯，又為法網所不容，但其脩行砥名，濟人緩急，實較黨同伐異的偽君子和暴寡凌弱的強梁，尤為難能而可貴。

韓子❶曰：「儒以文亂法，而俠以武犯禁❷。」二者皆譏，而學士多稱於世云。至如以術取宰相、卿大夫，輔翼❸其世主，功名俱著於春秋❹，固無可言者。及若季次❺、原憲❻，閭巷人❼也，讀書懷獨行❽君子之德，義不苟合當世，當世亦笑之。故季次、原憲，終身空室蓬戶❾，褐衣疏食不厭❿，死而已四百餘年，而弟子⑪志⑫之不倦。今⑬游俠，其行雖不軌⑭於正義，然其言必信⑮，其行必果⑯，已諾必誠⑰，不愛其軀，赴士之阨⑱困，既已存亡死生⑲矣，而不矜⑳其能，羞伐㉑其德，蓋亦有足多㉒者焉。

且緩急㉓人之所時有也。太史公曰：昔者虞舜窘于井廩㉔，伊尹負於鼎俎㉕，傅說匿於傅險㉖，呂尚困於棘津㉗，夷吾桎梏㉘，百里飯牛㉙，仲尼畏匡㉚，菜色陳蔡㉛。此皆學士所謂有道仁人也，猶然㉜遭此菑㉝，況以中材而涉㉞亂世之末流乎？其遇害何可勝道哉！鄙人㉟有言曰：「何知仁義，已饗㊱其利者為有德。」故伯夷醜㊲周，餓死首陽山，而文、武不以其故貶王㊳；跖、蹻㊴暴戾，其徒誦㊵義無窮。由此觀之，「竊鉤者誅，竊國者侯。侯之門，仁義存㊶」，非虛言也。今拘學㊷或抱咫尺之義㊸，久孤於世，豈若卑論儕俗㊹，與世沉浮而取榮名哉？而布衣之徒，設㊺取予然諾，千里誦義，為死不顧世㊻，此亦有所長，非苟而已也。故士窮窘而得委命㊼，此豈非人之所謂賢豪間者㊽邪？誠使鄉曲㊾之俠，予㊿季次、原憲比權量力，效功於當世，不同日而論(51)矣。要(52)以功見言信，俠客之義，又曷可少(53)哉！

古布衣之俠，靡(54)得而聞已。近世延陵(55)、孟嘗(56)、春申(57)、平原(58)、信陵(59)之徒，皆因王者親屬，藉於有土卿相之富厚，招天下賢者，顯名諸侯，不可謂不賢者矣。比如「順風而呼，聲非加疾(60)」，其勢激(61)也。至如閭巷之俠，脩行砥名(62)，聲施(63)於天下，莫不稱賢，是為難耳。然儒、墨皆排擯(64)不載。自秦以前，匹夫(65)之俠，湮滅不見，余甚恨之。以余所聞，漢興，有朱家(66)、田仲(67)、王公(68)、劇孟(69)、郭解(70)之徒，雖時扞(71)當世之文罔(72)，然其私義，廉潔退讓，有足稱者。名不虛立，士不虛附。至如朋黨(73)宗彊(74)，比周(75)設財役貧(76)，豪暴侵凌孤弱，恣欲自快(77)，游俠亦醜之。余悲世俗不察其意，而猥(78)以朱家、郭解等，令與暴豪之徒同類而共笑之也。

【注釋】❶韓子　韓非。戰國時代韓國人，喜刑名法術之學，與李斯俱師事荀卿，後出使秦國，為李斯所陷害，死於獄中。著有《韓非子》。❷儒以文亂法二句　儒生舞文弄墨而擾亂法紀，俠客仗恃武力而觸犯禁令。語出《韓非子‧五蠹》。❸輔翼　輔助。❹春秋　泛指史籍。❺季次　公晳哀。字季次，春秋時代齊國人，孔子弟子。❻原憲　字子思，亦稱原思。春秋時代魯國人，孔子弟子。❼閭巷人　隱逸鄉里不仕之人。二十五家為閭。巷，指里中道路或屋舍。❽獨行　獨守個人節操。❾空室蓬戶　形容生活貧困。空室，室內一無所有。蓬戶，編蓬為門。❿褐衣疏食不厭　穿粗布衣，吃粗劣的食物，還經常不足。褐衣，粗布衣服。疏食，粗劣的飯食。厭，通「饜」。滿足。⓫弟子　指後代儒生。⓬志　懷念。⓭今　猶「夫」。提示性發語詞。⓮軌　合；遵守。⓯言必信　說話一定算數。⓰行必果　辦事一定做到。果，成功。⓱已諾必誠　已經答應他人的事，必定忠誠履行。⓲阨　災難；困境。⓳存亡死生　使將亡者得以復存，使將死者得以復生。⓴矜　炫耀。㉑伐　自誇。㉒多　讚美。㉓緩急　急難。偏義複詞，重在急字。㉔虞舜窘于井廩　舜父瞽叟及弟象使舜修糧倉，而於倉下以火焚之，又使舜淘井，而以土實井。見〈五帝本紀〉。廩，倉庫。㉕伊尹負於鼎俎　伊尹未為商湯之相前，負鼎俎以滋味之理說商湯。見〈殷本紀〉。鼎，烹煮器。俎，砧板。㉖傳說匿於傅險　傳說未相殷高宗前，築牆於傅巖。見〈殷本紀〉。傅險，即傅巖。在今山西平陸東。險，通「巖」。㉗呂尚困於棘津　呂尚遇周文王前，行年七十，嘗賣食於棘津。棘津，今河南延津東北。㉘夷吾桎梏　管仲因公子糾失敗而被囚。夷吾，即管仲。桎梏，刑具。桎，腳鐐。梏，手銬。㉙百里飯牛　百里奚曾替人餵牛。百里奚，春秋時代虞國人。少貧，流落不遇，虞亡，為晉國所虜，逃亡時又為楚國人所獲，秦穆公聞其賢，用五張黑色公羊（羖）之皮贖他，後為秦相。或曰百里奚餵牛以干秦穆公。㉚仲尼畏匡　魯定公十四年（西元前四九六年），孔子經匡地到陳國去，匡人誤以為陽虎（陽虎曾為害匡人），故圍而欲殺之，五日始得脫。匡，衛國地名。在今河南長垣西南。㉛菜色陳蔡　魯哀公四年（西元前四九一年），孔子在陳、蔡之間，楚王欲聘之，陳、蔡大夫懼孔子為楚國所用，乃圍之於野，孔子等絕糧，後使子貢至楚國，楚昭王興師迎之始得脫。菜色，因飢餓而蒼白的臉色。陳，春秋時代國名。在今河南淮陽。蔡，春秋時代國名。在今河南上蔡。㉜猶然　尚且如此。㉝菑　同「災」。㉞涉　經歷。㉟鄙人　指平民百姓。㊱饗　通「享」。享受。㊲醜　恥；瞧不起。㊳貶王　貶低王業的聲譽。㊴跖蹻　皆古之大盜。跖，即柳下惠之弟盜跖。蹻，即楚莊王弟莊蹻。㊵誦　稱美；頌揚。㊶竊鉤者誅四句　語出《莊子・胠篋》。謂罪小被殺，罪大則封侯，地位顯貴，自然有仁義之名。鉤，腰帶鉤。比喻賤物。㊷拘學　拘於一偏之見而謹言慎行的人。㊸咫尺之義　片段而拘謹的道理。咫尺，形容微小。八寸為咫。㊹卑論儕俗　降低論調，混同世俗。儕，同類。㊺設　講求。㊻為死不顧世　為急人之難，不惜犧牲自我，無視世人的指點議論。㊼委命　把生命交託給他人。㊽賢豪間者　「間」字疑衍。一說：間者，即傑出的人才。㊾鄉曲　窮鄉僻壤。㊿予　通「與」。51不同日而論　不可相提並論。52要　總之。53少　輕視。54靡　無。55延陵　春秋時代吳國公子季札。封於延陵。56孟嘗　戰國時代齊國孟嘗君田文。57春申　戰國時代楚國春申君黃歇。58平原　戰國時代趙國平原君趙勝。59信陵　戰國時代魏公子無忌。60順風而呼二句　語出《荀子・勸學篇》。疾，快。61激　激盪。此為「促成」之意。62砥名　磨練名節。砥，磨刀石。此用為動詞。63施　延續；傳播。64排擯　排斥。擯，棄。65匹夫　平民。66朱家　漢初魯人。為俠，活豪傑百數。67田仲　漢初楚人。喜劍術。68王公　疑即王孟。俠名聞於江、淮。69劇孟　漢洛陽（今河南洛陽）人。以商賈為資，名顯當世。70郭解　漢軹（即今河南濟源軹城鎮）人。71扞　牴觸；違犯。72文罔　法網。73朋黨　結黨營私。74宗彊　豪強大族。75比周　相與朋比結納。76設財役貧　倚仗財勢而奴役貧民。77恣欲自快　放縱私欲，滿足自己而罔顧他人。78猥　濫；苟且。

【語　譯】韓非子說：「儒生舞文弄墨而壞法亂紀，俠客仗恃武力而觸犯禁令。」這兩類人，都受他非議，但儒生卻多被世人所稱頌。例如用智術取得宰相或卿大夫的位置，輔佐當代的君主，功勳與名譽並垂青史的人，自是不消說了。至於像季次及原憲，是避居鄉里的隱士，他們讀書，懷抱特立獨行的君子志節，堅持仁義不隨便迎合當世，當世的人也笑他們。所以季次、原憲一生空無所有，住的是草屋，穿的是粗布衣，吃粗劣的食物，還經常不足，可是死後至今四百多年，後代儒生還懷念不止。至於游俠，他們的行為雖然不合於正義，可是說話一定算數，做事一定有始有終，答應人家的事，必定忠誠履行。不愛惜自己的身體，而去解救人家的困難，使將亡的復存、將死的重生，卻不誇耀自己的本領，羞於稱揚自己的功德，他們也有值得我們稱道的地方。

並且急難是人所常有的。太史公說：從前舜在水井和糧倉裡受受困，伊尹背著鼎俎做過廚師，傅說匿跡在傅巖築牆，呂尚曾在棘津擺攤子，管仲曾經被囚，百里奚曾經替人餵牛，孔子也曾在匡地遭受困厄，在陳、蔡絕糧。以上都是學者所說的有道的仁人，尚且遭逢這些災難，何況那些中等材質而又面臨亂世末俗的人呢？他們所遭受的禍害又怎能說得盡呢？一般百姓有句話說：「哪知道什麼仁義，讓我享受利益的就是有德的人。」所以伯夷雖恥於周武王伐紂，餓死在首陽山上，可是周文王、周武王並未因此而貶低了他們的王業；盜跖、莊蹻雖兇狠乖戾，黨徒卻不停地稱頌他們的義氣。由此看來，莊子所說的「偷腰帶鉤的要受處罰，竊據國家的可以封侯。諸侯的門第，存在著仁義」，一點也不假啊！現在有些拘謹的儒生，抱持著區區仁義，長久孤立於世上，何如降低論調、混同世俗，跟著世俗浮沉而求取榮名呢？至於布衣俠客，他們講求財物的取予和對人的承諾，稱讚道義，為人犧牲而不顧世俗的議論，也有他們的長處，不是隨便說說的。所以一般士子在窮困窘迫時可以把生命託付給他們，這豈不就是世人所謂的賢人豪傑嗎？假使拿窮鄉僻壤的俠客，和季次、原憲比比輕重、力量，對當世的貢獻，那是不能相提並論的。總之，以事功表現和言語信守來說，俠客的義氣，又怎可以輕視呢？

古代的布衣俠客，已經無從得知了。近代像吳季札、孟嘗君、春申君、平原君、信陵君等人，都因為是王者的親屬，靠著有封地和為卿相的富厚，招羅天下賢士，因此聞名於諸侯之間，不可以說他們不是賢者了。這就好比荀子說的「順著風向呼叫傳得遠，聲音並沒有加快」，是受風勢影響的緣故。至於鄉里俠客，修養品行，砥礪名節，聲名遠播於天下，無人不稱他們是賢者，這才是難得的。可是儒家和墨家對他們都排斥而不記載。因此，秦以前的平民俠客被埋沒而不為人所知，真令我深以為憾。就我所知，自漢以來，有朱家、田仲、王公、劇孟、郭解等人，雖然常常觸犯當時的法網，可是個人的品德，卻是廉潔退讓，有值得稱道的地方。聲名並不是虛立，士人也不是隨便附和他們的。至於像那些結黨營私、豪強大族的人，彼此勾結倚仗財勢而奴役貧民，仗著豪強去欺侮孤弱，放縱私欲以滿足自己，也是游俠所不滿的。我痛心世俗不明白游俠的宗旨，卻隨便地把朱家、郭解等人和那些豪強之輩看成是同類而加以譏笑啊！

【研　析】本文可分三段。首段引韓非的話，以儒、俠對舉來提高俠的地位，襯托俠的美德。次段由遍布人間的危險質疑世俗道德觀的公正，轉而強調俠客存在的必要性。末段敘述布衣之俠既遭學者排擯，復不容於當世法網，卻仍能脩行砥名，名顯天下，較諸黨同伐異的偽君子和暴寡凌弱的強梁，尤其難能可貴。

司馬遷因李陵事件，仗義執言而慘被刑辱，不禁慨歎世態炎涼而體悟游俠輕身重義之難得。他在本文中提出了幾項觀點：首先是針對儒和俠各自作了區分，將儒分為「讀書懷獨行君子之德，義不苟合當世」，「終身空室蓬戶」的閭巷之儒，以及「以術取宰相卿大夫，輔翼其世主，功名俱著於春秋」的朝廷之儒。另方面，俠者也可依其身分區分為「王者親屬，藉於有土卿相之富厚，招天下賢者，顯名諸侯」的貴族之俠，以及「脩行砥名，聲施於天下」，「然儒墨皆排擯不載」的閭巷之俠。貴族之俠，雖「不可謂不賢」，但他們的俠行，有如「順風而呼」，是憑藉其富貴之勢，遠不如閭巷之俠。可嘆的是「自秦以前，匹夫之俠，湮滅不彰」，而當世對閭巷之儒和游俠的訕笑，又暴露了時代的虛矯和功利。

其次，朝廷之儒對布衣之俠的迫害，根源於社會公義與個人私義間的衝突。游俠之義在於「設取予然諾，千里誦義，為死不顧世」，故不免「扞當世之文罔」；然而社會公義若已質變為「已饗其利者為有德」的偽道德，則游俠的「廉潔退讓」，豈不更勝於偽善弄權的儒生？

從有道仁人到閭巷之儒，皆不免於阨困，而游俠之存亡死生、伸張正義，反為學士所排斥、法網所制裁，司馬遷對此有著深刻的無奈和嗟歎。

# 滑稽列傳

【題解】本文選自《史記．滑稽列傳》，篇名據原題而訂。滑稽，指能言善辯，言辭流利詼諧。〈滑稽列傳〉以戰國時代齊威王時的淳于髡、楚莊王時的優孟，以及秦始皇時的優旃三人合為一傳，三人皆能談言微中，以詼諧的語言、舉動，用嬉笑怒罵的方式，寄寓諷諫、排難解紛。本文係節選列傳篇首的序文，以及淳于髡事跡。

孔子曰：「六藝於治一也❶。《禮》以節人❷，《樂》以發和❸，《書》以道事❹，《詩》以達意❺，《易》以神化❻，《春秋》以道義❼。」太史公曰：「天道恢恢❽，豈不大哉？談言微中❾，亦可以解紛。」

淳于髡❿者，齊之贅壻⓫也。長不滿七尺，滑稽⓬多辯。數⓭使諸侯，未嘗屈辱。齊威王⓮之時，喜隱⓯，好為淫樂長夜之飲，沉湎⓰不治⓱，委政卿大夫。百官荒亂，諸侯並侵，國且危亡，在於旦暮。左右莫敢諫。淳于髡說之以隱，曰：「國中有大鳥，止⓲王之庭，三年不蜚⓳又不鳴。王知此鳥何也？」王曰：「此鳥不飛則已，一飛沖天；不鳴則已，一鳴驚人。」於是乃朝⑳諸縣令長㉑七十二人，賞一人，誅一人㉒，奮兵而出。諸侯振驚，皆還齊侵地。威行三十六年。語在田完世家中㉓。

威王八年，楚大發兵加齊㉔。齊王使淳于髡之㉕趙請救兵，齎㉖金百斤，車馬十駟㉗。淳于髡仰天大笑，冠纓索絕㉘。王曰：「先生少之乎？」髡曰：「何敢。」王曰：「笑豈有說乎？」髡曰：「今者臣從東方來，見道傍有禳田㉙者，操一豚蹄、酒一盂㉚而祝曰：『甌窶滿篝㉛，汙邪滿車㉜；五穀蕃熟㉝，穰穰㉞滿家！』臣見其所持者狹㉟，而所欲者奢㊱，故笑之。」於是齊威王乃益齎黃金千鎰㊲，白璧十雙，車馬百駟。髡辭而行，至趙。趙王與之精兵十萬，革車㊳千乘。楚聞之，夜引兵而去。

威王大說㊴，置酒後宮，召髡賜之酒。問曰：「先生能飲幾何㊵而醉？」對曰：「臣飲一斗亦醉，一石亦醉。」威王曰：「先生飲一斗而醉，惡㊶能飲一石哉？其說可得聞乎？」髡曰：「賜酒大王之前，執法在傍，御史在後㊷，髡恐懼俯伏而飲，不過一斗徑㊸醉矣。若親㊹有嚴客㊺，髡帣韝鞠䐘㊻，侍酒於前，時賜餘瀝㊼，奉觴上壽㊽，數起，飲不過二斗徑醉矣。若朋友交遊，久不相見，卒然相覩㊾，歡然道故㊿，私情相語，飲可五、六斗徑醉矣。若乃州閭(51)之會，男女雜坐，行酒(52)稽留(53)，六博(54)投壺(55)，相引為曹(56)，握手無罰，目眙(57)不禁，前有墮珥(58)，後有遺簪(59)，髡竊樂此，飲可八斗而醉二參(60)。日暮酒闌(61)，合尊促坐(62)，男女同席，履舄交錯(63)，杯盤狼藉(64)，堂上燭滅，主人留髡而送客，羅襦(65)襟解，微聞薌澤(66)。當此之時，髡心最歡，能飲一石。故曰：『酒極則亂，樂極則悲。』萬事盡然。」言不可極，極之而衰。以諷諫焉。齊王曰：「善。」乃罷長夜之飲。以髡為諸侯主客(67)，宗室置酒，髡嘗(68)在側。

【注釋】❶六藝於治一也　六經的治國功能是一樣的。六藝，指六經。即《詩》、《書》、《易》、《禮》、《樂》、《春秋》。❷節人　節制人的言行。❸發和　調和人的性情。❹道事　記載史事。❺達意　表達情意。❻神化　神奇奧妙的變化。指陰陽激盪調和的變化。❼道義　說明是非善惡之大義。❽恢恢　廣大的樣子。❾談言微中　談笑之間，暗合事理。微中，暗合。此謂暗合於理。❿淳于髡　複姓淳于，名髡。戰國時代齊國人。⓫贅壻　男子就婚於女家之謂。⓬滑稽　言語流利風趣，辯才無礙。⓭數　多次。⓮齊威王　名因齊。齊桓公（非五霸之一的齊桓公）田午之子。⓯隱　隱語。即謎語。⓰沉湎　沉溺。指沉溺於酒色。⓱不治　不管政事。⓲止　棲息。⓳蜚　通「飛」。⓴朝　召見。㉑縣令長　縣的長官。萬戶以上的縣稱令，萬戶以下則稱長。當時齊、楚各國均已設縣。㉒賞一人二句　賞即墨（今山東平度東南）大夫（此人治縣有實效，由於不奉承齊王左右之人，反蒙受惡名），誅阿（今山東東阿）大夫（此人治縣成績極差，但因懂得巴結齊王左右之人，故名聲反倒顯彰）。㉓語在田完世家中　自「賞一人」以下諸事，皆詳見《史記．田敬仲完世家》。此乃《史記》獨創之體例，凡互見之文皆曰「語在……中」，以避免重贅。㉔加齊　侵犯齊國。加，陵壓；覆蓋。㉕之　到；往。㉖齎　持送。㉗十駟　十輛車馬。一車四馬為駟。㉘冠纓索絕　帽帶子全斷。冠纓，冠上之帶，所以結冠者，俗謂帽帶。索，盡；全部。㉙禳田　祈求田地豐收。禳，求神降福。㉚盂　盛飲食之器。㉛甌窶滿篝　高地狹小之區，能收成滿籠。甌窶，高地狹小之區。篝，竹籠。㉜汙邪滿車　低窪之地，收穫滿車。汙邪，低窪之地。㉝五穀蕃熟　五穀大熟。五穀，稻、黍、稷、麥、菽。蕃，眾多。㉞穰穰　禾實豐盛的樣子。㉟狹　少。㊱奢　多。㊲鎰　二十四兩。或曰二十兩。㊳革車　大型兵車。每車甲士步卒七十五人。㊴說　通「悅」。喜悅。㊵幾何　多少。㊶惡　何。㊷執法在傍二句　古人宴會，恐飲酒亂序，醉後失禮，故立執法酒吏，執行飲酒號令，違者罰飲，並使御史監正醉者之言行，勸使勿亂。㊸徑　即；就。㊹親　指父母。㊺嚴客　貴賓。嚴，敬。㊻帣韝鞠𦚟　捲起袖子，彎腰跪地。帣，通「捲」。韝，臂衣。即袖子。鞠，曲身。𦚟，通「跽」。小跪。㊼餘瀝　餘酒。㊽奉觴上壽　捧著酒杯敬酒。㊾卒然相覩　忽然相見。卒，通「猝」。覩，見。㊿道故　話舊。(51)州閭　鄉里。(52)行酒　循環斟酒與人。(53)稽留　停留。(54)六博　亦作「陸博」。古遊戲之事，猶今之以棋局為博，行六棋，故曰六博。(55)投壺　古賓主燕飲時之遊戲。設特製之壺，賓主依次投矢於其中，中多者為勝，少者罰酒。(56)曹　輩。(57)眙　直視不移。(58)珥　耳環。(59)簪　髮笄。用以固定髮髻。(60)二參　十分之二、三。參，通「三」、「叁」。(61)酒闌　飲宴將散。闌，殘盡。(62)合尊促坐　合杯而飲，迫近而坐。尊，通「樽」。酒器。(63)履舃交錯　鞋子雜亂滿地。舃，木底的鞋子。(64)杯盤狼藉　杯盤雜亂。狼藉草而臥，去時會故作淩亂狀以滅跡，故凡物之散亂者曰狼藉。(65)羅襦　羅製的短襖。羅，輕軟有疏孔之絲織品。襦，短襖。(66)薌澤　香氣。薌，通「香」。(67)主客　官名。掌接待給賜之事。(68)嘗　通「常」。經常。

【語　譯】孔子說：「六經的治國功能是一樣的。《禮》用來節制人的言行，《樂》用來調和人的性情，《書》用來記載史事，《詩》用來表達情意，《易》用來表示陰陽變化，《春秋》用來說明是非善惡的大義。」太史公說：「天道無所不包，豈不偉大嗎？滑稽之士，談笑間暗合事理，也可以排難解紛。」

淳于髡是齊國的一個贅婿。身高不到七尺，滑稽善辯。多次出使外國，從不曾使國家受過屈辱。這時齊威王在位，喜歡聽隱語，愛好終夜淫樂喝酒，沉迷於酒色而不理國事，政務都委託給卿大夫。百官懈怠混亂，別國都來侵伐，國家危亡，只在旦夕之間。左右大臣沒人敢進諫。於是淳于髡用隱語諷諫，說：「國中有一隻大鳥，棲息在君王的宮庭上，三年不飛也不叫一聲。君王知道這是什麼鳥嗎？」齊威王說：「這鳥不飛便罷，一飛就要沖上天去；不叫便罷，一叫便會驚人。」於是召見各縣令長七十二人，賞了一人，誅了一人，整兵出戰。各國大驚，都把所侵占的土地還給齊國。聲威維持了三十六年。這段史事詳記在〈田敬仲完世家〉。

齊威王八年，楚國出動大軍來侵犯齊國。齊王派淳于髡到趙國去求救兵，讓他帶著黃金百斤，車馬十輛。淳于髡仰天大笑，帽帶子都笑斷了。齊威王說：「先生嫌它少麼？」淳于髡說：「豈敢。」王說：「你的笑，難道有什麼道理嗎？」淳于髡說：「剛剛我從東邊來，看見路旁有一個祭神祈求豐收的農夫，拿了一隻豬蹄子和一壺酒，他禱告說：『窄小的高地要滿籠滿籠地收穫，低窪的田地要滿車滿車的裝載，五穀都要大熟豐收，堆滿我的家。』我看他拿的祭品那麼少，求的卻是這麼多，所以笑他。」於是齊威王就加上黃金一千鎰，白璧十雙，車馬百駟。淳于髡辭別出發，到了趙國。趙王給他精兵十萬，大兵車一千輛。楚國聽到這事，就連夜撤兵離開。

齊威王非常高興，在後宮備了酒席，召淳于髡來請他喝酒。齊威王問他說：「先生喝多少才會醉？」回答說：「臣喝一斗也會醉，一石也會醉。」齊威王說：「先生喝一斗就醉了，怎還能喝十斗呢？其中的道理能說來聽聽嗎？」淳于髡說：「在君王面前接受賜酒，旁邊是監酒的官員，後面有糾察的御史，髡害怕，得低頭俯伏飲酒，不過一斗就醉了。如果父母招待貴賓，要髡捲起袖子彎腰跪地，在面前侍候喝酒，有時有剩酒賞給我喝，還要舉杯敬酒，這樣子站起來幾次，喝不到二斗也就醉了。假若知己的朋友，長久不見了，忽然相見，很高興地談起往事，再說些知心的話，這樣可以喝上五、六斗才會醉。假如是鄉里的集會，男男女女混雜一起，隨時可以走動敬酒，隨便可以停下說笑聊天，下棋也好，投壺也好，捉對尋伴，拉拉手也不會受罰，瞪大眼睛看也不被禁止，前面有掉落的耳環，後面有遺失的髮簪，髡喜歡這樣，可以喝上八斗也只不過有二、三分醉意。太陽西下，酒宴將散，大家合杯而飲，挨近而坐，男女同在一席，地上鞋子交錯，桌上杯盤散亂，堂上的燭火熄滅了，主人留下髡，送走了其他的客人，羅襟輕解，微微聞到香氣。這時候，髡是最快樂了，能喝到十斗。所以說：『飲酒過分就要失禮，歡樂過度就會生悲。』萬事都是如此。」他的意思是說一切都不可過分，過分就要衰敗。他就是借這話來諷諭勸諫齊王的。齊威王說：「說得好！」於是立刻停止終夜宴飲，並派淳于髡擔任接待諸侯賓客的官。凡是宗室有宴會，淳于髡常常在旁侍候。

【研析】本文可分四段。首段引孔子的話，認為天道無所不容，六藝固然顯示前賢對宇宙人生秩序的掌握，而滑稽之言也往往能以嘻笑怒罵的方式發揮排難解紛的妙用。二段以迄篇末則以淳于髡用隱語諷諫齊威王的三個小故事，突出了淳于髡的機智辯才，並反映齊威王勇於納諫補過的雅量。

《史記·孟子荀卿列傳》概括淳于髡諫說的特色是「慕晏嬰之為人也，然而承意觀色為務」，而〈管晏列傳〉載晏嬰之諫說為「君語及之，即危言；語不及之，即危行」。由此推之，淳于髡雖忻慕和自己身高差不多的晏子，卻更長於察顏觀色。他見齊威王敏悟「喜隱」，便「說之以隱」：一以王庭大鳥喻君，復以禳田者之祝禱諷王，且以妙喻暗示「酒極則亂」的道理，總之是以詼諧的手法製造錯愕，在笑聲中寄寓諷勸。司馬遷透過淳于髡的調侃為我們展現了「幾諫」的藝術和犯君之顏的勇氣。或許，在君威似虎的年代裡，更適於以荒謬、遊戲的態度去伸張所謂正義。否則，還是韜光養晦，自求多福為上。

# 貨殖列傳序

【題解】本文選自《史記·貨殖列傳》，篇名據原題加一「序」字而訂。貨殖，買賣貨物以賺取利潤，即經商、做生意。〈貨殖列傳〉將范蠡、子貢、白圭、猗頓等經商有成的古代人物凡九人，合為一傳，記敘其事跡。本文為列傳前之序文，旨在肯定商業活動與時發達的必然性，商人流通貨物的貢獻，故主張統治者應因勢利導，切勿橫加干涉，甚至與民爭利。

老子❶曰：「至治之極，鄰國相望，雞狗之聲相聞，民各甘其食，美其服，安其俗，樂其業，至老死不相往來❷。」必用❸此為務，輓近世❹，塗❺民耳目，則幾無行矣。

太史公曰：「夫神農[6]以前，吾不知已[7]。至若《詩》、《書》所述虞、夏以來，耳目欲極聲色之好，口欲窮芻豢[8]之味，身安逸樂，而心誇矜[9]勢能[10]之榮，使俗之漸[11]民久矣。雖戶說以眇論[12]，終不能化。故善者因[13]之，其次利道[14]之，其次教誨之，其次整齊之[15]，最下者與之爭。」

夫山西[16]饒[17]材[18]、竹、穀[19]、纑[20]、旄[21]、玉石，山東[22]多魚、鹽、漆、絲、聲色[23]，江南出柟、梓[24]、薑、桂、金、錫、連[25]、丹沙[26]、犀[27]、瑇瑁[28]、珠璣[29]、齒[30]、革[31]，龍門、碣石[32]北多馬、牛、羊、旃[33]、裘[34]、筋、角[35]，銅、鐵則千里往往山出棊置[36]。此其大較[37]也。皆中國人民所喜好，謠俗[38]被服[39]飲食、奉生送死之具也。故待農而食之，虞[40]而出之，工而成之，商而通之。此寧有政教發徵[41]期會[42]哉？人各任[43]其能，竭其力，以得所欲。故物賤之徵[44]貴，貴之徵賤，各勸[45]其業，樂其事，若水之趨下，日夜無休時，不召而自來，不求而民出之。豈非道之所符[46]，而自然之驗[47]邪？

《周書》[48]曰：「農不出則乏其食，工不出則乏其事，商不出則三寶絕[49]，虞不出則財匱少。財匱少，而山澤不辟[50]矣。」此四者，民所衣食之原[51]也。原大則饒(52)，原小則鮮(53)。上則富國，下則富家。貧富之道，莫之奪予(54)，而巧者有餘，拙者不足。故太公望(55)封於營丘，地瀉鹵(56)，人民寡。於是太公勸(57)其女功(58)，極技巧，通魚鹽，則人物歸之，繈至(59)而輻湊(60)。故齊冠帶衣履天下，海岱(61)之間，斂袂(62)而往朝焉。其後，齊中衰，管子修之，設輕重九府(63)，則桓公以霸，九合諸侯，一匡天下(64)。而管氏亦有三歸(65)，位在陪臣(66)，富於列國之君。是以齊富彊至於威、宣(67)也。故曰：「倉廩實而知禮節，衣食足而知榮辱(68)。」禮生於有而廢於無。故君子富，好行其德；小人富，以適其力(69)。淵深而魚生之，山深而獸往之，人富而仁義附焉。富者得勢益彰，失勢則客無所之(70)，以而不樂；夷狄益甚。諺曰：「千金之子，不死於市(71)。」此非空言也。故曰：「天下熙熙(72)，皆為利來；天下壤壤(73)，皆為利往。」夫千乘之王，萬家之侯，百室之君，尚猶患貧，而況匹夫編戶之民(74)乎？

【注釋】❶老子　名耳，字聃。春秋時代楚國人，道家創始者。❷至治之極八句　語出《老子・八十章》，文字略有出入。至治，治理得極好的社會。甘其食，以其所食者為甘美。甘，用為動詞。美其服，以其所穿者為美好。美，用為動詞。❸用　以。❹輓近世　晚近時代。即距離現在最近的時代。輓，通「晚」。一說：挽救近代頹風。輓，通「挽」。❺塗　堵塞；粉飾。❻神農　傳說中的上古帝王。始製耒耜，教民務農，故號神農氏；以火德王，又稱炎帝。❼已　通「矣」。❽芻豢　泛指牲畜。芻，草食之獸類。如牛、羊。豢，穀食之獸類。如豕、犬。❾誇矜　誇耀。❿勢能　權勢能力。⓫漸　感染。⓬眇論妙論。眇，通「妙」。[13]因　順；依。[14]道　通「導」。[15]整齊之　指用規章法律來加以限制。[16]山西　太行山以西。山，指太行山。[17]饒　多。[18]材　木材。[19]穀　楮木。可造紙。[20]纑　山中之苧麻。可為夏布。[21]旄　犛牛尾。[22]山東　太行山以東。[23]聲色　音樂和女色。此指聲色所用器物。一說：指美女。[24]枏梓　楠木和梓木。皆可為建材。[25]連　未鍊之鉛。[26]丹沙　即丹砂。俗稱朱砂。[27]犀　犀牛。角極堅，可為器具，又為貴重藥品。[28]瑇瑁　龜類。甲可為飾物。[29]璣　珠之不圓者。[30]齒　獸齒。如象牙。[31]革　獸皮去毛者。[32]龍門碣石　二山名。龍門山在今山西河津、陝西韓城之間。碣石山在今河北樂亭東北。[33]旃　通「氈」。[34]裘　皮衣。[35]筋角　獸筋、獸角。可製弓弩。[36]山出棊置　言產銅鐵之礦山，如棋子之密布。棊，同「棋」。[37]大較　大略。[38]謠俗　風俗；習俗。[39]被服　穿戴。指穿著習慣。被，通「披」。[40]虞　掌山澤之官。此指開發山澤之人。[41]發徵　徵調。[42]期會　約期而會。[43]任　發揮。[44]徵　徵兆。一說：尋求。[45]勸　勉力；努力。[46]道之所符　符合於道。[47]驗　證明。[48]周書　書名。久散逸，又名《逸周書》。[49]商不出二句　此處次序不清，易生誤會。上文首言農，次言工，應接言虞，而後再說「商不出則三寶絕」。三寶，指農所出之「食」、工所出之「事」、虞所出之「財」，三者都仰賴商賈以流通。[50]辟　通「闢」。開發。[51]原　來源。[52]饒　富足。[53]鮮　缺少。[54]莫之奪予　相當於「莫奪予之」。無人奪之，無人予之。[55]太公望　即姜太公。姓姜，名尚，字子牙，佐周武王伐紂滅商，封於營丘（今山東臨淄西北）。[56]潟鹵　海水所浸之鹹地，不適耕種。[57]勸　獎勵；勉勵。[58]女功　婦女勞動。指刺繡、紡織等事。[59]繈至　像繩索般相連而至。繈，泛指繩索。[60]輻湊　像車輻向車轂集中一樣的聚集而至。輻，車輪中間的木條。湊，聚集。[61]海岱　東海和泰山。[62]斂袂　斂其衣袖。表示敬意。[63]輕重九府　掌財貨的官府。輕重，錢。九府，周時掌財幣之九官：大府、玉府、內府、外府、泉府、天府、職內、職金、職幣。[64]九合諸侯二句　多次會合諸侯，匡正天下。九，表示多次。一說：糾。[65]三歸　其說不一。或曰娶三姓女，有三房家室。或曰臺名。或曰地名。或曰指稅收。[66]陪臣　指諸侯之卿大夫。諸侯於周天子為臣，諸侯之卿大夫又為諸侯之臣，故云。[67]威宣　齊威王、齊宣王。[68]倉廩實而知禮節二句　語出《管子．牧民》。而，則。[69]適其力　適當地使用自己的財力。[70]無所之　無處可去。[71]千金之子二句　千金之子，雖有罪，亦可設法脫罪，不致伏法而死刑場。一說：千金之子知榮辱而不犯法，故不死於市。市，刑場。[72]熙熙　煩囂的樣子。[73]壤壤　紛錯的樣子。壤，通「攘」。[74]編戶之民　平民。編戶，編入戶籍名冊。

【語　譯】老子說：「太平盛世的極點，是鄰國可以互相看到，雞啼狗叫的聲音可以互相聽到，人民都以自己的食物為甘美，衣服為美好，安於他們的習俗，喜愛自己的職業，到老死都不相來往。」如果一定要如此的話，以近代社會狀況來看，勢必要堵塞人民的耳目，但這幾乎是行不通的。

太史公說：「神農以前，我不知道，至於《詩經》、《尚書》所記載，從虞、夏以來，人的耳目要求最好的聲色享受，口要吃美味，身體安於舒適快樂，心裡誇耀權勢能力的榮顯，這種風氣深入人心已經很久了。即使以最高妙的理論，挨家去勸說，終究不能改變。所以最好的辦法是順其自然，次一等的是因勢利導，再次一等的是進行教誨，再次一等的是加以強制，最下等的是與民爭利。」

山西盛產木材、竹子、楮木、苧麻、犛牛尾、玉石，山東多產魚、鹽、漆、絲和聲色方面的器物，江南出產楠木、梓木、薑、桂、金、錫、鉛、丹砂、犀牛、瑇瑁、珠璣、齒、革，龍門、碣石以北，多產馬、牛、羊、氈、裘、筋、角，而產銅、鐵的礦山，千里之內像棋子般密布著。這是大概的情形。這些都是中國人民所喜歡的，也是習俗中衣服、飲食，和養生送死所需的。所以有農人耕種才有得吃，有山澤開採者才能開發資源，有工人才能製出成品，有商人才能流通貨物。這難道有政令來徵召約集嗎？不過是人人各自發揮才能，竭盡力量，來得到他們所想要的東西罷了！所以東西便宜了，就是貴的徵兆；貴了，就是便宜的徵兆。各人努力從事自己的行業，喜愛做自己的工作，就像水往低處流一樣，一天到晚都沒有停止的時候。不必召集，自己會來；不必徵求，人民自會努力增產。這難道不是符合道理，並且是自然的驗證嗎？

《周書》說：「農人不耕田就缺乏糧食，工人不製造便缺少器物，商人不交易三寶便斷絕，山澤開採者不工作，物資就缺乏，物資缺乏，山林川澤就不能開闢了。」這四者都是人民衣食的來源。來源大就富足，來源小就缺乏。這些，上可以富國，下可以富家。貧富有一定的道理，無人可以剝奪，也無人可施與。大體來說，靈巧的人會有餘，笨拙的人會不足。所以太公望封在營丘，地質鹹鹵，人民稀少。太公就獎勵婦女做女紅，盡量發展技藝，同時流通魚鹽，結果四方人物歸附齊國像繩索般相連不斷，像車輻向車轂集中似的聚集而來。所以齊國的衣帽鞋帶，流通於天下；海、岱一帶，諸侯都恭敬地到齊國來朝見。後來，齊國一度衰弱，到管仲執政進行整頓，設立管理錢財的府庫，齊桓公因此成就了霸業，多次集合諸侯，匡正天下。而管仲也有三個公館，地位雖然是陪臣，財富卻超過各國君主。因此齊國富強，一直維持到威王、宣王時代。所以說：「倉庫充實才知道禮節，衣食充足才知道榮辱。」禮產生於富有，荒廢於貧窮。所以君子富有，則樂善好施；人民富有，就能適當地運用財力。水深，魚就生存在那裡；山深，野獸就住到那裡去；人富有，仁義也就依附他了。富人得勢就愈加顯赫，失勢則連門客都無處可去，因此而不快樂，這種情形，在夷狄就更嚴重了。俗話說：「富家子弟，不會死在刑場上。」這並不是空話啊！所以說：「天下人煩囂吵雜，都是為利而來；天下人紛亂擾攘，都是為利而往。」那擁有千輛兵車的國君，萬戶封地的諸侯，百家封邑的卿大夫，尚且怕窮，何況一般的百姓呢？

【研　析】《史記》中專講經濟的有兩篇：〈平準書〉偏向財政規畫，而〈貨殖列傳〉則闡述關於生產和交易方面的經濟思想。二篇關係密切，可相參讀。本文可分四段。首段質疑老子「小國寡民」的政經形態在當代社會的適用性。二段承認人的本性是趨利避害的，因而主張在制定政策時注意順應人性，因勢利導，切忌橫加干涉，甚或與民爭利。三段列舉天下物資分布的大略，且認為農、虞、工、商各任其能，各致其功，宜因其自然而使民樂而勤其事業。末段以農、工、商、虞四種職業為「民所衣食之原」，言太公治齊乃善於「利導」，故能使諸侯恭謹往朝；管仲則振興實業，教誨以整齊之；結尾以俗諺暗傷自己因家貧不足自贖而遭刑辱，不勝欷歔。

中國自古即推行重農抑商的政策，在論述社會經濟結構和活動時，總是視「農」為本，以「商」為末。但理論上的當然卻未必等於實際上的必然，尤其當財富和權勢掛上鉤，所謂「富者得勢益彰，失勢則客無所之」的矛盾就益形明顯：一方面得堅持「君子喻於義，小人喻於利」的清高形象，但「人富而仁義附焉」的現實利益卻更誘人。競好利而恥於言利，長期的壓抑，遂致身心分離而虛矯成風，此亦中國政治形態中的一大怪異現象。司馬遷敏銳地察覺「天下熙熙，皆為利來；天下壤壤，皆為利往」的社會真象，快語揭破官場文化重利輕義的虛偽本質，言下不免沉痛。

另方面，〈貨殖列傳〉更積極的意義乃在於肯定追求財富是人的本性，也是社會進步的動力，進而指出經濟發展為國家致富圖強的基礎。農、虞、工、商分別從事生產和交易的活動，共同創造國計民生的蓬勃生機；但是，人之所以尊貴於其他動物，在於能跨越現實層面的考量而擁有理想和希望。所謂「君子富，好行其德；小人富，以適其力」，亦即暗示真正的富有在於懂得珍惜而非任意揮霍，並應進而建立一個富而崇德的高尚社會。太史公的深意，或許在此。

# 太史公自序

**【題解】** 本文選自《史記・太史公自序》，篇名據原題而訂。序，古代的一種文體。有介紹、評述著作的「書序」，如本文；有為宴集賦詩而作的「詩序」，如王羲之的〈蘭亭集序〉；有為贈別送行的「贈序」，如韓愈〈送孟東野序〉；有為祝壽的「壽序」。〈太史公自序〉為《史記》最後一篇，是司馬遷為《史記》全書所寫的自序。因為曾任太史令，故稱「太史公」。自序全文可分三大部分，首敘家世、生平，次敘著述原由，末敘《史記》體例、各篇提綱。本文係節選其中間部分，記敘與上大夫壺遂的問答，詳細說明基於家族職責及父親的期待，故發憤撰史，以原本六經、繼承《春秋》，成一家之言。

太史公曰：「先人❶有言：『自周公❷卒，五百歲而有孔子❸。孔子卒後，至於今五百歲❹，有能紹明世❺，正《易傳》❻，繼《春秋》❼，本《詩》❽、《書》❾、《禮》❿、《樂》⓫之際。意在斯⓬乎？意在斯乎？』小子⓭何敢讓⓮焉！」

上大夫⓯壺遂⓰曰：「昔孔子何為而作《春秋》哉？」太史公曰：「余聞董

生⑰曰：『周道衰廢，孔子為魯司寇⑱，諸侯害之⑲，大夫壅⑳之。孔子知言之不用，道之不行也，是非二百四十二年之中㉑，以為天下儀表㉒，貶㉓天子，退㉔諸侯，討㉕大夫，以達王事㉖而已矣。』子曰：『我欲載之空言，不如見之於行事之深切著明也㉗。』夫《春秋》上明三王㉘之道，下辨人事之紀㉙，別嫌疑，明是非，定猶豫，善善惡惡㉚，賢賢賤不肖㉛，存亡國，繼絕世，補敝起廢，王道之大者也。《易》著天地、陰陽、四時、五行，故長於變；《禮》經紀㉜人倫，故長於行；《書》記先王之事，故長於政；《詩》記山川、谿谷、禽獸、草木、牝牡㉝、雌雄，故長於風㉞；《樂》樂所以立㉟，故長於和；《春秋》辯㊱是非，故長於治人。是故《禮》以節人，《樂》以發和，《書》以道事，《詩》以達意，《易》以道化，《春秋》以道義。撥亂世反之正㊲，莫近於《春秋》。《春秋》文成數萬，其指㊳數千，萬物之散聚㊴，皆在《春秋》。《春秋》之中，弒君三十六，亡國五十二，諸侯奔走㊵不得保其社稷㊶者不可勝數。察其所以，皆失其本已㊷。故《易》曰：『失之毫釐，差以千里㊸。』故曰：『臣弒君，子弒父，非一旦一夕之故也，其漸久矣㊹！』故有國者不可以不知《春秋》，前有讒㊺而弗見，後有賊㊻而不知。為人臣者不可以不知《春秋》，守經事㊼而不知其宜，遭變事而不知其權㊽。為人君父而不通於《春秋》之義者，必蒙首惡之名；為人臣子而不通於《春秋》之義者，必陷篡弒之誅，死罪之名。其實皆以為善，為之不知其義，被之空言[49]而不敢辭。夫不通禮義之旨，至於君不君，臣不臣，父不父，子不子。夫君不君則犯[50]，臣不臣則誅，父不父則無道，子不子則不孝。此四行者，天下之大過也。以天下之大過予之，則受而弗敢辭。故《春秋》者，禮義之大宗[51]也。夫禮禁未然之前，法施已然之後。法之所為用者易見，而禮之所為禁者難知[52]。」

壺遂曰：「孔子之時，上無明君，下不得任用，故作《春秋》，垂空文[53]以斷禮義，當一王[54]之法。今夫子上遇明天子，下得守職，萬事既具，咸各序其宜。夫子所論，欲以何明？」太史公曰：「唯唯[55]，否否，不然。余聞之先人曰：『伏羲[56]至純厚，作《易》八卦；堯、舜之盛，《尚書》載之，禮樂作焉；湯、武之隆，詩人歌之[57]；《春秋》采善貶惡，推三代之德，褒周室，非獨刺譏[58]而已也。』漢興以來，至明天子，獲符瑞[59]，建封禪[60]，改正朔[61]，易服色[62]，受命於穆清[63]，澤流罔極[64]。海外殊俗，重譯[65]款塞[66]，請來獻見者，不可勝[67]道。臣下百官，力誦聖德，猶不能宣盡其意。且士賢能而不用，有國者之恥；主上明聖而德不布聞，有司[68]之過也。且余嘗掌其官[69]，廢明聖盛德不載，滅功臣、世家、賢大夫之業不述[70]，墮先人所言[71]，罪莫大焉！余所謂述故事，整齊[72]其世傳，非所謂作也。而君比之於《春秋》，謬矣！」

於是論次[73]其文七年，而太史公遭李陵之禍[74]，幽於縲紲[75]。乃喟然而歎，曰：「是余之罪也夫！是余之罪也夫！身毀不用[76]矣！」退而深惟[77]，曰：「夫《詩》、《書》隱約[78]者，欲遂其志之思也。昔西伯[79]拘羑里[80]，演《周易》[81]；孔子戹陳、蔡[82]，作《春秋》；屈原放逐，著〈離騷〉；左丘[83]失明，厥有《國語》[84]；孫子臏腳[85]，而論兵法；不韋遷蜀[86]，世傳《呂覽》[87]；韓非囚秦[88]，〈說難〉、〈孤憤〉[89]；《詩》三百篇，大抵賢聖發憤之所為作也。此人皆意有所鬱結，不得通其道也，故述往事，思來者。」於是卒述陶唐[90]以來，至于麟止[91]，自黃帝始。

【注釋】❶先人　亡父。此司馬遷稱其父司馬談。❷周公　姓姬，名旦。周文王之子，周武王之弟，佐其姪周成王，安定周室，建立典章制度。❸孔子　名丘，字仲尼。春秋時代魯國人，儒家始創者。❹孔子卒後一句　周公生卒年不可考，但他是西周初年人，從西元前十一世紀，至孔子卒年（西元前四七九年）超過了五百年。自孔子卒年至司馬談卒年（西元前一〇八年）尚不滿五百年，故所說五百年並非確數。此司馬談取《孟子．盡心》語意，鼓勵司馬遷繼孔子《春秋》作《史記》。意謂歷史已經過了幾百年，應該總結了。❺紹明世　表彰治世的事業。紹，表彰。明世，治世。❻易傳　指《易．繫辭傳》。❼春秋　書名。孔子據魯史而制作者。❽詩　指《詩經》。中國最早的詩歌總集，現存三〇五篇，時代由西周至春秋時代初期。❾書　指《書經》。記上古帝王言論及文告。❿禮　指《儀禮》。記周代禮儀制度。⓫樂　指《樂經》。漢朝時已亡佚。⓬斯　這裡。指繼孔子《春秋》而為史之事。⓭小子　司馬遷自稱。⓮讓　謙讓；推辭。⓯上大夫　官名。漢制，大夫有上、中、下三等。

⓰壺遂　人名。官詹事，掌皇后、太子家事，位在上大夫之列，曾與司馬遷等定漢朝律曆。⓱董生　董仲舒。河北廣川（在今河北景縣西南）人。少治《春秋》，學有原委，為西漢今文經學大師。生，對讀書人的尊稱。⓲司寇　官名。掌刑獄。⓳害之　忌害他。魯定公十四年（西元前四九六年），孔子由大司寇攝行相事，齊國人懼而贈女樂於季桓子，季桓子受之，孔子遂離開魯國而往衛國。⓴壅　阻隔；壅蔽。㉑是非二百四十二年之中　指以《春秋》來褒貶評論春秋時代二百四十二年間的歷史。是非，褒貶；評論。㉒儀表　標準；表率。㉓貶　給予低的評價。㉔退　排擯斥責。㉕討　聲討。㉖王事　王道。㉗我欲載之空言二句　轉引自《春秋繁露・俞序》。這是董仲舒的思想，認為《春秋》不發空論，故推尊孔子以《春秋》中之褒貶來維護禮義。空言，指抽象的理論說教。行事，謂在記載歷史事件時，寄寓褒貶以別善惡。㉘三王　指夏禹、商湯、周文王。㉙人事之紀　人與人之間的倫理綱常。人事，人情事故。紀，綱紀；分寸。㉚善善惡惡　謂善則美之，惡則惡之。㉛賢賢賤不肖　敬重賢者，貶斥不肖者。上「賢」用為動詞。敬重。賤，用為動詞。輕視。㉜經紀　規範；治理。㉝牝牡　雌性動物曰牝，雄性動物曰牡。㉞風　風俗。㉟樂所以立　用來引起快樂。㊱辯　通「辨」。㊲撥亂世反之正　治理亂世，使復正道。㊳指　通「旨」。要旨。㊴萬物之散聚　萬事的成敗盛衰。㊵奔走　逃亡。㊶社稷　國家。社為土神，稷為穀神，古代君主必立社稷，因以之借指國家。㊷已　通「矣」。㊸失之毫釐二句　語出《易緯・通卦驗》。今本《易經》無此語。㊹臣弒君四句　語出《易經・坤卦・文言》。漸，浸潤。㊺讒　指說壞話的人。㊻賊　指叛逆作亂的人。㊼經事　常事。㊽權　權衡。㊾被之空言　指受到輿論的譴責。被，加上。空言，此指憑空添加羅織的罪名。與上文之「空言」不同。㊿犯　為臣下所冒犯。(51)宗　根本。(52)夫禮禁未然之前四句　此用賈誼「陳政事疏」語。禁，制止；防範。(53)空文　指書面的文辭。與「功業」相對。(54)一王　指天子。《孟子・滕文公》：「世衰道微，邪說暴行有作。臣弒其君者有之，子弒其父者有之。孔子懼，作《春秋》。《春秋》，天子之事也。」(55)唯唯　姑且答應的聲音。(56)伏羲　傳說中的古帝名，三皇之一。姓風，稱太昊氏。(57)詩人歌之　指《詩經》中的〈商頌〉、〈周頌〉、〈大雅〉的部分篇章。這些篇章是歌頌商湯、周文王、周武王的。(58)刺譏　諷刺；譏諷。(59)符瑞　祥瑞。古人以為天降祥瑞，為王者受命之徵。此指漢武帝元狩元年（西元前一二二年）冬十月，行幸雍（在今陝西鳳翔西南），獲白麟。(60)封禪　古代帝王祭祀天地的典禮。在泰山築土為壇以祭天曰封，在泰山南面梁父山上除地而平以祭地曰禪。(61)正朔　正月初一。古王者易姓，必改正朔。漢初沿用秦曆，至漢武帝太初元年（西元前一〇四年），改曆法。(62)服色　衣服車馬、犧牲、祭器之顏色。秦朝色尚黑，漢武帝太初元年，改以黃色為尚。(63)穆清　清和之氣。指天。(64)澤流罔極　盛德流布無極。(65)重譯　輾轉翻譯。(66)款塞　叩邊關而來。款，叩。(67)勝　盡。(68)有司　官吏。古代設官分職，各有

所司，故曰有司。69嘗掌其官　指為太史令。70述　編述。將前人和他人的資料加以改造製作成為新的著作。此與下文的「作」字對舉。作乃創作，係發前人所未發。71墮先人所言　毀棄先人的教訓。墮，毀。前文記司馬談將卒，執司馬遷之手而泣曰：「予先，周室之太史也。自上世嘗顯功名於虞、夏，典天官事，後世中衰，絕於予乎？女復為太史，則續吾祖矣。」此即所謂先人之言。72整齊　整理。73論次　研究、編排。74李陵之禍　指漢武帝天漢二年（西元前九九年），李陵征匈奴，戰敗被俘而降，司馬遷為之陳說，竟遭宮刑。李陵，漢將，李廣之孫。75縲紲　捆綁犯人的繩索。此引申指監獄。縲，黑索。紲，繫。76身毀不用　謂身受宮刑無可用。77深惟　深思。78隱約　謂言簡意微。79西伯　指周文王。為西方諸侯之長，故稱。80羑里　在今河南湯陰北。81演周易　引申《周易》之義而詳言之。周文王因伏羲所畫八卦，演之為六十四卦。82孔子戹陳蔡　謂孔子周遊列國，絕糧於陳、蔡二國。戹，困。83左丘　左丘明。春秋時代魯國太史。84國語　書名。記先秦五百餘年周、魯、齊、晉、鄭、楚、吳、越八國史實。85孫子臏腳　孫子為戰國時代齊國人，與魏人龐涓同學於鬼谷子，龐涓自以為不及孫子，乃陰召孫子至魏國，以法刖其足，會齊國使者至魏國，載孫子而歸，齊威王以為師，後齊、魏二國交戰，孫子卒勝之，龐涓自殺。臏腳，古代一種斷足的刑罰，剔掉膝蓋骨，使小腿、下肢失去功能而癱瘓。以孫子曾受此刑，故後世名為孫臏。86不韋遷蜀　呂不韋為秦相，秦王政立，尊為仲父，後得罪免相，徙蜀，畏罪自殺。87呂覽　指《呂氏春秋》。為呂不韋集門客所編。全書凡紀、覽、論三部分。88韓非囚秦　韓非與李斯俱學於荀卿，後韓非奉命出使秦國，為李斯所陷，死於獄中。89說難孤憤　《韓非子》二篇名。韓非為韓國公子，以書諫韓王，不能用，乃作〈孤憤〉、〈說難〉等十餘萬言。90陶唐　即唐堯。91至于麟止　漢武帝幸雍，獲白麟，太史公作《史記》，上起黃帝，下至獲麟止。

【語　譯】太史公說：「先父曾說：『從周公死後，五百年而有孔子；孔子死後，到現在又是五百年，該是有人能夠表彰治世，整理《易傳》，上接《春秋》，根據《詩》、《書》、《禮》、《樂》來進行述作的時候了。』你有意於此嗎？你有意於此嗎？』小子怎敢推辭呢！」

上大夫壺遂說：「從前孔子為什麼要作《春秋》呢？」太史公說：「我聽董先生說過：『周朝政治衰敗，孔子擔任魯國司寇時，諸侯忌害他，大夫阻撓他。孔子知道自己的話不會被採用，主張也不能實現，所以評倫二百四十二年中的歷史，作為天下的表率。貶抑天子，斥責諸侯，聲討大夫，用來闡明王道罷了！』孔子說：『我想與其徒託空言，不如就實際的歷史加以批評來得深刻明白。』《春秋》一書，上明三王的道理，下辨人事的綱紀，辨別嫌疑，明判是非，斷定猶豫，稱讚善的，批判惡的，敬重賢者，貶斥不肖者，保存亡國，延續絕世，補救破敗，振興衰頹，這些都是王道的大端啊！《易》說明天地、陰陽、四時、五行，所以長於表示變化；《禮》規範人倫綱常，所以長於論述行為；《書》記載先王的事跡，所以長於講明政治；《詩》記山川、谿谷、禽獸、草木、牝牡、雌雄，所以長於表現風俗；《樂》能使人愉悅和樂，所以長於抒發和順；《春秋》辨別是非，所以長於治理人民。因此，《禮》用來節制行為，《樂》用來興起和樂，《書》記載事情，《詩》傳達情意，《易》說明變化，《春秋》辨別道義。要治理亂世，回歸正道，沒有比《春秋》更為切近的了。《春秋》的文字有數萬，要旨也有幾千，一切事物的盛衰成敗，都載在《春秋》裡。《春秋》書中，弒君的有三十六件，亡國的有五十二個，至於諸侯逃亡，保不住國家的，那簡直數不清。考察它的原因，都因為失去了根本。《易》說：『最初只有一毫一釐的差異，結果可能相差千里。』所以說：『臣子殺君，兒子殺父，不是一天一夜的緣故，由來已經很久了。』所以國君不可以不知曉《春秋》，否則，面前有奸人卻看不見，背後有叛逆也不知道。人臣不可以不知曉《春秋》，否則，掌管常事而不會適當處理，遇到變故也不知權衡變通。為人君父如果不通達《春秋》的要旨，必定會蒙受首惡的罪名；為人臣子如果不通達《春秋》的要旨，必定會陷入篡國弒君的誅戮，落得個死罪的惡名。其實他們都認為自己在做好事，但是做的時候不知分寸合宜，結果是受到譴責也無所推卸。因為不懂禮義的要旨，以致君不像君，臣不像臣，父不像父，子不像子。君不像君就會被冒犯，臣不像臣就會遭殺戮，父不像父就是無道；子不像子就是不孝。這四種行為，是天下最大的過錯。把天下大錯的罪名加在他們身上，那只有接受而無所推卸。所以《春秋》是禮義的大根本。禮是在未犯錯之前加以防範，法是在犯錯之後加以處罰。法的功效容易看到，禮的防範卻是較難了解。」

壺遂說：「孔子的時候，上位沒有賢明的君主，他在下位無法得到任用，所以著《春秋》，以文辭來論斷禮義，把它當作天子的法度。如今先生在上有聖明天子，自己在下也有專職可守，一切事情都已具備，都上軌道。夫子的論著，想要表明什麼呢？」太史公說：「嗯！嗯！不對！不對！話不是這樣說。我聽先父說：『伏羲氏最為純厚，作了《易》的八卦；堯、舜盛世，《書》裡有記載，禮樂在這時候產生；商湯、周武王的興隆，詩人歌頌他；《春秋》一書彰善貶惡，推崇三代的道德，褒揚周朝王室，並不只是諷刺而已。』從漢朝建立以來，到現在的聖明天子，得到祥瑞的應兆，舉行封禪，改訂曆法，變換服色，承受天命，恩澤無窮。海外異俗的人，經過輾轉翻譯，叩關前來請求進貢朝見的，多得說不清。所有的官吏，都極力歌頌聖德，還不能完全表達他們的心意。而且賢能之士卻不被錄用，是國君的恥辱；主上明聖而德澤不能傳布宣揚，是官吏的過錯。況且我曾經執掌過這種職務，如果廢棄天子的聖明大德不加以記載，埋沒功臣、諸侯、賢大夫的功業而不敘述，毀棄先父的教訓，罪沒有比這個更大的了。我只是敘述史事，整理那些世家傳記，不能算是創作啊。而你把它和《春秋》相比，那就大錯了。」

於是編寫這本書，經過了七年，太史公遭到替李陵辯護而引起的災禍，被關在監牢裡。於是歎息著說：「這都是我的罪過啊！這都是我的罪過啊！身體毀傷無用了！」事後又深思，說：「《詩》、《書》之所以隱約其辭，是要傳達作者的意志啊！從前西伯被囚禁在羑里，藉此而推演《易》；孔子陳、蔡受困，後來著有《春秋》；屈原被放逐，才寫下〈離騷〉；左丘明雙目失明，於是有《國語》；孫子雙腳被刖，卻論述了兵法；呂不韋被貶謫西蜀，才有《呂氏春秋》傳世；韓非在秦國被幽禁，寫下〈說難〉、〈孤憤〉諸篇；《詩經》三百篇，大概都是聖賢抒發憤慨的創作。這些人都是心裡有著抑鬱，不能實現自己的理想，所以敘述以往的事，寄望於未來的人。」於是終於敘述陶唐以來的事情，從黃帝開始，到獲麟為止。

【研　析】本文可分四段。首段節引司馬談勉其子繼《春秋》以述史的遺命，而以「何敢讓焉」宣示自己的決心。二段藉與壺遂的答問闡明《春秋》的義例，以襯托《史記》不僅源於六經，更上繼《春秋》。三段透過對照往聖與六經產生之關係，重申述史乃個人職責所在。末段言己遭李陵之禍以致發憤著書的原委。

在司馬遷看來，《春秋》是一部集禮義之大成的史書，企圖透過筆削褒貶來建構政治倫理。《史記》的撰述正是秉持此一傳統，即所謂「述往事，思來者」：一方面總結歷史經驗，在對個別人物的記述中概括治亂興衰的契機；另方面則通過廣泛觀察個體命運的起落來全盤思考並掌握人事運作的法則，以防患起廢，懲惡揚善。

褒貶人事意謂賦予評價。褒貶容有各種方式，而其結果必然涉及個人死後的聲名。所謂「別嫌疑，明是非，定猶豫，善善惡惡，賢賢賤不肖」，亦即擯除一切立場，依據社會正義給予公正的評價；另方面，跨越權勢影響的公正評鑑亦足以確定君臣上下相處的分寸，而國家的治亂，端在此一分寸的掌握和平衡。《史記》載錄的下限到漢武帝獲白麟為止，猶如《春秋》之止於獲麟，這是否暗示著漢武帝朝聖德昭著的光輝表象下其實潛藏了太多讒賊佞臣，以致忠奸之分不顯？抑或只有當作者是「意有所鬱結，不得通其道」的時候，我們所見的歷史才更見真情而非純是歌功頌德的帝王譜系呢？

# 司馬遷

司馬遷（西元前一四五～前八六年？），字子長，西漢左馮翊夏陽（今陝西韓城南）人。先代曾任周朝太史，周朝東遷後失去官職。父親司馬談，學問淵博，漢武帝建元、元封年間，任太史令。司馬遷十歲即能背誦《尚書》、《左傳》、《國語》等書。二十歲時，曾南遊江、淮，其後任郎中，隨武帝多次巡遊，並曾奉使西南夷，足跡遍及天下，廣泛搜集遺聞佚事，憑弔歷史遺跡。武帝元封三年（西元前一〇八年）繼承父親司馬談任太史令，得以盡覽公家圖籍檔案。《史記》的寫作大約始於此時。武帝天漢二年（西元前九九年），因替李陵辯白其降匈奴之事，觸怒武帝，下獄，受腐刑。出獄後任中書令，雖受尊寵，但對仕宦已心灰意冷，只一心發憤努力，從事《史記》的寫作，志在「究天人之際，通古今之變，成一家之言」。約在武帝征和三年（西元前九〇年）左右完成《史記》，以後事跡難考。

## 報任少卿書

【題解】本文選自《漢書．司馬遷傳》，篇名據文意而訂。報，回覆。任少卿，任安（西元前？～前九一年），字少卿，西漢滎陽（今河南滎陽）人。漢武帝時，官北軍使者護軍。漢武帝征和二年（西元前九一年），皇太子劉據因巫蠱案而發兵與宰相相抗，並命任安相助，任安受命而閉門不出。事平，漢武帝以為任安有二心，處腰斬。任安於受刑前，寫信向司馬遷求救。當時司馬遷已受宮刑出獄，任中書令，但無能為力，因此以這一封回信，向任安剖陳心跡，說明自己是刑餘之人，身遭大辱而隱忍苟活，全為先人遺命著史的責任未了，既無餘力，也乏進言的機會，唯有婉謝故人之請託。

太史公牛馬走[1]司馬遷再拜言，少卿足下[2]：曩[3]者辱[4]賜書，教以慎於接物[5]，推賢進士[6]為務。意氣[7]懃懃懇懇，若望[8]僕不相師[9]，而用流俗人之言。僕非敢如此也。僕雖罷駑[10]，亦嘗側聞[11]長者之遺風矣。顧[12]自以為身殘處穢[13]，動而見尤[14]，欲益反損[15]，是以獨鬱悒[16]而與誰語[17]？諺曰：「誰為為之？孰令聽之[18]？」蓋鍾子期死，伯牙終身不復鼓琴。何則？士為知己者用，女為說己者容[20]。若僕大質[21]已虧缺矣，雖才懷隨、和[22]，行若由、夷[23]，終不可以為榮，適足以見笑而自點[24]耳。書辭宜答，會[25]東從上來[26]，又迫賤事[27]，相見日淺[28]，卒卒[29]無須臾之間[30]得竭志意。今少卿抱不測之罪[31]，涉旬月[32]，迫季冬[33]，僕又薄[34]從上雍[35]，恐卒然不可為諱[36]。是僕終已不得舒憤懣[37]以曉[38]左右，則長逝者[39]魂魄私恨無窮，請略陳固陋[40]。闕然久不報[41]，幸勿為過[42]。

僕聞之，脩身者，智之符[43]也；愛施者，仁之端也；取與者，義之表[44]也；恥辱者，勇之決[45]也；立名者，行之極也。士有此五者，然後可以託於世，而列於君子之林矣。故禍莫憯[46]於欲利，悲莫痛於傷心，行莫醜[47]於辱先[48]，詬[49]莫大於宮刑[50]。刑餘之人[51]，無所比數[52]，非一世也，所從來遠矣。昔衛靈公與雍渠同載，孔子適陳[53]；商鞅因景監見，趙良寒心[54]；同子參乘，袁絲變色[55]。自古而恥之。夫以中才之人，事有關於宦豎[56]，莫不傷氣[57]，而況於慷慨[58]之士乎？如今朝廷雖乏人，奈何令刀鋸之餘[59]薦天下之豪俊哉？僕賴先人緒業[60]，得待罪[61]輦轂下[62]，二十餘年矣。所以自惟[63]，上之，不能納忠效[64]信，有奇策才力之譽，自結明主；次之，又不能拾遺補闕[65]，招賢進能，顯巖穴之士[66]；外之，又不能備行伍[67]，攻城野戰，有斬將搴[68]旗之功；下之，不能積日累勞，取尊官厚祿，以為宗族交遊[69]光寵。四者無一遂[70]，苟合取容[71]，無所短長[72]之效[73]，可見於此矣。鄉者僕亦常[74]廁[75]下大夫[76]之列，陪外廷[77]末議[78]，不以此時引維綱[79]，盡思慮，今已虧形為掃除之隸[80]，在闒茸[81]之中，乃欲仰首伸眉，論列是非，不亦輕朝廷、羞當世之士邪？嗟乎！嗟乎！如僕，尚何言哉？尚何言哉？

且事本末，未易明也。僕少負[82]不羈之材[83]，長無鄉曲之譽[84]，主上幸以先人之故，使得奏薄伎[85]，出入周衛[86]之中。僕以為戴盆何以望天[87]，故絕賓客之知[88]，亡[89]室家之業，日夜思竭其不肖之才力，務一心營職[90]，以求親媚[91]於主上，而事乃有大謬[92]不然者！

夫僕與李陵[93]俱居門下[94]，素非能相善也。趣舍異路[95]，未嘗銜盃酒，接慇懃[96]之餘懽。然僕觀其為人，自守奇士[97]。事親孝，與士信，臨財廉，取與義，分別有讓[98]，恭儉下人[99]，常思奮不顧身以徇[100]國家之急。其素所蓄積也，僕以為有國士[101]之風。夫人臣出萬死不顧一生之計，赴公家之難，斯已奇矣。今舉事一不當，而全軀保妻子之臣隨而媒孽[102]其短，僕誠私心痛之！且李陵提[103]步卒不滿五千，深踐戎馬之地，足歷王庭[104]，垂餌虎口[105]，橫挑[106]彊胡，仰[107]億萬之師，與單于[108]連戰十有餘日，所殺過當[109]。虜救死扶傷不給[110]，旃裘[111]之君長咸震怖，乃悉徵其左、右賢王[112]，舉引弓之人[113]，一國共攻而圍之。轉鬭千里，矢盡道窮，救兵不至，士卒死傷如積。然陵一呼勞[114]軍，士無不起，躬自流涕，沬血[115]飲泣，更張空拳[116]，冒白刃，北嚮爭死敵[117]者。陵未沒時，使有來報，漢公卿王侯皆奉觴上壽。後數日，陵敗書聞，主上為之食不甘味，聽朝[118]不怡。大臣憂懼，不知所出。僕竊不自料[119]其卑賤，見主上慘愴怛悼[120]，誠欲效其款款[121]之愚。以為李陵素與士大夫絕甘分少[122]，能得人死力，雖古之名將不能過也。身雖陷敗，彼觀其意[123]，且欲得其當[124]而報於漢。事已無可奈何，其所摧敗[125]，功亦足以暴[126]於天下矣。僕懷欲陳之而未有路，適會召問，即以此指[127]推言陵之功，欲以廣[128]主上之意，塞睚眦[129]之辭。未能盡明，明主不曉，以為僕沮[130]貳師[131]，而為李陵遊說，遂下於理[132]。拳拳[133]之忠，終不能自列[134]。因為[135]誣上，卒從吏議[136]。家貧，貨賂[137]不足以自贖[138]，交遊莫救，左右親近[139]不為一言。身非木石，獨與法吏為伍，深幽囹圄[140]之中，誰可告愬[141]者？此真少卿所親見，僕行事豈不然乎？李陵既生降，隤[142]其家聲，而僕又佴[143]之蠶室[144]，重[145]為天下觀笑。悲夫！悲夫！事未易一二[146]為俗人言也！

僕之先，非有剖符、丹書[147]之功，文史、星曆[148]，近乎卜、祝[149]之間，固主上所戲弄，倡優[150]所畜，流俗之所輕也。假令僕伏法受誅，若九牛亡一毛[151]，與螻蟻何以異？而世又不與能死節者比，特以為智窮罪極，不能自免，卒就死耳。何也？素所自樹立使然也。人固有一死，或重於太山，或輕於鴻毛，用之所趨[152]異也。太上[153]不辱先，其次不辱身，其次不辱理色[154]，其次不辱辭令，其次詘體[155]受辱，其次易服[156]受辱，其次關木索[157]、被箠楚[158]受辱，其次剔毛髮[159]、嬰金鐵[160]受辱，其次毀肌膚、斷肢體受辱，最下腐刑[161]，極矣！傳曰：「刑不上大夫[162]。」此言士節不可不勉勵也！猛虎在深山，百獸震恐，及在檻穽[163]之中，搖尾而求食，積威約之漸[164]也。故士有畫地為牢，勢不可入；削木為吏，議不可對[165]，定計於鮮[166]也。今交[167]手足，受木索，暴肌膚，受榜箠，幽於圜牆[168]之中。當此之時，見獄吏則頭槍地[169]，視徒隸[170]則正惕息[171]。何者？積威約之勢也。及以[172]至是，言不辱者，所謂強顏[173]耳，曷足貴乎？且西伯，伯也，拘於羑里[174]；李斯，相也，具于五刑[175]；淮陰，王也，受械於陳[176]；彭越[177]、張敖[178]，南面稱孤，繫獄抵罪；絳侯[179]誅諸呂，權傾五伯，囚於請室[180]；魏其[181]，大將也，衣赭衣[182]，關三木[183]；季布為朱家鉗奴[184]；灌夫受辱於居室[185]。此人皆身至王侯將相，聲聞鄰國，及罪至罔[186]加，不能引決自裁[187]，在塵埃[188]之中。古今一體，安在其不辱也？由此言之，勇怯，勢也；強弱，形也。審矣，何足怪乎？夫人不能早自裁繩墨[189]之外，以稍陵遲[190]，至於鞭箠之間，乃欲引節[191]，斯不亦遠乎？古人所以重[192]施刑於大夫者，殆為此也。夫人情莫不貪生惡死，念父母，顧妻子。至激於義理者不然，乃有所不得已也。今僕不幸，早失父母，無兄弟之親，獨身孤立。少卿視僕於妻子何如哉？且勇者不必死節[193]，怯夫慕義，何處不勉焉？僕雖怯懦，欲苟活，亦頗識去就之分矣，何至自沉溺縲紲[194]之辱哉？且夫臧獲婢妾[195]由[196]能引決，況僕之不得已乎？所以隱忍苟活，幽於糞土之中而不辭者，恨私心有所不盡，鄙陋[197]沒世而文采不表於後世也。

古者富貴而名摩滅，不可勝記，唯倜儻[198]非常之人稱焉。蓋文王拘而演《周易》；仲尼厄而作《春秋》；屈原放逐，乃賦〈離騷〉；左丘失明，厥有《國語》；孫子臏腳，兵法脩列；不韋遷蜀，世傳《呂覽》；韓非囚秦，〈說難〉、〈孤憤〉；

《詩》三百篇，大抵聖賢發憤之所為作也。此人皆意有鬱結，不得通其道，故述往事，思來者[199]。乃如左丘無目，孫子斷足，終不可用，退而論書策以舒其憤，思垂空文[200]以自見。僕竊不遜，近自託於無能之辭，網羅天下放失舊聞，略考其行事，綜其終始，稽[201]其成敗興壞之紀。上計軒轅，下至于茲，為十「表」，「本紀」十二，「書」八章，「世家」三十，「列傳」七十[202]，凡百三十篇。亦欲以究天人之際[203]，通古今之變，成一家之言。草創[204]未就，會遭此禍，惜其不成，是以就極刑[205]而無慍色。僕誠以著此書，藏諸名山，傳之其人[206]，通邑大都[207]，則僕償前辱之責，雖萬被戮，豈有悔哉？然此可為智者道，難為俗人言也。

且負下未易居[208]，下流多謗議[209]。僕以口語遇遭此禍，重為鄉里所戮笑，以汙辱先人，亦何面目復上父母丘墓乎？雖累百世，垢彌甚耳！是以腸一日而九迴，居則忽忽若有所亡，出則不知其所往。每念斯恥，汗未嘗不發背沾衣也。身直為閨閤之臣[210]，寧得自引[211]於深藏岩穴邪？故且從俗浮沉，與時俯仰[212]，以通其狂惑[213]。今少卿乃教以推賢進士，無乃與僕私心刺謬[214]乎？今雖欲自雕琢曼辭[215]以自飾，無益於俗，不信，適足取辱耳。要之，死日然後是非乃定。書不能悉意，略陳固陋。謹再拜[216]。

【注　釋】❶牛馬走　僕人；僕役。謂如牛馬供人役使，為人奔走。自謙之辭。❷足下　書信中稱人之敬詞。❸曩　從前；過去。❹辱　屈承。應酬語。❺接物　與他人交往。古人稱自己以外的人和物都叫物，這裡指人。❻推賢進士　推舉賢能，提拔才士。❼意氣　情意；心意。❽望　埋怨；責怪。❾不相師　不接受指教。❿罷駑　才能庸劣。罷，通「疲」。駑，劣馬。⓫側聞　從旁聽說。⓬顧　但是。⓭身殘處穢　身體殘缺，處在汙穢可恥的地位。指身受宮刑，有如宦官。⓮尤　指責。⓯欲益反損　想有所貢獻，反而帶來傷害。⓰鬱悒　愁悶。⓱語　交談；訴說。⓲誰為為之二句　當為誰而做，叫誰來聽。誰為，為誰。孰令，令誰。⓳鍾子期死二句　事見《呂氏春秋・本味》及《淮南子・修務》。鍾子期、伯牙皆春秋時代楚國人，伯牙鼓琴，志在泰山，鍾子期曰：「善哉！巍巍乎若泰山。」志在流水，鍾子期曰：「善哉！湯湯乎若流水。」及子期死，伯牙破琴絕絃，終身不復鼓琴。⓴士為知己者用二句　語出《戰國策・趙策》及《史記・刺客列傳》。說，通「悅」。喜歡。㉑大質　指身體。㉒隨和　隨侯珠、和氏璧。皆寶物。此以譬喻其才之美。事見《淮南子・覽冥》高誘注及《韓非子・和氏》。㉓由夷　許由及伯夷。皆古隱逸高士。㉔自點　自取汙辱。點，通「玷」。辱；汙。㉕會　適逢。㉖東從上來　即「從上東來」。指隨漢武帝由甘泉宮向東南回到長安來。上，當今皇帝。此指漢武帝。㉗迫賤事　被瑣事纏繞。迫，急；忙。賤事，個人瑣事。㉘相見日淺　見面的機會少。淺，少。㉙卒卒　通「猝猝」。匆促急遽的樣子。㉚須臾之間　片刻的空閒。間，空隙。㉛抱不測之罪　遭生死不可知的罪。㉜涉旬月　經過一個月。㉝迫季冬　迫近十二月。迫，近。季冬，十二月。漢時死罪在十二月行刑。㉞薄　最近。㉟雍　今陝西鳳翔。其地有祭五帝之壇。《漢書・武帝紀》：「(征和)三年春正月，行幸雍。」㊱不可為諱　不可避諱的事。此指死亡。難言其死，故曰不可為諱。㊲憤懣　憤恨苦悶。㊳曉　告諭。㊴長逝者　永遠逝去之人。即死者。此指任安。㊵固陋　固塞鄙陋。謙詞。㊶闕然久不報　好久沒回信。闕然，時間間隔很久。闕，空隙。此事甚急迫，故曰「久」。㊷過　責怪。㊸符　證驗；象徵。㊹表　標誌；表現。㊺決　果斷。㊻憯　通「慘」。㊼醜　汙穢。㊽辱先　辱及先人。㊾詬　恥辱。㊿宮刑　古五刑之一，亦曰腐刑。男子割生殖器，女子幽閉於宮中為婢。51刑餘之人　受過宮刑的人。52無所比數　不能放在一起，相提並論。比，並列。數，計算。53衛靈公與雍渠同載二句　衛靈公與夫人南子同車出遊，宦者雍渠坐在車右，孔子坐在第二輛車。孔子曰：「吾未見好德如好色者也。」遂離開衛國到陳國去。見《史記・孔子世家》。54商鞅因景監見二句　商鞅入秦，因宦者景監的引介而見秦孝公，變法強秦，封於、商，號商君，因曰商鞅，趙良以商君係嬖人引進，非為名之道，是以寒心。見《史記・商君列傳》。商鞅，姓公孫。名鞅，衛國人，故一名衛鞅。55同子參乘二句　漢文帝出，宦者趙談參乘，袁盎伏車前曰：「臣聞天子所與共六尺輿者，皆天下英豪，今漢雖乏人，陛下奈何與刀鋸之餘同載！」漢文帝笑，命趙談下車。見《史記・袁盎鼂錯列傳》。同子，指趙談。與司馬遷之父同名，故諱曰同子。參乘，在車右陪乘。袁絲，袁盎的字。袁盎於漢文帝時官至太常。56宦豎　宦官。豎，宮中供役使的小臣。57傷氣　挫傷氣勢。即氣短、喪氣。58慷慨　胸懷大志。59刀鋸之餘　指受過宮刑的人。60緒業　餘業。此指太史令之官職。61待罪　做官的謙稱。官吏怕失職獲罪，故稱。62輦轂下　指京師。輦轂，天子的車駕。63惟　想。64效　奉獻。65拾遺補闕　拾人君之所遺忘，補人君之所缺失。66巖穴之士　隱士。67備行伍　在軍隊中服役。行伍，古代軍隊的編制，以五人為伍，五伍為行。68搴　拔取。69交遊　朋友。70遂　成就。71苟合取容　勉強迎合討好，以取得他人的包容接納。72無所短長　無所長。73效　驗。74常　通「嘗」。75廁　雜次；置身。76下大夫　漢制大夫有上中下三等。太史令秩六百石，位在下大夫。77外廷　也稱外朝。漢時稱大司馬、侍中等議事之地為中朝，稱丞相等議事之地為外朝。太史令屬外朝之官。78末議　議席之末。79維綱　國家的典章法紀。80掃除之隸　負責打掃的賤役。自謙之詞。隸，僕役。81闒茸　猥賤。闒，小戶。引申為卑下。茸，細毛。82負　自負。83不羈之材　高遠不可羈絆的才能。84鄉曲之譽　鄉里的聲譽。85奏薄伎　貢獻淺薄的才能。指仕為郎中。86周衛　侍衛周密。指宮禁。87戴盆何以望天　戴盆怎能望天。喻事不可兼施。此謂一心供職，不暇其他。88知　知遇。此指交往。89亡　拋棄；不管。90一心營職　全心全力投入工作。91親媚　討好。92謬　錯誤。93李陵　隴西人。字少卿，西漢名將李廣之孫。94俱居門下　李陵少為侍中，司馬遷則仕為郎中，俱能出入宮門，故云。門，指宮門。95趣舍異路　志趣行事不同。李陵好武，而司馬遷著文，好尚不同。96慇懃　情意懇切。97自守奇士　能堅持其節操的特出人物。98分別有讓　指待人接物謙和有禮。分別，謂分別尊卑長幼，以掌握人際關係的分寸。99恭儉下人　謙虛不擺架子。恭儉，謙虛。下人，甘居人下。100徇　通「殉」。捨身從事。101國士　全國之中傑出之人才。102媒孽　酒麴。比喻牽合搆陷，造成其罪。103提　率領。104王庭　匈奴單于所居之處。105垂餌虎口　放在虎口的誘餌。謂此次出擊匈奴，李陵的任務本來就是用來牽制匈奴，像誘虎之餌一般。106橫挑　勇猛挑戰。107仰　仰攻。匈奴所處地高，李陵自南攻北，故曰仰。108單于　匈奴君王之稱。109所殺過當　所殺超過己方的損失。李陵率兵五千，殺敵一萬。當，相當；相等。110不給　不暇；趕不上。111旃裘　古代北方遊牧民族用獸毛製成的衣服。此借指匈奴。112左右賢王　匈奴單于下設左右兩賢王，皆單于子弟當之。左賢王位猶太子。113舉引弓之人　把凡是能拉開弓的人全部徵調來。舉，盡。114勞　鼓勵；慰勉。115沫血　血流滿面。沫，洗面。116空弮　空弓。117死敵　為殺敵人而死。118聽朝　上朝聽政。119不自料　自不量力。料，衡量。120慘愴怛悼　悽慘感傷。121款款　忠誠的樣子。122絕甘分少　自己不吃甘美的食物，即使食物極少，仍與眾人分享。形容能與人同甘苦。123彼觀其意　猶言「觀彼之意」。124得

其當　得到適當的機會。125摧敗　擊破；打敗。126暴　暴露；昭明。127指　意思。128廣　寬慰。129睚眦　怒目相視的樣子。引申指怨怒。130沮　毀謗。131貳師　西域大宛城名。漢武帝寵姬李夫人兄李廣利伐大宛，入貳師，因以李廣利為貳師將軍，及征匈奴，李廣利以三萬騎為主力，李陵提步兵五千為游擊，李廣利未遇敵，李陵軍苦戰失敗，故漢武帝疑司馬遷推言李陵之功，乃毀謗貳師將軍李廣利。132理　治獄之官。漢景帝更廷尉為大理，漢武帝復為廷尉，此從舊名。133拳拳　忠謹的樣子。134列　陳述。135因為　以為；認為。136吏議　法官的判決。137貨賂　財貨。138自贖　贖罪。誣上之罪當處腰斬，然漢律允許以錢贖罪，漢武帝時贖死罪五十萬，無錢可以腐刑替代而免死。139左右親近　指漢武帝身邊的親信。140囹圄　監牢。141愬通「訴」。訴說。142隤　敗壞。143佴　次；處。144蠶室　施宮刑之密室。養蠶之室，宜溫而且密。腐刑畏風，須入密室乃得活，因以為稱。145重　深深地。146一二　一一。147剖符丹書　剖成兩片的符和丹書的鐵券。符，用竹、木或金屬製成，上書文字。凡封功臣，剖符為二，君臣各執其一以為憑信。丹書，又稱丹書鐵券。用朱砂在鐵券上書寫誓詞，作為後世子孫免罪的憑證。148文史星曆　文獻、史籍、天文、曆法。皆太史令所掌。149卜祝　占卜、巫祝之類的官。卜，掌占卜之官。祝，祭祀時司贊辭之官。150倡優　表演歌舞伎藝的人。倡，表演歌舞者。優，演戲者。151九牛亡一毛　喻輕微之極。亡，失去。152趨　趨向；方式。153太上　最高；最上。154理色　臉色。理，肌膚紋理。色，氣色。155詘體　屈曲身體，如叩頭、長跪之類。詘，通「屈」。156易服　換上罪人的衣服。罪人服赭衣。赭為赤色。157關木索　套上刑具繩索。關，貫；套上。木索，木枷和繩索。皆刑具。158被箠楚　受杖刑。箠楚，木杖和荊條。用以打犯人。159剔毛髮　剃去頭髮。即髡刑。剔，通「剃」。160嬰金鐵　以鐵束頸上。即鉗刑。嬰，繞。161腐刑　宮刑之別名。162刑不上大夫　謂大夫有罪，則賜自盡，不加刑辱。語出《禮記・曲禮上》。163檻穽　畜養野獸的圈欄和捕獸的陷阱。164積威約之漸　被威勢制約後，逐漸馴服。約，約束；束縛。漸，浸漬。此謂逐步發展。165議不可對　絕不可與之對答。議，通「義」。166鮮　吳汝綸說：借為「先」字。167交　交叉。168圜牆　指牢獄。169頭槍地　頭觸地。謂叩頭乞哀。槍，通「搶」。170徒隸　獄卒。171正惕息　戰戰兢兢，恐懼喘息。正，正容。畏懼的樣子。《漢書》「正」字作「心」。惕息，膽戰心驚。172以　通「已」。173強顏　厚著臉皮，打腫臉充胖子。174西伯伯也二句　周文王於紂時為西伯，為崇侯虎所譖，被囚於羑里。羑里，在今河南湯陰。175李斯相也二句　李斯於秦始皇時為丞相，二世立，趙高用事，誣李斯之子與盜通，腰斬咸陽。五刑：墨（黥面）、劓（割鼻）、剕（即刖，砍腳）、宮（割睪丸）、大辟（死刑）。176淮陰王也二句　韓信初封齊王，後改封楚王，都下邳。有人告韓信反，漢高祖用陳平計，偽遊雲夢，召韓信會於陳（今河南淮陽），漢高祖令武士縛之，械至洛陽，赦為淮陰侯，後為呂后所殺。械，手銬、腳鐐一類的刑具。177彭越　漢初封為梁王。或告彭越反，漢高祖捕之，因於洛陽，後被殺。178張敖　趙王張耳之子，娶魯元公主。趙臣貫高等謀殺漢高祖事發，張敖受牽連被捕。179絳侯　周勃。周勃為漢高祖功臣，封絳侯，曾與陳平謀，誅呂祿、呂產等，迎立漢文帝。180權傾五伯二句　周勃誅諸呂有功，為丞相，權重一時，不久，免相就國，後有人上書告周勃反，下廷尉捕治之。五伯，五霸。請室，請罪之室。漢代囚禁罪官的牢獄。181魏其　漢文帝竇后之姪，名嬰。漢景帝時，平七國之亂有功，封魏其侯。182赭衣　古代囚犯所穿的赤色衣服。183三木　三種刑具。即枷、桎、梏。184季布為朱家鉗奴　季布曾為項羽將。項羽敗，漢高祖購求季布千金，季布初匿於周氏，周氏髡鉗季布，衣褐，雜群奴中，賣之大俠朱家所。185灌夫受辱於居室　灌夫嘗為將軍，為人剛直使酒，與竇嬰善，因在丞相田蚡席上罵座，被縛繫居室，以不敬論罪。灌夫，字仲孺，潁陰人。居室，官署名。屬少府，拘禁犯人的處所。186罔　通「網」。法網。187引決自裁　下定決心自殺。188塵埃　指塵世。189繩墨　指法律。190陵遲　遲疑。191引節　為保氣節而自殺。192重　慎重；不輕易。193死節　為氣節而死。194縲紲　捆綁犯人的繩索。引申指監獄。縲，黑索。紲，繫。195臧獲婢妾　古代對奴婢的賤稱。196由　猶。197鄙陋　《漢書．司馬遷傳》無「陋」字。鄙，恥。動詞。198倜儻　卓異。199思來者　讓後人了解自己。200垂空文　留下文章。垂，流傳。空文，與具體的功業相對而言的謙詞，即文章。201稽　考察。202上計軒轅七句　述《史記》之起迄及內容。軒轅，黃帝。傳說中的遠古帝王，居軒轅丘，故稱軒轅氏。「表」以序年月，「本紀」以記帝王，「書」以記典制，「世家」以記諸侯，「列傳」以記人物。203天人之際　天道人事相應之關係。204草創　草稿。205極刑　指宮刑。206傳之其人　傳之與己同志者。207通邑大都　大都市。通邑，大邑。亦即大都。重文加強語氣。208負下未易居　負罪之下，不易自處。209下流多謗議　居下位，多遭毀謗。210閨閤之臣　宦官。閨閤，指宮禁。211自引　自行引退。212與時俯仰　時利於俯則俯，時利於仰則仰。與上句「從俗浮沉」意同。213狂惑　狂妄無知。214刺謬　相違背。刺，乖戾。謬，錯誤。215曼辭　美妙的文辭。216謹再拜　古代用於書信首尾的格式，以示恭敬謹慎。

**【語　譯】**太史公牛馬走司馬遷再拜言陳述，少卿足下：前些時承蒙您來信，教我謹慎交友，以推舉賢人、提拔才士為任務。信中情意非常誠懇，但好像在埋怨我不接受指教，而把您的話看成如同世俗人之見。我實在是不敢這樣。我雖然庸劣，也曾聽說過前輩的風範。只因自認身體殘缺，身分卑汙，動輒得咎，想要有所貢獻反而帶來傷害，所以只有獨自苦悶，又能向誰訴說呢？俗話說：「為誰去做呢？又有誰聽呢？」所以鍾子期死了，伯牙終身不再彈琴。為什麼呢？因為士人只為了解自己的人效力，女人只為喜歡自己的人打扮。像我身體已經殘缺了，即使才華像隨侯珠、和氏璧一樣，品行像許由、伯夷一樣，終究不可以以此為榮耀，恰足以被人譏笑而自取汙辱罷了。來信本當早日回覆，恰好隨侍皇帝由甘泉宮向東南回到長安，又忙於瑣事，見面的機會很少，匆匆忙忙地沒有一點兒空閒能夠詳細說明我的心意。現在您犯了死生未卜的罪，再個把月，就接近冬末，可是我最近又要隨從皇帝到雍縣去，恐怕匆促之間您有不可避諱的事，這樣我就永遠不能抒發內心的憤恨和苦悶來告訴您，那麼您那一去不返的魂魄將會遺憾無窮，現在我就簡略地表達一下我鄙陋的看法。耽擱了好久沒回信，請不要見怪。

我聽說，修養身心是智的象徵，樂於施捨是仁的開端，嚴於取予是義的表現，恥於羞辱是勇的決斷，建立名譽是德行的極致。士人有了這五者，然後才可以立足於世間而進入君子的行列。所以，禍患沒有比求利更悲慘的，悲哀沒有比傷心更痛苦的，行為沒有比辱沒祖先更汙穢的，恥辱沒有比受宮刑還大的。受過宮刑的人，不能跟常人並列，這不是一世一代如此，由來已經很久了。從前衛靈公跟宦者雍渠同車，孔子因此離開衛國而到陳國去；商鞅因太監景監的引介而得見秦孝公，趙良感到寒心；宦者趙談陪文帝乘車，袁絲氣得臉色都變了。自古以來宦官就被人瞧不起。一般中等才能的人，凡事只要牽涉到宦官，沒有不為之挫傷氣勢，何況胸懷遠大的志節之士呢？現在朝廷雖然缺乏人才，怎麼可能讓受過宮刑的人去推薦天下的豪傑呢？我靠了先人的餘業，得以在京師任職，二十多年了。自己常想，上不能夠奉獻忠信，有貢獻謀略、表現高才的美譽，以取得明主的密切信任；其次，又不能彌補人主的遺漏缺失，招納賢能的才士，拔擢隱居的高士；外不能在軍隊中服役，攻城野戰，有斬將拔旗的功勞；下不能積累功勞，取得高官厚祿，使宗族朋友都感到榮幸。這四項沒有一件成功，只是苟且迎合，沒有一點特長貢獻，從這裡也就可想而知了。過去我也曾經擠身下大夫的行列裡，參與外廷的末座，不在那時伸張典章法紀，竭盡思慮，現在已經形體殘缺成為掃除的賤役，處在卑賤的地位，倒要想抬頭展眉，議論是非，這豈不是輕視朝廷、羞辱當代才識之士嗎？唉！唉！像我這種人，還能說什麼呢？還能說什麼呢？

並且事情的本末，實在不容易明白啊。我年輕時自負有著不可限量的才能，長大後卻沒有鄉里的聲譽，幸而主上因為先父的緣故，使我有機會貢獻微薄的能力，出入宮禁之中。我認為戴盆怎能望天，所以謝絕賓客的交遊，丟下家庭的私事，日夜只想竭盡微薄的能力，全心全力投入自己的職務，希望贏得主上的歡心，哪曉得事情卻大錯特錯，滿不是那麼回事呢！

我和李陵都在宮中任職，但一向並無什麼交情。志趣行事不同，從來不曾殷勤來往，喝酒聯歡。但我看李陵的為人，是個堅持節操的傑出人才。侍奉父母很孝順，跟人交往有信用，對於金錢很清廉，取與合理，待人接物能退讓，謙虛而甘居人下，常想奮不顧身為國家的急難而犧牲。他平日的修養，我以為具有國士的風範。人臣能不顧生命而冒萬死的危險，為國家的急難效力，這就已經算是罕見了。現在行事一有不當，那些只知苟全生命保護妻子的臣子就誇大他的過失，陷他入罪，我內心實在感到悲痛極了！況且李陵率領不到五千人的步卒，深入戰地，直達單于的王庭，就像在虎口的誘餌一般，他還勇猛地向頑強的匈奴挑戰，仰攻億萬的敵軍，跟單于一連打了十幾天，殺死的敵人遠超過自己的兵力。敵人救護死傷都來不及，匈奴的君長都感到驚恐，就徵集他們的左、右賢王，發動所有的弓弩手，舉國來攻，團團圍住他。李陵轉戰千里，箭已用完，無路可走，援兵也不到，士兵死傷成堆。然而李陵一聲高呼慰勞，將士無不奮起，感激流涕，血汙滿面，悲憤哭泣，拉緊無矢空弓，冒著白刃，北向爭先為殺敵而死。當李陵還沒有戰敗，使者來報捷時，朝中公卿王侯都舉杯向主上致賀。隔了幾天，李陵戰敗的消息傳來，主上為此而飲食無味，上朝不悅，大臣都憂慮害怕，不知道該怎麼辦。這時我不顧自己的卑微，看見主上悽慘感傷，應該想盡我的一點忠心。我認為李陵向來能和部下同甘共苦，能得到部下死力效忠，即使古代的名將也不能超過他。現在他雖然陷落敵手，看他的意思，應該是想等待適當的機會來報答朝廷。如今事情已經無可挽回，但以他打敗敵人的功勞，也足夠昭著於天下了。我有這個想法要陳述而沒有機會，恰巧遇到主上召見詢問，我就以這個意思說明李陵的功勞，想藉此寬慰主上的心，堵塞怨家趁機報復的壞話。但是沒有完全說得明白，主上不了解我的意思，以為我在毀謗貳師將軍，替李陵遊說，於是把我交付廷尉審判。一片忠誠，始終無法陳述。被認為是欺蒙主上，結果判決有罪。我家境貧窮，沒有錢贖罪，朋友沒有一個肯來營救，主上左右親近的人也不肯為我說一句話。我不像木石毫無感情，卻獨自和獄吏在一起，囚禁在幽深的監牢裡，這種冤苦能向誰訴說呢？這是你親眼看見的，我的事情不是這樣嗎？李陵既然生降敵人，敗壞了他的家聲，而我也被送入執行宮刑的蠶室，深為天下人所恥笑。可悲啊！可悲啊！事情真不容易向俗人一一說明啊！

我的先人，沒有剖符節、賜丹書的功勞，管的是文獻、史籍、天文、曆法，近乎卜、祝一類的官，本來就是主上所玩弄，像倡優一樣蓄養著，被世俗所輕視的。如果我伏法被殺，像九隻牛身上掉一根毛，跟螻蛄螞蟻的死有什麼兩樣呢？而且世俗又不會把我和死節的人相提並論，不過認為我才智已盡、罪大惡極，無法消解，終於不免一死罷了！為什麼呢？這是我平日的作為所造成的啊！人本來都有一死，有人死得比泰山還重，有人死得比鴻毛還輕，這是死的方式不同啊！最上等的人是不辱沒祖先，其次不辱沒自身，其次不受人臉色侮辱，其次不受人言辭汙辱，其次屈曲身體受辱，其次穿上囚衣受辱，其次套上刑具、遭受鞭打受辱，其次被剔去毛髮、頸上套著鐵圈受辱，其次毀傷肌膚、截斷肢體受辱，最下等的受宮刑，那是最大的恥辱了。古書上說：「刑罰不加到大夫身上。」這是說士人的節操不可不勉勵啊！猛虎在深山裡，百獸都害怕，等到被關在鐵籠或陷阱中，也只得搖著尾巴向人求食，這是因為被威勢所逐漸制服的關係啊！所以士人的氣節，即使只是在地上畫個圈作為監牢，也決不走進去；就是削支木頭當作法官，也絕不受它的審問，這是要早作打算的呀！我手腳交叉，戴上刑具，光著身體，挨鞭子打，拘禁在牢裡。這時候，見了獄官就叩頭，看到看守人員就心驚肉跳。這是什麼道理呢？因為長久被押受制，勢必這樣啊！已經到了這個地步，還說不受辱，這叫做厚臉皮，有什麼可貴呢？並且西伯文王是西方諸侯之長，曾被紂王關在羑里；李斯貴為宰相，照樣備受五刑；韓信也是封王的，漢高祖到陳地時照樣把他捉起來；彭越、張敖都曾南面稱王，也一樣被關在牢裡受罪；周勃平定了諸呂，權比五霸還大，也曾被囚在請室；魏其侯是大將軍，同樣穿上赤色囚衣，頸枷、足梏、手桎加在他的身上；季布被鎖頸剃髮賣做朱家的奴隸；灌夫被拘禁在居室而受辱。這些人都曾做到王侯將相，聞名各國，等到犯了罪，觸了法網，不能下定決心自殺，只能苟活在塵世間。古今是一樣的，哪裡會不受辱呢？這樣看來，勇敢或膽怯，是情勢造成的；強和弱，得看當時形勢。這是很明白的，有什麼可奇怪的呢？一個人不能在法律制裁之前早日自殺，已經有點兒優柔寡斷，到了被鞭打的時候，才想要保全氣節而自殺，那不是太晚了嗎？古人對士大夫之所以慎重施刑，大概就是這個道理吧！人的常情，沒有不貪生怕死，思念父母，掛記妻子兒女。至於被義理所激動的人就不然了，那是因為有不得已的地方啊！現在我不幸父母早死，又無兄弟，形單影隻，孤立無援。少卿看我對妻子兒女怎麼樣呢？並且勇敢的人不一定要為氣節而死，懦弱的人可仰慕節義，什麼地方不能奮勉呢？我雖然懦弱，想苟且偷生，但也很了解生死取捨的分別，怎麼會自甘陷入監牢裡受辱呢？而且像奴隸婢妾還能自殺，何況我已到了不得不死的地步呢？我所以忍辱偷生，情願被拘禁在汙穢的監牢裡的緣故，是遺憾我的理想還沒有實現，以文采不能顯揚於後代為恥啊。

古來富貴而聲名埋沒的人，多得無從計算，只有卓異非凡的人才會被稱揚。文王被囚禁，藉此而推演《周易》；孔子遭困厄，才寫《春秋》；屈原被放逐，才寫下〈離騷〉；左丘明雙目失明，於是有《國語》；孫子雙腳被刖，才編寫兵法；呂不韋被貶謫西蜀，才有《呂氏春秋》傳世；韓非在秦國被囚禁，寫下〈說難〉、〈孤憤〉諸篇；《詩經》三百篇，大概都是聖賢抒發憤慨的創作啊。這些人都是心裡有著抑鬱，不能實現自己的理想，所以敘述以往的事，寄望於未來的人。至於像左丘明失明，孫子斷了腳，終究不能被用了，就退而著書立說來抒發憤懣，想留下文章來表現自己的心志。我不自量力，近來也想借不通的文筆，搜集天下散佚的舊聞遺事，簡略地加以考證，綜合它的始末，考察它成敗、興衰的道理。上從軒轅起，下到現在止，作了十篇「表」，十二篇「本紀」，八篇「書」，三十篇「世家」，七十篇「列傳」，總共一百三十篇。我也想拿它來探究天道與人生的關係，通曉古今的變化，成為一家的著作。草創還沒完成，恰巧遭逢這種禍事，我痛惜著作沒有完成，所以受了重刑也不怨恨。我如真能寫成這本書，藏在名山，傳給後來志同道合的人，流傳到通都大邑，那我就補償了忍辱不死所擔負的責任，就是要我死一萬次，哪會有後悔呢？然而這話只能跟明達的人講，無法跟世俗人說啊。

況且負罪之下做人是很難的，在下賤的地位也最容易遭受誹謗。我因為說話而遭遇這場禍事，深為鄉里之人所恥笑，因此汙辱了先人，還有什麼臉再上父母的墳墓呢？縱然事隔百代，恥辱只會更深啊！所以愁腸一天九轉，在家裡則恍恍惚惚若有所失，出了門常不知到哪兒去。每一想到這種恥辱，就冷汗直流，連衣服都濕透了！現在我簡直就跟宦官一樣，怎麼能自己引退而深藏隱居呢？所以姑且跟著世俗浮沉，隨著潮流進退，以疏通自己的狂妄無知。如今您卻教我推舉賢人，提拔才士，那不是跟我的私心相違背嗎？我現在雖然想用美好的文辭來自我掩飾，但對於世俗毫無益處，人家也不會相信，反而是自取羞辱罷了。總之，死後是非才有定論。這封信沒法說完我所有的意思，只能簡略地寫點鄙陋的想法。謹再拜。

【研　析】本文可分七段。首段為答任安之辭，告以接到來信後，「闕然久不報」之故。二段憤恨自己受宮刑，自傷「苟合取容，無所短長之效」，以回應任安來信所言「慎於接物，推賢進士」。三段言一心報國而事與願違。四段言為李陵辨而受宮刑之始末，兼及對李陵的觀察。五段述隱忍苟活之苦衷，而以九事陪襯宮刑之至辱。六段謂《史記》之作，「欲以究天人之際，通古今之變，成一家之言」，可以償前辱之責。末段自道刑餘之人生不如死之恨，而以任安之請求與私衷乖違來婉謝所託。

亂世中人固然身不由己；而盛世中多少隱屈，又何嘗不是憑藉所謂明主的光環拙劣地遮掩著。漢武帝晚年變得多疑嗜殺，甚至到了使人不敢以輔弼為榮的地步。由於征伐頻繁，百姓貧耗而致犯法，遂進用酷吏以擊斷奸究。繫獄者「見獄吏則頭槍地，視徒隸則正惕息」，固無尊嚴可言；典獄者亦以羅織罪名為高，曲屈承上意以定讞。於是，當漢武帝對司馬遷秉持「不虛美，不隱惡」的精神揭穿所謂聖君賢相的假面具的「舊恨」尚未消除，又添上「沮貳師」和「誣上」的「新仇」的時候，酷吏便以「前主所是著為律，後主所是疏為令」（〈酷吏列傳〉）的態度順水推舟地將他打入死牢。「家貧，貨賂不足以自贖」，揭露了「有錢始做人」（北朝民歌）的社會真相；而「交遊莫救，左右親近，不為一言」，更凸顯出死生存亡之際的世態炎涼。如果君王能因個人的好惡而定人生死，酷吏也一味承意觀色而罔顧是非，親舊可以為求自保而紛紛作壁上觀，這又是一個怎樣的悲慘世界？

就感情層面說，司馬遷尚且能為了救「素非能相善」的李陵而仗義直言，不惜犧牲，更何況是原為舊識的任安呢？就理智而言，太史公自乞宮刑以求免死，其用意特在《史記》之未成與父命之未就。自請宮刑是為了完成孝道，但自請宮刑本身就是不孝，此係以不孝成其孝。刑餘實非人，處穢亦猥賤，故通篇用語均極自卑。述家學，則曰「文史、星曆，近乎卜祝之間，固主上所戲弄，倡優所畜，流俗之所輕」，且自謂「閨閤之臣」、「掃除之隸」，但「求親媚於主上」而已。西哲尼采嘗云：「一切文學，吾愛其以血淚書者。」正是司馬遷《史記》的寫照。

# 卷六 漢文

## 漢高祖

漢高祖劉邦（西元前二五六～前一九五年），字季。沛郡豐邑（今江蘇沛縣）人。初為泗上（今江蘇沛縣東）亭長。秦末與項羽等同起兵反秦，秦亡後，滅項羽而統一天下，國號漢，都長安。在位十二年（西元前二〇六～前一九五年），廟號高祖。

### 高帝求賢詔

【題解】本文選自《漢書・高帝紀》，篇名據文意而訂。詔，古代的一種公文書，即皇帝所發布的命令。漢高祖十一年（西元前一九六年）發布這一道詔書，強調帝王功業，仰賴賢人的參與，表明求賢人以安利天下的渴望，並責成各級官員切實執行此一詔令。

蓋聞王者莫高於周文❶，伯❷者莫高於齊桓❸，皆待賢人而成名。今天下賢者智能，豈特❹古之人乎？患在人主不交故也，士奚❺由進？

今吾以天之靈、賢士大夫定有天下，以為一家，欲其長久，世世奉宗廟亡❻絕也。賢人已與我共平之矣，而不與吾共安利之，可乎？賢士大夫有肯從我游者，吾能尊顯之。布告天下，使明知朕❼意。

御史大夫昌下相國❽，相國酇侯❾下諸侯王；御史中執法❿下郡守⓫。其有意稱明德⓬者，必身勸，為之駕，遣詣相國府，署行義年⓭。有而弗言，覺，免⓮。年老癃⓯病，勿遣。

【注釋】❶周文　周文王。姓姬，名昌，商紂時為西伯，國勢強盛，行仁政以服人，三分天下有其二以服事殷商。❷伯　通「霸」。春秋時代諸侯盟主之稱。❸齊桓　齊桓公。姓姜，名小白，春秋時代齊國國君，任用管仲為相，尊周室，攘夷狄，九合諸侯，一匡天下，遂成霸業，為春秋五霸之首位。❹特　僅。❺奚　何。❻亡　通「無」。❼朕　我。自秦始皇起，專用為皇帝自稱。❽御史大夫昌下相國　是時未有尚書，凡有詔令，由御史起草，付外施行，御史大夫位列三公，掌圖書祕籍，為御史之長，故徑以詔書下之於相國。昌，《漢書》注謂為周昌。然當時周昌已為趙相，不在御史大夫之位，故王先謙補注疑為誤文。下相國，下達相國。相國，即丞相，佐天子處理政事。❾酇侯　指蕭何，時為相國。蕭何為漢高祖同鄉，佐漢高祖定天下，封酇侯。酇縣屬南陽，故城在今湖北光化北。❿御史中執法　即御史中丞。位次於御史大夫。⓫郡守　官名。一郡之長，漢景帝中二年（西元前一四八年），更名太守。⓬意稱明德　美名美德。意，通「懿」。美好。⓭署行義年　書明其人之履歷、儀容、年紀。義，通「儀」。⓮覺免　察覺而免官。⓯癃　腰彎背駝的毛病。此泛指殘疾。

【語譯】聽說王業之高沒有超過周文王的，霸業之大沒有超過齊桓公的，他們都是依靠賢人的輔助才能成就功名。現在天下一定也有具備智能的賢人，難道只有古人才有嗎？令人擔心的是人主不能和他們交接罷了，這樣的話，賢士怎能進身呢？

現在我靠了上天的威靈、賢士大夫的力量平定了天下，統一了全國，希望能長久保持，世世代代奉祀宗廟，永不斷絕。天下賢人既已和我共同平定天下了，卻不和我一起使天下安和樂利，可以嗎？賢士大夫有肯和我共事的，我能夠使他尊貴顯揚。把這詔令向天下公布，讓大家明白我的意思。

御史大夫周昌把詔書下達給相國，相國酇侯下達給諸侯王，御史中丞下達給各郡郡守。他們所管的地方，如果有聲名美好、德行光明的人，一定要親自去勸請，替他準備車輛，送他到相國府，並且寫明他的履歷、儀容和年紀。如果有這樣的人而不報告的話，一經發覺，立刻免職。不過年老有病的，不必送來。

【研析】本文可分三段。首段以王霸自期，指出人主求賢的必要性。二段將定天下之功歸諸賢士，表明自己求賢若渴的心意。末段指示各級官員務必切實遵行。語言樸質，論點鮮明，彰顯出懇切的愛才之情。

漢高祖早年時有侮慢儒生的言行，但歷經長年戎馬生涯的經驗積累，在得天下之後，逐漸體悟創業和守成的心態與方式宜有所別，因而重新肯定賢士的作用。這分熱切之情既非矯揉作態以干譽，也不是一時興起的衝動，而是出自「世世奉宗廟亡絕」的遠見與自覺。首先，他歸納歷史經驗，認為周文王、齊桓公之所以成功，「皆待賢人而成名」，換言之，功成名就以得賢人為本。接著站在人君的立場反省，天下不患無賢智幹才，而患人主之不交，故詔告天下，意欲尊顯「肯從我游」的賢士大夫。最後動之以情，一方面肯定賢人在建國史上的重要性，同時也以安定、造福天下共勸勉。如此，則既能得君王的「尊顯」，亦足以滿足賢士大夫自我實現的慾望，使個人與國家兩蒙其利，此誠務實之見。至於各級官員，則必須恭謹從事，以示尊賢敬德。

在劉邦求賢的決心與實務上的迫切需求背後，其實還涵藏著一分對於智慧的尊重。執行政令只需按部就班便成，但若欲通盤規畫協調以謀長治久安，卻非得具有洞達人情之智慧不可。從本文，我們見識了開國之君的高瞻遠矚與恢宏氣魄，而這或許也正是粗豪如漢高祖者何以總能化險為夷的真正精彩處吧！

## 漢文帝

漢文帝劉恆（西元前二〇二～前一五七年），漢高祖之子。初封代王，呂后死，周勃等平諸呂之亂，迎立為帝。仁慈恭儉，以德化民，海內豐殷，天下大治。在位二十三年（西元前一七九～前一五七年），諡文。

# 文帝議佐百姓詔

【題解】本文選自《漢書・文帝紀》，篇名據文意而訂。詔，古代的一種公文書，即皇帝所發布的命令。漢文帝後元年（西元前一六三年）發布這一道詔書，表示因為連年歉收，又有水旱瘟疫，以致人民缺乏糧食，內心深以為憂，令群臣商議，提供可以解決問題、幫助人民的辦法。

間者❶數年比❷不登❸，又有水旱疾疫之災，朕❹甚憂之。愚而不明，未達其咎❺。意者❻朕之政有所失，而行有過與？乃天道❼有不順，地利或不得，人事多失和，鬼神廢不享❽與？何以致此？將❾百官之奉養或費❿，無用之事或多與？何其民食之寡乏也？

夫度⑪田非益⑫寡，而計民未加益⑬，以口量地，其於古猶有餘，而食之甚不足者，其咎安在？無乃⑭百姓之從事於末⑮以害農者蕃⑯，為酒醪⑰以靡⑱穀者多，六畜⑲之食焉者眾與？

細大之義，吾未能得其中，其與丞相、列侯⑳、吏二千石㉑、博士㉒議之。有可以佐百姓者，率意㉓遠思，無有所隱。

【注釋】❶間者　近來。❷比　常常。❸不登　五穀不熟。❹朕　我。自秦始皇起，專用為皇帝自稱。❺咎　弊病。❻意者　料想；或許。❼天道　天時。❽享　祭祀鬼神。❾將　或者；或許。❿費　浪費。⓫度　計算。⓬益　更加。⓭益　增多。⓮無乃　莫非。⓯末　指工商業。⓰蕃　通「繁」。多。⓱醪　酒之有滓者。⓲靡　消耗。⓳六畜　馬、牛、羊、雞、犬、豕合稱六畜。此泛指牲畜。⓴列侯　指異姓功臣之諸侯。初稱徹侯，後避漢武帝諱，改稱通侯，又改列侯。㉑二千石　指郡守。漢制，郡守秩二千石。㉒博士　官名。兩漢為太常屬官，掌圖籍文獻，出謀獻策。㉓率意　竭意。

【語譯】近幾年來，常常收成不好，又有水旱瘟疫的災禍，我非常憂愁。我昏愚不明，不知道弊病出在哪裡。

是我的施政不當，而行為有過失嗎？還是天時不調和，地利沒有開發，人事不和睦，鬼神的祭祀荒廢呢？為什麼會這樣呢？或者是官吏的奉養也許浪費，無用的事做太多嗎？為什麼民食這樣的缺乏呢？

計算起來，田地並沒有減少，人民也沒有增加，以人口衡量土地，比起古代還是有餘，但糧食卻非常不足，弊病究竟在哪裡呢？莫非是百姓從事工商而妨害農耕的人多，還是釀酒而耗費米穀的人多，飼養牲畜耗費太多糧食嗎？

這大大小小的原因很多，我得不到合理的解釋，希望丞相、列侯、二千石俸祿的官吏、博士等仔細討論。凡有可以幫助老百姓的，要盡心竭意的深思，不可隱諱。

【研析】本文可分四段。首段說明自己對連年荒歉、水旱疾疫，深感憂心。二段針對朝政規畫和官餉耗費過鉅加以檢討。三段重新評估百姓營生方式上的變化。末段諭令丞相、列侯、吏二千石、博士等仔細討論，直言無諱。

我們從本文可以看到一顆溫婉而體貼的心。其中沒有慍怒的責備，沒有自以為是的威懾，沒有推諉與欺瞞，只是真誠地面對所有問題，謙卑地徵詢解答。漢文帝雖然謙言「未達其咎」，不解「其咎安在」，但這並不表示他對時弊一無所知，他所考慮的層面其實涵括了自然界的天道和地利、超越界的鬼神以及人事上種種人謀不臧的可能性。全文通過層層反詰開展，對事而不對人，從而使人領悟：真正的明君必定善於察過補過，而絕非躲在讒言虛築的昇平假象中妄自尊大且自得其樂。

# 漢景帝

漢景帝劉啟（西元前一八八～前一四一年），字開，漢文帝長子。即位後，節儉愛民，有漢文帝之風，史稱文景之治。在位十六年（西元前一五六～前一四一年），諡景。

## 景帝令二千石修職詔

【題解】本文選自《漢書・景帝紀》，篇名據文意而訂。二千石，指郡守。漢代郡守秩二千石。詔，古代的一種公文書，即皇帝所發布的命令。漢景帝後二年（西元前一四二年）發布這一道詔書，明令天下郡守，勤於職守整頓吏治，以利民生。

雕文刻鏤❶，傷農事者也；錦繡纂組❷，害女紅❸者也。農事傷，則飢之本也；女紅害，則寒之原也。夫飢寒並至而能亡❹為非者，寡矣。朕親耕，后親桑，以奉宗廟粢盛❺祭服，為天下先。不受獻❻，減太官❼，省繇❽賦，欲天下務農蠶，素有畜積，以備災害。彊毋攘❾弱，眾毋暴❿寡，老耆⓫以壽終，幼孤得遂長⓬。今歲或⓭不登⓮，民食頗寡，其咎⓯安在？或詐偽為吏，吏以貨賂⓰為市，漁奪⓱百姓，侵牟⓲萬民。縣丞⓳，長吏⓴也，姦法㉑與盜盜㉒，甚無謂㉓也。其令二千石㉔各脩其職。不事官職耗亂㉕者，丞相以聞，請㉖其罪。布告天下，使明知朕意。

【注釋】❶雕文刻鏤　雕刻金玉，彩繪花紋。雕、刻、鏤，統言之則意義無別，分別言之，則玉謂之雕，木謂之刻，金謂之鏤。文，花紋。❷錦繡纂組　織錦刺繡，編製帶綬。纂，赤色絲帶。組，佩玉或佩印用的絲綬。❸女紅　女工。指女子所做的紡織、刺繡、縫紉等工作。❹亡　通「無」。不。❺粢盛　盛在祭器內供祭祀的黍稷等穀物。黍稷曰粢，在器曰盛。❻不受獻　不受人民奉獻。漢代人民每年呈獻給皇帝的錢，稱為獻費。❼太官　掌宮廷飲食的官。❽繇　通「徭」。勞役。❾攘　搶奪。❿暴　欺陵；欺侮。⓫耆　年老。⓬遂長　長大成人。⓭或　又。⓮不登　五穀不成熟。⓯咎　災殃；弊病。⓰貨賂　以財物賄賂。⓱漁奪　侵奪；掠奪。⓲牟　食苗根之蟲。此處用作動詞。侵蝕。⓳縣丞　縣令之佐吏。⓴長吏　縣吏之長。㉑姦法　玩法作奸。㉒與盜盜　助盜搶奪。與，助。上「盜」字為名詞，下「盜」字為動詞。㉓無謂　猶今語「不應該」。㉔二千石　指郡守。漢制，郡守秩二千石。㉕不事官職耗亂　不稱其職，不能明察。耗，通「眊」。不明。㉖請　問；查究。

【語譯】雕刻金玉，彩繪花紋，這是妨害農耕的；織錦刺繡，編製帶綬，這是妨害女紅的。農事受妨害，就是挨飢的主因；女紅被妨害，就是受凍的根源。到了飢寒交迫還能不為非作歹的，很少。我親自耕地，皇后親自採桑，來供奉祭祀宗廟用的黍稷和祭服，做天下人的表率。不接受人民的奉獻，減少宮中的太官，減輕徭役賦稅，希望讓天下人民專心從事農桑，平時有積蓄，好防備災害。強大的不搶奪弱小的，眾多的不欺侮寡少的，老年人能夠壽終，幼子孤兒能夠長大成人。

今年收成又不好，人民的糧食很少，這個弊病究竟出在哪裡？也許是詐偽的小人當了官吏，把賄賂看作買賣一樣，掠奪百姓，侵蝕萬民。縣丞是縣吏之長，如果玩法作奸，助盜搶奪，實在非常不應該。現在命令各郡郡守整飭吏治。凡是不稱職或不能明察的，丞相要奏聞，追究他們的罪責。布告天下，使大家都明白我的意思。

【研　析】本文可分二段。前段認為農桑為免飢防寒之本，透過自己以身作則，盼能使天下安和富厚。後段認為「吏以貨賂為市」、「姦法與盜盜」為妨害民生之大蠹，強調整頓吏治的重要性。

漢景帝看出居上位者競尚奢靡對國計民生的不良影響，故而不僅親身示範，行儉薄賦，撫老恤弱，同時嚴禁官吏收受賄賂，交結豪暴以漁奪百姓，可謂深中時弊。

# 漢武帝

漢武帝劉徹（西元前一五六～前八七年），漢景帝之子。在位時，興學崇儒，平定南越、東越、朝鮮、滇和西南夷，逐匈奴，通西域，是一代雄主。在位五十四年（西元前一四〇～前八七年），諡武。

## 武帝求茂才異等詔

【題　解】本文選自《漢書・武帝紀》，篇名據文意而訂。茂才異等，超群出眾的傑出人才。詔，古代的一種公文書，即皇帝所發布的命令。漢武帝於元封五年（西元前一〇六年）發布這一道詔書，令州郡察舉可以擔任將相或出使外國的優秀人才。

蓋有非常之功，必待非常之人，故馬或奔踶❶而致千里，士或有負俗之累❷而立功名。夫泛駕之馬❸，跅弛❹之士，亦在御之而已。其令州郡察吏民有茂才異等，可為將相及使絕國❺者。

【注　釋】❶奔踶　奔馳踢人。踶，俗作「踢」。不受羈勒之馬，立則踶人，走則能奔致千里。❷負俗之累　被世俗所譏論。累，毛病。❸泛駕之馬　覆車之馬。言馬不受控制，不循軌轍。泛，通「覂」。翻覆。❹跅弛　不自檢束。❺絕國　遠方之國。

【語　譯】要建立不尋常的功勞，一定要等待不尋常的人才。所以有的馬會狂奔踢人卻可以奔馳千里，有的士人被世俗所譏論卻能建功立名。那不循軌道的馬，不自檢束的士人，全在於如何駕御而已。現在命令州郡長官，留心考察吏民當中超群出眾的傑出人才，可以擔任將相和出使外國的人。

【研　析】本文起首「非常之功，必待非常之人」二語，將漢武帝的雄心與人格特質表露無遺；而其唯才是舉的用人態度，與「亦在御之而已」的高度自信，亦使人想見其顧盼自雄的氣魄。全文僅六十八字，簡短扼要而鋒芒畢現，氣勢不凡，正是一代雄主的風格。

# 賈誼

賈誼（西元前二〇〇～前一六八年），西漢洛陽（今河南洛陽）人。年輕時即通曉諸子百家。二十二歲，文帝召為博士，一年多，又超升為太中大夫。於是上書朝廷，主張改正朔，易服色，制法度，興禮樂。文帝很想破格重用，卻遭大臣反對，外放為長沙王太傅。過湘水，念屈原忠而被逐，觸景傷情，作〈弔屈原賦〉。在長沙一年多，奉召回京，改任梁懷王太傅。後梁懷王墜馬而死，賈誼自慚失職，常常悲傷哭泣，憂鬱成疾而死。賈誼是漢初著名的政論家、辭賦家。傳世有《新書》，一稱《賈子新書》。

## 過秦論上

【題解】本文選自《新書》，篇名原作〈過秦〉。過，指陳過失。原文有上、中、下三篇，分別針砭秦始皇、秦二世以及秦之末帝子嬰，本文為上篇。偏處西陲的秦國，從秦孝公起，即力圖東進，歷經一百四十一年，至第七代秦王政而一統天下，然而傳世僅十三年，一場大雨、九百戍卒，便導致帝國土崩瓦解。其中原因，西漢初年，學者多有討論，而以賈誼此文最是精警。賈誼認為秦王朝迅速覆亡的主要原因是既得天下之後，仍一味迷信武力而不施行仁義，即「仁義不施，而攻守之勢異」。言外不無諷諭漢室引以為鑑的深意在。

秦孝公[1]據殽、函[2]之固，擁雍州[3]之地，君臣固守以窺[4]周室。有席卷[5]天下、包舉宇內❻、囊括四海❼之意，并吞八荒❽之心。當是時也，商君❾佐之，內立法度，務❿耕織，修守戰之具，外連衡⓫而鬥諸侯⓬。於是秦人拱手⓭而取西河⓮之外。

孝公既沒，惠文、武、昭襄王⓯蒙⓰故業，因遺策，南取漢中⓱，西舉巴、蜀⓲，東割膏腴⓳之地，收要害⓴之郡。諸侯恐懼，同盟而謀弱秦。不愛珍器重寶、肥饒之地，以致天下之士；合從締交㉑，相與㉒為一。當此之時，齊有孟嘗㉓，趙有平原㉔，楚有春申㉕，魏有信陵㉖。此四君者，皆明智而忠信，寬厚而愛人，尊賢重士，約從離衡㉗，兼韓、魏、燕、楚、齊、趙、宋、衛、中山㉘之眾。於是六國㉙之士，有甯越㉚、徐尚㉛、蘇秦㉜、杜赫㉝之屬為之謀，齊明㉞、周最㉟、陳軫㊱、昭滑㊲、樓緩㊳、翟景㊴、蘇厲㊵、樂毅㊶之徒通其意，吳起㊷、孫臏㊸、帶佗㊹、兒良、王廖㊺、田忌㊻、廉頗㊼、趙奢㊽之朋㊾制其兵。嘗以十倍之地，百萬之眾，叩關㊿而攻秦。秦人開關延敵(51)，九國(52)之師，逡巡(53)遁逃而不敢進。秦無亡矢遺鏃(54)之費，而天下諸侯已困矣。於是從散約解，爭割地而奉賂秦。秦有餘力而制其敝(55)，追亡逐北(56)，伏尸百萬，流血漂櫓(57)。因利乘便，宰割天下，分裂河山；彊國請服，弱國入朝。施及孝文王(58)、莊襄王(59)，享國日淺，國家無事。

及至始皇[60]，奮六世[61]之餘烈[62]，振長策[63]而御宇內，吞二周[64]而亡諸侯[65]，履至尊而制六合[66]，執捶拊[67]以鞭笞[68]天下，威震四海。南取百越之地，以為桂林、象郡[69]。百越之君，俛首係頸[70]，委命下吏[71]。乃使蒙恬北築長城而守藩籬，卻匈奴七百餘里[72]；胡人不敢南下而牧馬，士不敢彎弓而報怨。於是廢先王之道，燔百家之言[73]，以愚黔首[74]；隳[75]名城，殺豪俊，收天下之兵[76]，聚之咸陽[77]，銷鋒鍉[78]，鑄以為金人[79]十二，以弱天下之民。然後踐華為城[80]，因河為池[81]，據億丈之城[82]、臨不測之谿[83]以為固。良將勁弩[84]，守要害之處；信臣精卒，陳利兵而誰何[85]？天下已定，始皇之心，自以為關中[86]之固，金城[87]千里，子孫帝王萬世之業也。

始皇既沒[88]，餘威震于殊俗[89]。然而陳涉[90]，甕牖繩樞[91]之子，甿隸[92]之人，而遷徙[93]之徒也；才能不及中人，非有仲尼、墨翟[94]之賢，陶朱[95]、猗頓[96]之富。躡足行伍之間[97]，倔起[98]阡陌[99]之中；率罷散之卒，將數百之眾，轉而攻秦；斬木為兵[100]，揭[101]竿為旗，天下雲集響應[102]，贏糧[103]而景從[104]。山東[105]豪俊遂並起而亡秦族矣。

且夫天下非小弱也，雍州之地，殽函之固，自若[106]也；陳涉之位，非尊於齊、楚、燕、趙、韓、魏、宋、衛、中山之君也；鉏櫌棘矜107，非銛108於鉤戟109長鎩110也；謫戍111之眾，非抗112於九國之師也；深謀遠慮，行軍用兵之道，非及曩時之士也。然而成敗異變，功業相反也。試使山東之國，與陳涉度長絜大113，比權量力，則不可同年而語114矣。然秦以區區之地，致萬乘之權，招八州而朝同列115，百有餘年116矣，然後以六合為家，殽、函為宮117。一夫作難118而七廟119隳，身死人手120，為天下笑者，何也？仁義不施，而攻守之勢異也。

【注釋】❶秦孝公　戰國時代秦國國君。嬴姓，名渠梁，秦獻公之子，秦穆公十六世孫。在位二十四年（西元前三六一～前三三八年），任用商鞅，實行變法，秦國因而富強。❷殽函　殽山和函谷關。殽山，在今河南洛寧北。函谷關，在今河南靈寶東北。❸雍州　古九州之一。包括今陝西、甘肅及青海之一部。❹窺　窺伺。❺席卷　像席子一樣捲起來。意謂併吞。下文「包舉」、「囊括」皆有此意。卷，通「捲」。❻宇內　上下四方之內。即天下。❼四海　指天下。古人以為中國四境皆海。❽八荒　八方荒遠之地。❾商君　商鞅（西元前三九〇～前三三八年）。姓公孫，名鞅，春秋時代衛國人，秦孝公封給他於、商十五邑，號商君。佐秦孝公變法，秦國因而富強。❿務　專力。⓫連衡　即「連橫」。西秦與東方諸侯單獨聯合曰連橫。⓬鬥諸侯　使諸侯自相爭鬥。⓭拱手　兩手相合，大指相並。此喻輕易。⓮西河　魏國邑名。在今陝西大荔、宜川等地，以在黃河之西得名。秦孝公二十二年（西元前三四〇年），商鞅打敗魏軍，魏國割西河之地於秦國。⓯惠文武昭襄　惠文王，名駟，秦孝公子，在位二十七年（西元前三三七～前三一一年），即位之十三年稱王。武王，名蕩，惠文王之子，在位四年（西元前三一〇～前三〇七年）。昭襄王，名稷，武王異母弟，在位五十六年（西元前三〇六～前二五一年）。⓰蒙　承受。⓱漢中　今陝西南部及湖北西北部地。秦惠文王二十六年（西元前三一二年）秦國打敗楚國，置漢中郡。⓲巴蜀　皆國名。巴國，在今四川巴縣一帶。蜀國，在今四川成都一帶。秦惠文王二十二年（西元前三一六年），巴、蜀互相攻擊，俱求救於秦國，秦惠文王出兵滅兩國，置巴、蜀二郡。⓳膏腴　土地肥沃。⓴要害　險要。㉑合從締交　聯合抗秦，締結盟約。從，通「縱」。

六國地互南北，聯盟抗秦，曰合縱。㉒相與　相親附；相結合。㉓孟嘗　孟嘗君。姓田名文，齊威王孫，靖郭君田嬰子，為齊相，封於薛（今山東滕縣南），號孟嘗君。善養士，食客三千。㉔平原　平原君。姓趙名勝，趙武靈王子，趙惠文王弟。相趙惠文王及趙孝成王，封於平原（今山東平原），號平原君。喜賓客，食客常數千。㉕春申　春申君。姓黃名歇。相楚二十餘年，封於春申，號春申君。有食客三千餘人。㉖信陵　信陵君。名無忌，魏昭王少子，封於信陵（今河南寧陵），號信陵君。禮賢下士，食客常三千。㉗約從離衡　相約合縱，離散連橫。㉘韓魏燕楚齊趙宋衛中山　皆國名。韓、魏、燕、衛、中山均姬姓。韓始都平陽（今山西臨汾），後徙鄭（今河南新鄭）。魏始都安邑（今山西夏縣），後徙大梁（今河南開封）。燕都薊（今河北薊縣）。衛都帝丘（今河北濮陽）。中山都今河北定縣。楚姓芈，都郢（今湖北江陵）。齊姓田，都臨淄（今山東臨淄）。趙姓趙，都邯鄲（今河北邯鄲）。宋姓子，都商丘（今河南商邱）。㉙六國　指韓、魏、燕、楚、齊、趙六大國。㉚甯越　趙國中牟人。㉛徐尚　宋國人。㉜蘇秦　東周洛陽（今河南洛陽）人。師事鬼谷子，周顯王時，以合縱遊說六國，合力抗秦。蘇秦為縱約長，佩六國相印，趙封為武安君。㉝杜赫　周人。曾以安天下說周昭文君。㉞齊明　東周臣。後事楚及韓二國。㉟周最　東周成君子。曾出使秦國，仕於齊國。㊱陳軫　夏人。先仕於秦，後仕於楚，曾諫楚懷王勿貪秦國土地，楚懷王不聽，終為秦國所欺。㊲昭滑　楚國人。曾奉楚王令使越國。㊳樓緩　魏文侯之弟。曾為魏相，又為秦相。㊴翟景　王念孫謂即《戰國策・魏策》之魏相翟強，梁玉繩謂疑即《戰國策・趙策》之翟章，二說未知孰是。㊵蘇厲　蘇秦之弟。仕於齊國。㊶樂毅　魏國中山靈壽（在今河北靈壽西北）人。仕燕昭王，為亞卿，後為上將軍，率趙、楚、韓、魏、燕五國聯軍伐齊，下七十餘城。㊷吳起　衛國人。通兵法，初仕魯國，後為魏文侯將，守西河，使秦國不敢東侵，魏武侯時，被讒，奔楚國，楚悼王用為相，楚悼王卒，為楚貴戚所忌，被害。㊸孫臏　齊國人。兵家孫武之後，與龐涓同師鬼谷子。龐涓為魏將，嫉其才，召孫臏至魏國，刖其兩足，後孫臏為齊將，敗魏兵於馬陵（在今山東臨沂東南），射殺龐涓。㊹帶佗　楚將。㊺兒良王廖　王廖貴先，兒良貴後，善用兵。見《呂氏春秋》。㊻田忌　齊將。曾伐魏國，三戰三勝。㊼廉頗　趙國名將。趙惠文王時伐齊國，大破之，拜為上卿。㊽趙奢　趙將。擊秦有功，封馬服君。㊾朋　輩。一作「倫」。㊿叩關　攻打函谷關。叩，擊。關，指函谷關。周慎靚王三年，即秦惠文王二十年（西元前三一八年），燕、韓、趙、魏、齊等國兵共攻秦，秦兵出，各國皆敗走。(51)延敵　迎戰敵人。(52)九國　指燕、韓、趙、魏、齊、楚、宋、衛、中山。(53)逡巡　疑懼不前。(54)亡矢遺鏃　損失矢箭。亡，失。鏃，箭頭。(55)敝　衰敗；疲憊。(56)追亡逐北　追擊敗逃的敵人。亡，逃走。北，敗。(57)漂鹵　漂浮起盾牌。鹵，大盾。(58)孝文王　名柱。秦昭襄王子，在位三天而卒（西元前二五〇年）。(59)莊襄王　名異人，改名子楚。秦孝文王子，在位四年（西元前二五〇～前二四七年)。❻秦王　指秦王政。名政，秦莊襄王子。在位之二十六年(西元前二二一年)，統一天下，自以為德兼三皇，功過五帝，故號皇帝，又欲傳世一至萬世，乃除諡法，號始皇帝。61六世　指秦孝公、秦惠文王、秦武王、秦昭襄王、秦孝文王、秦莊襄王。62餘烈　遺留下的功業。烈，功業；事業。63振長策　揮動長鞭。策，馬鞭。64二周　周考王封其弟於河南(今河南洛陽西北)，為桓公。周赧王時，桓公孫惠公，封其長子武公居洛陽，號西周，少子惠公居鞏邑，號東周，周分為二。秦昭襄王五十二年(西元前二五五年)滅西周，莊襄王元年(西元前二四九年)滅東周。秦吞二周，並非秦王政時事，說他吞二周，只是一種誇大的說法。65亡諸侯　秦王政十七年(西元前二三三年)滅韓，十九年滅趙，二十二年滅魏，二十四年滅楚，二十五年滅燕，二十六年滅齊。66六合　天地四方。此指天下。67捶拊　鞭子。捶，通「箠」。鞭子杖。拊，鞭柄。68鞭笞　鞭打笞擊。69南取百越之地二句　秦始皇三十三年(西元前二一四年)取百越、陸梁等地，置桂林、象郡。百越，亦作「百粵」。包括浙江、福建、廣東、廣西、越南之地，古為越族所居，因其種族不一，故稱百越。秦桂林郡，約有今廣西北部地。象郡，約有今廣東西南部、廣西南部及越南之地。70俛首係頸　低下頭來，以繩繫頸。表示投降請罪。俛，通「俯」。係，通「繫」。71委命下吏　把生命交給獄官。下吏，指獄官。72蒙恬北築長城而守藩籬二句　秦始皇三十三年(西元前二一四年)，命蒙恬率兵三十萬，北逐匈奴，收復黃河以南地，為三十四縣，並築長城。73燔百家之言　秦始皇三十四年，以諸生不師今而學古，譏議當世，惑亂人民，下令史官非秦紀皆燒之，非博士官所職，天下有藏《詩》、《書》百家語者，悉詣守尉雜燒之。燔，賈誼《新書》作「焚」。74黔首　秦時稱百姓。黔，黑。75墮　通「隳」。毀壞。76兵　兵器。77咸陽　秦都。在今陝西咸陽東二十里。78銷鋒鍉　銷熔兵器。鋒，兵器之尖端。鍉，通「鏑」。箭尖。79金人　銅人。當時兵器以銅質為主。80踐華為城　以華山為城郭。踐，登。華，西嶽華山，在今陝西華陰南。81因河為池　以黃河為護城河。因，依憑。河，黃河。池，環城之水。82億丈之城　指華山。83不測之谿　指黃河。84勁弩　強弓。85誰何　誰能奈何。猶今言「誰敢怎樣」。86關中　秦地。東有函谷關，南有武關，西有散關，北有蕭關，居四關之中，故曰關中。87金城　喻城郭堅固。88秦王既沒　秦始皇於即位之三十七年(西元前二一〇年)卒於沙丘平臺(今河北平鄉東北)。89殊俗　指風俗不同之遠方蠻夷。90陳涉　名勝，字涉，秦陽城(今河南登封)人。少為人傭耕，有大志。秦二世元年(西元前二〇九年)七月，謫戍漁陽(今河北密雲)，為屯長，行至大澤鄉(今安徽宿縣南)，遇大雨，道路不通，失期當斬，遂與吳廣起兵反秦，自號「張楚」。91甕牖繩樞　以破甕為窗牖，以繩繫戶樞。形容貧家。92甿隸　平民。甿，田夫。隸，奴隸。93遷徙　徵發戍邊。94墨翟　墨子。戰國時代宋國人，倡兼愛之說。95陶朱　即春秋時代越國范蠡。輔佐句踐滅吳後，變姓名，經商於陶(今山東肥城西北），自稱陶朱公。96猗頓　春秋時代魯國人。學致富之術於陶朱公，乃適河東猗氏（今山西安澤），大畜牛羊，十年之間，富比王侯。97躡足行伍之間　置身軍隊之中。古時軍制，二十五人為行，五人為伍。躡，踏。98倔起　驟起；奮起。99阡陌　田間小路，用來區分田界。東西為阡，南北為陌。借指鄉野之間。100斬木為兵　砍樹木為兵器。101揭　高舉。102雲集響應　如雲聚集，如響應聲。喻應和之多而速。103贏糧　擔糧。104景從　如影之隨形。景，通「影」。105山東　秦在華山以西，故稱華山以東之六國為山東。106自若　自如。仍舊不變之意。107鉏櫌棘矜　鋤柄戟柄。鉏，同「鋤」。櫌，整地用的農具。棘、矜，都是木杖。泛指農具和棍棒。108銛　鋒利。109鉤戟　有鉤之戟。110長鎩　長矛。111謫戍　因罪充軍守邊。謫，罰罪。112抗　當；比。113度長絜大　量度長短大小。度，量度。絜，圍而量之。114同年而語　相提並論。115招八州而朝同列　招致其他八州同列之諸侯朝秦。古代天下九州，秦僅有雍州。116百有餘年　由秦孝公元年（西元前三六一年），至秦王政二十六年（西元前二二一年）統一天下，凡一百四十一年。117宮　圍牆。118一夫作難　一人起兵與之為難。一夫，一人。119七廟　天子的宗廟。《禮記・王制》：「天子七廟，三昭三穆，與太祖之廟而七。」120身死人手　指秦王子嬰，為項羽所殺。

**【語　譯】**秦孝公憑藉殽山和函谷關的險固，擁有雍州的土地，君臣嚴密防守而窺伺東周的政權。有奪取天下、征服各國、統一四海的志向，併吞八方的野心。在這個時候，商鞅輔佐他，在內，建立法律制度，努力發展農耕和紡織，整治攻守的裝備；對外，採用連橫策略，使諸侯自相爭鬥。於是，秦國人輕易地取得了西河之外的土地。

孝公死後，惠文王、武王、昭襄王繼承已有的基業。依循前代的策略，向南兼并了漢中，向西攻占巴、蜀，東邊割據肥沃的土地，北邊占有險要的州郡。諸侯都很恐懼，會商聯盟，謀求削弱秦國，不愛吝珍奇的器物、貴重的財寶和肥美的土地，用以延攬天下賢才，聯合抗秦，締結盟約，彼此合作結為一體。在這個時候，齊國有孟嘗君，趙國有平原君，楚國有春申君，魏國有信陵君，這四位公子，都明智而又忠信，寬厚而能愛人，並且能夠尊敬賢者，重用人才。諸侯結成合縱，化解連橫，集合韓、魏、燕、楚、齊、趙、宋、衛、中山各國的軍隊。這時，六國的賢士，有甯越、徐尚、蘇秦、杜赫這些人替各國謀畫，有齊明、周最、陳軫、昭滑、樓緩、翟景、蘇厲、樂毅這些人溝通各國的意見，有吳起、孫臏、帶佗、兒良、王廖、田忌、廉頗、趙奢這些人統率各國的軍隊。曾經以十倍於秦國的土地，上百萬的兵力，攻打秦國函谷關。秦國軍隊開關迎戰，九國的軍隊，都疑懼徘徊，不敢前進。秦國沒有耗費一矢一鏃，天下諸侯卻已陷困境了。於是合縱盟約解體，各國爭先割讓土地奉獻給秦國。秦國有餘力制服疲憊的諸侯，追擊各國敗逃的軍隊，橫在地上的死屍多到百萬，流的血可以浮起盾牌。秦國憑藉這有利的形勢，宰割天下諸侯，分裂各國土地，強國請求降服，弱國人朝稱臣。傳到孝文王、莊襄王，在位的時間短，國家沒有什麼大事。

到了秦始皇，發揚前六代的功業，揮舞著長鞭駕御天下，併吞東、西二周，滅亡各國諸侯，登上帝位，宰制天下，拿著鞭子，奴役人民，威風震動四海。從南方奪取百越土地，改為桂林、象郡。百越的君主，都投降請罪，把生命交給獄吏。於是派遣蒙恬到北方修築長城防衛邊疆，擊退匈奴七百多里，匈奴從此不敢南侵，兵士也不敢拉弓放箭來報仇。於是廢棄先王的大道，燒燬百家的書籍，來實施愚民政策；毀壞名城，殺戮英雄豪傑，沒收天下的兵器，聚集在咸陽，熔鑄成十二座銅人，以削弱民間的武力。然後以華山做城郭，黃河做護城河，憑據這樣的億丈高城，臨靠如此不測的深水，作為堅固的屏障。再加上優秀的將帥，強勁的弓弩，防守在險要的地方；親信的臣子，精銳的士卒，配置鋒銳利的兵器，誰敢怎樣？天下已經平定，秦始皇的心中，自以為關中的堅固，真像圍繞千里的銅城鐵壁，是子孫萬世做皇帝的基業。

秦始皇死後，遺威還使得遠方之國震服。然而陳涉，是個用破甕作窗、草繩充作門軸的窮人子弟，受僱種田的僕役，被徵發守邊的賤民；才能趕不上中等人，沒有孔子、墨子的賢智，陶朱、猗頓的財富。置身行伍，從鄉野間倉猝起事；率領著幾百個疲累散亂的戍卒，反過來攻秦國；砍伐樹木做兵器，高舉竹竿當旗幟，天下人像雲一般聚集，像回響應聲而起，帶著糧食像影子般追隨他。山東的英雄豪傑，就此一同起來，滅亡秦族了。

值得注意的是，這時秦國的力量，並未縮小、減弱，雍州的土地，殽山和函谷關的堅固，一如從前；陳涉的地位，遠不如齊、楚、燕、趙、韓、魏、宋、衛、中山各國國君的尊貴；農具和棍棒，比不上鉤戟長矛的鋒利；被罰守邊的兵卒，比不上九國的正規軍隊；深謀遠慮，行軍用兵的方法，也遠不及從前那些謀士將領。但是成敗不同，功業竟然相反。假使把以前的山東各國，和陳涉量長短，比大小，比較權勢力量，足根本不能相提並論的。然而秦國以小小的地方，千乘之國的力量，招致八州同等地位的諸侯來朝秦，經過百多年，這才把天下合併為一家，把殽山、函谷關當作圍牆。但是只不過一個人起來發難，竟然使國家滅亡，君主死在敵人手中，被天下人譏笑，這是什麼緣故呢？只因為不施行仁義，而且攻天下、守天下的形勢也不同了啊！

【研　析】本文可分五段。首段言秦孝公憑藉殽、函天險和雍州的資源，任用商鞅，建立法制，奠定富強的基礎。二段言歷秦惠文王、秦武王、秦昭襄王三朝與諸國的爭鬥，秦國皆占盡優勢。三段言秦始皇統一天下，對外窮兵黷武，對內愚民弱民，行高壓統治，自以為子孫帝王萬世之業。四段言陳涉起義，而天下響應，秦族遂亡。末段言秦之所以亡，在於攻守異勢，而秦不施仁義。

秦在始皇「餘威震于殊俗」的榮耀中土崩瓦解，其故安在？

根據《史記・秦本紀》，秦的國勢在春秋時代秦穆公時曾達到一個高峰，其後經歷一段中衰期，以其地僻，又「不與中國諸侯之會盟」，每被視為夷狄。秦孝公對此深以為恥，於是重用商鞅，「變法修刑，內務耕稼，外勸戰死之賞罰」。自秦孝公至秦始皇，凝聚了七代君王的雄心和毅力，用嚴刑峻法熔鑄出一個強悍的軍事霸權，以挑撥離間的方式擊破各懷鬼胎的諸侯國，這在統一天下的過程中無疑是迅速而有效的手段。但從秦孝公以來，秦的國家精神一直在「明恥教戰」的壯志下呈現出強烈的擴張性，這種文化精神背後蘊藏的危機，卻是未能將其衝勁和氣魄調適轉化為安定建設的力量。賈誼用「仁義不施」一語斷定秦的過失，並非儒生的迂闊之談，而是深切地體悟秦文化潛藏的危機，不在守成慵懦，而在剛嚴勇毅的民風中似乎欠缺一點自我反省的能力。秦的祖先曾「佐舜調馴鳥獸」，而商鞅之變法，其政實亦無異於馴獸；換言之，秦國政教之缺失，根本在於統治者一貫採用馴獸之法威懾恫嚇，卻從未視百姓為「人」，從未教導百姓如何做個「人」！

人之所以異於其他動物，在於能跳脫物競天擇的進化法則而具有反省能力；而仁義作為政治運作中的準則，實即在不斷的反思中調整自我與社會乃至群體之間的互動，以期完成整體的和諧。賈誼透過〈過秦論〉，反省了為政之道的常與變，並啟發我們重新審視歷史表象背後的文化心態，可謂用心良苦。

# 治安策一

【題解】本文選自《新書》，原為賈誼在漢文帝朝陳政事諸疏之一，篇名取《漢書‧賈誼傳》中的「因陳治安之策」一語而訂。治安，治理天下，使天下安定。策，策略。漢高祖劉邦以平民崛起而得天下，即位後陸續分封同姓、異姓諸王，諸王逐漸坐大，據地自雄，僭擬天子，不聽朝廷命令。從漢高祖五年至十二年，有九起造反事件，問題相當嚴重。賈誼在本文中論述了這一個問題，提出「眾建諸侯而少其力」的策略，即以分封諸王子孫，削弱其力量，使天下長治久安。

夫樹國固，必相疑之勢❶。下數被其殃❷，上數爽其憂❸，甚非所以安上而全下也。今或親弟謀為東帝❹，親兄之子西鄉而擊❺，今吳又見告❻矣。天子春秋鼎盛❼，行義未過❽，德澤有❾加焉，猶尚如是，況莫大❿諸侯，權力且十此⓫者乎？

然而天下少⓬安，何也？大國之王幼弱未壯，漢之所置傅相⓭方握其事⓮。數年之後，諸侯之王大抵皆冠⓯，血氣方剛，漢之傅相稱病而賜罷，彼自丞、尉⓰以上，偏置私人，如此，有異淮南、濟北之為邪？此時而欲為治安，雖堯、舜不治。黃帝曰：「日中必熭，操刀必割⓱。」今令⓲此道順，而全安甚易。不肯早為，已迺墮骨肉之屬而抗剄之[19]，豈有異秦之季世[20]乎？

夫以天子之位，乘今之時，因天之助，尚憚以危為安，以亂為治。假設陛下居齊桓[21]之處，將不合諸侯而匡天下乎？臣又以知陛下有所必不能矣。假設天下如曩時[22]，淮陰侯[23]尚王楚[24]，黥布[25]王淮南[26]，彭越[27]王梁[28]，韓信[29]王韓，張敖[30]王趙[31]，貫高[32]為相，盧綰[33]王燕[34]，陳豨[35]在代[36]，令此六、七公者皆亡恙，當是時而陛下即天子位，能自安乎？臣有以知陛下之不能也。天下殽[37]亂，高皇帝與諸公併起，非有仄室[38]之勢以豫席[39]之也。諸公幸者迺為中涓[40]，其次廑[41]得舍人[42]，材之不逮至遠也。高皇帝以明聖威武即天子位，割膏腴之地以王諸公，多者百餘城，少者乃三、四十縣，德至渥[43]也。然其後七年之間，反者九起[44]。陛下之與諸公，非親角[45]材而臣之也，又非身封王之也，自[46]高皇帝不能以是一歲為安，故臣知陛下之不能也。

然尚有可諉[47]者，曰疏。臣請試言其親者。假令悼惠王[48]王齊，元王[49]王楚，中子[50]王趙，幽王[51]王淮陽，共王[52]王梁，靈王[53]王燕，厲王[54]王淮南，六、七貴人皆亡恙，當是時，陛下即位，能為治乎？臣又知陛下之不能也。若此諸王，雖名為臣，實皆有布衣昆弟之心[55]，慮亡不帝制而天子自為者[56]。擅[57]爵人，赦死罪，甚者或戴黃屋[58]，漢法令非行也。雖行，不軌如厲王者，令之不肯聽，召之安可致乎？幸而來至，法安可得加？動一親戚，天下圜視[59]而起。陛下之臣雖有悍如馮敬[60]者，適啟其口，匕首已陷其胸矣。陛下雖賢，誰與領[61]此？故疏者必危，親者必亂，已然之效[62]也。其異姓負彊而動者，漢已幸勝之矣，又不易其所以然[63]。同姓襲是跡而動，既有徵[64]矣，其勢盡又復然[65]。殃禍之變，未知所移[66]，明帝處之尚不能以安，後世將如之何？

屠牛坦[67]一朝解十二牛，而芒刃[68]不頓[69]者，所排擊剝割，皆眾理解[70]也。至於髖髀[71]之所，非斤則斧。夫仁義恩厚，人主之芒刃也；權勢法制，人主之斤斧也。今諸侯王皆眾髖髀也，釋斤斧之用，而欲嬰[72]以芒刃，臣以為不缺則折。胡不用之淮南濟北？勢不可也。臣竊跡前事[73]，大抵彊者先反。淮陰王楚最彊，則最先反；韓信倚胡，則又反；貫高因趙資[74]，則又反；陳豨兵精，則又反；彭越用梁，則又反；黥布用淮南，則又反；盧綰最弱，最後反；長沙迺在二萬五千戶耳，功少而最完，勢疏而最忠[75]，非獨性異人也，亦形勢然也。曩令樊[76]、酈[77]、絳[78]、灌[79]據數十城而王，今雖以殘亡可也[80]；今信、越之倫，列為徹侯[81]而居，雖至今存可也。然則天下之大計可知已。

欲諸王之皆忠附，則莫若令如長沙王；欲臣子之勿菹醢[82]，則莫若令如樊、酈等；欲天下之治安，莫若眾建諸侯而少其力。力少則易使以義，國小則亡邪心。令海內之勢，如身之使臂，臂之使指，莫不制從[83]。諸侯之君，不敢有異心，輻湊[84]並進而歸命天子。雖在細民[85]，且知其安，故天下咸知陛下之明。割地定制，令齊、趙、楚各為若干國，使悼惠王、幽王、元王之子孫畢以次各受祖之分地，地盡而止，及燕、梁它國皆然。其分地眾而子孫少者，建以為國，空而置之，須[86]其子孫生者，舉使君之。諸侯之地，其削頗入漢者，為徙其侯國，及封其子孫也，所以數償之[87]。一寸之地，一人之眾，天子亡所利焉，誠以定治而已，故天下咸知陛下之廉。地制壹定，宗室子孫，莫慮不王；下無倍畔之心，上無誅伐之志，故天下咸知陛下之仁。法立而不犯，令行而不逆，貫高、利幾[88]之謀不生，柴奇、開章[89]之計不萌，細民鄉善，大臣致順，故天下咸知陛下之義。臥赤子[90]天下之上而安，植遺腹[91]，朝委裘[92]，而天下不亂。當時大治，後世誦聖。壹動而五業[93]附，陛下誰憚而久不為此？

天下之勢，方病大瘇[94]。一脛[95]之大幾如要[96]，一指之大幾如股。平居不可屈信[97]，一、二指搐，身慮亡聊[98]。失今不治，必為錮疾[99]，後雖有扁鵲[100]，不能為已。病非徒瘇也，又苦跋盭(101)。元王之子，帝之從弟也(102)；今之王者，從弟之子也。惠王之子，親兄子也(103)；今之王者，兄子之子也。親者(104)或亡分地以安天下，疏者(105)或制大權以偪(106)天子，臣故曰：「非徒病瘇也，又苦跋盭。」可痛哭者，此病是也。

【注釋】❶夫樹國固二句　謂諸侯強大，則必與天子有相疑忌之勢。樹，建立。固，勢力強大。❷下數被其殃　諸侯常因而遭受災禍。此謂下被上所疑而遭討伐。下，指諸侯。數，常；每每。❸上數爽其憂　天子常為憂慮所傷。此謂下疑上則必反，而上因而數為憂慮所傷。上，指天子。爽，傷。❹親弟謀為東帝　指漢文帝之異母弟淮南厲王劉長，於漢文帝六年（西元前一七四年）謀反，企圖稱帝，事發被廢，徙蜀途中不食而死。淮南在長安之東，故謂謀為東帝。❺親兄之子西鄉而擊　指濟北王劉興居於漢文帝三年（西元前一七七年）謀反而西擊滎陽（今河南滎陽東北），兵敗自殺。劉興居為漢文帝之兄劉肥之子。鄉，通「向」。❻吳又見告　指吳王劉濞不遵漢之法制，而為人所告發。劉濞為漢高祖兄劉仲之子，在吳鑄錢煮鹽，招納亡命。❼春秋鼎盛　正當壯年。春秋，指年齡。鼎盛，方盛。❽行義未過　品行未有過失。行義，即行誼。指品行。品行必求合於道義，故謂品行曰行誼。過，過失。❾有　又。❿莫大　最大。⓫十此　十倍於此。此，指淮南、濟北。⓬少　稍。⓭傅相　太傅和相國。漢代中央派往諸侯國的輔佐官和最高行政長官。⓮事　政事。⓯冠　成年。古人成年則加冠。⓰丞尉　縣丞和縣尉。縣的文武官吏。⓱日中必熭二句　趁日中而曬物，趁刀在手中而割物。喻不可失時機。日中，日正當中。熭，暴乾。⓲令　若。⓳已迺句　謂必俟諸侯之叛，而後毀骨肉之親恩，以法誅滅之。已，過後。迺，通「乃」。墮，通「隳」。毀。抗剄，砍頭。⓴季世　末年。㉑齊桓　齊桓公。春秋時代齊國國君，名小白，五霸之首。㉒曩時　從前。㉓淮陰侯　韓信。淮陰（今江蘇淮陰西南）人，助漢高祖定天下，先後被立為齊王、楚王，後因被告謀反，降為淮陰侯，漢高祖十一年（西元前一九六年），被告勾結陳豨謀反，為呂后所殺。㉔楚　在今江蘇銅山、徐州一帶。㉕黥布　即英布。漢六（今安徽六安）人，曾坐法黥（刺面），因稱黥布。從漢高祖破項羽於垓下，封淮南王，及彭越、韓信見誅，懼禍及己，漢高祖十一年遂反，兵敗而死。㉖淮南　在今安徽淮南、壽縣一帶。㉗彭越　漢昌邑（今山東巨野南）人。曾收魏、定梁、滅楚，多建奇功，封梁王，漢高祖十一年反，次年，兵敗被殺。㉘梁　在今河南商邱一帶。㉙韓信　漢初人。與淮陰侯韓信同時，漢高祖略定韓地，立為韓王，漢高祖七年，勾結匈奴叛漢，高祖遣柴武擊斬之。㉚張敖　張耳之子，漢高祖之婿。張耳卒，嗣立為趙王，後因國相貫高謀刺漢高祖，被貶為宣平侯。㉛趙　在今河北邯鄲一帶。㉜貫高　趙王張敖之相。漢高祖八年，貫高請趙王利用漢高祖過陳時刺殺之，敖不許。㉝盧綰　漢豐（今江蘇豐縣）人。與漢高祖同里同日生，從漢高祖起兵，為將軍，以破臧荼功，封燕王，漢高祖十年，陳豨反，帝疑盧綰與通。十二年，盧綰遁降匈奴，封東胡盧王。㉞燕　在今北京一帶。㉟陳豨　漢宛朐（今山東菏澤）人。漢高祖時以郎中封列侯，統趙代邊兵，招賓客善遇之，趙相周昌以陳豨有異圖奏上，帝召之，陳豨遂反，自稱代王。漢高祖十二年被誅。㊱代　在今河北蔚縣。㊲殽　紛雜。㊳仄室　側室。卿大夫之支子為側室。此指親族。仄，通「側」。㊴席　憑藉。㊵中涓　內侍之官。㊶廑　通「僅」。㊷舍人　宮中近侍之官。㊸渥　優厚。㊹七年之間二句　漢高祖五年，燕王臧荼、楚故將利幾相繼反；七年，韓王信反；八年，趙相貫高反；十年，代相陳豨反；十一年，淮陰侯韓信、梁王彭越、淮南王黥布反；十二年，燕王盧綰反。七，《漢書》作「十」。㊺角　較量。㊻自　即使是。㊼諉　推託。㊽悼惠王　齊悼惠王劉肥。漢高祖長子。㊾元王　楚元王劉交。漢高祖弟。㊿中子　趙隱王劉如意。漢高祖寵姬戚夫人所出。(51)幽王　趙幽王劉友。漢高祖子。(52)共王　漢高祖子。原封梁王，改封趙王。(53)靈王　燕靈王劉建。漢高祖子。(54)厲王　淮南厲王劉長。漢高祖子。(55)布衣昆弟之心　自以為與天子為兄弟，而不論君臣之義。昆弟，兄弟。(56)慮亡句　言諸侯皆欲與皇帝同儀制，而為天子之事。慮，大概；大抵。亡，通「無」。(57)擅　專；自主。(58)黃屋　天子之車以黃繒為傘蓋之裡，故以代指天子座車。(59)圜視　瞪眼而視。圜，通「圓」。(60)馮敬　漢文帝時為典客，奏淮南厲王反。始欲發言，節制諸侯王，旋為刺客所殺。(61)領　治理。(62)效　驗證。(63)易其所以然　謂變更法制，以消弭所以反叛之根源。(64)徵　證驗。(65)其勢盡又復然　謂與異姓諸王之叛，如出一轍。(66)移　改變。(67)屠牛坦　古之善屠牛者，名坦。(68)芒刃　鋒刃。(69)頓　通「鈍」。(70)理解　依肌肉之紋理而剖解。(71)髖髀　胯骨和大腿骨。(72)嬰　加。(73)跡前事　考察前事。跡，追尋；考察。(74)因趙資　憑藉趙國之力。(75)功少而最完二句　漢初異姓諸王，至漢文帝時惟長沙王以忠謹獨存。(76)樊　樊噲。漢初封舞陽侯，後任左丞相。(77)酈　酈商。漢初封曲周侯，後任右丞相。(78)絳　絳侯周勃。漢文帝時為右丞相。(79)灌　潁陰侯灌嬰。官至太尉、丞相。(80)今雖以殘亡可也　謂其勢強必反，而招致殘亡。(81)徹侯　僅有封爵而無封地的異姓諸侯。後避漢武帝劉徹諱，改通侯，又稱列侯。(82)菹醢　將人剁為肉醬。為古代酷刑之一。(83)制從　服從。(84)輻湊　輻條聚集於車轂。輻，車輪中之支木。湊，歸聚。(85)細民　小民。(86)須　等待。(87)諸侯之地五句　謂諸侯之地，有因犯罪削入於漢者，則徙其地，及改封其子孫時，以相等之數償之。削，削減；剝奪。頗，多。88利幾　本項羽將，降漢，封潁川侯。漢高祖五年反，被殺。89柴奇開章　皆淮南王謀士。曾參與謀反。90赤子　幼孩。此指幼君。91植遺腹　立遺腹子。植，立。92委裘　先帝之裘衣。93五業　指明、廉、仁、義、聖。94瘇　足腫。95脛　小腿。96要　通「腰」。97信　通「伸」。98一二指搐二句　有一、二指動，則身懼若無所恃賴。喻諸侯強大，朝廷微弱，有一、二反者，則朝廷為之震動，而不能自保。指，腳趾。搐，牽動。慮，恐懼。聊，倚賴。99錮疾　經久不癒之疾。亦作「痼疾」。100扁鵲　戰國時代名醫。姓秦，名越人。101跖盩　腳掌向反面彎曲。跖，腳掌。盩，古「戾」字。102元王之子二句　楚元王劉交為漢高祖之弟、漢文帝叔父，其子劉郢客於漢文帝為從弟。從弟，堂弟。同祖的伯叔之子幼於己者。103惠王之子二句　惠王下原脫「之子」二字。齊悼惠王劉肥為漢高祖之庶長子、漢文帝之兄，其子劉襄於漢文帝為親兄之子。104親者　謂漢文帝之子弟。105疏者　謂楚元王、惠王之後。106偪　古「逼」字。

【語　譯】諸侯建國，如果強大，一定會造成與天子互相疑忌的形勢。諸侯常因而遭受禍害，天子常為憂慮所傷害，這實在不是安定朝廷、保全諸侯的道理啊。現在已有天子的弟弟想做東帝的事，也有過天子親兄的兒子領兵向西進犯的事，如今吳王又被人告發了。天子正在壯年，品行沒有過失，又能多施恩惠，尚且這樣，何況最強大的諸侯，權力比他們還要大十倍的呢！然而現在天下還能稍為安定，是什麼緣故呢？因為大國的王尚未成人，朝廷所置的傅相正掌握著政事。幾年以後，諸侯王大多成年，血氣正剛盛，朝廷所置的傅相，只好稱病而解職，他們從縣丞、縣尉以上的官職，全安置私人這樣的做法，和淮南厲王、濟北王的行為有什麼兩樣呢？這時而想要政治安定，就是堯、舜也做不到。黃帝說：「趁日正當中曬東西；趁刀在手中割東西。」假若現在能遵循這個道理，那麼上下安全就很容易了。若不肯早日處理，到了後來，就要毀壞骨肉親恩砍了他們的頭，這和秦末有什麼兩樣呢？

以天子的地位，趁現在的時機，靠上天的幫助，尚且害怕會把危險當做安全，把紛亂當做太平。假使陛下處在齊桓公的地位，會不糾合諸侯匡正天下嗎？臣又知道陛下必然不會這樣做的。假設天下還像從前，淮陰侯韓信還做楚王，黥布做淮南王，彭越做梁王，韓信做韓王，張敖做趙王、貫高做趙相，盧綰做燕王，陳豨在代，這六、七個人都還健在，這時陛下即天子位，能夠自覺安全嗎？臣知道陛下是不能的。當年天下紛亂，高皇帝與這些人同時起義，並沒有卿大夫宗族的勢力做依靠。這些人僥倖的不過做內侍一類的官，次一等的不過做舍人一類的官，才情實在差高皇帝很遠。高皇帝以他的明聖威武即天子之位，劃出肥美的土地來封這些人為王，多的有一百多城，少的也有三、四十縣，恩德可說非常的優厚。但是後來七年中間，謀反的事件有九起。陛下和諸王侯，並非親自較量才情而臣服他們，又不是親自封他們為王，即使是高皇帝也不能在這種情況下有一年的安逸，所以臣知道陛下是不能的。

然而還有可以推託的，說這些造反的王侯都是疏遠的異姓。現在臣就講那些親近的。假使悼惠王做齊王，楚元王做楚王，中子做趙王，幽王做淮陽王，共王做梁王，靈王做燕王，厲王做淮南王，這六、七個同姓的貴人都還健在，這時，陛下即位，能夠治理嗎？臣又知道陛下是不能的。像這幾位王，名義上雖是臣，實際上都認為和天子只是普通兄弟，大概沒有不想僭越皇帝的儀制而自己做天子的。他們擅自封人爵祿，赦免死罪，甚至於有的乘坐天子的黃蓋車。朝廷的法令不能推行，就算想推行，但是像行為不軌如同厲王的，命令他還不聽，召見他怎肯來呢？幸而來了，法令又怎能用到他的身上呢？只要動一個親戚，天下的諸侯都瞪大眼睛而騷動起來。陛下的臣子，雖有勇敢像馮敬的，可見他剛開口，匕首已經貫穿他的胸膛了。陛下雖然賢明，有誰和您處治呢？所以疏的必定有危害，親的必定會叛亂，這是已然的事實。那些仗著強盛而作亂的異姓，朝廷已僥倖戰勝他們了，但是又不知道消弭反叛的根源。同姓的照著樣子造反，也有了證驗，和異姓諸王的叛亂如出一轍。禍殃的演變，不知道加以改善，明君處在這種形勢尚且不能安逸，後世將怎樣辦？

屠牛坦一天殺十二頭牛，而鋒刃不鈍，因為他都是依各別肌肉的紋理進行剖解。至於股骨的部分，不是用砍刀，就是用斧頭。仁義恩厚，就是人主的鋒刃；權勢法制，就是人主的刀斧。現在的諸侯王，全都是那些股骨，不用刀斧，卻要用鋒刃，臣以為不缺便要折斷。為什麼不能用在淮南厲王、濟北王身上呢？這是形勢不許可啊！臣考察以前的事，大概強大的先反。淮陰侯做楚王，最強盛，便最先反；韓王信倚仗胡人，也才會反；貫高仗著趙國的力量，也才會反；陳豨兵精，也才會反；彭越做梁王，也才會反；黥布做淮南王，也才會反；盧綰最弱，所以最後反；長沙王不過二萬五千戶罷了，功勞最少卻能夠保全，關係最疏卻最忠謹，這不但是他的秉性忠貞，和常人不同，也是形勢使得他如此啊！從前如果讓樊噲、酈商、周勃、灌嬰都各占據幾十城為王，現在或許也滅亡了；讓韓信、彭越等人只位居徹侯，或許現在也還存在。那麼，天下的大計是可以知道的了。

要諸王都忠心內附，不如讓他們都像長沙王；要臣子不被誅殺，不如讓他們都像樊噲、酈商等；要天下長治久安，不如多封諸侯而減少他們的力量。力量減少就容易用禮義約束，國小便不會起邪心。使海內的形勢，像身體指揮手臂，手臂指揮手指，沒有不服從的。諸侯的君主，不敢存有貳心，像車輻聚集於車轂一樣都聽命於天子。即使是小民，也能知道天下的安定，所以天下人都知道陛下的賢明。明定分封土地的制度，令齊、趙、楚各分做若干個小國，使悼惠王、幽王、元王的子孫都按次序各自接受祖先的分地，直到封地分完為止，至於燕、梁各國也都是如此。那分地多而子孫少的，先建立若干小國，王位暫時空著，等到子孫生出來，再讓他做王。諸侯的土地，因為犯罪而削入朝廷的，就遷徙他的封地，等到改封他的子孫時，便如數償還。一寸地，一個人，天子都沒有從中圖利，確實是用來安定政治而已，所以天下人都知道陛下的廉潔。分封的制度一定，宗室的子孫，沒有人憂慮不能封王；在下的人沒有背叛之心，在上的人沒有誅滅征伐之意，所以天下人都知道陛下的仁德。法律制訂了，沒有人去觸犯；號令頒行了，沒有人敢違背，貫高、利幾的奸謀不會發生，柴奇、開章的計策不會出現，百姓向善，大臣和順，所以天下人都知道陛下的道義。即使幼君在位，天下也會安定，即使立遺腹子為君，讓群臣朝拜先王的衮衣，天下也不會亂。在當時天下大治，到後代歌誦聖明。一舉而成就五種功業，陛下怕什麼而遲遲不這樣做呢？

現在天下的大勢，正像害了腳腫的病。一條小腿粗得幾乎像腰一樣，一個腳趾粗得幾乎像大腿一樣。平常不能夠屈伸，一、二個腳趾牽動，就全身恐懼，無所依賴。現在不療治，一定會變成痼疾，以後即使有扁鵲，也無能為力了。並且不僅僅是腳腫的病，又苦於腳掌反面彎曲。楚元王的兒子，是陛下的堂弟；當今的楚王，是陛下堂弟的兒子。齊悼惠王的兒子，是陛下親兄的兒子；當今的齊王，是陛下兄子的兒子。嫡親的子弟有些還沒有得到封地來安定天下，疏遠的子弟反而執掌大權來逼迫天子，所以臣說：「不但害了腳腫的病，又苦於腳掌反面彎曲。」讓人痛心哭泣的，就是這個病啊。

【研　析】本文可分六段。首段以「安上而全下」為立論主旨。賈誼看出，在國家安定的整體考量中，君臣關係是極其敏感而薄弱的一環。多數情況下，君臣都在窺探和揣測的疑忌中，而疑忌的結果必然導致對立與緊張。所謂「樹國固，必相疑之勢」，深刻地揭露了千古君臣的心結。漢初政治情勢的詭譎和動盪，正是根源於君臣間的不信任，唯有洞察安定表象背後的危機，早為之計，方為萬全之策。

二段用「今之時」和「天子之位」作為情勢評估的主客觀條件，並以齊桓公和漢高祖為前例，反襯漢文帝有三「不能」，而其無以「自安」於異姓諸侯，亦不言可喻。

三段就同姓諸侯的不臣之心設難。言人君之難為，在於縱容則恐其桀驁不馴，治罪則諸侯疑懼欲叛，從而得出「疏者必危，親者必亂」的結論。

四段以「勢」字為中心，借屠牛坦解牛為喻，指出御下之道，或以「仁義恩厚」，或以「權勢法制」，須視對象和情勢而定。漢初的歷史事實顯示——大抵彊者先反；由此觀之，真正的權勢，在於充分掌握形勢的主控權，而消弭反叛於未形。其中連用七個「反」字細數反國，而唯一不反者，實以形勢使然故爾，可謂驚心動魄。

五段極言「眾建諸侯而少其力」之法，欲使海內之勢「如身之使臂，臂之使指，莫不制從」。就諸侯國而言，「力少，則易使以義；國小，則亡邪心」；而天下亦由此得知國君之明、廉、仁、義、聖。

末段用足病為喻。尾大不掉為「瘇」，親者無地而疏者反「制大權以偪天子」，這是「蹠盭」，皆宜早治。以「不能為」與首段之「不肯早為」、五段之「久不為」相應，再就親疏二層示警，重申去病宜及時，勢失不可得之旨，論證縝密而具有強烈的聳動性，極富說服力。

在賈誼的〈過秦論〉和〈治安策〉二篇文章中，鮮活地為我們展現出一個優秀的政論家必備的先決條件．

一是敏銳的危機意識，二是通盤規畫而一針見血的前瞻性眼光。前者足以防患於未然，後者在能力排俗見而慎於決斷。

# 鼂錯

鼂錯（西元前？～前一五四年），西漢潁川（今河南禹縣）人。文帝時為博士，常上書陳述時務，文帝愛其才，拜太子家令，頗受太子（景帝）寵任，時號為「智囊」。景帝即位時，匈奴時犯邊，景帝詔賢良文學對策，鼂錯列高第，遷御史大夫。後因建議削奪諸侯封地，引發吳、楚等七國叛變，要求誅殺鼂錯。景帝為情勢所迫，於三年正月殺之。鼂錯博學能文，尤長於刑名之學，其政論文章與賈誼齊名，皆漢初著名政論家。

## 論貴粟疏

【題解】本文選自《漢書・食貨志》，篇名取文中「欲民務農，在於貴粟」之意而訂。疏，古代人臣向君王進言議事的文書，有疏通、分條陳述的意思。漢初採取放任的經濟政策，導致天下貧富嚴重不均，當時儒家學者如賈誼、董仲舒等都主張「重農抑商」。本文是鼂錯於漢文帝十二年（西元前一六八年）所上的奏疏，主張使天下人入粟以受爵免罪，既可使人民因而重農，又可使朝廷用度充足，人民賦稅減輕，達到國強民富、天下安定的目的。

聖王在上，而民不凍飢者，非能耕而食之，織而衣之也，為開其資財之道❶也。故堯、禹有九年之水，湯有七年之旱，而國亡捐瘠❷者，以畜❸積多而備先具也。今海內為一，土地人民之眾，不避❹湯、禹，加以亡天災數年之水旱，而畜積未及者，何也？地有遺利，民有餘力，生穀之土未盡墾，山澤之利未盡出也，游食之民❺未盡歸農也。

民貧則姦邪生。貧生於不足，不足生於不農，不農則不地著❻，不地著則離鄉輕家。民如鳥獸，雖有高城深池，嚴法重刑，猶不能禁也。夫寒之於衣，不待輕煖；飢之於食，不待甘旨❼；飢寒至身，不顧廉恥。人情一日不再食則飢，終歲不製衣則寒。夫腹飢不得食，膚寒不得衣，雖慈母不能保其子，君安能以有其民哉？明主知其然也，故務民於農桑，薄賦斂❽，廣畜積，以實倉廩，備水旱，故民可得而有也。

民者，在上所以牧❾之。趨利如水走❿下，四方亡擇也。夫珠玉金銀，飢不可食，寒不可衣，然而眾貴之者，以上用之故也，其為物輕微易藏，在於把握⓫，可以周海內而亡飢寒之患。此令臣輕背其主，而民易去其鄉，盜賊有所勸⓬，亡逃者得輕資⓭也。粟米布帛，生於地，長於時，聚於力，非可一日成也。數石⓮之重，中人弗勝，不為姦邪所利，一日弗得而飢寒至。是故明君貴五穀而賤金玉。

今農夫五口之家，其服役者不下二人，其能耕者不過百畝，百畝之收不過百石。春耕，夏耘⑮，秋穫，冬藏，伐薪樵⑯，治官府⑰，給繇役⑱。春不得避風塵，夏不得避暑熱，秋不得避陰雨，冬不得避寒凍，四時⑲之間，亡日休息。又私自送往迎來，弔死問疾，養孤長幼⑳在其中。勤苦如此，尚復被水旱之災，急政暴賦㉑，賦斂不時，朝令而暮當具㉒。有者，半賈㉓而賣；亡者，取倍稱之息㉔。於是有賣田宅、鬻㉕子孫以償債者矣！而商賈㉖大者積貯㉗倍息，小者坐列㉘販賣，操其奇贏㉙，日游都市，乘上之急，所賣必倍。故其男不耕耘，女不蠶織，衣必文采㉚，食必粱㉛肉，亡農夫之苦，有阡陌㉜之得。因其富厚，交通㉝王侯，力過吏勢，以利相傾，千里游敖，冠蓋相望㉞，乘堅策肥㉟，履絲曳縞㊱。此商人所以兼并農人，農人所以流亡者也。

今法律賤商人，商人已富貴矣；尊農夫，農夫已貧賤矣。故俗之所貴，主之所賤也；吏之所卑，法之所尊也。上下相反，好惡乖迕㊲，而欲國富法立，不可得也。方今之務，莫若使民務農而已矣。欲民務農，在於貴粟。貴粟之道，在於使民以粟為賞罰。今募㊳天下入粟縣官㊴，得以拜爵，得以除罪。如此，富人有爵，農民有錢，粟有所渫㊵。夫能入粟以受爵，皆有餘者也。取於有餘以供上用，則貧民之賦可損㊶，所謂損有餘，補不足，令出而民利者也。順於民心，所補者三：一曰主用足，二曰民賦少，三曰勸農功㊷。今令，民有車騎馬㊸一匹者，復卒三人㊹。車騎者，天下武備也，故為復卒。神農之教曰：「有石城十仞㊺，湯池㊻百步㊼，帶甲百萬，而亡粟，弗能守也。」以是觀之，粟者，王者大用，政之本務。今民入粟受爵，至五大夫㊽以上，迺復一人耳，此其與騎馬之功相去遠矣。

爵者，上之所擅㊾，出於口而亡窮；粟者，民之所種，生於地而不乏。夫得高爵與免罪，人之所甚欲也。使天下人入粟於邊，以受爵免罪，不過三歲，塞下之粟必多矣。

【注釋】❶道　方法；途徑。❷國亡捐瘠　人民沒有因飢餓而相棄或病瘦的情況。亡，通「無」。捐，棄。瘠，瘦病。❸畜　通「蓄」。積。❹避　讓。❺游食之民　游手好閒，坐食之人。❻地著　定居一地，而不遷徙。❼甘旨　美味的食物。❽薄賦斂　減輕賦稅。薄，減輕。賦，田地稅。斂，徵收。❾牧　治理。❿走　趨向。⓫把握　握持於手。⓬勸　鼓勵；引誘。⓭輕資　輕便之物。⓮石　重量單位。漢制，百二十斤為石。⓯耘　除草。⓰薪樵　薪柴。⓱治官府　修理官舍。⓲繇役　力役及兵役。⓳四時　四季。⓴長幼　撫育幼童。長，作動詞用。㉑急政暴賦　原作「急政暴虐」，王念孫《讀書雜志》依景祐本改正。政，通「征」。㉒朝令而暮當具　俗本「當具」多誤作「改當其」，今據日本內閣文庫唐寫本《漢書・食貨志》校正。言朝令索而暮當具備。㉓賈　價格。㉔倍稱之息　加倍的利潤。取一償二為倍稱。㉕鬻　賣。㉖商賈　行賣曰商，坐販曰賈。㉗積貯　囤積。㉘列　市列。猶今店鋪商行。㉙操其奇贏　取其餘利。操，持取。奇贏，餘利；贏利。奇，餘。㉚文采　衣上美麗錦繡之花紋彩色。㉛粱　好米。㉜阡陌　田間小路。此借指田地。㉝交通　交往。㉞冠蓋相望　車輛往來不斷。

冠，帽子。蓋，車傘。㉟乘堅策肥　乘堅車，駕肥馬。㊱履絲曳縞　穿絲鞋綢衣。履，穿著。曳，拖著。縞，精緻潔白的絲織品。㊲乖迕　相違背。㊳募　徵求。㊴縣官　指朝廷。㊵渫　散。㊶損　減。㊷勸農功　鼓勵農民努力生產。㊸車騎馬　戰車騎兵所用之馬。㊹復卒三人　免役三人。復，除。卒，繇役。㊺仞　古代長度名。七尺或八尺。㊻湯池　護城河。以沸湯為池，言嚴固之甚。㊼步　古代長度名。五尺或六尺。㊽五大夫　漢朝第九級爵名。入粟四千石。漢朝沿秦朝制度，侯以下爵有二十級。㊾擅　專有。

【語　譯】聖明的君王在位，人民就可以不受飢寒的痛苦，並不是君王能夠自己耕田產糧食給他們吃，織布給他們穿，而是能替他們開闢財源罷了。所以堯、禹遭九年的水災，湯遭七年的旱災，人民卻沒有因為飢餓而互相拋棄或者瘦弱生病的，因為儲藏的糧食多，準備工作早就做好了。現在天下統一，土地的廣大，人口的眾多，不下於商湯、夏禹時代，加上沒有接連幾年的水旱災，可是儲藏的糧食卻趕不上，是什麼緣故呢？因為土地的利益沒有充分利用，人民的勞力沒有完全發揮，能夠生產糧食的土地沒有全部開墾，山林川澤的資源沒有完全開發，光吃飯不做事的游民沒有全部回去耕種啊。

人民一貧窮，奸詐邪惡的事就會發生。貧窮由於物資不足，物資不足由於不注重農耕，不重視農耕，人民就不能定居，不能定居就會輕易地離開家鄉，人民像鳥獸一樣亂飛亂跑，即使有高城深池，嚴法重刑，也不能禁止。寒冷的時候，不會等到有輕煖的衣服才穿；飢餓的時候，不會等到有美味的東西才吃；飢餓寒冷的時候，往往不顧廉恥。人通常一天吃不到兩頓飯就會飢餓，整年不做衣服就要挨凍。肚子餓了沒有東西吃，身體冷了沒有衣服穿，即使是慈母也不能保有她的兒子，君主又怎能保有他的人民呢？賢明的君主知道這個道理，所以使人民盡力耕田種桑，減輕賦稅，增加蓄積，藉以充實倉庫，防備水旱災，因此才能保有人民啊。

人民，完全看君主怎樣去治理他們。他們追求利益，就像水往低處流，不分東西南北。珠玉金銀，餓了不能吃，冷了不能穿，但是大家都貴重它，因為君主要用它的緣故啊。這些東西又輕又小，容易收藏，手裡有了它，就可以走遍天下而沒有飢寒的憂慮。這使得人臣輕易背棄君主，人民容易離開家鄉，盜賊有了誘因，逃亡的人得到便於攜帶的財物。糧食和布帛生在土地裡，在一定的季節裡成長，集合很多人力才能收穫，不是一天就可以辦到的。幾石的重量，中等力氣的人挑不動，因而不被奸邪的人所利用，但是一天沒有它，便要挨餓受凍。所以賢明的君主就貴重五穀而輕視金玉。

現在農夫的五口之家，要替公家服役的不下二人，他們能夠耕種的田地不過一百畝，一百畝田地的收成不過一百石。他們春天要耕地，夏天要除草，秋天要收穫，冬天要儲藏，還要砍柴草，修理官舍，服勞役和兵役。春天不能避開風塵，夏天不能避開暑熱，秋天不能避開陰雨，冬天不能避開寒凍，一年到頭，得不到一天休息。並且在私人方面，要招待來往的親友，弔喪探病，養育孤兒，教養幼童，都要在這有限的收入中開支。像這樣的勤苦，還要遭受水旱災，緊急徵收的苛捐雜稅，隨時攤派，早晨下令要，晚上就要準備好。有糧食的，逼得半價賤賣；沒有的，就以加倍的利息去向人借貸。於是就有賣田地房屋、賣子孫還債的事了。而商人，大資本的囤積居奇，獲得雙倍的利潤，小資本的經營店鋪，他們牟取利潤，天天在都市裡遊逛，乘著公家的急用，賣的價格一定要加倍。所以他們男的不耕田不除草，女的不養蠶不織布，穿的一定華麗，吃的一定精美，沒有農夫耕種的辛苦，卻坐享田地的收成。憑藉著雄厚的財力，和王侯結交往來，勢力超過官吏，大家以利相交，千里出遊，往來不絕，坐著好車，駕著肥馬，穿著絲履，飄著絹帶。這就是商人兼并農人，農人流亡的原因了。

現在的法律雖然輕視商人，可是商人已經富貴了；重視農人，可是農人已經貧賤了。所以社會上所貴重的，卻是君主所輕視的；官吏所鄙視的，卻是法律所尊重的。上下看法相反，好惡相違背，卻希望國家富強，法令推行，是做不到的啊。當今的要務，莫過於使人民努力農耕而已。要人民努力農耕，在於貴重糧食。貴重糧食的方法，在於讓人民用糧食來得賞免罰。如果現在向天下徵求，肯向朝廷獻糧的人可以得到封爵，可以免除罪罰。這樣的話，富人可以封爵，農民可以有錢，糧食也有了銷路。那些能夠獻糧得封爵的，都是有餘財的人。取這些人的餘財來供應政府開支，那麼，貧民的賦稅就可以減少，這就是所謂取富人的餘財，來貼補窮人，命令一出而人民能得到好處。這不但順應民心，還有三個好處：一是君主的用費充足，二是人民的賦稅減少，三是鼓勵農業生產。現在的法令，人民獻戰馬一匹的，可以免除三個人的服役。車騎，是國家的軍事裝備，所以准許免役。神農氏的教訓說：「有石城十仞，護城河百步，帶甲的兵百萬，然而沒有糧食，還是不能夠防守啊。」由此看來，糧食對於帝王有很大的用處，也是政治上的根本要務。現在命令人民獻糧受爵，到五大夫以上，才能免一個人的役，這比起獻車騎的好處差得多了。

封爵是君主所專有的，只要一開口就行了，並沒有窮盡；糧食為人民所種植，生在土地上而不會缺乏。得到崇高的封爵和免除罪罰，是人人所極想要的。假使天下人民都獻糧食到邊塞，來獲得封爵，免除罪罰，不過三年，邊塞所儲藏的糧食一定很多了。

**【研　析】**本文可分六段。首段透過古今對比凸顯了漢初社會蓄積不足的實況，進而指出「地有遺利，民有餘力」實為社會病根，以見「開其資財」的必要性。

二段寫不農之害。一方面，不農則無蓄積，無蓄積則貧，「民貧則姦邪生」；另方面，農業是紮根於土地的事業，因務農而會對土地產生難捨的依戀之情，因地緣而會具有強烈的歸屬感，也就在這樣的一分眷戀和歸屬感中，國家得以永續地成長；更何況農業生產直接涉及百姓的生存問題，國君若想長保其民，豈能等閒視之？

三段基於對「民者，在上所以牧之。趨利如水走下，四方亡擇」的了解，透過珠玉金銀和粟米布帛在實用價值上的對比，強調君主的好惡對百姓的直接影響，進而指出「貴五穀而賤金玉」為明君治國之本。

四段以農夫之痛苦與商人之逸樂相對比，深刻揭露貧富勞逸不均的社會現實。鼂錯用了二個「不過」和四個「不得」傾瀉農民力財兩竭之不滿，而以「急」、「暴」、「不時」的政令言其雪上加霜之苦；至於商賈，則以二「游」字概括其「亡農夫之苦，有阡陌之得」的自在富厚，而政商勾結，正是「商人所以兼并農人，農人所以流亡」的真正原因。

五段根據「損有餘，補不足」的分配原則，正式提出「貴粟」的具體措施，即：以粟為賞罰、以納粟封爵除罪。這一方面可矯正棄本逐末、法律徒為具文的時弊，同時也能順應民心（即「富人有爵，農民有錢，粟有所渫」），更能一舉達成三種效果（主用足、民賦少、勸農功），故曰「粟者，王者大用，政之本務」。

末段總結貴粟之法的立意在於「使天下人入粟於邊，以受爵免罪」，達到國強民富的最終目的。

在這篇奏疏中，鼂錯圍繞著「貴粟」之利和「輕農」之弊進行多層次的對比，通過古與今、珠玉金銀和粟米布帛、農夫的勤苦和商賈的逸豫、以車騎復卒和入粟受爵免罪等方面的比較，使人逐漸意識到「貴粟」政策在經濟和國防乃至社會公平等各個層面上的必要性。通篇邏輯嚴密，文字亦頗富渲染力，充分顯示出嚴峻尚實的法家性格。

# 鄒陽

鄒陽（西元前？～前一二九年），西漢臨淄（今山東臨淄）人。景帝時，與枚乘、嚴忌等同在吳王劉濞手下做官，都以善於辯論和寫文章著名。吳王劉濞謀逆，鄒陽上書勸諫，不被接受，遂與枚乘、嚴忌等一起投奔梁孝王，出謀劃策，頗為得力。其文頗有戰國縱橫家之風。

## 獄中上梁王書

【題解】本文選自《漢書．賈鄒枚路傳》，篇名取文中「陽迺從獄中上書」一句而訂。梁王，梁孝王。名武，漢文帝次子，漢景帝同母弟，漢文帝十二年（西元前一六八年）封梁王。鄒陽於投奔梁孝王後，曾諫阻梁孝王不可與朝廷對抗，梁孝王因而不悅，加上在梁孝王左右的羊勝、公孫詭等人乘機進讒言，於是將鄒陽下獄判死。鄒陽於獄中上此書給梁孝王，極力辨析其冤屈，希望梁孝王不要被小人蒙蔽，誠心對待士人，才能得到士人的竭誠回報。

鄒陽從梁孝王游。陽為人有智略，忼慨❶不苟合，介於羊勝、公孫詭❷之間。勝等疾❸陽，惡之❹孝王。孝王怒，下陽吏❺，將殺之。陽迺從獄中上書，曰：

「臣聞忠無不報，信不見疑，臣常以為然，徒虛語耳。昔荊軻慕燕丹之義，白虹貫日，太子畏之❻；衛先生為秦畫長平之事，太白食昴，昭王疑之❼。夫精誠變天地，而信不諭❽兩主，豈不哀哉？

「今臣盡忠、竭誠，畢議、願知❾，左右不明，卒從吏訊❿，為世所疑。是使荊軻、衛先生復起，而燕、秦不寤⓫也，願大王孰⓬察之！昔玉人獻寶，楚王誅之⓭；李斯⓮竭忠，胡亥⓯極刑⓰。是以箕子陽狂⓱，接輿避世⓲，恐遭此患也。願大王察玉人、李斯之意，而後⓳楚王、胡亥之聽，毋使臣為箕子、接輿所笑。臣聞比干剖心⓴，子胥鴟夷㉑，臣始不信，迺今知之。願大王孰察，少加憐焉！語曰：『有白頭如新，傾蓋㉒如故。』何則？知與不知也。故樊於期逃秦之燕，藉荊軻首以奉丹事㉓；王奢去齊之魏，臨城自剄，以卻齊而存魏㉔。夫王奢、樊於期非新於齊、秦而故於燕、魏也，所以去二國㉕、死兩君㉖者，行合於志，而慕義無窮也。是以蘇秦不信於天下，為燕尾生㉗；白圭戰亡六城，為魏取中山㉘。何則？誠有以相知也。蘇秦相燕，人惡之燕王，燕王按劍而怒，食以駃騠㉙；白圭顯於中山，人惡之於魏文侯，文侯賜以夜光之璧。何則？兩主二臣，剖心析肝相信，豈移於浮辭㉚哉？故女無美惡，入宮見妒；士無賢不肖，入朝見嫉。昔司馬喜臏腳於宋，卒相中山㉛；范雎㉜拉脅㉝折齒於魏，卒為應侯。此二人者，皆信必然之畫(34)，捐朋黨之私，挾孤獨之交，故不能自免於嫉妒之人也。是以申徒狄蹈雍之河(35)，徐衍負石入海(36)，不容於世，義不苟取比周(37)於朝，以移主上之心。故百里奚(38)乞食於道路，繆公(39)委之以政；甯戚(40)飯牛車下，桓公任之以國。此二人者豈素宦(41)於朝，借譽於左右，然後二主用之哉？感於心，合於行，堅如膠桼(42)，昆弟不能離，豈惑於眾口哉？

「故偏聽生姦，獨任成亂。昔魯聽季孫(43)之說逐孔子，宋任子冉(44)之計囚墨翟。夫以孔、墨之辯，不能自免於讒諛，而二國以危。何則？眾口鑠金(45)，積毀銷骨(46)也。秦用戎人由余(47)而伯(48)中國，齊用越人子臧而彊威、宣(49)。此二國豈拘於俗，牽於世，繫奇偏之浮辭哉？公聽並觀，垂明當世。故意合則胡、越為兄弟，由余、子臧是矣；不合則骨肉為讎敵，朱(50)、象(51)、管、蔡(52)是矣。今人主誠能用齊、秦之明，後宋、魯之聽，則五伯(53)不足侔(54)，而三王易為比也。是以聖王覺寤，捐子之(55)之心，而不說田常(56)之賢，封比干之後(57)，修孕婦之墓(58)，故功業覆於天下。何則？欲善亡厭也。夫晉文公親其讎(59)而彊伯諸侯，齊桓公用其仇(60)而一匡天下。何則？慈仁殷勤，誠加於心，不可以虛辭借也。

「至夫秦用商鞅之法，東弱韓、魏，立彊天下，而卒車裂之；越用大夫種(61)

之謀，禽[62]勁吳而伯中國，遂誅其身。是以孫叔敖[63]三去相而不悔，於陵子仲[64]辭三公為人灌園。今人主誠能去驕傲之心，懷可報之意，披心腹，見情素，墮[65]肝膽，施德厚，終與之窮達，無愛[66]於士，則桀之犬可使吠堯，跖[67]之客可使刺由[68]，何況因萬乘之權，假聖王之資乎？然則荊軻湛[69]七族，要離[70]燔妻子，豈足為大王道哉？

「臣聞明月之珠，夜光之璧，以闇投人於道，眾莫不按劍相眄[71]者。何則？無因而至前也。蟠[72]木根柢，輪囷離奇[73]，而為萬乘器者，以左右先為之容[74]也。故無因而至前，雖出隨珠[75]、和璧[76]，祇[77]怨結而不見德；有人先游[78]，則枯木朽株樹功而不忘。今夫天下布衣窮居之士，身在貧羸[79]，雖蒙堯、舜之術，挾伊[80]、管之辯，懷龍逄[81]、比干之意，而素無根柢之容，雖竭精神，欲開忠於當世之君，則人主必襲按劍相眄之迹矣。是使布衣之士不得為枯木朽株之資也。

「是以聖王制世御俗，獨化於陶鈞[82]之上，而不牽乎卑亂之語，不奪乎眾多之口。故秦皇帝任中庶子[83]蒙嘉[84]之言以信荊軻，而匕首竊發；周文王獵涇、渭[85]，載呂尚而歸，以王天下。秦信左右而亡，周用烏集[86]而王。何則？以其能越攣拘[87]之語，馳域外之議，獨觀乎昭曠之道也。今人主沉諂諛之辭，牽帷廧之制[88]，使不羈之士與牛驥同皂89，此鮑焦90所以憤於世也。

「臣聞盛飾91入朝者，不以私汙義；底厲92名號93者，不以利傷行。故里名勝母，曾子不入94；邑號朝歌，墨子回車95。今欲使天下恢廓96之士，籠於威重之權，脅於位勢之貴，回面97汙行，以事諂諛之人，而求親近於左右，則士有伏死堀98穴巖藪99之中耳，安有盡忠信而趨闕下100者哉？」

【注釋】❶忼慨　意氣激昂。❷羊勝公孫詭　二人皆梁孝王客。❸疾　妒忌。❹惡之　破壞他。之，指鄒陽。❺吏　獄吏。❻荊軻慕燕丹之義三句　傳說荊軻出發為燕國太子丹刺秦王後，太子自望氣，見白虹貫日而不徹，曰：「吾事不成矣。」後聞荊軻死，曰：「吾知然也。」荊軻，戰國時代衛國人，為燕國太子丹刺秦王，不中，被殺。❼衛先生為秦畫長平之事三句　秦將白起伐趙，破趙軍於長平（今山西高平西北），欲遂滅趙，遣衛先生說秦昭王請益兵糧，衛先生為應侯所害，事遂不成。傳說當時出現太白食昴星象，秦昭王疑之，故不肯益兵糧。太白，金星。食，通「蝕」。昴，白虎宿。金星主兵革，昴宿分野為趙國，趙國將有兵事，故太白食昴以示兆。❽諭　明白；了解。❾畢議願知　此四字，《漢書．鄒陽傳》作「盡智畢議」。❿訊　審訊。⓫寤　通「悟」。⓬孰　通「熟」。仔細。⓭玉人獻寶二句　楚國人卞和得玉璞，獻之，楚武王以為詐，刖其左足，楚文王時復獻，又以為詐，刖其右足，及楚成王即位，卞和抱璞哭，王使玉人琢之，果得寶玉。⓮李斯　（西元前？～前二〇八年）楚國上蔡（今河南上蔡西南）人。從荀子學帝王之術，入秦說秦王政，為長史，秦滅六國，為丞相。秦始皇崩，與趙高共立胡亥為二世皇帝，後為趙高所忌，被腰斬，並夷三族。⓯胡亥　秦始皇子。繼立為二世皇帝，在位三年（西元前二〇九～前二〇七年）。⓰極刑　死刑。⓱箕子陽狂　箕子為商紂諸父，紂無道，箕子諫，不聽，遂被髮佯狂。陽，通「佯」。假裝。⓲接輿避世　接輿為春秋時代楚國人，姓陸名通，楚昭王時，政令不修，乃被髮佯狂，隱居不仕。避世，隱居。⓳後　放在後面。⓴比干剖心　比干為商紂諸父，傳說因商紂無道，比干屢諫，被剖心而死。㉑子胥鴟夷　伍子胥，名員，春秋時代楚國人，曾佐吳王夫差伐越，大破之，越王句踐請和，夫差許之，子胥屢諫不聽，自剄死。吳王乃以子胥屍，盛以皮囊浮於江中。鴟夷，皮囊。㉒傾蓋　途中相遇，停車對語，兩車蓋相擠而稍傾斜。㉓故樊於期逃秦之燕二句　樊於期本為秦將，被讒而逃亡至燕國，秦王政滅其家，又重金購其首，燕太子丹遣荊軻欲刺秦王，樊於期自刎，令荊軻齎首往。藉，獻。奉，助。㉔王奢去齊之魏三句　王奢本齊臣，逃亡至魏國，齊國因而伐魏，王奢登城謂齊將曰：「今君之來，以奢故，義不為魏累。」遂自剄。剄，割頸。卻，退。㉕二國　指秦、齊。㉖兩君　指燕太子丹及魏王。㉗是以蘇秦不信於天下二句　言蘇秦於天下則反覆無信，而於燕國則獨守信如尾生。尾生，古之信士，與女子相約於橋下見面，女子未至而溪水暴漲，尾生為了守信，抱橋柱而死。㉘白圭戰亡六城二句　白圭為中山國將領，失去六城，中山君欲殺之，遂逃亡入魏國，魏文侯厚遇之，領兵拔中山。㉙駃騠　駿馬名。㉚浮辭　虛浮不實的言辭。㉛司馬喜臏腳於宋二句　事見《戰國策》及《呂氏春秋》。司馬喜，戰國時代宋國人。曾三相中山國。臏腳，去膝蓋骨。㉜范雎　魏國人。隨中大夫須賈使齊國，齊襄王賜之金及牛酒，須賈疑其私通齊，以告魏相魏齊，使人笞擊之，拉脅摺齒，范雎遂逃亡。入秦，為應侯。㉝拉脅　肋骨折斷。拉，折斷。㉞畫計策。㉟申徒狄蹈雍之河　申徒狄乃殷商末年人，諫君不聽，抱甕自沉於河。雍，通「甕」。㊱徐衍負石入海　徐衍乃周末人，因不滿世亂，負石自沉於海。㊲比周　阿附。㊳百里奚　春秋時代虞國人。虞亡，被俘為奴，秦穆公聞其賢，贖之，後佐秦穆公以成霸業。一說：百里奚聞秦穆公賢明，行乞奔秦，秦穆公以為相。㊴繆公　即秦穆公。㊵甯戚　衛國人。為人餵牛，住齊國郭門外，齊桓公夜出，甯戚叩牛角而歌，齊桓公與語，悅之，以為大夫。㊶宦　做官。㊷桼　即「漆」字。㊸季孫　春秋時代魯國大夫季桓子，名斯。《論語・微子》：「齊人饋女樂，季桓子受之，三日不朝，孔子行。」㊹子冉　《史記》作「子罕」。姓樂名喜，宋國賢臣。㊺眾口鑠金　眾人之言，足以熔化金石。㊻積毀銷骨　讒言積久，則骨亦為之銷熔。㊼由余　春秋時代晉國人。因事逃至戎，後為秦穆公所用，拓地千里，遂霸西戎。㊽伯　通「霸」。㊾威宣　指齊威王與齊宣王。㊿朱　丹朱。堯之子，傲慢荒淫，故堯傳位於舜。(51)象　舜之弟。曾多次謀害舜。(52)管蔡　管叔鮮和蔡叔度，周公二弟。二人聯合紂子武庚謀叛，周公東征，殺武庚、管叔，流放蔡叔。(53)五伯　指春秋五霸。(54)侔　等同。(55)子之　燕相。燕王噲以國讓之，國乃大亂。(56)田常　即陳恆。齊簡公悅其賢而用之，後田常弒齊簡公。(57)封比干之後　周武王克商，封比干之後人。(58)修孕婦之墓　紂剖孕婦之腹，觀其胎產，周武王克商，乃修其墓。(59)晉文公親其讎　晉文公為公子時，其父晉獻公寵驪姬，逼死太子，晉文公逃亡，寺人披奉秦獻公之命攻之，晉文公逃，寺人披追之而斷其衣袖，後晉文公回國即位，寺人披往見，晉文公赦之，寺人披乃舉發呂甥、郤芮等謀叛，晉文公得以平定之。(60)齊桓用其仇　齊桓公與公子糾爭位，管仲奉公子糾之命與齊桓公激戰，射齊桓公，中帶鉤，後齊桓公赦其罪，用以為相。(61)種　春秋時代越國大夫文種。(62)禽　通「擒」。(63)孫

叔敖　春秋時代楚國人。楚莊王時三為令尹。[64]於陵子仲　即陳仲子。戰國時代齊國高士，名子終，於陵（今山東長山南）人，自稱陵仲子。窮不苟求，不食不義之食，楚王欲聘以為相，逃去為人灌園。[65]墮　布。[66]愛　吝惜；吝嗇。[67]跖　盜跖。[68]由　許由。[69]湛　通「沉」。滅沒。[70]要離　春秋時代吳國人。吳公子光遣之刺殺慶忌，要離詐以犯罪逃亡，令吳焚其妻子，見慶忌於衛而刺之，而後自刎。[71]眄　斜視。[72]蟠　屈曲。[73]輪囷離奇　屈曲盤繞。[74]容　雕飾。[75]隨珠　隨侯之珠。[76]和璧　和氏之璧。[77]秪　通「祇」。[78]游　游揚；稱譽。[79]貧羸　貧困。羸，困頓。[80]伊　伊尹。佐商湯滅殷紂。[81]龍逢　夏代賢臣關龍逢。夏桀為長夜之飲，龍逢極諫，夏桀怒殺之。[82]陶鈞　製陶器的轉盤。[83]中庶子　官名。為太子屬官。[84]蒙嘉　人名。姓蒙名嘉。荊軻至秦國，由蒙嘉引見秦王。[85]涇渭　二水名，在今陝西。呂尚釣於渭水，周文王出獵遇之，知其賢，載以俱歸，遂佐周滅商。[86]烏集　乍合乍離如烏之集。此言周文王之得太公，非因舊故，若烏鳥之乍集。[87]攣拘　牽制。[88]牽帷廧之制　為臣妾所牽制。帷廧，指妻妾所居內室。此用以指妻妾及左右寵臣。廧，同「牆」。[89]皁　餵牛馬的木槽。[90]鮑焦　周代之介士，怨時之不用己，採蔬於道。子貢難曰：「非其時而采其蔬，此焦之有哉！」鮑焦遂棄蔬，乃立於洛水之上而死。[91]盛飾　穿戴整齊，修飾外表。引申指修飾言行。[92]底厲　砥礪。[93]名號　名聲；名譽。[94]里名勝母二句　勝母則不孝，故曾子不入。[95]邑號朝歌二句　朝非歌時，故墨子回車。朝歌，商時都邑名，在今河南淇縣。[96]恢廓　器度高遠寬宏。[97]回面　改變臉上表情。此指改變態度。[98]崛　同「窟」。[99]藪　大澤。[100]闕下　宮闕之下。借指朝廷。

【語　譯】鄒陽在梁孝王門下為客。鄒陽的為人有智慧才略，意氣激昂，不肯苟且迎合，身處羊勝和公孫詭之間。他們嫉妒鄒陽，向梁孝王說他的壞話。梁孝王動了怒，把鄒陽交給獄吏審問，準備殺他。鄒陽便從獄中上書給梁孝王，說：

「臣聽說忠心的人沒有得不到報答的，誠信的人不會被懷疑，臣一向認為這話是對的，現在才知道只是空話而已。從前荊軻仰慕燕太子丹的高義，所以替他去刺秦王，出發的時候，因為白虹穿過太陽，太子丹就害怕事情不能成功。衛先生替秦國計畫長平的事情，因為太白星遮蔽昴宿，秦昭王就懷疑他。這種可以感動天地的精誠，竟得不到兩位君主的信任，豈不是可悲嗎？

「現在臣向大王竭盡忠貞、真誠、計議和智謀，可惜左右不明察，竟然將臣下獄審訊，使臣被世人懷疑。

這就像荊軻和衛先生復活，而燕太子和秦王不能覺悟啊。希望大王仔細明察！從前卞和獻寶玉，反被楚王刖足；李斯竭盡忠誠，竟然被胡亥處死。因此箕子假裝顛狂，接輿避世隱居，都是恐怕受到這種禍災啊！希望大王明察卞和和李斯的心意，不要像楚王和胡亥一樣的聽信讒言，不要讓臣被箕子和接輿譏笑。臣聽說比干被紂王剖心，伍子胥的屍體被夫差裝入皮囊投於江中，臣起初不相信，現在才知道是真的。希望大王細細審察，稍加憐憫罷！古語說：『有的人雖然相交到髮白，還是像新交一般；有的人在路上偶遇，並車談話一下，就像是多年舊交似的。』為什麼呢？這是相知和不相知的分別罷了。所以樊於期從秦國逃到燕國，把自己的頭給荊軻，幫助他進行為燕太子丹刺殺秦王的壯舉；王奢離開齊國到魏國，登城自殺，以退齊兵而保存魏國。王奢和樊於期，和齊、秦二國不是新交，和燕、魏二國不是舊交，他們所以離開齊、秦二國，為燕、魏二君而死的原因，是由於二君的行為合於他們的志向，他們十分的仰慕道義啊。所以蘇秦對天下沒有信義，對燕國卻像尾生似的守信；白圭做中山將的時候，失守六城，逃到魏國，卻能替魏拔取中山。為什麼呢？因為他們真能夠彼此相知啊。蘇秦做燕相，有人向燕王說他的壞話，燕王按劍大怒，反把駿馬的肉賜給蘇秦吃；白圭因拔取中山而顯貴，有人向魏文侯說他壞話，魏文侯反而賜他夜光璧。為什麼呢？因為他們都能夠剖心析肝，互相信任，哪會因為浮辭而動搖呢？所以女子不論美與醜，一入皇宮便受妒忌；士人不論賢與不肖，一人朝廷便遭嫉恨。從前司馬喜在宋國被斬斷了腳，後來做了中山的相；范雎在魏國被打斷了肋骨，敲落了牙齒，後來在秦國被封為應侯。這兩個人，都是相信自己的計畫必然可行，拋棄了朋黨的私心，只依靠自己和君主的交情，所以不能避免別人對他們的妒忌。因此申徒狄抱著甕跳河自殺，徐衍背著石頭跳海，他們雖然不容於世，到底不肯在朝中苟合阿附，以求改變主上的心意。所以百里奚在路上乞食，秦穆公把國政委託給他；甯戚在車下餵牛，齊桓公任命他做大夫。這兩個人難道是一向在朝廷做官，託左右的人說好話，然後兩個國君才用他的嗎？不過是彼此心靈感應，行為相合，像膠漆一般堅固，即使兄弟也不能離間，豈會被眾人的話所惑亂呢？

「所以偏聽一面之辭，便生奸邪；單獨信任一人，便有禍亂。從前魯國國君聽了季孫的話趕走孔子，宋國國君用了子冉的計策囚禁墨翟。以孔、墨的辯才，尚且不能避免別人的毀謗，二國也因此而危險。為什麼呢？因為眾人的謠言，可以銷金；積久的讒毀，可以銷骨啊。秦國用了戎人由余而稱霸中國，齊國用了越人子臧而齊威王、齊宣王因此強大。這兩國的國君，難道是被世俗牽累，被片面不實的亂言所惑嗎？他們公正的聽，全面的看，賢名流傳於世。所以意見相合，胡、越也可變為兄弟，由余、子臧就是例子；意見不合，骨肉也可變為仇敵，丹朱、象、管叔和蔡叔就是例子。現在的人主，如果能夠做到齊、秦兩國國君的明察，不像宋、魯二國國君的聽信讒言，那麼即使五霸也不能相比，即使是三王的功業也容易做到。因此聖王覺悟，拋棄子之的心術，不喜歡田常那虛假的賢明，封比干的子孫，修孕婦的墳墓，所以成就了偉大的功業。為什麼呢？因為求善的心是不會滿足的啊。晉文公親近他的仇敵而稱霸諸侯，齊桓公任用他的仇人而一匡天下。為什麼呢？因為慈愛仁厚真誠懇切的心，不是虛偽的言辭所能替代的啊。

「至於秦國任用商鞅變法，東面削弱韓、魏二國，立即成為天下的強國，卻將商鞅車裂而死；越國用了大夫文種的計謀，滅了強勁的吳國而稱霸中國，卻使文種自殺而死。因此孫叔敖三次被免去令尹的職位而不懊悔，陳仲子情願推辭三公的高爵替人家灌園。現在的人主，果真能拋棄驕傲的心理，懷著報答功勞的心意，敞開心胸，表露本心，披肝瀝膽，施德廣厚，始終和士人窮達相共，毫不吝嗇，那麼夏桀的狗可以使牠去吠堯帝，盜跖的客可以使他去刺許由，何況利用天子的權勢，憑藉聖王的力量呢？那麼，荊軻刺殺秦王不成而被滅七族，要離為了刺殺慶忌先讓吳王燒死自己的妻子，哪裡值得對大王說呢！

「臣聽說明月之珠、夜光之璧，如果在黑暗中向路人拋擲，沒有人不會按劍怒目斜視的。為什麼呢？因為它無緣無故而掉到面前啊。彎曲的樹根，屈曲盤繞的樣子，卻可以做天子的器物，因為左右的人先替它雕刻裝飾過了。所以無緣無故而掉到面前，雖然拿出的是隨侯珠、和氏璧，也只有結怨而得不到別人的感激；如果有人先為介紹，枯木朽株也可以樹立功勞而永遠不忘。現在天下的布衣窮居的士人，身在窮困之中，即使身懷堯、舜的治術，擁有伊尹、管仲的才能，懷抱龍逢、比干的忠心，但一向沒有人替他介紹宣揚，雖然竭盡精神，想盡忠於當世的君主，而人主必定會按劍怒目相視的。這使得布衣士人竟連做枯木朽株的資格都沒有了。

「所以聖王治理天下，像陶匠獨自運轉陶鈞似的，掌握權柄，不被卑賤的浮辭所牽制，不被眾人的謠言所影響。所以秦始皇聽了中庶子蒙嘉的話而相信荊軻，結果是匕首暗中刺過來；周文王在涇水、渭水一帶打獵，載了呂尚一同回來，因此稱王於天下。秦始皇相信了左右的話而亡國，周文王任用了偶然遇到的呂尚而王天下。為什麼呢？因為周文王能夠跳出牽制的言語，超出世俗的議論，看出那光明曠達的道理啊。現在的人主，沉溺在諂諛的言辭中，受到臣妾的牽制，使曠達不羈的才學之士和牛馬同槽，這就是鮑焦憤世疾俗的原因了。

「臣聽說端正言行而入朝的人，不因私情而玷汙公義；砥礪名聲的人，不因私利而損害品行。所以有個里名叫『勝母』，曾子不肯進去；碰到邑名叫『朝歌』，墨子就轉回車子。現在想使天下高遠寬宏的士人，被威重的權勢籠絡，受尊貴的勢位脅迫，改變態度，辱損品行，來事奉那些諂諛的小人而親近君主，那麼士人只有伏死在洞穴大澤之中罷了，怎麼會到朝廷來盡忠盡信貢獻才智呢？」

【研　析】本文可分兩部分，第一部分記鄒陽遭讒下獄；第二部分為鄒陽下獄後的自我辯白書，可分七段。首段從君臣關係切入，「臣聞忠無不報，信不見疑，臣常以為然」，拈出忠、信二字作為君臣相待的原則；接著卻說：「徒虛語耳。」態度遽然轉變，且舉荊軻、衛先生為證，使人在錯愕中體悟其忠而見疑之悲。二段一面委婉地託言「左右不明」，再三懇請，「願大王孰察」，又透過「有白頭如新，傾蓋如故」的諺語和對一系列史實的自問自答，暗示不能以交往時間的長短作為判斷君臣遇合與否的標準，而臣下能否獻忠致信、有所作為，端視君王的知人知言之明。三段深痛主上「偏聽生姦，獨任成亂」，而「眾口鑠金，積毀銷骨」，亦使賢者「不能自免於讒諛」。

君臣間的遇合何以若此之難呢？鄒陽從自身的遭遇中意識到：嫉妒為讒言泛濫之源。所謂「女無美惡，入宮見妒；士無賢不肖，入朝見嫉」，政治圈中的讒言係以隻手遮天的方式切中君主的忌諱來形成蔽障，不惜以「奇偏之浮辭」黨同伐異，以維護既得利益。因此，一個聖明的君主，應當「公聽並觀，垂明當世」，而不可「惑於眾口」，要以「欲善亡厭」、「慈仁殷勤，誠加於心」的誠意去知人尊賢。

四段藉商鞅、文種的遭遇譏諷忠無善報的可悲，而勉人主「去驕傲之心，懷可報之意」，誠心待士，必能得士之死力。五段復借「明月之珠，夜光之璧」和「蟠木根柢，輪囷離奇」為喻，重提「偏聽生姦，獨任成亂」的問題，而這正是鄒陽自身最沉痛的疑慮；進而更為「天下布衣窮居之士」抱屈。如果不結譽干進就見棄於人主，這個社會豈不是病了？

六段期勉君主不要被小人的諂諛之辭所蒙蔽，要能「獨化於陶鈞之上」、「獨觀乎昭曠之道」，亦即具有獨立判斷的眼光，才能於斷斷眾咻中聽取真相。末段則藉曾子、墨子為例，重申氣節之士絕不向讒佞妥協的立場，而重名節的觀念，正是支持忠臣志士前仆後繼以盡忠報國的原動力。

在這篇上書中，鄒陽巧妙地運用了「同理心」的原則，處處為梁孝王建功立業的企圖設想，冰釋梁孝王對他的成見和誤解，於是他的自我辯白才有展開的可能。這可見其「智略」。其次，作者還善於製造錯愕。全文以忠信二字為核心，先說「常以為然」，隨即改謂「徒虛語耳」；又舉反證，言「始不信，迺今知之」，皆使人為之動容而不得不重新考慮；而其敢於批評梁孝王「惑於眾口」、「沉諂諛之辭，牽帷廧之制，使不羈之士與牛驥同皁」，而欲使天下寥廓之士「回面汙行，以事諂諛之人」，亦足以顯示「忼慨不苟合」的剛烈性格，此種道德勇氣的展現，實為膽識所激，斷非暴虎馮河的輕狂之徒所可比擬。

# 司馬相如

司馬相如（西元前一七九～前一一八年），字長卿，西漢蜀郡成都（今四川成都）人。少名犬子，因慕戰國時代藺相如為人，改名相如。景帝時為武騎常侍，因景帝不好辭賦，遂稱病免官。遊梁，與梁孝王客鄒陽、枚乘等同為文學待從之臣。武帝即位，讀其所作〈子虛賦〉，深為讚賞，因得召見，又進奏〈上林賦〉。帝大悅，拜為郎。後又拜中郎將，奉使西南諸夷。司馬相如是漢賦大家，著有賦二十九篇，今存六篇。有《司馬文園集》輯本。

## 上書諫獵

【題　解】本文選自《史記・司馬相如列傳》，篇名據文意而訂。漢武帝好狩獵，親自射獵追逐。司馬相如曾隨從出獵，目睹其驚險情況，因此上書勸諫，希望漢武帝不要以天子之尊，親身涉險。

相如常❶從上至長楊❷獵。是時天子❸方好自擊熊彘❹，馳逐野獸，相如上疏諫之，其辭曰：

「臣聞物有同類而殊能者，故力稱烏獲❺，捷言慶忌❻，勇期賁、育❼。臣之愚，竊以為人誠有之，獸亦宜然。今陛下好陵❽阻險，射猛獸，卒❾然遇軼材之獸⑩，駭不存⑪之地，犯屬車之清塵⑫，輿不及還轅⑬，人不暇施巧，雖有烏獲、逢蒙⑭之技，力不得用，枯木朽株，盡為害矣。是胡、越起於轂⑮下，而羌、夷接軫⑯也，豈不殆哉？雖萬全無患，然本非天子之所宜近也。

「且夫清道⑰而後行，中路⑱而馳，猶時有銜橛之變⑲。而況涉乎蓬蒿⑳，馳乎丘墳㉑，前有利獸㉒之樂，而內無存變㉓之意，其為禍也不難矣！

「夫輕萬乘之重，不以為安，而樂出萬有一危之塗以為娛，臣竊為陛下不取也。蓋明者遠見於未萌，而智者避危於無形。禍固多藏於隱微，而發於人之所忽者也。故鄙諺曰：『家絫㉔千金，坐不垂堂㉕。』此言雖小，可以喻㉖大。臣願陛下留意幸察。」

【注　釋】❶常　曾經。❷長楊　宮名。故址在今陝西周至東南。❸天子　指漢武帝。❹彘　豬。❺烏獲　戰國時代秦武王力士。相傳能力舉千鈞。❻慶忌　春秋時代吳王僚之子。其走甚捷。❼賁育　孟賁與夏育。孟賁為戰國時代秦武王勇士，齊國人，相傳能生拔牛角。夏育為衛國人，相傳能力舉千鈞。❽陵　升；登。❾卒　通「猝」。❿軼材之獸　健壯有力之猛獸。軼，超越。⓫不存　無法存身。⓬屬車之清塵　天子隨從之車所揚起的塵埃。漢制，天子大駕屬車八十一乘。此處以屬車指天子車駕。塵而言清者，尊貴之意。⓭還轅　掉轉車頭。轅，車前直木。⓮逢蒙　夏代時善射者。⓯轂　車輪中間車輻湊集的圓環。⓰軫　車後橫木。⓱清道　清除道路。古代帝王或大官外出，先清除道路，使行人迴避，衛士搜查警戒，以保證安全。⓲中路　路中間。⓳銜橛之變　或馬勒斷，或鉤心出，而致車傾覆。銜，馬勒口。橫在馬口裡以勒馬。橛，車鉤心。⓴蓬蒿　叢生的雜草。㉑丘墳　丘陵。㉒利獸　獲獸之利。㉓存變　防範變故。存，心念之。㉔絫　積累。㉕坐不垂堂　不坐在堂之下。恐瓦墜而傷之。垂堂，堂邊近階處屋簷下。堂，臺階以上房室以外的地方。㉖喻　明白；了解。

【語　譯】司馬相如曾經跟隨皇上到長楊宮打獵。這時候，天子正喜歡親自搏殺熊、豬，追逐野獸，相如上奏章勸諫，說：

「臣聽說物有同類而技能卻不一樣的，所以力氣首稱烏獲，速度要推慶忌，勇敢要數孟賁、夏育。臣的愚見，以為人類確有這種情況，野獸也應當一樣。現在陛下喜歡攀登危險的地方，親自射獵猛獸，要是突然遇著兇猛的野獸，牠在無處容身的情況下受到驚嚇，衝犯陛下的車駕，車子來不及掉頭，人也沒有工夫施展靈巧，即使有烏獲、逢蒙的技能，也使不上力，路上的枯木朽株，都會造成傷害。這就像胡、越的敵寇出現在陛下車旁，羌、夷的敵寇逼近陛下車後一樣，豈不是很危險嗎？即使絕對安全而毫無危險，然而這本來也不是天子應該接近的啊！

「並且清除了道路而後出行，在路中間馳驅，有時也會發生馬勒斷、鉤心出的意外。何況在深草裡跋涉，在丘陵間馳騁，眼前只有貪求獵獸的樂趣，心裡並沒有防範意外的念頭，真不難遭遇禍害了。

「輕視萬乘的尊貴，不顧自己的安全，樂於冒著萬一的危險以求快樂，臣私底下認為陛下實在不宜如此。因為明察的人，能夠在事變沒有發生前及早察覺；聰明的人，能夠在危險沒有形成前及早避免。禍患本來多藏在隱微的地方，常在人們忽略的時候發生。所以俗話說：『家裡積了千金，就不坐在屋簷邊。』這句話說的雖是小事，卻可以從中明白大道理。臣希望陛下留心明察。」

【研　析】本文可分兩部分，第一部分記司馬相如上書的背景；第二部分為上書的諫辭，可分三段。首段援引古代著名的材士為例，類比野獸中亦有「軼材之獸」，當其為求生之鬥時，其兇險可知；更何況天子至尊，尤不宜於涉險。「卒然」二字說明其中的緊迫性，與下文之「不及」、「不暇」、「不能」三層否定適相呼應。

如果說首段人獸類比的方式是感之以情的話，則二段開始即是說之以理。司馬相如把驅車廣路和馳騁田獵兩種情況拿來對比，警告漢武帝須防不測。因狩獵對象暴狠而或致「枯木朽株，盡為難」，而狩獵之環境亦復險阻，加以狩獵者本身「內無存變之意」，則其害實難測而易致。

末段指出「禍固多藏於隱微，而發於人之所忽者」，奉勸漢武帝作個「遠見於未萌」的「明者」，「避危於無形」的「知者」，而以俚語作結。

漢初文士，無論學術淵源為何，均頗擅長縱橫家之術。故凡勸諫，必先動之以情而投其所好，其後則懼之以禍而勉其慎行，誘之以利而徐導入道，說之以理而篤其志意。漢武帝好狩獵，故司馬相如比之猛士，由猛士引出猛獸，遂以禍恐之，又徐喻以理，而辭賦家「勸百而諷一」的語言風格，亦於此可見一斑。

# 李陵

李陵（西元前？～前七四年），西漢隴西成紀（今甘肅秦安）人。祖父李廣為漢朝名將。父早死，李陵為遺腹子，由母親撫養長大。武帝時，任騎都尉。武帝天漢二年（西元前九九年），貳師將軍李廣利出征匈奴，李陵率領五千步兵為先鋒，遇匈奴主力，轉戰千里，予敵重創。終因無後援，力盡而投降。匈奴單于頗敬愛之，封為右校王，以女配之。後病死匈奴。

## 答蘇武書

【題解】本文選自《昭明文選》。蘇武，字子卿，西漢杜陵（今陝西西安東南）人。武帝時為郎。天漢元年（西元前一〇〇年）出使匈奴，遭扣留，在北海仗節牧羊，始終不屈。昭帝始元六年（西元前八一年）始還國。封典屬國，賜爵關內侯。漢武帝天漢二年（西元前九九年），李陵率步卒五千人出塞，與匈奴周旋，轉戰千里，力盡援絕而降。時蘇武已被扣留在匈奴。蘇、李二人在漢廷時即為舊好，故單于曾命李陵勸蘇武投降，但為李陵所拒。直到漢昭帝始元六年（西元前八一年）漢與匈奴和親，蘇武才得以歸國。蘇武返國後寫信給李陵，勸他回歸漢室，李陵回了這封信給蘇武，表明其力戰而敗，投降乃欲有所作為，不料漢室不察，罪及其家人，故寧願葬身蠻夷之地，不願重回漢室而受辱。

子卿❶足下❷：勤宣令德❸，策名清時❹，榮問休暢❺，幸甚！幸甚！遠託異國，昔人所悲；望風❻懷想，能不依依？昔者不遺，遠辱還答❼，慰誨懃懃，有踰骨肉。陵雖不敏❽，能不慨然？

自從初降，以至今日，身之窮困，獨坐愁苦。終日無覩，但見異類。韋韝毳幕❾，以禦風雨；羶肉酪漿❿，以充飢渴。舉目言笑，誰與為歡？胡地玄冰⓫，邊土慘裂，但聞悲風蕭條之聲。涼秋九月，塞外草衰，夜不能寐，側耳遠聽，胡笳互動⓬，牧馬悲鳴，吟嘯成群，邊聲⓭四起。晨坐聽之，不覺淚下。嗟乎子卿，陵獨何心，能不悲哉？

與子別後，益復無聊⓮。上念老母，臨年被戮⓯；妻子無辜，並為鯨鯢⓰。身負國恩，為世所悲！子歸受榮，我留受辱，命也如何！身出禮義之鄉，而入無知之俗；違棄君親之恩，長為蠻夷之域。傷已⓱！令先君之嗣⓲，更成戎狄之族，又自悲矣！功大罪小，不蒙明察，孤負⓳陵心區區之意⓴。每一念至，忽然忘生㉑。陵不難刺心㉒以自明，刎頸㉓以見志，顧㉔國家於我已矣，殺身無益，適足增羞，故每攘臂㉕忍辱，輒㉖復苟活。左右之人，見陵如此，以為不入耳之歡，來相勸勉。異方之樂，秖㉗令人悲，增忉怛㉘耳！

嗟乎子卿！人之相知，貴相知心。前書倉卒㉙，未盡所懷，故復略而言之。

昔先帝㉚授陵步卒五千，出征絕域㉛，五將失道㉜，陵獨遇戰。而裹萬里之糧，帥徒步之師，出天漢㉝之外，入彊胡之域，以五千之眾，對十萬之軍，策㉞疲乏之兵，當新羈之馬㉟。然猶斬將搴㊱旗，追奔逐北㊲，滅跡掃塵㊳，斬其梟帥㊴，使三軍之士視死如歸。陵也不才，希㊵當大任，意謂此時，功難堪㊶矣。

匈奴既敗，舉國興師，更練㊷精兵，彊踰十萬，單于㊸臨陣，親自合圍。客主之形，既不相如，步馬之勢㊹，又甚懸絕㊺。疲兵再戰，一以當千，然猶扶乘創痛㊻，決命爭首㊼。死傷積野，餘不滿百，而皆扶病，不任干戈。然陵振臂一呼，創病皆起，舉刃指虜，胡馬奔走。兵盡矢窮，人無尺鐵，猶復徒首㊽奮呼，爭為先登。當此時也，天地為陵震怒，戰士為陵飲血㊾。單于謂陵不可復得，便欲引還，而賊臣㊿教之，遂使復戰，故陵不免耳。

昔高皇帝以三十萬眾，困於平城[51]，當此之時，猛將如雲，謀臣如雨，然猶七日不食，僅乃得免。況當陵者，豈易為力哉？而執事者[52]云云[53]，苟怨陵以不死。然[54]，陵不死，罪也。子卿視陵，豈偷生之士而惜死之人哉？寧有背君親，捐[55]妻子，而反為利者乎？然陵不死，有所為也。故欲如前書之言[56]，報恩於國主耳。誠以虛死不如立節，滅名[57]不如報德也。昔范蠡不殉會稽之恥[58]，曹沫不死三敗之辱[59]，卒復句踐之讎，報魯國之羞。區區之心，切[60]慕此耳。何圖志未立而怨已成，計未從而骨肉受刑。此陵所以仰天椎心[61]而泣血[62]也。

足下又云：「漢與[63]功臣不薄。」子為漢臣，安得不云爾乎？昔蕭[64]、樊[65]囚縶[66]，韓、彭葅醢[67]，鼂錯受戮[68]，周[69]、魏[70]見辜[71]；其餘佐命[72]立功之士，賈誼[73]、亞夫[74]之徒，皆信命世[75]之才，抱將相之具[76]，而受小人之讒，並受禍敗之辱，卒使懷才受謗，能[77]不得展。彼二子[78]之遐舉[79]，誰不為之痛心哉！陵先將軍[80]功略蓋天地，義勇冠三軍，徒失貴臣[81]之意，剄身絕域之表[82]。此功臣義士所以負戟而長歎者也！何謂不薄哉？

且足下昔以單車之使[83]，適萬乘之虜[84]，遭時不遇，至於伏劍不顧，流離辛苦，幾死朔北之野[85]。丁年[86]奉使，皓首[87]而歸，老母終堂[88]，生妻去帷[89]。此天下所希聞，古今所未有也。蠻貊[90]之人，尚猶嘉子之節，況為天下之主乎？陵謂足下當享茅土之薦，受千乘之賞[91]。聞子之歸，賜不過二百萬，位不過典屬國[92]，無尺土之封，加子之勤。而妨功害能之臣盡為萬戶侯[93]，親戚貪佞之類悉為廊廟宰[94]。子尚如此，陵復何望哉？

且漢厚誅陵以不死，薄賞子以守節，欲使遠聽之臣[95]，望風馳命，此實難矣！

所以每顧而不悔者也。陵雖孤[96]恩，漢亦負德。昔人有言：「雖忠不烈，視死如歸[97]。」陵誠[98]能安，而主豈復能眷眷乎？男兒生以不成名，死則葬蠻夷中，誰復能屈身稽顙[99]，還向北闕[100]，使刀筆之吏[101]，弄其文墨[102]邪？願足下勿復望陵！

嗟乎子卿！夫復何言！相去萬里，人絕路殊，生為別世之人，死為異域之鬼，長與足下生死辭矣！幸謝故人[103]，勉事聖君。足下胤子[104]無恙，勿以為念。努力自愛！時因北風，復惠德音[105]。李陵頓首[106]。

【注釋】❶子卿　蘇武。字子卿，西漢杜陵（今陝西西安東南）人。漢武帝時為郎。天漢元年，出使匈奴遭扣留凡十九年，在北海仗節牧羊，始終不屈。漢昭帝始元六年（西元前八一年）始返國，封典屬國，賜爵關內侯。❷足下　稱人之敬辭。書札中多用於平輩。❸令德　美德。❹策名清時　仕宦於清平之時。古人出仕，登錄姓名於官府簡策，謂之策名。❺榮問休暢　榮名美好而顯揚。問，通「聞」。名聲。休，美。暢，通。❻望風　想望風采。❼昔者不遺二句　指李陵以前曾與蘇武書，蘇武有回信。遺，棄。辱，承蒙。❽不敏　不聰明；不才。自謙之辭。❾韋韝毳幕　皮臂套和氈帳幕。韋，皮。韝，臂套。用以束衣袖。毳，獸之細毛。❿羶肉酪漿　牛羊羶臭之肉及乳酪之漿。⓫玄冰　厚冰。玄，黑。冰厚則色玄。⓬胡笳互動　胡笳之聲，此起彼落。笳，胡人所吹管樂器。⓭邊聲　邊塞上的各種聲音。如笳聲、風聲、馬鳴聲、戰鼓聲等。⓮無聊　心無所託。意謂不樂。⓯臨年被戮　臨老被殺。臨年，臨老之年。戮，殺。⓰妻子無辜二句　《左傳·宣公十二年》：「古者明王伐不敬，取其鯨鯢而封之，以為大戮。」杜預注：「鯨鯢，大魚名。以喻不義之人，吞食小國。」雌鯨曰鯢。此言其妻子無罪，亦被視為不義，而受誅戮。⓱已　同「矣」。⓲嗣　子孫；後代。⓳孤負　辜負。⓴區區之意　真誠的報國之心。㉑忘生　捨棄生命。忘，捨棄。㉒刺心　剖心。意謂自殺。㉓刎頸　割頸自殺。㉔顧　但是。㉕攘臂　奮臂。奮起振作的樣子。㉖輒　就。㉗秖　通「祇」。只是；只有。㉘忉怛　悲痛。㉙倉卒　急迫。卒，通「猝」。㉚先帝　指漢武帝。此書作於漢昭帝時，故稱漢武帝為先帝。㉛絕域　極遠之地。此指匈奴。㉜五將失道　當時軍將有五，與陵約期會合而不至，故曰失道。

按《文選》李善注：「《漢書．武紀》曰：『天漢二年，將軍李廣利出酒泉，公孫敖出西河，騎都尉李陵將步卒五千出居延。』時無五將，未審陵書之誤而〈武紀〉略之。」(33)天漢　漢武帝年號。此借指漢朝。(34)策　鞭打。此用為指揮之意。(35)新羈之馬　新籠馬絡頭之野馬。此以馬代人，意謂剛投入戰場的騎兵。羈，馬絡頭。(36)搴　拔取。(37)北　敗走。(38)滅跡掃塵　滅行跡，掃塵埃。形容殺敵之快速而徹底。(39)梟帥　勇將。(40)希　難得。(41)功難堪　功大無比。堪，勝過。(42)練　通「揀」。挑選。(43)單于　匈奴君長之稱。(44)步馬之勢　李陵兵為步卒，匈奴兵為騎兵。(45)懸絕　相差甚遠。(46)扶乘創痛　帶著創傷，忍著疼痛。扶，支撐。乘，冒著；忍著。(47)決命爭首　拼命爭先。(48)徒首　光著頭。指身無盔甲。(49)飲血　吞飲血淚。形容悲憤之甚。(50)賊臣　指管敢。管敢本李陵軍候，為校尉所辱，遂降匈奴，言李陵無後援，匈奴遂復進攻。(51)平城　在今山西大同東。漢高祖七年（西元前二〇〇年），韓王信與匈奴勾結謀反，漢高祖親自討伐，被匈奴圍於平城七天。(52)執事者　指朝廷辦事之臣。(53)云云　多言的樣子。(54)然　則。相當口語「這樣」、「那麼」。(55)捐　棄。(56)前書之言　李陵前與蘇武書云：「所以然者，冀其驅醜虜，翻然南馳，故且屈以求伸；若將不死，功成事立，則將上報厚恩，下顯祖考之明也。」見《文選》注引。(57)滅名　為名而死。(58)范蠡不殉會稽之恥　越王句踐為吳王夫差所敗，困於會稽山（今浙江紹興東南），用范蠡計，卑辭屈身以求和，七年後，遂破吳。范蠡，春秋時代越國大夫。(59)曹沬不死三敗之辱　曹沬為春秋時代魯將，與齊國三戰三敗，魯莊公懼，乃獻地以和。後魯國與齊國盟於柯（今山東陽谷東），曹沬以匕首劫齊桓公於壇上，令還所侵地，齊桓公許之。(60)切　確實；殷切。(61)椎心　捶胸。謂悲痛之極。(62)泣血　哭泣無聲如血出之無聲。形容悲痛至極。(63)與　對待。(64)蕭　蕭何。曾為民請開放上林苑，漢高祖怒，下廷尉，械繫之。(65)樊　樊噲。漢高祖病甚，有人誣告樊噲黨於呂后，欲以兵盡誅戚夫人、趙王劉如意之屬。漢高祖大怒，乃使陳平、周勃即軍中斬樊噲。陳平畏懼呂后，執樊噲詣長安，至則漢高祖已崩。(66)囚縶　囚拘。(67)韓彭葅醢　韓信、彭越。皆漢初功臣。韓信助漢高祖破項羽，定天下，封為齊王、楚王，後為呂后所殺。彭越封梁王，後被誣以謀反，夷其三族。葅醢，斬割成肉醬。(68)鼂錯受戮　鼂錯於漢景帝時任御史大夫，患諸侯強大，請削奪諸侯封地，後吳、楚七國反，以誅鼂錯為名，漢景帝遂殺鼂錯以謝諸侯。(69)周　周勃。平呂氏之亂，迎立漢文帝，拜右丞相，其後免相，有人告周勃欲反，漢文帝下詔廷尉捕治之，薄太后為之言，始得赦免。(70)魏　指竇嬰。漢景帝時，拜大將軍，平七國之亂，封魏其侯。漢武帝時，因其客灌夫罵丞相田蚡不敬，連坐棄市。(71)辜　罪。(72)佐命　輔佐創業之君的人。命，天命。古人以為天子受天命以有天下。(73)賈誼　西漢洛陽（今河南洛陽）人。年少多才，漢文帝欲任以公卿之位，周勃、灌嬰、張相如、馮敬等人盡讒之，漢文帝遂疏之而不用，致使抑鬱以終。(74)亞夫　周勃之子，封條侯，漢文帝時名將。漢景帝時，吳、楚七國反，拜太尉，大破之，拜丞相。因與梁孝王有隙，梁孝王常言其短，終以病免相，又以其子之事，牽連下獄，嘔血而死。75命世　名高一世。命，名。76具　才具；才幹。77能　才能。78二子　指賈誼、周亞夫。79遐舉　遠去。即不用之意。80先將軍　指李陵之祖父李廣。李廣於漢景帝、漢武帝時任隴西、右北平等郡太守，匈奴不敢犯邊，漢武帝元狩四年（西元前一一九年）隨衛青征匈奴，迷失道路，被責而自殺。81貴臣　指衛青。82表　外。83單車之使　言從行者之少。84萬乘之虜　指兵力強大的敵人。周制，天子地方千里，出兵車萬乘，後世因謂兵力強大者為萬乘之國。稱敵人曰虜，蓋輕視之。85遭時不遇四句　蘇武奉使入匈奴被扣留，單于欲令蘇武降，蘇武謂屈節辱命，雖生何面目歸漢，引佩刀自刺，經搶救得活，乃徙蘇武於北海上無人處。流離，窮困轉徙。朔北，北方；塞外。86丁年　壯年。87皓首　白頭。蘇武留匈奴凡十九年，始以強壯出，及還，鬚髮盡白。88老母終堂　老母去世。世謂母存曰在堂，卒曰終堂。終，死。堂，指北堂，古為婦人住處。89去帷　離開帷房。婉言改嫁。90蠻貊　野蠻地區的民族。此指匈奴。91享茅土之薦二句　皆謂封侯之事。古代天子、諸侯培土為壇以祭土地之神，謂之社。天子之社以五色土為之，東方青，南方赤，西方白，北方黑，上面覆蓋黃土。以土地分封諸侯時，各按所封地之方位，取壇上象徵該方位之色土，置白茅之上而予之，使歸以立社。薦，藉。周制，諸侯大者有兵車千乘，故又稱諸侯為千乘之國。92典屬國　官名。掌蠻夷降者。93萬戶侯　漢制，列侯大者食邑萬戶，小者五、六百戶。94廊廟宰　謂朝廷大臣。95遠聽之臣　在遠方聽事之臣。96孤　負。97雖忠不烈二句　忠臣不必為激烈之行，而亦能不愛惜其死。98誠　果真。99稽顙　居喪時拜賓客之禮。拜時以額觸地。100北闕　《漢書・高帝紀》：「上至長安，蕭何治未央宮，立東闕、北闕、前殿、武庫、太倉。」注：「尚書奏事，謁見之徒，皆詣北闕。」此指朝廷。闕，觀闕。101刀筆之吏　文案之吏。此指獄吏。102文墨　指法令文書。103故人　指任立政、霍光、上官桀等。霍光與上官桀皆漢昭帝輔佐大臣，曾派李陵故人任立政至匈奴，欲召回之。104胤子　嗣子。蘇武在匈奴時，娶胡婦，生子名通國，後歸漢。時蘇武之子尚在匈奴中，故李陵告以無恙。105德音　善言。106頓首　用頭叩地。書信結尾常用謙詞，猶今人用鞠躬。

【語　譯】子卿足下：您努力發揚美德，在這太平時代裡做官，美名顯揚於世，真值得慶幸啊！真值得慶幸啊！我託身僻遠的外國，這是前人所深感悲傷的事；想望風采，懷念老友，叫我怎能不懸念呢？從前承您不嫌棄，老遠地回信給我，安慰教誨，親切誠懇，超過骨肉親人。我雖然愚蠢，能不感慨嗎？

自從投降，直到現在，身處困境，只能獨坐愁苦。整天看不到什麼，就只見到異族。穿著皮臂套，住在氈帳幕，來擋風避雨；吃腥羶的牛羊肉，喝牛羊奶，來充飢解渴。舉目望去，有誰能和我說說笑笑、一同歡樂呢？胡地結著厚冰，邊土凍得裂開，只聽到寒風悲涼蕭條的聲音。涼秋九月裡，塞外野草衰枯，夜裡睡不著，側耳聽遠方一聲聲胡笳，此起彼落；牧馬悲涼的嘶叫，吟叫嘯呼，成群結隊，這種種邊地的聲音，從四處響起。清晨起來坐著聽，不覺掉下眼淚。唉，子卿！我豈是沒有心肝的人，怎能不悲傷呢？

和您分別以後，更加無聊。想起老母，到了晚年還被殺戮；妻子沒有罪，也被認為不義而遭殺害。自己辜負了國恩，為世人所悲歎！您回國享受光榮，我留此忍受屈辱，命運如此，有什麼可說的呢？我出身在講禮義的邦國，卻來到這野蠻無知的地方；違背君親的恩德，長留在蠻夷的異域。真悲傷啊！使先君的子孫，變成戎狄的族人，更令我悲傷！功大罪小，卻得不到明察，辜負了我真誠的報國之心。每當想到這裡，突然間就不想再活下去。我原不難剖心割頸來表明心跡，但是國家對我已是如此，自殺也沒有用，只有增加羞辱，所以每每強自振作，忍受恥辱，姑且再苟活下去。左右的人，看到我這樣，便用一些不入耳的歡樂來勸慰我。但是異國的歡樂，只有叫人傷心，加添悲痛而已。

唉，子卿！人的相知，貴在彼此知心。上一封信寫得倉猝，沒有說完心中的話，所以現在再大略說一下。從前，先帝給我步兵五千人，出征遙遠的匈奴。五個將領迷路沒到，只有我與敵軍交戰。帶著糧食遠行萬里，領著徒步的隊伍，離開大漢國境，進入強胡的地區。以五千士兵，對十萬大軍，指揮疲乏的戰士，抵擋敵人精銳的生力軍。還能斬將奪旗，追逐敗走的敵人，像消滅腳印、掃除塵埃一樣地砍殺他們的勇將。使三軍將士視死如歸。我沒有才幹，難得擔當重任。自以為這時的功勞，很少人能比得上了。

匈奴敗後，全國動員，再選精兵，數目超過十萬，單于親自到前線指揮包圍我們。敵我的形勢，既不能相比，步兵馬兵的實力又相差很遠。疲憊的兵士再度作戰，一個人要抵擋上千人。然而還帶傷忍痛，拚命爭先。死傷的人堆積遍野，後來剩下不到一百人，而且都有病在身，不能作戰。可是我振臂一呼，受傷的、有病的又都個個振作，拿起刀來殺敵，胡人兵馬紛紛敗逃。最後兵器弓箭都已耗盡，個個手無寸鐵，還光著頭奮勇大叫，爭先恐後地向前衝。在這個時候，天地為我震動發怒，戰士為我吞飲血淚。單于認為不能捉住我，就要領兵回去，但是叛賊教導他，單于便再次進攻，所以我終究不能免於失敗。

從前，高皇帝帶著三十萬大軍，被匈奴困在平城。在那時候，猛將多得像雲，謀臣多得像雨，然而尚且七天沒有東西吃，僅僅得以脫身而已。何況我所遇到的情況，難道是容易應付的嗎？而朝廷上那些辦事的人，卻議論紛紛，輕率地責備我不能犧牲。那麼，我不能犧牲是有罪的了。但是子卿您看，我難道是貪生怕死的人嗎？哪有背叛君親，拋棄妻子，反認為對自己是有利的呢？其實，我不死是想要有所作為的啊！就是像前封信所說的，想要報答君主的恩惠罷了。我的確認為與其白白犧牲不如建立大節，與其為名而死不如報答國家的恩德。從前范蠡不在句踐被困會稽山時殉職，曹沫沒有為三次敗戰而死難，終於報了句踐的仇，洗雪了魯國的恥。我真誠的心願就是羨慕這種做法啊！哪曉得志願還沒有達到而怨恨卻已經造成，計策尚未實現而骨肉卻已經被殺呢？這就是我抬頭問天、搥胸痛哭的原因了。

您又說：「漢朝對待功臣不薄。」您是漢朝的臣子，怎能不這樣說呢？但是從前蕭何、樊噲被拘囚，韓信、彭越被剁成肉醬，鼂錯被殺，周勃、竇嬰被判罪。其他輔佐天子、建立功勞的人士，像賈誼、周亞夫等人，都是真正名高一世的人才，具備將相的才能，卻被小人陷害，都遭受到禍患失敗的恥辱，終於使他們懷有才能卻遭受毀謗，能力不得施展。像賈誼、周亞夫的被廢不用，誰不為他們痛心呢？我的先祖父功勞才略蓋過天下，義氣勇敢冠絕三軍，只因為失去貴臣的歡心，逼得自殺於絕遠的邊地之外。這就是功臣義士持戟長歎的原因啊！怎能說不薄呢？

並且您從前帶著很少的隨從，出使到強大的敵國，時運不佳，竟至拔劍自殺，不顧生命，顛沛流離，辛辛苦苦，幾乎死在北海的荒野。壯年出使，頭髮白了才回來。老母已經逝世，妻子也已改嫁。這是天下所少見，古今所沒有的事。異邦的人尚且稱讚您的節操，何況統治天下的君主呢？我以為您應當享分茅裂土的封爵，受千乘的獎賞，但是聽說您回去之後，賞賜不過兩百萬錢，官位不過典屬國，沒有尺土的封地，獎賞您的功勞。可是一般妨礙功業、陷害賢能的臣子都做了萬戶侯，皇親國戚和貪汙逢迎的人都做了朝廷的大臣。您尚且如此，我還有什麼指望呢？

並且漢朝因為我沒有死節，就嚴厲的誅罰，對於您的守節卻只有微薄的獎賞，這樣，要使在遠方聽命的臣子，望風效命，實在是太難了！這就是我每次回想起來，卻不覺得後悔的原因。我雖然辜負國恩，漢朝也是背棄功績。古人說：「忠臣不一定有激烈的行為，但是也都能視死如歸。」如果我真能安心死於王事，主上難道會對我念念不忘嗎？男子漢活著不能成名，死就葬身蠻夷吧，誰能夠再屈身磕頭，回到朝廷，讓那些獄吏賣弄他的文墨呢？請您不要再希望我回去了！

唉，子卿！還有什麼可說的呢？相隔萬里，往來斷絕，道路不通。活著做另一個世界的人，死了做另一個地域的鬼，和您生死永別了！替我謝謝那些老朋友，勉力事奉聖君。令郎平安，不必掛念。希望您好好地珍重！能時常趁北來的風，再給我來信。李陵頓首。

【研　析】本文可分十段。首段言遠託異國，懷念故人，為書信的開頭應酬語，但從二人交情切入，故非泛泛。二段以獨、悲二字貫串。言己身之困窮，則曰「獨坐愁苦」、「誰與為歡」；論情寫物，則曰「悲風蕭條」、「牧馬悲鳴」。生活習慣的差異已然難堪，加上降臣異容的危懼孤苦，蕭颯悲涼的北地風土，可謂慘不可言。

三段將死生、榮辱、功罪、悲歡都歸諸命運，痛言心中無限怨毒。老母妻子無辜受戮，其可悲者一；身負國恩而長滯蠻夷之域，其可悲者二；辱及先祖，其可悲者三；異族尚惜才以勸慰，而母國竟不能容，其可悲者四；大功乃不抵小罪，其可悲者五；「殺身無益，適足增羞」，其可悲者六。總之親故皆無，君國咸鄙，悠悠天地，唯我獨悲。

四、五兩段扣緊「功大罪小」四字追敘戰敗始末，極力鋪陳將士以寡擊眾之勇烈，凸顯投降之不得已。六段先藉漢高祖平城之圍，言己獨木難支，接著針對執事者「苟怨陵以不死」而自我辯白。李陵自謂非「偷生之士」、「惜死之人」，然群佞事非關己，諛上而妄訕，此為可恨者一；「志未立而怨已成，計未從而骨肉受刑」，此為可恨者二。司馬遷在〈報任少卿書〉中，亦曾就此為李陵辯誣，只是，敗軍之將，安可言勇；孤危之臣，誰聽其言？

七段駁斥蘇武「漢與功臣不薄」之說，以漢初功臣為例，指出縱有「命世之才」、「將相之具」，也逃不過讒言羅織的罪網；而小人、貴臣之所以得意，功臣義士之所以「負戟而長歎」，豈不皆拜漢君之賜？八、九兩段就彼此遭遇譴責漢君賞罰失當。李陵罪小而遭族滅，蘇武功大而獲報微，然而「妨功害能之臣」、「親戚貪佞之類」卻得以尸位素餐，快意人生。在是非不分、忠奸不辨的朝廷裡，「陵雖孤恩，漢亦負德」，與其效死於昏瞶之君，為刀筆之吏所辱，毋寧自圖餘生之安養。對李陵而言，建功立業本是他畢生的志業，但他奮死拚戰的所有努力卻抵不過小人的一張嘴，這使他意識到，原來祖孫三代所成就的只是一個對漢室毫無意義的笑話，國君想的只是個人的虛榮，並不在意他們的死活。此刻，與其說李陵是因絕望而降，不如說他其實是厭倦了這走狗般毫無尊嚴的生涯。

末段再三致言保重，謂自此「生死辭」。「夫復何言」一語，其實是絕望的宣誓，用「無言」來表示對小人「讒言」的最大抗議。

## 路溫舒

路溫舒，字長君。西漢鉅鹿（今河北巨鹿西南）人。少家貧，放羊為生。讀書至勤，常編蒲習字。既長，學習律令，又研究《春秋》，著有成績。昭帝時，為廷尉史。宣帝時，官臨淮太守。

# 尚德緩刑書

**【題解】**本文選自《漢書・賈鄒枚路傳》，篇名取首段「溫舒上書，言宜尚德緩刑」而訂。漢初鑑於秦朝的嚴刑峻法、獄吏苛刻，乃所以滅亡的原因，因此法令簡省、用法寬緩。及至後來，律令迭增，獄吏深文周納，人民不堪其苦。路溫舒少習律令，曾任獄史，對於這種情況有極深入的了解，因此在漢宣帝即位之初上此書，主張崇尚德政，寬理刑獄，以導正自漢武帝以來任用酷吏斷案所造成的酷虐之風。

昭帝❶崩，昌邑王賀廢❷，宣帝❸初即位，溫舒上書，言宜尚德緩刑。其辭曰：

「臣聞齊有無知之禍，而桓公以興❹；晉有驪姬之難，而文公用伯❺。近世趙王❻不終❼，諸呂作亂❽，而孝文為太宗❾。繇是觀之，禍亂之作❿，將以開⓫聖人也。故桓、文扶微興壞，尊文、武之業，澤加⓬百姓，功潤諸侯，雖不及三王⓭，天下歸仁焉。文帝永思至德，以承天心，崇仁義，省[14]刑罰，通關梁[15]，一遠近[16]，敬賢如大賓[17]，愛民如赤子[18]，內恕[19]情之所安，而施之於海內，是以囹圄[20]空虛，天下太平。夫繼變化之後，必有異舊之恩，此賢聖所以昭[21]天命也。往者昭帝即世[22]而無嗣，大臣憂戚，焦心合謀，皆以昌邑尊親，援[23]而立之。然天不授命，淫亂其心，遂以自亡。深察禍變之故，迺皇天之所以開至聖也。故大將軍受命武帝[24]，股肱[25]漢國，披[26]肝膽，決大計，黜亡[27]義，立有德，輔天而行，然後宗廟[28]以安，天下咸寧。臣聞《春秋》正即位[29]，大一統[30]而慎始也。陛下初登至尊[31]，與天合符，宜改前世之失，正始受之統，滌煩文[32]，除民疾，存亡繼絕[33]，以應天意。

「臣聞秦有十失[34]，其一尚存，治獄之吏是也。秦之時，羞文學[35]，好武勇，賤仁義之士，貴治獄之吏；正言者謂之誹謗，遏[36]過者謂之妖言。故盛服先生[37]不用於世，忠良切言皆鬱於胸，譽諛之聲日滿於耳；虛美熏心，實禍蔽塞。此乃秦之所以亡天下也。方今天下賴陛下恩厚，亡金革[38]之危，飢寒之患，父子夫妻，勠力[39]安家，然太平未洽[40]者，獄亂之也。夫獄者，天下之大命也，死者不可復生，絕者不可復屬[41]。《書》曰：『與其殺不辜，寧失不經[42]。』今治獄吏則不然，上下相毆[43]，以刻為明；深者獲公名，平者多後患。故治獄之吏皆欲人死，非憎人也，自安之道在人之死。是以死人之血流離於市，被刑之徒比肩而立，大辟[44]之計歲以萬數，此仁聖之所以傷也。太平之未洽，凡[45]以此也。

「夫人情安則樂生，痛則思死。棰楚[46]之下，何求而不得？故囚人不勝痛，則飾辭以視[47]之；吏治者利其然，則指道以明之；上奏畏卻[48]，則鍛練[49]而周內[50]之。蓋奏當[51]之成，雖咎繇[52]聽之，猶以為死有餘辜[53]。何則？成練者眾[54]，文致之罪明[55]也。是以獄吏專為深刻，殘賊而亡極，媮[56]為一切，不顧國患，此世之大賊也。故俗語曰：『畫地為獄，議不入；刻木為吏，期不對[57]。』此皆疾[58]吏之風，悲痛之辭也。故天下之患，莫深於獄；敗法亂正[59]，離親塞道，莫甚乎治獄之吏。此所謂一尚存者也。

「臣聞烏鳶[60]之卵不毀，而後鳳凰集；誹謗之罪不誅，而後良言進。故古人[61]有言：『山藪藏疾，川澤納汙；瑾瑜匿惡，國君含詬[62]。』唯陛下除誹謗以招切言，開天下之口，廣箴諫之路，埽亡秦之失，尊文、武之德，省法制，寬刑罰，以廢治獄，則太平之風可興於世，永履和樂，與天亡極，天下幸甚。」上善其言。

【注釋】❶昭帝　名弗陵。漢武帝子，在位十三年（西元前八六～前七四年）。❷昌邑王賀廢　漢昭帝崩，無嗣，迎立昌邑王劉賀即位，後因行為淫亂，大將軍霍光率群臣白太后而廢之。賀，昌邑哀王劉髆之子，漢武帝之孫。❸宣帝　名病已。漢武帝子戾太子之孫，在位二十五年（西元前七三～前四九年）。❹齊有無知之禍二句　春秋時代，齊襄公為公子無知所殺，雍廩復殺無知，齊國大亂。齊襄公弟小白自莒入齊，是為齊桓公，任用管仲而霸諸侯。❺晉有驪姬之難二句　春秋時代，晉獻公信驪姬之讒，殺世子申生，逐公子重耳、夷吾，而立驪姬之子奚齊、卓子。晉獻公卒，二人先後為里克所殺，夷吾自外入，即位，是為齊惠公。夷吾死，子圉嗣立，是為齊懷公。秦人納重耳，重耳殺懷公而入晉繼立，是為晉文公，遂霸諸侯。伯，通「霸」。❻趙王　名如意。漢高祖戚夫人所生，漢高祖死後，為呂后所害。❼不終　不得善終。❽諸呂作亂　漢惠帝死後，呂后專政，外戚呂產、呂祿諸人皆封王，兵權歸之，欲危劉氏，諸大臣共謀誅之，迎立代王劉恆，是為漢孝文帝。❾孝文為太宗　漢景帝時，丞相申屠嘉等奏，高皇帝宜為太祖之廟，孝文皇帝宜為太宗之廟。❿作　發生。⓫開　啟發。⓬加　施加。⓭三王　指夏禹、商湯、周文王及武王。⓮省　減輕。⓯通關梁　暢通關市橋梁。謂遇關市橋梁，只稽查而不徵稅。⓰一遠近　待遠近之人如一。⓱大賓　古鄉飲酒禮舉齒德兼優者一人為賓，俗稱大賓。⓲赤子　嬰兒。⓳恕　推想。⓴囹圄　牢獄。㉑昭　明示。㉒即世　逝世。㉓援　接；引。㉔大將軍受命武帝　漢武帝遊五柞宮，病篤，命大將軍霍光立漢昭帝，行周公輔周成王事。㉕股肱　大腿和手臂。喻君之卿佐。此用為動詞。輔助；輔佐。㉖披　開；露。㉗亡　通「無」。㉘宗廟　祭祖宗之所。此借指王室、國家。㉙春秋正即位　《春秋》之法，求繼位必得之於正。㉚大一統　重視一統。大，重視。㉛至尊　謂天子。㉜滌煩文　除苛法。㉝存亡繼絕　使亡者復存，絕者有繼。㉞十失　指廢封建、築長城、鑄金人、造阿房、焚書、坑儒、營驪山之冢、求不死之藥、使太子監軍、用治獄之吏。㉟文學　文章博學。㊱遏　阻止。㊲盛服先生　指儒者。以其儒冠儒服，衣著整齊，故稱。㊳金革　兵甲。借代指戰爭。㊴勠力　努力。㊵洽　周遍。㊶屬　連續。㊷與其殺不辜二句　見偽古文《尚書・虞書・大禹謨》。《左傳・襄公二十六年》引此文，云「〈夏書〉曰」，未指明篇名。意謂人命至重，治獄宜慎，寧失之於不合常法，而不濫殺無罪之人，所以崇尚寬恕。辜，罪惡。不經，不合常法。㊸敺　古「驅」字。㊹大辟　大法。指死刑。㊺凡　皆；都。㊻棰楚　木棍荊條。此用為動詞。鞭打。㊼視　通「示」。㊽畏卻　害怕被皇上批駁退回。㊾鍛練　治金使精熟。此謂深文之吏，巧入人罪，猶工冶金使之成熟。㊿周內　多方羅織，以成其罪。內，通「納」。51奏當　上奏判決。52咎繇　即皋陶。舜臣，善聽獄訟。53辜　罪過。54成練者眾　謂捏造之犯罪理由甚為周備。55文致之罪明　謂入人於罪，而文飾之辭甚為詳明。56媮　通「偷」。苟且。57畫地為獄四句　意謂雖畫地為獄，刻木為吏，罪人亦不肯入對質證，況真實者乎。議，決定。期，必。對，答。[58]疾　痛恨。[59]正　通「政」。[60]鳶　鷙鳥。狀如鷹。[61]古人　指春秋時代晉國大夫伯宗。[62]山藪藏疾四句　語見《左傳・宣公十五年》。原文「山藪」句在後，「川澤」句在前，「惡」作「瑕」。藪，沼澤。疾，毒害。瑾瑜，美玉。詬，恥辱。

【語　譯】漢昭帝死後，昌邑王賀也被廢了，漢宣帝初即位，路溫舒上了一道奏章，說應當重仁德，寬刑罰。他的奏章說：

「臣聽說齊國有公孫無知的禍患，而齊桓公卻因此興起；晉國有驪姬的災難，而晉文公卻因此稱霸；近代的趙王不得善終，呂氏家族作亂，孝文皇帝卻因此被尊為太宗。照這樣看來，禍亂的發生，是要來啟發聖君的啊！所以齊桓公、晉文公扶助微弱，振興破敗，尊崇周文王、周武王的功業，德澤施加給百姓，功業惠及於諸侯，雖然比不上三王，但是天下都歸附他們的仁德了。文帝常常想著以至高的德行，來上承天心，他崇尚仁義，減輕刑罰，通暢關塞橋梁，遠近人民同等看待，尊敬賢人如同對待貴賓，愛護人民如同寶貝嬰兒，自身設想覺得心安的，才推行到天下人民身上，所以牢獄常空，天下太平。那些變亂之後繼位的，一定有異於舊時的恩惠，這是聖賢用來彰明上天的意旨啊。以前昭帝去世而沒有兒子，大臣憂戚焦急，共同商議，都認為昌邑王尊貴親近，迎立他為帝。可是上天不肯授命，淫亂他的心，因此自取滅亡。深入觀察禍患變亂的緣故，實在是皇天用以開啟聖君的啊！所以大將軍霍光接受武帝遺命，輔助漢王室，披露肝膽，決定大計，廢掉無義的暴君，擁立有德的聖君，依順天道行事，然後王室因此安定，天下都得安寧。臣聽說《春秋》主張君主繼位一定要出於正道，這是重視一統因而小心謹慎於開始啊！陛下初登天子的尊位，和天意相符合，應當改正前代的錯誤，端正方才接受的大統，去除苛法，為民除害，使亡國復興，絕祀繼存，以順應天意。

「臣聽說秦朝有十種失策，其中的一種如今還在，就是治獄的官吏。秦的時候，輕視文學，愛好勇武，賤貶仁義的士人，重視治獄的官吏；把正直的言論說成是誹謗，防止過失的言論說成是妖言。所以儒者不被當時所用，忠良懇切的言論都悶在心裡，恭維諂諛的話天天盈滿耳際；虛偽的讚美迷惑心智，實際的禍亂被掩蔽。這就是秦朝滅亡失掉天下的原因啊！現在天下依靠陛下的恩德仁厚，沒有戰爭的危險，飢寒的憂患，父子夫妻，努力安家。可是並沒有完全太平，這是受了刑獄擾亂啊！那刑獄，是天下人生死相關的大事，死的不能再活，斷絕的不能再接續。《書經》說：『與其誤殺沒有罪的人，寧可失之於寬縱而不合常法。』現在治獄的官吏卻不是這樣，他們上下相逼，以刻薄為明察；峻密刻薄的獲得公正的名譽，真正公平的人反多後患。所以治獄的官吏都要人死，並不是憎恨人，因為他們保全自己的方法就在於定人死罪。所以死人的血流滿街道，受刑的人一個挨著一個，被判死罪的每年以萬人計算。這就是仁聖帝王悲傷的原因了。天下不能太平，都是這個原因。

「人的常情，平安便喜歡活著，痛苦便想尋死。鞭打之下，有什麼口供得不到呢？所以犯人在受不了疼痛時，便招偽供；審獄的官吏利用這個道理，便牽引法律來證實他的罪；恐怕上奏被批駁，便斟酌文辭，多方羅織陷人於罪。大約判決書呈奏上去，就是皋陶來審理，也會以為死有餘辜。為什麼呢？因為捏造的犯罪理由非常的周備，而掩飾的文辭又十分的巧妙詳細啊！所以獄吏專講峻密刻薄，殘害無辜，沒有止境，一切事都苟且妄作，不顧國家的禍害，這是天下的大害。俗語說：『雖然是畫地為牢，也不肯進去；雖然是刻木為吏，也不肯對質。』這都是痛恨獄吏的風氣，悲痛的言語啊！所以天下的憂患，沒有比刑獄更深；破壞法律，擾亂政治，離間親近，閉塞道義，沒有比治獄的官吏更厲害的了。這便是所謂秦朝還遺留下來的一件苛政。

「臣聽說烏鳶的卵不毀壞，然後鳳凰才會聚集；誹謗的罪不誅殺，然後良言才會進諫。所以古人說：『山林沼澤藏匿毒害，河流湖泊容納汙穢，美玉藏著斑點，國君包容辱罵。』但願陛下廢除誹謗的罪以招求懇切的忠言。開天下人的口，擴大規箴勸諫的路，掃除亡秦的苛政，尊尚周文王、周武王的仁德，減省法條，寬舒刑罰，以廢除治獄的官吏，那麼太平的景象可以充滿社會。人民永遠踏在和樂的境地，像天地一樣沒有窮盡，那就非常幸福了。」皇帝以為他的建議很好。

【研　析】本文目的在於勸諫漢宣帝要崇尚德政，寬理刑獄，矯正漢武帝以來任用酷吏斷案所導致的酷虐之風。

上書的諫辭可分四段。首段透過對歷史的回顧，歸結「賢聖所以昭天命」與「皇天之所以開至聖」的原因。事實上，危機可能也是轉機，所謂「禍亂之作，將以開聖人也」，漢文帝能夠上體天心，「崇仁義，省刑罰，通關梁，一遠近，敬賢如大賓，愛民如赤子」，正是天德的體現。作者掌握漢宣帝「初登至尊」的機會，緊扣「天命」二字，反覆極寫興廢之樞機，勸漢宣帝「滌煩文，除民疾」，以「改前世之失」而「應天意」，辭意懇切而發人深省。

二段認為獄吏專權乃秦亡的原因之一，此弊仍沿襲至今，殊為禍根；進而批判治獄之吏那種「自安之道，在人之死」的變態心理。賈誼在〈過秦論〉中曾批判秦朝不施仁義，路溫舒也認為「賤仁義之士，貴治獄之吏」為秦朝「十失」之一，司馬遷在〈報任少卿書〉中更痛言自己那種「見獄吏則頭槍地，視徒隸則正惕息」的恐懼感，這一切都說明了漢朝「天下咸寧」的表象下實則是暗潮洶湧，而「太平未洽」的根源，乃在獄政酷虐而傷仁聖。路溫舒沉痛地刻畫出一幅人間地獄圖：「死人之血流離於市，被刑之徒比肩而立，大辟之計，歲以萬數。」百姓處於動輒得咎的焦慮之中，這豈不是場浩劫？

三段痛斥獄吏為「世之大賊」。對囚犯是刑求以羅織其罪，對上官則「鍛練而周內之」，為求「自安」而「專為深刻」、「不顧國患」。獄吏之可惡，在於他們一旦掌握生殺大權就必欲置人於死，所謂「殘賊而亡極」，「亡極」二字正深刻地透顯問題的嚴重性。

末段奉勸漢宣帝廢除誹謗罪，廣開箴諫之路，尊德省刑，以保天下之太平。路溫舒看出酷吏所以能隻手遮天的原因，在於他們擅長以「誣上」為理由堵塞忠諫洗冤之路，復慣用刑戮威嚇成招，故一方面主張廣開聖聽，另方面則廢治獄以崇仁義，可謂真知灼見。而其體恤民命之情，亦溢於言表，誠富道德勇氣。

# 楊惲

楊惲（西元前?～前五四年），字子幼，西漢華陰（今陝西華陰）人。父楊敞，昭帝時為丞相，又曾經擁立宣帝；母為司馬遷之女。楊惲於宣帝地節四年（西元前六六年），因密告霍氏謀反有功，封平通侯，升中郎將。漢宣帝神爵初年，升光祿勳。宣帝五鳳二年（西元前五六年），因與太僕戴長樂不合，互相攻擊，被廢為平民。後又被告「驕奢不悔過」，五鳳四年被腰斬，妻子流放酒泉郡（治所在今甘肅酒泉）。

## 報孫會宗書

【題解】本文選自《漢書・公孫劉田王楊蔡陳鄭傳》，篇名取首段「報會宗書」而訂。報，回覆。楊惲出身官宦世家，少年得志，不免年輕氣盛；加以性情刻薄，好論人是非，揭人陰私，以故結怨多人。後為戴長樂誣陷，以致被廢為平民，但仍我行我素，毫不收斂。其友人安定太守孫會宗乃寫信勸告，楊惲復借題發揮，大發牢騷，回覆這封信。信中傾訴遭誣陷的不滿，譏諷孫會宗不明事實，隨俗毀譽，既然道不同，就不必相為謀。

惲既失爵位，家居治產業，起室宅，以財自娛。歲餘，其友人安定❶太守❷西河❸孫會宗，知略士也，與惲書諫戒之。為言大臣廢退，當闔門❹惶懼，為可憐之意，不當治產業，通賓客，有稱譽。惲，宰相子，少顯朝廷，一朝以晻昧語言❺見廢，內懷不服，報會宗書曰：

「惲材朽行穢，文質無所底❻，幸賴先人餘業得備宿衛❼，遭遇時變❽以獲爵位，終非其任，卒與禍會❾。足下哀其愚蒙❿，賜書教督⓫以所不及，殷勤⓬甚厚。然竊恨足下不深惟⓭其終始，而猥⓮隨俗之毀譽也。言鄙陋之愚心，若逆指而文過⓯；默而息乎，恐違孔氏各言爾志⓰之義，故敢略陳其愚，唯⓱君子察焉！

「惲家方隆盛時，乘朱輪⓲者十人，位在列卿⓳，爵為通侯⓴，總領從官㉑，與聞政事，曾不能以此時有所建明㉒，以宣德化，又不能與群僚㉓同心并力，陪輔朝廷之遺忘㉔，已負竊位素餐㉕之責久矣。懷祿貪勢，不能自退，遭遇變故，橫被口語㉖，身幽北闕㉗，妻子滿獄。當此之時，自以夷滅㉘不足以塞責㉙，豈意得全首領㉚，復奉先人之丘墓㉛乎？

「伏惟㉜聖主之恩，不可勝量。君子游道，樂以忘憂；小人全軀，說㉝以忘罪。竊自思念，過已大矣，行已虧矣，長為農夫以沒世矣。是故身率妻子，戮力耕桑，灌園治產，以給公上㉞，不意當復用此為譏議也。夫人情所不能止者，聖人弗禁。故君父至尊親，送其終也，有時而既㉟。臣之得罪，已三年矣，田家作苦，歲時伏臘㊱，亨羊炰羔㊲，斗酒自勞。家本秦也，能為秦聲；婦，趙女也，雅㊳善鼓瑟；奴婢歌者數人。酒後耳熱，仰天拊缶㊴，而呼烏烏。其詩曰：『田㊵彼南山，蕪穢不治。種一頃㊶豆，落而為萁㊷。人生行樂耳，須㊸富貴何時？』是日也，拂衣而喜，奮褎低卬㊹，頓足起舞，誠淫荒無度，不知其不可也。

「惲幸有餘祿，方糴㊺賤販貴，逐什一之利，此賈豎㊻之事，汙辱之處，惲親行之。下流之人，眾毀所歸，不寒而栗㊼。雖雅知惲者，猶隨風而靡㊽，尚何稱譽之有？董生㊾不云乎？『明明求仁義，常恐不能化民者，卿大夫意也；明明求財利，常恐困乏者，庶人之事也㊿』。故『道不同，不相為謀(51)』。今子尚安得以卿大夫之制而責僕哉？

「夫西河魏土(52)，文侯(53)所興，有段干木(54)、田子方(55)之遺風，漂然(56)皆有節概(57)，知去就之分。頃者，足下離舊土，臨安定。安定山谷之間，昆戎(58)舊壤，子弟貪鄙，豈習俗之移人哉？於今迺睹子之志矣。方當盛漢之隆，願勉旃(59)，毋多談。」

【注　釋】❶安定　漢代郡名。郡所治高平，即今甘肅固原。❷太守　官名。秩二千石。❸西河　漢代郡名。今山西西北部及綏遠南隅皆其地，在河套間，有三十六縣。❹闔門　閉門。闔，關閉。❺晻昧語言　不光明正大的語言。楊惲失爵位，是因為與太僕戴長樂結怨，戴長樂告發楊惲「以主上為戲語」，對皇帝不敬。❻文質無所厎　文采人品皆無所成。文，華美文采。質，樸實本質。即人品。厎，或作「底」，今據《漢書》顏師古注及《說文》「厎」字段玉裁注，從《文選》作「厎」。致；成。❼得備宿衛　言在宿衛之官中，能虛占一位置。備，備位。在官之謙辭。宿衛，值宿禁中，當警衛之任。❽時變　時局變故。指霍光之子霍禹及姪霍山、霍雲等謀反事。❾會　遭遇。❿愚蒙　愚昧；無知。⓫教督　教訓指正。⓬殷勤　懇切周到。⓭惟思。⓮猥　隨便；輕易。⓯逆指而文過　違逆意旨，掩飾過失。指，通「旨」。意旨。⓰各言爾志　《論語・公冶長》：「顏淵季路侍。子曰：『盍各言爾志』。」⓱唯　希望。⓲朱輪　朱漆的車輪。漢制，公卿列侯及二千石以上可乘朱輪車。⓳位在列卿　漢代以太常、光祿勳、衛尉、太僕、廷尉、大鴻臚、宗正、大司農、少府為九卿。楊惲曾任光祿勳。⓴通侯　漢代異姓功臣僅有爵位而無封地的侯爵。原稱徹侯，因漢武帝名徹，避諱而改通侯，後又改列侯。㉑總領從官　楊惲曾官中郎將、光祿勳，所領皆宿衛士，故曰總領從官。㉒建明　建議陳述。㉓僚　同官。㉔遺忘　指缺失。㉕竊位素餐　竊取官位，空食俸祿。竊，偷。素，空。㉖橫被口語　橫遭誣陷。橫，不順理。口語，指戴長樂所告發。㉗身幽北闕　被囚於北闕。幽，囚禁。北闕，古代宮殿北面的門樓，為大臣朝見或上書之所。漢代犯罪者也拘禁於此，聽候處罰。㉘夷滅　滅絕宗族。夷，滅。滅，絕。㉙塞責　抵罪。㉚全首領　保全生命。領，脖子。㉛丘墓　墳墓。㉜伏惟　俯伏而思惟。謙敬之詞。㉝說　通「悅」。㉞公上　公家。㉟送其終也二句　送死之哀，有時而盡。指喪期三年而盡。終，死。既，盡。㊱伏臘　夏伏冬臘。秦、漢時皆為節日。伏日有三，夏至後第三庚日為初伏，第四庚日為中伏，立秋後第一庚日為終伏。臘，冬至後第三戌日。㊲炰羔　烤小羊。炰，同「炮」。裹物而燒。羔，小羊。㊳雅　甚。㊴拊缶　擊缶。拊，擊。缶，瓦器。秦人擊之以節歌。㊵田　墾耕。㊶一頃　百畝。㊷萁　豆莖。㊸須　等待。㊹奮褎低卬　舉袖高低揮舞。奮，舉。褎，古「袖」字。㊺糴　買穀。㊻賈豎　商人。豎，詆辱之詞。㊼栗　通「慄」。㊽隨風而靡　隨風之吹而偃伏。以喻雖深知楊惲者，亦隨眾議而相毀。㊾董生　董仲舒。㊿明明求仁義六句　語出董仲舒〈對賢良策〉，文字略有不同。明明，即「黽黽」。努力。(51)道不同二句　見《論語・衛靈公》。此言已為庶人，而孫會宗為官，地位既異，行徑難同。(52)西河魏土　西河在今陝西大荔一帶，因在黃河之西，故名。原為秦地，魏文侯取以置郡。(53)文侯　魏文侯，名斯。曾受經藝於子夏，客遇段干木，師事田子方。(54)段干木　晉人。守道不仕，魏文侯欲見，造其門，段干木踰牆避之。魏文侯以客禮待之，過其閭必軾，又請為相，不肯。後魏文侯卑己固請見，與語，魏文侯立倦不敢息。(55)田子方　魏人。賢者，魏文侯師事之。(56)漂然　高遠的樣子。(57)節概　節操。(58)昆戎　西戎。(59)旃　之。

【語譯】楊惲失去爵位以後，閒居在家經營產業，建造房屋，以財富自求快樂。過了一年多，他的朋友安定太守西河人孫會宗，是一個有知識有才略的人，寫信勸諫規戒他。向他說大臣被廢退後，應該閉門思過，萬分恐懼，表現出令人憐憫的樣子，不該經營產業，交接賓客，受人家的稱讚。楊惲是丞相的兒子，年輕時在朝廷上就很顯達，因為一時言語不小心而被罷免，心裡很不服氣，回信給孫會宗說：

「我的資質低劣，行為卑汙，文采和人品都沒有什麼成就。幸而依賴先人的餘蔭得以充當侍衛，遇到時局變故因而得到爵位。終究不能勝任，到底遭到了禍患。您哀憐我的愚昧，寫信來教正我的錯誤，情意非常殷切深厚。可是我很遺憾的是您沒有深究事情的始末，而輕易聽信流俗對我的毀譽。如果向您表白我鄙陋的心情，就像是違背您的意旨，在掩飾自己的錯誤；要是沉默不說呢，恐怕不合孔子所說的『各言爾志』的道理。所以只得簡略敘述一下我的愚見，希望您能明察。

「我家正興旺時，坐朱輪車的有十個人。我自己位列九卿，封爵通侯，總管侍從官員，參與政事。卻不能在這時候有所建議陳述，來宣揚皇上的德化，又不能和同僚齊心協力，輔助匡正朝廷的缺失，早就受到竊取官位、白受俸祿的指責了。貪戀祿位權勢，不能自動引退。遭到了變故，無端被誣陷，自己被囚禁在北闕，妻子兒女全下監獄。在這個時候，自以為滅絕家族都不能抵償罪責，哪料到還能保全生命，仍舊奉祀先人的墳墓呢？

「我低頭想，聖主的恩澤，實在無法估量。使君子優游道義，快樂得忘了憂患；小人保全生命，高興得忘了罪過。我私下想，罪過已經很大了，行為已經虧缺了，只有永遠做農夫了結這一輩子了。所以親自帶領妻子兒女，努力耕田種桑，灌溉田園，經營產業，用來繳納賦稅，沒想到又因此招來譏笑批評。那人情所不能阻止的事，聖人也不禁止。所以君父是至尊至親，但為君父送終，也有期限。我獲罪已經三年了，田家的工作很辛苦，每到伏臘節日，便燒煮了大羊小羊，預備斗酒慰勞一下自己。我家本是西秦人，會唱西秦的歌曲；妻子是趙地女子，很會彈瑟；奴婢中會唱歌的也有幾個。每當酒後耳熱，我仰頭對著天，手敲著瓦盆，烏烏地唱起歌來。歌詞是：『種田南山下，荒蕪沒治理。一百畝豆田，只有長豆萁。人生行樂吧，富貴等何時？』在這種日子，我快樂地抖動衣服，高低揮舞著袖子，踏著腳步跳舞。實在荒唐過度，一時忘了禁忌。

「我幸好還有剩餘的俸錢，才能賤買貴賣，追求十分之一的利潤。這是商人做的事，汙濁可羞的行為，我都親自去做了。下流的人，原是大家批評的對象，真叫人不寒而慄。就算一向很了解我的人，尚且隨風倒似地附和譏評，還有什麼可以稱譽的呢？董仲舒不是說過嗎：『努力求仁義，常怕不能教化老百姓的，這是卿大夫的用心啊；努力求財利，常怕窮困缺乏的，這是平民做的事情啊！』所以『走的路不同，不能互相商量』。現在您怎麼還可以拿卿大夫的規矩來要求我呢？

「西河原是戰國時候的魏地，魏文侯所設置，有段干木、田子方這些賢人的遺風，當地人都有著高遠的節操，知道應去應留的分際。現在，您離開了故鄉，到安定郡。安定的山谷裡，本是西戎的舊地，年輕人都是貪婪鄙陋的，難道是習俗把人改變了嗎？現在我才看出您的志向了。如今正當漢朝隆盛的時期，願您多多自勉，不要多說了！」

【研　析】本文可分兩部分。第一部分記楊惲被廢，以財自娛，而孫會宗致書勸誡之。第二部分為楊惲之回書，可分五段。首段自道被貶經過和回信原因。二段誇耀家世隆盛，憤言遭讒忌之不平。三段謂得罪家居，耕桑之暇，歌樂自娛，未料復遭譏議。四段言既已被廢為平民，與孫會宗「道不同，不相為謀」，不必相責；而讒謗未止，尤其可畏。末段則反譏孫會宗媚俗附會，殊為決絕。

楊惲的外祖父司馬遷在《史記》中曾說〈離騷〉是「信而見疑，忠而被謗，能無怨乎」，班固則認為屈原「露才揚己，怨懟不容」，這些批評用在楊惲身上，也是十分符合的。人之患，在好論人是非。「橫被口語」為楊惲畢生最大恨事，故孫會宗的勸誡，在他看來，其實是「不深惟其終始，而猥隨俗之毀譽」的謬見，殘酷地撕裂他心靈的傷口，於是在回信中，遂自然呈現出由反話恨語摹畫恨事的敘事風格。就其實質而言，本篇實可視為書信體的自傳文學。自傳文學每每具有雙重性格，是謙卑與驕傲、隱晦與誇張的複合體。楊惲在信中，一方面是強烈的自負，極力稱述其隆盛時顯赫的門第勢力；另方面，卻又在自我評價中刻意貶抑。自以謂才質，則曰「材朽行穢，文質無所厎」、「鄙陋之愚心」；言其資歷，則曰「幸賴……得備」、「遭遇……以獲」、「終非……卒與」；又自比小人，而謂「道不同，不相為謀」。至於否定詞的大量運用，更是東方朔以來自傳文學的一大特色。其感於孫會宗之殷勤，則曰「賜書教督以所不及」；論己宦海之浮沉，則曰「不能以此時有所建明」、「不能與群僚同心并力」、「不能自退」、「夷滅不足以塞責」；言己無辜，則曰「不意當復用此為譏議」、「不知其不可」。總之，舉凡才能、仕途、德行，彷彿一無可取，而唯一可道者只有家世。

另外一個值得注意的現象是，楊惲談到文化地理方面的觀點，對西河和安定二地的民情作了概括性的評價，雖嫌刻薄，但也啟發吾人閱讀作品時「知人論世」的新角度。此外，在楊惲「毋多談」的決絕態度中，也使我們重新體悟：向人示好或建言時，絕不能一廂情願；若對方根本不領情或視為理所當然，所有的善意就變得毫無意義！

# 漢光武帝

漢光武帝劉秀（西元前六～西元五七年），字文叔。漢高祖九世孫。東漢開國君主，在位三十三年（西元二五～五七年）。

## 臨淄勞耿弇

【題解】本文選自《後漢書・耿弇傳》，篇名據文意而訂。漢光武帝建武五年（西元二九年），派遣耿弇率軍攻破占據祝阿（在今山東長清東北）的張步，追擊至臨淄（在今山東臨淄）。漢光武帝親臨勞軍，大會群臣。本文即當時對耿弇的慰勞辭，一方面肯定耿弇的大功勞，一方面也對張步採取懷柔，促其投降。

車駕至臨淄，自勞軍，群臣大會。帝謂弇❶曰：

「昔韓信破歷下❷以開基，今將軍攻祝阿以發迹❸，此皆齊之西界，功足相方❹。而韓信襲擊已降❺，將軍獨拔勍敵❻，其功乃難於信也。

「又田橫❼亨酈生❽，及田橫降，高帝詔衛尉❾，不聽❿為仇。張步⓫前亦殺伏隆⓬，若步來歸命，吾當詔大司徒⓭釋其怨，又事尤相類也。

「將軍前在南陽⑭，建此大策⑮，常以為落落難合⑯。有志者事竟成也。」

【注釋】❶弇　耿弇。字伯昭，茂陵（今陝西興平東北）人，隨漢光武帝起兵，攻占齊地，後拜建威大將軍，封好時侯。❷歷下　故城在今山東歷城西。楚、漢相爭時，韓信渡黃河，襲歷下，破臨淄，自立為齊王。❸發迹　顯達；立功揚名。❹相方　相比擬。❺韓信襲擊已降　韓信領兵攻齊，尚未渡河，漢王已派人說服齊王投降。❻勍敵　勁敵；強敵。❼田橫　秦人。本齊王田氏族，韓信既破齊王，田橫遂自立為齊王，漢滅項羽，田橫與其徒屬五百人逃亡入海島中。漢高祖使人招之曰：「橫來，大者王，小者侯；不來，且舉兵加誅。」田橫因與二客詣洛陽（今河南洛陽），未至三十里，曰：「始與漢南面，今奈何北面事之。」遂自殺。❽酈生　酈食其。高陽（今河南杞縣西）人，沛公至高陽，酈食其獻計下陳留（今河南開封東南），曾為說客說齊，憑軾下齊七十餘城，及韓信攻齊，田橫以酈食其賣己，遂烹之。❾衛尉　酈食其弟酈商，官衛尉。高帝恐酈商與田橫為仇，詔酈商曰：「橫即至，敢動者族之。」❿聽　聽任；任憑。⓫張步　字文公。琅邪（今山東膠南西南）人。漢光武初起，張步擁眾據本部，漢光武遣伏隆拜張步為東萊太守，張步殺伏隆，為耿弇所敗，降漢，封安丘侯。旋欲招其眾入海，琅邪太守陳俊擊斬之。⓬伏隆　字伯文。漢光武時張步據齊地，伏隆為大中大夫，移檄告以順逆，青、齊群盜皆降，張步遣使隨伏隆詣闕下。漢光武拜伏隆為光祿大夫，遣使於張步，張步欲自王，留伏隆共守二州，伏隆不從，為張步所殺。⓭大司徒　伏隆之父伏湛。⓮南陽　郡名。治所在今河南南陽。⓯大策　指耿弇向光武所提出的軍事策略。包括平齊、消滅張步等。⓰落落難合　迂闊難成。

【語譯】皇帝的車駕到了臨淄，親自慰勞軍隊，大會群臣。皇帝對耿弇說：

「從前韓信攻破歷下而開創基業，現在將軍攻下祝阿而立功揚名，兩地都是齊國的西界，你們的功勞足以相比擬。但是韓信是襲擊已經投降的敵人，將軍獨力攻克勁敵，這功勞比起韓信的又更難了。

「齊王田橫烹殺酈食其，等到田橫投降，高皇帝下詔給酈食其的弟弟酈商，不准他向田橫報仇。張步以前也殺過伏隆，假若張步來投降的話，我也當下詔給大司徒伏湛，叫他放棄仇怨。這件事更加相似了。

「將軍以前在南陽，提出這遠大的策略，我一直以為疏闊而難以成功。現在才曉得，有志氣的人事情畢竟會成功啊！」

【研　析】漢光武帝的談話可分三段。首段以齊地為中心，以耿弇比諸韓信。二段以張步比諸田橫，而自比於漢高祖。末段盛誇耿弇「有志者事竟成」的精神。通篇皆以事實之對比代替空泛的稱揚，可謂言簡意賅。

漢光武帝一方面突出耿弇的智勇雙全，鼓舞其士氣；另方面則對張步採取懷柔政策，消除其顧慮；同時，又間接炫耀自己是明君，說話極具技巧。他用今昔、難易對比的方式，指出韓信「開基」和耿弇「發迹」都在「齊之西界」，故「功足相方」，然而「其功乃難於信」，此亦足以顯示耿弇確為「有志者」。又舉「高帝詔衛尉，不聽為仇」之例以示寬柔，而謂「事尤相類」，則不僅明白宣示對敵政策，亦有自褒之意味。漢光武帝之善於稱讚，於此可見。

# 馬援

馬援（西元前一四～西元四九年），字文淵，東漢扶風茂陵（今陝西興平東北）人。事奉光武帝，消滅隗囂；又奉命出征先零羌，肅清隴右；平定交趾，立銅柱表功而回，威震南疆。拜伏波將軍，封新息侯。曾經說：「大丈夫為志，窮當益堅，老當益壯。」又說：「男兒要當死於邊野，以馬革裹尸還葬，何能臥牀上在兒女子手中邪？」後五溪蠻造反，以六十二歲高齡自動請命率兵征討，病死於軍中。

## 誡兄子嚴敦書

【題解】本文選自《後漢書・馬援列傳》，篇名據文意而訂。主旨在告誡其姪馬嚴、馬敦，勿妄發論議，勿結交俠客，以免招禍。

援兄子嚴、敦❶，並喜譏議，而通輕俠客❷。援前在交趾❸，還書誡之，曰：

「吾欲汝曹❹聞人過失，如聞父母之名，耳可得聞，口不可得言也。好論議人長短，妄是非正法❺，此吾所大惡也，寧死不願聞子孫有此行也。汝曹知吾惡之甚矣，所以復言者，施衿結褵❻，申父母之戒，欲使汝曹不忘之耳。

「龍伯高❼敦厚周慎，口無擇言❽，謙約節儉，廉公有威❾。吾愛之重之，願汝曹效之。杜季良❿豪俠好義，憂人之憂，樂人之樂，清濁無所失⓫；父喪致客，數郡畢至。吾愛之重之，不願汝曹效也。效伯高不得，猶為謹敕之士，所謂刻鵠⓬不成尚類鶩⓭者也；效季良不得，陷為天下輕薄子，所謂畫虎不成反類狗者也。訖今季良尚未可知，郡將⓮下車⓯輒切齒，州郡以為言，吾常為寒心，是以不願子孫效也。」

【注　釋】❶嚴敦　馬援二姪之名。❷輕俠客　輕薄之人。❸交趾　地名。漢置交趾郡，在今越南北部。❹曹　輩。❺是非正法　議論政治法令。正，通「政」。❻施衿結褵　古代婚禮時，母親為所嫁之女整理佩帶，結佩巾，並申誡之。衿，帶子。褵，佩巾。❼龍伯高　名述。京兆（今陝西西安）人，為山都（治所在今湖北谷城東南）長。❽口無擇言　語出《孝經》。謂所言皆善，故無可選擇。❾廉公有威　廉明公正而有威儀。❿杜季良　名保。京兆（今陝西西安）人，為越騎司馬。⓫清濁無所失　謂所交者，善惡皆有，而能得其宜。清濁，指善惡。⓬鵠　鳥名。似雁而大，俗名天鵝。⓭鶩　野鴨。⓮郡將　郡守。郡最高行政長官，兼掌軍事，故稱。⓯下車　謂官吏初到任。

【語　譯】馬援的姪子馬嚴、馬敦，都喜歡譏刺議論別人，又結交一些輕薄之徒。馬援從前在交趾的時候，曾經寫信訓誡他們，說：

「我希望你們聽到別人的過失，如同聽到父母的名字，耳朵可以聽，嘴巴卻不可以說。喜歡議論別人的好壞，隨便批評政治法令，這是我最厭惡的事，寧願死也不願意聽到子孫有這樣的行為。你們已經知道我很痛恨這種事了，而我還要說的原因，好像父母嫁女兒，替她掛上佩帶，繫上佩巾，反覆叮嚀訓誡一樣，希望你們不要忘記罷了。

「龍伯高這個人敦厚篤實、周到謹慎，不說人長短，謙虛節儉，廉明公正而有威儀。我敬愛他、尊重他，希望你們學他。杜季良這個人豪爽任俠而重義氣，憂人家的憂，樂人家的樂，交的朋友好人壞人都有，但都能相處適宜；父喪的時候招致賓客，好幾郡的人都到了。我敬愛他、尊重他，但是不希望你們學他。學不到伯高，還可以做一個謹慎的士人，所謂刻鵠不成還像隻野鴨；學不到季良，那就會成為天下的輕薄子弟，所謂畫虎不成反像狗了。到現在為止，季良這個人將來如何還未可知，郡守剛剛到任便切齒痛恨他，州郡裡的人都把他當做話題，我常常替他害怕，所以不願意子孫學他。」

【研析】馬援的信文，內容可分二段。前段誡其姪勿論人短長，評議朝政；後段則舉時人為例，期勉他們慎選效法的對象。文辭警策，既顯現馬援謹慎謙恭的個性，也可看出他嚴於訓誨的家教。

大抵教養子弟的態度可別為二，或者驕縱溺愛，或者勤管厚栽，馬援無疑屬於後者。他痛恨別人「論議人長短，妄是非正法」，故「寧死不願聞子孫有此行」，委婉地批評馬嚴、馬敦二人「喜譏議，而通輕俠客」的毛病；至於效法對象的選擇，仍以謹言慎行為上。馬援何以特舉此二點勸誡，是值得留意的地方。「好論議人長短」者必多方樹敵，「妄是非正法」者必為主政者深恨，二事皆空泛浮華之舉，咸非明哲保身之道。另方面，結交豪俠，輕生尚義，或恐陷於輕率，亦欠穩重謹敕之風。凡此數端，皆罹禍之由，有違父母之戒，故宜戒慎。

通篇善用比喻，言聞人過失，則曰「如聞父母之名」；說所以重言之故，則曰「施衿結褵，申父母之戒」；謂學習對象，則曰「刻鵠不成尚類鶩」、「畫虎不成反類狗」，取譬自然生動，情真意切，富於藝術魅力。

# 諸葛亮

諸葛亮（西元一八一～二三四年），字孔明。瑯琊郡陽都縣（今山東沂南南）人。早年隱居隆中（今湖北襄陽西），躬耕田園，而留心天下大事，自比管仲、樂毅，人稱「臥龍」。後劉備三顧茅廬，遂出佐劉備，聯合孫權，破曹操於赤壁，取益州、漢中，建立蜀漢，與魏、吳三分天下，被任為丞相。劉備死，受遺命輔佐後主，積極圖謀恢復漢室，先後北伐六次，皆未成功。病逝於軍中。諡忠武侯。諸葛亮為三國時代傑出的政治家、軍事家，其文章樸實真摯，論理精闢。有《諸葛忠武侯文集》輯本。

## 前出師表

【題解】本文選自《三國志・諸葛亮傳》，篇名據《昭明文選》所訂加一「前」字，以與〈後出師表〉區隔。表，古代人臣向君王進言陳述的文書。蜀漢後主建興五年（西元二二七年），諸葛亮駐軍漢中（今陝西漢中），準備北伐曹魏，臨行上奏此表。一方面勸勉後主廣開言路、秉公為政、親賢遠佞，一方面表明自己出師北伐的目的和為國盡忠的決心。

臣亮言：先帝❶創業未半，而中道崩殂❷。今天下三分❸，益州疲弊❹，此誠危急存亡之秋❺也。然侍衛之臣不懈於內❻，忠志❼之士忘身於外❽者，蓋追先帝之殊遇❾，欲報之於陛下❿也。誠宜開張聖聽⓫，以光⓬先帝遺德，恢宏⓭志士之氣；不宜妄自菲薄⓮，引喻失義⓯，以塞忠諫之路也。

宮中府中⓰，俱為一體，陟罰臧否⓱，不宜異同⓲。若有作姦犯科⓳，及為忠善者，宜付有司⓴，論㉑其刑賞，以昭㉒陛下平明之治㉓；不宜偏私，使內外異法也。

侍中、侍郎郭攸之、費禕、董允㉔等，此皆良實㉕，志慮忠純㉖，是以先帝簡拔㉗以遺陛下。愚㉘以為宮中之事，事無大小，悉以咨㉙之，然後施行，必能裨㉚補闕漏，有所廣益。將軍向寵㉛，性行淑均㉜，曉暢軍事，試用於昔日，先帝稱之曰「能」㉝，是以眾議舉寵為督㉞。愚以為營中之事，悉以咨之，必能使行陣㉟和睦，優劣得所㊱。親賢臣，遠㊲小人，此先漢㊳所以興隆也；親小人，遠賢臣，此後漢㊴所以傾頹㊵也。先帝在時，每與臣論此事，未嘗不歎息痛恨㊶於桓、靈㊷也。侍中㊸、尚書㊹、長史㊺、參軍㊻，此悉貞亮死節㊼之臣也，願陛下親之信之，則漢室之隆，可計日而待也。

臣本布衣㊽，躬耕於南陽㊾，苟全性命於亂世，不求聞達㊿於諸侯。先帝不以臣卑鄙(51)，猥自枉屈(52)，三顧(53)臣於草廬之中，諮臣以當世之事，由是感激(54)，遂許先帝以驅馳[55]。後值傾覆[56]，受任於敗軍之際，奉命於危難之間，爾來二十有一年[57]矣！先帝知臣謹慎，故臨崩寄臣以大事[58]也。受命以來，夙夜憂勤[59]，恐託付不效[60]，以傷先帝之明[61]，故五月渡瀘[62]，深入不毛[63]。今南方已定，兵甲已足，當獎率三軍，北定中原，庶[64]竭駑鈍[65]，攘除姦凶[66]，興復漢室，還於舊都[67]。此臣所以報先帝而忠陛下之職分也。至於斟酌損益[68]，進盡忠言，則攸之、禕、允之任也。

願陛下託臣以討賊興復之效[69]；不效，則治臣之罪，以告先帝之靈。若無興德之言，則責攸之、禕、允等之慢，以彰其咎[70]。陛下亦宜自課[71]，以諮諏[72]善道[73]，察納雅言[74]。深追[75]先帝遺詔，臣不勝受恩感激；今當遠離，臨表涕泣，不知所云。

【注釋】❶先帝　指蜀漢昭烈帝劉備（西元一六〇～二二三年）。此時劉備已死，故稱先帝。劉備字玄德，涿郡（今河北涿縣）人，漢景帝子中山靖王劉勝之後。曹丕篡漢，劉備即帝位於成都，在位三年崩，年六十三，諡昭烈，史稱先主。❷中道崩殂　中途死亡。中道，中途；半路。天子死曰崩，言如山岳之崩，天下震動。殂，死亡。❸天下三分　指魏、蜀、吳三國割據鼎立。曹丕於漢獻帝建安二十五年（西元二二〇年）篡漢，國號魏，都洛陽（今河南洛陽）。次年劉備據西蜀自立，國號漢，都成都。九年後（西元二二九年），孫權據江東自立，國號吳，都建業（今南京市）。❹益州疲弊　益州人力物力困乏。劉備既伐吳失利，其後諸葛亮又用兵南蠻，國力耗損，故云。益州，東漢州名。轄地約今四川全省，為蜀漢國土的主要部分。

疲弊，困乏。❺秋　時機；關鍵時刻。❻內　指朝廷。❼忠志　忠心。❽忘身於外　公而忘私地在外奉職。❾殊遇　特殊的對待。指恩寵、信任。❿陛下　臣民對皇帝的敬稱。臣民有事要稟告皇帝，不敢直陳，懇請階下的侍衛代為轉達，所以稱皇帝為陛下，表示尊敬。陛，臺階。⓫開張聖聽　擴大聖上的見聞。亦即多聽臣民的意見。聖，尊稱皇帝。此指後主劉禪。⓬光發揚光大。⓭恢宏　擴大；發揚。⓮妄自菲薄　任意看輕自己。妄，胡亂。菲薄，輕視。⓯引喻失義　援引例證，不得其當。如引用公孫述、劉璋一類失敗的往事，以為蜀漢無法進取的證據。⓰宮中府中　皇宮和丞相府。宮，指皇帝宮殿，代表皇室。府，指丞相府第，代表行政體系。⓱陟罰臧否　即陟臧罰否。指賞功罰過。陟，遷升；獎賞。臧，善。此指功勞。否，惡。此指過失。⓲不宜異同　不應該有差別。異同，偏重於「異」之意。⓳作姦犯科　為非作歹，觸犯法律。姦，邪惡。科，法律條文。⓴有司　指官吏。職有專司，故稱有司。司，管理。㉑論　判定。㉒昭　表明。㉓平明之治　公平、嚴明的治國原則。㉔侍中侍郎郭攸之費禕董允　侍中郭攸之、費禕，黃門侍郎董允。侍中掌理宮中奏事及車馬衣服等。侍郎，此指黃門侍郎，為宮中侍衛的官。郭攸之，字演長，南陽（今河南南陽）人。費禕，字文偉，江夏鄳（今河南羅山縣西南）人。董允，字休昭，南郡（今湖北江陵）人。㉕良實　賢良忠實。㉖志慮忠純　即志忠慮純。指存心忠誠而謀事專一。㉗簡拔　選拔。簡，通「柬」。選擇。㉘愚　自稱的謙詞。此諸葛亮自稱。㉙咨　詢問；商量。下文「諮」，意同。㉚裨　補救。㉛向寵　襄陽宜城（今湖北襄陽）人。劉備時，為牙門將，劉禪即位（西元二二三年），封都亭侯。㉜性行淑均　即性淑行均。指秉性善良，行事公正。淑，善。㉝先帝稱之曰能　蜀漢昭烈帝章武二年（西元二二二年），劉備為報孫權殺關羽之仇，出兵伐吳，反被擊敗。在此戰役中，只有向寵的部隊損傷最少，所以劉備稱讚他能幹。㉞舉寵為督　蜀漢後主建興元年（西元二二三年），以向寵為中部督，典宿衛兵。㉟行陣　隊伍行列。此借指軍隊。㊱優劣得所　各種人才都能得到適當的職位。所，指適當的職位。㊲遠　疏遠；避開。作動詞用。㊳先漢　指西漢前期強盛時期。㊴後漢　指東漢末年衰微時期。㊵傾頹　倒坍。引申指失敗、滅亡。㊶痛恨　深感遺憾。恨，遺憾。㊷桓靈　東漢桓帝、靈帝。皆昏庸無能，信任宦官外戚，以致政治腐敗，民不聊生，盜賊四起，動搖國本。㊸侍中　指郭攸之、費禕。㊹尚書　指陳震。字孝起，南陽（今河南南陽）人。蜀漢後主建興三年（西元二二五年）拜尚書，後遷尚書令。尚書掌章奏、宣示、圖書、祕記等職。㊺長史　指張裔。字君嗣，成都（今四川成都）人。諸葛亮出駐漢中，任張裔為丞相府留府長史。長史為幕僚之長。㊻參軍　指蔣琬。字公琰，零陵湘鄉（今湖南湘鄉）人。時任參軍，諸葛亮往漢中，蔣琬與張裔共掌府事。參軍掌軍事謀畫及文翰。㊼貞亮死節　忠貞信實，能為節義而犧牲。亮，通「諒」。信實。㊽布衣　平民。古代平民除老年可以穿絲帛外，大都穿麻織衣物，故稱。㊾躬耕於南陽　在南陽親自耕種。南陽，漢郡名。治今河南南陽。諸葛亮所躬耕在今湖北鄧縣的隆中。50聞達　顯達。51卑鄙　出身低微，見識鄙陋。自謙之詞。52猥自枉屈　委屈貶抑自己的身分。猥，委屈。53顧　訪問。54感激　感動、振奮。55驅馳　奔走效力。56傾覆　失敗。指漢獻帝建安十三年（西元二〇八年），劉備在湖北當陽長坂坡（今湖北當陽東北），被曹操所敗，退保夏口（今湖北武昌西）。57爾來二十有一年　諸葛亮自漢獻帝建安十二年（西元二〇七年）出仕，至蜀漢後主建興五年（西元二二七年）上此表，前後共二十一年。爾來，自那時以來。有，通「又」。58臨崩寄臣以大事　指劉備臨終託孤之事。59夙夜憂勤　終日憂思勤勞。60不效　不成功。效，收效；成功。61明　指知人之明。62五月渡瀘　蜀漢後主建興元年（西元二二三年），雲南境內發生叛亂。三年春，諸葛亮率軍南征，五月渡瀘，平定亂事。瀘，指瀘水。即今雅礱江的下游，在四川會理西南流入金沙江，二水合流處，即當時諸葛亮渡瀘之地。63不毛　荒瘠不能耕種的土地。此指蠻荒地區。毛，草木。這裡特指五穀。64庶　庶幾；希望。65駑鈍　才能低劣。駑，劣馬。鈍，刀不利。66攘除姦凶　剷除奸邪兇惡之人。指消滅曹魏。攘，消滅；消除。67舊都　指東漢首都洛陽（今河南洛陽）。68斟酌損益　衡量事理而予以興革。斟酌，將酒適量注入杯中。引申為考慮可否而決定取捨。損，革除。益，興辦。69效　任務。70咎　罪過。71自課　自我省察。課，考察。72諮諏　詢問。同義複詞。73善道　良好的辦法、途徑。74雅言　正直的言論。75追　追念。

**【語　譯】**臣亮說：先帝創業不到一半，就中途去世。現在天下分成三國，而我們蜀漢又是人力、物力都困乏，這實在是國家危急存亡的緊要關頭。然而朝廷大小官員努力不懈，忠心的外臣、將士在外捨生忘死，這都是因為追念先帝的特殊對待，要想報答在陛下身上的啊。陛下實在應當廣泛聽取臣下的意見，來光大先帝的遺德，鼓舞志士的志氣；不應當任意地看輕自己，引證一些不當的事例，以致堵塞忠臣勸諫的道路。

皇宮和丞相府是一個整體，賞功罰過，不應該有所差別。假使有為非作歹、觸犯法律的，或者盡忠職守、積極行善的，都應該交給主管官吏，判定賞罰，以彰顯陛下治理臣民的公正嚴明；不應該心存偏私，導致宮內和相府法制有所不同。

侍中郭攸之、費禕和侍郎董允等人，都是賢良忠實的臣子，存心忠誠而謀事專一，所以先帝選拔出來輔佐陛下。我認為宮中的事，無論大小，都先徵詢他們的意見在施行，就一定能補救缺失，增加效益。將軍向寵，秉性善良，行事公正，通達軍事，以前曾經帶過兵，先帝稱讚他能幹，所以大家推舉他做中部督。我認為軍中事務，都徵詢他的意見，一定可以使軍隊和睦，各種人才都能發揮所長。親近賢臣，疏遠小人，這是前漢興盛的原因；親近小人，疏遠賢臣，這是後漢衰亡的原因。先帝在世時，每次和我談論到這裡，對桓、靈二帝總是深為遺憾。侍中郭攸之、費禕，尚書陳震，長史張裔，參軍蔣琬，這些都是忠貞可靠、能為國效命的賢臣，希望陛下親近他們、信任他們，那麼漢家的復興將很快就會到來了。

臣本是一個平民，在南陽耕田，只求在亂世裡保住生命，並不想在諸侯間求顯達。先帝不嫌棄臣出身低微，竟然貶抑身分，到臣的草廬來訪問了三次，問臣當時的天下大事，臣因此而感動振奮，就答應為先帝奔走效力。後來遭逢失敗，臣在挫敗時接受任務，在危難時接受使命，到現在已經二十一年了。先帝知道臣生性謹慎，所以臨終把輔佐的重任交付給臣。自從接下這個使命，臣日夜操勞，深怕無法完成先帝託付的任務，傷害先帝的知人之明，所以在五月間渡過瀘水，深入蠻荒。現在南方已經平定，軍備已經充足，應當鼓舞士氣、率領三軍，收復中原，希望竭盡低劣的才能，剷除奸邪兇惡之人，復興漢室，回到故都。這是臣報答先帝和效忠陛下應盡的本分。至於斟酌利害興革，盡力貢獻忠言，那是郭攸之、費禕、董允他們的責任。

希望陛下把討伐奸賊、復興漢室的任務交付給臣；如果不成功，就治臣的罪，以告慰先帝的神靈。如果沒有增進德行的嘉言，就要責備郭攸之、費禕、董允等人的怠忽，以表明他們的過失。陛下也應當自我省察，以訪求治國的良策，明察並接納正直的言論。深切追念先帝的遺詔，臣身受大恩，不勝感激；現在就要遠離，在寫這張表的時候，涕淚交流，不知到底說了些什麼。

【研　析】本文可分五段。首段期勉後主廣開言路，修德圖強，不可妄自菲薄。二段希望後主賞罰分明，無所偏私。三段列舉忠賢之臣以供後主諮詢，進而謂親近賢臣與否乃前、後漢興衰之關鍵。前三段皆條析道理以忠諫，四、五兩段則轉入剖情表態，自道與先主之遇合而申言己志。

作者關心或強調的事物，通常會透過不斷的重複來加深印象；因此，讀者若能分析重複出現的詞彙，便有助於掌握作者的關注焦點。本文提及「先帝」之處達十三次，而稱「陛下」者亦有七次，這說明諸葛亮念茲在茲的只是「追先帝之殊遇，欲報之於陛下」這件事。在以諸葛亮為中心的君臣關係網絡中，就其與先主之遇合而言，「先帝不以臣卑鄙」，且「知臣謹慎，故臨崩寄臣以大事」，於是他「遂許先帝以驅馳」；就劉備對後主的遺愛而言，則簡拔郭攸之、費禕、董允等以遺後主。而諸葛亮於後主亦有二願，一願後主親信郭攸之、費禕、董允等，以興復漢室；二願後主託以「討賊興復之效」。綜觀其所規勸之要點有三，即：納諫、法治和親賢，故初謂「不宜妄自菲薄，引喻失義，以塞忠諫之路」，復謂「陟罰臧否，不宜異同」、「不宜偏私，使內外異法」，三勉後主「宜自課，以諮諏善道，察納雅言」，辭氣委婉，諄諄叮嚀，可謂苦心孤詣。

杜甫曾於〈蜀相〉詩中以「兩朝開濟老臣心」概括諸葛亮獨撐危局，輔佐幼主的苦心，而劉勰在《文心雕龍・章表》中也稱許本篇為「表之英」。諸葛亮與蜀漢後主劉禪，於公為君臣，於私則諸葛亮為父執；論才，則諸葛亮器識閎深，後主闇弱不堪，故諸葛亮於上表之際，一則追懷先帝，屢致忠愛之忱，一則建言治國方略，剖述甚詳，於今昔對比中穿插以利害分析，而融議論、抒情、敘事為一體，語語出自肺腑，誠天下古今之至文。

# 後出師表

【題　解】本文選自《三國志・諸葛亮傳》裴松之〈注〉，篇名據文意而訂。表，古代人臣向君王進言陳述的文書。蜀漢後主建興六年（西元二二八年），東吳將領陸遜在石亭大敗入侵的魏將曹休。諸葛亮以魏兵東下，關中必定空虛，決意趁機出師北伐，而朝臣由於建興五年北伐未能成功，頗致疑慮，故上此表，說明「漢賊不兩立，王業不偏安」，討賊勢在必行，與其坐以待亡，不如主動出擊，猶有可為。

先帝慮漢賊❶不兩立，王業不偏安❷，故託臣以討賊也。以先帝之明，量臣之才，故❸知臣伐賊，才弱敵強也。然不伐賊，王業亦亡，惟坐而待亡，孰與❹伐之？是故託臣而弗疑也。

臣受命之日，寢不安席，食不甘味。思惟❺北征，宜先入南，故五月渡瀘❻，深入不毛，并日而食❼。臣非不自惜也，顧❽王業不得偏全於蜀都，故冒危難以奉先帝之遺意也，而議者謂為非計。今賊適疲於西❾，又務於東❿，兵法乘勞，此進趨⓫之時也。謹陳其事如左：

高帝⓬明並日月，謀臣淵深，然涉險被創⓭，危然後安。今陛下未及高帝，謀臣不如良、平⓮，而欲以長計取勝，坐定天下，此臣之未解一也。劉繇⓯、王朗⓰，各據州郡，論安言計，動引聖人，群疑滿腹⓱，眾難塞胸⓲，今歲不戰，明年不征，使孫策⓳坐大，遂并江東，此臣之未解二也。曹操智計殊絕於人，其用兵也，髣髴⓴孫、吳㉑，然困於南陽㉒，險於烏巢㉓，危於祁連㉔，偪於黎陽㉕，幾敗北山㉖，殆死潼關㉗，然後偽㉘定一時爾，況臣才弱，而欲以不危而定之，此臣之未解三也。曹操五攻昌霸㉙不下，四越巢湖㉚不成，任用李服㉛而李服圖之，委任夏侯㉜而夏侯敗亡，先帝每稱操為能，猶有此失，況臣駑下，何能必勝？此臣之未解四也。自臣到漢中，中間期年㉝耳，然喪趙雲㉞、陽羣㉟、馬玉㊱、閻芝、丁立、白壽、劉郃、鄧銅等，及曲長、屯將㊲七十餘人，突將無前㊳。賨叟㊴、青羌㊵散騎、武騎一千餘人，此皆數十年之內所糾合四方之精銳，非一州之所有，若復數年，則損三分之二也，當何以圖敵？此臣之未解五也。今民窮兵疲而事不可息，事不可息，則住與行，勞費正等，而不及今圖之，欲以一州之地與賊持久，此臣之未解六也。

夫難平㊶者，事也。昔先帝敗軍於楚㊷，當此時，曹操拊手㊸，謂天下以㊹定。然後先帝東連吳、越㊺，西取巴、蜀㊻，舉兵北征，夏侯授首㊼，此操之失計而漢事將成也。然後吳更違盟㊽，關羽毀敗㊾，秭歸蹉跌㊿，曹丕稱帝(51)。凡事如是，難可逆見(52)。臣鞠躬盡力(53)，死而後已，至於成敗利鈍，非臣之明所能逆覩(54)也。

【注釋】❶漢賊　指蜀漢與曹魏。漢，蜀自謂。賊，指曹魏。❷偏安　偏據一方以苟安。❸故　通「固」。本來。❹孰與　何如。❺思惟　考慮。惟，思；想。❻渡瀘　渡過瀘水。諸葛亮於蜀漢後主建興三年（西元二二五年）渡瀘水伐南蠻。瀘水為雅礱江下游，在四川會理西南入金沙江。❼并日而食　兩天只吃一天的食物。❽顧　但是。❾疲於西　蜀漢後主建興五年（西元二二七年），諸葛亮出祁山北伐，南安、天水、安定三郡皆叛魏應漢，關中響應。❿務於東　蜀漢後主建興六年，魏將曹休與吳陸遜戰於石亭（今安徽潛山縣東北），大敗。務，盡力。⓫進趨　進取。⓬高帝　漢高帝。⓭涉險被創　歷險受傷。涉險，如困於滎陽。被創，如項羽伏弩傷漢高祖之胸。⓮良平　張良、陳平。皆漢高祖謀臣。⓯劉繇　三國吳牟平人，東漢興平中為揚州刺史，因袁術據淮南，劉繇不敢至州，吳景、孫賁迎置曲阿，孫策東渡，劉繇保豫章，駐彭澤，尋病卒。⑯王朗　三國魏郯人，東漢末年，拜會稽太守，後為孫策所敗，降曹操，魏文帝時累官司空，封樂平鄉侯，卒謚成。⑰群疑滿腹　謂用人則妒賢嫉能，滿腹猜疑。⑱眾難塞胸　謂行事則畏首畏尾，眾難塞於胸中。⑲孫策　字伯符。孫權之兄。⑳髣髴　好像。㉑孫吳　春秋時代孫武和戰國時代吳起。並精兵法。㉒困於南陽　東漢獻帝建安二年（西元一九七年），曹操與張繡戰於宛城，為流矢所中。南陽，漢郡名。治宛城（今河南南陽）。㉓險於烏巢　東漢獻帝建安五年（西元二〇〇年），曹軍與袁紹軍相持於官渡（今河南中牟東北），曹軍一度絕糧，且後方不穩，後曹軍夜襲烏巢（今河南延津東南），燒袁軍屯糧，敗官渡袁軍，始轉危為安。㉔危於祁連　事不詳。或曰謂圍袁尚於祁山時。祁連，山名。在甘肅境內。㉕偪於黎陽　漢獻帝建安七年（西元二〇二年），袁紹卒，其長子袁譚出屯黎陽（今河南浚縣東），時叛時服。偪，通「逼」。㉖幾敗北山　謂與烏桓戰於白狼山時。北，宋本作「伯」。錢大昕曰：「古伯、白通。」㉗殆死潼關　漢獻帝建安十六年（西元二一一年），曹操討伐馬超、韓遂於潼關，馬超將步騎萬餘人，追擊曹操軍，矢下如雨，曹操幾為箭所中。㉘偽　以蜀漢為正統，故指曹魏為偽。㉙五攻昌霸　東海郡（今江蘇邳縣東）太守昌霸反，曹操遣劉岱、王忠多次擊之。㉚巢湖　在今安徽，為魏、吳交界。曹軍屢從巢湖攻吳，皆不能得逞。㉛李服　其人不詳。或謂即王服。漢獻帝建安四年（西元一九九年）與董承合謀欲殺曹操，事洩被誅。㉜夏侯　夏侯淵。為曹操守漢中，漢獻帝建安二十四年（西元二一九年），在定軍山（今陝西勉縣東南）為蜀將黃忠所殺。㉝期年　滿一年。㉞趙雲　常山真定（今河北正定）人，蜀漢名將。㉟陽羣　蜀將。曾任巴西太守。㊱馬玉　此以下至鄧銅，事跡皆不詳。㊲曲長屯將　曲屯長官。曲、屯皆軍隊編制。㊳突將無前　謂衝鋒之將，所向無敵者。㊴賨叟　巴蜀之兵。賨，巴州的少數民族。叟，蜀兵之稱。㊵青羌　青衣羌。羌之一種。㊶平　衡量；測度。㊷敗軍於楚　漢獻帝建安十三年（西元二〇八年），劉備敗於當陽之長坂。當陽古為楚地，在今湖北。㊸拊手　拍手。㊹以　通「已」。㊺吳越　指江東孫氏所據地區。㊻巴蜀　指劉璋所據益州。㊼夏侯授首　謂斬殺夏侯淵。授首，納命。㊽吳更違盟　指孫權用呂蒙計，於漢獻帝建安二十四年（西元二一九年）襲取荊州。㊾關羽毀敗　指關羽為呂蒙所敗而遇害。關羽，字雲長。河東解縣（今山西臨猗西南）人，蜀漢名將。㊿秭歸蹉跌　劉備痛關羽之亡，奮力復仇，又為吳國陸遜所敗，逃至秭歸（今湖北秭歸）。蹉跌，跌倒。比喻失敗。(51)曹丕稱帝　漢獻帝建安二十五年（西元二二〇年），曹操子曹丕稱帝，廢漢獻帝為山陽公。(52)逆見　預見；預料。(53)鞠躬盡力　為國盡力，不辭勞瘁。後世傳載本文，多作「鞠躬盡瘁」。(54)逆覩　預見。

【語　譯】先帝認定漢室和魏賊不能並立，王業不可以偏安，所以把討賊的事託付給臣。以先帝的英明，衡量臣的才能，本來也曉得由臣去討賊，是臣的才能薄弱而敵人的勢力強大啊。然而不去討賊，王業也要滅亡，與其坐等滅亡，何不主動討伐？因此把討賊的事託付給臣而不遲疑。

臣接受命令以來，睡不好，吃不下。心想北征應先平定南方，因此在五月裡渡過瀘水，深入蠻荒，兩天只吃一天的食物。臣並非不愛惜自己，但是想到王業不可以偏安在蜀都，所以冒著危險艱難去奉行先帝的遺志，而議論的人卻批評這不是好的計策。現在魏賊在西方剛被我們打敗，又在東方生事，兵法講究利用敵人的疲累，現在正是進攻的時機。臣恭敬地把這些事情陳述於左：

高皇帝英明有如日月，謀臣也老謀深算，可是還歷險受傷，經過許多危險才得以安定。現在陛下不及高皇帝，謀臣又不如張良、陳平，卻想採用持久的策略去獲得勝利，坐等平定天下，這是臣不懂的第一點。劉繇和王朗，各自擁有州郡，議論安危，高談計策，動不動就引述古代聖人，用人是一肚子的猜疑，做事則滿腦子的困難。今年不戰，明年不打，使得孫策因而壯大，終於併吞了江東。這是臣不懂的第二點。曹操的智謀策略遠超過一般人，他的用兵，好像孫武和吳起。可是他在南陽被困，在烏巢遇險，在祁連遇到危困，在黎陽被逼，在北山幾乎大敗，在潼關險些喪命，然後才建立偽政權得到短暫的安定而已。何況臣的才能薄弱，卻想不冒危險而安定天下，這是臣不懂的第三點。曹操五次攻打昌霸沒有攻下，四次想越過巢湖沒有成功，任用李服而李服卻想謀殺他，任用夏侯淵而夏侯淵失敗被殺，先帝常常稱讚曹操能幹，還有這種種的失敗，何況臣的能力低劣，怎能一定獲勝呢？這是臣不懂的第四點。自從臣到漢中，中間只滿一年而已，可是趙雲、陽羣、馬玉、閻芝、丁立、白壽、劉郃、鄧銅等人先後去世，又死了驍勇無敵的曲長、屯將七十多人，以及巴蜀、青羌戰士的散騎、武騎一千多人，這都是幾十年內所集合的四方精銳，不是一州的地方所有，假如再隔幾年，那就要損失三分之二了，還拿什麼來對敵呢？這是臣不懂的第五點。現在人民窮困、軍隊疲憊，可是討賊的事不可中止，既然不可中止，那麼攻和守的勞苦和費用正是相等，卻不盡早去做，而想拿一州的地方和賊人持久，這是臣不懂的第六點。

最難預料的是事情的變化。從前先帝在當陽長坂兵敗，在這時候，曹操樂得拍手，認為天下已經平定。後來先帝東邊聯合吳、越，西邊攻取巴、蜀，派軍北伐，殺了夏侯淵。這是曹操的失策也是漢室復興大業將要成功的時機。後來東吳違背盟約，關羽失敗被殺，先帝在秭歸遭到挫敗，曹丕自立為皇帝。凡事都是這樣的難以預料。臣只有不辭勞苦為國家盡力，到死為止，至於成功失敗、順利困難，那就不是臣的見識能夠預見的了。

【研　析】本文可分四段。首段說明再度出師的原因，在於受託討賊，實欲貫徹先帝「漢賊不兩立，王業不偏安」的既定政策。二段略陳受命之後的戒懼和所做的努力，進而說明自己的戰略考慮在於「乘勞」。三段透過六個「未解」的質疑，力駁群議，申言上段「坐而待亡，孰與伐之」，強調伐魏之必要。末段認為世事難料，所能確定的，也只是不計成敗地行所當行罷了。

如果說諸葛亮在〈前出師表〉中主要是為了開導劉禪，以消解後顧之憂，則此表顯然在於審度情勢，力排眾議而討賊，是以語言風格亦隨之不同。簡言之，前表多敘事委婉，援情以入理；而此表則純就事理逐層分析安危和勝敗之關鍵，託言「未解」以反詰眾難。可以說，前後〈出師表〉充分體現了漢、魏之際名法家綜覈名實的思辨色彩：敘情誼，必尚真而慷慨；論事理，則重實效而賤浮華；而其老謀深算，制敵機先，亦深得兵家要妙。謀臣貴具識見，諸葛亮之可佩，不僅在於那種「鞠躬盡力，死而後已」的忠誠和毅力，更重要的是具有通盤策畫的能力，善於主導情勢而不致躁進，穩紮穩打而不致於保守，實為一流的政治家。

本表僅見於《三國志・諸葛亮傳》之裴松之〈注〉，裴氏自謂「此表為亮集所無，出張儼默記」，後人多疑為偽作而尚難定論。單從欣賞文學的角度來看，倒不失為佳構，值得一讀。

# 卷七 六朝唐文

## 李 密

李密（西元二二四～?年），字令伯，犍為郡武陽縣（今四川彭山縣東）人。父早逝，母再嫁，由祖母劉氏撫育成人。好學而有才辯，以孝事祖母聞名鄉里。蜀漢後主時為尚書郎，數度出使東吳，以口才出眾，深得孫權的讚揚。蜀漢亡後，晉武帝泰始三年（西元二六七年）徵為太子洗馬。李密以祖母年老多病，無人奉養，上表懇辭。武帝深受感動，賜奴婢二人，又令地方供其祖母生活所需，助其終養祖母。及其祖母去世，服喪期滿，仍以洗馬徵至洛陽（今河南洛陽），後官至漢中（治所在今陝西漢中）太守。今存作品唯〈陳情表〉一篇。

### 陳情表

【題 解】本文選自《昭明文選》，篇名原作〈陳情事表〉。表，古代人臣向君王進言陳述的文書。主旨在陳述無法應朝廷徵召的理由，是由於撫育自己長大成人的祖母年邁多病，無人奉養，因此不敢遠離，並非自矜名節，另有企圖。

臣密言：臣以險釁❶，夙遭閔凶❷。生孩六月，慈父見背❸；行年❹四歲，舅奪母志❺。祖母劉愍❻臣孤弱，躬親撫養。臣少多疾病，九歲不行；零丁❼孤苦，至于成立。既無伯叔，終鮮❽兄弟；門衰祚薄❾，晚有兒息❿。外無朞功強近之親⓫，內無應門五尺之僮⓬。煢煢⓭獨立，形影相弔⓮。而劉夙嬰⓯疾病，常在牀蓐⓰；臣侍湯藥，未曾廢離。

逮奉聖朝⓱，沐浴清化⓲。前太守臣逵⓳察⓴臣孝廉㉑，後刺史臣榮㉒舉臣秀才㉓，臣以供養無主，辭不赴命㉔。詔書特下，拜臣郎中㉕；尋㉖蒙國恩，除臣洗馬㉗。猥㉘以微賤，當侍東宮㉙，非臣隕首㉚所能上報。臣具以表聞㉛，辭不就職。詔書切峻㉜，責臣逋慢㉝。郡縣逼迫，催臣上道；州司㉞臨門，急於星火㉟。臣欲奉詔奔馳，則劉病日篤㊱；欲苟順私情，則告訴㊲不許。臣之進退，實為狼狽㊳。

伏惟聖朝以孝治天下，凡在㊴故老，猶蒙矜育㊵，況臣孤苦，特為尤甚。且臣少仕偽朝㊶，歷職郎署㊷，本圖宦達㊸，不矜㊹名節。今臣亡國賤俘㊺，至微至陋，過蒙拔擢，寵命優渥㊻，豈敢盤桓㊼，有所希冀？但以劉日薄西山㊽，氣息奄奄㊾，人命危淺㊿，朝不慮夕。臣無祖母無以至今日，祖母無臣無以終餘年，母孫二人更相為命(51)，是以區區(52)不能廢遠(53)。臣密今年四十有四，祖母劉今年九十有六，是臣盡節於陛下之日長，報養劉之日短也。烏鳥私情㊺，願乞終養。

臣之辛苦，非獨蜀之人士及二州牧伯㊼所見明知，皇天后土㊽，實所共鑒㊾。

願陛下矜愍愚誠，聽臣微志，庶劉僥倖，保卒餘年，臣生當隕首，死當結草㊿。

臣不勝犬馬59怖懼之情，謹拜表60以聞。

【注釋】❶險釁　指命運惡劣。險，惡劣。釁，徵兆。❷夙遭閔凶　早遭災禍。指父死母去。夙，早。閔凶，憂患、凶禍。❸慈父見背　慈父棄我而去。指父親死亡。背，離開。❹行年　已經歷的年歲。即年齡、年紀。❺舅奪母志　舅奪母親守節之志。指舅父強迫母親改嫁。❻愍　憐惜。❼零丁　孤單危弱的樣子。❽鮮　少。❾門衰祚薄　家道衰落，福分微薄。門，家門。祚，福分。❿兒息　兒子。⓫朞功強近之親　指顯達有力的近親。朞，同「期」。期、功，皆喪服名。期，週年之服。古時為伯叔父母、兄弟等親屬服期服。功分兩種：一為大功服，為期九月，一為小功服，為期五月。古時為堂兄弟等親屬服大功，為堂姪、堂姪孫等親屬服小功。強，強有力。一說：強近之親，指勉強可算是接近的親屬。強，勉強。⓬五尺之僮　指未成年的奴僕。古代尺短，故以五尺代指未成年。⓭煢煢　孤單無依的樣子。⓮相弔　互相安慰。⓯嬰　糾纏。⓰牀蓐　床蓆。蓐，蓆子。⓱聖朝　聖明的朝廷。此處尊稱晉朝。⓲沐浴清化　身受清明的教化。⓳太守臣逵　指犍為郡太守名逵。姓氏不詳。⓴察　選拔。㉑孝廉　古代選舉科目的一種。由各地選拔孝悌廉潔的人給朝廷。始於漢代。㉒刺史臣榮　指益州刺史名榮。姓氏不詳。㉓秀才　古代選舉科目的一種。由各地舉拔才能秀異的人給朝廷。始於漢代。㉔赴命　接受詔命。㉕拜臣郎中　任命臣為郎中。拜，任命。郎中，官名。掌管宿衛侍從等事務。㉖尋　不久；隨即。㉗除臣洗馬　任命臣為洗馬。除，指除舊官、就新職，即改任的意思。洗馬，本作「先馬」，漢時為東宮官屬，因太子出門則前驅而得名，晉以後改掌圖籍。㉘猥　鄙陋。自謙之詞。㉙東宮　指太子。因太子居東宮而得名。㉚隕首　斷頭。指犧牲生命。隕，墜落。㉛聞　上奏。㉜切峻　急切嚴厲。㉝逋慢　逃避任命，傲慢不恭。逋，逃避。慢，怠慢。㉞州司　州官。㉟急於星火　指事情急迫，比流星還要急速。星火，流星下墜時的火光。㊱篤　沉重。㊲告訴　申訴。㊳狼狽　指進退兩難。唐段成式《酉陽雜俎・卷一六・廣動植・毛》：「或言狼狽是兩物，狽前足絕短，每行，常駕于狼腿上，狽失狼則不能動，故世言事乖者稱狼狽。」㊴在　屬。

㊵矜育　憐恤撫養。㊶偽朝　指蜀漢。時蜀漢已亡，故對晉朝自貶如此。㊷歷職郎署　指曾任尚書郎。㊸宦達　仕宦顯達。㊹矜　愛惜。㊺亡國賤俘　亡國的卑賤俘虜。蜀漢先滅於魏，後歸於晉，所以自貶如此。㊻優渥　優厚。渥，厚。㊼盤桓　徘徊；觀望。㊽日薄西山　太陽接近西邊的山。比喻生命將盡。薄，迫近。㊾奄奄　氣息微弱的樣子。㊿危淺　危急迫促。(51)更相為命　相依為命。更相，互相。(52)區區　愛戀。(53)廢遠　捨而遠去。(54)烏鳥私情　如烏鴉反哺的孝養之情。古人傳說烏鴉是一種孝鳥，母鳥老了，小鳥就會反哺。(55)二州牧伯　指益州刺史榮及犍為郡太守逵。牧伯，州郡長官的尊稱。(56)皇天后土　指天地神明。(57)鑒　明察。(58)結草　死後報恩。春秋時代，晉國魏武子有一愛妾，無子，魏武子病，對大兒子魏顆說：「我死後，讓她改嫁。」後病危，又說：「我死後，一定要教她殉葬。」魏武子死，魏顆讓她改嫁，後來魏顆帶兵和秦將杜回作戰，正在危急時，突見一老人用草打成的結把杜回絆倒在地，於是俘虜了杜回，當夜，魏顆夢見老人自稱愛妾的父親，特來結草報恩。見《左傳・宣公十五年》。(59)犬馬　臣民對君主的自謙詞。(60)拜表　上表。古時人臣的章表，都須先拜而後上，故云。

【語　譯】臣李密上言：臣命運惡劣，從小就遭遇災禍。出生才六個月，慈父就去世了；到了四歲，舅父又強迫母親改嫁。祖母劉氏可憐臣孤苦弱小，便親自撫養。臣小時候常生病，九歲還不會走路；孤單困苦，直到成人。既沒有叔伯，也沒有兄弟；家門衰微，福分淺薄，很遲才有兒子。外面沒有顯達有力的近親，家裡沒有看門聽差的僮僕。孤獨無依，只有形影相伴，互相安慰。而劉氏早就疾病纏身，常常躺在床上；臣侍奉湯藥，不曾離開。

到了聖朝，臣身受清明的教化。先是太守臣逵選拔臣為孝廉，後來刺史臣榮又推薦臣為秀才，臣都因為祖母無人奉養，辭謝而沒有應命。陛下特別再頒詔書，任命臣為郎中；不久又蒙受國恩，改任臣為太子洗馬。像臣這樣卑賤的人，竟然能去侍候太子，只怕犧牲生命也無法報答。臣將實情全都上奏，辭謝不敢就職。現在詔書急切嚴厲，責備臣規避、傲慢。郡縣裡來人逼迫，催臣起程；州官登門敦促，簡直比流星還急。臣想遵從詔令，趕快前往，可是劉氏的病一天比一天沉重；想暫且順著私情，申訴又不許可。臣的進退，實在兩難。

臣私自在想，聖朝以孝道治理天下，凡是前朝遺老，尚且蒙受撫恤照顧，何況臣的孤苦，情況更是嚴重。而且臣年輕時曾做蜀漢的官，任尚書郎，本來也想做官顯達，並不愛惜名節。如今臣是個亡國的俘虜，極為低賤鄙陋，承蒙聖上過分提拔，恩寵優厚，豈敢觀望不前，另有企圖呢？只因劉氏已如逼近西山的夕陽，氣息微弱，生命垂危，朝不保夕。臣沒有祖母不能活到今天，祖母沒有臣無法安度餘年。祖孫二人相依為命，所以不忍丟下她而遠去。臣密今年四十四歲，祖母劉氏今年九十六歲，這樣看來，臣效忠陛下的日子還很長，報答劉氏的日子卻很短了。臣懷著像烏鴉反哺的私情，懇請恩准終養祖母的心願。

臣的艱辛處境，不但蜀地人士及梁、益二州的長官知道得很清楚，就連天地神明也看得很明白。希望陛下憐憫臣的這番誠心，成全臣這點小小的心願，使劉氏得以僥倖安度餘年，那麼臣有生之年定當捨命效忠，死後也必報答大恩。臣滿懷犬馬惶恐的心情，恭敬地上表奏報。

【研　析】本文可分四段。首段追敘自幼孤苦而與祖母相依為命之情狀。二段言其蒙朝廷多次徵召而進退兩難的處境。三段進一步闡明祖孫更相為命的關係，委婉地解釋自己並非由於顧慮名節才辭不赴命。末段懇請晉武帝應允其終養祖母之願。

李密是一個「少仕偽朝」的降臣，其忠誠本來就受到新朝的質疑，他「辭不赴命」，以致招來「詔書切峻」的責備，自是勢所必然，而其處境之尷尬，亦不言可喻。因此，當他實欲盡孝又恐蒙不忠之疑時，如何以雅正的道理委婉地感悟君心，就成為陳情成敗的關鍵。

魏、晉兩朝開國之君，皆以篡逆得天下，於德於理俱虧，是以政策上並不刻意強調忠君的觀念，轉而提倡孝道作為立國精神，這不僅是魏、晉名教之治的背景，更是李密〈陳情表〉所以成功的根本原因。在寫作方式上，李密一方面說自己「本圖宦達，不矜名節」，對朝廷的拔擢深感榮寵，以化解當局的疑慮；另方面則環繞「孝」字大作文章，嘗試在符合朝廷獎掖名教的前提下兼顧私情；至於情感之真摯、行文之流暢婉轉，其實只是達成目的的必要條件而非充分條件。

李密洞悉西晉政權以「孝」作為最高的立國價值觀，故而針對晉武帝的這層心理，極力鋪寫自己和祖母的孤弱之苦，一口咬定晉武帝實為自己能否克盡孝道的關鍵。於是，自己對祖母的孝養之情便與「詔書切峻，責臣逋慢」的狼狽之狀形成矛盾，從而揭露了「聖朝以孝治天下」背後責令移孝作忠的無所適從。《華陽國志》記載晉武帝覽表後的反應是「嘉勉其誠款，賜奴婢二人，下郡縣供養其祖母奉膳」，無論他是真心矜愍其誠而予以嘉勉，抑或裝模作樣，李密的陳情表都已確實達到「對揚王庭，昭明心曲」（《文心雕龍・章表》）的效果了。

此外，值得注意的是，李密在文中大量運用否定詞（不、無），刻意營造出一種孤苦的印象：舉凡世所不堪之煢獨、病弱與狼狽，俱集於祖、孫之身；而聖朝清明之教澤，乃無一及己。陳情的訣竅本來不在逼人就範，而恰在欲擒故縱的分寸掌握；李密為盡孝道，技巧地運用否定詞自我解消，使晉武帝愍然俯允其請，可謂善於屬文。

# 王羲之

王羲之（西元三〇三～三六一年），字逸少，晉瑯琊臨沂（今山東費縣）人。生長宦世家，年少時即以聰慧博學而享盛名。歷官江州刺史、右軍將軍、會稽內史等職，世稱王右軍。年五十三，歸隱林泉。遍遊名山勝水，結交方外之士，逍遙自適。長於書法，楷、行、草書皆能博採眾長，自成一家，有「書聖」的美譽。文章直抒胸臆，疏朗簡淨。有《王右軍集》。

## 蘭亭集序

【題解】本文選自《晉書・王羲之列傳》，篇名據文意而訂。序，古代的一種文體（參見〈太史公自序〉題解），本文屬「詩序」。東晉穆帝永和九年（西元三五三年）三月三日，王羲之與謝安、孫綽、李充及支遁等文士名流共四十二人，會集蘭亭（在今浙江紹興西南），舉行春禊，飲酒賦詩，以抒雅懷，並由王羲之作此文，記敘蘭亭雅集的盛況，並抒發一己的感慨。

永和九年，歲在癸丑，暮春之初❶，會於會稽山陰❷之蘭亭，修禊事❸也。群賢畢至，少長咸集。此地有崇山峻嶺，茂林修竹❹，又有清流激湍❺，映帶左右❻。引以為流觴曲水❼，列坐其次。雖無絲竹管絃之盛，一觴一詠，亦足以暢敘幽情❽。

是日也，天朗氣清，惠風⑨和暢。仰觀宇宙⑩之大，俯察品類⑪之盛，所以游目騁懷⑫，足以極視聽之娛，信⑬可樂也。

夫人之相與，俯仰⑭一世，或取諸懷抱，晤言⑮一室之內；或因寄所託⑯，放浪形骸之外⑰。雖趣舍⑱萬殊，靜躁⑲不同，當其欣於所遇，暫得於己，快然自足，不知老之將至⑳。及其所之㉑既倦，情隨事遷，感慨係㉒之矣。向之所欣，俛仰㉓之間，已為陳跡，猶不能不以之興懷㉔。況修短隨化㉕，終期於盡㉖。古人云：「死生亦大矣㉗。」豈不痛哉？

每覽昔人興感之由，若合一契㉘，未嘗不臨文嗟悼㉙，不能喻㉚之於懷。固知一死生為虛誕㉛，齊彭殤為妄作㉜。後之視今，亦猶今之視昔，悲夫！故列敘時人，錄其所述。雖世殊事異，所以興懷，其致㉝一也。後之覽者，亦將有感於斯文。

【注釋】❶暮春之初　農曆三月初。❷會稽山陰　會稽郡山陰縣。晉會稽郡轄有今浙江紹興、蕭山、諸暨、嵊、上虞、餘姚、慈谿、鄞等縣地。山陰，會稽郡屬縣，也是郡治，今併入紹興市。❸修禊事　舉行禊禮。修，舉行。禊，祭祀名。古人於春秋二季到河邊洗濯沖沐，以去除汙穢不祥，在三月上巳（第一個巳日）舉行的稱春禊，七月十四日舉行的稱秋禊，曹魏以後，春禊訂為三月三日。❹修竹　修長的竹子。❺激湍　急流。❻映帶左右　在附近互相映襯。映帶，景物相互映襯。左右，指附近。❼流觴曲水　浮流酒杯的小水渠。流觴，將酒杯放置在環曲的水面上，任其漂流，酒杯止於何處，就由坐在其旁的人取飲。曲水，引水環曲為小渠。❽幽情　幽深的情懷。❾惠風　溫和的風。❿宇宙　世界。上下四方叫宇，即空間，往古來今叫宙，即時間。⓫品類　指萬物。品，眾多。⓬游目騁懷　觀賞景物，舒暢胸懷。⓭信　的確；實在。⓮俯仰　周旋；應對。⓯晤言　相對談論。⓰因寄所託　隨所遇而寄託情懷。因，依隨。⓱放浪形骸之外　謂行為不受禮俗所拘束。放浪，放蕩無檢束。形骸，身軀。⓲趣舍　取捨。趣，通「取」。⓳靜躁　靜與動。靜，指「晤言一室之內」。躁，指「放浪形骸之外」。⓴不知老之將至　不知老年將要來臨。語出《論語．述而》。㉑之　往；追求。㉒係　接連；繼續。㉓俛仰　一俯一仰。形容時間短暫。俛，通「俯」。㉔興懷　引發感觸。㉕修短隨化　壽命的長短，隨造化的安排。修，長。㉖終期於盡　終必走到盡頭。㉗死生亦大矣　死生實在是大事。語出《莊子．德充符》。亦，總；皆。㉘若合一契　如兩契相合一般。形容完全相合。古人刻木為契，各執其半，履行契約之前，先審視兩契是否相合。故形容兩相一致為契合。㉙嗟悼　歎息悲傷。㉚喻　明白；寬解。㉛一死生為虛誕　將死生看成一樣的說法是虛妄荒誕的。「一死生」為莊子的學說，見《莊子．齊物論》。虛誕，大言不實。㉜齊彭殤為妄作　把長壽的人和短命的人看成沒有分別的說法是胡言亂語。「齊彭殤」為莊子的學說，見《莊子．齊物論》。彭，指彭祖，古代長壽的人，相傳活到八百歲。殤，未成年而死的人。此指短命。妄作，虛妄不實。㉝致　原因。

【語譯】永和九年癸丑歲的三月初，大家聚集在會稽郡山陰縣的蘭亭，舉行禊禮。許多賢達都到了，有老有少。這裡有高山峻嶺、茂密的樹林、修長的竹子，又有清溪急流，與附近的景物互相映襯。我們引來溪水形成環曲的小渠，讓酒杯順水漂流，大家列坐在曲水旁。雖然沒有絲竹管絃的盛況，但是喝一杯酒、吟一首詩，也足以暢快地抒發幽深的情懷。

這一天，天色晴朗，空氣清新，溫風和暢。抬頭看到的是宇宙的浩瀚，低頭看到的是萬物的繁盛，縱目觀賞、舒暢胸懷，足以極盡耳目享受，實在是快樂啊！

人在一生中，與他人相處時，有人喜歡傾訴懷抱，和朋友在屋裡談心；有人隨所遇而寄託情懷，放縱情性。雖然取捨千差萬別，動靜各不相同，但當他們對遇到的事物感到欣喜，即使只是暫時的自得其樂，也會快意滿足，甚至於忘了老年即將到來呢。當他們厭倦了自己所追求的，心情隨著世事改變，感慨便跟著來了。

以前喜愛的，轉眼間已成為過去，還會因此感慨不已。何況生命的長短隨造化的安排，最後都會結束。古人說：「死生是大事啊。」豈不令人痛心嗎？

每次探究古人感慨的原因，幾乎彼此都是契合的，面對那些詩文總會使我歎息悲傷，無法釋懷。這才知道將死生看成一樣，根本是虛誕的理論，而將長壽與短命看成相同，更是胡言亂語。後世人看現代的人，也像現代人看古人一樣，真是可悲啊！所以我列敘今天聚會的人，將他們的詩收錄在一起，雖然時代不同，事情有差異，但詩人感懷的原因還是一樣的。後代讀這篇文章的人，也會有所感慨吧。

【研　析】本文可分四段。首段交代時間、地點，記敘蘭亭聚會的人物之盛與景致之美。二段寫清爽宜人之天時，增添與會人士之樂趣。三段承上文之「樂」轉入個人感慨，對人生之無常感到無奈。末段交代作序之緣由。晚唐詩人杜牧對晉人風度頗為欣賞，有詩謂「大抵南朝多曠達，可憐東晉最風流」，後句用來評價蘭亭雅集也很貼切。

《世說新語》載晉人以〈蘭亭集序〉媲美石崇的〈金谷園詩序〉，王羲之亦頗為自喜。這種集會賦詩的風氣在當時被視為名士風流的表徵，是建安以來逐漸形成的文化現象，可視為文人群體意識興起的標記。值得注意的是「流觴曲水」的園林設計，不僅為靜態的自然景觀注入流通性，同時是人際交往的媒介。藉由這項活動，個體一方面在「一觴一詠」之中「快然自足」，而得以加入社群；另方面則從意識到自我，重新與自然融合。這正是本文前半段「樂」之所在。

東漢末年以來，紛至沓來的天災人禍早已將人心攪得惶惑不安，作為社會中堅的知識分子，莫不在彷徨躑躅中咀嚼那股身不由己的蒼涼悲感。如果說建安文人還普遍懷有報國殉名的慷慨激情和希望，東晉的士大夫恐怕連這點企圖和期盼都幻滅了。世局的飄搖使得多數人只能在遊山玩水中及時行樂，看似瀟灑風流，實未忘懷得失去就之累而感慨興懷，乃至以悲為美。未能超脫死生，故云「豈不痛哉」；驚懼時光飛逝而身名俱滅，遂歎言「悲夫」。死亡是人生最大的限制，也是痛悲之所從來，而〈蘭亭集序〉乃至整個魏、晉、南北朝士人所思考的，其實不外是如何在此一大限之下尋求精神的安頓。因此，無論臨觴賦詩也好，寄情山水也罷，或圍坐清談，以至放浪形骸，都不過是在追尋自我存在的意義和價值。他們雖重個體心靈之解放，卻又難以忘情人事，故而始終陷於自我矛盾的痛苦。大概要到了陶淵明的晚期作品，才有真正的曠達吧！

# 陶淵明

陶淵明（西元三六五～四二七年），一名潛，字元亮。潯陽柴桑（今江西九江）人。曾祖父陶侃，官至大司馬，封長沙郡公；祖父陶茂，官武昌太守；父陶逸，官安城太守。至陶淵明時，家道已中落。年輕時有建功立業的大志，但幾度出仕，只做過祭酒、參軍等地方上幕僚性質的小官，聊以餬口而已。四十一歲自辭彭澤（今江西湖口東）縣令之後，即不再出仕，躬耕以終。其人格高潔，個性率真自然，喜讀書而不慕榮利，為中國最有名的田園詩人。著有《陶淵明集》。

## 歸去來辭

**【題　解】**本文選自《陶淵明集》。東晉安帝義熙元年（西元四〇五年），陶淵明決意辭去任職僅八十餘天的彭澤令而歸隱，行前作此文以明志。一方面預想歸後的自在生活和生命安頓，一方面宣示脫離官場，樂天安命以終其餘生的決心。本文之前原有序，此處未收。序文說明為飢寒而出仕，但質性自然，無法適應官場的虛矯，故決然辭官。

歸去來兮❶，田園將蕪胡❷不歸？既自以心為形役❸，奚惆悵而獨悲？悟已往之不諫❹，知來者之可追❺，實迷途其未遠，覺今是而昨非。

舟搖搖❻以輕颺❼，風飄飄而吹衣，問征夫❽以前路，恨晨光之熹微❾。乃瞻衡宇❿，載欣載奔⓫。僮僕歡迎，稚子候門。三徑就荒⓬，松菊猶存。攜幼入室，有酒盈罇⓭。引壺觴以自酌，眄⓮庭柯⓯以怡顏⓰。倚南窗以寄傲，審⓱容膝⓲之易安⓳。園日涉⓴以成趣，門雖設而常關。策扶老㉑以流憩㉒，時矯首㉓而遐觀㉔。雲無心以出岫㉕，鳥倦飛而知還。景翳翳㉖以將入，撫孤松而盤桓㉗。

歸去來兮，請息交以絕游。世與我而相違，復駕言㉘兮焉求？悅親戚之情話㉙，樂琴書以消憂。農人告余以春及，將有事乎西疇㉚。或命巾車㉛，或棹㉜孤舟，既窈窕㉝以尋㉞壑，亦崎嶇而經丘。木欣欣以向榮，泉涓涓㉟而始流。善㊱萬物之得時，感吾生之行休㊲。

已矣乎！寓形宇內㊳復幾時？曷不委心任去留㊴，胡為遑遑㊵欲何之？富貴非吾願，帝鄉㊶不可期㊷。懷㊸良辰以孤往，或植杖而耘耔㊹。登東皋以舒嘯㊺，臨清流而賦詩。聊乘化㊻以歸盡，樂夫天命復奚疑？

【注釋】❶歸去來兮　歸去吧。來、兮，皆助詞。❷胡　何。❸心為形役　心志被形體所役使。此言為飢寒所驅使，違背本性而出仕。❹諫　改正；挽回。❺追　補救。❻搖搖　搖晃的樣子。❼颺　搖蕩。❽征夫　行人。❾熹微　微明。熹，通「熙」。光明。❿衡宇　橫木為門的簡陋屋舍。衡，橫木為門。宇，屋邊。⓫載欣載奔　高興地向前奔跑。載，且；乃。「載……載……」的句式，通常表示動作是同時、交叉或連續進行。⓬三徑就荒　園中小徑漸趨荒蕪。三徑，三條小路。相傳西漢末年袞州刺史蔣詡避亂隱居，在家園裡特開三徑，與隱士求仲、羊仲兩人來往遊息。見《三輔決錄》。後用以代指隱士的居所。就，接近。⓭罇　酒器。⓮眄　看。⓯柯　樹枝。此指樹。⓰怡顏　喜悅的神色。⓱審　知悉。⓲容膝　僅能容納雙膝。形容居處狹小。⓳易安　和悅安樂。易，悅。⓴涉　至。㉑策扶老　拿著手杖。策，執持。扶老，手杖的別稱。㉒流憩　隨處行走憩息。㉓矯首　抬頭。㉔遐觀　遠望。遐，遠。㉕岫　山谷；山洞。㉖景翳翳　日光逐漸暗淡。景，日光。㉗盤桓　徘徊。㉘駕言　出遊。此指出門營求功名利祿。《詩經・邶風・泉水》：「駕言出遊。」這裡使用「藏尾」的修辭格。言，語助詞。無義。㉙情話　真心話。情，真實。㉚有事乎西疇　在西邊的田裡耕作。事，指耕作之事。疇，泛指田地。㉛巾車　有帷幔的車子。㉜棹　船槳。此用為動詞。划。㉝窈窕　幽深曲折的樣子。㉞尋　沿著。㉟涓涓　水細流不絕的樣子。㊱善　羨慕。㊲行休　行止。㊳寓形宇內　寄身於天地間。形，形體。㊴委心任去留　隨心所欲，以定行止。委心，聽任本心。去留，行止。㊵遑遑　匆促不安的樣子。㊶帝鄉　仙境；仙鄉。㊷期　求。㊸懷　希望。㊹植杖而耘耔　把手杖插在地裡，用手除草培苗。植，立。耘，除草。耔，培土。㊺登東皐以舒嘯　登上東邊的高地放懷長嘯。皐，高地。舒，縱放。㊻乘化　順應自然的變化。

【語　譯】回去吧！田園將要荒蕪為什麼還不回去呢？既然已讓形體役使了心志，為什麼還要獨自懊悔、悲傷？我覺悟過去的已無法挽回，也確知未來的還可以補救，幸好迷途還不太遠，就覺察到今日的正確和從前的錯誤。

船輕快地搖晃前進，風飄飄地吹拂衣裳，向行人探詢前面的路程，只恨那晨光的微弱。終於望見了家門，欣喜若狂地向前奔跑。僮僕出來歡迎，幼兒等在門口。庭院中的小徑已快荒蕪，松樹和菊花則依然如昔。牽著幼兒走進屋內，酒罈中有滿滿的酒。拿起酒壺、酒杯自斟自飲，望著院子裡的樹木，不覺神色怡然。靠著南窗，心中頗為自傲，我確知這屋子雖狹小，卻能和悅安樂。每天到園裡走走，領略其中的樂趣；大門雖有，卻經常關著。拄著拐杖隨處流連，偶爾抬頭眺望遠處。白雲無意，浮出山谷；鳥兒倦飛，知道回巢。夕陽漸漸昏暗，即將下山，我還撫著孤松，徘徊不去。

回去吧！就讓我和世俗斷絕往來。世俗和我互相違背，我還出去追求什麼呢？親戚間的真心話，能使我心情愉快；彈琴、讀書，可排遣我的憂愁。農人告訴我春天已經來了，就要到西邊的田裡工作。這時趕著蓬車，或者划著小船，既可以沿著幽深曲折的澗谷，也可以走過崎嶇不平的山丘。花木正是欣欣向榮，泉水開始涓涓而流。既羨慕萬物能適應時節，也覺悟這一生應該行止自如。

算了吧！寄身天地之間又能有多久？何不隨自己的心意決定行止，為什麼還心神不安地到底想上哪兒去呢？富貴不是我的心願，仙境也不是可求的。只希望趁著良辰獨自出遊，或者把手杖插在田間，用手除草培苗；或者登上東邊的高地，放懷長嘯；或者對著清澄的溪流，吟作詩篇。就這樣順著自然的變化走完人生的旅程吧，一切聽天由命，還有什麼疑慮呢？

【研析】本文可分四段。首段宣示今日歸去的決心，肯定歸去的正確，並批判昨日出仕的錯誤，預言歸後種種必可補救昨日之非。二段以下，承首段「知來者之可追」，預擬歸後的生活和生命安頓。二段先寫歸途，用船和風的狀態，寫得歸的輕鬆，用問路和埋怨晨光寫急欲到家的心情；次寫到家的欣喜和家人的歡迎；再次寫飲酒自適；最後寫庭園遊憩的自在。三段重複用「歸去來兮」呼告，宣示其脫離官場，息交絕遊，在純樸的人情味，在琴書怡情，在尋幽訪勝之中所能擁有的喜悅和感發。四段以生命短暫，不願富貴，不求仙鄉，只求耕植吟嘯，樂天乘化以終其餘生。

從文字敘述的表面來看，所謂「歸去」，意指由城歸鄉，由官場歸田園，由仕歸隱；但就其內涵來看，實際是從「心為形役」到「委心任去留」的心靈主體性的追尋和回歸。以時間為軸，昨日為飢寒而出仕，是主體受客體（心受形或心受物）的壓力而屈服妥協，這中間時時存在著掙扎和反抗的「惆悵而獨悲」；今日之所以毅然決定歸去，基本上正如序文所說「飢凍雖切，違己交病」，覺悟到心靈主體性的喪失，其痛苦遠甚於一切，所以「曷不委心任去留」就不僅是反詰，而是一種堅定的宣示。當然，文中兩度使用「歸去來兮」的呼告，以及多處反詰的句子，一方面既表示了對「昨非」的質疑，但另一方面也可視為決心雖已下而仍有惆悵存在，才會不斷的質疑，不斷的呼告宣示，以堅定意志，加強行動的力道。作者是一個世家子弟，有心用世而發現時機不對，他的惆悵是合情合理的，可以了解的。

應該特別指出的是陶淵明所要遠離的並非全部的人世間，與他「相違」的人世間只是那位於城市中的官場，他仍珍惜生命、熱愛生活，他仍和田園中的人和物相往來、相溝通。他不願富貴，因為那代表著官場的爭奪，他認為仙鄉不可求，因為它終究太遙遠。他所期待的是一個真實、樸素而自然的生活空間，那是官場所沒有的，因此他要息交絕游、與世相遺——和官場。

## 桃花源記

【題解】本文選自《陶淵明集》，本是〈桃花源詩〉的前記。記敘武陵（治所在今湖南常德）漁人捕魚時，無意間進入桃花源，發現了一個安詳和樂、自給自足的美好世界。漁人離去後再度帶人往尋，卻已迷失路徑，無從進入。

晉太元❶中，武陵人，捕魚為業。緣❷溪行，忘路之遠近。忽逢桃花林，夾岸數百步，中無雜樹，芳草鮮美，落英❸繽紛❹。漁人甚異之。復前行，欲窮其林。林盡水源，便得一山。山有小口，髣髴❺若有光。便捨船，從口入。

初極狹，纔❻通人；復行數十步，豁然❼開朗。土地平曠，屋舍儼然❽，有良田、美池、桑、竹之屬❾，阡陌❿交通，雞犬相聞。其中往來種作，男女衣著，悉如外人⑪；黃髮⑫、垂髫⑬，並怡然自樂。見漁人，乃大驚，問所從來。具⑭答之。便要⑮還家，設酒、殺雞、作食。村中聞有此人，咸來問訊⑯。自云先世避秦時亂，率妻子、邑人⑰來此絕境⑱，不復出焉，遂與外人⑲間隔。問今是何世，乃不知有漢，無論魏、晉。此人一一為具言所聞。皆歎惋⑳。餘人各復延㉑至其家，皆出酒食。停數日，辭去。此中人語云：「不足為㉒外人道也。」

既出，得其船，便扶向路㉓，處處誌㉔之。及郡下㉕，詣太守㉖，說如此。太守即遣人隨其往，尋向所誌，遂迷不復得路。南陽㉗劉子驥㉘，高尚士也，聞之，欣然規往㉙。未果㉚，尋㉛病終。後遂無問津㉜者。

【注釋】❶太元　東晉孝武帝年號。西元三七六～三九六年。❷緣　沿著；順著。❸落英　落花。英，花。一說：指初開的花。落，始。❹繽紛　繁多的樣子。❺髣髴　隱隱約約地。❻纔　僅僅。❼豁然　開闊的樣子。❽儼然　整齊的樣子。❾屬　類。❿阡陌　田間小路。南北曰阡，東西曰陌。⓫外人　外地人。此從漁人觀點。⓬黃髮　指老人。老人髮色轉黃，故云。⓭垂髫　指兒童。古時兒童不束髮，頭髮下垂，故云。髫，小兒垂髮。⓮具　通「俱」。全；都。⓯要　通「邀」。邀請。⓰問訊　問候。⓱邑人　同鄉里的人。⓲絕境　跟外界隔絕的地方。⓳外人　外面的人。此從桃花源中人觀點。下文「不足為外人道也」同。⓴惋　驚訝；驚歎。㉑延　邀請。㉒為　對；向。㉓扶向路　沿著先前的路。扶，沿著；順著。向，先前。㉔誌　做標記。㉕郡下　指郡治所在地。㉖詣太守　謁見太守。詣，往見。太守，官名。掌理一郡政事。㉗南陽　晉朝時王國名。在今河南西南。㉘劉子驥　名驎之。為人仁厚，不慕名利，喜遊山玩水。㉙規往　計畫前往。規，計畫。㉚未果　未成。果，成為事實。㉛尋　不久。㉜問津　尋訪。本指打聽渡口所在。後也用以指打聽、請教。津，渡口。

【語譯】東晉孝武帝太元年間，有一個武陵地方的人，以捕魚為職業。有一天，划船沿著小溪走，忘記走了多少的路徑。忽然遇到一片桃花林，生長在兩岸有好幾百步之長，中間沒有其他雜樹，青草長得茂盛又芬芳，桃花一片片飄落下來。漁人覺得很奇怪。他再往前划，想找到桃林的盡頭。走出桃林，就是溪流的源頭，便看到一座山。山上有個小洞，隱隱約約地好像有亮光。於是下船，從洞口進去。

起初洞口很窄，僅能容納一個人通過；再走幾十步，眼前一片開闊明亮。但見土地平坦寬廣，房屋排列整齊。有肥美的田地、漂亮的水池，以及桑樹、竹子等等，田間的道路彼此相通，還聽到雞啼狗叫的聲音。這裡來來往往耕種、工作的男男女女，他們的穿著都像是外地人；老人和兒童都顯得自在而快樂。這裡的人看到漁人，大吃一驚，問漁人從哪兒來的。漁夫詳細回答了他們。這些人便邀請漁人到家裡作客，擺下酒、殺了雞、準備食物來招待他。村裡的人一聽說來了這麼一個人，都來問候。他們自稱祖先在秦朝時為了躲避戰亂，帶著妻兒和鄉親來到這個與世隔絕的地方，從此再沒有出去，於是便和外界斷絕了往來。他們問現在是什麼朝代，竟然連漢朝都不知道，更不要說魏、晉了。漁人便把他所知道的一一告訴他們。他們聽了都大為驚歎。其他的人又請漁人到家裡，也都擺出酒、飯來款待。漁人停留幾天後，告辭離開。這裡的人叮嚀他說：「不值得向外面的人說啊！」

漁人出來後，找到船，便順著原路回去，並且處處留下記號。回到郡城，謁見太守，報告一切經過。太守立即派人跟他前去，尋找先前所做的記號，竟迷失而找不到舊路了。南陽劉子驥是位高尚的隱士，聽到這件事，很高興地計畫前往，還沒去成，不久便病死了。後來再也沒有人去尋訪了。

【研　析】本文可分三段。首段寫漁人發現桃花源的經過。二段為文章主體，記漁人在桃花源中的所見所聞。末段記漁人既出後帶人再往而不得路徑。

歷來學者，或以為桃花源實有其地，或以為別有寄託，或以為兼含寫實和寓意。歧見的癥結在於文中寫實和想像兩種敘事語言的交錯運用。文章開頭便仿照史傳的方式，明確交代了事件的時間、地點和人物身分，篇末又敘有介事地記載名士劉子驥尋訪不果的軼事，表面是以漁人為敘事焦點的傳記，主體卻落在現實世界之外的桃花源。然而，這個介於虛實之間的樂土是出現於「忘路」和「忽逢」的偶然驚遇，又在「迷不復得路」的悵惘裡倏然隱沒。何以會有這種想像呢？這恐怕必須考慮到陶淵明道家式的語言觀。「路」作為桃花源與外界溝通的管道就如同語言作為思想的載體般，只局限於指示方向的工具性質而落於形跡；聯想陶淵明在〈飲酒〉詩中「此中有真意，欲辯已忘言」的觀點，可知他無疑是傾向於魏、晉玄學中的「言不盡意」論，而其何以必須「忘路」才能「忽逢」，何以雖「扶向路，處處誌之」卻反而「迷不復得路」，也就不難理解了。

〈桃花源記〉其實象徵陶淵明追求心靈安頓的努力，類似的語言風格在〈歸去來辭〉中也能找到，文章寫在歸家之前，文中卻透過想像描寫許多歸後的情景，將想像當作親身經歷來敘述，從而表現「追尋」之母題。這種風格，一方面是時間界限的抹除，如本文中的「乃不知有漢，無論魏、晉」和〈歸去來辭〉對春景、躬耕生活的憧憬；另方面則是向自我的回歸。本文雖曰「來此絕境」而「與外人間隔」，但其中卻仍「阡陌交通」而人人「怡然自樂」，實不若老子「民至老死不相往來」的孤絕；〈歸去來辭〉中的「園日涉以成趣，門雖設而常關」也不代表完全的自我封閉，而是安享自身的輕鬆。

# 五柳先生傳

**【題　解】** 本文選自《陶淵明集》。記敘五柳先生的性格、志趣。文中的五柳先生，其為人安貧樂道、澹泊名利、忘懷得失。《宋書‧隱逸傳》認為這篇文章是陶淵明的「自況」，亦即託名五柳先生，其實是用來自比。

先生不知何許❶人也，亦不詳其姓字，宅邊有五柳樹，因以為號焉。閑靜少言，不慕榮利❷。好讀書，不求甚解❸，每有會意❹，便欣然忘食。性嗜酒，家貧不能常得。親舊知其如此，或置酒而招之。造❺飲輒盡，期在必醉。既醉而退，曾不吝情❻去留。環堵蕭然❼，不蔽風日；短褐穿結❽，簞瓢❾屢空，晏如❿也。常著文章自娛，頗示己志。忘懷得失，以此自終。

贊曰：黔婁⓫之妻有言：「不戚戚⓬於貧賤，不汲汲⓭於富貴。」其言茲若人之儔⓮乎？銜觴賦詩，以樂其志。無懷氏⓯之民歟？葛天氏⓰之民歟？

【注釋】❶何許　何地；何處。許，處所。❷榮利　名利。❸不求甚解　謂讀書但通大意，不求過度艱深的解釋。❹會意　心有領會。❺造　到。❻吝情　心有不捨。❼環堵蕭然　四壁空空地。環堵，屋子的四壁。蕭然，冷清空洞的樣子。❽短褐穿結　粗布短衣，破破爛爛的。穿，破洞。結，補綻。❾簞瓢　皆飲食器具。簞，盛飯之竹器。瓢，剖瓠為之，用以挹水之具。❿晏如　安然平靜的樣子。⓫黔婁　齊國隱士。魯恭公聞其賢，賜粟三千鍾，辭不受，著書四篇，號黔婁子。⓬戚戚　憂慮的樣子。⓭汲汲　迫切追求的樣子。⓮儔　類。⓯無懷氏　上古之帝號。宋羅泌《路史・禪通記》說無懷氏之民，「甘其食，樂其俗，安其居而重其生意，形有動作，心無好惡，老死不相往來」。⓰葛天氏　上古之帝號。《路史・禪通記》：「其為治也，不言而自信，不化而自行。」

【語譯】先生不知道是什麼地方的人，也不清楚他的姓名字號，他屋邊有五棵柳樹，因此就叫五柳先生。先生安閑沉靜，很少說話，不羨慕名利。喜歡讀書，但求通達大意而已，每當有所領會，便高興得忘記了吃飯。生性喜歡喝酒，可是家裡貧窮不能常常得到酒。親戚故舊知道他有這個嗜好，有時會備酒請他。他到了便盡情暢飲，必定喝醉才停。醉了就告辭，不會捨不得離去。他的屋子四壁空空，遮蔽不了風吹日曬，穿的是補過的粗布短衣，經常缺吃少喝的，可是先生卻安然自得。常寫些文章自己欣賞，很能夠顯示自己的志向。不把得失放在心上，他就這樣地過了一生。

贊說：黔婁的妻子說黔婁：「不憂慮貧賤，不急求富貴。」這兩句話，說的就是像五柳先生這一類人吧！飲酒作詩，來愉悅自己的心志，是無懷氏的百姓呢？還是葛天氏的百姓呢？

【研　析】本文包含傳和贊兩個部分。就其淵源而言，乃是魏、晉以來「高士傳」的傳統；就其目的而言，根據沈約在《宋書‧隱逸傳》的記載，是將此文視為淵明少年時期的「自序」，他因此被「起為州祭酒」，故可當作一篇「自薦文學」來閱讀。

全文亦步亦趨地模仿史傳的格式，從籍貫、字號、性格、學歷、人際關係、經濟狀況、著作、死亡、贊曰，無不加以複製，然而讀者若將之視為史傳，則所得到的卻是期待的落空。這種模糊的修辭風格，來自「不」字的大量運用。他以「不知何許人」否定地望的顯赫，以「不詳其姓字」否定門第的高貴，以「不慕榮利」否定官爵的矜誇，以「不求甚解」否定理解作者原意的可能，以「家貧不能常得」和「曾不吝情去留」、「不蔽風日」否定資財之殷實與對身外之物的眷戀，甚至連五柳先生是何朝何代之人（無懷氏之民歟？葛天氏之民歟？）都不知道。名曰為五柳先生立傳，卻無處不以反語出之，這豈不是件奇怪的事？

然而，這篇文章的魅力，卻正在於這種正常意義的顛覆。陶淵明似乎在名字、讀書、飲酒、貧窮和文章五方面分別樹立起一個二元對立的等級體系，而下文又往往是前文的否定，例如在名號方面，上文謂「不知何許人也，亦不詳其姓字」，後文卻說「宅邊有五柳樹，因以為號焉」，於是「五柳先生」就成了「無名之名」，既有稱謂，卻又是個無名氏，因而形成一種不斷自我解消的敘事風格。

題目的「柳」也具有文化史上的意義，和死亡有著密切的關係（如「翣柳之材」指棺木，「柳車」即靈車），正文謂其「以此自終」，亦將「五柳先生」視為死人，且透過「贊」來「蓋棺論定」，皆可提供這方面的旁證。

因此，〈五柳先生傳〉並不僅在於塑造高士的形象以自況，其深層意涵，乃在於曲折地傳達了陶淵明對世俗名教的反感。

# 孔稚珪

孔稚珪（西元四四七～五〇一年），字德璋，南朝山陰（今浙江紹興）人。少有文采，辭章清拔。南朝宋時曾官尚書殿中郎，齊高帝時任記室參軍，後官至太子詹事，加散騎常侍。追贈金紫光祿大夫。有《孔詹事集》輯本一卷。

## 北山移文

【題解】本文選自《昭明文選》。北山，鍾山。在今江蘇南京北。移文，古代的一種公文書，與檄文頗類似，多用於曉諭或斥責。文中假託北山之神，移文痛斥周顒貪慕富貴，隱居不終，拒絕周顒路過。周顒在《南齊書》中有傳，其一生仕宦不絕，並無先隱後仕之事，雖在北山建有屋舍，然一如別墅，為休假時閒居之所。故本文實僅以周顒為標靶，旨在撻伐當世之假隱士而已。

鍾山之英❶，草堂之靈❷，馳煙驛路，勒移山庭❸。

夫以耿介拔俗之標❹，瀟灑出塵❺之想，度白雪以方絜，干青雲而直上❻，吾方❼知之矣。若其亭亭❽物表❾，皎皎❿霞外；芥千金而不盼⓫，屣萬乘其如脫⓬；

聞鳳吹於洛浦⑬，值薪歌於延瀨⑭，固亦有焉。豈期終始參差⑮，蒼黃翻覆⑯，淚翟子之悲，慟朱公之哭⑰；乍迴跡⑱以心染，或先貞而後黷⑲，何其謬哉！嗚呼！尚生⑳不存，仲氏㉑既往，山阿㉒寂寥，千載誰賞？

世有周子㉓，儁俗㉔之士，既文既博，亦玄㉕亦史。然而學遁東魯㉖，習隱南郭㉗；偶吹㉘草堂，濫巾㉙北岳；誘我松桂，欺我雲壑。雖假容㉚於江皋㉛，乃纓情㉜於好爵㉝。

其始至也，將欲排巢父，拉許由㉞，傲百氏㉟，蔑王侯。風情張日，霜氣橫秋㊱。或歎幽人㊲長往，或怨王孫㊳不游。談空空於釋部，覈玄玄於道流㊴。務光㊵何足比，涓子不能儔㊶。

及其鳴騶㊷入谷，鶴書㊸赴隴㊹，形馳魄散，志變神動。爾乃眉軒㊺席次，袂㊻聳筵上；焚芰製而裂荷衣，抗塵容而走俗狀㊼。風雲悽其帶憤，石泉咽而下愴。望林巒而有失，顧草木而如喪。

至其紐金章，綰墨綬㊽，跨屬城之雄㊾，冠百里㊿之首，張英風(51)於海甸(52)，馳妙譽於浙右(53)。道帙(54)長擯，法筵(55)久埋。敲扑(56)諠囂(57)犯其慮，牒訴(58)倥傯(59)裝其懷。琴歌既斷，酒賦無續。常綢繆於結課(60)，每紛綸於折獄(61)。籠張、趙於往圖[62]，架卓、魯於前籙[63]。希蹤三輔豪[64]，馳聲九州牧[65]。使我高霞孤映，明月獨舉；青松落陰，白雲誰侶？澗戶[66]摧絕無與歸，石徑荒涼徒延佇[67]。至於還飆[68]入幕，寫[69]霧出楹[70]，蕙帳[71]空兮夜鶴怨，山人去兮曉猿驚。昔聞投簪逸海岸[72]，今見解蘭縛塵纓[73]。

於是南嶽獻嘲，北隴騰笑，列壑爭譏，攢峰竦誚[74]。慨遊子[75]之我欺，悲無人以赴弔。故其林慚無盡，澗愧不歇，秋桂遣風，春蘿罷月[76]。騁西山之逸議[77]，馳東皋之素謁[78]。

今又促裝下邑，浪栧上京[79]。雖情投於魏闕[80]，或假步[81]於山扃[82]。豈可使芳杜[83]厚顏，薜荔[84]蒙恥，碧嶺再辱，丹崖重滓[85]，塵游躅於蕙路[86]，汙淥池以洗耳[87]？宜扃岫幌[88]，掩雲關[89]，斂輕霧，藏鳴湍，截來轅於谷口，杜妄轡於郊端[90]。於是叢條瞋膽，疊穎怒魄[91]，或飛柯以折輪[92]，乍低枝而掃迹[93]。請迴俗士駕，為君[94]謝逋[95]客。

【注釋】❶鍾山之英　鍾山之神。英，精靈；神靈。❷草堂之靈　草堂寺之神靈。草堂，寺名。為周顒所建，在鍾山上。梁簡文帝《草堂傳》：「汝南周顒昔經在蜀，以蜀草堂寺林壑可懷，乃於鍾嶺雷次宗學館立寺，因名草堂。」靈，神。❸馳煙驛路二句　駕著雲霧奔馳於驛路，刻此移文於山庭。驛路，供驛馬車通行的大路。勒，刻。移，移文。官文書之一種。庭，堂階前空地。此引申指山之空曠處。❹耿介拔俗之標　光明正大、超越凡俗的氣度。標，風範；氣度。❺瀟灑出塵　灑脫不拘，超出塵世。❻度白雪以方絜二句　品行廉潔，可與白雪相比擬，志向高遠，直可上觸青雲。度，衡量比較。方，比擬。絜，通「潔」。干，觸。❼方　正是。❽亭亭　高聳的樣子。❾物表　物外；世外。❿皎皎　潔白的樣子。⓫芥千金而不盼　視千金如草芥而不屑一顧。芥，草。此用為動詞。盼，看。⓬屣萬乘其如脫　視棄帝位如脫草鞋。屣，草鞋。萬乘，兵車萬輛。此指帝位。⓭聞鳳吹於洛浦　周靈王太子晉（即王子喬），不願繼位，好吹笙作鳳鳴，遊於伊、洛之間。⓮值薪歌於延瀨　《文選》呂向注：「蘇門先生遊於延瀨，見一人採薪，謂之曰：『子以此終乎？』採薪人曰：『吾聞聖人無懷，以道德為心，何怪乎而為哀也。』遂為歌二章而去。」延，水名。在今陝西省境。瀨，水流沙上。⓯終始參差　謂終始不一，反覆無常。⓰蒼黃翻覆　素絲染蒼則蒼，染黃則黃。言變化無常。⓱淚翟子之悲二句　《淮南子．說林》：「楊子見歧路而哭之，為其可以南可以北；墨子見練絲而泣之，為其可以黃可以黑。」翟子，指墨翟。朱公，指楊朱。⓲乍迴跡　暫時避跡山林。乍，暫時。⓳黷　汙濁。⓴尚生　尚長。字子平，東漢隱士。㉑仲氏　仲長統。字公理，東漢隱士。㉒山阿　山之隱曲處。㉓周子　周顒。字彥倫，南齊汝南安成（治所在今河南汝南東南）人，官至中書郎、國子博士。㉔儁俗　超俗出眾。儁，通「俊」。㉕玄　指玄學。㉖東魯　謂春秋時代魯國賢人顏闔。《莊子．讓王》：「魯君聞顏闔得道之人也，使人以幣先焉。顏闔守陋閭，苴布之衣，而自飯牛。魯君之使者至，顏闔自對之。使者曰：『此顏闔之家與？』顏闔對曰：『此闔之家也。』使者致幣。顏闔對曰：『恐聽者謬而遺使者罪，不若審之。』使者還，反審之，復來求之，則不得已。故若顏闔者，真惡富貴也。」㉗南郭　謂南郭子綦。《莊子．齊物論》：「南郭子綦隱几而坐，仰天而噓，嗒焉似喪其耦。顏成子游立侍乎前，曰：『何居乎？形固可使如槁木，而心固可使如死灰乎？』」㉘竊吹　竊取吹竽的位置，亦即濫竽充數。謂周顒本非隱者，如吹竽之南郭處士，濫居其間。㉙濫巾　濫用隱者之服。謂周顒濫服幅巾，貌託隱士。㉚假容　假託隱者之容。㉛江皋　江畔。㉜纓情　繫情；繫心。㉝好爵　美好之官爵。㉞排巢父二句　排斥巢父，壓倒許由。排，排斥。拉，壓倒。巢父、許由，皆堯時隱士，堯曾欲以天下讓之，二人皆不受。㉟百氏　百家。㊱風情張日二句　氣概大於日月，神情嚴於秋霜。風情，風致；氣概。張，大。霜氣，嚴肅如秋霜的神氣。橫，蓋過。㊲幽人　隱者。㊳王孫　泛指貴人。㊴談空空於釋部二句　談論空亦是空的佛理，考核玄之又玄的道論。空空，佛家語。謂空亦是空。釋部，指佛典。覈，考驗以求其實。玄玄，即《道德經》所謂玄之又玄。道流，道家之流。《南齊書．卷四一．周顒》謂周顒泛涉百家，長於佛理，兼善《老》《易》，著有《三宗論》。㊵務光　夏代時人。湯得天下，讓之，務光不受而逃。㊶涓子不能儔　涓子不能與之並列。涓子，春秋時代齊國人。好餌朮，隱於宕山，著《天人經》四十八篇。儔，匹配。㊷鳴騶　古代貴官出行，士卒鳴喝以清道。此指皇帝使臣的車駕。騶，前後侍從之騎卒。㊸鶴書　書體名。亦名鶴頭書。古代詔書多用此字體，故詔書曰鶴書。㊹隴　通「壟」。土阜。此指山野。㊺眉軒　揚眉。軒，高舉。㊻袂　衣袖。㊼焚芰製而裂荷衣二句　言其棄隱者之服而為塵俗之狀。芰製、荷衣，皆隱者之服。抗，舉。塵容，塵俗之容態。㊽紐金章二句　佩銅印，繫黑綬。紐，佩帶。金章，銅印。綰，繫。墨綬，黑色印組，用以繫印。漢制，秩六百石以上皆銅印墨綬。㊾屬城之雄　一郡所屬的大縣。周顒後應詔出為海鹽令，即今浙江海鹽。㊿百里　指縣。縣大率屬地百里，故以百里借指縣。(51)英風　美聲。(52)海甸　海疆。此指海鹽縣。(53)浙右　浙江之右。此指海鹽之所在。(54)道帙　泛指道家之書。帙，書套。(55)法筵　佛家說法之講壇。(56)敲扑　鞭打。(57)諠囂　哄鬧之聲。(58)牒訴　公文和訟狀。(59)倥傯　忙亂。(60)綢繆於結課　忙碌於考核官吏。綢繆，糾纏。結課，考核官吏之功過。(61)紛綸於折獄　為判案而忙亂。紛綸，忙亂。折獄，審理案子。(62)籠張趙於往圖　超越張敞、趙廣漢的政績。籠，籠蓋。有超越之意。張趙，張敞與趙廣漢，俱為西漢名臣。往圖，前人的績業。(63)架卓魯於前籙　凌駕卓茂、魯恭的事業。架，凌而上之。卓魯，卓茂與魯恭，並為東漢循吏。前籙，過去之記載。謂前人所為之事業。(64)希蹤三輔豪　希望跟上三輔的傑出人物。希蹤，希望跟上。漢以京兆、左馮翊、右扶風為三輔，即今陝西中部之地。豪，指州郡官吏中之特出者。(65)馳聲九州牧　揚名於天下州牧。馳聲，聲名遠播。九州牧，指全國州長。(66)澗戶　澗水兩旁的山，夾水如門戶，故稱。(67)延佇　久立而望。(68)還飆　迴風；旋風。(69)寫　通「瀉」。吐。(70)楹　堂屋之柱。(71)蕙帳　蕙草編成的帳。蕙，香草。俗名佩蘭。(72)投簪逸海岸　指漢疏廣棄官歸隱東海。投簪，謂掛冠去官。逸，隱。(73)解蘭縛塵纓　指棄隱而仕。幽人佩蘭，仕則非幽人，故云解蘭。縛塵纓，謂參與塵俗之事。入仕已入塵網而有冠纓，故云塵纓。(74)攢峰竦誚　群峰譏笑。攢峰，群峰。誚，譏笑。(75)遊子　指周顒。(76)秋桂遣風二句　秋桂棄風，春蘿棄月。桂得秋風而送香，蘿映春月而弄姿，今則無人賞玩之，應可以棄之罷之。蘿，松蘿。(77)騁西山之逸議　西山發出隱士的清議。騁，迅速傳布。西山，指首陽山。伯夷、叔齊餓死處。逸議，清議。周武王克商，伯夷、叔齊恥之，義不食周粟，隱於首陽山，採薇而食之，及餓且死，作歌曰：「登彼西山兮，采其薇矣。以暴易暴兮，不知其非矣。神農、虞、夏忽焉沒兮，我安適歸矣。于嗟徂兮，命之衰矣。」(78)馳東皋之素謁　東皋宣告躬耕者的心聲。東皋，隱者躬耕之所。素，平素。謁，告。阮籍〈奏記詣蔣公〉：「方將耕東皋之陽。」(79)促裝下邑二句　言周顒以海鹽令秩滿入京。下邑，指海鹽。浪，用作動詞。鼓；擊。栧，通「枻」。楫。上京，指南齊都城建康，即今南京市。(80)魏闕　宮門外懸法令之所。此借指朝廷。(81)假步　借路。(82)山扃　山門。(83)芳杜　香草名。(84)薜荔　香草名。(85)滓　汙濁。(86)塵游躅於蕙路　足跡使蕙草之路受汙染。塵，用為動詞。汙染。游躅，足跡。(87)汙淥池以洗耳　清水池因為洗耳而弄髒。堯要召許由為九州長，許由不願聽，洗耳於潁水邊，而巢父正牽牛飲水，恐髒了牛嘴，就將牛牽到上游去喝。見《高士傳》。淥，水清。(88)扃岫幌　關閉山窗。扃，閉。岫幌，山窗。(89)雲關　以雲為關鍵。(90)截來轅於谷口二句　謂截止周顒之車馬，不令入山。轅，車前端直木，以架軛。此借指車。轡，馬韁。此借指馬。(91)叢條瞋膽二句　形容草木皆不歡迎周顒。叢條，眾多之枝條。瞋膽，張膽；發怒。疊穎，重疊之草穗。(92)飛柯以折輪　樹枝飛動，欲擊折周顒之車輪。柯，樹枝。(93)掃迹　掃去行跡。(94)君　指山靈。(95)逋　逃。

【語　譯】鍾山的山神，草堂寺的神明，駕著雲霧奔馳在驛路上，把這篇移文刻在山庭。

光明正大、超越凡俗的氣度，灑脫不拘、超越塵世的思想，品行廉潔可比白雪，志向高遠可上青雲，這正是我所知道的真隱士。至於那高聳特立於萬物之上，潔白輝耀於雲霞之外，看待千金如同草芥，鄙棄帝位就像脫鞋，在洛浦吹笙，在延瀨高歌，這種高士也確實是有的。哪裡料到有人竟然始終不一，反覆無常，令人像墨子般悲哀落淚，像楊朱般傷心痛哭；他們暫時隱居山林，心裡卻仍染著俗氣，或是起先清正，後來汙濁，這是多麼荒謬啊！唉！尚子平不在了，仲長統已經去世，山坳寂寞冷清，千年以來還有誰來賞玩呢？

現在世上有個周君，是個超俗出眾的俊士，既有文采而又博學，也精玄學，也通歷史。然而他卻要學習顏闔的遁世，仿效南郭的隱居；在草堂寺裡濫竽充數，在北山中偽裝隱者；迷惑松桂，欺騙雲壑。雖然在江邊偽裝隱士，卻關心高官厚祿。

他剛來北山時，想排斥巢父，壓倒許由，傲視諸子百家，看輕王侯將相。氣概大過日月，神情蓋過秋霜。有時歎息隱士一去不回，有時怨恨王孫不到山中。有時談談佛學，有時講講老、莊。務光那能和他並列，涓子也不能夠和他匹敵。

等到欽差車駕入谷，詔書來到山野，他就變了模樣，散了魂魄，志氣精神全都起了變化。竟然在坐席上眉飛色舞，揮衣舞袖；焚燬了隱者的服裝，露出世俗的醜態。因此，風雲悽愴帶著憤恨，流水哽咽含著悲愴。遠望山林，回看草木，都傷痛若有所失。

等到他身佩銅質官印，繫上黑色印綬，掌理一郡的大縣，成為縣令中的首席，美好的名聲顯揚於沿海，傳布於浙右。從此道書永遠拋棄，講壇久已沉埋。行刑哄鬧擾亂他的心思，公文、訴狀塞滿他的胸懷。彈琴、唱歌已經中斷，飲酒、賦詩也都不再繼續了。常常忙於考核官吏，煩於斷決獄訟。想要超越往日張敞、趙廣漢的政績，凌駕過去卓茂、魯恭的事業。希望趕上三輔豪吏的成就，聲名遠播到全國州牧。使得山中的彩霞明月，孤映獨照；青松白雲，零落寂寞。澗戶已經毀壞，離人不再歸來；石路也已荒涼，徒然久立等待。至於旋風飄飄入簾幕，游霧裊裊出楹柱；蕙帳空了，使得夜鶴悲鳴；山人去了，使得晨猿驚懼。從前有人拋棄官職，隱居海邊；現在卻有人脫去蘭衣，落在塵網。

於是南嶽諷嘲，北山譏笑，萬壑眾峰，爭相譏議。慨歎受了遊子的欺騙，又悲嘆沒人前來慰問。所以樹林羞慚不已，澗水後悔不止；秋桂謝絕清風，春蘿避開明月。西山發出高士的清議，東皋宣告隱者的心聲。

現在他又在海鹽整頓行裝，準備坐船到京師。雖然念念不忘朝廷，卻還要借路再遊北山。怎可使芳杜、薜荔蒙受恥辱，碧嶺、丹崖再受穢濁，俗跡汙染蕙路，因洗耳而沾汙了清池呢？應當關了山窗，閉了雲關，收起輕霧，藏匿鳴湍，在谷口截住他的車輛，在郊外堵住他的馬匹。於是眾枝發怒，叢草動火，有的枝條橫出準備折斷車輪，有的枝葉低垂準備掃去穢跡。請俗士的車馬回去，替山靈拒絕這個逃客。

【研　析】自然與名教之爭是魏、晉、南北朝文化史中的核心課題，反映在士人心態上，就是真淳與虛矯、樸實與雕飾、仕與隱等人生價值的抉擇。〈北山移文〉針對此一主題，以諧謔的筆調嘲諷了表面故作清高而實則心懷利祿的假名士，具有批判的意味。另方面，移文原是古代官府的一種公文，用來頒布政令，曉諭民眾，以收移風易俗之功。作者卻藉由北山的名義，鄭重其事地宣布自己受騙的始末和拒絕周顒再度經過的意願，這種作法是寄沉痛於笑聲的一種表現。

本文可分八段。首段四句，託言此文為北山神靈所作。二段概括三種不同類型的隱士：第一種超然高舉，「度白雪以方絜，干青雲而直上」；第二種縱情山水，「芥千金而不盼，屣萬乘其如脫」；第三種虛矯以干譽，實為利祿之徒，「乍迴跡以心染，或先貞而後黷」。三段承上文第三種的假隱士，言周顒之隱居不過是藉此立異鳴高罷了。四段言周顒初隱時的偽裝清高。五段言其奉詔後之醜態。六段言其為官後勤於人事、棄置道心之狀。七段痛言山靈孤清之恨與蒙羞之愧恥。末段拒絕周顒入山。

本文以時間推移為主軸，橫織以情感的波動。自第三段起，由「其始至也」到「及其」、「至其」、「今又」，分別以四個階段概括周顒的墮落史。第一個階段可謂高蹈期，作者刻意樹立起一個隱士與王侯間的二元對立，而以「排」、「傲」、「蔑」等情態動詞烘托出主角的超卓。自第二階段起，這個「儁俗之士」的形象很快破滅了，因為「王孫」以利祿扭轉了原本受鄙夷的劣勢，使得故作姿態的偽君子原形畢露。他始而「形馳魄散，志變神動」，繼而「希蹤三輔豪，馳聲九州牧」，總不外是「雖情投於魏闕，或假步於山扃」；然而這假隱居之名，行養望干祿之實的「俗士」，卻又怎能體會「鍾山之英」心境之波折？這裡不僅將鍾山擬人化，更延續了《楚辭》以來以女性口吻表情的傳統，而其整體的情緒表達，亦不外悲憤、孤寂、慚愧、失落之類所託非人的憾恨與難堪。文章最後的回絕顯示一種徹悟後的決絕，它不免瞋怒，但又何嘗沒有一絲像〈離騷〉那種「何昔日之芳草兮，今直為此蕭艾」的傷痛呢？

## 魏徵

魏徵（西元五八〇～六四三年），字玄成，魏州曲城（今河北晉縣西）人。少孤苦，有大志。膽識過人，好讀書，留心經國治民之道。隋末，天下大亂，初隨李密起兵，曾貢獻十策，李密不能用。後隨李密降唐，任太子洗馬，頗受愛重。唐太宗即位，任諫議大夫。素有才略，性又正直，以受信任，故知無不言，言無不盡，先後上二百餘奏，皆切中時要。累官至門下侍中，封鄭國公。死後，唐太宗親臨慟哭，廢朝五日。追贈司空，謚號文貞，陪葬昭陵。唐太宗因常思念之，曾向侍臣說：「夫以銅為鏡，可以正衣冠；以古為鏡，可以知興替；以人為鏡，可以明得失。朕常保此三鏡，以防己過。今魏徵殂逝，遂亡一鏡矣！」可見其受敬重。其詩文古樸，有《魏鄭公詩集》、《魏鄭公文集》。

### 諫太宗十思疏

【題解】本文選自《貞觀政要》，篇名據文意而訂。太宗，指唐太宗。疏，古代人臣向君王進言議事的文書，有疏通、分條陳述的意思。唐太宗貞觀十一年（西元六三七年），魏徵因見唐太宗漸有怠政的跡象，故上此疏，以「十思」諫唐太宗當居安思危、戒奢以儉，積德義、行仁政，做到不言而化、無為而治。

臣聞求木之長❶者，必固其根本；欲流之遠者，必浚❷其泉源；思國之安者，必積其德義。源不深而望流之遠，根不固而求木之長，德不厚而思國之治，雖在下愚，知其不可，而況於明哲❸乎？人君當神器❹之重，居域中之大❺，將崇極天之峻❻，永保無疆之休❼；不念居安思危，戒奢以儉❽，德不處其厚，情不勝其欲，斯亦伐根以求木茂，塞源而欲流長者也。

凡百元首❾，承天景命❿，莫不殷憂而道著⓫，功成而德衰；有善始者實繁，能克終者蓋寡。豈其取之易而守之難乎？昔取之而有餘，今守之而不足，何也？夫在殷憂，必竭誠以待下；既得志，則縱情以傲物⓬。竭誠則胡、越為一體⓭，傲物則骨肉⓮為行路⓯。雖董⓰之以嚴刑，震⓱之以威怒，終苟免⓲而不懷仁，貌恭而不心服。怨不在大，可畏惟人⓳。載舟覆舟⓴，所宜深慎，奔車朽索㉑，其可忽乎？

君人者㉒，誠能見可欲，則思知足以自戒；將有作㉓，則思知止以安人；念高危，則思謙沖而自牧㉔；懼滿溢，則思江海而下百川㉕；樂盤遊㉖，則思三驅以為度㉗；憂懈怠，則思慎始而敬終；慮壅蔽㉘，則思虛心以納下；想讒邪，則思正身以黜惡㉙；恩所加，則思無因喜以謬賞；罰所及，則思無因怒而濫刑。總此十思，弘茲九德㉚。簡㉛能而任之，擇善而從之，則智者盡其謀，勇者竭其力，仁者播㉜其惠，信者效其忠。文武爭馳㉝，君臣無事，可以盡豫遊㉞之樂，可以養松、喬之壽㉟，鳴琴垂拱㊱，不言而化㊲。何必勞神苦思，代下司職㊳，役聰明之耳目，虧無為之大道㊴哉？

【注釋】❶長 長得高大。❷浚 挖深；疏通。❸明哲 聰明、睿智的人。此指唐太宗。❹神器 指帝位。《老子·二十九章》：「天下神器，不可為也。」後人因帝王擁有天下，故稱帝位為神器。❺居域中之大 擁有廣大的天下。域中，指天下。❻崇極天之峻 高與天齊。崇，高。用為動詞。極，窮盡。峻，高。❼無疆之休 無窮的福祉。無疆，無窮盡。休，美善；福祉。❽戒奢以儉 用節儉來革除奢侈。❾凡百元首 所有的帝王。凡百，所有的。❿承天景命 承受上天偉大的使命。即受天命為帝王。景，大。⓫殷憂而道著 憂患深重則德義彰明。殷憂，深憂。著，彰明。⓬傲物 傲慢待人。凡天地間有形者，古人皆謂之物。此指人。⓭胡越為一體 疏遠的人都會休戚與共。胡在北，越在南。比喻疏遠。為一體，合成一身。形容休戚與共。⓮骨肉 指親人。⓯行路 路人。⓰董 督正。⓱震 威嚇。⓲苟免 苟且求免。⓳人 民。因避太宗李世民諱，故用「人」字。⓴載舟覆舟 水能載舟，也能覆舟。水，比喻人民。舟，比喻國君。㉑奔車朽索 用腐朽的繩子駕馭奔跑的馬車。比喻極端危險。㉒君人者 治人者。指君王。君，治理。㉓作 建造。指宮室之類。㉔謙沖而自牧 用謙虛來修養自己。而，以。自牧，自我修養。㉕下百川 在百川下游，容受其流注。㉖盤遊 遊樂。此指打獵。盤，安樂。㉗三驅以為度 一年以打獵三次為限度。驅，追逐。此指打獵。㉘壅蔽 蒙蔽。㉙黜惡 斥退壞人。㉚總此十思二句 總括這十種反省工夫及發揚前述各種美德。弘，擴大；發揚。茲，此。指前述各種德行。九，形容數量之多。㉛簡 選拔。㉜播 廣布。㉝馳 奔走效力。㉞豫遊 遊樂。豫，樂。㉟松喬之壽 赤松子、王子喬的長壽。赤松子相傳為神農氏雨師，後與炎帝女兒一起成仙俱去。王子喬即周靈王太子晉，後相傳跨鶴升天。㊱鳴琴垂拱 鳴琴，即鼓琴。相傳虙子賤治理單父時，在堂上鼓琴，身雖不下堂，卻使單父大治。見《說苑·政理》。垂拱，垂衣拱手。語出《尚書·武成》：「垂拱而天下治。」㊲不言而化 不多號令，而自能教化天下。㊳司職 管理職務。㊴無為之大道 指帝王端正己身而化天下的道理。《論語·衛靈公》：「無為而治者，其舜也與！夫何為哉？恭己正南面而已矣。」

【語譯】臣聽說要樹木長得高大，先要鞏固它的根本；要河水流得長遠，先要挖深它的水源；要國家長治久安，先要積累朝廷對人民的德義。水源不挖深卻希望河水流得長遠，根本不穩固卻要求樹木長得高大，德義不深厚卻想要國家治理，臣雖愚笨，也知道那是不可能的，更何況是聰明的人呢？人君身居帝王重位，統治廣大天下，想要高與天齊，永保無盡的福祉；如果不知道在安逸的時候想到危險，用節儉來革除奢侈，德義不能厚積，私慾不能克制，這就如同伐去樹根卻要求樹木茂盛，堵塞水源卻要求水流長遠啊。

所有的帝王，秉承上天偉大的使命，莫不是在憂患深重時德義彰明，功業成就後德義衰退；有好開始的實在很多，能持續到最後的卻很少。難道是創業容易而守成困難嗎？當初創業時能力綽綽有餘，如今守成而能力卻不足，這是為什麼呢？這是因為憂患深重時，必定竭盡誠意地對待屬下；一旦得志，便放縱情慾而傲視他人。能夠竭盡忠誠，就是北胡、南越疏遠的人都會休戚與共；若是傲視他人，就連骨肉親人也會漠不相關。雖然用嚴刑峻法來督正，用威嚴震怒來恐嚇，人民最終也只是苟且求免刑罰而不是感懷仁政，外表恭敬卻不是心悅誠服。怨恨不在它的大小，可怕的是人民。人民像水一樣，可以載舟，也可以覆舟，應該非常謹慎，就像用腐朽的繩子駕馭奔跑的馬車，難道可以疏忽嗎？

做人君的，見到可愛的事物，就該想到以知足來警戒自己；將有所建造，就該想到以知止來安定人民；擔心權位高而危險大，就該想到以謙虛來修養自己；懼怕自滿驕盈，就該想到江海居百川下流而容受它們；喜愛打獵遊樂，就該想到一年以三次為限；憂心鬆懈怠惰，就該想到自始至終都小心謹慎；顧慮受到蒙蔽，就該想到虛心接納屬下的諫言；怕有奸人進讒言，就該想到端正自身來斥退壞人；施恩於人，就該想到不要因一時高興而胡亂賞賜；處罰別人，就該想到不要因一時惱怒而濫用刑罰。總括這十種反省的工夫，發揚那種種古來的美德。選用賢能的人，聽從善良的意見，那麼，有才智的人就會提供他的計謀，勇武的人就會竭盡他的力量，仁德的人就會廣布他的恩惠，誠信的人就會奉獻他的忠心。文武百官爭相奔走效力，君臣之間相安無事，可以享受遊玩的樂趣，可以獲得仙人赤松子、王子喬般的長壽，鼓著琴，垂衣拱手，不用言教，卻能感化百姓。何必勞累精神、苦苦思慮，代替屬下管理事務，役使聰明的耳目，虧損端正自身、使民自化的治國要道呢？

【研　析】本文可分三段。首段論述安定邦國必須積德行義的道理，拈出「積德義」三字作為綱領，以統括全文。次段探究自古人君「殷憂而道著，功成而德衰」的原因，將人君必須「積德義」的意思作深一層的說明。末段承前兩段，提出「積德義」的具體內容——「十思」，以建議唐太宗掌握治國要道作結。

綜觀此文，前兩段論的是「積德義」的抽象道理，為末段內容的理論依據；而末段說的則是「積德義」的具體辦法，為前兩段理論的實際運用。一抽象，一具體，兩者相輔相成。而作者考慮到抽象的道理不易使人理解和信服，所以在起段開端便設了兩個形象性與哲理性都十分強烈的比喻：「求木之長者，必固其根本；欲流之遠者，必浚其泉源」，從正面引出「思國之安者，必積其德義」的主旨；然後針對「德不厚而思國之治」、「不念居安思危，戒奢以儉，德不處其厚，情不勝其欲」等句，兩度反用同樣的比喻，作反覆的說明；接著在次段又用舟與水比喻君與民，用奔車朽索比喻戒懼，使得抽象、深奧的道理能具象化、通俗化，叫人讀了，不但明白，並且深信不疑。這是本文運用比喻來說明道理所獲致的效果，也是古來好論說文的一個共同特色。

向帝王提出規諍的意見，古人稱為「批逆鱗」，除須智慧、膽識外，還要講求技巧。《舊唐書・魏徵傳》說魏徵「匡過弼違，能近取譬，博約連類」，而《新唐書・魏徵傳》也說他「有志膽，每犯顏進諫，雖逢帝甚怒，神色不徙，而天子亦為霽威」，可見魏徵是個善諫者，那就無怪乎本文上奏之後，太宗不但不怪罪，反而「手詔嘉美，優納之」（《舊唐書・魏徵傳》）了。

# 駱賓王

駱賓王（約西元六四〇～約六八四年後），唐義烏（今浙江義烏）人。幼聰慧，七歲能賦詩，有神童之稱。其父官博昌（今山東博昌）令，死於任所，故早年貧困落拓。高宗儀鳳三年（西元六七八年），由長安主簿入朝為侍御史，因事入獄，後遇赦出獄。高宗調露二年（西元六八〇年），任臨海（今浙江臨海）縣丞，故世稱駱臨海。以佐徐敬業討伐武后，兵敗亡命，不知所終。駱賓王長於駢文，詞采富贍，清新俊逸；詩與王勃、楊炯、盧照鄰齊名，並稱初唐四傑。有《駱臨海集》。

## 為徐敬業討武曌檄

**【題解】**本文選自《舊唐書・徐敬業傳》，篇名據文意而訂。徐敬業，唐離狐（今河北東明東南）人。唐開國名將徐世勣（賜姓李）之孫，從小隨祖父征伐，襲封英國公。武曌（音ㄓㄠˋ），即武后。曌即「照」，為武后自造之字，取日月當空之意。檄，古代官方文書的一種，多用於軍旅討伐。唐睿宗文明元年（西元六八四年）二月，武后廢唐中宗，改立唐睿宗，並臨朝聽政；九月，改元光宅。時眉州（治所在今四川眉山縣）刺史徐敬業因事被貶為柳州（治所在今廣西柳州）司馬，遂以匡復唐中宗為名，起兵於揚州，討伐武后。駱賓王為徐敬業記室，作此檄文，傳布天下，以先聲討武后之罪行，並號召天下，共襄義舉，興復唐室。

偽❶臨朝❷武氏❸者，性非和順，地實寒微❹。昔充太宗下陳❺，曾以更衣入侍。洎⑥乎晚節⑦，穢亂春宮⑧。潛隱先帝之私⑨，陰圖後房之嬖⑩。入門見⑪嫉，蛾眉⑫不肯讓人；掩袖工讒⑬，狐媚⑭偏能惑主。踐元后於翬翟⑮，陷吾君於聚麀⑯。加以虺蜴⑰為心，豺狼成性。近狎邪僻⑱，殘害忠良；殺姊屠兄⑲，弒君鴆母⑳。神人之所共嫉㉑，天地之所不容。猶復包藏禍心，窺竊神器㉒。君之愛子㉓，幽之於別宮；賊之宗盟㉔，委之以重任。嗚呼！霍子孟㉕之不作，朱虛侯㉖之已亡。燕啄皇孫㉗，知漢祚㉘之將盡；龍漦帝后㉙，識夏庭之遽衰。

敬業皇唐舊臣，公侯冢子㉚。奉先君之成業，荷本朝之厚恩。宋微子之興悲㉛，良有以也；袁君山㉜之流涕，豈徒然哉？是用氣憤風雲㉝，志安社稷㉞。因天下之失望，順宇內㉟之推心，爰㊱舉義旗，以清妖孽。

南連百越㊲，北盡三河㊳，鐵騎㊴成群，玉軸㊵相接。海陵紅粟㊶，倉儲之積靡窮；江浦黃旗㊷，匡復㊸之功何遠！班聲動而北風起㊹，劍氣沖而南斗平㊺。喑嗚㊻則山岳崩頹，叱咤㊼則風雲變色。以此制敵，何敵不摧㊽？以此圖功，何功不克㊾？

公等或居漢地㊿，或叶周親(51)，或膺重寄於話言(52)，或受顧命於宣室(53)。言猶在耳，忠豈忘心？一抔之土未乾(54)，六尺之孤(55)何託？倘能轉禍為福，送往事居(56)，共立勤王57之勳，無廢大君58之命，凡諸爵賞，同指山河59。若其眷戀窮城60，徘徊歧路，坐昧先幾之兆61，必貽後至之誅62。請看今日之域中，竟是誰家之天下！

【注　釋】1偽　對僭竊者的貶稱。2臨朝　指君臨朝廷。3武氏　即武則天（西元六二四～七〇五年）。名曌，并州文水（今山西文水縣東）人。年十四，入宮，為唐太宗才人。唐太宗崩，依制削髮為尼。唐高宗時，復召入宮。不久，立為皇后。唐高宗晚年，武氏逐漸攬權，專決政事。及唐高宗崩，唐中宗即位，武氏以皇太后臨朝稱制，不久，廢唐中宗為廬陵王，立唐睿宗，仍臨朝聽政，改元光宅。至天授元年（西元六九〇年），改國號為周，號則天皇帝。神龍元年（西元七〇五年），唐中宗復位。同年，歿。4地實寒微　指出身微賤。地，門地。同「門第」。指家族世系。5下陳　下列；後列。古代貴族相見必有禮物，陳列禮物之處在堂下，稱下陳。後引申指後宮中的侍妾。此指武氏曾為唐太宗才人。才人為掌燕寢更衣的女官，故下文云「以更衣入侍」。6洎　及；到了。7晚節　指武氏年紀稍大以後。8穢亂春宮　指武氏和太子有淫亂的行為。穢亂，淫亂。春宮，東宮。太子所居，因以借指太子。此指唐高宗。唐高宗為太子時，入宮探問唐太宗疾病，見到武氏而與暗通款曲。9潛隱先帝之私　隱瞞為唐太宗才人而見幸的事。指武氏於唐太宗死後削髮為尼，以隱瞞其事。10陰圖後房之嬖　暗中圖謀唐高宗的嬖幸。指武氏蓄髮回宮。嬖，寵愛。11見　通「現」。顯現。12蛾眉　形容女子姿色美好。蛾，通「娥」。美好。13掩袖工讒　指善於設計陷害人。掩袖，用衣袖捂住鼻子。《韓非子．內儲說下》：魏王贈楚懷王美人，楚懷王寵姬鄭袖恐失寵，騙美人說楚懷王討厭她的鼻子，見面時一定要捂住鼻子，美人照做，楚懷王不解，鄭袖告訴楚懷王說美人討厭王的口臭，楚懷王大怒，割掉美人的鼻子。14狐媚　像狐狸般迷惑人。俗傳狐能幻化人形以迷惑人。15踐元后於翬翟　指武氏登上后位。元后，皇后。翬翟，雉羽。古代皇后車服，用以為飾。16陷吾君於聚麀　使國君做出亂倫的醜事。吾君，指唐高宗。聚麀，指父子共妻。聚，共。麀，牝鹿。17虺蜴　兩種毒蟲。虺，蛇類，體長兩尺多。蜴，蜥蜴。18近狎邪僻　親近小人。狎，親近。邪僻，奸邪不正的人。此指李義府、許敬宗等人。19殺姊屠兄　姊，指韓國夫人。早寡，有女甚美，封魏國夫人，母女均有寵。韓國夫人病卒，魏國夫人為武氏所殺。兄，指武氏之異母兄武元爽、武元慶。二人對武氏禮數不周，遭外放而死。20弒君鴆母　殺害國君和皇后。君，指唐高宗。鴆，鳥名。羽毛有毒，合酒能殺人。此用作動詞。毒害。母，國母。指王皇后。唐高宗患頭眩病，御醫張文仲想用針砭醫治，武后生氣說：「帝體寧刺血處邪？」不久，唐高宗駕崩。王皇后與蕭淑妃被武氏以鴆酒毒死。㉑嫉　痛恨。㉒神器　指帝位。《老子・二十九章》：「天下神器，不可為也。」後人因帝王擁有天下，故稱帝位為神器。㉓愛子　指唐中宗。㉔賊之宗盟　賊的親屬、同黨。指武承嗣、武三思等人。賊，此指武氏。㉕霍子孟　霍光。字子孟，漢平陽（今山西臨汾西南）人，霍去病異母弟。漢武帝時，任奉車都尉。漢昭帝立，拜大司馬、大將軍。漢昭帝崩，迎立昌邑王賀，賀淫亂，廢之，改立宣帝。前後執政二十年。㉖朱虛侯　即劉章。漢沛郡豐（今江蘇豐縣東）人，漢高祖之孫，入宿衛，呂后封為朱虛侯，呂后崩，與周勃、陳平等老臣聯合，誅殺諸呂，以安定王室。㉗燕啄皇孫　漢成帝后趙飛燕，性奇妒，凡後宮嬪妃有孕皆加以殺害，當時有「燕飛來，啄皇孫」之童謠。㉘祚　國祚；政權。㉙龍漦帝后　相傳夏朝末年，有神龍止於帝庭，帝藏其涎於櫝，傳至周厲王，發櫝而觀之，涎流入後宮，有童妾遭之，孕而生女，即褒姒，後周幽王迷戀褒姒，終至亡國。漦，龍所吐涎沫。㉚冢子　長子。㉛宋微子之興悲　《尚書大傳・二》記載微子朝周，過殷之故墟，見宮室毀壞，生長禾麥，不禁感慨悲傷，而作〈麥秀歌〉。微子，殷紂之兄，名啟。周武王滅殷，封微子於宋，以代殷後。《史記・宋微子世家》作箕子。㉜袁君山　此當指袁安。袁安，字邵公，東漢汝南汝陽（今河南汝南）人，官至司徒。當時和帝年少，而外戚專權，袁安每朝會進見，及與公卿言國事，未嘗不喑嗚流涕，其子袁京曾隱居汝陽之五里山，後世稱之為袁山。此處事屬袁安，而稱之為袁君山，當為作者誤記。㉝風雲　時局；時勢。㉞社稷　指國家。社為土神，稷為穀神，古代天子諸侯均立社稷，歲時祭祀，故用為國家之代稱。㉟宇內　指天下。㊱爰　於是。㊲百越　指今江、浙、閩、粵一帶地方。古代皆越人所居，故稱。㊳三河　漢時稱河東、河內、河南三郡曰三河。即今河南洛陽黃河南北一帶。㊴鐵騎　指強悍的騎兵。㊵玉軸　玉飾的車軸。此借代為兵車的美稱。㊶海陵紅粟　海陵所儲積的粟米，多得變紅而腐爛。海陵，今江蘇泰縣。紅粟，指米粟變紅腐爛。㊷江浦黃旗　江邊的黃旗。古以黃色為正色，故黃旗為象徵正義的旗幟，即上文所言義旗。㊸匡復　光復；恢復。㊹班聲動而北風起　戰馬發出的嘶鳴聲震動大地，凜然如北風之起。班聲，班馬之聲。班馬之省略。班馬，原指馬離群，此處指戰馬。㊺劍氣沖而南斗平　寶劍發出的光氣上沖，與南斗星相齊平。南斗，星宿名。南斗六星，即斗宿。㊻喑嗚　心懷怒氣。㊼叱咤　發怒聲。㊽摧　破。㊾克　成功。㊿居漢地　漢代初行郡國制，以異姓功臣為州郡牧守，即所謂「居漢地」。此處借指居唐室之封地，即異姓功臣之分封者。(51)叶周親　周代行封建制，封王室近親為方國侯伯，此處借指唐室之同姓宗親。叶，通「協」。和合。(52)膺重寄於話言　承受先君臨終口頭的重託。膺，承受。重寄，重託。話言，語言。此指託孤之言。(53)受顧命於宣室　在先君的正寢拜受遺命，顧命，皇帝的遺命。宣室，天子的正室。(54)一抔之土未乾　墳土未乾。指高宗下葬未久。一抔之土，指墳墓。抔，用雙手捧物。(55)六尺之孤　幼小的君主。指唐中宗。(56)送往

事居　送已崩的唐高宗，侍奉現在的唐中宗。往，指死者。居，指生者。57勤王　起兵救援王室之難。58大君　天子。59同指山河　一同指著山河發誓。古時分封功臣，常指山河立誓，以示信用。60眷戀窮城　留戀區區一隅的封地。窮城，指狹小困陋之地。61坐昧先幾之兆　坐失事前參預其事的良機。坐，空；徒然。昧，暗昧不明。先幾，事前的跡象。兆，徵兆。62後至之誅　違命後到的處罰。傳說禹會諸侯於塗山，防風氏因後至而被殺。

【語　譯】僭位執政的武氏，性情不和順，出身很微賤。以前充當太宗的才人，曾經因為服侍更衣而獲得寵幸。到了後來，又和太子淫亂。隱瞞和先帝的關係，暗中圖謀獲得高宗的嬖幸。一進宮門就顯露嫉妒的天性，仗著豔麗的姿色不肯退讓；善於設計害人、說人壞話，極盡媚態特別會迷惑君主。終於登上后位，陷害國君做出亂倫的醜事。加上心腸狠毒，有如蛇蝎；性情殘暴，有如豺狼。親近奸邪，殘害忠良；殺姊殺兄，殺害國君、皇后。真是人神共憤，天地不容。她還包藏篡逆之心，陰謀竊取帝位。皇上的愛子，被她囚禁在別宮；自己的宗親同黨，個個賦予重任。唉！像漢代輔佐幼主的霍光既不出現、消滅呂氏的劉章也不復見。從趙飛燕殘殺皇子皇孫，便知道漢朝的國祚即將中斷；從夏代藏龍涎而變生帝后，就明白夏代的國運即將衰歇。

敬業是大唐舊臣，公侯長子。既承繼先父的功業，又蒙受皇朝的厚恩。從前宋微子路過殷墟而悲歎，的確是有感而發；袁安談及國事，每每暗嗚流涕，難道是徒然的嗎？因此，為時局而憤激，立志安定國家。因應天下對武氏政權的失望，順從海內民心的歸向，於是高舉義旗，以清除妖孽。

從南邊的百越，直抵北邊的黃河兩岸，精銳的騎兵成群，壯盛的兵車相接。在海陵儲積的軍糧，多得吃不完；長江的岸邊遍插著黃旗，國祚重光的事功，已經為期不遠了。戰馬嘶鳴激起怒吼的北風，劍光上沖而與南斗星相齊平。怒氣一發，山岳都會崩塌；怒聲一吼，風雲就會變色。以這樣的義師來滅敵，什麼敵人打不敗？以這樣的義師來立功，什麼功業不能完成？

諸位有的是異姓功臣，有的是皇室宗親，有的承受先君臨危時口頭的重託，有的拜受先君發於正寢的遺命。當時的話語還在耳邊，對王室的忠心豈能就此忘懷？如今先帝的墳土未乾，幼弱的遺孤不知將託與何人？倘若諸位能化禍患為福祉，緬懷先帝在天之靈，迎侍今上復位，共同建立勤王的功勳，不負先帝的遺命，那麼事後的封爵行賞，可以共指山河起誓。如果仍然眷戀目前那狹小的封邑，徘徊在歧路上，錯過建功的良機，必定會遭違命後到的誅戮。請看看今日的國內，究竟是誰家的天下吧！

【研析】本文可分四段。首段先寫武氏出身的卑微，心性的狠毒，直指其本質之卑劣，接著敘述其淫亂王室、弒逆君王等行徑，顯示武氏的兇惡是由內而外，十分徹底的；為下文討賊的張本。述及武氏一連串的罪行時，依時間先後鋪展，層次井然。其中充滿了強烈鄙薄的字眼：充下陳、更衣、穢亂、潛隱、陰圖、工讒、狐媚、惑、陷、聚麀、虺蜴、豺狼、狎、邪僻、殘害……等，幾乎針針見血，可謂出招精準、快速、密集，顯得武氏無一是處。最後再以趙飛燕、褒姒為喻，用歷史故實來證明武氏禍國殃民將遭滅亡之命運。收煞得十分有力且令人振奮。

第二段先介紹徐敬業的身分，說明他舉義旗的正當性、切宜性。再以宋微子、袁君山之例說明徐敬業起兵的用心和悲憤，希望用充滿情意的文字來感動天下。最後又以天下對武氏的失望、宇內對徐敬業的推心強烈對比，來顯現人心之向背，將徐軍之聲勢推至最高點。

第三段以極度誇張的筆法描述徐軍的強大陣容與威力，從義軍控制的範圍、軍力的強盛、設備的精良、後援的豐沛寫到士氣的高昂，無一不震撼人心，感動天地。顯示徐軍勝利的必然性。

第四段先以充滿情感的柔性語言打動內外諸臣，再以爵賞鼓勵他們，最後則警告眷戀現狀而不響應徐軍者。先動之以情，再誘之以利，復戒之以禍，文氣由婉柔而強硬，漸次增強，最後充滿勝利信心的結束，使氣勢達到最高昂、最強力的境地。

本篇為四六駢文。其中一、三段部分使用連續的四言句，短而有力，正能展現悲憤、堅決的情緒。而其他有連續的六言句或四六相承的句子，則因文氣紓緩婉轉，正能展現感慨深切的情感。在形式與內容的配合上相當成功。

駱賓王一生坎坷，與徐敬業原無很深的交情。他之所以參與起事，可以說是長期鬱積之憤懣情緒的爆發，是對現實的一種抗議，因此他寫這篇檄文，詞鋒也就自然的趨於警利，而氣勢也格外的雄壯了。史載武氏見了此檄而大為歎賞，認為讓如此賢才淪落在外，是宰相的過失。作者跟隨徐敬業起事雖然失敗了，卻得到這樣的讚美，也差可自慰於地下了。

# 王勃

王勃（西元六四九～六七五年），字子安，唐絳州龍門（今山西河津西）人。六歲能作文，構思無滯，詞情英邁。十五歲，以神童薦於朝。對策高第，授朝散郎。沛王李賢聞其名，徵為王府侍讀。因戲作〈檄英王雞〉一文，高宗覽之而怒，斥出府，遂遠遊巴蜀。後補虢州（治所在今河南靈寶）參軍，以恃才傲物，為同僚所嫉。適有官奴曹達犯罪，王勃藏匿之，又懼事洩，乃殺達以塞口責。事發當誅，遇赦除名。王勃父王福畤時為雍州（治所在今陝西西安西北）司功參軍，坐王勃故左遷交趾（治所在今越南河內西北）令。高宗上元二年（西元六七五年），王勃往交趾探望父親。十一月至南海，渡海溺水，驚悸致病而卒。王勃文章宏麗，詩則清新明朗。與楊炯、盧照鄰、駱賓王齊名，並稱初唐四傑。有《王子安集》十六卷。

## 滕王閣序

【題解】本文選自《王子安集》，篇名一作〈秋日登洪府滕王閣餞別序〉。滕王閣在今江西南昌章江門上，為唐高祖第二十二子滕王李元嬰任洪州都督時所建。唐高宗上元二年（西元六七五年），王勃赴交趾探望父親，路過洪州。當時都督閻氏於重陽節宴集賓客僚屬，預先讓女婿作好序文，要在當場誇示文才。宴會中佯請賓客為序，眾人皆辭謝，只有王勃不知情而允諾。閻氏大怒退席，而暗中派人通報王勃即席所寫，至「落霞與孤鶩齊飛，秋水共長天一色」，乃歎服曰：「此真天才，當垂不朽矣。」遂極歡宴而罷。序，古代的一種文體（參見〈太史公自序〉題解）。本文屬為宴集賦詩而作的「詩序」。全文寫滕王閣景觀，宴會盛況，以及人生的感懷，最後敦促與會者作詩以記盛況。

豫章❶故郡，洪都❷新府；星分翼、軫❸，地接衡、廬❹。襟三江而帶五湖❺，控蠻荊而引甌越❻。物華天寶❼，龍光射牛斗之墟❽；人傑地靈❾，徐孺下陳蕃之榻❿。雄州霧列⓫，俊彩星馳⓬。臺隍枕夷、夏之交⓭，賓主盡東南之美。都督閻公之雅望⓮，棨戟遙臨⓯；宇文新州之懿範⓰，襜帷暫駐⓱。十旬休暇⓲，勝友如雲；千里逢迎⓳，高朋滿座。騰蛟起鳳，孟學士之詞宗⓴；紫電、青霜，王將軍之武庫㉑。家君作宰㉒，路出名區㉓；童子㉔何知，躬逢勝餞。

時維九月，序屬三秋㉕；潦水㉖盡而寒潭清，烟光凝而暮山紫㉗。儼驂騑於上路，訪風景於崇阿㉘。臨帝子㉙之長洲㉚，得仙人㉛之舊館㉜。層巒聳翠，上出重霄；飛閣流丹㉝，下臨無地㉞。鶴汀鳧渚㉟，窮島嶼之縈迴㊱；桂殿蘭宮㊲，即岡巒之體勢㊳。

披繡闥㊴，俯雕甍㊵。山原曠其盈視㊶，川澤紆其駭矚㊷。閭閻撲地㊸，鐘鳴鼎食㊹之家；舸艦迷津㊺，青雀黃龍之舳㊻。虹銷雨霽㊼，彩徹區明㊽。落霞與孤鶩齊飛㊾，秋水共長天一色㊿。漁舟唱晚，響窮彭蠡(51)之濱；雁陣驚寒，聲斷衡陽之浦(52)。

遙襟甫暢，逸興遄飛(53)。爽籟(54)發而清風生，纖歌(55)凝而白雲遏(56)。睢園綠竹(57)，氣凌彭澤[58]之樽；鄴水朱華[59]，光照臨川[60]之筆。四美[61]具，二難[62]并。窮睇眄於中天[63]，極娛遊於暇日。天高地迥[64]，覺宇宙之無窮；興盡悲來，識盈虛[65]之有數[66]。望長安於日下，指吳、會[67]於雲間。地勢極[68]而南溟[69]深，天柱[70]高而北辰[71]遠。關山難越，誰悲失路[72]之人？萍水相逢[73]，盡是他鄉之客。懷帝閽[74]而不見，奉宣室[75]以何年？

嗟乎！時運不齊[76]，命途多舛[77]；馮唐[78]易老，李廣[79]難封。屈賈誼[80]於長沙，非無聖主；竄梁鴻[81]於海曲[82]，豈乏明時？所賴君子安貧，達人知命。老當益壯，寧移白首之心[83]；窮且益堅，不墜青雲之志[84]。酌貪泉而覺爽[85]，處涸轍[86]而猶懽。北海雖賒[87]，扶搖[88]可接；東隅已逝，桑榆非晚[89]。孟嘗[90]高潔，空懷報國之情；阮籍[91]猖狂，豈效窮途之哭？

勃三尺微命[92]，一介書生。無路請纓，等終軍之弱冠[93]；有懷投筆，慕宗慤之長風[94]。舍簪笏於百齡，奉晨昏於萬里[95]。非謝家之寶樹[96]，接孟氏之芳鄰[97]。他日趨庭，叨陪鯉對[98]；今晨捧袂[99]，喜託龍門[100]。楊意[101]不逢，撫凌雲[102]而自惜；鍾期[103]既遇，奏流水[104]以何慚？

嗚呼！勝地不常，盛筵難再；蘭亭[105]已矣，梓澤[106]邱墟。臨別贈言，幸承恩於偉餞107；登高作賦，是所望於群公。敢竭鄙誠，恭疏短引108；一言均賦，四韻俱成。請灑潘江，各傾陸海109云爾。

滕王110高閣臨江渚，佩玉鳴鸞111罷歌舞。畫棟朝飛南浦112雲，珠簾暮捲西山113雨。閒雲潭影日悠悠114，物換星移幾度秋115。閣中帝子今何在？檻116外長江空自流！

【注釋】❶豫章　郡名。漢置，治南昌（今江西南昌），唐代改為洪州。❷洪都　洪州都督。唐代改豫章郡為洪州，設都督。❸星分翼軫　地當翼、軫二宿的分野。分，分野。古代以二十八宿的方位和地上州國相配稱分野。翼、軫二宿的分野為楚，洪州古為楚地，故稱。翼軫，二星宿名。翼宿有星二十二，軫宿有星四。❹衡廬　衡山和廬山。衡山在洪州西南，廬山在其北。❺襟三江而帶五湖　以三江為衣襟，以五湖為腰帶。三江五湖，說法不一，此乃誇飾，形容其地形勢險要。襟，衣襟。衣襟左右相交。帶，腰帶。腰帶環繞腰身。古人常以「襟帶」比喻山川形勝，地勢險要。❻控蠻荊而引甌越　控制蠻荊，連接甌越。蠻荊，舊稱楚地，在今兩湖及川、貴之部分。甌越，在今浙江、福建、兩廣一帶。❼物華天寶　物之精華，天之寶物。❽龍光射牛斗之墟　寶劍光氣，上射牛、斗二星。龍光，指寶劍的劍氣。牛、斗，二星宿名。指牽牛與南斗。墟，域。晉武帝時，牛、斗二星間，常有紫氣，張華問雷煥，雷煥答曰：「此寶劍之精耳。」後雷煥為豐城（今江西豐城南）令，掘獄屋，得二劍：一名龍泉，一名太阿。後二劍沒入水中，化為雙龍。❾人傑地靈　謂人之英傑，乃由於地之靈氣。❿徐孺下陳蕃之榻　徐孺子使陳蕃為他特設一臥榻。徐孺子，名穉，漢豫章郡南昌縣之高士。陳蕃，字仲舉。為豫章太守時，不接賓客，唯特設一榻以待徐穉，徐穉去後，則懸榻而不用。⓫雄州霧列　言連接大郡之多，如霧之羅列。雄州，大郡。⓬俊彩星馳　言往來人物之眾，如星之奔馳。俊彩，傑出人物。⓭臺隍枕夷、夏之交　城池正當夷、夏之交界。臺，城上之樓臺。隍，護城河。有水曰池，無水曰隍。枕，以首枕物。此言臨據。夷，東夷。指前甌越而言。夏，華夏。指中原之地。⓮都督閻公之雅望　都督閻公的清望。都督，官名。唐置都督府，分上中下三等，領諸州軍事。此指州牧。閻公，不知其名，時為洪州州牧。雅望，清望；令名。⑮棨戟遙臨　由遠方來此為州牧。棨戟，有套子或油漆彩繪的木戟。以為官吏前導之儀仗，或陳列於門庭。⑯宇文新州之懿範　宇文新州牧的風範。宇文，複姓，名鈞。時新任豐州牧，道經於此。懿範，典範。⑰襜帷暫駐　車馬暫止。襜帷，車帷。此借指車馬。駐，車馬停止。⑱十旬休暇　十天一次的休假。十天為旬。唐制，遇旬休假。時為重九，而曰十旬，蓋言次日又休假。⑲逢迎　迎接；接待。⑳騰蛟起鳳二句　謂座中賓客有文采者，有如孟學士，為文章之宗師。騰蛟起鳳，喻才華英發，如蛟之騰升，鳳之飛舞。孟學士，指晉時的孟嘉。為桓溫參軍，有文名。詞宗，詞章之宗師。㉑紫電青霜二句　謂座中賓客有武略者，有如王將軍之胸有韜略。紫電、青霜，皆寶劍名。此借指武略、武功。王將軍，指南北朝梁朝王僧辯，學貫九流，武該七略，以功封永寧郡公，官至太尉、車騎大將軍。明楊慎《丹鉛總錄》卷七引《三國典略》曰：蕭明與王僧辯書：「凡諸部曲，並使招攜。赴投戎行，前後雲集。霜戈電戟，無非武庫之兵。」武庫，古時藏兵器之庫。此借指胸中韜略。㉒家君作宰　家父為縣令。家君，家父。宰，縣令。王勃父名王福畤，時為交趾令。㉓名區　猶如「貴處」。指南昌。㉔童子　自謙之稱。勃時年二十七，年紀最輕，故稱。㉕時維九月二句　時令是九月，季節屬季秋。維，為；是。序，時序；季節。三秋，季秋。秋天的第三個月。㉖潦水　雨後的積水。㉗烟光凝而暮山紫　雲霞凝聚，晚山變紫。烟光，雲霞。㉘儼驂騑於上路二句　車馬嚴整行走於路上，遍訪風景名勝於高山。儼，嚴整昂首的樣子。驂騑，駕車之馬在兩旁者。此借指車馬。上路，道路之上。崇阿，高陵。㉙帝子　指滕王李元嬰。唐高祖之子，故曰帝子。㉚長洲　在南昌章江門外，為贛江中之沙洲。滕王閣即建於此。㉛仙人　指滕王。㉜舊館　指滕王閣。㉝飛閣流丹　高閣凌空，丹彩流動。丹，赤色。㉞下臨無地　言此閣臨於江上，如騰空不著地。或謂無地，言所見皆水而不見地。㉟鶴汀鳧渚　白鶴與野鴨棲息聚集的水岸、沙洲。汀，水邊平地。鳧，野鴨。渚，沙洲。㊱窮島嶼之縈迴　島嶼極盡其紆曲迴環。窮，極；盡。縈迴，縈曲迴環。㊲桂殿蘭宮　用桂蘭之材建造的宮殿。形容殿閣之華貴。㊳即岡巒之體勢　配合山巒的起伏形勢。即，就；配合。體勢，形勢。㊴披繡闥　打開美麗的小門。披，開。繡闥，油漆或雕花的小門。闥，小門。㊵雕甍　雕刻之屋脊。甍，屋脊。㊶盈視　滿目。㊷駭矚　駭人眼目。㊸閭閻撲地　屋宅遍地。閭閻，里中門。此指屋宅。撲地，遍地。㊹鐘鳴鼎食　古代富貴大家，擊鐘會食，食物則列鼎而盛。㊺舸艦迷津　船隻堵塞渡口。舸艦，泛指船隻。迷津，言船多至堵塞津口。㊻青雀黃龍之舳　彩畫青雀、黃龍的大船。舳，船尾。一說船舵。此借指船。㊼虹銷雨霽　虹消失，雨停止。霽，雨止。㊽彩徹區明　夕陽遍照，大地通明。彩，光彩。指夕陽。徹，通；遍。區，泛指大地。㊾落霞與孤鶩齊飛　言落霞自天而下，孤鶩自下而上，形如齊飛。鶩，野鴨。㊿秋水共長天一色　言秋水碧而連天，長天空而映水，渾涵一色，不分天地。(51)彭蠡　鄱陽湖。《書經・

禹貢》稱彭蠡。在南昌東北。(52)聲斷衡陽之浦　叫聲消失於衡陽的水濱。斷，盡。衡陽，衡山之南。衡山在湖南省，其南有回雁峰，傳說秋雁南飛，不過此峰。(53)遙襟甫暢二句　幽遠的襟懷正告舒暢，超逸之意興又疾速飛揚。(54)籟　指簫聲。(55)纖歌　柔細的歌聲。(56)遏　停留。(57)睢園綠竹　漢文帝次子梁孝王，於漢景帝時貴達，在睢陽（在今河南商邱南）築東苑，治宮室，招延文士，嘗修菟園，中多植竹。(58)彭澤　指陶淵明。曾為彭澤令，喜飲酒。(59)鄴水朱華　鄴宮的荷花。建安末，曹丕為五官中郎將，在鄴宮，常與其弟曹植，名士王粲、劉楨等遊讌西園。曹植〈公讌詩〉：「朱華冒綠池。」鄴，地名。故城在今河南臨漳西。朱華，指荷花。(60)臨川　指南朝宋謝靈運。嘗為臨川內史，文章之美，江左莫逮。臨川，在今江西臨川西。(61)四美　謂良辰、美景、賞心、樂事。謝靈運〈擬魏太子鄴中集詩序〉：「天下良辰、美景、賞心、樂事，四者難並。」(62)二難　指賢主、嘉賓。(63)窮睇眄於中天　放眼縱觀天地。窮，極；盡。睇眄，左右顧盼。睇，小視。眄，斜視。中天，半空。(64)迥　遠。(65)盈虛　指盛衰、成敗、貴賤、窮通等。(66)數　定數。(67)吳會　吳郡、會稽郡。(68)極　遠。(69)南溟　南海。(70)天柱　崑崙山。《神異經》：「崑崙之山，有銅柱焉，其高入天，故曰天柱。」(71)北辰　北極星。(72)失路　走投無路。(73)萍水相逢　比喻偶然相逢。(74)帝閽　本為看守天門的人。此指君門。(75)宣室　漢未央宮前正殿。賈誼高才能文，漢文帝召為博士，歲中超遷至太中大夫。為權臣所毀，出為長沙王太傅。漢文帝後來思念賈誼，召見宣室，深夜問鬼神之本，備極親重。(76)不齊　不能配合。齊，齊一。引申指如意。(77)舛　相違背。引申指不順利。(78)馮唐　漢安陵（在今陝西咸陽東北）人。白首為郎，漢文帝過郎署，與論將帥，拜為車騎都尉。漢武帝時，求賢良，舉馮唐，年已九十餘，不能復為官。(79)李廣　漢隴西成紀（治所在今甘肅靜寧西南）人。漢武帝時為右北平太守，多次抗擊匈奴有功，匈奴號為飛將軍，因命運不好，迄不得封侯。(80)賈誼　漢洛陽（今河南洛陽）人。為絳侯灌嬰所忌，謫為長沙王太傅。(81)梁鴻　東漢平陵（在今陝西咸陽西北）人。恥事權貴，佞臣毀之，逃匿東吳海曲。(82)海曲　濱海偏遠之處。(83)老當益壯二句　年紀雖老，更當志氣壯盛，豈因白首而改變。白首，指年老。後漢馬援，扶風茂陵（在今陝西興平東北）人，嘗謂賓客曰：「丈夫為志，窮當益堅，老當益壯。」(84)青雲之志　遠大的志向。青雲，天空。引申指其高遠。(85)酌貪泉而覺爽　雖飲貪泉之水而心志清明。晉吳隱之為廣州刺史，未至州二十里，地名石門，有水曰貪泉。故老云：飲此水者，廉士皆貪。吳隱之至泉所，酌而飲之，賦詩曰：「古人言此水，一歃懷千金。試使夷、齊飲，終當不易心。」(86)涸轍　乾枯無水的車轍。比喻困境。涸，乾。轍，車輪之跡。(87)賒　遠。(88)扶搖　暴風自下而上。《莊子．逍遙遊》：「北海有魚，其名為鯤。化而為鵬，摶扶搖而上者九萬里。」(89)東隅已逝二句　早晨已過，若能把握傍晚，及時努力，猶未為晚。東隅，東邊。日出東隅，因以指早晨。日落餘光留在桑榆之上，因以桑榆指黃昏。《後漢書・馮異傳》：「失之東隅，收之桑榆。」

(90)孟嘗　字伯周。東漢順帝時，為合浦（治所在今廣西合浦東北）太守，性高潔。

(91)阮籍　字嗣宗。三國魏尉氏（今河南尉氏）人，倜儻不羈，嗜酒放蕩，常獨自駕車入山，遇徑路不通，輒痛哭而返。

(92)三尺微命　指官秩卑微。三尺，指其官服紳帶之長。《禮記・玉藻》：「紳制，士長三尺。」紳，衣帶。王勃曾為虢州參軍，故此自比於古代官秩最低之士。

(93)無路請纓二句　如終軍之年少，而無請纓報國之路。請纓，請求殺敵之任命。纓，繫馬頸的皮帶。終軍，西漢濟南（治所在今山東章丘西北）人。南越與漢和親，終軍年二十，請受長纓，羈南越王，致之闕下。弱冠，指男子二十歲。《禮記・曲禮》：「二十曰弱，冠。」

(94)有懷投筆二句　有心效班超投筆從戎，仰慕宗慤乘風破浪之壯志。東漢班超嘗為書記，意不屑，後從軍，通西域有功，封定遠侯。宗慤，南北朝宋南陽（治所在今河南南陽）人，字元幹，少時叔父問其志，慤曰：「願乘長風破萬里浪。」後果封洮陽侯。

(95)舍簪笏於百齡二句　放棄一生做官的機會，至萬里之外侍奉父母。簪笏，冠簪和手版。皆仕宦之所用，故以代指官職。晨昏，子女早晚向父母請安。《禮記・曲禮》：「凡為人子之禮，冬溫而夏清，昏定而晨省。」定，安床席。省，問安。

(96)謝家之寶樹　指東晉謝玄。謝玄為叔父謝安所器重，謝安曾問何以人皆願有佳子弟，謝玄曰：「譬如芝蘭玉樹，欲使其生于庭階耳。」此喻佳子弟。

(97)接孟氏之芳鄰　言幸與諸賢相接。孟母三遷，為子擇鄰。

(98)他日趨庭二句　此言將赴交趾接受父親教導。他日，來日。趨庭，在庭院中快步走過。叨陪，奉陪。鯉，孔鯉。孔子之子。對，回答。《論語・季氏》記孔子嘗獨立於庭中，孔鯉趨而過庭，孔子教其當學《詩》學《禮》。

(99)捧袂　舉起雙袖作揖，表示對長者的敬意。

(100)龍門　東漢李膺以聲名自高，有被其容接者，謂之登龍門。此以閻公比李膺。

(101)楊意　楊得意。司馬相如同鄉。漢武帝讀司馬相如〈子虛賦〉而善之，楊得意遂薦之於漢武帝。

(102)凌雲　借指司馬相如〈大人賦〉。漢武帝讀〈大人賦〉，感「飄飄然有凌雲之氣」。

(103)鍾期　鍾子期。春秋時代楚國人，能知音。

(104)流水　伯牙鼓琴，志在流水。鍾子期曰：「洋洋乎若江河。」此用其典，意味今日幸獲知音。

(105)蘭亭　在今浙江紹興西南。東晉永和九年三月三日，王羲之與當時名士四十一人在此宴集。

(106)梓澤　西晉石崇在洛陽金谷之別館名，即金谷園。石崇常與賓客宴集於此。

(107)偉餞　盛餞。

(108)恭疏短引　恭敬地寫下這篇短序。疏，條陳其事而書之。短引，短序。

(109)請灑潘江二句　意謂請各展才華。《詩品》：「陸才如海，潘才如江。」潘岳字安仁，陸機字士衡，俱西晉太康時詩人。此以潘、陸比與會諸文士。

(110)滕王　唐高祖子李元嬰，詔封滕王，遂以名閣。

(111)鑾　車鈴。

(112)南浦　地名。今江西南昌西南。

(113)西山　山名。在今江西新建西，章江門外三十里，一名南昌山。

(114)悠悠　閒靜漫長的樣子。

(115)物換星移幾度秋　景物變換，時世推移，不知已過多少年。

(116)檻　欄杆。

【語　譯】南昌是舊時的豫章郡治，今日洪州都督的治所；天上是翼、軫二宿的分野，地面和衡、廬二山緊接。三江像衣襟一樣，在前面交流；五湖像腰帶一般，在四周環繞。可以控制蠻荊，可以連繫甌越。談到物產的精華、天生的寶物，此地有龍泉、太阿，劍光直射到牛、斗二宿；講到人中的俊傑，正因地方的靈氣，此地有高士徐穉，使陳蕃特別為他設一臥榻。大郡像霧般羅列四周，俊傑有如流星奔馳來往。城池正當夷、夏的交界，賓主都是東南的名流。都督閻公的清望，儀仗由遠處蒞臨；宇文新州牧的風範，車馬也暫時停駐。碰到十日一天的休假，勝友如雲彩般聚集；迎接千里而來的賓客，席上坐滿高朋。講到文彩，如蛟飛騰、如鳳起舞，個個都是孟學士一般的文章宗匠；講到武略，或如紫電、或若青霜，人人都有王將軍胸中的韜略。我因家父做交趾縣令，路過貴地；年幼無知，居然能躬逢盛會。

時令是九月，季節屬暮秋；地面積水已乾而寒潭分外清澄，天上雲霞凝集而晚山一片紫色。車馬嚴整地行走在道路上，往高山尋訪風景。來到滕王建閣的長洲，登上他住過的舊館。山巒重疊碧綠，高入雲霄；高閣架空，丹彩流動。水岸沙洲有白鶴野鴨，大小島嶼極盡紆曲迴環；華貴的宮殿，隨著山巒的形勢起伏。

打開華麗的閣門，俯看雕刻的屋脊。山野開闊，盡入眼底；川澤紆曲，駭人眼目。屋宅遍地，盡是鳴鐘列鼎的富貴人家；船隻塞滿渡口，都是青雀黃龍的大船。虹消雨停，夕陽遍照，一片光明。落霞和孤單的野鴨同時飛舞，秋水和無邊的藍天連成一色。傍晚的漁歌響起，一直傳到鄱陽湖邊；雁陣受寒驚叫，聲音消失在衡陽的水濱。

悠遠的情懷正告舒暢，超逸的意興又迅速飛揚。清爽的簫聲引來徐徐清風，柔細的歌聲留住浮雲。像在梁王睢園綠竹下的快飲，氣派勝過陶淵明的酒興；像在鄴水邊欣賞紅荷的魏太子盛宴，文采和謝靈運的妙筆相輝映。這真是良辰、美景、賞心、樂事四美的齊全，賢主、嘉賓兩難的遇合。放眼縱觀天地，在閒暇的日子裡盡情遊樂。天是那樣高，地是那樣遠，令人感到宇宙的無窮無盡；意興盡，悲哀來，令人體悟盛衰成敗都有定數。遙望夕陽中的長安，近指白雲深處的吳、會。大地的盡頭南海最深，天柱高聳而北極星更遠。關塞山嶺難以渡過，有誰可憐走投無路的人？萍水相逢，都是異鄉客。懷念君門而不得覲見，宣室奉召要到哪年？

唉！時運不濟，生涯不順；馮唐到老不得志，李廣終究未封侯。委屈了賈誼遠去長沙，並不是沒有聖明的君主；讓梁鴻逃匿到東海邊，難道是沒有清明的時代？可以倚賴的是君子能夠安貧，達人都知天命。年紀雖老更當志氣壯盛，怎可因為頭髮變白而改變？處境困窘更當意志堅定，決不喪失遠大的志向。就算喝了貪泉的水，還是心志清明；即使處在困境中，也能自得其樂。北海雖然遙遠，乘著大風也能到達；早晨雖已過去，傍晚努力還不算晚。立身像孟嘗那樣高潔，空懷著報國的心志；偶而如阮籍一樣不拘，怎能學他的窮途痛哭呢？

我地位卑微，只是一個書生。雖然和終軍一樣年少，卻沒有請纓報國的機會；有心投筆從戎，仰慕宗慤乘風破浪的壯志。現在我要放棄一生做官的機會，到遠方去侍奉父親。我雖不是謝家芝蘭玉樹一樣的好子弟，卻能夠遇到孟母所選擇的芳鄰。來日在父親身邊，像孔鯉那樣接受教誨；今天拜見長者，有幸能身登龍門。碰不到楊得意，只好撫摸著教人飄飄凌雲的佳作而自我憐惜；既遇到鍾子期，奏一曲高山流水又有什麼好慚愧的呢？

唉！勝地不可能常來，盛宴很難再逢；王羲之等人的蘭亭雅集已經過去了，石崇的梓澤也早已變成土堆。臨別贈言，為的是慶幸能夠在這盛宴上承受恩賜；登高賦詩，這是我所希望於諸位先生的。我只是盡我的一點誠意，恭恭敬敬地寫了這篇短文，並且根據文意，作了一首八句的詩。請諸位揮灑像潘安仁那種江水一樣的才華，展現像陸士衡那種海濤一樣的文思吧！

滕王閣高聳矗立，俯瞰著江中沙洲。
當年佩玉鳴鸞，冠蓋雲集。
如今歌聲已杳，舞影已歇。
南浦晨霧縈繞著畫棟，
西山暮雨輕灑著珠簾。

閒雲映著深潭，白日漫漫。
景物變換，時序移轉，
經歷了幾度春秋？
閣中的皇子，如今安在？
檻外的江水，空自奔流！

【研　析】本文可分七段。第一段先寫滕王閣的所在地，強調其鍾靈毓秀，地靈人傑。再寫宴會的舉行及自己參加的緣由。第二段寫赴宴會的時序及遠望中的滕王閣。第三段描繪登閣俯眺所見的景象。第四段由宴會中歌舞文酒的美好與遠眺中宇宙天地的遼闊，興發人世無常與艱難的悲感。第五段由古代賢達的困蹇例證，轉發出通達振奮的態度，以慰解與會的失意者。第六段抒寫自己的失意與選擇，以及勇於主動作序的心境。第七段說明盛筵難再，宴集賦詩以記錄盛況是與會者共同的願望。序文至此而止，文末所附則為王勃詩作，寫其物換星移，人世變遷的感慨。

全文結構由地寫到事，由事寫到景，由景寫到情，鋪展極有順序，承接極為自然。其技巧則多方用典，對仗嚴整，文字精鍊，富於文采與聲韻之美。其情感則由宇宙的盈虛有數寫到古代才士的困蹇，再及自己的失意，襟懷壯闊，情意澎湃。又由悲慨而通達而振奮，有其領悟與超越，氣象不凡。在景與情的結合上，因景象寫得極其悠遠空闊，故而興發宇宙盈虛之悲慨與個人失路無力的渺小感，可謂情景交融，意境深遠。

# 李白

李白（西元七〇一～七六二年），字太白，號青蓮居士。祖籍隴西成紀（今甘肅秦安附近）。其先人於隋末流寓碎葉（今中亞細亞吉爾吉斯境內），李白即生於此。幼年隨父遷居綿州昌隆縣（今四川江油）。生性豪邁，輕財任俠，有志匡世濟民而不屑科舉。年二十五離蜀漫遊。曾與孔巢父、韓準、裴政、張叔明、陶沔等居徂徠山之竹溪，酣歌縱酒，時號「竹溪六逸」。玄宗天寶初年至長安，賀知章讀其詩，歎曰：「子，謫仙人也。」道士吳筠薦之於玄宗，詔命供奉翰林。因恃才傲物，不容於權貴，不久便離開長安，再度浪跡四方。浪遊初期在洛陽結識杜甫，一見如故，過從甚密。安史亂起，李白避居廬山。永王李璘時守江陵，擅自引兵東巡，過廬山，邀李白入幕。永王兵敗，李白受牽連，流放夜郎（今貴州正安地），中途遇赦。晚年飄泊困窮，卒於當塗（今安徽當塗）。李白長於詩，風格雄奇飄逸，有「詩仙」之稱，與杜甫齊名，並稱「李杜」。有《李太白全集》三十卷。

## 與韓荊州書

【題　解】本文選自《李太白全集》。韓荊州，韓朝宗，唐長安（今陝西西安西北）人。唐玄宗開元二十二年（西元七三四年），李白遊襄陽（今湖北襄樊）。當時韓朝宗以荊州長史兼判襄州刺史，其人喜獎掖後進，薦拔人才，為士流所推重。因此李白以此書自薦，希望能得到韓朝宗的薦拔。

白聞天下談士❶相聚而言曰：「生不用封萬戶侯❷，但願一識韓荊州。」何令人之景慕❸，一❹至於此耶？豈不以有周公之風，躬吐握❺之事，使海內豪俊奔走而歸之，一登龍門❻，則聲譽十倍？所以龍盤鳳逸❼之士，皆欲收名定價❽於君侯。願君侯不以富貴而驕之，寒賤而忽之，則三千賓❾中有毛遂❿；使白得穎脫而出⓫，即其人焉。

白隴西布衣⓬，流落楚漢⓭。十五好劍術，偏干⓮諸侯；三十成文章，歷抵⓯卿相。雖長不滿七尺，而心雄萬夫⓰。王公大人，許與⓱氣義。此疇曩⓲心跡⓳，安敢不盡於君侯哉？

君侯制作⓴侔㉑神明，德行動天地，筆參造化，學究天人。幸願開張心顏，不以長揖㉒見拒。必若㉓接之以高宴，縱之以清談，請日試萬言，倚馬可待㉔。今天下以君侯為文章之司命㉕，人物之權衡㉖，一經品題㉗，便作佳士。而君侯何惜階前盈尺之地㉘，不使白揚眉吐氣、激昂青雲㉙耶？

昔王子師為豫州㉚，未下車㉛即辟㉜荀慈明㉝，既下車又辟孔文舉㉞。山濤㉟作冀州㊱，甄拔㊲三十餘人，或為侍中㊳、尚書㊴，先代所美。而君侯亦一薦嚴協律㊵，入為祕書郎㊶；中間崔宗之、房習祖、黎昕、許瑩之徒㊷，或以才名見知，或以清白見賞。白每觀其銜恩撫躬，忠義奮發，以此感激，知君侯推赤心㊸於諸賢腹中，所以不歸他人而願委身國士㊹。儻急難有用，敢效微軀！且人非堯、舜，誰能盡善？白謨猷籌畫㊺，安能自矜？至於制作㊻，積成卷軸㊼，則欲塵穢視聽，恐雕蟲小技㊽，不合大人。若賜觀芻蕘㊾，請給紙墨，兼之書人㊿。然後退掃閑軒，繕寫呈上。庶(51)青萍(52)、結綠(53)，長價(54)於薛(55)、卞(56)之門。幸推下流，大開獎飾(57)，唯君侯圖之。

【注釋】❶談士　談論之士。❷萬戶侯　食邑萬戶的侯爵。漢制，列侯大者食邑萬戶。❸景慕　景仰傾慕。❹一　竟然；居然。❺吐握　吐哺握髮。形容接待客人之勤。周公戒伯禽曰：「我一沐三握髮，一飯三吐哺，起以待士，猶恐失天下之賢人。」❻登龍門　比喻得到有力者的識拔。後漢李膺負士林名望，凡士人為其容接，名為登龍門。❼龍盤鳳逸　龍的盤曲，鳳的飛逸。比喻非凡之才，待時而動。❽收名定價　收美名，定聲價。❾三千賓　三千食客。《史記・孟嘗君列傳》：「食客三千人，邑入不足以奉客。」❿毛遂　戰國時趙平原君之食客。⓫穎脫而出　才能顯露。穎，尖端。戰國時，秦圍趙都邯鄲（今河北邯鄲），趙使平原君求救於楚，毛遂自薦請從，平原君曰：「夫士之處世，譬如錐處囊中，其末立見。」毛遂曰：「臣乃今日請處囊中耳。使遂得早處囊中，乃穎脫而出，非特其末見而已。」⓬隴西布衣　隴西的平民。隴西，縣名。隋置，故城在今甘肅隴西南。李白本蜀人，稱隴西者，本其先世族望而言。⓭楚漢　指荊州。春秋戰國時，楚之中心地區在漢水流域，即今湖北一帶，亦稱荊。⓮干　求；謁。⓯抵　拜謁。⓰心雄萬夫　志大於萬人。萬，極言其多。夫，男子之通稱。⓱許與　稱許。⓲疇曩　往日；平素。⓳心跡　存心與行事。⓴制作　指政績。㉑侔　齊等。㉒長揖　拱手高舉，自上而下的相見禮，用於地位相等者之間。㉓必若　如果。㉔倚馬可待　謂作文敏捷。晉桓溫北征，命袁宏倚馬前作露布文，手不停輟，俄成七紙。㉕文章之司命　評定文章之權威。司命，星名。亦名文昌星，主司人間文運。㉖人物之權衡　品評人物之權威。權衡，衡器。引申為衡量之標準。權，秤錘。衡，秤桿。㉗品題　品評。㉘盈尺之地　滿一尺之地。形容不大的地方。即求見者站立之地。㉙青雲　天空。比喻高顯之處。㉚王子師為豫州　王允任豫州刺史。王允，字子師，東漢太原祁（今山東祁縣）人，東漢靈帝時任豫州刺史。為，任。豫州，在今河南。㉛下車　官吏到任。㉜辟　徵召。㉝荀慈明　名爽。官至司空。㉞孔文舉　孔融。字文舉，東漢末魯人，東漢獻帝時，為北海相，故又稱孔北海。㉟山濤　字巨源。晉人，晉武帝時為吏部尚書，清儉無私，甄拔人物，皆一時之選。㊱冀州　州名。在今河北及河南黃河以北。㊲甄拔　選拔人材而薦舉之。㊳侍中　官名。漢為加官，在皇帝左右侍應雜事，魏、晉以來，為門下省長官。㊴尚書　官名。秦置，掌圖籍文書，東漢時職掌朝廷大政。㊵嚴協律　其名未詳。協律，官名。掌音樂。㊶祕書郎　官名。掌圖書。㊷崔宗之句　四人皆當時韓荊州所接引之後進。崔宗之，唐宰相崔日用之子，襲封齊國公。黎昕，曾官拾遺。餘二人不詳。㊸赤心　真心；誠心。㊹國士　一國傑出之士。此指韓荊州。㊺謀猷籌畫　計謀策畫。㊻制作　指詩文創作。㊼卷軸　指書籍。㊽雕蟲小技　形容微不足道的技能。此指詩文之事。揚雄《法言》：「或問：『吾子少而好賦？』曰：『然，童子雕蟲篆刻。』俄而曰：『壯夫不為也。』」㊾芻蕘　割草砍柴的人。刈草曰芻，析薪曰蕘。㊿書人　繕寫之人。(51)庶　庶幾；或許。(52)青萍　寶劍名。(53)結綠　美玉名。(54)長價　增價。(55)薛　薛燭。春秋越人，善相劍。(56)卞　卞和。春秋楚人，善於識別美玉。(57)獎飾　嘉獎而表揚之。

**【語　譯】**我聽說天下談論之士聚集在一起說：「人生在世可以不用封萬戶侯，只希望能夠結識韓荊州。」為什麼您使人景仰傾慕，竟會到這種程度呢？難道不是因為您有周公的風範，能實行周公握髮吐哺接待賢人的往事，使海內的英豪俊傑都爭先來歸附您，認為只要一登龍門，聲譽就增加十倍嗎？所以那些懷才待時的賢士，都希望能夠在您那兒獲得名譽和定評。但願您不因為自己富貴就對他們驕傲，也不因為他們微賤就輕視他們，那麼在三千食客中，就一定有像毛遂那樣的人；如果我有機會展現才華，我也會是那個毛遂。

我是隴西的一介平民，流落在荊州。十五歲愛好劍術，到處去謁見諸侯。三十歲學會做文章，曾一個個地去拜謁卿相。身高雖不滿七尺，雄心卻勝過萬人。那些王公大人，都稱許我的氣節道義。這是我平素的心跡，怎敢不向您和盤托出呢？

您的功業和神明齊等，德行能感動天地，文章能參與天地的化育，學問窮盡天道和人事的奧祕。但願您能敞開心胸，不會因為我長揖不拜而拒絕我。如果能用盛筵來接待我，容許我高談闊論，試試我的才情，即使一日之間萬把字的文章，倚在馬旁邊，也能立即寫好。現在天下人都認為您是評定文章的權威，衡量人物的標準，一經您的品評，便算是佳士。您何必吝惜臺階前尺把的地方，不讓我揚眉吐氣，激昂奮發、直上青雲呢？

從前王允做豫州的刺史，還未到任就徵召荀慈明，到任後又徵召了孔文舉。山濤做冀州刺史，甄選薦舉了三十多人，有的還做到侍中、尚書，這是前代所讚美的事。您也曾經薦舉嚴協律，到朝廷去做祕書郎；中間崔宗之、房習祖、黎昕、許瑩這些人，有的因為才名受您的知遇，有的因為人品清白受您的賞識。我每次看到他們受恩感德，反躬自問，心存忠義，激昂奮發，我因此而感動振奮，知道您是真心對待賢士，所以不願投靠他人而願意委身於您這位國士。倘使遇急難而有用得著我的時候，我願意以微賤的身軀為您效力。但是，人非堯、舜，誰能十全十美？我的謀畫計策，又怎敢自誇？至於我的詩文，已經累積成書，想要給您過目，又恐怕雕蟲小技，不合您的品味。如果您願意看看我這草野之人的文章，請您賜我紙墨，以及抄寫的人。然後我回去打掃靜室，謄寫好了再呈獻給您。或許青萍寶劍、結綠美玉，才能夠在薛燭、卞和的門下，得到更高的評價。但願您能推恩，大大地鼓勵我一番，希望您能考慮。

【研　析】本文可分四段。第一段讚揚韓朝宗拔掖後進的美名為天下人所共慕，而自己正是最值得薦拔的人才。第二段略述自己過去的行跡，並表白宏大的志向。第三段頌揚韓朝宗的學識和評鑑地位，請求他試驗自己的才華。第四段以韓朝宗過去的薦舉佳例和史上因薦舉而成為美談者相媲美，表達自己一心歸附效命的心意，並推薦自己的詩文作品，希望韓朝宗能品鑑獎飾。

唐朝承繼東漢以來品題人物的風氣，加以投刺（將自己的作品同身分介紹一起呈給王公權貴，希望得到他們的舉薦）的風尚，因此這種寫信以推介自己的情形相當常見。這種自我推薦的書信，在辭氣的卑亢抑揚之間最須斟酌。李白在提及自己的才能時充滿自信，但激昂奮厲中又不乏謙遜誠摯之情，在卑亢間拿捏切當，很能觸動高位長者愛才重德的心情。此外李白不斷地在文字間稱頌韓朝宗具有識人的慧眼以及在舉薦人材方面的重要地位，同時又不斷地接續以自己穎異突出的才華，意味著賞識並推舉李白乃是韓朝宗具有慧眼的必然結果。這就使這封自薦信的說服力相當強大。

過商侯評本文說：「人謂白一生負才使氣，未免粗豪。然觀其不敢為『黃鶴樓詩』，乃是天下第一虛心人。能識郭子儀于行伍，乃是天下第一有眼人。即如此書，雖有一段強項不服處，然畢竟眼中知有荊州，並未曾有目空天下之想。故必有李太白之虛心隻眼，然後可以為狂為傲。人固可負才使氣乎哉？」由此亦可見，如此一位豪情縱逸的大文人在追求抱負實踐的過程中，仍不免受到時代投刺風尚的影響，而須謙卑求識於人的境況。

# 春夜宴桃李園序

**【題　解】** 本文選自《李太白全集》，篇名原作〈春夜宴從弟桃花園序〉。序，古代的一種文體（參見〈太史公自序〉題解），本文屬「詩序」。李白於春夜與諸堂弟（從弟）宴集桃花園，作此序文，強調天倫歡聚為人生一大樂事，要求與會者賦詩以伸雅懷。

夫天地者，萬物之逆旅❶也；光陰者，百代❷之過客也。而浮生❸若夢，為歡❹幾何？古人秉燭夜遊❺，良有以❻也。況陽春❼召我以烟景❽，大塊❾假❿我以文章⓫。會桃花之芳園⓬，序天倫⓭之樂事。群季⓮俊秀，皆為惠連⓯；吾人詠歌，獨慚康樂⓰。幽賞未已，高談轉清。開瓊筵⓱以坐花⓲，飛羽觴⓳而醉月⓴。不有佳詠，何伸㉑雅懷？如詩不成，罰依金谷酒數㉒。

【注　釋】❶逆旅　旅舍。逆，迎接。❷百代　世世代代。此指世世代代之人。❸浮生　人生。人生世上，虛浮無定，故曰浮生。❹為歡　行樂。❺秉燭夜遊　持火把夜遊。〈古詩十九首〉：「晝短苦夜長，何不秉燭遊。」秉，執；持。燭，火把。❻良有以　實在很有道理。良，實在；的確。以，原因；道理。❼陽春　溫暖的春天。陽，溫暖。❽烟景　春日之美景。❾大塊　天地；大自然。《莊子・齊物論》：「大塊噫氣。」❿假　借；供給。⓫文章　美麗的顏色或花紋。此指春日之美景。⓬芳園　花園。⓭天倫　指兄弟。⓮群季　諸弟。古人以伯、仲、叔、季為兄弟之排行。⓯惠連　謝惠連。南朝宋陳郡陽夏（治所在今河南太康）人，與族兄謝靈運同以詩著稱，時人並稱為「大小謝」。⓰康樂　謝靈運。南朝著名山水詩人，封康樂公，故世稱謝康樂。⓱瓊筵　珍美的筵席。⓲坐花　坐在花叢中。⓳羽觴　有雙耳的酒杯。⓴醉月　醉酒於月下。㉑伸　抒發。㉒金谷酒數　晉石崇有金谷園，宴賓園中，賦詩不成，罰酒三杯。

【語　譯】天地是世間萬物的旅館，光陰是百代之人的過客。至於虛浮無定的人生就好像做夢一樣，歡樂的日子能有多少呢？古人拿著火把夜遊，實在是很有道理的啊！何況溫暖的春天用如煙似霧的景色來召喚我們，大自然提供我們許多美麗的風光。我們在桃花盛開的園子裡聚會，享受著天倫的樂趣。諸弟都有謝惠連般俊秀的才華，我這個做大哥的卻自愧不如謝靈運。幽雅的賞玩還沒有結束，已轉為清高的談論。擺開美盛的筵席，大家圍坐在花叢中；飛快地傳遞著杯盞，大家一起醉臥月下。此情此景而沒有好詩，怎能抒發幽雅的情懷呢？如果詩沒有寫成的，就照金谷園的前例，罰酒三杯。

【研　析】本文篇幅雖然短小，情境卻極深遠開闊，可分為三層次。第一層先由天地為逆旅、光陰是過客而感發人生短暫無常，引出及時行樂的主題。其情感深沉並涵攝所有人的生命共感。第二層點明良辰、美景、樂事當前，俊才相會，意味眾人必有感懷欲抒發。短短數句間便綰合了時、地、事、人之間的緊密關係。第三層描寫眾人在賞、談、宴、飲上的盡興，進而直接進入要求賦詩的主旨。

全文由天地光陰起筆，綰合時、空、人、事，境界極空闊，氣勢極壯恣，具有樂府歌行般酣暢淋漓的特色。

# 李華

李華（西元七一五～七七四年），字遐叔，唐趙州贊皇（今河北贊皇）人。玄宗開元二十三年（西元七三五年）中進士。天寶間，歷任侍御史，禮、吏二部員外郎。安史之亂曾接受偽官職，事平貶官。後以風痺去官，避居江南。李華與蕭穎士齊名，同為唐代古文運動先驅；又有詩名，今存大多為古詩。有《李遐叔文集》。

## 弔古戰場文

【題解】本文選自《李遐叔文集》。全文寫憑弔古戰場，想像自古以來戰爭的恐怖，戰士犧牲的慘烈，抨擊窮兵黷武的禍害之大，並主張用王道感化四夷，消弭戰爭。

浩浩乎平沙無垠❶，敻❷不見人。河水縈帶❸，群山糾紛❹。黯兮慘悴❺，風悲日曛❻；蓬斷草枯，凜若霜晨；鳥飛不下，獸鋌亡群❼。亭長❽告予曰：「此古戰場也。嘗覆❾三軍，往往鬼哭，天陰則聞。」傷心哉！秦歟？漢歟？將❿近代歟？

吾聞夫齊、魏⓫傜戍⓬，荊、韓⓭召募。萬里奔走，連年暴露⓮；沙草晨牧⓯，河冰夜渡；地闊天長，不知歸路；寄身鋒刃，腷臆⑯誰愬？秦、漢而還，多事四夷⑰；中州⑱耗斁⑲，無世無之。古稱戎夏，不抗王師⑳。文教失宣，武臣用奇。奇兵有異於仁義，王道迂闊而莫為。

嗚呼噫嘻！吾想夫北風振漠㉑，胡兵伺便；主將驕敵，期門㉒受戰；野豎旌㉓旗，川迴組練㉔；法重心駭，威尊命賤；利鏃㉕穿骨，驚沙入面；主客㉖相搏，山川震眩㉗；聲析江河㉘，勢崩雷電㉙。至若窮陰凝閉，凜冽㉚海隅㉛；積雪沒脛㉜，堅冰在鬚；鷙鳥休巢㉝，征馬踟躕㉞；繒纊㉟無溫，墮指裂膚。當此苦寒，天假㊱強胡，憑陵㊲殺氣，以相翦屠㊳。徑截輜重㊴，橫攻士卒；都尉㊵新降，將軍復沒。屍填巨港㊶之岸，血滿長城之窟，無貴無賤，同為枯骨，可勝言哉？

鼓衰兮力竭，矢盡兮弦絕；白刃交兮寶刀折，兩軍蹙㊷兮生死決。降矣哉，終身夷狄。戰矣哉，骨暴沙礫。鳥無聲兮山寂寂，夜正長兮風淅淅㊸；魂魄結㊹兮天沉沉，鬼神聚兮雲冪冪㊺；日光寒兮草短，月色苦兮霜白。傷心慘目，有如是耶？

吾聞之，牧㊻用趙卒，大破林胡㊼，開地千里，遁逃匈奴。漢傾天下，財殫力痛㊽。任人而已，其在多乎？周逐玁狁㊾，北至太原，既城朔方㊿，全師而還。

飲至51策勳52，和樂且閒，穆穆棣棣53，君臣之間。秦起長城，竟54海為關，荼毒生靈55，萬里朱殷56。漢擊匈奴，雖得陰山57，枕骸58徧野，功不補患。

蒼蒼59蒸民60，誰無父母？提攜捧負，畏其不壽。誰無兄弟？如足如手。誰無夫婦？如賓如友。生也何恩？殺之何咎61？其存其歿，家莫聞知；人或有言，將信將疑；悁悁62心目，寤寐見之。布奠傾觴63，哭望天涯，天地為愁，草木悽悲。弔祭不至，精魂何依？必有凶年，人其流離。嗚呼噫嘻！時耶命耶？從古如斯。為之奈何？守在四夷64。

【注釋】❶垠　邊際；界限。❷敻　遙遠。❸縈帶　縈繞如帶。❹糾紛　散亂層疊的樣子。❺慘悴　悽愴。❻曛　日色昏黃。❼獸鋌亡群　野獸奔跑失群。鋌，疾走的樣子。亡群，失群；失散。❽亭長　秦、漢之制，每十里設一亭，亭有亭長，掌捕劾盜賊。❾覆　敗亡。❿將　或是；還是。⓫齊魏　戰國時代二國名。⓬傜戍　服勞役和守邊。⓭荊韓　戰國時代二國名。荊，即楚。建國荊山下，故稱。⓮暴露　日曬雨淋。暴，日曬。⓯沙草晨牧　清晨即起，牧馬於沙漠有水草之地。⓰腷臆　鬱悶。⓱多事四夷　常征伐四夷。事，指征伐。四夷，中國四方的外族。⓲中州　中原；中國。⓳耗斁　耗損破壞。耗，消損。斁，敗壞。⓴古稱戎夏二句　古代戎、狄、諸夏，皆不敢抗拒王師。王師，天子之兵。㉑漠　「沙漠」的省略。㉒期門　官名。漢置，掌門禁護衛之事。漢武帝好微行，常使隴西北地良家子善騎射者期於殿門，故有期門之稱。此泛指武將。㉓旌　用犛牛尾或羽毛飾竿首的旗子。㉔組練　皆戰袍。組謂組甲，練謂練袍。㉕利鏃　利箭。鏃，箭頭。㉖主客　指敵我雙方。㉗震眩　心驚眼花。㉘聲析江河　戰鬥博殺之聲，可以分裂江河。析，裂。㉙勢崩雷電　交戰之聲，如雷電之崩頹。㉚凛冽　寒甚。㉛海隅　海邊。此指邊境。㉜脛　小腿。㉝鷙鳥休巢　猛禽畏寒而休憩於巢中不敢出。㉞踟躕　徘徊不進。㉟繒纊　指綿衣。繒，絲織品。纊，粗絲綿。㊱假　給予。㊲憑陵　有所依恃而陵人。㊳剪屠　搶劫屠殺。㊴徑截輜重　徑自截取輜重。徑，直接。截，截取。輜重，軍中裝載衣物之車。引申指軍用物資。(40)都尉　官名。漢時都尉官甚多，此當為武階官。(41)巨港　大河。(42)蹙　迫近。(43)淅淅　風聲。(44)結　凝聚；聚集。(45)冪冪　陰慘的樣子。(46)牧　李牧。戰國時代趙國之良將。(47)林胡　匈奴的別支。(48)財殫力痡　財盡力疲。殫，盡。痡，疲。(49)玁狁　北狄名。即秦、漢時匈奴，周宣王時入寇，逼近京邑，周宣王命尹吉甫伐之，逐之太原而歸。(50)朔方　地名。即內蒙古鄂爾多斯地，今綏遠南境。(51)飲至　古代諸侯朝覲會盟後回國或軍隊凱旋，祭告宗廟並飲酒，謂之飲至。(52)策勳　記功勞於簿冊。(53)穆穆棣棣　和敬安嫻的樣子。(54)竟　止；至。(55)荼毒生靈　毒害人民。荼為苦菜，毒為螫蟲，皆惡物，並言以喻苦。生靈，生民；人民。(56)萬里朱殷　血流萬里。朱，紅色。殷，赤黑色。血色本紅，久則變為殷。(57)陰山　山名。在綏遠，橫障漠北。(58)枕骸　屍骨重疊。(59)蒼蒼　眾多的樣子。(60)蒸民　眾民。蒸，眾。(61)咎　罪過。(62)悁悁　憂思的樣子。(63)布奠傾觴　設靈位而祭之。布奠，擺設祭品。(64)守在四夷　謂宣文教，行王道，使戎夏為一，則四夷各為天子守土，無用戰矣。《左傳・昭公二十三年》：「古者天子，守在四夷。」

**【語　譯】**茫茫無邊無際的大沙原，是那麼遼遠，看不見一個人影。河水像帶子般地縈繞著，群山雜亂層疊地矗立著；風在悲號，日色無光，一片黯淡悽愴；蓬草折斷了，野草枯黃了。寒氣凜冽，就像結霜的早晨；鳥兒在空中盤旋，不敢下來；野獸狂奔亂跑，離群失散。亭長告訴我說：「這兒是古時候的戰場。常有軍隊在這兒覆沒，因此往往有鬼哭的聲音，只要是陰天就可以聽到。」真令人傷心啊！這是秦代的戰場呢？漢代的戰場？還是近代的呢？

我聽說戰國的齊、魏、楚、韓都召募兵員征戰守邊。兵士長途奔走，連年日曬雨淋；大清早就在沙漠有水草的地方牧馬，黑夜裡渡過結冰的河川；天地是那麼遼闊，不知道回家的路在哪裡；生命寄託在刀鋒上，苦悶向誰去傾訴？秦、漢以來，不斷征伐四境的夷狄；中國遭受破壞損耗，沒有哪一代沒有。古人說夷、狄、諸夏，不抵抗天子的軍隊。但是到了後來，文教沒有宣揚，那些武將專用奇兵。奇兵和仁義之師是不同的，可是大家都認為王道太迂闊了，沒有人肯去實行。

唉！我想到那北風吹動沙漠的時候，胡人就乘機來侵犯；只因主將輕敵，以致部將倉皇應戰；曠野裡滿豎著旌旗，河川上戰士來回奔馳；軍令禁嚴而戰士膽戰，主帥威嚴而生命輕賤；利箭穿進骨頭，狂沙撲在臉上；敵我兩軍互相搏鬥，戰鼓聲震眩山川；殺聲可使江河分裂，攻勢就像急雷閃電。至於在天陰地暗凝結不開的時候，邊地朔風凜冽，積雪掩蓋過小腿，堅冰結在鬚髮上；兇猛的飛鳥都躲在巢裡休息，奔騰的戰馬也徘徊不前；身上的綿衣一點也不保暖，凍得人手指皮膚斷裂。在這苦寒的時候，上天給了頑強的胡人好機會，他們靠著騰騰的殺氣，前來搶劫屠殺。直接攔截輜重，縱橫攻擊士卒；都尉剛剛投降，將軍又已死亡。屍體堆積在大河兩岸，鮮血流滿長城的洞穴，不分貴賤，全都成為枯骨，這種慘狀哪說得完呢？

戰鼓聲低弱了，力氣衰竭了，箭射光了，弓弦斷了。白刃交鋒，寶刀斷折；兩軍肉搏，決一生死。投降嗎？那就終身淪為夷狄。再戰嗎？那就屍骨暴露沙礫。鳥兒無聲，山野靜寂；長夜漫漫，風聲淅淅。魂魄凝結啊，天空昏沉沉的；鬼神聚集啊，雲霧陰慘慘的。陽光寒冷，地上的草都變短；月色淒苦，霜雪是那樣慘白。傷心怵目的事，竟有像這樣的嗎！

我聽說，李牧只用趙國的士兵，便大敗林胡，開拓千里的土地，使匈奴逃竄而去。漢朝傾全國的力量打匈奴，卻弄得財盡力疲。所以只要用人得當就行了，哪裡在乎部隊多少呢？周朝驅逐玁狁，一直趕到太原，在朔方築了城池，全軍凱旋回來。朝廷為他們舉行慶功宴，把他們的功勳記錄在簿冊上，大家是那樣和樂安閒，君臣之間也是那樣從容互敬。秦朝建築長城，東邊一直到海為止，設立許多關塞，因此殘害了無數人民，使萬里的土地，都變成赤黑色。漢朝攻打匈奴，雖然奪得陰山，但是積屍遍野，得不償失呀。

眾多的人民，誰沒有父母？小時候父母牽他，帶他，又抱，又背，就怕他不能長命。誰沒有兄弟？他們相親相愛，像手足一般。誰沒有丈夫或妻子？他們像賓客一樣相敬，像朋友一樣互助。活著的時候，他們得到什麼恩惠？被殺而死，他們又是犯的什麼罪過？他們的生死存亡，家裡沒有人知道；有時聽到人家講起，也是信疑參半，心裡憂思，連睡覺時都夢見他。於是設立靈位祭奠他，望著遠方痛哭。這時候，天地都為他憂愁，草木都為他悲哀。但是弔祭達不到遠方，他的魂魄又將依附什麼呢？戰爭之後必有凶年，人民又將流離失所了。唉！這是時世呢？還是命運呢？從古到今都是這樣。那該怎麼辦呢？只有施行仁政，使夷狄歸服，替天子守護四方邊境，才可以避免戰爭。

【研　析】本文可分六段。首段由靜而動，描繪古戰場淒涼可怖的衰颯景象，並藉著亭長的告語，播撒詭異的氣氛。二段歎息古來征戰之苦痛，指責戰爭是王道廢弛的表徵。三段想像秋、冬二季古戰場的情景，前者著重寫戰時的聲勢，後者強調死傷之慘烈。四段以騷體呈現戰士眼中所目睹的慘狀，及其內心矛盾之獨白。五段評論歷代戰事，歸納出「任人而已，其在多乎」的觀點。末段連續透過五個反問句為百姓喊冤，進而呼籲主政者施行仁義，綏化四夷，點出全文主旨。

中國歷來對邊境各民族，多半採羈縻、懷柔的態度，對李華這等深受儒家王道思想影響的知識分子而言，「遠人不服，則修文德以來之」無疑是最理想的政策。他意識到戰爭在本質上是正義感與侵略性的複合體，無論發動戰爭的目的為何，都勢必造成人民身心的巨大傷害，但人們卻往往選擇這種最愚昧的方式來解決爭端，這豈不是件可悲的事？「秦歟？漢歟？將近代歟？」這古戰場負載了多少痛苦的回憶？「時耶命耶？從古如斯」，如果人類註定要在貪婪的馳逐中輪迴，生命的希望何在？過商侯指出：「通篇大旨，在多事四夷一句；通篇歸束，在守在四夷一語。」或許，當人們學會以互助取代劫掠，以文化取代武力，以寬容取代傾軋，各民族間才有和平可言。否則，慘絕人寰的歷史悲劇勢將不斷上演。

# 劉禹錫

劉禹錫（西元七七二～八四二年），字夢得，唐洛陽（今河南洛陽）人。自幼好學，熟讀儒家經典，瀏覽諸子百家。德宗貞元九年（西元七九三年）中進士。累官至太子賓客，加檢校禮部尚書銜。順宗時，因參與王叔文等人的政治改革而長期被貶任地方官，頗著政績。晚年方回洛陽。劉禹錫是中唐重要作家，其詩介於韓愈的奇崛和白居易的淺顯之間，取境優美，語言精鍊，韻律自然，與白居易常相唱和，並稱「劉白」。古文則辭藻美麗，題旨隱微。有《劉賓客集》。

## 陋室銘

【題解】本文選自《劉賓客集》。陋室，簡陋的居室。此為劉禹錫的室名，故址在今安徽和縣。銘，古代的一種文體，主要作用有二：記功德、表警誡。大多採用韻文的形式，如本文，除末句外，均隔句用韻，且通篇一韻到底。本文敘述身居陋室而能以德自勵，富有雅趣。

山不在高，有仙則名；水不在深，有龍則靈。斯是❶陋室，惟吾德馨❷。苔❸痕上階綠，草色入簾青。談笑有鴻儒❹，往來無白丁❺。可以調素琴❻，閱金經❼。無絲竹❽之亂耳，無案牘❾之勞形❿。南陽諸葛廬⓫，西蜀子雲亭⓬。孔子云：「何陋(ㄌㄡˋ)之(ㄓ)有(ㄧㄡˇ)⓭？」

【注釋】❶斯是 二字同義。此。❷惟吾德馨 意謂此室雖簡陋，而我之品德美好。馨，芳香；美好。❸苔 隱花植物之一種。如地錢、鱗苔等是。❹鴻儒 大儒。鴻，大。❺白丁 平民。此指沒有知識的俗人。❻素琴 未加雕飾的琴。❼金經 用泥金書寫的佛經。❽絲竹 音樂之總稱。絲謂琴瑟，竹謂簫管。❾案牘 指官府文書。❿勞形 勞頓形神。⓫南陽諸葛廬 諸葛亮在南陽隱居時的草屋。南陽，今湖北襄陽。⓬子雲亭 子雲，揚雄。字子雲，漢蜀郡成都人。成都有揚雄宅，稱草玄堂，後人稱揚子宅，此云亭，係為押韻。⓭何陋之有 《論語・子罕》：「子欲居九夷。或曰：『陋，如之何？』子曰：『君子居之，何陋之有？』」此用其句，含有「君子居之」之意。

【語譯】山不必高，只要有神仙就有名氣；水不必深，只要有蛟龍便有靈氣。這是一間很簡陋的房子，但我的德行卻是芳香美好。青色鮮苔一直蔓延到臺階上，碧綠的草色也映入簾中來。這兒談笑來往的，只有大儒而沒有俗人。可以彈彈素琴，讀讀佛經。沒有管絃的聲音來擾亂我的清聽，也沒有公文書牘來勞累我的形體。這兒就好像南陽地方的諸葛廬、西蜀地方的子雲亭一樣。孔子說：「有什麼簡陋的呢？」

【研析】本文僅八十一字，起首數句以山水喻「室」，以不高、不深言「陋」，以仙、龍自況，以名、靈指涉「德馨」，刻意塑造出物與身、外與內的對立印象。接著說室中之景、室中之客、室中之事皆不「陋」，反而洋溢著淡雅的閒趣。最後回溯歷史之流，以諸葛廬和子雲亭作陪襯，而以孔子的話收束，暗示自己是以君子自期來居這陋室。

對劉禹錫來說，物質條件的匱乏並不足以影響心靈的自我提升。生命中本來就潛藏著許多難以逆料的傷害，自己因王叔文事件受株連便是一例；但作為一個有自覺、有理想的君子，在承受衝擊之餘，更重要的是做好自我的心理調適。於是，青苔碧草，何嘗不是萬物生命力的展現？居室雖然簡陋，卻不是與外界全然封閉，情感的交流仍在簡單的談笑中完成。沒有音樂激揚情緒，只有一張素琴聊供撥弄；不須處理繁瑣的公務，卻在佛典的證悟中找到安身立命之處。生活的供養是如此簡樸，而精神的享受卻又安適而多姿。現實遂在詩意的想像中昇華為雅緻的品味，陋室更為人與人、人與自然間的互動和自我的回歸提供了豐富的選擇，儼然成為作者心中高度肯定的傲人成就。由此觀之，何陋之有？

# 杜牧

杜牧（西元八〇三～八五二年），字牧之，唐京兆萬年（今陝西臨潼東北）人。宰相杜佑之孫。。文宗太和二年（西元八二八年）中進士，累官至中書舍人。杜牧以世家子弟而生性耿介，不屑逢迎，故仕宦不得意。生當晚唐衰世，懷抱救亡圖存的理想，關心國事，其為文，往往論政談兵，切中時弊，非泛泛而言。其詩辭采流美，而情致婉約處，與李商隱齊名，人亦稱「李杜」；氣勢豪邁雄健者，則有類杜甫，故亦稱「小杜」。有《樊川文集》。

## 阿房宮賦

**【題解】**本文選自《樊川文集》。阿房宮是秦代的宮殿名，故址在今陝西西安郿鄔嶺。始建於秦始皇三十五年（西元前二一二年），至秦亡（西元前二〇六年）尚未完成，沒有正式命名，當時人以前殿所在為阿房，故稱阿房宮。後為項羽放火燒燬。賦，古代的一種文體。主要特點是用誇大的手法鋪陳事物，散韻夾用，以四言、六言為主。本文以阿房宮為秦朝暴政的象徵，極力鋪寫其豪華奢侈，點出不愛惜人民，是秦滅亡的原因。杜牧在〈上知己文章啟〉中說：「寶曆大起宮室，廣聲色，故作〈阿房宮賦〉。」寶曆（西元八二五～八二六年）是唐敬宗的年號，可見此文旨在藉古諷今。

六王畢❶，四海一❷。蜀山兀❸，阿房出。覆壓❹三百餘里，隔離天日。驪山❺

北構而西折，直走咸陽[6]。二川溶溶[7]，流入宮牆。五步一樓，十步一閣；廊腰縵迴[8]，簷牙高啄[9]；各抱地勢[10]，鉤心鬥角[11]。盤盤[12]焉，囷囷[13]焉，蜂房水渦，矗不知乎幾千萬落[14]。長橋臥波，未雲何龍[15]？複道行空，不霽何虹[16]？高低冥迷[17]，不知西東。歌臺暖響，春光融融[18]；舞殿冷袖，風雨淒淒[19]。一日之內，一宮之間，而氣候不齊。

妃嬪媵嬙，王子皇孫[20]，辭樓下殿，輦[21]來於秦。朝歌夜絃[22]，為秦宮人。明星熒熒，開妝鏡也[23]；綠雲擾擾，梳曉鬟也[24]；渭流漲膩，棄脂水也；烟斜霧橫，焚椒蘭[25]也；雷霆乍[26]驚，宮車過也；轆轆[27]遠聽，杳[28]不知其所之也。一肌一容，盡態極妍[29]；縵立[30]遠視，而望幸[31]焉。有不得見者三十六年[32]。

燕、趙之收藏，韓、魏之經營，齊、楚之精英，幾世幾年，剽掠其人[33]，倚疊[34]如山。一旦不能有，輸來其間。鼎鐺玉石，金塊珠礫[35]，棄擲邐迤[36]。秦人視之，亦不甚惜。

嗟乎！一人之心，千萬人之心也。秦愛紛奢[37]，人亦念其家。奈何[38]取之盡錙銖[39]，用之如泥沙？使負棟[40]之柱，多於南畝[41]之農夫；架梁之椽[42]，多於機上之工女；釘頭磷磷[43]，多於在庾[44]之粟粒；瓦縫參差，多於周身之帛縷；直欄橫檻，多於九土㊺之城郭；管絃嘔啞㊻，多於市人之言語。使天下之人，不敢言而敢怒。獨夫㊼之心，日益驕固㊽。戍卒叫，函谷舉，楚人一炬，可憐焦土㊾。

嗚呼！滅六國者，六國也，非秦也。族㊿秦者，秦也，非天下也。嗟夫！使六國各愛其人，則足以拒秦；秦復愛六國之人，則遞51三世可至萬世而為君，誰得而族滅也？秦人不暇自哀，而後人哀之；後人哀之而不鑑之52，亦使後人而復哀後人也。

【注釋】❶六王畢　六國滅亡。六王，指戰國時代齊、燕、楚、韓、趙、魏六國之王。畢，結束。此言滅亡。❷四海一　天下統一。四海，四海之內。指天下。一，統一。❸兀　光禿。❹覆壓　覆蓋；遮蔽。❺驪山　山名。在今陝西臨潼東南。❻咸陽　秦都。故城在今陝西咸陽東，驪山西北。❼二川溶溶　涇、渭二水，浩浩蕩蕩。二川，指涇、渭。均源自甘肅，流入陝西，至高陵相會，東經臨潼，至潼關入河。溶溶，水勢浩大的樣子。❽廊腰縵迴　走廊綿亙曲折，有如迴環的縵帛。廊腰，走廊的轉折處。縵，沒有花紋的絲織品。❾簷牙高啄　簷牙上翹，有如鳥之伸嘴啄物。屋簷兩端上翹如牙，故曰簷牙。❿各抱地勢　各依地勢高下而建。抱，圍繞。⓫鉤心鬥角　形容樓閣重疊交錯、對峙並列。地勢較低的樓閣，屋角伸向高處樓閣的屋心，謂之鉤心。平列的樓閣，屋角相對並列，謂之鬥角。⓬盤盤　曲折的樣子。⓭囷囷　迴旋的樣子。⓮蜂房水渦二句　樓閣密布如蜂窩，迴旋如水渦；層層聳立，數不清有幾千幾萬的院落。蜂房，蜂窩。落，院落。⓯長橋臥波二句　長橋橫跨水面，使人疑惑：天上沒雲，哪來的龍。渭水流入阿房宮，上建長橋，故曰長橋臥波。⓰複道行空二句　複道凌空而過，使人疑惑：並非雨後，哪來的虹。複道，高樓之間的通道。霽，雨止。⓱冥迷　深邃幽遠，模糊不清。⓲歌臺暖響二句　歌臺上樂聲鬧烘烘，有如春光的和煦。⓳舞殿冷袖二句　舞殿中舞者衣袖生風，有如風雨的淒清。⓴妃嬪媵嬙二句　指六國的宮眷、貴族。妃，貴族嫡妻及妾的通稱。嬪、嬙，皆宮廷女官名。媵，陪嫁的人。㉑輦　以人力挽行的車。此用為動詞。載。㉒朝歌夜絃　從早到晚，歌唱彈奏。絃，用為動詞。彈奏。㉓明星熒熒二句　星光閃亮，那是宮人打開梳妝鏡啊。熒熒，光亮閃動的樣子。㉔綠雲擾擾二句　烏雲紛紛，那是宮人在梳髮髻啊。綠雲，烏雲。鬟，髮髻。㉕椒蘭　椒和蘭。椒，有刺灌木，莖、葉、子均有香味。蘭，香草名。㉖乍　忽然。㉗轆轆　車行聲。㉘杳　幽寂。㉙盡態極妍　極盡其體態的嫵媚、容貌的豔麗。㉚縵立　久立。縵，通「曼」。長。㉛幸　天子駕臨。㉜三十六年　此指秦始皇在位之年數。唯據《史記》，秦始皇在位三十七年（西元前二四六～前二一〇年）。㉝人　民。避唐太宗李世民諱，改「民」為「人」。㉞倚疊　堆積。㉟鼎鐺玉石二句　視鼎如鐺，視玉如石，視金如土，視珠如礫。極言其不愛惜。鐺，鍋子。塊，土塊。礫，碎石。㊱邐迤　散亂連延的樣子。㊲紛奢　豪華奢侈。㊳奈何　為何。㊴錙銖　極言其輕微。六銖為錙，四錙為兩。㊵棟　屋大梁。㊶南畝　泛指農田。㊷椽　安在梁上以支架屋瓦的短木。㊸磷磷　光彩耀眼的樣子。形容其多。㊹庾　穀倉。㊺九土　九州之土。意指全天下。㊻嘔啞　樂聲繁雜的樣子。㊼獨夫　天怒人怨、眾叛親離的統治者。此指秦始皇。㊽驕固　驕橫頑固。㊾戍卒叫四句　戍卒怒吼，函谷關被攻破，項羽一把火，可憐阿房宮變成一片焦土。戍卒，守邊的士卒。此指陳勝、吳廣所率領的九百戍卒。函谷，關名。在今河南靈寶西南。舉，攻陷。楚人，指項羽。項羽於秦二世三年（西元前二〇七年）十二月入函谷關，屠咸陽，焚秦宮室，火三月不熄。炬，火把。此用為動詞。放火。㊿族　殺滅全族。(51)遞　傳。(52)鑑之　以之為警戒。之，指秦之滅亡。

【語　譯】六國覆滅，天下統一。蜀山光禿，阿房出現。覆蓋三百多里，隔離了天空和陽光。從驪山北面開始，蜿蜒向西，一直蓋到咸陽。涇、渭二水，浩浩蕩蕩，流進宮牆。五步一座樓，十步一座閣；走廊綿亙曲折有如迴環的繒帛，簷角高高翹起像鳥喙向高處啄食；順著地勢的高下，有的相互重疊，有的彼此對峙。盤迴曲折，有如蜂房，有如水渦，高聳直立，正不知有幾千幾萬個院落。那橫臥水面的長橋，使人疑惑：天上沒雲，哪來的龍？那淩空而過的複道，使人疑惑：並非雨後，哪來的虹？高高低低，深邃幽遠，真分不出西東。歌臺上溫馨的音樂，有如和煦的春光；舞殿中冷清的舞袖，有如淒清的風雨。一天之中、一宮之內，而氣氛不同。

六國的宮眷貴族，離開了他們的宮殿，被送到秦國。從早到晚，歌唱彈奏，成為秦國的宮人。星光閃亮，那是他們打開梳妝鏡；烏雲紛紛，那是他們早起在梳頭；渭水漲起一片油膩，那是他們倒的胭脂水；煙霧瀰漫，那是他們在燒香料；乍起的雷霆，那是宮車經過，車聲轆轆，漸行漸遠，以至於寂靜無聲，也不知停在哪裡。每一寸肌膚、每一張面孔，都極盡其嫵媚豔麗；久立遠望，期待天子的臨幸。可是竟有人在三十六年間都見不到秦天子。

燕國、趙國所收藏的，魏國、韓國所經營的，齊國、楚國的精華，不知多少代、多少年，從百姓那兒搶奪搜括來，堆積得像山一樣高。一旦不能保有它，就都搬運到這兒來。寶鼎被看成飯鍋，美玉被看成石頭，黃金好像土塊，珍珠好像沙礫，到處亂扔。秦王看在眼裡，也不覺得可惜。

唉！一個人的心，也就是千萬人的心。秦王喜歡豪華奢侈，人民也希望幸福美滿。為什麼搜括時絲毫不遺漏，而用起來卻像泥沙一樣。讓那撐著棟梁的柱子，比田裡的農夫還多；架在梁上的椽桷，比織布機旁的女工還多；密密麻麻的釘頭，比穀倉裡的穀粒還多；參差的瓦縫，比全身衣服的絲縷還多；直的欄杆，橫的檻板，比天下的城郭還多；吹彈歌唱的聲音，比市街上路人的言語還多。使天下的人，不敢說話而心懷憤怒。暴君的心，越來越驕橫固執。等到防守邊境的兵卒一聲叫喊，函谷關陷落，楚國人放一把火，可憐啊，阿房宮就變成一片焦土！

滅亡六國的，是六國王室，不是秦國；族滅秦國的，是秦國王室，不是人民。假使六國諸侯都能愛自己的人民，就能夠抵抗秦國；假使秦皇也愛六國的人民，就可以從三代傳到萬代一直做皇帝，誰能滅他的族呢？秦來不及為自己哀傷，只有讓後代的人為它哀傷；後人替它哀傷，如果不拿它做鑑戒，也只有讓更後來的人，為後人哀傷了啊！

【研　析】本文可分五段。首段以阿房宮的空間分布為主軸，由遠及近，自外而內，從宏觀的鳥瞰到微觀的刻畫，為嬴秦國勢的具體展現。起首以四個三字句發端，技巧上應有所承，如晉朝郭璞的〈井賦〉、南朝謝惠連的〈雪賦〉及唐代陸參的〈長城賦〉均以此種句式開篇。接著極寫宮殿的氣勢壯闊，通過「流入宮牆」的「二川」，將讀者的視野帶入宮廷窮奢極華的物質環境。二段從建築的靜態描繪轉入宮人的來源和生活動態的描述。

其中連用六個「也」字，殆受中唐楊敬之〈華山賦〉連用二十三個「矣」字的啟發，後世歐陽脩的〈醉翁亭記〉同以連用二十一個「也」字著稱，應可視為此類作品風格的又一力作。三段言阿房宮不僅竭盡天下之物、悉納六國之人，且剽掠人間之財；不僅揭發六國「不愛其人」的虐民事實，進而痛斥秦的奢侈揮霍更在六國之上。四段轉入議論，以「秦愛紛奢」為其覆亡之主因。作者刻意用六個「多於」將阿房宮的奢華所需和百姓生計所受的壓迫作了一個對比，使讀者從天下人「不敢言而敢怒」的情緒反應中看出獨夫遭受唾棄的必然性。末段指出秦與六國都因不愛其民而導致滅亡，並以四個「哀」字告誡後人，當引為殷鑑。

秦朝在中國歷史上幾已成為暴政的代名詞，無論是賈誼的〈過秦論〉、路溫舒的〈尚德緩刑書〉，乃至陶潛的〈桃花源記〉，都從不同的角度譴責秦的虐厲，杜牧選擇阿房宮作為批判的焦點，固然是有意在前人的典範外另起爐灶，但主要還是要透過作品達到諷諫的目的，表達他對朝政的關心。阿房宮已伴隨秦帝國的瓦解而灰飛煙滅，但歷代不乏師心自用的獨夫，仍一再蹈秦亡的覆轍而罔恤民瘼，這是任何良知未泯的知識分子所難以忍受的。我們固然可從〈阿房宮賦〉裡看到杜牧的悲憤和憂慮，同時也深切體認物極必反、暴政必亡的歷史定律，但「獨夫」又何嘗不了解呢？或許，自我意志的無限擴張可以使人狂妄到無視於歷史教訓的警告吧！

天命無常，德者居之；帝王之德，應落實在愛護人民，以民意為施政依歸的具體作為，否則，縱有強大的武力、嚴密的法網，終有覆敗之日。六國之亡，亡於不「愛其人」；秦之覆敗，敗於不「愛六國之人」。歷史上的興衰存亡，總給後人留下無限慨歎。但帝王貴族的起伏更迭，敗者固因驕奢淫逸，自取滅亡，不值得同情；勝利者的顧盼自雄、不可一世，也自種下國亡族滅的惡因，不值得豔羨。可歎的是在暴政下、戰亂中失去尊嚴的廣大百姓，他們永遠是犧牲者，永遠是英雄豪傑輝煌事功下的籌碼，這才真正是歷史的悲劇。

本文以帝王立場為歷史檢討的基準，提出「愛其人」為統治者所應遵循的道德規範，深符儒家民本思想的傳統，而其譏刺對象竟然直指當時的皇帝，實屬難能可貴。

# 韓　愈

韓愈（西元七六八～八二四年），字退之，唐河南南陽（今河南孟州）人。其先世嘗居昌黎（今河北徐水縣西），故撰文每自稱昌黎韓愈。生三歲而孤，賴兄嫂撫養成人。自幼即知刻苦為學，六經百家之書無所不讀。德宗貞元八年（西元七九二年）中進士，累官至吏部侍郎，卒謚文，世稱韓文公。韓愈才高而敢直言，憲宗元和十四年（西元八一九年）官刑部侍郎時，因上表諫迎佛骨，觸怒皇帝，將置之死。幸得宰相裴度等力救，乃貶潮州（今廣東潮州）刺史。直聲動天下。平生自許極高，以繼承儒家道統自任。自魏、晉以降，佛、老盛行，韓愈不恤生死加以排拒。唐初文章，崇尚駢體，韓愈力主文以載道，用散文代替駢體。北宋蘇軾〈潮州韓文公廟碑〉稱其「文起八代之衰，而道濟天下之溺」，影響甚鉅。長於詩文。其詩別開生面，勇於獨創，開奇崛險怪一派詩風。古文風格多樣，語言精鍊而氣勢雄健，備受後人推崇效法，名列唐宋八大家之首。有《昌黎先生文集》。

## 原　道

【題　解】本文選自《昌黎先生文集》。原，推究本原。主旨在探究儒家思想中先王之道的本原，以排斥佛、老。文章以孔、孟的仁義為道德的具體內涵，批駁老子輕視仁義的思想；又從士、農、工、商的社會分工，以及君臣、父子等傳統的五倫觀念，批判老子的無為和佛教的清淨寂滅，進而主張讓佛、道之徒回歸社會分工以及人倫的網絡。

博愛之謂仁，行而宜之之謂義，由是而之焉之謂道，足乎己無待於外之謂德。仁與義為定名❶，道與德為虛位❷。故道有君子、小人，而德有凶有吉。老子❸之小仁義❹，非毀之也；其見者小也。坐井而觀天，曰天小者，非天小也。彼以煦煦❺為仁，孑孑❻為義，其小之也則宜。其所謂道，道其所道，非吾所謂道也；其所謂德，德其所德，非吾所謂德也。凡吾所謂道德云者，合仁與義言之也，天下之公言也；老子之所謂道德云者，去仁與義言之也，一人之私言也。

周道衰，孔子沒❼。火于秦❽，黃、老于漢❾，佛于晉、魏、梁、隋之間❿。其言道德仁義者，不入于楊⓫，則入于墨⓬；不入于老，則入于佛。入于彼，必出于此。入者主之，出者奴之；入者附之，出者汙之。噫！後之人其欲聞仁義道德之說，孰從而聽之？老者曰：「孔子，吾師之弟子也⓭。」佛者曰：「孔子，吾師之弟子也⓮。」為孔子者習聞其說，樂其誕⓯而自小也，亦曰：「吾師亦嘗師之云爾。」不惟舉之於其口，而又筆之於其書⓰。噫！後之人雖欲聞仁義道德之說，其孰從而求之？甚矣，人之好怪也！不求其端，不訊⓱其末，惟怪之欲聞。

古之為民者四⓲，今之為民者六⓳；古之教者處其一⓴，今之教者處其三㉑。

農之家一，而食粟之家六；工之家一，而用器之家六；賈之家一，而資㉒焉之家六。奈之何民不窮且盜也！

古之時，人之害多矣。有聖人者立㉓，然後教之以相生養之道。為之君，為之師，驅其蟲蛇禽獸而處之中土㉔。寒，然後為之衣；飢，然後為之食；木處而顛㉕，土處㉖而病也，然後為之宮室㉗。為之工，以贍㉘其器用；為之賈，以通其有無；為之醫藥，以濟㉙其夭死；為之葬埋祭祀，以長其恩愛；為之禮，以次其先後；為之樂，以宣其壹鬱㉚，為之政，以率㉛其怠倦；為之刑，以鋤其強梗㉜。相欺也，為之符璽㉝斗斛㉞權衡㉟以信之；相奪也，為之城郭甲兵以守之。害至而為之備，患生而為之防。今其言曰：「聖人不死，大盜不止。剖斗折衡，而民不爭㊱。」嗚呼！其亦不思而已矣！如古之無聖人，人之類滅久矣。何也？無羽毛鱗介㊲以居寒熱也，無爪牙以爭食也。

是故君者，出令者也；臣者，行君之令而致之民者也；民者，出粟米麻絲、作器皿、通貨財以事其上者也。君不出令，則失其所以為君；臣不行君之令而致之民，則失其所以為臣；民不出粟米麻絲、作器皿、通貨財以事其上，則誅㊳。今其法曰：「必棄而㊴君臣，去而父子，禁而相生養之道。」以求其所謂清淨㊵、寂滅㊶者。嗚呼！其亦幸而出於三代㊷之後，不見黜㊸於禹、湯、文、武、周公、孔子也；其亦不幸而不出於三代之前，不見正於禹、湯、文、武、周公、孔子也。

帝之與王㊹，其號名殊，其所以為聖一也。夏葛而冬裘，渴飲而飢食，其事殊，其所以為智一也。今其言曰：「曷不為太古㊺之無事？」是亦責冬之裘者曰：「曷不為葛之之易也？」責飢之食者曰：「曷不為飲之之易也？」

傳㊻曰：「古之欲明明德於天下者，先治其國。欲治其國者，先齊其家。欲齊其家者，先修其身。欲修其身者，先正其心。欲正其心者，先誠其意。」然則古之所謂正心而誠意者，將以有為也。今也欲治其心，而外㊼天下國家，滅其天常㊽。子焉而不父其父，臣焉而不君其君，民焉而不事其事。孔子之作《春秋》㊾也，諸侯用夷禮則夷之㊿，進於中國則中國之(51)。經曰：「夷狄之有君，不如諸夏之亡(52)！」《詩》曰：「戎狄是膺，荊舒是懲(53)。」今也舉夷狄之法，而加之先王之教之上，幾何(54)其不胥(55)而為夷也！

夫所謂先王之教者，何也？博愛之謂仁，行而宜之之謂義，由是而之焉之謂道，足乎己無待於外之謂德。其文《詩》《書》《易》《春秋》，其法禮樂刑政，其民士農工賈，其位君臣、父子、師友、賓主、昆弟、夫婦，其服麻絲，其居宮室，其食粟米果蔬魚肉。其為道易明，而其為教易行也。是故以之為己，則順而祥；以之為人，則愛而公；以之為心，則和而平；以之為天下國家，無所處而不當。是故生則得其情，死則盡其常56；郊57焉而天神假58，廟焉而人鬼饗59。曰：「斯道也，何道也？」曰：「斯吾所謂道也，非向所謂老與佛之道也。堯以是傳之舜，舜以是傳之禹，禹以是傳之湯，湯以是傳之文、武、周公，文、武、周公傳之孔子，孔子傳之孟軻。軻之死，不得其傳焉。荀與揚60也，擇焉而不精，語焉而不詳。由周公而上，上而為君，故其事行；由周公而下，下而為臣，故其說長。」

然則如之何而可也？曰：「不塞不流，不止不行61。人其人62，火63其書，廬其居64，明先王之道以道65之，鰥寡孤獨廢疾者66有養也。其亦庶67乎其可也。」

【注　釋】❶定名　確定的名稱。指其有固定具體的內容。❷虛位　空虛的位子。指其無固定具體的內容。❸老子　姓李，名聃。一說姓李，名耳。春秋時代楚國人，作周守藏室史，著《道德經》五千言。❹小仁義　輕視仁義。老子嘗云：「大道廢，有仁義。……絕仁棄義，民復孝慈。」又云：「失道而後德，失德而後仁，失仁而後義。」小，輕視。❺煦煦　指小恩小惠。❻孑孑　指小善行。❼孔子沒　孔子卒於魯哀公十六年（西元前四七九年）。沒，通「歿」。❽火于秦　謂典籍為秦所焚。火，用為動詞。秦始皇三十四年（西元前二一三年），從李斯議，焚民間諸子百家書籍。❾黃老于漢　謂漢初黃帝、老子之學盛行。黃、老，用為動詞。漢惠帝時，曹參為相，漢武帝時汲黯為東海太守，皆用黃老之術治國。漢文帝、漢景帝、竇太后、淮南王等，皆尊信黃、老。❿佛于晉魏梁隋之間　謂晉、魏、梁、隋之間，佛教盛行。佛教於東漢明帝時，自西域傳入中國，至梁、隋之間大盛，譯經典，建寺院，信者極眾。佛，用為動詞。魏，指南北朝之北魏及東、西魏。⓫楊　楊朱。

字子居，戰國時代魏國人，主「為我」，不肯拔一毛以利天下。⑫墨　墨翟。倡兼愛，摩頂放踵以利天下。⑬老者曰三句　孔子至周，嘗問禮於老聃。《莊子．天運》：「孔子行年五十有一，而不聞道。乃南之沛，見老聃。」此外《莊子》〈天地〉、〈天道〉、〈田子方〉、〈知北遊〉及葛洪《神仙傳》等，均載孔子師事老子之事。⑭佛者曰三句　佛家稱孔子為儒童菩薩。《清淨法行經》：「佛遣三弟子震旦教化。儒童菩薩，彼稱孔子。」⑮誕　誇大。⑯而又筆之於其書　而且還寫在書上。如《大戴禮記．曾子問》記孔子從老子學禮事，共四則。他如《史記．孔子世家》、《史記．老子韓非列傳》，均載孔子問禮於老子事。⑰訊問；探究。⑱古之為民者四　《穀梁傳．成公元年》：「古者有四民，有士民，有商民，有農民，有工民。」⑲今之為民者六　謂士、農、工、商四民外，加僧、道。⑳處其一　指儒學。㉑處其三　指儒、道、佛。㉒資　藉；依賴。㉓立　出現。㉔中土　中原。㉕木處而顛　在樹上構屋而居，則易墜落。顛，墜落。㉖土處　指穴居。㉗宮室　房屋。㉘贍　供給。㉙濟救。㉚宣其壹鬱　抒發其抑鬱。宣，發洩。壹鬱，抑鬱。㉛率　督促；約束。㉜強梗　指頑強不法之人。㉝符璽　符和印。符，古時用為驗徵的信物。以竹、木等為之，其上書刻文字，剖而為二，各持其一以為信。璽，印。古代尊卑之印皆稱璽，秦、漢以後，惟天子之印稱璽。㉞斗斛　兩種量器。㉟權衡　秤。權，秤錘。衡，秤桿。㊱聖人不死四句　語見《莊子．胠篋》。㊲介　甲殼。㊳誅　懲罰。㊴而　通「爾」。你們。㊵清淨　佛家語。謂遠離罪惡與煩惱。《俱舍論》：「暫永遠離一切惡行煩惱垢，故名為清淨。」㊶寂滅　梵語「涅槃」之義譯。佛家主修真養性，求功德圓滿，超出輪迴，人於不生不死之門，曰涅槃。㊷三代　指夏、商、周。㊸黜　貶斥；斥責。㊹帝之與王　堯、舜號為帝，禹、湯、文、武號為王。㊺太古　遠古。㊻傳　指《禮記．大學》。㊼外　用為動詞。拋棄。㊽天常　倫常。㊾孔子之作春秋　孔子據魯國之「史記」，而作《春秋》，嚴其褒貶。《孟子．滕文公下》：「世衰道微，邪說暴行有作，臣弒其君者有之，子弒其父者有之。孔子懼，作《春秋》。」㊿夷之　視之為夷狄。夷，用為動詞。(51)中國之　視之為中國。中國，用為動詞。(52)夷狄之有君二句　夷狄雖有君長，然無禮義，不如中國之無君。語出《論語．八佾》。諸夏，指中國。亡，通「無」。(53)戎狄是膺二句　戎狄要討伐，荊舒要懲戒。語出《詩．魯頌．閟宮》。戎，泛指西方少數民族。狄，泛指北方少數民族。是，語助詞。膺，擊。荊，楚之舊稱。《春秋．僖公元年》，始稱荊曰楚。舒，楚之與國，故地在今安徽合肥一帶。懲，懲戒。(54)幾何　如何。(55)胥　皆。(56)生則得其情二句　生時能遂其情性，死時能全其常道。(57)郊　祭天。古時天子祭天於圜丘，地在京師之南郊，故稱祭天曰郊。(58)假　至。(59)廟焉而人鬼饗　祭祀宗廟，則祖先來受享。廟，宗廟。此用為動詞。入廟祭祀。人鬼，指祖先。饗，通「享」。享用。(60)荀與揚　荀子與揚雄。荀，荀子。名況，趙國人，戰國末期大儒，著有《荀子》一書。揚，揚雄。字子雲，西漢末儒者，嘗仿

《易》作《太玄》，仿《論語》作《法言》。韓愈〈讀荀〉云：「孟氏醇乎醇者也，荀與揚，大醇而小疵。」與此意近。❻❶不塞不流二句　言佛老之異端不堵塞禁止，則聖人之道，不能流布通行。❻❷人其人　使其人還俗為常人。上「人」字為動詞。使其為人。下「人」字指僧、道。❻❸火　用為動詞。焚燒。❻❹廬其居　改佛寺道觀為民房。廬，居舍。此處用為動詞。❻❺道通「導」。❻❻鰥寡孤獨廢疾者　老而無妻曰鰥，老而無夫曰寡，幼而無父曰孤，老而無子曰獨，殘廢有疾病者為廢疾。❻❼庶接近；差不多。

【語　譯】心存博愛叫做「仁」，行事合宜叫做「義」，照著仁義做去叫做「道」，發自內心、無求於外叫做「德」。「仁」和「義」是有一定含義的名稱，「道」和「德」只是空虛的概念。所以道有君子之道與小人之道，德有惡德與美德。

老子看輕仁義，並不是有意毀謗它，而是他的見識淺短。坐在井裡看天而說天小，天並不是真的小。他把小恩小惠看做仁，小小的善行看做義，所以他看輕仁義是很自然的。他所講的「道」，是講他自己認為的「道」，不是我所講的「道」。他所講的「德」，也是講他自己認為的「德」，不是我所講的「德」。凡是我所講的道德，是配合仁義一起說的，這是天下的公論。老子所講的道德，是離開仁義而講的，這是他個人的私論。

自從周道衰微，孔子去世，秦始皇焚燒典籍，漢代流行黃、老學說，晉、魏、梁、隋期間佛教興盛。那些講道德仁義的人，不是跟從楊朱，就是跟從墨翟；不是跟從道教，就是跟從佛教。跟從那一家，一定離開這一家。跟從就奉他為主，不跟從就把他看作是奴；跟從就極力附和，不跟從就加以汙辱。唉！後代的人如果想要知道仁義道德的學說，從哪裡去聽呢？道教徒說：「孔子是我們祖師的弟子。」佛教徒說：「孔子是我們祖師的弟子。」研究孔子的人聽慣了這種說法，竟然喜歡他們的誇誕而看輕自己，也附和著說：「我們的先師也曾經拜過老子和佛祖為師。」不但在嘴上說，而且還寫在書上。唉！後代的人即使想知道仁義道德的學說，又從哪裡去找呢？真是太過分了，人們喜歡怪誕的學說，居然不研究它的起因，不探究它的後果，只要是奇怪的就喜歡聽。

古代的人民只有四種，現在的人民卻有六種。古代施行教化的只有一家，現在施行教化的卻有三家。種田的只有一家，消耗糧食的卻有六家；做工的只有一家，使用器具的卻有六家；做生意的只有一家，靠他們供應的卻有六家。這樣，人民又怎能不窮困而淪為竊盜呢！

古時候，人類的災害很多。有聖人出來，才教他們相生相養的方法。替他們設君主，替他們設老師，替他們驅除蟲蛇禽獸，讓他們安居在中原地方。天氣會冷，就教他們做衣服穿；肚子會餓，就教他們取得食物；住在樹上會掉下來，住在地洞會生病，就教他們蓋房子。教他們工藝以供應他們各種器具，教他們做買賣來互通有無，研究醫藥來救助他們的夭折死亡，為他們制訂埋葬祭祀的禮制來增長他們彼此間的恩愛，為他們制訂禮節來分別他們的尊卑先後，替他們製作音樂來發洩他們的鬱積苦悶，替他們制訂政令來約束他們的倦怠懶惰，替他們制訂法律來剷除強橫不法。怕他們互相欺詐，替他們製造符、印、斗斛、權衡，使他們彼此信守；怕他們互相爭奪，替他們建築城郭，製造盔甲刀兵來防守。災害要來的時候，替他們先作好準備；禍患將要發生，替他們作好防範。現在道家卻說：「聖人不死，大盜不會停止。打破斗斛，折斷秤桿，人民就不會爭奪。」唉！這只是他們不用心去想罷了！如果古時候沒有聖人，人類早就消滅了。為什麼呢？因為人類沒有羽毛、鱗甲、介殼來抵擋冷熱，沒有銳利的爪牙來爭奪食物啊。

所以，君主是發布命令的，臣子是奉行命令把它轉達給人民的，人民是生產粟米絲麻、製造器具、流通財物來事奉長上的。君主不發布命令，就有虧人君的職責；臣子不能奉行人君的命令，把它轉達給人民，就有虧人臣的職責；人民不能生產粟米麻絲、製造器具、流通財物來事奉長上，就應該受懲罰。現在佛法卻說：「一定要拋棄你們的君臣關係，捨棄你們的父子關係，禁止你們那種相生相養的方法。」用這去追求他們所謂的「清淨」、「寂滅」。唉！他們幸虧是生在三代以後，才沒有被夏禹、商湯、周文王、周武王、周公、孔子所斥責；他們也是不幸，沒有生在三代以前，不能得到夏禹、商湯、周文王、周武王、周公、孔子的糾正。

帝和王，名號不同，但同樣都是聖人。夏天穿葛衣而冬天穿皮衣，渴了就喝水而餓了就吃飯，這些事情雖然不同，但同樣都是智慧。現在道家卻說：「為什麼不學上古的簡樸無事呢？」這就好像責備冬天穿皮衣的人說：「為什麼不穿葛衣省事些呢？」責備肚子餓了要吃飯的人說：「為什麼不喝水省事些呢？」

古書上說：「古代想要發揚他光明德性於天下的人，先要治理他的國家。想要治理國家的人，先要整頓他的家庭。想要整頓家庭的人，先要修養他個人。想要修養他個人的人，先要端正他的心意。想要端正他的心意的人，先要誠實他的意念。」那麼，古代所說的正心誠意，為的是要有所作為啊。現在說是要修養心性，卻捨棄天下國家，毀滅倫常，兒子不把父親看作父親，臣子不把君主看作君主，百姓不做他應該做的事。孔子作《春秋》時，諸侯採用夷狄禮儀的就把他看成夷狄，夷狄用中國禮儀的就把他看成中國。《論語》上說：「夷狄就是有君主，也比不上中國沒有君主啊！」《詩經》上說：「戎狄要討伐，荊舒要懲戒。」現在卻把夷狄的文化，抬高到先王的教化之上，怎能不全部變成夷狄呢？

所謂先王的教化，是什麼呢？心存博愛叫做「仁」，行事合宜叫做「義」，照著仁義做去叫做「道」，發自內心、無求於外叫做「德」。寫成的書是《詩》、《書》、《易》、《春秋》，治國的法度是禮樂刑政，人民分士農工商，人的名分是君臣、父子、師友、賓主、兄弟、夫婦，穿的是麻絲，住的是宮室，吃的是粟米果蔬魚肉。這種道理很容易明白，這種教化很容易實行。因此，用這種道來修養自己就能夠和順吉祥，治理別人就能仁愛而公正；用來修養心性就能和諧平靜，用來治理天下國家沒有任何不適當的。因此，活著能順遂情性，死後能克盡常道；祭天能使天神下降，祭祖能使祖宗享受。如果有人問：「這個道，是什麼道呢？」我便回答說：「這就是我所講的道，不是前面所說的老子和佛家的道。堯把這個道傳給舜，舜把這個道傳給夏禹，夏禹把這個道傳給商湯，商湯把這個道傳給周文王、周武王、周公，周文王、周武王、周公傳給孔子，孔子傳給孟軻。孟軻死後就失傳了。荀子與揚雄，選擇得不夠精純，說明得不夠詳細。從周公以前的聖人，都是在上面做人君，所以能把這個道付諸實行；從周公以後的聖人，在下面做臣子，所以只好立言來廣加傳揚。」

那麼要怎樣做才可以呢？我說：「不堵塞佛、老思想，聖人之道就不能流傳，不禁止佛、老思想，聖人之道就不能通行。讓僧尼道士還俗，燒掉佛經道書，把寺觀改成民房，闡明先王的道來教導他們，讓鰥夫、寡婦、孤兒、沒有子女的老人和殘廢有病的人，都能得到撫養。能夠這樣，也就差不多了。」

【研　析】本文可分十段。首段提出仁義道德的概念，作為全文立論的基礎。二段批判老子片面地強調絕仁棄義，使其所謂道德流於虛無，是昧於事實的「私言」。三段慨歎儒家後學惑於佛、老之說，甘於自貶，這種好奇尚怪、罔顧是非的心態有待檢討。四段對佛老之徒尸位素餐所導致的經濟危機深表不滿。五段秉持《易・繫辭傳》「聖人觀象制器」的觀點，駁斥道家「聖人不死，大盜不止。剖斗折衡，而民不爭」的論調。六段以維護傳統君、臣、民政治網絡的立場強調尊君，認為佛門「清淨」、「寂滅」之旨破壞了社會分工的本然秩序。七段以〈大學〉「誠意正心」之旨批評老子「無為」的政治主張不符合國家體制和需求。八段借助《詩經》、《春秋》所揭櫫的尊王攘夷大義，批駁佛教罔顧君臣、父子的傳統倫理，是夷狄之法，不合先王之教。九段說明「先王之教」的具體內容，進而明揭道統，以擴大排佛、老的效果。末段提出衛道的對策。

〈原道〉在本質上可視為一篇文化宣言，企圖藉此喚醒知識分子的群體自覺，以儒家之道而非佛、老之道作為終身奉行不渝的價值體系。他一方面站在夷、夏之辨的立場，從理論的可信度、國家財政的整體規畫、政治運作的人事結構等各個層面攘斥佛、老出世的人生觀。另方面則拈出堯、舜、禹、湯、文、武、周公、孔子、孟子以為道統，其中又以周公為分界線：周公以上，君主是道統的傳承者；周公以下，道統由知識分子延續。道統是至高無上的，「諸侯用夷禮則夷之」，換言之，不能發明「先王之教」而「舉夷狄之法」的君主，是不配代表中國文化而應予以斥逐的。這般激烈的言論顯然針對佞佛的唐憲宗而來，其直言不諱的道德勇氣，著實令人動容。

為了增強文章氣勢，韓愈在技巧上刻意運用大量的排比句，以儒道和佛、老對比的方式展開層層論證。如第五段論述聖人教民以相生相養之道，連用了十七個「為之」，組成四組排比句，顯得氣勢逼人，不愧是古文聖手。

# 原毀

【題解】本文選自《昌黎先生文集》。原，推究本原。毀，毀謗。主旨在探求毀謗產生的原因。認為其根源在於人心的「怠與忌」，呼籲在位者當細察此一現象，才能將國家治理得好。

古之君子❶，其責❷己也重以周❸，其待人也輕以約❹。重以周，故不怠；輕以約，故人樂為善。聞古之人有舜者，其為人也，仁義人也。求其所以為舜者，責於己曰：「彼，人也；予，人也。彼能是，而我乃不能是！」早夜❺以思，去其不如舜者，就❻其如舜者。聞古之人有周公者，其為人也，多才與藝❼人也。求其所以為周公者，責於己曰：「彼，人也；予，人也。彼能是，而我乃不能是！」早夜以思，去其不如周公者，就其如周公者。舜，大聖人也，後世無及焉；周公，大聖人也，後世無及焉。是人也，乃曰：「不如舜，不如周公，吾之病❽也。」是不亦責於身者重以周乎？其於人也，曰：「彼人也，能有是，是足為良人❾矣；能善是，是足為藝人矣。」取其一，不責其二；即其新，不究其舊❿。恐恐然⓫惟懼其人之不得為善之利。一善易修也，一藝易能也。其於人也，乃曰：「能有是，是亦足矣。」曰：「能善是，是亦足矣。」不亦待於人者輕以約乎？

今之君子則不然。其責人也詳，其待己也廉⓬。詳，故人難於為善；廉，故自取也少。己未有善，曰：「我善是，是亦足矣。」己未有能，曰：「我能是，是亦足矣。」外以欺於人，內以欺於心，未少⑬有得而止矣，不亦待其身者已廉乎？其於人也，曰：「彼雖能是，其人不足稱⑭也；彼雖善是，其用不足稱也。」舉其一，不計其十⑮；究其舊，不圖⑯其新；恐恐然惟懼其人之有聞⑰也。是不亦責於人者已詳乎？夫是之謂不以眾人待其身，而以聖人望於人，吾未見其尊己也。

雖然，為是者有本有原⑱，怠與忌之謂也。怠者不能修，而忌者畏人修。吾常試之矣。嘗試語於眾曰：「某良士，某良士。」其應⑲者，必其人之與⑳也；不然，則其所疏遠不與同其利者也；不然，則其畏也。不若是，強者必怒於言，懦者必怒於色矣。又嘗語於眾曰：「某非良士，某非良士。」其不應者，必其人之與也；不然，則其所疏遠不與同其利者也；不然，則其畏也。不若是，強者必說㉑於言，懦者必說於色㉒矣。是故事修而謗興，德高而毀來。嗚呼！士之處此世，而望名譽之光，道德之行，難已！

將有作於上者，得吾說而存之，其國家可幾㉓而理㉔歟！

【注釋】❶君子 指士大夫。❷責 要求。❸重以周 既嚴格而且周全。重，嚴格。以，而且。周，周密；周全。❹輕以約 既寬緩而且簡易。輕，寬緩。約，簡易。❺早夜 日夜。❻就 接近；趨向。❼藝 技藝；技能。❽病 缺點；毛病。❾良人 好人。❿即其新二句 只就其今日者而論之，不追究其既往者。即，就。新，指現在。舊，指過去。⓫恐恐然 擔心的樣子。⓬廉 少。即疏略寬鬆。⓭少 稍微；一點兒。⓮稱 稱道。⓯舉其一二句 言僅舉其一端，不計其他。⓰圖 考慮。⓱聞 名聲。⓲有本有原 有原因。本即根，原為「源」之本字。本原，原因。⓳應 附和；響應。⓴與 黨與；朋友。㉑說 通「悅」。㉒色 臉色。㉓幾 庶幾；差不多。㉔理 治理。

【語 譯】古代的士大夫，他們要求自己既嚴格而且周全，他們對待別人既寬緩而且簡易。嚴格而且周全，所以他們不懈怠；寬緩而且簡易，所以別人就樂意做善事。聽說古代有個叫做舜的人，他的為人，是個仁義之人。他們就探求舜之所以成為舜的原因，並且責問自己說：「他，是一個人；我，也是一個人。他能夠這樣，為什麼我卻不能！」日夜思考這事，而改掉那些和舜不一樣的地方，往合乎舜的方向接近。聽說古代有個叫周公的人，他的為人，是個多才多藝的人。就探求周公之所以成為周公的原因，並且責問自己說：「他，是一個人，我，也是一個人。他能夠這樣，為什麼我卻不能！」日夜思考這事，改掉那些和周公不一樣的地方，往合乎周公的方向接近。舜，是一個大聖人，後代沒有人比得上他；周公，是一個大聖人，後代也沒有人比得上他。這個人居然說：「比不上舜，比不上周公，這是我的缺點啊。」這不就是要求自己既嚴格而且周全嗎？對於別人，就說：「那個人能夠這樣，這就足以算是好人了；能擅長這個，這就足以算是有技能的人了。」只肯定別人的一個優點，不苛求其他方面；只談論他現在的優點，不追究他過去的缺點；戰戰兢兢地只怕別人不能得到為善的好處。一件善事是容易做的，一種技藝是容易學會的。對於別人，他竟說：「能夠這樣，那也就足夠了。」或者說：「能夠把這個做好，那也就足夠了。」這不就是對待別人既寬緩而且簡易嗎？

現在的士大夫卻不是這樣。他們要求別人詳盡得很，要求自己卻很寬鬆。詳盡，所以別人很難做善事；寬鬆，所以自己的收穫很少。自己沒有好的表現，卻說：「我能把這事做好，這也就足夠了。」自己沒有本領，卻說：「我能做到這樣，這也就足夠了。」對外用來欺騙別人，對內用來欺騙自己，還沒有一點收穫便停止了，這不就是對自己的要求太寬鬆嗎？他們對於別人，就說：「他雖然能夠這樣，他這個人卻是不值得稱道的；他雖然能夠把這件事做好，它的功用卻是不值得稱道的。」只提別人的一個缺點，卻不提別人的十個優點；只追究別人過去的表現，不考慮別人現在的成就；提心吊膽地只怕別人有名望。這不就是要求別人的太詳盡了嗎？這就叫做不以要求別人的來要求自己，而用聖人的標準去要求別人，我實在看不出他尊重自己的地方。

話雖這麼說，這樣做的人也是有他根本的原因的，那就是懈怠和妒忌。懈怠的人不能自我修養，妒忌的人害怕別人能修養。這種情形我曾經多次試驗過了，我曾試著對許多人說：「某人是一個良士，某人是一個良士。」那些應和的人，一定是這個人的朋友；不然，就是跟他疏遠而沒有利害關係的人；不然，就是怕他的人。如果不是這樣，個性強悍的一定會在言語上表現出憤怒，個性懦怯的一定會在臉色上表現出憤怒。我又曾對許多人說：「某人不是良士，某人不是良士。」那些不應和的人，一定是這個人的朋友；不然，便是跟他疏遠而沒有利害關係的人；不然，就是怕他的人。如果不是這樣，個性強的一定會在言語上表現出喜悅，懦怯的一定會在臉色上表現出喜悅。因此，事情做成功，毀謗就跟著產生；德行高尚，毀謗也就隨之而來。唉！士大夫處在這樣的世俗裡，希望名譽顯揚，道德流傳，實在太難了。

準備有所作為的在上者，聽到我這一番言論而記在心裡，那麼這個國家或許可以治理得好吧！

**【研　析】** 本文可分四段。首段指出「古之君子」具有嚴以律己、寬以待人的品格。一方面以「古之君子」向舜和周公學習的事例彰顯其嚴於自省，積極向善的自我要求，另方面寫其隱惡揚善的寬大襟懷。二段謂今之君子「其責人也詳，其待己也廉」，與古之君子的心態形成強烈對比。三段推溯「毀」的根源在「怠」與「忌」，接著透過兩個「試語」，從聽的人因親疏、利害關係不同而有不同反應這個現象，體悟到「事修而謗興，德高而毀來」，其來有自。末段表明作者對改變毀謗歪風的殷切期盼。

韓愈的仕途曲折多艱，屢次的貶謫使他充滿了懷才不遇的挫折感，也更加厭惡士大夫黨同伐異、嫉賢妒能的不良風尚。在他看來，毀謗原於人心的怠與忌。「怠」源自本能的惰性，通常以安定為藉口，頑強地抗拒任何可能的嘗試或改變；「忌」直接根源於存在的焦慮，因為感到自身的安全受到威脅而悍然採取先入為主的敵視態度。怠與忌形成認知上的蔽障，同時阻礙了改革的腳步；然而古之君子卻能以寬容的態度與人為善，氣度的廣狹實不可共量。歌德曾在《少年維特之煩惱》中感歎「天才之火，何以如此容易被澆熄」，今人錢鍾書在《圍城》一書中也諷刺近代中國人都得了「紅眼病」，見不得別人好。看來嫉妒和毀謗乃是古今中外的通病，只是，挑人毛病容易，能從他人的缺點中發掘其可能的潛力，才是更有建設性的做法呀！

# 獲麟解

【題解】本文選自《昌黎先生文集》。麟，麒麟。古人以為麒麟是仁獸，聖人在世，王道施行，則麒麟出現，是上天所示的嘉瑞。解，古代的一種文體，用於解說或辨析疑難。相傳春秋時代魯哀公十四年（西元前四八一年），魯國大夫的車夫在魯西大野澤中狩獵時獲得一隻麟。孔子有感於當代無聖明天子來感應上天的嘉瑞，王道不能復興，於是在《春秋》經上記下「西狩獲麟」就慨然停筆。本文即就此事，自設詰難，自作解答，寄託其生不逢時的感慨。

麟之為靈，昭昭❶也。詠於《詩》❷，書於《春秋》，雜出於傳記百家之書。雖婦人小子，皆知其為祥也。然麟之為物，不畜於家，不恆❸有於天下。其為形也不類❹，非若馬、牛、犬、豕❺、豺❻、狼、麋❼、鹿然。然則，雖有麟，不可知其為麟也。角者吾知其為牛，鬣❽者吾知其為馬，犬、豕、豺、狼、麋、鹿，吾知其為犬、豕、豺、狼、麋、鹿，惟麟也不可知。不可知，則其謂之不祥也亦宜。雖然，麟之出，必有聖人在乎位，麟為聖人出也。聖人者，必知麟，麟之果❾不為不祥也。又曰：麟之所以為麟者，以德不以形。若麟之出不待聖人，則謂之不祥也亦宜。

【注釋】❶昭昭　明明白白。❷詩　《詩經》。《詩經・周南》有〈麟之趾〉。❸恆　經常。❹不類　無從歸類。❺豕　豬。❻豺　狼屬。身瘦，尾長下垂，性貪殘。❼麋　似鹿而大。❽鬣　馬頸上的長毛。❾果　終究；畢竟。

【語譯】麟是一種靈異的動物，這是很明白的。《詩經》有歌詠麟的詩篇，《春秋》有「獲麟」的記載，在經傳、諸子百家的書裡，提到麟的地方也很多。即使是婦人、小孩，也都知道麟是一種祥瑞的動物。但是麟這種動物，不畜養在家裡，世上也不常出現。牠的形狀無從歸類，不像馬、牛、狗、豬、豺、狼、麋、鹿。那麼，即使有麟，也不能認得牠就是麟了。有角的我們知道牠是牛，有鬣毛的我們知道牠是馬，狗、豬、豺、狼、麋、鹿，我們知道那是狗、豬、豺、狼、麋、鹿，只有麟無法知道。因為無法知道，那麼說牠不祥也可以。話雖然這樣說，可是麟出現，一定有聖人在位，麟是為聖人出現的。聖人一定認得麟，麟畢竟不是不祥的動物。再說，麟之所以為麟，是因為牠的德行，不是因為牠的形狀。如果麟不等待有聖人就出現，那麼說牠不吉祥也是可以的。

【研析】本文可依思考脈絡區分為五小節。韓愈首先根據經典載籍，以「靈」字肯定麟為祥瑞之物。接著連用五個否定句指出麟之為物，殊難確認，進而以「知」字為焦點，謂麟亦可視為不祥。接著又強調「麟為聖人出」，暗示自己雖有才智，卻不為君主識拔。最後拈出「德」字為全文總綱，既照應前文的「靈」字，又與第二節中的「形」字相映襯。

中國傳統的政治形態以人治為主，故而對人才的拔擢就不僅是人事上新陳代謝的問題，更關係到國運的興衰。《呂氏春秋・論人》有八觀六驗之法，曹魏時劉劭撰《人物志》，均顯示歷代對人才之認定的重視。韓愈在本文中，也曲折地傳達出期盼君王擢用人才的呼籲。對韓愈而言，科場和仕途的波折始終是心頭揮不去的陰影，而問題的癥結，就在於人才並未獲得真誠的重視。何以故？一般人就如同馬、牛、犬、豕、豺、狼、麋、鹿般，可輕易地觀形跡以知其材用；麟雖兼有眾材，卻無法按一般的標準加以歸類（如《論語》所謂「君子不器」），在常人習慣以「貼標籤」的方式辨識對象的情況下，麟之見棄於當權者是可以理解的。麟非聖人不能識，聖人不世出，於是麟亦往往成為歷史中的飄泊者，甚至被視為不祥了。韓愈以麟自喻，是何等的自負，卻又何其悲涼！

# 雜說 一

【題解】本文選自《昌黎先生文集》。雜，是組合的意思。說，古代的一種文體，用以闡明事理，或倡導主張。原題共四篇短文，大致在議論現實，抒發感慨，故總題為〈雜說〉。本文為四篇中的第一篇，主旨在以龍與雲的關係，譬喻君臣的遇合，認為臣不可無君，而君尤不可無賢臣之輔弼，君臣相得，方可成就功業。

龍❶噓❷氣成雲，雲固弗靈於龍也。然龍乘是氣，茫洋❸窮乎玄間❹，薄❺日月，伏❻光景❼，感震電❽，神❾變化，水下土❿，汩⓫陵谷。雲亦靈怪矣哉。雲，龍之所能使為靈也。若龍之靈，則非雲之所能使為靈也。然龍弗得雲，無以神其靈矣。失其所憑依，信⓬不可歟？異哉！其所憑依，乃其所自為也。《易》曰：

「雲從龍⑬。」既曰龍，雲從之矣。

【注釋】❶龍 傳說謂鱗蟲之長。能興雲雨，利萬物，與麟、鳳、龜並稱為四靈。❷噓 吐；呼。❸茫洋 廣大無際的樣子。❹玄間 天空；天際。天色玄，故云。❺薄 接近；逼近。❻伏 遮蔽。❼景 日光。❽感震電 引動雷電。感，動。震，雷。❾神 使之神奇。❿水下土 使水遍下於地。⓫汨 淹沒。⓬信 真的。⓭雲從龍 《易經・乾卦・文言》曰：「雲從龍，風從虎。」

【語　譯】龍吐出的氣成為雲，雲本來就不會比龍靈異。然而龍乘著雲氣，卻能在廣大無邊的天空裡無所不至，逼近日月，遮蔽陽光，引動雷電，使大自然發生神妙的變化，使雨水遍灑大地，淹沒丘陵山谷。雲也算是靈異的了。雲，是龍的能力使它變成靈異的。至於龍的靈異，就不是雲的能力使牠變成靈異的了。然而，龍如果沒有雲，就沒有法子使牠的靈異神妙莫測。龍失去牠所依憑的東西，真的就不可以了吧？奇怪得很啊！牠所依憑的，竟然是牠自己吐出來的。《易經》上說：「雲跟著龍。」既然稱為龍，雲當然跟著牠了。

【研　析】本文根據《易經・乾卦・文言》中「雲從龍」一句加以發揮，分三個層次描述了雲和龍的關係：首先，雲是龍噓氣所聚的結果，雲因龍騰而變化靈怪。其次，龍之所以能「神其靈」，亦在於雲氣之烘托。最後指出龍所憑依的雲是由自己創造的，故而龍能成為自身命運的主宰。

歷來對本篇主旨的看法，大多認為是指君臣際遇，但也有人說是指朋友交誼。無論如何，文中的鼓勵意味是很明顯的。「其所憑依，乃其所自為也」，展現出強大的氣魄：一方面顯示圖謀大事，必待客觀條件的配合；另方面，透過個人主觀的努力，我們才有可能跨越當下的限制而掌握先機，操控全局。於是，人生不再像是受命運撥弄的棋子，而是自我實現的過程。未來，總還有點希望！

## 雜說四

【題　解】本文選自《昌黎先生文集》。雜，是組合的意思。說，古代的一種文體，用以闡明事理，或倡導主張。原題共四篇短文，大致在議論現實，抒發感慨，故總題為〈雜說〉。本文為四篇中的第四篇，主旨在以千里馬比喻賢士，以伯樂比喻能識拔賢士的執政者，闡述識拔人才的重要，並抒發賢士埋沒不得施展的感慨。

世有伯樂❶，然後有千里馬。千里馬常有，而伯樂不常有。故雖有名馬，祇❷辱於奴隸人之手，駢❸死於槽櫪❹之間，不以千里稱也。馬之千里者，一食或盡粟一石❺。食❻馬者，不知其能千里而食也。是馬也，雖有千里之能，食不飽，力不足，才美不外見❼，且欲與常馬等不可得，安求其能千里也？策❽之不以其道，食之不能盡其材，鳴之而不能通其意，執策❾而臨之，曰：「天下無馬。」嗚呼！其真無馬邪？其真不知馬也？

【注　釋】❶伯樂　人名。姓孫名陽，字伯樂，春秋時代秦穆公時期的人，以善相馬而著名於時。❷祇　通「衹」。只；僅。❸駢　並；一起。❹槽櫪　槽，餵牲口時放置飼料的器具。櫪，馬棚。❺石　古代的量詞。可指重量，也可指容量。此指容量，十斗。❻食　通「飼」。餵養。❼見　通「現」。顯現。❽策　鞭打；驅趕。❾策　馬鞭。

【語　譯】世上有伯樂，然後才有千里馬。千里馬常有，可是伯樂卻不常有。所以即便有名馬，也只不過受辱於養馬的奴隸，和普通的馬一樣死在槽櫪之間，不被稱作是千里馬。日行千里的馬，一餐有的要吃掉一石的糧草。養馬的人，不知道牠是匹千里馬才會有那樣大的食量。這匹馬，雖然有日行千里的能力，牠吃不飽、力氣不夠，優異的才能無法發揮，就是想要和普通的馬一樣都不可能，怎能要求牠日行千里呢？鞭策牠不能依照御馬的方法，飼養牠不能滿足牠的材質所需，牠叫了又不能了解牠的意思，卻拿著馬鞭在牠面前，說：「天下沒有千里馬。」唉！是真的沒有千里馬呢？還是不懂得馬呢？

【研　析】本文可依思考脈絡分為三層：第一層先慨歎伯樂之罕有，第二層由發現千里馬和飼養千里馬之難，轉而描述「不以千里稱」的千里馬的悲慘境遇，最後一層則對那些埋沒良駒、有眼無珠的昏庸之徒表達了強烈的憤慨。

人才問題是韓愈政治關懷的焦點之一，在他的許多文章中，如〈師說〉、〈送董邵南序〉、〈毛穎傳〉、〈進學解〉等，都表達了他對發現和培育人才的重視；而在〈為人求薦書〉、〈送權秀才序〉、〈送溫處士赴河陽軍序〉等文章裡，則集中地援引伯樂相馬的典故闡述其人才觀。以本文而言，千里馬優異的材質蘊藏著巨大的潛能，其前景理應具有無窮希望；但千里馬仍有其無可避免的客觀限制，即須仰賴伯樂之發掘。伯樂不常有，於是千里馬之慘遭汩沒就成為無可奈何的現實。千里馬「秪辱於奴隸人之手，駢死於槽櫪之間」，「奴隸人」草菅「馬」命的敷衍態度，正是造成這一齣齣悲劇的殺手。這裡的「奴隸人」，可以視為一般行政官僚的借喻，他們慣常以「秉公處理」為藉口，營造一齊頭式的假象平等，為圖個人處理的方便，刻意忽略個體間的差距，甚或根本沒有發掘人才的企圖和自覺，故而正如養馬者不僅「不知其能千里而食」，抑且「鳴之而不能通其意」了。韓愈讓讀者在千里馬的悲鳴中看到了天才之火如何被無情地澆熄的慘痛歷程，同時從執鞭者自謂「天下無馬」的瞎說裡體會到現實殘酷的一面。這種懷才不遇的挫折感，又何嘗不是作者的血淚控訴？在那不能致千里的千里馬身上，也似乎可以看到韓愈個人的影子！

人才是國家社會最重要的資源，每一個進步的國家都重視人才的培育。千里馬如不經伯樂賞識，只是匹凡馬而已，影響畢竟不大，但一個人才不獲賞識，終身鬱鬱，則不僅是他個人的遺憾，很可能成為整個社會不可彌補的損失。所以社會固然需要人才，更需要有見識、能容人，像伯樂一般能提攜真才的人。

# 卷八 唐文

## 師說

【題解】本文選自《昌黎先生文集》。說，古代的一種文體，用以闡明事理，或倡導主張。本文以「師」為主題，旨在闡述從師問學的重要，以及應有的觀念，並批判當時士大夫恥於相師的謬誤。文章大約作於唐德宗貞元十九年（西元八〇三年），韓愈時任國子監四門博士，負有傳道授業之責，積極指導並獎掖後進，頗受當時士大夫之家的議論。韓愈基於師道重振實攸關文化命脈的存續、儒學道統的傳承，因而藉著後進李蟠的請學，作為此文，以回應時議，闡述理想。

古之學者必有師。師者，所以❶傳道❷、受業❸、解惑也。人非生而知之者，孰❹能無惑？惑而不從師，其為惑也，終不解矣。生乎吾前，其聞道也固先乎吾，吾從而師之；生乎吾後，其聞道也亦先乎吾，吾從而師之。吾師道也，夫庸❺知其年之先後生於吾乎？是故無貴、無賤、無長、無少，道之所存，師之所存也。

嗟乎！師道❻之不傳也久矣！欲人之無惑也難矣！古之聖人，其出❼人也遠矣，猶且從師而問焉；今之眾人，其下⑧聖人也亦遠矣，而恥學於師。是故聖益聖，愚益愚。聖人之所以⑨為聖，愚人之所以為愚，其皆出於此乎？

愛其子，擇師而教之，於其身⑩也則恥師焉，惑矣！彼童子之師，授之書而習其句讀⑪者也，非吾所謂傳其道、解其惑者也。句讀之不知，惑之不解，或師焉，或不⑫焉。小學而大遺⑬，吾未見其明也。

巫醫⑭、樂師⑮、百工⑯之人，不恥相師。士大夫之族，曰師、曰弟子云者，則群聚而笑之。問之，則曰：「彼與彼年相若⑰也，道相似也。」位卑則足羞⑱，官盛則近諛⑲。嗚呼！師道之不復⑳可知矣！巫醫、樂師、百工之人，君子不齒㉑，今其智乃反不能及，其可怪也歟！

聖人無常師㉒，孔子師郯子㉓、萇弘㉔、師襄㉕、老聃㉖。郯子之徒，其賢不及孔子。孔子曰：「三人行，則必有我師㉗。」是故弟子不必不如師，師不必賢於弟子。聞道有先後，術業有專攻㉘，如是而已。

李氏子蟠㉙，年十七，好古文㉚。六藝經傳㉛，皆通習㉜之；不拘於時，請學於余。余嘉㉝其能行古道，作〈師說〉以貽㉞之。

【注　釋】❶所以　用來……。表示憑藉。❷道　指儒家修己治人的道理。❸受業　講授學業。受，通「授」。業，古代書寫文字的木板。此指學業。❹孰　誰。❺夫庸　何必。夫，發語詞。無義。庸，何必。❻師道　從師問學的傳統。❼出　超出。❽下　低於；不如。❾所以　……的原因。表示結果。❿身　自身；自己。⓫句讀　指文章的斷句。文中語意完足的稱為句，語意未完而可稍停頓的稱為讀。讀，也作「逗」。⓬不　通「否」。⓭小學而大遺　學習小的而遺漏了大的。小，指「習其句讀」。大，指「傳其道，解其惑」。⓮巫醫　即醫生。古代巫能為人祈福消災，故巫亦醫，巫醫遂連稱。⓯樂師　指有音樂專長的人。⓰百工　泛指各種工匠。⓱若　相似；相近。⓲位卑則足羞　向地位低的人學習，就覺得十分可恥。足，十分；非常。⓳官盛則近諛　向地位高的人學習，就覺得近於諂媚。⓴不復　不能恢復。㉑不齒　極端鄙視，不屑與之同列。齒，牙齒。引申有排比、並列的意思。㉒聖人無常師　聖人沒有固定的老師。聖人，指孔子。《論語・子張》：「子貢曰：『……夫子焉不學，而亦何常師之有？』」㉓郯子　春秋時代郯國（故城在今山東郯城西南）國君。子，子爵。郯子曾到魯國，談起少昊氏以鳥名官的事，孔子特地去向他請教。㉔萇弘　周敬王時大夫。相傳孔子曾向他請教古樂。㉕師襄　春秋時代魯國的樂官。相傳孔子曾向他學鼓瑟彈琴。㉖老聃　即老子。春秋時代楚國人，為道家之祖，相傳孔子曾向他問禮。㉗三人行二句　三個人同行，其中一定有足以為我師的人。語出《論語・述而》。原文無「則」字，「師」下有「焉」字。㉘攻　研究。㉙李氏子蟠　李蟠。唐德宗貞元十九年（西元八〇三年）進士。㉚古文　指周、秦、西漢質樸、載道的散文。有別於六朝以來流行的駢體文。㉛六藝經傳　指儒家經典。六藝，即《詩》、《書》、《禮》、《樂》、《易》、《春秋》六經。聖人的著作叫「經」，後賢解說經義的著作叫「傳」。如《春秋》為經，解說《春秋》的《左氏》、《公羊》、《穀梁》為傳。㉜通習　通曉熟習。㉝嘉　讚許。㉞貽　贈送。

【語　譯】古代求學問的人一定要有老師。老師，就是傳授道理、講授學業、解答疑惑的人。人不可能生下來就明白一切道理，誰能沒有疑惑？有疑惑而不請教老師，那疑惑就永遠不能解決了。

年紀比我大的，他領會道理當然比我早，我跟他學習；年紀比我小的，如果他領會道理也比我早，我也跟他學習。我要學習的是道理，何必管他年紀比我大還是小呢？所以，不論地位貴賤、年紀大小，只要他懂得道理，就可以做我的老師。

唉！從師問學的傳統早已消失了，想要一般人沒有疑惑也就難了！古代的聖人超出常人很多，尚且從師求教；現在一般的人遠不如聖人，卻認為跟老師學習是可恥的。所以，聖人越發聖明，愚人越發愚昧。聖人之所以能成為聖人，愚人之所以終究是愚人，大概都是這個緣故吧！

人們疼愛自己的兒子，會選擇老師來教他，可是自身卻以跟老師學習為可恥，這真是令人不解啊！那兒童的老師，只是教兒童讀書、學習句讀，並非我所說的傳授道理、解答疑惑。句讀不曉得，便去請教老師；疑惑不能解，卻不請教老師。小的地方去學習，大的地方反而遺漏不去學習，我真看不出他的聰明在哪裡。

巫醫、樂師、各種工匠，都不以跟老師學習為可恥。倒是那些士大夫，只要有人稱呼「老師」、「學生」，大家就聚在一塊嘲笑他。問他們為什麼笑，就說：「他和他年紀差不多，學識也差不多呀！」向地位低的人學習，便覺得十分可恥，而向地位高的人學習，又覺得近於諂媚。唉！從師問學的傳統難以恢復是很明白的了。巫醫、樂師、各種工匠，是君子所鄙視的，現在君子的見識反而比不上他們，這不是很奇怪的事嗎？

聖人沒有固定的老師，孔子曾向郯子、萇弘、師襄、老聃請教。其實郯子這些人，他們的才智都比不上孔子。孔子說過：「三個人同行，其中一定有可以做我老師的人。」所以學生不一定不如老師，老師也不一定比學生高明。只是領會道理的時間有先後，學業各有專門的研究，就是這樣罷了。

李蟠十七歲，喜好古文，熟習六經經傳。不受時俗拘束，來跟我學習。我讚許他能依循古人從師問學的傳統，所以作這篇〈師說〉送給他。

**【研　析】**本文可分七段。首段以「古之學者必有師」，開宗明義強調從師問學為古道之不可易者，進一步指出教師的功能為傳道、受業和解惑。以下各段即以此為中心觀點而開展其議論。二段強調不論年齡、地位，凡在我之前聞道者，皆可以為吾師。此為五、六兩段先伏一筆。三段謂古人從師而今人不從師，古今面對從師的態度不同，故有聖愚之別。四段批評時人僅知為子擇師而自身卻恥於從師的錯誤心態，而其對學習內容短視淺薄的認知程度，亦亟待修正。五段透過對比的方式指出：當時士大夫對於從師問學的態度，反不如其所鄙視之庶民。六段舉孔子學無常師，虛心求教的學習態度，反證世俗觀點的偏執妄誕，進而提出「聞道有先後，術業有專攻」的主張，回應二段「無貴、無賤、無長、無少，道之所存，師之所存」的論點。末段嘉勉李蟠能不拘於時，行古人從師問學之道，點出贈文之原委，並回應首段作結。

本文透過一「恥」字對士大夫心態加以批判，以反省唐代教育的危機，實具有文化革新的意義。今人指出：唐代的高等教育有三種形態，一是學校形態的官學、私學，以教授經學為其內容；一是非學校形態的自學，以學習文選和時賢詩文，在以文會友中完成自我教育。另方面，唐代選拔人才的科舉制度以進士科最為尊貴，而進士科以崇尚文學為特質。詩賦創作大多是個人創造力、想像力的展現，得之於師傅者少，於是，以經學教育為主的官學和私學便逐漸式微，自學成材儼然成為唐代士子高等教育的普遍形態，而恥於從師、恥於為師則是士子自學成材風氣的質變。

韓愈本身也是自學成材的成功案例，他何以會對時人恥學於師、恥於為師的風氣作如此強烈的抨擊呢？這與他「文以載道」的文學觀應有密切關係。他在本文中將教師的職責界定為傳道、受業、解惑，稱許李蟠能通習六藝經傳，而〈原道〉一文更明揭所謂道統；於是，教師以其能傳釋往聖的人生智慧，遂為道統之所繫。傳道、受業、解惑實屬一體，對教師的尊重，即是對前人智慧以及文化傳統的尊重。師道的淪喪，不僅象徵文化傳承的斷裂，更標誌著維繫社會安定的倫常綱紀的初步解體。明乎此，則其以師道倡，實有民族文化之傳承的深意在。

在寫作技巧上，本篇大量運用對比的方式展開議論。作者刻意以古之聖人、巫醫樂師百工之人、孔子、李蟠和今之士大夫之族形成強烈對比，此種技巧的運用，可使文章氣勢宏偉，富於說服力。作者還運用了其他的修辭技巧，如首段以頂真格破題，「古之學者必有師。師者，所以傳道、受業、解惑也」，第二句句首「師」字和第一句末尾的「師」字緊緊相扣；四段「句讀之不知，惑之不解，或師焉，或不焉」採錯綜句法，更顯得奇崛而富於變化。這些都是本文在語言風格上的特色，值得再三玩味。

# 進學解

【題解】本文選自《昌黎先生文集》。進學，精進學業；使學業進步。解，古代的一種文體，用於解說或辯析疑難。唐憲宗元和七年（西元八一二年），韓愈因替人辯罪而左遷為國子博士，心有不平，遂作此文以自喻。文中國子先生教誨諸生當求業精行成，不可荒嬉放任，而學生反詰，先生回應辯說。藉由師生對話表達其對世道不公，有司不平，有才有德反受黜斥的憤慨。

國子先生❶晨入太學❷，召諸生立館下，誨❸之曰：「業精於勤，荒於嬉❹；行成於思，毀於隨❺。方今聖賢❻相逢，治具畢張❼。拔去❽兇邪，登崇❾俊良。占小善者率以錄❿，名一藝者無不庸⓫。爬羅剔抉⓬，刮垢磨光⓭。蓋有幸⓮而獲選，孰云多⓯而不揚⓰？諸生業患不能精，無患有司⓱之不明；行患不能成，無患有司之不公。」

言未既⓲，有笑於列者曰：「先生欺余哉！弟子事先生，於茲有年⓳矣。先生口不絕吟於六藝⓴之文，手不停披㉑於百家之編㉒。記事者必提其要㉓，纂言者必鉤其玄㉔。貪多務得，細大不捐㉕。焚膏油以繼晷㉖，恆兀兀以窮年㉗。先生之業，可謂勤矣。

「觝排異端[28]，攘斥[29]佛老。補苴罅漏[30]，張皇幽眇[31]。尋墜緒[32]之茫茫，獨旁[33]搜而遠紹[34]。障百川而東之[35]，迴狂瀾於既倒[36]。先生之於儒，可謂有勞矣。

「沉浸醲郁[37]，含英咀華[38]，作為文章，其書滿家。上規[39]姚姒[40]，渾渾無涯[41]；周誥[42]殷盤[43]，佶屈聱牙[44]。《春秋》謹嚴[45]，《左氏》浮誇[46]；《易》奇而法[47]，《詩》正而葩[48]。下逮《莊》、《騷》[49]，太史所錄[50]，子雲、相如[51]，同工異曲。先生之於文，可謂閎其中而肆其外[52]矣！

「少始知學，勇於敢為。長通於方[53]，左右具宜。先生之於為人，可謂成矣。

「然而公不見信於人，私不見助於友。跋前躓後[54]，動輒得咎。暫為御史，遂竄南夷[55]。三年博士[56]，冗不見治[57]。命與仇謀[58]，取敗幾時！冬暖而兒號寒，年豐而妻啼飢。頭童齒豁[59]，竟死何裨[60]？不知慮此，而反教人為！」

先生曰：「吁，子來前。夫大木為宗[61]，細木為桷[62]，欂櫨[63]侏儒[64]，椳[65]闑[66]扂[67]楔[68]，各得其宜，施以成室者，匠氏之工也。玉札[69]、丹砂[70]，赤箭[71]、青芝[72]，牛溲[73]、馬勃[74]，敗鼓之皮[75]，俱收並蓄，待用無遺者，醫師之良也。登[76]明選公，雜進巧拙，紆餘[77]為妍，卓犖[78]為傑，校短量長，惟器是適者，宰相之方也。

「昔者孟軻好辯[79]，孔道以明；轍環天下[80]，卒老於行。荀卿守正，大論是弘。逃讒於楚，廢死蘭陵(81)。是二儒者，吐辭為經，舉足為法，絕類離倫(82)，優入聖域，其遇於世何如也？

「今先生學雖勤而不繇(83)其統，言雖多而不要其中(84)。文雖奇而不濟(85)於用，行雖修而不顯於眾。猶且月費俸錢，歲靡廩粟(86)。子不知耕，婦不知織。乘馬從徒(87)，安坐而食。踵常途之促促(88)，窺陳編(89)以盜竊。然而聖主不加誅(90)，宰臣不見斥，茲非其幸歟？動而得謗，名亦隨之。投閒置散(91)，乃分(92)之宜。若夫商財賄(93)之有亡，計班資之崇庳(94)，忘己量(95)之所稱，指前人之瑕疵，是所謂詰匠氏之不以杙為楹(96)，而訾醫師以昌陽(97)引年(98)，欲進其豨苓(99)也。」

【注釋】❶國子先生　指國子博士。此韓愈自稱。唐代中央設國子監，為最高教育行政機關，下設六學：國子學、太學、四門學、律學、書學、算學。國子學置國子博士二人，掌教國子學生。❷太學　古代學校名。此指國子學。❸誨　教導。❹業精於勤二句　學業的精進在於勤勉，其荒廢由於嬉戲。❺行成於思二句　德行的修成在於慎思，其敗壞在於放任。隨，放任；隨便。❻聖賢　聖君賢臣。❼治具畢張　治國的措施都已完備。張，布設；施設。❽拔去　除掉；除去。❾登崇　提拔任用。❿占小善者率以錄　凡有一點長才的大都已被錄用。占，擅有。率，大都；大抵。以，通「已」。⓫名一藝者無不庸　凡治一經而有名的無不被任用。一藝，指一種經書。六經亦稱六藝。庸，用。⓬爬羅剔抉　搜羅挑選。⓭刮垢磨光　刮去汙垢，磨出光彩。比喻訓練、培養人才。⓮幸　僥倖。⓯多　優。⓰揚　顯揚。⓱有司　主管官員。職有所司，故稱。⓲既　終；完。⓳有年　數年；多年。⓴六藝　即六經：《易》、《書》、《詩》、《禮》、《樂》、《春秋》。㉑披　翻閱。㉒百家之編　指諸子的著作。編，書籍。㉓提其要　摘錄其綱要。㉔纂言者必鉤其玄　立言的書必探求其精義。鉤，探求。玄，精深的道理。㉕捐棄。㉖焚膏油以繼晷　夜晚點燈以繼續白天的攻讀。形容勤讀不怠。焚膏油，指點燈。晷，日光。㉗恆兀兀以窮年　終年勤勉不息的樣子。兀兀，勤勉不息的樣子。窮年，終年；一年到頭。㉘觝排異端　排斥異端。觝，通「牴」。抵制。排，排斥。異端，與正統相反的學說。此指佛、老。㉙攘斥　排斥；駁斥。㉚補苴罅漏　彌補縫隙缺漏。此指彌補儒家學說因佛、老衝激而顯現的缺漏。苴，襯墊。罅，裂縫。㉛張皇幽眇　發揚隱微的聖人之道。張皇，發揚光大。幽眇，隱微。㉜墜緒　中衰將絕的事業。緒，前人遺留的事業。此指儒家道統。㉝旁　廣泛。㉞紹　繼承。㉟障百川而東之　障阻百川橫決的流水，使之就正道而東流。謂抵制邪說，排斥異端，使其回歸儒家之正道。百川比喻異端邪說，百川東之則歸於海，故此隱以海喻儒家。障，防堵。㊱迴狂瀾於既倒　挽回已潰決的大浪，使之歸於平靜。比喻挽救世風人心之陷溺於佛、老，使歸於儒，轉危為安。㊲沉浸醲郁　涵泳在典籍的濃郁中。醲郁，濃厚的滋味、強烈的香氣。此指書中含義之精粹。㊳含英咀華　品味文章的精華。含，玩味。咀，體會。英、華，指文章精妙之所在。㊴規　效法；學習。㊵姚姒　指《尚書》中的〈虞書〉和〈夏書〉。姚，虞舜之姓。姒，夏禹之姓。㊶渾渾無涯　廣大深遠而無邊際。㊷周誥　指《尚書・周書》中的〈大誥〉、〈康誥〉、〈酒誥〉、〈召誥〉、〈洛誥〉。記周武王、周公告誡臣民之辭。㊸殷盤　指《尚書・商書》的〈盤庚〉上、中、下三篇。記商代帝王盤庚自奄遷殷的史事。㊹佶屈聱牙　文辭艱澀難讀。佶屈，屈曲。形容文句艱深。聱牙，不順口。㊺春秋謹嚴　《春秋》常以一字寓其褒貶，極為鄭重，故云。㊻左氏浮誇　《左傳》多記鬼神、福禍、預言，敘事富於文學技巧，文辭往往虛浮誇大，故云。㊼易奇而法　《易經》變化神奇而有規律。㊽詩正而葩　《詩經》義理正而詞藻美。葩，華美。㊾莊騷　《莊子》和《離騷》。㊿太史所錄　指司馬遷所著《史記》。司馬遷繼其父談為太史令。(51)子雲相如　揚雄和司馬相如。揚雄，字子雲，漢成帝時人，著〈甘泉〉、〈河東〉、〈羽獵〉、〈長楊〉等賦。司馬相如，漢武帝時人，著〈上林〉、〈大人〉、〈哀二世〉等賦。(52)閎其中而肆其外　義理宏通而文筆豪邁。(53)通於方　通達待人處世之道。方，道理。(54)跋前躓後　形容進退失據。跋，踩踏。躓，一作「疐」。絆倒。語本《詩經・豳風・狼跋》：「狼跋其胡，載疐其尾。」胡，頸下的垂肉。載，則。這二句是說：狼前進就踏到頸下垂肉，後退就踩到尾巴而絆倒。(55)暫為御史二句　唐德宗貞元十九年（西元八〇三年），韓愈由四門博士升任監察御史，不久因上書論事，得罪唐德宗，貶陽山縣令。陽山縣在今廣東，當時視為蠻荒，故稱南夷。(56)三年博士　唐憲宗元和元年（西元八〇六年）六月，召韓愈權知國子博士，四年六月，遷都官員外郎。(57)冗不見治　處於閒散的官位，無以見其治績。冗，閒散。(58)命與仇謀　司命之神與仇敵共謀。指命運不佳。(59)頭童齒豁　頭禿齒落。童，山無草木。後以形容頭禿。豁，脫落。(60)裨　助。(61)宗　棟梁。(62)桷　方椽。用以承屋瓦。(63)欂櫨　拱承屋棟的方木。似斗形，即斗拱。(64)侏儒即「株櫺」。梁上短柱。65根　門樞之臼。66闑　門檻。67扂　門閂。用以閉戶的橫木。68楔　門兩旁的木柱。69玉札　草名。即地榆，味苦，性微寒，可止痛、止膿血。70丹砂　即朱砂。中醫用為鎮靜劑。71赤箭　草名。又名獨搖芝。根曬乾可入藥，稱天麻。味辛，性溫，可消癰腫。72青芝　菌類。生在枯木上，《本草》謂有青、黃、赤、白、黑、紫六色，古以為瑞草，服之可延年益壽。73牛溲　即車前。種子味甘，性寒，可止痛、除濕痹。74馬勃　菌類。秋季生於山林蔭地，暗褐色，呈球狀，其質如綿，中含褐色孢子，味辛，性平，可用為止血藥。75敗鼓之皮　破鼓的皮。舊說可治蟲毒。76登　進用。77紆餘　舒緩從容。78卓犖　卓絕出眾。79孟軻好辯　《孟子・滕文公下》：「公都子曰：『外人皆稱夫子好辯，敢問何也？』孟子曰：『予豈好辯哉？予不得已也！』」80轍環天下　車轍遍天下。即周遊天下。孟子曾遊說齊宣王、梁惠王、滕文公等。轍，車輪之跡。81廢死蘭陵　荀子遊齊，為祭酒，後避讒適楚，春申君以為蘭陵令，春申君死，荀子亦廢，卒葬蘭陵。蘭陵，戰國楚邑。故城在今山東嶧縣東。82絕類離倫　超群出眾。倫，同類。83繇　由。84不要其中　不合中道。要，指歸。85濟助。86歲靡廩粟　每年耗費官倉的米粟。靡，耗費。87從徒　有僕役隨從。88促促　拘謹的樣子。89陳編　古籍。90誅　責罰。91投閑置散　居於閑散不重要的職位。投、置，安排；放置。92分　本分。93財賄　財物。94班資之崇庳　官位的高低。班資，班位資格。庳，低下。95量　分量；才能。96以杙為楹　用小木樁當梁柱。杙，小木樁。97昌陽　即白菖。生於池澤，根莖長，可供藥用，服食可以延年。98引年　延年。99豨苓　即豬苓。菌類，多生於楓樹上，呈塊狀，色黑似豬屎，可供藥用，主滲泄。

【語　譯】國子先生早上來到太學，把學生集合在館下，教誨他們說：「學業的精進在於勤勉，學業的荒廢由於嬉戲；德行的修成在於慎思，德行的敗壞由於放任。當今朝廷君聖臣賢會合，治國的措施都已完備。除去兇惡奸邪的人，拔用傑出賢良之士。只要有一點點長才的都已被錄用，只要通一經而有名的沒有不被任用。多方網羅選拔人才，用心加以培養造就。或許會有僥倖而獲得選拔的人，誰說有優異而不能顯揚的呢？諸位應擔心學業不能精進，不用怕在位的人不明察；應擔心德行不能修成，不必怕在位的人不公平。」

話還沒說完，有人在行列裡笑著說：「先生騙我們哪！弟子跟著先生學習，到現在已經幾年了。先生口不停地吟誦六經的文章，手不停地翻閱諸子百家的著作。凡是記事的書一定摘錄綱要，凡是立言的書必定探求精義。力求廣泛而有心得，不論大小都不放棄。夜晚點燈繼續白天的攻讀，一年到頭勤奮不息。先生在學業方面，可說是夠勤勉的了。

「抵制異端邪說，駁斥佛、老。彌補儒家的缺漏，發揚隱微的聖道，探求中衰將絕的儒家學術，獨自多方搜求以遠接道統。障阻橫決的河川使它就正道而東流，挽回已潰決的大浪使它平靜。先生在儒學方面，可說是有功勞了。

「涵泳在典籍的濃郁裡，品味文章的精華，寫成的著作，堆滿家中。向上取法〈虞書〉、〈夏書〉的廣大深遠，〈周書〉誥文和〈商書．盤庚〉的艱澀深奧；學習《春秋》的嚴謹，《左傳》的誇張；《易經》的變化神奇而有規律，《詩經》的義理中正而詞藻華美。下至《莊子》、《離騷》，太史公的《史記》，以及揚雄、司馬相如的文章，汲取他們風格各異、巧妙相同之處。先生在寫作方面，可說是內容閎通、文辭豪邁的了！

「自小就知道努力向學，又敢於有所作為。長大後通達人情世故，言談舉止無不合宜。先生在做人方面，可說是修養有成的了！

「然而在公的方面不被人信任，在私的方面得不到朋友的幫助。進退失據，往往獲罪。升任御史沒多久，就被貶到南蠻荒遠之地。擔任三年博士，職位閒散無所施展。命運不濟，隨時可能遭遇挫折。在溫暖的冬日，兒子還直哭冷；在豐收的年歲，妻子還直叫餓。而先生頭禿齒落，就這樣一直到老死，又有什麼好處呢？先生不知道憂慮這些，卻反而教我們努力！」

先生說：「哎！你到前面來。用粗大的木材做棟梁，細小的木材做方椽，斗拱、短柱、門臼、門檻、門閂、門柱，各用在適當的地方，以建造房子，這是工匠的技藝。玉札、丹砂、赤箭、青芝、牛溲、馬勃、破敗的鼓皮，全都收藏備用，沒有缺漏，這是醫師的高明。用人明察，選才公平，巧拙並用，從容舒緩的是美材，卓絕出眾的是俊傑，考量長短優劣，因才任用，這是宰相的治道。

「從前孟軻喜歡和人辯論，孔子學說因而發揚光大；他周遊列國，奔走到老。荀卿堅守正道，弘揚儒學；為了避讒逃到楚國，後來還是被免官，老死在蘭陵。這兩位大儒，言談即為經典，舉止便是楷模，超群出眾，已達聖人的境界而有餘，他們在人世的際遇又如何呢？

「而今我雖然勤學卻沒有遵循道統，言論雖多卻不合中道，文章雖奇特卻不適用於世，德行雖修美卻很少人知道。尚且每月白領公家的薪俸，每年耗費官倉的米粟。兒子不會耕作，妻子不懂織布。出門時騎著馬、有僕役隨從，安逸地享受飲食。拘謹地隨波逐流，抄襲舊書而沒有創見。然而聖主並不加以責罰，宰相大臣也都沒有排斥我，這難道不是我的幸運嗎？雖然一舉一動常常遭受毀謗，聲名卻也跟著大起來。處在閑散的職位，正是合於本分。至於計算財物的有無，計較官位的高低，忘了自己的才幹是否相稱，指責前輩的缺失，這正如責問木匠不用小木樁做梁柱，而批評醫師教人用白菖來滋補延年，卻要他教人吃豬苓啊！」

【研　析】本文可三大段。第一大段虛擬國子先生對太學生訓話，勉勵學生努力進德修業，毋需擔心出路。第二大段透過學生的訕笑，反詰國子先生冠冕堂皇的說辭，又可分為五小節：第一小節從治學態度上肯定國子先生之勤奮。第二小節從維護儒學傳統上肯定國子先生的功績。第三小節從文章風格之豐富肯定國子先生之文學成就。第四小節從為人處事上肯定國子先生之涵養。第五小節則以譏諷的口吻質疑國子先生學養和仕宦生涯上的嚴重落差。第三大段是國子先生的自我辯白，可分為三小節：第一小節以工匠選材和醫者用藥比喻人事的安排，暗示宰相必須承擔「野有遺賢」的政治責任。第二小節以孟子、荀子自況，以他們也曾遭受位不當才的委屈自我安慰。第三小節表面上是自謙處窮得宜，實則自視奇高，不屑茍合於世俗，展現了自己狷介的風骨。

〈進學解〉是韓愈的傳世名作，通篇採對話的形式進行駁難，多以駢文的句式來析理明志，表白其懷才不遇的心聲；就內容而言，實可視為一篇自傳文學。自傳文學在本質上乃是誇耀與謙遜的複合體，既得適當地顯揚自身的優越，又必須避免過於自炫而落人口實，故而在寫作方式上就顯得格外曲折。韓愈在論述策略上顯然作了精心的安排：一方面，所有的稱讚均由學生的譏諷帶出，嘲謔本來帶有「看笑話」的性質，作者卻反用於自誇；至於對其所遭受的不公平待遇，則以懷疑、反諷的方式間接表達同情與憤激。另方面，國子先生並非順水推舟地欣然接受這似貶實褒的讚揚，而是鄭重其事地予以否認，遂使學生的賞譽與嘲諷、同情與義憤胥皆落空，而透顯出弔詭的氣氛。

前人曾指出，韓愈的〈進學解〉乃是模仿東方朔〈答客難〉和揚雄〈解嘲〉的寫法，辨析進德修業的道理；但韓愈並非如前人所作般自數家珍而歎人不見，只是超然作壁上觀，先後針對情感和理智的層面去開解、去排遣個人命運中那些無可奈何的挫折感，這就顯發出一種積極的人生態度，具有更正面的諷諭意涵。

# 圬者王承福傳

【題　解】本文選自《昌黎先生文集》。圬者，泥水匠。圬，泥鏝。泥水匠塗抹泥灰的工具。本文是韓愈為泥水匠王承福所作的傳，但文章的重點在於透過記述王承福的話語，表彰其自食其力、無愧於心的生活態度。一方面肯定王承福的「獨善其身」，比起尸位素餐的富貴者高尚，另一方面也用以自我警惕。

圬❶之為技，賤且勞者也。有業之❷，其色❸若自得者。聽其言，約而盡。問之，王其姓，承福其名，世為京兆長安❹農夫。天寶之亂❺，發❻人為兵。持弓矢十三年，有官勳，棄之來歸。喪其土田，手鏝❼衣食，餘三十年。舍❽於市之主人❾，而歸其屋食之當❿焉。視時屋食之貴賤，而上下⓫其圬之傭⓬以償之。有餘，則以與道路之廢疾餓者焉。

又曰：「粟，稼⓭而生者也。若布與帛，必蠶績⓮而後成者也。其他所以養生之具，皆待人力而後完也，吾皆賴之。然人不可徧為，宜乎各致⓯其能以相生也。故君者，理⑯我所以生者也，而百官者，承⑰君之化者也。任有小大，惟其所能，若器皿焉。食焉而怠其事，必有天殃，故吾不敢一日舍鏝以嬉。夫鏝易能，可力焉，又誠有功，取其直⑱，雖勞無愧，吾心安焉。夫力易強而有功也，心難強而有智也。用力者使於人，用心者使人，亦其宜也。吾特擇其易為而無愧者取焉。

「嘻！吾操⑲鏝以入貴富之家有年⑳矣。有一至者焉，又往過之，則為墟㉑矣。有再至、三至者焉，而往過之，則為墟矣。問之其鄰，或曰：『噫！刑戮也。』或曰：『身既死，而其子孫不能有也。』或曰：『死而歸之官㉒也。』吾以是觀之，非所謂食焉怠其事而得天殃者邪？非強心以智而不足，不擇其才之稱㉓否而冒之者邪？非多行可愧，知其不可而強為之者邪？將㉔貴富難守，薄功而厚饗㉕之者邪？抑豐悴㉖有時，一去一來而不可常者邪？吾之心憫焉，是故擇其力之可能者行焉。樂富貴而悲貧賤，我豈異於人哉？」

又曰：「功大者，其所以自奉㉗也博。妻與子皆養於我者也，吾能薄而功小，不有之可也。又吾所謂勞力者，若立吾家而力不足，則心又勞也。一身而二任㉘焉，雖聖者不可能也。」

愈始聞而惑之，又從而思之，蓋賢者也，蓋所謂「獨善其身」者也。然吾有譏㉙焉，謂其自為也過多，其為人也過少。其學楊朱㉚之道者邪？楊之道，不肯拔我一毛而利天下，而夫人以有家為勞心，不肯一動其心以畜㉛其妻子，其肯勞其心以為人乎哉？雖然，其賢於世之患不得之而患失之者，以濟㉜其生之欲，貪邪而亡道以喪其身者，其亦遠矣！又其言有可以警余者，故余為之傳而自鑒㉝焉。

【注　釋】❶圬　泥鏝。此用為動詞。❷業之　以之為業；從事這種工作。之，指「圬」。❸色　臉色；神情。❹京兆長安　唐關內道京兆府長安縣。在今陝西西安西北。❺天寶之亂　又稱「安史之亂」。唐玄宗天寶十四載（西元七五五年），安祿山以誅楊國忠為名，起兵反，陷洛陽、長安，玄宗逃到四川，亂事歷七年多。❻發　徵發；徵集。❼手鏝　持鏝。指從事泥水匠的工作。手，拿；持。鏝，泥水匠塗抹泥灰的工具。❽舍　居住。❾主人　指房東。❿屋食之當　房租和伙食的費用。當，相當的代價。⓫上下　增減。⓬傭　工資。⓭稼　種植。⓮蠶績　養蠶紡織。⓯致　用；盡。⓰理　治理。唐代避唐高宗李治諱，以「理」代「治」。⓱承　通「丞」。佐理。⓲直　通「值」。指工資。⓳操　拿。⓴有年　若干年；多年。㉑墟　廢墟。㉒歸之官　歸公；充公。㉓稱　合。㉔將　或是。㉕饗　通「享」。享受。㉖豐悴　興衰。㉗奉　供給；供養。㉘二任　雙重負擔。指勞力又勞心。㉙譏　批評。㉚楊朱　字子居。戰國時代人，主張「貴生重己」、「為我」。㉛畜　養。㉜濟　滿足；達成。㉝鑒　警惕。

【語　譯】塗泥抹灰的工作，既卑賤又勞苦。有個從事這種工作的人，他的樣子好像很自得似的。聽他講話，簡單而透徹。問他，他說姓王，名承福，世代是京兆長安縣的農夫。天寶之亂，政府徵召百姓當兵。他從軍十三年，立下可以當官的功勳，但他放棄當官回鄉。田地沒有了，他就當泥水匠謀生，這樣又過了三十多年。他租街上人家的屋子住，付房租和伙食費。看當時房租伙食費的貴賤，增減工錢來付生活費用。如果有剩，就送給路上那些殘廢疾病和沒有飯吃的人。

他又說：「稻穀，要種植才能長出來。至於布帛，一定要養蠶紡織才能製成。其他用來維持生活的物資，都要靠人力才能完成。我們都要依賴它來維持生活。可是一個人不可能什麼都自己做，應當各自盡他的能力來互相供養。所以，人君是治理我們生計的，至於百官，是輔佐人君推行教化的。責任有大小，要各盡其力，就像器具一樣。假使只吃飯而懶於做事，一定會有上天的懲罰，所以我一天也不敢丟開泥鏝去玩樂。塗泥抹灰的工作容易學會，可以憑力氣去做，又的確有貢獻，拿這種工錢，雖然勞苦卻不慚愧，我很安心。用氣力的事容易勉強去做而且有功效，用心思的事很難勉強去做而表現出智慧。勞力的被人指使，勞心的指使別人，這也是應該的。我只是選擇容易而且不慚愧的事來做。

「唉！我拿著泥鏝到富貴人家去工作好多年了。有的去過一次，再經過那裡時，已變成廢墟了；有的去過兩次三次，再經過那裡時，也變成廢墟了。問他們的鄰居，有的說：『唉！犯罪被殺了。』有的說：『本人死後，子孫守不住這些產業了。』有的說：『人死，家產充公了。』我從這些事情來看，他們不就是所謂好吃懶做而受到上天懲罰的嗎？不就是強用心思而智力不夠，不管才能是否相稱就冒充能幹的嗎？不就是做了許多問心有愧的事，明知道不可以還勉強去做的嗎？還是富貴很難守得住，功勞小而享受又太過的緣故呢？還是盛衰有一定的時期，一來一去都不可能長久的緣故呢？我心裡很感傷，所以選擇我能力可以做的事去做。喜歡富貴而哀傷貧賤，我難道和別人不一樣嗎？」

他又說：「功勞大的人，他用來供養自己的也多些。妻子兒女都要我來養活，我的能力薄弱而功勞又小，沒有妻子兒女也是可以的。同時，我是所謂勞力的人，如果成了家而力量不夠，那又要勞心了。一個人要同時勞心又勞力，即使聖人也不可能做到。」

我起初聽了這些話，感到很疑惑，接著又仔細想想，發覺他可算是一個賢人，可能就是古人所謂「獨善其身」的人吧。不過，我對於他還有一些批評，我以為他為自己著想的太多，為別人著想的太少。或許他是信仰楊朱學說的人吧？楊朱的學說，不肯拔自己的一根毛去使天下人都有利，而這個人以為有家庭是勞心的，不肯費一點心來養活妻子兒女，他還肯勞心去為別人著想嗎？話雖這麼說，他比起世間那些怕得不到又怕失去的人，那些只求滿足自己的生活慾望，貪心邪惡而忘記道義以致丟了生命的人，要好得多了！還有，他的話有可以警惕我的地方，所以我替他寫了這篇傳記，並時時自己警惕。

【研析】本文可分四段。首段概述王承福的身世、經歷及其淡泊名利扶危濟困的人品。二段記敘王承福對自身職業的態度，以為人「各致其能以相生」，「是故擇其力之可能者行焉」，安於以圬為業。三段交代其何以不成家的緣故。末段是韓愈對王承福的整體評價，一方面認為他是「獨善其身」的賢者，另方面又質疑這種自為過多、為人過少的態度，最後仍肯定他遠勝一般世俗的利祿之徒。

韓愈在這篇傳記中，嘗試透過王承福的言行來表彰一種「任有小大，惟其所能」的人生哲學。他從社會分工的角度將人區分為用力者和用心者兩類，進而從聞見的經驗中歸納出「擇其力之可能者行焉」的處世態度。如果將這項觀點和韓愈個人在仕途上的波折連繫起來，則本篇顯然寄寓了一些批判的意味。在權力遊戲中，並不是每個人都可以才當其位的。高據要津的權貴奮不顧身地掠奪資源，處心積慮地經營個人的勢力範圍，但其下場或者身遭刑戮，或者由於子孫不能守而蒙受天殃，或者充公，如此，則宦海尚有何保障可言？王承福放棄眾所同好的官勳而「特擇其易為而無愧者取焉」，豈非顯示其燭照世情的人生智慧？這種但求無愧於心而不逐物慾遷流的操守源於清明的自覺，卻由一個「賤且勞」的圬者輕易完成，對那些「食焉怠其事」、「冒之者」、「強為之者」及「薄功而厚饗之者」來說，可算是一大諷刺了。

# 諱辯

【題解】本文選自《昌黎先生文集》。古代對於君主或尊長的名字，不可以直接說出或寫出，要用其他的字代替，稱為避諱。辯，古代的一種文體。用以針對問題，反駁既有的主張或觀點，以明是非，別真偽。唐憲宗元和五年（西元八一〇年），李賀因韓愈的鼓勵，在河南府參加鄉試中舉，韓愈勉勵李賀繼續參加進士科考試。但因為李賀的父親名「晉肅」，「晉」與「進」同音，有人以李賀應避父諱，不可參加進士考試。韓愈遂作此文，從《唐律》的規定，以及歷史事例，辯駁議論者的謬誤，認為李賀應進士試，並未犯諱。

愈與李賀❶書，勸賀舉進士❷。賀舉進士有名❸，與賀爭名者毀之，曰：「賀父名晉肅，賀不舉進士為是，勸之舉者為非。」聽者不察也，和而唱之，同然一辭。皇甫湜❹曰：「若不明白❺，子與賀且得罪。」愈曰：「然。」

《律》❻曰：「二名不偏諱❼。」釋之者曰：「謂若言『徵』不稱『在』，言『在』不稱『徵』是也。」《律》曰：「不諱嫌名❽。」釋之者曰：「謂若『禹』與『雨』、『丘』與『蓲』之類是也。」今賀父名晉肅，賀舉進士，為犯二名律❾乎？為犯嫌名律❿乎？父名晉肅，子不得舉進士；若父名仁，子不得為人乎？

夫諱始於何時？作法制以教天下者，非周公、孔子歟？周公作詩不諱⓫，孔子不偏諱二名，《春秋》不譏不諱嫌名⓬。康王「釗」之孫，實為「昭」王⓭；曾參⓮之父名「晳」，曾子不諱「昔」⓯。周之時有騏期，漢之時有杜度，此其子宜如何諱？將諱其嫌，遂諱其姓乎？將不諱其嫌者乎⓰？漢諱武帝名「徹」為「通」⓱，不聞又諱車轍之「轍」為某字也；諱呂后⓲名「雉」為「野雞」，不聞又諱治天下之「治」為某字也。今上章及詔，不聞諱「滸」⑲「勢」⑳「秉」㉑「饑」㉒也。惟宦官宮妾，乃不敢言「諭」㉓及「機」，以為觸犯。士君子言語行事，宜何所法守也？今考之於經，質㉔之於律，稽㉕之以國家之典，賀舉進士為可邪？為不可邪？

凡事父母，得如曾參，可以無譏矣。作人得如周公、孔子，亦可以止矣。今世之士，不務㉖行曾參、周公、孔子之行，而諱親之名，則務勝於曾參、周公、孔子，亦見其惑也。夫周公、孔子、曾參卒㉗不可勝，勝周公、孔子、曾參乃比於宦者宮妾。則是宦者宮妾之孝於其親，賢於周公、孔子、曾參者邪？

【注釋】❶李賀　（西元七九一～八一七年）字長吉。唐福昌（今河南宜陽）人，鄭王李亮的後代，曾官奉禮郎、協律郎等小官，長於詩，有《昌谷集》。❷舉進士　指受薦舉參加進士科的考試。進士，唐代科舉考試的名稱。❸賀舉進士有名　指李賀在參加進士考試時已有詩名。唐代科舉試卷不彌封，考生名氣往往影響錄取。❹皇甫湜　字持正。新安（今浙江淳安西）人，元和進士，官至工部郎中。❺明白　說明白。❻律　指《唐律》，為唐代法律條文。❼二名不偏諱　兩個字的名，不必避諱其中任一個單一的字。諱，避忌。此一規定見《唐律．職制律》，原出《禮記．曲禮上》。鄭玄注：「謂二名不一一諱也。孔子之母名徵在，言在不言徵，言徵不言在。」孔子母名徵在，兩個字，即「二名」。孔子單獨提到徵或在時，都不必避諱。即「不一一諱」，亦即「二名不偏諱」。如《論語．八佾》，孔子說「宋不足徵」，是「言徵不言在」；又《論語．衛靈公》，孔子說「某在斯」，是「言在不言徵」。❽不諱嫌名　不必避諱讀音相近的字。此一規定見《唐律．職制律》，原出《禮記．曲禮上》。鄭玄注：「嫌名，謂音聲相近，若禹與雨，丘與蓲也。」❾犯二名律　犯二名俱未諱之法。孔子母名徵在，孔子如提到徵在，即為犯二名律。進士與晉肅字本不同，進、晉音同，但士、肅音不同，合於「不諱嫌名」。又李賀考「進士」而非考「晉肅」，故不犯二名律。❿犯嫌名律　嫌名本不必諱，故此一問，意謂縱然「進」「晉」音同，但因「不避嫌名」，故李賀考進士根本不犯諱。⓫周公作詩不諱　周文王名昌，周武王名發，而《詩經・周頌》中的〈噫嘻〉、〈雝〉二篇中有「克昌厥後」、「駿發爾私」等句，或謂二詩皆周公所作，而昌、發二字，皆不諱。⓬春秋不譏不諱嫌名　《春秋》不譏不避諱聲音相近的字。下文「康王」二句即其例證。⓭昭王　周昭王。周康王之子，名瑕。昭是其謚號，與周康王之名「釗」同音而不諱。文中作康王孫，誤。⓮曾參　孔子弟子。⓯曾子不諱昔　曾參不避諱「昔」。《論語・泰伯》記曾子的話：「昔者吾友嘗從事於斯矣。」昔、晳聲近而曾子不諱。⓰周之時有騏期五句　春秋時代楚國有騏期，東漢有杜度。騏與期、杜與度，姓名同音，如果其子要避諱同音字，勢必不能從父姓。⓱漢諱武帝名徹為通　漢武帝名徹，漢避其名，因改「徹侯」為「通侯」。⓲呂后　漢高祖后。⓳滸　唐太祖名虎，滸、虎音近。⓴勢　唐太宗名世民，勢、世音近。㉑秉　唐世祖（唐高祖之父）名昞，秉、昞音近。㉒饑　唐玄宗名隆基，饑、基音近。㉓諭　唐代宗名豫，諭、豫音近。㉔質　對照。㉕稽　查考。㉖務　致力；努力。㉗卒　終究；到底。

**【語　譯】**我寫信給李賀，勸他去參加進士考試。李賀參加進士考試前已有名聲，和他爭名的人就毀謗他，說：「李賀的父親名晉肅，李賀不去參加進士考試才是對的，勸他去考的人錯了。」聽到的人也不仔細考慮，便隨聲附和，大家都說著相同的話。皇甫湜對我說：「如果這件事不分辨清楚，您和李賀都將要承擔罪名了。」我回答說：「是的。」

《律》說：「兩個字的名，不必避諱其中單一的字。」解釋的人說：「這是說，像是只說『徵』字沒說『在』字，只說『在』字沒說『徵』字是可以的。」《律》說：「不必避諱讀音相近的字。」解釋的人說：「這是說，好像『禹』和『雨』，『丘』和『蓲』這一類的字。」現在李賀的父親名晉肅，而李賀去應考進士，這是犯了兩個字都沒有避諱呢？還是犯了讀音相近呢？父親名晉肅，兒子就不能考進士，那麼，如果父親名仁，兒子就不能做人嗎？

避諱從什麼時候開始的？訂法制來教天下人的，不就是周公、孔子嗎？周公作詩並不避諱，孔子對於兩個字的名字，也不避諱其中單一的字。《春秋》並不譏諷沒有避諱讀音相近的字。周康王名「釗」，他的孫子諡號是「昭」王。曾參的父親名「晳」，曾子不避諱「昔」字。周朝有人叫騏期，漢朝有人叫杜度，這叫他們兒子應該怎樣避諱呢？是要避讀音相近的字，因此就避諱他的姓呢？還是不避讀音相近的字呢？漢朝避武帝的名，改「徹」為「通」，但是沒聽說避車轍的「轍」，改為另一個字。避呂后的名，改「雉」為「野雞」，沒聽說又避治天下的「治」改為另一個字。現在的奏章和詔命，也沒有聽說諱「滸」、「勢」、「秉」、「饑」等字。只有宦官宮女，才不敢提到「諭」字和「機」字，以為這樣算是犯諱的。士君子說話做事，應該遵守什麼禮法呢？現在考察經籍，對照《律》條，查核國家典章，李賀去考進士是可以的呢？還是不可以呢？

大凡事奉父母，能夠像曾參一樣，便可以不受譏評了。做人能夠像周公、孔子一般，也可以算是到頂了。現在的士人，不致力學習曾參、周公、孔子的品行，卻在避諱父母親的名字上，極力想勝過曾參、周公、孔子，也可見他們的迷惑了。像周公、孔子、曾參，終究是無法勝過的。自以為勝過周公、孔子、曾參，那是和宦官宮女相似。那麼，難道宦官宮女對父母的孝順，會勝過周公、孔子、曾參嗎？

【研　析】本文可分四段。首段交代撰寫此文的原委。二段引《唐律》中的「二名律」和「嫌名律」，從法制上推翻爭名者反對李賀參加進士考試的理由，進而透過諧謔性的反詰，揭露了這種避諱在實踐上的矛盾。三段考察避諱的歷史，舉例反證偏諱二名、諱嫌名皆於史無據，從而諷刺只有宦官宮妾才會拘泥於避諱。末段斥責謗者不法聖教而務為宦者宮妾之舉，誠然荒謬可怪。

所謂避諱，乃是在語言中避開那些忌諱的字眼，最初源自某種禁忌的心理，逐漸經由禮俗的浸染和道德的滲透而轉化成多樣風貌，就應用的層面看，可視為一種語言運用的藝術。人名避諱是避諱中常見的類型。名字原本只是用以指涉對象的稱謂，但先民在「名魂相關」的觀念下，真誠地相信人的靈魂就附在他的名字上，於是，名字儼然成為一種必須忌諱的神聖符號。春秋、戰國以後，人名避諱更在政治權勢和禮教的雙重增飾下變得格外具有敏感性。就發生來源說，有避皇帝本人及其父祖之名的「國諱」，有避個人父祖及長輩名字的「家諱」(反對者指責李賀所犯的就是這種),有為聖人避諱的「聖賢諱」,甚至還有自恃權勢的官員私自定下的「官諱」等等,可說是千奇百怪,其實多半是當政者強制規範的結果。韓愈本人並不反對「諱」及其倫理義蘊,但是如果「諱」已脫離它作為委婉的語言藝術及反映禮法的原始作用,而質變為政治鬥爭的手段,這就有待商榷了。李賀成為「諱」這種習俗的箭靶,不僅是他個人的不幸,更透露韓愈在這徒重形式、是非不分的時代裡,注定要面臨那種千喙一音的無奈和孤寂啊!

# 爭臣論

【題解】本文選自《昌黎先生文集》。爭臣即諫諍之臣,專門負責對皇帝的規勸。本文旨在諷諭身為諫議大夫的陽城,任職五年,只是飲酒自樂,從未對朝政有一言之批評,以敦促陽城能善盡其職而不可尸位素餐。

或❶問諫議大夫❷陽城❸於愈:「可以為有道之士乎哉?學廣而聞❹多,不求聞於人也,行古人之道。居於晉❺之鄙❻,晉之鄙人❼薰❽其德而善良者幾❾千人。大臣❿聞而薦之,天子⓫以為諫議大夫。人皆以為華⓬,陽子不色喜⓭。居於位五年矣,視其德,如在野,彼豈以富貴移易其心哉?」

愈應之曰:「是《易》所謂『恆其德貞,而夫子凶⓮』者也,惡得為有道之士乎哉?在《易‧蠱》之上九⓯云:『不事王侯,高尚其事。』〈蹇〉之六二⓰則曰:『王臣蹇蹇,匪躬之故⓱。』夫亦以所居之時不一,而所蹈⓲之德不同也。

若〈蠱〉之上九，居無用之地，而致⑲匪躬之節；以〈蹇〉之六二，在王臣之位，而高不事之心，則冒進⑳之患生，曠官㉑之刺㉒興。志不可則㉓，而尤㉔不終無也。今陽子在位，不為不久矣；聞天下之得失，不為不熟矣；天子待之，不為不加㉕矣，而未嘗一言及於政。視政之得失，若越人視秦人之肥瘠㉖，忽焉不加喜戚於其心。問其官，則曰：『諫議也。』問其祿，則曰：『下大夫之秩㉗也。』問其政，則曰：『我不知也。』有道之士，固如是乎哉？且吾聞之：『有官守㉘者，不得其職則去；有言責者，不得其言則去。』今陽子以為得其言，言乎哉？得其言而不言，與不得其言而不去，無一可者也。陽子將為祿仕㉙乎？古之人有云：『仕不為貧，而有時乎為貧。』謂祿仕者也。宜乎辭尊而居卑，辭富而居貧，若抱關㉚擊柝㉛者可也。蓋孔子嘗為委吏㉜矣，嘗為乘田㉝矣，亦不敢曠其職，必曰『會計㉞當而已矣』，必曰『牛羊遂㉟而已矣』。若陽子之秩祿，不為卑且貧，章章㊱明矣，而如此，其可乎哉？」

或曰：「否，非若此也。夫陽子惡訕㊲上者，惡為人臣招㊳其君之過而以為名者。故雖諫且議，使人不得而知焉。《書》㊴曰：『爾有嘉謨嘉猷㊵，則入告爾后㊶於內，爾乃順之於外，曰：「斯謨斯猷，惟我后之德。」』夫陽子之用心，亦若此者。」

愈應之曰：「若陽子之用心如此，滋[42]所謂惑者矣！入則諫其君，出不使人知者，大臣宰相者之事，非陽子之所宜行也。夫陽子本以布衣隱於蓬蒿[43]之下，主上嘉其行誼，擢[44]在此位。官以諫為名，誠宜有以奉[45]其職，使四方後代，知朝廷有直言骨鯁[46]之臣，天子有不僭賞[47]、從諫如流之美。庶巖穴之士[48]，聞而慕之。束帶結髮，願進於闕下[49]而伸其辭說，致[50]吾君於堯、舜，熙[51]鴻號[52]於無窮也。若《書》所謂，則大臣宰相之事，非陽子之所宜行也。且陽子之心，將使君人者惡聞其過乎？是啟之也。」

或曰：「陽子之不求聞而人聞之，不求用而君用之，不得已而起，守其道而不變，何子過[53]之深也？」

愈曰：「自古聖人賢士皆非有求於聞用也，閔[54]其時之不平，人之不乂[55]，得其道，不敢獨善其身，而必以兼濟天下也。孜孜矻矻[56]，死而後已。故禹過家門不入[57]，孔席不暇暖，而墨[58]突[59]不得黔[60]。彼二聖一賢者，豈不知自安佚[61]之為樂哉？誠畏天命[62]而悲人窮也。夫天授人以賢聖才能，豈使自有餘而已？誠欲以補其不足者也。耳目之於身也，耳司[63]聞而目司見，聽其是非，視其險易，然後身得安焉。聖賢者，時人之耳目也；時人者，聖賢之身也。且陽子之不賢，則將役於賢以奉其上矣；若果賢，則固畏天命而閔人窮也，惡[64]得以自暇逸乎哉？」

或曰：「吾聞君子不欲加[65]諸人，而惡訐以為直者[66]。若吾子之論，直則直矣，無乃[67]傷於德而費於辭乎？好盡言以招人過，國武子[68]之所以見殺於齊也，吾子其亦聞乎？」

愈曰：「君子居其位，則思死其官；未得位，則思修其辭以明其道。我將以明道也，非以為直而加人也。且國武子不能得善人而好盡言於亂國，是以見殺。傳[69]曰：『惟善人能受盡言。』謂其聞而能改之也。子告我曰：『陽子可以為有道之士也。』今雖不能及已，陽子將不得為善人乎哉？」

【注釋】❶或　有人。❷諫議大夫　官名。唐時隸門下省，掌侍從規諫。❸陽城　字亢宗。唐定州北平（今河北完縣東南）人，德宗時進士，曾隱居中條山，德宗貞元四年（西元七八八年），因宰相李泌的推薦，召為諫議大夫。任諫官五年，終日飲酒，無一言進諫。❹聞　見聞；知識。❺晉　指山西。山西為春秋時代晉國的領地。❻鄙　鄉野。❼鄙人　鄉野之人。❽薰　薰陶；感化。❾幾　將近。❿大臣　指李泌。⓫華　光榮；榮耀。⓬天子　指唐德宗。名适。唐代宗之子。在位二十六年（西元七八〇～八〇五年）。⓭色喜　喜悅的表情。⓮恆其德貞二句　《易經・恆》六五爻辭：「恆其德貞，婦人吉，夫子凶。」意謂婦人恆久保持其貞一之德則吉，若男子則為凶。本文引此，意謂為人臣者，當視其官職而有不同的分寸，不可死守不變。《易經》六十四卦，各卦皆以六爻組成，爻有陰爻（⚋）、陽爻（⚊），陰爻為「六」，陽爻為「九」，自下而上，稱：初、二、三、四、五、上。二者相配合，以定一爻的名稱。恆為《易經》六十四卦之一，其卦巽下震上（䷟），其第五爻為陰爻（⚋），故稱「六五」。每卦各爻的解釋文字稱爻辭。⑮易蠱之上九　指《易經．蠱》的第六爻。〈蠱〉為《易經》六十四卦之一，其卦巽下艮上（䷑），第六爻為陽爻（⚊），故稱「上九」。下文所引二句，為〈蠱〉上九的爻辭。⑯蹇之六二　指《易經．蹇》的第二爻。〈蹇〉為《易經》六十四卦之一，其卦艮下坎上（䷦），第二爻為陰爻（⚋），故稱「六二」。⑰王臣蹇蹇二句　〈蹇〉六二的爻辭。蹇蹇，極為艱難。匪躬，不顧自身。匪，通「非」。躬，自身。⑱蹈　實踐；踐行。⑲致　盡力；致力。⑳冒進　冒昧行事。冒，不明。㉑曠官　荒廢職守。㉒刺　譏諷。㉓則　效法。㉔尤　過失。㉕加　厚；重。㉖越人視秦人之肥瘠　越國人看待秦國人的肥瘦。越、秦皆春秋時代國名，越在東南，秦在西北，相距甚遠。此形容極為疏遠，漠不關心。瘠，瘦。㉗下大夫之秩　下大夫的俸祿。唐諫議大夫年俸二百石，約相當於古代下大夫。秩，官吏的俸祿。㉘官守　官職。㉙為祿仕　為俸祿而做官。㉚抱關　看守城門。㉛擊柝　打更。柝，木梆。㉜委吏　官名。春秋時代魯國管理糧倉的小吏。㉝乘田　官名。春秋時代魯國管理牧養牲畜的小吏。㉞會計　管理財物出納的工作。㉟遂　順利生長。㊱章章　明明白白。㊲訕　誹謗；詆毀。㊳招　揭露。㊴書　《尚書》。以下所引見〈君陳〉。㊵嘉謨嘉猷　好的謀略。嘉，善；好。謨、猷，皆謀略或計謀之意。㊶后　君主。㊷滋　更加。㊸蓬蒿　草莽。㊹擢　提拔。㊺奉　奉行；遵行。㊻骨鯁　魚骨卡在喉嚨。比喻正直剛勁。㊼僭賞　濫用獎賞。㊽巖穴之士　山林隱居之士。㊾闕下　指朝廷。闕，宮殿前的望樓。㊿致　置。51熙　光大；光耀。52鴻號　盛名。鴻，大。53過　責備。54閔　通「憫」。憐憫。55乂　安定；太平。56孜孜矻矻　勤奮不息的樣子。57禹過家門不入　夏禹治水，八年中曾三過家門而不入。58墨　墨翟。戰國時代墨家學派的代表人物，主張兼愛、非攻等。59突　煙囪。60黔　黑。61佚　通「逸」。安樂。62天命　上天的意旨。63司　職掌；主管。64惡　哪裡；怎麼。65加　凌駕；凌辱。《論語．公冶長》：「子貢曰：『我不欲人之加諸我也，吾亦欲無加諸人。』」66惡訐以為直者　厭惡以攻擊、揭發別人短處而自以為正直的人。語見《論語．陽貨》。訐，攻擊或揭發別人之短。67無乃　豈不是。68國武子　名佐。春秋時代齊國大夫。魯成公十七年（西元前五七四年），諸侯會盟於柯（今山東東阿西南），國武子褒貶善惡，直言無諱，單襄公說他在淫亂之國，而好揭發他人過失，是招致怨恨的根源，次年，果因揭發齊靈公母親的姦情而被殺。69傳　古書。此指《國語．周語下》。

**【語譯】**有人向我問起諫議大夫陽城說：「他可以算是有道之士吧？他學問廣博而見聞豐富，不求聞名，按照古人的道理行事。隱居在山西的郊野，當地的鄉下人受他道德的薰陶而變得善良的接近千人。大臣聽到這件事就薦舉了他，天子封他做諫議大夫。人家都認為很光榮，陽子卻沒有得意的神色。他任職已經五年了，觀察他的德行，和在野時一樣，他難道會因為富貴而改變心志嗎？」

我回答他說：「這就是《易經》所謂：『恆久保持貞一的德行，這在男子是凶險的。』他怎麼能算是有道之士呢？《易經・蠱》的上九說：『不去臣事王侯，高尚自己的志節。』〈蹇〉的六二說：『王臣歷盡艱難，因為不顧自身。』這也是因為所處的時代不同，所實踐的德行也不同啊！如果像〈蠱卦〉上九所說，處於沒有官職的情況，卻要盡不顧自身而效忠的節操；像〈蹇卦〉六二所說，處在王臣的地位，卻要以不事王侯為高尚，那麼，冒昧行事的禍患就要發生，曠廢官職的譏刺就會出現。這樣的志節不可以效法，過失終究是免不掉的。如今陽子身居諫議大夫的官位，不能說不久了；對於天下政治的得失，不能算不熟悉了；天子待他，不能算不優厚了，但是他未嘗有一句話說到朝政。他看朝政的得失，就好像越國人看秦國人的肥瘦一樣，心裡一點也沒有喜悅或憂愁。問他的官職，就說：『諫議大夫。』問他的俸祿，就說：『下大夫的俸祿。』問他朝政，就說：『我不知道。』有道之士，本來是這樣的嗎？而且我聽說：『有官職的人，不能盡職就要離職；有進言責任的人，沒有盡進言的責任就該離職。』現在陽子自己以為進了言，他進言了嗎？可以進言而不進言，和不能進言卻不離職，二者沒有一樣是可取。陽子是為了俸祿才做官嗎？古人曾說：『做官並不是為了貧窮，但有時確是為了貧窮。』這是說為了俸祿而做官的人。他們應該辭去高位而擔任卑賤的職務，放棄富貴而安處貧困的生活，像當個守城門的、打更的小吏就可以了。孔子就曾經當過管理糧倉的小官，也曾經當過管理牛羊飼養的小官，但他也不敢曠廢職守，一定說『把財物出納弄妥當才可以』，一定說『讓牛羊生長得很好才可以』。像陽子的官階俸祿，不算卑賤微薄，這是非常顯明的了，然而卻如此，這樣可以嗎？」

有人說：「不，不是這樣的。陽子是個厭惡誹謗長上的人，是個厭惡身為人臣而以揭發人君過失來求名的人。因此他雖然也進諫建議，卻不讓人知道。《尚書》說：『你有好的計畫策略，就到裡面去告訴你的君主。你到外面就附和著說：「這個好計畫好策略，都是我們君主的大德。」』陽子的用心，也是這樣的。」

我回答說：「如果陽子的用心是這樣，那就更可以說是個迷惑的人了。進去規諫君主，出來不使人知道，這是大臣宰相的事，不是陽子所應該做的。陽子本來是個平民，隱居田野，皇上讚賞他的德行，提拔他擔任這個官職。官職名為諫議，實在應該有所作為來履行他的職務，使得天下人和後代的人，知道朝廷有直言敢諫的臣子，天子有不濫賞、從諫如流的美德。或許山野隱士，就會聞風羨慕，整理衣帶、紮好髮髻，願意來到朝廷發表他們的意見。使我們君主做到跟堯、舜一樣，光大他君王的美名流傳萬代。至於像《尚書》所說的，那是大臣宰相的事，不是陽子所應該做的。並且像陽子的用心是要使君主厭惡聽到自己的過失嗎？這是在誘導君王啊。」

有人說：「陽子不求出名而人家都知道他的大名，不求任用而君主任用了他，不得已才出來做官，仍然堅守自己的德行而不改變，為什麼您這樣苛責他呢？」

我說：「自古的聖人賢士都不求聞名而被重用，他們只是哀憐時代的動盪，百姓的不安，既已掌握了道術，便不敢獨善其身，一定還要兼善天下。他們勤奮不息，直到老死。所以大禹治水，在外八年三過家門而不入；孔子風塵僕僕，連座席都沒有坐暖，又遊他國去了；墨翟連煙囪都來不及燒黑，就又匆匆離去。那兩位聖人、一位賢者，難道不知道讓自己安逸是很快樂的嗎？實在是敬畏天命而且悲憫人民的窮困啊！上天把聖賢才能賜給人，難道只讓他自己有餘嗎？實在是要他用才能來彌補別人的不足啊。正如耳目對於人身，耳朵管聽而眼睛管看，聽清楚是非，看明白安危，然後身體才能安全。聖賢，就好像世人的耳朵和眼睛；世上的人，就好像是聖賢的身體。而且，陽子如果不賢明，就應該被賢人所役使來事奉他的君主；如果真的很賢明，那麼本來就應該敬畏天命而且哀憐人民的窮困，怎麼能夠只求自己的閒適安逸呢？」

有人說：「我聽說君子不凌辱別人，也厭惡把揭發別人的短處當作正直。像您這種論調，正直是正直了，恐怕未免有傷德行而且多言了吧？喜歡直言不諱去指摘別人的過失，這是國武子在齊國被殺的原因，您可聽說過嗎？」

我說：「君子在位時，就想到為他的官職而死；沒有得到官位時，就想到運用辭令來闡明道理。我為的是闡明道理，並不是自以為正直而去凌辱別人。並且國武子是因為沒有遇到善人又喜歡在亂國直言不諱，所以被殺。古書上說：『只有善人才能夠接受直言。』這是說他聽到之後能改過。您告訴我說：『陽子可以算是有道之士。』現在他雖然夠不上稱為有道之士，難道就不能做善人嗎？」

【研　析】本文可分八段，凡四問四答，一辯一駁，層層深入，詞峰犀利，有如一場精彩的辯論。首段記他人的詢問，以「學廣而聞多，不求聞於人也，行古人之道」為標準，探問陽城是否為「有道之士」。二段是作者對這項論點的回應。首先援引《易經》，提出「所居之時不一，而所蹈之德不同」的原則，作為否定陽城為有道之士的理據；接著用諧謔和反諷的口吻，從在位時間、職責所在和天子恩榮三方面譴責陽城有虧職守；最後以孔子「不敢曠其職」為例，反證陽城絕非有道之士。三段引《尚書》代陽城辯解。四段從進諫方式和直諫所蘊含的社會教化作用兩方面予以駁斥。五段以陽城「不得已而起，守其道而不變」為藉口代之申辯。六段以聖賢「不敢獨善其身，而必以兼濟天下」和「畏天命而悲人窮」的高尚情操否定了代答者的遁辭。七段以君子不以攻訐他人為正直，質疑對陽城的評論為傷德費辭。八段交代自己所以直言不諱的本意，而以陽城應善盡言責作結。

諫議大夫肩負著「言責」的重任，是處境最尷尬的職位：它一方面是社會正義與政府公權力的表徵，另方面則須面臨人情壓力、個人安危與職業良心的直接衝擊，成為語言與權力激鬥的焦點。諫諍作為一種批判性的語言活動，是國家法制所賦予的權責，目的在維繫朝政的正常運作；但由於諫諍所抗爭的對象，往往是政治黑暗面的惡勢力及由讒言與謗讟構築而成的詐偽世界，遂使諫諍成為一項擺盪在整體利益與個人安危、正義與邪惡、沉默與揭露的矛盾抉擇。韓愈對陽城的質疑，集中在他是否為「有道之士」這點上。從事理上說，處世原則本是因時制宜的，「所居之時不一，而所蹈之德不同」。陽城身為一個有言責的諫議大夫，須有「不得其言則去」的骨氣和「畏天命而悲人窮」的責任感；而所謂有道之士，亦絕非抱持「視政之得失，若越人視秦人之肥瘠，忽焉不加喜戚於其心」的冷漠態度而自命清高且自得其樂。韓愈刻意透過一連串的反詰，以其認定的「陽子之所宜行」來挑明其所臆度的「陽子之用心」，甚至藉由答覆「若吾子之論，直則直矣，無乃傷於德而費於辭乎」這種鄉愿式的遁辭來為自己的批判立場辯白，無非基於兼濟天下的熱情和耿介絕俗的操守，目的在激發陽城的使命感，值得有理想的知識分子進一步深思。

本文寫於唐德宗貞元八年，韓愈時年二十五，剛考中進士，已可見其年輕有為，見識、詞采俱不凡。據說陽城見此文並不介意。貞元十一年，佞臣裴延齡誣陷宰相陸贄，陽城乃上疏力諫，為陸贄申冤而極言裴延齡之非，終使裴氏不得為相。後雖因不得皇帝歡心而左遷道州刺史，但所到之處皆有善政。本文可說還實際發揮了激勵之用。

# 後十九日復上宰相書

【題解】本文選自《昌黎先生文集》，篇名原作〈後十九日復上書〉。唐代制度，進士及第後，須再經吏部任官考試取中，方可授官，否則，唯有大臣（如宰相、藩鎮）擢用一途。韓愈於唐德宗貞元八年（西元七九二年）四度應考，方始進士及第，其後連續三年參加吏部任官試，迄未得中，於是上書當朝宰相，請求援引。從唐德宗貞元十一年正月二十七日起，前後共三封。本文是第二封，距前一封相隔十九日。信中以境況陷於窮餓水火之中，勢急而情悲，希望宰相能一伸援手。

二月十六日，前鄉貢進士❶韓愈，謹再拜❷言相公❸閣下❹：向❺上書及所著文，後待命❻凡十有九日，不得命。恐懼不敢逃遁，不知所為，乃復敢自納於不測之誅❼，以求畢其說而請命於左右❽。

愈聞之，蹈❾水火者之求免❿於人也，不惟其父兄子弟之慈愛然後呼而望之也。將⓫有介⓬於其側者，雖其所憎怨，苟不至乎欲其死者，則將大其聲、疾呼而望其仁⓭之也。彼介於其側者，聞其聲而見其事，不惟其父兄子弟之慈愛然後往而全⓮之也。雖有所憎怨，苟不至乎欲其死者，則將狂奔盡氣，濡⓯手足，焦毛髮，救之而不辭也。若是者何哉？其勢誠急，而其情誠可悲也。

愈之強學力行有年⓰矣，愚不惟道之險夷⓱，行且不息，以蹈於窮餓之水火。其既危且亟⓲矣，大其聲而疾呼矣。閣下其亦聞而見之矣，其將往而全之歟？抑將安而不救歟？有來言於閣下者曰：「有觀溺於水而爇⓳於火者，有可救之道而終莫之救也。」閣下且以為仁人乎哉？不然，若愈者，亦君子之所宜動心者也。或謂愈：「子言則然矣，宰相則知子矣，如時不可何？」愈竊謂之不知言者，誠其材能不足當吾賢相之舉耳。若所謂時者，固在上位者之為耳，非天之所為也。

前五、六年時，宰相薦聞⓴，尚有自布衣蒙抽擢㉑者，與今豈異時哉？且今節度㉒、觀察㉓使及防禦、㉔營田㉕諸小使等，尚得自舉判官㉖，無間㉗於已仕未仕者，況在宰相，吾君所尊敬者，而曰不可乎？古之進人者，或取於盜㉘，或舉於管庫㉙。今布衣雖賤，猶足以方㉚乎此。情隘㉛辭蹙㉜，不知所裁㉝，亦惟少㉞垂憐焉。愈再拜。

【注　釋】❶前鄉貢進士　唐代進士科考試，由地方舉送中央應考者稱鄉貢。進士及第而尚未授官者稱前進士。❷再拜　古代的一種禮節。先後拜兩次，以示隆重。❸相公　對宰相的稱呼。❹閤下　同「閣下」。古代對尊貴者的稱呼，後也用在一般人互稱。閤，宮殿正門旁的小門。古代三公可以開閤，故稱三公為閤下。意謂不敢直指對方，而稱其閤下之人。❺向　以前。❻待命　等待覆命。❼誅　責罰。❽左右　在左右辦事的人。書信中對受信人的尊稱，不敢直指對方，只稱其左右之人。❾蹈　陷入；踏入。❿免　免除。指免除水火之害。⓫將　如果。⓬介　界。此引申指臨近。⓭仁　憐恤。⓮全　保全。即救援。⓯濡　沾濕。⓰有年　多年；若干年。⓱險夷　艱險與平坦。此為複詞偏義，重在險字。⓲亟　緊急。⓳爇　焚燒。⓴薦聞　薦之於天子。聞，知。㉑抽擢　提拔。㉒節度　節度使。官名，唐以都督駐守各道，其加旌節者，謂之節度使，初惟邊疆有之，後則全國遍設，凡軍民之政，用人理財，皆得自主。㉓觀察　觀察使。官名，唐置，掌州縣官吏政績及民事，位次於節度使，後為節度使兼職。㉔防禦　防禦使。凡大郡要害之地則置之，以治軍事，多由刺史兼之。㉕營田　營田使。掌邊地屯田事務。㉖判官　官名。唐置。如節度、觀察、防禦諸使，皆有判官為僚屬，謂之節度判官、觀察判官。㉗間　區分。㉘或取於盜　《禮記‧雜記》：「孔子曰：管仲遇盜，取二人焉，上以為公臣。」㉙舉於管庫　《禮記‧檀弓下》：「趙文子所舉於晉國管庫之士，七十有餘家。」㉚方　比方；比擬。㉛隘　窘迫。㉜蹙　急切。㉝裁　剪裁。㉞少　稍微。

【語　譯】二月十六日，前鄉貢進士韓愈謹再拜言相公閤下：前些時候呈上一封信和所作的文章，後來恭候您的回音已十九天了，一直沒有等到。心裡惶恐又不敢離開，不知道該怎麼辦，於是再冒著不可預料的責罰，想說完心中的話並且向您討個回示。

愈聽說，陷於水火的人向人求救，不一定要遇到和自己有著父兄子弟般慈愛的人才呼喊求救。如果有站在他附近的人，即使是他憎恨的人，如果憎恨的程度還不至於是要他死，那麼就會大聲地極力呼喊希望那個人憐憫而救他。那個站在他附近的人，聽到他的聲音，看見他的情況，不一定要彼此有著父兄子弟般的慈愛然後才去救他。即使對他有所怨恨，如果怨恨的程度還不至於要他死，那麼那個人也會盡力狂奔，弄濕了手足、燒焦了毛髮去救他而不推辭。這是什麼道理呢？這是因為情勢實在危急，情況實在令人同情啊。

愈勤學力行已經多年了。很愚笨地從未考慮到道路的險阻或平坦，便行走不停，因此才陷入貧窮飢餓的水深火熱中。情況既危險又急迫，已經大聲極力呼救了。您應該也聽到而且見到了，您是來救助我呢，還是坐視不救呢？假使有人來對您說：「有人看見人家被水淹、被火燒，雖然有可以去救他的方法但卻始終沒去救他。」您以為這人是仁人嗎？如果不是，像愈這樣的遭遇，也是君子應該會動心的吧。有人對愈說：「您的話是對的，宰相也是了解您的，怎奈時機不許可，怎麼辦呢？」愈認為他是不會說話的人，其實是我的才能不值得賢宰相您的舉薦罷了。至於所謂時機，本來是在上位的人造成的，並非上天造成的。

五、六年前，宰相薦舉上奏，還有平民而承蒙提拔的，那時和現在難道時機不同嗎？並且現在的節度使、觀察使和防禦、營田等地方官，還可以自己選用判官，不分是已做官或未做官的人，何況宰相是我們君王尊敬的人，反而說不能夠嗎？古時候薦舉人材，有的取自強盜，有的取自管倉庫的人。現在我雖然只是個卑賤的平民，但總還比得上這些人。我的處境窘迫，言辭急切，不知道修飾，只希望您對我稍加關愛罷了。愈再拜。

【研　析】本文可分四段。首段交代寫信的原因。二段以「蹈水火者之求免於人」為喻，就「勢」與「情」分析求救者與施援者的心態。三段反觀自身境遇，一方面暗諷宰相見危不救，未免不仁；另方面則拈出「時」字感慨時運不濟。末段表達自己期盼受到薦舉的強烈渴望，希求在位者擢用人才，以免造成野有遺賢的憾恨。

韓愈進士得第後，曾採擇所著文章進呈當時宰相，但始終無人延譽，他的仕途似乎也因無達官貴人的提拔而顯得曲折晦暗了。他在另一篇文章〈進學解〉中也以拔擢人才為宰相當仁不讓的職責：「校短量長，惟器是適者，宰相之方也。」像這般大聲疾呼以求官於宰相，似乎與印象中剛腸嫉惡的韓愈形象大相逕庭，然其所欲批判者，亦在達官貴人坐視危殆而竟無動於衷，不加救援。這是因為他們視而未見呢？還是由於他們所需要的只是「同事」而非人才？抑或認為韓愈的材能不足當其舉？「若所謂時者，固在上位者之為耳，非天之所為也」，這幾句冷酷地道出了事實的真相，政要們用漠視間接透露了對進用人才的態度。只是——情何以堪？

# 後廿九日復上宰相書

【題　解】本文選自《昌黎先生文集》，篇名原作〈後二十九日復上書〉。韓愈在上宰相第二封書（參見〈後十九日復上宰相書〉題解）後二十九日，始終未獲回音，中間曾三次上門求見，復遭拒絕，故再上此書。書中說明自己求仕進而不止，乃因憂心天下，不甘於終老山林，希望宰相能效法周公禮遇人才的典範，接見而後決定其去留，不宜默不回應。

三月十六日，前鄉貢進士❶韓愈謹再拜❷言相公❸閣下❹：愈聞周公❺之為輔相，其急於見賢也，方一食三吐其哺，方一沐三握其髮❻。當是時，天下之賢才皆已舉用，姦邪讒佞❼欺負❽之徒皆已除去，四海❾皆已無虞❿，九夷八蠻⓫之在荒服⓬之外者皆已賓貢⓭，天災時變⓮、昆蟲草木之妖⓯皆已銷息，天下之所謂禮樂刑政教化之具皆已修理⓰，風俗皆已敦厚，動植之物、風雨霜露之所霑被⓱者皆已得宜，休徵嘉瑞⓲、麟鳳龜龍⓳之屬皆已備至。而周公以聖人之才，憑叔父之親，其所輔理承化之功又盡章章⓴如是其所求進見之士，豈復有賢於周公者哉？不惟不賢於周公而已，豈復有賢於時百執事㉑者哉？豈復有所計議能補於周公之化者哉？然而周公求之如此其急，惟恐耳目有所不聞見，思慮有所未及，以負成王託周公之意，不得於天下之心。如周公之心，設使㉒其時輔理承化之功未盡章章如是，而非聖人之才，而無叔父之親，則將不暇食與沐矣，豈特吐哺握髮為勤而止哉？維㉓其如是，故於今頌成王之德而稱周公之功不衰。

今閤下為輔相亦近耳，天下之賢才豈盡舉用？姦邪讒佞欺負之徒豈盡除去？四海豈盡無虞？九夷八蠻之在荒服之外者豈盡賓貢？天災時變、昆蟲草木之妖豈盡銷息？天下之所謂禮樂刑政教化之具豈盡修理？風俗豈盡敦厚？動植之物、風雨霜露之所霑被者，豈盡得宜？休徵嘉瑞、麟鳳龜龍之屬豈盡備至？其所求進見之士，雖不足以希望盛德，至比於百執事，豈盡出其下哉？其所稱說豈盡無所補哉？今雖不能如周公吐哺握髮，亦宜引而進之，察其所以而去就㉔之，不宜默默而已也。

愈之待命，四十餘日矣。書再上而志不得通，足三及門而閽人㉕辭焉。惟其昏愚，不知逃遁，故復有周公之說焉，閤下其亦察之。古之士，三月不仕則相弔㉖，故出疆必載質㉗。然所以重於自進㉘者，以其於周不可則去之魯，於魯不可則去之齊，於齊不可則去之宋、之鄭、之秦、之楚也。今天下一君，四海一國，舍乎此則夷狄矣，去父母之邦矣。故士之行道者，不得於朝，則山林而已矣。山林者，士之所獨善自養而不憂天下者之所能安也。如有憂天下之心，則不能矣。故愈每自進而不知愧焉。書亟㉙上，足數㉚及門，而不知止焉。寧㉛獨如此而已？惴惴㉜焉惟不得出大賢之門下是懼，亦惟少垂察焉。瀆冒㉝威尊，惶恐無已。愈再拜。

【注　釋】❶前鄉貢進士　唐代進士科考試，由地方舉送中央應考者稱鄉貢。進士及第後尚未授官者稱前進士。❷再拜　古代的一種禮節。先後拜兩次，以示隆重。❸相公　對宰相的稱呼。❹閤下　同「閣下」。古代對尊貴者的稱呼，後也用在一般人互稱。閤，宮殿正門旁的小門。古代三公可以開閤，故稱三公為閤下。意謂不敢直指對方，而稱其閤下之人。❺周公　名旦。周文王之子、周武王之弟、周成王之叔，佐周武王滅紂。周武王崩，周成王年幼，周公攝政，誅武庚，殺管叔，放逐蔡叔，訂制度禮樂，制冠婚喪祭之儀，天下大治。❻方一食三句　吃一頓飯，三次吐出口中食物；洗一次頭，三次握著濕頭髮。形容求賢心切，及時接待來訪的賢士。哺，口中咀嚼的食物。沐，洗頭髮。❼讒佞　說話陷害人，對人諂媚。❽欺負　欺騙人，對人不守信用。❾四海　天下。❿虞　憂慮。⓫九夷八蠻　泛指東方及南方的民族。⓬荒服　離王畿二千里至二千五百里之地。古代王城四周千里之地稱王畿，王畿之外，每五百里分一區，按其遠近分成五等，稱五服，即：侯、甸、綏、要、荒。荒服為五服最遠之地。服，服事天子。⓭賓貢　歸順進貢。賓，來歸順而以客禮待之。貢，進獻地方特產。⓮時變　時令的異常。⓯妖　事物的變異反常。⓰修理　完善；完備。⓱霑被　滋潤覆蓋之所及。⓲休徵嘉瑞　美好吉祥的徵象。休、嘉，皆美好之意。徵、瑞，皆預兆之意。⓳麟鳳龜龍　皆古人心目中的吉祥之物，合稱四靈。⓴章章　明顯。㉑百執事　百官。百，言其多。執事，辦事。㉒設使　假使。㉓維　通「唯」。因為。㉔去就　去留。㉕閽人　守門的人。㉖弔　慰問。㉗質　通「贄」。初見時所獻的禮物。㉘自進　自我推薦。㉙亟　屢次。㉚數　屢次。㉛寧　難道。㉜惴惴　憂懼的樣子。㉝瀆冒　觸犯。

【語　譯】三月十六日，前鄉貢進士韓愈謹再拜言相公閣下：愈聽說周公做宰相的時候，因為急著要接見賢人，在吃一頓飯時常要三次吐出口中的東西，洗一次頭常要三次握著濕濕的頭髮。在這時候，天下的賢才都已舉用了，奸詐邪惡、進讒獻媚、欺騙背信的人都已除去了，天下都已沒有憂患了，遠在荒服之外的九夷八蠻都已歸順進貢了，天災時變、昆蟲草木的妖異都已銷聲斂跡了，天下有關禮樂刑政教化的措施都已完善了，風俗都已敦厚了，動物植物、風雨霜露的滋潤都已各得其所宜了，美好的徵兆、麒麟鳳凰靈龜神龍之類都已全部出現了。而周公以聖人的才能，又有皇叔的至親身分，他輔助治理奉行教化的功勞又都是這樣的顯著，那些來求進見的士人，難道還有比周公更賢明的嗎？不但沒有比周公更賢明的，難道還有比當時的百官還賢明的嗎？難道還有什麼計策建議能幫助周公推行教化嗎？但是周公求賢是這樣的急切，只擔心有耳朵聽不到的，眼睛看不到的，思考想不到的，以致辜負周成王託付周公的一番心意，得不到天下的人心。照周公的心意，假使那時他輔助治理奉行教化的功勞沒有這樣顯著，而他既沒有聖人的才能，也沒有皇叔的至親身分，那麼恐怕會沒空吃飯和洗頭了，豈僅只是吐哺握髮這樣的勤勞而已呢？因為他這樣，所以直到現在人們還歌頌周成王的德政而且不停地稱頌周公的功勞。

現在您當宰相地位和周公也相近，但天下的賢才難道都已舉用了嗎？奸詐邪惡、進讒獻媚、欺騙背信的人難道都除去了嗎？天下難道都沒有憂患了嗎？遠在荒服之外的九夷八蠻難道都歸順進貢了嗎？天災時變、昆蟲草木的妖異難道都銷聲斂跡了嗎？天下有關禮樂刑政教化的措施難道都完善了嗎？風俗難道都敦厚了嗎？動物植物、風雨霜露的滋潤，難道都各得其所宜了嗎？美好的徵兆、麒麟鳳凰靈龜神龍之類難道都出現了嗎？那些要求進見的士人，雖然不能期望有您這樣的盛德，至於比起那些百官難道都不如他們嗎？他們的陳述，難道都無所裨益嗎？現在您即使不能像周公那樣吐哺握髮，也應當接見他們，觀察他們的才能然後決定去留，不應該一直默不作聲就算了。

愈等待您的回音，已經四十多天了。兩次上書而心意仍不能上達，三次登門都被門房拒絕。只因我的昏庸愚昧，不知道離開，所以才又有前面關於周公的這一番說法，希望您也能明察。古代的士人，如果三個月沒有官職就會互相慰問，所以出境的時候一定載著初次見面的禮物。但是他們所以會重視自我推薦，是因為他們在周朝不能實現理想可以離開周朝到魯國去，在魯國不能實現理想，可以離開魯國到齊國去，在齊國不能實現理想可以離開齊國到宋國、到鄭國、到秦國、到楚國去。現在天下只有一個君主，四海之內只有一個國家，離開這裡就只有夷狄，就是離開父母之國了。所以要實現理想的士人，在朝廷不得志，便只有隱居山林了。山林是士人獨善其身、不憂心天下才能夠處之泰然的。如果有憂慮天下之心，就不能夠那樣了。所以愈才一再自薦而不知道慚愧。書信屢次呈上，腳步屢次走到府門，而不知道停止。難道只是這樣而已嗎？我心裡還非常憂懼，只怕不能出身於大賢人的門下。這一點，也希望您稍加垂察。冒犯了您的威儀尊嚴，惶恐得很。愈再拜。

【研析】這一封上書異於前二封的委婉含蓄，一變而為慷慨陳詞。全文可分三段。首段援引周公吐哺握髮的故實來頌揚尊賢之德，可分為三小節：第一小節運用九個「皆已」，將周公輔政時的太平氣象鋪陳開來。第二小節披露周公「輔理承化之功」所以如此昭著的主客觀條件——聖人之才，叔父之親。繼而又以三個「豈復」的反問句，從「所求進見之士」反襯野無遺賢的昇平與周公求才若渴的誠意。第三小節虛擬狀況，反證周公之可敬。二段就首段第一節的文字稍加更動，將九個「皆已」改為九個「豈盡」，以周公所樹立的典範來暗諷時相虧於職守；接著又加上兩個「豈盡」的反問句，為「所求進見之士」抱不平。末段先解釋反覆上書的本意；接著從「天下一君，四海一國」的客觀態勢和「憂天下」的主觀情志兩方面，凸顯自己「自進而不知愧」的曲折心路；最後以「不得出大賢之門下是懼」回應篇首的「周公之為輔相」，重申上書的本願。

傳統政治形態下的用人之道，似乎總在「任人唯親」與「唯才是用」兩條路線中擺盪著：前者隱然以糾結著利害關係的私情基礎來提供現實面的保障，後者則企圖以革新的姿態突破滯留式的安定。對韓愈這等銳意經世的知識分子而言，周公吐哺握髮、君子無逸的禮賢之舉，不僅建立了摶聚文化中國的推動力，更成為激勵人心的象徵。何以故？如果不是出之於真誠的尊重，如果僅僅將「人才」理解為有用的工具，那麼那些入世的知識分子，充其量不過是皇權下的行政人員。也就在周公這份懇切的求賢之情中，知識分子得以在有尊嚴的前提下施展其抱負，共同開創國家的生機、文明的高峰。然而，韓愈所遭遇的實際狀況卻是「書再上而志不得通，足三及門而閽人辭焉」的羞辱，連「察其所以而去就之」的機會都沒有，這豈不是件可悲的事？

但我們也不免懷疑：在〈雜說〉四中隱然以千里馬自居的韓愈，是否也如千里馬般只想找個好主人，遇上便「士為知己者死」，遇不上便長歎懷才不遇呢？

## 與于襄陽書

【題　解】本文選自《昌黎先生文集》。于襄陽，于頔（西元？～八一八年），字允元，唐河南洛陽（在今河南洛陽）人。唐德宗貞元十八年（西元八〇二年），韓愈任國子監四門博士，由於官微祿薄，生活貧困，故上此書求助於當時任山南東道節度使，駐節襄陽（今湖北襄樊）的于頔，請求援引資助。

七月三日，將仕郎❶守❷國子❸四門博士❹韓愈謹奉書尚書❺閣下❻：士之能亨大名顯當世者，莫不有先達❼之士、負天下之望者為之前❽焉；士之能垂休光❾照後世者，亦莫不有後進之士、負天下之望者為之後❿焉。莫為之前，雖美而不彰；莫為之後，雖盛而不傳。是二人者，未始⓫不相須⓬也，然而千百載乃一相遇焉，豈上之人無可援⓭，下之人無可推⓮歟？何其相須之殷⓯而相遇之疏⓰也？其故在下之人負⓱其能不肯諂其上，上之人負其位不肯顧⓲其下，故高材多戚戚⓳之窮⓴，盛位無赫赫㉑之光。是二人者之所為皆過也。未嘗干㉒之，不可謂上無其人；未嘗求㉓之，不可謂下無其人。愈之誦此言久矣，未嘗敢以聞於人。

側聞閤下抱不世之才㉔，特立而獨行㉕，道方而事實㉖，卷舒不隨乎時㉗，文武㉘唯其所用。豈愈所謂其人哉？抑㉙未聞後進之士有遇知於左右，獲禮於門下者。豈求之而未得邪？將㉚志存乎立功而事專乎報主，雖遇其人，未暇禮邪？何其宜聞而久不聞也？愈雖不材，其自處不敢後於恆人㉛。閤下將求之而未得歟？古人有言：「請自隗始㉜！」

愈今者惟朝夕芻米僕賃之資㉝是急，不過費閤下一朝之享㉞而足也。如曰：「吾志存乎立功，而事專乎報主，雖遇其人，未暇禮焉。」則非愈之所敢知也。世之齪齪㉟者既不足以語之，磊落㊱奇偉之人又不能聽焉，則信乎命之窮也。謹獻舊所為文一十八首，如賜覽觀，亦足知其志之所存。愈恐懼再拜㊲。

【注釋】❶將仕郎　唐代文階官名。從九品。階官又稱散官，文武皆有，無固定職務，僅作為官員身分級別的標誌，與職事官之有固定職務者相對，如下文「四門博士」即職事官。❷守　階官品級較職事官低者之稱。亦即以低階而署理高階之官職。韓愈此時以將仕郎的階官，任國子四門博士的職官，其階較職為低，故稱守。❸國子　國子監之省稱。唐代管理國家教育的機構和最高學府，下設七學：國子、太學、廣文、四門、律、書、算。❹四門博士　四門學博士。學官名，北魏初置，在京師四門，故名。唐代四門學置博士六人，掌教七品以上侯伯子男之子弟及庶人子弟之有才者。❺尚書　官名。此指于頔。韓愈上此書時，于頔由工部尚書任山南東道節度使。❻閣下　同「閤下」。古代對尊貴者的稱呼，後也用在一般人互稱。閤，宮殿正門旁的小門。古代三公可以開閤，故稱三公為閤下。意謂不敢直指對方，而稱其閤下之人。❼先達　前輩。❽前　前導；在前面提挈。❾休光　美盛的光輝。休，美好。❿後　後繼。⓫未始　未嘗。⓬相須　相互依存。須，等待；倚賴。⓭援援引；拔擢。⑭推　推崇。⑮殷　殷切；急切。⑯疎　稀少。⑰負　仗恃。⑱顧　關心；照顧。⑲戚戚　憂愁的樣子。⑳窮困窘。㉑赫赫　顯耀的樣子。㉒干　求取。㉓求　尋訪。㉔不世之才　不是每個時代都有的才能。指才能非凡、罕有。㉕特立而獨行　立身卓異，行為獨特。指品行超俗。㉖道方而事實　道德方正，行事踏實。㉗卷舒不隨乎時　官場進退，不隨時俗而浮沉。謂其進退自有原則。卷，收藏。喻引退。舒，舒展。喻仕進。㉘文武　指文才武略。㉙抑　但是。㉚將　或者；或許。㉛恆人　平常人。㉜請自隗始　此為戰國時代郭隗答燕昭王語。韓愈引此語，以郭隗自比，請于頔薦引。燕昭王欲報齊仇，打算招致賢士以成事，問計於郭隗，郭隗曰：「王必欲致士，先從隗始。隗且見事，況賢於隗者，豈遠千里哉？」燕昭王乃為郭隗築宮室而以師禮事之，於是樂毅自魏往，鄒衍自齊往，劇辛自趙往，士爭先歸燕，終復齊仇。㉝芻米僕賃之資　指生活費用。芻，養馬的草料。僕賃，雇用僕人。資，費用。㉞一朝之享　一頓早餐的花費。㉟齪齪　心胸狹窄拘謹。㊱磊落　心胸坦白，光明正大。㊲再拜　古代的一種禮節。先後拜兩次，以示隆重。

**【語譯】**七月三日，將仕郎守國子四門博士韓愈謹奉書尚書閣下：士人能夠享有大名顯揚於當代的，沒有一個不是有負天下聲望的先進做他的前導；士人能夠流傳美好的光輝照耀後世的，也沒有一個不是有負天下聲望的後進做他的後繼。沒有人做前導，即使有高才也不能顯揚；沒有人做後繼，即使有盛德也不能流傳。這兩種人，未嘗不是相互依存的，但是千百年也只能相逢一次，難道是居上位而沒有可以拔擢的人，居下位而沒有可以推崇的人嗎？為什麼相互依存是這樣的殷切而相逢的機會卻這麼少呢？這個原因在於居下位的人自恃才能不肯奉承居上位的人，居上位的人自恃位高不肯照顧居下位的人，所以才高的人大多為困窘而憂戚，位高的人卻沒有顯赫的光輝。這兩種人的作為都是錯誤的。未曾向上求取，不可以說上面沒有肯拔擢後進的人；未曾去尋訪，不可以說下面沒有能推崇先進的人。這些話在愈的心裡很久了，從來不敢告訴別人。

聽說您懷抱著非凡的才能，有高尚獨特的志節，道德方正而行事踏實，進退不隨時俗浮沉，文才武略隨時施展。豈不就是愈所說的先達之士嗎？但是不曾聽說後進之士曾受您的賞識，在您門下得到禮遇。難道是尋訪而尚未找到嗎？還是您立志建立功業專注在報答主上的事，雖然遇到了這種人，卻沒有工夫去禮遇他呢？為什麼應該聽到而久未聽到呢？愈雖然沒有才能，但在自我要求方面還不敢落在常人之後。您或許是尋求後進人才而尚未找到吧？古人說：「請從我郭隗開始吧！」

愈現在只為每天的柴米和僕役的工錢等費用而焦急，這些不過花費您一頓早餐的享用就夠了。如果您說：「我立志建立功業，專注於報答主上，雖然遇到了這種人，也沒有工夫禮遇他。」那便不是愈所敢知道的了。世上心胸狹窄拘謹的人既然不值得和他談，胸襟磊落、氣概奇偉的人又不能聽取我的話，那就真的是我命中注定該窮困了。謹獻上以前所寫的文章十八篇，如果蒙您賜閱，也可以知道我的志向所在了。愈恐懼再拜。

【研　析】本文可分三段。首段透過「先達之士」與「後進之士」的依存關係來解釋「士之能享大名，顯當世」的原因，而以「下之人負其能，不肯諂其上；上之人負其位，不肯顧其下」作為「高材多戚戚之窮，盛位無赫赫之光」的關鍵。二段推崇于頔是不世之才，在對「未聞後進之士，有遇知於左右，獲禮於門下者」的一連串質疑中技巧地自我推薦。末段自道處境之困窘，而以「世之齪齪者，既不足以語之」回應首段「未嘗敢以聞於人」之語，含不盡之意於言外，可謂諂而不失其態，媚而不著痕跡。

過商侯指出：「退之上諸當事書，皆各有自占地步處，人每不之察，而徒以其言詞之遜共為指摘，抑獨何哉？謝枋得評此，謂『韓公自處最高，如下之人負其能不肯諂其上，不害為君子；上之人負其位不肯顧其下，不免為小人。高材多戚戚之窮，則是君子而安貧賤；盛位無赫赫之光，則是庸人而為富貴，是何等占地步處』，最確。後之君子，幸勿輕議為也。」干謁文字在本質上是對現實的一種妥協，是對「無慾則剛」這一做人原則的背離，是伴隨著尊嚴與羞慚、期待與失落的靈魂拉鋸戰。從三上宰相書中的「亦惟少垂憐焉」、「亦惟少垂察焉」，到本文的「愈恐懼再拜」，均使讀者意識到傳統士大夫深以為傲的君子小人的義利之辨，在面對現實壓力時竟是如此脆弱！我們固然敬佩在〈祭田橫文〉中寫出「苟余行之不迷，雖顛沛其何傷」的那個韓愈，卻對這個「惟朝夕芻米僕賃之資是急」的韓愈更添一分同情的理解。

# 與陳給事書

**【題解】**本文選自《昌黎先生文集》。陳給事，陳京，字慶復，唐泗上人。唐德宗貞元十九年（西元八〇三年）任門下省給事中。給事中是門下省要職，掌駁正政令之違失。信中歷述與陳京的交往，委婉表示希望在仕途上獲得援引。

愈再拜❶：愈之獲見於閤下❷有年❸矣，始者亦嘗辱一言之譽。貧賤也，衣食於奔走❹，不得朝夕繼見。其後閤下位益尊，伺候❺於門牆者日益進❻。夫位益尊，則賤者日隔；伺候於門牆者日益進，則愛博而情不專。愈也道不加修，而文日益有名。夫道不加修，則賢者不與❼；文日益有名，則同進❽者忌。始之以日隔之疏，加之以不專之望❾，以❿不與者之心，而聽忌者之說，由是閤下之庭無愈之跡矣。

去年春，亦嘗一進謁於左右矣。溫乎其容，若加⓫其新也；屬⓬乎其言，若閔其窮也。退而喜也，以告於人。其後如東京⓭取妻子⓮，又不得朝夕繼見。及其還也，亦嘗一進謁於左右矣。邈⓯乎其容，若不察其愚也；悄⓰乎其言，若不接⓱其情也。退而懼也，不敢復進。

今則釋然⓲悟，翻然⓳悔，曰：「其邈也，乃所以怒其來之不繼也；其悄也，乃所以示其意也。」不敏⓴之誅㉑，無所逃避。不敢遂㉒進，輒自疏㉓其所以，并獻近所為〈復志賦〉㉔以下十首為一卷，卷有標軸㉕。〈送孟郊序〉㉖一首，生紙㉗寫，不加裝飾，皆有揩字㉘註字㉙處。急於自解而謝㉚，不能竢㉛更寫，閤下取其意而略其禮可也。愈恐懼再拜。

【注釋】❶再拜　古代的一種禮節。先後拜兩次，以示隆重。❷閤下　同「閣下」。古代對尊者的稱呼，後也用在一般人互稱。閤，宮殿正門旁的小門。古代三公可以開閤，故稱三公為閤下。意謂不敢直指對方，而稱其閤下之人。❸有年　若干年。❹衣食於奔走　為衣食而奔走。❺伺候　等候。❻進　增多。❼與　嘉許；稱許。❽同進　同輩。❾望　抱怨。❿以　與；和。⓫加　通「嘉」。嘉許。⓬屬　連續不斷。⓭如東京　到東京。如，到。東京，指洛陽（今河南洛陽）。⓮取妻子　接妻兒。取，接。⓯邈　遠。此指疏遠冷漠。⓰悄　沉默。⓱接　承受；了解。⓲釋然　形容疑慮消除。⓳翻然　形容轉變很快。⓴敏　聰明。㉑誅　責備。㉒遂　立即；馬上。㉓疏　條列說明。㉔復志賦　作於唐德宗貞元十三年（西元七九七年）。唐德宗貞元十二年，韓愈隨宣武軍節度使董晉平定汴州軍亂，卻未獲重用，遂以生病告歸。歸後作此賦，表示躬耕退隱之志。㉕標軸　書寫標題的書畫軸子。古代書畫可捲起，其兩端有棍桿，謂之軸。㉖送孟郊序　即〈送孟東野序〉，作於唐德宗貞元十九年（西元八〇三年）冬。孟郊（西元七五一～八一四年），字東野。唐湖州武康（今浙江德清）人。年四十六始中進士，做過溧陽（今江蘇溧陽西北）縣尉，一生困窮，詩多寒苦之音。㉗生紙　未經加工精製的紙。㉘揩字　塗去的字。㉙註字　添加的字。㉚謝　道歉。㉛竢　等待。

【語譯】愈再拜：愈有幸拜見閤下已有好幾年了，起初也承蒙您的一些稱讚。由於貧賤，為衣食而奔走，不能繼續經常拜見。後來您的地位更加尊貴，等候在您門下的人一天比一天多。地位愈加尊貴，卑賤的人自然會日漸疏遠；等候在門下的人一天比一天多，關愛之情就會廣泛而不能專一。愈的道德學問沒有什麼進步，文章卻漸漸出名。道德學問沒有進步，賢者就不會稱許；文章漸漸出名，同輩就會妒忌。由剛開始的日漸疏遠，再加上關愛不專的怨望，以及不稱許的心，加上聽了妒忌者的話，從此您的門庭就沒有愈的足跡了。

去年春天，也曾經有一次去謁見您。您的臉色溫和，好像嘉許我最近的表現；您不斷地跟我說話，好像同情我的窮困。告退後心裡很高興，就把這事告訴別人。後來，我到洛陽接家眷，又不能早晚經常拜見。等到回來，也曾經有一次去謁見您。您的神情冷漠，好像不了解我的私衷；您的話很少，好像並不了解我的心情。告退後，我感到很惶恐，就不敢再去拜見了。

現在我的疑懼已消失，覺得很懊悔。心裡想：「他冷漠的神情，是怪我不經常拜見；他的話很少，是表示他責怪的意思啊。」責怪我不聰明，我是沒有託辭的。我不敢馬上再去謁見您，就陳述其中的緣故，並且獻上我所寫的〈復志賦〉以下的文字一共十篇，編為一卷，卷軸上寫有標題。送孟郊序一篇，用生紙書寫，沒有裝飾，都有塗改添加的地方。為了急於自我表白和謝罪，不能再等待重新謄寫，您只要了解我的心意，不要計較我的失禮就好了。愈恐懼再拜。

【研　析】本文可分三段，通篇以「見」字為焦點。首段推測雙方交遊轉疏的原因。先追憶昔日曾見，但自己一則受困於貧賤，再則為忌者所毀謗，是以雖欲見而終不得見；陳京一方面由於位尊而不便下交，二方面亦因「伺候於門牆者日益進」而更顯疏遠；最後將自己不得見的原因歸於主觀上的日隔之疏、不專之望和客觀上的不與者之心而聽忌者之說。二段由兩次進謁陳京時所遭遇的態度上的差異，說明自己「不敢復進」的原因。末段虛語實說，反謂陳京態度之冷淡實肇因於自己未再繼見，進而敬呈近作，以表明自己「急於自解而謝」的心情。

一旦有求於人，書信的往返就脫離純粹的情感交流而淪為尷尬的應酬活動。在韓愈的多篇上書裡，我們不時感受到作者那種身為「伺候於門牆者」的焦慮感。其中雜揉著仕途茫茫的不確定性、因時空阻隔與地位尊卑所導致的疏離感，及由「同進者」的中傷所帶來的孤憤與悲涼。他究竟想證明什麼？能反駁什麼？想追求什麼？能完成什麼？這一切都充滿變數。在〈與陳給事書〉中，我們實際上看到的是一顆憂悶的心靈，一個疲於自薦、急於自解的韓愈；同時也不免懷疑其所謂「釋然悟，翻然悔」，是否真是發自肺腑，抑或只是個性的又一次扭曲呢？

# 應科目時與人書

【題解】本文選自《昌黎先生文集》。唐代科舉，分科取士，有種種名目，亦即考試的類科，叫做科目。如禮部主持的進士、明經、秀才等，以及吏部主持的博學宏詞、拔萃等，都是科目。依唐制，進士及第後，仍須參加吏部考試，方能正式授官。韓愈於唐德宗貞元八年（西元七九二年）中進士，次年參加吏部博學宏詞科的考試，考前以此信求人推薦。這個人姓韋，官職是中書省舍人。

月日❶，愈再拜❷：天池❸之濱❹，大江之濆❺，曰有怪物❻焉，蓋非常鱗凡介❼之品彙❽匹儔❾也。

其得水，變化風雨，上下於天不難也。其不及水，蓋尋常尺寸之間❿耳，無高山大陵曠途⓫絕險為之關隔⓬也，然其窮涸⓭不能自致乎水，為獱獺⓮之笑者，蓋十八九矣。如有力者哀其窮而運轉⓯之，蓋一舉手一投足之勞也。

然是物也，負⓰其異於眾也，且曰：「爛死於沙泥，吾寧⓱樂之？若俛首帖耳⓲搖尾而乞憐者，非我之志也。」是以有力者遇之，熟視⓳之若無睹也。其死其生，固不可知也。今又有有力者當其前矣，聊試仰首一鳴號焉。庸詎⓴知有力者不哀其窮，而忘一舉手一投足之勞而轉之清波乎？

其哀之，命也；其不哀之，命也；知其在命而且鳴號之者，亦命也。愈今者實有類㉑於是，是以忘其疏愚之罪，而有是說焉。閤下㉒其亦憐察之！

【注釋】❶月日　書信稿中，月日二字之間暫時空著，至正式謄清發信，始填上當日日期。❷再拜　古代的一種禮節。先後拜兩次，以示隆重。❸天池　大海。古人以大海大川皆非人力所成，乃造化之功，故謂之天池。❹濱　水邊。❺濆　水岸。❻怪物　指蛟龍。韓愈以此自比。❼常鱗凡介　指普通的水族。鱗，鱗片。此指魚類。介，甲殼。此指龜鱉類。❽品彙　品種；類別。❾匹儔　彼此相等。此謂同類。❿尋常尺寸之間　形容狹小的範圍。八尺為尋，二尋為常。⓫曠途　遙遠的路途。⓬關隔　阻礙；障礙。⓭窮涸　困於乾枯。窮，困窘。涸，水枯竭。⓮獱獺　小水獺。獱，小獺。獺，獸名。在水中捕食魚類。⓯運轉　運送轉移。⓰負　憑藉；仗恃。⓱寧　豈；難道。⓲俛首帖耳　低頭垂耳。形容柔順屈服的樣子。俛，低頭。⓳熟視　常見；見慣。⓴庸詎　豈；哪。㉑類　近似；類似。㉒閤下　同「閣下」。古代對尊貴者的稱呼，後也用在一般人互稱。閤，宮殿正門旁的小門。古代三公可以開閤，故稱三公為閤下。意謂不敢直指對方，而稱其閤下之人。

【語譯】月日，愈再拜：大海的水邊，大江的岸邊，傳說有一個怪物，牠不是普通水族所能相比的。

牠一旦得到水，就能興風作雨，在空中上上下下都不困難。牠如果得不到水，就只能在狹小的範圍內活動而已，雖然沒有高大的山陵、遙遠的路途、險阻的地方成為牠的阻礙。可是，牠受困在乾涸窘困的地方時，自己無法到達水中，被小水獺嘲笑，這種情形往往十之八九會發生。如果有力的人哀憐牠的窘困而把牠移到水裡去，只是一舉手一動腳之勞罷了。

可是這個怪物，自恃牠和普通的水族不同，還說：「爛死在泥沙裡，我難道樂意嗎？但是若要低著頭垂下耳朵，搖著尾巴乞求憐惜，那絕不是我的個性。」因此有力量的人遇到牠受困，也就視若無覩。至於牠會死還是會活，當然無法預料了。現在又有有力量的人在牠的面前了，牠姑且試著抬起頭來號叫了一聲。哪裡知道有力量的人並不哀憐牠的窘困，竟忘記一舉手一動腳之勞就可以把牠移到清水裡去呢？如果哀憐牠，那是命運；不哀憐牠，也是命運；知道一切都是命運卻還要號叫，那還是命運。愈現在的處境實在和這怪物有些相像，因此不顧自己疏陋愚昧的罪過，而有這樣的說法，您也哀憐體察一下我的處境吧！

【研析】本文可分四段。首段以「非常鱗凡介之品彙」的蛟龍自喻。二段以蛟龍之得水與不及水來比況人的機遇。三段謂蛟龍每每困於窮涸而為獱獺所笑，暗示自己需人引薦。以蛟龍孤高自負的形象，表明自己狷介的風骨以及待援的焦慮。四段將際遇歸諸時命，揭示渴望憐察的題旨。

在韓愈的文章中有一類寓言體的「動物文學」，如〈獲麟解〉、〈雜說〉一、〈雜說〉四及本篇，均以動物為喻體，曲折地傳達生不逢辰、懷才不遇的遺憾。在諸文擬人化的動物世界裡，因「不可知」而被目為不祥的麟、見笑於獱獺的蛟龍、「秖辱於奴隸人之手，駢死於槽櫪之間」的千里馬，個個幾無倖免地走向悲劇性的下場。這是韓愈對個人命運的自覺呢？抑或在「爛死於沙泥，吾寧樂之？若俛首帖耳搖尾而乞憐者，非我之志也」這類硬語背後，仍不免殷切期待著「哀其窮」的「有力者」來「轉之清波」呢？我們固然看出作品中飽含著一股頑抗命運作弄的強大意志，同時也意識到作者在〈感二鳥賦〉裡那種「遭時者，雖小善必達；不遭時者，累善無所容焉」的無奈，未嘗不是人生的現實。

## 送孟東野序

【題解】本文選自《昌黎先生文集》。孟東野，即韓愈的好友孟郊（西元七五一～八一四年），字東野。唐湖州武康（今浙江德清）人。其人性情耿介而仕途不順。四十六歲才進士及第，五十歲才任溧陽（今江蘇溧陽西北）縣尉的小官，次年又遭降官降俸，生活十分困苦。唐德宗貞元十九年（西元八〇三年），孟郊有事到長安，當時韓愈新任監察御史。二人短暫相聚後，孟郊又回溧陽。臨別韓愈作此文為孟郊抱不平，並以順乎天命相慰解。序，古代的一種文體（參見〈太史公自序〉題解），本文屬「贈序」。

大凡物不得其平則鳴❶。草木之無聲，風撓❷之鳴。水之無聲，風蕩❸之鳴。其躍❹也，或激❺之；其趨❻也，或梗❼之；其沸❽也，或炙❾之。金石之無聲，或擊之鳴。人之於言也亦然，有不得已者而後言，其謌❿也有思，其哭也有懷。凡出乎口而為聲者，其皆有弗平者乎！

樂也者，鬱於中而泄於外者也，擇其善鳴者而假⓫之鳴。金、石、絲、竹、匏、土、革、木⓬八者，物之善鳴者也。惟天之於時⓭也亦然，擇其善鳴者而假之鳴。是故以鳥鳴春，以雷鳴夏，以蟲鳴秋，以風鳴冬。四時之相推敓⓮，其必有不得其平者乎！

其於人也亦然。人聲之精者為言，文辭之於言，又其精也，尤擇其善鳴者而假之鳴。其在唐、虞⓯，咎陶⓰、禹⓱其善鳴者也，而假以鳴。夔⓲弗能以文辭鳴，又自假於〈韶〉⓳以鳴。夏之時，五子⓴以其歌鳴。伊尹㉑鳴殷，周公㉒鳴周。凡載於《詩》、《書》六藝㉓，皆鳴之善者也。周之衰，孔子之徒鳴之，其聲大而遠。

傳㉔曰：「天將以夫子為木鐸㉕。」其弗信矣乎？其末也，莊周㉖以其荒唐㉗之辭鳴。楚，大國也，其亡也，以屈原㉘鳴。臧孫辰㉙、孟軻㉚、荀卿㉛，以道鳴者也。楊朱㉜、墨翟㉝、管夷吾㉞、晏嬰㉟、老聃㊱、申不害㊲、韓非㊳、眘到㊴、田駢㊵、鄒衍㊶、尸佼㊷、孫武㊸、張儀㊹、蘇秦㊺之屬，皆以其術鳴。秦之興，李斯㊻鳴之。漢之時，司馬遷㊼、相如㊽、揚雄㊾，最其善鳴者也。其下魏、晉氏，鳴者不及於古，然亦未嘗絕也。就其善者，其聲清以浮，其節數㊿以急，其辭淫(51)以哀，其志弛以肆。其為言也，亂雜而無章。將(52)天醜(53)其德，莫之顧耶？何為乎不鳴其善鳴者也？

唐之有天下，陳子昂(54)、蘇源明(55)、元結(56)、李白(57)、杜甫(58)、李觀(59)，皆以其所能鳴。其存而在下者，孟郊東野，始以其詩鳴。其高出魏、晉，不懈而及於古，其他浸淫(60)乎漢氏(61)矣。從吾遊者，李翺(62)、張籍(63)其尤(64)也。三子者之鳴信善矣，抑不知天將和其聲，而使鳴國家之盛耶？抑將窮餓其身，思愁其心腸，而使自鳴其不幸耶？三子者之命，則懸乎天矣。其在上也奚以喜？其在下也奚以悲？東野之役(65)於江南(66)也，有若不釋(67)然者，故吾道其命於天者以解(68)之。

【注釋】❶鳴　發出聲音。❷撓　吹動。❸蕩　激盪。❹躍　跳動。❺激　阻遏水勢。❻趨　水勢迅疾。❼梗　堵塞。❽沸　沸騰；水滾。❾炙　燒煮。❿謌　同「歌」。⓫假　憑藉。⓬金石絲竹匏土革木　古代用不同材料做成的八種樂器，合稱「八音」。金，指鐘。石，指磬。絲，指琴、瑟。竹，指簫、籥。匏，指笙、竽。土，指塤。革，指鼓。木，指柷、敔。⓭時　時令；季節。⓮推敓　推移變遷。敓，古「奪」字。⓯唐虞　唐堯、虞舜。皆上古帝王。⓰咎陶　也作「皋陶」、「咎繇」。舜時為獄官之長。《尚書》有〈皋陶謨〉。⓱禹　夏代開國君主。曾奉舜命治平洪水。《尚書》有〈大禹謨〉、〈禹貢〉。⓲夔　舜時的樂官。⓳韶　夔所作的樂曲。用以讚美堯、舜的揖讓之教化。⓴五子　夏君太康的五個弟弟。太康好遊獵，其弟五人，敘述大禹的教誡，作歌以諷太康，即〈五子之歌〉。㉑伊尹　名摯。佐商湯滅夏桀。相傳曾作〈伊訓〉、〈太甲〉、〈咸有一德〉等。㉒周公　姓姬，名旦。周文王之子，周武王之弟，佐周武王滅商，相傳曾作〈金縢〉、〈大誥〉、〈無逸〉、〈君奭〉、〈立政〉等。㉓六藝　指六經。㉔傳　古書。此指《論語》。㉕天將以夫子為木鐸　語出《論語・八佾》。木鐸，金口木舌的大鈴。古代宣布政教法令時，用以召集百姓。㉖莊周　戰國時代宋國蒙（今河南商邱南）人。思想家，著有《莊子》。㉗荒唐　廣大無邊際。㉘屈原　戰國時代楚國大夫。忠而被放逐，投汨羅江而死，著有〈離騷〉等。㉙臧孫辰　即臧文仲。春秋時代魯國執政大夫，其言論略見《左傳》、《國語・魯語》。㉚孟軻　即孟子。名軻，戰國時代鄒（今山東鄒縣）人，周遊列國，宣揚仁義，不能行其道，退而與學生萬章之徒著書立說，有《孟子》。㉛荀卿　即荀子。名況，戰國時代趙國人，著有《荀子》。㉜楊朱　字子居。戰國時代衛國人，主張為我，拔一毛以利天下而不為。㉝墨翟　即墨子。戰國時代魯國人，主張兼愛、非攻，著有《墨子》。㉞管夷吾　即管仲。春秋時代齊桓公之相，佐齊桓公成霸業，有《管子》。㉟晏嬰　字平仲。春秋時代齊相，有《晏子春秋》。㊱老聃　即老子。春秋時代楚國人，曾為周朝守藏室史，著有《老子》。㊲申不害　戰國時代京（今河南鹿邑東）人。為韓昭侯相，善黃老刑名之學，著有《申子》。㊳韓非　戰國時代韓國之公子。荀子門人，法家之集大成者，著有《韓非子》。㊴眘到　戰國時代趙國人。善刑名之學，著有《慎子》。眘，古「慎」字。㊵田駢　戰國時代齊國人。著有《田子》。㊶鄒衍　戰國時代齊國人。陰陽家，曾為燕昭王師，著作今不傳。㊷尸佼　戰國時代魯國人。著有《尸子》。㊸孫武　春秋時代齊國人。著有《兵法》十三篇。㊹張儀　戰國時代魏國人。縱橫家，曾為秦惠王相，以連橫破六國縱約，著有《張子》。㊺蘇秦　戰國時代洛陽（今河南洛陽）人。縱橫家，曾以合縱遊說六國，佩六國相印，著有《蘇子》。㊻李斯　戰國時代楚國上蔡（今河南汝南北）人。荀子門人，為秦始皇相。㊼司馬遷　字子長。西漢左馮翊夏陽（今陝西韓城）人，著有《史記》。㊽相如　司馬相如。字長卿，西漢蜀郡成都（今四川成都）人，著名辭賦作家。㊾揚雄　字子雲。西漢蜀郡成都（今四川成都）人，著名辭賦作家及思想家，著有《法言》、《太玄》等。㊿數　繁密；細密。51淫　放蕩無節制。52將　也許；或許。53醜　厭惡。54陳子昂　字伯玉。唐梓州射洪（今四川射洪）人，曾官右拾遺，有《陳拾遺集》。55蘇源明　字弱夫。唐京兆武功（今陝西武功）人，官至祕書少監，詩文散見於《全唐詩》、《全唐文》。56元結　字次山。唐汝州（今河南臨汝）人，官至道州刺史，有《元次山集》。57李白　字太白，號青蓮居士。祖籍隴西成紀（今甘肅秦安），居綿州昌明縣（今四川江油），天寶初，曾供奉翰林，有《李太白集》。58杜甫　字子美。唐鞏縣（今河南鞏縣）人，曾官檢校工部員外郎，世稱杜工部，有《杜工部集》。59李觀　字元賓。唐贊皇（今河北贊皇）人，官至太子校書郎，有《李元賓文集》。60浸淫　逐漸接近。61漢氏　漢代。此指漢代詩歌。62李翺　字習之。唐趙郡（今河北趙縣）人，官至山南東道節度使，卒謚文，有《李文公集》。63張籍　字文昌。唐吳郡（治所在今江蘇蘇州）人，曾任國子博士、司業，有《張司業集》。64尤　優異；傑出。65役　任職。66江南　此指溧陽。唐代溧陽屬江南道。67不釋　心有鬱悶，放不開。68解　舒解；安慰。

【語　譯】大抵萬物得不到平靜就會發出聲音。草木本來沒有聲音，風吹動它就發出聲音。水本來沒有聲音，風激盪它就發出聲音。水的跳動是有東西阻遏了它，水的奔流是有東西堵塞了它，水的沸騰是有火燒煮它。金石本來沒有聲音，有東西敲打它就發出聲音。人的言辭也是這樣，因為不得已然後才說出來，他歌詠是因為情緒，他哭泣是因為悲傷。凡是從嘴裡發出來的聲音，大都是心中不平靜吧！

音樂，是人們宣洩內心鬱積的表現，選擇那些善於發聲的東西憑藉它們來發聲。金、石、絲、竹、匏、土、革、木八種樂器，都是善於發聲的東西。上天對於季節也是這樣，選擇那些適合發聲的而憑藉它們來發聲。因此春天憑藉鳥來發聲，夏天憑藉雷來發聲，秋天憑藉蟲來發聲，冬天憑藉風來發聲。四季遞相推移，一定是有不得平靜的緣故吧！

人也是這樣。人聲的精華是語言，文辭又是語言的精華，更要選擇擅長發聲的人而憑藉他來發聲。在唐堯、虞舜時代，咎陶、禹是擅長發聲的人，於是憑藉他們來發聲。夔不能用文辭來發聲，自己就憑藉〈韶〉樂來發聲。夏代的時候，太康的五個弟弟用他們的歌來發聲。商代有伊尹來發聲，周代有周公來發聲。凡是記載在《詩》、《書》等六經上面的，都是發聲發得好的。周代衰微的時候，孔子等人發聲，聲音宏亮而且久遠。《論語》說：「上天要把孔子作為警眾的木鐸。」這話難道不是真實的嗎？周代末年，莊子用他那廣大無涯的文辭來發聲。楚國是一個大國，當它衰亡的時候，有屈原來發聲。臧孫辰、孟軻、荀卿等人，用理論來發聲。楊朱、墨翟、管夷吾、晏嬰、老聃、申不害、韓非、慎到、田駢、鄒衍、尸佼、孫武、張儀、蘇秦這些人，都用他們的策略主張來發聲。秦朝興起，有李斯來發聲。漢朝時，司馬遷、司馬相如、揚雄等人，是最擅長發聲的。以後到了魏、晉時代，發聲的人比不上古代，但也不曾斷絕過。就當時發聲發得最好的來說，他們的聲音清新而輕浮，他們的節奏細密而急促，他們的文辭放蕩而哀傷，他們的意志鬆弛而放肆。他們所作的文章，雜亂而無條理。或許是上天厭惡他們的德行，不肯關注他們吧？為什麼不讓那些擅長發聲的人來發聲呢？

唐朝得天下後，陳子昂、蘇源明、元結、李白、杜甫、李觀等人，各以所長而發聲。那些目前還處在下位的人當中，孟郊東野開始用他的詩來發聲。他的詩高出魏、晉時的作品，某些好詩已經達到古人的程度，其他作品也逐漸接近漢代的水準了。跟我學習的人，李翺、張籍最為傑出。這三個人的鳴聲的確是很好了。然而不知道上天要應和他們的聲音，而使他們發出國家強盛的鳴聲呢？還是要使他們的身體受窮餓，讓他們的心情憂愁，而使他們發出自己不幸的鳴聲呢？這三個人的命運是掌握在上天了。那麼，在上位又有何喜？在下位又有何悲呢？

孟東野在江南任職，好像不太快活的樣子，所以我說了這番命運決定於天的話來勸慰他。

【研　析】本文可分五段。首段開門見山地拈出「大凡物不得其平則鳴」這句以為中心論點，把自然界的草、木、風、水之鳴，和人類社會的鳴聲歌哭都看作是不平而鳴的結果。二段則以樂器、四時風物，進一步強調「擇其善鳴者而假之鳴」的觀點。三段由物而人，歷舉自唐、虞、三代至秦、漢、魏、晉間的善鳴者。四段提出唐代的善鳴者，特標孟郊、李翺、張籍三人，且為其遭遇惋惜不已。末段勉孟郊順天安命。吳楚材評曰：「此文得之悲歌慷慨者為多，謂凡形之聲者，皆不得已。不得已中，又有善不善；所謂善者，又有幸不幸之分。只是從一鳴中，發出許多議論，句法變換，凡二十九樣，如龍變化，屈伸於天，更不能逐鱗逐爪觀之。」

中國傳統知識分子普遍具有一種憂患意識，認為自己肩負著修齊治平的歷史使命，這分激情支撐他們前仆後繼地對抗政治運作中的腐敗勢力，同時也帶來仕宦生涯中無可迴避的挫折感。詩文創作是知識分子自我調適的方式之一，所有的委屈與感傷、希望與榮耀，都在創作中得到撫平和積澱。「鳴」的內容和方式容或有異，但無非是「不得其平」的結果，是「鬱於中而泄於外」的產物，是理想與現實碰撞的火花，是心靈活動的軌跡。無論是以文辭鳴、以道鳴、以術鳴、以詩鳴，或是鳴國家之盛、自鳴其不幸，作者均已在歌哭之際、悲喜之間昇華其情感，於是作品不再只是個人的騁才抒情，而是「物不得其平則鳴」這一天理的體現，個人的順逆、現象界的變動在文學的永恆裡被輕易地忘卻了。如此，又何不釋然之有？

# 送李愿歸盤谷序

**【題解】**本文選自《昌黎先生文集》。李愿，生平不詳。序，古代的一種文體（參見〈太史公自序〉題解），本文屬「贈序」。唐德宗貞元十七年（西元八〇一年），李愿因不得志而歸隱盤谷（今河南濟源西北），韓愈作此序以贈別，藉李愿之口，讚頌潔身自好、與世無爭的隱居之士，嘲諷志得意滿以及趨炎附勢之徒。

太行❶之陽❷有盤谷。盤谷之間，泉甘而土肥，草木藂❸茂，居民鮮少。或曰：「謂其環兩山之間，故曰盤。」或曰：「是谷也，宅❹幽而勢阻，隱者之所盤旋❺。」友人李愿居之。

愿之言曰：「人之稱大丈夫者，我知之矣。利澤施於人，名聲昭❻於時。坐於廟朝❼，進退❽百官而佐天子出令。其在外，則樹旗旄❾，羅❿弓矢，武夫前呵⓫，從者塞途，供給⓬之人，各執其物，夾道而疾馳。喜有賞，怒有刑。才畯⓭滿前，道⓮古今而譽⓯盛德，入耳而不煩。曲眉豐頰⓰，清聲而便體⓱，秀外而惠中⓲，飄輕裾⓳，翳⓴長袖，粉白黛綠㉑者，列屋㉒而閒居，妒寵而負恃，爭妍㉓而取憐㉔。大丈夫之遇知於天子，用力㉕於當世者之所為也。吾非惡此而逃之，是有命焉，不可幸㉖而致也。

「窮居而野處，升高而望遠，坐茂樹以終日，濯清泉以自潔。採於山，美可茹㉗；釣於水，鮮可食。起居無時，惟適之安。與其有譽於前，孰若㉘無毀於其後；與其有樂於身，孰若無憂於其心。車服不維㉙，刀鋸不加㉚；理亂㉛不知，黜陟㉜不聞。大丈夫不遇於時者之所為也，我則行之。

「伺候於公卿之門，奔走於形勢㉝之途，足將進而趑趄㉞，口將言而囁嚅㉟，處穢汙而不羞，觸刑辟㊱而誅戮，僥倖於萬一，老死而後止者，其於為人賢不肖何如也？」

昌黎韓愈聞其言而壯之。與之酒，而為之歌曰：「盤之中，維㊲子之宮㊳。盤之土，可以稼㊴。盤之泉，可濯可沿㊵。盤之阻，誰爭子所㊶？窈㊷而深，廓㊸

其有容。繚㊹而曲，如往而復。嗟盤之樂兮，樂且無央㊺。虎豹遠跡兮，蛟龍遁藏。鬼神守護兮，呵禁㊻不祥。飲且食兮壽而康，無不足兮奚所望？膏㊼吾車兮秣㊽吾馬，從子於盤兮，終吾生以徜徉㊾！」

【注釋】❶太行　山名。綿延山西、河北、河南三省，主峰在山西晉城南。❷陽　山的南面。❸藂　同「叢」。草木叢生。❹宅　居。此指所居的位置。❺盤旋　盤桓；逗留。❻昭　顯著。❼廟朝　指朝廷。廟，宗廟。朝，朝廷。❽進退　升降任免。❾樹旗旄　樹起旗幟。樹，樹立。旄，竿頂用犛牛尾作裝飾的一種旗子。❿羅　擺列。⓫呵　吆喝；喝斥。古代大官出行，武士在車馬前吆喝開道。⓬供給　供應。⓭才畯　才俊之士。畯，通「俊」。才能傑出的人。⓮道　引述。⓯譽　稱讚。⓰曲眉豐頰　眉毛彎彎，臉頰豐腴。⓱清聲而便體　聲音清脆，體態輕盈。⓲秀外而惠中　美麗又聰明。外，指容貌。惠，通「慧」。聰明。中，指內心。⓳裾　衣服的後襟。⓴翳　通「曳」。拖曳。㉑粉白黛綠　臉上擦白粉，眉上畫青黛。形容女人濃妝豔抹。黛，深青色的顏料。古代女子用以畫眉。㉒列屋　成列的房屋。㉓妍　美麗。㉔憐　疼愛。㉕用力　掌握權力。㉖幸　僥倖。㉗茹　吃。㉘孰若　何如；不如。㉙車服不維　謂車服的榮耀，不能束縛我。車服，車馬服飾。古代官員車服，隨位階高下而有差別，其有功勳者，天子往往特賜車服以賞之。此指官位賞賜。維，束縛。㉚刀鋸不加　刀鋸的酷刑，不能加害我。刀鋸，古代的刑具。此指刑罰。㉛理亂　治亂。唐人避高宗李治名諱，故以「理」代「治」。㉜黜陟　官職升降。黜，貶退。陟，提升。㉝形勢　權勢。㉞趦趄　猶豫不敢向前的樣子。㉟囁嚅　想說又不敢說的樣子。㊱刑辟　刑法。㊲維　是。㊳宮　房屋。㊴稼　耕種。㊵沿　順著行走。㊶所　地方。㊷窈　深遠。㊸廓　廣大。㊹繚　環繞。㊺無央　不盡。央，盡。㊻呵禁　呵斥禁止。㊼膏　用油脂塗抹。㊽秣　用草料餵食。㊾徜徉　逍遙自得的樣子。

【語譯】太行山的南面有個盤谷。盤谷裡面，泉水甘甜而土地肥沃，草木茂盛而居民稀少。有人說：「因為它環繞在兩座山中間，所以叫做『盤』。」也有人說：「這個山谷，地處幽僻而形勢險阻，是隱士盤桓的地方。」我的朋友李愿就住在那裡。

李愿曾說：「一般人所說的大丈夫，我已經了解了。他們對人民施加恩澤，在當代名聲顯赫。身在朝廷之上，升降任免百官並且輔佐天子發布政令。他們外出時，樹起旗幟，擺列弓箭，武士在前面吆喝開道，隨從塞滿道路，供應的人，各自拿著東西，在道路兩旁迅速奔走。他們高興時就有獎賞，生氣了就會處罰。傑出之士聚滿面前，引述古今來讚美他們的功德，聽起來順耳而不會厭煩。那些眉毛彎彎，臉頰豐腴，聲音清脆，體態輕盈，外表秀麗，內心聰明，身上衣襟輕飄，手上長袖拖曳，濃妝豔抹的美人，閒居在一排排的後房裡，什麼事都不做，只是爭寵吃醋，負氣撒嬌，只是賽美鬥豔，博取憐愛。這就是被皇帝賞識，在當代掌權的大丈夫的作為啊。我不是厭惡這些而避開它，這些是命運的安排，不是可以僥倖得到的。

「住在山野過窮困的日子，登上高山眺望遠處，坐在茂密的樹蔭下消磨一整天，在清潔的泉水裡洗濯自己的身體。到山上採來野菜，味道甘美可以食用；在河裡釣來魚蝦，鮮美可口。起居沒有定時，舒適就好。與其當面被人讚美，何如背後不被毀謗；與其身體享受快樂，何如心中沒有憂愁。不受官職賞賜的束縛，也不會有刑罰加身；不知道天下的治亂，聽不到官職的升降。這是不得志的大丈夫的作為，我就是這樣做。

「伺候在達官貴人的門下，奔走在權勢的道路上，腳要走又不敢前進，嘴想說又不敢說出來，身處汙穢卻不感到羞恥，觸犯法律就會被殺戮，貪求那非分而渺茫的富貴，直到老死為止，如此做人到底是賢還是不肖呢？」

昌黎韓愈聽到他的話，覺得他的見解很了不起。於是請他喝酒，並且為他作歌：「盤谷裡，是您的家。盤谷的土地，可以耕種。盤谷的泉水，可以洗濯，可以沿岸散步。盤谷的險阻，有誰來和您爭這地方？幽靜深遠，那麼廣大而能容納。曲折迂迴，似乎向前走卻又繞回來。啊！盤谷的快樂，無窮無盡。虎豹離得遠，蛟龍也躲藏。鬼神守護著，呵斥禁止一切的不祥。有吃又有喝，長命且健康。沒有什麼不滿足，哪裡還會有奢望？把我的車子擦上油，餵飽我的馬，我要到盤谷去跟隨您，逍遙自在過一生！」

**【研　析】**本文可分三段。首段說明盤谷地理及命名。第二段引述李愿的話，可分三節。第一節寫得志者的威風與生活情態。第二節寫不遇於時而隱居者的逍遙自在。第三節寫趨炎附勢追逐功名者的可恥醜態。第三段歌頌盤谷豐富之美與生活其中之樂，表達自己也想歸隱盤谷的心意。

本文重心在引述李愿的話而還贈李愿，文中李愿所敘的三種人之中，自然是頌揚第二類的隱逸者，將其生活寫得悠遊適意、快樂無央。而第一類得志者雖然威赫，卻不免夾雜有奢縱弄權的貶抑意味，至於第三類者之厚顏無恥，則不待多言。然而細味其所言第一類得志者「是有命焉，不可幸而致也」，則欣羨渴慕之情與無奈不平之氣已喻。由此可知，這種頌揚隱逸生活之清高逍遙的高論，其實是在求「遇知於天子」的第一志願落空之後，退而求其次的一種自我慰解與振作的言辭。

那麼，韓愈是以什麼心情來寫這篇文章？三類人當中他又認同哪一類呢？從第三段的歌辭來看，他似乎是羨慕李愿的歸隱而有意相隨，但從此文的寫作背景來看，這應該只是一時不遇的牢騷而已。從貞元八年中進士之後，韓愈滿懷抱負，卻在仕途上遭受連番挫折，至此時（貞元十七年）也只擔任四門博士這麼一個低階的學官，所以他是在藉李愿之口，諷刺奢縱的當權者，嘲笑趨附的勢利者，讚美山林隱逸，表達了他懷才不遇的感慨。

本文也是韓愈的名作之一。通篇駢散雜用，收放自如，文氣酣暢，且善於描繪，形容如畫，無怪乎蘇軾會說：「唐無文章，惟韓退之〈送李愿歸盤谷〉一篇而已。」（《東坡題跋．跋退之送李愿序》），譽之為唐文第一。

# 送董邵南序

**【題解】**本文選自《昌黎先生文集》。董邵南，唐壽州安豐（今安徽壽縣西南）人，生平不詳。序，古代的一種文體（參見〈太史公自序〉題解），本文屬「贈序」。董邵南家境清寒而耕讀力學，但參加進士考試，連連失利，欲至河北投效藩鎮，另謀出路。本文為送董邵南而作，既惋惜好友失意，也委婉表示不願其投奔與朝廷對抗的藩鎮。

燕、趙❶古稱多感慨悲歌之士❷。董生舉進士❸，連不得志於有司❹，懷抱利器❺，鬱鬱適❻茲土❼，吾知其必有合❽也。董生勉乎哉！

夫以子之不遇時，苟慕義彊❾仁者，皆愛惜焉。矧❿燕、趙之士出乎其性者哉！然吾嘗聞風俗與化⓫移易⓬，吾惡知其今不異於古所云邪？聊以吾子之行卜⓭之也。董生勉乎哉！

吾因子有所感矣。為我弔望諸君⓮之墓，而觀於其市，復有昔時屠狗者⓯乎？為我謝⓰曰：「明天子在上，可以出而仕矣。」

【注釋】❶燕趙　戰國時代二國名。燕在今河北、遼寧，趙在今河北南部、山西北部。此指河北一帶。❷感慨悲歌之士　意氣激昂、憤慨不平之士。❸舉進士　應薦舉參加進士科考試。進士，唐代科舉考試的一科。❹有司　官吏。古代設官分職，各有所司，故稱。此指主持進士科考試的禮部和主考官。❺利器　比喻卓越的才幹。❻適　往；去。❼茲土　此地。指河北。❽合　遇合。指得到賞識。❾彊　強行；力行。❿矧　何況。⓫化　教化。⓬移易　改變。⓭卜　觀察。⓮望諸君　指戰國名將樂毅。燕昭王時，樂毅統兵破齊七十餘城，及燕昭王死，燕惠王中齊人反間計，派騎劫代替其職務，樂毅懼而離燕奔趙，趙封之於觀津，號曰望諸君。⓯屠狗者　荊軻至燕，與燕國一個屠狗者，及善於擊筑的高漸離相交為至友。後荊軻刺秦王，失敗而死，高漸離為荊軻復仇，亦失敗被殺。⓰謝　告訴。

【語譯】燕、趙在古代號稱多慷慨憤激的豪傑。董生應舉參加進士考試，接連幾次得不到主考官的賞識，懷抱英才，悶悶不樂地要到那個地方去，我知道他一定會遇到賞識他的人。董生努力吧！

像你這樣的人才而遇不到好時機，如果是仰慕仁義並且力行仁義的人，一定都會愛惜你。何況燕、趙的豪傑，仁義是出於他們的天性呢！但我曾經聽說風俗隨著教化而改變，我怎能確定現在那兒的情形跟古人所說的沒有不同呢？姑且以你此行來觀察它吧。董生努力吧！

我因為你的北遊而有感觸。請你替我憑弔一下望諸君的墳墓，並且去那裡的市街，看看是否還有像從前那種隱於屠狗行業中的豪傑？請替我告訴他們：「有聖明的天子在位，可以出來做官了。」

【研　析】本文可分三段。首段以「燕、趙古稱多感慨悲歌之士」推測董邵南此行必有遇合。二段反疑今日燕、趙之士未必悉如古時之慕義彊仁，則此行又未見其必要，故宜好自為之。末段弔古諷今，一方面透過樂毅和屠狗者的悲情表達對當權者忽視人才的不滿，另方面亦號召今之燕、趙之士回歸朝廷，婉勸董邵南打消效力藩鎮的念頭。

綜觀全文，韓愈並不贊成董邵南前往河北，但既作序送他，又不能說他不應該去。所以韓愈下筆，不說現在的河北，只說以前的燕、趙；不說那些做官的人，只說那些慷慨悲歌之士。說那些慷慨悲歌之士，仁義是出自天性，與董邵南同調相憐相合，就是說董邵南也是仁義之人，這是勸勉他；最後要董邵南弔古人，勸今人出仕，這是要他明白自處的道理。全篇以古今二字相呼應，而以「風俗與化移易」句為過脈，文字委婉含蓄，曲盡吞吐之妙。

傳統知識分子在面臨出處問題時，往往抱著一種「待價而沽」的心態。若不幸未遇「善沽者」，就成了「感慨悲歌之士」。董邵南懷抱利器而連不得志於有司，鬱鬱於不遇時，這是可以理解的；但韓愈卻也不得不質疑他這種但求聞達於諸侯而罔顧國家整體安全的做法，認為是有待商榷的。客觀情勢顯示：朝廷的選士制度已經造成野有遺賢的不公平事實，董邵南在這層意義上是值得同情的；然而人才若自謀出路而致以私害公，則未免傷義。韓愈本人對董邵南赴河北一事所抱持的矛盾態度間接透露了他的無力感，作者雖然宣稱「明天子在上，可以出而仕矣」，但燕、趙的「屠狗者」是否能「得志於有司」，卻還是個未知數呢！

# 送楊少尹序

【題解】本文選自《昌黎先生文集》。楊少尹，楊巨源，字景山，唐河中蒲州（治所在今山西永濟）人。以能詩知名，官至國子司業，年滿七十辭官返鄉，宰相惜其才，任為河中府少尹，並贈詩勉勵。韓愈時任吏部侍郎，因病未能送行，作此文以贈之。序，古代的一種文體（參見〈太史公自序〉題解），本文屬於「贈序」。

昔疏廣、受❶二子，以年老一朝辭位而去❷。於時公卿設供張❸，祖道❹都門外，車數百兩❺；道路觀者多歎息泣下，共言其賢。漢史❻既傳其事，而後世工畫者又圖❼其迹❽。至今照人耳目，赫赫若前日事。

國子司業❾楊君巨源，方以能詩訓❿後進。一旦以年滿七十，亦白⓫丞相，去歸其鄉。世常說古今人不相及，今楊與二疏，其意豈異也？

予忝⓬在公卿後，遇病不能出，不知楊侯⓭去時，城門外送者幾人，車幾兩，馬幾匹，道旁觀者亦有歎息知其為賢以⓮否？而太史氏⓯又能張大其事為傳繼二疏蹤跡⓰否？不落莫⓱否？見⓲今世無工畫者，而畫與不畫固不論也。然吾聞楊侯之去，丞相有愛而惜之者，白以為其都少尹⓳，不絕其祿，又為歌詩以勸⓴之，京師之長於詩者亦屬而和之。又不知當時二疏之去，有是事否？古今人同不同，未可知也。

中世㉑士大夫以官為家，罷則無所於歸。楊侯始冠㉒，舉於其鄉，歌〈鹿鳴〉㉓而來也。今之歸，指其樹曰：「某樹，吾先人之所種也；某水、某丘，吾童子時所釣遊也。」鄉人莫不加敬，誡子孫以楊侯不去其鄉為法㉔。古之所謂鄉先生㉕沒而可祭於社㉖者，其在斯人歟！其在斯人歟！

【注釋】❶疏廣受　疏廣、疏受。疏廣，字仲翁。西漢東海蘭陵（今山東臨沂西南）人，宣帝時任太子太傅。疏受，字公子。疏廣之姪。宣帝時任太子少傅。叔姪同時在位五年，同時稱病告退。❷去　離開。❸供張　也作「供帳」。陳設帳幕以供宴會或行旅駐足之需。❹祖道　為遠行者祭祀道路之神，並飲酒餞行。❺兩　通「輛」。❻漢史　指《漢書・疏廣傳》。❼圖　描畫。❽迹　故事。❾國子司業　官名。國子監祭酒的屬官，幫助祭酒教授生徒。國子，國子監。唐代國家教育機構和最高學府。❿訓　教誨。⓫白　稟告。⓬忝　辱；愧。⓭侯　用作尊稱。同於「君」。⓮以　通「與」。⓯太史氏　泛指史官。⓰踪跡　事跡。⓱落莫　冷落寂寞。⓲見　通「現」。現在。⓳其都少尹　指河中府少尹。楊巨源為河中府人，故云其都。少尹，官名。為地方州府長官的輔佐官。⓴勸　勉勵。㉑中世　近世；近代。㉒冠　冠禮。古代男子年二十行冠禮，表示成年。㉓歌鹿鳴　指鄉試中舉。唐代州縣長官宴請中舉者，宴會中歌《詩經・鹿鳴》，因稱鹿鳴宴。〈鹿鳴〉，《詩・小雅》篇名，燕享賓客之詩。㉔法　榜樣。㉕鄉先生　鄉賢之長者。㉖祭於社　致祭於鄉社。社，祭土神之所。

【語譯】從前疏廣、疏受叔姪，因為年老同時辭官離開京師。當時朝中公卿設了帳幕，在都城門外替他們餞行，車子有幾百輛；路上觀看的人都為他們歎息流淚，稱讚兩人的賢智。《漢書》既記載了這件事，後代擅長繪畫的人又畫下這個故事，直到現在這個事跡還照耀著人們的耳目，清清楚楚地像是前天的事情一樣。

國子司業楊巨源君，正以他的詩才教導後學。因為年紀已滿七十歲，也稟告丞相，要辭官返鄉。一般人常說現代的人不能和古人相比，現在楊君和二疏，他們的想法難道不同嗎？

我很慚愧位列在公卿之後，正好生病不能去送行。不知道楊君離開時，城門外送行的有多少人，車子有幾輛，馬有幾匹。路旁觀看的人有沒有知道他的賢智而讚歎？史官是否能夠宣揚這件事繼二疏的事跡而替他立傳？有沒有冷落了他？現在世上沒有擅長繪畫的人，所以畫不畫可以不必管它。但是我聽說楊君離開的時候，丞相中有人愛惜他的才學，奏明皇帝讓他當他家鄉的府少尹，不停止他的俸祿，又作詩勉勵他，京城裡擅長作詩的人也跟著作詩應和。我又不知道當年二疏離開時，是否也有這樣的事？古代人和現代人究竟同不同，就無法知道了。

近代的士大夫以官為家，一旦免官就沒有地方可以回去。楊君剛成年，就在他的家鄉中了舉，以鄉貢進士的資格來到京師應試。現在回去，他會指著那兒的樹說：「某一棵樹，是我先人所種的；某一處河流，某一個山丘，是我孩童時釣魚、遊玩的地方。」家鄉的人沒有一個不加倍尊敬他，訓誡他們的子孫以楊君不離開家鄉做模範。古代所謂死後可以入鄉社接受祭祀的鄉先生，楊君就是這種人吧！楊君就是這種人吧！

【研　析】本文可分四段。首段推溯漢代疏廣、疏受叔姪年老退休時世人對他們敬愛的表現。二段謂楊巨源的賢德及其所蒙受的敬重與當年的二疏無異。三段由「不知楊侯去時」轉出「不知當時二疏之去」，憑空擬測楊巨源與二疏臨行之情狀。末段想像楊巨源回鄉後種種親切恬惔的舉措，而以「沒而可祭於社」讚美其可敬可愛。

韓愈在這篇贈序中展現出一種表面上看似優游醇和而實則感慨繫之的文章風格。二疏辭官的理由是「吾聞知足不辱，知止不殆。功成身退，天之道也」，這顯然是一種明哲保身的人生態度。韓愈謂「今楊與二疏，其意豈異也」，豈非暗示楊巨源之退休或有其無奈之處？當二疏之去，「道路觀者，多歎息泣下，共言其賢」；今楊巨源亦歸其鄉，終老仍未盡其材用，而徒曰「沒而可祭於社」，恐其心亦未必能平。作者以大量推測的口吻取代論斷，使得解讀的過程充滿了不確定性，而這刻意營造的模糊和疏離，或許正是楊巨源自我定位和人生遭遇的折射吧！

# 送石處士序

【題解】本文選自《昌黎先生文集》。石處士，石洪，字濬川，唐河陽（治所在今河南孟縣南）人。曾任黃州（今湖北黃岡）錄事參軍，後罷官歸隱洛陽（今河南洛陽）十餘年，公卿屢薦而不出，故稱「處士」。序，古代的一種文體（參見〈太史公自序〉題解），本文屬「贈序」。憲宗元和五年（西元八一〇年），新任河南軍節度使烏重胤禮聘石洪，石洪以遇知己而應命前往。時韓愈在洛陽任官，與眾人為石洪餞行，各自賦詩，作此序，讚揚烏重胤禮賢下士，石洪以道自任，並委婉忠告二人，當以國事為重，勿圖利私人。

河陽軍節度❶、御史大夫❷烏公❸為節度之三月，求士於從事❹之賢者。有薦石先生者。公曰：「先生何如？」曰：「先生居嵩❺、邙❻、瀍❼、穀❽之間，冬一裘，夏一葛；食朝夕，飯一盂❾，蔬一盤。人與之錢，則辭；請與出遊，未嘗以事辭；勸之仕，不應。坐一室，左右圖書。與之語道理，辨古今事當否，論人高下，事後當成敗，若河決❿下流而東注，若駟馬⓫駕輕車就熟路，而王良⓬、造父⓭為之先後也，若燭照數計⓮而龜卜⓯也。」

大夫曰：「先生有以自老，無求於人，其肯為某⓰來邪？」從事曰：「大夫文武忠孝，求士為國，不私於家。方今寇聚於恆⑰，師環其疆，農不耕收，財粟殫亡⑱。吾所處地，歸輸之塗⑲，治法征謀⑳，宜有所出。先生仁且勇，若以義請而彊委重㉑焉，其何說之辭？」於是譔㉒書詞㉓，具馬幣㉔，卜日㉕以授使者，求先生之廬而請焉。

先生不告於妻子，不謀於朋友，冠帶出見客，拜受書禮於門內。宵則沐浴，戒行事㉖，載書冊，問道所由，告行㉗於常所來往。晨則畢至，張㉘上東門㉙外。酒三行㉚，且起㉛，有執爵㉜而言者曰：「大夫真能以義取人，先生真能以道自任，決去就。為先生別。」又酌而祝曰：「凡去就出處何常，惟義之歸。遂以為先生壽㉝。」又酌而祝曰：「使大夫恆無變其初，無務富其家而飢其師，無甘受佞人㉞而外敬㉟正士，無昧㊱於諂言，惟先生是聽，以能有成功，保天子之寵命。」又祝曰：「使先生無圖利於大夫而私便其身。」先生起拜祝辭，曰：「敢不敬蚤夜㊲以求從祝規㊳。」於是東都㊴之人士咸知大夫與先生果能相與以有成也。遂各為歌詩六韻，退，愈為之序云。

【注釋】❶河陽軍節度　即河陽軍節度使。領孟、懷二州，治所在孟州河陽（今河南孟縣南）。唐代節度使所轄，相當於一個軍區，故稱「軍」。節度，節制使的省稱，統轄數州軍、民、財政，可自行任用僚屬。❷御史大夫　官名。掌彈劾、糾察及圖籍祕書。❸烏公　名重胤，字保君。唐張掖（今甘肅張掖）人，憲宗元和五年（西元八一〇年），任河陽軍節度使、御史大夫。節度使是實職，御史大夫是兼銜。❹從事　官名。三公及州府長官自行任免的僚屬。❺嵩　山名。在河南登封北。❻邙　山名。在河南西部。❼瀍　水名。即瀍河，源出洛陽西北穀城山。❽穀　水名。源出河南澠池。❾盂　盛飲食的圓口器皿。❿決　堤岸沖開缺口。⓫駟馬　四匹馬。古代車輛一車四馬，故稱馬四匹為駟。⓬王良　人名。相傳是春秋時代晉國的善御馬者。⓭造父　人名。相傳是周穆王時的善御馬者。⓮燭照數計　用燭火照亮，用數字計算。比喻料事明確精準。⓯龜卜　用龜甲占卜吉凶。比喻料事如神。⓰某　自稱之代詞。⓱寇聚於恆　寇賊聚集在恆州。恆，州名。治所在今河北正定。當時屬成德軍管轄。唐憲宗元和四年（西元八〇九年），成德軍節度使王士真卒，其子王承宗叛變，朝廷派兵討伐失敗，被迫任命王承宗為節度使。⓲財粟殫亡　錢財米糧竭盡。殫亡，窮盡。⓳歸輸之塗　糧餉轉運的要道。歸輸，往來轉運。塗，通「途」。道路。⓴治法征謀　治民之方法與征討之計謀。㉑委重　委派重任。㉒譔　通「撰」。寫。㉓書詞　書信。㉔馬幣　馬匹和禮物。幣，泛指皮帛玉器等饋贈的禮物。㉕卜日　選擇吉日。㉖戒行事　準備旅行所需的事。戒，準備。㉗告行　告別；辭行。㉘張　「供張」的省略。指設筵餞行。㉙上東門　洛陽城東三門，最北的城門稱上東門。㉚三行　三巡。飲宴時，主人勸酒一輪，謂之一行或一巡。㉛且起　將要相別起行。㉜爵　古代的一種酒杯。㉝壽　敬酒表示祝人長壽或祝福。㉞佞人　花言巧語、奉承討好的人。㉟外敬　表面恭敬。㊱昧　看不清。㊲蚤夜　日夜。蚤，通「早」。㊳祝規　祝辭中之規勸。㊴東都　指洛陽。

**【語　譯】**河陽軍節度使、御史大夫烏公，就任節度使的第三個月，向僚屬中的賢者訪求人才。有人推薦石先生。烏公說：「石先生為人怎麼樣？」回答說：「石先生住在嵩山、邙山、瀍水、穀水之間，冬天穿一件皮衣，夏天穿一件葛布衣；一天吃早晚兩頓，只有飯一碗，蔬菜一盤。人家給他錢，他就推辭；請他一同出遊，從不藉故推辭；勸他做官，他不回答。他坐在一個房間裡，四周都是圖書。和他談論道理，他分析古今事情的對錯，評論人物的高下，事情結局的成敗，就好像黃河決口的水滔滔東流，好像四匹馬駕著輕便的車走在熟悉的道路上，有古代很會駕車的王良和造父替他前後照料，好像用燭光照著、用數字計算、用龜甲占卜一樣。」

大夫說：「石先生既然有他終老一生的想法，不求別人，難道肯為我而來嗎？」那位僚屬說：「大夫文武雙全，既忠且孝，是為國求賢，又不是為自身圖謀私利。如今賊寇聚集在恆州，王師滿布在恆州的邊界，農民不能耕種收穫，錢財米糧都快消耗光了。我們所處的地方，是糧餉轉運的要道，不管治理人民的方法或征討的計畫，都應該有人出主意。石先生既仁且勇，如果用大義去請求堅決把重任委託給他，他還有什麼話可以推辭呢！」於是大夫就寫好書信，準備了馬匹、禮物，挑選好日子把東西交給使者，帶著到石先生的家裡去聘請他。

石先生沒有告訴妻子，沒有和朋友商量，就穿戴整齊出來接見客人，在家門內接受了書信和禮物。當天晚上就沐浴梳洗，準備旅行的事項，裝好書籍，問明路上經過的地方，向經常來往的人辭行。第二天早晨，朋友都來了，在上東門外設筵餞行。酒過三巡，石先生正要起身告別，有人舉杯對他說：「大夫真是能夠按照大義來延攬人才，先生也真是能夠按照道義來承擔責任，決定去就。這杯酒，替先生送別。」又倒了酒祝賀說：「凡是做官或退隱哪有什麼常規呢，只有依歸仁義啊。我就用這杯酒祝先生長壽。」接著又倒了酒祝賀說：「希望大夫永遠不要改變他當初的想法，不要光追求自己的富裕而使軍隊挨飢，不要喜歡花言巧語的小人而只在表面上敬重正直的賢士，不要被奉承討好的話所蒙蔽，但願他一切都只聽您的，因此能獲得成功，保全天子對他的寵信任命。」又祝賀說：「希望先生不要向大夫謀求自己的私利。」石先生站起來拜謝祝辭，說：「我怎敢不恭敬謹慎地從早到晚努力去做，以求符合您的祝願和規戒。」於是洛陽的人士都知道烏大夫和石先生一定能夠密切配合而取得成功。各人就都作詩六韻，事後，我寫了這篇序。

**【研　析】**本文可分三段。首段透過烏重胤及其僚屬的答問描述烏氏求賢若渴的心理與石洪人品之高潔、學識之淵博，及決斷力之機敏。二段由烏重胤之疑慮引出石洪必然應命的三項理由。末段記石洪欣然應命及友人在石洪臨行前的祝辭。祝辭一則稱美烏、石二人以道義相與，同時也對雙方提出了嚴正的忠告。通篇以對話的方式展開，過商侯評曰：「其文章深刻處，全在借他人口中說盡許多規諷。所云處士純盜虛聲，昌黎未必慮及此；而勉處士以勉烏公，說到保天子之寵命，愛國忠君，韓文、杜詩，無篇不然，與漫作者別。」

韓愈在這篇文章裡透露了一些訊息：首先，石洪對徵召他的對象採取截然不同的態度，而時人亦以「去就出處何常，惟義之歸」許之，則烏重胤儼然以節度使的角色躍居政統的核心位置，而朝廷的地位反倒下滑至歷史舞臺的邊緣，這顯示知識分子政治認同的對象似有所轉移。其次，石洪對個人的角色規畫顯然不僅止於隱士，隱居生涯裡仍關心著「辨古今事當否，論人高下，事後當成敗」這類人事的活動。換言之，隱居的目的乃在以拒絕和沉默表達對政治現勢的不滿，隱居是為下一次出仕熱身。第三，雖然知識分子對出處的態度稍有鬆動，但仍未偏離忠於一姓的政治倫理。烏重胤之所以得人，必須以「求士為國，不私於家」為前提，而石洪也是在「惟義之歸」的理念下方才「拜受書禮於門內」。經由上述分析，韓愈所寄望於烏、石二人者，實亦昭然若揭。

## 送溫處士赴河陽軍序

**【題解】**本文選自《昌黎先生文集》。溫處士，溫造，字簡輿，唐并州（治所在今山西太原西南）人。有才學，有膽略，隱居洛陽（今河南洛陽）附近王屋山，故稱「處士」。序，古代的一種文體（參見〈太史公自序〉題解）。本文屬「贈序」。憲宗元和五年（西元八〇一年）冬，河陽節度使烏重胤禮聘溫造為幕僚。東都留守鄭餘慶等人以詩為溫造送行，韓愈時任河南縣令，作此序推崇烏重胤之識賢拔才，對於溫造應徵離開洛陽，表示惋惜。

伯樂❶一過冀北❷之野，而馬群遂空。夫冀北馬多於天下，伯樂雖善知馬，安能空其群邪？解之者曰：「吾所謂空，非無馬也，無良馬也。伯樂知馬，遇其良輒取之，群無留良焉。苟無良，雖謂無馬，不為虛語矣。」

東都❸，固士大夫之冀北❹也。恃才能深藏而不市❺者，洛❻之北涯曰石生❼，其南涯曰溫生。大夫烏公❽以鈇鉞❾鎮河陽❿之三月，以石生為才，以禮為羅⓫，羅⓬而致之幕下。未數月也，以溫生為才，於是以石生為媒⓭，以禮為羅，又羅而致之幕下。東都雖信多才士，朝取一人焉，拔其尤⓮；暮取一人焉，拔其尤。自居守河南尹⓯以及百司之執事⓰，與吾輩二縣⓱之大夫，政有所不通，事有所可疑，奚所諮⓲而處焉？士大夫之去位而巷處⓳者，誰與嬉遊？小子後生於何考德而問業⓴焉？搢紳㉑之東西行過是都者，無所禮㉒於其廬㉓。若是而稱曰：「大夫烏公一鎮河陽，而東都處士之廬無人焉。」豈不可也？

夫南面㉔而聽天下㉕，其所託重而恃力者，惟相與將耳。相為天子得人於朝廷，將為天子得文武士於幕下，求內外無治，不可得也。愈縻㉖於茲，不能自引去㉗，資㉘二生以待老。今皆為有力者奪之，其何能無介然㉙於懷耶？

生既至，拜公於軍門，其為吾以前所稱為天下賀，以後所稱為吾致私怨於盡取也。留守相公㉚首為四韻詩歌其事，愈因推其意而序之。

【注　釋】❶伯樂　姓孫名陽。春秋時代秦穆公時人，善於相馬。❷冀北　冀州的北部。今河北、山西一帶的地方。❸東都　指洛陽（今河南洛陽）。❹士大夫之冀北　謂東都多賢士，正如冀北多良馬。❺市　出售。此指任官員獻其才能。❻洛　水名。即洛河，源出陝西洛南西北，入河南，流經洛陽。❼石生　石先生。名洪，字濬川，唐河陽（治所在今河南孟縣南）人。生，古代對讀書人的稱呼。參見〈送石處士序〉。❽烏公　名重胤，字保君。唐張掖（今甘肅張掖）人。憲宗元和五年（西元八一〇年），任河陽節度使、御史大夫。❾鈇鉞　古代軍中殺人的刑具。古代人臣，天子賜之鈇鉞，然後得掌生殺之權。時烏重胤為河陽節度使，得征伐生殺，故用鈇鉞之儀衛。鈇，通「斧」。鉞，大斧。❿河陽　縣名。在今河南孟縣南，為河陽節度使之治所。⓫羅　羅網。此喻招致賢士的方法。⓬羅　網羅；招致。⓭媒　媒介；介紹。⓮尤　特出之才。⓯居守河南尹　指東都留守河南府尹（治所在今河南洛陽）鄭餘慶。居守，即留守。古代帝王巡幸出征時，由親王或重臣鎮守京師，稱京城留守，行都或陪京亦常設留守，多以地方行政長官兼任。河南尹，河南府的長官。⓰百司之執事　各部門的官吏。⓱二縣　指東都所屬之洛陽、河南二縣。⓲諮　請問。⓳巷處　家居。⓴考德而問業　探索道德，請教學業。㉑搢紳　同「縉紳」。插手版於腰帶間。古代官員插手版於腰帶間，故用以借指官吏。搢，插。紳，束腰的大帶。㉒禮　拜見。㉓廬　房屋。㉔南面　面向南方。古代人君坐位向南，因以借指帝王。㉕聽天下　處理天下事務。聽，處理。㉖縻　牽繫。㉗引去　引退；辭去。㉘資　借助。㉙介然　有心事；在意。㉚留守相公　指東都留守鄭餘慶。鄭餘慶曾兩次為相，故稱相公。

【語　譯】伯樂一經過冀北的原野，那裡的馬群就空了。冀北的馬比天下任何地方都多，伯樂雖然擅長識馬，又怎能讓那裡的馬群空了呢？解釋這話的人說：「我所說的空，並不是沒有馬，而是說沒有良馬啊。伯樂識馬，遇到良馬就挑走了，馬群中沒有良馬留下。如果沒有良馬，即使說沒有馬，也不算是虛妄之辭了。」

東都洛陽，原本是士大夫的「冀北」。具備才能而隱居不做官的，在洛水北邊的是石先生，南邊的是溫先生。御史大夫烏公以節度使的身分鎮守河陽的第三個月，認為石先生是人才，以禮作羅網，把他招致在幕府中。不到幾個月，又認為溫先生是人才，於是以石先生為介紹人，以禮作羅網，又把他招致在幕府中。洛陽雖然確實有很多人才，但是早晨選一個人，挑其中最優秀的；晚上選一個人，挑其中最優秀的。這樣一來，從東都留守、河南府尹到各部門的官吏，和我們兩縣的縣令，如果在政事方面有不順暢的地方，事務方面有疑惑的地方，將到哪裡去請問而加以處理呢？辭官回鄉來隱居的士大夫，跟誰一起遊玩呢？那些後生晚輩到哪裡去探索道德、講習學業呢？東西來往，經過這個地方的官員，也將沒有辦法到他們家裡去拜訪。這樣一來，如果說：「大夫烏公一鎮守河陽，洛陽處士的家裡便沒有人了。」難道不可以嗎？

皇帝治理天下，他所能交託重任和依靠其出力的人，只有宰相和將軍罷了。宰相為天子訪求賢人到朝廷，將軍為天子選取文武賢士到幕府，這樣而內外都治理得不好，是不可能的。愈被羈絆在這裡，無法自己引退，依靠二位先生到老。現在都被有力的人將他們奪走，叫我怎能不耿耿於懷呢？

先生到達後，在軍門拜見烏公時，請用我前面所說的話為天下人道賀，用我後面所說的話替我表示對烏公挖空人才的埋怨。東都留守鄭公率先做了四韻的詩歌詠這件事情，愈因此推衍他的意思做了這篇序。

【研析】本文可分四段。首段以伯樂善知馬喻烏重胤善擇士。二段以近乎詼謔的口吻謂烏重胤已將洛下才雋一網打盡，由自己和各類人等的悵惘表達了臨行不捨的心情。三段以將相為國舉賢的應盡職責暗諷朝廷未能使人盡其材，反襯烏重胤符合治國的原則，自己對此一則為溫造高興，而私心又不免悵然。末段以國家利益和個人私怨相對照，一方面慶賀朝廷得人，同時也表達了朋友離去的失落感。

通篇亦諧亦莊，似喜還怨，可與前篇〈送石處士序〉參看。過商侯謂：「同是一樣序，『送河南石處士』篇純用實敘，『溫處士』篇純用虛敘，而文各極其妙，此昌黎之所以不可測也。」韓愈在〈雜說〉四、〈送權秀才序〉等篇中都引用伯樂相馬的故事來說明拔擢人才的重要，本篇亦然。石、溫二人幸蒙烏重胤識舉，非惟個人之殊遇，誠亦社稷黎民之福。韓愈雖未直接稱美溫造，但從諸人的反應（疑無所諮、無從考德問業、無可崇禮者），卻在凸顯溫造作為洛下才士的象徵意義。另方面，不曰烏重胤為國得賢，反因「有力者奪之」而「介然於懷」，亦是正話反說，從而使文章更為曲折，更有可讀性。

# 祭十二郎文

**【題　解】** 本文選自《昌黎先生文集》。十二郎，韓老成，韓愈二哥韓介之子，過繼給大哥韓會。「十二」是同輩堂兄弟中的排行。韓愈自幼喪父，全賴大哥夫婦撫養，和十二郎名為叔姪而情同手足。韓愈仕途波折，直到唐德宗貞元十九年（西元八〇三年）三十六歲時才官運初起，俸給漸豐，十二郎卻在同年六月去世。韓愈滿懷悲痛，追悔自責，寫下這篇祭文，派人弔祭十二郎。祭文，古代的一種文體。最初大多用於祭告天地、山川、社稷、宗廟、神靈，後世則多半用於祭奠死者，表達哀思。其體製有散、韻之別，而以散文及四言、騷賦的韻文居多。本文屬散體祭文。

年月日❶，季父❷愈聞汝喪之七日，乃能銜哀❸致誠，使建中❹遠具時羞❺之奠❻，告汝十二郎之靈：

嗚呼！吾少孤❼，及長，不省所怙❽，惟兄嫂❾是依。中年❿，兄歿南方⓫，吾與汝俱幼，從嫂歸葬河陽⓬，既又與汝就食江南⓭。零丁孤苦，未嘗一日相離也。吾上有三兄，皆不幸早世⓮。承先人後者，在孫惟汝，在子惟吾，兩世一身⓯，形單影隻。嫂常撫汝指吾而言曰：「韓氏兩世，惟此而已！」汝時尤小，當不復記憶；吾時雖能記憶，亦未知其言之悲也。

吾年十九，始來京城⓰。其後四年，而歸視汝。又四年，吾往河陽省⓱墳墓，遇汝從嫂喪來葬。又二年，吾佐董丞相於汴州⓲，汝來省吾，止一歲，請歸取其孥⑲。明年，丞相薨⑳，吾去㉑汴州，汝不果來。是年，吾佐戎徐州㉒，使取汝者始行，吾又罷去㉓，汝又不果來。吾念汝從於東㉔，東亦客㉕也，不可以久。圖久遠者，莫如西㉖歸，將成家㉗而致汝。嗚呼！孰謂汝遽去吾而歿乎！吾與汝俱少年，以為雖暫相別，終當久相與處，故捨汝而旅食㉘京師，以求斗斛之祿㉙。誠知其如此，雖萬乘之公相㉚，吾不以一日輟㉛汝而就也。

去年，孟東野㉜往，吾書與汝曰：「吾年未四十，而視茫茫，而髮蒼蒼，而齒牙動搖。念諸父㉝與諸兄，皆康彊而早世，如吾之衰者，其能久存乎？吾不可去，汝不肯來，恐旦暮死，而汝抱無涯之戚也！」孰謂少者歿而長者存，彊者夭㉞而病者全乎？嗚呼！其信然邪？其夢邪？其傳之非其真邪？信也，吾兄之盛德而夭其嗣㉟乎？汝之純明㊱而不克蒙其澤乎？少者彊者而夭歿，長者衰者而存全乎？未可以為信也！夢也，傳之非其真也。東野之書，耿蘭㊲之報，何為而在吾側也？嗚呼！其信然矣！吾兄之盛德而夭其嗣矣！汝之純明宜業㊳其家者，不克蒙其澤矣！所謂天者誠難測，而神者誠難明矣！所謂理者不可推，而壽者不可知矣！

雖然，吾自今年來，蒼蒼者或化而為白矣，動搖者或脫而落矣。毛血日益衰，志氣日益微，幾何㊴不從汝而死也！死而有知，其幾何離？其無知，悲不幾時，而不悲者無窮期矣！汝之子始十歲㊵，吾之子始五歲㊶，少而彊者不可保，如此孩提㊷者，又可冀其成立邪？嗚呼哀哉！嗚呼哀哉！

汝去年書云：「比㊸得軟腳病，往往而劇㊹。」吾曰：「是疾也，江南之人常常有之。」未始以為憂也。嗚呼！其竟以此而殞㊺其生乎？抑別有疾而致斯乎？汝之書，六月十七日也。東野云，汝歿以六月二日，耿蘭之報無月日。蓋東野之使者不知問家人以月日，如㊻耿蘭之報不知當言月日。東野與吾書，乃問使者，使者妄稱以應之耳。其然乎？其不然乎？

今吾使建中祭汝，弔㊼汝之孤與汝之乳母。彼有食可守以待終喪，則待終喪而取以來；如不能守以終喪，則遂取以來。其餘奴婢，並令守汝喪。吾力能改葬，終葬汝於先人之兆㊽，然後惟其所願。

嗚呼！汝病吾不知時，汝歿吾不知日；生不能相養以共居，歿不能撫汝以盡哀；斂㊾不憑其棺，窆㊿不臨其穴。吾行負神明而使汝夭，不孝不慈而不能與汝相養以生，相守以死。一在天之涯，一在地之角。生而影不與吾形相依，死而魂不與吾夢相接。吾實為之，其又何尤(51)？彼蒼者天，曷(52)其有極！自今以往，吾其無意於人世矣！當求數頃之田於伊潁53之上，以待餘年。教吾子與汝子，幸54其成；長55吾女與汝女，待其嫁，如此而已。嗚呼！言有窮而情不可終，汝其知也邪？其不知也邪？嗚呼哀哉！尚饗56！

【注釋】❶年月日　某年某月某日。祭文事先寫定，年月日三字之間暫時空著，至日期確定再填上數字。此處一本作「貞元十九年五月二十六日」。❷季父　叔父。古時兄弟以伯仲叔季排行，韓愈排行第四，故自稱季父。❸銜哀　含著悲傷。銜，含著。❹建中　人名。❺時羞　應時的食物。羞，美味的食物。❻奠　祭品。❼孤　幼年喪父。韓愈父韓仲卿為武昌（治所在今湖北鄂城）令，生韓愈三歲而亡。❽不省所怙　不認識自己的父親。省，認識；知道。所怙，所依賴的。指父親。《詩經・蓼莪》：「無父何怙，無母何恃。」後遂以「怙」、「恃」為父母之代稱。❾兄嫂　指長兄韓會，長嫂鄭氏。即十二郎之父母。❿中年　指四、五十歲的年紀。韓會卒年四十二。⓫兄歿南方　唐代宗大曆十二年（西元七七七年）韓會貶韶州（治所在今廣東韶關南）刺史，卒於任所。⓬河陽　南陽縣。故城在今河南孟縣，韓愈祖墳所在地。⓭就食江南　到江南謀生。就食，謀生活。唐德宗建中二年（西元七八一年），中原兵亂，韓愈隨長嫂移居宣州（今安徽宣城）。⓮早世　早去世。⓯一身　一人。⓰始來京城　唐德宗貞元二年（西元七八六年），韓愈自宣州遊京師。⓱省　探視。此指祭掃。⓲佐董丞相於汴州　唐德宗貞元十三年（西元七九七年），董晉為宣武節度使，駐汴州，任愈為節度推官。汴州，唐州名。治所在今河南開封。⓳孥　妻和子之統稱。⓴薨　周代稱諸侯死為薨。唐二品以上官員死稱薨。㉑去　離開。㉒佐戎徐州　在徐州（治所在今江蘇徐州）佐理軍務。韓愈離開汴州後，往徐州依武寧節度使張建封，任節度推官。㉓吾又罷去　唐德宗貞元十六年（西元八〇〇年）張建封免除韓愈職位，韓愈離徐州，回洛陽（今河南洛陽）。㉔東　指徐州。㉕客　客地；異鄉。㉖西　指河陽。㉗成家　安頓好家小。㉘旅食　在外謀生。㉙斗斛之祿　形容微薄的俸祿。斗斛，古量器名。斛容十斗。㉚萬乘之公相　泛指高官。古代一車四馬為一乘。公相，公卿宰相。㉛輟　停止；離去。㉜孟東野　孟郊，字東野。唐湖州武康（今浙江德清）人，時往江南為溧陽尉。㉝諸父　伯父、叔父的統稱。㉞夭　早死；短命。㉟嗣　兒子。㊱純明　純真聰明。㊲耿蘭　人名。十二郎的家人。㊳業　繼承家業。㊴幾何　多久。意謂不久。㊵汝之子始十歲　此指十二郎的長子韓湘。一本作「一歲」，則指十二郎次子韓滂。㊶吾之子始五歲　此指韓愈長子韓昶。㊷孩提　指幼童。孩，小兒笑。提，提攜；懷抱。㊸比　近來。㊹劇　嚴重；厲害。㊺殞　喪失。㊻如　而。㊼弔　慰問。㊽兆　墳地。㊾斂　通「殮」。為死者更衣稱小殮，將死者放入棺中稱大殮。㊿窆　下葬。(51)尤　埋怨。(52)曷　何。(53)伊潁　二水名。伊河源出河南盧氏東南，入洛河。潁水源出河南登封西南，入淮河。(54)幸　希望。(55)長　撫養。(56)尚饗　祭文中之收尾語。希望死者來享用祭品。饗，通「享」。

【語　譯】年月日，叔父愈聽到你死訊後的第七天，才能夠忍著悲傷來表示心意，派建中由遠道帶了應時的祭品，祭告你十二郎的亡靈：

唉！我從小就失去父親，長大以後，根本記不得父親的模樣，惟有以哥哥嫂嫂為依靠。哥哥中年就在南方去世，那時我和你都很小，跟著嫂嫂送哥哥的棺木回河陽安葬，後來又和你一起到江南去謀生。孤單窮困，卻沒有一天分開過。我上面有三個哥哥，都不幸很早就去世。繼承祖先的後代，在孫子輩只有你，在兒子輩只有我，兩代都只剩一個人，形影孤單。嫂嫂常常撫摸著你指著我說：「韓家兩代，只剩你們兩個了！」你當時年紀更小，應當不記得了；我當時雖然已經能夠記憶，也還不能體會她說這話的悲痛。

我十九歲時，才來到京師。過了四年，曾回去看望你。又過了四年，我去河陽掃墓，碰到你送嫂嫂的靈柩來安葬。又過了兩年，我在汴州輔助董丞相，你來看我，住了一年，你要求回去接家眷。第二年，丞相去世，我離開汴州，結果你沒有來成。這一年，我在徐州佐理軍務，派去接你的人剛動身，我又離職，你又沒來成。我想如果你跟我到東邊去，東邊也是異鄉，不可能長久待下去。長遠的打算，不如西歸，本來想把家安頓好再接你過來。唉！誰想到你竟突然離開我而去世了呢？我和你都還年輕，總以為雖然暫時分開，終歸會長久在一起，所以才離開你到京師謀生，以求微薄的俸祿。如果知道會這樣，即使是公卿宰相的高官，我也不肯離開你一天而去就任啊。

去年，孟東野到南方，我曾經託他帶信給你說：「我還不到四十歲，而視力已模糊，頭髮已灰白，牙齒已動搖。想到伯父、叔父和哥哥們，都在身強力壯的時候就去世，像我這樣衰弱的人，還能活得長久嗎？我不能到你那裡去，你又不肯來我這裡，只怕我一旦死去，你就要抱著無盡的悲痛了！」誰知道年輕的先死而年長的反而活著，強壯的短命而多病的反而生存呢？唉！難道這是真的嗎？還是在做夢呢？還是消息不正確呢？如果是真的，難道以我哥哥的好德行，卻使他的兒子早死嗎？以你的純真聰明，竟不能承受他的德澤嗎？是年輕的、強壯的應當早死，年長的、衰弱的應當生存嗎？這不是真的！這是做夢，這是消息不正確。但是，孟東野的信，耿蘭帶來的消息，為什麼會在我身邊呢？唉！這是千真萬確的了！以我哥哥的好德行，他的兒子也要早死了！以你的純真聰明應該繼承家業的，卻不能承受他的德澤了！這正是所謂天命實在很難預料，所謂神意實在很難了解啊！所謂道理是不可推究的，所謂人壽是無法預測的啊！

雖然如此，我從今年以來，灰白的頭髮有的變成全白了，動搖的牙齒有的已經脫落了。氣血一天比一天衰弱，精神一天比一天萎靡，還能活多久呢，不也即將跟著你死去嗎！如果人死後還有知覺，那麼我們分離的日子又會有多久？如果沒有知覺，那麼悲傷的日子也不多，倒是不悲傷的日子卻沒有窮盡啊！你的兒子才十歲，我的兒子才五歲，年輕強壯的人尚且不能保存，這麼幼小的孩子，還能期望他們長大成人嗎？唉！真是傷心啊！真是傷心啊！

你去年來信說：「最近患了軟腳病，常常發作得很厲害。」我說：「這種毛病，江南人常常有的。」也不認為值得憂慮。唉！難道你竟然因此而喪生嗎？還是另外有病才弄到這樣呢？你的信，是六月十七日寫的。孟東野說，你死於六月二日，耿蘭的報告沒有說明日期。可能是東野派遣的人不知道該向家人問清楚日期，而耿蘭的報告又不知道應當說明日期。東野寫信給我，才問他所派遣的人，那人隨便回答他罷了。是這樣嗎？還是不是這樣呢？

現在我派建中來祭奠你，慰問你的兒子和你的乳母。他們如果能夠維持生活守到喪期結束，那麼就等喪期滿了再接他們過來；如果不能守滿喪期，那麼就馬上接過來。其餘的奴婢，都叫他們守你的喪。只要我有力量能夠改葬，最後一定會將你遷葬到祖先的墓地去，這樣才算了卻我的心願。

唉！你生病我不知道時間，你去世我不知道日期；活著不能和你互相照顧、一起生活，死時不能撫著你的遺體表達哀痛；你入殮時不能站在棺木旁邊，你下葬時不能親臨你的墓穴。我的行為對不起神明才使你早死，我不孝不慈不能和你生活在一起，相守到老死。一個在天涯，一個在地角。你活著的時候身影不能和我的形體相依，死後靈魂也不到夢中來和我相會。這都是我造成的，又能怨誰？蒼天呀！這悲痛何時才能終止呢！從今以後，我也不留戀人世間了！我只想在伊水和潁水旁買下幾百畝田地，度過我的餘年。教導我的兒子和你的兒子，希望他們能夠成長；撫養我的女兒和你的女兒，等待她們出嫁，就是這樣罷了。唉！話有說完的時候，哀痛之情卻永遠沒有終結，你究竟知道呢？還是不知道呢？唉！真是哀痛極了！希望你來享用祭品吧！

**【研析】**本文可分八段。首段為祭文的開端，交代致祭的時間、致祭者與被祭者。二段就身世、家世之不幸，寫自幼「兩世一身，形單影隻」的孤苦之情。三段對成年後三聚三別以至於永訣的無奈深感憾恨。四段追述託孟東野轉交的一封書信，披露自己對早衰的恐懼，接著透過一連串的追問，悲歎「少而彊者不可保」。五段敘述自身的衰老，擔心幼孤的成長。六段推疑於十二郎的死期和死因。七段言致祭之後，當代理家務，以安死者之心。末段連用十三個「不」字表達自己無限的哀悔。全篇看似絮絮叨叨，卻又貫之以情，而作者邊哭邊寫的狀貌，似亦宛然在目。林西仲評曰：「祭文中出以情至之語，以茲為最。蓋以其一身承世代之單傳，可哀一；年少且強而早世，可哀二；子女俱幼，無以為自立計，可哀三；就死者論之，已不堪道如此，而韓公以不料其死而遽死，可哀四；相依日久，以求祿遠離，不能送終，可哀五；報者年月不符，不知是何病亡，何日歿，可哀六。在祭者處此，更難為情矣。故自首至尾，句句俱以自己插入伴講。始相依，繼相離，瑣瑣敘出；復以己衰當死，少而強者不當死，作一疑一信波瀾，然後以不知何病、不知何日慨歎一番；末歸罪於己不當求祿遠離，而以教嫁子女作結，安死者之心，亦把自家子女平平敘入，總見自生至死，無不一體關情，悱惻無極，所以為絕世奇文。」

祭文是以追憶為本質的文類，傳達了生者對死者那分「知其不可奈何而安之若命」的依依離情。如果說，宦途的波折帶給韓愈的是種「欲渡無舟楫」（孟浩然〈望洞庭湖贈張丞相〉詩）的焦慮感，則十二郎的死無疑更添一重天人永隔的悵恨，這分哀怨來自「兩世一身」的共同記憶，來自「捨汝而旅食京師，以求斗斛之祿」的失算，來自許許多多的「不知」和「不能」。人們常常在狂熱的追求中忽略身旁可親的事物，直到失去才恍然驚覺，許多得不償失的懊悔不都是這麼造成的嗎？

## 祭鱷魚文

【題　解】本文選自《昌黎先生文集》。祭文，古代的一種文體（參見〈祭十二郎文〉題解）。唐憲宗元和十四年（西元八一九年），韓愈反對皇帝迎佛骨至京師供奉，上〈論佛骨表〉，觸怒唐憲宗，被貶為潮州（治所在今廣東潮安）刺史。到任後，因境內惡溪有鱷魚為害百姓，遂派人以此文告祭鱷魚，命其南徙大海，否則將用強弓毒矢，趕盡殺絕。

維❶年月日❷，潮州刺史❸韓愈，使軍事衙推❹秦濟❺，以羊一、豬一，投惡谿❻之潭水，以與鱷魚食，而告之曰：

「昔先王既有天下，列❼山澤，罔繩❽擉刃❾，以除蟲蛇惡物為民害者，驅而出之四海之外。及後王德薄，不能遠有，則江、漢❿之間，尚皆棄之，以與蠻夷⓫楚越。況潮，嶺海之間⓬，去京師萬里哉！鱷魚之涵淹⓭卵育⓮於此，亦固其所。

「今天子⓯嗣唐位，神聖慈武。四海之外，六合⓰之內，皆撫而有之。況禹跡所揜⓱，揚州⓲之近地，刺史、縣令之所治，出貢賦⓳以供天地宗廟⓴百神之祀之壤㉑者哉！鱷魚其不可與刺史雜處此土也！

「刺史受天子命，守此土，治此民。而鱷魚睅然㉒不安谿潭，據處食民畜、熊、豕、鹿、麞㉓，以肥其身，以種㉔其子孫，與刺史抗拒，爭為長雄。刺史雖駑弱，亦安肯為鱷魚低首下心。伈伈㉕睍睍㉖，為民吏羞，以偷活於此邪？且承天子命以來為吏，固其勢不得不與鱷魚辨㉗。

「鱷魚有知，其聽刺史言。潮之州，大海在其南。鯨鵬㉘之大，蝦蟹之細，無不容歸，以生以食。鱷魚朝發而夕至也。今與鱷魚約：盡三日，其率醜類㉙南徙於海，以避天子之命吏。三日不能，至五日；五日不能，至七日；七日不能，是終不肯徙也。是不有刺史，聽從其言也；不然，則是鱷魚冥頑不靈㉚，刺史雖有言，不聞不知也。夫傲天子之命吏，不聽其言，不徙以避之，與冥頑不靈而為民物害者，皆可殺。刺史則選材技㉛吏民，操強弓毒矢，以與鱷魚從事㉜，必盡殺乃止。其無悔！」

【注釋】❶維　發語詞。祭文年月日之前常用此字。❷年月日　祭文事先寫定，年月日暫時空著，至日期確定再填上數字。一本作「元和十四年四月二十四日」。❸刺史　官名。唐代為州的行政長官。❹衙推　或作「牙推」。官名。唐代節度使、觀察使、團練使、刺史等的下屬官吏。軍事衙推掌刑獄。❺秦濟　人名。❻惡谿　又名「鱷谿」。即今廣東韓江，流經潮安東北。

❼烈　放火燒。❽罔繩　編繩為網。罔，同「網」。❾擉刃　用利刃為擉。擉，刺取魚鱉的器具。❿江漢　長江、漢水。⓫蠻夷　古代對南方和東方民族的蔑稱。南為蠻，即指下文「楚」，東為夷，即指下文「越」。⓬嶺海之間　指五嶺之南，南海之北。五嶺，越城、都龐、萌渚、騎田、大庾等五座山嶺。⓭涵淹　潛伏。⓮卵育　繁殖。⓯今天子　指唐憲宗。⓰六合　天地四方。⓱禹跡所揜　大禹足跡所至。禹治洪水，足跡遍及九州，故「禹跡」即指九州之地。揜，止；至。⓲揚州　古九州之一。潮州即在古揚州境內。⓳貢賦　地方進貢的物品和人民繳納的賦稅。⓴宗廟　古代天子至士等祭祖先的廟。此指天子的太廟。㉑壤　土地。㉒睅然　瞪眼的樣子。形容兇惡。㉓麞　動物名。形體略似鹿而較小。㉔種　繁殖。㉕伈伈　小心恐懼的樣子。㉖睍睍　側目而視的樣子。形容懦怯。㉗辨　爭論是非。㉘鵬　即鯤。傳說能化為大鵬的一種大魚。㉙醜類　同類。醜，相同的。㉚冥頑不靈　愚昧無知。㉛材技　才能技術。㉜從事　周旋；對付。

【語　譯】維年月日，潮州刺史韓愈，派軍事衙推秦濟，把一隻羊、一隻豬，投到惡谿的深水裡，給鱷魚吃，並且警告鱷魚說：

「從前先王擁有天下後，就焚燒山林湖澤，用繩子編成的網，用利刃做成的擉，來驅除危害人民的蟲蛇毒物，把牠們趕到四海之外。到了後代帝王，德澤薄弱，不能保有邊遠地方，就是長江、漢水之間，尚且都放棄了，把它讓給蠻、夷中的楚、越，何況潮州位在五嶺和南海之間，距離京師上萬里呢！鱷魚在這裡潛伏繁殖，自然也是住得其所。

「當今天子承繼大唐帝位，他既神聖，又仁慈威武，四海之外，天地之間，都為他所安撫擁有。何況潮州是夏禹足跡所到，在古代揚州的境內，又是刺史、縣令治理的地方，出貢物、納賦稅來供給天子祭祀天地、宗廟、百神的地方呢！鱷魚不可以和刺史一起雜處在這塊地方！

「刺史奉天子的命令，防守這塊土地，治理這裡的人民。可是鱷魚兇悍地不肯安居在深潭，卻盤據在這裡，吃人民的禽畜和熊、豕、鹿、麞，來養肥自己，來繁殖後代，並和刺史對抗爭雄。刺史雖然平庸軟弱，可是怎肯向鱷魚低聲下氣，側目恐懼，被人民官吏所恥笑，在這裡苟且偷生呢？而且刺史是奉了天子的命令來這裡做官，在情勢上本來就不能不和你們這些鱷魚爭辯。

「你們這些鱷魚如果有靈性，應該聽刺史的話。潮州這個地方，大海就在它的南面，像鯨魚鯤魚那樣大，蝦子螃蟹那樣小，無不容納在大海中。牠們在那裡生育，在那裡覓食。鱷魚早晨出發，晚上就到了。現在和鱷魚約定：限你們在三天內，率領同類向南遷徙到大海去，以迴避天子的命官。三天辦不到，寬延到五天；五天辦不到，寬延到七天。如果七天還辦不到，那就是終究不肯遷徙了。那就是你們心目中沒有刺史，不聽從刺史的話了；否則就是你們愚昧無知，刺史雖然說了許多話，你們都不肯聽，都不肯了解。看不起天子的命官，不聽他的話，不肯遷徙以迴避他，和愚昧無知、危害人民生物的毒物，都是可殺的。刺史就會挑選有才能有技術的官吏、人民，拿著強弓毒箭來和你們周旋，一定要殺光你們才停止。那時，你們可不要後悔啊！」

【研　析】本文分兩部分。第一部分為祭文的套語，交代祭鱷魚的時間、地點和主祭官員等。第二部分為祭文，可分四段。首段在歷史的回顧中比較先王和後王處置毒物的態度。二段頌揚當朝天子「神聖慈武」，德威廣被天下。三段以天子命吏的身分歷數鱷魚罪狀，進而宣示「刺史雖駑弱，亦安肯為鱷魚低首下心」的剿滅決心。末段是作者向鱷魚發出的最後通牒。曾國藩在《求闕齋讀書錄》中將本篇擬諸司馬相如的〈喻巴蜀檄〉，認為本篇雖名為祭文，實無異於討鱷魚檄，誠可視為韓愈諧謔文風之力作。

韓愈因上〈論佛骨表〉而遠貶潮州，心境之苦悶自不待言，但本文卻故弄玄虛地和鱷魚玩起文字遊戲，不無自我排遣的意味。作者雖假裝板起臉孔說教，但詔告的對象卻是兇惡無知的鱷魚，這就播撒了幾分幽默而詭異的理趣。文章以一張一弛的方式展開：先云先王除惡務盡，繼而謂後王放任惡物孳蕃；先堅示驅害的決心，繼而再三勸誘，終以「必盡殺乃止」威嚇冥頑不靈的群鱷。或謂鱷魚喻指地方豪霸，又傳聞鱷魚為之遠退六百里，這類臆測往往言之鑿鑿，卻又不耐推敲。單就寫作技巧言之，本篇顯然採取「檄」的形式，《文心雕龍．檄移》云：「凡檄之大體，或述此休明，或敘彼苛虐，指天時，審人事，算彊弱，角權勢，……譎詭以馳旨，煒燁以騰說。」檄文通常以恩威並施的方式達到勸諭的效果，在這篇「檄式祭文」裡，作者雖義正辭嚴地搬出天子、刺史來「奉天討罪」，但在俳諧的聲討背後，何嘗沒有一絲「為民吏羞，以偷活於此」的悵惘呢？

# 柳子厚墓誌銘

【題解】本文選自《昌黎先生文集》。柳子厚，柳宗元（參見〈駁復讎議〉作者）。墓誌銘，古代的一種文體。概括死者一生事跡及重要成就，刻於碑石，碑石或立在墓上，或埋在墓穴中。唐憲宗元和十四年（西元八一九年）十一月，柳宗元在柳州刺史任上逝世，韓愈正從潮州（治所在今廣東潮安）刺史改調袁州（治所在今江西宜春）刺史，途中寫了〈祭柳子厚文〉，表示痛惜哀悼。次年，又寫了這篇墓誌銘，概括柳宗元的一生，著重於肯定其政治才能而惋惜其「材不為世用，道不行於時」，並斷定柳宗元的文章必能流傳後世。

子厚諱❶宗元。七世祖慶❷，為拓跋魏❸侍中❹，封濟陰公❺。曾伯祖奭❻，為唐宰相，與褚遂良❼、韓瑗❽俱得罪武后❾，死高宗❿朝。皇考⓫諱鎮，以事母，棄太常博士⓬，求為縣令江南⓭。其後以不能媚權貴⓮，失御史⓯。權貴人死，乃復拜侍御史⓰。號為剛直，所與遊皆當世名人。

子厚少精敏，無不通達。逮其父時，雖少年，已自成人，能取進士第⓱，嶄然⓲見頭角⓳。眾謂柳氏有子矣。其後以博學宏詞⓴授集賢殿㉑正字㉒。儁傑廉悍㉓，議論證據今古㉔，出入經史百子㉕，踔厲風發㉖，率常屈其座人，名聲大振，一時皆慕與之交。諸公要人爭欲令出我門下，交口㉗薦譽之。貞元㉘十九年，由藍田尉㉙拜監察御史㉚。順宗㉛即位，拜禮部員外郎㉜。遇用事者㉝得罪，例出為刺史㉞。未至，又例貶永州㉟司馬㊱。居閒，益自刻苦，務記覽，為詞章，汎濫㊲停蓄㊳，為深博無涯涘㊴，而自肆㊵於山水間。元和㊶中，嘗例召至京師，又偕出為刺史，而子厚得柳州㊷。既至，歎曰：「是㊸豈不足為政耶？」因㊹其土俗，為設教禁，州人順賴㊺。其俗以男女質㊻錢，約不時㊼贖，子本相侔㊽，則沒為奴婢㊾。子厚與設方計，悉令贖歸。其尤貧力不能者，令書其傭㊿，足相當，則使歸其質(51)。觀察使(52)下其法於他州，比(53)一歲，免而歸者且千人。衡、湘(54)以南為進士者，皆以子厚為師；其經承子厚口講指畫為文詞者，悉有法度可觀。

其召至京師而復為刺史也，中山(55)劉夢得(56)禹錫亦在遣中，當詣(57)播州(58)。子厚泣曰：「播州非人所居，而夢得親(59)在堂，吾不忍夢得之窮，無辭以白(60)其大人，且萬無母子俱往理。」請於朝，將拜疏，願以柳易播，雖重得罪，死不恨。遇有以夢得事白上者(61)，夢得於是改刺連州(62)。嗚呼！士窮乃見節義。今夫平居里巷相慕悅，酒食游戲相徵逐(63)，詡詡(64)強笑語以相取下，握手出肺肝相示，指天日涕泣，誓生死不相背負，真若可信。一旦臨小利害，僅如毛髮比[65]，反眼若不相識，落陷穽[66]，不一引手[67]救，反擠之，又下石[68]焉者，皆是也。此宜禽獸夷狄所不忍為，而其人自視以為得計。聞子厚之風，亦可以少愧矣！

子厚前時少年，勇於為人[69]，不自貴重顧藉[70]，謂功業可立就，故坐廢退。既退，又無相知有氣力[71]得位者推挽[72]，故卒死於窮裔[73]，材不為世用，道不行於時也。使子厚在臺省[74]時，自持[75]其身，已能如司馬、刺史時，亦自不斥；斥時，有人力能舉之，且必復用不窮。然子厚斥不久，窮不極，雖有出於人，其文學辭章，必不能自力以致必傳於後如今，無疑也。雖使子厚得所願，為將相於一時，以彼易此，孰得孰失，必有能辨之者。

子厚以元和十四年十一月八日卒，年四十七。以十五年七月十日歸葬萬年[76]先人墓側。子厚有子男二人：長曰周六，始四歲；季曰周七，子厚卒乃生。女子二人，皆幼。其得歸葬也，費皆出觀察使河東[77]裴君行立[78]。行立有節概，重然諾[79]，與子厚結交，子厚亦為之盡，竟賴其力。葬子厚於萬年之墓者，舅弟盧遵。遵，涿[80]人，性謹慎，學問不厭。自子厚之斥，遵從而家焉，逮其死不去。既往葬子厚，又將經紀[81]其家，庶幾有始終者。銘曰：

是惟子厚之室(82)，既固既安，以利其嗣人(83)。

【注釋】❶諱　指死者的「名」。古人避忌以示尊敬。生時叫「名」，死時叫「諱」。❷慶　柳慶，字更興。河東解（今山西運城解州鎮）人，北魏時任侍中，入北周，封平齊縣公。❸拓跋魏　指南、北朝的北魏。北魏皇族複姓拓跋，故稱。❹侍中　官名。魏、晉、南、北朝時，其地位相當於宰相。❺濟陰公　爵位名。按：此為柳慶之子柳旦在北周的封爵，韓愈有誤。❻奭　柳奭，字子燕。唐高宗時為中書令，武后時為人誣陷，被殺。中書令為中書省長官，唐時相權分屬尚書、中書、門下三省，故下文云「為唐宰相」。按：柳奭為柳宗元高伯祖，韓愈有誤。❼褚遂良　字登善。唐錢塘（今浙江杭州）人。官至尚書右僕射，因諫阻唐高宗立武后，被貶，憂憤而死。❽韓瑗　字伯玉。唐京兆三原（今陝西三原）人。因救褚遂良，亦被貶，死於貶所。❾武后　名曌。唐高宗皇后，唐高宗崩，曾自稱帝，改國號周，唐中宗復位後，上尊號為則天大聖皇帝。❿高宗　名治。唐太宗之子，在位三十四年（西元六五〇～六八三年）。⓫皇考　尊稱已死的父親。皇，大。生曰父，死曰考。⓬太常博士　官名。太常寺的屬官，掌禮儀祭祀、議定王公大臣謚號。⓭求為縣令江南　請求到江南任縣令。吏部尚書常袞推薦柳鎮為太常博士，柳鎮因老母在江南，請求為江南道宣城縣（今安徽宣城）令。江南，指江南道，唐代的行政區，宣城縣屬之。⓮權貴　指御史中丞盧佋、中書侍郎竇參。⓯失御史　柳鎮後任殿中侍御史，因平反冤獄，得罪竇參、盧佋，被貶為夔州（今四川奉節）司馬。御史，官名。此指殿中侍御史。唐御史臺分三院，即臺院、殿院、察院。殿中侍御史屬殿院，在皇帝左右糾察群臣。⓰侍御史　官名。屬臺院，掌糾舉百官、審訊案件。⓱取進士第　考中進士。柳宗元於唐德宗貞元九年（西元七九三年）中進士，時年二十一。⓲嶄然　高峻出眾的樣子。⓳見頭角　顯現才華。見，通「現」。頭角，喻優異傑出處。⓴博學宏詞　唐代考試科目的一種。由吏部考拔進士中博學能文之士，錄取後即授官職。柳宗元於唐德宗貞元十二年（西元七九六年）考中此科。㉑集賢殿　集賢殿書院的省稱。掌刊輯經籍，搜求佚書。㉒正字　官名。掌校讎典籍，刊正文字。㉓儁傑廉悍　才能出眾，方正能幹。儁，通「俊」。廉，方正。悍，能力強。㉔證據今古　引述古今，以為證據。㉕百子　指諸子百家。㉖踔厲風發　見識高超，意氣奮發。㉗交口　眾口同聲。㉘貞元　唐德宗年號。㉙藍田尉　藍田縣尉。藍田，縣名。在今陝西藍田。尉，官名。掌全縣治安。㉚監察御史　官名。屬御史臺的察院，掌分察百官，巡按郡縣，視察州獄，糾正朝儀。㉛順宗　名誦。唐德宗之子，在位二年（西元八〇五～八〇六年）。㉜禮部員外郎　官名。唐尚書省下分設吏、戶、禮、兵、刑、工六部，禮部掌禮樂祭享及學校貢舉。員外郎，尚書省各部設司，各司置員外郎一人。㉝用事者　當權的人。此指王叔文。王叔文在唐順宗時任戶部侍郎，深為唐順宗所信任，引用新進，力圖改革政治，柳宗元也加入其行列，對此韓愈頗有微詞。時唐憲宗為太子，不滿王叔文。及即位，遂貶王叔文，不久，又殺王叔文。㉞例出為刺史　照例貶為刺史。王叔文失敗，柳宗元亦因王叔文黨，被貶為邵州（今湖南邵陽）刺史，時為唐順宗永貞元年（西元八〇六年）。㉟永州　州名。州治在今湖南零陵。㊱司馬　官名。州刺史的屬官，唐代此官為閒職，多用來安置貶官者。㊲汎濫　洪水橫流。形容文章汪洋恣肆。㊳停蓄　水積聚靜止。形容文章深厚凝煉。㊴涯涘　水邊。㊵肆　放縱不羈。㊶元和　唐憲宗年號。㊷柳州　州名。舊治在今廣西柳州。唐憲宗元和十年（西元八一五年）三月，柳宗元為柳州刺史。㊸是　這裡。指柳州。㊹因　因應；按照。㊺順賴　順從信賴。㊻質　抵押。㊼不時　不按時。㊽子本相侔　利息累積到和本金一樣的數目。子，利息。本，本金。侔，相等。㊾沒為奴婢　沒入為奴婢。謂本利相等，則不容取贖。㊿書其傭　寫下在主人家勞動應得的工資。即訂立傭工契約。傭，工錢。(51)質　抵押品。此指用以質錢的子女。(52)觀察使　官名。唐代分天下為十五道，每道置觀察使一名，監察州縣官吏政績。(53)比　及；到。(54)衡湘　衡山和湘江。在今湖南。(55)中山　定州之別名。在今河北定縣。劉禹錫為洛陽（今河南洛陽）人，此云中山，乃其郡望。郡望，郡中望族，為當地所仰望，如昌黎韓氏、清河崔氏、隴西李氏。(56)劉夢得　名禹錫。以進士登博學宏詞科，累官至太子賓客，加檢校禮部尚書，有《劉賓客文集》。(57)詣　往；到。(58)播州　州名。舊治在今貴州遵義。(59)親　此指母親。(60)白　說明。(61)遇有以夢得事白上者　指當時御史中丞裴度。(62)連州　州名。舊治在今廣東連縣。(63)徵逐　互相邀集追隨。徵，招呼；邀請。逐，追隨。(64)詡詡　融洽和樂的樣子。(65)比　相似；相近。(66)陷穽　陷坑。比喻禍難。(67)引手　伸手。(68)下石　投下石頭。(69)為人　助人。(70)顧藉　顧惜；愛惜。(71)氣力　權力。(72)推挽　推薦提拔。(73)窮裔　邊遠之地。(74)臺省　指御史臺和尚書省。柳宗元曾在御史臺任監察御史，在尚書省任禮部員外郎。(75)持　約束。(76)萬年　縣名。在今陝西西安。(77)河東　郡名。治所在今山西永濟。(78)裴君行立　裴行立。唐絳州稷山（今山西稷山）人，時任桂管觀察使。(79)然諾　承諾；諾言。(80)涿　州名。在今河北涿縣。(81)經紀　料理；安排。(82)室　指墓穴。(83)嗣人　後代。

**【語　譯】**子厚諱宗元。他的七世祖柳慶，拓跋魏時任侍中，封濟陰公。曾伯祖父柳奭，擔任過唐朝的宰相，和褚遂良、韓瑗都因為得罪了武后，死在高宗朝。父親諱鎮，為了侍奉母親，推掉太常博士，請求到江南去做縣令。後來因為不能討好權貴，失去御史的職位。權貴死後，才又任侍御史。以剛強正直有名，所交往的都是當代名人。

子厚從小就精明聰敏，沒什麼事不明白的。當他父親在世時，他雖然還年輕，就已經能自立了，能考中進士，嶄露傑出的才華。大家都說柳家有個好子弟了。後來考上博學宏詞科任集賢殿正字。他才能出眾，方正幹練，發表議論時引證古今，參考經、史、諸子百家，見識高超，意氣風發，經常折服在座的人，於是名聲大大震動當代，人們都希望和他交朋友。達官顯要都爭著要羅致他在自己的門下，異口同聲地舉薦、稱讚他。

貞元十九年，他從藍田縣尉升任監察御史。順宗即位後，任禮部員外郎。後來當權者得罪，受牽連，按例被貶為刺史。還沒到任所，又按例貶為永州司馬。他處在閒散的職位，更加刻苦，努力記誦閱覽，作詩文，詩文或汪洋恣肆，或深厚凝煉，淵深博大，無邊無際，並且他還盡情遊覽山水。元和年間，曾照例召回京城，又和同案的人一起外放為刺史，子厚分發到柳州。到任後，慨歎著說：「這裡難道就不能辦好政教嗎？」他因應當地的風俗，為人民訂立教化禁令，柳州的人都順從信賴他。當地的風俗借貸時用子女當抵押，約定如果不按時贖回，到利息和本金相等時，就沒收人質當奴婢。子厚為他們想了辦法，使他們都能贖回子女。那些特別貧窮無力贖回子女的，讓他們重訂契約做傭工，到工錢和欠債相抵，就令債主放還他們所抵押的子女。觀察使把這個辦法頒行到其他各州去，才一年，解除奴婢身分而回家的將近一千人。衡山、湘江以南要考進士的，都拜子厚做老師；那些經過子厚講說指教作詩文的，作品都有法度，值得欣賞。

當他被召回京城又出任刺史的時候，中山人劉夢得禹錫也在外放之列，應當去播州。子厚流著淚說：「播州不是人住的地方。而且夢得家有老母，我不忍心夢得受這樣的苦，無法向他母親稟明這件事，並且也萬萬沒有母子都去的道理。」他將要上奏章向朝廷請求，願意將自己的柳州換播州，即使再次得罪，死也沒有遺憾。剛好有人把夢得的事情稟報朝廷，夢得因此改派連州。唉！讀書人在窮困時才更顯出節操和道義。如今有些人平時住在鄰近彼此親熱，在一起吃喝遊樂，表面上融洽和樂，有說有笑，謙遜有禮，才一握手，就好像要把肝肺挖出來給人看，指著天日、流著眼淚，發誓生死不相背棄，好像真誠而可信賴似的。一旦碰到一點點利害衝突，即使只像毛髮那麼小，就翻臉不認人，任他掉下陷阱，也不伸手援救，反而推擠他，又丟下石頭，這樣的人到處都是。這應當是連禽獸夷狄都不忍心做的事，在他們卻自以為計策很好。他們如果聽到子厚對待朋友的風範，也應該有點慚愧吧！

子厚從前年輕時，勇於助人，不重視自己、愛惜自己，以為功業可以馬上建立，所以受連累被貶官。被貶官後，又沒有了解他的、有力量有地位的人來推薦提拔，所以結果死在窮荒的邊遠之地，才能不被當世所用，抱負無法在生前實現。假使子厚在尚書省、御史臺的時候，就能自我約束，像擔任司馬、刺史時那樣，自然也不會被貶斥；如果被貶斥時，有人有力量推舉他，也一定會再被起用，不致窮困。然而，如果子厚被貶斥的時間不長，窮困也不到極點，雖然在仕途有出人頭地的機會，他的文學辭章，一定不能靠自己努力達到像現在這樣必然可傳於後世的成就，這是沒有疑問的。即使子厚能夠達成他的願望，在一個時期內出將入相，拿那樣來換這樣，何者為得，何者為失，一定有人能夠分辨的。

子厚在元和十四年十一月八日逝世，享年四十七歲。在十五年七月十日歸葬萬年縣祖墳旁邊。子厚有兩個兒子，大的叫周六，才四歲；小的叫周七，子厚死後才出生。兩個女兒，都還幼小。他的靈柩能歸葬，費用都是觀察使河東裴行立君出的。行立有節操、有氣概，重信用，他和子厚結交，子厚也曾替他盡過力，死後到底也得到他的幫助。把子厚安葬在萬年縣祖墳的，是他的表弟盧遵。盧遵是涿州人，性情謹慎，做學問很勤勉。從子厚被貶斥後，盧遵就跟他住在一起，直到子厚死都沒有離開。安葬子厚後，又準備要替他安排家務，可以說是一個有始有終的人。銘詞是：

這是子厚的墓穴，既堅固又安適，有利於他的後代。

【研　析】本文可分七段。首段敘述柳宗元的家世，著重寫其賢孝剛直的門風。二段述其少年英敏之狀，且以諸公要人交相薦譽，見其所與遊處皆係當世名人。三段先以曲筆敘其遭貶經過，繼而謂其學問文章精進，且政績斐然。四段從柳宗元情願「以柳易播」引出「士窮乃見節義」的價值判斷，對世情以落穽下石為常至表不屑。五段總論柳氏生平得失，先抑後揚，一方面對其年少輕狂略有微詞，但也不免感傷其「材不為世用，道不行於時」，且恨世之有力者未之救，但肯定其文學辭章必能傳世。六段敘其後嗣及歸葬情況。末段為銘辭。

墓誌銘在性質上略似傳記，但較為莊重嚴肅。韓愈曾被時人譏為諛墓專家，可知寫墓誌銘是他最具「經濟效益」的一項專長；但要替柳子厚這個文壇盟友兼政壇異見者撰寫墓誌銘，心境上可謂百感交集。如何避免成為一篇諂媚故友的「履歷表」，是技術上必須克服的首要問題。韓愈雖基於當世對門第閥閱的重視而溯其父祖與子厚個人之政績，卻將論述重點移轉至個性之剛直廉悍、辭章之深博無涯、交友之亮節高義與廢退之乏人推挽。當韓愈肆意揮灑著飽蘸情感墨水的巨筆寫就此一至文時，也不免將個人的人格投影深烙其中。於是，宦途的得失、政治立場的異同，都隨著主角的亡故而歸於無謂，而文學辭章卻能自歷史的邊緣崛起且不朽，這豈不也是種補償？

# 卷九 唐宋文

## 柳宗元

柳宗元（西元七七三～八一九年），字子厚。唐河東解縣（今山西解虞）人。世稱柳河東。自幼聰敏勤學，四歲時母親盧氏即親自教之讀詩賦。德宗貞元九年（西元七九三年）中進士。十二年，又中博學宏詞。十九年，任監察御史。順宗永貞元年（西元八〇五年），王叔文、韋執誼等執政，有意裁抑宦官，整頓政治，乃破格登用人才，柳宗元也被擢，任禮部員外郎。沒幾個月，唐順宗病倒，傳位唐憲宗，政局驟變，王、韋等都得罪被貶。是年九月，柳宗元也被牽連貶邵州（今湖南邵陽）刺史，途中又貶永州（今湖南永州）司馬。永州地處荒涼，司馬又是閒職，遂遊覽山水，寄情詩文。憲宗元和九年（西元八一四年），奉召回長安。次年，調任柳州（今廣西柳州）刺史。任內興利除弊，頗有政績，深得柳州人民愛戴。元和十四年卒於柳州，世又稱柳柳州。柳宗元長於詩文，皆為大家。其古文名列唐宋八大家，與韓愈同為中唐古文運動領袖，合稱「韓、柳」。所作論說文結構嚴密，思想深刻；山水遊記文筆清麗，情景交融；寓言短文，警策而含意深遠；人物傳記刻劃精細，形象鮮明。有《柳河東集》。

### 駁復讎議

【題　解】本文選自《柳河東集》。唐武后時，下邽（在今陝西渭南東北）人徐元慶為報父仇而殺縣尉，然後向官府自首。當時諫議大夫陳子昂建議「誅之而旌其閭」，亦即先殺以正國法，再加以旌表以彰其孝。柳宗元作此文駁之，認為誅、旌不可並用，而從禮制、法律本同而用異的觀點，認為徐元慶復仇為守禮而行孝，不當誅。

臣伏見天后❶時，有同州❷下邽人徐元慶者，父爽，為縣尉❸趙師韞所殺，卒能手刃父讎❹，束身歸罪。當時諫臣陳子昂❺建議，誅之而旌其閭❻，且請編之於令❼，永為國典❽。臣竊獨過之。

臣聞禮之大本，以防亂也。若曰無為賊虐❾，凡為子者殺無赦。刑之大本，亦以防亂也。若曰無為賊虐，凡為治者❿殺無赦。其本則合，其用則異，旌與誅莫得而並⓫焉。誅其可旌，茲謂濫，黷⓬刑甚矣。旌其可誅，茲謂僭⓭，壞⓮禮甚矣。果以是示於天下，傳於後代，趨義者不知所向，違害者不知所立，以是為典可乎？

蓋聖人之制，窮理以定賞罰，本情以正褒貶，統於一而已矣。嚮使⓯刺讞⓰其誠偽⓱，考正其曲直⓲，原始而求其端⓳，則刑禮之用，判然離矣。何者？若元慶之父不陷於公罪⓴，師韞之誅獨以其私怨，奮其吏氣㉑，虐於非辜㉒；州牧㉓不知罪㉔，刑官不知問，上下蒙冒㉕，籲號㉖不聞；而元慶能以戴天㉗為大恥，枕戈㉘

為得禮，處心積慮㉙，以衝㉚讎人之胸，介然㉛自克㉜，即死無憾，是守禮而行義也。執事者宜有慚色，將謝㉝之不暇，而又何誅焉？

其或元慶之父，不免於罪，師韞之誅，不愆㉞於法，是非死於吏也，是死於法也。法其可讎乎？讎天子之法，而戕㉟奉法之吏，是悖驁㊱而凌㊲上也。執而誅之，所以正邦典，而又何旌焉？且其議曰：「人必有子，子必有親，親親相讎，其亂誰救？」是惑於禮也甚矣！禮之所謂讎者，蓋以冤抑沉痛而號無告也，非謂抵罪觸法，陷於大戮。而曰：「彼殺之，我乃殺之。」不議曲直，暴寡脅㊳弱而已。其非㊴經背聖，不亦甚哉！

《周禮》調人㊵掌司萬人之讎。凡殺人而義者令勿讎，讎之則死。有反殺者，邦國交讎之。又安得親親相讎也？《春秋公羊傳》㊶曰：「父不受誅，子復讎可也。父受誅，子復讎，此推刃㊷之道，復讎不除害。」今若取此以斷兩下相殺，則合於禮矣。

且夫不忘讎，孝也；不愛㊸死，義也。元慶能不越於禮，服孝死義，是必達理而聞道者也。夫達理聞道之人，豈其以王法為敵讎者哉？議者反以為戮，黷刑壞禮，其不可以為典明矣。請下臣議，附於令，有斷斯獄者，不宜以前議從事。

謹議。

【注　釋】❶天后　指武后。名曌，唐高宗皇后。高宗崩，臨朝聽政，後廢中宗，自立為帝，改國號周，中宗復位，上尊號為則天大聖皇帝。❷同州　州名。故治在今陝西大荔。❸縣尉　官名。縣令的屬官，掌一縣治安。❹手刃父讎　親手殺死殺父仇人。刃，殺死。徐元慶決心報父仇，改變姓名，在驛站附近當傭工，後趙師韞升任御史，外出時住在驛亭，徐元慶乘機刺死他，自縛到官府投案。❺陳子昂　字伯玉。唐梓州射洪（今四川三臺東南）人，武后時任右拾遺，掌供奉諫諷，故上云「諫臣」。❻旌其閭　在其鄉里給予表揚。旌，建牌坊或賜匾額加以表揚。閭，里門。此指鄉里。❼令　法令。唐代法律條文有律、令、格、式四種，令為立作制度的條文。❽國典　國家法典。❾賊虐　殺人行凶。賊，殺害。虐，殘害。❿為治者　為官治民者。⓫並　並用；同時使用。⓬黷　輕慢。⓭僭　越分。⓮壞　破壞。⓯嚮使　假使。⓰刺讞　訊問審判。⓱誠偽　真假。⓲考正其曲直　推究其理之是非。⓳原始而求其端　追究根源，找出原因。原始，推其根源。端，原因。⓴公罪　國法規定的罪刑。㉑吏氣　官吏的氣燄。㉒非辜　無罪。㉓州牧　州的行政長官。即刺史。㉔罪　懲罰。㉕蒙冒　掩蓋。㉖籲號　呼叫喊冤。㉗戴天　同立於天下。此代指父仇。《禮記‧曲禮上》：「父之讎，弗與共戴天。」㉘枕戈　以戈為枕，隨時準備復讎。㉙處心積慮　心裡思考計畫已久。㉚衝　突擊。此指刺殺。㉛介然　堅定的樣子。㉜克　完成。㉝謝　謝罪。㉞愆　差錯。㉟戕　傷害；殺害。㊱悖驁　違法不馴。㊲淩　冒犯。㊳脅　威迫。㊴非　不合；違背。㊵調人　官名。掌調解人民的糾紛、仇怨。㊶春秋公羊傳　書名。《春秋三傳》之一，公羊高撰。公羊，複姓。㊷推刃　刀一往一來。指互相仇殺不停。㊸愛　吝惜。

【語　譯】臣看到武后時的案例，有一個同州下邽人徐元慶，他的父親徐爽，被縣尉趙師韞所殺，他後來親手殺了殺父仇人，然後投案認罪。當時諫臣陳子昂建議，將他處死而在他的鄉里給予旌表，並且請求把這判例編到法令裡，永遠作為國家的法典。臣個人認為他的建議是錯的。

臣聽說禮的宗旨，是用來防亂的。例如說禁止殺人行凶，即使做兒子的為了報父仇而殺人也要處死，決不赦免。刑法的宗旨，也是用來防亂的。例如說禁止殺人行凶，即使是官吏殺錯了人也要處死，決不赦免。

禮和刑的宗旨相同，但實際運用不同，旌表和處死不能同時使用。處死可以旌表的人，這叫做濫殺，最是輕慢刑法了。旌表可以處死的人，這叫做越分，最是破壞禮制了。果真把這種作法向天下人宣示，並且傳到後代，會使行義的人不知道方向，要遠離禍害的人不知道如何處世。拿這種方法來作法典，可以嗎？

本來聖人建立制度，一定是窮究事理來決定賞罰，根據實情來端正褒貶，無非求其統一而已。假使當初能查明案情的真假，推究事理的是非，追究事情的根源找出原因，那麼該用刑或用禮，就可以清楚地分辨了。為什麼呢？如果元慶的父親並未獨犯國法，師韞殺他只是出於私仇，濫用官吏的權勢氣燄，殘害無罪的人；州牧沒有懲罰他，刑官也不過問，上下互相掩蓋，人家叫喊呼號他們都不聞不問；於是元慶以父仇為奇恥大辱，而隨時準備復仇是合禮的事，處心積慮，要刺殺仇人，堅決要自力復仇，雖死也無遺憾，這既是守禮也是行義。執政者應該感到慚愧，向他謝罪都來不及，又怎可以處死他呢？

如果元慶的父親，的確有罪，師韞殺他，在法律上沒有差錯，這樣他就不是死於官吏，而是死於法律。法律可以仇視嗎？仇視天子的法律，而殺害執法的官吏，這是違法不馴又犯上啊。加以逮捕處死，是為了端正國家的法典，又有什麼可旌表的呢？並且陳子昂的議論說：「人一定有兒子，兒子一定有父母，為了愛父母而互相仇殺，那禍亂誰來挽救？」這是太不了解禮制了。禮所說的報仇，是指受冤曲壓抑而沉痛呼號又無處申訴的人，不是指觸犯法律，構成死罪的人。如果說：「他殺了人，我才殺他。」這就是不論是非，欺侮少數、壓迫弱勢罷了。這種行為的違反經典、背離聖人，不是也太嚴重了嗎？

《周官》裡「調人」這種官是負責調解眾人仇恨的。凡是殺人而合乎情理的，規定不許報仇，報仇就犯死罪。如果有反過來殺人的，全國人都把他看成仇敵。這樣又怎麼會為愛父母而互相仇殺呢？《春秋公羊傳》說：「父親不應死而被處死，兒子報仇是可以的。父親被法律處死，兒子卻去報仇，這是互相殘殺，仇是報了，禍害卻免不了。」現在如果拿這話來推斷師韞、元慶的互相殺戮，就合乎禮制了。

況且兒子不忘父仇，這是孝；不惜一死，這是義。元慶能夠不超越禮制，遵行孝道為義而死，一定是個明白道理的人。一個明白道理的人，哪會是一個把王法看成仇敵的人呢？議論這件事的人，反而要把他處死，

或曰⑮：封唐叔⑯，史佚⑰成之。

【注釋】❶古之傳者　古代的書；古代的記載。下文所云周成王以桐葉封弟事，《呂氏春秋・重言》、《說苑・君道》、《史記・晉世家》均載。❷成王　周天子。名誦，周武王之子。❸小弱弟　小弟弟。此指成王的幼弟叔虞。❹周公　姓姬。名旦，周武王之弟，周成王之叔。佐周武王滅殷，奠定周代典章制度，封於周，故稱周公。❺唐　古代國名。在今山西翼城西。周武王時作亂，周成王立，周公滅之。❻不中　不合情理。中，合。❼婦寺　婦人與宦官。❽舉　提出。❾遂　完成；成就。❿從容　舉止行動。⓫逢　迎合。⓬馳驟　驅策。⓭自克　自制。⓮鈌鈌　小聰明。⓯或曰　一說；有人說。以下「史佚成之」之說，見《史記・晉世家》。⓰唐叔　即叔虞。⓱史佚　周太史。亦稱尹佚。

【語　譯】古書上說：周成王拿著削成圭形的梧桐葉給小弟弟，開玩笑地說：「用這個封你。」周公進去道賀。周成王說：「我是跟他說著玩的。」周公說：「天子不可以開玩笑。」於是周成王就把他的小弟弟封在唐地。

我認為事情不可能是這樣的。如果周成王的弟弟應當封，周公應該及時告訴周成王，不必等到他鬧著玩的時候才去道賀促成他；如果不應當封，周公竟然促成這種不合理的遊戲，把土地、人民，交給一個幼小的孩子去做那兒的君主，這樣能夠算是聖人嗎？

並且，周公只是認為天子的話不可以隨便亂說罷了，哪裡是一定要順著去促成他呢？如果不幸，周成王拿梧桐葉跟婦人宦官說著玩，難道也要提出來照著做嗎？一個王者的德行，主要是看他做得怎麼樣。如果做得不妥當，就是改十次也不算毛病；如果妥當，就不能讓他變更了，何況他是鬧著玩的呢？如果鬧著玩也一定要照辦，那就是周公教周成王錯到底了。

我認為周公輔佐周成王一定是順著正道，使他的舉動遊樂，合乎中道就是了。一定不會迎合他的過失還替他掩飾。也不會束縛他，驅使他，使他好像牛馬一樣。如果太急躁，就會把事情弄糟了。並且如果家人父子的關係尚且不能用這種方法自制，那麼名分上是君臣關係的人呢？這簡直是小人物耍小聰明的事，不是周公所應當做的，所以不可相信。

有的書上說：成王封唐叔，是太史尹佚促成的。

【研　析】本文可分五段。首段引述古籍所傳「桐葉封弟」的舊聞。二段以設問、反詰的方式，就王弟之當封與否，質疑此事之真實性。三段一方面指出周公只是主張君無戲言，未必促成此事；另方面透過「王以桐葉戲婦寺」的大膽假設，辯證「王者之德」在於為所當為的道理。四段推測周公應是以大中之道輔佐周成王，從理論上判斷桐葉封弟非周公促成。末段引《史記》所述來證成己說之非誣。

本文表面上是針對《呂氏春秋・重言》和《說苑・君道》的記載所作的辨偽文章，實則藉此闡述個人的政治理念。作者企圖以「理論上之當然」作為翻案的論據，故而在推證的過程中刻意強調周公優入聖域的歷史評價，他的一切言行均被賦予理想化、合理化的解釋，於是作者亦不妨臆測「周公輔成王宜以道，從容優樂，要歸之大中而已」。「宜」字與前文的「當」字都顯示出一種「應然」的價值取向，是聖人實際行為上的「必然」，一旦肯定周公為「聖」，就必須連帶承認桐葉封弟一事「非周公所宜用」，而這正是傳統政治思維的慣用模式。

另方面，柳宗元提出「凡王者之德，在行之何若」的命題，形成對君主威權的一大挑戰，其觀念之大膽與前衛，實令人耳目一新；而其所謂大中之道，不僅在於行事之能得其當，尚涵括輔弼方式與態度上的從容優樂，亦可見其慮事之周詳。如果說，對桐葉封弟一事的傳統看法著眼於期勉君主注意個人行為上的慎言，柳宗元的觀點顯然更側重國家機器的正常運作與永續發展所必須維持的穩定政局。就理念設計的層面而言，柳宗元也算是頗具前瞻性的政治家了。

## 箕子碑

【題　解】本文選自《柳河東集》。篇名原作〈箕子廟碑〉，文後有頌詞，此處未錄。碑，指記敘死者生平事跡的墓碑文。箕子，名胥餘，是殷商紂王的叔父，封於箕，故稱箕子。紂王無道，箕子屢諫不聽，於是裝瘋，被囚禁。周武王滅商紂，箕子為周武王陳述治國大法，即今《尚書·洪範》。後避往朝鮮。唐時汲郡（治所在今河南汲縣）有箕子廟，本文即為箕子廟而作的碑文，旨在肯定箕子行事，合乎大人之道。

凡大人❶之道有三：一曰正蒙難❷，二曰法授聖❸，三曰化及民❹。殷❺有仁人曰箕子，實具茲道以立於世，故孔子述六經之旨，尤殷勤❻焉。

當紂❼之時，大道悖亂，天威之動不能戒❽，聖人之言無所用。進死以併命❾，誠仁矣，無益吾祀❿，故不為。委身以存祀⓫，誠仁矣，與⓬亡吾國，故不忍。且是二道⓭，有行之者矣。

是用保其明哲⓮，與之俯仰⓯，晦⓰是謨⓱範⓲，辱於囚奴。昏⓳而無邪，隤⓴而不息。故在《易》曰：「箕子之明夷㉑。」正蒙難也。及天命既改，生人㉒以正，乃出大法㉓，用為聖師；周人得以序彝倫㉔而立大典。故在《書》曰：「以箕子歸，作《洪範》㉕。」法授聖也。及封朝鮮，推道訓俗。惟德無陋，惟人無遠，用廣殷祀，俾㉖夷為華。化及民也。率㉗是大道，藂㉘於厥躬，天地變化，我得其正。其大人歟？

於虖㉙！當其周時㉚未至，殷祀未殄㉛，比干已死，微子已去，向使㉜紂惡未稔㉝而自斃，武庚㉞念亂以圖存，國無其人，誰與共理？是固人事之或然者也。然則先生隱忍而為此，其有志於斯乎？

唐某年，作廟汲郡，歲時致祀。嘉先生獨列於《易》象，作是頌云。

【注釋】❶大人　德行高尚的人。❷正蒙難　堅持正道，不惜蒙受苦難。❸法授聖　陳述大法，傳授給聖王。❹化及民　推行教化，及於百姓。❺殷　朝代名。始祖為契，及湯滅夏，以封地商為國號，盤庚遷都於殷，故又稱殷，其後或單稱殷、商，或合稱殷商。❻殷勤　情意深摯周到。❼紂　殷商末代君主。一作「受」，也稱「帝辛」。❽戒　引以為戒；警惕。❾進死以併命　冒死進諫，不顧生命。此指比干。商紂叔父，諫紂不聽，被剖心而死。併，通「屏」。捨棄。❿祀　祭宗廟社稷。⓫委身以存祀　屈身以保宗廟社稷之祭祀。此指微子。名啟，商紂之庶兄，封於微，故稱微子，紂王無道，殷商將滅，微子屢諫不聽，故出走，及周武王滅商，微子降周，封於宋。委身，屈身。⓬與　幫助。⓭且是二道二句　指前文「進死以併命」、「委身以存祀」兩種作法，已有比干、微子行之。是，此。⓮明哲　明智。⓯俯仰　周旋；應付。⓰晦　隱藏。⓱謨　謀略。⓲範　風範。⓳昏　昏亂。⓴隮　衰敗。㉑明夷　《易》卦名。離下坤上（䷣），離為火，坤為地，故其卦象為日入地中，明而見傷。凡賢者不得志，憂讒畏譏，皆謂之明夷。其「爻辭」六五曰：「箕子之明夷。」言以宗室之臣而居暗地，近昏君，而能正其志，乃箕子之象徵。夷，傷。㉒生人　生民；人民。唐代避太宗李世民諱，改民為「人」。㉓大法　指〈洪範〉。㉔彝倫　常道倫理。㉕洪範　《尚書》篇名。相傳是箕子向武王所陳述的治國大法。洪，大。範，法則。㉖俾　使。㉗率　遵循。㉘蕞　通「叢」。聚集。㉙於虖　同「嗚呼」。㉚時　時機。㉛殄　斷絕。㉜向使　假使。㉝稔　成熟。㉞武庚　殷紂之子。周公封為殷君，後與管叔、蔡叔聯合叛周，被殺。

【語譯】大凡一個德行高尚的人，他的立身處世之道有三點：一是堅持正道，不惜受難；二是陳述大法，傳授給聖王；三是推行教化，施及人民。殷代有個仁人叫箕子，他的確具備了這三者而立身於世上，所以孔子敘述六經的意旨時，特別懇切地提到他。

當商紂的時候，大道悖逆混亂，天威的震怒不能警惕他，聖人的話對他也沒有作用。這時，冒死進諫，不顧生命，的確可以算是仁了，但是對自己的社稷宗廟沒有益處，所以箕子不願意這樣做。屈辱自身以保存宗廟社稷的祭祀，也的確可以算是仁了，但是這有如助成別人來滅亡自己的國家，所以箕子不忍心這樣做。況且這兩種作法，已經有人做了。

因此箕子保持自己的明智，暫時和世俗周旋，把自己的謀略風範隱藏起來，在奴隸群中忍受屈辱。雖然時代昏暗，他卻不做奸邪的事；雖然國家衰敗，他卻不停止努力。所以《易經》上說：「這是箕子賢明而遭亂世的卦象。」這就是堅持正道，不惜受難。等到天命已經改變，人民都納入正軌後，他就向周武王陳述治天下的大法，做了聖王的老師。周朝因此才能使倫常有序而制訂重大的典章。所以《書經》上說：「因為箕子回來，才制訂〈洪範〉。」這就是陳述大法，傳授給聖王。等到受封在朝鮮後，他推廣大道，移風化俗；推行德教，不分賢愚；教化人民，不論遠近，因此擴大了殷朝的宗祀，使夷狄變為華夏。這就是推行教化，施及人民。遵循這三種大道，聚集在他身上，不論天地如何變化，始終堅守正道。難道不是德行高尚的人嗎？

唉！當周的時機未到，殷的國祚還沒有斷絕，比干已經被殺，微子已經離開的時候，假使紂的罪惡還沒有滿盈就死了，武庚憂念國家的紛亂而想要救亡圖存，國家卻沒有人才，誰和武庚一起來治理國家呢？這本來是人事變化中可能會出現的。那麼箕子如此的隱忍受辱，也許是有這個想法吧！

唐朝某年，在汲郡建了一座箕子廟，每年按時祭祀。我佩服先生獨能列名在《易經》象辭裡，所以做了這篇頌詞。

【研　析】本文可分五段。首段為總綱，先肯定箕子具有「大人之道」作為以下論述的基礎。二段用孔子所稱「殷有三仁」（《論語‧微子》）中的另兩位仁者——比干和微子作對比，以烘托箕子的崇高形象。三段以具體事例證明箕子「正蒙難」、「法授聖」和「化及民」三種「大人之道」全備。四段推原箕子隱忍為奴的深刻用心來凸顯其謀國之忠勤。末段補述作碑文之緣由。

柳宗元主張「文以明道」，強調文章須能顯發聖道。他在〈桐葉封弟辨〉中拈出所謂大中之道，而本文亦明揭「大人之道」。由此推之，其所謂「道」並未達到哲學的層次，僅是就社會現象作經驗上的概括，指的是策略或原則。另方面，出處問題是古代士大夫的一大關注焦點，它不僅關乎士大夫個人的價值取向，同時也涉及君臣關係的適度平衡。柳宗元推崇箕子「得其正」，豈非透露他對比干和微子兩極化的作風尚持審慎評估的模稜態度？而箕子以中道面對「天威之動不能戒，聖人之言無所用」的商紂，授周人以〈洪範〉大法，推道訓俗於朝鮮，在在顯示他卓異的政治智慧與愛民無私的態度。箕子樹立了政治史上有守有為的典範，他既不肯無條件地死忠，也不迴避實現理想的機會，為後世提供了更具啟發性的務實選擇，這正是其價值之所在。

## 捕蛇者說

【題　解】本文選自《柳河東集》。作者被貶永州司馬，認識了一個捕蛇的蔣某，自述其祖孫三代，寧願冒死捕捉毒蛇交付官府，以抵免租稅負擔。本文記蔣某所說，從中反映當時人民在苛捐雜稅下的痛苦，溫婉地諷刺了為政者不恤民生的作為，並深刻表達了對於民生疾苦的真摯同情。

永州❶之野產異蛇，黑質❷而白章❸，觸草木盡死，以齧❹人，無禦❺之者。然得而腊❻之以為餌❼，可以已❽大風❾、攣踠❿、瘻⓫、癘⓬，去死肌⓭，殺三蟲⓮。其始太醫⓯以王命聚之，歲賦⓰其二。募有能捕之者，當其租入⓱。永之人爭奔走焉。

有蔣氏者，專其利三世矣。問之，則曰：「吾祖死於是，吾父死於是，今吾嗣⑱為之十二年，幾⑲死者數⑳矣。」言之貌若甚慼㉑者。余悲之，且曰：「若㉒毒㉓之乎？余將告於蒞事者㉔，更若役㉕，復若賦㉖，則何如？」蔣氏大戚，汪然㉗出涕，曰：「君將哀而生之乎？則吾斯役之不幸，未若復吾賦不幸之甚也。嚮㉘吾不為斯役，則久已病㉙矣。自吾氏三世居是鄉，積於今六十歲矣，而鄉鄰之生日蹙㉚。殫㉛其地之出，竭其廬之入，號呼而轉徙㉜，餓渴而頓踣㉝，觸風雨，犯寒暑，呼噓㉞毒癘㉟，往往而死者，相藉㊱也。曩㊲與吾祖居者，今其室十無一焉；與吾父居者，今其室十無二三焉；與吾居十二年者，今其室十無四五焉。非死即徙爾，而吾以捕蛇獨存。悍吏之來吾鄉，叫囂㊳乎東西，隳突㊴乎南北，譁然而駭者，雖雞狗不得寧焉。吾恂恂㊵而起，視其缶㊶，而吾蛇尚存，則弛然㊷而臥。謹食㊸之，時而獻焉。退而甘食其土之有，以盡吾齒㊹。蓋一歲之犯死者二焉，其餘則熙熙㊺而樂，豈若吾鄉鄰之旦旦有是哉？今雖死乎此，比吾鄉鄰之死則已後矣，又安敢毒耶？」

余聞而愈悲。孔子曰：「苛政猛於虎㊻也。」吾嘗疑乎是，今以蔣氏觀之，猶信。嗚呼！孰知賦斂之毒有甚是蛇者乎！故為之說，以俟夫觀人風㊼者得焉。

【注釋】❶永州　州名。治所在今湖南零陵。❷質　質地。此指蛇皮。❸章　花紋。❹齧　咬。❺禦　防止。此指治療。❻腊　乾肉。此用為動詞。曬乾肉。❼餌　藥物。❽已　止。❾大風　痲瘋病。❿攣踠　手腳拳曲不能伸展。⓫瘻　脖子腫。⓬癘　惡瘡。⓭死肌　壞死的肌肉。⓮三蟲　三尸蟲。指人體之寄生蟲。⓯太醫　官名。即皇室之醫師，亦曰御醫。⓰賦　徵收。⓱租入　應納的租稅。入，繳納。⓲嗣　繼承。⓳幾　幾乎。⓴數　多次。㉑戚　悲傷。㉒若　你。㉓毒　怨恨。㉔莅事者　主其事的人。㉕役　差使。㉖賦　租稅。㉗汪然　眼淚滿眶的樣子。㉘嚮　如果。㉙病　困苦。㉚蹙　窘迫；艱難。㉛殫　竭盡。㉜轉徙　遷徙流離。㉝頓踣　勞累而仆倒。踣，仆倒。㉞呼噓　呼吸。㉟毒癘　毒氣。㊱相藉　相疊。㊲曩　從前。㊳叫囂　大聲呼叫。㊴隳突　衝撞破壞。隳，毀。突，衝撞。㊵恂恂　戒慎的樣子。㊶缶　一種瓦器。腹大口小。㊷弛然　放心的樣子。㊸食　餵食。㊹齒　年齡；年壽。㊺熙熙　安樂的樣子。㊻苛政猛於虎　煩苛的政令，比老虎還兇猛。語出《禮記・檀弓》。㊼人風　民情風俗。

【語譯】永州的郊野出產一種特別的蛇，黑色的皮，白色的花紋。一碰到草木，草木就都枯死；一咬到人，人便沒得醫治。不過，捉到這種蛇，曬乾做成藥物，可以治好痲瘋、手足拳曲、脖子腫、惡瘡等疾病，可以去腐生肌，殺死人體內的寄生蟲。當初是太醫奉皇帝的命令搜集這種蛇，每年徵收兩次。招募能捕捉這種蛇的人，用蛇充當應繳的租稅。永州的人都爭著去捕捉。

有一個姓蔣的人，專門捕蛇抵稅已經三代了。問他，他就說：「我的祖父死於捕蛇，我的父親死於捕蛇，現在由我繼承又捕了十二年，幾乎送掉性命也有好幾次了。」說著，他臉色好像很悲傷的樣子。我為他而悲哀，便說：「你怨恨這種差事嗎？我替你去告訴管這事的官吏，免了你這差使，恢復你的租稅，怎麼樣？」蔣氏更加悲傷，眼淚汪汪地說：「您是可憐我想讓我活下去嗎？那麼我這個差使的不幸，還不及恢復我賦稅那樣的不幸來得嚴重啊。如果我不做這個差使，那我早就困苦不堪了。自從我家三代住在這裡，到現在已經六十年了，這兒的鄉鄰生活一天比一天艱難。他們已經竭盡田裡的出產，用盡家裡的收入來應付賦稅，還是呼號求救而遷徙流離，挨餓受渴，顛沛困頓，頂著風雨，冒著寒暑，呼吸著瘴疫毒氣，因此而死去的人，往往屍體堆積。以前和我祖父同住在這兒的人，現在十家剩不到一家了；和我父親同住在這兒的人，現在十家剩不到兩三家了。和我一同住在這兒十二年的人，現在十家剩不到四五家了。他們不是死亡，就是搬走，只有我因為捕蛇獨能生存下來。那些兇惡的差役來到我們鄉裡的時候，到處叫囂，到處騷擾，嚇得大家亂哄哄的，即使雞狗也不得安寧。這時我只要起身，小心翼翼地看看瓦罐，那蛇還在，就很放心地再去睡覺。我小心地餵養牠，按時獻上去。回來以後，就安安逸逸地吃我田裡出產的東西，這就足以安享我的天年。大約一年只不過兩次冒生命的危險，其餘的時間，都很舒服安樂，哪像我的鄉鄰天天都在痛苦中呢？現在即使因捕蛇而死，比起我的鄉鄰，已經算是死得晚了，我又怎敢怨恨呢？」

我聽了這些話，心裡更加悲痛。孔子說：「苛政比老虎還凶猛。」我以前懷疑過這句話，現在從蔣氏的遭遇看起來，是真可以相信的。唉！誰知道賦稅的毒害竟然比這種毒蛇還厲害呢！所以寫了這篇〈捕蛇者說〉，等待那些觀察民情風俗的人，拿去做參考。

【研析】本文可分三段。首段記朝廷以豁免租稅誘使人民捕蛇供應王室。蛇有劇毒，「以齧人，無禦之者」，但「永之人爭奔走焉」，這留給人一個懸念：何以如此危險，而人民趨之若鶩？也可以說作者在暗示一個辛酸的事實：租稅比毒蛇更可怕！二段記捕蛇者蔣某的話。蔣氏以捕蛇而免租稅，已經三代六十年，祖、父皆死於蛇吻，第三代的蔣某繼其業十二年，「幾死者數矣」，但仍寧願「一歲之犯死者二焉」，而不願接受柳宗元為其「更若役，復若賦」。原因無他，六十年來鄉鄰或死或徙，戶口銳減，其幸而存者亦生活在痛苦恐懼之中，這都是賦斂所造成，而蔣氏一家得以獨存，皆因不必擔負租稅。在深情懇切而坦白真摯的對話中，尤其是在蔣某的口述中，主題所在，已昭然若揭。三段則承前所述，印證孔子「苛政猛於虎」的話，點明主旨作結。

柳宗元此文作於永州司馬任上，當時正是李吉甫上〈國計篇〉的時候，煩賦苛斂，民不聊生，固非止於永州一地，所以本文可謂以小見大：以捕蛇的小人物，見國家財計不當的大病；以永州一地，反映舉國皆然的民生疾苦。柳宗元之所以貶永州，乃因參與王叔文等人的政治改革集團失敗；從在朝為官，著眼於大計方針，到遠貶荒僻，親眼目睹生民之水火，其深沉的感慨，隨著政治地位的下降，有著更為踏實的指向。中國自古以來的知識分子，大多以社稷蒼生為念，但也大多停留在書本知識所培育出來的理念，高尚而往往抽象。以柳宗元為例，當他讀到《禮記・檀弓下》孔子「苛政猛於虎」的慨歎時，他有過懷疑，但親聞蔣氏的話，他相信了。這就是理念和現實之間存在的差距，必須親身經歷才能有真切的認識。看來，真是「盡信書不如無書」，古人沒有騙我們啊！

# 種樹郭橐駝傳

【題解】本文選自《柳河東集》。主旨在藉由記敘種樹專家郭橐駝的種樹方法，說明為政治民要能順民之性，不可繁苛擾民，否則雖曰愛之，而其實是害之。

郭橐駝，不知始何名。病僂❶，隆然❷伏行❸，有類橐駝❹者，故鄉人號之駝。駝聞之，曰：「甚善，名我固當。」因捨其名，亦自謂橐駝云。

其鄉曰豐樂鄉，在長安❺西。駝業種樹，凡長安豪富人為觀游❻及賣果者，皆爭迎取養。視駝所種樹，或移徙，無不活，且碩茂❼，蚤實以蕃❽。他植者雖窺伺傚慕，莫❾能如也。

有問之，對曰：「橐駝非能使木壽且孳❿也，能順木之天⓫，以致其性焉爾。凡植木之性，其本⓬欲舒，其培⓭欲平，其土欲故⓮，其築⓯欲密。既然已，勿動勿慮，去不復顧。其蒔⑯也若子，其置也若棄，則其天者全，而其性得矣。故吾不害其長而已，非有能碩而茂之也；不抑耗⑰其實而已，非有能蚤而蕃之也。他植者則不然，根拳⑱而土易⑲。其培之也，若不過焉則不及。苟有能反是者，則又愛之太殷，憂之太勤，旦視而暮撫，已去而復顧，甚者爪⑳其膚以驗其生枯，搖其本以觀其疏密，而木之性日以離矣。雖曰愛之，其實害之；雖曰憂之，其實讎之。故不我若㉑也。吾又何能為哉？」

問者曰：「以子之道，移之官理，可乎？」駝曰：「我知種樹而已，官理非吾業也。然吾居鄉，見長人者㉒好煩其令，若甚憐焉，而卒以禍。旦暮，吏來而呼曰：『官命促爾耕，勖㉓爾植，督爾穫㉔，蚤繅㉕而㉖緒㉗，蚤織而縷㉘，字㉙而幼孩，遂㉚而雞豚㉛。』鳴鼓而聚之，擊木而召之。吾小人輟飧饔㉜以勞㉝吏者，且不得暇，又何以蕃㉞吾生而安吾性耶？故病且怠㉟。若是，則與吾業者其亦有類㊱乎？」

問者曰：「嘻㊲，不亦善夫！吾問養樹，得養人術。」傳其事以為官戒也。

【注釋】❶傴　駝背。❷隆然　高聳的樣子。❸伏行　行走時面向地面。❹橐駝　即駱駝。❺長安　唐代京城。在今陝西西安。❻觀游　觀賞遊覽。❼碩茂　高大而茂盛。❽蚤實以蕃　結實早而且多。蚤，通「早」。蕃，繁盛；繁多。❾莫　無人。❿壽且孳 活得長久，長得茂盛。孳，滋生；繁殖。⓫天 自然。⓬本 樹根。⓭培 覆蓋泥土。⓮故 舊有的。⓯築 搗土。⓰蒔 栽種。⓱抑耗 抑制和耗損。⓲拳 屈曲。⓳易 更換。⓴爪 用指甲抓破。㉑不我若 不若我；不如我。㉒長人者 治人者。㉓勗 勉勵。㉔穫 收割。㉕繅 抽繭取絲。㉖而 通「爾」。你們。下三句「而」字同。㉗緒 絲。㉘縷 線。㉙字 撫養；養育。㉚遂 長成。㉛豚 小豬。㉜飧饔 晚餐和早餐。㉝勞 慰勞；接待。㉞蕃 繁殖。㉟病且怠 困苦又疲憊。㊱類 相似；相近。㊲嘻 感歎聲。

【語譯】郭橐駝，不知道他本來叫什麼名字。他患駝背的毛病，走路時背部凸起，臉向著地，好像駱駝的樣子，所以鄉里的人叫他「橐駝」。橐駝聽了說：「很好！這樣叫我很恰當。」因此就不用他的本名，也自稱「橐駝」了。

他的家鄉叫豐樂鄉，在長安西邊。他以種樹為業，所有長安一帶有錢有勢的人家要種花木觀賞的，以及種果樹賣水果的，都爭著接他到家裡去供養他。看他所栽種的樹，或者移植的樹，沒有不存活的，並且都長得高大茂盛，果子結得又早又多。別的種樹的人，即使偷看仿效，也沒有人能像他一樣。

有人問他，他回答說：「我並沒有什麼祕訣能夠使樹木活得長久、長得茂盛，只不過能順著樹木的天然，讓它的本性盡量發展罷了。大凡種植樹木的基本原則是：根要舒展，培土要均勻，根土要用舊土，四周的土要搗結實。種好後，就不要再去動它、擔心它，離開後不再去管它。種的時候好像照顧子女似的，種好後就擺在一邊好像把它拋棄了似的，那麼它的天然就可以保全，本性就可以獲得發展了。所以我只是不妨害它的生長罷了，並不是有什麼祕訣能夠使它長得又高大又茂盛啊；只是不抑制耗損它結實罷了，並不是有什麼祕訣能夠使果實結得又早又多啊。別的種樹的人就不是這樣，他們把樹根弄得彎曲著，根土換了新的。培的土不是太多，就是太少。如果有人能不犯這些毛病，又會愛護得太殷切，擔心得太過分，早晨去看看，晚上去摸摸，走開了又回頭望望，甚至還抓破樹皮查驗它的死活，搖動樹根看看泥土的鬆緊，這樣一來，樹木的本性就一天天地受到耗損了。雖說是愛它，其實是害它；雖說是擔心它，其實是仇視它。所以他們比不上我。我又有什麼特別的本領呢？」

問的人說：「把您的辦法，應用到做官治民上去，可以嗎？」橐駝說：「我只懂得種樹罷了，做官治民不是我的本業。但我住在鄉下，看見那些做官的老喜歡多發命令，好像很憐惜百姓，結果卻造成災禍。一天到晚，差役都會來叫喊著說：『長官的命令，教我來催促你們耕田，勉勵你們種植，督促你們收割，要你們早些繅絲，早些紡織，好好地養育孩子，雞、豬都飼養好。』一會兒擊鼓集合他們，一會兒又打梆子召喚他們。我們這些小百姓，就算不吃早餐晚飯來接待公差，都還忙不過來，又怎麼能夠增加我們的生產，過自在安樂的生活呢？所以既困苦又疲憊。像這樣，和我所做的工作，是不是有些相似呢？」

問的人說：「唉，這不是好極了嗎！我問的是種樹，卻得到養民的方法。」所以記敘了他的事，作為官吏治民的鑑戒。

【研析】本文可分五段。首段敘述「郭橐駝」這個名字的由來。一般人都忌諱自己的缺點毛病，不願被宣揚流傳，但是郭橐駝卻怡然接受那帶著嘲諷的綽號，說「名我固當」，這樣的個性，與他在種樹方面所表現出的認識是有關連的。第二段記郭橐駝種樹的成就，為他人所不及。第三段說明種樹的道理，要點在於「順木之天，以致其性」。第四段呈現為政者擾民的情狀。末段點明作傳本意。

全文重點在三、四段。第三段用正反對比的方式來說明種樹道理，精要有序，比喻生動。第四段並未直接說明為政之道，只是以一介小民的眼光如實地描述官吏好煩其令的情景和感受，雖未直接評論，但與前一段種樹道理相對比，其理立見。故為文似紆實直。

郭橐駝雖非業官者，但身為被管理的小民，其感受最為真切。第四段只有敘述、呈現，而無直接評論，正符合說話者的身分。而養樹與養人，同為長養照護生命，其理相通，故第三段實為作者為政之道的見解所在，近於老子無為而治的政治哲學。

# 梓人傳

【題　解】本文選自《柳河東集》。梓人，類似今日所謂建築師。本文藉由梓人楊潛擘畫指揮而不必親自動手，就能建造出堅固的屋舍，說明宰相佐天子治理天下，只要掌握大計方針，確立典章法紀，分官授職即可，不必事事躬親，以致誤事。

裴封叔❶之第❷，在光德里❸。有梓人❹款❺其門，願傭❻隙宇❼而處❽焉。所職❾，尋引❿、規矩⓫、繩墨⓬，家不居⓭礱斲之器⓮。問其能，曰：「吾善度⓯材。視棟宇⓰之制⓱，高深、圓方、短長之宜，吾指使⓲而群工役⓳焉。捨我，眾莫能就⓴一宇。故食於官府㉑，吾受祿㉒三倍；作於私家，吾收其直㉓太半焉。」他日㉔，入其室，其床闕㉕足而不能理，曰：「將求他工。」余甚笑之，謂其無能而貪祿嗜貨㉖者。

其後，京兆尹㉗將飾㉘官署，余往過焉。委㉙群材，會眾工。或執斧斤，或執刀鋸，皆環立嚮之。梓人左持引，右執杖，而中處焉。量棟宇之任㉚，視木之能舉㉛，揮其杖曰：「斧！」彼執斧者奔而右。顧而指曰：「鋸！」彼執鋸者趨而左。俄而，斤者斲，刀者削，皆視其色，俟其言，莫敢自斷㉜者。其不勝任者，怒而退之，亦莫敢慍㉝焉。畫宮於堵㉞，盈尺而曲盡其制㉟，計其毫釐而構大廈，無進退㊱焉。既成，書於上棟曰：「某年某月某日某建。」則其姓字也，凡執用之工不在列。余圜[37]視大駭，然後知其術之工[38]大矣。繼而嘆曰：彼將捨其手藝，專其心智，而能知體要[39]者歟！吾聞勞心者役人，勞力者役於人，彼其勞心者歟！能者用而智者謀[40]，彼其智者歟！是足為佐天子相[41]天下法矣。物莫近乎此也。彼為[42]天下者，本於人。其執役者，為徒隸[43]，為鄉師[44]、里胥[45]。其上為下士，又其上為中士，為上士。又其上為大夫，為卿，為公[46]。離[47]而為六職[48]，判[49]而為百役[50]。外薄[51]四海，有方伯、連率[52]。郡有守，邑有宰，皆有佐政[53]。其下有胥吏[54]，又其下皆有嗇夫[55]、版尹[56]以就役焉，猶眾工之各有執伎以食力[57]也。

彼佐天子相天下者，舉而加焉[58]，指而使焉，條[59]其綱紀而盈縮[60]焉，齊[61]其法制而整頓焉，猶梓人之有規矩、繩墨以定制也。擇天下之士，使稱[62]其職；居天下之人，使安其業。視都知野，視野知國，視國知天下。其遠邇[63]細大，可手據其圖而究焉，猶梓人畫宮於堵而績於成也。能者進而由[64]之，使無所德[65]；不能者退而休[66]之，亦莫敢慍。不衒[67]能，不矜[68]名，不親小勞，不侵眾官，日與天下之英才討論其大經[69]。猶梓人之善運眾工而不伐[70]藝也。夫然後相道得而萬國理矣。

相道既得，萬國既理，天下舉首而望曰：「吾相之功也！」後之人循跡而慕曰：「彼相之才也！」士或談殷、周之理者，曰伊、傅(71)、周、召(72)，其百執事之勤勞而不得紀焉，猶梓人自名其功而執用者不列也。大哉相乎！通是道者，所謂相而已矣。其不知體要者反此。以恪勤(73)為功(74)，以簿書為尊，衒能矜名，親小勞，侵眾官，竊取六職、百役之事，听听(75)於府庭，而遺其大者遠者焉，所謂不通是道者也。猶梓人而不知繩墨之曲直，規矩之方圓，尋引之短長，姑奪眾工之斧斤刀鋸以佐其藝，又不能備其工，以至敗績用(76)而無所成也。不亦謬歟？

或曰：「彼主為室者，儻或(77)發其私智，牽制梓人之慮，奪其世守(78)而道謀(79)是用，雖不能成功，豈其罪耶？亦在任之而已。」

余曰不然。夫繩墨誠陳(80)，規矩誠設，高者不可抑而下也，狹者不可張而廣也。由我則固，不由我則圮(81)。彼將樂去固而就圮也，則卷(82)其術，默其智，悠爾(83)而去，不屈吾道，是誠良梓人耳。其或嗜其貨利，忍而不能捨也；喪其制量，屈而不能守也。棟橈(84)屋壞，則曰：「非我罪也！」可乎哉？可乎哉？

余謂梓人之道類於相，故書而藏之。梓人，蓋古之審曲面勢(85)者，今謂之「都料匠(86)」云。余所遇者，楊氏，潛其名。

【注釋】❶裴封叔　名瑾。唐河東聞喜（今山西聞喜）人，柳宗元之姊夫。❷第　住宅。❸光德里　唐代長安街坊名。故址在今陝西西安西南郊。❹梓人　《周禮．考工記》：木工有七種，其中一種叫梓人。其主要工作是以梓木造樂器、飲器及箭靶等。此處指木匠師傅，相當於現在的建築師。❺款　叩；敲。❻傭　租賃。❼隙宇　空房子。宇，屋子。❽處　居住。❾職　掌管。此指隨身所帶。❿尋引　古代兩個長度單位。此指測量長度的工具。八尺為尋，一丈為引。⓫規矩　圓規和曲尺。規以畫圓，矩以畫方。⓬繩墨　墨繩和墨斗。繩附於斗，用以畫直線。⓭居　存放。⓮礱斲之器　磨光砍削的工具。礱，磨光。斲，砍削。⓯度　量度；估量。⓰棟宇　指房屋。棟，屋梁。宇，屋簷。⓱制　規模；規格。⓲指使　指揮。⓳役　服役。即做工。⓴就　完成。㉑食於官府　為官府所雇用。食，養。㉒祿　俸祿。此指工資。㉓直　通「值」。工資。㉔他日　另一天。即有一天。㉕闕　通「缺」。㉖貨　錢財。㉗京兆尹　官名。即京兆府的府尹，是管理京師地方的長官。唐代京兆府治所在今陝西西安。㉘飾　修理；修建。㉙委　堆積。㉚任　負載。㉛舉　承擔；承受。㉜自斷　自作主張；自己出主意。㉝慍　生氣；抱怨。㉞畫宮於堵　在牆上畫房屋的圖樣。宮，房屋。此指其圖樣。堵，牆壁。㉟其制　指房屋的規模結構。㊱進退　出入；誤差。㊲圜　四周。㊳工　高明；巧妙。㊴體要　綱要；要領。㊵能者用而智者謀　有能力的人執行，有智慧的人策畫。㊶相　治理。㊷為　治理。㊸徒隸　服勞役的人。㊹鄉師　官名。監察一鄉的教化和政事。㊺里胥　官名。古代鄉里最基層的吏役。㊻其上為下士六句　三代時，官職有公、卿、大夫、士四級。士有上中下三級。㊼離　區分。㊽六職　六種官職。即冢宰、司徒、宗伯、司馬、司寇、司空等六卿的職事。㊾判　區分。㊿百役　百官。百為虛數，言其多。(51)薄　接近。(52)方伯連率　皆官名。據《禮記．王制》，王畿千里之外設方伯，為一方諸侯的領袖，又十國以為連，連有率。(53)郡有守三句　郡有太守，邑有縣令，而守與令又皆有佐理政務之官。(54)胥吏　掌文書的小吏。(55)嗇夫　古代一鄉之長。掌聽訟、收稅。(56)版尹　掌戶籍的小吏。(57)食力　自食其力。(58)舉而加焉　舉薦官吏，使各任其職。舉，舉薦。加，居。指任職。(59)條　分條；分項。(60)盈縮　增減。(61)齊　齊一。(62)稱　合適。(63)邇　近。(64)由　任用。(65)德　感德；感恩。(66)休　免職。(67)衒　炫耀；賣弄。(68)矜　誇大；誇張。(69)大經　大原則。經，常法。(70)伐　自誇。(71)伊傅　皆殷之賢相。伊，伊尹。佐商湯建國。傅，傅說。佐殷高宗中興。(72)周召　皆周代之賢相。周，周公。佐周武王建國，又輔佐周成王平亂。召，召公。助周公佐周成王。(73)恪勤　敬慎而勤勞。(74)功　功勞。本作「公」，今據《全唐文》校改。(75)听听　爭辯的樣子。(76)績用　效率；功用。(77)儻或　如果；倘若。(78)世守　世代相傳。(79)道謀　路人的計謀。此指旁人的意見。(80)陳　陳設；擺設。(81)圮　倒塌。(82)卷　收藏。(83)悠爾　自在悠閒的樣子。(84)橈　通「撓」。折斷。(85)審曲面勢　審察木材之曲直正反形狀。語出《周禮・考工記》。㊱都料匠　木匠。

【語　譯】裴封叔的住宅，在光德里。有一天，有個梓人去敲他的門，想租一間空房子住。他隨身攜帶的，只是長尺、短尺、圓規、曲尺、墨線、墨斗，家裡沒有磨光砍削一類的工具。問他的本領，他說：「我擅長估量材料，看房子的規格，高深圓方短長，選用所需要的木材，我指揮，由工人去做。沒有我，他們就沒有人能蓋好一幢房子。所以在官府裡做，我的工資是工人的三倍；在私人家裡做，我拿全部工錢的一大半。」

有一天，我到他屋裡去，看見他的床缺了腳，自己卻不會修理。他說：「要找別的工人來修。」我覺得他很可笑，以為他是一個沒有能力卻貪圖工錢、喜歡財物的人。

後來，京兆尹要修繕官署，我路過那兒，看見堆積著各種材料，聚集了各類工人。有的拿著斧頭，有的拿著刀鋸，大家圍成圓圈面向他站著。梓人左手拿著長尺，右手拿著手杖，站在中央。他估量房子的負載，計算木材的承受能力，揮動手杖說：「砍！」那個拿斧頭的就跑到右邊去。他回過頭來指著說：「鋸！」那個拿鋸子的就跑到左邊去。一會兒，拿斧頭的在斫，拿刀的在削，都看他的臉色，等他的吩咐，沒有人敢自作主張。對不能勝任工作的人，他就很生氣地斥退他，也沒有人敢抱怨。他把房子的圖樣畫在牆壁上，只有一尺大小，可是房屋的規格結構都很完全地勾畫出來，依照圖上的尺寸比例放大蓋成一幢大廈，絲毫沒有誤差。房子蓋好了，在正梁上寫著：「某年某月某日某建。」寫的就是他的姓名，所有執行工作的工人都不列名。我四周都看了一下，不覺大吃一驚，這時我才知道他的技術確實高妙。

接著，我讚歎說：他應該是一個捨棄手藝，專用心智，而且又能知道工作要領的人吧！我聽說，勞心的人指揮人，勞力的人被人指揮，他應該是勞心的人吧！有能力的人執行而有智慧的人籌畫，他應該是有智慧的人吧！這件事可以作為輔佐天子治理天下的榜樣。在道理上沒有比這件事更相似的了。那治理天下的工作，根本在於用人。那些執行工作的人，是徒隸，是鄉師、里胥。上面是下士，再上面是中士、上士。再上面是大夫、是卿、是公。中央區分有六卿的官職，再細分為百官。京師以外到四方邊境，有方伯、連率。郡有太守，縣有縣令，都有佐理政事的人。下面有胥吏，再下面有嗇夫、版尹，辦理各種事務，就好像工人們各憑技能做工吃飯似的。

那輔佐天子治理天下的宰相，舉用官吏而分派職務，並且指揮他們，條列整理國家法令而加以增減，統一典章制度而加以整頓，這就好像梓人有圓規、曲尺、墨線、墨斗來決定規格一樣。選擇天下的人才，讓他們擔任適合的職務；安定天下的人，使他們都能安心工作。看了京城的情形就知道四郊的情形，看了四郊的情形就知道地方各國的情形，看了各國的情形就知道全天下的情形。那些遠近小大的事情，可以用手按著圖表了解得清清楚楚，這就好像梓人把房子的圖樣畫在牆壁上就能夠照著圖樣完成工作一樣。薦舉有能力的人而重用他，使他不感到這是私人的恩惠；辭退沒有能力的人而停止他的職務，也沒有人敢抱怨。不炫耀自己的才能，不誇大自己的名聲，不做瑣碎的小事，不侵犯眾官的職權，每天和天下的英才討論國家的大計方針，這就好像梓人善於運用工人而不誇耀自己的技藝。這樣，才是掌握了當宰相的要領，天下也就可以治理好了。

當宰相的要領掌握了，天下已經治理好了，天下的人就會抬頭仰望著說：「這是我們宰相的功勞啊！」後代的人也會根據他的行事讚歎著說：「他是當宰相的人才啊！」讀書人有時談論商、周二代的政績，總是提到伊尹、傅說、周公、召公，其餘百官的功勞都沒有記載，這就好像梓人署名在自己完成的建築物上，而實際動手的工人不列名一樣。宰相實在是重要啊！懂得這個道理的，才是我們所說的宰相。那些不知道要領的正好相反。他們把謹慎勤苦當作功勞，把簿記文書看得很重要，炫耀自己的才能，誇大自己的名聲，親自去做瑣碎的小事，侵犯眾官的職權，搶奪六卿甚至百官的職務，在朝廷上爭論不停，反而遺漏了那些重大長遠的規畫，這就是所謂不懂做宰相之道的人。這就好像梓人不懂得用墨線墨斗來定曲直，用圓規曲尺來定方圓，用長尺短尺來定短長，姑且奪取工人的斧斤刀鋸來展現自己的技藝，但是又不能把工作做得完善，以致破壞效率，沒有一點成就。這不是很荒謬嗎？

有人說：「那個蓋房子的主人，倘若發揮他個人的小聰明，牽制梓人的計畫，不用梓人世代相傳的經驗，而採納外行人的意見，就算是不能蓋好房子，難道能說是梓人的錯嗎？這也在於主人信不信任他罷了。」

我認為不能這樣說。當繩墨已經完備，規矩也已齊全，高的就不可以硬把它壓低，狹的就不可以硬把它擴大。照我的做法就堅固，不照我的做法就會倒塌。如果主人情願不要堅固而要會倒塌的，那就收起自己的技術，保留自己的智慧，自在地離開，絕不變更自己的主張，這樣才真正是好的梓人啊。如果因為貪圖財利，容忍著而不願離去；放棄自己的設計，遷就而不能堅持。等到棟梁斷折，屋子倒塌了，卻說：「這不是我的罪過啊！」可以嗎？可以嗎？

我以為梓人的道理類似於宰相，所以寫下來保存。梓人，大概就是古代所說的「審曲面勢」的人，現在叫做「都料匠」。我所碰到的那一位，姓楊，名潛。

【研　析】本文可分九段。首段由梓人所攜工具，引出其「能」在於「善度材」和「指使」。二段作者以梓人不能自理其床為無能，在一、三段間為一波瀾跌宕。三段記梓人主持官署修建。其所擘畫，絲毫不差；其所指揮，眾工唯命。既否定二段，亦呼應前段。四段言梓人指揮眾工，猶宰相統御百官，或勞心用智，或勞力用能，各有所司。此段由梓人而引入宰相，在全文為一轉折。五段承四段，進一步指出宰相之職，在於用人、指揮、定綱紀、齊法制，一如梓人。故為相之道，在於把握「大經」，而不可「衒能」、「矜名」、「親小勞」、「侵眾官」。此段為全文重心，亦即題旨之所在。六段言得相道，則「萬國理」，而天下萬世皆仰其功勳；反之，則「敗績用而無所成」。此段主要從反面立論，指出為相者之所忌。七段設問再生議論；八段則承此，謂梓人規畫既成，若不得主人尊重，則當堅持原則，不可貪財利而屈從。此二段說梓人而實喻宰相。九段說明為文的原因在於「謂梓人之道類於相」，點明目的不在為梓人立傳，而在議論為相之道；又補述梓人之姓名，回應題目及首段。

本文題為〈梓人傳〉，其實對梓人的生平事跡，著墨有限。一至三段及七、八段所寫雖直接、間接與梓人有關，但其著重點仍在暗伏為相之道的議論；四、五、六段寫相職，看似句句照應梓人，其實梓人云云，僅作為譬況比較之用。故自文類的角度看，本文既以「傳」為名，應是傳狀之類敘述為主，但就其實際內容來看，敘述中暗含議論，或者可說文中的一切敘述，其實都是議論，這是一種很奇特而且高明的寫法。至於文中所談到的為相之道，在今天仍有相當高的參考價值；原來量能授官、分層負責，是我們老祖宗早就認識到，並且大聲疾呼的政治要領呢！

# 愚溪詩序

【題解】本文選自《柳河東集》。愚溪原名冉溪或染溪，在永州（今湖南零陵）西南，是瀟水的一條小支流。唐憲宗元和元年（西元八〇六年），柳宗元貶永州司馬，愛其溪風景秀麗，因此住在溪邊，並稍加修葺，備有丘、泉、溝、池、堂、亭、島的景致，連同溪流，皆冠以「愚」名，凡八愚，作了〈八愚詩〉。本文即此〈八愚詩〉的序，藉以抒發觸罪被貶的憤慨。

灌水❶之陽❷有溪焉，東流入於瀟水❸。或曰：「冉氏嘗居也，故姓❹是溪為冉溪。」或曰：「可以染也，名之以其能❺，故謂之染溪。」余以愚觸罪❻，謫❼瀟水上。愛是溪，入二、三里，得其尤絕者家焉。古有愚公谷❽，今予家是溪，而名莫能定，土❾之居者猶齗齗❿然，不可以不更也，故更之為愚溪。

愚溪之上，買小丘，為愚丘。自愚丘東北行六十步⓫，得泉焉，又買居⓬之，為愚泉。愚泉凡六穴，皆出山下平地，蓋上出也。合流屈曲而南，為愚溝。遂負土累⓭石，塞其隘，為愚池。愚池之東為愚堂，其南為愚亭，池之中為愚島。嘉木異石錯置，皆山水之奇者，以余故，咸以愚辱焉。

夫水，智者樂也⑭。今是溪獨見辱於愚，何哉？蓋其流甚下，不可以溉灌；又峻急⑮，多坻石⑯，大舟不可入也；幽邃淺狹，蛟龍不屑，不能興雲雨，無以利世。而適類⑰於余。然則雖辱而愚之，可也。

甯武子⑱邦無道則愚，智而為愚者也；顏子⑲終日不違如愚，睿⑳而為愚者也。皆不得為真愚。今余遭有道㉑，而違於理，悖於事，故凡為愚者莫我若也。夫然，則天下莫能爭是溪，余得專而名焉。

溪雖莫利於世，而善鑒萬類㉒，清瑩秀澈㉓，鏘鳴金石㉔，能使愚者喜笑眷慕，樂而不能去也。余雖不合於俗，亦頗以文墨自慰，漱滌㉕萬物，牢籠㉖百態，而無所避之。以愚辭歌愚溪，則茫然而不違，昏然而同歸，超鴻蒙㉗，混希夷㉘，寂寥而莫我知也。於是作〈八愚詩〉㉙，紀於溪石上。

【注釋】❶灌水　流經永州的一條河流，是瀟水的支流。❷陽　稱河流的北邊。❸瀟水　河流名。源出湖南寧遠西南九疑山，在湖南零陵西注入湘江。❹姓　用為動詞。❺能　作用；用途。❻以愚觸罪　唐憲宗朝，柳宗元因參與王叔文等人的政治改革，而被貶為永州司馬。此言「愚」，乃不敢直說，亦含悲憤之意。❼謫　官吏被降調或放逐。❽愚公谷　相傳春秋時代齊桓公出獵，進入一個山谷，遇見一個老人，齊桓公問：「這山谷叫什麼？」老人答說：「叫愚公之谷。」問他原因，他回答：「因為我而命名。」見《說苑・政理》。谷在今山東臨淄西。❾土　當地。❿斷斷　爭辯不休的樣子。⓫步　古代的長度名。各代不同，唐代以周尺的六尺四寸為步。⑫居　擁有。⑬累　堆積。⑭夫水二句　水是智者所愛好的。《論語・雍也》：「子曰：『知者樂水，仁者樂山。』」⑮峻急　水流湍急。⑯坻石　水中灘石。⑰類　相似。⑱甯武子　甯俞。春秋時代衛國大夫，死諡「武」。當時衛成公無道，他盡心竭力，不避艱險，而卒能保其身，以佐其君。《論語・公冶長》：「子曰：『甯武子，邦有道則知，邦無道則愚。其知可及也，其愚不可及也。』」⑲顏子　顏回。字子淵，孔子弟子。《論語・為政》：「子曰：『吾與回言終日，不違，如愚。退而省其私，亦足以發。回也不愚。』」⑳睿　通達。㉑有道　有道之世。即太平盛世。㉒善鑒萬類　善於照映萬物。鑒，照。萬類，萬物。㉓澈　水靜而清。㉔鏘鳴金石　水聲鏘鏘如金石之聲。㉕漱滌　以水洗淨。㉖牢籠　包羅；包含。㉗鴻蒙　指渾然的元氣。㉘希夷　指虛無靜寂的境界。《老子》：「聽之不聞名曰希，視之不見名曰夷。」㉙八愚詩　此詩今不見於《柳河東集》。

**【語　譯】**灌水的北邊有一條溪，向東流入瀟水。有人說：「從前有姓冉的人家曾經住過，所以用他的姓稱這條溪為冉溪。」有人說：「因為溪水可以漂染，以它的作用來取名，所以叫做染溪。」我因愚笨而犯了罪，被貶到瀟水邊。很喜歡這條溪。沿著溪往裡走兩、三里，找到一處風景特別好的地方住了下來。古代有一個愚公谷，現在我住在這條溪的旁邊，溪的名字卻還不能肯定，當地人還在爭辯不停，實在不能不替它換個名字，所以將它改名為愚溪。

在愚溪的溪邊，我買了一座小丘，稱它為愚丘。從愚丘向東北走六十步，發現一處泉水，又買下來，稱它為愚泉。愚泉共有六個泉眼，都在山下平地，原來水是向上冒的。幾道泉水匯合後彎彎曲曲地向南流，稱它為愚溝。於是就挑泥土，堆石頭，把它狹窄的地方堵住，稱它為愚池。愚池的東邊是愚堂，南邊是愚亭，池的中央是愚島。美麗的樹木、奇異的石頭，錯雜散布，都是山水中很奇特的景致，卻因為我的緣故，全被一個愚字屈辱了。

水，是聰明人所愛好的。現在這條溪卻偏偏被一個愚字所屈辱，為什麼呢？這是因為它的水位很低，不能用來灌溉；水流又很湍急，灘石很多，大船進不來；幽僻遙遠，又淺又狹，蛟龍不屑居住，因為不能興雲作雨，對世人沒有什麼好處。而這些正好都和我相似。那麼，即使屈辱它，稱它為愚，也是可以的。

甯武子在國家紛亂不上軌道時，便表現出愚笨的樣子，這是聰明人裝作愚人；顏回整天唯唯諾諾，從來沒有和孔子相反的意見，好像很愚笨的樣子，這是通達的人裝作愚人啊。他們都不能算是真正的愚笨。現在我活在太平盛世，卻違反事理，背離人情，所以世上的愚人沒有一個比我愚笨。既然如此，那麼，天下沒有人能和我爭這條溪，我可以獨占它並為它取名。

這條溪雖然對世人沒有好處，但是它善於照映萬物，溪水秀麗清澈，水聲鏘鏘有如敲打金玉一般，能使愚笨的人歡笑愛慕，快樂得捨不得離開。我雖然和世俗不能相合，但是也很能用文章來自我安慰，洗淨萬物，包羅世態，沒有什麼避忌。用我愚笨的文字來歌詠愚溪，在不知不覺中彼此不相違背，在陶陶然中彼此相契合，超越了宇宙自然，進入了虛無靜寂的境界，清靜超脫，沒有人能了解我。於是我作了〈八愚詩〉，記在溪中的石頭上。

【研　析】本文可分五段。首段說明愚溪之位置命名。第二段介紹愚溪的地形和池館內容。景致雖美，皆因作者之愚而以愚名之。第三段說明愚溪水流的特質無利於世，宜於名愚，恰與作者相似。第四段譏諷自己昧於事理，為天下之最愚，故能專有此溪而名之曰愚。第五段寫溪水的清澈鑑照，正與作者的性情志趣相合，故可悠遊忘情於其中，乃作〈八愚詩〉。

全文在記山水之中寓含著作者的性情、人生態度的表白，寫溪即寫人。尤其第三段寫溪的水流低下、峻急多石、幽邃淺狹、無以利世，實則均同時比喻柳宗元身分的低下、性情的剛介、心意的幽深不被人知以及無法濟世的困頓。因此第四段就明寫自己的處境。第五段於是總攝此意，以溪的善鑑萬類對照自己的牢籠百態，以溪的清瑩秀澈對照自己的漱滌萬物，以溪的莫利於世對照自己的不合於俗。最後以溪與自己冥合兩忘的快樂，聊為貶抑之慰藉作結。

全文用「愚」貫穿，在「愚」的總攝之下，溪與人雙寫，情與景交融。而在行文中，所謂的「愚」，只不過是清高孤介、不合於俗的一種讚譽與反寫而已。因此，過商侯說：「不過借一愚字，發洩胸中的抑鬱。故將山水亭池，咸以愚辱焉。詞委曲而意深長。」

# 永州韋使君新堂記

【題解】本文選自《柳河東集》。韋使君，韋彪，使君是漢、唐以來對州郡長官的尊稱。韋彪大約在唐憲宗元和八、九年間為永州（治所在今湖南零陵）刺史，時柳宗元尚在永州司馬任上。韋彪整頓州治附近景觀，並構建新堂以為觀遊，柳宗元作此文以記其事，表達其因順自然的園林山水觀，並讚揚韋彪此舉所寓含的治民的道理。

將為穹谷❶、嵁巖❷、淵池❸於郊邑之中，則必輦❹山石，溝❺澗壑，凌❻絕嶮阻，疲極人力，乃可以有為也。然而求天作地生之狀，咸無得焉。逸其人❼，因❽其地，全其天❾，昔之所難，今於是乎在。

永州實惟九疑之麓❿。其始度土⓫者，環山為城。有石焉，翳⓬於奧草⓭；有泉焉，伏⓮於土塗⓯。蛇虺⓰之所蟠⓱，狸鼠之所游，茂樹惡木、嘉葩⓲毒卉亂雜而爭植⓳，號為穢墟⓴。

韋公之來，既逾月，理㉑甚無事。望其地，且異之。始命芟㉒其蕪，行其塗㉓。積之丘如㉔，蠲之瀏如㉕。既焚既釃㉖，奇勢迭出，清濁辨質，美惡異位。視其植㉗，則清秀敷舒㉘；視其蓄㉙，則溶漾紆餘㉚。怪石森然㉛，周於四隅，或列或跪，或立或仆，竅穴逶邃㉜，堆阜㉝突怒㉞。乃作棟宇㉟，以為觀遊。凡其物類，無不合形輔勢㊱，效伎於堂廡㊲之下。外之連山高原、林麓之崖，間廁㊳隱顯，邇延野綠，遠混天碧，咸會於譙㊴門之內。

已乃延客入觀，繼以宴娛。或贊且賀曰：「見公之作，知公之志。公之因土而得勝，豈不欲因俗以成化？公之擇惡而取美，豈不欲除殘而佑仁？公之蠲濁而流清，豈不欲廢貪而立廉？公之居高以望遠，豈不欲家撫而戶曉？」夫然，則是堂也，豈獨草木、土石、水泉之適歟？山原林麓之觀歟？將使繼公之理者，視其細，知其大也。宗元請志諸石，措㊵諸壁，編以為二千石㊶楷法㊷。

【注釋】❶穹谷　深谷。❷嵁巖　高而不平的山。❸淵池　深池。❹輦　搬運；載運。❺溝　用為動詞。挖。❻凌　攀登。❼逸其人　使人民安逸。亦即不必勞動人民。唐人避太宗李世民諱，以人代「民」。❽因　順著。❾天　自然。❿九疑之麓　九疑山的山腳下。九疑，山名。在湖南寧遠南。麓，山腳。⓫度土　丈量土地。⓬翳　遮蔽。⓭奧草　深草。⓮伏　埋沒。⓯土塗　泥土。⓰虵虺　毒蛇。⓱蟠　通「盤」。盤據。⓲葩　花。⓳植　通「殖」。生長。⓴穢墟　荒蕪之地。㉑理　即「治」。唐人避高宗李治諱，以理代「治」。㉒芟　割除。㉓行其塗　挖去湮塞泉水的泥土。行，去。此指挖去。其，指上文「泉」。塗，泥土。㉔積之丘如　堆積得像小山一樣。之，指割下的草和挖出的泥土。㉕蠲之瀏如　流出來的泉水很清澈。蠲，顯示。此指流出。瀏，水清澈的樣子。㉖釃　疏通。㉗植　樹木。㉘敷舒　廣布舒展。㉙蓄　蓄積的泉水。㉚溶漾紆餘　水波晃動，水勢迂迴。㉛森然　密布的樣子。㉜逶邃　曲折幽深。㉝堆阜　堆高的土山。㉞突怒　高聳突出。㉟棟宇　房屋。棟，屋梁。

宇，屋簷。㊱合形輔勢　配合地形，映襯地勢。㊲堂廡　堂下四周的房屋。堂，正房前臺階上的地方。㊳間廁　夾雜交錯。㊴譙　城上之高樓，用以瞭望。㊵措　安置；安放。㊶二千石　二千石俸祿的官。漢代郡守俸祿二千石。此指刺史。㊷楷法　楷模。

【語　譯】要在城郊建造幽深的山谷、不平的高山、淵深的池塘，就一定要搬運山石，挖掘澗谷，那就要攀越險阻，費盡人力，才有可能成功。雖然大家都想營造出天造地設的自然景致，卻都沒有人做到。不必勞動人力，能順著地形，保全它的自然狀態，這是以前所難辦到的，現在都在這裡出現了。

永州就在九疑山的山腳下。當初丈量土地的人，環山建城。這兒有巖石，但都埋沒在深草堆；有泉水，但也隱藏在泥土裡。這兒是毒蛇盤據、狸鼠出沒的地方，茂盛的樹和雜木、美麗的花和毒草雜亂地生長著，所以被人視為荒蕪的地方。

韋公到任一個月後，政事方面已經沒什麼可做。他看了這個地方，覺得很特別。這才叫人割除荒草，挖走泥土。荒草泥土堆積得像小山，流出來的泉水清澈見底。焚燒了荒草，疏通了泉水，奇異的景色便紛紛顯露出來，清濁有了區別，美醜也有了改變。看看這裡的樹木，是那麼清秀舒展；看看這裡的泉水，是那麼蕩漾迂迴。怪石密布，四周都是，有的成列，有的跪拜，有的站立，有的臥倒，洞穴曲折幽深，那些堆積的土山高聳突出。於是在這裡建造房屋，以便觀賞遊覽。各種設施，都配合著地形，映襯著地勢，在廳堂下展現它們的特色。外面有連綿的山巒和高原、長著林木的崖壁，錯綜排列，或隱或現，近處和綠野相接，遠處和藍天混一，這些景色，都會聚到門樓內來。

不久，韋公就邀請賓客進來參觀，接著又設宴娛賓。有人一面稱讚一面道賀說：「看了您的新堂，就知道您的志向。您順著地勢取得勝景，難道不是要順著習俗來達成教化嗎？您剔除醜陋選取美好，難道不是要剷除殘暴維護善良嗎？您清除汙濁讓流水清淨，難道不是要消除貪婪建立清廉的風氣嗎？您站在高處眺望遠方，難道不是要使家家得到安撫、戶戶受到教諭嗎？」如此，則這座新堂，哪裡只是為了草木、土石、水泉的適意呢？哪裡只是山巒原野樹林山麓的觀賞呢？是要讓接替韋公治理這個地方的人，看到小事而知道大事啊。我請求把這意思刻成石碑，安裝在牆壁上，作為後來刺史的楷模。

【研 析】本文可分四段。首段論在郊邑建造山水勝景之困難，只有永州韋使君新堂能輕易點化出天造地設的美景。第二段描述永州原來的荒蕪穢亂。第三段述韋使君整頓的經過與完成後的美景。第四段藉賓客的賀詞來讚揚韋使君此舉所寓含的仁政大義，並期勉後繼者效法；此為本文章旨之所在。

本文所述範圍實為永州郡圃。從寫景、敘事與議論中抒發了柳宗元的園林觀：其一，園林山水的創設不單為耳目肢體的悅適，尚具有化民成俗、助益治理的功能。這中間實為山水比德、山水悟道觀念的繼承與發揚。其二，一切創設活動都是在「既逾月，理甚無事」之後才著手的，顯示徜徉山水的樂趣仍以治平無事為前提。這是貶謫之人在追求逍遙自得的生活時難以放下的羈束。其三，「逸其人，因其地，全其天」與「求天作地生」等語充分表達了一切人為造設仍以因順自然為大原則的造園理念。其四，從二、三段前後的對照，可知在因順自然的原則下，相地工夫與人為點化的神奇效果。

實則韋使君整頓州治附近的景觀並築建新堂，其初衷應屬單純的改善居處環境，然而寫記刻石不得不賦以大義。但觀本文前三段的著墨與景觀煥然神奇的變化，可知柳宗元寫作的興味仍在前三段，與韋使君的心意是相應的。

# 鈷鉧潭西小丘記

【題 解】本文選自《柳河東集》。鈷鉧潭，永州（治所在今湖南零陵）境內染溪溪流中的一個小潭，形狀像鈷鉧（熨斗），故名鈷鉧潭。柳宗元貶官永州司馬，職事清閒，因此藉山水詩文排遣心情，寄託憤慨，寫下不少膾炙人口的文章，其中尤以「永州八記」最為後人稱道。八記依次為〈始得西山宴遊記〉、〈鈷鉧潭記〉、〈鈷鉧潭西小丘記〉、〈至小丘西小石潭記〉、〈袁家渴記〉、〈石渠記〉、〈石澗記〉、〈小石城山記〉，各自獨立而又前後聯貫。本文透過小丘景致的描述，寄託其貶官的心情。

得西山❶後八日❷，尋❸山口西北道二百步❹，又得鈷鉧潭。潭西二十五步，當湍❺而浚❻者為魚梁❼。梁之上有丘焉，生竹樹。其石之突怒偃蹇❽，負土而出❾，爭為奇狀者，殆❿不可數。其嶔然⓫相累⓬而下者，若牛馬之飲於溪；其衝然角列⓭而上者，若熊羆⓮之登於山。

丘之小不能⓯一畝，可以籠而有之⓰。問其主，曰：「唐氏之棄地，貨而不售⓱。」問其價。曰：「止⓲四百。」予憐⓳而售之⓴。李深源、元克己㉑時同游，皆大喜，出自意外。即更取器用㉒，剷刈㉓穢草㉔，伐去惡木㉕，烈㉖火而焚之。嘉木立，美竹露，奇石顯。由其中以望，則山之高、雲之浮、溪之流、鳥獸之遨遊，舉熙熙然㉗迴巧獻技㉘，以效㉙茲丘之下。枕席而臥，則清泠之狀與目謀㉚，瀯瀯㉛之聲與耳謀，悠然而虛者㉜與神謀，淵然而靜者㉝與心謀。不匝旬㉞而得異地者二㉟，雖古好事之士㊱，或未能至焉。

噫！以茲丘之勝，致之灃、鎬、鄠、杜㊲，則貴游之士㊳爭買者，日增千金而愈不可得。今棄是州也，農夫漁夫過而陋㊴之；賈㊵四百，連歲不能售。而我與深源、克己獨喜得之，是其果有遭㊶乎？書於石，所以賀茲丘之遭也。

【注釋】❶西山　山名。在湖南零陵西，瀟水支流染溪旁，自朝陽巖至黃茅嶺，綿亙數里。❷後八日　據〈始得西山宴遊記〉，得西山在唐憲宗元和四年（西元八〇九年）九月二十八日，則所謂後八日，當在是年十月上旬。❸尋　通「循」。沿著。❹步　古代長度名。各代不一，唐以周尺六尺四寸為步。❺湍　急流。❻浚　深。❼魚梁　一種捕魚的設置。用土石橫截溪流，留缺口以通水流，缺口可放置竹製的捕魚器具。❽突怒偃蹇　高聳突出的樣子。突怒，尖銳突出的樣子。偃蹇，高聳的樣子。❾負土而出　自土中突冒而出。負，背負。❿殆　幾乎。⓫嶔然　高聳的樣子。⓬累　堆聚；累積。⓭衝然角列　對立排列、直衝而上。衝然，直上的樣子。角列，如犄角般對立排列。⓮羆　動物名。體形大於熊，毛黑褐色，產於寒帶山麓間。⓯不能　不足；不到。⓰籠而有之　全部買下。籠，包舉；概括。⓱貨而不售　想賣而賣不出去。貨，出賣。售，賣出。⓲止　僅；只。⓳憐　愛惜。⓴售之　使之售出。即買下。㉑李深源元克己　皆人名。生平不詳。㉒器用　器具。㉓刈　割草。㉔穢草　雜草。㉕惡木　形狀不佳的樹木。㉖烈　放火燒。㉗熙熙然　和樂的樣子。㉘迴巧獻技　表現其巧妙與特色。迴，操作。㉙效　呈現。㉚清泠之狀與目謀　清新涼爽的情狀充滿眼前。泠，清涼。謀，交往接觸。㉛瀯瀯　水流聲。㉜悠然而虛者　悠閒空靈的情境。㉝淵然而靜者　深沉靜謐的氣氛。淵然，深沉的樣子。㉞不匝旬　不滿十日。匝，滿。旬，十日。㉟得異地者二　得到二處風景佳勝之地。二，指鈷鉧潭及此小丘。㊱好事之士　本指好製造事端者。此指喜好山水風雅者。㊲灃鎬鄠杜　皆地名。唐時皆在京師長安之郊。灃，水名。此借為酆，地名，故城在今陝西鄠縣東。鎬，故城在今陝西西安西南。鄠，今陝西鄠縣。杜，在今陝西長安縣南。㊳貴游之士　本指不任官職的王公貴族。此指達官富豪。㊴陋　鄙視；看輕。㊵賈　價錢。㊶遭　遭遇；運氣。

【語譯】發現西山後第八天，沿著山口一條向西北去的路，走了二百步，又發現鈷鉧潭。潭的西邊大約二十五步，在流急水深的地方，是一座魚梁。魚梁上方有一座小丘，長著竹子和樹木。小丘上的石頭，高聳突出、從土裡冒出來表現出各種奇奇怪怪的樣子，多得幾乎數不清。有的高聳相疊延伸而下，好像一群牛馬到溪邊飲水一樣；有的分立並排向上衝，好像一群熊羆向山上攀登。

小丘的大小還不到一畝，可以全買下來。打聽它的主人，人家告訴我說：「這是唐家的荒地，想賣而賣不出去。」我問它的價錢，那人回答說：「只要四百錢。」我很喜歡這塊地，就把它買了下來。李深源、元克己當時和我一道，都很高興，認為出乎意料之外。接著大家就拿了工具，剷除雜草，砍掉雜樹，放火燒了。於是，美好的樹木、漂亮的竹子、奇異的石頭，就都顯現出來。從小丘中向四周眺望，那山的高聳、雲的飄浮、溪的流動、鳥獸的遨遊，統統都很和樂地在這座山丘的四周，極力表現出各自的巧妙和特色。躺在那兒，眼睛看到的是清涼的情狀，耳朵聽到的是潺潺的水聲，精神接觸到的是悠閒空靈的情境，心靈感受到的是深沉靜謐的氣氛。不到十天就發現兩處風景美好的地方，即使是古代喜歡山水風雅的人，恐怕也做不到。

唉！以這小丘的勝景，如果移到京師附近的灃、鎬、鄠、杜去，那麼，那些達官富豪一定爭著去買，即使每天增加千金，恐怕都買不到吧。現在卻被拋棄在這個州，連農夫漁夫經過這兒，都看不起它。開價只有四百錢，一連好幾年都賣不出去。惟獨我和深源、克己，很高興能得到它，這難道真有所謂運氣存在嗎？我把這經過寫在石頭上面，用來慶賀這座小丘的遭遇。

【研　析】本文可分三段。首段記小丘的位置，及丘上的怪石景觀。二段記買下小丘，加以整理，由其中觀賞所得的樂趣。末段感歎小丘之棄置荒廢，並賀其得主。

本文作於唐憲宗元和四年（西元八〇九年）十月初，時作者貶官已五年。政治上的挫折感，在永州幽麗的山水奇景中，似已得到一些撫慰，所以在小丘中可以看到「熙熙然」的高山、浮雲、溪流、鳥獸，可以感覺到周遭的「清泠之狀」、「瀯瀯之聲」，以及「悠然而虛」、「淵然而靜」的氣氛。但其改革政治，裁抑奸佞的平生抱負，卻猶未忘懷，所以丘中之石，如牛馬、如熊羆般，它們「負土而出，爭為奇狀」，它們或「嶔然相累」，或「衝然角列」，而都「突怒偃蹇」，充滿著強韌張揚的生命力；丘中的「穢草」、「惡木」，作者不但加以剷刈砍伐，又「烈火而焚之」，表現出一股「嫉惡如仇」、「除惡務盡」的堅持。而貶官的挫折，似乎也並未對他造成信心的打擊，故「連歲不能售」的小丘，一旦「致之灃鎬鄠杜」，他認為必然為貴游之士所爭買，且身價日增。而末段對小丘得主的致賀，雖含自悼，但所悼者是懷才不遇，而非自我懷疑或否定。小丘原本多年荒蕪，無人過問，而今卻有作者的賞識，是真值得賀喜；反過來說，作者遠貶蠻荒，悠悠五載，迄未見平反，顯見朝廷政治之不公，人才之閒置浪費，是社稷之大不幸，此則自悼之餘，有著更多的憤慨。

全文名為寫丘、寫石，實則藉丘、藉石以寫人，故景中句句寓情，情景交融，人丘為一，這正是柳宗元山水遊記之被後人高度推崇的原因。

## 小石城山記

【題　解】本文選自《柳河東集》。小石城山在永州（治所在今湖南零陵）西山北側、黃茅嶺下，是柳宗元發現的一處景點。本文是「永州八記」（參見〈鈷鉧潭西小丘記〉題解）的最後一篇，作於柳宗元永州十年的末期。十年來困守南荒，精神體力均極困頓，因此，文章透過小石城山的瑰麗勝景，表現了對造物者之有無的矛盾、疑惑的心情。

自西山❶道口徑北❷，踰❸黃茅嶺而下，有二道。其一西出，尋之無所得。其一少❹北而東，不過四十丈，土斷而川分，有積石橫當其垠❺。其上為睥睨❻、梁欐❼之形，其旁出堡塢❽，有若門焉。窺之正黑❾，投以小石，洞然❿有水聲，其響之激越⓫，良久乃已。環之可上，望甚遠。無土壤而生嘉樹美箭⓬，益奇而堅，其疏數⓭偃仰⓮，類智者所施設也。

噫！吾疑造物者之有無久矣。及是，愈以為誠有。又怪其不為之於中州⓯，而列是夷狄⑯，更千百年不得一售其伎，是固勞而無用。神者儻⑰不宜如是，則其果無乎？或曰：「以慰夫賢而辱於此者。」或曰：「其氣之靈，不為偉人，而獨為是物，故楚⑱之南，少人而多石。」是二者，余未信之。

【注釋】❶西山　山名。在湖南零陵西，瀟水支流染溪旁，自朝陽巖至黃茅嶺，綿亙數里。❷徑北　一直往北。徑，直接；一直。❸踰　越過。❹少　稍微。❺垠　邊；界。❻睥睨　亦作「埤堄」。城上的短牆。排列如鋸齒，有小孔以望城外。❼梁欐　屋梁。欐，正梁。❽堡塢　堡壘。❾正黑　純黑；全黑。❿洞然　形容回聲深邃。⓫激越　聲音清脆深遠。⓬箭　一種竹名。此指竹。⓭數　稠密。⓮偃仰　俯仰；高低。⓯中州　中原。⓰夷狄　古代稱漢族以外的兩種民族。此指荒遠之地。⓱儻　似乎；或許。⓲楚　楚國。春秋、戰國時代國名。永州地屬古代楚國疆域。

【語譯】從西山的路口一直往北，越過黃茅嶺下去，有兩條路。一條向西，沿路探尋，找不到好的景觀。另一條稍稍偏北又轉向東，不過四十丈遠，地勢中斷，水流分開，有積石擋在路的盡頭。它的上面像城牆、屋梁的形狀，旁邊有天然的堡塢，好像門一般。朝裡面一望，黑黝黝一片，拿小石塊投進去，回聲深邃像是落在水裡，聲音清脆深遠，很久才停止。繞著堡塢可以走到上面去，那兒可以看得很遠。上面沒有泥土，卻長著好看的樹和竹子，長得特別的奇異堅挺，或疏或密、或俯或仰，像是聰明人特意布置的。

唉！我疑心造物者的有無已經很久了。看到這些，更加相信確實是有的。但是又奇怪造物者為何不把這些安排在中原，卻安排在這荒遠的地方。經過幾千百年都不能展現它優美的姿態，這真是勞而無功的事。神似乎不會這樣，那麼是真的沒有造物者嗎？有人說：「這是用來安慰那有賢才而辱沒在這裡的人的。」有人說：「這種天地的靈氣，不創造偉人，卻創造這種美景，所以楚的南方，缺少偉人，卻多出奇石。」這兩種說法，我都不相信。

【研　析】本文可分二段。首段描繪小石城山的地形、景色。末段抒發感觸，以美景間接議論賢才的遇合問題。

作者認為優美奇妙的景色理應列於中州，理應受到賞識，才算發揮其「用」。這樣的論點非常奇特，其實是隱含著人才遇合進退的喻意。這顯現出作者對於是否受到賞識任用、是否能發揮長才等十分在意，所以見奇石棄置僻壤便油然而生同情之心。

作者在末段先以小石城山的奇美認定真有造物者，推翻前此的懷疑，繼而又因將此美景列於夷狄、勞而無用再度懷疑造物者的存在。在短短文字中肯定與懷疑交迭，其內心的矛盾和疑惑可謂相當強烈，這正與司馬遷〈伯夷列傳〉「儻所謂天道，是邪非邪」的心境相似，都反映出傳統士大夫將生命價值建立在與君王的遇合上所衍生的疑惑與怨悶。

# 賀進士王參元失火書

**【題解】** 本文選自《柳河東集》。王參元，唐濮州（今河南濮縣西）人，憲宗元和二年（西元八〇七年）中進士。王參元未中進士前，因家境富有，以致眾人避嫌，不敢推舉，故長期科場失利。柳宗元得知王家遭火災而破財，寫這一封信向他道賀，預祝其家財耗損後，真才實學得以顯白而為世人所知，繼而科場得意，大有作為。

得楊八❶書，知足下❷遇火災，家無餘儲❸。僕❹始聞而駭，中而疑，終乃大喜，蓋將弔❺而更以賀也。道遠言略，猶未能究❻知其狀，若果蕩❼焉泯❽焉而悉無有，乃吾所以尤賀者也。

足下勤奉養❾，樂朝夕，惟恬安❿無事是望也。今乃有焚煬⓫赫烈⓬之虞⓭，以震駭左右⑭，而脂膏滫瀡⑮之具，或以不給⑯。吾是以始而駭也。凡人之言，皆曰：「盈虛倚伏⑰，去來之不可常。」或將大有為也，乃始厄困震悸⑱，於是有水火之孽⑲，有群小之慍⑳。勞苦變動，而後能光明，古之人皆然。斯道遼闊誕漫㉑，雖聖人不能以是必信，是故中而疑也。

以足下讀古人書，為文章，善小學㉒，其為多能若是，而進不能出群士之上，以取顯貴者，蓋無他焉。京城人多言足下家有積貨㉓，士之好廉名者皆畏忌，不敢道足下之善，獨自得之，心蓄之，銜忍而不出諸口。以公道之難明，而世之多嫌㉔也。一出口，則嗤嗤㉕者以為得重賂。

僕自貞元㉖十五年見足下之文章，蓄之者蓋六、七年未嘗言。是僕私一身而負公道久矣，非特負足下也。及為御史、尚書郎，自以幸為天子近臣，得奮其舌，思以發明㉗足下之鬱塞㉘。然時稱道於行列㉙，猶有顧視而竊笑者。僕良恨修己之不亮，素譽㉚之不立，而為世嫌之所加，常與孟幾道㉛言而痛之。

乃今幸為天火之所滌盪，凡眾之疑慮，舉為灰埃。黔㉜其廬，赭㉝其垣㉞，以示其無有，而足下之才能乃可以顯白而不汙，其實出矣。是祝融、回祿㉟之相㊱吾子也。則僕與幾道十年之相知，不若茲火一夕之為足下譽也。宥㊲而彰之，使夫蓄於心者，咸得開其喙㊳；發策決科者㊴，授子而不慄㊵。雖欲如嚮之蓄縮㊶受侮，其可得乎？於茲吾有望乎爾，是以終乃大喜也。

古者列國有災，同位者皆相弔。許不弔災，君子惡之㊷。今吾之所陳若是，有以異乎古，故將弔而更以賀也。顏、曾㊸之養，其為樂也大矣，又何闕焉！

【注　釋】❶楊八　楊敬之。排行第八，故稱楊八。柳宗元之親戚，王參元之好友。❷足下　稱人的敬辭。通常用於平輩。❸儲　蓄積。❹僕　自稱的謙辭。❺弔　慰問。❻究　詳盡。❼蕩　毀損。❽泯　盡；徹底。❾奉養　供養父母。❿恬安　平安。⓫焚煬　焚燒。⓬赫烈　火勢猛烈。⓭虞　災害。⓮左右　稱人的敬辭。不敢直指對方，而稱其左右執事之人，表示敬意。⓯脂膏滫瀡　調和飲食。《禮記・內則》：「滫瀡以滑之，脂膏以膏之。」脂膏，肉類的脂肪。滫瀡，淘米汁。古人用淘米汁浸泡食物使柔滑。⓰不給　不備；無法供應。給，備。⓱盈虛倚伏　盈虛互相依存，互相轉化。盈虛，指盛衰、吉凶、禍福、得失等。《老子》：「禍兮福之所倚，福兮禍之所伏。」⓲震悸　驚恐。⓳孽　禍殃。⓴慍　怨恨。㉑誕漫　廣大而無邊際。㉒小學　研究文字形音義的學問。㉓貨　錢財。㉔嫌　猜疑。㉕嗤嗤　嘲笑的樣子。㉖貞元　唐德宗年號。西元七八五～八〇五年。㉗發明　表明；說明。㉘鬱塞　困頓不順。㉙行列　指同僚。㉚素譽　平時之聲譽。㉛孟幾道　孟簡。字幾道，平昌（今四川平昌）人，進士，官至山南東道節度使。㉜黔　黑色。此用為動詞。燒黑。㉝赭　紅色。此用為動詞。燒紅。㉞垣　牆壁。㉟祝融回祿　皆火神名。㊱相　幫助。㊲宥　通「佑」。幫助。㊳喙　本指鳥嘴。此指人嘴。㊴發策決科者　指主考官發策，出策發問以考諸士。即出題目。決科，指錄取。㊵慄　畏懼。㊶蓄縮　畏忌退縮。㊷許不弔災二句　《左傳・昭公十八年》記宋、衛、陳、鄭四國發生火災，許國不弔災，君子以此知許將先亡。㊸顏曾　顏回與曾參。皆孔子弟子，顏回能安貧，曾參能孝養父母。

【語　譯】接到楊八的信，知道您遭到火災，家裡財物一點也不剩。我初聞大吃一驚，接著有點懷疑，最後卻非常高興，本來想慰問您而改為道賀了。由於路遠信裡說得又簡略，還不能詳盡知道確實的情況，如果真的燒得精光，一點也不剩，那我就格外要向您道賀了。

您勤謹地奉養父母，快樂地過日子，只希望平安無事。現在竟然有猛火烈焰的災難，使您受到驚嚇，而調和飲食的物品，可能因此無法供應。所以我起初大吃一驚。人們常說：「盛衰互相倚伏，來去沒有一定。」或許您將要有大作為，所以先要遭到困厄驚恐，於是有水火的禍殃，有小人的懷恨。經歷勞苦變動，到最後才能有光明。古人都是這樣的。不過這個道理很深遠廣大，即使聖人也不敢認為這是一定可信的，所以接著我就起了懷疑。

以您讀古人書，會寫文章，又擅長文字學，這樣的多才多藝，可是在做官進取方面卻不能超過眾人，而取得顯達富貴，這實在沒有別的緣故，而是京城裡的人多說您家裡很有錢，那些喜歡清廉名聲的人都有所畏懼顧忌，不敢稱道您的才能，他們只是自己明白，藏在心裡，隱忍著不敢說出來。因為公道很難明白，而世人又多猜疑啊。一說出來，喜歡嘲笑別人的人就以為他一定得到很多的賄賂。

我從貞元十五年看到您的文章，隱藏在心裡已有六、七年了，一直不敢公開稱道您。那是我只顧自己而違背公道已經很久了，不僅僅對不起您而已。等到做了御史、尚書郎，自以為僥倖做了天子的近臣，能夠有機會開口說話，很想表白您的困頓不順。但是有時在同僚中稱道您，還有人你看我我看你的在背地裡笑我。我深恨自己的修養不好，平時的聲譽沒有建立起來，而被世人所猜疑，我常常跟孟幾道談起，都感到痛心。

現在幸而被一場大火燒得乾乾淨淨，所有眾人的疑慮，全都變為灰燼。大火燒黑您的房子，燒紅您的牆壁，來表示您已經一無所有，這樣，您的才能才可以顯露出來而不被玷汙，實情就可以顯現了。那是火神祝融、回祿在幫助您哩。我和孟幾道與您十年的相知，竟比不上這場火災在一夜之間造成了您的名譽啊。這場火災幫助您，讓您的真才和實情顯露出來，使那些隱藏在心裡不敢說的人，都能夠開口了；那些主持考試的官員，給您功名，也不會害怕。即使想要和以前一樣隱忍畏縮，擔心受人家的譏笑，還有可能嗎？在這方面，我對您懷著很大的希望，所以到最後我就非常高興了。

古時候，各國有災難，同樣爵位的諸侯都會互相慰問。有一次，許國不派人慰問宋、衛、陳、鄭等國的災難，君子都厭惡許國。現在我所陳述的情況卻是如此，和古代有所不同，所以本來要慰問您，又改作向您道賀。至於曾子和顏回，對父母的奉養也不豐富，但他們卻是非常快樂的，又有什麼不足的呢！

【研　析】本文可分六段。首段言致書目的在賀王參元之失火。「始聞而駭，中而疑，終乃大喜，蓋將弔而更以賀也」是全文的綱目，為以下各段之所本，而重點尤在於喜而賀。二段言「駭」和「疑」。王參元勤於奉養，今遭大火，或將飲食不給，此其所以「駭」；世事「盈虛倚伏」，王參元或將因而大有作為，此理「遼闊誕漫」，此其所以「疑」。三至六段說明其所以喜而賀。三段言王參元素多才勤學，而迄不能取顯貴，乃因其「家有積貨」，世人避嫌，不敢稱揚之。四段自言雖嘗稱道王參元，但為同列所竊笑。五段言王參元此次受災破財，或將使人勇於稱揚之、薦舉之，而不必顧忌。六段收束全文，以王參元遭遇異於古時，「故將弔而更以賀」。

綜觀全文，作者其實是以「盈虛倚伏，去來之不可常」的觀點，安慰王參元的失火破財，並預祝王參元在家財耗損之後，其才能「可以顯白而不汙」，能科場得意，大有作為，其用心可謂良苦。但作者在書信一開始，卻給人疑惑錯愕的感覺，用始駭、中疑、終喜而賀，顛覆了世俗對於災害的觀感，這是本文非常奇特的地方。深層來看，這個「賀」字是有其背景的，其根源在於「公道之難明，而世之多嫌」。科舉取才的最大優點在於公平，王參元「多能」而久困，原因是他多財，使稱道者、薦舉者因避嫌而有所顧忌，這對王參元而言，就是不公平，因此使作者為他抱屈，為他心痛，如今王參元仕進的障礙既除，當然值得喜、值得賀了。過商侯以「奇情恣筆」評此文：奇則奇矣，但在這奇特的文筆、論調中，是否深藏著作者對於世道的諷刺呢？

# 王禹偁

王禹偁（西元九五四～一〇〇一年），字元之，北宋濟州鉅野（今山東鉅野）人。太宗太平興國八年（西元九八三年）中進士。累官至禮部員外郎，知制誥。真宗朝，參預修纂太宗實錄，因與宰相張齊賢、李沆意見不合，出知黃州（治所在今湖北黃岡），後徙蘄州（治所在今湖北蘄春），未踰月卒於任上。王禹偁出身貧寒而為官清廉，秉性剛正而不畏權勢，為官八年而三度遭貶官，曾作〈三黜賦〉以明志。其詩宗杜甫、白居易，內容多反映現實，語言平易流暢，風格簡雅古淡。其文繼承中唐韓、柳，以宗經復古為職志，內容充實而文從字順。是北宋初期的詩文大家。有《小畜集》。

## 待漏院記

【題解】本文選自《小畜集》。古代百官清晨準備朝見天子，謂之待漏。待漏院是唐、宋時期宰相等待上早朝休息的地方。始設於唐憲宗元和（西元八〇六～八二〇年）年間。漏，古代的計時器。本文旨在強調宰相身繫一國之政，萬人之命，待漏之際，當思如何公忠勤政，造福萬民，不當私心自用，禍國殃民，尤不當尸位素餐，無所作為。

天道不言，而品物亨❶，歲功❷成者，何謂也？四時之吏❸，五行❹之佐，宣❺其氣矣。聖人❻不言，而百姓親，萬邦寧者，何謂也？三公❼論道，六卿❽分職，張⑨其教矣。是知君逸於上，臣勞於下，法乎天也。古之善相⑩天下者，自咎、夔⑪至房、魏⑫，可數也。是不獨有其德，亦皆務於勤爾。況夙興夜寐⑬，以事一人，卿大夫猶然，況宰相乎？

朝廷自國初因舊制，設宰臣待漏院於丹鳳門⑭之右，示勤政也。至若北闕⑮向曙⑯，東方未明，相君⑰啟行，煌煌⑱火城⑲；相君至止，噦噦⑳鑾㉑聲。金門㉒未闢㉓，玉漏㉔猶滴；徹蓋㉕下車，于焉以息。待漏之際，相君其有思乎？

其或兆民㉖未安，思所泰㉗之；四夷未附，思所來之；兵革㉘未息，何以弭㉙之；田疇㉚多蕪，何以闢㉛之；賢人在野，我將進之；佞臣㉜立朝，我將斥㉝之；六氣㉞不和，災眚㉟薦㊱至，願避位以禳㊲之；五刑㊳未措㊴，欺詐日生，請修德以釐㊵之。憂心忡忡㊶，待旦而入。九門㊷既啟，四聰㊸甚邇㊹。相君言焉，時君納焉。皇風㊺於是乎清夷㊻，蒼生㊼以之而富庶。若然，則總百官，食㊽萬錢，非幸也，宜也。

其或私讎未復，思所逐之；舊恩未報，思所榮之；子女㊾玉帛，何以致之；車馬器玩，何以取之；姦人附勢，我將陟㊿之；直士抗言(51)，我將黜(52)之；三時(53)告災，上有憂色，構巧詞以悅之；群吏弄法，君聞怨言，進諂容以媚之。私心慆慆(54)，假寐(55)而坐。九門既開，重瞳(56)屢迴(57)。相君言焉，時君惑焉。政柄于是乎隳(58)哉，帝位以之而危矣。若然，則死下獄，投遠方，非不幸也，亦宜也。是知一國之政，萬人之命，懸于宰相，可不慎歟！復有無毀無譽，旅進旅退(59)，竊位而苟祿，備員(60)而全身者，亦無所取焉。

棘寺(61)小吏王禹偁為文，請誌院壁，用規(62)於執政者。

【注釋】❶品物亨　萬物順利生長。品物，萬物；眾物。亨，通達。❷歲功　一歲之收成。❸四時之吏　掌四時之神。謂春勾芒、夏祝融、秋蓐收、冬玄冥之神。❹五行　金木水火土。❺宣　疏通。❻聖人　指皇帝。❼三公　《尚書．周官》以太師、太傅、太保為三公。此指宰相。唐代以尚書、中書、門下三省分掌相權。❽六卿　《尚書．周官》以冢宰、司徒、宗伯、司馬、司寇、司空為六卿。此指六部長官。唐代尚書省設吏、戶、禮、兵、刑、工六部，相沿至清。❾張　宣揚；推展。❿相　佐理；輔助治理。⓫咎夔　皆舜臣。咎，皋陶。舜時掌刑獄。夔，舜時掌音樂。⓬房魏　房玄齡、魏徵。皆唐太宗時之賢相。⓭夙興夜寐　早起晚睡。形容勤勉。⓮丹鳳門　宋代皇城的南門。⓯北闕　宮殿北門上的望樓。⓰向曙　天快亮的時候。⓱相君　尊稱宰相。⓲煌煌　明亮的樣子。⓳火城　指宰臣早朝時的燈火儀仗，猶如火城。⓴噦噦　形容節奏清晰的車鈴聲。㉑鑾　車鈴。㉒金門　用黃金裝飾的門。指宮門。㉓闢　開啟。㉔玉漏　有寶玉裝飾的漏壺。㉕徹蓋　撤下傘蓋。徹，除去。蓋，車傘。㉖兆民　百姓；人民。兆，極言其多。㉗泰　安。㉘兵革　指戰爭。兵，武器。革，皮製的甲冑。㉙弭　平息。㉚田疇　田地。疇，已耕的田地。㉛闢　開墾。㉜佞臣　阿諛諂媚之臣。㉝斥　斥退。㉞六氣　指陰、陽、風、雨、晦、明。㉟災眚　災禍。眚，災禍。㊱薦　通「洊」。接連。㊲禳　祈求消災的祭禱。㊳五刑　五種刑法。唐代以笞、杖、徒、流、死為五刑，沿用至清代。㊴措　棄置不用。㊵釐　治理。㊶忡忡　憂心不安的樣子。㊷九門　古代天子九門：路門、應門、雉門、庫門、皋門、城門、近郊門、遠郊門、關門。此泛指宮門。九，言其多。㊸四聰　四方的聽聞。天子須廣聽四方反映，以決策發令，故此指天子而言。㊹邇　近。㊺皇風　政風。㊻清夷　清平。夷，平。㊼蒼生　百姓。㊽食　俸祿。

㊾子女　男女。指奴婢侍妾等。㊿陟　擢升；進用。(51)抗言　直言。(52)黜　斥退；降官。(53)三時　指春夏秋農忙之時。(54)慆慆　放縱無度。(55)假寐　不脫衣冠而睡。(56)重瞳　指皇帝的眼睛。相傳舜目有雙瞳人。(57)迴　回頭看。(58)隳　毀敗；敗壞。(59)旅進旅退　謂眾人進則進，眾人退則退。即與眾人共進退。旅，眾。(60)備員　聊以充數。(61)棘寺　指大理寺。掌刑獄的最高官署。相傳上古在棘木之下審斷案件，故稱。王禹偁曾官大理評事，後又以左司諫、知制誥判大理寺。(62)規　規勸；勸戒。

【語　譯】上天並不說話，但是萬物都能順利生長，年年都能有收成，這是什麼道理呢？因為有四季五行的神相輔佐，代替上天疏通節氣。皇帝也不說話，但是百姓都能和睦，萬國都能安寧，這是什麼道理呢？因為有三公討論治國的原則，六卿分別掌理各種職務，推展了皇上的政教。由此可以知道，在上面的君主很安逸，在下面的臣子很勞苦，這是效法天道。古代善於輔佐天子治理天下的人，從舜時的皋陶、夔，到唐代的房玄齡、魏徵，可以一一數得出來。他們不但有德行，也都專力於勤勞工作。況且早起晚睡，來事奉君主，卿大夫尚須如此，何況宰相呢？

本朝自立國開始就沿襲前代制度，在丹鳳門的右邊設置了宰相的待漏院，表示對政事的勤勞。當北闕將近天亮，東方還未發白的時候，宰相就已出發上朝，道路上炬火通明好像火城一樣。宰相一到，只聽到一陣噦噦的車鈴聲。這時宮門還沒開，玉漏還在滴水；於是便撤去車上的傘蓋，宰相下車來，在待漏院裡休息。在等待上朝時，宰相應該有所思考吧！

或者想的是人民還未安定，該怎樣使他們安定下來；四方夷狄還沒有全部歸附，該怎樣使他們來歸附；戰亂還沒有停止，該怎樣使它平息；田地還有很多荒蕪，該怎樣加以開墾；賢能的人還有在山野的，我要引進他們；奸邪的人還有在朝的，我要斥退他們；陰、陽、風、雨、晦、明等六氣不調和，災禍一再發生，我願意讓位以祈求上天消除災禍；五刑還不能廢止，欺詐的事每天都在發生，願意修明德行來治理它。所以滿心憂慮不安，等待天亮入朝。宮門開啟，聖明的天子就在眼前。這時宰相奏事，皇帝採納。政風因此而清平，百姓因此而富庶。如果這樣，那麼他總管百官，享受優厚的俸祿，並非僥倖，是應該的。

或者想的是私仇還未報復，要怎樣驅逐仇人；舊恩還未報答，要怎樣使恩人榮顯；奴婢侍妾、美玉絲帛，要怎樣才可以弄到；車馬玩器，要怎樣才可以取得；依附我的奸人，我要提拔他們；直言的正人君子，我要罷黜他們。春夏秋三季發生災害，君主顯出憂慮的臉色，要編造一些巧妙的話讓他高興；官吏玩弄法令，君主聽到怨言，要表現諂諛的樣子去討好他。滿懷私心，坐在那兒打盹。宮門開啟，君主一再注視。這時，宰相說話了，君主也被迷惑了。政權因此而敗壞，帝位因此而危險。如果這樣，那麼判他死罪，關進監獄，或放逐到遠方去，並非不幸，也是應該的。

可見，一個國家的政治，千萬人的生命，都決定在宰相身上，怎麼可以不謹慎呢！此外還有一種人，既沒有人毀謗他，也沒有人稱讚他，跟著眾人一起進退，竊取高位，苟得俸祿，聊以充數而只知保身，這種人也是沒有什麼可取的。

大理寺小吏王禹偁作這篇文章，請記在待漏院的牆壁上，用來規勸執政者。

【研　析】本文可分六段。首段說明君逸臣勞是天道的表現，自古賢相，既有其德，又皆能勤政。第二段說明設待漏院的目的。末二句「待漏之際，相君其有思乎」，開啟以下賢相、奸相的不同思惟。第三段設想賢相在待漏院憂思國事的情形。第四段設想奸相在待漏院巧思媚上斥仇的情形。第五段收束上二段對賢奸者的設想，結出宰相責任重大，並斥竊位苟祿者之不可取。第六段說明此文規勸的意旨。

本文首段揭示宰相「勤」於政乃合乎天道的表現，用此勤勞之意貫串全文。因待漏院等待上朝的時間不長，善加運用，正是勤政的表現。然而待漏之際勞思苦慮的卻有公私之別，賢奸於焉見矣。作者以三、四兩段的強烈對比，將賢奸者的心態深刻披露，肯定賢相而斥責奸相。賢者使皇風清夷、蒼生富庶，奸者使政柄隳、帝位危，然則待漏之際雖短，待漏院雖小，其功用影響之大且遠，豈可等閒視之。

本文既刻誌於待漏院壁，則當時宰相在待漏之際均得見之。而所有宰相均不出作者所述的賢、奸、竊位苟祿三類，亦即每位宰相都可以在此文中看到自己的心思，昭然若揭，進而產生勸勉或箴戒的效應。這正是作者的期待。

過商侯說：「通篇出力，只寫一勤字。勤字下得好，正與待漏待字恰恰相當。相君有思，亦是待漏時所必有之想，寫得森嚴可畏，有體有裁，宜與溫公〈諫院題名記〉並垂。」

# 黃岡竹樓記

**【題解】** 本文選自《小畜集》，篇名原作〈黃州新建小竹樓記〉。北宋真宗咸平元年（西元九九八年），王禹偁因參與修撰太祖實錄，與宰相意見不合，被貶為黃州（治所在今湖北黃岡）知州。到任後在子城西北角蓋小竹樓，以覽觀水色山光，作為公餘休閒之用。乃作此文以記之，表現出幽閒自適、隨遇而安的生活品味。

黃岡之地多竹，大者如椽❶。竹工破之，刳❷去其節，用代陶瓦❸。比❹屋皆然，以其價廉而工省也。

子城❺西北隅，雉堞❻圮毀❼，蓁莽荒穢❽。因作小樓二間，與月波樓❾通。遠吞山光❿，平挹江瀨⓫，幽闃遼夐⓬，不可具狀⓭。夏宜急雨，有瀑布聲；冬宜密雪，有碎玉聲；宜鼓琴，琴調和暢；宜詠詩，詩韻清絕；宜圍棋，子聲丁丁⓮然；宜投壺⓯，矢⓰聲錚錚⓱然。皆竹樓之所助也。

公退之暇，被鶴氅⓲衣，戴華陽巾⓳，手執《周易》一卷，焚香默坐，消遣⓴世慮。江山之外，第㉑見風帆沙鳥，煙雲竹樹而已。待其酒力醒，茶烟歇，送夕陽，迎素月。亦謫㉒居之勝概㉓也。彼齊雲㉔、落星㉕，高則高矣；井幹㉖、麗譙㉗，華則華矣。止於貯妓女，藏歌舞，非騷人㉘之事，吾所不取。

吾聞竹工云：「竹之為瓦，僅十稔㉙。若重覆之，得二十稔。」噫！吾以至道乙未歲㉚，自翰林出滁上㉛；丙申㉜，移廣陵㉝；丁酉㉞，又入西掖㉟。戊戌㊱歲除日㊲，有齊安㊳之命，己亥㊴閏三月到郡。四年之間，奔走不暇，未知明年又在何處，豈懼竹樓之易朽乎？幸後之人與我同志，嗣而葺㊵之，庶斯樓之不朽也。

咸平二年八月十五日記。

【注釋】❶椽　承托屋瓦的圓木。❷刳　挖空。❸陶瓦　泥土燒成的瓦。❹比　並列；相連。❺子城　附屬於大城的小城。❻雉堞　城上凹凸相連如齒狀的矮牆。❼圮毀　倒塌毀壞。❽蓁莽荒穢　雜草叢生，髒亂不堪。蓁，草茂盛的樣子。莽，草。荒穢，蕪雜紛亂的樣子。❾月波樓　城樓名。王禹偁所建，在黃岡城上。❿山光　山的景色。⓫平挹江瀨　平目而望，湍急的江水如被竹樓所牽引。挹，牽引。瀨，急流。⓬幽闃遼敻　幽靜而遼闊。闃，寂靜。敻，遙遠。⓭具狀　一一形容。⓮丁丁　形容棋子落盤的聲音。⓯投壺　古代飲宴時的一種遊戲。以長頸的壺為目標，將箭形的籌投進去，以進籌的多少為勝負，負者罰酒。見《禮記．投壺》。⓰矢　指投壺用的箭形的籌。⓱錚錚　形容金屬相擊的聲音。⓲鶴氅　用鶴羽編製而成的外套。氅，以鳥羽所製的外套。⓳華陽巾　道士或隱士所戴的一種頭巾。⓴消遣　排遣；消除。㉑第　只有；僅有。㉒謫　降官職或放逐到遠地。㉓勝概　佳趣；勝事。㉔齊雲　樓名。唐代曹恭王所建，在吳縣（今江蘇吳縣）子城上。㉕落星　樓名。三國時代孫權所建，在金陵（今江蘇南京）東北落星山上。㉖井幹　樓名。漢武帝所建，在建章宮北，高五十丈，樓以木造，轉相交架如井欄，故名。幹，通「韓」。井上欄干。㉗麗譙　樓名。曹操所建。譙，通「譙」。高峻的樣子。㉘騷人　詩人。屈原作〈離騷〉，後世因稱詩人為騷人。㉙稔　年。古代穀一熟稱稔，故用指一年。㉚至道乙未歲　指北宋太宗至道元年（西元九九五年），歲次乙未。㉛自翰林出滁上　從翰林學士罷為工部郎中，出知滁州。滁上，滁州。州治在今安徽滁縣。㉜丙申　北宋太宗至道二年。㉝廣陵　州名。州治在今江蘇揚州。㉞丁酉　北宋太宗至道三年。㉟西掖　指中書省。在禁中西側，故稱。㊱戊戌　北宋真宗咸平元年（西元九九八年）。㊲除日　除夕。㊳齊安　郡名。宋時屬黃州。㊴己亥　北宋真宗咸平二年。㊵葺　修理；維修。

【語　譯】黃岡盛產竹子，大的好像屋椽一樣。竹工剖開它，挖空竹節，用來代替土燒的瓦。家家如此，因為它價錢便宜又省工。

子城的西北角，矮牆傾覆毀壞，長滿雜草，髒亂不堪。因此我在這裡蓋了兩間小樓，和月波樓相通。從樓上遠望，高處的山野風光盡入小樓，低處的江水湍急奔流而來，既幽靜，又遼闊，無法一一形容。夏天合適下急雨，聽起來好像瀑布聲；冬天最好是下密雪，聽起來好像碎玉聲；適合彈琴，琴調和順舒暢；適合吟詩，詩韻清麗無比；適合下圍棋，棋子發出丁丁的聲響；適合玩投壺，竹箭發出錚錚的聲音。這都是因為竹樓的幫助。

公餘閒暇時，身上披件鶴氅衣，頭上戴頂華陽巾，手拿一本《周易》，點上香默默地坐著，可以排遣世俗的煩惱。山光水色以外，只見風帆、沙鳥、煙雲、竹樹而已。等到酒醒，茶煙消盡，目送夕陽，迎接明月。這些，也算是貶官生涯的佳趣啊。

那齊雲、落星二樓，高是夠高了；井幹、麗譙二樓，華麗也是夠華麗了。然而只有妓女，只有歌舞，那不是詩人的事，我不屑去做。

我聽竹工說：「竹瓦只能用十年，如果蓋上雙層，就能用二十年。」唉！我在至道乙未年，從翰林被貶到滁州；丙申年，調到廣陵；丁酉年，再入中書省；戊戌年除夕，又奉派齊安，己亥年閏三月到齊安郡。四年之間，奔走不停，不知道明年又會在什麼地方，還怕竹樓容易腐朽嗎？只希望以後的人和我志趣相同，繼續修補，這座竹樓或許就不會腐朽倒塌了。

咸平二年八月十五日記。

【研　析】本文可分六段。首段記黃岡多竹，可代陶瓦。第二、三段描寫竹樓內外視聽之美、詩酒之娛。第四段以古代名樓為映襯，顯示此竹樓不可多得的韻致。第五段憶數年間流徙變動之狀與隨遇而安的態度。末段載明寫作時間。

本文幾乎全為寫景、敘事所組成，不涉強烈的情感慨歎，且通篇均為短句結構，因而甚富沖淡蕭散、超越世情的清明格調。這樣的形式又與其所寫景色之清寂、生活之閒逸等內容相統一。是則清平雋朗為本文之特色，讀來令人欣悅怡然。

然觀其不取高華歌舞之樓，而以騷人之事自命，又希望在奔走不暇之際，竹樓得以不朽，則作者在沖淡簡疏之中又隱含著氣格與情感上的執著，讀來在欣悅怡然之餘仍不免感慨之情。

林西仲評此文有云：「以竹瓦起，以竹瓦結，中間撰出六宜，俱在竹瓦聲音相應上描寫，皆非尋常意想所及；至敘登樓對景清致，飄飄出塵，可以上追柳州得意之作。」（《古文析義》初編卷五）此評充分點出本文的結構描寫之妙，然本文更值得玩味稱道的地方，尤在於作者那接近自然、出自性靈的生活情趣，那隨遇而安的處世態度。

# 李格非

李格非（約西元一〇四五～約一一〇五年），字文叔，北宋濟南（今山東濟南）人。神宗熙寧九年（西元一〇七六年）中進士。官至禮部員外郎、提點京東刑獄。因為出自韓琦門下，又以文章受知於蘇軾，被列元祐黨籍中而罷官，年六十一卒。學識淵博，尤用意於經學，唯著述今僅存《洛陽名園記》一卷。其女李清照，為當時有名之女詞人。

## 書洛陽名園記後

【題解】本文選自《洛陽名園記》。《洛陽名園記》記載洛陽一地自北宋富弼以下共十九所名園，包括其歷史變遷，景物形勢，亭榭布置，花木種類等。本文是其書後跋語，說明著書旨趣在戒勉為官者須以天下治亂為懷，勿徒沉溺園林，以致天下既亡，而園林逸樂亦隨之而消逝。

洛陽❶處天下之中，挾殽❷、黽❸之阻，當秦、隴❹之襟喉❺，而趙、魏❻之走集❼，蓋四方必爭之地也。天下常無事則已，有事則洛陽必先受兵❽。予故嘗曰：「洛陽之盛衰，天下治亂之候❾也。」

方唐貞觀❿、開元⓫之間，公卿貴戚開館列第於東都⓬者，號千有餘邸⓭。及其亂離，繼以五季⓮之酷，其池塘竹樹，兵車蹂蹴⓯，廢而為丘墟；高亭大榭⓰，煙火焚燎⓱，化而為灰燼，與唐共滅而俱亡者，無餘處矣。予故嘗曰：「園囿⓲之興廢，洛陽盛衰之候也。」

且天下之治亂，候⓳於洛陽之盛衰而知；洛陽之盛衰，候於園囿之興廢而得。則《名園記》之作，予豈徒然哉？

嗚呼！公卿大夫方進於朝，放⓴乎一己之私以自為，而忘天下之治忽㉑，欲退享此，得乎？唐之末路㉒是矣！

【注　釋】❶洛陽　即今河南洛陽。為中國六大古都之一，自東周起，先後有東漢、曹魏、西晉、北魏、隋、武周、五代唐等朝代建都於此。❷殽　殽山。山名，在河南洛寧北。❸黽　即黽隘。古隘道名，即今河南信陽西南的平靖關。❹秦隴　指今陝西與甘肅。❺襟喉　衣襟和咽喉。比喻要害之地。❻趙魏　皆戰國時代國名。此指二國所領之地，即今山西、陝西、河南、河北一帶。❼走集　往來必經的要衝之地。❽兵　戰爭。❾候　徵候；徵兆。❿貞觀　唐太宗年號。⓫開元　唐玄宗年號。⓬東都　指洛陽。唐都長安，以洛陽為東都。⓭邸　府第。此用為量詞。⓮五季　五代。即後梁、後唐、後晉、後漢、後周。⓯蹂蹴　蹂躪；踐踏。蹂，踐踏。蹴，腳踢。⓰榭　建在高臺上的屋子。⓱燎　放火燒。⓲囿　有牆垣的園苑，蓄育鳥獸，種植花木，開鑿水池，以供遊獵。⓳候　觀察。⓴放　放縱。㉑治忽　治亂。忽，怠忽。㉒末路　下場；結局。

【語　譯】洛陽位居天下的中心，有殽山、黽隘的險阻，正當秦、隴的要害，趙、魏的要衝，可以說是四方必爭之地。天下太平無事便罷，如果有事，那麼洛陽一定會最先遭受戰禍。所以我曾經說：「洛陽的盛衰，是天下治亂的徵兆。」

當唐朝貞觀、開元的太平盛世，公卿貴戚在洛陽建造館舍的，號稱一千多家。後來天下動亂，接著又有五代的酷烈爭戰，那些池塘竹樹，經過兵車的蹂躪踐踏，變成廢墟；那些高大的亭臺樓閣，被大火焚燒，化為灰燼，和唐朝一起滅亡，沒有留下一點痕跡。所以我曾經說：「園囿的興廢，是洛陽盛衰的徵兆。」

並且，天下的治亂，可以從洛陽的盛衰觀察得知；洛陽的盛衰，可以從園囿的興廢觀察得知。那麼我寫《洛陽名園記》，怎會是白費力氣的呢？

唉！如果公卿大夫剛進入朝廷做官，就放縱私心為個人打算，而忘了天下的治亂，卻想要退休後，享受園林的樂趣，辦得到嗎？唐朝的結局就是這樣啊！

【研　析】本文可分四段。首段說明洛陽地處衝要，其盛衰為天下治亂之徵候。二段以唐代洛陽園囿，隨唐亡而化為丘墟灰燼，說明園囿興廢為洛陽盛衰之徵候。三段結前二段，說明《洛陽名園記》之作，目的在觀天下之治亂。末段勸戒公卿大夫勿放縱遊賞私慾而怠忽政務，以免招致滅亡。

園林原為休閒的場所，是十分閒逸自在的地方，而作者竟能洞見其興廢與天下治亂之密切關係。雖說園囿興廢乃天下治亂之表徵，然其二、三段與末段之議論認為能否長享園林遊賞之樂乃維繫於天下治亂，似有以園林遊賞為最終目的之意。

又作者雖賦予園林如此重大之政治意義，自負「《名園記》之作，予豈徒然哉」，但是遍觀《洛陽名園記》全書，則以描述各名園中造景之匠巧精緻為主，其書旨趣仍在於遊賞美感經驗之載錄，讓讀者產生神遊嚮往之意，似乎不見治亂戒惕之所在。是則作者與當時一般文人一樣，嗜愛園林遊賞並珍惜其美感經驗，卻又無法安立於純然的美趣，故要在書後借治亂之大義以彰皇之。此中國傳統文士心跡之精微處，不可不辨。

# 范仲淹

范仲淹（西元九八九～一〇五二年），字希文，北宋蘇州吳縣（今江蘇吳縣）人。二歲喪父，母親再嫁朱氏，遂從繼父姓朱，名說。及長，知其家世，涕泣辭別母親，至應天府（治所在今河南商邱南），入應天書院，晝夜苦讀。冬夜疲倦，以水洗面；飲食不足，稀粥餬口。真宗大中祥符八年（西元一〇一五年）中進士，迎其母歸養，恢復本姓，改名仲淹。為官不畏權貴，據理直諫，屢遭貶謫。仁宗朝，曾出仕陝西經略副使，守邊數年，號令嚴明，德威遠播，西夏不敢犯其境，謂「小范老子，胸中自有數萬甲兵」。後拜樞密副使，進參知政事，大事整飭吏治，推行改革，因異己者反對，自請罷相，出知青州（治所在今山東益都），不久病卒。諡文正。其生平以天下為己任，不計個人進退得失，又喜獎掖後進，隱然為當時清流領袖。有《范文正公集》。

## 嚴先生祠堂記

【題解】本文選自《范文正公集》。嚴先生，嚴光（西元前三七～四三年），字子陵。本姓莊，因避東漢明帝劉莊之諱而改為嚴。嚴光與東漢光武帝劉秀為同學好友。劉秀即帝位，嚴光變姓名逃避。劉秀派人召之進京，授諫議大夫，嚴光婉拒，歸隱於富春山。范仲淹於北宋仁宗明道二年（西元一〇三三年）出任睦州（治所在今浙江建德東北）知州，建祠堂以祀嚴光，並作此文，讚美嚴光的風範，有如山高水長。

先生，漢光武❶之故人❷也，相尚❸以道。及帝握〈赤符〉❹，乘六龍❺，得聖人❻之時，臣妾億兆❼，天下孰加❽焉？惟先生以節高之。既而動星象❾，歸江湖❿，得聖人之清⓫，泥塗軒冕⓬，天下孰加焉？惟光武以禮下之。

在〈蠱〉之上九⓭，眾方有為，而獨「不事王侯，高尚其事」，先生以⓮之。在〈屯〉之初九⓯，陽德⓰方亨⓱，而能「以貴下賤，大得民也」，光武以之。蓋先生之心，出乎日月之上；光武之器⓲，包乎天地之外。微⓳先生不能成光武之大，微光武豈能遂⓴先生之高哉？而使貪夫廉，懦夫立，是大有功於名教㉑也。

仲淹來守是邦㉒，始構堂而奠㉓焉。迺復㉔其為後㉕者四家，以奉祠事。又從而歌曰：「雲山蒼蒼，江水泱泱㉖。先生之風，山高水長。」

【注釋】❶漢光武　東漢光武帝劉秀。在位三十三年（西元二五～五七年）。❷故人　老朋友。❸尚　尊重。❹赤符　〈赤伏符〉的簡稱。儒生彊華獻〈赤伏符〉，上有讖文，大意說劉秀起兵，正是漢室中興的好時機，劉秀遂應群臣的請求，即皇帝位。❺乘六龍　指即天子之位。《易經・乾》彖辭：「時乘六龍以御天。」《易經》凡六十四卦，每卦由六條單或雙的橫線組成，稱六爻，單橫線「—」是陽爻，雙橫「--」是陰爻，乾為《易經》六十四卦之首，其卦乾下乾上（䷀），六爻皆陽爻，古人把它比作六龍。❻聖人　指天子。❼臣妾億兆　統治萬民。臣妾，用為動詞。指統治。億兆，極言人民之多。❽加　超過。❾動星象　光武帝曾與嚴光同臥，嚴光腳伸到光武帝腹上。第二天，太史奏稱有客星犯御座甚急，光武帝笑著說：「我和老友嚴子陵同臥罷了。」見《後漢書・嚴光傳》。❿江湖　泛指山林田野。⓫聖人之清　《孟子・萬章下》：「伯夷，聖之清者也。」伯夷於商亡後，不食周粟，餓死於首陽山，故曰「清」。此以嚴光不受祿而歸隱江湖，故比之伯夷之清。⓬泥塗軒冕　視功名富貴如泥塗。軒冕，顯貴者之車服。此指功名富貴。⓭蠱之上九　指《易經・蠱》的第六爻。六十四卦各爻自下而上，依次稱「初、二、三、四、五、上」，其陽爻稱「九」，陰爻稱「六」。〈蠱〉為《易經》六十四卦之一，其卦巽下艮上（䷑），第六爻為陽爻（⚊），故稱上九。下文「不事王侯，高尚其事」即其爻辭。⑭以　有。下文「光武以之」，同。⑮屯之初九　指《易經．屯》的第一爻。〈屯〉為《易經》六十四卦之一，其卦震下坎上（䷂），第一爻為陽爻，故稱初九。下文「以貴下賤，大得民也」即其象辭。⑯陽德　陽氣。日為陽德，月為陰德。此指帝王之德威。⑰亨　通達；旺盛。⑱器　器量；度量。⑲微　不是；沒有。⑳遂　成就。㉑名教　謂有關名分之教化。㉒守是邦　指任睦州知州。守，做州郡的長官。漢代郡有太守，可稱「守某郡」，宋代無郡太守，應稱「知某州」，此沿用舊稱。睦州轄今浙江桐廬、建德、淳安三縣，北宋徽宗宣和三年（西元一一二一年），改稱嚴州。㉓奠　祭祀。㉔復　免除賦稅或勞役。㉕後　後裔；後代子孫。㉖泱泱　水深廣的樣子。

【語　譯】嚴先生是漢光武帝的老朋友，他倆以道義相尊重。等到光武接受〈赤符〉，如駕六龍上天，得到做皇帝的時機而即位，統治萬民，天下有誰能超過他的權勢呢？只有嚴先生憑著氣節向他顯示自己的高尚。不久，嚴先生和光武帝同臥而驚動了星象，回到山野隱居，做到聖人的清高，鄙棄功名富貴，天下有誰能夠超過他呢？只有光武帝能以禮節敬重他。

在《易經》蠱卦上九的爻辭上說：正當大家有所作為的時候，只有他「不去侍候王侯，高尚自己的志節」，嚴先生就有這種志節。在屯卦初九的象辭上說：在帝王德威正旺盛時，卻能「以尊貴的身分去敬重卑下的人，這是大得民心的」，光武帝就有這種器度。因為嚴先生心地的光明，在日月之上；光武帝器量的恢宏，包籠到天地以外。沒有嚴先生，不能成就光武帝的偉大；沒有光武帝，又哪能成就嚴先生的清高呢？嚴先生能使貪婪的人清廉，懦怯的人自立，這對於名教是很有功勞的呀！

我到這裡來任職，才建造祠堂祭祀嚴先生。又免除他後代子孫四家的賦稅勞役，讓他們去處理祠堂的事。又做了一首歌：「雲山蒼蒼，江水泱泱。先生之風，山高水長。」

【研　析】本文可分三段。首段以「相尚以道」概括嚴光和光武帝二人的交誼。二段引《易經》的爻辭、象辭，對兩人的品格賦予高度評價。末段說明作記的緣由，而以歌頌嚴光的歌辭作結。

在范仲淹看來，光武帝和嚴光之間的交往是極難能可貴的。嚴光人格之高潔，表現在能事上不諂；光武器量之大，表現在能「以禮下之」。事上不諂易，以禮下之難。由此推之，祠祀嚴光，亦所以表彰光武，非徒推崇嚴光而已。

# 岳陽樓記

【題解】本文選自《范文正公集》。岳陽樓，岳陽縣（今湖南岳陽）城石門樓。不知始建於何時。唐玄宗開元四年（西元七一六年）岳州刺史張說曾擴建，始命名為岳陽樓。北宋仁宗慶曆四年（西元一〇四四年），范仲淹好友滕宗諒貶官岳州（治所在今湖南岳陽）知州，次年，重修此樓，由范仲淹作記文，蘇舜欽繕寫，邵餗篆額，與樓合稱四絕。本文作於慶曆六年，時范仲淹因慶曆新政遭異己之反對，自請罷相，出為知州，故藉作記，抒發「先天下之憂而憂，後天下之樂而樂」的襟懷，以與好友滕宗諒共勉。

慶曆四年春，滕子京❶謫守巴陵郡❷。越明年❸，政通人和❹，百廢具興❺。乃重修岳陽樓，增其舊制❻，刻唐賢、今人詩賦於其上，屬❼予作文以記之。

予觀夫巴陵勝狀❽，在洞庭❾一湖。銜遠山❿，吞長江⓫，浩浩湯湯⓬，橫無際涯⓭；朝暉夕陰，氣象萬千⓮。此則岳陽樓之大觀⓯也，前人之述⓰備矣。然則北通巫峽⓱，南極⓲瀟湘⓳，遷客騷人⓴，多會於此，覽物之情，得無異乎？

若夫㉑霪雨霏霏㉒，連月不開㉓，陰風㉔怒號，濁浪排空㉕；日星隱耀㉖，山岳潛形㉗；商旅不行，檣傾楫摧㉘；薄暮冥冥㉙，虎嘯猿啼。登斯樓也，則有去國㉚

懷鄉，憂讒畏譏㉛，滿目蕭然㉜，感極而悲者矣。

至若春和景㉝明，波瀾不驚，上下天光，一碧萬頃；沙鷗翔集㉞，錦鱗㉟游泳；岸芷汀蘭㊱，郁郁青青㊲。而或長煙一空㊳，皓月千里；浮光耀金㊴，靜影沉璧㊵；漁歌互答，此樂何極？登斯樓也，則有心曠神怡，寵辱偕忘，把酒臨風，其喜洋洋㊶者矣。

嗟夫！予嘗求古仁人之心，或異二者之為㊷。何哉？不以物喜，不以己悲㊸。居廟堂㊹之高，則憂其民；處江湖㊺之遠，則憂其君。是進亦憂，退亦憂，然則何時而樂耶？其必曰「先天下之憂而憂，後天下之樂而樂」乎！噫！微斯人㊻，吾誰與歸㊼！

時六年九月十五日。

【注釋】❶滕子京　名宗諒。北宋河南（今河南洛陽）人。真宗大中祥符八年（西元一〇一五年），與范仲淹同登進士第。仁宗慶曆初，擢天章閣待制，後因罪降知虢州（治所在今河南靈寶），又徙岳州、蘇州（治所在今江蘇蘇州），不久去世。❷謫守巴陵郡　貶任岳州知州。謫，降官職或被流放。守，做州郡的長官。漢代郡有太守，可稱「守某郡」，宋代無郡太守，應稱「知某州」，此沿用舊稱。巴陵郡，岳州的古稱，治所在巴陵縣，即今湖南岳陽。❸越明年　到了明年，即慶曆五年。越，及；至。❹政通人和　政事通達，民生和樂。❺百廢具興　所有廢弛的政事，都興辦起來。百，虛數，極言其多。具，通「俱」。全部。❻舊制　舊有的規模。❼屬　通「囑」。請託。❽勝狀　勝景；美景。❾洞庭　湖名。在湖南東北部，長江南岸。❿銜

遠山 含著遠山。指洞庭湖中有君山。銜，口中含物。遠山，指君山。⓫吞長江 吸納長江。指洞庭湖吸納長江的流水。⓬浩浩湯湯 水勢廣大而迅疾的樣子。浩浩，水廣大的樣子。湯湯，大水急流的樣子。⓭橫無際涯 廣大無邊。橫，廣大開闊。際涯，邊；岸。⓮朝暉夕陰二句 指從早到晚，晴陰變化，景觀無窮。暉，日光。⓯大觀 壯麗的景觀。⓰前人之述 前人作品的描述。如文中所述刻在樓壁上的「唐賢、今人詩賦」等。⓱巫峽 長江三峽之一。在今四川巫山縣東、湖北巴東西。⓲極 至；到。⓳瀟湘 二水名。瀟水，源出湖南寧遠南九疑山，至零陵西北入湘水。湘水，源出廣西興安海陽山，北流經長沙，入洞庭湖。二水合流，故合稱瀟湘。⓴遷客騷人 指遭貶遠調的官吏與多愁善感的文人。遷，貶謫。騷，憂愁。屈原作〈離騷〉，離騷即遭憂，後世因以騷人為詩人或失意文人的代稱。㉑若夫 相當於今語「像那」。㉒霪雨霏霏 久雨不停。霪雨，久雨。霏霏，雨絲綿密的樣子。㉓開 放晴。㉔陰風 冷風。㉕濁浪排空 渾濁的波浪衝向空中翻騰。排，推；擠。㉖耀 光輝。㉗潛形 隱沒形跡。㉘檣傾楫摧 桅杆傾倒，船漿斷折。檣，船的桅杆。楫，船漿。摧，折斷。㉙薄暮冥冥 傍晚時分，天色昏暗。冥冥，昏暗的樣子。㉚去國 離開京城。國，指京城。㉛憂讒畏譏 擔心遭毀謗，害怕被諷刺。㉜蕭然 蕭條淒涼的樣子。㉝景 日光。㉞翔集 飛翔棲止。集，鳥棲於樹。此泛指棲止。㉟錦鱗 色彩鮮麗的魚類。錦，本指花紋美麗的絲織物，後也用以形容花紋的鮮明美麗。鱗，有鱗動物的總稱。此專指魚類。㊱岸芷汀蘭 岸邊及沙洲上的白芷、蘭草。芷，香草名。即白芷，葉可做香料。汀，小沙洲。㊲郁郁青青 香氣濃烈，花葉茂盛。郁郁，形容香氣濃烈。青青，茂盛的樣子。㊳一空 完全消散。㊴浮光耀金 水面月光浮動，有如黃金片片。㊵靜影沉璧 水中月影倒映，有如沉下的璧玉。㊶洋洋 喜悅自得的樣子。㊷二者之為 指遷客、騷人遇晴而喜、遇雨而悲的反應。二者，指遷客、騷人。為，指或喜或悲的反應。㊸不以物喜二句 不因外在環境和個人遭遇而或喜或悲。㊹居廟堂 指在朝做官。廟堂，宗廟朝堂。此指朝廷。㊺處江湖 指退居在野。㊻微斯人 沒有這種人。微，無。斯人，此種人。指先憂後樂的仁人。㊼誰與歸 歸附誰。為「與歸誰」的倒裝。與歸，依從；歸附。

【語　譯】慶曆四年春天，滕子京被貶謫為巴陵郡太守。到了明年，政事通達，民生和樂，所有廢弛的政事，都一一興辦了。於是重修岳陽樓，擴大舊有的規模，刻上唐代名家和今人的詩賦，並囑託我寫文章來記述這件事。

我看巴陵郡最美的景觀，就在一個洞庭湖。它含著遠處的君山，吸納著長江的流水，水勢洶湧壯闊，寬廣無邊；從早到晚，晴陰變化，氣象萬千。這就是岳陽樓壯麗的景觀，前人的描述已經很詳盡了。但是這兒北邊通向巫峽，南邊直到瀟湘，流放的官吏與多愁善感的文人，往往聚在這裡，他們觀覽景物的心情，能不有所差異嗎？

像那陰雨綿綿、連月不晴的日子裡，冷風呼呼地怒吼著，渾濁的波浪衝向空中翻騰；太陽和星星掩蔽了光輝，山岳隱沒了形跡；商人旅客都不敢通行，船的桅杆被風吹倒，船槳也折斷了；傍晚時分，天色昏暗，只聽見老虎狂嘯猿猴哀啼。這時登上岳陽樓，就會有遠離京城、思念家鄉、擔心毀謗、害怕被譏諷的心情，滿眼蕭條淒涼，感慨至極而悲傷了。

至於在春風和煦、陽光明亮、波平浪靜的時刻，天光水色交互輝映，湖面一片澄碧廣闊無邊；沙鷗自在地飛翔棲息，魚兒快樂地游來游去；岸邊及沙洲上的白芷和蘭草，香氣濃烈、花葉茂盛。有時雲煙消盡，皓月當空，一望無際；水面月光閃爍如黃金，湖底月影倒映如白璧；漁人的歌聲相互應和，這樣的快樂哪有窮盡呢？這時登上岳陽樓，就會有心胸開朗、精神愉悅、得失全忘、迎著春風、舉杯暢飲，洋洋得意的感覺了。

唉！我曾探求古代仁人的胸懷，他們和這兩種人的表現有所不同。為什麼呢？因為他們不會為外在環境或自己的遭遇而悲喜。他們在朝做官，就為人民而憂慮；退處在野，就為國君而擔心。像這樣，在位時要憂慮，不在位時也要憂慮，那麼什麼時候才能快樂呢？他們一定會說「在天下人還沒憂慮以前，就先憂慮；在天下人都得到快樂以後，才享受快樂」吧！唉！如果沒有這種人，我將歸附誰呢！

作記的時間是慶曆六年九月十五日。

【研　析】本文可分六段。首段敘作記緣由，次段寫洞庭氣象，三、四段分寫遷客騷人的雨景悲情，晴景喜情，五段抒發先憂後樂的懷抱，六段為作記時間。

全文可概分為記敘與抒感兩部分。記敘部分，首段先敘滕子京謫守巴陵郡、重修岳陽樓，並囑己作記，預為下文寫樓外景觀鋪路。文章以岳陽樓為題，但二段以巴陵勝狀，厥在洞庭，一宕而轉入湖光山色之樓外景觀的描述。先總述其常景，段末「然則北通巫峽」至「得無異乎」等句轉引出三、四兩段細寫變景的文字。三、四兩段依次以雨景帶出悲情、晴景帶出喜情。此二段相互對照，見出一般人往往心無定見，志不遠大，故或因物、或因己而悲喜之情不能自制，由此而引發以下的感慨。五段抒感，收束前二段的覽物異情，提出古代仁人的用心有別於一般遷客騷人，他們「不以物喜，不以己悲」，唯懷「先天下之憂而憂，後天下之樂而樂」的胸襟，此是一篇主旨，既自抒懷抱，並以慰勉知己滕宗諒於遷謫之中。

全文由序言引入敘景，敘景之中，寄寓情感，可謂情景交融。其結構則章法綿密，條理井然，交互織串，首尾照應；而駢儷句子的穿插使用，又使文采工麗。凡此誠為文章之極致，故能千古傳誦，以為傑作。然尤可讚佩者，更在其悲天憫人的胸懷，放眼天下的抱負，可謂中國傳統士大夫的優良典型。

# 司馬光

司馬光（西元一〇一九～一〇八六年），字君實，北宋陝州夏縣（今山西夏縣）。仁宗寶元元年（西元一〇三八年）中進士，累官端明殿學士，知永興軍。神宗時，以議新法，與王安石不合，退居洛陽十五年，絕口不論時事。哲宗立，起用為相，悉去新法之為民害者，躬親庶務，不舍晝夜。在相位八月而卒，贈溫國公，諡文正。司馬光自幼即勤奮好學，其為人恭儉磊落，嘗自云「平生所為，未嘗有不可對人言者」，文章亦樸實明暢，一如其人。主編《資治通鑑》，為史學名著，又有《溫國文正司馬公文集》。

## 諫院題名記

【題解】本文選自《溫國文正司馬公文集》。諫院是諫官辦公的官署，諫官負責侍從規諫皇帝。司馬光於北宋仁宗嘉祐八年（西元一〇六三年）知諫院（即諫官之長），立碑刻列諫官姓名，並作此文，以戒勉諫官當一心謀求國家利益而不為身謀。

古者諫無官，自公卿大夫至於工商，無不得諫者，漢興以來始置官❶。夫以天下之政，四海之眾，得失利病，萃❷於一官使言之，其為任亦重矣。居是官者，當志❸其大，舍其細；先其急，後其緩；專利國家，而不為身謀。彼汲汲❹於名者，猶汲汲於利也。其間❺相去何遠哉！

天禧❻初，真宗❼詔置諫官六員❽，責其職事。慶曆❾中，錢君❿始書其名於版⓫。光恐久而漫滅⓬，嘉祐八年刻著於石。後之人將歷指其名而議之曰：「某也忠，某也詐，某也直，某也曲。」嗚呼！可不懼哉！

【注　釋】❶漢興以來始置官　漢代才開始設諫官。秦朝置諫議大夫，掌諫諍及議論，屬郎中令，至漢武帝元狩五年（西元前一一八年）始更置之，屬光祿勳。❷萃　聚；集中。❸志　記住。❹汲汲　急切的樣子。❺其間　指汲汲於名利的心態和諫官當「專利國家而不為身謀」的職責之間。❻天禧　北宋真宗年號。❼真宗　名恆。太宗之子，在位二十五年（西元九九八～一〇二二年）。❽詔置諫官六員　北宋真宗天禧元年（西元一〇一七年），詔別置諫官六員，不兼他職，專司諫諍。宋代諫官分左、右諫議大夫，左、右正言，左、右司諫，共六人，總名諫官。❾慶曆　北宋仁宗年號。❿錢君　不詳何人。⓫版　木板。⓬漫滅　磨損消滅。

【語　譯】古代沒有專設的諫官，自公卿大夫到工匠商人，沒有誰不可以進諫，漢朝開國後才設置諫官。把天下的政治，全國的人民，一切的得失利弊，都集中由一種職官去負責進言，責任也算重的了。當這種官的人，應當牢記那些大的事，捨棄那些小的事；先諫緊要的事，後諫可以緩辦的事；一心謀求國家利益，不要為自身打算。那些急於求名的人，就和那些急於求利的人一樣。這種求名利的心態和諫官的職責之間，相差是多麼遠啊！

天禧初年，真宗下詔設置諫官六名，責成他們專任諫諍的職務。慶曆年間，錢君才把他們的名字寫在木板上。我怕時間一久，字跡會磨損消滅，嘉祐八年把它刻在石碑上。後來的人將會一個個地指著上面的名字議論說：「某人忠貞，某人奸詐，某人正直，某人邪惡。」唉！諫官們能不戒懼嗎！

【研析】本文可分二段。首段說明諫官由來，及其責任之重大和應有的處事原則。末段記述作記緣由及其意旨。全文雖只有百餘字，但筆鋒犀利，議論嚴厲。末段以「可不懼哉」作結，其震懾警戒之用意十分強烈。

諫官的職責性質，很容易忤怒君上，必須不計個人利害得失，方能直諫不阿。因此作者戒其要不為身謀，要專利國家，並鄙斥汲汲於名利者，可謂掌握諫職最大的關鍵與難處。但這裡卻產生一個弔詭，作者雖戒其莫汲汲於名，卻在文末以後人之評斷警懼之，則是懼之以千秋萬世之名。是則諫官應珍視個人名節而不計名位，此方是題「名」之真意。

# 錢公輔

錢公輔（西元一〇二三～一〇七四年），字君倚。北宋常州武進（今江蘇武進）人。仁宗皇祐元年（西元一〇四九年）中進士，為集賢校理，進知制誥。英宗即位，陳治平議；王疇擢副樞密，錢公輔不肯起草詔書，因此被謫。神宗立，拜天章閣待制，以忤王安石，出知江寧府（治所在今江蘇南京）。徙揚州（治所在今江蘇揚州），改提舉崇福觀。卒於神宗熙寧七年。

## 義田記

【題解】本文選自《宋文鑑》。義田，為贍養族人或周濟貧困者而置的田產。北宋范仲淹以其所得祿賜，在蘇州（今江蘇蘇州）購置義田，以周濟親族及非親族之賢士，而自奉儉薄，一生貧窮，甚至歿而無可殯斂。作者欽敬范仲淹的義行，故作此文以傳其事。

范文正❶公，蘇❷人也。平生好施與❸，擇其親而貧、疏而賢者，咸施之。方貴顯時，置負郭❹常稔❺之田千畝，號曰義田，以養濟群族之人。日有食，歲有衣，嫁娶凶葬皆有贍❻。擇族之長而賢者主其計❼，而時其出納❽焉。日食人一升，歲衣人一縑[9]；嫁女者五十千[10]，再嫁者三十千；娶婦[11]者三十千，再娶者十五千；葬者如再嫁之數，幼者十千。族之聚者九十口，歲入給稻[12]八百斛[13]。以其所入，給其所聚，沛然[14]有餘而無窮。仕[15]而家居俟代[16]者與焉，仕而居官者罷莫給。此其大較[17]也。

初，公之未貴顯也，嘗有志於是[18]矣，而力未逮[19]者三十年。既而為西帥[20]，及參大政[21]，於是始有祿賜之入，而終[22]其志。公既歿，後世子孫修[23]其業，承其志，如公之存也。公既位充[24]祿厚，而貧終其身。歿之日，身無以為斂[25]，子無以為喪。惟以施貧活族之義遺其子而已。

昔晏平仲[26]敝車羸馬[27]。桓子[28]曰：「是隱[29]君之賜也。」晏子曰：「自臣之貴，父之族，無不乘車者；母之族，無不足於衣食；妻之族，無凍餒者；齊國之士，待臣而舉火[30]者三百餘人。以此而為隱君之賜乎？彰[31]君之賜乎？」於是齊侯[32]以晏子之觴[33]而觴[34]桓子。予嘗愛晏子好仁，齊侯知賢，而桓子服義也；又愛晏子之仁有等級，而言有次也。先父族，次母族，次妻族，而後及其疏遠之賢。孟子[35]曰：「親親而仁民，仁民而愛物[36]。」晏子為近之。觀文正之義，賢[37]於身後，其規模遠舉[38]，又疑過之。

嗚呼！世之都㊴三公㊵位，享萬鍾㊶祿，其邸第㊷之雄，車輿之飾，聲色㊸之多，妻孥㊹之富，止乎一己；而族之人，不得其門而入者，豈少哉？況於施賢乎？其下為卿、大夫、為士㊺，廩稍㊻之充，奉養之厚，止乎一己；族之人，瓢囊㊼為溝中瘠㊽者，豈少哉？況於他人乎？是皆公之罪人也。公之忠義滿朝廷，事業滿邊隅㊾，功名滿天下。後必有史官書之者，予可略也。獨高其義，因以遺於世云。

【注釋】❶范文正　范仲淹。字希文，文正是其謚號，北宋蘇州吳縣（今江蘇吳縣）人，進士，累官參知政事。❷蘇　指蘇州。治所在今江蘇吳縣。❸施與　以財物周濟他人。❹負郭　靠近外城。即近郊。負，背靠。郭，外城。❺稔　穀物成熟。❻贍　供給；補足。❼計　會計。❽時其出納　按時收付財物。❾縑　細絹。❿千　一千枚。古代千枚錢為一貫。⓫婦　媳婦。⓬給稻　指義田的租穀。⓭斛　量器名。亦為容量單位。古以十斗為斛，南宋末改為五斗。⓮沛然　充裕的樣子。⓯仕　曾出仕。⓰俟代　等待補缺。⓱大較　大概。⓲是　此。指施與之事。⓳逮　及；到。⓴為西帥　北宋仁宗康定元年（西元一〇四〇年），范仲淹任陝西經略副使，慶曆元年（西元一〇四一年）為陝西西路經略使，四年，為陝西河東宣撫使。㉑參大政　北宋仁宗慶曆三年（西元一〇四三年），范仲淹為樞密副使，同年，拜參知政事。㉒終　完成。㉓修　經營；辦理。㉔充　高。㉕斂　為死者更衣曰小斂，屍體入棺曰大斂。㉖晏平仲　名嬰。字仲，謚曰平，春秋時代齊國夷維（今山東高密）人。歷相靈、莊、景三公。㉗敝車羸馬　破車瘦馬。敝，破舊。羸，瘦弱。㉘桓子　陳無宇。春秋時代齊景公大夫，謚曰桓。㉙隱　隱匿；隱沒。㉚舉火　燒火煮飯。㉛彰　彰顯。㉜齊侯　指齊景公。齊國是侯爵。㉝觴　古代盛酒器。㉞觴　用為動詞。此指罰酒。㉟孟子　名軻，戰國時代鄒（今山東鄒縣）人。國時代儒家，有《孟子》。㊱親親而仁民二句　語出《孟子・盡心上》。親親，愛其親人。上為動詞，下為名詞。仁，用為動詞。仁愛。㊲賢　推重；尊重。㊳遠舉　可以長久施行。舉，施行。㊴都　居；處。㊵三公　周以太師、太傅、太保為三公，西漢以大司馬、大司徒、大司空為三公，東漢以太尉、司徒、司空為三公。此泛指大官。㊶萬鍾　指優厚的俸祿。鍾，量器名。可容六斛四斗。㊷邸第　王侯大官所居的住宅。㊸聲色　歌舞和女色。

㊹孥　兒女。㊺為卿大夫為士　泛指各種官職。㊻廩稍　公家儲藏的米糧。此指官吏的俸祿。廩，糧倉。稍，公糧。㊼瓢囊　瓠瓢和布袋。此用為動詞。指帶著瓢囊行乞。瓢以盛水，囊以貯糧。㊽溝中瘠　溝中的死屍。瘠，通「胔」。腐爛的屍體。㊾邊隅　邊疆。

【語　譯】范文正公是蘇州人。他生平喜歡周濟他人，選擇那親近而貧困、疏遠而賢能的人，都周濟他們。當他貴顯時，在近郊購置了一千畝良田，稱為義田，用來供養周濟同族的人。每天有飯吃，每年有衣穿，嫁娶喪葬也都有補助。挑選族裡年長而且賢能的人管會計，按時收付財物。每人每天給一升米，每年給一匹絹；第一次嫁女兒的給錢五十貫，第二次給三十貫；第一次娶媳婦的給錢三十貫，第二次給十五貫；喪葬比照第二次嫁女兒的錢數，小孩的喪葬給十貫。族人聚居在一起的有九十人，義田租穀的收入每年有八百斛。拿這些收入，給與那些聚居的族人，足足有餘而不會匱乏。做官而離職家居等待補缺的人也在供給之列，當官在職的人就停止供給。這是義田的大概情形。

當初，文正公還沒貴顯的時候，就有意從事這種慈善事業，可是三十年來一直沒有力量辦到。後來，他當了陝西經略使等方面大員，又參與國家大政，於是才有俸祿和賞賜的收入，來完成他的心願。文正公逝世後，他的後代子孫仍然照舊辦理，繼承他的遺志，就和他在世的時候一樣。文正公當時雖然官位崇高，俸祿優厚，可是他卻窮了一輩子。去世的時候，竟然沒有入斂的衣物，兒子也沒錢辦喪事。他留給兒子的只是周濟貧人養活族人的高義罷了。

從前齊國大夫晏平仲出門坐破車、駕瘦馬。桓子說他：「你這是隱匿君王給你的賞賜啊。」晏子回答說：「自從我顯貴後，父親這一族沒有不乘坐車子的，母親這一族沒有衣食不足的，妻子這一族沒有挨餓受凍的，齊國士人等我接濟才能生火燒飯的有三百多人。這樣算是隱匿君王的賞賜嗎？還是彰顯君王的賞賜呢？」於是齊侯就拿晏子的酒杯罰桓子喝酒。我很欣賞晏子的愛好仁道，齊侯的了解賢人，桓子的服從義理；又欣賞晏子的仁愛有等級，說話有次序。他先說父族，其次母族，再次是妻族，最後才提到和他關係疏遠的賢人。孟子說：「親愛親人進而仁愛人民，仁愛人民進而愛護萬物。」晏子差不多是這樣了。現在看文正公的義行，死後還受推重，同時義田的規模和辦法可以長久推行，恐怕又超過晏子了。

唉！世間那些居三公高位，享萬鍾厚祿的人，他們宅第的雄偉，車轎的華麗，歌舞女色的眾多，妻妾兒女的富足，也只不過是他一家人享受而已；他族裡的人，不能進他家門的，難道還少嗎？何況要他周濟關係疏遠的賢人呢？其次那些卿、大夫、士，俸祿的充足，奉養的富厚，也同樣只是他一家人享受；他族裡的人，帶著瓢囊行乞，最後餓死在溝壑中的，難道是少數嗎？何況要他周濟其他的人呢？這些人在文正公面前都是罪人啊。文正公的忠義滿朝敬佩，功業遍及邊境，功名傳布天下。將來一定有史官的記載，我可以省略。我只是推崇他的義行，因此寫了這篇記，讓他流傳在世間。

【研　析】本文可分四段。首段記義田的設置和施行辦法。第二段記范仲淹實現義田志業的艱難歷程與其子孫紹繼不絕的情形。第三段讚揚晏子的義行，而以范仲淹又賢於晏子。末段以一般顯貴之人自養豐厚而無視族人之飢苦為襯，對比出范仲淹義行之彌足珍貴。

本文除記義田的內容辦法之外，並溯及范文正公立此志三十年方能實現的歷程，以及其子孫承其志業的事況，使這分志業的艱難與堅定性更加凸顯。而以范文正公歿而無以為斂葬的事實，與世之都三公位者厚養止乎一己的現象做強烈對比，在一揚一抑之間表現作者的崇敬與批判。又用晏子故實以讚頌范文正公之義可推及君國萬物，可謂推崇至極。

# 李覯

李覯（西元一〇〇九～一〇五九年），字泰伯，北宋建昌軍南城（今江西南城）人。曾舉茂才異等，不中，創建盱江書院，以講學自給，來學者常數十百人，學者稱盱江先生。仁宗皇祐（西元一〇四九～一〇五三年）初，范仲淹薦為太學助教，後為直講。兼長詩文而文勝其詩。有《直講李先生文集》。

## 袁州學記

【題　解】本文選自《直講李先生文集》。袁州州治在今江西宜春。北宋仁宗至和元年（西元一〇五四年），祖無擇任袁州知州，見舊有學舍破敗，恐人才散失，儒學式微，於是擇地重建。本文為州學新建完成而寫，旨在表彰祖無擇和通判陳侁的功勞，闡明學校教育的功能和重要性。

皇帝❶二十有三年❷，制詔❸州縣立學。惟時守令❹，有哲❺有愚。有屈力殫慮❻，祗❼順德意；有假官借師❽，苟❾具文書。或連數城，亡❿誦弦聲⓫。倡而不和⓬，教尼⓭不行。

三十有二年，范陽祖君無擇⓮知袁州⓯。始至，進諸生，知學宮闕⓰狀。大懼人材放失⑰，儒效闊疎，亡以稱⑱上旨。通判⑲潁川陳君侁⑳聞而是之㉑，議以克合㉒。

相㉓舊夫子廟㉔陋㉕隘不足改為，乃營治㉖之東北隅。厥㉗土燥剛，厥位面陽，厥材孔㉘良，瓦甓㉙黝堊丹漆㉚，舉以法，故殿堂室房廡㉛門，各得其度㉜。百爾㉝器備，並手偕作㉞。工善吏勤，晨夜展力，越明年成。

舍菜㉟且有日，盱江㊱李覯諗㊲於眾曰：「惟四代㊳之學，考諸經可見已。秦以山西㊴鏖㊵六國，欲帝㊶萬世，劉氏㊷一呼，而關門㊸不守，武夫健將，賣降恐後，何邪？詩書之道廢，人唯見利而不聞義焉耳。孝武㊹乘豐富，世祖㊺出戎行㊻，皆孳孳㊼學術，俗化之厚，延於靈、獻㊽。草茅㊾危言㊿者，折首(51)而不悔；功烈(52)震主者，聞命而釋兵；群雄相視，不敢去(53)臣位，尚數十年。教道之結人心如此。今代遭聖神，爾袁得聖君，俾爾由庠序(54)踐古人之迹。天下治，則禪(55)禮樂以陶(56)吾民；一有不幸，猶當伏大節(57)，為臣死忠，為子死孝。使人有所法，且有所賴。是惟國家教學之意。若其弄筆墨以徼(58)利達而已，豈徒二三子(59)之羞，抑為國者之憂。」

【注　釋】❶皇帝　指北宋仁宗。名禎，真宗之子，在位四十一年（西元一〇二三～一〇六三年）。❷二十有三年　指北宋仁宗即位的第二十三年。即慶曆五年（西元一〇四五年）。❸制詔　皇帝的命令。《史記・秦始皇本紀》：「命為制，令為詔。」❹守令　州郡太守和縣令。宋無太守，此用舊稱。❺哲　智。❻屈力殫慮　竭力盡心。屈，竭盡。殫，極盡。❼祗　恭敬。❽假官僭師　假借官府名義，冒充教師身分。僭，冒充。❾苟　苟且；隨便。❿亡　通「無」。沒有。⓫誦弦聲　誦讀絃歌之聲。指學生的讀書聲。⓬倡而不和　有提倡者而無響應者。和，應和；響應。⓭尼　停止；停頓。⓮范陽祖君無擇　范陽人祖無擇。范陽，郡名。故城在今河北涿縣。君，對人的尊稱。祖無擇，字擇之。上蔡（今河南上蔡）人，進士，累官知制誥。祖無擇非范陽人，此處是用其郡望。郡望是指世居某郡，為當地所仰望的家族，如太原王氏、昌黎韓氏。⓯知袁州　為袁州知州。宋代州的長官稱「知某州軍州事」，簡稱知州。⓰闕　通「缺」。缺失。此指破敗。⓱放失　散失。⓲稱　符合。⓳通判　官名。州官的副手，與知州共治一州政事，號稱監州官。⓴潁川陳君侁　潁川人陳侁。潁川，郡名。在今河南禹縣一帶。此為陳侁郡望。陳侁，福州長樂（今福建長樂）人，進士。㉑是之　以為是；認為對。㉒議以克合　意見相合。克，能。㉓相　視；察看。㉔夫子廟　孔廟。㉕陿　同「狹」。㉖治　治所。指州衙。㉗厥　其。㉘孔　甚；很。㉙甓　磚。㉚黝堊丹漆　泛指塗抹漆刷的材料。黝，微青黑色。堊，石灰。用以塗牆。丹，赤色。漆，油漆。㉛廡　堂下周圍有走廊的房屋。㉜度　規格；尺度。㉝百爾　所有的；一切的。百，極言其多。爾，助詞。㉞並手偕作　通力合作。㉟舍菜　也稱「釋菜」。古代學校開學時，陳設芹藻之類祭祀先師的一種典禮。舍、釋，皆陳設之意。㊱盱江　河流名。源出江西廣昌，流經南城縣東。作者為南城人，故以此自稱。㊲諗　告訴。㊳四代　指虞、夏、商、周。㊴山西　指殽山以西。㊵鏖　苦戰；激戰。㊶帝為帝。㊷劉氏　指漢高祖劉邦。㊸關門　指函谷關。㊹孝武　指漢武帝劉徹。㊺世祖　指東漢光武帝劉秀。㊻戎行　軍隊行伍。㊼孳孳　勤勉不懈的樣子。㊽靈獻　指漢靈帝劉宏和漢獻帝劉協。㊾草茅　指在野。《儀禮》：「在野則曰草茅之臣。」㊿危言　正言；直言。(51)折首　斷頭。(52)功烈　功業；功勳。(53)去　背離。(54)庠序　學校名。《孟子・滕文公上》：「夏曰校，殷曰序，周曰庠。」(55)禪　傳授。(56)陶　陶冶；造就。(57)伏大節　守大節。大節，死生危難之際的節操。(58)徼　謀求。(59)二三子　諸位；各位。

【語　譯】當今皇上即位的第二十三年，下詔命令各州縣都設立學校。不過當時的州官、縣令，有賢明的，也有愚昧的。有人竭盡心力，恭恭敬敬地遵行皇上的德意；有人假借官府名義，濫充教師身分，隨便做些官樣文章敷衍。有些地方，接連好幾個城都沒有讀書朗誦的聲音。皇上倡導，地方官不響應，教育停頓，無法推行。

到了三十二年，范陽祖無擇君來任袁州知州。剛到任，就召見學生，了解到學校的破敗。他深怕人才散失，儒教式微，不能符合皇上的意旨。當時的通判潁川陳侁君聽了他的話，認為的確如此，兩人意見完全相合。他們去察看舊有的孔廟，覺得太狹小無法改建，就在州衙門的東北邊著手營建州學。郡裡的土地乾燥堅實，地勢向陽，所用的建材都很好，瓦磚、石灰、紅漆等，都照著規格，所以殿、堂、室、房、廊屋、門，都合乎尺度。所有的器材都齊備，大家通力合作。工匠技術好，官吏勤督促，日夜努力。隔了一年就落成了。

開學典禮的日子也選定了，盱江李覯告訴眾人說：「虞、夏、商、周四代學校的情況，查考經書就可以了解。秦國憑殽山以西地區的力量與六國激戰，想千秋萬世做皇帝，可是劉邦登高一呼，函谷關就守不住了，武夫健將爭先恐後地賣國投降，這是什麼緣故呢？因為詩書的道理荒廢，人們都只看見私利而不知道公義罷了。漢武帝時國家富足，光武帝出身行伍，他們都努力不懈的提倡學術。風俗教化的敦厚，一直延續到靈帝、獻帝的時候。在野的直言之士，即使殺頭也不後悔；功業大到連皇上都不安的人，只要一接到命令就交出兵權；群雄互相觀望，不敢公然離棄臣道，這種情形也還維持了數十年。教化的深入人心，就是這樣。現在國家欣逢聖明的皇帝，你們袁州因為有聖君，才使你們可以到學校去學習古人的典範。天下太平，就傳授禮樂來陶冶我們的人民；一旦有不幸，更應當守大節，為人臣的要為忠而犧牲，為人子的要為孝而犧牲。使人人有所取法，而且有所憑藉。這是國家辦學的本意。如果只是舞文弄墨，追求富貴顯達而已，這豈僅是諸位的羞恥，也是治國者的憂患哩。」

**【研　析】** 本文可分四段。首段記各地方官員對於朝廷辦學詔令的不同態度。二、三段言祖無擇了解袁州學校荒敗的情況，與陳侁合力重建州學的情形和州學的規模。末段以秦、漢對舉，說明教育的功能和重要性。

就關注焦點而言，李覯認為教育關係著國家的興衰存亡，故首段藉由地方官員辦學的態度聯結「忠君」這一倫理標準，末段又透過秦、漢二代淪亡的快慢，重申教育對人心的深刻影響，更預設「不幸」發生時的對應之道，可謂大義凜然。

# 歐陽脩

歐陽脩（西元一〇〇七～一〇七二年），字永叔，號醉翁，晚號六一居士。北宋吉州廬陵（今江西吉安西南）人。四歲喪父，母親鄭氏親自授讀。家貧無紙筆，常以荻畫地學書。仁宗天聖八年（西元一〇三〇年）中進士。歷仕仁宗、真宗、神宗三朝，為官忠直寬簡，關心民生疾苦。因剛正敢言，曾兩度遭貶。累官至參知政事，以太子少師致仕。卒謚文忠。早年讀韓愈文，苦心探索，其後遂以繼承韓愈、倡導古文自任。為文主張明道致用，反對浮靡文風。性喜獎掖後進，曾鞏、蘇軾、蘇轍皆受其提拔，論者推為宋代古文運動之宗師。其古文平易流暢，詩則清新自然，詞風綺麗婉約，皆卓然成家。有《歐陽文忠公集》、《新五代史》，及與宋祁合纂之《新唐書》等。

## 朋黨論

【題解】本文選自《歐陽文忠公集》。朋黨，指彼此勾結為惡而形成的集團。東漢以來朋黨的指斥，每每成為栽贓鬥爭、進行政治迫害的手段。北宋仁宗天聖末年，范仲淹獻〈百官圖〉並上疏譏刺時政，因而得罪宰相，被貶官，歐陽脩等人被視為同黨而遭貶謫。慶曆三年（西元一〇四三年），范仲淹等人當權，推行「慶曆新政」。歐陽脩被擢知諫院，每多建言，保守人士上〈朋黨論〉攻擊新政諸人。於是歐陽脩作此文以呈皇帝，認為君子以同道為朋，小人以同利為朋，人君當進用君子之朋，斥退小人之朋，天下方可大治。

臣聞朋黨之說自古有之，惟幸❶人君辨其君子小人而已。大凡君子與君子以同道❷為朋，小人與小人以同利為朋，此自然之理也。

然臣謂小人無朋，惟君子則有之。其故何哉？小人所好者祿利也，所貪者財貨也。當其同利之時，暫相黨引❸以為朋者，偽也。及其見利而爭先，或利盡而交疏，則反相賊害❹，雖其兄弟親戚，不能相保。故臣謂小人無朋，其暫為朋者，偽也。君子則不然。所守者道義，所行者忠信，所惜者名節❺。以之修身，則同道而相益；以之事國，則同心而共濟❻，終始如一。此君子之朋也。故為人君者，但當退小人之偽朋，用君子之真朋，則天下治矣。

堯之時，小人共工❼、驩兜❽等四人❾為一朋，君子八元❿、八愷⓫十六人為一朋。舜佐堯，退四凶小人之朋，而進元、愷君子之朋，堯之天下大治。及舜自為天子，而皋陶、夔、稷、契⓬等二十二人並列於朝，更相⓭稱美，更相推讓，凡二十二人為一朋，而舜皆用之，天下亦大治。《書》⓮曰：「紂有臣億萬，惟億萬心；周有臣三千，惟一心。」紂之時，億萬人各異心，可謂不為朋矣，然紂以亡國。周武王之臣，三千人為一大朋，而周用以興。後漢獻帝⓯時，盡取天下名士囚禁之，目為黨人⓰。及黃巾賊起⓱，漢室大亂。後方悔悟，盡解黨人而釋之⑱，然已無救矣。唐之晚年，漸起朋黨之論⑲。及昭宗⑳時，盡殺朝之名士，或投之黃河，曰：「此輩清流，可投濁流㉑。」而唐遂亡矣。

夫前世之主，能使人人異心不為朋，莫如紂；能禁絕善人為朋，莫如漢獻帝；能誅戮清流之朋，莫如唐昭宗之世，然皆亂亡其國。更相稱美推讓而不自疑，莫如舜之二十二臣，舜亦不疑而皆用之。然而後世不誚㉒舜為二十二人朋黨所欺，而稱舜為聰明之聖者，以能辨君子與小人也。周武之世，舉其國之臣三千人共為一朋。自古為朋之多且大莫如周，然周用此以興者，善人雖多而不厭㉓也。

夫興亡治亂之迹，為人君者可以鑒矣。

【注釋】❶幸　希望。❷同道　道義相同。❸黨引　互相勾結援引。❹賊害　傷害。賊，傷害。❺名節　名譽節操。❻濟　幫助；扶持。❼共工　水官名。❽驩兜　人名。❾四人　指共工、驩兜、三苗、鯀。即下文「四凶」。❿八元　傳說為高辛氏的八個才子。即：伯奮、仲堪、叔獻、季仲、伯虎、仲熊、叔豹、季貍。元，善良。⓫八愷　傳說為高陽氏的八個才子。即蒼舒、隤敳、檮戭、大臨、尨降、庭堅、仲容、叔達。愷，和樂。⓬皋陶夔稷契　皆舜臣。皋陶掌司法，夔掌音樂，稷掌農業，契掌教育。⓭更相　互相。⓮書　《尚書》。以下引文見〈泰誓上〉。原文「紂」作「受」，「周」作「予」。⓯後漢獻帝　名協。東漢靈帝之子，在位三十一年（西元一九〇～二二〇年），為曹丕所篡，漢亡。⓰盡取天下名士二句　此指東漢末年的黨錮之禍。東漢桓帝延熹九年（西元一六六年），以司隸校尉李膺等二百餘人為黨人，逮捕下獄。東漢靈帝建寧二年（西元一六九年），復殺杜密、李膺等百餘人，並制詔州郡，大舉鉤捕黨人。見《後漢書．桓帝紀》、《後漢書．靈帝紀》。此處以為事起獻帝時，誤。⓱黃巾賊起　東漢靈帝中平元年（西元一八四年）二月，鉅鹿（今河北鉅鹿）人張角，自稱「黃天」，聚眾三十六萬造反，因全著黃巾，故稱黃巾賊。⓲盡解黨人而釋之　東漢靈帝中平元年三月，以皇甫嵩之議，下令大赦天下黨人，以舒解眾怨。見《資治通鑑・漢紀五〇》。⓳唐之晚年二句　唐末穆宗、敬宗、文宗、武宗之世，以牛僧孺、李宗閔為首的牛黨，與以李德裕父子為首的李黨，互相傾軋，前後將近四十年。見《新唐書・李德裕傳》。⓴昭宗　唐昭宗。名傑，唐僖宗之子，在位十六年（西元八八九～九〇四年），為朱全忠所弒。㉑此輩清流二句　唐昭宣帝天祐二年（西元九〇五年）六月，朱全忠殺裴樞等三十餘人於白馬驛，時李振因屢舉進士不中，深恨搢紳之士，便對朱全忠說：「此輩嘗自謂清流，宜投之黃河，使為濁流。」遂將三十餘人投進河裡。見《資治通鑑・唐紀八一》。唐昭宣帝名柷，為唐昭宗之子，本文以為事在唐昭宗時，誤。㉒誚　譏刺；嘲笑。㉓厭　通「饜」。滿足。

【語　譯】臣聽說朋黨的說法自古就有，只希望人君能夠分辨他們是君子還是小人而已。大致說來，君子和君子是因為道義相同而結朋，小人和小人是因為利益相同而結朋，這是很自然的道理。

可是，臣以為小人沒有朋，只有君子才有。這是什麼緣故呢？小人所愛的是利祿，所貪的是錢財。當他們利益一致時，暫時互相勾結援引而結朋，這是假的。等到他們看見利益而爭奪，或者利益消失而交誼疏遠，就反而互相傷害，即使是兄弟親戚，也不能互相保全。所以臣說小人沒有朋，他們雖然暫時結朋，是假的。君子就不是這樣。他們堅守的是道義，奉行的是忠信，珍惜的是名節。用這些來修身，就會志同道合，互相助益；用這些來服務國家，就能同心協力，互相扶持，始終如一。這是君子的朋。所以人君只要斥退小人的假朋，重用君子的真朋，那天下就太平了。

堯時，小人共工、驩兜等四人結為一朋，君子八元、八愷等十六人結為一朋。舜輔佐堯，斥退四凶小人之朋，引進八元、八愷君子之朋，堯的天下因此而太平。到了舜自己做天子，皋陶、夔、稷、契等二十二人同在朝廷做官，彼此互相讚美，互相推讓，一共二十二人成為一朋，舜都重用他們，結果也是天下太平。《尚書》上說：「商紂有臣子億萬，但有億萬顆心；周有臣子三千，只有一顆心。」商紂時，億萬人的心都不同，可以說並沒有結朋，可是商紂卻因此而亡國。周武王的臣子，三千人結為一個大朋，可是周卻因此而興起。後漢獻帝時，逮捕天下名士，全都囚禁起來，把他們都看作是同黨。等到黃巾賊造反，漢室大亂。後來才懊悔覺悟，解除黨禁並釋放所有黨人，但是已經無可挽救了。唐朝末年，漸漸興起朋黨的議論。到唐昭宗時，殺盡朝廷的名士，把他們都扔進黃河，並且說：「這些人自命清流，可以把他們投到濁流裡去。」而唐朝也就滅亡了。

前代的君主，能夠使每個人都不同心，不結為朋黨的，沒有一個比得上商紂；能夠禁絕好人結為朋黨的，沒有一個比得上漢獻帝；能夠殺戮清流的朋黨的，沒有一個比得上唐昭宗的時代，但是結果都使國家動亂滅亡。能夠互相讚美，彼此推讓，一點也不懷疑的，沒有人能比得上舜的二十二臣，舜也不懷疑他們，並且都任用他們。可是，後代的人並不譏笑舜被二十二人的朋黨所欺騙，反而稱讚舜是聰明的聖君，這是因為他能分辨君子和小人。周武王時，全國臣子三千人結為一個朋黨。自古以來，朋黨人數之多、規模之大，沒有哪一個朝代比得上周，可是周因此而興起，這是因為善人不嫌其多啊。

以上治亂興亡的事跡，人君應當拿來做警惕啊。

【研　析】本文的主要論點有二：一是區分君子之朋和小人之朋，一是期待人君進用君子之朋，斥退小人之朋。全文可分五段。首段立論。指出君子以同道為朋，小人以同利為朋，人君當分辨之。二段承首段進一步加以申論。以為君子之朋，同道而利國；小人之朋，爭利而為己。人君當退小人而用君子之朋。三、四兩段舉例以證成其議論。用歷代治亂興衰的正反對比，強調人君用君子之朋則致治，用小人之朋則亂亡，故君子之朋，惟恐其不多。末段總結，戒人君當以古為鑑。

全文有論有證有結，結構完整；各段之間，脈絡分明，條理井然；而其主題明確集中，議論反覆婉切。可說是相當嚴謹而具有說服力的一論說文。至於文中所殷殷致意而期待人君鑑戒的用君子而斥小人，尤為千古忠臣共同關注的焦點。所謂「物以類聚」，客觀而言，人之或以同利而相結合，或因同道而相扶持，原是極為自然的事。「君子喻於義，小人喻於利」（《論語‧里仁》），人各有志，也是勉強不得。但可怕的是利益的結合，進而透過政柄的掌握操縱，小人之朋所可能導致的後果，關係到整個國計民生。它會使分配不公、貧富懸殊；它會使人才壅蔽、賢奸混淆；它會使吏治汙濁、賄賂公行。它最終將導致民心的喪失，政權的淪亡。而在君權決定一切的年代裡，國君的用人將是決定的關鍵，那就不能不明辨而慎擇了。歷史一再顯示：親君子而遠小人，則天下太平，民生樂利；親小人而遠君子，則天下動亂，民生塗炭。令人沮喪的是小人朋比援引，結黨成派，而君子則往往特立獨行，孤高自賞；小人之朋力量集中，君子單打獨鬥，不屑結朋而致力量分散；小人慣常以讒言對君主形成蔽障，而君子卻往往固執於理念，極言直諫以致激怒君主。剛柔直曲之間，端視國君取決；而國君又未必皆有膽識以自強，遂致悲劇一再重演，而小人之朋常居上風。據《續資治通鑑》記載，宋仁宗似乎接受了歐陽脩的看法，就這點而言，宋仁宗也算是極開通的了。

# 縱囚論

【題　解】本文選自《歐陽文忠公集》。唐太宗貞觀六年（西元六三二年），縱放死囚犯三百九十人返家，諭令來年秋天返獄候死，以示恩德。後來，這些犯人全部如期返回，唐太宗嘉其義而赦之，世人皆譽為「施恩德」和「知信義」之典範。本文針對此事大加撻伐，抨擊此舉是「上下交相賊以成此名」，並強調治國不可標新立異，不可矯情求名，必須本於人情才是天下之常法。

信義行於君子，而刑戮施於小人。刑入於死者，乃罪大惡極，此又小人之尤甚者也。寧以義死，不苟幸生，而視死如歸，此又君子之尤難者也。

方唐太宗之六年❶，錄❷大辟❸囚三百餘人，縱❹使還家，約其自歸以就❺死。是以君子之難能，期小人之尤者以必能也。其囚及期而卒自歸，無後❻者。是君子之所難，而小人之所易也。此豈近於人情？

或曰：「罪大惡極，誠小人矣，及施恩德以臨之，可使變而為君子。蓋恩德入人之深而移人之速，有如是者矣。」

曰：「太宗之為此，所以求此名也。然安知夫縱之去也，不意❼其必來以冀❽免，所以縱之乎？又安知夫被縱而去也，不意其自歸而必獲免，所以復來乎？夫意其必來而縱之，是上賊下之情❾也；意其必免而復來，是下賊上之心也。吾見上下交相賊以成此名也，烏❿有所謂施恩德與夫知信義者哉？不然，太宗施德於天下，於茲六年矣，不能使小人不為極惡大罪。而一日之恩，能使視死如歸而存信義，此又不通之論也。」

「然則何為而可？」曰：「縱而來歸，殺之無赦。而又縱之，而又來，則可知為恩德之致爾。然此必無之事也。若夫縱而來歸而赦之，可偶一為之爾。若屢為之，則殺人者皆不死，是可為天下之常法乎？不可為常者，其聖人之法乎？是以堯、舜、三王⓫之治，必本於人情，不立異以為高，不逆情以干⓬譽。」

【注釋】❶唐太宗之六年　唐太宗即位的第六年。即貞觀六年（西元六三二年）。唐太宗，名世民，唐高祖子，在位二十三年（西元六二七～六四九年）。❷錄　登記於名冊。❸大辟　死罪；死刑。辟，罪；刑罰。❹縱　釋放。❺就　接受。❻後延誤；過期。❼意　料想；預期。❽冀　希求。❾上賊下之情　在上者窺測在下者之心思。❿烏　何；哪裡。⓫三王　三代之王。指夏禹、商湯、周文王。⓬干　謀取；謀求。

【語　譯】信義是對待君子的，刑罰是處分小人的。刑罰判處了死刑的人，一定是罪大惡極，這又是小人中特別壞的人。寧願為正義而死，不肯苟且僥倖地活，因而視死如歸，這又是君子中更為難能可貴的人。

當唐太宗即位的第六年，登記了死刑犯三百多人，釋放他們回家，約定他們到期自動回來接受死刑。這是以君子都難做到的事，希望那些特別壞的小人一定要做到。那些囚犯到了限期果然都自動回來，沒有一個過期的。這是君子也難做到的，而小人卻很容易地做到了。這難道近於人情嗎？

有人說：「罪大惡極，的確是小人了，但是到了用恩德對待他，也可以使他變為君子。本來恩德感動人心的深刻，改變人性的快速，就會是這樣的。」

我說：「太宗之所以做這件事，為的是求得恩德的美名。然而，我們哪能知道在釋放囚犯的時候，不是料想他們一定會回來以求得到赦免，所以才放了他們的呢？我們又哪能知道那些囚犯在被釋放回去的時候，不是料想自動回來一定會獲得赦免，所以才又回來的呢？料想他們一定會回來才把他們放了，這是上面的人窺測下面的人的心理；料想一定可以獲得赦免才又回來，這是下面的人窺測上面的人的心理。我只看見上下互相窺測，來成就這種美名，哪裡有什麼施恩德和知信義的事呢？否則，太宗對天下人施恩德，到現在已經六年了，還不能使小人不犯大罪惡。只是一天的恩德，就能使死囚視死如歸，而且堅守信義，這又是不通的論調啊。」

「那麼要怎樣做才行呢？」我說：「釋放他們，他們回來後，就殺掉他們，不要赦免。再釋放一批，如果他們又回來了，這就可以知道是恩德所使然。不過，這是一定不會有的事情。至於放他們回去，回來就赦免他們，這只可偶爾做一次罷了。如果屢次這樣做，那麼殺人的罪犯都可以不死，這難道可作為天下的常法嗎？不可以做常法的，會是聖人的法制嗎？因此唐堯、虞舜和夏、商、周三王治理天下，一定根據人情，不標新立異來表現崇高，不違背人情來干求名譽。」

【研　析】本文可分五段。首段言待君子以信義，待小人則以刑戮；縱使君子，也很難做到甘為信義而死。此是全文立論之基礎。二段指出唐太宗縱囚而囚自歸，此事殊不近人情。此切入主題。三段引述世俗觀點，以為囚犯自動歸來受刑，乃因皇帝恩德感動所致。此作一翻覆。四段駁斥上述論調，揣測唐太宗與囚犯的心理，直斥此事乃「上下交相賊」，不過成就唐太宗布施恩德的虛名罷了。五段言唐太宗此舉不可以為常法，強調君主治國須「本於人情，不立異以為高，不逆情以干譽」。

宋人讀史特重《春秋》尊王攘夷之微言大義，且疑古之風特盛；歐陽脩即為疑古學風的代表人物，其論史尤重《春秋》「誅心」之義，本篇可視為此一閱讀方式的具體展現。根據歐陽脩的推斷，縱囚之舉實乃唐太宗自導自演的絕妙喜劇。何以故？就唐太宗而言，所欲者不過「施恩德」的聖君之名；對死囚而言，則是孤注一擲的難逢良機。死囚以本無生還之理的殘生為賭注而搏命演出，唐太宗則坐收令名而掠美示恩，終以喜劇收場。唐太宗之可議，在於他犧牲國家法制來滿足個人的虛榮心，間接助長了百姓的投機心理，故而不免成為淆亂德義的「鄉愿」。歐公深得「誅心」說之三昧，獨發此論，可謂別具隻眼。

# 釋祕演詩集序

【題　解】本文選自《歐陽文忠公集》。釋祕演，北宋僧人，山東人，生平不詳。序，古代的一種文體（參見〈太史公自序〉題解）。本文屬「書序」。釋是東晉高僧釋道安以來，僧尼共同的姓，因為佛法之本，原於釋迦牟尼，故皆以釋為姓；祕演是法號。《宋史・藝文志》有《釋祕演詩集》二卷，本文即歐陽脩為這部詩集寫的序。文章對於釋祕演懷材不用，寄身佛門，表達惋惜與同情。

予少以進士遊京師，因得盡交當世之賢豪。然猶以謂❶國家臣一❷四海❸，休兵革❹，養息天下以無事❺者四十年，而智謀雄偉非常之士，無所用其能者，往往伏❻而不出。山林屠販❼，必有老死而世莫見者，欲從而求之，不可得。

其後，得吾亡友石曼卿❽。曼卿為人，廓然❾有大志，時人不能用其材，曼卿亦不屈以求合。無所放❿其意，則往往從布衣⓫野老，酣嬉⓬淋漓⓭，顛倒而不厭。予疑所謂伏而不見者，庶幾狎⓮而得之，故嘗喜從曼卿遊，欲因以陰⓯求天下奇士。

浮屠⓰祕演者，與曼卿交最久，亦能遺外世俗⓱，以氣節相高。二人懽⓲然無所間⓳。曼卿隱於酒，祕演隱於浮屠，皆奇男子也。然喜為歌詩以自娛。當其極飲大醉，歌吟笑呼，以適⓴天下之樂，何其壯也！一時㉑賢士皆願從其遊，予亦時至其室。十年之間，祕演北渡河㉒，東之濟、鄆㉓，無所合，困而歸。曼卿已死，祕演亦老病。嗟夫！二人者，予乃見其盛衰，則予亦將老矣。

夫曼卿詩辭清絕，尤稱祕演之作，以為雅健有詩人之意。祕演狀貌雄傑，其胸中浩然。既習於佛，無所用。獨其詩可行於世，而懶不自惜。已老，胠其橐㉔，尚得三四百篇，皆可喜者。曼卿死，祕演漠然無所向。聞東南多山水，其巔崖崛峍㉕，江濤洶涌，甚可壯也，遂欲往遊焉。足以知其老而志在也。於其將行，為敘其詩，因道其盛時，以悲其衰。

【注　釋】❶以謂　以為。❷臣一　統一。臣，使臣服。❸四海　天下。古人認為中國四境皆有海，故稱四方為四海，國內為海內，國外為海外。❹兵革　指戰爭。兵，武器。革，皮製的甲冑。❺無事　無兵革勞役之事。❻伏　隱居；匿藏。❼屠販　屠夫商販。❽石曼卿　石延年（西元九九四～一〇四一年）。字曼卿，北宋宋州宋城（今河南商邱）人。工詩文，善書法，官至祕閣校理、太子中允。❾廓然　開闊的樣子。❿放　發舒。⓫布衣　平民；百姓。⓬酣嬉　飲酒嬉遊。⓭淋漓　酣暢快意的樣子。⓮狎　親近而不拘禮節。⓯陰　暗中；暗地裡。⓰浮屠　亦作「浮圖」。梵語的音譯，意指佛陀。後亦指佛教、佛寺、佛塔或佛教徒。此指和尚。⓱遺外世俗　謂遺棄世俗，視世俗所有為外物。⓲懽　同「歡」。⓳間　隔閡；距離。⓴適　到；得。㉑一時　當代；同時代。㉒河　黃河。㉓濟鄆　皆州名。濟州治所在今山東鉅野，鄆州治所在今山東東平。㉔胠其橐　打開他的袋子。胠，打開。橐，囊；袋。㉕崛峍　形容山勢高峻。

【語　譯】我年輕時因為考進士，曾到過京師，得以結交許多當代的知名人士。但是總還以為國家統一，沒有戰爭，人民休養生息，天下太平無事已經有四十年了，而一些有才智謀略、志向遠大、不平凡的人，因為沒有機會施展他們的才能，往往隱居不出。在山林間或屠夫商販中，一定有直到老死都沒有被人發現的人才，我想去尋找他們，可是找不到。

後來，找到亡友石曼卿。曼卿為人，心胸開闊，有遠大的志向，當時在位的人不能重用他的才學，曼卿也不肯委屈自己去迎合他們。他無處發舒心意，就常常和布衣野老在一起，喝酒嬉戲，酣暢快意，顛顛倒倒，也不厭倦。我懷疑那些隱匿不見的人才，或許只有在親近不拘的情況下才能找得到他們。所以我喜歡和曼卿交往，想藉以暗中訪求天下的奇士。

有個和尚法號祕演，和曼卿交往最久，他也能夠拋開世俗，和曼卿以氣節相推重。兩個人在一起，非常快樂，沒有一點隔閡。曼卿隱居在酒杯中，祕演隱居在佛門中，都是奇男子。祕演喜歡作詩吟詠來自我娛樂。

當他豪飲大醉時，歌唱吟詠，嬉笑呼喊，以此享受天下最大的快樂，這是何等雄壯啊！當代的賢士都願意和他交往，我也時常到他的住所去。在這十年中，祕演曾北渡黃河，東到濟、鄆一帶，可是沒有什麼遇合，仍然窮困地回來。這時，曼卿已經去世，祕演也老病了。唉！這兩個人，我親眼看到他們從壯盛到衰老，而我也快老了！

曼卿的詩文清新無比，但他特別稱讚祕演的作品，認為風格雅健有詩人的意味。祕演相貌雄偉傑出，胸襟磊落。既學了佛，他的才學便無所施展。只有他的詩可以流傳於世，可是他個性懶散，不珍惜自己的作品。到了老年，打開他的詩囊，還找到三、四百首，都是令人喜愛的作品。曼卿去世後，祕演變得冷漠，也沒有地方可以走動。他聽說東南地方多山水，山峰高峻，江濤洶湧，非常壯觀，就想去遊覽。可見他年紀雖老壯心還在。在他將要遠行時，我為他的詩稿寫序，順便說一點他的壯年，也為他的衰老表示哀傷。

【研　析】本文可分四段。首段一方面表明自己結交當世賢豪的高度意願，另方面亦暗示野有遺賢的社會真相。二段透過對亡友石曼卿的描寫，間接刻畫與他「以氣節相高」的釋祕演。三段仍以石曼卿陪襯釋祕演，二者一隱於酒，一隱於浮屠，俱為奇男子，進而由二人之盛衰感歎自己將老。末段藉石曼卿之觀點稱許釋祕演之詩，並交代作序之由。

本文雖是序、跋一類，但作者在構思時，卻刻意將敘事重心擺在寫人，而非如一般序跋之偏重評價其作品，因而予人耳目一新之感。他一方面從自己「盡交當世之賢豪」的意願引出石曼卿，復由「伏而不見」的石曼卿引出「隱於浮屠」的奇男子釋祕演；另方面，寫釋祕演亦只就其生平始終盛衰言之，而以石曼卿作陪襯，並插入自己的感慨。石曼卿與釋祕演都是歐陽脩樂於交遊的朋友，然而十年之間，石曼卿已死，釋祕演亦老病，而自己也將步入衰老，怎不令人傷悲？石曼卿之死，歐陽脩有〈祭石曼卿文〉，釋祕演則「漠然無所向」。死者已矣，而生者終不免於寂寞，盛衰之際，情何以堪？

再就石曼卿與釋祕演的人格特質而言，亦不乏類似之處。石曼卿「不屈以求合」，釋祕演亦能「遺外世俗」，二人「以氣節相高」；石曼卿隱於酒，釋祕演隱於浮屠；石曼卿「廓然有大志」，釋祕演亦「老而志在」。在歐陽脩看來，二人皆為奇男子，生平俱不平順，「無所用其能」，且「老死而世莫見」，言下不無憤懣悲涼之感。茅坤在《唐宋八大家文鈔》中評論此為「多慷慨嗚咽之旨」，可謂深中肯綮。

# 卷一〇　宋文

## 梅聖俞詩集序

【題解】本文選自《歐陽文忠公集》。梅聖俞（西元一〇〇二～一〇六〇年），梅堯臣，字聖俞。北宋宣州宣城（今安徽宣城）人。是北宋初的大詩人，文學改革運動的先驅者，有《宛陵先生集》。序，文體的一種（參見〈太史公自序〉題解）。本文屬「書序」。歐陽脩與梅堯臣過從甚密，文學上志同道合，在梅堯臣去世的第二年，為其詩集寫下這篇序，記敘其困窮的一生，肯定其文學成就，並提出「窮而後工」的詩歌創作觀。

予聞世謂詩人少達而多窮，夫豈然哉？蓋世所傳詩者，多出於古窮人之辭也。凡士之蘊❶其所有，而不得施❷於世者，多喜自放❸於山巔水涯之外，見蟲魚、草木、風雲、鳥獸之狀類，往往探其奇怪。內❹有憂思感憤之鬱積，其興❺於怨刺，以道羈臣❻寡婦之所歎，而寫人情之難言，蓋愈窮則愈工。然則非詩之能窮人，殆❼窮者而後工也。

予友梅聖俞，少以蔭補❽為吏。累舉進士，輒抑於有司❾，困於州縣，凡十餘年。年今五十，猶從辟書❿，為人之佐。鬱其所畜，不得奮見於事業。其家宛陵⑪，幼習於詩，自為童子，出語已驚其長老⑫。既長，學乎六經仁義之說。其為文章，簡古純粹⑬，不求苟說⑭於世。世之人徒知其詩而已。然時無賢愚，語詩者必求之聖俞。聖俞亦自以其不得志者，樂於詩而發之。故其平生所作，於詩尤多。世既知之矣，而未有薦於上者⑮。

昔王文康⑯公嘗見而歎曰：「二百年無此作矣。」雖知之深，亦不果薦也。若使其幸得用於朝廷，作為雅、頌⑰，以歌詠大宋之功德，薦之清廟⑱，而追商、周、魯頌⑲之作者，豈不偉歟？何使其老不得志而為窮者之詩，乃徒發於蟲魚物類、羈愁感歎之言？世徒喜其工，不知其窮之久而將老也，可不惜哉？

聖俞詩既多，不自收拾。其妻之兄子謝景初⑳，懼其多而易失也，取其自洛陽㉑至於吳興㉒以來所作，次㉓為十卷。予嘗嗜聖俞詩，而患不能盡得之，遽㉔喜謝氏之能類次㉕也，輒序而藏之。

其後十五年，聖俞以疾卒於京師。余既哭而銘之，因索於其家，得其遺稿千餘篇，并舊所藏，掇㉖其尤者六百七十七篇為一十五卷。嗚呼！吾於聖俞詩，論之詳矣，故不復云。

【注　釋】❶蘊　積藏；懷抱。❷施　施展。❸放　縱情。❹內　心裡。❺興　產生。❻羈臣　留滯在外的臣子。❼殆　大概；恐怕。❽蔭補　因先世官職或功勳的餘蔭而得官。梅堯臣因其叔父梅詢之蔭而任河南主簿。❾有司　官吏。此指主考官。❿辟書　徵聘的文書。⓫宛陵　漢代縣名。宋為宣州宣城，此用舊稱。⓬長老　長輩；前輩。⓭簡古純粹　簡潔古樸，純正精粹。⓮苟說　苟且取悅。說，通「悅」。⓯未有薦於上者　沒有人向朝廷薦舉他。北宋仁宗嘉祐元年（西元一〇五六年），學士蘇槩等薦梅聖俞為國子直講，又遷都官員外郎，時梅堯臣年五十五，而歐陽脩作此序初稿時，梅堯臣年五十，尚未得官。⓰王文康　王曙。字晦叔，北宋河南（治所在今河南洛陽）人。北宋仁宗時，官到樞密使、同中書門下平章事，卒諡文康。⓱雅頌　今本《詩經》有〈風〉、〈雅〉、〈頌〉三部分，〈風〉收民間歌謠，〈雅〉收朝廷樂歌，〈頌〉收宗廟祭曲。後世往往即以雅頌泛指盛世的音樂，此處亦然。⓲清廟　皇帝的祖廟。清，清靜；靜穆。⓳商周魯頌　即《詩經》的〈商頌〉、〈周頌〉、〈魯頌〉。⓴謝景初　字師厚。北宋富陽（今浙江富陽）人，仁宗慶曆六年（西元一〇四六年）進士，官至屯田郎。㉑洛陽　縣名。即今河南洛陽。㉒吳興　縣名。即今浙江吳興。㉓次　編。㉔遽　意外。㉕類次　分類而編次。㉖掇　摘選；選取。

【語　譯】我聽人說詩人顯達的少而窮困的多，難道真的是這樣嗎？大概是因為世間所流傳的詩，大多出於古代窮困者所寫的吧。大凡讀書人懷著學問和抱負，卻不能在世間施展的，多半喜歡縱情於山頂水邊，看見蟲魚、草木、風雲、鳥獸的情狀，往往探求它們奇特的地方。他們內心鬱積著憂愁憤慨苦悶，產生了怨恨譏刺之心，就藉由抒寫流放者、寡婦的哀歎，表現內心難以言喻的衷曲。大概處境愈窮困，詩就愈做得好。那麼，並不是作詩會使人窮困，恐怕是窮困的人才能寫得好呢。

我的朋友梅聖俞，年輕時因為先人的餘蔭補了一個小官。幾次考進士，都被考官壓抑，被困在州縣的小職位上，一共十幾年。現在已經五十歲了，還要接受徵聘的文書，做別人的僚屬。委屈他滿腹的才學，不能奮發表現在事業上。他的家在宛陵，自小就學習作詩。從他兒童時期，寫出來的詩已經使前輩吃驚。長大後，學習六經仁義的道理。他所做的文章，簡潔古樸，純正精粹，不隨便討好世俗。所以，世人只知道他會作詩罷了。不過當時不論賢愚，談到作詩一定要請教聖俞。聖俞也喜歡把自己不得意的心情，在詩裡表達出來。所以他平生的創作，詩特別多。世人都知道他能詩了，可是始終沒有人向朝廷薦舉他。

從前王文康公曾見到他的詩而讚歎說：「二百年來沒有這樣的好作品了！」對聖俞雖然了解得這樣深，但也還是沒有推薦他。如果聖俞幸而能夠被朝廷所用，讓他去寫一些雅、頌的樂章，來歌頌大宋的功德，在宗廟裡演奏，讓他能追隨〈商頌〉、〈周頌〉、〈魯頌〉的作者，那豈不是很盛大的嗎？為什麼使他到老還不得志而寫些窮困者的詩，只是發表一些蟲魚物類、羈旅感歎的話呢？世人光喜歡他的詩寫得好，卻不知道他窮困很久，而且快要老了，這不是令人惋惜的嗎？

聖俞的詩很多，自己又不收集整理。他的內姪謝景初怕他的詩多了容易散失，就選取他從洛陽起到在吳興供職這段時間的詩，編成十卷。我一向很喜歡聖俞的詩，可是擔心不能完全讀到，謝氏能夠分類編纂成集，讓我有意外的驚喜，就替它寫了一篇序，並且收藏它。

十五年後，聖俞因病死在京師。我哭他，為他寫了墓誌銘以後，就到他家裡去搜索，找到他的遺稿一千多篇，加上以前所藏的，選取了最好的六百七十七篇，編成十五卷。唉！我對於聖俞的詩，已評論得很詳細了，所以就不再說什麼。

【研　析】本文可分五段。首段反駁世人「詩人少達而多窮」的說法，認為並非「詩之能窮人」，而是「愈窮則愈工」、「窮者而後工」。二段由梅堯臣生平之窮困言其詩文之工。三段深惜梅堯臣詩工而運窮。四段謂梅堯臣本人並不在意其作品的保存集結，而由其甥謝景初作了初步的整編。末段言己代其整理遺稿之經過。

歐陽脩提出「殆窮者而後工」的詩歌主張，認為詩人「內有憂思感憤之鬱積，其興於怨刺」，才能寫出「人情之難言」的作品。這項看法顯然受到韓愈的啟發。何以故？韓愈在〈送孟東野序〉中說：「物不得其平則鳴」，而〈荊潭唱和詩序〉中也提出「夫和平之音淡薄，而愁思之聲要妙；讙愉之辭難工，而窮苦之言易好」的見解。韓、歐二公敏銳地察覺個人經歷上的「窮」與作品的內涵深度密不可分。「窮」則「不平」，不平則所「鳴」發為「愁思之聲」與「窮苦之言」；愁思之聲要妙，而窮苦之言易好，故曰「愈窮則愈工」。

本篇與〈釋祕演詩集序〉的論調頗為近似，可相互參看。就創作動機而言，釋祕演「老而志在」、「胸中浩然」而「喜為詩歌以自娛」；梅堯臣則「自以其不得志者，樂於詩而發之」、「老不得志而為窮者之詩」，此可視為「詩三百篇，大抵聖賢發憤之所為作也」（司馬遷〈報任少卿書〉）這一觀點的延續。就創作態度而言，歐陽脩稱許梅堯臣「不求苟說於世」，說石曼卿「不屈以求合」，釋祕演「能遺外世俗」，乃是主張作家除盡量展現個人才情外，還得具備一顆真誠的心，亦即堅持自我理念而不媚俗求寵。此外，釋祕演於其詩「懶不自惜」，梅堯臣亦「不自收拾」，又何嘗不是一種消極的自我隱遁呢？詩窮而後工，但有幾人甘於守窮而無怨？這或許是千古文人難解的心結吧！

## 送楊寘序

【題　解】本文選自《歐陽文忠公集》，篇名一作〈送楊二赴劍浦序〉。楊寘其人，生平不詳。因屢次進士不第，只能賴先人餘蔭任官，被派到偏遠的劍浦（今福建南平）擔任縣尉，歐陽脩知其有不平之心，臨別作此文以撫慰之。序，古代的一種文體（參見〈太史公自序〉題解）。本文屬「贈序」。

予嘗有幽憂❶之疾，退而閒居，不能治也。既而學琴於友人孫道滋❷，受❸宮聲❹數引❺，久而樂之，不知疾之在其體也。

夫琴之為技，小矣。及其至也，大者為宮，細者為羽。操絃驟作，忽然變之，急者悽然以促，緩者舒然以和。如崩崖裂石，高山出泉，而風雨夜至也；如怨夫寡婦之歎息，雌雄雍雍❻之相鳴也。其憂深思遠，則舜❼與文王❽、孔子❾之遺音也；悲愁感憤，則伯奇⑩孤子、屈原忠臣之所歎也。喜怒哀樂，動人心深。而純古淡泊，與夫堯、舜、三代⑪之言語、孔子之文章⑫、《易》之憂患⑬、《詩》之怨刺無以異。其能聽之以耳，應之以手，取其和者，道⑭其堙鬱⑮，寫⑯其憂思，則感人之際，亦有至者焉。

予友楊君⑰，好學有文。累以進士舉，不得志。及從廕調⑱，為尉⑲於劍浦⑳，區區㉑在東南數千里外，是其心固有不平者。且少又多疾，而南方少醫藥，風俗飲食異宜。以多疾之體，有不平之心，居異宜之俗，其能鬱鬱以久乎？然欲平其心，以養其疾，於琴亦將有得焉。故予作琴說以贈其行，且邀道滋酌酒進琴以為別。

【注釋】❶幽憂　深憂；過度的憂勞。❷孫道滋　人名。生平未詳。❸受　接受。❹宮聲　宮調。以宮聲為基準音的曲調。古人以宮、商、角、徵、羽為五音或五聲，形成一個五聲音階，依次大致相當於現代音樂簡譜上的1、2、3、5、6。❺引　樂曲的數量單位名。❻雍雍　形容聲音和諧融洽。❼舜　上古帝王。相傳曾彈五絃之琴，以歌〈南風〉之辭。❽文王　周文王。相傳被囚於羑里時，曾作琴曲〈拘憂操〉。❾孔子　名丘，字仲尼。春秋魯人，相傳學琴於師襄，曾於離開魯國時作琴曲〈龜山操〉以明志。❿伯奇　尹伯奇。周人，尹吉甫子。母死，尹吉甫聽後妻言而逐之，乃彈琴作〈履霜操〉，曲終，投河自殺。⓫三代　指夏、商、周。⓬孔子之文章　指《春秋》。⓭易之憂患　《易經》作者的憂患。《易經．繫辭下》：「作《易》者，其有憂患乎。」⓮道　通「導」。疏導。⓯堙鬱　鬱結；鬱悶。⓰寫　通「瀉」。宣洩；抒發。⓱楊君　即楊寘。⓲廕調　因先世官職或功勳的餘廕而得官。⓳尉　縣尉。掌治盜賊。⓴劍浦　縣名。即今福建南平。㉑區區　小小的。

【語　譯】我曾經得過憂勞的病症，辭職回家靜養，但是也治不好。不久跟朋友孫道滋學彈琴，學了幾支宮調的曲子。時間一長，覺得彈琴很快樂，居然忘了有病在身。

彈琴只是小技藝。但是，如果造詣高了，大聲是宮，細聲是羽。撫絃急彈，能在快速之間改變琴音，快的節奏令人覺得淒涼迫促，慢的令人覺得舒暢平和。有時像山崩石裂、高山湧泉、夜來風雨；有時像怨夫寡婦的歎息，有時又像雌鳥雄鳥在融洽地唱和。那憂思深遠的琴聲，簡直就是虞舜、周文王和孔子的遺音；那悲愁感憤的琴聲，簡直就是孤子伯奇、忠臣屈原的嗟歎聲啊。

喜怒哀樂的琴聲，感動人心是很深刻的。至於純古淡泊的琴聲，和唐堯、虞舜及夏、商、周三代的言語、孔子的文章、《易經》作者的憂患、《詩經》裡所呈現的怨恨和諷刺，沒有什麼不同。如果能用耳朵去聽，用手去配合，選擇用那種平和的聲音，疏導人心的鬱結，宣洩人心的憂愁，那麼，琴聲在感人方面，也有著深刻的作用。

我的朋友楊君，好學而且會寫文章。好幾次參加進士考試，都不能如願。如今以先人廕餘而補官，被派到劍浦去做縣尉，那裡地方小，又在東南幾千里以外，這樣他心裡當然是不平的。同時他從小多病，南方又缺少醫藥，風俗和飲食的習慣也不一樣。以多病的身體，加上不平的心理，住在風俗和飲食習慣都不同的地方，悶悶不樂地怎能長久呢？然而要使他心平氣和，調養他的疾病，彈琴倒是會有點益處的。所以我做了這篇談論彈琴的文章來為他送行，並且還邀了孫道滋一起喝酒，為他彈琴作為臨別的紀念。

【研　析】本文可分四段。首段追憶自己由於憂病、閒居而學琴的一段因緣。二段由音律論及琴聲的效果。三段謂琴聲不僅可以感人宣情，也能淨化昇華人的精神層面。末段轉入正題，交代作這篇「琴說」以贈楊寘的緣由，勉其平心養疾，藉琴銷憂。

三國時代，嵇康在〈琴賦〉中曾說：「眾器之中，琴德最優。」把琴視為高雅的象徵；歐陽脩在這篇序文裡，也稱許琴音的「純古淡泊」，以為和堯、舜、文王、孔子的至言，《易》、《詩》的微旨無異。另方面，琴聲雖足以抒發個人的憂憤，卻又哀而不傷，從而具備陶冶情性的效果。楊寘之所以心有不平，主因有二：一以「好學有文」而仍屢試不中，二則派任劍浦縣尉，地處偏遠；加以自少多疾，風俗飲食異宜，是以憂煩不樂。歐公睹其塊壘鬱悒，特援琴德以舒解其愁懣之情。既然際遇的逆順起伏終究難料，所能掌握的也只是隨變適性罷了。

# 五代史伶官傳序

【題解】本文選自《新五代史．伶官傳》。伶官，指在宮中供職的樂工、藝人。〈伶官傳〉記敘五代後唐莊宗李存勗因沉溺逸樂，寵任伶官而怠於政事，導致敗政禍國，身死亂兵之手。本文為〈伶官傳〉前的序論，針對這一段史實，加以評論，旨在闡明興衰之理，主要繫於「人事」而非「天命」，「憂勞可以興國，逸豫可以亡身」，乃自然之理。

嗚呼！盛衰之理，雖曰天命❶，豈非人事❷哉？原❸莊宗❹之所以得天下，與其所以失之者，可以知之矣。

世言晉王❺之將終也，以三矢賜莊宗而告之曰：「梁❻，吾仇❼也；燕王❽，吾所立❾；契丹❿與吾約為兄弟⓫，而皆背晉以歸梁。此三者，吾遺恨也。與爾三矢，爾其無忘乃⓬父之志！」莊宗受而藏之於廟⓭。其後用兵，則遣從事⓮以一少牢⓯告廟，請其矢，盛以錦囊，負而前驅，及凱旋而納之。

方其係燕父子以組⑯，函梁君臣之首⑰，入於太廟，還矢先王而告以成功，其意氣⑱之盛，可謂壯哉！及仇讎已滅，天下已定，一夫夜呼，亂者四應⑲，蒼皇東出⑳，未及見賊而士卒離散，君臣相顧，不知所歸，至於誓天斷髮，泣下沾襟㉑，何其衰也！豈得之難而失之易歟？抑本㉒其成敗之迹㉓而皆自㉔於人歟？

《書》㉕曰：「滿招損，謙受益。」憂勞可以興國，逸豫㉖可以亡身，自然之理也。故方其盛也，舉天下之豪傑莫能與之爭；及其衰也，數十伶人困之㉗，而身死國滅，為天下笑。夫禍患常積於忽微㉘，而智勇多困於所溺㉙，豈獨伶人也哉！作〈伶官傳〉。

【注　釋】❶天命　上天的意旨。❷人事　人的力量；人的作為。❸原　推究事物的本原。❹莊宗　指五代後唐莊宗李存勗。西突厥的沙陀族人，李克用的養子。驍勇善戰，滅後梁而為帝，國號唐，以寵任伶官，朝政敗壞，為伶官郭從謙所弒，在位四年（西元九二三～九二六年）。❺晉王　指李克用。李存勗養父，西突厥沙陀族人。原姓朱邪，世為沙陀部酋長，其父於唐德宗貞元中歸唐，賜姓李。黃巢陷京師，李克用以沙陀兵大敗黃巢，因功封晉王。卒後，其養子李存勗稱帝，追諡武，廟號太祖。❻梁　指後梁太祖朱全忠。本名溫，初為黃巢部將，既而降唐，賜名全忠，於唐昭宣帝天祐四年（西元九〇七年）末篡位，國號梁，在位六年（西元九〇七～九一二年）。❼吾仇　朱全忠嘗宴請李克用，夜裡放火想燒死李克用，未成。❽燕王　指劉仁恭父子。深州（治所在今河北深州西南）人。劉仁恭因李克用的推薦，拜檢校司空盧龍軍節度使，旋叛附朱全忠，後其子劉守光受梁封為燕王，不久，稱帝。❾立　扶植。❿契丹　指契丹首領耶律阿保機。即遼太祖。⓫約為兄弟　李克用與耶律阿保機曾握手相約為兄弟，並約定共同舉兵擊梁。既而耶律阿保機背盟，歸附於梁。⓬乃　你；你的。⓭廟　指宗廟。

⑭從事　官名。為僚佐之吏，此指一般官員。⑮少牢　古代祭祀，用牛、羊、豕三牲，謂之太牢，只用羊、豕謂之少牢。牢，祭祀用的犧牲。⑯係燕父子以組　用繩索捆綁燕王父子。係，捆綁。燕父子，指劉仁恭及其子劉守光。組，絲帶或絲繩。此泛指繩索。唐昭宣帝天祐十年（西元九一三年），晉軍破燕，執劉仁恭、劉守光父子，次年，殺之。⑰函梁君臣之首　用木匣盛梁帝君臣的頭。函，木匣。此為動詞。盛以木匣。梁君臣，指梁末帝朱友貞和他的臣子皇甫麟。後唐莊宗同光元年（西元九二三年）十月，後唐軍攻克梁都，梁末帝知道不能投降，就命皇甫麟殺死自己，而皇甫麟隨著也自殺，莊宗下詔收梁末帝屍，殯於佛寺，漆其首而盛以木匣，藏於太社。⑱意氣　氣概。⑲一夫夜呼二句　貝州（治今河北清河）軍士皇甫暉於莊宗同光四年（西元九二六年）作亂，攻入鄴都（今河南安陽），附近駐軍紛紛響應。後唐莊宗派李嗣源率兵平亂，而李嗣源反戈叛變，並向京城洛陽進攻。⑳倉皇東出　後唐莊宗聞李嗣源叛變，倉皇出奔汴（今河南開封），未至汴而折回，所帶軍隊二萬餘，途中逃散大半。㉑誓天斷髮二句　後唐莊宗折回洛陽途中，在石橋地方，曾置酒於野地，悲啼不樂，命群臣各自陳言，元行欽等百餘人，拔刀斷髮，誓死效忠，君臣痛哭號泣。誓天，向天發誓。㉒本　推究根源。㉓迹　事跡。㉔自　起源。㉕書　《尚書》。以下引文見〈大禹謨〉。㉖逸豫　安逸享樂。㉗數十伶人困之　後唐莊宗嗜好音律，常粉墨登場，和伶人一起演戲，伶人因而當權。伶官郭從謙乘李嗣源叛變，也率部下作亂，莊宗死於流矢，伶人用樂器點火燒其屍。㉘忽微　古代兩個極小的度量單位。此極言其細微。㉙溺　沉迷；嗜好。

**【語譯】**唉！朝代興衰的道理，雖然說和天命有關，難道就跟人為無關嗎？推究後唐莊宗得天下和失天下的原因，就可以明白這個道理了。

世上傳說晉王臨終時，把三枝箭賜給莊宗，並且告誡他說：「梁是我的仇敵；燕王是我所扶植的；契丹和我相約為兄弟，可是後來他們都背叛我們晉國去歸附梁。這三件事，是我這一生的遺恨。現在我給你三枝箭，你千萬別忘了替父親報仇！」莊宗接受了那三枝箭，把它藏在宗廟裡。以後每次出兵，他就派一個官員，帶著少牢到宗廟裡祭祀禱告，請出一枝箭，裝在錦袋裡，背著在前面做先鋒，到戰勝歸來，再把箭放回宗廟。

當他用繩子捆綁著燕王劉仁恭父子，又用木匣裝著梁國君臣的頭顱，送進太廟，把箭送還先王，稟告大仇已報，這時，他的氣概可以說是夠壯盛的了。等到仇敵都已消滅，天下已經平定，卻因一個軍士在夜裡一聲呼喊，各地叛亂的人竟四處響應。莊宗君臣慌慌張張地向東逃生，還沒見到賊兵，士卒就四處逃散，君臣面面相覷，不知該逃往何處。幾個忠貞的臣子，甚至截斷頭髮，對天發誓，淚濕衣襟，這是多麼頹喪啊！難道是得天下困難，失天下容易嗎？或者成敗的根源，都是由於人為的因素嗎？

《尚書》說：「自滿會招致損傷，謙虛能得到助益。」憂思勤勞可以使國家興盛，安逸享樂可以使人喪身，這是自然的道理。所以當莊宗興盛的時候，全天下的英雄豪傑沒有人能夠和他對抗；等到他衰敗的時候，幾十個伶人圍困他，就使他身死國亡，被天下人所恥笑。禍患常常是由細微的事情積累起來的，而有才智又勇敢的人，常常受困於他所沉湎的事，哪裡只是伶人才這樣呢！因此，作〈伶官傳〉。

【研析】本文可分四段。前二段以敘史為主，後二段方轉入論理。首段推溯後唐莊宗之事跡，指出國家盛衰之契機在於「人事」而非「天命」。二段透過一則軼事凸顯後唐莊宗早年之「盛」肇因於「人事」上的發憤圖治。三段以時間為軸，用「方其……及……至於……」的句型概括後唐王朝的衰亡史，進而推敲其覆敗的根本原因。末段節引《尚書》經文，帶出「憂勞可以興國，逸豫可以亡身」和「禍患常積於忽微，而智勇多困於所溺」的結論。

歐陽脩在編修《新五代史》時，從朝代的興替中概括出「盛衰之理，雖曰天命，豈非人事哉」的觀點，無疑是極具前瞻性的。傳統看法多半認為：「天命」的掌握，直接關係著社稷盛衰與帝業興替，「天命」不可見，於是人道主義者固然可曰「天視自我民視，天聽自我民聽」，權佞亦可媚主曰「奉天承運」，於是所謂「天命」，一方面是王朝遞代的根據，同時又是政荒主闇的遁辭。歐陽脩以「人事」為盛衰之樞機，形成對「天命」論的一項挑戰，似乎是較激烈的；但他也在盛衰的強烈對比中質疑：「豈得之難而失之易歟？抑本其成敗之迹，而皆自於人歟」，以「推測」取代「論斷」，這就使讀者多了一些反思的機會。或許此種對歷史的反思，正是歐陽脩撰史的精神所在。

# 五代史宦者傳論

【題　解】本文選自《新五代史・宦者傳》。宦者，宦官。〈宦者傳〉記敘唐末至五代後唐莊宗時，宦官張承業、張居翰二人事跡。歐陽脩深惡宦官之禍害，而獨於此二人立傳，乃取二人猶有一善之可取，即所謂「愛而知其惡，憎而知其善」。本文節取傳後的評論，旨在強調宦官之為禍，較女色尤為深重，故人君當引為殷鑑。

自古宦者❶亂人之國，其源深於女禍。女，色而已；宦者之害，非一端也。

蓋其用事❷也近而習❸，其為心也專而忍❹。能以小善中❺人之意，小信固人之心，使人主必信而親之。待其已信，然後懼以禍福而把持之。雖有忠臣碩士❻列于朝廷，而人主以為去己疏遠，不若起居飲食、前後左右之親為可恃也。故前後左右者日益親，則忠臣碩士日益疏，而人主之勢日益孤。勢孤則懼禍之心日益切，而把持者日益牢。安危出其喜怒，禍患伏於帷闥❼，則嚮❽之所謂可恃者，乃所以為患也。患已深而覺之，欲與疏遠之臣圖左右之親近，緩之則養禍而益深，急之則挾人主以為質❾。雖有聖智，不能與謀。謀之而不可為，為之而不可成，至其甚，則俱傷而兩敗。故其大者亡國，其次亡身，而使姦豪得借以為資❿而起，至抉⓫其種類⓬，盡殺以快天下之心而後已。此前史所載，宦者之禍常如此者，非一世也。

夫為人主者，非欲養禍於內而疏忠臣碩士於外，蓋其漸積而勢使之然也。夫女色之惑，不幸而不悟，則禍斯及矣。使其一悟，捽⓭而去之可也。宦者之為禍，雖欲悔悟，而勢有不得而去也。唐昭宗⓮之事是已。故曰深於女禍者，謂此也。可不戒哉！

【注釋】❶宦者　宦官；太監。❷用事　行事；做事。❸習　親狎；親昵。❹忍　殘酷；殘忍。❺中　迎合。❻碩士　賢士。❼帷闥　指宮廷之內。帷，帳幕。闥，門屏。❽嚮　以前；從前。❾質　人質。❿資　藉口；理由。⓫抉　挑出。⓬種類　同類；同黨。⓭捽　揪出來。⓮唐昭宗　名曄。唐懿宗之子，在位十五年（西元八八九～九〇三年）。唐昭宗為宦者楊復恭所立，楊復恭恃功專恣，唐昭宗與宰相崔胤謀誅宦官，宦官懼，幽禁唐昭宗於少陽院，共立太子裕，其後朱溫盡殺宦官，唐昭宗亦卒為朱溫所弒。

【語譯】自古以來宦官敗亂國家，這種禍害比起女人所造成的更為根深柢固。女人，只不過使人君沉迷色慾罷了；而宦官的禍害，就不止一方面了。因為宦官在宮裡做事和人君親近，他們用心堅深而且殘忍。能用一點點小善去迎合人君的意旨，靠小信用抓牢人君的心，使人君深信他們，親近他們。等到取得人君的信任，然後就藉禍福去恐嚇並且控制人君。這時，即使有忠臣賢士在朝，但是人君卻以為他們和自己很疏遠，不像那些起居飲食經常在前後左右關係親近的宦官那樣可靠。所以人君和在前後左右的宦官一天比一天親近，那麼就和忠臣賢士一天比一天疏遠，這樣一來，人君的形勢就一天比一天孤立了。形勢孤立，恐懼禍患的心理就一天比一天嚴重，宦官對人君的控制就一天比一天穩固。人君的安危就看宦官的喜怒，人君的禍患就潛伏在宮廷之內，那麼，以前認為可靠的人，現在就成了禍患。到了禍患已經嚴重才發覺，想和那些疏遠的臣子設法剷除左右親近的宦官，事情進行得慢了就會讓禍患培養得更深，進行得快了，那些宦官就會挾持人君作為人質。這樣，即使有大聖大智的人，也無法替人君謀畫。就算是謀畫好了，也無法去做，就算是做了，也不會成功，情勢嚴重的，就會兩敗俱傷。所以宦官的禍患，大的亡國，小的喪身，同時使奸雄能夠藉此機會起來，直到捕捉那些宦官，把他們全部殺光，讓天下人的心裡痛快才罷了。這是過去史書上記載的，宦官的禍患常常是這樣的，並不是只有一個朝代如此。

一個做人君的，並不會想在宮廷裡培養禍患而疏遠外面的忠臣賢士，可以說那是漸漸累積起來的形勢使他這樣的。人君對於女色的迷惑，如果不幸不能覺悟，那麼禍患就要臨頭了。假若一旦覺悟，只要揪出她、捨棄她就可以了。至於宦官的禍患，即使想悔悟，在形勢上也有一時不能把他們除去的困難。唐昭宗被殺的事情就是這樣的。所以我說宦官造成的禍患，比女人的更為根深柢固，就是這個緣故。人君可以不警惕嗎？

**【研析】**本文可分二段。首段指出宦官為禍較女色尤甚。末段則謂宦官之禍較女禍更難收拾。

歐陽脩站在維護政權的立場看待宦官與人主的互動關係，分別就宦官的心理特質、客觀優勢、弄權模式，乃至對國家造成的危害，逐層剖析，以見其禍患之深且重。從心路歷程看，宦官擅長以兩面手法來「中人之意」、「固人之心」，以取得人主的親信，並在奪權的過程中，憑藉「近而習」的先天優勢，肆其「專而忍」之慾念。此處的「忍」不僅是對政敵的殘忍，還包含忍辱俟機而不躁進的堅忍。「待其已信，然後懼以禍福而把持之」二句，實乃宦官得以專權而忠臣碩士所以扼腕的慣見模式。歐陽脩先連用五個「日益」（前後左右者日益親、忠臣碩士日益疏、人主之勢日益孤、懼禍之心日益切、把持者日益牢），而宦官與忠臣碩士間的勢不兩立、人主的孤危禍患，俱在其中。接著，又連用兩個「不可」（謀之而不可為、為之而不可成）逼顯「大者亡國，其次亡身」的悲劇下場。最後，將罹禍之不可免歸結於「勢」（漸積而勢使之然、勢有不得而去）。歐陽脩清楚地意識到：董卓、朱溫之所以有機會亡漢篡唐，均以宦官為禍階，所謂「使姦豪得借以為資而起，至抉其種類，盡殺以快天下之心而後已」，實際上是以天下的長期分裂和動亂為代價，有鑑於此，人主怎能不慎於馭之呢？

# 相州晝錦堂記

【題解】本文選自《歐陽文忠公集》。北宋名臣韓琦（西元一〇〇八～一〇七五年）於仁宗至和二年（西元一〇五五年），出任其故鄉相州（治所在今河南安陽南）知州，在官署後園修建晝錦堂，並立石碑刻其〈晝錦堂〉詩，表達不以昔人所謂「衣錦榮歸」自誇耀，反引以為戒的想法。歐陽脩與韓琦在政治上可謂志同道合，故為此文以表彰其超拔世俗的胸襟。強調韓琦的功業成就，乃邦家之光，非僅是閭里之光而已。

仕宦而至將相，富貴而歸故鄉，此人情之所榮，而今昔之所同也。蓋士方窮時，困阨❶閭里❷，庸人❸孺子❹皆得易❺而侮之，若季子❻不禮於其嫂，買臣❼見棄於其妻。一旦高車駟馬❽，旗旄❾導前而騎卒擁後，夾道之人相與駢肩累迹❿，瞻望咨嗟⓫，而所謂庸夫愚婦者，奔走駭汗⓬，羞愧俯伏，以自悔罪於車塵馬足之間。此一介⓭之士得志於當時，而意氣之盛，昔人比之衣錦之榮⓮者也。

惟大丞相衛國公⓯則不然。公，相人也。世有令德⓰，為時名卿。自公少時，已擢⓱高科⓲、登顯仕，海內之士聞下風而望餘光⓳者，蓋亦有年⓴矣。所謂將相而富貴，皆公所宜素有，非如窮阨之人僥倖得志於一時，出於庸夫愚婦之不意，以驚駭而夸㉑耀之也。然則高牙大纛㉒不足為公榮，桓圭袞冕㉓不足為公貴。惟德被㉔生民㉕而功施社稷㉖，勒㉗之金石㉘，播之聲詩，以耀後世而垂㉙無窮，此公之志，而士亦以此望於公也。豈止夸一時而榮一鄉哉！

公在至和㉚中，嘗以武康之節來治於相，乃作晝錦之堂於後圃㉛。既又刻詩於石以遺㉜相人。其言以快㉝恩讎、矜㉞名譽為可薄㉟。蓋不以昔人所夸者為榮，而以為戒。於此見公之視富貴為如何，而其志豈易量哉？故能出入將相，勤勞王家㊱，而夷險一節㊲。至於臨大事、決大議，垂紳正笏㊳，不動聲色而措㊴天下於泰山之安，可謂社稷之臣矣。其豐功盛烈㊵，所以銘彝鼎㊶而被絃歌㊷者，乃邦家之光，非閭里之榮也。余雖不獲登公之堂，幸嘗竊誦公之詩，樂公之志有成，而喜為天下道也。於是乎書。

【注　釋】❶困阨　窮困。❷閭里　鄉里；家鄉。閭，里巷的門。❸庸人　一般人；平常人。❹孺子　兒童；小孩子。❺易　輕視；輕慢。❻季子　蘇秦，字季子，戰國時代洛陽（今河南洛陽）人。曾以連橫的策略遊說秦惠王，秦惠王不採用，金盡裘敝，狼狽而歸，嫂嫂不做飯給他吃。見《戰國策・秦策》。❼買臣　朱買臣。西漢武帝時會稽吳（治所在今江蘇蘇州）人。家貧好學，靠打柴維生，其妻不耐清貧而求去，買臣留不住。見《漢書・朱買臣傳》。❽駟馬　四匹馬。古代顯貴者的馬車，用四匹馬拉車。❾旗旄　泛指旗子。旄，桿頭有犛牛尾做裝飾的旗子。❿駢肩累迹　形容人很多。駢肩，肩挨肩。累迹，足跡相重覆。⑪咨嗟　讚歎。⑫駭汗　因驚駭而出汗。⑬一介　一個。⑭衣錦之榮　指富貴顯達而榮歸鄉里。衣，穿。錦，有文彩之絲織品。《漢書・項籍傳》：「富貴不歸故鄉，如衣錦夜行。」⑮大丞相衛國公　指北宋名臣韓琦。字稚圭，相州安陽（今河南安陽南）人。北宋仁宗嘉祐三年（西元一〇五八年），拜同中書門下平章事、集賢殿大學士，即所謂大丞相。英宗嗣位（西元一〇六四年），封衛國公，後改封魏國公。清王昶《金石萃編》云：「右〈晝錦堂記〉文稱大丞相衛國公。按韓忠獻於皇祐中，封南陽郡開國公。嘉祐中入相，進封儀國公。英宗嗣位，改衛國公。後又改魏國公。碑立於治平二年（西元一〇六五年）三月，猶稱衛國，則魏國之封，當在其後。」⑯令德　美德。令，美好。⑰擢　拔取；選拔。⑱高科　科舉考試中的高等科目。此指進士科。⑲聞下風而望餘光　居下位而聞其高風，仰望其丰采。⑳有年　若干年；多年。㉑夸　誇耀。㉒高牙大纛　形容儀從的榮顯。牙，牙旗。古代將軍用的大旗，竿上用象牙做裝飾，故稱牙旗。纛，儀仗中的大旗。㉓桓圭袞冕　形容服飾的尊貴。桓圭，三公所執的禮器。袞冕，三公所穿的禮服。㉔被　施加。㉕生民　人民。㉖社稷　土地神和穀神。後借指國家。㉗勒　刻。㉘金石　鐘鼎石碑之類。㉙垂　流傳。㉚至和　北宋仁宗年號。西元一〇五四～一〇五五年。㉛圃　園地。㉜遺　贈送。㉝快　快意；滿足。㉞矜　自誇。㉟薄　鄙薄。㊱王家　王室。㊲夷險一節　不論在太平或動亂，節操始終一致。夷，平。㊳垂紳正笏　形容從容莊重。紳，束袍的大帶。笏，手版。朝臣所執，以玉、象牙或竹片製成，可記事或指畫。㊴措　安置。㊵烈　功業；功績。㊶銘彝鼎　刻在彝鼎上。銘，刻記。彝鼎，古代用為立國象徵的寶器。此應上段「勒之金石」句。㊷被絃歌　寫入樂歌中。被，施於。絃歌，樂歌。此應上段「播之聲詩」句。

【語　譯】做官而做到將相，富貴而回到家鄉，這是一般人心裡都感到榮耀的事，也是古今都相同的。大抵士人還不得志時，困居在鄉里，連平常人和小孩都會瞧不起他、欺侮他，像蘇秦就受到嫂子無禮的對待，朱買臣就遭妻子遺棄。一旦富貴，坐著四匹馬拉的高大車子，前有旌旗引導而後有騎兵簇擁，路旁的人肩挨著肩、腳跟著腳，仰望讚歎，而先前瞧不起他們的那些凡夫愚婦，奔走向前，嚇得一身是汗，羞愧地低頭伏地，在他們的車塵馬蹄間懺悔告罪。這是一般窮書生得志於當時的意氣風發，古人用衣錦榮歸來比擬。

大丞相衛國公卻不是如此。公是相州人。世代有美德，是當代有名的公卿。公在年輕時，便高中進士，逐步顯達，海內士人聞風嚮往，仰慕丰采，已有好幾年了。所謂將相和富貴，都是公一向所擁有的，不像一般出身窮困的人一旦僥倖得志，出乎凡夫愚婦意料之外，使他們驚嚇而向他們誇耀。所以將軍的牙旗大纛不足以顯示公的榮耀，公卿的圭笏禮服不足以顯示公的尊貴。惟有恩德施加於百姓而功業奉獻給國家，鐫刻在鐘鼎碑石上，流傳在詩歌樂章中，以顯耀後世而永遠傳誦，這才是公的志願，而士人也以此期望於公，豈只是誇耀於一時而榮顯於一鄉呢？

公在至和年間，曾以武康軍節度使來治理相州，就在官署的後園建晝錦堂。接著又在石碑上刻詩留贈給相州人。他認為痛快地報恩仇和自誇名譽都是可鄙的。大抵不以古人所誇耀的為榮，而且還引以為戒。從這些可以了解公對於富貴的看法，而他的心志又豈是容易估量的呢？所以他能夠出將入相，為王室勤勞，不論太平或動亂都是同一節操。至於面臨大事，決定大計，從容莊重，不動聲色而使天下如泰山般的安定，可以說是國家的重臣了。他的豐功偉業，被刻在彝鼎上、寫入樂歌中，實在是邦國的光彩，不僅是閭里的榮耀啊。我雖不曾登上公的晝錦堂，幸而曾私下誦讀公的詩，樂見公的志願有成，而樂於向天下人道及此事。於是寫下這篇文章。

【研　析】本文可分三段。首段說明世俗之人衣錦榮歸的想法和世態，間接點出「晝錦」二字。二段讚美韓琦的功績德行足以垂耀無窮。末段說明韓琦成就輝煌卻反以世俗所誇的晝錦之榮為戒，更顯出其志節之高亮。

本文雖為堂作記，然全文未曾提及晝錦堂的建築、布置和景觀，而著筆在韓琦一生的志向與德業，並且讚歎其不以晝錦為榮反以為戒的識見。從字面看來，其旨意似正與「晝錦」之名相悖謬。然細看其末段，則知惟其以誇榮矜名為戒，方足以彰顯其志概風範，也才更使其錦衣輝耀懾人，其實更切合於晝錦之意。故本文看似與題相反，實則相成，此乃本文奇特之處。

# 豐樂亭記

【題　解】本文選自《歐陽文忠公集》。北宋仁宗慶曆五年（西元一〇四五年），歐陽脩因支持韓琦、范仲淹等所推行的朝政改革，得罪守舊一派，被貶為滁州（治所在今安徽滁州）知州。次年，在州南豐山下幽谷中發現一處清泉，遂建亭以臨泉上，取名「豐樂」，並作此文，記敘建亭經過，描述豐山一帶美景及滁州人民豐足安樂的生活，表達「宣上恩德」、「與民同樂」的旨趣。

脩既治滁之明年夏，始飲滁水而甘。問諸滁人，得於州南百步之近。其上豐山❶聳然❷而特立❸，下則幽谷窈然❹而深藏，中有清泉滃然❺而仰出。俯仰左右，顧而樂之。於是疏泉鑿石，闢地以為亭，而與滁人往遊其間。

滁於五代❻干戈❼之際，用武之地❽也。昔太祖皇帝❾，嘗以周師❿破李景⓫兵十五萬於清流山⓬下，生擒其將皇甫暉、姚鳳於滁東門之外，遂以平滁⓭。脩嘗考其山川，按⓮其圖記⓯，升高以望清流之關，欲求暉、鳳就擒之所，而故老皆無在者，蓋天下之平久矣。

自唐失其政，海內分裂，豪傑並起而爭，所在為敵國⓰者，何可勝數？及宋受天命，聖人⓱出而四海一⓲，嚮之憑恃險阻⓳，剗⓴削消磨。百年之間，漠然㉑徒㉒見山高而水清，欲問其事，而遺老㉓盡矣。今滁介於江、淮㉔之間，舟車商賈、四方賓客㉕之所不至。民生㉖不見外事，而安於畎畝㉗衣食，以樂生送死。而孰知上之功德，休養生息，涵煦㉘百年之深也。

脩之來此，樂其地僻而事簡，又愛其俗之安閒。既得斯泉於山谷之間，乃日與滁人仰而望山，俯而聽泉。掇㉙幽芳㉚而蔭喬木，風霜冰雪，刻露㉛清秀，四時之景，無不可愛。又幸其民樂其歲物㉜之豐成，而喜與予遊也。因為本其山川，道其風俗之美，使民知所以安此豐年之樂者，幸生無事之時也。夫宣上恩德，以與民共樂，刺史㉝之事也。遂書以名其亭焉。

【注釋】❶豐山　山名。在今安徽滁州西。❷聳然　高聳的樣子。❸特立　挺立；矗立。❹窈然　深遠的樣子。❺滃然　水勢浩大的樣子。❻五代　指後梁、後唐、後晉、後漢、後周五個朝代，自西元九〇七年至西元九五九年。❼干戈　古代兩種兵器的名稱。此借指戰爭。❽用武之地　形勢險要宜於用兵作戰的地方。❾太祖皇帝　指北宋太祖趙匡胤。宋代開國皇帝，在位十七年（西元九六〇～九七六年）。太祖為其死後祀於宗廟的廟號。❿周師　後周的軍隊。北宋太祖原為後周世宗的部將。⓫李景　五代時南唐元宗。在位十九年（西元九四三～九六一年）。⓬清流山　山名。在今安徽滁州西北，上有清流關。⓭平滁　平定滁州。五代周世宗於顯德三年（西元九五六年）親征南唐，在正陽（今安徽壽縣正陽關）大破南唐軍，南唐將皇甫暉、姚鳳自定遠（今安徽定遠）退保清流關，趙匡胤奉周世宗命襲之，擒皇甫暉、姚鳳，遂平滁州。⓮按　查考；查驗。⓯圖記　地圖與文字記載。⓰所在為敵國　天下群雄割據，相互抗衡。所在，到處。⓱聖人　古代臣民對帝王的尊稱。此指北宋太祖。⓲四海一　天下統一。四海，天下。一，統一。⓳嚮之憑恃險阻　從前憑藉險要而割據自立的人或事。嚮，從前。⓴剗　削平。㉑漠然　冷清平靜的樣子。㉒徒　只；僅。㉓遺老　歷經世事的老人。㉔江淮　長江和淮河。㉕賓客　旅客。⓴民生　民性；民風。㉗畎畝　田間。此指耕種之事。畎，田間的水溝。㉘涵煦　滋潤覆照。比喻德澤化育的深厚。涵，潤澤。煦，溫暖。㉙掇　拾取。㉚芳　芳香。此指芳香的花。㉛刻露　顯現。㉜歲物　農作物。㉝刺史　官名。始置於秦朝，本以監督各郡，漢代以後漸為州郡長官，唐代州稱刺史，郡稱太守。宋代於諸州置知州，相當於漢、唐之刺史，歐陽脩時知滁州，故云。

【語　譯】我治理滁州的第二年夏天，才喝到當地的泉水，覺得很甘美。問滁州的人，說是取自州城南方百步距離的地方。在那裡，高處是豐山，高聳矗立；低處是幽谷，深邃閉藏；中間有清泉，大股地湧出。看著上下左右的景色，心裡很喜歡它。於是疏導泉水，開鑿巖石，闢出空地建了亭子，和滁州人士一同遊賞這地方。

滁州在五代戰亂的時候，是個用兵爭戰的地方。從前太祖皇帝，曾率領後周軍隊在清流山下打敗南唐李景的十五萬大軍，在滁州東門外活捉了南唐的將領皇甫暉、姚鳳，因而平定滁州。我曾經考察此地山川，查驗圖譜上的記錄，登高眺望清流關，想找出皇甫暉和姚鳳就擒的所在，然而長一輩的父老都不在世，原來天下太平已經很久了。

自唐朝政治失修，天下分裂，群雄並起，互相爭奪，彼此敵對，怎能數得清？到了大宋朝接受天命，聖人出來而天下統一，以前憑恃險要割據的人物和事跡，都被剷除消滅。這一百年來，平平靜靜地只見山高水清，想查問從前那些事，而老一輩的人都不在世了。今日的滁州，介於長江和淮河之間，是個舟車、商人、四方旅客所不到的地方。人們看不到外間的事情，只安心地種田過日子，活著快快樂樂，死了好好安葬。哪知道這是皇上的功德，養民生息，經過百年覆育的深恩呢。

我來到此地，喜愛這裡的僻靜和人事的簡單，又愛這裡風俗的安閒自在。自從找到這山谷間的泉水，就成天和滁州的人來到這裡，抬頭看看山，低頭聽聽泉。春天摘些幽雅的香花，夏天在大樹下乘涼，秋冬欣賞霜雪降落所呈現的清秀氣象，四季的景色，無不可愛。又慶幸當地人們高興年成的豐收，而喜歡跟我同遊。便為他們追溯當地山川的陳蹟，說出此間風俗的良善，使人們明白所以能享受豐年的快樂，是幸而生在太平的時代。至於宣揚皇上的恩德，與民同樂，這本是刺史的職責。於是寫上「豐樂」兩個字，作為這座亭的名字。

【研　析】本文可分四段。首段記得泉建亭，是從作者眼前之事入手。二、三段以五代戰亂割據對照今日的太平安樂，是從滁州的今昔對比宕開來寫。四段收回眼前，寫四季遊賞之樂，應首段「而與滁人往遊其間」，其敘作記目的，所謂「宣上恩德」，則應三段末「上之功德」三句。

從建亭遊賞的平凡事，寫出唯天下太平，時和年「豐」，人民方能安居「樂」業的大道理，是全文脈絡，也是亭名「豐樂」的命義所在；而「豐」與「樂」又因天子「休養生息，涵煦百年」的「功德」，則為全文旨趣所在。

# 醉翁亭記

【題解】本文選自《歐陽文忠公集》。北宋仁宗慶曆五年（西元一〇四五年），歐陽脩因支持韓琦、范仲淹等所推行的朝政改革，得罪守舊一派，被貶為滁州（治所在今安徽滁州）知州。次年作此文，記醉翁亭上的山水之美、宴遊之樂，並抒發「與民同樂」的胸懷。

環滁皆山也。其西南諸峰，林壑❶尤美。望之蔚然❷而深秀者，琅邪❸也。山行六、七里，漸聞水聲潺潺❹而瀉出於兩峰之間者，釀泉❺也。峰回路轉❻，有亭翼然❼臨於泉上者，醉翁亭也。作亭者誰？山之僧智僊也。名之❽者誰？太守❾自謂也。太守與客來飲於此，飲少❿輒醉，而年又最高，故自號曰醉翁也。醉翁之意不在酒，在乎山水之間也。山水之樂，得之心而寓⓫之酒也。

若夫日出而林霏⓬開，雲歸而巖穴暝⓭，晦明變化者，山間之朝暮也。野芳⓮發而幽香，佳木秀⓯而繁陰，風霜高潔，水落而石出者，山間之四時也。朝而往，暮而歸，四時之景不同，而樂亦無窮也。

至於負者歌於塗⑯，行者休於樹，前者呼，後者應，傴僂⑰提攜⑱，往來而不絕者，滁人遊也。臨谿⑲而漁，谿深而魚肥；釀泉為酒，泉香⑳而酒洌㉑；山肴㉒野蔌㉓，雜然而前陳者，太守宴也。宴酣㉔之樂，非絲非竹㉕，射㉖者中，弈㉗者勝，觥籌交錯㉘，起坐而諠譁者，眾賓懽㉙也。蒼顏㉚白髮，頹㉛然乎其間者，太守醉也。

已而夕陽在山，人影散亂，太守歸而賓客從也。樹林陰翳㉜，鳴聲上下，遊人去而禽鳥樂也。然而禽鳥知山林之樂，而不知人之樂；人知從太守遊而樂，而不知太守之樂其樂也。醉能同其樂，醒能述以文者，太守也。太守謂誰？廬陵歐陽脩也。

【注釋】❶林壑　林木澗谷。❷蔚然　林木茂盛的樣子。❸琅邪　山名。在今安徽滁州西南。❹潺潺　水流聲。❺釀泉　山泉名。因水質清澈甘甜可以釀酒而得名。❻峰回路轉　山勢迂迴，山路曲折。❼翼然　鳥張開翅膀的樣子。❽名之　替它命名。名，用為動詞。取名；命名。❾太守　官名。秦置郡守，漢改為太守，宋改郡為州，其長官稱知軍州事，簡稱知州。歐陽脩此時知滁州，其自稱太守，乃沿用舊稱。❿少　少量。⓫寓　寄託。⓬林霏　指林中之霧氣。⓭暝　昏暗。⓮野芳　野花。芳，用為名詞。花。⓯秀　茂盛。⓰塗　通「途」。道路。⓱傴僂　彎腰駝背。此指老人。⓲提攜　牽手扶持。此指小孩。⓳谿　山澗；溪谷。⓴泉香　泉水甘美。㉑洌　清澄。㉒山肴　山中的野味。肴，熟肉。㉓野蔌　野菜。蔌，蔬菜。

㉔宴酣　宴會飲酒而樂。㉕非絲非竹　不是絲竹。絲、竹，泛指音樂。絲，指絃樂，如琴、瑟。竹，指管樂，如簫、管。㉖射投壺。古代飲宴時的一種遊戲，以長頸的壺為目標，將箭形的籌投進去，以進籌的多少為勝負，負者罰酒。㉗弈　指下圍棋。㉘觥籌交錯　酒杯酒籌，錯雜往來。觥，酒器。以兕牛角製成，後亦有銅製、木製。此指酒杯。籌，酒碼。行酒令時計算勝負之具。㉙懽　同「歡」。㉚蒼顏　衰老的容顏。㉛頹　醉倒。㉜陰翳　陰暗。翳，暗。

【語　譯】滁州四面環山。西南面一帶的山峰，林木澗谷更是優美。遠遠望去林木茂密而山谷幽深秀麗的，是琅琊山。沿著山路走六、七里，漸漸聽到水聲潺潺從兩座山峰之間傾瀉而出，那是釀泉。山峰迂迴，山路曲折，轉一個彎後有座亭子簷角翹起像鳥兒展翅的樣子建在釀泉上方，那就是醉翁亭。蓋亭的是誰？是山裡的僧人智僊。替亭子取名的是誰？是太守親自命名的。太守和賓客來此飲酒，往往喝一點點就醉了，而年紀又最老，所以替自己取了「醉翁」的號。醉翁的心意並不在酒，而在山水之間。他對山水的樂趣，是得自於內心而藉著喝酒表現出來啊。

清晨太陽出來而林間霧氣消散，傍晚雲霧聚集而山谷一片昏暗，這是山上早晚景色、明暗不同的變化。春天野花開放而散發出幽香，夏天樹木枝葉繁茂而濃密成蔭，秋天天氣高爽而霜色潔白，冬天澗水降低而露出澗石，這是山間四季的景色。清晨到山裡去，晚上才回來，四季的景致各不相同，其中的樂趣也是無窮無盡啊。

至於有人背著東西邊走邊唱，有人走累了在樹下休息，前面的人呼喚，後面的人回答，老老少少，往來不斷，這是滁州人民遊山的盛況。到溪邊捕魚，溪水深而魚兒肥；用泉水釀酒，泉水甘美而酒色清澄；山間的野味野菜，錯雜地陳列在面前，那是太守在宴客。飲宴的快樂，不在於聆聽音樂，大家投壺的投中了，下棋的下贏了，酒杯、酒籌傳來遞去，有的站著，有的坐著，大伙兒叫鬧成一片，這是賓客歡樂的情景。一位容顏蒼老、滿頭白髮的老者，醉倒在眾人之間，那就是喝醉了的太守呀。

不久，夕陽斜倚山頭，人影散亂，太守要回去而賓客跟著走了。樹林裡光線陰暗，鳥兒上上下下地鳴叫，這是遊人離開後鳥兒的歡樂。然而鳥兒只知道山林的快樂，並不知道人們遊山的快樂；人們只知道跟隨太守遊山的快樂，並不知道太守是以他們的快樂為快樂。酒醉時能跟大家同樂，醒來後能寫文章記下快樂的，正是太守。太守是誰呢？是廬陵人歐陽脩。

【研析】本文可分四段。首段介紹醉翁亭的位置與命名義涵。第二段描繪醉翁亭四時朝暮的景色。第三段述寫此地遊宴的盡興和樂趣。末段由遊罷歸去的景況抒寫其情懷。

本文在形式上有幾個特色：其一，全篇多為短句，氣韻活潑躍動，十分洗鍊。其二，駢散交雜，流麗有致。其三，全文用了二十一個「也」字，說明性與斬截果決的口吻顯得精準有力。通篇運筆神奇別致。

在內容方面，寫景只以簡要數句完成，重點反而落在遊宴活動的記述，將作者與郡人遊宴時的怡然自樂、自在開懷，寫得有聲有色、鮮明活潑。「鳴聲上下，遊人去而禽鳥樂也」一句最能對比出喧鬧與靜謐的戲劇效果。凡此種種都為表達醉翁之意在乎山水之樂的情懷，怡悅之情躍然紙上。

## 秋聲賦

【題解】本文選自《歐陽文忠公集》。秋聲，泛指秋天裡自然界的各種聲音，如風聲、落葉聲、蟲鳥聲等。賦，古代的一種文體。主要特點是用誇大的手法鋪陳事物，散韻夾用，以四言、六言為主。本文秋聲，指風聲。歐陽脩秋夜讀書，聽到風聲而浮想聯翩，作此賦以抒發人生的感慨與領會。

歐陽子❶方夜讀書，聞有聲自西南來者，悚然❷而聽之，曰：「異哉！」初淅瀝❸以❹蕭颯❺，忽奔騰而砰湃❻，如波濤夜驚，風雨驟至。其觸於物也，鏦鏦錚錚❼，金鐵皆鳴，又如赴敵之兵，銜枚❽疾走，不聞號令，但聞人馬之行聲。

余謂童子：「此何聲也？汝出視之。」童子曰：「星月皎潔，明河⑨在天，四無人聲，聲在樹間。」

余曰：「噫嘻，悲哉！此秋聲也，胡為而來哉？蓋夫秋之為狀也，其色慘淡⑩，煙霏雲斂⑪；其容清明，天高日晶⑫；其氣慄冽⑬，砭⑭人肌骨；其意蕭條⑮，山川寂寥⑯。故其為聲也，淒淒切切⑰，呼號憤發。豐草綠縟⑱而爭茂，佳木蔥蘢⑲而可悅；草拂之而色變，木遭之而葉脫。其所以摧敗零落者，乃其一氣之餘烈⑳。

「夫秋，刑官㉑也，於時為陰㉒；又兵象㉓也，於行為金㉔，是謂天地之義氣㉕，常以肅殺而為心。天之於物，春生秋實。故其在樂也，商聲主西方之音㉖，夷則為七月之律㉗。商，傷也，物既老而悲傷；夷，戮㉘也，物過盛而當殺㉙。

「嗟乎，草木無情，有時飄零。人為動物，惟物之靈。百憂感其心，萬事勞其形。有動于中，必搖其精㉚。而況思其力之所不及，憂其智之所不能，宜其渥然丹者為槁木㉛，黟然黑者為星星㉜。奈何以非金石之質㉝，欲與草木而爭榮？念誰為之戕賊㉞，亦何恨乎秋聲！」

童子莫對，垂頭而睡。但聞四壁蟲聲唧唧，如助余之歎息。

【注釋】❶歐陽子　作者自稱。❷怵然　驚懼的樣子。❸淅瀝　狀聲詞。模擬風雨落葉的聲音。❹以　連詞。作用與「而」同，表示上下並列的關係。❺蕭颯　形容風雨吹打草木的聲音。❻砰湃　狀聲詞。模擬波濤或暴雨聲。❼鏦鏦錚錚　狀聲詞。模擬金屬撞擊聲。❽銜枚　口中含著枚。枚，形狀如筷子的小木棒，兩頭有帶子，可繫在頸上。古代行軍襲敵時，令士卒銜枚，以防喧譁。❾明河　天河；銀河。❿慘淡　暗淡。⓫煙霏雲斂　煙霧飄散，雲彩消失。霏，飄散。⓬晶　光明瑩潔。⓭慄冽　寒冷的樣子。⓮砭　動詞。刺。⓯蕭條　寂寞冷清。⓰寂寥　寂靜空虛。⓱淒淒切切　淒涼悲切。⓲綠縟　碧綠而繁茂。⓳蔥蘢　青翠茂密的樣子。⓴一氣之餘烈　秋氣的餘威。一氣，指秋氣。烈，威。㉑刑官　周禮分六官，配以天地春夏秋冬。秋官司寇，掌刑法邦禁之事，故稱秋為刑官。㉒於時為陰　古人以宇宙間有陰陽二氣，陽主生育，陰主肅殺，春夏為陽，秋冬為陰。㉓兵象　用兵的徵象。兵象主肅殺，秋令亦主肅殺，故稱。㉔於行為金　在五行中屬金。五行，金木水火土。古人以五行配四季，秋屬金。㉕天地之義氣　天地間的肅殺之氣。《禮記・鄉飲酒義》：「天地嚴凝之氣，始於西南，而盛於西北，此天地之尊嚴氣也，此天地之義氣也。」西南，象徵秋的開始。㉖商聲主西方之音　商聲是代表西方的音調。商聲，五聲之一。古人以五聲配季節，春為角，夏為徵，季夏為宮，秋為商，冬為羽。古人以四方配四季，春為東，夏為南，秋為西，冬為北。秋位西方，故曰商聲主西方之音。㉗夷則為七月之律　夷則是七月的音律。夷則，十二律之一。十二律：黃鐘、大簇、姑洗、蕤賓、夷則、無射、大呂、夾鐘、仲呂、林鐘、南呂、應鐘。十二律配十二月，夷則配七月。《史記・律書》：「七月也，律中夷則。」㉘戮　殺。㉙殺　摧殘減退。㉚搖其精　損耗其精神。㉛渥然丹者為槁木　紅潤的容顏變為枯乾。渥然，紅潤的樣子。槁木，枯乾的樹木。㉜黟然黑者為星星　烏黑的頭髮變為花白。黟然，烏黑的樣子。星星，頭髮斑白的樣子。㉝金石之質　堅固如金石的質地。㉞戕賊　傷害。

【語譯】我正在夜讀時，聽到有一陣聲音從西南方傳來，驚懼地聽著，說：「奇怪呀！」起初，是蕭颯的淅瀝聲，忽然變成奔騰的砰湃聲，好像波濤在夜裡洶湧而起，風雨驟然來到。它碰到任何物體，都發出鏦鏦錚錚的聲響，好像金鐵互撞齊鳴，又好像開往敵前的軍隊，口裡含著枚迅速地前進，聽不到號令，只聽到人和馬疾走的聲音。我對書童說：「這是什麼聲音？你出去看看。」書童回來說：「只有皎潔的星月，和一抹銀河橫在天空，四面沒有人聲，聲音從林間傳來。」

我說：「唉，可悲啊！這是秋天的聲音，它為何而來呢？大抵秋天的形狀是這樣的：它的顏色暗淡，煙霧飄散，雲彩消失；它的姿容清明，天空高曠，陽光明亮；它的氣溫寒冷，刺人肌骨；它的意味寂寞冷清，山川寂靜空虛。所以它的聲音，淒涼悲切，呼號激憤。豐腴的青草碧綠茂盛而爭繁競盛，美好的樹木青翠茂密而令人賞心悅目，但青草一到秋天顏色就變，樹木一到秋天樹葉就掉。草木之所以衰敗凋零，都是由於秋天寒氣的餘威。

「秋，是刑官，時令屬陰；又是用兵的徵象，在五行中屬金。它是天地間肅殺的義氣，常以嚴肅摧殘為用心。上天對於萬物，春天生長，秋天結實。所以在音樂上，商聲屬於西方的音調，夷則是七月的音律。商，就是悲傷，萬物已衰老而悲傷。夷，就是殺戮，萬物過盛而應當摧殘。

「唉！草木沒有情感，時候一到就飄零。何況人是動物，是萬物中最具靈性的，各種憂慮感動他的心，各種事情勞累他的形，心中有所感動，精神必定損耗。何況人常會思考他能力所無法達到的，憂慮他智慧所不能解決的，自然那紅潤的容顏會變成枯槁，烏黑的頭髮會變成花白。真不知為什麼要以非金石的質地，去跟草木爭榮茂呢？應該想想傷害自己的是誰，又何必去怨恨秋聲呢！」

書童沒有回答，低著頭睡著了。只聽得四周蟲聲唧唧，好像在附和我的歎息。

【研　析】本文可分三段。首段形容秋聲。末段記述作者的領悟得不到童子的共鳴。第二段為全文重心，可分三層：其一，描寫秋天的整體特性。其二說明與秋天特性相配合的人文概念。其三抒發生命興衰的感慨與人生處世的體會。

本文在結構上，由秋聲而及秋之整體性狀，復由與之配合回應的人文概念而導入生命智慧的主題，布局十分穩當有次。第一段描摹秋聲的部分，作者以具體的視覺意象來表現聲音特質，將視覺與聽覺意象作了相當貼切而生動的轉換。而且全段雖未提及秋字，然而「自西南來」、「蕭颯」、「鏦鏦錚錚」、「金鐵」、「赴敵之兵」等描寫和比喻中，已由方位、五行、氣氛與兵象等暗示著秋天的特性。

在內容方面，作者能擺脫過去「悲秋」的文學傳統，以較為超越冷靜的心境，洞徹秋天蕭索乃天地自然，而人類生命的消損實來自於憂勞、情動與非分的追求，無關乎秋聲。表現出曠達的氣度、通透的識見，可以發人深省。

## 祭石曼卿文

【題　解】本文選自《歐陽文忠公集》。石曼卿（西元九九四～一〇四一年），石延年，北宋宋州宋城（今河南商邱）人。官終祕閣校理、太子中允。平生以氣概自豪，尤關心時局，發為詩文，勁健飄逸，名重一時。歐陽脩與石曼卿交情深厚，對其英年早逝深感悲悼，作此文以祭之。祭文是古代的一種文體（參見〈祭十二郎文〉題解）。

維治平四年❶七月日，具官❷歐陽脩謹遣尚書都省❸令史❹李敭❺至於太清❻，以清酌庶羞❼之奠，致祭于亡友曼卿之墓下，而弔之以文曰：

嗚呼曼卿！生而為英❽，死而為靈。其同乎萬物生死而復歸於無物者，暫聚之形；不與萬物共盡而卓然其不朽者，後世之名。此自古聖賢莫不皆然，而著在簡冊❾者，昭如日星。

嗚呼曼卿！吾不見子久矣，猶能髣髴❿子之平生⓫。其軒昂⓬磊落⓭、突兀⓮崢嶸⓯，而埋藏於地下者，意其不化為朽壤，而為金玉之精。不然，生長松之千尺，產靈芝而九莖⑯。奈何荒煙野蔓⑰，荊棘⑱縱橫，風淒露下，走燐⑲飛螢，但見牧童樵叟，歌唫⑳而上下㉑，與夫驚禽駭獸，悲鳴躑躅㉒而咿嚶㉓。今固如此，更千秋而萬歲兮，安知其不穴藏狐貉㉔與鼯鼪㉕？此自古聖賢亦皆然兮，獨不見夫纍纍㉖乎曠野與荒城㉗！

嗚呼曼卿！盛衰之理，吾固知其如此，而感念疇昔㉘，悲涼悽愴，不覺臨風而隕涕㉙者，有媿乎太上之忘情㉚。尚饗㉛！

【注釋】❶治平四年　西元一〇六七年。治平，北宋英宗年號。❷具官　備具官爵履歷。唐、宋以後，公私文書或文章的底稿，往往將官爵品級省略，用「具官」代替。時歐陽脩知亳州。❸尚書都省　官署名。即尚書省，管理全國行政。❹令史　官名。掌文書。❺李敭　人名。生平不詳。❻太清　地名。在今河南商邱。❼清酌庶羞　祭祀用的清酒和各種食物。庶，眾多。羞，食物。❽英　傑出的人才。❾簡冊　史書。❿髣髴　依稀。⓫平生　平日。⓬軒昂　謂意氣高超不凡。⓭磊落　胸懷坦白。⓮突兀　高邁特出的樣子。⓯崢嶸　超出尋常。⓰靈芝而九莖　靈芝，菌類植物。俗稱瑞草。《漢書・武帝紀》：「元封二年，甘泉宮產芝九莖。」九莖之芝，最為名貴。⓱蔓　指蔓生的草。⓲荊棘　叢生的多刺植物。⓳燐　墳間忽隱忽現的野火。俗稱鬼火。⓴唫　「吟」的古字。㉑上下　往來行走。㉒躑躅　徘徊不前的樣子。㉓咿嚶　形容鳥鳴聲。㉔狐貉　皆動物名。狐似犬而小，貉似貍。㉕鼯鼪　皆動物名。鼯，近似松鼠，腹旁有飛膜。鼪，即鼬。一名黃鼠狼。㉖纍纍　相接連重疊的樣子。㉗荒城　荒廢的墳墓。城，借指墳墓。相傳漢代夏侯嬰安葬時，挖墓穴得石，上有「佳城郁郁」的銘文。後世因以「佳城」借指墳墓。㉘疇昔　往日。㉙隕涕　落淚。隕，掉下。㉚太上之忘情　聖人淡忘人間喜怒哀樂之情。太上，最上的。指聖人。㉛尚饗　臨祭時希望鬼神來享用祭品之辭。尚，希望。饗，享用。

【語譯】治平四年七月日，具官歐陽脩恭謹地派尚書都省令史李敭前往太清，用清酒和各種食物做祭品，在亡友曼卿的墓前祭奠，並寫一篇祭文悼念他：

唉，曼卿！您在世時是個英才，死後必化為神靈。那同萬物一樣有生有死而又回到無物的，是您暫時凝聚的肉體；不同萬物一起消滅而卓立不朽的，是您留傳後世的英名。自古以來的聖賢，沒有一個不是如此。那些記錄在史書上的，如同太陽、星星般地光明。

唉，曼卿！我好久沒有看到您了，還能依稀記得您平日的樣子。您那高超不凡的意氣、光明坦白的胸懷，高邁而特出，雖然肉體已被埋葬在地下，我想它們不會化成土壤，應該化成金玉的精粹。不然，也會長出千尺高的松樹，或九根莖的靈芝。無奈您墳前卻是荒煙蔓草，荊棘叢生，在淒風雨露下，燐火游動，流螢飛舞，只見牧童和樵夫，往來歌吟，再加上那些受驚的飛禽走獸，悲傷地徘徊而咿嚶鳴叫。現在已經如此，再過千年萬年，怎知它不變成狐貉或鼯鼪的洞穴呢？古來的聖賢都是如此的遭遇，您難道沒看見連綿不絕的曠野和荒墳！

唉，曼卿！盛衰的道理，我固然曉得它是這樣，然而感念往日，心裡仍免不了悲涼悽愴，忍不住臨風而落淚，實在自慚無法達到古聖人不動情的境界。唉！希望您來享用祭品吧！

【研　析】本文可分四段。首段交代時間、地點、祭奠方式，說明了為文的目的。二段表達作者對亡友的高度評價。三段追憶亡友的音容風骨，轉而痛惜其死而不彰。末段謂己雖知盛衰之理如此，仍不勝悼惜之情，有愧於「太上之忘情」之旨。

歐陽脩與石曼卿私交甚篤。石曼卿才華洋溢，卻以四十八歲的壯年鬱鬱以終，這對歐陽脩而言是極沉痛的遺憾。在這篇祭文裡，他首先透過「死亡」這一人生的最大限制，樹立起形軀和聲名的二元對立，形軀是暫聚於世的，而聲名卻可以卓然不朽。其次，形軀不免化為朽壤，而「軒昂磊落，突兀崢嶸」的精神風貌卻足以長駐人心。再者，作者原本預期以石曼卿之英靈，死後必將化為千尺勁松、九莖靈芝，不意徒留荒冢，則盛衰之無常，實有人意難料者。歐公刻意將石曼卿擬諸古之聖賢，一喜彼等皆垂名聲於後世，又傷聖賢亡故，亦不過黃土一抔，與草木同朽，悲喜之間，亦有人力之無可奈何者。

〈古詩十九首〉中，已有針對時間推移的悲哀而書懷者，所謂「古墓犁為田，松柏摧為薪」、「人生忽如寄，壽無金石固」。與其說歐公是因「感念疇昔」而「悲涼悽愴」，毋寧說是出自那種人類普遍具有的悲感，即明知事勢已不可挽而仍願寄望於建立不朽之名，卻終究無法忘情於「更千秋而萬歲兮，安知其不穴藏狐貉與鼯鼪」的焦慮與拘執。作者雖自謂「有媿乎太上之忘情」，但對亡友的悼念，固自真情難掩。

# 瀧岡阡表

【題解】本文選自《歐陽文忠公集》。瀧岡，山岡名，在今江西永豐南鳳凰山上。阡表，即墓碑，樹立在墓前或墓道內，用以表彰亡者，故稱表。阡，墳墓。歐陽脩之父歐陽觀卒後葬於瀧岡。北宋仁宗皇祐五年（西元一〇五三年），歐陽脩護母喪歸葬瀧岡時，曾作〈先君墓表〉，至北宋神宗熙寧三年（西元一〇七〇年），歐陽觀逝世六十年，又據〈先君墓表〉增改而成本文，憑藉慈母生前的口述，追記亡父的仁孝與母親的賢淑，以表彰父德母愛，寄託追思。

嗚呼！惟❶我皇考❷崇公❸卜吉❹於瀧岡之六十年，其子脩始克表於其阡，非敢緩也，蓋有待也。

脩不幸，生四歲而孤。太夫人❺守節❻自誓，居❼窮，自力於衣食，以長❽以教，俾❾至於成人。太夫人告之曰：「汝父為吏，廉而好施與，喜賓客，其俸祿雖薄，常不使有餘。曰：『毋以是為我累。』故其亡也，無一瓦之覆⑩，一壠之植⑪，以庇⑫而為生。吾何恃而能自守邪？吾於汝父，知其一二，以有待於汝也。自吾為汝家婦，不及事吾姑⑬，然知汝父之能養也。汝孤而幼，吾不能知汝之必有立，然知汝父之必將有後也。吾之始歸⑭也，汝父免於母喪方逾年，歲時祭祀，則必涕泣曰：『祭而豐，不如養之薄也！』間⑮御⑯酒食，則又涕泣曰：『昔常不足，而今有餘，其何及也！』吾始一二見之，以為新免於喪適然耳。既而其後常然，至其終身未嘗不然。吾雖不及事姑，而以此知汝父之能養也。汝父為吏，嘗夜燭⑰治⑱官書⑲，屢廢⑳而歎。吾問之，則曰：『此死獄㉑也，我求其生不得爾。』吾曰：『生可求乎？』曰：『求其生而不得，則死者與我皆無恨也，矧㉒求而有得邪？以其有得，則知不求而死者有恨也。夫常求其生，猶失之死㉓，而世常求其死也！』回顧乳者㉔劍㉕汝而立於旁，因指而歎曰：『術者㉖謂我歲行在戌㉗將死。使其言然，吾不及見兒之立也，後當以我語告之。』其平居㉘教他子弟，常用此語，吾耳熟焉，故能詳也。其施於外事，吾不能知，其居于家，無所矜飾㉙，而所為如此，是真發於中㉚者邪！嗚呼！其心厚於仁者邪！此吾知汝父之必將有後也。汝其勉之！夫養不必豐，要㉛於孝；利雖不得博㉜於物，要其心之厚於仁。吾不能教汝，此汝父之志也。」脩泣而志之，不敢忘。

先公少孤力學。咸平三年[33]進士及第[34]。為道州[35]判官[36]，泗、綿[37]二州推官[38]，又為泰州[39]判官。享年五十有九，葬沙溪之瀧岡。

太夫人姓鄭氏，考諱[40]德儀，世為江南名族。太夫人恭儉仁愛而有禮，初封福昌[41]縣太君[42]，進封樂安、安康、彭城[43]三郡太君[44]。自其家少微時，治其家以儉約，其後常不使過之。曰：「吾兒不能苟合於世，儉薄所以居患難也。」其後脩貶夷陵[45]，太夫人言笑自若，曰：「汝家故貧賤也，吾處之有素矣。汝能安之，吾亦安矣。」

自先公之亡二十年，脩始得祿而養[46]。又十有二年，列官於朝，始得贈封其親[47]。又十年，脩為龍圖閣[48]直學士、尚書吏部郎中[49]、留守[50]南京[51]，太夫人以疾終于官舍，享年七十有二。又八年，脩以非才，入副樞密[52]，遂參政事[53]，又七年而罷。自登二府[54]，天子推恩，褒其三世，故自嘉祐以來，逢國大慶，必加寵錫[55]。皇曾祖府君[56]累贈金紫光祿大夫[57]、太師[58]、中書令[59]，曾祖妣[60]累封楚國太夫人；皇祖府君[61]累贈金紫光祿大夫、太師、中書令兼尚書令[62]，祖妣[63]累封吳國太夫人；皇考崇公累贈金紫光祿大夫、太師、中書令兼尚書令，皇妣[64]累封越國太夫人。今上(65)初郊(66)，皇考賜爵為崇國公，太夫人進號魏國。

於是小子脩泣而言曰：「嗚呼！為善無不報，而遲速有時，此理之常也。惟我祖考，積善成德，宜享其隆，雖不克有於其躬(67)，而賜爵受封，顯榮褒大，實有三朝(68)之錫命，是足以表見於後世，而庇賴(69)其子孫矣。」乃列其世譜(70)，具刻于碑。既又載我皇考崇公之遺訓，太夫人之所以教而有待於脩者，並揭於阡。俾知夫小子脩之德薄能鮮，遭時竊位(71)，而幸全大節，不辱其先者，其來有自。

熙寧三年(72)，歲次庚戌(73)、四月辛酉朔(74)十有五日乙亥(75)，男推誠保德崇仁翊戴功臣(76)、觀文殿學士(77)、特進(78)行(79)兵部尚書(80)、知青州軍州事(81)、兼管內勸農使(82)、充京東東路(83)安撫使(84)、上柱國(85)、樂安郡開國公(86)、食邑(87)四千三百戶、食實封(88)一千二百戶，脩表。

【注　釋】(1)惟　發語詞。無義。(2)皇考　敬稱已死的父親。(3)崇公　崇國公的省稱。歐陽脩之父歐陽觀，字仲賓，北宋神宗時追封為崇國公。(4)卜吉　選擇吉地。古人相信風水之說，故或生前自擇，或死後由家屬選擇吉地安葬之。(5)太夫人　母親之尊稱。(6)守節　指婦女喪夫後不再嫁。(7)居　指生活。(8)長　撫養。(9)俾　使。(10)無一瓦之覆　無一片瓦可蓋覆。指無屋可居。(11)一壠之植　一畝田可以種植。連上句指無田產。壠，田畝；田埂。(12)庇　依靠。(13)姑　婆婆。婦稱夫的母親。(14)歸　稱女子出嫁。(15)間　偶爾；偶然。(16)御　進用。(17)燭　點燭。(18)治　處理。(19)官書　公文。(20)廢　停止。(21)獄　案件。(22)矧　何況。(23)猶失之死　還不免判人死罪。(24)乳者　乳母；奶媽。(25)劍　將嬰兒挾於脅下，如帶劍。《禮記・曲禮》孔穎達疏：

「劍，謂挾於脅下，如帶劍也。」㉖術者　方術之士。指算命、看相者。㉗歲行在戌　太歲在戌的時候。歲，指太歲。中國古代天文家所假設的星名。中國古代把天上黃道附近一周天十二等分，以與子丑寅卯等十二支相配，由東而西，順時針而行，稱十二辰，每辰各有一個太歲名，用來紀年。歐陽脩的父親死於北宋真宗大中祥符三年庚戌，本文作於北宋神宗熙寧三年庚戌，都是「歲行在戌」。㉘平居　平日。㉙矜飾　矜誇矯飾。㉚中　內心。㉛要　求；期。㉜博　普遍。㉝咸平三年　西元一〇〇〇年。咸平，北宋真宗年號。㉞及第　應考錄取。㉟道州　宋代州名。治所在今湖南道縣。㊱判官　官名。州官的屬員，掌文書。㊲泗綿　皆宋代州名。泗，治所在今安徽泗縣。綿，治所在今四川綿陽。㊳推官　官名。州官的屬員，掌刑獄。㊴泰州　宋代州名。治所在今江蘇泰縣。㊵諱　稱死者之名。生曰名，死曰諱。㊶福昌　宋代縣名。即今河南宜陽。㊷縣太君　古代官員母親的封號。宋制，官員母親有國太夫人、郡太君、縣太君等封號，所封國、郡、縣並無實際意義。郎中、京府少尹、縣令之母，封為縣太君。㊸樂安安康彭城　皆宋代郡名。樂安，治所在今山東惠民。安康，治所在今陝西漢陰。彭城，治所在今江蘇銅山縣。㊹郡太君　宋代四品官如侍郎、翰林學士、給事中、諫議大夫之母的封號。㊺夷陵　宋代縣名。在今湖北宜昌境。北宋仁宗景祐三年（西元一〇三六年），因范仲淹觸怒宰相呂夷簡被貶，歐陽脩言其不當，亦被貶為夷陵令。㊻始得祿而養　北宋仁宗天聖八年（西元一〇三〇年），歐陽脩年二十四，中進士，授將仕郎，試祕書省校書郎，充西京留守推官，距其父歿二十年。㊼親　尊親。此指曾祖父、祖父、父親。㊽龍圖閣　北宋真宗大中祥符年間所建閣名。閣上藏北宋太宗御書、御製文集等，置學士、直學士、待制、直閣等官。㊾尚書吏部郎中　尚書省吏部郎中。尚書，官署名。尚書省的簡稱。吏部，尚書省六部之一，掌全國官吏的任免、考課、升降、調動等。郎中，尚書省六部諸司之長官。㊿留守　官名。北宋在西京、北京、南京各設留守一人，以知府兼任。(51)南京　北宋真宗大中祥符七年（西元一〇一四年），以應天府為北宋太祖舊時封地，建為南京，治所在今河南商邱。(52)入副樞密　進樞密院任副使。時為北宋仁宗嘉祐五年（西元一〇六〇年）。樞密院掌全國軍事，以樞密使為長官，副使為副。(53)參政事　參與國家大政。北宋仁宗嘉祐六年，歐陽脩轉任戶部侍郎參知政事。參知政事，官名。即副相。(54)二府　指中書省和樞密院。宋制，中書省為最高行政機關，與樞密院分掌文武，號稱二府。(55)寵錫　恩寵賞賜。錫，賜與。(56)皇曾祖府君　尊稱已死的曾祖父。皇，對先代的敬稱。府君，子孫尊其先世之辭。歐陽脩之曾祖名郴。(57)金紫光祿大夫　宋以光祿大夫為散官，加金印紫綬則稱金紫光祿大夫。金紫，金印紫綬。散官亦稱階官，與職事官相對，無實職。(58)太師　天子之師，為三公（太師、太傅、太保）之最尊者。宋沿唐制，以太師為贈官。(59)中書令　中書省長官。唐時為宰相，宋以為贈官。(60)曾祖妣　尊稱已死的曾祖母。(61)皇祖府君　尊稱已死的祖父。歐陽脩之祖父名偃。

(62)尚書令　尚書省長官。唐初為宰相，宋以為贈官。(63)祖妣　尊稱已死的祖母。(64)皇妣　尊稱已死的母親。(65)今上　指北宋神宗。(66)郊　天子於冬至日到南郊祭天。天子往往於此時對臣下加官贈封，以示恩寵。北宋神宗熙寧元年（西元一〇六八年）十一月，初行郊祀之禮，故推恩封贈群臣。(67)躬　自身。(68)三朝　指北宋仁宗、英宗、神宗三朝。(69)庇賴　庇蔭。(70)世譜　家譜。(71)遭時竊位　言幸逢時機，雖無才德而居高位。(72)熙寧三年　西元一〇七〇年。熙寧，北宋神宗年號。(73)歲次庚戌　即庚戌年。古代以歲星紀年，每年歲星所值的星次和它的干支稱歲次，也稱年次。北宋神宗熙寧三年的歲次，值庚戌。(74)四月辛酉朔　四月的辛酉日是初一。古人用干支紀年、紀月、紀日、紀時。在提到某月的某一日時，先指出該月的初一是何干支。(75)乙亥　此為上文十五日的干支。(76)推誠保德崇仁翊戴功臣　北宋英宗賞賜給歐陽脩的褒詞。(77)觀文殿學士　宋觀文殿，置大學士、學士，非曾任執政者不授。(78)特進　官名。漢置，位在三公之下，宋為散官的第二階。(79)行　兼。宋制，階官品級高於職事官者，在職事官上加「行」字。如此處「特進」為階官，其品級高於職事官的「兵部尚書」，故加「行」字。(80)兵部尚書　兵部之長官。掌軍政。(81)知青州軍州事　宋制，朝臣外放治理一州政務，帶「權知某州軍州事」銜，兼管軍、民政事，簡稱知州。歐陽脩於北宋神宗熙寧元年知青州。青州，治所在今山東益都。(82)內勸農使　獎勵農作之官。宋時為州官兼職。(83)京東東路　宋代行政區之一。治所在青州。路，宋代行政區域名稱。統轄府、州、軍、監、縣等。(84)安撫使　官名。宋制，掌一路軍政，多以知州兼任。(85)上柱國　宋代勳官十二級的最高一級。(86)開國公　宋代十二等封爵中的第六等。(87)食邑　收取封地的租稅。(88)食實封　實封的食邑。宋代食邑和食實封，已成虛名。

【語　譯】唉！先父崇國公擇地安葬在瀧岡以後的六十年，兒子脩才能夠在他的墓道上作表刻碑，並不是敢於拖延，實在是有所等待呀。

脩不幸，出生四歲父親便去世。先母立誓守節，生活貧窮，自己獨力謀生來扶養我教導我，使我長大成人。先母曾告訴我：「你父親做官，清廉而喜歡助人，愛交朋友，俸祿雖然少，也經常不讓它有剩餘。他說：『不要因為錢使我受累。』所以當他去世時，沒有留下一屋一瓦可以容身，也沒有一點田地可以種植以維持生活。我憑什麼而能夠守節呢？無非是我對你父親約略有所了解，因而對你有所期待啊。自從我做了你家的媳婦，沒能趕上侍候我的婆婆，但我知道你父親是能孝養的。你從小失去父親，我不能確定你長大後必定有成就，但我確信你父親必然有好的後代。當初我嫁過來時，你父親除去母親的喪服剛過一年，逢年過節祭祀，必定哭著說：『死後祭祀的豐厚，不如生前奉養的菲薄。』偶爾吃點酒食，就又流著淚說：『從前常常不夠，而現在卻有餘，可惜已經來不及了！』頭一兩次我看到這種情形，以為剛除去喪服才會這樣。可是後來仍然經常如此，甚至到老死始終是這樣。我雖沒趕上服侍婆婆，卻因此知道你父親是能孝養的。你父親做官，常在晚上點著蠟燭處理公文，往往一再停下來歎氣。我問他，他便說：『這是死罪的案子，我想替他找一條生路卻找不到。』我說：『生路可以找的嗎？』他說：『替他找過生路而找不到，那麼死囚和我都沒有遺憾了，何況有時是能找到的呢？正因為有時可以找到，就可以知道不替他找便判他死刑會有遺憾。試想常替他們找生路，還不免要判死罪，何況世間有些官吏常常要判人家死罪呢！』說完，回頭看奶媽抱著你站在旁邊，就指著你歎著氣說：『算命的人說我活到戌年就會死。如果他的話靈驗，我將來不及看到兒子成人了，以後應當把我的話告訴這孩子。』他平日教導別的子弟，也常用這些話，我聽熟了，所以能詳細記得。他在外面所做的事，我無從知道；他在家時，沒有一點矜誇矯飾，他的行為就是這樣，都是真正發自內心的呀！唉！他的心是那樣的仁厚呀！因此我確信你父親必然有好的後代。你要努力呀！奉養父母不一定要物質豐厚，但求其孝順；恩惠不一定能普及萬物，但求其存心仁厚。我不懂得教導你，這些是你父親的意思啊。」脩流著眼淚把這些話記在心裡，不敢忘掉。

先父小時候失去父親，努力求學。咸平三年考中進士。擔任過道州的判官，泗、綿兩州的推官，又擔任過泰州的判官。享年五十九歲，安葬在沙溪的瀧岡。

先母姓鄭，她的父親名叫德儀，世代是江南的名族。先母恭敬節儉仁愛而有禮節，最初封為福昌縣太君，後進封樂安、安康、彭城三郡太君。自從早年家境貧寒時起，持家便很儉約，以後也一直不使開支超過限度。她說：「我的孩子不能苟且迎合世俗，節儉才能過困窘的日子。」後來脩貶官到夷陵，先母談笑自在，說：「你家本來貧窮，我已過慣了。只要你能夠安於這處境，我也就安心了。」

先父去世後二十年，脩才開始有俸祿可以供養母親。又十二年，在朝廷做官，才得到皇上恩典封贈先人。又過十年，脩做龍圖閣直學士、尚書吏部郎中、留守南京，先母因病在官舍逝世，享年七十二歲。又過八年，脩以低劣的才能，進樞密院任副使，不久任參知政事，又過七年才解職。自進入中書省、樞密院二府以後，蒙天子推廣恩澤，褒揚我的三代。所以自嘉祐以來，每逢國家大慶典，一定得到恩寵賞賜。先曾祖父累次贈封到金紫光祿大夫、太師、中書令，先曾祖母累次贈封到楚國太夫人；先祖父累次贈封到金紫光祿大夫、太師、中書令兼尚書令，先祖母累次贈封到吳國太夫人；先父崇國公累次贈封到金紫光祿大夫、太師、中書令兼尚書令，先母累次贈封到越國太夫人。當今皇上初行郊祀的祭典，先父被賜爵為崇國公，先母也進號為魏國太夫人。

於是小子脩哭著說：「唉！做好事沒有得不到好報的，只是時間的遲早，這是常理呀。我的祖先，積善修德，應當享受隆厚的回報，他們雖不能親身享有，但身後得到賜爵贈封，光榮褒揚，得到三朝的賞賜，這就足夠顯揚於後世，而庇蔭他的子孫了。」於是我列出世代的族系，一一刻在碑上。又記錄了先父崇國公的遺訓，先母對脩的教導和期望，一併揭示在墓道上。使人知道小子脩無德無能，只因遇到好的機會而竊居高位，卻幸而能保全大節，不致辱沒先人，實在是有原因的。

熙寧三年，歲次庚戌，四月初一辛酉十有五日乙亥，男推誠保德崇仁翊戴功臣、觀文殿學士、特進行兵部尚書、知青州軍州事、兼管內勸農使、充京東東路安撫使、上柱國、樂安郡開國公、食邑四千三百戶、食實封一千二百戶，脩表。

【研　析】本文可分七段。首段提出「有待」二字說明遲緩作阡表的原因，先後點出題目之瀧岡、表、阡。二段透過太夫人反覆憶述的「知」（吾於汝父，知其一二；知汝父之能養；知汝父之必將有後）、「不及」（不及事吾姑；不及見兒之立）和「不能」（吾不能知汝之必有立；其施於外事，吾不能知；吾不能教汝），具體揭示「待」的內容，實寫其亡父的為人處世（事親至孝、居官仁厚、廉而好施與）。三段簡述亡父的仕進歷程。四段補敘母親「恭儉仁愛而有禮」的處世觀及隨遇而安的人生態度。五段簡述自身仕途經歷，進而補述「天子推恩，褒其三世」的歷次寵賜。六段歸美祖先之積善成德，「足以表見於後世，而庇賴其子孫」，謙言自己

「德薄能鮮，遭時竊位，而幸全大節，不辱其先」，實現了父母「有後」的願望。末段記載立表時間及立表人之爵祿。

清人林雲銘於《古文析義》中評本篇有四難云：「墓表請代作，與誌銘同用於葬日，此常例也。今乃自為表於既葬六十年後，事屬創見，且其文尤不易作，何也？幼孤不能通知父之行狀，必借母平日所言為據，多一曲折，一難也。人生大節，莫過廉孝仁厚數端，而母以初歸，既不逮姑，且婦職中饋，外言不入於閫，惡從知之，二難也。母卒已十數年，縱有平日之言，亦不知今日用以表墓，錯綜引入，不成片段，三難也。贈封祖考，實己之顯親揚名，詠歎語稍不斟酌歸美，便涉自矜，四難也。是作開口便擒有待二字，隨接以太夫人教言其有待處，即決於乃翁素行，因以死後之貧驗其廉，以思親之久驗其孝，以治獄之歎驗其仁。或反跌，或正敘，瑣碎曲盡，無不極其斡旋。中敘太夫人將治家儉薄一節，重發而諸美自見。末敘歷官贈封以贊歎語結之。」林氏的評語頗能概括此文特出的寫作技巧。

轉折語和否定詞的交錯運用是本篇行文的一大特色，如「吾不能知汝之必有立，然知汝父之必將有後也」，先以否定詞「不能知」逼顯情勢的緊張性，次用轉折詞「然知」解消其壓力，最後以補述的方式完成疑點的解答。此種敘事模式有助於深化文章的曲折度，而這正是歐陽脩作此文時內心百感交集的具體呈現。

# 蘇洵

蘇洵（西元一〇〇九～一〇六六年），字明允，北宋眉州眉山（今四川眉山縣）人。二十七歲始發憤為學，應進士試不中，於是閉門苦讀，精研經史百家，留心時務。仁宗嘉祐元年（西元一〇五六年），攜同兒子蘇軾、蘇轍，入京應試。次年，二子均進士及第。蘇洵則拜會當代文壇盟主歐陽脩，呈上所著《權書》及《論衡》等二十二篇文章，經歐陽脩推薦，一時學者競效其文。後得宰相韓琦保舉，以祕書省校書郎試用，與姚闢同修《太常因革禮》，書成去世，特贈光祿寺丞。蘇洵與蘇軾、蘇轍父子三人同列名唐宋古文八大家，世稱「三蘇」。其為文議論精切，筆力強勁，條理明晰，多得力於《孟子》、《戰國策》。有《嘉祐集》。

## 管仲論

【題解】本文選自《嘉祐集》。管仲，名夷吾，字仲，春秋齊國人。因好友鮑叔牙的推薦，得以輔佐齊桓公，以尊周室、攘夷狄為號召，稱霸諸侯。本文旨在評論管仲臨死時未能薦賢以自代，致齊桓公為小人所包圍，而引發齊國動亂。

管仲相❶桓公❷，霸❸諸侯，攘❹戎狄❺，終其身，齊國富強，諸侯不叛。管仲死，豎刁、易牙、開方❻用，桓公薨❼於亂，五公子爭立❽。其禍蔓延，訖簡公❾，齊無寧歲。

夫功之成，非成於成之日，蓋必有所由起⑩；禍之作，不作於作之日，亦必有所由兆⑪。則齊之治也，吾不曰管仲，而曰鮑叔⑫；及其亂也，吾不曰豎刁、易牙、開方，而曰管仲。何則？豎刁、易牙、開方三子，彼固亂人國者，顧⑬其用之者，桓公也。夫有舜，而後知放四凶⑭，有仲尼，而後知去少正卯⑮。彼桓公何人也？顧其使桓公得用三子者，管仲也。

仲之疾也，公問之相。當是時也，吾以仲且舉天下之賢者以對，而其言乃不過曰豎刁、易牙、開方三子，非人情⑯，不可近而已。嗚呼！仲以為桓公果能不用三子矣乎？仲與桓公處幾年⑰矣，亦知桓公之為人矣乎！桓公聲不絕乎耳，色不絕乎目，而非三子者，則無以遂⑱其欲。彼其初之所以不用者，徒以有仲焉耳。一日無仲，則三子者可以彈冠⑲相慶矣。仲以為將死之言，可以縶⑳桓公之手足邪？夫齊國不患有三子，而患無仲。有仲，則三子者，三匹夫㉑耳。不然，天下豈少三子之徒？雖桓公幸而聽仲，誅此三人，而其餘者，仲能悉數㉒而去之邪？嗚呼！仲可謂不知本者矣。因桓公之問，舉天下之賢者以自代，則仲雖死，而齊國未為無仲也，夫何患三子者？不言可也。

五霸㉓莫盛於桓、文㉔，文公之才，不過桓公，其臣㉕又皆不及仲。靈公㉖之虐，不如孝公㉗之寬厚。文公死，諸侯不敢叛晉，晉襲文公之餘威，得為諸侯之盟主㉘者百有餘年。何者？其君雖不肖，而尚有老成人㉙焉。桓公之薨也，一亂塗地，無惑也。彼獨恃一管仲，而仲則死矣。夫天下未嘗無賢者，蓋有有臣而無君者矣。桓公在焉，而曰天下不復有管仲者，吾不信也。

仲之書㉚，有記其將死，論鮑叔、賓胥無之為人㉛，且各疏㉜其短。是其心以為是數子者，皆不足以託國，而又逆知㉝其將死；則其書誕謾㉞不足信也。吾觀史鰌㉟以不能進蘧伯玉㊱而退彌子瑕㊲，故有身後之諫㊳；蕭何且死，舉曹參以自代㊴。大臣之用心，固宜如此也。一國以一人興，以一人亡。賢者不悲其身之死，而憂其國之衰，故必復有賢者，而後可以死。彼管仲者，何以死哉？

【注釋】❶相　輔佐。❷桓公　齊桓公。春秋時代齊國國君，名小白，齊襄公之弟，齊僖公之子，在位四十三年（西元前六八五～前六四三年），為春秋霸主。❸霸　用為動詞。稱霸。❹擯　排除；排斥。❺戎狄　皆古代少數民族名。在東方者稱戎，在北方者稱狄。❻豎刁易牙開方　皆齊桓公之幸臣。豎刁為宦官，易牙善烹調，開方為衛公子。❼薨　周稱諸侯死為薨。❽五公子爭立　齊桓公無嫡子，六位如夫人皆生子，即武孟、元（即後來的齊惠公）、昭、潘（即後來的齊昭公）、商人（即後來的齊懿公）、雍，其中公子昭在齊桓公生前已被立為太子，齊桓公病，其他五公子各樹黨爭立，豎刁三人閉宮門，絕齊桓公之食，齊桓公因而餓死，齊國大亂，後公子昭立，是為齊孝公。❾簡公　齊簡公。春秋時代齊國國君，名壬，齊悼公之子，在位四年（西元前四八四～前四八一年），為陳恆所弒。⑩所由起　發生的原因。⑪所由兆　發生預兆的跡象。⑫鮑叔　鮑叔牙。管仲之友，薦管仲於齊桓公，齊桓公用之。⑬顧　不過；但是。⑭四凶　即共工、驩兜、三苗、鯀。⑮少正卯　春秋時代魯國大夫。孔子攝魯相，以其亂政，誅之。⑯非人情　不合人情；不近人情。豎刁自行閹割以求接近齊桓公，易牙曾殺死兒子煮成羹獻給齊桓公，開方背叛君父來為齊桓公臣，故管仲以為三人非人情，不可用。⑰幾年　若干年；多年。⑱遂　順；成。⑲彈冠　彈去帽子上的灰塵。表示準備做官。漢代王吉（字子陽）和貢禹是好友，時稱「王陽在位，貢公彈冠」。⑳縶　捆綁；束縛。㉑匹夫　普通人。㉒悉數　全部。㉓五霸　指春秋五霸：齊桓公、晉文公、秦穆公、宋襄公、楚莊王。㉔桓文　齊桓公和晉文公。㉕其臣　指晉文公所用之臣。較著者有狐偃、趙衰、先軫、陽處父諸大夫。㉖靈公　春秋時代晉國國君。名夷皋，晉文公孫，在位十四年（西元前六二〇～前六〇七年），以暴虐為其臣趙穿所弒。㉗孝公　春秋時代齊國國君。名昭，齊桓公子，在位十年（西元前六四二～前六三三年）。㉘盟主　諸侯盟會之主。即霸主。㉙老成人　指見識廣、通世故的賢者。㉚仲之書　指《管子》。《漢書・藝文志》著錄八十六篇。今所傳之《管子》為偽書。㉛論鮑叔賓胥無之為人　《管子》中記載，管子病重，對桓公曰：「鮑叔之為人也，好直而不能以國詘；賓胥無之為人也，好善而不能以國詘。」賓胥無，春秋時代齊國賢大夫。㉜疏　指明；指出。㉝逆知　預知。㉞誕謾　荒誕不經。㉟史鰌　春秋時代衛國史官。字子魚，亦稱史魚。㊱蘧伯玉　名瑗。春秋時代衛國賢大夫。㊲彌子瑕　春秋時代衛靈公之寵臣。㊳身後之諫　指陳屍於牖下，以屍為諫。史魚將卒時，自以不能進蘧伯玉、退彌子瑕，生而不能正君，死後不必按大夫禮治喪，置屍於牖下即可，其子從之。衛靈公弔喪時，怪而問之，曰：「是寡人之過也。」於是命其子按大夫禮治喪，進用蘧伯玉，斥退彌子瑕。㊴蕭何且死二句　蕭何、曹參，均沛人，為西漢名相，蕭何病重，西漢惠帝親自探視，問曹參可否繼任為相，蕭何平日與曹參不和，仍以為西漢惠帝所選恰當而贊同。

【語　譯】管仲輔佐齊桓公，使齊桓公稱霸於諸侯，攘除夷狄，終其一生，齊國始終富有強大，諸侯不敢背叛。管仲死後，豎刁、易牙、開方被重用，齊桓公死於變亂，五個公子爭奪王位。這禍亂蔓延開來，一直到齊簡公為止，齊國沒有一年安寧過。

說到功業的成就，並不是成於成功的那一天，必定有它成功的原因；禍害的發生，也不是起於發生的那一天，必定有它發生的預兆。那麼齊國的安定，我不認為是管仲的功勞，而是鮑叔的功勞；齊國的禍亂，我不認為是豎刁、易牙、開方所造成，而是由於管仲。為什麼呢？豎刁、易牙、開方三個人，他們固然是擾亂國家的人，但是任用他們的是齊桓公。從前有了舜，然後曉得放逐四凶，有了仲尼，然後曉得除去少正卯。那齊桓公是怎樣的人？但是使得齊桓公任用這三個人的，是管仲啊。

管仲病重時，齊桓公問他誰可以接替相位。這時候，我以為管仲將會舉薦天下的賢才來回答，可是他所說的不過是豎刁、易牙、開方三個人不合人情，不應該接近他們罷了。唉，管仲以為齊桓公果真就不會用這三人嗎？管仲和齊桓公相處多少年了，也應該了解齊桓公的為人吧！齊桓公的耳朵沒離開過音樂，眼睛沒離開過女色，而沒有這三個人，便無法滿足他的慾望了。當初他們三人所以不被重用，只因為有管仲在。一旦管仲不在了，他們自然可以整潔冠冕準備上臺而相互慶賀了。管仲以為臨終的勸告，可以束縛齊桓公的手腳嗎？其實齊國不怕有這三個人，怕的是沒有管仲，有管仲，這三個人不過是三個普通的人罷了。不然，天下會缺少像他們之類的小人嗎？即使齊桓公幸而聽信管仲的話，殺掉這三人，而其餘的小人，管仲能將他們全部除去嗎？唉！管仲可以說是不知道根本的人了。趁齊桓公的垂問，他應該舉薦天下賢才來代替自己，那麼管仲雖然死了，而齊國不會沒有像管仲的人，還怕這三個小人嗎？就是不必提他們也可以的。

春秋五霸中沒人能超過齊桓公和晉文公，晉文公的才幹，不會超過齊桓公，他的臣子又都不如管仲。晉靈公的暴虐，不如齊孝公的寬厚。晉文公死後，諸侯不敢背叛晉國，晉國承襲晉文公的餘威，還能做諸侯的盟主一百多年。為什麼呢？晉國的國君雖然不肖，然而尚有老成的賢臣在。齊桓公死後，齊國一亂而不可收拾，是用不著疑惑的。齊國只憑仗管仲一人，可惜管仲已經死了。其實天下不是沒有賢才，而是有賢臣在卻沒有國君去用他。當齊桓公還在世時，卻說天下不再有管仲這種的人才，我不相信。

管仲的書裡，記載他將死的時候，評論鮑叔和賓胥無的為人，並且分別指出他們的短處。這是說他的內心以為這幾個人都不足以託付治國的重任，同時又預知自己將要去世；可見這部書是荒誕不經，不足以採信的。我看衛國的史鰍因為不能舉薦蘧伯玉並黜退彌子瑕，所以有死後的屍諫；漢代蕭何將死的時候，保舉曹參來代替自己。大臣的用心，固然應當如此。國家往往因一個人而興盛，因一個人而衰亡。賢人不悲傷自身的死，而擔心國家的衰亡，所以必須找到賢者，然後才可以安心死去。那管仲，為什麼就這樣死去呢？

【研　析】本文可分四段。首段以用人問題為功禍之關鍵，認為管仲責無旁貸。二段抨擊管仲對齊桓公的答覆缺乏建設性，進而代管仲謀畫人事策略。三段拿晉文公和齊桓公相比，指出國家治亂的關鍵在於有無賢者在位。末段主張大臣之用心，當「不悲其身之死，而憂其國之衰」，因而質疑管仲其人其書之不足取。

《史記・管晏列傳》刻畫管仲的形象，著重其與齊桓公的君臣遇合及管仲「善因禍而為福，轉敗而為功」的靈活手腕。但在蘇洵看來，管仲雖知齊桓公在本質上不過是個貪功近利、衝動多慾的人，卻未積極薦賢以佐之，實無異於見死不救；而其責管仲以「不知本」，亦在於小人誅之不盡，惡之而愈出，唯有致力發掘賢佐，才是正本清源之道。

蘇洵的文風頗受《戰國策》的影響，自亦不免沾染縱橫家信口開河的習氣。文中謂「靈公之虐，不如孝公之寬厚」尚可，謂「文公之才，不過桓公，其臣又皆不及仲」則似有待商榷。從《左傳》的記載看來，晉文公可謂恩怨分明，忍辱負重，其從臣如狐偃、趙衰、子犯之徒，亦均老成持重，君臣咸具恢宏之氣度。反觀齊桓公，他因怒少姬改嫁而襲蔡，又陰欲背曹沫之約，幸賴管仲「因禍而為福，轉敗而為功」（〈管晏列傳〉）的外交手腕免鑄大錯，但管仲亦未能致君於王道而僅僅成就霸者之業，故孔子譏誚其器識狹小。由此觀之，本篇之論據尚有待斟酌。然中間一段設想居管仲之位而代為圖謀，可謂一擊中的，對蘇軾作〈鼂錯論〉、〈范增論〉啟發甚大。

# 辨姦論

【題　解】本文選自《宋文鑑》。主旨在揭發世間有大姦大惡之人，表面服膺聖賢之言，其實內藏奸偽，若獲重用，天下將蒙其禍。歷來均以為本文係針對王安石而發，至於是否為蘇洵所作，則至今仍未有定論。

事有必至，理有固然。惟天下之靜者，乃能見微而知著❶。月暈而風❷，礎潤而雨❸，人人知之。人事之推移❹，理勢之相因，其疏闊❺而難知，變化而不可測者，孰與❻天地陰陽之事，而賢者有不知，其故何也？好惡亂其中❼，而利害奪其外❽也。

昔者山巨源❾見王衍❿，曰：「誤天下蒼生者，必此人也！」郭汾陽⓫見盧杞⓬，曰：「此人得志，吾子孫無遺類⓭矣！」自今而言之，其理固有可見者。以吾觀之，王衍之為人，容貌言語，固有以欺世而盜名者，然不忮不求⓮，與物浮沉⓯，使晉無惠帝⓰，僅得中主⓱，雖衍百千，何從而亂天下乎？盧杞之姦，固足以敗國，然而不學無文，容貌不足以動人，言語不足以眩⓲世，非德宗⓳之鄙暗，亦何從而用之？由是言之，二公⓴之料二子㉑，亦容㉒有未必然也。

今有人㉓，口誦孔、老㉔之言，身履㉕夷、齊㉖之行，收召好名之士、不得志之人，相與造作言語，私立名字，以為顏淵㉗、孟軻㉘復出，而陰賊險狠，與人異趣㉙，是王衍、盧杞合而為一人也，其禍豈可勝言㉚哉！

夫面垢不忘洗，衣垢不忘澣㉛，此人之至情也。今也不然，衣㉜臣虜㉝之衣，食犬彘㉞之食，囚首喪面㉟，而談詩書，此豈其情也哉？凡事之不近人情者，鮮不為大姦慝㊱，豎刁、易牙、開方㊲是也。以蓋世之名，而濟㊳其未形之患，雖有願治之主，好賢之相，猶將舉而用之，則其為天下患，必然而無疑者，非特二子㊴之比也。

孫子㊵曰：「善用兵者，無赫赫㊶之功。」使斯人而不用也，則吾言為過，而斯人有不遇之歎，孰知禍之至於此哉？不然，天下將被㊷其禍，而吾獲知言之名，悲夫！

【注釋】❶見微而知著　看到細微的跡象，能預知其發展或結果。❷月暈而風　月亮四周出現彩色光環，則不久將要起風。❸礎潤而雨　柱下石墩濕潤，則不久將要下雨。❹推移　變化。❺疎闊　疏遠迂闊。❻孰與　怎能相比；哪能比得上。❼中　內心。❽外　指行為。❾山巨源　山濤。字巨源，晉河內懷縣（今河南武陟西）人，官至右僕射，竹林七賢之一。❿王衍　字夷甫。晉瑯琊臨沂（今山東臨沂）人，官至尚書令、太尉。⓫郭汾陽　郭子儀。唐華州鄭縣（今陝西華縣）人，累官太尉、中書令，封汾陽郡王。⓬盧杞　唐滑州靈昌（今河南滑縣）人。德宗時為相，專權自恣，搜括民財，後被貶死。盧杞貌醜而有口才，曾於郭子儀病重時往探視，郭子儀悉屏退侍妾，人問其故，子儀曰：「杞貌陋而心險，婦人見之必笑，他日杞得志，吾族無遺類矣。」⓭遺類　殘存的人。⓮不忮不求　不害人亦不貪求。⓯與物浮沉　隨世俗而進退上下。⓰惠帝　西晉皇帝。名衷，晉武帝之子，在位十七年（西元二九〇～三〇六年），性痴愚。⓱中主　中等才智之君主。⓲眩　迷惑。⓳德宗　唐代皇帝。名适，唐代宗之子，在位二十六年（西元七八〇～八〇五年），性貪鄙。⓴二公　指山濤、郭子儀。㉑二子　指王衍、盧杞。㉒容　或許。㉓今有人　指王安石。㉔孔老　孔子和老子。㉕履　實行。㉖夷齊　伯夷、叔齊。孤竹國國君的兩個兒子，兄弟讓國，逃到海濱，後投奔周文王，武王伐紂，他們諫止不成，逃到首陽山隱居，餓死。㉗顏淵　名回，字子淵，春秋時代魯國人。孔子弟子，貧而好學，孔子稱其賢。㉘孟軻　字子輿，戰國時代鄒（今山東鄒縣南）人。以王道、仁政諸說遊說齊、梁，未被採納，退而與弟子論敘《詩》、《書》，有《孟子》一書。㉙異趣　不同的趨向。㉚勝言　盡言；全部說出來。

㉛澣　洗衣。㉜衣　穿。作動詞用。㉝臣虜　指囚犯。㉞犬彘　狗和豬。㉟囚首喪面　髮蓬亂如囚徒，面不洗如居喪。㊱姦慝　奸惡；邪惡。㊲豎刁易牙開方　春秋時代齊桓公的三個近臣。豎刁自行閹割為太監，以接近齊桓公；易牙殺自己兒子做菜給齊桓公吃；開方放棄自己在衛國的貴族身分，到齊國做官。管仲認為三人皆不近人情。㊳濟　助成；促成。㊴二子　指上文王衍、盧杞二人。㊵孫子　孫武。春秋時代齊國人，兵法家，著《孫子》十三篇。㊶赫赫　盛大的樣子。㊷被　遭受。

【語　譯】事情會有必然的結果，道理也有不變的原則。只有冷靜的人，才能看到細微的跡象就能預知它的發展或結果。月亮四周圍繞著光氣就要刮風，柱下石墩潮濕就要下雨，這是人人知道的事。至於人事的變化，理勢的互為因果，在疏遠迂闊而難以了解，變化多端而不可測度兩方面，哪裡比得上天地陰陽的事，但是賢能的人也有不知道的，這是什麼緣故呢？這是好惡擾亂了他們的內心，利害動搖了他們的行為啊。

從前山巨源看到王衍，說：「將來為害天下百姓的，必定是這個人啊！」郭子儀看到盧杞，說：「這個人一旦得志，我的子孫便不會有存活的了！」從現在來說，這當中的脈絡確實是看得到的。以我看來，王衍的為人，他的容貌和言談，固然有可以欺騙世人盜取名譽的地方，可是他不害人也不貪求，隨世俗而進退上下，假使晉朝沒有惠帝，只有中等才智的國君，就算有千百個王衍，又從何去擾亂天下呢？盧杞的奸險，固然足以敗壞國家，然而他不讀書，沒有文才，容貌不足以使人動心，言語不足以迷惑世人，若不是唐德宗的鄙陋昏庸，又怎會去任用他呢？這樣說來，二公對王、盧兩人的預料，或許也未必盡然啊。

現在有這樣一個人，口裡講著孔子、老子的話，親身實踐伯夷、叔齊的行為，收羅一般好名的士子、不得意的人，共同捏造謊言，私下建立名號，自以為是顏回、孟子再生，而他陰賊險狠，又和別人有不同的趨向，這是把王衍和盧杞的性情合併在一人的身上，他的禍害，難道說得完嗎？

大抵臉上有汙垢不會忘記洗掉，衣服髒了不會忘記洗淨，這是人的常情。現在他卻不然，穿著囚犯般的衣服，吃豬狗吃的東西，蓬頭像囚犯，垢面像居喪的人，卻大談詩書，這哪裡是人之常情呢？大凡做事不近人情的人，很少不是個大壞蛋，像豎刁、易牙、開方就是這種人。以他蓋世的盛名，去助長未來的禍害，雖然有渴望治好國家的君主，喜歡進用賢才的宰相，尚且還必將提拔他、任用他，那麼他將給天下帶來禍患，是必然無疑的，這就不是王、盧兩人所能比得上的了。

孫子說：「善用兵的將領，沒有顯赫的功勞。」假使這個人不被重用，那麼人家會認為我的話說錯了，而這個人就有懷才不遇的感歎，又有誰知道禍害會像我說的那樣呢？如果不是這樣，那麼天下將蒙受他的禍害，我倒獲得知言的名聲，這才是可悲呢！

【研　析】本文可分五段。首段以「知」字為核心點出題意，認為「事有必至，理有固然」的原則只適用於自然現象的推測，至於「人事之推移」，則「疏闊而難知，變化而不可測」，人如「好惡亂其中，而利害奪其外」，則往往發生誤判。二段援引山濤評王衍、郭子儀論盧杞之史實，言其智雖足以辨姦，卻不料禍殃肇於人主之愚闇。三段由古及今，譏諷有人表面上道貌岸然，實則「陰賊險狠，與人異趣」，直言此人為禍將更甚於王衍和盧杞。四段具體刻畫其「與人異趣」之處，以春秋時代齊國的三個奸臣為證，提出「凡事之不近人情者，鮮不為大姦慝」的觀點。末段以「禍」字為中心，盼賢者見微知著，擯斥此人，使天下得免其禍。

作者以「好惡亂其中，而利害奪其外」作為「賢者有不知」的根本原因，是極發人深省的。「賢者」可能是國之大老、文壇主盟如歐陽脩者，也可以是一國之君，總之是具有決定性地位的人。「好惡」往往涉及個人主觀的偏私，「利害」則是基於對現實情勢的功利性考量，二者都違離了冷靜的思考而略涉浮淺，是導致「不知」的直接因素。如果一個國家的決策者，因著個人稍嫌輕率的判斷，而使群體蒙受威脅禍害，這豈不是件令人遺憾的事？而這也正是作者極不願其發生的緣由。文章以「悲夫」作結，猶如一聲歎息，令人不由為之悒鬱。

# 心術

【題　解】本文選自《嘉祐集》。心術，指認識客觀世界的方法、途徑。本文旨在闡論為將者對於戰爭、帶兵之事，應有的認識、素養和實際的作法。

為將之道，當先治心。泰山❶崩於前而色不變，麋鹿❷興於左❸而目不瞬❹，然後可以制❺利害，可以待敵。

凡兵上義❻；不義，雖利勿動。非一動之為害，而他日將有所不可措手足也。夫惟義可以怒士❼，士以義怒，可與百戰。

凡戰之道，未戰養其財，將戰養其力，既戰養其氣，既勝養其心。謹烽燧❽，嚴斥堠❾，使耕者無所顧忌，所以養其財；豐犒❿而優游⓫之，所以養其力；小勝益急，小挫益厲⓬，所以養其氣；用人不盡其所欲為⓭，所以養其心。故士常蓄其怒、懷其欲而不盡。怒不盡則有餘勇，欲不盡則有餘貪。故雖并天下，而士不厭兵⓮，此黃帝⓯之所以七十戰而兵不殆⓰也。不養其心，一戰而勝，不可用矣。

凡將欲智而嚴，凡士欲愚。智則不可測，嚴則不可犯，故士皆委己而聽命，夫安得不愚？夫惟士愚，而後可與之皆死。

凡兵之動，知敵之主，知敵之將，而後可以動於險。鄧艾⓱縋⓲兵於蜀中，非劉禪⓳之庸，則百萬之師可以坐縛，彼固有所侮⓴而動也。故古之賢將，能以兵嘗敵㉑，而又以敵自嘗，故去就㉒可以決。

凡主將之道，知理而後可以舉兵，知勢而後可以加兵，知節㉓而後可以用兵。知理則不屈，知勢則不沮㉔，知節則不窮。見小利不動，見小患不避，小利小患，不足以辱吾技也，夫然後有以支大利大患。夫惟養技而自愛者，無敵於天下。故一忍可以支百勇，一靜可以制百動。

兵有長短，敵我一也。敢問：「吾之所長，吾出而用之，彼將不與吾校㉕；吾之所短，吾蔽而置之，彼將強與吾角㉖，奈何？」曰：「吾之所短，吾抗而暴之㉗，使之疑而卻㉘；吾之所長，吾陰而養之㉙，使之狎㉚而墮其中，此用長短之術也。」

善用兵者，使之無所顧，有所恃。無所顧，則知死之不足惜；有所恃，則知不至於必敗。尺箠㉛當猛虎，奮呼而操擊；徒手遇蜥蜴㉜，變色而卻步，人之情也。知此者，可以將矣。袒裼㉝而按劍，則烏獲㉞不敢逼；冠冑衣甲㉟，據兵㊱而寢，則童子彎弓㊲殺之矣。故善用兵者以形㊳固。夫能以形固，則力有餘矣。

【注釋】❶泰山　山名。在山東中部。古人以泰山為中國最高的山。❷麋鹿　麋和鹿。麋，形似鹿而體大，亦鹿類。一說：麋鹿，獸名。俗稱四不像。❸左　旁。❹瞬　眨眼。❺制　判斷。❻上義　崇尚正義。上，通「尚」。❼怒士　使士卒振奮。

怒，用為動詞。激怒；激勵。❽烽燧　古代在邊地築臺瞭望，有事示警，則夜間焚燒積薪，稱為烽；白天焚燒狼糞，使其冒煙，稱為燧。❾斥堠　偵察；候望。❿犒　酬賞功勞。⓫優游　從容自在。⓬厲　通「勵」。激勵。⓭欲為　慾望；願望。⓮士不厭兵　士兵不厭戰。⓯黃帝　古帝名。亦稱軒轅氏、有熊氏，相傳為中華民族的始祖。⓰殆　通「怠」。懈怠。⓱鄧艾　三國時代魏國的大將。蜀漢後主炎興元年（西元二六三年），鄧艾率兵攻蜀，自陰平道行無人之地七百餘里，鑿山通道，遇山高艱險處，將士皆攀木緣崖，以繩索縛身，自山上往下送，至江油（今四川江油），守將馬邈降，至成都（今四川成都），蜀漢後主出降。⓲縋　繫於繩索而使之下。⓳劉禪　蜀漢後主。小字阿斗，劉備子。在位四十一年（西元二二三～二六三年）。⓴侮　輕視。㉑嘗敵　試探敵人。㉒去就　去留。此指撤退或進攻。㉓節　調度。㉔沮　沮喪；灰心喪氣。㉕校　較量。㉖角　角鬥；競爭。㉗抗而暴之　故意暴露出來。與下句「陰而養之」相對。抗，舉。暴，暴露。㉘卻　退避。㉙陰而養之　隱密而培養之。㉚狎　輕忽。㉛箠　木棍。㉜蜥蜴　爬蟲類。形似蛇而有腳，俗稱四腳蛇。㉝袒裼　露臂赤膊。㉞烏獲　戰國時代秦國之勇士。相傳能力舉千鈞。㉟冠冑衣甲　戴頭盔，穿甲衣。冠、衣，皆作動詞用。冑，頭盔。㊱據兵　持兵器。㊲彎弓　拉開弓。㊳形　力量強弱的形勢。

【語譯】做將領的原則，應先修養內心。做到泰山在面前崩塌而臉色不變，麋鹿在旁邊跳躍而不眨眼，然後才可以判斷利害，可以對付敵人。

凡是用兵，都要崇尚正義；如果不合正義，雖然有利也不要動兵。並不是一動就有什麼害處，而是怕以後再要調動他們，便不知怎麼辦才好。只有正義才能激勵士兵，士兵因正義而激奮，便可以和他們應付所有戰役了。

凡是作戰的原則，沒打仗以前要積聚物資，將打仗時要培養戰力，已經交戰要保持士氣，打了勝仗要保持軍心。謹慎做好瞭望示警，嚴密監視偵察敵情，使農民無所顧慮，這是積聚物資的方法；豐厚的犒賞，使士兵從容自在，這是培養實力的方法；得到小勝要加緊督促，遇到小挫折要越發激勵，這是培養士氣的方法；用人不要全部滿足他的慾望，這是培養軍心的方法。所以要士兵經常存有怒氣而不能完全發洩，懷有慾望而不能完全滿足。怒氣不能完全發洩便有用不完的勇氣，慾望不能完全滿足便會常保進取心。因此就算打遍天下，士兵也不會討厭戰爭，這就是黃帝打了七十次戰役，而士兵仍不懈怠的緣故。如果不培養軍心，打一次仗可能勝利，以後就不能再打了。

凡是將領要有智謀和威嚴，士兵要愚直。有智謀，別人就猜不透他；有威嚴，別人就不敢侵犯。所以士兵都把生命交出來而聽從命令，這怎能不要他們愚直呢？只有士兵愚直，然後才可以和他們同生共死。

凡是軍隊出動，應該了解敵人的君主，了解敵人的將領，然後才可以冒險犯難。鄧艾用繩索繫著兵士越過山嶺攻打蜀國，如果不是劉禪的昏庸，就算鄧艾有百萬的軍隊，蜀漢也可以輕易地將他們俘虜，鄧艾本來就輕視劉禪才採取這樣的行動啊。所以古代的賢將，能用軍隊來試探敵人，而又能引敵兵來考驗自己，因此進退就可以決定了。

凡是做將領的原則，要懂得軍事原理才可以發兵作戰，要了解形勢才可以出兵攻擊，要懂得調度才可以指揮軍隊。懂得原理就不會屈服，了解形勢就不會沮喪，懂得調度就不會遇困。見小利不動心，見小患不躲避，小利小患不足以勞動我的才能，這樣才能爭取大利和應付大患。只有培養才能而且自愛的人，才能無敵於天下。所以一忍可以抵擋百勇，一靜可以牽制百動。

軍隊有優點和缺點，敵人和我一樣。試問：「我軍的優點，我拿出來運用，敵軍將不跟我較量；我軍的缺點，我隱蔽不用，敵軍將硬要跟我角鬥，那怎麼辦？」答道：「我軍的缺點，我故意暴露出來，使敵軍懷疑而退卻；我軍的優點，我暗中培養它，使敵軍輕忽而中計。這是運用優點和缺點的方法啊。」

善於用兵的人，使士兵沒有顧慮，有所憑藉。沒有顧慮，便覺得死不足惜；有所憑藉，就曉得不至於必定失敗。拿著一尺長的木棍面對猛虎，也能大聲喊叫揮動棍子去攻擊；空手遇到蜥蜴，就會臉色大變而後退，這是人之常情啊。明白這道理，可以帶兵了。露臂赤膊拿著劍，就算是古代的勇士烏獲也不敢逼近；戴著頭盔穿著鐵甲，拿著兵器睡覺，連小孩子都敢拉弓來射殺他。所以善用兵的人要以堅強的形勢來鞏固安全，能表現出堅強的形勢，那麼力量便充足有餘了。

【研　析】本文可分八段。首段言為將當先治心，二段言兵以義動，二者為全文論述之總綱。三段依照時間序列，主張作戰的各個階段（未戰、將戰、既戰、既勝）宜各有所「養」（養財、養力、養氣、養心）。四段言將欲智而嚴，士欲愚，方可令出必行，同生共死。五段言為將者當須知己知彼，且舉鄧艾平蜀之役為證。六段就治軍與治心的關係申論所謂「主將之道」，主要在於理、勢、節三者的掌握和運用，進而揭櫫以忍對勇、以靜制動的戰術原則。七段言兵有長短，為將者當知用之以取勝。八段提出「善用兵者，使之無所顧，有所恃」的觀點，以有備則無慮作為戰勝必具的心理條件。清人吳楚材評此文云：「此篇逐節自為段落，非一片起伏，首尾議論也；然先後不紊，由治心而養士，由養士而審勢，由審勢而出奇，由出奇而守備，段落鮮明，井井有序，文之善變化也。」

蘇洵在文中主要是從軍事心理學的角度概略申論了自己在戰術方面的觀點。發動戰爭之前，必須累積一定的條件，以創造有利的形勢；而一場勝利的戰爭，也必然是物質與精神條件整體配合的結果。蘇洵認為：「善用兵者，使之無所顧，有所恃。」無所顧的前提是「養其財」，亦即嚴密軍事上的預警制度，使耕者得以生產，作為支持軍隊作戰的經濟實力。「治心」是有所恃的必要條件，又可分將領和士兵兩方面言之。良將必定具備四項特質，即智、嚴、忍、靜。智不僅是難以常情推測的智謀，更是對局勢全盤掌控的能力，包括知敵、知理、知勢、知節。嚴是軍令如山的威嚴，忍即沉著堅韌而內斂的定力，靜是不躁進以待敵。至於帶兵，亦有其道。首先是建立為正義而戰的觀念，「不義，雖利勿動」。其次是「常蓄其怒、懷其欲而不盡」，激發其建功的強烈鬥志。最後是使其養成信任長官、服從命令的習慣，以確保軍令的貫徹。宋朝在對外關係上一向表現得十分軟弱，但求苟安而已，蘇洵此文特別著眼於心理建設，或許是有感而發吧！

# 張益州畫像記

【題　解】本文選自《嘉祐集》。張益州，張方平（西元一〇〇七～一〇九一年），字安道，北宋宋城（今河南商邱）人。時任益州（治所在今四川成都）刺史，故稱張益州。北宋仁宗至和元年（西元一〇五四年），蜀地謠傳南詔將進犯益州，民心浮動不安。張方平受命出任知州，從容應付，消弭動亂於無形。益州人民感戴，立其畫像於淨眾寺以供人瞻仰，蘇洵為此文以讚頌張方平之功德。

至和元年秋，蜀人傳言有寇❶至，邊軍夜呼，野無居人。妖言❷流聞，京師震驚，方命擇帥，天子曰：「毋養亂，毋助變，眾言朋興❸，朕❹志自定。外亂不作，變且中起，不可以文令❺，又不可以武競❻。惟朕一二大吏，孰為能處茲文武之間，其命往撫朕師。」乃推曰：「張公方平其人。」天子曰：「然。」公以親辭，不可，遂行。

冬十一月，至蜀。至之日，歸屯軍❼，徹守備，使謂郡縣：「寇來在吾，無爾勞苦。」明年正月朔旦❽，蜀人相慶如他日，遂以無事。又明年正月，相告留公像於淨眾寺❾，公不能禁。

眉陽❿蘇洵言於眾曰：「未亂，易治也；既亂，易治也。有亂之萌，無亂之形，是謂將亂。將亂難治，不可以有亂急，亦不可以無亂弛。是惟元年之秋，如器之欹⓫，未墜於地，惟爾張公，安坐於其旁，顏色不變，徐起而正之。既正，油然⓬而退，無矜容。為天子牧小民不倦，惟爾張公；爾繄⓭以生，惟爾父母。

且公嘗為我言：『民無常性，惟上所待。人皆曰蜀人多變，於是待之以待盜賊之意，而繩⑭之以繩盜賊之法，重足屏息⑮之民，而以碪斧⑯令。於是民始忍以其父母妻子之所仰賴之身，而棄之於盜賊，故每每大亂。夫約之以禮，驅之以法，惟蜀人為易。至於急之而生變，雖齊魯⑰亦然。吾以齊魯待蜀人，而蜀人亦自以齊魯之人待其身。若夫肆意於法律之外，以威劫齊民⑱，吾不忍為也。』嗚呼！愛蜀人之深，待蜀人之厚，自公而前，吾未始見也。」皆再拜稽首⑲曰：「然。」

蘇洵又曰：「公之恩在爾心，爾死，在爾子孫。其功業在史官，無以像為也。且公意不欲，如何？」皆曰：「公則何事於斯？雖然，於我心有不釋焉。今夫平居⑳聞一善，必問其人之姓名，與鄉里之所在，以至於其長短、大小、美惡之狀，甚者或詰㉑其平生所嗜好，以想見其為人，而史官亦書之於其傳。意使天下之人，思之於心，則存之於目。有之於目，故其思之於心也固。由此觀之，像亦不為無助！」蘇洵無以詰，遂為之記。

公，南京㉒人。為人慷慨有節，以度量雄天下。天下有大事，公可屬㉓。系之以詩曰：「天子在祚㉔，歲在甲午㉕。西人㉖傳言，有寇在垣㉗。庭有武臣，謀夫如雲。天子曰：『嘻，命我張公。』公來自東，旗纛㉘舒舒㉙。西人聚觀，于巷于塗㉚。謂公暨暨㉛，公來于于㉜。公謂西人：『安爾室家，無敢或訛。訛言不祥，往即爾常。春爾條桑㉝，秋爾滌場㉞。』西人稽首：『公我父兄。』公在西囿㉟，草木駢駢㊱。公宴其僚，伐鼓淵淵㊲。西人來觀，祝公萬年。有女娟娟㊳，閨闥㊴閑閑㊵。有童哇哇㊶，亦既能言。昔公未來，期㊷汝棄捐。禾麻芃芃㊸，倉庾㊹崇崇。嗟我婦子，樂此歲豐。公在朝廷，天子股肱㊺。天子曰歸，公敢不承？作堂嚴嚴㊻，有廡㊼有庭㊽。公像在中，朝服冠纓㊾。西人相告，無敢逸荒。公歸京師，公像在堂。」

【注釋】❶寇　強盜；敵人。此指南詔。❷妖言　謠言。❸朋興　並興；同時出現。❹朕　古人自稱。自秦始皇起，專用為天子自稱。❺以文令　用文教來感化。❻以武競　用武力來鎮壓。❼屯軍　戍守的軍隊。❽正月朔旦　元旦；正月初一。朔，農曆每月的初一。旦，早晨。❾淨眾寺　在成都西北。一名萬福寺。❿眉陽　即眉州。⓫欹　傾斜。⓬油然　和順安詳的樣子。⓭緊　是；此。⓮繩　約束；管束。⓯重足屏息　形容極為恐懼的樣子。重足，兩腳相並，不敢前進。屏息，憋住呼吸，不敢作聲。⓰碪斧　碪刀斧鉞。皆戮人之具。此指嚴刑峻法。⓱齊魯　二國名。齊為太公之封邑，魯為周公之封邑，皆禮儀之邦。⓲齊民　平民；百姓。⓳稽首　叩頭。古代最恭敬的跪拜禮。⓴平居　平日。㉑詰　問。㉒南京　北宋以宋州為南京，治所在今河南商邱。㉓屬　託付。㉔祚　帝位。㉕歲在甲午　即甲午年。歲，歲星。古人用以紀年。㉖西人　指蜀人。㉗垣　城牆。此指邊地。㉘纛　大旗。㉙舒舒　飄揚的樣子。㉚塗　通「途」。道路。㉛暨暨　果毅的樣子。㉜于于　行動安詳自得的樣子。㉝條桑　修剪桑枝。㉞滌場　清掃場地。場，指曬穀場。㉟囿　園林。㊱駢駢　茂盛的樣子。㊲淵淵　形容鼓聲平和。㊳娟娟　美好的樣子。㊴閨闥　閨房。㊵閑閑　自得的樣子。㊶哇哇　小兒學語聲。㊷期　猜想；設想。㊸芃芃　美盛的樣子。㊹倉庾　藏穀之處。在邑曰倉，在野曰庾。㊺股肱　大腿和胳膊。引申指帝王左右的得力大臣。㊻嚴嚴莊嚴肅穆的樣子。㊼廡　堂周圍的廊屋。㊽庭　廳堂。㊾纓　冠帶。繫在頷下。

【語　譯】至和元年秋天，蜀人流言說有賊寇侵犯邊境，守邊的士兵在夜裡驚叫，邊野的地方已經沒人居住。謠言流傳開來，連京城也為之震驚，朝廷正下令選派元帥，天子說：「不要造成禍亂，也不要助長事變。雖然謠言紛紛流傳，朕自有主張。如今外患還沒發生，內部卻將先有變故，這事既無法以文教來感化，又不可以用武力來鎮壓。朕身旁的一兩位大臣，誰能夠處理這項文武之間的事，就派他去安撫朕的軍隊。」於是大家推舉說：「張公方平這個人可以勝任。」天子說：「對。」張公卻以奉養父母為理由而推辭，天子不允許，於是他就去上任。

那年冬十一月，張公抵蜀。到的那天，就把戍守的軍隊召回原駐地，撤除守備，並派人告訴郡縣的長官：「賊寇來了有我在，不用你們勞苦。」第二年的正月初一，蜀地人民相互賀年跟往年一樣，沒有發生什麼事故。又過了一年的正月，大家商量要把張公的畫像留在淨眾寺裡，張公沒法禁止。

眉陽蘇洵對眾人說：「沒亂，容易治理；已亂，也容易治理。只有亂的徵兆，沒有亂的跡象，叫做將亂。將亂最難治理，不可以因為有亂的徵兆而嚴厲，不可以因為無亂的跡象而鬆懈。至和元年秋天的情況，像器物傾斜了，還沒倒在地上，幸而張公安詳地坐在旁邊，臉色不變，慢慢地將它扶起來擺正。擺正之後，很安詳地離開，沒有驕傲的神情。替天子安撫百姓不倦的，只有張公；你們因他而安生，他如同是你們的父母。並且張公曾對我說：『人民沒有固定不變的性情，只看在上的人怎樣對待他們。人們都說蜀人性情多變，於是用對待盜賊的心情對待他們，用管束盜賊的方法管束他們，對待那些安分而惶恐的百姓，卻拿嚴刑峻法來號令他們。於是百姓才狠下心以他們父母妻子所仰賴的他的身體，拋棄不顧而去當強盜，所以常常有大亂。如果用禮儀來約束，用法令來管理，其實蜀人是很容易治理的。至於過度嚴厲而生變亂，即使是齊、魯的地方也是一樣。我拿對待齊、魯人的方式來對待蜀人，那蜀人也會以齊、魯之人看待自身。至於在法律以外任意橫行，來威脅百姓，我是不忍心這樣做的。』唉，像這樣深切地愛護蜀人，這樣優厚地對待蜀人，在張公以前，我還沒見過啊。」大家聽了都再拜叩頭說：「是的。」

蘇洵又說：「張公的恩澤你們都記在心裡，你們死後，你們的子孫還會記住。他的功業史官會記載，不必用畫像來表示。何況張公也不願意，你們認為怎麼樣？」大家都說：「張公怎麼會在意這些？雖然這樣，我們的心裡卻感到過意不去。平日聽到有人做一件善行，必定要問他的姓名，和他鄉里的所在，以至於他的高矮、大小、相貌，甚至再問他平時的嗜好，以想見他的為人，而史官也會在他的傳記裡記載這些。用意是使天下的人，在心裡思慕他，更希望能看到他。看到他後，心裡的思慕也就更加的堅定。這樣看來，畫像也不是沒有幫助啊。」蘇洵無話可以反駁，於是為他寫了這篇記。

張公是南京人。為人慷慨有節操，以度量稱雄於天下。天下有大事，張公是可以託付的人。蘇洵接著又為他寫一首詩：「天子在位，歲在甲午。蜀人流言，賊寇臨邊。朝廷有武官，謀士多如雲。天子說：『好，派張公去。』張公從東而來，大旗飄揚。蜀人聚集觀看，滿巷滿街。都說張公果敢堅毅，舉止安詳。張公對蜀人說：『安守你們的家室，不要聽信謠言。謠言是不祥的，仍然做你們平常的事情。春天你們修剪桑枝，秋天你們清掃曬穀場。』蜀人叩頭說道：『張公是我們的父兄。』張公駐節西園，草木茂密。張公宴請僚屬，只聽得鼓聲平和。蜀人來觀賞，祝張公長壽萬年。美麗的姑娘，都能在閨房中從容自得。牙牙學語的幼童，也能哇哇叫喚。張公沒來前，人們猜想他們都可能被拋棄路旁。如今禾麻茂盛，穀倉裡也堆得高高的。唉，我們的妻兒子女，都快樂地享受這豐盛年景。張公在朝廷裡，是天子的得力大臣。天子叫他回朝廷，張公怎敢不奉命？蜀人造了一座祠堂，莊嚴而肅穆，有廊屋，有廳堂。中間掛著張公的畫像，他穿著朝服，戴著朝冠。蜀人相互勸勉，沒人敢淫逸荒怠。張公雖然回京城去了，他的畫像仍掛在堂上。」

**【研　析】**本文可分五段。首段言蜀地流傳謠言，驚動朝廷，因而派遣張方平入蜀鎮撫，間接凸顯張方平在朝中的聲望。二段寫張方平穩定民心，轉危為安，受到蜀人的感戴，從而彰顯其膽識才略。三段就張方平的韜略和治理態度加以評賞。一方面透過器款的形象化比喻強調「將亂」之難治甚於「未亂」和「既亂」，進而稱美張方平功成而無矜驕之態；另方面轉述其治民理念，發自全然的尊重與矜愍之情。四段以對話提示的方式，指出百姓自動為張方平留像的迫切心聲，乃出於強烈的感激之情。末段概括評價張方平的為人和氣度，進而以詩歌的形式頌揚其政績。

綜觀全文可發現，蘇洵對張方平的讚揚主要有三方面：首先是臨危不亂的從容氣度。未亂與既亂均易於判斷，唯有將亂是「有亂之萌，無亂之形」；張方平洞見是時蜀地乃是處於將亂的態勢，「不可以有亂急，亦不可以無亂弛」，遂技巧地採取以靜制動的策略，若無其事地化解原本無中生有的緊張情勢，由此可見其膽識。其次，他在局勢穩定後「油然而退，無矜容」，展現了高度的謙沖自牧，足為人臣之法式。第三，張方平提出「民無常性，惟上所待」的正確看法，顯示父母官對百姓的一分尊重，同時表現其以教化黎民為己任的胸懷，此點尤其不易。

張方平曾將蘇洵推薦給歐陽脩，對蘇洵有提攜之恩。但作者在寫這篇文章時，並不是一味地稱揚，而係採低調的方式，技巧地傳達自己與蜀民的感戴。一方面透過其鎮撫方式強調「愛蜀人之深，待蜀人之厚，自公而前，吾未始見也」，以鋪墊留像之條件；另方面則先以公不能禁蜀民留其像，與自己無以反駁蜀民「有之於目，故其思之於心也固」的留像理由，表達了欲言又止的感恩之情。通篇融敘事、抒情、議論為一體，富含幽深曲折之致，殊為佳構。

# 蘇軾

蘇軾（西元一〇三七～一一〇一年），字子瞻，號東坡居士，北宋眉州眉山（今四川眉山縣）人。仁宗嘉祐二年（西元一〇五七年），與弟蘇轍同時中進士，名動京師。神宗時，因反對王安石新法，以及作詩譏評朝政之嫌，被遷謫。哲宗初，以太后護佑，累官至禮部尚書。及哲宗親政，又被視為元祐舊黨而大受排擠，曾遠謫儋州（今海南市）。後遇赦歸，途中卒於常州。諡文忠。

蘇軾與父蘇洵、弟蘇轍，並以古文名世，合稱「三蘇」，並列於唐宋古文八大家。嘗自評其文云：「吾文如萬斛泉源，不擇地而出……，常行於所當行，常止於不可不止。」古文之外，又工詩、詞、書法、繪畫。有《東坡先生全集》。

## 范增論

**【題解】** 本文選自《東坡先生全集》。范增（西元前二七七～前二〇四年），秦末居鄛（今安徽巢縣東北）人。善計謀，輔佐項羽稱霸諸侯，被尊稱「亞父」。後因項羽中劉邦反間計，削奪其職權，遂憤而離去，途中背疽發作而死。本文以范增的去就為議題，認為范增不明去就之分，以致失敗，但仍肯定范增為漢高帝之所畏，也是人傑。

漢用陳平❶計，間❷疏楚❸君臣，項羽❹疑范增與漢有私，稍❺奪其權。增大怒，曰：「天下事大定矣，君王自為之，願賜骸骨，歸卒伍❻。」未至彭城❼，疽❽發背死。

蘇子曰：「增之去，善矣，不去，羽必殺增。獨恨其不早爾。」然則當以何事去？增勸羽殺沛公❾，羽不聽，終以此失天下。當以是去耶？曰：「否。增之欲殺沛公，人臣之分也；羽之不殺，猶有君人之度也。增曷為❿以此去哉？《易》曰：『知幾其神乎⓫！』《詩》曰：『如彼雨雪，先集維霰⓬。』增之去，當於羽殺卿子冠軍⓭時也。」

陳涉之得民也，以項燕、扶蘇⓮。項氏之興也，以立楚懷王孫心⓯，而諸侯之叛之也，以弒義帝。且義帝之立，增為謀主矣。義帝之存亡，豈獨為楚之盛衰，亦增之所與同禍福也；未有義帝亡而增獨能久存者也。羽之殺卿子冠軍也，是弒義帝之兆也。其弒義帝，則疑增之本也，豈必待陳平哉？物必先腐也，而後蟲生之；人必先疑也，而後讒入之。陳平雖智，安能間無疑之主哉？

吾嘗論義帝，天下之賢主也。獨遣沛公入關，而不遣項羽；識卿子冠軍於稠人⓰之中，而擢為上將，不賢而能如是乎？羽既矯⓱殺卿子冠軍，義帝必不能堪，非羽弒帝，則帝殺羽，不待智者而後知也。增始勸項梁⓲立義帝，諸侯以此服從，中道而弒之，非增之意也。夫豈獨非其意，將必力爭而不聽也。不用其言，而殺其所立，羽之疑增必自此始矣。

方羽殺卿子冠軍，增與羽比肩⑲而事義帝，君臣之分未定也。為增計者，力能誅羽則誅之，不能則去之，豈不毅然大丈夫也哉？增年七十，合則留，不合即去，不以此明去就之分，而欲依羽以成功，陋矣！雖然，增，高帝之所畏也。增不去，項羽不亡。嗚呼！亦人傑也哉！

【注釋】❶陳平　陽武（今河南陽原東南）人。事西漢高帝劉邦，封曲逆侯。曾為西漢高帝六出奇計，離間范增，即奇計之一。❷間　離間。❸楚　指西楚。項羽的國號。❹項羽　名籍，楚國貴族。秦末起兵，秦亡，自立為西楚霸王，號令天下，後為劉邦所敗，自刎於烏江邊。❺稍　逐漸。❻歸卒伍　退出軍隊。❼彭城　地名。在今江蘇銅山縣，時為項羽之都。❽疽　背疽。凡瘡毒赤腫者為癰，不赤腫者為疽。❾增勸羽殺沛公　鴻門之宴，范增曾三次以玉玦暗示項羽殺劉邦，項羽不聽，范增又使項莊舞劍，欲乘機殺劉邦，而項伯與之對舞，翼蔽沛公。沛公，指西漢高帝劉邦。劉邦起兵於沛，眾立為沛公。❿曷為　為何；為什麼。曷，同「何」。⓫知幾其神乎　語出《易經．繫辭傳》。言能預知事之幾微者唯有神。幾，微小。此指事之徵兆。⓬如彼雨雪二句　語出《詩經．小雅．頍弁》。言下雪之前，先有小雪珠結集。霰，小雪珠。⓭卿子冠軍　指楚國上將軍宋義。楚義帝命宋義為上將軍，諸別將皆屬之，號為卿子冠軍。卿子為尊稱，有如「公子」。冠軍，全軍之冠。宋義為上將軍，故合稱「卿子冠軍」。宋義曾奉命救趙，至安陽，留四十六日不進，欲使趙、秦互攻，以收漁人之利，而項羽主張合趙夾擊秦軍，宋義言詞間激怒項羽，項羽遂誣宋義欲謀反，矯命殺之。⓮陳涉之得民也二句　陳涉之所以得民心，乃因假借項燕、扶蘇的名義。陳涉，名勝。秦末與吳廣共同起義反秦，為爭取民心，故假借楚將項燕和秦始皇長子扶蘇的名義。項燕，戰國末年楚將，兵敗被殺，楚人憐之。⓯楚懷王孫心　戰國時代楚懷王之孫，名心。楚懷王客死於秦，楚人哀之。項羽之叔項梁起兵時，范增勸項梁立楚之後代，以為號召，乃求得楚懷王之孫心於民間而立之，亦稱楚懷王。項羽滅秦，尊之為義帝，及項羽自立為西楚霸王，令九江王英布擊殺義帝於江中。⑯稠人　眾人。⑰矯　假託。⑱項梁　項燕之子，項羽之叔父。⑲比肩　並肩。比喻聲望或地位相等。救趙時，項羽為次將，范增為末將，故曰比肩。

【語　譯】漢王用陳平的計策，離間楚國君臣，項羽因而懷疑范增和漢王私通，逐漸削減范增的權力。范增大怒，說：「天下事大體已定了，君王自己去處理吧，請讓我帶著這把老骨頭，退出行伍吧。」他還沒回到彭城，背上的疽癰發作而死。

蘇子說：「范增的離開是正確的，如果不離開，項羽必定殺他。只遺憾他不早點離開而已。」那麼范增應該在什麼事情發生後離開呢？范增曾勸項羽殺沛公，項羽不聽，終於因此而失去天下，他應該在這時候離開嗎？答道：「不是的。范增想殺沛公，這是臣子分內的事；項羽不殺沛公，表示他還有君王的器度。范增怎可為這件事離開呢？《易經》上說：『能預知事情徵兆的，只有神吧！』《詩經》上說：『如果天要下雪，會先有一些結集的小雪珠。』范增的離開，應該在項羽殺宋義的時候。」

陳涉之所以得到民心，是假借項燕的名分。項羽的崛起，是他擁立了楚懷王的孫子心。後來諸侯的叛離項羽，是因為他殺了義帝。再說，義帝的被立，范增是定計的主要人物。義帝的存亡，何只關係著楚的盛衰，也和范增的禍福與共啊；沒有義帝死了而范增可以單獨長久生存的道理。項羽殺宋義，便是殺害義帝的預兆。他殺害義帝，便是懷疑范增的開始，哪裡還需要等陳平來離間呢？大抵物體一定自身先腐敗，然後才會生蟲；人必定先有了疑心，然後讒言才能乘機而入。陳平雖然聰明，又怎能離間沒有起疑心的君主呢？

我曾經評論過義帝，認為他是天下賢明的君主。他只派沛公入函谷關，而不派項羽；在眾人中獨賞識宋義，而擢升他為上將軍，不賢明怎能這樣呢？項羽既已假造義帝命令殺了宋義，義帝必定不能忍受，不是項羽殺害義帝，便是義帝殺死項羽，不必聰明人才看得出來。范增起初勸項梁立義帝，諸侯因此服從，半途又殺掉義帝，並不是范增的意思。不僅不是范增的意思，而且必定經過力爭而項羽不肯聽從。項羽不採用他的話，反而殺害他所擁立的義帝，項羽懷疑范增必是從這時候開始。

當項羽殺宋義的時候，范增和項羽是以同樣的地位奉事義帝，君臣的名分還沒確定呢。替范增設想，這時力量足夠殺項羽便該殺了他，不能殺便該離開他，這樣做，難道不是一個果決的大丈夫嗎？范增那時已經七十歲了，合得來便留下，合不來便該離開，不在這個時候明白作個去留的決定，而想依靠項羽來成功名，也太淺陋！雖然這樣說，范增畢竟是漢高帝所畏懼的人。范增不離去，項羽也不會滅亡。唉！范增也可算是人中的豪傑啊！

【研　析】本文可分五段。首段節引《史記・項羽本紀》中關於范增離開項羽的敘述作為發論的材料。二段以「獨恨其不早爾」為焦點，用設問設答的方式探討范增離去的適當時機。三段由陳涉帶出項楚之盛衰，指出宋義、義帝和范增的死生去就息息相關。四段謂義帝有知人之賢，項羽殺范增所勸立之義帝，實為疑范增之先兆。末段為范增設想去就之道，仍舊肯定他是個人傑。

在這篇以君臣去就之分為論述焦點的歷史人物論中，作者一方面透過大量反問句多方推敲范增去就的各種可能性，另方面則根據項羽和宋義、義帝及范增四者關係的辯證發展，斷言范增遭讒見疑與義帝、項羽勢難兩立的必然性。蘇軾認為：范增和義帝的悲劇性下場，實繫於一個「獨」字。義帝之遣沛公入關與拔擢宋義，猶如范增之勸項梁立義帝，均顯示其見識之獨到，而這正是剛愎如項羽者所難於忍受的。立義帝本來只是范增的一著棋，其象徵意義大於實質意義；但項羽連這個虛位的「賢主」也容不下，沒落貴族的熾盛野心與沛公竟先入關的羞憤，使他犯下「弒義帝」與「疑范增與漢有私」這兩項關鍵性的錯誤。前者使其正統性受到質疑，而諸侯亦因此叛楚；後者則使此後的政軍行動均成為項羽「奮其私智而不師古」的試驗品，終不免於敗亡。

漢高祖平定天下後大宴群臣，曾指出「項羽有一范增而不能用」為其最大失敗原因，高度肯定了范增的才智。但蘇軾何以會將范增不明去就之分視為固陋的表現呢？蓋宋以後忠君觀念增強，特重君臣名分與分寸的拿捏。但換個角度看，范增雖含恨以終，卻能贏得對手的敬畏與肯定，倒也是極難能可貴的了。

# 刑賞忠厚之至論

【題解】本文選自《東坡先生全集》。北宋仁宗嘉祐二年（西元一〇五七年），蘇軾參加進士考試，策論題目即「刑賞忠厚之至論」。古代科舉考試命題，多出自四書五經，此題取《尚書・大禹謨》「罪疑惟輕，功疑惟重」句下孔安國注：「刑疑附輕，賞疑從重，忠厚之至。」蘇軾此文，旨在闡明居位者當如何行使刑賞，使人民向善去惡，以合乎「忠厚」的最高原則。當時主考官為歐陽脩，對本文頗為驚歎激賞，但疑其為門人曾鞏所作，乃以第二名錄取，實際上是第一。

堯、舜、禹、湯、文、武、成、康❶之際，何其愛民之深，憂民之切，而待天下之以君子長者之道也。有一善，從而賞之，又從而詠歌嗟歎之，所以樂其始而勉其終；有一不善，從而罰之，又從而哀矜懲創❷之，所以棄其舊而開其新。故其吁俞❸之聲，歡忻慘戚❹，見於虞、夏、商、周之書❺。

成、康既沒，穆王❻立而周道始衰，然猶命其臣呂侯❼，而告之以祥刑❽。其言憂而不傷，威而不怒，慈愛而能斷，惻然有哀憐無辜之心，故孔子猶有取焉。

《傳》❾曰：「賞疑從與❿，所以廣恩也；罰疑從去⓫，所以謹刑也。」當堯之時，皋陶⓬為士⓭，將殺人。皋陶曰「殺之」三，堯曰「宥之」三。

故天下畏皋陶執法之堅，而樂堯用刑之寬。四岳[14]曰：「鯀[15]可用。」堯曰：「不可。鯀方命[16]圮族[17]。」既而曰：「試之。」何堯之不聽皋陶之殺人，而從四岳之用鯀也？然則聖人之意，蓋亦可見矣。

《書》[18]曰：「罪疑惟輕，功疑惟重。與其殺不辜，寧失不經[19]。」嗚呼！盡之矣。可以賞，可以無賞，賞之過乎仁；可以罰，可以無罰，罰之過乎義。過乎仁，不失為君子；過乎義，則流而入於忍人[20]。故仁可過也，義不可過也。古者賞不以爵祿，刑不以刀鋸。賞以爵祿，是賞之道行於爵祿之所加，而不行於爵祿之所不加也；刑以刀鋸，是刑之威施於刀鋸之所及，而不施於刀鋸之所不及也。先王知天下之善不勝賞，而爵祿不足以勸也；知天下之惡不勝刑，而刀鋸不足以裁也。是故疑則舉而歸之於仁，以君子長者之道待天下，使天下相率而歸於君子長者之道。故曰忠厚之至也。

《詩》[21]曰：「君子如祉，亂庶遄已。」「君子如怒，亂庶遄沮[22]。」夫君子之已亂，豈有異術哉？制其喜怒，而不失乎仁而已矣。《春秋》之義，立法貴嚴，而責人貴寬，因其褒貶之義以制賞罰，亦忠厚之至也。

【注釋】❶堯舜禹湯文武成康　皆古代帝王。堯，唐堯。舜，虞舜。禹，夏代開國君主。湯，商代開國君主。文，周文王。武，周武王。周文王之子，周代開國天子。成，周成王。周武王之子。康，周康王。周成王之子。❷哀矜懲創　哀憐懲戒。❸吁俞　嗟歎讚許。此二字《尚書》中多用之。吁，歎氣聲。表示不以為然。俞，應允。❹歡忻慘戚　歡愉與悲戚。❺虞夏商周之書　指《尚書》中的〈虞書〉、〈夏書〉、〈商書〉、〈周書〉。❻穆王　周天子。名滿，周康王之孫，周昭王之子。❼呂侯　一作甫侯。周穆王的大臣。周穆王曾採納其言，制定刑法，今《尚書》有〈呂刑〉。❽祥刑　用刑須審慎。《尚書‧呂刑》：「告爾祥刑。」祥，通「詳」。❾傳　指《尚書》孔安國《傳》。❿與　給與。⓫去　免除。⓬皋陶　舜臣。⓭士　掌刑獄的官。⓮四岳　堯之臣。羲和氏之四子，分掌四方之諸侯，故云四岳。⓯鯀　禹父名。居於崇，號崇伯，奉堯命治水，九年而不成，為舜所處死。⓰方命　抗命。⓱圮族　毀其同族。⓲書　指《尚書》。⓳罪疑惟輕四句　語出《尚書‧大禹謨》。不經，不當；不合法。⓴忍人　殘忍的人。㉑詩　指《詩經》。㉒君子如祉四句　語出《詩經‧小雅‧巧言》。祉，喜悅。遄，迅速。已，制止。沮，終止。

【語譯】堯、舜、禹、湯、文、武、成、康的時代，他們愛護人民是何等的深厚，關心百姓是何等的真切，又用君子長者的忠厚來對待天下人啊。只要有人做了一件善事，就獎賞他，又歌頌、讚美他，這是為了讚許他開始行善，勉勵他實踐到底；只要做了一件壞事，就處罰他，又哀憐、懲戒他，這是為了讓他拋棄舊的習氣，開創他的自新之路。因此嗟歎讚許的聲音、歡愉悲戚的感情，都記錄在《尚書》的〈虞書〉、〈夏書〉、〈商書〉、〈周書〉上。

成王、康王去世後，周穆王即位，周道開始衰微，然而還囑咐他的臣子呂侯，告誡他用刑須審慎。他的話憂慮而不哀傷，威嚴而不憤怒，慈愛而能決斷，有著同情無辜者的心意，所以孔子的《尚書》收錄了〈呂刑〉。孔安國《尚書傳》說：「獎賞如有可疑，依然給予，這是為了推廣恩澤啊；懲罰如有可疑，寧可免除，這是為了審慎刑罰啊。」

當堯的時候，皋陶擔任獄官，將處死人犯。皋陶說了三次「要殺他」，堯說了三次「寬恕他」。所以天下人畏懼皋陶執法的嚴厲，而喜歡堯用刑的寬容。四岳說：「鯀可用。」堯說：「不可以。鯀常常抗命，毀害同族。」不久又說：「不妨試用他。」何以堯不聽從皋陶殺人的意見，反而聽從四岳任用鯀的建議呢？那麼聖人的用意，大概可以看得出來了。

《尚書》上說：「罪有可疑，當從輕發落，功有可疑，當從重獎賞。與其殺無罪的人，寧可受失刑的責任。」唉，話已說得很明白了。那些可以賞、可以不賞的，賞了是太過於仁慈；可以罰、可以不罰的，罰了是太過於嚴厲。太過於仁慈，還不失為君子；太過於嚴厲，便淪為殘忍的人了。所以仁慈可以過分，嚴厲不可以過分。古代獎賞人不用爵祿，刑罰人不用刀鋸。用爵祿來獎賞，這種獎賞的方法只能施行在爵祿所可給予的範圍，卻不能施行在爵祿所無法給予的範圍；用刀鋸來刑罰，這種刑罰的威力，只能施用在刀鋸所可到達的範圍，卻不能施用在刀鋸所達不到的範圍。先王知道天下的善人不能夠一一獎賞，而爵祿也不足以獎勵他們；知道天下的惡人，不能夠一一刑罰，而刀鋸也不足以制裁他們。因此有所懷疑，就按照仁的方式去處理，用君子長者的忠厚來待天下的人，使天下的人相率回歸君子長者之道。所以說用心忠厚到極點了。

《詩經》上說：「在位的人喜歡接納賢人，禍亂便會很快地制止。」「在位的人生氣責備讒人，禍亂也會很快地終止。」在位的人制止禍亂，難道有特別的方法嗎？不過適當地控制他的喜怒，而且不失仁慈罷了。《春秋》的道理，立法貴在嚴肅，責罰人貴在寬厚，依照褒貶的原則來裁定賞罰，也是用心忠厚到極點了。

【研析】本文可分五段。首段舉堯、舜等聖君愛民憂民與樂於勸善、哀矜懲創的寬仁作風，言其待民之厚。二段言衰世周穆王雖命呂侯作刑法，但出發點仍在勸善，不失忠厚。三段藉由堯與皋陶、四岳的對話，以見聖人用心之寬厚。四段為全篇主體，作者先拈出「疑」字以言刑賞必須忠厚，進而指出爵祿不足以勸善，刀鋸不足以止惡，唯有「以君子長者之道待天下」，才能使天下「歸之於仁」。末段引《詩經》和《春秋》，重申防亂褒貶均須以忠厚為原則。

賞罰作為政治運作的手段之一，無疑具有立竿見影的實效，但值得注意的是執行的方式與心態。何以故？蘇軾認為，無論賞以爵祿或刑以刀鋸，都各自有其特定的對象，因而降低了普遍適用性。另方面，賞罰分別透顯獎勵和懲戒的意含：「賞」用以示仁恩，「罰」在於維護社會正義。但賞罰的目的必須明確地界定為「使天下相率而歸於君子長者之道」，方能跳脫籠絡與威懾的工具性，並避免受個人主觀好惡的左右，進而激發人性中光輝的一面。此說可謂別闢蹊徑，無怪歐陽脩要說出「吾當避此人出一頭地」的話了。

# 留侯論

【題解】本文選自《東坡先生全集》。留侯，張良，字子房，城父（今河南郟縣東）人。祖父及父親皆為戰國時韓相。韓國滅亡後，張良變賣家財，得勇士狙擊秦始皇，事敗逃亡，藏匿下邳（今江蘇徐州）。傳說曾得圯上老人贈以兵書。後佐劉邦定天下，封留侯。本文是蘇軾於北宋仁宗嘉祐六年（西元一〇六一年），應制科考試時所進二十五篇策論中的一篇，旨在強調張良所以能建功立業，不在於獲圯上老人贈書，而在於能忍人所不能忍。

古之所謂豪傑之士者，必有過人之節❶。人情有所不能忍者，匹夫見辱❷，拔劍而起，挺身而鬥，此不足為勇也。天下有大勇者，卒然❸臨之而不驚，無故加❹之而不怒，此其所挾持❺者甚大，而其志甚遠也。

夫子房受書於圯上❻之老人也，其事甚怪。然亦安知其非秦之世有隱君子❼者出而試之？觀其所以微見❽其意者，皆聖賢相與警戒之義，而世不察，以為鬼物❾，亦已過矣。且其意不在書。

當韓之亡⑩，秦之方盛也，以刀鋸鼎鑊⑪待天下之士，其平居⑫無罪夷滅⑬者，不可勝數，雖有賁、育⑭，無所復施。夫持法太急者，其鋒不可犯，而其末可乘⑮。子房不忍忿忿⑯之心，以匹夫之力，而逞⑰於一擊之間。當此之時，子房之不死者，其間不能容髮⑱，蓋亦已危矣。千金之子⑲，不死於盜賊。何者？其身之可愛，而盜賊之不足以死也。子房以蓋世之才，不為伊尹⑳、太公㉑之謀，而特出於荊軻㉒、聶政㉓之計，以僥倖㉔於不死，此固圯上之老人所為深惜者也，是故倨傲鮮腆㉕而深折之。彼其㉖能有所忍也，然後可以就大事。故曰「孺子㉗可教」也。

楚莊王㉘伐鄭，鄭伯㉙肉袒牽羊以逆㉚。莊王曰：「其君能下人㉛，必能信用其民矣。」遂舍之。句踐㉜之困於會稽而歸，臣妾㉝於吳者三年而不倦。且夫有報㉞人之志，而不能下人者，是匹夫之剛也。夫老人者，以為子房才有餘，而憂其度量之不足，故深折其少年剛銳之氣，使之忍小忿而就大謀。何則？非有平生之素㉟，卒然相遇於草野之間，而命以僕妾之役㊱，油然㊲而不怪者，此固秦皇之所不能驚，而項籍㊳之所不能怒也。

觀夫高祖㊴之所以勝，而項籍之所以敗者，在能忍與不能忍之間而已矣。項籍唯不能忍，是以百戰百勝而輕用其鋒；高祖忍之，養其全鋒而待其弊㊵，此子房教之也。當淮陰破齊而欲自王，高祖發怒，見於詞色㊶。由此觀之，猶有剛強不忍之氣，非子房其誰全之？

太史公㊷疑子房以為魁梧㊸奇偉，而其狀貌乃㊹如婦人女子，不稱㊺其志氣。嗚呼！此其所以為子房歟！

【注釋】①節　氣度；節操。②見辱　受侮辱。③卒然　突然。卒，通「猝」。④加　欺陵。⑤挾持　抱負。⑥圯上　橋上。下邳人稱橋為圯。⑦隱君子　隱士。⑧微見　隱約表露。見，通「現」。顯露。⑨鬼物　鬼怪。⑩韓之亡　韓亡於秦王政十七年（西元前二三〇年）。⑪刀鋸鼎鑊　皆古刑具。此指嚴刑峻法。鼎鑊，本為烹飪器具，後也用以烹殺人犯。鑊，無足的大鼎。⑫平居　平時；平素。⑬夷滅　殺戮；殺滅。⑭賁育　孟賁、夏育。皆周代勇士。⑮乘　利用。⑯忿忿　憤怒不平的樣子。⑰逞　快意；縱意。⑱其間不能容髮　空隙極小，容不下一根髮絲。比喻危險萬分。間，空隙。⑲千金之子　富貴人家子弟。⑳伊尹　名摯。商代賢相，助湯伐桀滅夏，建立商朝。㉑太公　名尚，字子牙。周初人。本姓姜，後以封地呂為姓。相傳周文王出獵時，與他相遇於渭水之濱，相談甚洽，文王說：「吾太公望子久矣！」因號太公望，立為師。後佐周武王伐紂滅殷，建立周朝，受封於齊。㉒荊軻　戰國時代衛國人。好讀書擊劍，為燕太子丹入秦行刺秦王政，事敗被殺。㉓聶政　戰國時代軹縣（今河南濟源軹城鎮）人。因受嚴仲子知遇之恩，於是為他刺殺韓相俠累。事成，懼禍延其姊，遂毀形自殺。㉔僥倖　希求意外或奇蹟出現的一種心理。㉕倨傲鮮腆　傲慢無禮。倨傲，驕慢不恭。鮮腆，輕慢不敦厚。鮮，寡少。腆，厚重。㉖其　如果。㉗孺子　年輕人。㉘楚莊王　春秋時代楚國國君。名旅，春秋五霸之一。㉙鄭伯　指鄭襄公。春秋時代鄭國國君，名堅。㉚肉袒牽羊以逆　裸露上身牽著羊去迎接。肉袒，脫去上衣，赤露上身，表示誠心請罪，甘願受刑。逆，迎。㉛下人　居他人之下。即禮敬他人。㉜句踐　越王句踐。周敬王二十六年（西元前四九四年），吳王夫差伐越，越敗，句踐退守會稽（今浙江紹興東南）。㉝臣妾　用為動詞。自居於臣妾的地位。㉞報　報仇；復仇。㉟素　通「愫」。交誼。㊱役　工作。㊲油然　自然；安然。㊳項籍　（西元前二三二～前二〇二年）字羽。秦末楚人，起兵滅秦，分封諸侯，自號西楚霸王。㊴高祖　（西元前二五六～前一九五年）指漢高祖劉邦。㊵弊　通「敝」。衰敗。㊶淮陰破齊而欲自王三句　淮陰侯韓信平齊後，派人向漢王劉邦說他想做代齊王，劉邦聽了很生氣，破口大罵，這時張良趕忙踩漢王的腳，附耳告訴劉邦，漢方正在不利的時候，不能禁信稱王，不如趁機封韓信，讓信守住齊地，不然，韓信會叛變的，漢王省悟，故意又大罵說：「大丈夫征服了一個國家，要就做真正的王，何必要代理。」就派張良前往，立信為齊王，徵信兵擊楚。見，通「現」。顯現。㊷太史公　指《史記》的作者司馬遷。㊸魁梧　高大強壯的樣子。㊹乃　竟然。㊺不稱　不相配。

**【語　譯】**古代被稱為豪傑的人，一定有超越凡人的節操。人之常情都有不能忍受的事情，一般人受到侮辱，拔起劍來，挺身格鬥，這不能算是勇敢。天下有一種大勇的人，即使突然遇到事故也不會驚慌，平白被欺陵也不會生氣，這是因為他的抱負很大，而且志向很遠。

子房接受橋上老人的書，這事很奇怪。但又怎麼知道這不是秦時的隱士要出來試探子房呢？從那老人隱約表露出來的意思，都是聖賢警戒世人的道理，而世人不詳察，認為老人是鬼怪，實在是一大錯誤。更何況老人的深意並不在贈書。

當韓國滅亡後，秦朝正強盛的時候，以嚴刑峻法來對付天下的士人，平日無罪而被殺的人，多得數不清，即使有孟賁、夏育那樣的勇士，也無法施展本事。大凡執法嚴峻急切的統治者，初期的鋒芒不可侵犯，而末期卻有可乘之機。子房無法忍受憤怒不平的心情，以個人的力量而快意於博浪沙的一擊。那時，子房雖然沒死，但與死亡的距離卻容不下一根毛髮，真是太危險了。富貴人家的子弟，不會死在盜賊手中。為什麼呢？因為他以生命為可貴，死在盜賊手中是不值得的啊。子房以蓋世的才能，不學伊尹、太公的謀略，卻只效法荊軻、聶政的行為，而希望僥倖不死，這正是橋上老人為他深感惋惜的，所以老人以傲慢無禮的態度重重地挫辱他。如果他能夠忍耐下來，然後才可以成就大事業。所以說「這個年輕人值得教誨」啊。

楚莊王討伐鄭國，鄭襄公裸露上身牽著羊出城迎接。楚莊王說：「這個國君能屈居於他人之下，必定能夠得到人民的信仰和效忠。」於是就捨棄鄭國不再攻打。句踐被圍困在會稽，以臣妾自居而服事吳王，三年下來都沒有倦怠。而且有報仇的志向，卻不能屈居人下，這是凡人的剛勇。老人認為子房的才能綽綽有餘，卻憂慮他度量不夠，所以重重地挫折他少年剛強的銳氣，使他能夠忍受小的憤慨而成就大的謀略。為什麼呢？

平日並無交誼，突然在田野之間相遇，就命令他做僕役婢妾的差事，而他也安然不以為怪地做了，這當然是連秦始皇也不能使他驚恐，項羽也不能使他憤怒了。

觀察高祖之所以勝利，而項羽之所以失敗的原因，只在於能忍和不能忍而已。項羽就因為不能忍，所以百戰百勝，而輕易耗損鋒芒；高祖能忍，保住他全部的鋒芒，以等待項羽的衰敗，這是子房教他的啊。當淮陰侯韓信攻破齊國而想自立為王的時候，高祖生氣，顯現在言語和臉色上。從這點來看，高祖還是有剛強不能忍的氣燄，如果不是子房，誰能成就他的事業？

太史公猜想子房應該是身材高大魁梧，不料他的體態像貌竟然像婦女一般，以為跟他的志氣很不相稱。唉！我想這就是子房之所以成為子房的特點吧！

【研　析】本文可分六段。首段區分匹夫之勇與大勇的不同。二段反駁俗見對圯上老人授書一事的質疑。三段認為張良欲刺秦王以為韓復仇，只是小勇；但從圯上老人的磨難中，卻看出他具備做大事的沉穩性格。四段藉由史實揭櫫「忍小忿而就大謀」的應世原則，斥「匹夫之剛」為不足取。五段指出決定高祖與項羽勝敗的關鍵，在於能忍與否，而「忍」正是張良戰略的最高原則。末段引述太史公的疑惑作收，留給讀者無窮聯想。

張良在遇到圯上老人之前，一心只想為韓報仇，他所表現的，不過是戰國任俠的餘風。後來，他的器識與襟抱之所以能漸趨成熟，與圯上老人的啟迪實有莫大之關聯。在蘇軾看來，老人對張良最重要的影響，是讓張良深切體會出「忍」字的重要。這個「忍」字，竟使張良能夠脫胎換骨，由恃勇而懂得用智，由疏豪而變為沉穩，因而建立他佐漢滅秦、楚，並報亡國之仇的功業。「忍」字實為張良一生成功的關鍵。

本文開宗明義，說明小勇與大勇的區別，繼而指出張良欲刺殺秦王以報仇，只是小勇。及至經過老人的教導與啟迪，終於學會「忍」字的道理，故能輔佐劉邦建立開國的大業。全篇前後呼應，脈絡分明，通篇眼目全在首段「忍」字，而後文「子房不忍忿忿之心」、「彼其能有所忍也」、「使之忍小忿而就大謀」、「在能忍與不能忍之間而已」、「項籍唯不能忍」、「高祖忍之」、「猶有剛強不忍之氣」云云，處處扣住「忍」字發揮。

再如首段「卒然臨之而不驚，無故加之而不怒」分別有下文「卒然相遇於草野之間」、「此固秦皇之所不能驚，而項籍之所不能怒也」相呼應；首段「匹夫見辱」亦有下文「匹夫之力」、「匹夫之剛」相呼應。總之，開宗明義而語必歸宗，是本文的特色。

# 賈誼論

【題　解】本文選自《東坡先生全集》。賈誼（西元前二〇〇～前一六八年），西漢洛陽（今河南洛陽）人。年十八即通諸子百家。年二十二，西漢文帝召為博士，超遷至太中大夫，對於朝政制度多所建言。西漢文帝欲任賈誼為公卿，而以大臣周勃、灌嬰等人反對，遂外放為長沙王太傅，後遷梁懷王太傅。因梁懷王墜馬而死，自慚失職，憂鬱成疾而死。本文旨在評論賈誼的遭遇，認為賈誼的確有王佐之才，其所以不能有所施展，並非西漢文帝之過，而是由於自己不知忍以待變。

非才之難，所以自用者實難。惜乎賈生❶王者之佐，而不能自用其才也。夫君子之所取者遠，則必有所待；所就者大，則必有所忍。古之賢人，皆有可致❷之才，而卒不能行其萬一者，未必皆其時君之罪，或者其自取也。

愚觀賈生之論，如其所言，雖三代何以遠過？得君如漢文，猶且以不用死，然則是天下無堯、舜，終不可有所為耶？仲尼聖人，歷試於天下❸，苟非大無道之國，皆欲勉強扶持，庶幾一日得行其道。將之荊❹，先之以冉有❺，申❻之以子夏❼。君子之欲得其君，如此其勤也。孟子去齊，三宿而後出晝❽。猶曰：「王其庶幾召我。」君子之不忍棄其君，如此其厚也。公孫丑❾問曰：「夫子何為不豫❿？」孟子曰：「方今天下，舍我其誰哉？而吾何為不豫？」君子之愛其身，如此其至也。夫如此而不用，然後知天下果不足與有為，而可以無憾矣。若賈生者，非漢文之不用生，生之不能用漢文也。

夫絳侯⓫親握天子璽而授之文帝，灌嬰⓬連兵數十萬，以決劉、呂之雌雄，又皆高帝之舊將，此其君臣相得之分，豈特父子骨肉手足哉？賈生，洛陽之少年，欲使其一朝之間，盡棄其舊而謀其新，亦已難矣。為賈生者，上得其君，下得其大臣，如絳、灌之屬，優游浸漬⓭而深交之，使天子不疑，大臣不忌，然後舉天下而唯吾之所欲為，不過十年，可以得志。安有立談之間，而遽為人痛哭哉？觀其過湘⓮，為賦以弔屈原⓯，紆鬱憤悶⓰，趯然⓱有遠舉之志。其後卒以自傷哭泣，至於死絕，是亦不善處窮者也。夫謀之一不見用，安知終不復用也？不知默默以待其變，而自殘至此。嗚呼！賈生志大而量小，才有餘而識不足也。

古之人，有高世之才，必有遺俗⓲之累。是故非聰明睿哲不惑之主，則不能全其用。古今稱苻堅⓳得王猛⓴於草茅㉑之中，一朝盡斥去其舊臣而與之謀。彼其匹夫，略有天下之半，其以此哉！

愚深悲賈生之志，故備論之。亦使人君得如賈誼之臣，則知其有狷介㉒之操，一不見用，則憂傷病沮㉓，不能復振。而為賈生者，亦謹其所發哉！

【注　釋】❶賈生　賈誼。生，古代對讀書人的稱呼。❷致　達到；達成。❸歷試於天下　指孔子周遊列國。❹荊　指楚國。❺冉有　即冉求。字子有，春秋時代魯國人，孔子弟子。❻申　繼；又。❼子夏　姓卜，名商，字子夏。春秋時代衛國人，孔子弟子。❽晝　齊邑。在今山東臨淄。❾公孫丑　姓公孫，名丑。戰國時代齊國人，孟子弟子。以下一問一答，見《孟子・公孫丑下》，問者是孟子的另一個學生充虞，而非公孫丑。❿不豫　不快樂。⓫絳侯　即周勃。劉邦同鄉人，隨劉邦起兵，以功封絳侯，西漢惠帝時為太尉，呂后死，周勃與陳平等共誅諸呂，迎西漢文帝立之，帝至渭橋，周勃跪上天子璽符。⓬灌嬰　睢陽（今河南商邱南）人。隨劉邦起兵，因功封潁陰侯，與周勃等人平諸呂，立西漢文帝。⓭優游浸漬　悠閒從容，逐漸深入。⓮湘　湘水。在今湖南。⓯屈原　名平，字靈均。戰國楚之公族，仕為楚懷王左徒，為同列上官大夫靳尚輩所讒，前後被流放漢北、湘南，終自沉汨羅江而卒。⓰紆鬱憤悶　愁思旋繞，鬱結不舒。⓱趯然　形容心情急迫的樣子。趯，通「躍」。⓲遺俗　違反習俗；不合時宜。⓳苻堅　東晉時期前秦君王。⓴王猛　字景略。初隱華山，應苻堅徵召，出為中書侍郎，苻堅甚信任之，自謂如劉備之遇諸葛亮。㉑草茅　指鄉野。㉒狷介　耿介自持。㉓病沮　困敗失意。

【語　譯】具有才能並不難，怎樣運用自己的才能才是困難。可惜啊！賈生有王佐之才，卻不善於運用自己的才能。大抵君子追求的目標遠大，就必定有所期待；要成就偉大的事業，就必定有所忍耐。古代的賢人，都具有達成功業的才能，但終究不能施展其萬分之一的才能，未必都是當時國君的過失，也可能是他自己招致的。

我看過賈生的議論，如果照他的說法去做，即使三代的政治也不能超過他的理想。他遇到像漢文帝那樣的明君，尚且因為得不到重用而憂鬱以終，那麼是天下沒有堯、舜那樣的聖君，便終究不能有所作為了嗎？

孔子是聖人，尚且周遊列國，如果不是極為無道的國家，他都想勉強扶持，希望有一天可以實行他的理想。孔子準備到楚國去，先叫冉有去了解情況，接著又叫子夏去。君子想得到他可以輔佐的國君，是那樣地辛勤啊。孟子離開齊國時，在晝邑住了三夜才走。還說：「王或許還要召我回去吧。」君子不忍拋棄他的君王，心意是那樣地深厚啊。公孫丑問說：「老師為什麼不快樂呢？」孟子答道：「當今天下，除了我還有誰能輔佐國君治理國家呢？我又為什麼不快樂呢？」君子愛惜他自身，是那樣地周全啊！做到這樣而仍然不被國君所用，這就可以知道這個時代實在不能夠有所作為，也可以沒有遺憾了。像賈生，並不是漢文帝不能用他，是他不能用漢文帝啊。

絳侯周勃親自捧著天子的玉璽交給漢文帝，灌嬰擁有幾十萬的軍隊，來決定劉、呂的勝敗，他們又都是高帝的舊將領，他們君臣投合的情分，哪裡只是父子骨肉手足的情感呢？賈生不過是洛陽的少年，要想漢文帝在一朝之間，完全拋棄舊人來和新人商量，實在也太難了。作為賈生，應該設法在上得到國君的信任，在下得到大臣的支持，像絳侯、灌嬰這般人，悠閒從容、逐漸深入地和他們交往，使天子不疑心，大臣不妒忌，然後使整個天下都按照我的意思去做，不超過十年，就可以得志。又怎能在立談之間，驟然向人家痛哭起來的呢？看他經過湘水時，寫了一篇賦哀弔屈原，愁思旋繞，鬱結不舒，大有急迫想遠離塵世的意思。後來因為悲傷哭泣，竟至於短命而死，這也是不善於處在困窮環境的人啊！計謀只一次不被用，又怎知會一直不被用呢？不懂得默默地等待情勢的變化，卻自己殘害自己到這地步。唉，賈生的志向遠大而器量狹小，可說是才能有餘而見識不足啊。

古時有高出世人才能的人，必有不合時宜的毛病。所以不是聰明睿智不疑惑的國君，便不能完全信用他。古今稱道苻堅在鄉野間識拔王猛，一下子全部排斥他的舊臣而跟王猛商議。那苻堅只是一個普通人，竟能擁有半個天下，也許是因為這個緣故吧！

我深切悲憫賈誼的志向，所以詳細地評論他。也想讓國君遇到像賈誼這樣的臣子，就能知道他具有耿介的操守，一次不被任用，便會憂傷懊惱，不能再振作起來。而像賈生這類型的人，也要謹慎他們的情感，不要隨便地就發洩出來啊！

【研析】本文可分五段。首段提出「非才之難，所以自用者實難」的主旨，認為賈誼雖有才而不能忍，其不為世用，殆由自招。二段舉孔、孟為例，謂賈誼少不更事，自棄而後人棄。三段代賈誼籌畫，並認為賈誼不善處窮，志大而量小，才有餘而識不足。四段引苻堅拔擢王猛的典故，暗諷漢文帝之不察。末段勸勉國君當憐才而用，而類似賈誼的臣子也當慎其言行。

在蘇軾看來，賈誼雖有鴻鵠之志、王佐之才，卻因「不善處窮」，自傷哭泣而死；此一論斷，自有其見地。賈誼之英年早逝，在其個人命運而言，是個悲劇，然其下場仍根源於自身性格的缺陷。何以故？如同一般少年得志的才俊一般，賈誼欠缺的不是勇猛精進的旺盛企圖和奉獻的熱誠，從〈過秦論〉和〈治安策〉這類文章看來，他對時勢的體察也有著過人的敏銳；問題在於他的激進引爆了部分元老重臣內心存在的焦慮。《史記》記載絳、灌、東陽侯、馮敬等人聯手抵制他，說他是「雒陽之人，年少初學，專欲擅權，紛亂諸事」。這對賈誼自然是不小的打擊，一種被誣蔑的挫折感使他突然驚覺自身的孤立，從而意識到慘烈的政治鬥爭並無是非可言，於是他在強烈的失望中鬱悒以終。究其實質，賈誼乃是以文人天真濃烈的熱情獨力對抗著「但為自保故，情義俱可拋」的官僚文化，他的失敗是必然的，而蘇軾所提「默默以待其變」的策略誠然老謀深算，恐怕也不是狷介如賈誼者所堪容受的罷！

另方面，蘇軾認為才俊之士每每不喜為格套所拘，「必有遺俗之累」，須賴「聰明睿哲不惑之主」成其大用。這項觀點所顯示的含意是：國君在簡拔人才時必須清楚地分辨，有些人是因才高而自負，因自信而狷介。由此觀之，明君賢臣之相得誠非易事，而蘇軾之〈賈誼論〉，實可視為一篇君臣關係論。

# 鼂錯論

【題解】本文選自《東坡先生全集》。鼂錯（西元前？～前一四五年），西漢潁川（今河南禹縣）人。文帝時任太子家令，頗受太子寵任，號為「智囊」。及太子即位，是為景帝，遷御史大夫。因建議削奪諸侯封地，引發七國之亂，景帝不得已而殺鼂錯以謝諸侯，平息動亂。本文旨在論斷鼂錯被殺的原因，乃因不能勇於負責。七國之亂既因鼂錯而起，鼂錯當自任其難，領兵平亂，不當為保全自己而欲留守京師，使皇帝自將討伐，遂使仇家得以乘機離間，故鼂錯是欲求自全而反招禍。

天下之患，最不可為者，名為治平無事，而其實有不測之憂。坐觀其變而不為之所❶，則恐至於不可救；起而強為之，則天下狃❷於治平之安而不吾信。惟仁人君子豪傑之士，為能出身為天下犯大難，以求成大功。此固非勉強期月❸之間，而苟以求名者之所為也。

天下治平，無故而發大難之端；吾發之，吾能收之，然後有以辭❹於天下。事至而循循焉❺欲去之，使他人任其責，則天下之禍，必集於我。昔者鼂錯盡忠為漢，謀弱山東之諸侯❻。山東諸侯並起，以誅錯為名。天子不察，以錯為說❼。天下悲錯之以忠而受禍，不知錯有以取之也。

古之立大事者，不唯有超世之才，亦必有堅忍不拔之志。昔禹之治水，鑿龍門❽，決❾大河❿而放之海。方其功之未成也，蓋亦有潰冒衝突可畏之患。唯能前知其當然，事至不懼，而徐為之所，是以得至於成功。

夫以七國之強，而驟削之，其為變，豈足怪哉？錯不於此時捐其身，為天下當大難之衝，而制吳、楚之命，乃為自全之計，欲使天子自將而己居守。且夫發七國之難者誰乎？己欲求其名，安所逃其患？以自將之至危，與居守之至安，己為難首，擇其至安，而遺天子以其至危，此忠臣義士所以憤惋而不平者也。

當此之時，雖無袁盎⓫，錯亦未免於禍。何者？己欲居守，而使人主自將。以情而言，天子固已難之矣，而重違其議。是以袁盎之說，得行於其間。使吳、楚反，錯以身任其危，日夜淬礪⓬，東向而待之，使不至於累其君，則天子將恃之以為無恐，雖有百袁盎，可得而間⓭哉？

嗟夫！世之君子，欲求非常之功，則無務為自全之計。使錯自將而討吳、楚，未必無功，唯其欲自固其身，而天子不悅，奸臣得以乘其隙。錯之所以自全者，乃其所以自禍歟！

【注釋】❶所　處置。❷狃　習以為常。❸期月　一月。指短時間。❹辭　告訴。❺循循焉　退縮的樣子。❻山東之諸侯　指吳王濞、膠西王卬、膠東王雄渠、菑川王賢、濟南王辟光、楚王戊、趙王遂等七國。山東，指崤山或華山以東。❼說　通「悅」。討好。❽龍門　山名。在今陝西韓城東北。❾決　開通；疏導。❿大河　指黃河。⓫袁盎　字絲。楚人，素與鼂錯有嫌隙，因此七國亂起乃建言殺鼂錯以止亂，景帝用其言。⓬淬礪　本謂磨鍊鋒刃。此用為刻苦自勵。⓭間　離間。

【語　譯】天下的禍患，最不容易處理的，是表面看來太平無事，實際上卻有不可測度的隱憂。坐看它的演變而不加以處理，恐怕就會發展到不可挽救的地步；如果有人起來勉強處理它，那麼天下人已經習慣了表面的太平無事，就不會信任他。只有仁人君子豪傑之士，才能挺身而出來替天下人冒大患難，以求偉大的成就。這絕不是只有短時間努力就想苟且求名的人所能做得到的。

天下太平，無緣無故地去開啟大難的發端；這是我發動它，我也要有能力收拾它，然後才可以向天下人交代。如果事到臨頭而想退避推卸，讓別人擔負這項責任，那麼天下的禍害，一定會集中到我一人身上。從前鼂錯盡忠為漢王室做事，計畫削弱山東的諸侯。山東的諸侯聯合起來造反，以殺鼂錯為藉口。天子不能明察，反而殺鼂錯來討好他們。天下人悲憐鼂錯因為盡忠而受到禍害，不知道鼂錯實在是自取其禍的啊。

古代建立大事業的人，不但有超越世人的才幹，也必定有堅忍不拔的意志。從前大禹治水，鑿開龍門，引導黃河流入大海。當他事情還沒成功之時，也會有河堤潰決、河水亂沖等可怕的禍患。但能預知它必然會發生，事到臨頭不致畏懼，慢慢地解決，所以能得到成功。

以當時七國的強大，想驟然削弱他們，他們起來造反，有什麼可奇怪的呢？鼂錯不在這時候犧牲他自身，替天下抵擋大難的衝擊，去制服吳、楚，竟然為了自全的打算，想要天子親自領兵討伐而自己在京城留守。何況引發七國變亂的是誰呢？自己想求得名聲，怎能逃避它所引起的禍害呢？以親自帶兵征討的危險，和在京城留守的安全相比較，自己是禍首，卻選擇最安全的事做，把最危險的工作留給天子，這是忠臣義士所以憤怨而抱不平的緣故啊。

這時候，即使沒有袁盎從中挑撥，鼂錯也不可能免於禍害。為什麼呢？因為自己想在京城留守，卻讓人主親自帶兵征討。以常情來判斷，天子本來就難以忍受了，只是未便反對他的建議。所以袁盎的主張，能在當時被採用。假使吳、楚造反，鼂錯能夠親身去擔任危險的工作，日夜辛勤自勵，領兵向東去對抗他們，使他的君主不至於受到連累，那麼天子將憑仗他而沒有恐懼，縱然有一百個袁盎，能從中離間嗎？

唉，世間的君子，想求得非常的功業，就不要專為自身的安全著想。假使鼂錯親自領兵討伐吳、楚，未必不會成功，只因他想保全自身，使天子不高興，於是奸臣得以利用這間隙。鼂錯這種保全自身的念頭，就是他招來禍害的原因吧！

【研　析】本文可分六段。首段指出只有「仁人君子豪傑之士」才能在太平治世中看出「不測之憂」而力矯其弊。二段謂既已發難，則須有收拾殘局的擔當，進而駁斥俗見對鼂錯的同情，認為他是虎頭蛇尾，禍由自取。三段以大禹治水為例，說明做大事的人須有冒險的心理準備，而以堅忍不拔的毅力突破困境。四段責備鼂錯「己為難首，擇其至安，而遺天子以其至危」，是不可饒恕的錯誤。五段指出鼂錯推諉塞責的做法動搖了景帝對他的信心，這才使得袁盎的讒言有機可乘；接著代鼂錯謀畫平亂與自保之計。末段重申欲求「非常之功」，須有破釜沉舟、一力承擔的決心，對鼂錯「欲自固其身」的投機心態提出了批判。

全文的主要論點在「世之君子，欲求非常之功，則無務為自全之計」三句。非常之功所以難成，在其「名為治平無事，而其實有不測之憂」，非獨具隻眼者不能洞察其端，非有堅忍不拔之志者亦無法克服萬難。鼂錯雖能洞見國家的隱憂而「出身為天下犯大難」，卻「擇其至安，而遺天子以其至危」，這種做法在天子至尊的時代裡是很容易引發疑慮的；更何況諸侯是「以誅錯為名」興兵作亂，於是袁盎的讒言得以遂行，而鼂錯之受禍亦勢所難免。鼂錯的下場提供了一項啟示，即改革往往意味著冒險，只要是對大多數人有利的事，就當排除萬難而堅持到底，虎頭蛇尾固不足以成就大事，英雄與烈士也往往只有一線之隔。

# 卷一一　宋文

## 上梅直講書

【題　解】本文選自《東坡先生全集》。梅直講，梅堯臣（西元一〇〇二～一〇六〇年），字聖俞。北宋宣州宣城（今安徽宣城）人。蘇軾於北宋仁宗嘉祐二年（西元一〇五七年），參加禮部進士考試，當時梅堯臣官國子監直講，為考試的參評官之一。蘇軾於考取後，寫這封信給梅堯臣，表達嚮慕之心，及對前輩知遇之恩的感謝。

軾每讀《詩》至〈鴟鴞〉❶，讀《書》至〈君奭〉❷，常竊悲周公之不遇。及觀史❸，見孔子厄於陳、蔡❹之間，而絃歌之聲不絕。顏淵、仲由❺之徒，相與問答。夫子曰：「『匪兕匪虎，率彼曠野❻。』吾道非邪？吾何為於此？」顏淵曰：「夫子之道至大，故天下莫能容。雖然，不容何病？不容然後見君子。」夫子油然❼而笑曰：「回，使爾多財，吾為爾宰❽。」夫天下雖不能容，而其徒自足以相樂如此。乃今知周公之富貴，有不如夫子之貧賤。夫以召公之賢，以管、蔡❾之親，而不知其心，則周公誰與樂其富貴？而夫子之所與共貧賤者，皆天下之賢才，則亦足與樂乎此矣。

軾七、八歲時，始知讀書。聞今天下有歐陽公⑩者，其為人如古孟軻⑪、韓愈⑫之徒，而又有梅公⑬者，從之遊而與之上下其議論。其後益壯，始能讀其文詞，想見其為人，意其飄然脫去世俗之樂而自樂其樂也。方學為對偶聲律之文⑭，求斗升⑮之祿，自度⑯無以進見於諸公之間。來京師逾年，未嘗窺其門。

今年春，天下之士，群至於禮部⑰，執事⑱與歐陽公實親試之。軾不自意，獲在第二⑲。既而聞之人，執事愛其文，以為有孟軻之風，而歐陽公亦以其能不為世俗之文也而取焉，是以在此。非左右為之先容⑳，非親舊為之請屬㉑，而嚮㉒之十餘年間聞其名而不得見者，一朝為知己。退而思之，人不可以苟富貴，亦不可以徒貧賤。有大賢焉而為其徒，則亦足恃矣。苟其僥一時之幸，從車騎數十人，使閭巷小民聚觀而贊歎之，亦何以易此樂也。

傳㉓曰：「不怨天，不尤人㉔。」蓋「優哉游哉，可以卒歲㉕」。執事名滿天下，而位不過五品，其容色溫然而不怒，其文章寬厚敦朴而無怨言，此必有所樂乎斯道也，軾願與聞焉。

【注　釋】❶鴟鴞　《詩經・豳風》篇名。舊說周公居東時所作，以貽周成王。周公自比為鳥之愛巢者，明其忠愛王室之情。❷君奭　《尚書・周書》篇名。召公與周公共同輔佐周成王，因有謠言稱周公企圖篡位，召公不悅，周公乃作〈君奭〉與之，以自表白，並寓戒勉之意。君，對人的尊稱。奭，召公的名。❸史　指《史記》。❹陳蔡　春秋時代二國名。孔子曾困於陳、蔡，路阻絕糧。❺顏淵仲由　皆孔子弟子。顏淵，名回，字子淵，春秋時代魯國人。仲由，字子路，一字季路，春秋時代卞（在今山東泗水縣東南）人。❻匪兕匪虎二句　語出《詩經・小雅・何草不黃》。言既非兕亦非虎，何以奔走於曠野。匪，通「非」。兕，野牛。率，循；行走。❼油然　自然；安然。❽宰　家臣之總管。❾管蔡　管叔名鮮，蔡叔名度，皆周公之弟。周武王死，周公攝政，二人散布謠言，謂周公將加害周成王，謀奪王位。❿歐陽公　指歐陽脩。字永叔，北宋吉州廬陵（今江西吉安）人。宋代古文運動領袖。⓫孟軻　孟子。名軻，戰國時代鄒（在今山東鄒縣東南）人，後世尊稱亞聖。⓬韓愈　字退之。唐河內河陽（今河南孟縣）人。唐代古文運動領袖。⓭梅公　即梅聖俞。⓮對偶聲律之文　講求對仗韻律之文章。如詩歌、詞賦。⓯斗升　一斗一升。言其少。⓰度　估量。⓱禮部　古代中央尚書省六部之一。掌禮制和學校貢舉。⓲執事　原指供使役之人。後人書信中每用「執事」為對受信者之尊稱，表示不敢直指受信者。⓳獲在第二　北宋仁宗嘉祐二年（西元一〇五七年），歐陽脩主持禮部進士考試，梅聖俞為參評官之一，試題為「刑賞忠厚之至論」。梅聖俞將蘇軾的卷子拿給歐陽脩，歐陽脩非常驚喜，以為能「不為世俗之文」，欲擢為第一，因疑為門生曾鞏所為，乃置之於第二。⓴先容　事先介紹、推薦。㉑屬　通「囑」。請託。㉒鄉　從前。㉓傳　古書。㉔不怨天二句　見《論語・憲問》。尤，怨恨。㉕優哉游哉二句　優閒自在，可以度過歲月。見《左傳・襄公二十一年》引《詩》。卒，終。

【語　譯】軾每次讀到《詩經》的〈鴟鴞〉、《尚書》的〈君奭〉時，常私自悲歎周公不能獲得知己。後來讀《史記》，看到孔子在陳、蔡之間受困，依然能絃歌不停，與顏回和子路等弟子，相互問答。孔子說：「『不是野牛，不是老虎，為什麼奔走在曠野中？』是我的道理不對嗎？我為什麼會落到這地步？」顏回答道：「夫子的道理非常博大，所以天下容納不下。雖然這樣，不能容納又有什麼害處？不被容納才顯得您是個君子。」孔子愉悅地笑著說：「回呀，假使你有很多財富，我來做你的總管。」天下雖然不能容納他們，然而他們師生間能如此的自足快樂。現在我才知道周公的富貴，還不如孔子的貧賤呢！以召公的賢明，管叔、蔡叔的親近，卻不知周公的心意，那麼周公跟誰一起享受富貴的快樂呢？跟孔子共處貧賤的人，都是天下的賢才，那也足夠他快樂了。

軾七、八歲的時候，才懂得讀書。聽說當今天下有位歐陽公，他的為人像古代的孟軻、韓愈等人，而又有一位梅公跟他做朋友，在一起相互討論。後來我年紀漸長，才讀到他們的文章，嚮往他們的為人，猜想他們瀟灑地擺脫世俗的樂趣而能自得其樂。那時我剛開始學寫對仗排偶駢儷的文章，求一升一斗的俸祿，自己估量沒有機緣能進見這幾位先生。來到京城裡一年多了，還不曾上門拜見。

今年春天，天下的讀書人，都到禮部應試，您和歐陽公親自主持考試。軾沒想到，能考中第二名。後來聽人說，您喜歡我的文章，以為有孟軻的遺風，而歐陽公也認為我能不寫世俗的時文才錄取的，我考中的原因便在於此。並不是您左右的人預先為我關照，也沒有親舊為我請託，而十多年來只聽說名字從不曾見過一面的人，卻在一朝間視為知己。退下來想想，做人不可以勉強求取富貴，也不可以但求貧賤。只要有大賢德的人便去做他的學生，也就足以依靠了。如果只希望一時的僥倖，跟隨的車騎有數十人，使閭巷的小民圍觀而讚歎著，又何能替代這種快樂呢！

古書上說：「不埋怨天，不責任人。」大概是「優閒自在地，可以度過歲月」吧。您名滿天下，官階卻不過五品，先生的容貌溫和沒有怒意，文章寬厚樸實沒有怨言，這必然是因為樂於此道吧，我願意聽聽您的祕訣。

【研　析】本文可分四段。首段引述周公和孔子的事跡，認為「周公之富貴，有不如夫子之貧賤」，藉此反襯自己與歐陽脩、梅堯臣的關係，並為下文稱頌梅堯臣才高運蹇而仍「容色溫然而不怒」作鋪墊。二段委婉地向梅堯臣表達了崇敬之情，順便解釋自己「來京師逾年，未嘗窺其門」的原因。三段以得遇歐、梅這等恩師為人生最大樂事，進而抒發自己的理想。末段對梅堯臣雖懷才不遇卻能「溫然而不怒」、「寬厚敦朴而無怨言」的廓然大度深表讚賞，而以自己「願與聞焉」收束全篇。

在這篇門生寫給恩師的信裡所思索及企圖表述的，其實是賢者如何面對窮達的態度問題。人生中到處潛藏著難以逆料的困厄，對中國古代知識分子而言，懷才不遇既是永恆的焦慮，又是深化創作內涵的激素。蘇軾在閱讀梅堯臣詩文的過程中「意其飄然脫去世俗之樂，而自樂其樂」，而歐陽脩在〈梅聖俞詩集序〉中卻感歎「奈何使其老不得志而為窮者之詩，乃徒發於蟲魚物類、羈愁感歎之言」，同樣的作品，何以不同的讀者在閱讀後會產生這麼大的歧見？這是因為閱讀角度的差異所致呢？還是由於讀者個人的歷練、人格特質及關注焦點不同而然？抑或梅堯臣自身的性格原本兼具曠達與悒憤、消極與奮進的雙重傾向？無論如何，蘇軾對梅、歐的知遇之恩是感激而深以為樂的，他以孔門弟子自喻，實亦不外表示對恩師人品與文品的推崇。畢竟，守窮已屬難能，窮而無怨就更加可貴了。

# 喜雨亭記

【題　解】本文選自《東坡先生全集》。北宋仁宗嘉祐六年（西元一〇六一年），蘇軾出任鳳翔府（治所在今陝西鳳翔）簽判，到任次年在官舍堂北建亭作為休憩之所，亭成之日，適逢天降甘霖，旱象解除，因以「喜雨」為亭名，作此文以記其事，表達其與民同憂樂的情懷。

亭以雨名，志❶喜也。古者有喜則以名物，示不忘也。周公得禾，以名其書❷；漢武得鼎，以名其年❸；叔孫勝狄，以名其子❹。其喜之大小不齊，其示不忘一也。

余至扶風❺之明年，始治官舍，為亭於堂之北，而鑿池其南，引流種木，以為休息之所。是歲之春，雨麥❻於岐山之陽❼，其占❽為有年❾。既而彌月❿不雨，民方以為憂。越三月，乙卯乃雨，甲子又雨，民以為未足；丁卯大雨，三日乃止。官吏相與慶於庭，商賈相與歌於市，農夫相與抃⓫於野，憂者以樂，病者以愈，而吾亭適成。

於是舉酒於亭上以屬客⓬，而告之曰：「五日不雨可乎？」曰：「五日不雨則無麥。」「十日不雨可乎？」曰：「十日不雨則無禾。」「無麥無禾，歲且薦饑⓭，獄訟繁興，而盜賊滋熾，則吾與二三子雖欲優游以樂於此亭，其可得耶？今天不遺斯民，始旱而賜之以雨，使吾與二三子得相與優游而樂於此亭者，皆雨之賜也，其又可忘耶？」

既以名亭，又從而歌之，歌曰：「使天而雨珠，寒者不得以為襦⓮；使天而雨玉，飢者不得以為粟。一雨三日，繄⓯誰之力？民曰太守。太守不有，歸之天子；天子曰不然，歸之造物；造物不自以為功，歸之太空⓰。太空冥冥，不可得而名，吾以名吾亭。」

【注釋】❶志　記。❷周公得禾二句　周成王之弟唐叔得到一株雙穗的禾，獻給周成王，周成王轉送給周公，周公寫了一篇文章，名為〈嘉禾〉。此文今已失傳。❸漢武得鼎二句　西漢武帝元狩七年（西元前一一六年），得寶鼎於汾水上，遂改元為元鼎元年。❹叔孫勝狄二句　春秋時代魯文公十一年（西元前六一六年），叔孫得臣打敗長狄，俘其首領僑如，乃名其子曰僑如。❺扶風　古郡名。其地北宋時為鳳翔府，轄今陝西鳳翔等地，此用舊稱。❻雨麥　下麥雨。強大旋風將麥粒捲上空中再落下。雨，作動詞用。落下。❼岐山之陽　岐山之南。岐山，山名。在今陝西岐山縣東北，近鳳翔。陽，山南。❽占　占卜。❾有年　豐年。❿彌月　整月。⓫抃　拍手。表示歡慶。⓬屬客　酌酒勸客。⓭薦饑　連歲饑荒。⓮襦　短衣。此泛指衣服。⓯緊　是；此。⓰太空　天空。

【語譯】亭子用「雨」來命名，是為了紀念可喜的事。古人遇到可喜的事就用它來為事物命名，表示永不忘記。周公得到嘉禾，就用「嘉禾」來作自己文章的篇名；漢武帝得到寶鼎，就用「元鼎」來作自己的年號；叔孫得臣戰勝長狄國僑如，就用「僑如」作為他兒子的名字。他們可喜的事大小不同，但表示不忘是一樣的。

我到扶風的第二年，才整修官舍，在廳堂的北邊造一座亭子，又在南邊挖了一個池塘，引水種樹，作為休息的場所。這一年的春天，岐山南邊下麥雨，占卜將有好的年成。接著整個月沒下雨，百姓正為此擔憂。到了三月乙卯才下雨，甲子又下雨，百姓以為還不夠；丁卯下大雨，接連三天才停止。官吏在庭中相互慶賀，商人一起在市井唱歌，農夫在田野一道拍手歡樂；憂愁的轉喜，生病的轉好，而我的亭子也剛好落成。

於是在亭上設宴酌酒勸客，並告訴他們說：「再五天不下雨，可以嗎？」他們說：「再五天不下雨，就收不到麥子。」「再十天不下雨，可以嗎？」「再十天不下雨，稻禾也都枯死。」「沒麥子沒稻子，年成就會饑荒，訟案增加，盜賊猖獗，那麼我和各位即使想在這亭子裡優閒自得地遊樂，能做得到嗎？今上天不遺棄這些百姓，開始乾旱就賜給雨水，使我和各位能夠一起在這亭子裡優閒自得地遊樂，都是雨的恩賜，這又怎可以忘掉呢？」

我既用「喜雨」作為亭子的名字，又作了一首歌，唱道：「假使老天下珍珠，寒冷的人不能拿它做衣服；假使老天下寶玉，饑餓的人不能拿它做糧食。一場雨連下三天，這是誰的力量呢？百姓說是太守。太守說沒有，歸功於天子；天子說不是，歸功於造物者；造物者不認為是自己的功績，歸功於天空。天空那樣深遠蒼茫，沒辦法歌頌它，我就拿來作為亭子的名字。」

【研　析】本文可分四段。首段言以喜雨名亭，乃表示不忘。二段記久旱得雨，官民欣喜之情。三段言久旱得雨，民心安定，方得享園亭優游之樂。末段用歌辭頌揚雨水之功，並歸結到名亭的由來，以與首段呼應。

全文以「喜」字貫串，首二句將「喜雨亭」三字拆開點題，精緻巧妙。文中大部分的筆墨集中在述雨、說雨，以寄託其欣喜之情，描寫亭子的文字似乎很少，然而巧妙之處在於後三段均在記雨之後，簡要地提及亭子，「而吾亭適成」、「得相與優游而樂於此亭」、「吾以名吾亭」，則仍緊扣主題。又表面上亭與雨之間的連結看似偶然，久旱大雨，眾人歡舞之際，剛剛好亭也完工，如此而已。但實際上兩者之間存在著十分緊密的必然關係：因雨而禾麥豐登、而民生安泰、而訟簡無事、而太守和群僚得相與優游於亭中。亦即因為有雨，亭子才能發揮其功用。因而此亭名為喜雨，並非偶然巧合，乃有其內在深刻的意義。再者，亭以喜雨為名，又暗寓著太守群僚的勤政愛民，表示歲饑訟繁則太守無心於遊樂。觀其前文曰「余至扶風之明年，始治官舍」之「始」字，亦可印證其強調以理政為先，個人居息遊宴為後的態度。

# 凌虛臺記

【題　解】本文選自《東坡先生全集》。北宋仁宗嘉祐八年（西元一〇六三年），蘇軾在鳳翔府（治所在今陝西鳳翔）簽判任上，陳希亮來任知府，築凌虛臺，請蘇軾為文以記其事。文章旨趣在藉記事而抒發其感悟，以為外物興廢無常，難以預料，不可倚恃，人生在世，必須追求永恆而足恃者。

國❶於南山❷之下，宜若起居飲食與山接也。四方之山，莫高於終南，而都邑之麗❸山者，莫近於扶風❹。以至近求最高，其勢必得，而太守之居，未嘗知有山焉。雖非事❺之所以損益❻，而物理❼有不當然者。此凌虛之所為築也。

方其未築也，太守陳公❽杖屨❾逍遙❿於其下。見山之出於林木之上者，纍纍⓫如人之旅行⓬於牆外而見其髻也。曰：「是必有異。」使工鑿其前為方池，以其土築臺，高出於屋之檐而止。然後人之至於其上者，怳然⓭不知臺之高，而以為山之踴躍奮迅而出也。公曰：「是宜名凌虛。」以告其從事⓮蘇軾，而求文以為記。

軾復於公曰：「物之廢興成毀，不可得而知也。昔者荒草野田，霜露之所蒙翳⓯，狐虺⓰之所竄伏。方是時，豈知有凌虛臺耶？廢興成毀，相尋⓱於無窮，則臺之復為荒草野田，皆不可知也。嘗試與公登臺而望，其東則秦穆⓲之祈年、橐泉⓳也，其南則漢武⓴之長楊、五柞㉑，而其北則隋之仁壽㉒、唐之九成㉓也。計其一時之盛，宏傑詭麗㉔，堅固而不可動者，豈特百倍於臺而已哉！然而數世之後，欲求其髣髴，而破瓦頹垣無復存者，既已化為禾黍荊棘㉕、丘墟隴畝㉖矣，而況於此臺歟！夫臺猶不足恃以長久，而況於人事之得喪，忽往而忽來者歟！而或者欲以夸㉗世而自足，則過矣。蓋世有足恃者，而不在乎臺之存亡也。」既已言於公，退而為之記。

【注 釋】❶國 都邑；城市。此用為動詞。建城。❷南山 終南山。主峰在今陝西長安。❸麗 附著；靠近。❹扶風 古郡名。宋為鳳翔府，此用其舊稱。故治在今陝西鳳翔。❺事 指政事。❻損益 利害；好壞。❼物理 事理。❽陳公 陳希亮。字公弼，青神（今四川青神）人，時為鳳翔知府。❾杖屨 扶著手杖，穿著鞋子。指老人出遊。❿逍遙 優游自得的樣子。⓫纍纍 連貫的樣子。⓬旅行 眾人成群而行。⓭怳然 彷彿。⓮從事 僚佐。簽判為知府之屬官，故自稱從事。⓯蒙翳 蒙蓋遮蔽。⓰虺 毒蛇。⓱相尋 相互循環。尋，通「循」。⓲秦穆 秦穆公。春秋時代秦國國君。⓳祈年橐泉 皆宮殿名。據《漢書‧地理志》顏師古注，祈年宮為秦惠公所建，橐泉宮為秦孝公所建。⓴漢武 西漢武帝。㉑長楊五柞 皆宮殿名。舊址皆在今陝西周至東南。㉒仁壽 宮殿名。隋文帝所建，為避暑之宮，故址在今陝西麟游。㉓九成 即隋之仁壽宮。唐太宗修復，而改此名。㉔宏傑詭麗 宏大綺麗。㉕禾黍荊棘 田地或草莽之地。㉖丘墟隴畝 土堆或田埂。㉗夸 誇耀。

【語 譯】建城在終南山下，人們的起居飲食應該是跟終南山時時接觸了。四方的山，沒有比終南山更高的，而傍著終南山的城市，沒有比扶風郡城更接近山的。以最近的距離去找最高的山，在情理上是必可找到的，而太守居住在這裡，卻從來不曾知道有山呢。這雖然無關政事的好壞，但在事理上卻不應是這樣的。這就是淩虛臺建造的原因。

當臺還沒建造時，太守陳公手持拐杖在山下悠遊散步。看見山峰浮現在樹林上面，一座座像是牆外往來的眾人只看到他們的髮髻一般。陳公說：「這裡必然有奇景。」於是指派工人在山前挖了個方池，利用那些土在池的後方築臺，臺的高度稍微高出屋簷為止。這樣，人們到臺上來恍惚不知道臺的高低，還以為是山勢突然凸出這一塊呢。陳公說：「這座臺應當稱它為淩虛。」便告訴他的屬員蘇軾，要他寫一篇文章來記這件事。

蘇軾回答陳公說：「事物的興廢成毀，是不能預料的。從前這裡是荒草野田，是霜露籠罩遮蔽、狐狸毒蛇潛伏的地方。那時候，哪裡知道會有淩虛臺呢？興廢成毀的事，相互循環，無窮無盡。那麼什麼時候這座臺再變成荒草野田，也都無法預知啊。我曾經跟著您登臺眺望，它的東邊是秦穆公的祈年宮、橐泉宮的所在地，它的南邊是漢武帝的長楊宮和五柞宮的所在地，而它的北邊，是隋文帝的仁壽宮、唐朝的九成宮的所在地。推想它們當時的盛況，宮殿的宏大綺麗堅固而不能動搖，何只勝過這座淩虛臺百倍呢！然而隔了幾代後，想知道它大約的輪廓，就連破瓦頹牆也不存在，早已變成田地草莽、土堆田埂了，何況這只是一座臺呢！一座臺尚且不能期待它保持長久，更何況人事的得失，忽然而去又忽然地來呢！而有些人想拿一些事來向人誇耀滿足自己，那就錯了。因為世上有足以憑恃的事，卻不在於這座臺的存亡啊。」拿這番話告訴陳公後，回來便寫下這篇記。

【研　析】本文可分三段。首段記鳳翔府城的地理位置與形勢。中段敘述建臺原由及經過。末段抒發感慨與見解。

全文的感慨及見解主要有二：其一是山水美景的玩賞，雖對政事無所損益，但樂山樂水，實為人情之常。其二是對興廢成毀的無常有深切的感慨，其中又層分為：人事得喪，忽往忽來，最是短暫無常；其次是物之成毀；再次則是有足恃的恆長不朽者。這就使本文不致淪為頹廢感傷，而有其積極樂觀之精神。至於這有足恃者為何？作者除說明不在乎臺之存亡外，並未確指，留待讀者各自省思，各有所得，是其意蘊深美之所在。

全篇文意空靈，憑虛而發，猶如登臺淩虛，神思飄逸。故雖未直接解說命名之意，實已配合標題，巧妙而發。

# 超然臺記

【題　解】本文選自《東坡先生全集》。北宋神宗熙寧七年（西元一〇七四年），蘇軾由杭州通判轉任密州（治所在今山東諸城）知州。次年，修葺城上舊臺，以為登覽之所，其弟蘇轍命其名為「超然」。蘇軾當時因反對王安石新法，連年外放，甚不得意，故因為文記其事，抒發其超然物外、自得其樂的心境。

凡物皆有可觀。苟有可觀，皆有可樂，非必怪奇偉麗者也。餔糟啜醨❶，皆可以醉；果蔬草木，皆可以飽。推此類也，吾安往而不樂？

夫所為❷求福而辭❸禍者，以福可喜而禍可悲也。人之所欲無窮，而物之可以足吾欲者有盡。美惡之辨戰乎中❹，而去取之擇交乎前，則可樂者常少，而可悲者常多，是謂求禍而辭福。夫求禍而辭福，豈人之情也哉？物有以蓋❺之矣。彼遊於物之內，而不遊於物之外。物非有大小也，自其內而觀之，未有不高且大者也。彼挾❻其高大以臨我，則我常眩亂反覆❼，如隙中之觀鬥❽，又烏❾知勝負之所在？是以美惡橫生，而憂樂出焉，可不大哀乎？

余自錢塘❿移守膠西⓫，釋舟楫之安，而服⓬車馬之勞；去雕牆⓭之美，而蔽采椽⓮之居；背⓯湖山之觀，而適桑麻之野。始至之日，歲比不登⓰，盜賊滿野，獄訟充斥，而齋廚索然⓱，日食杞菊⓲，人固疑余之不樂也。處之期年⓳，而貌加豐，髮之白者，日以反黑。余既樂其風俗之淳，而其吏民亦安予之拙也。於是治其園圃，潔其庭宇，伐安丘、高密⓴之木，以修補破敗，為苟完㉑之計。而園之北，因城以為臺者舊矣，稍葺㉒而新之。時相與登覽，放意肆志焉。

南望馬耳、常山㉓，出沒隱見㉔，若近若遠，庶幾有隱君子㉕乎！而其東則盧山㉖，秦人盧敖㉗之所從遁也。西望穆陵㉘，隱然如城郭，師尚父㉙、齊威公㉚之遺烈㉛，猶有存者。北俯濰水㉜，慨然太息，思淮陰之功㉝，而弔其不終㉞。

臺高而安，深而明，夏涼而冬溫。雨雪之朝，風月之夕，余未嘗不在，客未嘗不從。擷㉟園蔬，取池魚，釀秫酒㊱，瀹脫粟㊲而食之，曰：「樂哉遊乎！」方是時，余弟子由適在濟南㊳，聞而賦之㊴，且名其臺曰超然。以見余之無所往而不樂者，蓋遊於物之外也。

【注釋】❶餔糟啜醨　吃酒渣、飲薄酒。餔，吃；食。糟，酒渣。啜，飲；喝。醨，薄酒；淡酒。❷所為　所以。❸辭　推卻；規避。❹中　內心。❺蓋　遮蔽。❻挾　倚仗。❼眩亂反覆　迷亂徬徨。❽隙中之觀鬥　從縫隙中看人打鬥。形容眼界甚小。❾烏　如何；怎樣。❿錢塘　舊縣名。宋屬杭州，在今浙江杭縣。此代指杭州。⓫膠西　舊縣名。宋屬密州，在今山東膠縣。此代指密州。⓬服　適應。⓭雕牆　彩繪的牆。形容屋舍之美。⓮采椽　以柞木為屋椽。形容住屋簡陋樸素。采，柞木。常綠小喬木，木質堅韌，可作家具，樹皮及葉可入藥。今作「棌」。⓯背　離開。⓰歲比不登　連年歉收。歲，指收成。比，接連。不登，穀物不熟，沒有收成。⓱齋廚索然　廚房空蕩蕩的。齋，指郡齋。太守所居官舍。索然，空蕩的樣子。⓲杞菊　枸杞和菊花。枸杞為木名，落葉灌木，高一至二公尺，夏秋開淡紫色花，果實橢圓，熟時呈紅色，為中藥有名滋養品，嫩莖和葉可食。⓳期年　滿一年。⓴安丘高密　二縣名。宋時屬密州，即今山東安邱及高密。㉑苟完　姑且算作完備。㉒葺　修補。㉓馬耳常山　二山名。皆在今山東諸城。馬耳山在縣西南三十公里，雙峰聳峙，形如馬耳，故名。常山在縣西南十五公里。㉔見　通「現」。㉕隱君子　隱士。㉖盧山　在諸城東南二十三公里。因秦時盧敖而得名，上有盧敖洞。㉗盧敖　秦始皇時博士。秦始皇使求神仙，無所得，遂逃入山中，不返，後人因名其山為盧山。㉘穆陵　關名。在今山東臨朐南之大峴山上。㉙師尚父　即齊太公呂尚。周武王尊之為師尚父。師，西周統兵官「師氏」的簡稱。尚父，可尊尚的父輩。㉚齊威公　即齊桓公。春秋時代齊國國君，五霸之一。㉛遺烈　餘業。烈，功業。㉜濰水　水名。在山東省境，發源於莒縣濰山，北流經昌邑人渤海。㉝淮陰之功　韓信的功勳。指韓信在濰水擊破楚將龍且而定齊的事。韓信後封淮陰侯。㉞弔其不終　憐憫他不能善終。弔，悲憫。不終，指韓信後因謀反被殺。㉟擷　摘取。㊱秫酒　高粱酒。秫，高粱。㊲瀹脫粟　煮糙米飯。瀹，煮。脫粟，只脫去外殼的米。即糙米。㊳子由適在濟南　蘇轍正好在濟南。子由，蘇轍的字。適，恰好。濟南，郡名。宋時為齊州，轄今山東歷城一帶。蘇轍時官齊州掌書記。㊴聞而賦之　聞知此事而作一篇賦。指〈超然臺賦〉。

【語　譯】一切的物都有值得觀賞的地方。如果值得觀賞，就都有樂趣，不一定要奇特美麗的東西才有。吃酒渣、喝淡酒，都可以醉；吃水果蔬菜，也都可以飽。以此類推，我到哪兒會不快樂？

人之所以求福而避禍，因為福使人快樂而禍讓人悲哀。人的慾望無窮，而可以滿足慾望的物卻是有限的。於是，心中交戰著美惡的分辨，眼前夾雜著去取的抉擇。因而常感到可樂的事少，可悲的事多，這叫求禍而去福。求禍而去福難道是人的本意嗎？這是被物慾所掩蓋了。亦即他們局限於物慾之中，不能跳脫物慾而自在地觀賞。物並沒有大小，從它內部來看，物沒有不是既高又大的。它以高大的姿態面向我們，常使我們迷亂徬徨，像從縫隙中看人打鬥，又怎能看出勝負？所以才會有美惡、憂樂交錯產生，豈不是一大悲哀嗎？

我從杭州調任密州，放棄舟船的逸樂，嘗到車馬的勞頓；離開雕飾的房舍，住進簡陋的房屋；告別湖光山色的美景，來到種桑植麻的田野。剛到任時，連年歉收，處處盜賊，訟案繁多，而糧食缺乏，天天吃著野菜，別人一定會懷疑我過得不快樂。過滿一年，容貌卻更豐潤，白頭髮反而逐漸變黑。我既愛這地方風俗的淳樸，這裡的官吏和人民也習慣於我的笨拙。於是整理園圃，清掃庭院，砍安丘、高密的樹木，修補殘破的地方，勉強使它完整。園的北面，依城牆所築的臺已經破舊，也稍加修葺刷新。時常結伴登臺觀覽，以舒展心胸。

在臺上向南眺望馬耳、常山，忽隱忽現，似近似遠，或許山中還有隱士吧！東邊是盧山，是秦時盧敖隱遁的地方。向西望穆陵，隱隱約約有如城郭，姜太公、齊桓公的遺業還流存至今。北可以俯看濰水，使人感慨長嘆，想起韓信的功業，而同情他不得善終。

臺高而安穩，深而明亮，夏涼冬溫。在飄著雪花的早晨，有風有月的夜晚，我沒有不在臺上的，朋友沒有不跟著來的。摘來園中的菜，釣起池裡的魚，篩高粱酒，煮糙米飯吃。說：「這麼玩，真痛快啊！」這時，我弟弟子由剛好在濟南，聽到這事便寫了一篇賦，並且替這臺取名為「超然」。說明我之所以到哪兒都很快樂，是因為我能超脫物外、自由自在地遊賞。

【研　析】本文可分五段。首段言凡物皆有可樂，故理應無往不樂。「樂」字是一篇主線，扣緊題目。次段言世人多不樂，乃因慾望無窮而為物所役。以上兩段為虛論，而暗中指向自己。三段落實到自己的遭遇，言雖處惡劣的環境，仍很快樂。因以「於是」相承，轉出修臺之事。前後合觀，便見修臺乃因樂而起；也就是說，樂本在心，而以臺為寄託。以回應首段無往不樂之意。四段寫登臺所見，引出許多古人，或仕或隱，或成或敗，總歸於空留勝跡，供人憑弔，隱隱襯出自己「超然物外」的襟懷。末段說明取名為超然臺的原因，點題作收。

蘇軾宦途坎坷，幾乎大半輩子都在貶謫中度過，甚至到過海南島。最後死在回京的路上。這樣的人生，若從世俗的眼光看來，自是一種不幸；但，對於蘇軾而言，卻豐富了他的體驗，提煉出光明灑脫的心境，獲得文學創作上的高度成就。而最可敬的是，在他的作品中，罕見愁苦之辭。何以如此呢？我們讀〈超然臺記〉，可以獲得解答。

這篇文章告訴我們，人生的悲與樂，關鍵在心，而不在物。只要知足而不為外物所役，便可轉用欣賞的眼光來觀覽所遭遇的一切，從而可以發現，每一事物都有引人入勝的地方，而為我心悅樂的泉源。這樣，自然就無往而不樂了。

# 放鶴亭記

【題　解】本文選自《東坡先生全集》。蘇軾於北宋神宗熙寧十年（西元一〇七七年），因反對王安石新法而自請外放，擔任徐州（治所在今江蘇徐州）知州。其友人張天驥作亭於彭城（今江蘇銅山縣）東山上，名「放鶴亭」，以放鶴高飛，自得其樂。次年，蘇軾作此文，讚頌張天驥超然於塵世之外的隱逸生活，即使南面之尊的帝王也比不上。

熙寧十年秋，彭城大水。雲龍山人❶張君之草堂，水及其半扉❷。明年❸春，水落，遷於故居之東，東山之麓。升高而望，得異境焉，作亭於其上。彭城之山，岡嶺四合，隱然如大環，獨缺其西十二，而山人之亭適當其缺。春夏之交，草木際❹天；秋冬雪月，千里一色。風雨晦明之間，俯仰百變。

山人有二鶴，甚馴而善飛。旦則望西山之缺而放焉，縱其所如。或立於陂田❺，或翔於雲表，暮則傃❻東山而歸，故名之曰放鶴亭。

郡守❼蘇軾時從賓客僚吏往見山人，飲酒於斯亭而樂之。挹❽山人而告之曰：「子知隱居之樂乎？雖南面❾之君，未可與易❿也。《易》⓫曰：『鳴鶴在陰，其子和之⓬。』《詩》⓭曰：『鶴鳴于九皋，聲聞于天⓮。』蓋其為物，清遠閒放，超然於塵垢之外，故《易》、《詩》人以比賢人君子。隱德之士，狎⑮而玩之，宜若有益而無損者，然衛懿公⑯好鶴則亡其國。周公作〈酒誥〉⑰，衛武公⑱作〈抑〉戒，以為荒惑敗亂無若酒者，而劉伶⑲、阮籍⑳之徒以此全其真而名後世。嗟夫！南面之君，雖清遠閑放如鶴者，猶不得好，好之則亡其國。而山林遁世之士，雖荒惑敗亂如酒者，猶不能為害，而況於鶴乎？由此觀之，其為樂未可以同日而語也。」山人忻然而笑曰：「有是哉？」乃作放鶴招鶴之歌曰：

「鶴飛去兮，西山之缺。高翔而下覽兮，擇所適。翻然斂翼，宛將集兮，忽何所見，矯然而復擊。獨終日於澗谷之間兮，啄蒼苔而履白石。」

「鶴歸來兮，東山之陰㉑。其下有人兮，黃冠㉒草屨，葛衣而鼓琴。躬耕而食兮，其餘以汝飽。歸來歸來兮，西山不可以久留！」

【注釋】❶雲龍山人　張天驥的別號。雲龍，山名。在今江蘇銅山縣南。❷半扉　半扇門的高度。扉，門扇。❸明年　即宋神宗元豐元年（西元一〇七八年）。❹際　接近；連接。❺陂田　山邊的田地。陂，山坡。❻傃　向著。❼郡守　郡太守。郡的長官。宋代地方行政單位無郡，而有州府等，其長官簡稱知州或知府，此用舊稱。❽挹　斟酒。❾南面　面向南。古代君臣見面，君南面而臣北面。❿易　交換。⓫易　《易經》。⓬鳴鶴在陰二句　語出《易經・中孚》九二爻辭。⓭詩　《詩經》。⓮鶴鳴于九皋二句　語出《詩經・小雅・鶴鳴》。九皋，水澤深處。⓯狎　接近；親近。⓰衛懿公　春秋時代衛國國君。好養鶴，出則使鶴乘大夫之車而行，後翟人攻衛，衛懿公徵召人民應戰，民皆曰：「公有鶴，何不以禦敵，乃煩吾為。」國遂亡，衛懿公戰死。⑰酒誥　《尚書·周書》篇名。相傳為周公所作，旨在告誡康叔，謂商紂因酒喪國，宜引以為戒。康叔，衛之始封君。⑱衛武公句　衛武公，春秋時代衛國國君。曾作〈抑〉詩，以諷周厲王，並以自警。〈抑〉戒，即《詩經·大雅·抑》，其三章云：「顛覆厥德，荒湛于酒。」亦戒酒之意。⑲劉伶　字伯倫。晉沛國（治所在今安徽濉溪縣西北）人，竹林七賢之一，平日放情肆志，尤好酒，著有〈酒德頌〉。⑳阮籍　字嗣宗。晉陳留尉氏（治所在今河南尉氏）人，竹林七賢之一，好老、莊，每以縱酒避禍，有〈詠懷〉詩八十餘首。㉑陰　指山的北面。㉒黃冠　道士所戴的帽子。

【語譯】熙寧十年秋天，彭城發生大水災，雲龍山人張君的草堂，水淹到半扇門的高度。第二年春天，洪水退去，他就搬到老房子的東邊，住在東山的山腳下。山人登高眺望，發現了一處奇異的地方，就在那上面蓋了一座亭子。彭城的山，山嶺四面圍繞，隱隱約約地像一個大環，只有西邊大約缺少十分之二，而山人所蓋的亭子正好對準那個缺口。每當春夏之間，草木茂盛，連接天空；秋冬的月光雪色，千里一片潔白。風雨陰晴的時候，俯仰之間景色變化多端。

山人養有兩隻鶴，很馴服而且很能飛。早上便朝西山的缺口把鶴放了，聽任牠們飛往哪裡。牠們有時站在山邊的田裡，有時高飛到雲外，傍晚便向著東山飛回來，所以給這座亭子命名為放鶴亭。

郡守蘇軾時常帶著賓客和屬吏去拜望山人，就在放鶴亭上快樂地飲酒。斟酒敬山人並且告訴他說：「您知道隱居的快樂嗎？就算帝王的位置，也換不到的啊。《易經》說：『鶴雖然在陰暗的地方鳴叫，牠的小鶴必然應和牠。』《詩經》說：『鶴在水澤深處鳴叫，牠的聲音可以傳到天上。』正因為牠的性格清遠閑放，超出塵世之外，所以《易經》和《詩經》的作者，將牠比做賢人和君子。隱居之士，喜歡跟牠親近而欣賞牠，應該是有益而無害的，然而，衛懿公喜歡鶴，卻導致亡國。周公寫過〈酒誥〉，衛武公寫過〈抑〉詩警惕飲酒，以為荒惑敗亂的行為，沒有比嗜酒更為厲害的了，而劉伶、阮籍等人卻借酒保全他們的真性情而傳名後代。唉！有帝王身分的人，即使是像鶴這種清遠閑放的東西，也不能去愛好，如果愛好就會因此而亡國。然而山林隱居的人士，雖然像酒那樣能荒惑敗亂德行的東西，尚且不能對他造成禍害，何況是鶴呢？這樣看來，帝王和隱士的快樂是不能相提並論的啊。」山人聽了欣然笑道：「真有這樣的事嗎？」於是我就作了放鶴和招鶴的歌。歌詞是：

「鶴飛出去，向著西山的缺口。飛得高高地向下張望，挑選牠想去的地方。突然收斂了翅膀，好像要停下來，忽然又發現到什麼，矯捷地鼓動翅膀向上飛去。牠整天在山谷溪澗之間，啄著青苔、踩在白石的上面。」

「鶴飛回來，向著東山的北面。山下有個人，頭戴黃冠腳穿草鞋，穿著粗布的衣服在彈琴。他親自耕種而獲得糧食，多下來的把你餵飽。回來吧！回來，西山不是可以長久停留的啊！」

【研　析】本文可分五段。首段敘述建亭的緣由及亭四周的景色。二段說明以「放鶴」名亭的原因。三段以鶴、酒在君王與隱士生活中截然不同的影響，對顯出隱逸之樂非君王可及。末兩段分別為放鶴之歌與招鶴之歌。

本文所描寫的鶴姿、鶴性，同時也是個象徵，象徵著隱士的生活之姿與性情。因為兩者同具清遠閑放之姿與超然於塵垢之外的特性；中國早有以鶴象徵隱士的傳統。因此「放鶴亭」之名不僅寫意，也是個象徵。

全文將隱逸之樂推至極處，連君王也比不上。故而本文雖是記亭，實是頌揚隱士與隱逸生活。而末段放鶴、招鶴之歌主要在描寫山人生活，於此作結，甚有意思。

# 石鐘山記

【題　解】本文選自《東坡先生全集》。石鐘山在今江西湖口，鄱陽湖口的東岸，南面的叫上鐘山，北面的叫下鐘山，兩山相向，下多石穴，風水相激則聲如鐘鳴，當地人謂之雙鐘。有關其山命名的原由，歷來說法不一。蘇軾於北宋神宗元豐七年（西元一〇八四年），由黃州（治所在今湖北黃岡）團練副使調汝州（治所在今河南臨汝）團練副使，途經湖口，親自觀察而確定山名的由來，故作此文以記其事，並抒發感慨，以為事須親自見聞，不可僅憑臆斷。

《水經》❶云：「彭蠡❷之口，有石鐘山焉。」酈元❸以為下臨深潭，微風鼓浪，水石相搏❹，聲如洪鐘。是說也，人常疑之。今以鐘磬❺置水中，雖大風浪不能鳴也，而況石乎！至唐李渤❻始訪其遺蹤，得雙石於潭上。「扣❼而聆之，南聲❽函胡❾，北音清越❿，枹⓫止響騰，餘韻徐歇」，自以為得之矣。然是說也，余尤疑之。石之鏗然⓬有聲者，所在皆是也，而此獨以鐘名，何哉？

元豐七年六月丁丑，余自齊安⓭舟行適臨汝⓮，而長子邁⓯將赴饒之德興尉⓰，送之至湖口⓱，因得觀所謂石鐘者。寺僧使小童持斧，於亂石間擇其一二，扣之，硿硿⓲焉，余固笑而不信也。

至莫⓳夜，月明，獨與邁乘小舟至絕壁下。大石側立千尺，如猛獸奇鬼，森然欲搏人；而山上棲⓴鶻㉑聞人聲，亦驚起，磔磔㉒雲霄間。又有若老人欬㉓且笑於山谷中者，或曰：「此鸛鶴㉔也。」余方心動㉕，欲還，而大聲發於水上，噌吰㉖如鐘鼓不絕。舟人大恐。徐而察之，則山下皆石穴罅㉗，不知其淺深，微波入焉，涵澹㉘澎湃㉙而為此也。舟迴至兩山間，將入港口，有大石當中流㉚，可坐百人，空中㉛而多竅㉜，與風水相吞吐，有窾坎鏜鞳㉝之聲，與向之噌吰者相應，如樂作焉。因笑謂邁曰：「汝識之乎？噌吰者，周景王之無射㉞也；窾坎鏜鞳者，魏莊子之歌鐘㉟也。古之人不余欺也。」

事不目見耳聞而臆斷其有無，可乎？酈元之所見聞，殆與余同，而言之不詳；士大夫終不肯以小舟夜泊絕壁之下，故莫能知；而漁工水師㊱雖知而不能言。此世所以不傳也。而陋者乃以斧斤考擊㊲而求之，自以為得其實。余是以記之，蓋歎酈元之簡，而笑李渤之陋也。

【注釋】❶水經　書名。古代專記水道的一部地理書。相傳為漢桑欽所著，一說為晉郭璞所著。今有北魏酈道元注，凡四十卷。❷彭蠡　湖名。即今江西鄱陽湖。❸酈元　酈道元。字善長，北魏涿鹿（今河北涿縣）人，所撰《水經注》，為世所重。❹搏　碰撞；撞擊。❺磬　玉或石製的樂器名。❻李渤　字濬之，號少室山人。唐洛陽（今河南洛陽）人，唐憲宗元和年間，任江州刺史，曾尋訪石鐘山，作〈辨石鐘山記〉。❼扣　敲擊。❽南聲　南面的巖石所發出的聲音。❾函胡　聲音模糊不清。❿清越　清脆響亮。⓫枹　鼓槌。⓬鏗然　形容金石聲鏗鏘。⓭齊安　即黃州。治所在今湖北黃岡。⓮臨汝　縣名。在今河南臨汝，時為汝州州治所在地。⓯邁　蘇軾之長子蘇邁，字伯達。⓰饒之德興尉　饒州德興縣尉。饒，饒州。宋代州名，治所在今江西鄱陽。德興，縣名。即今江西德興，宋時屬饒州。尉，縣尉。縣的佐吏。⓱湖口　縣名。在鄱陽湖之口，即今江西湖口。⓲硿硿　狀聲詞。⓳莫　「暮」的本字。⓴栖　棲息。㉑鶻　一種猛禽。一名鶻鷹。㉒磔磔　狀聲詞。鳥鳴聲。㉓欬　咳嗽。㉔鸛鶴　鳥名。形似鶴，又似鷺。㉕心動　心裡害怕。㉖噌吰　形容鐘鼓聲。㉗罅　縫隙。㉘涵澹　水搖動的樣子。㉙澎湃　水波沖激。㉚中流　水流的中央。㉛空中　中空。㉜竅　孔；洞。㉝窾坎鏜鞳　形容鐘鼓聲。㉞周景王之無射　周景王二十三年（西元前五二二年）鑄鐘，名曰無射。周景王，周天子。在位二十五年（西元前五四四～前五二〇年）。無射，十二律之一。㉟魏莊子之歌鐘　魏莊子的編鐘。魏莊子，春秋時代晉國大夫魏絳，死後諡莊。晉悼公曾賜魏莊子懸鐘一列，凡十六座。歌鐘，即懸鐘，亦即編鐘。㊱漁工水師　漁夫船家。㊲考擊　敲擊。考，敲。

【語譯】《水經》說：「鄱陽湖口，有石鐘山。」酈道元《水經注》以為石鐘山下面對著深潭，微風吹動波浪，波浪和巖石相撞擊，發出的聲音像撞擊大鐘一樣。這種說法，一般人常覺得可疑。因為就算把鐘磬放在水中，又有大風浪，也不會發出聲響，何況是石頭呢！到了唐朝李渤，才去尋找它的遺跡，在潭邊找到兩座巖石，「敲擊它聽聽，南面的巖石發出含糊不清的聲音，北面的巖石則聲音清脆響亮，敲打的槌子停止了響聲還在騰播，慢慢地才停止」，他自認為找到石鐘山命名的原因了。然而這種說法，我更是懷疑。石頭能發出鏗鏘之聲的，到處都有，獨有這座山名為石鐘，是什麼緣故呢？

元豐七年六月丁丑，我從齊安坐船要到臨汝，長子邁將前往饒州擔任德興縣尉，我送他到湖口，因此能夠看到傳說中的石鐘。廟裡的和尚叫小孩拿著斧頭，在亂石堆裡挑了一兩塊石頭，敲它，發出硿硿的聲音，我笑笑，還是不相信。

到了晚上，月色明亮，我獨自和邁乘小船到絕壁下。大巖石斜立高達千尺，像猛獸奇鬼般，陰森森地要抓人似的；山上棲宿的鶻鳥聽到人聲，也驚醒飛起，在雲間磔磔地叫。又有像老人又咳又笑的聲音從山谷中傳來，有人說：「那是鸛鶴。」我剛感到害怕，想回去，突然從水上傳來很大的聲音，像撞鐘的聲音叮咚不停。船夫非常恐懼。我慢慢地察看，原來山下都是些巖洞和縫隙，不知有多深，小水波流入巖洞和縫隙中，震蕩沖激才發出這種聲音來。船回到兩山間，將進入港口，有塊大石頭擋在水中，面積約可坐一百多人，中間空的而又多孔洞，風和浪灌進溢出，發出窾坎鏜鞳的聲音，和剛才叮叮咚咚的聲音相呼應，好像音樂演奏般。我因而笑著對邁說：「你知道嗎？叮咚的聲響，是周景王的無射鐘啊；那窾坎鏜鞳的聲響，是魏絳的編鐘啊。古人沒有欺騙我們啊。」

事情不是親眼所見親耳所聞而憑主觀斷定它的有無，可以嗎？酈道元所看到聽到的，可能跟我一樣，只是說得不夠詳細；士大夫始終不肯在夜晚乘小船停泊在絕壁下，所以不能知道；而漁夫船家雖然知道卻不能講清楚。這就是石鐘山命名的由來在世間不流傳的原因。那些鄙陋的人，居然拿著斧頭去敲打尋找，自以為獲得了真相。我因此把它記載下來，是因為感歎酈道元所記的簡略，笑李渤見識的鄙陋。

【研　析】本文可分四段。首段記酈道元與李渤對石鐘山之所以得名的解釋，而均令人疑惑，難以相信。二段記親臨湖口，實地了解證明李渤說法的確有誤。三段描繪泛舟江中，耳聞目見石鐘山夜景，乃明白其命名之原由。末段感慨事須親自見聞，不可臆斷。

全文展現出懷疑與求實的科學精神。在結構上，先記其疑，從「人常疑之」、「余尤疑之」、「余固笑而不信」，一一的否定前說，繼而因實地考查，發現真相，終而感慨「事不目見耳聞而臆斷其有無」為不可，一氣呵成且前後呼應。第三段描寫夜景最為生動，短短數句間，聲色迴盪，充滿變動詭譎之勢，將其陰森竦厲的氣氛寫得令人驚駭，是此文精彩淋漓之處。

# 潮州韓文公廟碑

【題　解】本文選自《東坡先生全集》。韓文公，韓愈（西元七六八～八二四年），文是諡號，公是尊稱。唐憲宗元和十四年（西元八一九年），韓愈因諫迎佛骨，觸怒唐憲宗，貶為潮州（治所在今廣東潮州）刺史。三月到任，七月改授袁州（治所在今江西宜春），計在潮州僅九個月，但韓愈到任後，積極興辦學校，教化人民，深受百姓感戴。卒後，潮州人在刺史公堂後立廟祭祀。北宋哲宗元祐五年（西元一〇九〇年），又擇地重建，請蘇軾作此碑文。文中肯定韓愈一生成就，與古代聖賢相符，「文起八代之衰，而道濟天下之溺」二句成為千古定評。

匹夫❶而為百世師，一言而為天下法，是皆有以參天地之化❷，關盛衰之運，其生也有自來，其逝也有所為。故申、呂自嶽降❸，傅說為列星❹，古今所傳，不可誣❺也。孟子曰：「我善養吾浩然之氣❻。」是氣也，寓於尋常之中，而塞乎天地之間。卒然❼遇之，則王公失其貴，晉、楚失其富，良、平❽失其智，賁、育❾失其勇，儀、秦❿失其辯。是孰使之然哉？其必有不依形而立，不恃力而行，不待生而存，不隨死而亡⓫者矣。故在天為星辰，在地為河岳，幽則為鬼神，而明則復為人。此理之常，無足怪者。

自東漢以來，道喪文弊⓬，異端⓭並起，歷唐貞觀、開元⓮之盛，輔以房、杜、姚、宋⓯而不能救。獨韓文公起布衣⓰，談笑而麾⓱之，天下靡然⓲從公，復歸於正，蓋三百年於此矣。文起八代之衰⓳，而道濟天下之溺⓴；忠犯人主之怒㉑，而勇奪三軍之帥㉒。此豈非參天地、關盛衰、浩然而獨存者乎？

蓋嘗論天人之辨㉓，以謂人無所不至㉔，惟天不容偽。智可以欺王公，不可以欺豚魚；力可以得天下，不可以得匹夫匹婦㉕之心。故公之精誠，能開衡山之雲㉖，而不能回憲宗之惑㉗；能馴鱷魚之暴㉘，而不能弭皇甫鎛、李逢吉之謗㉙；能信於南海㉚之民，廟食㉛百世，而不能使其身一日安於朝廷之上。蓋公之所能者，天也；其所不能者，人也。

始潮人未知學，公命進士趙德[32]為之師。自是潮之士皆篤於文行，延及齊民[33]，至於今號稱易治。信乎孔子之言：「君子學道則愛人，小人學道則易使也[34]。」潮人之事公也，飲食必祭，水旱疾疫，凡有求必禱焉。而廟在刺史公堂之後，民以出入為艱。前太守欲請諸朝，作新廟，不果。元祐五年，朝散郎[35]王君滌來守是邦，凡所以養士治民者，一以公為師。民既悅服，則出令曰：「願新公廟者，聽。」民讙趨之，卜地[36]於州城之南七里，期年[37]而廟成。

或曰：「公去國[38]萬里而謫於潮，不能[39]一歲而歸，沒而有知，其不眷戀於潮也審[40]矣。」軾曰：「不然。公之神在天下者，如水之在地中，無所往而不在也。而潮人獨信之深，思之至，焄蒿[41]悽愴，若或見之。譬如鑿井得泉，而曰水專在是，豈理也哉？」

元豐七年[42]，詔封公昌黎伯，故牓[43]曰「昌黎伯韓文公之廟」。潮人請書其事於石，因為作詩以遺之，使歌以祀公。其詞曰：「公昔騎龍白雲鄉[44]，手抉雲漢分天章[45]。天孫[46]為織雲錦裳，飄然乘風來帝旁。下與濁世掃粃糠[47]，西遊咸池[48]略[49]扶桑[50]。草木衣被昭回光[51]，追逐李、杜參翺翔[52]；汗流籍、湜走且僵，滅沒倒景不可望[53]。作書詆佛譏君王，要觀南海窺衡、湘[54]，歷舜九嶷[55]弔英、皇[56]，祝融57先驅海若58藏，約束蛟鱷如驅羊。鈞天59無人帝悲傷，謳吟下招遣巫陽60。
爆牲雞卜羞我觴61，於62粲63荔丹與蕉黃。公不少留我涕滂64，翩然被髮下大荒65。」

【注釋】❶匹夫　平常人；普通人。❷參天地之化　參與天地的化育。❸申呂自嶽降　周代賢臣申伯、呂侯，皆由嶽神降靈而生。《詩經・大雅・崧高》：「維嶽降神，生甫及申。」申，申伯，周宣王母舅，為周賢卿士。呂，呂侯，一作甫侯，周穆王司寇。嶽，四嶽，即東嶽泰山、南嶽衡山、西嶽華山、北嶽恆山。❹傳說為列星　傳說死後成為天上列星。傳說，殷商高宗時賢相。曾為刑徒，築於傳巖（今山西平陸東），殷高宗得之，以為相，國大治。《星經》卷下尾宿有傳說星。❺誣　虛假。❻我善養吾浩然之氣　語出《孟子・公孫丑上》。浩然之氣，至大至剛的氣。即正氣。❼卒然　忽然；突然。❽良平　張良與陳平。皆富謀略，佐漢高祖以定天下。❾賁育　孟賁與夏育。皆古代勇力之士，力舉千鈞，不畏猛獸。❿儀秦　張儀與蘇秦。皆戰國時代縱橫家，能言善辯。⓫亡　消失。⓬道喪文弊　儒學衰微，文風敗壞。指魏、晉、南北朝時期，儒學不能規範人心，因而社會道德沉淪，文學風氣華麗而乏實質。⓭異端　與正統不合的思想、學說。此指佛、老。⓮貞觀開元　唐代的兩個年號，均為唐之鼎盛時代。貞觀（西元六二七～六四九年），唐太宗年號。開元（西元七一三～七四一年），唐玄宗年號。⓯房杜姚宋　房玄齡、杜如晦、姚崇、宋璟。房、杜為唐太宗貞觀間賢相，姚、宋為唐玄宗開元間賢相。⓰布衣　指平民。⓱麾　指揮；領導。⓲靡然　草木隨風偃伏的樣子。⓳文起八代之衰　指韓愈之古文運動，振起八代文風的衰頹。八代，指東漢、魏、晉、宋、齊、梁、陳、隋。⓴道濟天下之溺　指韓愈倡儒學，挽救天下人心的陷溺。濟，挽救。㉑忠犯人主之怒　指韓愈諫迎佛骨，因而觸怒唐憲宗，被貶為潮州刺史。㉒勇奪三軍之帥　唐穆宗長慶元年（西元八二一年），鎮州（今河北正定）亂，二年，韓愈以兵部侍郎奉詔前往宣撫。既至，以大義折服其主將王廷湊，終使歸順。㉓天人之辨　天理與人事的分別。㉔人無所不至　人事可運用智巧而無所不通。㉕匹夫匹婦　平常男女。㉖開衡山之雲　唐順宗永貞元年（西元八〇五年）八月，韓愈自陽山（今廣東陽山縣）縣令，移江陵（今湖北江陵）法曹參軍，途經湖南，遊衡山，正值秋雨陰晦，韓愈自云潛心默禱後，雨止天晴，峰巒畢現。見韓愈〈謁衡嶽廟遂宿嶽寺題門樓〉詩。㉗不能回憲宗之惑　指唐憲宗不聽韓愈論迎佛骨之諫。㉘馴鱷魚之暴　潮州惡溪有鱷魚，食民畜產，民以是窮，愈既至潮，作〈祭鱷魚文〉，命南徙大海。相傳是夕溪中暴風震電，數日，水盡涸，鱷魚西徙六十里，自此潮州無鱷魚患。見《舊唐書・卷一六〇・韓愈傳》、《新唐書・

卷一七六・韓愈傳》。㉙不能弭皇甫鎛句　韓愈既到潮州刺史任，上表謝過，唐憲宗欲復用之，為皇甫鎛所讒，僅改任袁州刺史。唐穆宗長慶三年（西元八二三年），宰相李逢吉與御史中丞李紳不和，乃以韓愈為京兆尹兼御史大夫，挑撥使韓愈與李紳相衝突，而後兩罷之，以韓愈為兵部侍郎，出李紳為江西觀察使。見《舊唐書・卷一六〇・韓愈傳》、《新唐書・卷一七六・韓愈傳》。弭，防止。㉚南海　指潮州。㉛廟食　指死後得立廟，享受祭祀。㉜趙德　人名。韓愈為潮州刺史，趙德任海陽（治所在今廣東潮州）縣尉。㉝齊民　平民。㉞君子學道則愛人二句　語出《論語・陽貨》。君子，指治人者。小人，指平民。使，使令；指揮。㉟朝散郎　唐宋文散官之一階，從七品上。㊱卜地　擇地。㊲期年　滿一年。㊳去國　離開京師。國，京師。㊴不能　不足；不到。㊵審　清楚；明白。㊶焄蒿　祭祀時，祭品熱氣上騰的樣子。焄，香氣。蒿，氣發散的樣子。㊷元豐七年　西元一〇八四年。元豐，北宋神宗年號。㊸牓　題署。㊹白雲鄉　仙鄉。㊺手抉雲漢分天章　手挑銀河，分得星辰的光采。抉，挑開。雲漢，銀河。天章，日月星辰的光芒文采。㊻天孫　指織女。㊼粃糠　穀物的皮殼。此喻濁世之衰風。㊽咸池　古代神話傳說中的日落之處。㊾略　經過；巡行。㊿扶桑　古代神話傳說中的日出之處。(51)草木衣被昭回光　草木承受日光，因而發出光芒。喻韓愈如日當空，人皆受其影響。(52)追逐李杜參翱翔　追上李白、杜甫，一起飛翔。指韓愈的文學成就與李、杜不相上下。參，一起；一同。(53)汗流籍湜走且僵二句　籍、湜之輩，雖流汗仆倒，竭力追趕，終不可企及。指韓愈文章超塵絕俗，光芒奪目。籍，張籍。字文昌，唐和州烏江（今安徽和縣東北烏江鎮）人，貞元間進士，官終國子司業，有《張司業集》八卷。湜，皇甫湜。字持正，唐睦州新安（今浙江淳安西）人，元和間進士，官終工部郎中，有《皇甫持正集》六卷。二人皆韓愈之弟子。僵，仆倒。倒景，夕陽之返照。景，同「影」。(54)衡湘　衡山及湘江。(55)九嶷　山名。在湖南寧遠南，相傳為舜陵墓所在。(56)弔英皇　弔祭女英、娥皇。女英、娥皇皆帝堯之女，同嫁帝舜，相傳舜南巡而崩於蒼梧，二女投水殉夫，天帝憐之，命為水神，娥皇為湘君，女英為湘夫人。韓愈於唐憲宗元和十四年（西元八一九年）貶潮州，途經湖南湘潭北黃陵山之二妃廟，曾禱於二妃，元和十五年九月，韓愈從袁州刺史拜國子祭酒，十月，作〈祭湘君夫人文〉，令人往祭二妃廟。(57)祝融　南海之神。(58)海若　海神名。(59)鈞天　中央之天。此指天帝所居。(60)謳吟下招遣巫陽　天帝遣巫陽謳歌下降，招韓愈歸天庭。巫陽，傳說人物。善於卜筮，能以卜筮知人魂魄所在。(61)犦牲雞卜羞我觴　以犎牛為祭牲，用雞骨占卜，進獻酒漿。犦，犎牛。產於兩廣、越南一帶的野牛。羞，進獻。(62)於　表讚歎的語氣詞。(63)粲　鮮明。(64)涕滂　涕淚滂沱。(65)翩然被髮下大荒　此括用韓愈〈雜詩〉「翩然下大荒，被髮騎麒麟」句，以祝禱其神靈來享祭祀。翩然，飄逸的樣子。被髮，散髮。大荒，偏遠之地。此指潮州。

【語　譯】一個普通人而能成為百代的宗師，說出一句話而能使天下人遵從，他的言行必定足以參贊天地的化育，關係天下盛衰的機運，這種人的降生必有來歷，逝世也必有緣故。所以申伯、呂侯由嶽神降靈而生，傳說死後成為天上的星宿，這是古今相傳的說法，不可以說是虛假。

孟子說：「我善於培養我的浩然正氣。」這股正氣，寄託在平常事物中，充滿在天地之間。突然遇上了，那麼王公大人就顯不出尊貴，晉、楚二國就顯不出富有，張良、陳平顯不出智謀，孟賁、夏育顯不出勇猛，張儀、蘇秦顯不出善辯。為什麼會這樣呢？必定是有種不依賴形體而產生，不仰仗權力而運行，不憑藉生命而存在，不因逝世而消失的特質。所以在天上就形成星辰，在地面就形成山川，在陰間成為鬼神，在陽世便成為人。這是不變的道理，沒什麼好奇怪的。

從東漢以來，儒學衰微，文風敗壞，邪說紛紛產生，經過唐朝貞觀、開元的盛世，加上房玄齡、杜如晦、姚崇、宋璟等名臣都無法挽救。只有平民出身的韓文公在談笑之間領導天下，天下人紛紛響應他，重回正道，至今大約三百年了。他提倡古文以振起八代文風的衰頹，鼓吹儒學以挽救天下人心的陷溺；他的忠忱不避諱觸怒君主，勇氣能鎮懾三軍的將領。這豈不就是能參贊天地化育、關係興衰機運，正氣凜然的卓越典型嗎？

我曾探討天理與人事的分別，認為人事可用智巧而無所不通，只有天理不容許絲毫詐偽。智巧可以欺蒙王公，卻騙不了豬、魚；武力可以奪取天下，卻得不到民心。所以文公的精誠，能夠撥散衡山的陰霾，但喚不醒憲宗的迷惑；能馴服鱷魚的殘暴，卻消弭不了皇甫鎛、李逢吉的毀謗；能得到南海百姓的信服，享受百代的祭祀，而無法使自己在朝廷有一日的安定。因為文公所能做到的是合乎天理，做不到的卻是人事上的智巧。

從前潮州人不知向學，文公請進士趙德做他們的老師。從此潮州的讀書人都注重文章、德行的修養，並且影響到一般百姓，至今當地仍被認為是容易治理的地方。孔子說的沒錯：「在上位的人學了道就能愛惜人民，百姓學了道就容易治理。」潮州人侍奉文公，平常飲食之間必定祭祀他，水災乾旱瘟疫時，凡有所祈求都向他祝禱。而文公的廟在刺史公堂後面，百姓感到出入不便。前任太守想呈請朝廷重建新廟，沒有結果。

元祐五年，朝散郎王滌君來此擔任太守，所有教養士子治理百姓的措施，都仿效文公。百姓既已心悅誠服，他於是發布命令：「希望重建韓文公廟的，順應其便。」百姓高興地參與，在潮州城南七里選好土地，一年就把廟蓋成了。

有人說：「文公遠離京師萬里而貶到潮州來，不到一年就離開了，他死後如果有知，一定不會眷戀潮州的。」我說：「不對。文公的神靈存在天地之間，就像水蘊藏在地下，是無所不在的。然而潮州人對他信服特別深刻，思念特別殷切，祭祀膜拜之間就像見到他一樣。譬如鑿井挖得泉水，卻說水只在此地才有，這樣合理嗎？」

元豐七年，朝廷下詔追封文公為昌黎伯，因此廟匾題作「昌黎伯韓文公之廟」。潮州人請我記述這件事刻在石碑上，我於是作了一首詩給他們，讓他們祭祀文公時歌唱。詩辭是：「文公昔日騎龍遨遊白雲仙鄉，手挑天河分得星辰光芒。織女為您編織彩雲錦裳，飄然乘風來到天帝身旁。下降塵世掃除粃子粗糠，西遊咸池，東過扶桑。草木浸浴映照光芒，趕上李白、杜甫一同翱翔；張籍、皇甫湜流汗仆倒追隨奔忙，宛如落日餘暉不可企望。上書抨擊佛教諷諫君王，想要遊覽南海觀賞衡山、湘江，過九嶷山謁舜陵憑弔女英、娥皇，祝融在前開路，海若聞風躲藏，約束蛟龍、鱷魚如同驅趕綿羊。天庭無人天帝感傷，派遣巫陽謳歌下降招返。供上牛羊酒漿卜告祝禱，再加鮮紅荔枝橙黃香蕉。您不稍作逗留使我淚流成行，祈求您的神靈降臨這海隅邊荒。」

【研　析】本文可分七段，而重心在第三段，其他各段，皆朝此重心而輻湊。一、二段泛論聖賢，作為推尊韓愈的張本。四段以韓愈具有天道之誠，是三段的進一步說明。五段記在潮政績及潮人立廟事，六段強調韓愈之價值不僅在潮，呼應三段「天下靡然從公」之意。末段歌辭，從「文」、「道」兩方面作結，又應三段「文起八代之衰」二句。

韓愈一生以建立儒家道統為己任，所倡古文運動即以此為鵠的。在佛老盛行、儒學不振的時代，苦心孤詣，鍥而不捨，其文化熱忱及道德勇氣，無人能出其右，本文第三段所謂「文起八代之衰，而道濟天下之溺」，既為全文眼目，亦正確概括出文公一生功業之所在，千古傳誦，遂成定評。

# 乞校正陸贄奏議進御劄子

【題解】本文選自《東坡先生全集》。陸贄（西元七五四～八〇五年），字敬輿，唐嘉興（今浙江嘉興）人。唐代宗大曆年間進士，唐德宗時拜相，卒諡宣文。所作奏議，切中時弊，論理剴切。有《陸宣公奏議》傳世。進御，進呈與皇帝。御，對皇帝及其相關事物的敬詞。劄子，又作「札子」，宋代以後出現的公文書名稱。北宋哲宗元祐八年（西元一〇九三年），蘇軾任皇帝侍讀，與呂希哲、吳安詩、范祖禹等人，將新校重謄的陸贄奏議，進呈給皇帝，並附這篇奏摺，希望哲宗能熟讀，以作為治國的龜鑑。

臣等猥❶以空疎❷，備員❸講讀❹。聖明天縱❺，學問日新。臣等才有限而道無窮，心欲言而口不逮，以此自愧，莫知所為。竊謂人臣之納忠，譬如醫者之用藥，藥雖進於醫手，方多傳於古人。若已經效於世間，不必皆從於己出。

伏見唐宰相陸贄，才本王佐❻，學為帝師。論深切於事情，言不離於道德；智如子房❼而文則過，辯如賈誼❽而術不疏。上以格❾君心之非，下以通天下之志。但其不幸，仕不遇時。德宗❿以苛刻為能，而贄諫之以忠厚；德宗以猜疑為術，而贄勸之以推誠；德宗好用兵，而贄以消兵為先；德宗好聚財，而贄以散財為急。至於用人聽言之法，治邊馭將之方，罪己以收人心，改過以應天道，去小人以除民患，惜名器⑪以待有功，如此之流⑫，未易悉數。可謂進苦口之藥石⑬，鍼⑭害身之膏肓⑮。使德宗盡用其言，則貞觀⑯可得而復。

臣等每退自西閣⑰，即私相告言，以陛下聖明，必喜贄議論。但使聖賢之相契⑱，即如臣主之同時。昔馮唐論頗、牧之賢，則漢文為之太息⑲；魏相條鼂、董之對，則孝宣以致中興⑳。若陛下能自得師，莫若近取諸贄。夫六經㉑三史㉒，諸子百家，非無可觀，皆足為治。但聖言幽遠，末學支離，譬如山海之崇深，難以一二而推擇。如贄之論，開卷了然。聚古今之精英，實治亂之龜鑑㉓。臣等欲取其奏議，稍加校正，繕寫進呈。願陛下置之坐隅㉔，如見贄面，反覆熟讀，如與贄言。必能發聖性之高明，成治功於歲月㉕。臣等不勝區區㉖之意，取進止㉗。

【注釋】❶猥　鄙陋。自謙之詞。❷空疎　空乏疏陋。謂無實學。❸備員　充數；湊數。在官者的謙詞。❹講讀　指侍講、侍讀。均官名，屬翰林院。❺聖明天縱　皇上的聖德英明，是天所賦予。當時皇帝為北宋哲宗。天縱，天所放任；天所賦予。❻王佐　帝王的輔佐。❼子房　張良，字子房。漢高祖的主要謀士，佐漢高祖取天下。❽賈誼　西漢初文帝、景帝時的政論家。❾格　匡正；糾正。❿德宗　唐代皇帝。唐代宗之子，在位二十五年（西元七八〇～八〇四年）。⓫名器　指爵號與車服。用以分別尊卑。⓬流　類。⓭苦口之藥石　指良藥。《家語・六本》：「良藥苦於口而利於病，忠言逆於耳而利於行。」藥石，藥物和砭石。⓮鍼　同「針」。此用為動詞。以針刺人。比喻規諫過失。⓯膏肓　中醫稱心臟之下方為膏，橫膈膜為肓。

皆藥力所不及的部位。⓰貞觀　唐太宗年號。西元六二七至六四九年，凡二十三年，為唐代政治清明之盛世。⓱西閣　宋朝皇帝聽講的地方。⓲契　投合。⓳昔馮唐論頗牧之賢二句　據《史記・張釋之馮唐列傳》，西漢文帝為匈奴入寇而憂心，曾向馮唐說很欣賞戰國趙將李齊，馮唐認為李齊還不如廉頗、李牧，文帝聽後歎息著說：「如果讓我得到像廉頗、李牧的將領，我還擔心什麼匈奴呢！」馮唐，西漢安陵（在今陝西咸陽東北）人。文帝時為中郎署長。⓴魏相條鼂董之對二句　據《漢書・魏相傳》，魏相喜歡讀前代政制和前人奏議，屢次條陳賈誼、鼂錯、董仲舒的言論，西漢宣帝採用之，以成中興之治。魏相，西漢定陶（在今山東定陶西北）人。西漢宣帝時為丞相。孝宣，即西漢宣帝。㉑六經　指《詩》、《書》、《易》、《禮》、《樂》、《春秋》。㉒三史　指《史記》、《漢書》、《後漢書》。㉓龜鑑　龜甲和鏡子。龜甲占卜吉凶，鏡子能照見美醜。用以指借鑑前事。㉔坐隅　座位旁邊。㉕歲月　泛指時間。此指短時間。㉖區區　赤忱的樣子。㉗進止　進退；去留。自唐以來，率以奉聖旨為奉進止，蓋言聖旨使之進則進，使之止則止。

**【語譯】**臣等以空乏疏陋的才學，充數當個侍講、侍讀的官。皇上有天賦的才德聰明，學問天天進步。臣等才學有限而聖賢之道無窮，心裡想說而口頭卻不能表達，因此自感慚愧，不知怎麼做才好。臣等私下裡認為人臣進納忠言，好比醫生用藥一樣，藥雖是醫生所給，藥方卻多數是古人傳下來的。如果已在世上施行見效，就不必都要是自己開出來的方子。

臣等聽說唐朝宰相陸贄，才幹可以做帝王的輔佐，學問可以做帝王的師傅。議論切合事體，言談不離道德；智謀像張良，而文才還勝過他；辯才像賈誼，而治術卻不疏陋。上可以匡正君心的差錯，下可以通達人民的心意。但他很不幸，做官沒遇到好時機。唐德宗以苛刻為能事，陸贄卻以忠厚來諫君；德宗以猜忌為治術，陸贄卻勸他開誠布公；德宗喜歡用兵，陸贄卻勸他以消弭兵禍為首務；德宗喜歡斂財，陸贄卻勸他散財民間為急務。至於任用人才、採納意見的方法，治理邊政、駕御將領的策略，責備自己來收攏人心，遷善改過來順應天理，排除小人來為民除害，珍惜名位車服來待有功的人，像這類事情，不能一一盡舉。可以說進苦口的良藥，鍼治害身的重病。假使德宗全部採用他的建議，那麼貞觀的盛世就會重新出現。

臣等每次從西閣出來，就私下談論，認為以陛下的聖明，必定喜歡陸贄的議論。只要聖君和賢臣能相投合，那就如同臣主是同時的人一樣了。從前馮唐論廉頗、李牧的賢能，漢文帝為之而歎息；魏相條陳鼂錯、董仲舒的言論，漢宣帝就採用這些意見而使漢室中興。倘若陛下願意自己找尋師傅，沒有比取法陸贄來得更切近。六經、三史，諸子百家的書，不是無可取法，都可以用來治理國家。但聖人的經典太幽深高遠，後人的注釋又支離破碎，譬如山海的高深，很難憑其一、二點來推演選擇。像陸贄的議論，開卷便十分清楚明白，聚集古今的精英，實可作為治亂的借鑑。臣等想選取他的奏議，稍加校正，謄寫好進呈陛下。願陛下擺在座位旁邊，就像和陸贄見面一般，反覆熟讀它，就像和陸贄交談一樣。這樣必能啟發聖上英明的德性，在短時間內完成治世的功業。臣等說不盡這赤忱的心意，敬候皇上的裁示。

【研　析】本文可分三段。首段以醫者用藥為喻，說明上劄子的緣由。二段謂陸贄才高學博，邁越張良、賈誼；而其規諫唐德宗之奏議遍及用人、治邊、改過、收人心、除民患等各個層面，亦可見其用心良苦。末段期許哲宗能體味陸贄奏議中的苦心，交代校正陸贄奏議進呈的理由。

蘇軾認為，「仕不遇時」乃是陸贄最大的不幸。不遇時的關鍵在於唐德宗的苛刻、猜忌、好戰、貪婪，與「言不離於道德」的陸贄格格不入。傳統政治型態最無可奈何的一面，就在於臣子雖明知事勢難為，卻仍一本忠心而勉強扶持之，然君王又未必領情，遂使苦心孤詣功虧一簣。於是後世也只好在「使德宗盡用其言，則貞觀可得而復」這類虛擬的夢想中自我安慰且欷歔不已。唐德宗未能廣納陸贄的建言，因而失去再創另一個貞觀之治的良機，北宋哲宗又何嘗不是如此呢？蘇軾此文顯然是借他人的酒杯，澆自己心中的塊壘，用意實不言可喻。

# 前赤壁賦

【題　解】本文選自《東坡先生全集》。赤壁，指今湖北黃岡境內的赤鼻磯，又稱「黃岡赤壁」或「東坡赤壁」，與今湖北蒲圻三國時孫、曹交兵的赤壁不同。本文作於北宋神宗元豐五年（壬戌、西元一〇八二年），當時蘇軾被貶為黃州團練副使。因與客泛舟遊於赤鼻磯下，面對山水月色，緬懷歷史，作此賦以抒發其人生感觸和領悟。同年稍後，再度重遊，又作一賦，故篇名之前各加「前」、「後」以示區別。

壬戌之秋，七月既望❶，蘇子與客泛舟遊於赤壁之下。清風徐來，水波不興。舉酒屬客❷，誦明月之詩❸，歌窈窕之章❹。少焉，月出於東山之上，徘徊於斗牛之間❺。白露橫江，水光接天。縱一葦之所如❻，凌❼萬頃之茫然。浩浩乎❽如馮虛御風❾，而不知其所止；飄飄乎如遺世❿獨立，羽化而登仙⓫。

於是飲酒樂甚，扣舷⓬而歌之。歌曰：「桂棹兮蘭槳⓭，擊空明兮泝流光⓮。渺渺⓯兮予懷，望美人兮天一方⓰。」客⓱有吹洞簫者，倚歌而和之。其聲嗚嗚然，如怨如慕，如泣如訴；餘音嫋嫋⓲，不絕如縷；舞幽壑之潛蛟，泣孤舟之嫠婦⓳。

蘇子愀然⓴，正襟危坐㉑而問客曰：「何為其然也㉒？」客曰：「『月明星稀，烏鵲南飛』，此非曹孟德之詩㉓乎？西望夏口㉔，東望武昌㉕，山川相繆㉖，鬱乎蒼蒼㉗，此非孟德之困於周郎㉘者乎？方其破荊州，下江陵㉙，順流而東也，舳艫千里㉚，旌旗蔽空，釃㉛酒臨江，橫槊賦詩㉜，固一世之雄也，而今安在哉？況吾與子漁樵於江渚㉝之上，侶魚蝦而友麋鹿；駕一葉之扁舟，舉匏樽㉞以相屬；寄蜉蝣㉟於天地，渺㊱滄海之一粟。哀吾生之須臾㊲，羨長江之無窮；挾飛仙以遨遊，抱明月而長終。知不可乎驟㊳得，託遺響㊴於悲風㊵。」

蘇子曰：「客亦知夫水與月乎？逝者如斯，而未嘗往也㊶；盈虛者如彼，而卒莫消長也㊷。蓋將自其變者而觀之，則天地曾不能以一瞬㊸；自其不變者而觀之，則物與我皆無盡也，而又何羨乎？且夫天地之間，物各有主，苟非吾之所有，雖一毫而莫取；惟江上之清風，與山間之明月，耳得之而為聲，目遇之而成色，取之無禁，用之不竭，是造物者㊹之無盡藏㊺也，而吾與子之所共適。」

客喜而笑，洗盞更酌㊻，肴核㊼既盡，杯盤狼藉㊽。相與枕藉㊾乎舟中，不知東方之既白。

【注釋】❶既望　指農曆每月的十六日。既，已。望，泛指農曆的十五日。❷屬客　勸客。屬，勸請。❸明月之詩　指《詩經・陳風・月出》。❹窈窕之章　指〈月出〉首章。其詩云：「月出皎兮，佼人僚兮；舒窈糾兮，勞心悄兮。」其中「窈糾」即「窈窕」之意，故稱此章為窈窕之章。窈窕，美好的樣子。❺徘徊於斗牛之間　緩緩移動於斗宿與牛宿之間。斗、牛，皆二十八宿宿名。張爾岐《蒿庵閒話》卷二引張如命之說，謂蘇軾此句所述星象與實況不符。以現代天文學知識來說，張如命認為：七月既望，月亮實際是「徘徊」於飛馬座（室宿）與仙女座（壁宿）之間，而不在摩羯座（牛宿）與人馬座（斗宿）之間。作者所記，與事實出入太大，可見作者只是信手拈來，而未詳察天象之實。今按：張氏之說可信，此句不過是描寫星月交輝的景象而已。❻縱一葦之所如　聽任小船自由漂盪。一葦，比喻小舟。葦，蘆葦。如，往。❼凌　渡越。❽浩浩乎　曠遠的樣子。❾馮虛御風　凌空乘風而行。馮，通「憑」。凌。虛，空。御，駕。❿遺世　脫離塵世。⓫羽化而登仙　指變化成仙。羽，羽人。即仙人。登，升。⑫扣舷　敲擊船邊。舷，船的左右邊板。⑬桂棹兮蘭槳　桂木和蘭木做成的槳。棹，同「櫂」。船槳。⑭擊空明兮泝流光　打著水底的明月啊，逆行在流動的波光上。空明，指映在水裡的月亮。泝，逆水而上。流光，指江面閃動的月光。⑮渺渺　悠遠的樣子。⑯望美人兮天一方　遙望美人啊，他卻在天的另一邊。美人，指意中之人，或指國君。天一方，天一邊。形容其遙遠。⑰客　據清代趙翼《陔餘叢考》二十四，謂即四川綿竹武都山道士楊世昌。字子京，善吹簫。⑱嫋嫋　柔細悠長的樣子。⑲嫠婦　寡婦。⑳愀然　神色改變的樣子。㉑正襟危坐　整理衣襟，直身端坐。正，整理。危，端正。㉒何為其然也　為什麼會如此呢。意謂簫聲為什麼如此悲涼。然，如此。也，同「耶」。㉓曹孟德之詩　即曹操〈短歌行〉。孟德，曹操字。㉔夏口　夏口城。故址在今武漢蛇山上。㉕武昌　今湖北鄂城。㉖相繆　互相糾纏圍繞。繆，同「繚」。㉗鬱乎蒼蒼　猶言鬱鬱蒼蒼。草木繁茂的樣子。㉘周郎　周瑜（西元一七五～二一〇年）。字公瑾，三國吳廬江舒縣（今安徽廬江）人。東漢獻帝建安三年（西元一九八年），授建威中郎將，吳中皆呼為周郎。郎，本指郎官。漢、魏以後成為青年的通稱。㉙破荊州二句　東漢獻帝建安十三年（西元二〇八年），荊州刺史劉表卒，曹操大軍至新野（今河南新野南），劉表子劉琮以荊州投降，時劉備由樊城（今湖北襄陽北）奔江陵，曹操追至當陽（今湖北當陽東），劉備走夏口，曹操進兵江陵，順長江而下。荊州，舊治在今湖北襄陽。江陵，今湖北江陵。㉚舳艫千里　戰艦首尾相接，綿延千里。形容船艦之多。舳，船尾。艫，船頭。㉛釃　酌酒。㉜橫槊賦詩　橫戈吟詩。形容才氣縱橫，英武蓋世的氣概。槊，長矛。㉝渚　水中小洲。㉞匏樽　用乾匏做成的酒器。匏，葫蘆。樽，盛酒器。㉟蜉蝣　蟲名。體纖細，長一點五至一點八公分，褐色，四翅，腹部末端有長尾鬚兩條，棲游水上，成蟲在數小時內交尾產卵而死。此喻壽命短促。㊱渺　微小。㊲須臾　片刻。言時間之短暫。㊳驟　立即。㊴遺響　餘音。此指簫聲。㊵悲風　指秋風。㊶逝者如斯二句　世間事物，看似不斷消逝，有如水流，其實不曾消逝。此處「逝者如斯」，即下文「自其變者而觀之」所得的印象；「而未嘗往也」，即下文「自其不變者而觀之」所得的領悟。逝，消逝。斯，指水。㊷盈虛者如彼二句　世間事物，看似有盈有虛，如同月亮，其實終無消長。此處含意與上二句相同。彼，指月亮。卒，終究。㊸一瞬　一眨眼。形容時間短暫。㊹造物者　創造萬物者。㊺無盡藏　取用不盡的寶藏。㊻洗盞更酌　洗淨酒杯，重新斟酒。盞，小杯。更，再。㊼肴核　熟肉為肴，水果為核。此指下酒食物。㊽狼藉　散亂不整。㊾枕藉　相枕而臥。

【語　譯】壬戌年的秋天，七月十六日，蘇子和客人在赤壁下泛舟遊玩。清風徐徐地吹著，水面不起波浪。舉起酒杯向客人敬酒，吟誦著《詩經‧月出》，歌唱著「窈窕」的詩章。一會兒，月亮從東邊山上升起來，在斗、牛二宿之間緩緩移動。白霧瀰漫江上，水光與天相接。我們任憑小船自在地漂盪，渡越茫茫萬頃的水面。胸懷開闊有如凌空乘風而行，不知道將止於何處；飄飄然就像脫離塵世，超然特立，變作神仙一般。

於是大家喝酒，快樂極了，敲著船邊便唱起歌來。歌詞是：「桂木做的棹啊蘭木製的槳，打著水底的明月啊逆行在流動的波光上。我的情懷啊悠遠迷茫，遙望美人啊他卻在天的另一方！」有位會吹洞簫的客人，依著歌聲吹奏著，簫聲嗚嗚，像哀怨、像思慕，像在哭泣、又像在傾訴，吹奏完了還有餘音繚繞，像一縷細絲般不絕於耳；足可教潛藏在深谷裡的蛟龍起舞，讓孤舟裡的寡婦流淚。

蘇子不禁神色大變，整整衣衫直身端坐，問客人道：「為什麼簫聲如此悲涼呢？」客人答道：「『月明星稀，烏鵲南飛』，這不是曹孟德的詩句嗎？從這裡西望夏口，東看武昌，山川環繞，草木繁盛，這不正是曹操被周瑜圍困的地方嗎？當他攻破荊州，占領江陵，順著江水東下的時候，兵船接連千里，旌旗遮蔽長空，對著大江喝酒，橫倚著長矛吟詩，確實是一代英雄啊！如今又在哪裡呢？何況你我不過是江上岸邊的尋常百姓，與魚蝦麋鹿為友；駕著一葉小舟，拿酒相勸飲；有如短命的蜉蝣寄居在天地間，渺小得像滄海中的一粒粟米。感歎我們生命的短暫倉促，羨慕長江的無窮無盡；真希望能隨著神仙飛昇遨遊，像明月一樣終古長存。但我知道這願望是不可能立即實現的，只好把心情寄託簫聲散入秋風啊！」

蘇子說：「你也知道流水和月亮嗎？世間事物，看起來就像這水一樣，不停地在消逝，其實並未曾消逝；世間事物，看起來又像這月亮一般，有盈有虛，其實並沒有消長。如果從變化的觀點看，那麼整個宇宙沒有一瞬不在變化中；從不變的觀點來看，那麼萬物和我們人一樣都是沒有窮盡的啊！那又有什麼可羨慕的呢？況且天地間，萬物都有它的主人，假如不是我該有的，就是一絲一毫也不敢亂取；只有那江上的清風和山間的明月，耳朵聽到了便成了音樂，眼睛瞧見了便成了美景，取它既無人干涉，用它也不愁匱乏，這正是造物者特賜的無窮盡的寶藏，也是我和您可以一起享受的哩。」

客人聽罷，高興地笑了，便洗洗杯子又斟起酒來。直到菜肴果品全吃光了，杯盤散亂地擺著，大家才縱橫相枕而睡，不知道東方已經發白了。

【研　析】本文以託古抒情的手法，寫出面對山水、緬懷歷史的人生感觸。全文可分五段。首段描寫作者與客人暢遊赤壁，有馮虛御風、飄然遺世之感，並點出江、風、水、月，為以下的歌詩和議論預下伏筆。二段寫飲酒樂甚，扣舷而歌，客以洞簫相和，其聲嗚嗚，極具怨慕泣訴的感染力。三段借主客問答，引出客人弔古傷今，對人生短暫渺小的悲慨。四段為主題所在。作者借水月為喻，以常與變之理答客，態度樂觀豁達，與前段形成對比，氣勢也比前段壯闊。末段以客人喜悅作結，肯定作者的人生觀。

作者貶謫黃州，寄情山水，而仍不忘家國，所謂「望美人兮天一方」，即此心態的表露。有人說：「中國讀書人，達則行儒墨之仁愛，窮則存佛道之胸臆。」本篇議論，顯然受到莊子和佛家的影響。作者曠達而不偏執的人生觀察——「自其變者而觀之」和「自其不變者而觀之」，更是治療人生無常之感慨的一劑良方。

## 後赤壁賦

【題　解】本文選自《東坡先生全集》。蘇軾貶黃州（治所在今湖北黃岡）期間，兩度泛舟遊赤鼻磯，第一次在北宋神宗元豐五年（西元一〇八二年）七月，寫下〈前赤壁賦〉，十月再遊，寫下此賦，藉赤鼻磯冬景的蕭索，抒寫江山寥落、歲月易逝的悲感，及羽化登仙的遐想。

是歲十月之望，步自雪堂❶，將歸於臨皋❷。二客❸從予，過黃泥之坂❹。霜露既降，木葉盡脫，人影在地，仰見明月。顧而樂之，行歌相答。已而歎曰：「有客無酒，有酒無肴❺，月白風清，如此良夜何？」客曰：「今者薄暮❻，舉網得魚，巨口細鱗，狀似松江之鱸❼。顧❽安所❾得酒乎？」歸而謀諸婦❿，婦曰：「我有斗酒⓫，藏之久矣，以待子不時⓬之須！」於是攜酒與魚，復游於赤壁之下。

江流有聲，斷岸千尺；山高月小，水落石出。曾日月之幾何，而江山不可復識矣！予乃攝衣而上，履巉巖⓭，披蒙茸⓮，踞虎豹⓯，登虬龍⓰，攀棲鶻⓱之危巢⓲，俯馮夷⓳之幽宮；蓋二客不能從焉。

劃然⓴長嘯，草木震動，山鳴谷應，風起水湧。予亦悄然㉑而悲，肅然而恐，凜乎㉒其不可留也。反而登舟，放乎中流，聽其所止而休焉。

時夜將半，四顧寂寥。適有孤鶴，橫江東來，翅如車輪，玄裳縞衣㉓，戛然長鳴，掠予舟而西也。

須臾客去，予亦就睡。夢一道士，羽衣㉔翩仙㉕，過臨皋之下，揖予而言曰：「赤壁之遊，樂乎？」問其姓名，俛㉖而不答。「嗚呼噫嘻！我知之矣，疇昔㉗之夜，飛鳴而過我者，非子也耶？」道士顧笑，予亦驚悟。開戶視之，不見其處。

【注釋】❶雪堂　蘇軾謫居黃州時之寓所名。建於北宋神宗元豐五年（西元一〇八二年）春，因在大雪中完成，四壁繪雪景，自書「東坡雪堂」四字於堂上，故稱。故址在今湖北黃岡東。❷臨皋　臨皋亭。在今黃岡南長江邊。東坡初至黃州，始居定惠禪寺，後遷臨皋亭。❸二客　其一為楊世昌，四川綿竹武都山道士。另一人未詳。❹黃泥之坂　即黃泥坂。山坡名。

坂，山坡。❺肴　熟肉。此泛指下酒菜。❻薄暮　傍晚。❼松江之鱸　江蘇松江所產的四鰓鱸。長五、六寸，冬至前後，最為肥美。❽顧　但是。❾安所　哪裡；何處。❿婦　指東坡繼室王夫人。⓫斗酒　一斗酒。斗，古代的盛酒器。⓬不時　隨時；臨時。⓭履巉巖　踩上高峻的巖石。履，用為動詞。踩；踏。巉，山勢高險的樣子。⓮披蒙茸　撥開叢生的雜草。披，分開。蒙茸，草雜亂叢生的樣子。此用為名詞。⓯踞虎豹　蹲坐在猙獰的怪石上。踞，蹲坐。虎豹，借指奇形怪狀的石頭。⓰登虬龍　爬上盤曲的樹木。虬龍，借指彎曲的樹木。⓱鶻　鳥名。鷹類的猛禽。⓲危巢　高處的窩巢。危，高。此指危巢所在的山崖。⓳馮夷　水神名。即河伯。⓴劃然　形容聲音破空而來。㉑悄然　憂傷的樣子。㉒凜乎　淒清的樣子。㉓玄裳縞衣　黑裳白衣。玄，黑色。裳，下衣。縞，白色。衣，上衣。㉔羽衣　鳥羽所製之衣。道家之服。㉕翩仙　飄然起舞的樣子。㉖俛　俯首。㉗疇昔　往昔。

**【語　譯】**這一年十月十五日，我從雪堂步行出發，要回臨皋亭去。兩位客人跟著我，經過黃泥坂。這時霜露已下，樹葉全都脫落了，人影映在地上，抬頭望見明月。環顧四周夜景，心裡快樂極了，我們邊走邊唱著歌。一會兒，我感歎地說：「有客人沒有酒，有酒沒有下酒菜，月色皎潔，晚風涼爽，怎麼度過這美好的夜晚呢？」客人回答說：「今天傍晚，張網捕到一條魚，大嘴細鱗，形狀像松江的鱸魚。但什麼地方能找到酒呢？」我回到家裡跟妻子商量，妻說：「我有一斗酒，存放已經很久了，正是準備供應你隨時需用的！」於是帶著酒和魚，再度到赤壁的下面遊玩。

江水發出聲響，峭壁高聳直立；山似乎高了些，月似乎小了些；水位低了，石頭露出來了。距離上次沒多少時日，江山景色卻教人認不得了！我撩起衣服上岸，踩上高峻的巖石，撥開叢生的雜草，蹲在奇形怪狀的石頭上，爬上盤曲的樹木，攀登蒼鷹棲宿的高崖，俯覽河伯居住的水宮；那兩個客人卻不能跟上我了。

突然有一聲長嘯，破空而來，草木震動，高山共鳴，深谷回響，夜風掀起，水濤騰湧。我也不禁黯然悲傷，悚然恐懼，覺得此地淒清不可以久留。於是回到船上，把船直放江心，聽任它漂到哪兒就歇下來。

這時已經快半夜了，四面看去，非常冷清。剛好有一隻鶴，橫過江面從東邊飛來，翅膀像車輪一般，黑色的下身，白色的上身，嘎嘎地長鳴，掠過我的船向西邊飛去。

不久，客人走了，我也回家就寢。夢裡看到一個道士，披著羽毛的氅衣，飄然而來，到了臨皋亭下，向我作揖問道：「赤壁之遊，快樂嗎？」我問他的姓名，他低頭不答。「哦，哦！我知道了，昨天夜晚，又飛又叫地掠過我的船的，不就是你嗎？」道士回顧而笑，我也驚醒過來。打開門看看，卻已不見他的蹤影。

【研　析】本文可分五段。首段敘再遊赤壁的緣起。二段描寫赤壁夜景及攀登巉巖所見的景象。三段描寫景象的變動與悲懼心情。四段記孤鶴掠舟而過。末段敘夢見道士一事。

全文由赤壁冬景之淒清與兩次出遊（相隔三個月）景色變動之大，興發作者悄然而悲的情緒：悲日月之易逝與江山之無常，亦即悲生命之易逝與無常。故而當象徵仙壽的孤鶴掠舟而去時，觸動了作者對長生登仙的欣羨和想望，因而夢見羽衣翩仙的道士。

較諸〈前赤壁賦〉之通達超曠，本文似又掉入「哀吾生之須臾，羨長江之無窮」的悲情中。然因其通篇多用短句，筆調沖淡；對冬景的感觸也只以兩句含蓄簡淡地帶過；文末孤鶴道士與夢境的玄虛，又極富象徵的意境，故仍充滿空靈清逸之趣與無窮餘韻。

# 三槐堂銘

【題　解】本文選自《東坡先生全集》。三槐堂是北宋開國功臣王祐（西元九二四～九八七年）的堂號。王祐官至兵部侍郎，以正直不容於時，未能拜相，於是取《周禮》「三公面三槐」之義，在自家庭院中手植三株槐樹，自謂「子孫必有為三公者」。後其子官至宰相，其孫王素官至工部尚書。蘇軾與王祐之曾孫王鞏為友，故作此銘文稱揚王家世代積德修業，故能有天理的福報。銘，古代的一種文體（參見〈陋室銘〉題解）。

天可必乎？賢者不必壽。天不可必乎？仁者必有後。二者將安取衷哉❶？吾聞之申包胥❷曰：「人眾者勝天，天定亦能勝人❸。」世之論天者，皆不待其定❹而求之，故以天為茫茫，善者以怠，惡者以恣❺。盜跖❻之壽，孔、顏❼之厄，此皆天之未定者也。松柏生於山林，其始也，困於蓬蒿，厄於牛羊，而其終也，貫❽四時、閱❾千歲而不改者，其天定也。善惡之報，至於子孫，而其定也久矣。吾以所見所聞所傳聞考之，而其可必也，審❿矣。

國之將興，必有世德之臣，厚施而不食其報，然後其子孫能與守文⓫太平之主共天下之福。故兵部侍郎⓬晉國王公⓭，顯於漢、周⓮之際，歷事太祖、太宗⓯，文武忠孝，天下望以為相，而公卒以直道不容於時。蓋嘗手植三槐於庭，曰：「吾子孫必有為三公⓰者。」已而，其子魏國文正公⓱相真宗⓲皇帝於景德、祥符⓳之間，朝廷清明、天下無事之時，享其福祿榮名者十有八年。

今夫寓⓴物於人，明日而取之，有得有否。而晉公修德於身，責報於天，取必於數十年之後，如持左契㉑，交手相付，吾是以知天之果可必也。吾不及見魏公，而見其子懿敏公㉒，以直諫事仁宗㉓皇帝，出入侍從、將帥三十餘年，位不滿其德。天將復興王氏也歟？何其子孫之多賢也！世有以晉公比李栖筠㉔者，其雄才直氣，真不相上下，而栖筠之子吉甫㉕，其孫德裕㉖，功名富貴略與王氏等，而忠信仁厚不及魏公父子。由此觀之，王氏之福，蓋未艾㉗也。

懿敏公之子鞏㉘，與吾遊。好德而文，以世其家，吾以是銘之。銘曰：「嗚呼休㉙哉！魏公之業，與槐俱萌。封植之勤，必世乃成。既相真宗，四方砥平㉚。歸視其家，槐陰滿庭。吾儕小人，朝不及夕。相時射利㉛，皇卹厥德㉜。庶幾僥倖，不種而穫。不有君子，其何能國？王城㉝之東，晉公所廬㉞。鬱鬱三槐，惟德之符㉟。嗚呼休哉！」

【注釋】❶天可必乎五句　此處坊間版本作「天可必乎？賢者不必貴，仁者不必壽；天不可必乎？仁者必有後。二者將安取衷哉？」今依商務印書館四部叢刊初編本《經進東坡文集事略》宋刊本改正。必，信賴。二者，指「賢者不必壽」、「仁者必有後」。衷，折中。❷申包胥　春秋時代楚國大夫。姓公孫，名包胥，封於申。❸人眾者勝天二句　語出《史記・伍子胥列傳》。乃伍子胥佐吳滅楚後，申包胥派人向伍子胥所說的話。天定，天的定數。「勝人」，原作「破人」。❹定　定局；結局。❺恣　放縱；放肆。❻盜跖　春秋時代魯國人，為大盜，橫行天下。❼孔顏　孔子與顏回。❽貫　貫通。❾閱　經歷。❿審　清楚；明白。⓫守文　遵守成法。文，法制。⓬兵部侍郎　官名。兵部的副長官。⓭晉國王公　王祜。字景叔，莘縣（今山東莘縣）人，官至兵部侍郎，後因其子王旦官至宰相，追封晉國公。⓮漢周　指五代的後漢、後周。⓯太祖太宗　指北宋太祖趙匡胤及太宗趙光義。太祖、太宗為二帝死後在太廟立室奉祀的名號，即廟號。⓰三公　輔佐帝王的最高級官員。周以太師、太保、太傅為三公，西漢為大司馬、大司徒、大司空，東漢為太尉、司徒、司空。唐、宋仍稱三公，但已無實權。此用舊稱，意指位極人臣之高官。⓱魏國文正公　王旦。王祜之子，字子明。北宋太宗時舉進士，宋真宗時拜相，封魏國公，死諡文正。⓲真宗　北宋皇帝。名恆，北宋太宗之子，在位二十五年（西元九九八～一〇二二年）。⓳景德祥符　皆北宋真宗之年號。祥符，大中祥符的簡稱。⓴寓　寄存；寄放。㉑左契　契約的左半。古代契約分為左右，各執其一，合之以為憑信，左契常用為索償的憑據。㉒懿敏公　王旦之子王素。字仲儀，官至工部尚書，諡懿敏。㉓仁宗　北宋皇帝。名禎，真宗之子，在位四十一年（西元一〇二三～一〇六三年）。㉔李栖筠　字貞一。唐贊皇（今河北贊皇）人，官至御史大夫，唐代宗曾欲任命他為相，為元載所阻，未成。㉕吉甫　李栖筠之子。字弘憲。唐憲宗元和間累官同平章事，封贊皇侯。㉖德裕　李栖筠之孫。字文饒。唐武宗時，由淮南節度使入相，執政六年，平藩鎮之禍，封衛國公。㉗未艾　未盡。㉘鞏　工鞏。王素之子，字定國。㉙休　美。㉚砥平　平定。砥，平。㉛射利　追求財利，如獵人射箭。㉜皇卹厥德　無暇憂心其德行。皇，通「遑」。卹，憂慮。厥，其。㉝王城　指北宋京師汴京。㉞所廬　所居住的地方。廬，用為動詞。居住。㉟符　憑證；見證。

【語　譯】天理是可以信賴的嗎？但賢者不一定能長壽。天理是不可信賴的嗎？但仁者必然有好的後代。二者又將怎樣取得折中調和的解釋呢？我聽說申包胥說：「人多可以勝過天理，但天理依然能勝過人。」世間論天理的人，都沒有等天理成了定局便去求證它，所以認為天理是茫茫難測的，好人因此而懈怠，壞人因此而放肆。盜跖的長壽，孔子、顏回的困厄，這都是天理還沒成定局啊。松柏生在山林中，開始的時候，被蓬草圍困，受牛羊摧殘，到後來，能通過四季，經歷千年也不改變，這就是天理已成定局了。善惡的報應，延及子孫，這種定局也算是很久了。我以所見所聞所傳的來證驗它，這種報應的可以信賴，是很清楚的。

　國家要興盛的時候，必然有世代積德的臣子，他付出多卻不求回報，這樣，他的子孫就能和守法制致太平的君主共享天下的福祿。已故的兵部侍郎晉國王公，在後漢、後周時就已顯貴，又歷事過大宋太祖、太宗，文武忠孝俱全，天下的人都希望他能做宰相，然而王公終究因個性正直不能被當時所容納。他曾在庭中親手種了三棵槐樹，說：「我的子孫必定有做三公的。」不久，他的兒子魏國文正公於景德、大中祥符年間擔任真宗皇帝的宰相，在朝廷清明、天下無事的時候，享受他的福祿榮名達十八年。

　假如把東西寄放在別人那邊，明天再去拿，有的拿得到，有的便拿不到。但晉國公本身修德，要求天的報償，希望在數十年後必然有所獲，這就好比拿著契約的左半邊，交手就償付了，我因此知道天理果真是有其必然的。我趕不上看到魏公，而見過他的兒子懿敏公，他以直諫事仁宗皇帝，出入於皇帝侍從和將帥三十多年，這種地位其實還不能償足他的品德。天理將使王家再度興盛嗎？何以他們家的子孫這麼多賢能的人啊！有人拿晉公和唐朝李栖筠相比，他們的雄才大略，剛直氣概，確是不相上下，而李栖筠的兒子吉甫，孫子德裕，功名富貴也大約和王家相同，然而在忠信仁厚的德行上，卻趕不上魏國公王家父子。從這些看來，王家的福氣，還沒結束呢！

懿敏公的兒子王鞏，和我交遊。他勤於修德，又有文采，用以承傳他的家風，我因此為他作銘。銘辭是這樣：「哦，美哉！魏公的功業，跟槐樹一樣不斷滋生。栽種的勤勞，在數代後必然有所成。既已做了真宗的宰相，四方平定。回到家裡，看到滿院的槐樹濃陰。我輩平凡的人，早上等不及到晚上，只知利用時機去求利，哪有時間憂心自己的德行呢！只希望圖個僥倖，不耕種便有收穫。沒有君子，怎能治理國家呢？王城的東邊，是晉公所住的地方。茂密的三棵槐樹，是積德的見證。哦，真美呀！」

【研　析】本文可分四段。首段強調天理有其必然的報償。整段全以議論行之，落筆奇宕。二段記三槐堂命名之由來，及堂之主人王祜的不容於時，求報於後。其夾議夾敘，均與首段議論相呼應。其對天理的見解，加入時間因素來考量，得以化解諸多對天理的疑惑與怨懟，而回歸到孔子「不知命無以為君子」的平和心境。三段記王祜之孫，仕宦顯達，王氏家道，方興未艾，較諸唐代李栖筠，有過之而無不及，再次印證天之「可必」。末段為銘辭，總結前面三段，讚美王家的世德家風。本文可與《史記・伯夷列傳》相對照，太史公怨尤之情與蘇軾通達之觀可謂強烈的對比，能助讀〈伯夷列傳〉者化胸中之塊壘。

# 方山子傳

【題　解】本文選自《東坡先生全集》。方山子，即陳慥，字季常，號龍丘子，因好戴方山冠，人稱方山子。晚年隱居岐亭（今湖北麻城西南）。其父陳希亮，曾任鳳翔府（治所在今陝西鳳翔）知府，蘇軾為府簽判。北宋神宗元豐三年（西元一〇八〇年），蘇軾貶黃州團練副使，與陳慥不期而遇，發現當年任俠豪氣的陳慥竟成了隱士，於是為之作此傳。

方山子，光、黃❶間隱人也。少時，慕朱家、郭解❷為人，閭里❸之俠皆宗之。稍壯，折節❹讀書，欲以此馳騁❺當世，然終不遇。晚乃遯❻於光、黃間，曰岐亭❼。庵❽居蔬食，不與世相聞；棄車馬，毀冠服，徒步往來山中，人莫識也。見其所著帽，方聳而高。曰：「此豈古方山冠❾之遺像❿乎？」因謂之方山子。

余謫⓫居於黃，過岐亭，適見焉。曰：「嗚呼，此吾故人陳慥季常也，何為而在此？」方山子亦矍然⓬問余所以至此者。余告之故。俯而不答，仰而笑，呼余宿其家。環堵蕭然⓭，而妻子奴婢皆有自得之意。余既聳然⓮異之。

獨念方山子少時，使酒⓯好劍，用財如糞土。前十有九年，余在岐山⓰，見方山子從兩騎，挾二矢，遊西山。鵲起於前，使騎逐而射之，不獲；方山子怒馬獨出，一發⓱得之。因與余馬上論用兵及古今成敗，自謂一世豪士。今幾日耳，精悍之色，猶見⓲於眉間，而豈山中之人哉？

然方山子世有勳閥⓳，當得官，使從事於其間，今已顯聞。而其家在洛陽，園宅壯麗，與公侯等。河北有田，歲得帛千匹，亦足富樂。皆棄不取，獨來窮山中。此豈無得⓴而然哉？余聞光、黃間多異人，往往佯狂垢汙㉑，不可得而見。方山子儻㉒見之歟？

【注　釋】❶光黃　宋時二州名。光，光州。治所在今湖北光化。黃，黃州。治所在今湖北黃岡。❷朱家郭解　皆西漢初游俠。朱家，魯（今山東曲阜一帶）人。郭解，軹（今河南濟源）人。二人事跡見《史記・游俠列傳》。❸閭里　鄉里。❹折節　改變平素之志向。❺馳騁　疾走。此喻奔走競爭，以顯貴揚名。❻遯　遠離世俗。即隱居。❼岐亭　宋代鎮名。在今湖北麻城西南。❽庵　草屋。❾方山冠　冠名。漢代宗廟祭祀時，樂師所戴之冠，唐、宋時為隱士之冠。❿遺像　遺制。像，法式。⓫謫　古代官吏被貶官、降職、流放，皆稱「謫」。⓬矍然　驚訝地注視的樣子。⓭環堵蕭然　四壁蕭條。言居處之簡陋。⓮聳然　驚訝的樣子。⓯使酒　縱酒任性。⓰岐山　地名。在今陝西鳳翔東。⓱一發　射一支箭。⓲見　通「現」。顯現。⓳勳閥　功勳。⓴得　心得。此指人生的領悟。㉑佯狂垢汙　假裝癲狂不潔。㉒儻　或許。

【語　譯】方山子是光、黃兩州間的一個隱士。他少年時，仰慕朱家、郭解等游俠的為人，鄉里間的俠客都尊他為首。年紀稍大後，才改變原先的志向，用功讀書，想藉此在當代顯貴揚名，然而始終不能達成願望。晚年，就在光州、黃州間隱居，住在地名岐亭的地方。他住草屋，吃蔬菜，不和外界相往來；放棄車馬，毀壞衣冠，步行往來於山中，沒有人認識他。看見他所戴的帽子，方而高聳。便說：「這莫非是古代方山冠所遺留下來的式樣嗎？」因此便稱他為方山子。

我被貶到黃州來，路過岐亭，剛好碰到他。我說：「哎呀！這是我的老朋友陳慥季常啊，為什麼會在這裡呢？」他也驚訝地注視著，問我怎麼會到這裡來。我把原因告訴他。他聽了低頭不語，忽然抬頭大笑，又招呼我住到他家。他的家四壁蕭條，簡陋極了，然而他的妻子和奴婢都滿臉自得的神態。這真使我感到驚訝奇怪。

我想起方山子年輕時縱酒任性，喜歡弄刀耍劍，用錢像糞土一般。十九年前，我在岐山，遇見方山子帶了兩名從騎，挾著兩副弓箭，遊獵西山。看見鵲鳥在前面飛起，叫人追過去射牠，結果沒有射中；方山子快馬單騎追過去，一箭便把牠射下來。接著和我就在馬上討論兵法以及古今成敗的事，自命為一代的豪傑。至今相隔沒多久，精明強悍的神采，隱約地還流露在他眉目間，難道他真已變成山中隱士了嗎？

然而方山子家裡世代有功勳，照理應該得到官職，假使他能從政，現在已經很顯達了。他的家在洛陽，庭園宅第非常壯麗，和公侯府第相等。河北又有田產，每年可得絲綢一千匹，也夠他富足安樂了。可是他都拋棄不要，獨自來到這荒山裡。這難道是心中無所領悟的人會這樣的嗎？我聽說光、黃兩州間多奇特的人，往往裝成狂誕齷齪的樣子，使人不容易見到他們的真面目。方山子或許見過這些人吧？

【研　析】本文是蘇軾為其朋友陳慥所寫的傳略，但只側重在陳慥年少時的任俠和目前的隱居兩個片段。全文可分五段。首段起筆只介紹一位神祕特殊的隱士，富於懸疑氣氛。二段說明方山子的真正身分，及故人久別重逢的矍然感慨。三段以倒敘的筆法追憶方山子年少時的豪氣風發，與現在形成強烈的對比，令人不勝感慨。末段說明方山子棄富貴而隱，心有獨特的人生領悟，顯示其志行之特異。

第二段敘兩人久別重逢有精彩感人之處。由「亦矍然」與「聳然異之」的反應顯示出兩人前後際遇的迴別、理想及現實的落差。人世的艱險、步履的曲折，盡在詫異與「俯而不答，仰而笑」的情態中無言地流露，含蓄蘊藉又令人低迴。

明代茅坤用「煙波生色」四字評論此文。蘇軾的小篇短作，不論記人、寫景、敘事或抒情，都能別開生面，構成佳作。

# 蘇轍

蘇轍（西元一〇三九～一一一二年），字子由，北宋眉州眉山（今四川眉山）人。仁宗嘉祐二年（西元一〇五七年），與兄蘇軾同榜登進士；歷仕仁宗、神宗、哲宗、徽宗四朝。先後因反對王安石新法，為新黨排斥，屢被遷謫。哲宗元祐元年（西元一〇八六年）入京為司諫，累官至門下侍郎，參與機要，多所貢獻。晚年隱居許州（今河南許昌），築室潁水之濱，自號潁濱遺老，讀書學禪，吟嘯自得。

蘇轍自幼聰敏，性敦厚沉靜。其古文氣勢汪洋，辭語簡潔，與父蘇洵、兄蘇軾合稱「三蘇」，同列名唐宋古文八大家；其詩則早年所作才情俊逸，晚年歸於平澹。自編詩文為《欒城集》，共八十四卷。其他著作有：《詩集傳》、《春秋集解》、《道德經解》、《古史》等。

## 六國論

【題　解】本文選自《欒城集》，篇名原作〈六國〉。六國，指戰國時代的韓、趙、魏、齊、楚、燕六個國家。蘇洵曾作〈六國〉，探討六國滅亡的原因，認為「弊在賂秦」，蘇轍此文則以六國之敗亡，在於不能團結互救，以致為秦各個擊破。

愚讀六國世家❶，竊怪天下之諸侯，以五倍之地，十倍之眾，發憤西向，以攻山西❷千里之秦，而不免於滅亡。常為之深思遠慮，以為必有可以自安之計。

蓋未嘗不咎❸其當時之士，慮患之疎而見利之淺，且不知天下之勢也。

夫秦之所與諸侯爭天下者，不在齊、楚、燕、趙也，而在韓、魏❹。秦之有韓、魏，譬如人之有腹心之疾❺也。韓、魏塞秦之衝❻，而蔽❼山東之諸侯，故夫天下之所重者，莫如韓、魏也。

昔者范雎用於秦而收韓❽，商鞅用於秦而收魏❾。昭王❿未得韓、魏之心，而出兵以攻齊之剛、壽，而范雎以為憂⓫。然則秦之所忌者可以見矣。秦之用兵於燕、趙，秦之危事也。越韓過魏而攻人之國都，燕、趙拒之於前，而韓、魏乘之於後，此危道也。而秦之攻燕、趙，未嘗有韓、魏之憂，則韓、魏之附秦故也。夫韓、魏，諸侯之障，而使秦人得出入於其間，此豈知天下之勢邪？委⓬區區⓭之韓、魏，以當虎狼之強秦，彼安得不折⓮而入於秦哉？韓、魏折而入於秦，然後秦人得通其兵於東⓯諸侯，而使天下遍受其禍。

夫韓、魏不能獨當秦，而天下之諸侯藉之以蔽其西，故莫如厚韓親魏以擯⓰秦。秦人不敢逾韓、魏以窺齊、楚、燕、趙之國，而齊、楚、燕、趙之國因得以自安於其間矣。以四無事之國，佐當寇之韓、魏，使韓、魏無東顧之憂，而為天下出身⓱以當秦兵。以二國委秦⓲，而四國休息於內以陰助其急。若此，可以應夫無窮，彼秦者將何為哉？不知出此，而乃貪疆埸⑲尺寸之利，背盟敗約⑳，以自相屠滅㉑。秦兵未出，而天下諸侯已自困矣。至使秦人得間㉒其隙以取其國，可不悲哉！

【注　釋】❶世家　《史記》體例之一。記封建諸侯之世系歷史。❷山西　指殽山以西。❸咎　歸罪；責怪。❹而在韓魏　坊間各本此下或有：「之郊；諸侯之所與秦爭天下者，不在齊、楚、燕、趙也，而在韓、魏之野。」本書據《四庫全書》及四部叢刊本《欒城應詔集》刪。❺腹心之疾　比喻根本的禍患。❻衝　交通要道。❼蔽　屏障；掩護。❽范雎用於秦而收韓　指范雎為秦昭王所用，而攻取韓之少曲、高平等地。范雎，戰國時代魏國人。遊說於秦，拜相，封應侯。❾商鞅用於秦而收魏　指商鞅為秦孝公所用，而攻取魏河西之地。商鞅，戰國時代衛國人。說秦孝公，拜相，封商君。❿昭王　戰國時代秦國國君。名則，在位五十六年（西元前三〇六～前二五一年）。⓫攻齊之剛壽一句　秦昭王三十六年（西元前二七一年），客卿竈攻齊，取剛、壽，范雎以為越韓、魏以攻齊，少出師則不足以傷齊，多出師則有害於秦，故以為失計。剛，在今山東袞州附近。壽，壽張。在今山東東平北。⓬委　拋棄。⓭區區　小小的。⓮折　屈服。⓯東　即山東。指崤山以東。⓰擯　拒斥。⓱出身　挺身；獻身。⓲以二國委秦　以拒秦之任務託付韓、魏二國。委，託付。⓳疆埸　邊界；邊境。⓴背盟敗約　背棄盟約。六國於周顯王三十六年（西元前三三三年）結成合縱盟約，至周赧王二年楚、齊絕交，盟約遂告破裂。㉑屠滅　殘殺併吞。㉒間　伺候；察探。

【語　譯】我讀《史記》六國世家，心裡感到奇怪，何以當時天下的諸侯，以五倍於秦的土地，十倍於秦的軍隊，發憤西進，攻打殽山以西千里之大的秦國，卻免不了被滅亡。我常為此事深思細想，以為必定有可以自保的計策。因此未嘗不歸罪當時的謀士，他們對於禍患的思慮不夠周密，對於利益的眼光太過膚淺，而且不知道天下的大勢。

秦和諸侯爭天下的關鍵，不在齊、楚、燕、趙等國，而是在韓、魏。對於秦國而言，韓、魏的存在，就好比人在腹心有了疾病一樣。韓、魏塞住了秦國東侵的要道，掩護了殽山以東的諸侯，所以當時天下最重要的地方，莫過於韓、魏兩國了。

從前秦國用了范雎而攻取韓國的土地，用了商鞅而占領魏國的土地。秦昭王還沒得到韓、魏的歸心，就出兵去攻打齊國的剛、壽，范雎為此而擔憂。那麼秦國的顧忌就很清楚了。秦國對燕、趙用兵，是危險的舉動。越過韓國、魏國去攻他國的國都，燕、趙在正面抗拒他，韓、魏乘機在後面攻擊，所以說這是危險的舉動。然而秦國攻打燕、趙，不曾擔心韓、魏，那是因為韓、魏已歸附秦國。韓、魏是諸侯的屏障，卻讓秦國人能夠自由出入他們的國境，這哪裡算是知道天下的大勢呢？拋棄小小的韓、魏，讓他們去抵抗虎狼一般的強秦，他們怎能不屈服而倒向秦國呢？韓、魏屈服而倒向秦國，然後秦國人便可以派兵通過他們的國境去攻打東邊的諸侯，使天下普遍遭受到他的禍害。

韓、魏不能單獨抵擋秦國，而天下的諸侯卻必須藉著他們掩護西邊，所以不如親近韓、魏來抵抗秦國。秦國人不敢跨越韓、魏來窺伺齊、楚、燕、趙，齊、楚、燕、趙也就可以自我保全了。以四個沒有外患的國家，幫助面臨敵寇的韓、魏，使韓、魏沒有東顧的憂慮，為天下挺身抵擋秦兵。以韓、魏兩國對付秦國，而其餘四國在後方休息，暗中援助他們的危急。如果這樣，便可以無窮地應付下去，那秦國還有什麼作為呢？不知道用這種計謀，卻貪圖邊境上尺寸土地的小利，違背盟誓，破壞條約，甚至自己互相殘殺併吞。秦國的軍隊還沒出來，天下諸侯已經各自疲困了。使得秦國人能窺伺到機會，消滅他們的國家，這不是很令人悲痛的事嗎？

【研　析】本文可分四段。首段認為六國之士不能深慮天下形勢之利害，遂無「自安之計」而致滅亡。二段言天下形勢，關鍵在於韓、魏。三段言山東諸侯不助韓、魏，使秦得用兵於東方。四段設言諸侯助韓、魏之利，深惜其不能互助，反相屠滅，秦遂得乘隙而亡天下。

六國敗亡，既成事實，後人之論評，即使剴切中肯，亦無可挽回。然而察往知來，古人之興亡成敗，正可作為後人的借鏡。秦併天下，原非無功，後人論評，往往同情六國，而以秦為暴虐，公正與否，姑且不論，但由此可知人心之唾棄暴力，崇尚和平。

## 上樞密韓太尉書

【題解】本文選自《欒城集》。樞密韓太尉，韓琦（西元一〇〇八～一〇七五年），字稚圭，北宋安陽（今河南安陽）人。北宋仁宗天聖年間進士，時任樞密院使。北宋樞密院使是樞密院的首長，職掌全國軍政兵防，約略相當於漢代太尉，故稱。蘇轍於北宋仁宗嘉祐二年（西元一〇五七年）中進士後，寫了這一封信給韓琦，表達敬仰之忱，並請求晉見受教。

太尉執事❶：轍生好為文，思之至深。以為文者氣之所形，然文不可以學而能，氣可以養而致。孟子曰：「我善養吾浩然之氣❷。」今觀其文章，寬厚宏博，充乎天地之間，稱❸其氣之小大。太史公❹行天下，周覽四海❺名山大川，與燕、趙❻間豪俊交游，故其文疏蕩❼，頗有奇氣。此二子者，豈嘗執筆學為如此之文哉？其氣充乎其中而溢乎其貌，動乎其言而見❽乎其文，而不自知也。

轍生十有九年矣。其居家所與游者，不過其鄰里鄉黨❾之人。所見不過數百里之間，無高山大野可登覽以自廣❿。百氏之書⓫，雖無所不讀，然皆古人之陳迹，不足以激發其志氣。恐遂汩沒⑫，故決然捨去，求天下奇聞壯觀，以知天地之廣大。

過秦、漢之故都⑬，恣觀⑭終南⑮、嵩、華⑯之高，北顧黃河之奔流，慨然想見古之豪傑。至京師⑰，仰觀天子宮闕⑱之壯，與倉廩府庫、城池苑囿⑲之富且大也，而後知天下之巨麗。見翰林歐陽公⑳，聽其議論之宏辯，觀其容貌之秀偉，與其門人賢士大夫遊，而後知天下之文章聚乎此也。

太尉以才略冠天下，天下之所恃以無憂，四夷㉑之所憚以不敢發。入則周公、召公㉒，出則方叔、召虎㉓。而轍也未之見焉。且夫人之學也，不志其大，雖多而何為？轍之來也，於山見終南、嵩、華之高，於水見黃河之大且深，於人見歐陽公，而猶以為未見太尉也！故願得觀賢人㉔之光耀，聞一言以自壯，然後可以盡天下之大觀而無憾者矣。

轍年少，未能通習吏事。嚮㉕之來，非有取於升斗之祿㉖。偶然得之，非其所樂。然幸得賜歸待選㉗，使得優游數年之間，將歸益治其文，且學為政。太尉苟以為可教而辱教之，又幸矣。

【注　釋】❶執事　左右辦事的人。用為書信中之敬辭，表示不敢直接通信，託左右轉告。❷我善養吾浩然之氣　語出《孟子·公孫丑上》。浩然之氣，正大至剛之氣。即正氣。❸稱　適合；配合。❹太史公　指司馬遷。嘗為太史令，故稱。❺四海　天下。古人以中國為天下之中，四周有海。❻燕趙　古代二國名。燕，在今河北一帶。趙，在今山西一帶。❼疎蕩　流暢奔放。❽見　通「現」。表現；顯現。❾鄰里鄉黨　鄉里近鄰。周制，五家為鄰，二十五家為里，萬二千五百家為鄉，五百家為黨。❿自廣　擴大自己的胸襟。⓫百氏之書　諸子百家的著作。⓬汩沒　埋沒。⓭秦漢之故都　指咸陽、長安、洛陽。秦都咸陽，今陝西咸陽。西漢都長安，今陝西長安。東漢都洛陽，今河南洛陽。⓮恣觀　任意觀賞。⓯終南　終南山。主峰在今陝西長安南。⓰嵩華　二山名。中嶽嵩山，在今河南登封北。西嶽華山，在今陝西華陰南。⓱京師　京城；首都。北宋都汴京，在今河南開封。⓲宮闕　泛指宮殿。⓳苑囿　栽植花木、畜養禽獸的園子。⓴翰林歐陽公　指歐陽脩。北宋仁宗嘉祐二年（西元一〇五七年），以翰林學士權知貢舉，蘇轍即於是年中進士。㉑四夷　指四方外族。㉒入則周公召公　言在朝則有如周公、召公佐周武王定天下。周公姬旦，召公姬奭，皆周文王之子，佐周武王建國，周成王治國。㉓出則方叔召虎　言經略在外有如方叔、召虎，為周宣王平定蠻夷，中興周室。方叔，周宣王之武將，奉命南征，荊蠻來服。召虎，召公之後裔，輔佐周宣王，伐淮夷有功。㉔賢人　指韓琦。即本文所云「太尉」。㉕嚮　從前。㉖升斗之祿　菲薄的俸祿。㉗待選　等候銓選任職。

【語　譯】太尉執事：轍生性喜歡寫文章，曾深入地想過為文之道。認為文章是志氣的表現，然而文章不是單靠學習就可以做好，志氣則是可以培養而獲得的。孟子說：「我善於培養我浩然的正氣。」現在讀他的文章，寬厚博大，充塞於天地之間，跟他的志氣大小完全相稱。太史公走遍天下，看遍海內的名山大川，跟燕、趙間的豪傑交往，所以他的文章流暢奔放，頗有奇特的氣概。這兩位先生，難道曾經刻意學習寫這樣的文章嗎？他們的志氣充滿心胸而洋溢在形貌上，表現在言談間而在文章裡顯現出來，自己還不知道呢。

轍出生已經十九年了。平日居家所交往的，不過是鄉里近鄰的人。所看到的，不過附近幾百里的地方，沒有高山曠野可以登臨眺望以擴大自己的胸襟。諸子百家的書，雖然無所不讀，但畢竟都是古人的遺跡往事，不能激發我的志氣。恐怕長此下去消沉了志氣，所以決心離開家鄉，探訪天下的奇聞壯觀，以了解天地的廣大。

我經過秦、漢的故都，盡情地觀賞終南山、嵩山、華山的高大，向北眺望黃河的奔流，想見古代的豪傑，不禁激昂感慨。到達京城，仰觀天子宮殿的壯麗，倉廩府庫、城池園囿的富足和高大，然後才知道天下的廣闊壯麗。拜見翰林學士歐陽公，聽到他議論的宏大博辯，看到他容貌的清秀魁偉，和他的門人賢士大夫交遊，然後才知道天下的文章都聚集在此。

太尉的才略是天下之首，天下依靠您而沒有憂患，四夷有所畏懼而不敢進犯。您在朝中，就像周公、召公佐助周武王定天下；您出外用兵，就像方叔、召虎為周宣王平定夷邦。但是我還沒有拜見過您。況且一個人的學習，不從大處立志，學得再多又有什麼用呢？我到這裡來，在山方面，看到終南山、嵩山、華山的高峻；在水方面，看到黃河的廣闊且深；在人方面，拜見過歐陽公。但尚未能拜見太尉呢！所以希望能瞻仰到賢人的光采，聽您幾句教訓來壯大自己的志氣，然後可以算是看過天下的大觀而沒有遺憾了。

我年紀輕，還未熟習政事。先前到京師來，並不是想求得一官半職。偶然得到了，也不覺得高興。幸而得到賜准，回家等候詮選任職，使我能優閒自在地過幾年。我要回去再練好文章，而且學習辦理政事。太尉如果認為我還可以教而教導我的話，那是我最慶幸的事了！

【研　析】本文可分五段。首段闡述自己的文學見解，並以孟子的「浩然之氣」和太史公的「奇氣」為論據，說明文學與志氣的關係。二段透過「不過」、「不足」等否定句描繪本身所處的困境。三段暢言自己遊覽天下名山大川，廣交文人學士以尋求自我突破的歷程。四段極力頌揚韓琦，用「於山」、「於水」、「於人」三個並列句式，刻意將韓琦置於名山、大川、文壇盟主之上，強烈表達了作者內心的崇敬和仰慕。末段自明本志，重申求見之意。

蘇轍在寫這封信之前並未見過韓琦，無私交可言；如其所言：「非有取於升斗之祿。」這封信也沒有任何功利性的目的，純粹出自「願得觀賢人之光耀，聞一言以自壯」的仰慕之情；而他所關心的，也僅止於為文之道，故而在表達方式上，往往採取聲東擊西、借賓形主的迂迴策略。言交遊，初謂「不過其鄰里鄉黨之人」，及遇歐陽公及其門人，復以未見太尉為憾；言觀覽，先歎「所見不過數百里之間」，繼而周遊宇內，而仍待見太尉以「盡天下之大觀而無憾」；言仕宦，則謂「偶然得之，非其所樂」，必待太尉辱教之以為幸。其於韓琦，實可謂推崇備至；雖然如此，本文所以不致流為諛詞，亦在其「治其文」、「學為政」的單純初衷，而其謂太史公之文疏蕩，實亦本篇之定評。

# 黃州快哉亭記

**【題解】**本文選自《欒城集》。快哉亭是清河（今河北清河）人張夢得貶官黃州（治所在今湖北黃岡）時所建，用以觀賞長江景致。蘇軾時亦貶在黃州，遂為亭子取名「快哉」，蘇轍則貶在筠州（治所在今江西高安），而為此亭作記。文章主旨在說明亭子命名的用意，認為士人處世，唯有心中坦然自得，不被外物所奴役，才能無往而不快樂。

江出西陵❶，始得平地，其流奔放肆大；南合沅、湘❷，北合漢、沔❸，其勢益張❹；至於赤壁❺之下，波流浸灌，與海相若。清河張君夢得謫居齊安❻，即其廬之西南為亭，以覽觀江流之勝，而余兄子瞻名之曰「快哉」。

蓋亭之所見，南北百里，東西一舍❼；濤瀾洶湧，風雲開闔❽。晝則舟楫❾出沒於其前，夜則魚龍悲嘯於其下，變化倏忽❿，動心駭目，不可久視。今乃得翫⓫

之几⑫席之上，舉目而足。西望武昌⑬諸山，岡陵起伏，草木行列⑭；煙消日出，漁夫樵父之舍，皆可指數。此其所以為快哉者也。至於長洲之濱，故城之墟⑮，曹孟德⑯、孫仲謀⑰之所睥睨⑱，周瑜⑲、陸遜⑳之所騁騖㉑。其流風遺跡，亦足以稱快世俗。

昔楚襄王㉒從宋玉㉓、景差㉔於蘭臺㉕之宮，有風颯然㉖至者，王披襟當之，曰：「快哉此風！寡人所與庶人共者耶？」宋玉曰：「此獨大王之雄風耳，庶人安得共之！」玉之言，蓋有諷焉。夫風無雌雄之異，而人有遇不遇之變。楚王之所以為樂，與庶人之所以為憂，此則人之變也，而風何與㉗焉？

士生於世，使其中㉘不自得，將㉙何往而非病㉚？使其中坦然不以物傷性㉛，將何適㉜而非快？今張君不以謫為患，竊會計之餘功㉝，而自放山水之間，此其中宜有以過人者。將蓬戶甕牖㉞，無所不快，而況乎濯長江之清流，挹㉟西山㊱之白雲，窮耳目之勝以自適㊲也哉？不然，連山絕壑，長林古木，振之以清風，照之以明月，此皆騷人㊳、思士㊴之所以悲傷憔悴而不能勝㊵者，烏睹其為快也哉？

【注　釋】❶西陵　西陵峽。長江三峽之一，又稱宜昌峽，在今湖北宜昌西北。❷沅湘　沅水、湘水。沅水源出貴州，湘水源出廣西，兩水皆流入湖南，注入洞庭湖。❸漢沔　漢水、沔水。漢水源出陝西寧強，流入湖北，注入長江。沔水為漢水上游支流。❹張　開展壯闊。❺赤壁　指赤鼻磯。在今湖北黃岡城外。❻齊安　指黃州。故治在今湖北黃岡，轄黃岡、黃陂、麻城三縣，舊為齊安郡，故云。❼一舍　三十里。古代行軍每日三十里而休息，稱作「舍」。❽開闔　散聚。闔，通「合」。❾舟楫　泛指船隻。楫，船槳。❿倏忽　疾速。⓫翫　觀賞。⓬几　古人坐時用以憑依的小桌子。⓭武昌　今湖北鄂城。⓮行列　縱橫排列。直排為行，橫排為列。⓯墟　遺址；遺蹟。⓰曹孟德　曹操（西元一五五～二二〇年）。字孟德，沛國譙（今安徽亳縣）人，東漢末挾獻帝以令諸侯，統一黃河流域，官至丞相，東漢獻帝建安十三年（西元二〇八年）發兵南征，為孫權、劉備聯軍所敗。⓱孫仲謀　孫權（西元一八二～二五二年）。字仲謀，吳郡富春（今浙江富陽）人，據江東，破黃祖，聯合劉備，敗曹操於赤壁。後稱帝，都建業（今江蘇南京），國號吳，史稱吳大帝。⓲睥睨　斜視。此引申為傲視一切、不可一世。⓳周瑜　（西元一七五～二一〇年）三國吳名將。字公瑾，廬江舒縣（今安徽廬江）人。赤壁之戰，率吳軍大破曹操。⓴陸遜　（西元一八三～二四五年）三國吳名將。字伯言，吳郡吳縣華亭（今江蘇松江）人，曾敗劉備於夷陵（今湖北宜昌）。㉑騁騖　奔走；馳騁。此引申為角逐戰鬥。㉒楚襄王　楚頃襄王。戰國時代楚國國君。名橫，楚懷王之子，在位三十六年（西元前二九八～前二六三年）。㉓宋玉　戰國時代楚國大夫。長於辭賦。㉔景差　戰國時代楚國大夫。事楚頃襄王。好辭賦，宗屈原，與宋玉齊名。㉕蘭臺　戰國時代楚國臺名。傳說故址在今湖北鍾祥東。《文選》宋玉〈風賦〉：「楚襄王遊於蘭臺之宮，宋玉景差侍，有風颯然而至。」下文楚王與宋玉的問答，皆引自〈風賦〉。㉖颯然　形容風聲。㉗何與　何干；有什麼關係。㉘中　中心；內心。㉙將　則；那麼。㉚病　憂傷。㉛以物傷性　以外在的事物傷害天賦的本性。㉜適　往；到。㉝會計之餘功　公餘的閒暇。會計，掌理財物核計出納之事。此指公務的處理。餘功，餘暇。㉞蓬戶甕牖　形容房屋的簡陋。蓬戶，編蓬草為門。甕牖，以破甕為窗。㉟挹　牽引；招引。㊱西山　山名。又名樊山，在今湖北鄂城西。㊲適　舒暢。㊳騷人　泛指詩人。㊴思士　心有憂思之士。㊵勝　承受。

【語　譯】長江出西陵峽後，才流到平地，水流奔放而浩蕩；南面會合沅水、湘水，北邊會合漢水、沔水，水勢更加壯闊；到了赤壁下面，各方面的水流匯集，江面遼闊得像大海一樣。清河人張夢得君貶官到齊安，在住所西南蓋了一座亭子，來觀賞長江的勝景，我的哥哥子瞻替它取名為「快哉」。

從這座亭子可以觀賞南北一百里，東西三十里的風景；江上波濤洶湧，風雲聚散。白天船隻在亭子前面來來往往，夜裡魚龍在亭子下面悲鳴長叫，景色變化疾速，令人心神震撼、眼睛驚瞪，無法久看。現在卻能在亭中的桌前座上欣賞，放眼望去就可以看盡一切。向西眺望武昌諸山，峰巒起伏，草木縱橫；有時煙霧消散，陽光出現，漁夫樵夫的房子都可以一一數出來。這就是取名為「快哉」的原由。至於那綿亘的沙洲邊上，故城的遺址，是過去曹孟德、孫仲謀傲視一世，周瑜、陸遜爭逐往來的所在。他們所流傳下來的風範事跡，也足以叫人在俗世中稱賞快意了。

從前楚襄王帶著宋玉、景差遊蘭臺宮，一陣風颯颯地吹來，楚襄王打開衣襟迎著涼風，說：「這風好暢快啊！這是我和百姓都能共享到的吧？」宋玉說：「這只是大王的雄風，百姓哪裡享受得到呢！」宋玉的話，大概是有所諷刺吧。風其實沒有雌雄的不同，而人的際遇卻有好壞的變化。楚襄王所以感到快樂，和百姓所以感到憂苦，這只是人的差別，與風又有什麼關係呢？

讀書人活在世上，假如心中不能自在，那麼，到哪兒才不會憂傷呢？假如心中坦然，不因外物傷害到本性，那麼，有哪兒會感到不愉快呢？現在張君不因貶官而憂傷，利用公餘閒暇，把心情寄託在山水之間，這應該是他心中有超過常人的修養。如此，則編蓬草為門，用破甕作窗，也沒有什麼不暢快的，更何況能濯長江的清流，招西山的白雲，盡情享受耳目所及的勝景而自得其樂呢？不然，連綿的山峰和幽深的谿谷，廣大的森林，古老的樹木，清風吹拂，明月映照，這些都會使失意的詩人、憂思的文士悲傷憔悴而無法忍受，哪能令人暢快呢？

【研　析】本文可分四段，重心全在「快哉」二字，前二段扣題描繪，後二段就亭名加以發揮。首段從江出西陵，自遠而近，由大而小，採線的移動，最後說出快哉亭的建立、位置及命名的經過。二段以亭為中心，自近而遠，由小至大，推開來寫，將視野作面的擴展，想像作時間的延伸，敘述亭之所見與歷史事跡，說明所以命名為「快哉」的原因。三段就楚襄王與宋玉的對答，補述「快哉」一詞的出處；引發物無不同，人則有變的感慨，以為人之遇與不遇，即憂樂之所以生。末段點出主旨，以心中坦然自得，不以物傷性，為快樂的真諦；否則，雖有山壑林木、清風明月，亦將悲傷憔悴。

全文結構緊密，起承轉合，脈絡分明；氣勢汪洋壯闊，曲折有致。末段所發議論，尤足引人深省。

# 曾 鞏

曾鞏（西元一〇一九～一〇八三年），字子固，北宋建昌南豐（今江西南豐）人。仁宗嘉祐二年（西元一〇五七年）中進士。曾任史館編校、龍圖閣校勘、集賢院校理等官，累官中書舍人。卒後追謚文定。曾鞏自幼聰穎，年十二，為〈六論〉一篇，受時人讚賞；年十六、七，明六經之深奧，專力為古文。其文源於六經，雅潔穩健，為唐、宋古文八大家之一。有《元豐類稿》。

## 寄歐陽舍人書

【題解】本文選自《元豐類稿》。歐陽舍人，歐陽脩（西元一〇〇七～一〇七二年），曾官起居舍人，故稱歐陽舍人。曾鞏是歐陽脩的門生，二人師生之誼頗為深厚。曾鞏祖父過世，請求歐陽脩為祖父立銘，事畢，以此信向歐陽脩致謝，並表示推崇之意。

去秋人還，蒙賜書及所撰先大父❶墓碑銘❷。反覆觀誦，感與慚并。

夫銘誌❸之著於世，義近於史，而亦有與史異者。蓋史之於善惡，無所不書。而銘者，蓋古之人有功德、材行、志義之美者，懼後世之不知，則必銘而見之。

或納於廟，或存於墓，一也。苟其人之惡，則於銘乎何有？此其所以與史異也。其辭之作，所以使死者無有所憾，生者得致其嚴❹。而善人喜於見傳，則勇於自立；惡人無有所紀，則以媿而懼。至於通材達識，義烈節士，嘉言善狀❺，皆見於篇，則足為後法。警勸之道，非近乎史，其將安近？

及世之衰，人之子孫者，一欲褒揚其親而不本乎理。故雖惡人，皆務勒銘❻以誇後世。立言者既莫之拒而不為，又以其子孫之所請也，書其惡焉，則人情之所不得，於是乎銘始不實。後之作銘者，當觀其人。苟託之非人，則書之非公與是❼，則不足以行世而傳後。故千百年來，公卿大夫至于里巷之士，莫不有銘，而傳者蓋少。其故非他，託之非人，書之非公與是故也。

然則孰為其人而能盡公與是歟？非畜❽道德而能文章者無以為也。蓋有道德者之於惡人，則不受而銘之；於眾人，則能辨焉。而人之行，有情善而迹非，有意奸而外淑❾，有善惡相懸❿而不可以實指，有實大於名，有名侈⓫於實。猶之用人，非畜道德者，惡能⓬辨之不惑，議之不徇⓭？不惑不徇，則公且是矣。而其辭之不工，則世猶不傳，於是又在其文章兼勝焉。故曰非畜道德而能文章者無以為也，豈非然哉？

然畜道德而能文章者，雖或並世⑭而有，亦或數十年，或一、二百年而有之。其傳之難如此，其遇之難又如此。若先生之道德文章，固所謂數百年而有者也。先祖之言行卓卓⑮，幸遇而得銘其公與是，其傳世行後無疑也。而世之學者，每觀傳記所書古人之事，至其所可感，則往往衋然⑯不知涕之流落也，況其子孫也哉？況鞏也哉？其追睎⑰祖德，而思所以傳之之繇，則知先生推一賜於鞏而及其三世。其感與報，宜若何而圖之？抑又思，若鞏之淺薄滯拙⑱，而先生進之；先祖之屯蹶否塞⑲以死，而先生顯之，則世之魁閎⑳豪傑不世出之士，其誰不願進於門？潛遁幽抑㉑之士，其誰不有望於世？善誰不為，而惡誰不愧以懼？為人之父祖者，孰不欲教其子孫？為人之子孫者，孰不欲寵榮㉒其父祖？此數美者，一歸於先生。

既拜賜之辱，且敢進其所以然。所諭㉓世族㉔之次，敢不承教而加詳焉。愧甚，不宣。

【注釋】❶先大父　自稱已故的祖父。先，對已故尊長的敬稱。曾鞏祖父名致堯，字正臣，北宋太宗太平興國八年（西元九八三年）進士，官至吏部郎中，因與當權者不合，屢遭貶黜而死。歐陽脩有〈戶部郎中贈右諫議大夫曾公致堯神道碑銘〉。❷墓碑銘　即墓誌銘。記死者功業善行而刻在墓碑上的文章。❸銘誌　泛指墓誌銘一類的文章。❹嚴　尊敬。❺善狀　善行。

❻勒銘　刻銘文於碑石。勒，鐫刻。❼公與是　公正與真實。❽畜　積累；培養。❾淑　善良；美好。❿相懸　相差很大。⓫侈　大。⓬惡能　怎能。惡，怎麼。⓭徇　曲從；偏私。⓮並世　當代；同一時代。⓯卓卓　卓越的樣子。⓰衋然　傷痛的樣子。⓱追睎　追慕。睎，仰望；仰慕。⓲滯拙　愚鈍；笨拙。⓳屯蹶否塞　困頓不遇。屯，處境困難。蹶，挫折；失敗。否塞，時運不通。⓴魁閎　偉大。㉑潛遁幽抑　潛藏隱遁，抑鬱不遇。㉒寵榮　榮耀。㉓諭　告知。㉔世族　世家。指累世仕宦之家。

【語　譯】去年秋天，我派去的人回來，承您賜給我一封信和您所寫的先祖父的墓碑銘。我反覆誦讀，真是又感激，又慚愧。

銘誌一類的文章在世間很流行，它的意義和史書相近，但也有和史書不同的地方。因為史書對於善惡的事，沒有不寫上去的。但銘誌的作品，是古人有功業、道德、才能、嘉行、志向、氣節的優點，怕後代人不知道，便一定要用銘誌來顯揚他。有的安置在家廟裡，有的埋放在墳墓中，用意是一樣的。如果那個人是壞人，那又何必作銘誌呢？這便是它和史書不同的地方。墓誌銘的寫作，是為了讓死去的人沒有遺憾，活著的人可以表達敬意。好人喜歡被立傳，就會勇於自立；壞人沒有什麼可記載，就會羞愧懼怕。至於有才幹有見識的人，正義英烈的志士，他們的嘉言善行，都記載在墓誌銘裡，足以做後人的典範。那種警世勸勉的道理，不是和史書相近，還跟什麼相近呢？

到後來世道衰微，作子孫的，一心想要表揚死去的親長而不依照道理。所以就算是壞人，也都要立碑刻銘來誇耀後世。寫文章的人，既無法拒絕不寫，又因他們子孫的請託，如果寫他們的壞事，在人情上便說不過去，於是墓誌銘開始失去了真實。後代想要替祖先立碑寫銘的人，就要看寫的人怎樣了。如果委託一個不得當的人，所寫出來的便不公正、不真實，那麼便不能夠流傳世間而傳於後代。所以千百年來，從公卿大夫到一般的百姓，沒有一個沒有墓誌銘的，但能流傳下來的實在很少。沒有其他原因，只是委託的人不適當，所寫的不公正也不真實啊。

那麼要怎樣的人才能做到公正和真實呢？不是積德又善於寫文章的人是無法做到的。因為積德的人，對於壞人，就不會受託去寫銘文；對於一般人，他又能辨別好壞。人的行為，有的用意良善結果卻不好；有的用心奸險，外表卻裝得很好；有的善惡相差很大，卻不能具體指出來；有的實際大過名望；有的名望大過實際。就如同用人一樣，不是有道德修養的人，又怎能明辨而不迷惑，議論而不徇私呢？不迷惑、不循私，便能做到公正和真實了。但如果他的文章不好，在世上依然不會流傳，於是又要在文章方面也好才行。所以說不是有道德修養又善於寫文章的人是無法做到的，難道不是這樣嗎？

然而，有道德修養又善於寫文章的人，雖然可能在當代就有，但也可能要隔數十年，或隔一、二百年才有。要讓嘉言美行傳於後世是這樣的不容易，要遇到一個能寫銘的人又是如此的困難。像先生的道德文章，的確可說是幾百年才有的。先祖父的言行卓越，幸好遇到您才能寫出公正和真實，他可以傳於世上、流傳後世是沒有疑問的了。世間的學者，往往讀傳記中所寫古人的事，遇到他所感動的，便常常悲痛地不覺掉下眼淚，何況是他們的子孫呢？更何況是鞏呢？我追慕先祖父的德行，想到他所以被傳誦的原因，就知道先生對鞏的賞賜，我家三代都蒙受恩德。感激和報答的心，我應該怎樣來表示呢？我又想到，像鞏這樣淺薄愚笨的人，先生卻勉勵我；先祖父的困頓不遇而死，先生卻顯揚他，那麼世間的大豪傑、不世出的才能之士，誰不願到先生的門下呢？潛藏隱遁、抑鬱不遇的人，誰不對世間抱著希望呢？善事誰不願做，惡事誰不感到慚愧害怕？做人父親和祖父的，誰不想教導他的子孫？做人子孫的，誰不想榮耀他的祖先？這幾樁好事，完全歸功於先生身上。

拜受賞賜之餘，並向您表示我所以感激的原因。先生所告示世族的次序，怎敢不承受教益而再詳加增補呢？慚愧得很，這封書信不能盡言我的心意。

【研　析】本文可分六段。首段先交代寫信的緣由和自己的心情。二段比較銘誌和史傳在文體功能上的異同。所異者，史傳善惡並陳，銘誌僅記其美善者；所同者，均具有奬善懲惡的功用。三段感歎銘誌流於虛假，失其「公」與「是」。一則由於死者的子孫每欲隱惡而誇耀後世，再則撰作者既不便推拒，又礙於情面而無法直書其事，遂不免流為諛墓。四段言道德、文章兼勝者，方能做到「公與是」。五段對歐陽脩表示推崇和深切謝忱，並讚揚其所撰銘誌足以產生積極而正面的社會影響。六段再次感謝，並表示領受教誨。

銘的寫作必須以事實為根據，它象徵著對某種顯赫勳業的追憶，同時也具有勸善懲惡的教育意義。古代銘與名相通，它既是名譽的表徵，自然得講究名實相副；如果銘已不能發揮它的教化功能，甚至受到扭曲，淪為權貴豪霸「漂白」的廣告，銘的精神就算喪失了。本文中曾鞏對歐陽脩的推崇，主要在他所堅持的「事信言文」的撰碑原則：前者仰賴強烈的道德勇氣和公正無私的操守，後者指的是文采。而其對歐陽脩的稱譽，亦所以表彰先祖得銘之公與是，此種自抬身價的巧思，亦不可不謂為高明。

## 贈黎安二生序

**【題　解】** 本文選自《元豐類稿》。序，古代的一種文體（參見〈太史公自序〉題解）。本文屬「贈序」。主旨在讚賞黎姓、安姓兩位書生，能立志為古文，並進一步鼓勵二生不必在意世俗的嗤笑，而應「信乎古」、「志乎道」，堅持自己的抉擇。

趙郡❶蘇軾❷，余之同年友❸也。自蜀以書至京師遺❹余，稱蜀之士曰黎生、安生❺者。既而黎生攜其文數十萬言，安生攜其文亦數千言，辱以顧❻余。讀其文，誠閎壯雋偉❼，善反復馳騁❽，窮盡事理。而其材力之放縱，若不可極者也。二生固可謂魁奇❾特起❿之士，而蘇君固可謂善知人者也。

頃⑪之，黎生補⑫江陵府⑬司法參軍⑭。將行，請余言以為贈。余曰：「余之知生，既得之於心矣，乃將以言相求於外邪？」黎生曰：「生與安生之學於斯文⑮，里之人皆笑以為迂闊⑯。今求子之言，蓋將解惑於里人。」

余聞之，自顧而笑。夫世之迂闊，孰有甚於予乎？知信乎古，而不知合乎世；知志乎道，而不知同乎俗。此余所以困於今而不自知也。世之迂闊，孰有甚於予乎？今生之迂，特以文不近俗，迂之小者耳，患為笑於里之人。若余之迂大矣，使生持吾言而歸，且重得罪，庸詎⑰止於笑乎？

然則若余之於生，將何言哉？謂余之迂為善，則其患若此。謂為不善，則有以合乎世，必違乎古；有以同乎俗，必離乎道矣。生其無急於解里人之惑，則於是焉必能擇而取之。遂書以贈二生，并示蘇君以為何如也？

【注釋】❶趙郡　古郡名。治所在今河北趙縣。蘇軾之遠祖唐朝蘇味道，為趙郡人，故云。❷蘇軾　字子瞻，號東坡。北宋眉州眉山（今四川眉山縣）人。❸同年友　同榜登科的朋友。曾鞏與蘇軾同登北宋仁宗嘉祐二年（西元一〇五七年）進士。❹遺　給予。❺黎生安生　姓黎姓安的兩個讀書人。生，對讀書人的通稱。❻顧　拜訪。❼閎壯雋偉　謂規模宏大，意味深長。❽馳騁　快馬奔馳。比喻文章氣勢奔放。❾魁奇　傑出。❿特起　特異；特別傑出。⓫頃　不久。⓬補　補充缺額。⓭江陵府　治所在今湖北江陵。⓮司法參軍　官名。參軍，郡府中參謀官員，通常冠以職名，掌司法者為司法參軍。⓯斯文　此種文章。指古文。與當時公文、書信、考試通行的四六文有別。四六文是駢文的一種，通篇多用四字和六字句相間，亦稱時文。⑯迂闊　謂迂曲高遠而不切實際。迂，曲。闊，疏。⑰庸詎　豈只；何只。庸、詎皆有「何」、「豈」之義。

【語　譯】趙郡蘇軾是我同年登科的朋友。他從蜀地寄信到京師給我，稱讚蜀地的兩個書生——黎生、安生。後來黎生帶著他的文章幾十萬字，安生帶著他的文章幾千字，來拜訪我。讀他們的文章，確實是規模宏大，意味深長，善於反覆奔馳，窮盡事理。他們才華的奔放，好像沒有止境。二生的確可稱得上是傑出特異的讀書人，而蘇君的確可說是善於知人了。

不久，黎生補上江陵府司法參軍的缺。將要動身的時候，請我說幾句話作為贈別。我說：「我了解你，早已了然於心裡，還需要用形式上的語言來表達嗎？」黎生說：「我和安生學寫這種文章，鄉里的人都嘲笑我們，認為我們迂曲不切實際。現在請您說幾句話，是想解除鄉里人的疑惑。」

我聽了這話，想想自己，不覺感到好笑。世間迂曲不切實際的人，哪有比我更嚴重的呢？只知相信古代的，卻不知迎合現代的；只知追求聖賢之道，卻不知配合世俗。這是我到今天還困窮的原因而自己還不知覺醒的啊。世間迂曲不切實際的人，哪有比我更嚴重的呢？現在黎生的迂曲，只是文章不合世俗，這是迂曲中的小事罷了，卻擔心被鄉里人恥笑。像我的迂曲可大了，假使黎生拿了我的文章回去，就要重重地開罪他們，何僅只是恥笑呢？

那麼我對於二生，將說什麼話來贈別呢？說我迂曲是對的，那它的後患卻是這樣。如果說是不對的，那麼可以迎合現代的，必然要違背古代；可以苟合世俗的，必然要背離聖賢之道。我看二生不必急於解除鄉里人的疑惑，那麼在這些道理上，必定能夠有所選擇和把握的。於是我把這些寫下來送給二生，並且給蘇君看看，不知他以為怎樣呢？

【研　析】本文可分四段。首段由蘇軾的推薦引出結識黎、安二生的因緣，而由二生文章之閎壯雋偉，亦可見蘇軾的知人之明。二段追敘黎生請序之目的，欲以解里人之惑。三段緊扣「迂闊」二字發揮，表面上是自我消遣，實乃對自己人生態度和文學堅持的高度肯定。末段仍以「迂」字為中心，曉諭二生堅定信古、志道的理念。

「迂闊」和「解惑」是本文論述的重點。二生因不堪被里人譏為迂闊而求序於曾鞏，以解里人之惑，則二生之心亦未可許為清明。何以故？如果是自己深思熟慮後確認的真知灼見，縱使全世界都嗤之以鼻，也當堅持為真理奮戰到底的決心，此乃先知可貴之處。二生恥蒙迂闊之譏，而曾鞏反以迂闊為上，刻意造成對俗見的顛覆和對立，且在「信乎古」和「合乎世」、「志乎道」和「同乎俗」、真理與謬論、卓識與無知之間劃出一道鴻溝，於是里人愚妄的訕笑和作者自得的微笑共同交織成一幅「道不同，不相為謀」的奇景。在曾鞏看來，許多事情是無法，也沒有必要多作解釋的，俗見視以為迂闊，就任他們笑吧！重要的是自己是否真想清楚了？是不是能堅持到底？對真理的堅持不妨帶些執拗，面面俱到有時不免流於鄉愿。

# 王安石

王安石（西元一〇二一～一〇八六年），字介甫，號半山，北宋撫州臨川（今江西臨川）人。仁宗慶曆二年（西元一〇四二年）中進士。歷任州縣地方官十多年，頗有政績。神宗朝，曾兩度拜相，推行新法，改革科舉考試，廢詩賦而改考經義。由於任人不當，操之過急，且逢連年乾旱，致使新法無效。熙寧九年（西元一〇七六年）罷相，出判江寧府。次年辭判府事，自是稱病不再出仕。元豐元年（西元一〇七八年）封舒國公。三年，改封荊國公。卒諡文。其古文以六經為根柢，議論高奇，長於雄辯，思慮縝密，筆力簡勁，名列唐宋古文八大家之一。詩則遒勁清新，自成一格，號「王荊公體」，與歐陽脩、蘇軾、黃庭堅並列為北宋四大家。有《臨川文集》。

## 讀孟嘗君傳

【題解】本文選自《臨川文集》。孟嘗君，姓田，名文，戰國齊公子。曾為齊相，封於薛。其門下養食客數千人，與魏國信陵君、趙國平原君、楚國春申君，合稱戰國四公子。《史記》有〈孟嘗君列傳〉，本文即是王安石對〈孟嘗君列傳〉的讀後感，旨在批駁「孟嘗君能得士」這一傳統評價，認為孟嘗君門下都是雞鳴狗盜之徒，並非真正的「士」，而孟嘗君本人充其量也只是「雞鳴狗盜之雄」而已。

世皆稱孟嘗君能得士，士以故歸之，而卒賴其力以脫於虎豹之秦❶。嗟乎！

孟嘗君特❷雞鳴狗盜❸之雄耳，豈足以言得士？不然，擅❹齊之強，得一士焉，宜可以南面❺而制秦，尚何取雞鳴狗盜之力哉？夫雞鳴狗盜之出其門，此士之所以不至也。

【注釋】❶脫於虎豹之秦　孟嘗君入秦，被秦昭王扣留而欲殺之，賴一門客扮狗，夜入秦宮，盜孟嘗君獻給秦昭王之白狐裘，以獻秦昭王寵姬，姬為言於秦昭王，孟嘗君乃得脫，即馳去，夜半至函谷關。時雞未鳴，不得出關，門客有能為雞鳴者，一鳴而群雞盡鳴，乃得出。❷特　只是。❸雞鳴狗盜　學雞鳴，扮狗作盜。❹擅　獨攬。❺南面　面向南而坐。古時帝王之座位向南，故引申為帝王之地位。

【語譯】世人都說孟嘗君能羅致賢士，因此賢士也都來歸附他，終於憑藉了他們的力量從虎豹似的秦國脫險出來。唉！孟嘗君只是個雞鳴狗盜的頭目罷了，怎能說得上羅致賢士呢？不然的話，憑著齊國的富強，只要得到一個賢士，齊國應該就可以南面稱王而制服秦國，哪裡還用得著雞鳴狗盜的力量呢？雞鳴狗盜的人物都出在他的門下，所以真正的賢士便不願來到了。

【研析】本文僅九十字，而短小精悍、出語驚人。旨在批駁「孟嘗君能得士」這一傳統觀念。在王安石看來，孟嘗君並沒有得到真正的士，何以故？秦昭王所以欲囚而殺之，在於聞孟嘗君賢，恐其為齊國所用，且無懼於齊國報復，可見孟嘗君門下並無足以嚇阻秦昭王的賢人才士。根據《史記》的記載，孟嘗君在薛所網羅的，乃是「諸侯賓客及亡人有罪者」，是以雖然號稱食客三千，實被投機分子和亡命之徒視為苟安偷生的庇護所。綜觀其一生，幾無善言善行可采，亦未嘗為齊建功謀國，徒然自喜於賓客之眾多，憂戚於權位之升降，此與市井小人何異？而雞鳴狗盜之出其門，實亦物以類聚之明徵。總而言之，孟嘗君招致食客並非由於愛才，不過是基於好大喜功、自抬身價的虛榮心罷了。知識分子之可貴，就在於他們富於理想，像孟嘗君這種政客，大概也只配跟雞鳴狗盜之徒稱兄道弟吧！

# 同學一首別子固

【題解】本文選自《臨川文集》。同學，共同學習。一首，即一篇，古代詩、文、詞、賦一篇皆可稱一首。子固是曾鞏（西元一〇一九～一〇八三年）的字，北宋古文家。曾、王二人，自年輕時即以文章儒道而為知交，其後政見雖有歧異而私誼迄未中斷。曾鞏曾作〈懷友一首贈介卿〉，以儒家中庸之道與王安石互勉。北宋仁宗慶曆三年（西元一〇四三年），王安石任淮南路（治所在今江蘇揚州）判官，回故鄉臨川省親，並與曾鞏會晤，臨別作此文相贈，抒寫對曾鞏的欽慕，並表示願與曾鞏互勉，共同學習聖人之道。

江之南❶有賢人焉，字子固，非今所謂賢人者，予慕而友之。淮❷之南有賢人焉，字正之❸，非今所謂賢人者，予慕而友之。二賢人者，足未嘗相過❹也，口未嘗相語也，辭幣❺未嘗相接也。其師若❻友，豈盡同哉？予考其言行，其不相似者何其少也？曰：學聖人而已矣。學聖人，則其師若友，必學聖人者。聖人之言行，豈有二哉？其相似也適然❼。

予在淮南，為正之道子固，正之不予疑也；還江南，為子固道正之，子固亦以為然。予又知所謂賢人者，既相似又相信不疑也。子固作〈懷友〉❽一首遺❾予，其大略欲相扳❿以至乎中庸⓫而後已。正之蓋亦常云爾。

夫安驅徐行，轥⑫中庸之庭，而造⑬於其堂，舍⑭二賢人者而誰哉？予昔非敢自必其有至也，亦願從事於左右焉爾，輔而進之，其可也。噫，官有守⑮，私有繫⑯，會合不可以常也。作〈同學一首別子固〉，以相警⑰，且相慰云。

【注釋】❶江之南　長江之南。此指江西。❷淮　指淮河。❸正之　孫侔的字。北宋吳興（今浙江吳興）人。王安石有〈送孫正之序〉。❹過　探望；拜訪。❺辭幣　文章與幣帛。幣，古人用為禮物的絲織品等。此泛指禮物。❻若　和；及。❼適然　當然。❽懷友　近人所編《曾鞏集》有〈懷友一首寄介卿〉，為《元豐類稿》所未收，係據吳曾《能改齋漫錄》卷十四而輯補。❾遺　贈送。❿扳　援引。⓫中庸　不偏不倚，無過不及。⓬轥　車輪碾過。⓭造　到達。⓮舍　通「捨」。除去。⓯守　職責。⓰繫　牽絆。⓱警　告誡。

【語譯】長江之南有個賢人，字叫子固，他不是現在世俗所說的賢人，我仰慕他，跟他交朋友。淮河之南有個賢人，字叫正之，他不是現在世俗所說的賢人，我仰慕他，跟他交朋友。這兩位賢人，從來沒有交往過，彼此沒說過話，也不曾以文章禮物相交接過。他們的老師和朋友，難道都相同嗎？我細察過他們的言行，不相同的地方為什麼那麼少呢？有人說，他們只是學聖人罷了。若說學聖人，那麼他們的老師和朋友，必定是學聖人的。聖人的言行，怎會有兩種呢？他們會那樣相似是當然的。

我在淮南，跟正之談到子固，正之不懷疑我所說的；回到江南，跟子固談到正之，子固也認為我的話是對的。因此我又知道，賢人既是相似，又彼此相信，沒有懷疑。子固寫了一首〈懷友〉送給我，大意是說，希望相互援引以達到中庸的境地才停止。正之也曾經這樣說過。

安穩地前進，慢慢地行走，踩進中庸的門庭，到達它的堂上，除了這兩位賢人還有誰呢？我以前不敢肯定自己必然能達到這種境界，但也願意跟隨在他們左右，一起來做就是了。唉，做官的有職守，個人有私事，會合在一起，不可能經常有的。於是作〈同學一首別子固〉，用來相互警惕，並且相互慰勉。

【研　析】本文可分三段。首段以曾鞏、孫正之二人相對照，由其言行之所「同」推斷所「學」必相似。二段通過作者與孫正之言及曾鞏，與曾鞏言及孫正之，印證「所謂賢人者，既相似又相信不疑」的觀點。末段期勉三人共進於中庸之域，並以不能經常聚晤為憾。

王安石的散文向以短小精悍著稱，在這篇贈文中，作者刻意透過重複的句式播撒出一道強烈的訊息，即其所謂賢人與世俗所謂賢人是有所不同的。後者或但就才學言之，而王安石所稱道的賢人卻以「學聖人」為務，「至乎中庸而後已」，此亦何以子固、正之雖無交遊之實，卻能相信不疑的根本原因。文中沒有客套的寒暄和沾沾自喜的相互標舉，只是若無其事地訴說著彼此相勉以共躋中庸的志向，又以正之作陪，正所謂「德不孤，必有鄰」；而子固與正之二人之相似、相信，介甫與子固之相警、相慰，亦大異於朋黨之阿比。昔人謂君子之交淡如水，王、曾可謂得之。

# 遊褒禪山記

【題　解】本文選自《臨川文集》。褒禪山，在今安徽含山縣北，因唐代慧褒禪師定居、安葬在此山下而得名。北宋仁宗至和元年（西元一〇五四年），王安石任舒州（治所在今安徽安慶）通判，遊褒禪山華陽洞，作此文以抒發其所感悟，說明世事之成敗，端視其人能否堅定意志，借助外力，並且貫徹始終。

褒禪山亦謂之華山，唐浮圖❶慧褒始舍❷於其址❸，而卒葬之，以故其後名之曰褒禪。今所謂慧空禪院❹者，褒之廬冢❺也。距其院東五里，所謂華陽洞者，以其在華山之陽❻名之也。距洞百餘步，有碑仆道❼，其文漫滅❽，獨其為文猶可識，曰花山。今言「華」如「華實」之「華」者，蓋音謬也❾。

其下平曠，有泉側出，而記遊者甚眾，所謂前洞也。由山以上五、六里，有穴窈然❿，入之甚寒，問其深，則其好遊者不能窮也，謂之後洞。余與四人擁火⓫以入。入之愈深，其進愈難，而其見愈奇。有怠而欲出者，曰：「不出，火且盡。」遂與之俱出。蓋予所至，比好遊者尚不能十一，然視其左右，來而記之者已少。蓋其又深，則其至又加少矣。方是時，予之力尚足以入，火尚足以明也。既其出，則或咎⓬其欲出者，而予亦悔其隨之而不得極乎遊之樂也。

於是予有歎焉。古人之觀於天地、山川、草木、蟲魚、鳥獸，往往有得，以其求思之深而無不在也。夫夷⓭以近，則遊者眾；險以遠，則至者少。而世之奇偉瑰怪、非常之觀，常在於險遠，而人之所罕至焉。故非有志者不能至也。有志矣，不隨以止也，然力不足者，亦不能至也。有志與力，而又不隨以怠，至於幽暗昏惑而無物以相⓮之，亦不能至也。然力足以至焉而不至，於人為可譏，而在己為有悔。盡吾志也而不能至者，可以無悔矣，其孰能譏之乎？此予之所得也。

余於仆碑，又以悲夫古書之不存，後世之謬其傳而莫能名者，何可勝道也哉？此所以學者不可以不深思而慎取之也。

四人者：廬陵⑮蕭君圭君玉⑯，長樂⑰王回深父⑱，余弟安國平父、安上純父⑲。

【注　釋】❶浮圖　梵語的音譯，也譯作「浮屠」、「佛圖」。有佛教、佛經、寺廟、佛塔、和尚等義。此指和尚。❷舍　居住。❸址　山麓；山腳。❹禪院　寺院。禪，梵文音譯「禪那」的省稱，原為入定的意思，是佛教的一種修持方法，後泛指與佛教相關的人和事物。❺廬冢　屋舍和墳墓。❻陽　山的南面。❼仆道　倒在路邊。❽漫滅　磨滅。❾今言華二句　王安石指當時人將華山的「華」，讀成華實的「華」，在音讀上有錯誤，應該讀成花，與碑上的「花山」的花，才能配合。謬，錯誤。❿窈然　幽暗深遠的樣子。⓫擁火　持火把。⓬咎　責怪；歸罪。⓭夷　平坦。⓮相　輔助。⓯廬陵　今江西吉安。⓰蕭君圭君玉　蕭君圭，字君玉。生平不詳。⓱長樂　今福建長樂。⓲王回深父　王回（西元一〇二三～一〇六五年），字深父。北宋理學家。《臨川文集》有〈王深甫墓誌銘〉、〈祭王深甫文〉。⓳安國平父安上純父　皆王安石之弟。王安石兄弟七人，王安石排行第三，王安國第四，王安上最小。

【語　譯】褒禪山又叫華山，唐代和尚慧褒當初住在這山腳下，後來也葬在這裡，因此，後來就叫它褒禪山。現在的慧空禪院，就是當年慧褒的屋舍和墳墓的所在地。距禪院東五里，有一個華陽洞，因它在華山的南邊而得名。距洞一百來步，有一塊碑倒在路邊，碑文已經模糊不清，只有「花山」二字還可以辨認。今人把「華」讀成「華實」的「華」，大概是字音讀錯了。

山洞下面平坦空曠，有道泉水從旁邊冒出來，洞壁上題字留念的人很多，這就是所謂的前洞。從山路向上走五、六里，有個巖洞，幽暗深邃，進入洞內感到很冷，問它有多深，就是好遊的人也無法走到盡頭，這便是後洞。我和四個人拿著火把進去。進去越深，前進越難，但所見的也越奇特。其中有人累了想出去，便說：「不出去，火把就要燒完了。」於是就跟他們一起出來。大概我們所到的，比起好遊的人還不到十分之一，然而看看山洞兩旁，能進到此處且留下題字的人已經很少了。大約進去越深，到的人便越少。當時，我的體力還足夠再深入，火把還足夠照明。等到出來後，便有人責怪那個說要出來的人，我也後悔跟著他們出來，因而不能盡興的遊樂。

於是我有所感慨。古人觀察天地、山川、草木、蟲魚、鳥獸，往往有心得，這是由於他們探求、思慮的深刻而且無所不到。那平坦而近的地方，遊客就多；那危險而遠的地方，到的人便少。但世間奇特瑰怪、不同尋常的景致，常在危險偏遠而人跡所罕到的地方，所以不是有堅強意志的人是不能到達的。有了堅強的意志，不隨人家停止下來，然而體力不夠的人，也不能到達。有了堅強意志和體力，又不隨人家懈怠下來，然在幽暗看不見的地方，如果沒有其他東西的幫助，也是不能到達的。不過體力足以到達而沒到達的，旁人會譏笑，他自己要後悔。如果盡了自己的意志還不能到達的話，可以不用後悔了，誰能譏笑他呢？這是我的心得。

我對於倒地的石碑，又悲傷古書沒有留存下來，以致後代傳聞錯誤而不能弄清真相，這種事情怎說得完呢？這便是學者不可不深刻思慮、審慎抉擇的啊。

同遊的四人是：廬陵人蕭君圭，字君玉；長樂人王回，字深父；我的弟弟安國，字平父，安上，字純父。

【研　析】本文可分五段。首段記褒禪山的歷史淵源。二段敘遊華陽後洞的經過。三段抒發此遊的心得，以為需有志、力與輔助工具，方能盡興，不致半途而廢。四段感慨故實傳載與考證之困難。末段載錄同遊者。

這篇遊記不著重寫景，也不著重記名勝古蹟或風土人情，而著重在個人感慨上。可以說借遊巖洞以抒寫做事治學的人生哲學。此外對多人同遊而意見相左時每個人心理的微妙變化有簡要卻富趣味的描寫。吳楚材評此篇說：「借遊華山洞，發揮道學，或敘事，或詮解，或摹寫，或道故，意之所至，筆亦隨之。逸興滿眼，餘音不絕，可謂極文章之樂。」

## 泰州海陵縣主簿許君墓誌銘

【題　解】本文選自《臨川文集》。泰州海陵縣即今江蘇泰州；主簿是縣令的佐吏，掌管簿書。許君，指許平，官終泰州海陵縣主簿。主簿只是縣級的小吏，本文一方面肯定許平善於辯說，又有智略，一方面也惋惜許平懷才不遇，迄未受到重用。

君諱❶平，字秉之，姓許氏❷。余嘗譜❸其世家❹，所謂今泰州海陵縣主簿者也。君既與兄元❺相友愛，稱天下，而自少卓犖不羈❻，善辯說，與其兄俱以智略為當世大人❼所器❽。寶元❾時，朝廷開方略❿之選，以招天下異能之士，而陝西大帥范文正公⓫、鄭文肅公⓬爭以君所為書以薦，於是得召試，為太廟齋郎⓭，已而選泰州海陵縣主簿。貴人多薦君有大才，可試以事，不宜棄之州縣。君亦常慨然自許，欲有所為。然終不得一用其智能以卒。噫！其可哀也已。

士固有離世異俗，獨行其意，罵譏笑侮，困辱而不悔，彼皆無眾人之求，而有所待於後世者也，其齟齬⓮固宜。若夫智謀功名之士，窺時俯仰⓯，以赴勢物⓰之會，而輒⓱不遇者，乃亦不可勝數。辯足以移萬物，而窮於用說之時；謀足以奪三軍，而辱於右武⓲之國，此又何說哉？嗟乎！彼有所待而不悔者，其知之矣。

君年五十九，以嘉祐⓳某年某月某甲子⓴，葬真州㉑之揚子縣甘露鄉某所之原㉒。夫人李氏。子男瓌，不仕；璋，真州司戶參軍㉓；琦，太廟齋郎；琳，進士。女子五人，已嫁二人：進士周奉先，泰州㉔泰興㉕縣令陶舜元。銘曰：

「有拔而起之，莫擠而止之。嗚呼！許君而已於斯，誰或使之？」

【注釋】❶諱　古人稱死者之名曰諱，以示尊敬。❷氏　即「姓」。古代男子稱氏，婦女稱姓。秦、漢以後，姓氏混稱無別。❸譜　家譜。此用為動詞。編寫成譜。❹世家　古代稱世代顯貴之家。此泛指家世、世系。❺元　許平之兄。字子春，北宋宣城（今安徽宣城）人，慶曆中，擢江淮制置發運判官。❻卓犖不羈　才能出眾而不受拘束。卓犖，特出。羈，拘束。❼大人　指有名望有地位的人。❽器　器重。❾寶元　北宋仁宗年號。❿方略　宋代一種非經常性的制舉科目的名稱。目的在選拔有治國用兵才能的人，必須由皇帝的近臣推薦才能參加考試。北宋仁宗寶元二年（西元一〇三九年）曾開此科。⓫陝西大帥范文正公　指范仲淹。陝西，即陝西路。以在陝原之西，故名。路為宋代地方行政區之最高層級。大帥，統軍之主帥。范氏曾任陝西四路經略副使，文正為其謚號。⓬鄭文肅公　即鄭戩。字天休，北宋蘇州吳縣（在今江蘇吳縣）人，曾任陝西四路都總管兼經略、安撫、招討使，文肅為其謚號。⓭太廟齋郎　官名。掌太廟、陵墓祭祀等事。太廟，天子之祖廟。⓮齟齬　上下齒不相配合。比喻與世俗不合。⓯俯仰　或俯或仰。指隨俗而應變。⓰勢物　權勢和外物。或本作「勢利」，則指權勢與利祿。⓱輒　往往；常常。⓲右武　崇尚武勇。右，崇尚。⓳嘉祐　宋仁宗年號。⓴甲子　甲為天干之首，子為地支之首，古人以干支記日，此用干支之首，代指「某日」。㉑真州　北宋州名。治所在揚子縣，即今江蘇儀徵。㉒原　指墓地。㉓司戶參軍　官名。州官之屬員，掌戶籍。㉔泰州　州名。五代南唐置，北宋仍之。㉕泰興　縣名。即今江蘇泰興。

【語譯】先生名平，字秉之，姓許。我曾編過他家的家譜，他便是現在泰州海陵縣的主簿。先生和他哥哥許元相互友愛，為天下人所稱道，而他從小便才能出眾而不受拘束，善於辯說，跟他哥哥都以才智謀略被當代的大人物所器重。寶元時，朝廷開設方略科，來徵招天下才能特殊的人，而陝西大帥范文正公、鄭文肅公都爭先把先生的事跡上書舉薦給朝廷，因此能受召應試，任太廟齋郎。不久，選任泰州海陵縣主簿。朝中大官多推薦先生有大才，可以讓他擔任職事，不應該把他埋沒在州縣裡。先生也常常慷慨地自我期許，想有所作為。但是始終不能施展他的智能便去世了。唉！真可悲呀！

士人中本來就有人背離世俗，不合時宜，獨行他的意志，遭人責罵譏諷，嘲笑欺侮，甚至遭受困頓侮辱也不後悔，他們都沒有普通人的追求，卻有所期待於後世，他們的不合時宜是必然的。至於像那些有智謀、熱中功名的士人，他們會觀察時勢，隨俗應變，去迎合權勢和外物，卻往往不得志，也是不可計數。他們的辯才能夠轉移萬物，卻在看重遊說的時代受困；智謀能夠奪取三軍，卻在尚武的國家受辱。這又怎樣解釋呢？唉！那些對世俗有所期待而不悔悟的人，應該懂得這個道理吧！

先生享年五十九歲，在嘉祐某年某月某日，葬在真州揚子縣甘露鄉某處的墓地。夫人李氏。兒子瓌，沒有做官；璋，任真州司戶參軍；琦，任太廟齋郎；琳，進士。女兒五個，已嫁的兩個：一個嫁給進士周奉先，一個嫁給泰州泰興縣令陶舜元。銘辭是這樣的：

「有人提拔他，沒有人排擠阻撓他。唉！許先生卻止於這小小的官位上，是誰使他這樣的呢？」

**【研　析】**本文可分四段。首段惋惜許平有智略、善辯說，而終不得一展抱負。二段以離世獨行之士與智謀功名之士對舉，認為許平屬於前者。三段簡述許平的年壽、安葬地點和家庭概況。末段是簡短的銘，對許平一生僅做小官，表達了作者的惋惜之情。

士之欲成大事者，必有所堅持，非與世浮沉之徒所堪效顰；又以其有所待於後世，故能忍辱負重，顯發出卓犖不羈的風姿。許平雖善於辯說，卻無法說服朝廷以獲重用；雖有智略，但無法一展長才；雖亦為王公大臣所拔擢，卻不得參與大事；其智能固足以有所為，亦欲有所為，然終無所為，這是許平個人時運不濟呢？還是他那卓犖不羈、獨行其意而無眾人之求的人格特質注定自身窮辱的命運？既有所待於後世，則雖死無悔；然不得用其智能而身名已滅，則未免可哀。於是，作者不禁要追問：究竟是什麼因素導致這齣人生悲劇？但我們也忍不住要反問：許平所待於後世者何？他果真不悔嗎？或許王安石筆下那初蒙拔擢而終遭排擠，卻又「離世異俗，獨行其意，罵譏笑侮，困辱而不悔」的清介奇士，卻正是王安石自身人格之投射哪！

# 卷一二 明文

## 宋濂

宋濂（西元一三一〇～一三八一年），字景濂，金華浦江（今浙江浦江）人。自幼英敏強記，喜讀書。元末以文章享名天下，不應朝廷徵召，隱居龍門山十餘年。入明，累官至翰林學士承旨，知制誥。禮樂制度多出自其手，為明朝開國文臣之首。太祖洪武十三年，因長孫宋慎坐胡惟庸黨處死，舉家謫茂州（今四川茂縣），路中病卒。武宗正德年間，追謚文憲。

宋濂出於元末散文家吳萊、柳貫門下，其文章醇深渾穆，自中節度，為明初古文大家。曾總修元史，有《宋學士文集》。

### 送天台陳庭學序

【題　解】本文選自《宋學士文集》。主旨在讚頌陳庭學宦遊四川，歷覽山水古蹟，其詩益工，並勉其於山水之外，當更探求聖賢足不出戶，而能自得其樂的原因。序，古代的一種文體（參見〈太史公自序〉題解）。本文屬「贈序」。

西南山水，惟川蜀❶最奇。然去中州❷萬里，陸有劍閣❸棧道❹之險，水有瞿唐❺、灩澦❻之虞。跨馬行篁竹❼間，山高者，累旬❽日不見其巔際❾；臨上而俯視，絕壑萬仞❿，杳莫測其所窮，肝膽為之掉栗⓫。水行則江石悍利，波惡渦詭⓬，舟一失勢尺寸，輒糜碎⓭土沉，下飽魚鱉。其難至如此。故非仕有力者，不可以遊；非材有文者，縱遊無所得；非壯強者，多老死於其地。嗜奇之士恨焉。

天台⓮陳君庭學，能為詩，由中書左司掾⓯屢從大將北征有勞，擢四川都指揮司照磨⓰，由水道至成都⓱。成都，川蜀之要地，揚子雲⓲、司馬相如⓳、諸葛武侯⓴之所居。英雄俊傑戰攻駐守之迹，詩人文士遊眺、飲射㉑、賦詠、歌呼之所，庭學無不歷覽。既覽，必發為詩，以記其景物時世之變，於是其詩益工。越三年，以例自免歸㉒，會余於京師㉓。其氣愈充，其語愈壯，其志意愈高，蓋得於山水之助者侈㉔矣。

余甚自愧，方余少時，嘗有志於出遊天下，顧以學未成而不暇。及年壯可出，而四方兵起，無所投足㉕。逮今聖主興而宇內定，極海㉖之際，合為一家，而余齒㉗已加耄㉘矣，欲如庭學之遊，尚可得乎？然吾聞古之賢士，若顏回㉙、原憲㉚，皆坐守陋室，蓬蒿㉛沒戶，而志意常充然，有若囊括㉜於天地者。此其故何也？

得無㉝有出於山水之外者乎？庭學其試歸而求焉，苟有所得，則以告余，余將不一愧而已也。

【注釋】❶川蜀 即四川。❷中州 中原。❸劍閣 棧道名。在今四川劍閣東北，大、小劍山之間。相傳為諸葛亮所修築。❹棧道 在險絕之處，傍山架木而成的道路。❺瞿唐 瞿唐峽。長江三峽之一。在四川奉節東，兩岸對峙，中貫一江，水勢怒激，為全蜀江路之門戶。❻灩澦 灩澦堆。一名淫澦堆。在瞿唐峽口江中突起的巨石，是古代三峽著名的險灘。此石於築葛州壩時已被炸平。❼篁竹 竹林。❽旬 十天。❾顛際 頂端。❿仞 古代長度單位。歷代長短不一。⓫掉栗 戰慄。掉，搖動。栗，恐懼瑟縮。⓬波惡渦詭 波濤險惡，漩渦詭異莫測。⓭糜碎 粉碎。⓮天台 縣名。今浙江天台。⓯中書左司掾 元併尚書省於中書省，下置左右司，分治省事，明初沿其制。掾，屬官之通稱。⓰都指揮司照磨 都指揮使司之屬官。都指揮司，即都指揮使司。官署名，掌一方之軍事。照磨，官名。以照對磨勘為職，主管文書核對之工作。⓱成都 明代府名。治所在今四川成都。⓲揚子雲 揚雄，字子雲。成都（今四川成都）人，西漢賦家。⓳司馬相如 字長卿。成都（今四川成都）人，西漢賦家。⓴諸葛武侯 諸葛亮，字孔明。三國蜀相，助劉備建國，定都於成都（今四川成都），封武鄉侯。㉑射 投壺。古代飲宴時的一種遊戲，以長頸的壺為目標，將箭形的籌投進去，以進籌的多少為勝負，負者罰酒。㉒以例自免歸 援例辭職而歸鄉里。㉓京師 京城；首都。明朝成祖以前，京師在應天府（今江蘇南京）。㉔侈 大。㉕投足 立足。㉖極海 窮盡四海。㉗齒 年紀。㉘耄 泛指年老。㉙顏回 字子淵。春秋時代魯國人，孔子弟子。㉚原憲 字子思。春秋時代魯國人，孔子弟子。㉛蓬蒿 指野草。㉜囊括 包羅。㉝得無 莫非。

【語譯】西南地區的山水，只有四川的最為奇特。然而距離中原萬里之遠，陸路有劍閣棧道的險阻，水路有瞿唐峽、灩澦堆的恐怖。騎馬在竹林中行走，那高峻的山峰，一連十幾天都看不見山頂；居高往下看，山谷陡峭萬仞，幽深不見底，讓人嚇得肝膽戰慄。從水路走，江中的巖石兇惡銳利，波濤險惡，漩渦詭異，船隻只要尺寸差錯，就會撞得粉碎如泥，沉沒水中，乘客也跟著葬身魚腹。難行到這種地步。所以要不是做官而又有財力的人，就不可能去遊覽；要不是有才能有文采的人，縱然遊了也沒有收穫；要不是身體強壯的人，大半要老死在那個地方。好奇的人都因此感到遺憾。

天台陳庭學先生，會作詩，以中書左司掾的官職屢次跟大將軍北征有功勞，升任四川都指揮司照磨，由水路到成都。成都，是四川的要地，揚雄、司馬相如、諸葛亮等人住過的地方。英雄豪傑征戰攻伐、駐節防守的遺跡，詩人文士遊覽眺望、飲酒投壺、賦詩詠唱的地方，庭學無不一一遊覽。遊覽後，必定寫下詩篇，來記述那兒景物、時世的變遷。於是他的詩更加工巧。過了三年，他援例辭職還鄉，在京城裡和我見面。他的神氣更充沛，他的言語更豪壯，他的意志更高昂，大概是得力於山水的幫助很大吧。

我自己感到很慚愧，當我年少時，曾立志要遊歷天下，但因為學業未完成，沒有閒暇的時間出遊。到壯年可以出遊，但四方兵亂，沒有地方可以落腳。如今聖主出來，天下安定，四海之內，已合成一家，可是我的年紀卻已老了，要像庭學那樣的遊歷，還能做得到嗎？然而我聽說古代的賢士，像顏回、原憲，他們都是坐守在陋室中，野草掩沒了門戶，意志卻經常充沛，好像能包羅天地似的。這是什麼緣故呢？莫非是有高出山水以外的陶冶嗎？庭學回鄉去試著尋求這道理看看，如果有心得，請告訴我，我將不只是慚愧一下而已。

【研　析】本文可分三段。首段由山水之「奇」而「險」，突出遊蜀之「難」。二段言川蜀自古人文薈萃，認為陳庭學因遊川蜀而得山水之涵泳，故其歸來，而「詩益工」、「氣愈充」、「語愈壯」、「志意愈高」。末段自愧平生未能遠遊以廣見聞，而勉陳庭學效法顏淵、原憲之安貧樂道，提升自我修養。

通篇以「山水」二字為骨幹，前後三見；而首段二「奇」字，末段二「愧」字，各相照應，又各為首尾之眼目。作者擅長以並列結構增強氣勢，亦為本文之特色，如首段言「非仕有力者，不可以遊；非材有文者，縱遊無所得；非壯強者，多老死於其地」，二段言「其詩益工」、「其氣愈充，其語愈壯，其志意愈高」，此種類比思維有助於塑造集中而鮮明的印象，而竟波瀾壯闊之功。篇末舉顏淵、原憲為例，體現了宋、元以來理學家對「孔、顏樂處」這個問題的持續關注。也許，宋濂的內心深處雖也欣羡陳庭學的壯遊，卻更傾向於在自我省察中了悟天人之道吧！

# 閱江樓記

【題　解】本文選自《宋學士文集》。閱江樓，故址在今江蘇南京西北獅子山頂，明太祖洪武年間所建，樓上可以覽觀江流勝景。本文係宋濂奉詔所作，闡述建樓與民同樂之餘，更當體恤民生，銳意圖治。

金陵❶為帝王之州。自六朝❷迄於南唐❸，類皆偏據❹一方，無以應山川之王氣❺。逮❻我皇帝❼，定鼎❽於茲，始足以當之。由是聲教❾所暨❿，罔間⓫朔南⓬；存神穆清⓭，與天同體，雖一豫一游⓮，亦思為天下後世法。京城之西北，有獅子山⓯，自盧龍⓰蜿蜒⓱而來，長江如虹貫，蟠⓲繞其下。上以其地雄勝，詔建樓於巔，與民同游觀之樂。遂錫⓳嘉名為「閱江」云。

登覽之頃，萬象森⓴列，千載之祕，一旦軒露㉑。豈非天造地設，以俟大一統之君，而開千萬世之偉觀者歟？當風日清美，法駕㉒幸臨，升其崇椒㉓，凭欄遙矚，必悠然而動遐思。見江、漢之朝宗㉔，諸侯之述職㉕，城池之高深，關阨㉖之嚴固，必曰：「此朕櫛風沐雨㉗、戰勝攻取之所致也。」中夏㉘之廣，益思有以保之。見波濤之浩蕩，風帆之下上，番舶㉙接跡而來庭㉚，蠻琛㉛聯肩㉜而入貢，必曰：「此朕德綏㉝威服，覃㉞及外內之所及也。」四夷㉟之遠，益思有以柔㊱之。見兩岸之間，四郊之上，耕人有炙膚㊲皸足㊳之煩，農女有捋桑㊴行饁㊵之勤，必曰：「此朕拔諸水火㊶，而登於衽席㊷者也。」萬方之民，益思有以安之。觸類而推，不一而足。臣知斯樓之建，皇上所以發舒精神，因物興感，無不寓其致治之思，奚止閱夫長江而已哉？

彼臨春、結綺㊸，非弗華矣；齊雲、落星㊹，非不高矣。不過樂管絃之淫響㊺，藏燕、趙㊻之豔姬，一旋踵㊼間而感慨係之，臣不知其為何說也？雖然，長江發源岷山㊽，委蛇㊾七千餘里而始入海，白湧碧翻。六朝之時，往往倚之為天塹㊿。今則南北一家，視為安流，無所事乎戰爭矣。然則果誰之力歟？逢掖之士(51)，有登斯樓而閱斯江者，當思帝德如天，蕩蕩難名，與神禹(52)疏鑿之功，同一罔極。忠君報上之心，其有不油然(53)而興者耶？臣不敏(54)，奉旨撰記。故上推宵旰(55)圖治之切者，勒諸貞珉(56)。他若留連光景之辭，皆略而不陳，懼褻(57)也。

【注釋】❶金陵　古地名。即今江蘇南京及江寧縣地。❷六朝　指三國東吳、東晉及南朝宋、齊、梁、陳六個朝代。均都金陵。❸南唐　五代時十國之一。❹偏據　偏安據守。❺王氣　帝王之氣。❻逮　及；到了。❼皇帝　指明太祖。❽定鼎　定都。鼎，指夏禹所鑄九鼎，夏、商、周三代均以之為傳國寶器，置於國都，後遂稱定都為定鼎。❾聲教　聲威和教化。❿暨及；到達。⓫間 區分。⓬朔南 北方與南方。朔，北方。⓭穆清 和穆清明。⓮一豫一游 一次享樂，一次遊覽。豫，享樂。⓯獅子山 山名。在今江蘇江寧北，山形若獅，故名。⓰盧龍 山名。在今江蘇江寧西北，明太祖嘗大破陳友諒於此。⓱蜿蜒 屈折延長的樣子。⓲蟠 曲折圍繞。⓳錫 賜。⓴森 眾多的樣子。㉑軒露 顯露。軒，開朗。㉒法駕 指天子的車駕。㉓崇椒 山之高處。椒，山頂。㉔朝宗 諸侯朝見天子。春見曰朝，夏見曰宗。此借喻江、漢之水歸宗入海。㉕述職 諸侯向天子報告其職守。㉖關阨 關塞。㉗櫛風沐雨 讓風梳髮，讓雨洗頭。形容勤苦奔波。㉘中夏 中國。㉙番舶 外國的船舶。㉚庭 朝廷。㉛蠻琛 異國之珍寶。㉜聯肩 並肩。㉝綏 安撫。㉞覃 延長。㉟四夷 四方之夷邦。㊱柔 懷柔；安撫。㊲炙膚 肌膚在烈日下烤曬。炙，火烤。㊳皸足 天寒足凍而裂。皸，皮膚受凍裂開。㊴捋桑 採桑。捋，以指摘取。㊵行饁 送飯到田裡。㊶水火 水深火熱。比喻處境極端困苦。㊷衽席 比喻安樂之境。衽，席。㊸臨春結綺 南朝陳後主所建的二座閣樓。故址在今江蘇南京。㊹齊雲落星 皆古樓名。齊雲，唐曹恭王所建，在吳縣（今江蘇吳縣）子城上。落星，三國吳大帝所建，故址在今江蘇江寧東北落星山上。㊺淫響 淫靡之音。㊻燕趙 二國名。此泛指古代二國所領地區。㊼旋踵 旋轉腳跟。形容時間極短。㊽岷山 山名。在今四川松潘，古人誤以為係長江發源地。㊾委蛇 蜿曲貌。㊿天塹 天然的壕溝。比喻地形險要。塹，坑。(51)逢掖之士 指儒士。逢掖，一種大袖的衣服。古代儒者之服。(52)神禹 夏禹。相傳曾治平天下水患。(53)油然 自然而然。(54)敏 聰明。(55)宵旰 宵衣旰食。天未明就起身穿衣，日已落才進食。此用來讚揚天子勤於政事。(56)貞珉 碑石之美稱。(57)褻 輕慢。

【語譯】金陵是帝王的京城。從六朝到南唐，大抵都偏安據守一方，不能符合山川的帝王之氣。到了我朝皇帝，定都在此，方才和它相稱。於是聲威教化所到的地方，不分南北；皇上心神和穆清明，跟天道同體，即使是一次宴樂，一次遊巡，都希望成為天下後世的楷模。京城的西北方有獅子山，從盧龍山曲折蜿蜒而來，長江像一道長虹橫貫當中，彎曲圍繞在山下。皇上因這地方形勢險勝，下令在山頂建樓，跟百姓同享遊觀的樂趣。於是賜美名為「閱江」。

登臨觀覽的時候，各種景象，森然羅列，千年的奧祕，也在頃刻之間顯露出來。這難道不是天造地設，來等候大一統的國君，揭開千年萬代的盛大景觀嗎？當風清日麗的時候，天子車駕到來，登上高山的頂峰，憑欄遠眺，必定悠然地引起深遠的思慮。看到江、漢的水歸宗入海，有如諸侯來朝報告職守，城池的高深，關塞的嚴密堅固，皇上必然會說：「這是我風吹雨打、出征攻打辛苦所獲得的呀！」對廣闊的中國江山，便越發地想如何保有它。看到波濤的浩蕩，風帆的往來其間，外國的船隻接連地來朝見，蠻夷的珍寶接連地進貢到京師，皇上必然會說：「這是朕德化的安撫、威力的鎮服，聲威延及內外所得到的啊！」對遼遠的四方夷邦，便越發想該如何懷柔他們。看到長江兩岸之間，四周的郊野，農夫日曬受凍的煩勞，村女採桑送飯的辛勤，皇上必然會說：「這是我把他們從水深火熱中拯救出來，引他們登上安樂境地的呀！」對萬方的民眾，便越發想該如何安撫他們。觸類旁通地想，不止是一項。臣知道修築此樓的用意，是皇上在舒發精神，因景物而觸發感想，無不寄寓著求治的想法，豈止是觀覽長江的風景而已呢？

那臨春閣、結綺閣，不能不算華麗；齊雲樓、落星樓，不能不算高大。也不過是在那裡享受管絃的淫聲，密藏燕、趙的美女，不多久便消失了，徒留後人的感慨，臣不知它有何意義？話雖如此，長江發源於岷山，蜿蜒七千餘里然後入海，白浪碧波，翻騰洶湧。六朝時，往往靠它作為天然的壕溝。現在南北一家，看做是一條安詳的江流，不再用在戰爭上了。那麼到底是誰的力量呢？穿著儒服的士子，如果登上這座樓來觀賞長江，便應當想到皇上聖德如天，浩大而無法形容，跟神禹疏導開鑿的功勞，同樣偉大而沒有窮盡。忠君報上的心，怎能不自然而然地興起呢？臣不聰明，奉聖旨寫這篇記。想推求皇上日夜圖治的迫切，刻在美石上。至於其他留連光景的話，都略去不說，是恐怕褻瀆輕慢呀。

【研　析】本文可分三段。首段先點出「金陵為帝王之州」，氣勢不凡，寄寓對明太祖的期許之意；接著指出「閱江樓」的地點及得名的由來，扣應題目。二段情景交融，更見高妙。推想皇帝登樓遠眺，必悠然動遐思。見江、漢朝宗，思有以懷諸侯；見番舶來庭，思有以柔遠人；見四郊農桑勤勞，思有以子庶民，因物興感，不僅閱覽長江之美景。皇帝之心意如何，非臣下所得知，如此寫法，是從正面積極地誘導，用心可謂良苦。末段認為前人在金陵建造宮殿樓臺，皆只圖享樂，故轉眼消逝，而閱江樓是供天下人士登覽，始知皇恩如天，使人興忠臣報國之心；結語指出刻石的用意，點出「記」字。文章首尾圓合，不僅寫江山美景，還融有忠君憂民的思想，可與范仲淹的〈岳陽樓記〉媲美。

# 劉基

劉基（西元一三一一～一三七五年），字伯溫，處州青田（今浙江青田）人。自幼慧穎。長而通經史，尤擅長天文兵法。元順帝元統元年（西元一三三三年）中進士，屢任地方官職，有政聲。後以個性耿直，與當政者不合，棄官還鄉，隱居青田山中，著《郁離子》十八篇以明志。明太祖起兵，劉基佐贊軍務，統一天下。官至御史中丞，兼太史令，封誠意伯。後被胡惟庸所陷害，憂憤而死。《明史》本傳稱其文氣昌而奇，與宋濂並為一代文宗。有《誠意伯文集》。

## 司馬季主論卜

【題解】本文選自《誠意伯文集・郁離子・天道》，篇名據文意而訂。司馬季主，戰國末年楚國大夫，漢初，賣卜於長安東市。本文假託秦朝時封東陵侯的邵平，向司馬季主問卜，用對話的形式，闡述天道無常、盛衰更迭的觀點。

東陵侯❶既廢，過❷司馬季主而卜❸焉。季主曰：「君侯❹何卜也？」東陵侯曰：「久臥者思起，久蟄❺者思啟，久懣❻者思嚏。吾聞之：『蓄極則洩，閟❼極則達，熱極則風，壅極則通。一冬一春，靡屈不伸；一起一伏，無往不復。』僕竊有疑，願受教焉！」

季主曰：「若是，則君侯已喻之矣，又何卜為❽？」東陵侯曰：「僕未究其奧❾也，願先生卒❿教之。」

季主乃言曰：「嗚呼！天道何親，惟德之親；鬼神何靈，因人而靈。夫蓍⓫，枯草也；龜⓬，枯骨也，物也。人，靈於物者也，何不自聽而聽於物乎？且君侯何不思昔者也？有昔者必有今日。是故碎瓦頹垣⓭，昔日之歌樓舞館也；荒榛斷梗⓮，昔日之瓊蕤玉樹⓯也；露蛬⓰風蟬，昔日之鳳笙龍笛⓱也；鬼燐⓲螢火，昔日之金釭⓳華燭也；秋荼⓴春薺㉑，昔日之象白駝峰㉒也；丹楓白荻㉓，昔日之蜀錦齊紈㉔也。昔日之所無，今日有之不為過；昔日之所有，今日無之不為不足。是故一晝一夜，華開者謝；一春一秋，物故者新。激湍㉕之下，必有深潭；高丘之下，必有浚谷㉖。君侯亦知之矣，何以卜為？」

【注釋】❶東陵侯　邵平。秦時封東陵侯，秦亡被廢，家貧，種瓜長安城東以維生。相傳瓜有五色，味甜美，世稱東陵瓜。❷過　拜訪。❸卜　占卜。用火灼龜甲，視其裂紋以測吉凶。❹君侯　諸侯之尊稱。後用為尊貴者之泛稱。❺蟄　伏藏。❻懣　悶。❼閟　閉。❽為　疑問語助詞。無義。❾奧　深奧；奧妙。❿卒　盡。⓫蓍　草名。古人取其莖為占筮之用。⓬龜　指龜甲。古人灼龜甲以占卜。⓭頹垣　斷牆。頹，敗壞。垣，牆。⓮荒榛斷梗　荒樹斷草。榛，叢林。梗，枝莖。⓯瓊蕤玉樹　美如玉的花草樹木。瓊，美玉。蕤，草木花下垂的樣子。⓰蛬　蟋蟀。⓱鳳笙龍笛　皆梁武帝所製之曲名。此指和諧悅耳的笙歌。⑱鬼燐 燐火。古人以為鬼火。⑲金缸 金屬製的燈。缸，本作「釭」。燈的別稱。⑳荼 苦菜。㉑薺 蔬菜類。味甘可食。㉒象白駝峰 象鼻和駝峰。皆珍貴之佳餚。㉓丹楓白荻 紅楓白荻。荻，一種多年生草本植物。㉔蜀錦齊紈 四川所出之錦，山東所產之絹。㉕激湍 急流。激，急。湍，急流的水。㉖浚谷 深谷。

【語 譯】東陵侯被廢後，去拜訪司馬季主請他占卜。季主說：「君侯要卜什麼？」東陵侯說：「躺太久的想要起來，伏藏很久的想要出來，氣悶太久的想要打噴嚏。我聽人說：『蓄積到了極點便要發洩，閉藏到了極點便要開放，炎熱到了極點就會產生風，阻塞到了極點就要疏通。有冬有春，沒有曲而不伸的；有起有伏，沒有去而不回的。』我心裡感到疑惑，希望接受您的教導！」

季主說：「這樣說來，君侯已經明白了，又何必要占卜呢？」東陵侯答道：「我還沒徹底了解箇中奧妙，請先生盡量教導我。」

季主於是說道：「唉！天道對誰親近呢，只有親近有德的人；鬼神何以會靈驗呢，那是要靠人才會靈驗。蓍草，只是枯草；龜甲，只是枯骨，都只是物類。人，是比物類更有靈性的，為什麼不聽信自己卻要聽信物類呢？並且君侯為什麼不想想過去呢？有過去必定有現在。所以破瓦斷牆，是過去的歌樓舞館；荒林斷草，是過去的瓊花玉樹；露中的蟋蟀和風中的蟬，是過去的笙歌曲調；鬼火流螢，是過去的金燈華燭；秋天的苦菜，春天的薺菜，是過去的象鼻駝峰；紅色的楓葉，白色的荻花，是過去的蜀錦齊紈。過去沒有的，現在有了也不算過分；過去有的，現在沒有了也不算不足。所以經過一天一夜，花開的謝了；經過一春一秋，物類舊的變新了。在急流的下面，必定有深潭；高山的下面，必定有深谷。君侯也明白這些道理了，為什麼還要來占卜呢？」

【研 析】本文可分三段。首段藉東陵侯向司馬季主問卜，申言久廢待起之渴望。二段為過渡段，故作疑難，以引發議論。末段透過司馬季主表達了天道無常的論點。

在取材方面，本篇顯然延續了《楚辭・卜居》、嵇康〈卜疑集〉的傳統。這類作品普遍的特徵是透過一系列虛擬的對話顯示作者對於人生的思索，進行對話的主體（如〈卜居〉中的屈原和太卜鄭詹尹、〈卜疑集〉中的宏達先生和太史貞父，以及本篇的東陵侯和司馬季主）之間形成一種詭異的互動關係。即：一方面，基於「卜以決疑」（《左傳》）的認知而問卜者並非對其生涯規畫全然無知，在一系列的自我辯證過程中，他們所需要的只是聽眾；另方面，象徵人與超越界溝通管道的卜者，卻往往否定卜筮在經驗中被認定的特異功能。於是，對個體命運知與不知的判別就注定成為一個模糊地帶。既然現象界的變動遠超過個人乃至鬼神所能掌握的範圍，則主體所能確定的，也只有自我的修持罷了。

就寫作技巧言，通篇係以一「思」字貫串。東陵侯之「思」來自長期的壓抑，而以邏輯上的因果律逼顯重新出任的必然性。司馬季主的建議包含兩個層次：「何不自聽而聽於物」的深層意涵不在於質疑鬼神龜著，更重要的是向內心回歸而不假外求；「何不思昔者」一句，則更提醒東陵侯不宜慮得不慮失，而這正是老子「福兮禍之所伏，禍兮福之所倚」思想的具體呈現。

## 賣柑者言

【題解】本文選自《誠意伯文集》。假託賣柑者的話，譏諷元末文武官員，腐朽無能，欺世盜名，坐享富貴，揭露他們「金玉其外、敗絮其中」的真相。

杭❶有賣果者，善藏柑❷，涉❸寒暑不潰❹。出之燁然❺，玉質而金色。置于市，賈❻十倍，人爭鬻❼之。予貿❽得其一，剖之，如有烟撲口鼻；視其中，則乾若敗絮❾。予怪而問之，曰：「若❿所市⓫於人者，將以實籩豆⓬、奉祭祀、供賓客乎？將⑬衒⑭外以惑愚瞽⑮也？甚矣哉！為欺也。」

賣者笑曰：「吾業是有年矣，吾賴是以食⑯吾軀。吾售之，人取之，未嘗有言，而獨不足⑰於子所乎！世之為欺者不寡矣，而獨我也乎？吾子未之思也！今夫佩虎符⑱、坐皋比⑲者，洸洸⑳乎干城㉑之具也，果能授孫、吳㉒之略耶？峨㉓大冠、拖長紳㉔者，昂昂㉕乎廟堂㉖之器也，果能建伊、皋㉗之業耶？盜起而不知禦，民困而不知救，吏姦而不知禁，法斁㉘而不知理㉙，坐糜㉚廩粟㉛而不知恥。觀其坐高堂、騎大馬、醉醇醴㉜而飫㉝肥鮮者，孰不巍巍㉞乎可畏，赫赫乎可象㉟也？又何往而不金玉其外、敗絮其中也哉？今子是之不察，而以察吾柑。」

予默然無以應。退而思其言，類東方生㊱滑稽之流。豈其憤世疾㊲邪者耶？而託于柑以諷耶？

【注釋】❶杭　即杭州。❷柑　水果名。❸涉　經過。❹潰　腐爛。❺燁然　光澤的樣子。❻賈　通「價」。價錢。❼鬻　買。❽貿　買。以錢易物。❾敗絮　破爛的棉絮。❿若　你。⓫市　出售。⓬籩豆　盛果實肉脯的禮器。竹曰籩，木曰豆。⓭將　還是；或者是。⓮衒　炫耀。⓯愚瞽　呆子和瞎子。瞽，目不見。⓰食　養活。⓱不足　不滿意。⓲虎符　虎形的兵符。⓳皋比　虎皮。此指虎皮坐褥，為武將之座席。⓴洸洸　威武的樣子。㉑干城　扞衛城池。干，盾。用以防衛。㉒孫吳　孫武、吳起。孫武為春秋名將，吳起為戰國名將。㉓峨　高聳。此用為動詞。高戴著。㉔長紳　大帶。㉕昂昂　氣概高昂的樣子。㉖廟堂　宗廟和朝堂。此指朝廷。㉗伊皋　伊尹、皋陶。伊尹為商湯之相，皋陶為堯、舜大臣。㉘斁　敗壞。㉙理整頓；整飭。㉚糜　消耗。㉛廩粟　公糧。廩，糧倉。㉜醇醴　美酒。厚酒曰醇，甜酒曰醴。㉝飫　飽食。㉞巍巍　高大的樣子。㉟象　取法。㊱東方生　東方朔，字曼倩。善詼諧，寓諷諫，西漢武帝常為其言行所感悟。㊲疾　痛恨；憎惡。

【語　譯】杭州有個賣水果的，善於保藏柑，經過寒暑也不腐爛，拿出來仍很有光澤，像玉的質地，金的色澤。擺在市場上賣，價錢比別人的貴十倍，大家還搶著買。我買到一個，剖開來好像有煙氣嗆人口鼻；看柑的內部，乾得像破棉絮一樣。我感到奇怪而責問他，說：「你賣給客人的柑，是要裝在籩豆裡、供奉祭祀、招待賓客的呢？還是要炫耀它的外表，來欺騙愚鈍瞎眼的人呢？這樣的欺騙人，實在太過分了！」

賣柑的人笑著回答說：「我做這個生意好幾年了，我靠這來養活我自己。我賣柑，人家買，還不曾聽到有什麼意見，卻偏偏不能讓您滿意嗎！世上騙人的不少，難道只我一個人嗎？您是沒有深想罷了！如今佩帶虎符、坐在虎皮坐椅上的人，威武地像是個扞衛國家的良才，他們果真能策畫出孫武、吳起的謀略嗎？戴高冠、拖大帶的人，氣概軒昂地像是個朝廷的賢才，他們果真能建立起伊尹、皋陶的功業嗎？盜賊四起而不知道如何防止，民生疾苦而不知道如何拯救，官吏奸惡而不知道如何制裁，法令敗壞而不知道如何整飭，平白消耗公糧而不知恥辱。看他們坐在高堂上，騎著大馬，醇酒吃得醉醺醺的，美食吃得飽飽的，誰不是裝出崇高得令人生畏，顯赫得令人羨慕的樣子？又何嘗不是金玉的外表、敗絮的內裡呢？現在這些您都不去查究，卻來挑剔我的柑。」

我默默地沒話回答。回來後細想他所說的話，很像東方朔一流的滑稽人物。難道他是憤世嫉俗的人嗎？或者是藉柑來諷刺世俗呢？

【研　析】本文可分三段。首段記杭州賣柑者所賣的柑，外表燁然銜目，有如金玉，其實卻敗絮其中。此段為下段比喻及議論的端緒。中段為全文主旨之所在，犀利地諷刺了當時文武百官庸碌無能、尸位素餐、欺世盜名的實況。末段以為賣柑者之言，有所寄託。此實為作者婉言以明其主旨。文中所謂「今子是之不察，而以察吾柑」與「吾子未之思也」，可知作者對於論世者見樹不見林、斤斤於毫末的態度亦有所嘲諷。一事雙寓，發人深省，饒有興味。

# 方孝孺

方孝孺（西元一三五七～一四〇二年），字希直，一字希古，寧海（今浙江寧海）人。自幼警敏，好讀書。長從宋濂學，甚受推獎。明太祖洪武二十五年（西元一三九二年），以薦除漢中府（治所在今陝西漢中）教授。蜀獻王聞其賢，聘為世子師。名其書齋為「正學」，學者稱正學先生。惠帝立，累官至文學博士。國家大政，往往諮詢之。建文四年（西元一四〇二年），燕兵渡江，被執下獄。燕王棣（即明成祖）自立為帝，命方孝孺草詔，方孝孺拒之，被磔死；親友牽連而死者數百人。方孝孺篤守儒學，以明王道、致太平為己任，又工於文章，每一篇成，海內爭相傳誦。有《遜志齋集》。

## 深慮論

【題　解】本文選自《遜志齋集》。〈深慮論〉共有十篇，本文是第一篇。旨在強調有天下者，如果想長治久安，傳世久遠，則不可倚賴人為的智術，因為人的智力有限而天道難測，惟有「積至誠、用大德」，才能感動上天，長保社稷帝祚。

慮天下者，常圖❶其所難而忽其所易，備❷其可畏而遺其所不疑。然而禍常發於所忽之中，而亂常起於不足疑之事。豈其慮之未周與？蓋慮之所能及者，人事[3]之宜然，而出於智力之所不及者，天道[4]也。

當秦之世，而滅諸侯[5]，一[6]天下，而其心以為周之亡在乎諸侯之強耳，變封建而為郡縣[7]，方以為兵革[8]可不復用，天子之位可以世守，而不知漢帝起隴畝之匹夫[9]而卒亡秦之社稷[10]。漢懲[11]秦之孤立，於是大建庶孽[12]而為諸侯，以為同姓之親，可以相繼而無變，而七國萌篡弒之謀[13]。武、宣以後，稍剖析之而分其勢[14]，以為無事矣，而王莽卒移漢祚[15]。光武之懲哀、平[16]，魏之懲漢[17]，晉之懲魏[18]，各懲其所由亡而為之備，而其亡也，皆出其所備之外。

唐太宗聞武氏之殺其子孫，求人於疑似之際而除之[19]，而武氏[20]日侍其左右而不悟。宋太祖見五代方鎮之足以制其君，盡釋其兵權，使力弱而易制[21]，而不知子孫卒困於夷狄[22]。此其人皆有出人之智，負蓋世之才，其於治亂存亡之幾[23]，思之詳而備之審[24]矣。慮切於此而禍興於彼，終至於亂亡者，何哉？蓋智可以謀人，而不可以謀天。良醫之子，多死於病；良巫[25]之子，多死於鬼。彼豈工於活人而拙於活己之子哉？乃工於謀人而拙於謀天也。

古之聖人，知天下後世之變，非智慮之所能周，非法術之所能制，不敢肆其私謀詭計，而惟積至誠、用大德以結乎天心，使天眷[26]其德，若慈母之保赤子[27]

而不忍釋。故其子孫雖有至愚不肖者足以亡國，而天卒不忍遽㉘亡之。此慮之遠者也。夫苟不能自結於天，而欲以區區㉙之智，籠絡㉚當世之務，而必㉛後世之無危亡，此理之所必無者也，而豈天道哉？

【注釋】❶圖 謀慮。❷備 防範。❸人事 人力所及的事。此指人的智力。❹天道 天神意志所形成的規律。古人以為天道可以支配人類命運。❺諸侯 指戰國時秦以外的韓、趙、魏、楚、燕、齊六國。❻一 統一。❼變封建而為郡縣 秦始皇統一天下，廢封建之制，分全國為三十六郡，郡下設縣。郡有守，縣有令，皆由朝廷直接任免。❽兵革 刀劍或甲冑等武器。多用以泛指軍備。❾漢帝起隴畝之匹夫 西漢高祖出身於民間。漢帝，指西漢高祖劉邦。隴畝，田畝。引申指民間。匹夫，指平民。❿社稷 土神和穀神。古代帝王建國，必立社稷以祭祀之，因用以借指國家、政權。⓫懲 引以為鑑戒。⓬庶孽 庶子。姬妾所生之子，此泛指子弟。⓭七國萌篡弒之謀 七國產生篡位弒君的陰謀。七國，指西漢景帝時的吳王濞、楚王戊、趙王遂、膠西王卬、濟南王辟光、菑川王賢及膠東王雄渠等七個同姓王國。萌，產生。⓮武宣以後二句 西漢武帝元朔二年（西元前一二七年）採主父偃之議，詔許諸侯王得以食邑分封子弟，使得諸侯王的勢力逐漸減弱。昭帝、宣帝以後，均沿襲此種政策。剖析，分割。⓯王莽卒移漢祚 王莽終於篡奪漢室的帝位。王莽，西漢末年的一個外戚，篡漢自立，改國號為新。移，指篡奪。祚，帝位。⓰光武之懲哀平 東漢光武帝以西漢哀帝、平帝時貴戚專權肇禍為鑑戒。⓱魏之懲漢 魏文帝以漢代多外戚之禍為鑑戒。⓲晉之懲魏 晉武帝以魏王室之孤立為鑑戒。⓳唐太宗聞武氏之殺其子孫二句 唐太宗貞觀二十二年（西元六四八年），民間傳祕記說：「唐三世之後，女主武王代有天下。」時李君羨以官職封邑，皆有「武」字，唐太宗遂借故而殺之，又求證於太史令李淳風，欲盡殺疑似者，太史令諫以不能違背天命多殺無辜，乃罷。⓴武氏 指唐武后。名曌，文水（今山西文水）人。初侍太宗，後為高宗皇后；中宗立，臨朝稱制；不久，廢中宗，立睿宗，接著又廢睿宗而稱帝，國號周，大殺唐宗室。晚年被迫歸政於中宗，尊號為則天大聖皇帝，世稱武則天，或稱武后。㉑宋太祖三句 北宋太祖鑑於五代藩鎮的勢力大過天子，於是召諸鎮節度會於京師，賜宅第慰留，釋其兵權，使其易於控制。五代，指後梁、後唐、後晉、後漢、後周。方鎮，指藩鎮。鎮守一方的軍事長官。釋，解除。㉒子孫卒困於夷狄 指宋室先後困辱於遼、夏、金、元以至於亡。夷狄，泛稱四方外族。㉓幾　徵兆；跡象。㉔審　周密。㉕巫　古代能以舞降神的人。㉖眷　顧念。㉗赤子　初生的嬰兒。㉘遽　立即；馬上。㉙區區　小小的。㉚籠絡　駕馭；控制。㉛必　一定要。

【語　譯】考慮天下大事的人，往往只謀慮他們認為困難的而忽略了容易的事，防範他們認為可怕的而忽略了不值得懷疑的事。可是禍害常發生在他們忽略的地方，變亂常發生在他們認為不值得懷疑的事情上。難道是他們的思慮不周全嗎？這是因為思慮所能觀照到的，只是人事上本該如此的情形，但有些事是人的智力所不及的，那就是天道啊。

秦吞併諸侯，統一天下，認為周朝亡國在於諸侯的強大而已，於是廢封建制度改為郡縣制度，以為兵器可以不必再用，天子之位可以世代保有，卻不料漢高帝以一介平民，竟然推翻了秦朝。漢代鑑於秦王室的孤立，於是大封眾子弟為諸侯，以為同姓的親屬，可以世代相傳而不會變亂，但七國卻萌生篡位弒君的陰謀。武帝、宣帝以後，稍微分割諸侯的土地而分散他們的勢力，以為這樣可以無事了，可是王莽竟然奪得漢朝的天下。光武帝以哀帝、平帝的禍患為鑑戒，魏文帝以漢代的禍患為鑑戒，晉朝以魏的禍患為鑑戒，各以前朝滅亡的原因為戒而加以防範，然而他們的滅亡，都出於他們防範以外的事故。

唐太宗聽說姓武的將殺掉他的子孫，便要查訪那嫌疑類似的而殺掉他們，但武后每天侍候在他左右反而不察覺。宋太祖看到五代的藩鎮足以控制天子，於是解除藩鎮的兵權，使他們力量薄弱而容易控制，卻想不到他的子孫竟然受困於夷狄。這些人都有出乎常人的智慧，蓋世的才華，對於治亂存亡的徵兆，思慮得很精詳而防備得很周密。但是考慮到這一頭而禍患卻產生在那一頭，終於滅亡，這是什麼道理呢？大抵智慧可以謀畫人事，卻不可能預測天意。良醫的兒子，很多死於疾病；良巫的兒子，很多死於鬼魅。難道他們長於救活別人卻拙於救活自己的兒子嗎？這是他們長於謀畫人事而拙於謀畫天道的緣故。

古代的聖人，知道天下後世的變化，不是智慧思慮所能周全預測，不是法術所能全然控制，因此不敢運用他的私謀詭計，只有積累至誠、施用大德來結合天心，使上天顧念他的德澤，如同慈母愛護嬰兒，不忍心放棄。所以他們的子孫雖有極愚蠢不肖足以亡國的人，上天仍不忍心立即使他亡國。這才是深遠的思慮啊。如果不能主動配合天道，卻想以小小的智謀，控制當代事務，卻一定要後代子孫不遭到危亡，這在情理上是必然不會有的，何況是天道呢？

【研　析】本文可分四段。首段由人事推及天道，言智慮有其局限，此為全文議論的基礎。二、三段依時間先後列舉大量史實，將歷代覆亡興亂之由歸結於「工於謀人而拙於謀天」。末段言積德用誠方為萬世不易之理。

中國哲學對於天人問題的持續關注，顯示先賢對於人在宇宙中的地位的省思。子貢說不可得聞孔子言「性與天道」，司馬遷在〈報任少卿書〉中自謂《史記》之撰作是要「究天人之際」，何晏對王弼的稱賞是「始可與言天人之際矣」，而方孝孺亦以天道與人事對舉，且以天道為本，反覆申論配合天道的重要性。在方孝孺看來，所謂天道，即指經由高度概括後得出的歷史規律，它超越人類智慮之外。若奢望以智術為掌控天道之階，實為捨本逐末之舉。何以故？這是由於天道尚德，但智慮僅止於人事運作的技術層面，不足以上結天心；更何況智慮之用，亦往往流為「私謀詭計」而未免於陰鷙，有失仁德。由此推出「積至誠、用大德，以結乎天心，使天眷其德」的結論，也就順理成章了。

在寫作方式上，方孝孺採取一正一反、一人事一天道的論述策略，運用大量否定句逼顯主題。言智慮之難周，多用「以為……不知……」的句型反襯歷史中的偶然性；言天之德，則以「不忍」二字概括；又以工拙言「謀人」與「謀天」宜各循其道，非可盡賴於智慮。通篇用語平淺，論述的角度卻又富於變化，具有高度的說服力。

明惠帝初立，採臣下建議而實行「削藩」，諸侯王與王室間，存在著危疑緊張的氣氛。作者此文從民本、德治的儒家思想，諄諄告誡，可謂深慮。然其言尚未被採行，而「靖難」事起，燕兵南下，京師陷落，惠帝身亡，帝位遂移於成祖。帝位的轉移，固不一定有著善惡的道德意義，但同為太祖子孫而干戈相向，禍及蒼生，則也未免斤斤於個人權位，缺乏為兆民萬姓之福祉而設想的「深慮」。

# 豫讓論

【題　解】本文選自《遜志齋集》。豫讓，春秋、戰國間晉國人。最初是晉卿中行氏的家臣，中行氏被晉卿智伯消滅後，又事智伯為家臣。智伯被趙襄子所殺，豫讓以為受到智伯國士之禮的對待，立志為智伯報仇，事敗，自殺而死。事見《戰國策・趙策一》及《史記・刺客列傳》。本文一方面肯定豫讓為主復仇而死，是忠臣義士的行為；一方面則批評豫讓死亡的時機不對，認為他應該在智伯貪得無厭之時，極力諫諍，不惜一死，以感悟智伯，如此作法，才可以算是國士對人君應有的回報。

士君子立身❶事主，既名知己，則當竭盡智謀，忠告善道❷，銷❸患於未形，保治於未然，俾❹身全而主安。生為名臣，死為上鬼❺，垂光百世，照耀簡策❻，斯為美也。苟遇知己，不能扶危於未亂之先，而乃捐軀殞命❼於既敗之後，釣名沽譽❽，眩世駭俗❾，由君子觀之，皆所不取也。

蓋嘗因而論之。豫讓臣事智伯❿，及趙襄子⓫殺智伯，讓為之報讎，聲名烈烈，雖愚夫愚婦，莫不知其為忠臣義士也。嗚呼！讓之死固忠矣，惜乎處死之道有未忠者存焉。何也？觀其漆身吞炭⓬，謂其友曰：「凡吾所為者極難，將以愧天下後世之為人臣而懷二心者也。」謂非忠可乎？及觀斬衣三躍⓭，襄子責以不死於中行氏⑭，而獨死於智伯，讓應曰：「中行氏以眾人待我，我故以眾人報之；智伯以國士⑮待我，我故以國士報之。」即此而論，讓有餘憾矣。

段規⑯之事韓康⑰，任章⑱之事魏獻⑲，未聞以國士待之也，而規也章也，力勸其主從智伯之請，與之地以驕其志而速其亡也。郄疵⑳之事智伯，亦未嘗以國士待之也，而疵能察韓、魏之情以諫智伯，雖不用其言，以至滅亡，而疵之智謀忠告，已無愧於心也。讓既自謂智伯待以國士矣；國士，濟國之事也。當伯請地無厭㉑之日，縱欲荒棄之時，為讓者，正宜陳力就列㉒，諄諄然而告之曰：「諸侯大夫，各受分地，無相侵奪，古之制也。今無故而取地於人，人不與，而吾之忿心㉓必生；與之，則吾之驕心以起。忿必爭，爭必敗；驕必傲，傲必亡。」諄切懇告㉔，諫不從，再諫之；再諫不從，三諫之；三諫不從，移其伏劍㉕之死，死於是日。伯雖頑冥不靈，感其至誠，庶幾復悟。和韓、魏，釋趙圍，保全智宗，守其祭祀。若然，則讓雖死猶生也，豈不勝於斬衣而死乎？讓於此時，曾無一語開悟主心，視伯之危亡，猶越人視秦人之肥瘠㉖也。袖手旁觀，坐待成敗，國士之報，曾若是乎？智伯既死，而乃不勝血氣之悻悻㉗，甘自附於刺客之流，何足道哉？何足道哉？雖然，以國士而論，豫讓固不足以當矣。彼朝為讎敵，暮為君臣，醜然㉘而自得者，又讓之罪人也。噫！

【注　釋】❶立身　建立自己做人做事的基礎。❷忠告善道　忠心規勸，導其為善。道，通「導」。❸銷　消除。❹俾　使。❺上鬼　上德之鬼。❻簡策　史書；史冊。簡，竹簡。連編數簡謂之策。❼捐軀殞命　犧牲生命。❽釣名沽譽　謀求聲名，騙取聲譽。❾眩世駭俗　惑亂世人，驚駭世俗。❿智伯　春秋、戰國間晉卿荀瑤。⓫趙襄子　春秋、戰國間晉卿趙孟。與韓康子、魏桓子共敗智伯軍，遂殺智伯而滅其族，盡分其地。⓬漆身吞炭　豫讓欲謀刺趙襄子，為智伯報仇，乃漆身為癩，以變其容貌，吞炭為啞，以變其聲音。⓭斬衣三躍　豫讓謀刺趙襄子，失敗被虜獲，讓曰：「今日之事，臣固伏誅，然願請君之衣而擊之，以致報仇之意，則雖死不恨。」於是趙襄子乃使人持衣與豫讓，豫讓拔劍三躍而擊之，遂伏劍自殺。⓮中行氏　中行文子荀寅。春秋、戰國間晉卿，自荀林父將中行，後因以官為氏。春秋時，晉有六軍，為避天子六軍之名，故稱上、中、下三軍，及左、右、中三行。⓯國士　一國所推仰之士。⓰段規　韓康子的家臣。智伯曾向韓康子索取土地，韓康子想不給，段規說：「不如給他。他嘗到了甜頭，一定會再向別人去要。別人不給，他一定會用武力強取，我們就可以免禍，靜待事態的變化了。」韓康子就同意給土地。⓱韓康　春秋、戰國間晉卿韓康子。名虔。⓲任章　魏桓子家臣。智伯得韓康子土地後，又向魏桓子索取，魏桓子想不給，任章說：「無故索取土地，諸大夫必定懼怕。我們給他，智伯必定驕傲。驕傲就會輕敵，大家懼怕就會更加團結，智氏的命運，必定不會長久了。」魏桓子亦與之。⓳魏獻　應為魏桓，即魏桓子。春秋、戰國間晉卿。⓴郄疵　智氏家臣。智伯率韓、魏之兵圍趙之晉陽，在城外築堤，用水灌城，郄疵說：「領韓、魏之兵而攻趙，他們會想，如果趙亡，災難必輪到韓、魏，韓、魏必反。」智伯不聽，趙襄子暗中與韓、魏約，夜裡派人殺守隄之吏，決水灌智伯軍，遂滅智氏。㉑厭　通「饜」。滿足。㉒陳力就列　居其職位，盡力而為。陳，展布。列，位置。㉓忿心　怨恨之心。㉔諄切懇告　忠厚誠意以告之。㉕伏劍　用劍自殺。㉖越人視秦人之肥瘠　喻漠不相關。越在東南，秦在西北，相去甚遠，秦人之肥瘦，與越人無關。㉗悻悻　忿恨的樣子。㉘醜然　厚顏不知恥的樣子。

【語　譯】士君子修養自身以事奉人主，既然稱為知己，便當竭盡智謀，忠心規勸引導他從善，在禍患未形成前加以消除，在問題未發生前先處理好，使自身保全而主人安寧。生前做個名臣，死後做個善鬼，留下百代的光輝，照耀史冊，這才算是美好。如果遇到知己，在未亂前不能扶持危難，卻在失敗後才犧牲生命，來求取美名，騙取聲譽，迷惑世人，驚駭世俗，以君子的眼光來看，都是不可取的。

從這觀點來討論。豫讓做智伯的家臣，等到趙襄子殺了智伯，豫讓替智伯報仇，聲名顯赫，就算是愚夫愚婦，也無人不知他是個忠臣義士。唉！豫讓之死的確是忠的表現，可惜他處理死亡的方法還有不忠的地方存在。為什麼呢？看他漆身吞炭，對他的朋友說：「我所做的這一切的事都是極難的，將使天下後世懷有二心的人臣感到慚愧。」說他不忠可以嗎？看他三次跳躍，斬刺趙襄子的衣服，趙襄子責備他不為中行氏死，卻單獨為智伯死，豫讓回答說：「中行氏以普通人對待我，所以我用普通人的方式報答他；智伯以國士的禮節對待我，所以我用國士的方式報答他。」就此而論，豫讓就有不足的地方了。

段規事韓康，任章事魏獻，沒有聽說韓、魏以國士的禮節對待他們。而段規和任章，極力勸他們的主人依照智伯的請求，給予土地讓他心志驕縱而加速他的滅亡。郄疵事智伯，也沒聽說智伯以國士的禮節對待他，而郄疵能看出韓、魏的實情以諫智伯，雖然智伯不採用他的話，以致敗亡，然而郄疵已盡了他的智謀和忠告，已經無愧於心了。豫讓既然自認智伯以國士的禮節對待他；國士，當從事有助於國的事。當智伯貪得無厭地索取別人土地的時候，放縱私慾、荒淫暴亂的時候，做家臣的豫讓，正應當就他的地位盡力而為，懇切地告訴智伯：「諸侯的大夫，各自接受所分得的封地，不要互相侵奪，這是古代的禮制。現在無緣無故奪取他人的土地，人家不給，我就會產生怨恨的心；人家給了，便造成我驕縱的心。怨恨必然會引起爭鬥，爭鬥必然要失敗；驕縱必然產生傲慢，傲慢必然要亡國。」忠厚誠意地告訴他，規諫不聽，便要再諫；再諫不聽，便要三諫；三諫不聽時，就該把用劍自殺的舉動選在這時候。智伯就算是頑冥不靈，受他至誠的感召，或許會幡然覺悟。跟韓、魏和好，解除對趙國的包圍，保全智氏的宗廟，守住智氏的祭祀。如果這樣，豫讓雖然身死依然跟活著一樣，難道不勝過斬衣而死嗎？豫讓在這時候，竟無一句開悟主人的話，眼看著智伯的危亡，就如同越國人看秦國人的肥瘦一樣。袖手旁觀，坐視他的成敗，國士的回報，竟是這樣嗎？智伯死後，卻忍不住血氣的忿恨，自己甘心附在刺客一流人物當中，還有什麼好稱道的呢？還有什麼好稱道的呢？不過，以國士來論，豫讓固然夠不上。但那些早上是仇敵，晚上便成了君臣，厚著臉皮、不知羞恥，還自鳴得意的人，那又該是豫讓的罪人了。唉！

【研　析】本文可分三段。首段指出「士君子立身事主」的原則，乃是「竭盡智謀，忠告善道，銷患於未形，保治於未然，俾身全而主安」。二段析論豫讓立身事主之言行，認為他在「處死之道」方面尚有瑕疵。末段引段規、任章、郄疵事主之道，反襯豫讓之死實非所謂「國士之報」。

全篇環繞著豫讓之死是否可以稱忠這個問題而論辨。單就其漆身吞炭，圖謀為智伯復仇的行動表現來看，其事主不可謂不忠；然就其圖報之動機與方式而言，則不無可議。首先，豫讓自矜所為「將以愧天下後世之為人臣而懷二心者也」，顯示他自殘、自裁的動機主要是為了垂名後世，而非為國為民。其次，豫讓雖自詡為「以國士報之」，但在方孝孺看來，他根本不了解何謂「國士」。所為皆濟國之事，乃可謂之國士；像豫讓這種未能竭智忠諫於患危未肇之先而「不勝血氣之悻悻」的「刺客之流」，實在不具備稱為「國士」的資格。雖然如此，較諸「朝為讎敵，暮為君臣，靦然而自得」的利祿之徒，豫讓能勇於赴死，也算難能可貴了。

# 王　鏊

王鏊（西元一四五〇～一五二四年），字濟之，明蘇州吳縣（今江蘇吳縣）人。年十六，隨父讀書，國子監諸生爭傳誦其文。憲宗成化十一年（西元一四七五年）中進士。累官戶部尚書，文淵閣大學士。武宗正德三年（西元一五〇八年），因劉瑾弄權，朝廷官員三百多人被執下獄，王鏊不能救，便辭官還鄉，不再出任。卒謚文恪。有《震澤集》。

## 親政篇

【題　解】本文選自《震澤集》。明世宗嘉靖元年（西元一五二二年），皇帝派人慰問當時辭官在鄉的王鏊，王鏊遂上〈講學〉、〈親政〉二文，陳述其對國政的意見。本文主旨在建議明世宗應恢復「內朝」之制，多與臣下交換意見，親理朝政，以革除上下壅塞、溝通不良的弊病。明中葉以來，皇帝多半惰於理政，又不信任大臣，以致宦官弄權，國是日非，故王鏊以「親政」期許明世宗，盼能掃除積弊，以臻太平。

《易》之〈泰〉❶曰：「上下交而其志同❷。」其〈否〉❸曰：「上下不交而天下無邦❹。」蓋上之情達於下，下之情達於上，上下一體，所以為泰。上之情壅閼❺而不得下達，下之情壅閼而不得上聞，上下間隔，雖有國如無國矣，所以為否也。交則泰，不交則否，自古皆然，而不交之弊，未有如近世之甚者。

君臣相見，止於視朝❻數刻❼，上下之間，章奏❽批答❾相關接，刑名❿法度⓫相維持而已。非獨沿襲故事⓬，亦其地勢⓭使然。何也？國家常朝於奉天門⓮，未嘗一日廢，可謂勤矣。然堂陛⓯懸絕，威儀赫奕⓰，御史糾儀⓱，鴻臚⓲舉不如法，通政司⓳引奏，上特視之，謝恩見辭，惴惴⓴而退。上何嘗問一事，下何嘗進一言哉？此無他，地勢懸絕，所謂堂上遠於萬里，雖欲言，無由言也。

愚以為欲上下之交，莫若復古內朝之法。蓋周之時有三朝㉑，庫門㉒之外為正朝，詢謀大臣在焉；路門㉓之外為治朝，日視朝在焉；路門之內曰內朝，亦曰燕朝。〈玉藻〉㉔云：「君日出而視朝，退適㉕路寢㉖聽政。」蓋視朝而見群臣，所以正上下之分；聽政而適路寢，所以通遠近之情。

漢制，大司馬㉗、左右前後將軍㉘、侍中㉙、散騎㉚諸吏為中朝，丞相以下至六百石㉛為外朝。唐皇城之北，南三門曰承天，元正㉜、冬至㉝受萬國之朝貢則御㉞焉，蓋古之外朝也；其北曰太極門，其內曰太極殿，朔望㉟則坐而視朝，蓋古之正朝也；又北曰兩儀門，其內曰兩儀殿，常日聽朝而視事，蓋古之內朝也。宋時常朝則文德殿，五日一起居㊱則垂拱殿，正旦㊲、冬至、聖節㊳稱賀則大慶殿，賜宴則紫宸殿或集英殿，試進士則崇政殿。侍從以下，五日一員上殿，謂之輪對[39]，則必入陳時政利害。內殿引見，亦或賜坐，或免穿鞾[40]，蓋亦三朝之遺意焉。蓋天有三垣[41]，天子象之。正朝，象太微也；外朝，象天市也；內朝，象紫微也。自古然矣。

國朝聖節、正旦、冬至大朝會則奉天殿，即古之正朝也；常朝則奉天門，即古之外朝也；而內朝獨缺。然非缺也，華蓋、謹身、武英等殿，豈非內朝之遺制乎？洪武[42]中，如宋濂、劉基[43]，永樂[44]以來如楊士奇[45]、楊榮[46]等，日侍左右；大臣蹇義[47]、夏元吉[48]等，常奏對便殿[49]。於斯時也，豈有壅隔之患哉？今內朝罕復臨御，常朝之後，人臣無復進見。三殿高閟[50]，鮮或窺焉。故上下之情壅而不通，天下之弊由是而積。孝宗[51]晚年，深有慨於斯，屢召大臣於便殿，講論天下事，將大有為，而民之無祿[52]，不及覩至治之美，天下至今以為恨矣。

惟陛下[53]遠法聖祖，近法孝宗，盡剗[54]近世壅隔之弊。常朝之外，即文華、武英，倣古內朝之意，大臣三日或五日一次起居，侍從、臺諫[55]各一員上殿輪對。諸司有事咨決[56]，上據所見決之。有難決者，與大臣面議之，不時引見群臣。凡謝恩辭見之類，皆得上殿陳奏，虛心而問之，和顏色而道之。如此，人人得以自盡。陛下雖深居九重57，而天下之事，燦然畢陳於前。外朝所以正上下之分，內朝所以通遠近之情，如此豈有近世壅隔之弊哉？唐、虞之世，明目達聰，嘉言罔伏58，野無遺賢，亦不過是而已。

【注釋】❶泰　《易經》六十四卦之一。❷上下交而其志同　《易經・泰》之象辭。言君臣溝通良好，故志意和同。上，謂君。下，謂臣。❸否　《易經》六十四卦之一。❹上下不交而天下無邦　《易經・否》之象辭。言君臣不交好，將遭致邦國滅亡。❺壅閼　阻塞不通。❻視朝　天子上朝接見群臣處理政事。❼刻　古代計時單位。一晝夜為一百刻。❽章奏　人臣上奏的文書。❾批答　天子視臣子之上書，而定其可否。❿刑名　指君臣之名分。⓫法度　法令制度。⓬故事　舊例；往例。⓭地勢　地位尊卑的形勢。⓮奉天門　明時正殿前的中門。⓯堂陛　殿堂和臺階。古代君居殿堂之上，臣處臺階之下。⓰赫奕　盛美顯赫。⓱御史糾儀　御史糾正朝見的禮儀。御史，官名。專任彈劾糾察之職。⓲鴻臚　官名。掌朝賀慶弔的贊導相禮。鴻，聲。臚，傳。傳聲贊導，故曰鴻臚。⓳通政司　官署名。掌內外章疏臣、民密封申訴之事。此指通政使，通政司的負責官員。⓴惴惴　心不安的樣子。㉑三朝　周代天子、諸侯皆設有三朝，即下文正朝、治朝、燕朝三處。㉒庫門　天子宮城最外的第一道門。古代天子宮城有五門，自外而內，一曰庫門，二曰雉門，三曰皋門，四曰應門，五曰路門。㉓路門　古代天子宮城最內層的門。㉔玉藻　《禮記》篇名。記天子服冕之事。㉕適　往；到。㉖路寢　天子的正寢。為聽政之處所。㉗大司馬　官名。掌全國軍政。漢代為三公之一。㉘左右前後將軍　即左將軍、右將軍、前將軍、後將軍。漢代左右前後將軍，掌京師兵衛之職。㉙侍中　官名。漢代用儒者侍帝左右，掌乘輿服物，東漢時為人主親信之官。㉚散騎　官名。秦置，漢因之，為皇帝近侍之臣。㉛六百石　漢代官員俸祿的等級。漢代太史令、博士祭酒、太宰令等皆六百石。㉜元正　元旦。即農曆正月初一。㉝冬至　節候名。在陽曆十二月二十二或二十三日。㉞御　稱天子之作為或服用。此指天子幸臨。㉟朔望　農曆每月初一日朔，十五日望。㊱起居　群臣隨宰相入內殿，問候天子之起居。起居，生活。此用為動詞。問候；請安。㊲正旦　元旦。㊳聖節　亦稱萬壽節。指天子、皇后之誕辰。㊴輪對　輪班奏對。㊵鞾　朝靴。㊶三垣　中國古代天文家分周天之恆星為三垣。即太微垣、紫微垣、天市垣。㊷洪武　明太祖年號。㊸宋濂劉基　皆明太祖之開國功臣。參見前文之生平簡介。㊹永樂　明成祖年號。㊺楊士奇　即楊寓。字士奇，以字行。明泰和（今江西泰和）人，惠帝建文初，以史才入翰林，宣宗朝及英宗初，與楊溥、楊榮同輔政，時號三楊。居官廉能，為有明一代名臣。㊻楊榮　字勉仁。明建安（今福建建甌）人，惠帝建文時進士，官至工部尚書，歷事成、仁、宣、英四朝，並見倚重。㊼蹇義　字宜之。明巴縣（今四川巴縣）人，洪武年間進士，惠帝時擢為吏部右侍郎，永樂初進尚書，與夏元吉齊名。㊽夏元吉　字惟哲。明湘陰（今湖南湘陰）人，洪武年間，以鄉薦入太學，成祖時，為戶部尚書。㊾便殿　天子休息閒居的殿堂。別於正殿而言。㊿閟　幽閉。(51)孝宗　明憲宗之子。在位十八年（西元一四八八～一五〇五年），年號弘治。(52)無祿　無福分。(53)陛下　古代臣民對天子的尊稱。臣子進奏，由臺階下近侍轉呈，示不敢直達，故以借指天子。此指明世宗。陛，臺階。(54)剗　剷除。(55)臺諫　指都察院的御史。漢代御史所居官署稱御史府，東漢改稱御史臺，明改為都察院，此用舊稱。(56)咨決　請示裁奪。(57)九重　指天子所居之處。王城之門九重，故稱。(58)伏　埋沒。

【語　譯】《易經．泰》說：「君臣溝通良好而志意和同。」又〈否〉說：「君臣不相溝通而國家滅亡。」由於在上者的意思能傳達於下，在下者的意思能傳達於上，上下一體，所以叫做泰。在上者的意思壅塞而不能傳到下面去，在下者的意思壅塞而不能傳到上面去，上下阻隔不通，雖有國家也好像沒有國家一樣，所以叫做否。上下溝通便是泰，不溝通便是否，自古以來都是這樣，而上下不溝通的弊病，沒有像近代這樣嚴重的。

君臣相見，只在天子上朝的幾刻鐘，上下之間，只是臣子上奏和君主批答之間的接觸，名分和法制上的相連繫罷了。這不僅是因循舊例，也是尊卑形勢所造成。何以見得？國家常朝在奉天門，沒有一天荒廢過，可算是勤了。然而殿堂之上和臺階之下相懸隔遙遠，威儀美盛顯赫，又有御史糾正朝見的禮儀，鴻臚檢舉不依法度的行為，通政使傳送奏章，皇上只是看視一下而已，然後臣子謝恩告退，惶恐不安地退了下來。皇上何曾詢問過一件事，臣子何曾進獻過一句話呢？這沒有別的原因，尊卑形勢的懸隔，所謂殿堂相隔遠於萬里，使得臣子即使想進言，也沒有機會說。

我認為要使上下能夠溝通，沒有比恢復古代內朝的制度更好的了。周代有三朝，在庫門外的叫正朝，是天子諮詢大臣的所在；在路門內的叫治朝，是天子每日視朝的所在；在路門內的叫內朝，也稱燕朝。〈玉藻〉

說：「國君在日出時視朝，然後回到路寢聽政。」視朝是會見群臣，用以正上下的名分；聽政便到路寢去，用以通曉遠近的情況。

漢代制度，大司馬、左右前後將軍、侍中、散騎等官員在中朝，丞相以下到六百石的官員在外朝。唐代皇城北面最南邊的第三道門叫承天門，正月初一和冬至天子接受萬國朝貢就駕臨此處，大略相當於古代的外朝；承天門的北邊是太極門，門內有太極殿，每月初一、十五便坐殿視朝，大略相當於古代的正朝；再北邊是兩儀門，門內有兩儀殿，是天子平時聽政和處理政務的地方，大略相當於古代的內朝。宋代，平時朝見在文德殿，每五天群臣入見問候天子是在垂拱殿，正月初一、冬至、萬壽節接受慶賀是在大慶殿，賜宴在紫宸殿或集英殿，考進士在崇政殿。侍從以下的官員，每隔五日派一名官員上殿，叫做輪對，入見天子一定要陳說時政的得失。在內殿召見，有時也賜坐，有時可以免穿朝靴。這大概也有「三朝」的遺意在。因為天有三垣，天子便模仿天。正朝，模仿太微垣；外朝，模仿天市垣；內朝，模仿紫微垣。自古便是這樣了。

本朝天子華誕、正月初一、冬至的大朝會在奉天殿，即古代的正朝；平時朝會在奉天門，即古代的外朝；但獨缺內朝。然而不是沒有內朝，華蓋、謹身、武英等殿，難道不是內朝的遺制嗎？洪武年間，如宋濂、劉基，永樂以來，如楊士奇、楊榮等大臣，每日隨侍在天子左右。蹇義、夏元吉等大臣，時常在便殿奏對。在那時候，哪有閉塞隔閡的憂慮呢？如今皇上很少再親臨主持內朝，常朝以後，臣子沒有再進見的機會。三殿的殿門高大緊閉，很少有接近的機會。所以上下的心意閉塞不通，天下的弊端從此累積。孝宗晚年，深感於此，屢次在便殿召見大臣，討論天下大事，將大有所為，但百姓沒有福分，不能看到盛世的美好，至今天下人仍認為是件憾事。

希望陛下遠則效法聖祖，近則效法孝宗，完全剷除近代閉塞隔閡的弊病。在常朝以外，就文華、武英兩殿，仿效古代內朝的意思，大臣每三天或五天入宮一次，問候皇上的起居，侍從、都察院御史各派一員上殿輪班對奏。各部門有事前來請示裁決，皇上照所見的情形加以定奪。如有難以決定的問題，跟大臣當面議處，時常召見群臣。凡是謝恩、辭行一類，都可以上殿陳述奏稟，皇上虛心地問他們，和顏悅色地指示他們。這樣，人人都能完全陳述他們的意見。陛下雖處在深宮之中，然而天下事都明白地呈現在眼前。外朝用來端正上下的名分，內朝用來通曉遠近的情況，這樣，怎會有近代閉塞隔閡的弊病呢？唐、虞時代，天子耳聰目明，好意見不會被埋沒，草野沒有被遺棄不用的賢人，也不過是這樣做罷了。

【研　析】本文可分六段。首段引《易經》〈泰〉、〈否〉兩卦彖辭，說明君臣情感和理念交流的重要性。二段敘述當今朝政「上下不交」的情形。三段主張恢復內朝的制度，以消弭壅隔，兼舉周之「三朝」和《禮記・玉藻》為證。四段列舉漢、唐、宋三代之制，言其皆能保存內朝的遺制。五段近推明初雖未設內朝，而天子經常親臨三殿，大臣奏對便殿，實具內朝之形態；但後繼之君漸弛，因而導致上下之情壅隔。末段提出恢復內朝的具體辦法，以通遠近之情。

全篇所言，不外通、隔二字，由古及今，歷言周、漢、唐、宋、明五朝朝會之法，認為「外朝所以正上下之分，內朝所以通遠近之情」，力主恢復內朝之制，以增加君臣溝通的機會。

# 王守仁

王守仁（西元一四七二～一五二八年），字伯安，明浙江餘姚（今浙江餘姚）人。曾在紹興（治所在今浙江紹興）會稽山陽明洞，築室講學，學者稱為陽明先生。自幼聰明過人，性情豪邁。十五歲，遊長城居庸關、山海關一帶，慨然有經略四方之志。孝宗弘治十二年（西元一四九九年）中進士，任刑部、兵部主事。武宗正德元年（西元一五〇六年）因得罪宦官劉瑾，受廷杖幾死，貶為貴州龍場驛（今貴州修文）驛丞。劉瑾被誅，起任南京刑部主事、太僕少卿等職。正德十一年，任右僉都御史，巡撫南贛、汀、漳等地，討平地方寇賊。十四年，平定寧王宸濠之亂，遷升南京兵部尚書，封新建伯。世宗嘉靖六年（西元一五二七年），任左都御史，平定廣西思恩、田州土酋叛亂。嘉靖七年十月，告病歸，十一月行至南安（今江西大庾），卒。

王守仁為明代大思想家，倡「知行合一」、「致良知」，弟子遍天下，世人稱為「姚江學派」。其思想與宋代陸九淵相近，並稱「陸王」。與程、朱一派理學，同為中國近世思想的兩大宗派。長於詩文，古文博大昌明，詩歌秀逸有致。卒後，門人編訂《王文成公全書》行世。

## 尊經閣記

**【題　解】**本文選自《王文成公全書》。明武宗時，山陰（今浙江紹興）縣令吳瀛在紹興府（治所在今浙江紹興）知府南大吉的委派下，重修紹興的稽山書院，並在書院後面建了一座尊經閣。南大吉是王守仁的弟子，請王守仁撰文以告誡士子，王守仁遂於明世宗嘉靖四年（西元一五二五年）寫下本文，指出六經為民族文化的寶貴資產，而六經的道理，應透過典籍求諸人的本心，不應拘泥於文字訓詁，那才是真正的「尊經」。

經，常道也。其在於天，謂之命；其賦於人，謂之性；其主於身，謂之心。心也，性也，命也，一也。通人物，達四海❶，塞❷天地，亙❸古今，無有乎弗具，無有乎弗同，無有乎或變者也，是常道也。其應乎感也，則為惻隱，為羞惡，為辭讓，為是非❹；其見於事也，則為父子之親，為君臣之義，為夫婦之別，為長幼之序，為朋友之信❺。是惻隱也，羞惡也，辭讓也，是非也；是親也，義也，序也，別也，信也，一也。皆所謂心也，性也，命也。通人物，達四海，塞天地，亙古今，無有乎弗具，無有乎弗同，無有乎或變者也，是常道也。

以言其陰陽消息❻之行焉，則謂之《易》；以言其紀綱❼政事之施焉，則謂之《書》；以言其歌詠性情之發焉，則謂之《詩》；以言其條理節文❽之著❾焉，則謂之《禮》；以言其欣喜和平之生焉，則謂之《樂》；以言其誠偽邪正之辨焉，則謂之《春秋》。是陰陽消息之行也，以至於誠偽邪正之辨也，一也，皆所謂心也，性也，命也。通人物，達四海，塞天地，亙古今，無有乎弗具，無有乎弗同，無有乎或變者也。夫是之謂六經。

六經者非他，吾心之常道也。故《易》也者，志❿吾心之陰陽消息者也；《書》也者，志吾心之紀綱政事者也；《詩》也者，志吾心之歌詠性情者也；《禮》也者，志吾心之條理節文者也；《樂》也者，志吾心之欣喜和平者也；《春秋》也者，志吾心之誠偽邪正者也。君子之於六經也，求之吾心之陰陽消息而時行焉，所以尊《易》也；求之吾心之紀綱政事而時施焉，所以尊《書》也；求之吾心之歌詠性情而時發焉，所以尊《詩》也；求之吾心之條理節文而時著焉，所以尊《禮》也；求之吾心之欣喜和平而時生焉，所以尊《樂》也；求之吾心之誠偽邪正而時辨焉，所以尊《春秋》也。

蓋昔者聖人之扶人極⑪，憂後世，而述六經也，猶之富家者之父祖，慮其產業庫藏⑫之積，其子孫者，或至於遺亡散失，卒困窮而無以自全也，而記籍⑬其家之所有以貽⑭之，使之世守其產業庫藏之積而享用焉，以免於困窮之患。故六經者，吾心之記籍也，而六經之實，則具於吾心。猶之產業庫藏之實積，種種色色，具存於其家，其記籍者，特⑮名狀數目而已。而世之學者，不知求六經之實於吾心，而徒考索⑯於影響⑰之間，牽制於文義之末，硜硜然⑱以為是六經矣。是猶富家之子孫，不務守視享用其產業庫藏之實積，日遺亡散失，至為窶人丐夫⑲，而猶囂囂然⑳指其記籍曰：「斯吾產業庫藏之積也！」何以異於是？

嗚呼！六經之學，其不明於世，非一朝一夕之故矣。尚功利，崇邪說，是謂亂經；習訓詁㉑，傳記誦，沒溺於淺聞小見，以塗㉒天下之耳目，是謂侮經；侈㉓淫辭㉔，競詭辯，飾奸心盜行，逐世㉕壟斷㉖，而猶自以為通經，是謂賊㉗經。若是者，是并其所謂記籍者而割裂棄毀之矣，寧㉘復知所以為尊經也乎？

越城㉙舊有稽山書院，在臥龍㉚西岡，荒廢久矣。郡守㉛渭南㉜南君大吉㉝，既敷政㉞於民，則慨然悼末學之支離，將進之以聖賢之道，於是使山陰㉟令吳君瀛㊱拓書院而一新之，又為尊經之閣於其後，曰：「經正則庶民興，庶民興，斯無邪慝㊲矣。」閣成，請予一言，以諗㊳多士，予既不獲辭，則為記之若是。嗚呼！世之學者，得吾說而求諸其心焉，其亦庶乎知所以為尊經也矣。

【注釋】❶四海　天下。古人以中國居天下之中，四周皆海。❷塞　充塞；充滿。❸亙　貫通。❹則為惻隱四句　此四者，人性中仁義禮智四者之善端。語本《孟子・公孫丑上》。❺則為父子之親五句　此五者，即人倫之道。語出《孟子・滕文公上》。❻消息　盛衰生滅。❼紀綱　法紀；法制。❽條理節文　指禮儀的秩序和制度。❾著　設立。❿志　記載。⓫人極　人道；為人的準則。⓬庫藏　倉庫。⓭記籍　登記於簿籍之中。籍，帳簿；簿籍。⓮貽　留下；遺留。⓯特　只是；僅是。⓰考索　研求；探求。⓱影響　影子和聲響。喻不真實、無根據之事。⓲硜硜然　固執的樣子。⓳窶人丐夫　窮人和乞丐。⓴囂囂然　傲慢得意的樣子。㉑訓詁　解釋文詞意義。㉒塗　掩蔽；蒙蔽。㉓侈　誇大；誇張。㉔淫辭　放蕩的言辭；過度的言辭。㉕逐世　隨俗。㉖壟斷　獨擅其利。㉗賊　戕害。㉘寧　豈；怎麼。㉙越城　縣名。即會稽，在今浙江紹興。㉚臥龍　山名。在紹興縣境內。㉛郡守　郡太守。此指紹興府知府。㉜渭南　縣名。在今陝西渭南。㉝南君大吉　南大吉。字元善。明武宗正德間進士，歷紹興知府。為王守仁之門人。君，對人的尊稱。㉞敷政　施政。此指施仁政。㉟山陰　縣名。與會稽縣同隸紹興府。民國廢府，併山陰、會稽二縣為紹興縣。㊱吳君瀛　吳瀛。曾任山陰縣令，生平不詳。㊲邪慝　邪惡。㊳諗　告訴。

【語　譯】經，就是恆久的道理。它存在於天，便稱為命；它賦予人，便稱為性；它作為一身的主宰，便稱為心。心、性、命，實質是一樣的。可以溝通人和物，流通天下，充塞天地，貫通古今，無有不具備，無有不相同，無有些微可改變的，便是常道。它反映在人的情感上，便是惻隱、羞惡、辭讓、是非；它表現在人間的事理上，便是父子的親愛，君臣的忠義，夫妻的分別，長幼的次序，朋友的誠信。這惻隱、羞惡、辭讓、是非，這親情、忠義、次序、分別、誠信，實質是一樣的，都是所謂的心、性、命。都可以溝通人和物，流通天下，充塞天地，貫通古今，無有不具備，無有不相同，無有些微可改變，這便是常道。

用常道來說明陰陽盛衰的道理，便叫做《易》；用常道來說明法紀政事的措施，便叫做《書》；用常道來說明歌詠情感的發抒，便叫做《詩》；用常道來說明秩序制度的設立，便叫做《禮》；用常道來說明欣喜和平的產生，便叫做《樂》；用常道來說明真偽邪正的分辨，便叫做《春秋》。由陰陽盛衰的道理，以至於真偽邪正的分辨，實質是一樣的，都是所謂的心、性、命。可以用來溝通人和物，流通天下，充塞天地，貫通古今，無有不具備，無有不相同，無有些微可改變。這就稱為六經。

六經的道理沒有別的，便是吾人內心的常道。因此，《易》是記述吾人內心的陰陽盛衰，《書》是記述吾人內心的法紀政事，《詩》是記述吾人內心的歌詠性情，《禮》是記述吾人內心的秩序制度，《樂》是記述吾人內心的欣喜和平，《春秋》是記述吾人內心的真偽邪正。君子對於六經，探求吾人內心的陰陽盛衰並適時推行它，這是尊重《易》的表現；探求吾人內心的法紀政事並適時施行它，這是尊重《書》的表現；探求吾人內心的歌詠性情並適時發抒它，這是尊重《詩》的表現；探求吾人內心的秩序制度並適時建立它，這是尊重《禮》的表現；探求吾人內心的欣喜和平並適時表達它，這是尊重《樂》的表現；探求吾人內心的真偽邪正並適時分辨它，這是尊重《春秋》的表現。

古代聖人扶持人道，為後代憂慮，於是著述六經，好比富家的父、祖輩，憂慮他的產業和倉庫中的積蓄，到他的子孫輩或許會遺亡或散失，弄到困窮不能自保的地步，於是把他所有的財產記在帳簿上留給子孫，讓子孫世代守住祖先的產業和倉庫的積蓄而享用無窮，以免遭到困窮的憂患。所以六經是我們內心的帳簿，而六經的實質，是我們內心所具有的。好比產業和倉庫的實存，各種各樣，都保存在家中，那本帳簿只不過是代表名稱和數目罷了。然而世間的學者，不懂得從我們的內心去求六經的實質，卻在影子和聲響間去探末，被枝枝節節的文義所牽制，固執地以為那便是六經的真義。這好比富家的子孫，不盡力看守管理以享用祖先的產業和倉庫的實存，而讓它日漸遺亡散失，以致變為窮人乞丐，還得意地指著帳簿說：「這是我家產業和倉庫的積存啊！」和這件事有什麼不同呢？

唉！六經的學問，不被世人所了解，已經不是一朝一夕的緣故了。重視功利，崇尚邪說，這叫做亂經；學習文詞解釋，傳授句讀背誦，沉溺在淺聞小見中，來掩蓋天下人的耳目，這叫做侮經；誇大放蕩的言辭，競尚詭異的論辯，掩飾他奸邪的居心和不軌的品行，追隨世俗，壟斷利益，卻還自認為通經，這叫做賊經。像這樣的人，是連所謂的帳簿也都撕碎毀棄了，又怎能知道為什麼要尊經呢？

越城原有稽山書院，在臥龍山的西邊，荒廢已久了。郡太守渭南人南大吉，既已對百姓施行仁政，又感慨地傷痛末學的支離破碎，將以聖賢的道理來引導百姓，於是派山陰縣令吳瀛擴充書院並加以整修，又在書院的後面築一座尊經閣，說：「經書受到應有的重視，百姓便會振作；百姓振作，便沒有邪惡的念頭。」閣落成時，要我說一些話，來告訴眾多的士子。我推辭不掉，便替他寫下這篇文章。唉！當代的學者，看到我的說法而再回過頭來從自己的內心去探求，這樣或許可以知道要尊經的道理吧！

【研　析】本文可分六段。首段指出儒家經典是永恆而普遍的法則，其在天人關係上展現為命、性、心三層；反映在情感上，即孟子所謂四善端（惻隱、羞惡、辭讓、是非）；反映在人事上，即為五倫（父子、夫婦、君臣、長幼、朋友），名稱雖異，實質上並無不同。二段從本質上說明六經的特色，重申六經各為常道之一體。三段進而主張「六經者非他，吾心之常道也」，則六經不僅具有普遍的宇宙法則之義，且是人心自然的反映，故可以用來恢復良知。四段透過三層比喻指出六經是往聖留給後世的精神財富，進而糾正當時一些學經者的錯誤傾向。五段批判世俗亂經、侮經、賊經的學術歪風而力主尊經。末段記敘尊經閣建造的經過，並說明為文之緣由及目的。

讀書不僅得知道作者在「說什麼」，更重要的是要了解作者「為什麼」要那麼說，以至於作者「如何說」。王守仁提出六經是「吾心之常道」的觀點，背後必然存在某種哲學上的預設。為什麼他會這麼看待「六經」呢？這和「心即理」的思想有很密切的關係。陸九淵在南宋時已提出「心即理」之義，心指「本心」，理則詞義尚不明確。王守仁則扣緊德性言「理」，所謂「天理」即「無私欲之蔽」，而以「去人欲，存天理」為此「心」之用功處。另方面，王守仁所謂「心」，指的是自覺或意志能力。「心」有「良知」，能夠分辨善惡，在這層意義上，人心的「良知」即為「天理」，且「無心外之理」。「心」又是「知行合一」的。知即「知善知惡」的「良知」，涉及好惡等價值判斷，而非對於客觀世界的「認知」；「行」則指意念由發動至展開而成為行為的整個歷程。「心」在知覺中兼有好惡，則「知」了自然能「行」，因此「心」與「理」為一。在陽明看來，六經所揭示的並非關於自然的知識，而係人生界的人情事故，故對於六經的態度，自應「求之吾心」。由此推之，「尚功利，崇邪說」實乃捨「天理」而就「人欲」，故曰「亂經」。「習訓詁，傳記誦」、「侈淫辭，競詭辯，飾奸心盜行，逐世壟斷」，亦皆棄本心而外求，是對六經精神的斲喪，這是因為「良知之外，別無知矣」啊！

# 象祠記

**【題　解】**本文選自《王文成公全書》。象祠是祭祀舜弟象的祠堂。貴州靈博山的苗人，整修象祠，請王守仁為文以記之。根據歷史記載，象是一個傲慢而不敬兄長的弟弟，幾度想謀害舜，而苗人卻世代恭祀不止，王守仁因而推論象必定是在舜的感召下，幡然悟改，澤加於民，故人民感念而立祠。由此得出「人性之善，天下無不可化之人」的結論。

靈博之山❶，有象祠焉。其下諸苗夷❷之居者，咸神而事之。宣慰❸安君因諸苗夷之請，新❹其祠屋，而請記於予。予曰：「毀之乎，其新之也？」曰：「新之。」「新之也，何居❺乎？」曰：「斯祠之肇❻也，蓋莫知其原。然吾諸蠻夷之居是者，自吾父、吾祖，遡曾、高而上，皆尊奉而禋祀❼焉，舉之而不敢廢也。」

予曰：「胡然乎？有鼻❽之祠，唐之人蓋嘗毀之❾。象之道，以為子則不孝，以為弟則傲。斥❿於唐，而猶存於今；毀於有鼻，而猶盛於茲土也。胡然乎？我知之矣。君子之愛若人⓫也，推及於其屋之烏⓬，而況於聖人之弟乎哉？然則祀者為舜，非為象也。意象之死，其在干羽既格⓭之後乎！不然，古之驁桀⓮者豈少哉？而象之祠獨延於世？吾於是益有以見舜德之至，入人之深，而流澤之遠且久也。象之不仁，蓋其始焉耳，又烏知其終之不見化於舜也？

「《書》不云乎？『克諧以孝，烝烝乂，不格姦⓯。』瞽瞍⓰亦允若⓱，則已化而為慈父。象猶不弟⓲，不可以為諧。進治於善，則不至於惡；不抵⓳於姦，則必入於善。信乎象蓋已化於舜矣。孟子曰：『天子使吏治其國，象不得以有為也⓴。』斯蓋舜愛象之深而慮之詳，所以扶持輔導之者之周也。不然，周公之聖，而管、蔡㉑不免焉。斯可以見象之既化於舜，故能任賢使能而安於其位，澤加於其民，既死而人懷之也。

「諸侯之卿，命於天子，蓋周官㉒之制。其殆倣於舜之封象歟？吾於是益有以信人性之善，天下無不可化之人也。然則唐人之毀之也，據象之始也；今之諸夷之奉之也，承象之終也。斯義也，吾將以表於世，使知人之不善，雖若象焉，猶可以改；而君子之修德，及其至也，雖若象之不仁，而猶可以化之也。」

【注釋】❶靈博之山　即靈博山。在今貴州黔西。❷苗夷　苗族。中國西南的少數民族。夷，古代對少數民族的蔑稱。❸宣慰　宣慰司的略稱。明代在邊地所設的官署，其長官稱宣慰使。❹新　使之新。即整修。❺何居　何故。居，同「故」。理由。❻肇　開始。❼禋祀　祭祀。❽有鼻　地名。在今湖南道縣，舜封弟象於此。❾唐之人蓋嘗毀之　唐憲宗元和九年（西元八一四年），道州（治所在今湖南道縣）刺史薛伯高拆除象祠，謂象不孝不悌，不宜有祠。柳宗元有〈道州毀庳亭神記〉一文，記載此事。❿斥　廢棄。⓫若人　這個人；那個人。⓬推及於其屋之烏　連帶也愛他屋上的烏鴉。即愛屋及烏。《尚書大傳・大戰》：「愛人者，兼其屋上之烏。」⓭干羽既格　指舜以文德使有苗歸服。《尚書・大禹謨》載，舜命禹征有苗，有苗不服，舜於是改用文德，不用武事，舞干羽於兩階，七旬，有苗乃服。干羽，古代文舞執羽，武舞執干。干羽並舞，示偃武修文。干，盾。羽，雉尾。格，到；來。⓮驁桀　性情暴戾。⓯克諧以孝三句　語出《尚書・堯典》。言舜能以全孝使家庭和諧，使家人進而以善自治，不致於姦惡。克，能夠。烝烝，上進的樣子。乂，治。格，至。⓰瞽瞍　舜的父親。舜父有目不能分別好惡，故時人謂之瞽，配字曰瞍。瞍，無目。⓱允若　和順。⓲弟　通「悌」。敬順兄長。⓳抵　到。⓴天子使吏治其國二句　語出《孟子・萬章上》。原文作「象不得有為於其國，天子使吏治其國」。㉑管蔡　管叔、蔡叔。皆周武王之弟，曾造謠誣周公要篡國，後勾結紂王之子武庚叛變，周公平定叛亂後，處死管叔，流放蔡叔。㉒周官　周代之官制。

【語　譯】靈博山上有一座供奉象的祠堂。在山下居住的苗人，都尊他為神而奉事他。宣慰司安君應苗族人的請求，重修祠堂，並要求我寫一篇記。我說：「是拆了重建，還是整修它呢？」安君說：「是整修它。」「是什麼理由要整修它呢？」安君說：「這座祠堂的創建，已經沒有人知道它的由來了。然而我們苗族住在這兒的人，從我們的父親、祖父，追溯到曾、高祖以上，都尊奉並祭祀他，世代遵行而不敢廢弛。」

我說：「這是什麼道理呢？有鼻那個地方的象祠，唐朝人曾經把它毀了。象的為人，做兒子不孝，做弟弟又傲慢。祠堂在唐代被毀，今天在這兒卻還保存著；在有鼻的被摧毀，在此地的卻還很興盛。這是什麼道理呢？我知道了。君子愛一個人，會連帶愛他屋上的烏鴉，更何況對待聖人的弟弟呢？那麼，祭祀的是舜，不是象了。我想象的死，當在舜舞干羽、有苗歸服以後吧！不然的話，古代性情暴戾的人難道少嗎？為什麼只有象的祠堂延續到今天呢？我從這點更加看出舜德行的崇高，影響人心的深入，以及德澤流傳的久遠了。象的不仁，大概是他早期的現象吧，又怎知他後來不被舜所感化呢？

「《尚書》上不是說過嗎？『舜能夠以至孝使家庭和睦，使家人進而以善自治，不致於走上邪惡。』瞽瞍也能夠和順，那麼他已變為慈父了。象雖不悌，不能跟舜和睦。但他能進而以善自治，便不會為惡；不至於姦邪，那麼必可進入善道。確實象應該已被舜感化了。孟子說：『天子派官員替他治理國事，象不能有非法的行為。』這大概是舜對象愛護得深而考慮得周詳，所以扶持輔導得那樣周全。不然的話，像周公那樣的聖明，依然不免有管叔、蔡叔叛亂的事發生。這也可以看出象已受舜的感化，所以才能任用賢能的人而安於其位，恩澤施及他的百姓，死後百姓對他懷念啊。

「諸侯的卿大夫，由天子任命，是周代的官制。這種制度也許是做照舜的封象吧？我從這點更相信人性是善的，天下沒有不可教化的人。那麼唐人的摧毀象祠，是根據象早期的行為；今天苗族人的崇奉象祠，是根據象後來的善行。這個道理，我將向世人表明，使他們了解人的不善，即使像象那樣，依然可以改過；而君子的修德，當他達到極點時，即使像象的不仁，也還是可以感化的啊。」

【研　析】本文可分二段，全用問答方式。首段言苗夷的宣慰司官員請王守仁寫一篇象祠記，透過雙方的問答，說明苗夷修祠只是基於一個不知原委的舊俗。二段全為作者的應答。先由象在歷史記載中的不良形象反省立象祠的意義，反推舜德入人之深。再引《尚書》和《孟子》證明舜德之厚與護持其弟象之周全。最後申言「天下無不可化之人」，勉以修德化人之義。全文由自己和苗夷的對話引起，在自我反思中重新肯定人性向善的可能，此亦「致良知」學說之展現。

在王守仁看來，唐人之所以毀象祠，原因在於只看到歷史的表象，卻未深究象祠「祀者為舜，非為象」的深層義涵。何以故？王守仁認為「良知」是人心本有的「知善知惡」的能力，「愚夫愚婦與聖人同」（《傳習錄》），人能擴充此能力於行為生活中，即是「成德」。舜之可貴，不僅在於他能啟發瞽瞍和象生而即具的良知以去其蔽障，更重要的是他能使其自發而持續地安於為善。換言之，修德須在「心」上下工夫，讓良知良能從慾望的蔽隔中浮顯出來，故「人之不善，雖若象焉，猶可以改」、「雖若象之不仁，而猶可以化之」。

王守仁此文，雖多出於推測（如「象之不仁，蓋其始焉耳，又烏知其終之不見化於舜也」），卻與其人性論之預設密不可分，這是理解本文應有的認識。

# 瘞旅文

【題解】本文選自《王文成公全書》。瘞旅，埋葬死於旅途的人。明武宗正德元年（西元一五〇六年），王守仁因為上疏營救得罪宦官劉瑾的戴銑等人，觸怒劉瑾而被貶為貴州龍場驛（在今貴州修文）任驛丞。正德四年秋，有吏目率子、僕經過龍場驛，客死於荒山野嶺中，王守仁代為掩埋，並寫下這篇祭文。文中對於三人客死異鄉的遭遇表示了深切的同情，也間接表達了自己無理遭貶的悲憤。

維❶正德四年❷秋月❸三日，有吏目❹云自京來者，不知其名氏，攜一子一僕將之❺任，過龍場，投宿土苗❻家。予從籬落❼間望見之，陰雨昏黑，欲就❽問訊北來事，不果⑨。明早，遣人覘⑩之，已行矣。薄午⑪，有人自蜈蚣坡來，云一老人死坡下，傍兩人哭之哀。予曰：「此必吏目死矣。傷哉！」薄暮，復有人來，云坡下死者二人，傍一人坐歎。詢其狀，則其子又死矣。明日，復有人來，云見坡下積尸⑫三焉。則其僕又死矣。嗚呼，傷哉！

念其暴骨⑬無主，將⑭二童子持畚鍤⑮往瘞之。二童子有難色⑯然。予曰：「嘻！吾與爾猶彼也。」二童閔然⑰涕下，請往。就其傍山麓為三坎⑱，埋之。又以隻雞，飯三盂⑲，嗟吁涕洟⑳而告之曰：

「嗚呼，傷哉！繄㉑何人？繄何人？吾龍場驛丞㉒餘姚王守仁也。吾與爾皆中土㉓之產，吾不知爾郡邑，爾烏為㉔乎來為茲山之鬼乎？古者重去其鄉㉕，游宦㉖不踰千里。吾以竄逐㉗而來此，宜也。爾亦何辜㉘乎？聞爾官，吏目耳，俸不能五斗㉙，爾率妻子躬耕可有也，烏為乎以五斗而易㉚爾七尺之軀？又不足，而益以爾子與僕乎？嗚呼，傷哉！爾誠㉛戀茲五斗而來，則宜欣然就道，烏為乎吾昨望見爾容蹙然㉜，蓋㉝不勝㉞其憂者？夫衝冒㉟霜露，扳援㊱崖壁，行萬峰之頂，飢渴勞頓，筋骨疲憊，而又瘴癘㊲侵其外，憂鬱攻其中，其能以無死乎？吾固知爾之必死，然不謂若是其㊳速，又不謂爾子爾僕亦遽然奄忽㊴也。皆爾自取，謂之何哉！吾念爾三骨之無依而來瘞爾，乃使吾有無窮之愴㊵也！嗚呼，痛哉！縱不爾瘞，幽崖之狐成群，陰壑之虺㊶如車輪，亦必能葬爾於腹，不致久暴露爾。爾既已無知，然吾何能為心㊷乎？自吾去父母鄉國㊸而來此，二年矣。歷瘴毒而苟能自全，以吾未嘗一日之戚戚㊹也。今悲傷若此，是吾為爾者重，而自為者輕也。吾不宜復為爾悲矣。吾為爾歌，爾聽之！

歌曰：「連峰際天㊺兮飛鳥不通，遊子懷鄉兮莫知西東。莫知西東兮維㊻天則同，異域殊方㊼兮環海之中㊽。達觀隨寓㊾兮莫必予宮㊿，魂兮魂兮無悲以恫(51)！」

又歌以慰之曰：「與爾皆鄉土之離(52)兮，蠻之人言語不相知兮，性命不可期(53)！吾苟死於茲兮，率爾子僕來從予兮！吾與爾遨(54)以嬉兮，驂紫彪而乘文螭(55)兮，登望故鄉而噓唏(56)兮。吾苟獲生歸兮，爾子爾僕尚爾隨兮，無以無侶悲兮。道傍之冢累累(57)兮，多中土之流離(58)兮，相與呼嘯而徘徊兮。餐風飲露，無爾饑兮。朝友麋鹿，暮猿與栖兮。爾安爾居兮，無為厲於茲墟(59)兮。」

【注釋】❶維　發語詞。❷正德四年　西元一五〇九年。正德，明武宗年號。❸秋月　指農曆七月。❹吏目　明代於各州所置僚佐之官。掌收發文書，或分領州事。❺之　前往；到。❻土苗　當地的苗人。土，土著。指世代居住其地的人。苗，中國少數民族之一。分布於貴州、廣西等地。❼籬落　籬笆。❽就　趨前。❾果　成功；做到。❿覘　探視；察看。⓫薄午　近午。薄，迫近。⓬尸　屍體。⓭暴骨　暴露屍骨。暴，顯露。⓮將　率領。⓯畚鍤　畚與鍤。畚，畚箕。盛土的器具。鍤，鐵鍬。挖土的器具。⓰難色　為難的神情。色，表情；神情。⓱憫然　哀憐的樣子。⓲坎　地穴。⓳盂　盛湯漿或食物的器皿。⓴涕洟　眼淚和鼻液。此皆當動詞。涕，眼淚。洟，鼻液。㉑緊　是；此。㉒驛丞　驛站的長官。掌郵傳迎送的事務。明代於各府、州、縣設驛，置驛丞。驛，古時傳送公文的馬或車。㉓中土　中原。㉔烏為　何為；為何。烏，何。㉕重去其鄉　不輕易離開家鄉。重，不輕易。㉖遊宦　出外做官。㉗竄逐　放逐。㉘辜　罪過。㉙俸不能五斗　俸米不到五斗。形容極微薄。不能，不到；不滿。㉚易　交換。㉛誠　果真。㉜蹙然　憂愁的樣子。㉝蓋　殆；似乎。表示疑惑不定的語氣。㉞不勝　不堪。勝，禁得起。㉟衝冒　觸犯。㊱扳援　攀登。扳，通「攀」。㊲瘴癘　山林中濕熱鬱蒸而成的毒氣。㊳其　之；的。㊴遽然奄忽　急速地死亡。遽然，急速的樣子。奄忽，指死亡。㊵愴　悲傷。㊶陰壑之虺　深谷裡的毒蛇。壑，山谷。虺，毒蛇。㊷何能為心　怎麼過意得去。㊸鄉國　家鄉。㊹戚戚　憂愁的樣子。㊺連峰際天　連綿的山峰與天相近。際，相近。㊻維　通「唯」。只有。㊼異域殊方　謂不同於中原的地方。㊽環海之中　四海之內。㊾達觀隨寓　心懷曠達，隨所居而安。寓，居止。㊿宮　房屋。(51)無悲以惻　不要悲痛。以，而。惻，痛。(52)鄉土之離　遠離鄉土的人。(53)期　預料。(54)遨遊。(55)驂紫彪而乘文螭　駕著紫彪和紋龍所拉的車子。驂，乘。此謂乘駕車輛。彪，小虎。文螭，身有文彩的螭。螭，龍類，無角。(56)噓唏　悲泣抽咽。也作「歔欷」。(57)累累　重重疊疊的樣子。形容極為眾多。(58)流離　指漂泊轉徙的人。(59)無為厲於茲墟　不要在此地做惡鬼。厲，惡鬼。墟，土丘。此指墳墓。

【語　譯】正德四年七月三日，有一個據說是從京城來的吏目，不知道他的姓名，帶著一個兒子和一個僕人要去上任，路過龍場，投宿在本地苗人的家裡。我從籬笆間看到他們，那時天正陰雨，天色昏暗，我本想過去問問他北方的情況，沒有去成。第二天早上，派人去看，他們已經走了。快到中午，有人從蜈蚣坡來，說有一個老人死在坡下，旁邊兩人哭得很悲哀。我說：「這一定是那個吏目死了。真慘啊！」傍晚時候，又有人來，說山坡下死了兩個人，旁邊一人坐著悲歎。問了情形，知道吏目的兒子也死了。次日，又有人來，說看到坡下有三具屍體。可知那個僕人也死了。唉！好悲慘啊！

我想他們屍骨暴露野外，沒人會收殮，於是帶兩個童僕拿著畚箕和鐵鍬去掩埋他們。兩個童僕面露為難的樣子。我說：「唉！我和你們的處境也就和他們一樣啊！」兩個童僕聽了，悲傷地掉下淚來，答應前往埋那三人。我們在屍體旁的山腳下挖了三個坑，把他們埋了。又用一隻雞、三碗飯，歎息淚下地祭告他們，說：

「唉，好悲慘啊！你是什麼人啊？你是什麼人啊？我是龍場驛的驛丞餘姚人王守仁。我和你都是中原人，我不知道你的鄉里，你為什麼來做這座山的鬼呢？古人不輕易離開家鄉，出外做官也不超過千里。我因為被流放而來到這兒，是理所當然的。你又有什麼罪過呢？聽說你的官職不過是個吏目罷了，俸米不到五斗，你帶著妻兒親自耕種就有了，為何因為五斗米而葬送了你一條命？還不夠，又加上你的兒子和僕人呢？唉，悲慘啊！你如果真是為這微薄的俸米而來，就應該高興地上路，為什麼昨天我見到你愁容滿面，像是有著難以忍受的憂傷呢？冒著霜露，攀登山崖峭壁，走在萬峰的山頂，飢渴勞苦，筋疲力竭，外有瘴癘的侵襲，內受憂鬱的煎熬，怎能不死呢？我本來就知道你是一定會死的，卻沒想到會這樣地快，更想不到你的兒子和僕人也那麼快地死去。這都是你自己招來的，還有什麼好說呢！我關心你們三具屍骨沒人收埋而來埋葬你們，卻使我感到無窮的悲傷！唉，悲痛啊！即使我不來埋你們，山崖裡狐狸成群，深谷中毒蛇如車輪般粗大，也必定會吞下你們，不致使你們長久暴屍。雖說你們已沒有知覺，然而我怎能過意得去呢？從我離開父母、家鄉來到這兒，已經二年了。遭遇瘴毒的侵襲而還能勉強活命，是因為我一天也沒憂愁過啊。可是今天竟如此悲傷，足見我關懷你的成分多，關懷自己的成分少。我不應該再為你悲傷了。我為你作首歌，你聽聽吧！」

歌詞是：「連綿的高峰與天相接喲，鳥兒也飛不過；遊子懷念著家鄉喲，無從辨識西東。不辨西東喲，只對著同樣的天空；身居異地他鄉喲，總在四海之中。心懷曠達隨遇而安喲，又何必一定要在自己家中；魂兒喲，魂兒喲，不要悲傷哀痛！」

再唱一首歌來安慰你：「你我同是異鄉人喲，蠻人的言語誰也聽不懂喲，是生是死料不中！我如果死在這裡喲，你就帶著兒子和僕人，來跟我在一起喲！我們一同遨遊嬉戲喲，駕著紫彪和紋龍喲，登高眺望故鄉歎幾口氣喲。我如果還能活著回故鄉喲，你的兒子和僕人也還能跟隨著你喲，你不要因沒有伴侶而悲傷喲。路旁累累的墳墓，多半是中原流離到這兒的人喲，你和他們一道呼嘯流連喲。吃著山風，喝著露水，也不會使你飢餓喲。早上和麋鹿為友，晚上和猿猴同棲息喲。你安心地住下來喲，不要在這荒野裡做惡鬼喲。」

【研　析】本文可分五段，包含敘事和弔祭兩個部分。首段敘吏目及其子、僕三人的死。二段記率童子往掩埋之。此二段敘事，為以下祭文及祭歌抒情的張本。三段為祭文，先悲詰死者何以遠來而自取其死，再告知自己所以代為埋葬之由。四、五段為祭歌，旨在安慰亡魂。

王守仁所以要奠祭一個不知其姓名而僅有一面之緣的過客，正如他自己告訴其童子：「吾與爾猶彼也。」本來就是感同身受，別有寄託的。全文在不斷的追問中，看似哀悼吏目，其實是為同是天涯淪落人的自己而悲傷。作者雖然自解：「今悲傷若此，是吾為爾者重，而自為者輕。」甚且為之作祭歌。但從歌的內容看來，「飛鳥不通」，豈不暗示長絕於故國；「莫知西東」，豈不宣示著濃重瀰天難以跨越的鄉愁；「無以無侶悲」，難道不是對於未知命運絕望的自勉？故而「登望故鄉而噓唏」、「相與呼嘯而徘徊」，遂成為陰陽兩界共通的情感基調與遣懷方式。王守仁固不能處死生存亡之際而無傷痛，但他終究沒有沉湎於「去父母鄉國而來此」的落寞苦楚之中，反而勉勵遊魂「朝友麋鹿，暮猿與栖」，從而展現出一種面對死亡與命運的健康態度。畢竟，人生真正的安寧是來自良好的自我調適，並不只在居處的逸樂。

# 唐順之

唐順之（西元一五〇七～一五六〇年），字應德，一字義修，明武進（今江蘇常州）人。世宗嘉靖八年（西元一五二九年）中進士，官至淮陽巡撫右僉都御史。唐順之為明代中葉古文大家，提倡文章本色說，著重體、志、氣、韻四項。反對明代「前七子」何景明、李夢陽「文必秦漢，詩必盛唐」之說。晚年講學，學者稱荊川先生。有《荊川集》等書。

## 信陵君救趙論

**【題　解】**本文選自《荊川集》。信陵君，名無忌。戰國魏公子，魏安釐王的異母弟，戰國四公子之一。魏安釐王五十七年（趙孝成王八年、西元前二五八年），秦圍趙都邯鄲（今河北邯鄲西南），趙公子平原君向魏國求救，魏王派晉鄙救趙，但又畏懼秦國，故令晉鄙留駐於鄴（今河北臨漳西），觀望情勢。信陵君急於救趙，遂請魏王寵姬如姬竊兵符，持以奪晉鄙兵權，解邯鄲之圍。本文評論此事，認為信陵君此舉實出於解救其姊夫平原君的私心，且無視於魏王之存在，其心可誅。

論者以竊符❶為信陵君之罪，余以為此未足以罪信陵也。夫強秦之暴亟❷矣，今悉❸兵以臨趙，趙必亡。趙，魏之障也；趙亡，則魏且為之後。趙、魏，又楚、燕、齊諸國之障也；趙、魏亡，則楚、燕、齊諸國為之後。天下之勢，未有岌岌❹於此者也。故救趙者，亦以救魏；救一國者，亦以救六國也。竊魏之符以紓❺魏之患，借一國之師以分六國之災，夫奚不可者？

然則信陵果無罪乎？曰：又不然也。余所誅❻者，信陵君之心也。信陵一公子❼耳，魏固有王❽也；趙不請救於王，而諄諄焉❾請救於信陵，是趙知有信陵，不知有王也。平原君❿以婚姻激信陵，而信陵亦自以婚姻之故，欲急救趙，是信陵知有婚姻，不知有王也。其竊符也，非為魏也，非為六國也，為趙焉耳。非為趙也，為一平原君耳。使禍不在趙而在他國，則雖撤魏之障，撤六國之障，信陵亦必不救。使趙無平原，或平原而非信陵之姻戚，雖趙亡，信陵亦必不救。則是趙王與社稷⓫之輕重，不能當一平原公子；而魏之兵甲⓬，所恃以固其社稷者，祇以供信陵君一姻戚之用。幸而戰勝，可也；不幸戰不勝，為虜於秦，是傾魏國數百年社稷以殉⓭姻戚。吾不知信陵何以謝魏王也？夫竊符之計，蓋出於侯生⓮，而如姬⓯成之也。侯生教公子以竊符，如姬為公子竊符於王之臥內，是二人亦知有信陵，不知有王也。

余以為信陵之自為計，曷若以脣齒之勢⓰，激諫於王；不聽，則以其欲死秦師者，而死於魏王之前，王必悟矣。侯生為信陵計，曷若見魏王而說之救趙；不聽，則以其欲死信陵君者，而死於魏王之前，王亦必悟矣。如姬有意於報信陵，曷若乘王之隙，而日夜勸之救；不聽，則以其欲為公子死者，而死於魏王之前，王亦必悟矣。如此，則信陵君不負魏，亦不負趙；二人不負王，亦不負信陵君。何為計不出此？

信陵知有婚姻之趙，不知有王；內則幸姬，外則鄰國，賤則夷門野人⑰，又皆知有公子，不知有王，則是魏僅有一孤王耳。嗚呼，自世之衰，人皆習於背公死黨⑱之行，而忘守節奉公之道。有重相而無威君，有私讎而無義憤。如秦人知有穰侯⑲，不知有秦王；虞卿⑳知有布衣㉑之交，不知有趙王。蓋君若贅旒㉒久矣。

由此言之，信陵之罪，固不專係乎符之竊不竊也。其為魏也，為六國也，縱竊符猶可；其為趙也，為一親戚也，縱求符於王而公然得之，亦罪也。

雖然，魏王亦不得為無罪也。兵符藏於臥內，信陵亦安得竊之？信陵不忌魏王，而徑㉓請之如姬，其素窺魏王之疏也；如姬不忌魏王，而敢於竊符，其素恃魏王之寵也。木朽而蛀㉔生之矣。古者人君持權於上，而內外莫敢不肅㉕。則信陵安得樹㉖私交於趙？趙安得私請救於信陵？如姬安得銜㉗信陵之恩？信陵安得賣恩於如姬？履霜之漸㉘，豈一朝一夕也哉？由此言之，不特㉙眾人不知有王，王亦自為贅旒也。

故信陵君可以為人臣植黨㉚之戒，魏王可以為人君失權之戒。《春秋》書「葬原仲㉛」、「翬帥師㉜」。嗟乎！聖人之為慮深矣。

【注釋】❶竊符　偷兵符。符，兵符。君主與領兵將領各執一半，合之以驗真假，作為調兵遣將的信物。❷亟　緊急。❸悉　全部。❹岌岌　危險的樣子。❺紓　解除。❻誅　責備。❼公子　古代稱國君之子。❽王　指魏安釐王。❾諄諄焉　懇切不倦的樣子。❿平原君　戰國時代趙國公子。名勝，趙武靈王之子，趙惠文王之弟，封於平原，故號平原君。其夫人，為魏信陵君之姊。秦軍圍趙邯鄲時，平原君為趙相，請救兵於魏，魏將晉鄙觀望不前，平原君乃使人責備魏公子說：「勝之所以和公子締結婚姻關係，是因公子高義，能急人之困。」⓫社稷　土神和穀神。古代天子、諸侯之所祭祀，因以借指國家。⓬兵甲　指軍隊。兵，武器。甲，用皮革或金屬製成的戰衣。⓭殉　犧牲。⓮侯生　名嬴。戰國時代魏都大梁夷門的守門人，信陵君待之為上賓。⓯如姬　魏安釐王之寵姬。如姬父為仇人所殺，欲復仇不得，信陵君便派門下客為她復仇。⓰脣齒之勢　脣亡齒寒的形勢。即利害相關的形勢。⓱夷門野人　指侯生。夷門，大梁城之東門。其地有夷門山，故名。在今河南開封城內東北隅。野人，平民。⓲背公死黨　背棄公理，為私黨而死。⓳穰侯　即魏冉。秦昭王母宣太后之異父弟，三度為相，封於穰（今河南鄭州），故稱穰侯。⓴虞卿　戰國遊說之士。姓虞，其名不傳。曾遊說趙孝成王，趙以為上卿，乃號虞卿。後其友人魏齊窮困來歸，虞卿解相印，與魏齊一同離趙逃亡。㉑布衣　平民。㉒贅旒　旗幟上的飄帶。比喻虛居其位而無實權。㉓徑　直接。㉔蛀　蛀蟲。㉕肅　敬畏。㉖樹　建立。㉗銜　感激。㉘履霜之漸　《易經・坤》：「初六，履霜堅冰至。」此用其典，意謂因履霜而知堅冰將至。堅冰之至，先已有霜，非突然而來，魏王之失權於上，亦非一朝一夕之故。㉙不特　不但。㉚植黨　培植黨羽。㉛葬原仲　《春秋・莊公二十七年》：「秋，公子友如陳葬原仲。」謂公子友私行到陳參加陳大夫原仲的葬禮。此行乃為私人交情，故《左傳》：「非禮也。原仲，季友之舊也。」《春秋》書此以戒人臣之植黨。公子友，即魯季子，春秋時代魯國公子。原仲，春秋時代陳國大夫。㉜翬帥師　《春秋・隱公四年》：「秋，翬帥師會宋公、陳侯、蔡人、衛人伐鄭。」宋公乞師於魯，魯公不許，公子翬強請而行。《春秋》書此，稱翬而不稱公子，疾其非義而行，所以戒人君之失權。翬，即公子羽父。魯大夫，後弒隱公。

【語　譯】評論者認為竊取兵符是信陵君的罪過，我認為這件事不足以譴責信陵君。那時，強秦的兇暴已經非常緊急了，它用全部的兵力圍攻趙國，趙國必定會滅亡。趙，是魏國的屏障；趙國滅亡，那麼魏國也就會跟著滅亡。趙、魏，是楚、燕、齊等國的屏障；趙、魏滅亡，那麼楚、燕、齊等國便會相繼滅亡。天下的局勢，沒有比這更危急的了。所以救趙國，也就等於救魏國；救一國，也就等於救六國。竊取魏國的兵符以解除魏國的危難，借一國的兵力以紓解六國的災難，這有什麼不可以的呢？

那麼，信陵君果真沒有罪嗎？我說，也不是這樣。我所責備的是信陵君的用心。信陵君只是一個公子而已，魏國本來有國王的；趙國不向魏王求救，卻一味懇切地向信陵君求救，這顯示趙國心目中只有信陵君，而沒有魏王。平原君利用姻親關係來激信陵君，信陵君自己也因為婚姻的緣故，想快一點去救趙，這顯示信陵君心目中只有姻親，而沒有魏王。信陵君竊取兵符，不是為了魏國，也不是為了六國，只是為了趙國。其實也不是為趙國，只是為一個平原君罷了。假使禍患不在趙國而在其他國家，那麼即使會撤除魏國的屏障、撤除六國的屏障，信陵君也必然不會去援救。假使趙國沒有平原君，或者平原君不是信陵君的姻戚，即使趙國就要滅亡了，信陵君也必然不會去援救。那就是趙王和趙國的分量，還不及一個平原君重；而魏國的軍隊，是憑藉它來安定國家的，現在只是供給信陵君的一個姻戚使用。幸好打勝了，還說得過去；如果不幸打敗了，被秦國俘虜，那就是傾盡魏國幾百年的社稷為一個姻戚而犧牲。我不知道信陵君將怎樣向魏王謝罪呢？竊取兵符的計謀，是出自侯生，而由如姬執行。侯生教公子去竊取兵符，如姬替公子從魏王的臥室內偷得兵符，這顯示這兩個人也只知有信陵君，不知道有魏王。

我認為如果信陵君為自己打算，不如以趙、魏脣亡齒寒的形勢，極力地勸告魏王；如果魏王不聽從，就以他要和秦軍決一生死的決心，死在魏王面前，魏王必然會覺悟的。如果侯生為信陵君打算，不如自己去謁見魏王而勸他救趙；如果魏王不聽從，就以他想為信陵君而死的決心，死在魏王面前，魏王也必然會覺悟的。如姬有心要報答信陵君的恩惠，不如乘魏王的空暇，日夜勸他救趙；如果魏王不聽從，就以她想為魏公子而死的決心，死在魏王面前，魏王也必然會覺悟的。這樣做，信陵君既不辜負魏國，也不辜負趙國；侯生、如姬兩人既不辜負魏王，也不辜負信陵君。為什麼不採取這樣的方法呢？

信陵君只知有婚姻關係的趙國，不知道有魏王；在內的寵姬，在外的鄰國，地位低的夷門看門人，又都只知有公子，不知有魏王，那表示魏國僅有一個孤立的王罷了。唉，自從世道衰微以來，世人都習慣了背棄公理、為私黨而死的行為，卻忘了堅守節操奉行公理的原則。只有權重的宰相而沒有威嚴的國君，只有私人的仇怨而沒有正義的公憤。例如秦人只知有穰侯，卻不知道有秦王；虞卿只知有貧賤的朋友魏齊，卻不知道有趙王。國君形同虛設，由來已久了。

這樣說來，信陵君的罪過，本來就不僅在於竊不竊取兵符。如果他是為了魏國，為了六國，縱使是竊取兵符還可以說得過去；如果只是為了趙國，為了一個親戚，縱使是向魏王請求兵符而且公然得到了，也是有罪的。

話雖如此，魏王也不能說沒有罪。兵符藏在臥室裡面，信陵君又怎能偷得到？信陵君不顧忌魏王，而直接請求如姬竊取，可見他平時就已看出魏王的疏忽；如姬不顧忌魏王，而敢竊取兵符，可見她素來就仗恃著魏王的寵幸。木頭腐朽了才會生蛀蟲。古代人君在上面掌握大權，朝廷內外沒有人敢不敬畏。那麼信陵君怎能在趙國建立私人交情？趙國怎能向信陵君私下求救？如姬怎能感激信陵君的恩惠？信陵君怎能施恩給如姬？踩到霜，便知道堅冰將來到，堅冰難道是一朝一夕而來的嗎？這樣說來，不但眾人不知有魏王，魏王也自甘於居虛位而無實權啊。

所以信陵君可以作為臣子結黨的警戒，魏王可以作為國君失去實權的警戒。《春秋》記載「葬原仲」、「翬帥師」。唉！聖人的思慮，的確深遠啊。

【研　析】本文可分七段。首段先肯定信陵君救趙的歷史意義，但此肯定須在「竊魏之符以紓魏之患，借一國之師以分六國之災」的前提下才能成立。二段直斥平原君和信陵君皆重婚姻而輕魏王，置魏國社稷安危於不顧，其心可誅。三段借箸代籌，以為信陵君、侯生、如姬，皆應激諫於王，不惜繼之以死，方為得計。四段感歎亂世之臣存私背公，使國君徒居虛位。五段小結前四段，以信陵君竊符之功過，全視其動機而定。六段責魏王自甘居於贅旒之地位。末段總結，以「信陵君可以為人臣植黨之戒，魏王可以為人君失權之戒」為全文收束。

通篇藉史實以論公私之理，而其「誅心」說所欲批判的，不僅是信陵君這批人的個人行為，更是「人皆習於背公死黨之行，而忘守節奉公之道」的社會現象，與「有重相而無威君，有私讎而無義憤」的政治亂象。於是他對信陵君的訾議，遂集中於「知有婚姻之趙，不知有王」這點；換言之，決定救與不救的關鍵，繫於信陵君一人的私心。所謂「傾魏國數百年社稷以殉姻戚」，實際上是以舉國安危孤注一擲，這種自我過度膨脹，以致破壞國家體制與安全的不負責的態度，乃是作者深惡痛絕的。

另方面，魏國的君臣關係也呈現病態。信陵君、如姬皆「不忌魏王」，甚且「不知有王」，而魏王亦「自為贅旒」，臣驕主闇，豈非禍亂之始？六段連用五個「安得」反詰此弊，對「木朽而蛀生之矣」的危狀深致疑慮。

唐順之身處明朝國勢日下的昏亂之世，自不能無所憂懼，而他對史事的體會，或可視為對當時政局的反映。

# 宗臣

宗臣（西元一五二五～一五六〇年），字子相，明揚州興化（今江蘇興化）人。世宗嘉靖二十九年（西元一五五〇年）中進士，歷官吏部考功郎。稱病還鄉，在百花洲上築書室。後又出仕，任稽勳員外郎，因送賻金弔楊繼盛之喪，為權相嚴嵩所惡，出為福建布政司參議。防倭寇有功，遷升為提學副使。死於任所。宗臣與李攀龍、王世貞、謝榛、徐中行、吳國倫、梁有譽等，並稱為「嘉靖七子」，即「後七子」。有《宗子相集》。

## 報劉一丈書

【題解】本文選自《宗子相集》。報，回覆。劉一丈，宗臣父親的朋友。姓劉，名玠，字國珍，號墀石。排行第一，故稱劉一；丈是對長者的尊稱。明世宗嘉靖年間，權相嚴嵩父子當道，百官競相奔走鑽營於嚴氏門庭，賄賂公行，政風敗壞。宗臣對此深感痛惡，因此藉回覆劉一丈來信，針對信中「上下相孚」的告誡之語，揭露當時官場的汙穢，從而表明不肯同流合汙的心跡。

數千里外，得長者❶時賜一書，以慰長想，即亦甚幸矣；何至更辱饋遺❷，則不才❸益將何以報焉。書中情意甚殷❹，即長者之不忘老父，知老父之念長者深也。至以「上下相孚❺，才德稱位❻」語不才，則不才有深感焉。

夫才德不稱，固自知之矣；至於不孚之病，則尤不才為甚。且今世之所謂孚者，何哉？日夕策馬❼候權者之門，門者故不入❽，則甘言媚詞作婦人狀，袖金以私之❾。即門者持刺❿入，而主人又不即出見；立廄⓫中僕馬之間，惡氣襲衣袖，即飢寒毒熱不可忍，不去也。抵暮⓬，則前所受贈金者出，報客曰：「相公⓭倦，謝客⓮矣。客請明日來。」即明日，又不敢不來。夜披衣坐，聞雞鳴，即起盥櫛⓯，走馬抵門。門者怒曰：「為誰？」則曰：「昨日之客來。」則又怒曰：「何客之勤也？豈有相公此時出見客乎？」客心恥之，強忍而與言曰：「亡奈何⓰矣，姑容我入。」門者又得所贈金，則起而入之；又立向⓱所立廄中。

幸⓲主者出，南面⓳召見，則驚走匍匐⓴階下。主者曰：「進！」則再拜，故遲不起；起則上所上壽金㉑。主者故不受，則固請㉒。主者故固不受，則又固請。然後命吏納㉓之。則又再拜，又故遲不起；起則五六揖㉔始出。出，揖門者曰：「官人㉕幸顧我，他日來，幸無阻我也！」門者答揖。大喜奔出，馬上遇所交識，即揚鞭㉖語曰：「適㉗自相公家來，相公厚㉘我，厚我！」且虛言狀㉙。即所交識，亦心畏相公厚之矣。相公又稍稍語人曰：「某也賢！某也賢！」聞者亦心計㉚交贊之。此世所謂「上下相孚」也，長者謂僕㉛能之乎？

前所謂權門者，自歲時伏臘㉜一刺之外，即經年不往也。間㉝道經其門，則亦掩耳閉目，躍馬疾走過之，若有所追逐者。斯則僕之褊衷㉞，以此長不見悅於長吏㉟，僕則愈益不顧也。每大言曰：「人生有命，吾惟守分㊱而已。」長者聞此，得無㊲厭其為迂㊳乎？

【注釋】❶長者　對長輩的尊稱。❷饋遺　贈送禮物。❸不才　自謙之辭。❹殷　深厚。❺相孚　互相信任。孚，信。❻稱位　合於職位。意謂能勝任。稱，相配；相合。❼策馬　執鞭驅馬。策，馬鞭。此當動詞。❽門者故不入　守門的人故意不讓他進去。❾袖金以私之　取出袖中預藏的金錢私下送給他。❿刺　名帖；名片。⓫廄　馬房；馬棚。⓬抵暮　到了天黑。抵，至。⓭相公　尊稱宰相。⓮謝客　謝絕見客。⓯盥櫛　梳洗。盥，洗手。也泛指洗濯。櫛，梳子。此當動詞。⓰亡奈何　無可奈何。亡，通「無」。⓱向　先前。⓲幸　慶幸；幸虧。⓳南面　面向南而坐。古代帝王之位如此。此言權者自比於王，待客傲慢。⓴匍匐　伏地。㉑壽金　禮物。壽，向人敬酒或以禮物贈人表示祝賀。㉒固請　堅請。㉓納　收下。㉔揖　拱手為禮。㉕官人　居官的人。此指上文「相公」。㉖揚鞭　高舉馬鞭。此形容得意之狀。㉗適　剛才。㉘厚　厚待。㉙虛言狀　誇大形容其所受厚遇之情狀。㉚心計　心中考慮。㉛僕　自稱之謙詞。㉜歲時伏臘　猶言逢年過節。伏，指伏日。有三伏：農曆夏至後第三庚日為初伏，第四庚日為中伏，立秋後第一庚日為末伏。為一年中最熱的時候。臘，指臘日。即歲末祭祀百神之日。秦、漢時伏日與臘日皆為節日。㉝間　偶爾。㉞褊衷　狹窄的心胸。褊，狹小。衷，內心。㉟長吏　長官。㊱守分　持守本分。㊲得無　該不會；會不會。㊳迂　不切實際；不合時宜。

【語譯】幾千里外，偶爾收到老先生的來信，安慰我深長的思念，已經很榮幸了；怎麼又蒙您贈送禮物，這讓我更不知要如何報答您了。信中情意深厚，這是老先生不忘記家父，可想知家父也同樣深念著您哪！至於信中用「上下互信，才德稱職」來勉勵我，我卻有很深的感慨。

才德不能稱職，我自己已有體認，至於不能互信的毛病，在我就更嚴重了。況且現在所謂的互信是什麼情況呢？每天騎著馬到權貴者門口守候，守門的僕人故意不讓他進去，他就作出女人模樣，對僕人說些討好動聽的話，拿出袖中的錢私下賄賂門房。即使門房拿了名帖進去，而主人又不立即出來接見；他就站在馬房中和僕人及馬匹混在一起，臭氣熏人衣袖，即使凍餓酷熱得無法忍受，也不敢離去。到了天黑，先前收他錢的門房出來，告訴他說：「相公累了，不接見客人了。請客人明天再來。」到了明天，又不敢不來。整夜披衣坐著，聽到雞鳴就起來梳洗，騎著馬去到門口。門房生氣地問：「是誰？」就說：「昨天的客人來了。」門房又生氣地說：「客人怎麼這麼勤快啊？相公哪有這時候見客的道理呢？」客人雖然內心感到羞恥，也只能勉強忍耐著回答說：「實在是無可奈何啊！姑且讓我進去吧！」門房又得到他的錢，才開門讓他進去；他又到先前所站的馬房中等候。

幸虧主人出來了，面向南邊坐著召見他，他就惶恐地走向前伏在臺階下。主人說：「進來！」就拜了兩拜，故意拖延著不起身；一起身就奉上所要送的財物。主人故意不收，他就堅決請求收下。主人再故意堅決不收，他又再堅決地請主人收下。主人這才命令下人收下。於是又拜了兩拜，又故意遲延不起；起來又作了五六個揖才退出。出來時對門房作揖說：「很榮幸得相公的接見，改天再來，希望你不要擋我了！」門房也回他一揖。他很高興地跑出來，在馬上遇到熟人，就高舉著馬鞭說：「剛才由相公家出來，相公厚待我！厚待我！」又誇大其詞地說了受到厚待的情形。那些熟人也就因相公對他好而忌憚他。相公偶爾也隨意地向人說：「某人不錯！某人不錯！」聽到的人也就揣摩著相公的心意交相稱讚他一番。這就是世人所說的「上下互信」啊！老先生您說我做得到嗎？

前面所說的權貴者之門，我除了逢年過節送一張名帖以外，就整年不去拜訪。偶爾路經門口，也摀緊耳朵閉上眼睛，快馬加鞭跑過去，好像後面有人在追趕似的。這就是我狹窄的心胸，也因此一直不被長官欣賞，我卻更不去理會這些。我經常揚言：「人生自有命定，我只想持守本分罷了。」老先生聽我這麼說，會不會嫌棄我不切實際呢？

【研　析】本文可分四段。首段對長者的賜書、饋贈表示感謝，進而扣住來信中「上下相孚，才德稱位」的看法抒發感慨。二、三段為文章主體，緊承「上下相孚」四字，形象地刻畫出當時奔走於權貴之門的趨炎附勢之徒，種種奴顏婢膝的猥瑣醜態，並對「世所謂上下相孚」提出質疑。末段寫作者平日對待權貴者的態度，而以「得無厭其為迂」回應首段「不才有深感焉」。

篇中描繪的人物有三類，即當權者（主）、拜謁者（客）和門者，生動勾勒出一幅官場寫真圖。拜謁者求見之初的表現可用候、媚、賄、忍四字概括，他們「日夕策馬候權者之門」，對於仗勢作威的門者，一方面「甘言媚詞作婦人狀，袖金以私之」，另方面還得強忍「惡氣襲衣袖」、「飢寒毒熱」，乃至門者的蓄意刁難。及至受到召見，則「驚走匍匐階下」、「再拜」、「又再拜」；上壽金時「固請」、「又固請」、「故遲不起」、「起則五六揖」，表現出一副受寵若驚、銘感五內的樣子。權者則「故不受」、「故固不受」、「然後命吏納之」，表面上道貌岸然，實際上，當他「不即出見」，並縱容門者恣意索賄和怒斥來客，即已暗示其貪婪虛偽的真面目。拜謁者蒙召之後「大喜奔出」，以至遇所交識即揚鞭炫人的醜狀，與孟子所說齊人驕其妻妾的故事如出一轍，這豈不正是名利場的干祿傳統？而當一個時代的進身之階已變成「才德退位，貨賂先行」，甚且必須獻媚於當權者以獲褒賞，以求升遷，這豈不是個希望貧乏的時代？宗臣雖自謂為迂，但一個有守有為的知識分子，又怎能厚顏無恥以希世媚俗呢？

# 歸有光

歸有光（西元一五〇六～一五七一年），字熙甫，明崑山（今江蘇崑山）人。九歲能寫文章，少年時，讀遍五經、三史。但參加科舉考試，卻連遭失敗，鄉試六次才中舉人，會試九次才於明世宗嘉靖四十四年（西元一五六五年）中進士，年已六十歲。官至南京太僕寺丞，卒於任上。嘉靖二十年，第一次會試失利，次年即遷居嘉定（今上海嘉定）安亭，讀書講學，門生常數百人，學者稱震川先生。

歸有光是明代古文大家，其古文得力於《史記》、《漢書》及唐、宋諸古文家。擅長藉事抒情、細節描繪。黃宗羲曾推許為明文第一，清代桐城古文家也備致推崇。有《震川先生集》。

## 吳山圖記

【題解】本文選自《震川先生集》。吳縣（今江蘇吳縣）知縣魏用晦離職時，吳縣人繪贈〈吳山圖〉以表示感念。魏用晦與歸有光是同榜進士，請歸有光為這幅圖畫作記。記文中稱讚魏用晦對吳縣百姓有恩有情，所以百姓對他感恩戴德，念念不忘。

吳、長洲❶二縣在郡治所❷，分境而治。而郡西諸山皆在吳縣，其最高者，穹窿❸、陽山❹、鄧尉❺、西脊❻、銅井❼；而靈巖❽，吳之故宮在焉，尚有西子❾

之遺跡。若虎丘❿、劍池⓫及天平⓬、尚方⓭、支硎⓮，皆勝地也。而太湖⓯汪洋三萬六千頃，七十二峰沉浸其間，則海內⓰之奇觀矣。

余同年⓱友魏君用晦⓲為吳縣，未及三年，以高第⓳召入為給事中⓴。君之為縣，有惠愛，百姓扳留㉑之不能得，而君亦不忍於其民，由是好事者繪〈吳山圖〉以為贈。

夫令㉒之於民，誠㉓重矣。令誠㉔賢也，其地之山川草木亦被其澤而有榮也；令誠不賢也，其地之山川草木亦被其殃而有辱也。君於吳之山川，蓋增重矣。異時㉕吾民將擇勝於巖巒之間，尸祝㉖於浮屠㉗、老子㉘之宮也，固宜。而君則亦既去矣，何復惓惓㉙於此山哉？昔蘇子瞻㉚稱韓魏公㉛去黃州㉜四十餘年，而思之不忘，至以為思黃州詩，子瞻為黃人刻之於石。然後知賢者於其所至，不獨使其人之不忍忘而已，亦不能自忘於其人也！

君今去縣已三年矣。一日，與余同在內庭㉝，出示此圖，展玩㉞太息㉟，因命余記之。噫！君之於吾吳有情如此，如之何而使吾民能忘之也！

【注釋】❶長洲　縣名。今江蘇蘇州。❷郡治所　郡衙門所在地。郡，指蘇州府。舊稱吳郡。治所，地方官署所在地。❸穹窿　山名。在吳縣西南。❹陽山　山名。在吳縣西北。❺鄧尉　山名，又名光福山。在吳縣西南。❻西脊　山名，又名西蹟山。在鄧尉山之西。❼銅井　山名。在鄧尉山之西南。❽靈巖　山名。在吳縣西南，為吳王館娃宮之舊址，上有西施洞、響屧廊、吳王井等遺蹟。❾西子　即西施。春秋末年吳王夫差的寵姬。❿虎丘　山名。在吳縣西北，為吳王闔閭安葬之處。⓫劍池　在虎丘山上。相傳秦始皇東巡至虎丘，於吳王闔閭墓尋寶劍，有虎蹲於墓上，秦始皇以劍刺虎，誤中於石，陷而為池。⓬天平　山名。在吳縣西，山頂平曠，有望湖臺。⓭尚方　山名。在吳縣東北。⓮支硎　山名。在吳縣西南，晉僧支遁隱居於此。⓯太湖　湖名。古稱震澤，跨江、浙二省。⓰海內　國內。古人以中國四周皆海，故稱國內為海內，國外為海外。⓱同年　科舉時代，同榜考取舉人或進士者，彼此互稱「同年」。⓲魏君用晦　魏體明，字用晦，明侯官（今福建福州）人。與歸有光為同榜進士。任吳縣知縣，後遷刑科給事中。君，對人的尊稱。⓳高第　高等；優等。⓴給事中　官名。明代於吏、戶、禮、兵、刑、工等六部，皆置給事中，掌侍從規諫，稽察六部百司之職。㉑扳留　挽留。㉒令　縣令。㉓誠　確實。㉔誠　如果。㉕異時　異日；他日。此指將來。㉖尸祝　此處皆當動詞。謂設神位而祭祀之。尸，代表鬼神接受祭享的人。祝，傳告鬼神言辭的人。㉗浮屠　梵語的音譯。此指佛教。㉘老子　春秋時代楚國人。相傳姓李名耳，或謂姓老名聃。道家之始祖，後世道教宗奉之。㉙惓惓　念念不忘。㉚蘇子瞻　蘇軾的字。㉛韓魏公　韓琦。北宋仁宗時為相，封魏國公。㉜黃州　今湖北黃岡。㉝內庭　宮禁之內。㉞展玩　展視玩賞。㉟太息　長歎。

【語譯】吳、長洲兩縣的衙門同在蘇州府治的所在地，兩縣各自治理所轄的縣境。府西邊的許多山都在吳縣境內。其中最高的山是穹窿山、陽山、鄧尉山、西脊山和銅井山。而靈巖山有春秋時代吳國的故宮在上面，還留有西施的遺跡。至於虎丘山、劍池以及天平山、尚方山、支硎山，都是名勝之地。太湖湖面汪洋遼闊，有三萬六千頃，湖上七十二座山峰沉浸在其中，可稱得上是海內的奇觀了。

我的同榜朋友魏用晦君任吳縣知縣，還不到三年，以考績優異被召進京擔任給事中。魏君治理吳縣，能惠愛百姓，百姓挽留他不得，而魏君也捨不得離開他的百姓，於是有熱心的人畫了一張〈吳山圖〉送給他。

知縣對百姓而言，的確很重要。知縣如果賢明，當地的山川草木也受到他的恩澤而有榮耀；知縣如果不賢明，當地的山川草木也受到他的禍害而有恥辱。魏君對於吳縣的山川，是增加了不少的光彩。將來本地的百姓將在巖石峰巒間揀個勝地，在佛教、道教的廟堂裡設神位禱祝他，固然是應當的。但魏君已經離開了，又為什麼還是忘不了這些山川呢？從前蘇子瞻稱道韓魏公離開黃州四十多年，還思念不忘黃州，甚至寫思念黃州的詩，子瞻替黃州人把他的詩刻在石上。我這才明白賢者在他所到的地方，不但使當地百姓忘不了他，而他自己也不會把百姓忘了！

魏君離開吳縣已經三年了。有一天，我和他同在宮廷裡，他拿出這幅圖給我看，一邊欣賞，一邊長歎，因此要我寫一篇記。唉！魏君對於我們吳縣有這樣的感情，教我們百姓怎能忘掉他呢！

【研　析】本文可分四段。首段記吳縣的名山古蹟，指出太湖七十二峰的奇觀。此段點出「吳山」二字。次段說明〈吳山圖〉繪製贈遺的原委。此段點出「圖」字。三段議論縣令賢否不僅澤惠百姓，連山川草木也增光彩。末段說明寫「記」的因緣。

本文結構嚴謹，題文呼應緊切。首段描寫吳山形勝古蹟，乃就〈吳山圖〉展玩開來所見而描繪的，而後再就〈吳山圖〉的由來細說從前，最後說明寫記的因緣。故而本篇實屬倒敘結構，富於戲劇藝術化的情趣。這篇為應酬而作的記文，對魏用晦、吳縣人民及山水三方面均予以讚揚稱美。然因作者即為吳縣人，文末又用「吾吳」、「吾民」等字，使文意充滿誠摯懇切之情，顯得十分貼切。

王文濡評此篇說：「不泛作贊頌語，而令之與民兩不能忘，其賢可知。寫來自淡宕有致。」

# 滄浪亭記

【題　解】本文選自《震川先生集》。滄浪亭故址在今江蘇蘇州城南，北宋詩人蘇舜欽（西元一〇〇八～一〇四八年）於流寓蘇州時所建，有〈滄浪亭記〉以記其事。明末僧人文瑛加以重修，請歸有光寫了這篇記文，敘述滄浪亭數百年間的興廢變遷，強調以蘇州宮館園林之盛，而此亭獨受重視，迭加修建，乃因蘇舜欽其人之受敬重。

浮圖❶文瑛居大雲庵❷，環水，即蘇子美❸滄浪亭之地也。亟❹求余作滄浪亭記，曰：「昔子美之記，記亭之勝也；請子記吾所以為亭者。」

余曰：「昔吳越❺有國時，廣陵王❻鎮吳中，治南園於子城❼之西南，其外戚❽孫承佑❾亦治園於其偏❿。迨⓫淮海納土⓬，此園不廢。蘇子美始建滄浪亭，最後禪者⓭居之，此滄浪亭為大雲庵也。有庵以來二百年，文瑛尋古遺事，復子美之構於荒殘滅沒之餘，此大雲庵為滄浪亭也。夫古今之變，朝市⓮改易。嘗登姑蘇之臺⓯，望五湖⓰之渺茫，群山之蒼翠，太伯、虞仲⓱之所建，闔閭、夫差⓲之所爭，子胥⓳、種、蠡⓴之所經營，今皆無有矣。庵與亭何為者哉？雖然，錢鏐因亂攘竊，保有吳越，國富兵強，垂及四世，諸子姻戚，乘時奢僭，宮館苑囿㉑，極一時之盛；而子美之亭，乃為釋子㉒所欽重如此。可以見士之欲垂名於千載之後，不與其澌㉓然而俱盡者，則有在矣！」

文瑛讀書，喜詩，與吾徒㉔游，呼之為滄浪僧云。

【注釋】❶浮圖　梵語之音譯。此指和尚。❷大雲庵　一名結草庵。元朝至正年間，僧善慶所建，在今江蘇蘇州城南。❸蘇子美　北宋蘇舜欽，字子美。工詩，與梅聖俞齊名。❹亟　屢次。❺吳越　五代時期的十國之一。錢鏐所建，都杭州（今浙江杭州），傳四代，降宋。❻廣陵王　錢鏐第六子，名元璙。封為廣陵郡王，鎮守吳中。吳中，指蘇州地區。❼子城　大城所屬之小城。即內城。❽外戚　指帝王母族、妻族。❾孫承佑　人名。其女為吳越王錢俶之妃。官至光祿大夫。❿偏　旁邊。⓫迨　及；到了。⓬淮海納土　北宋太宗太平興國三年（西元九七八年），錢鏐之孫錢俶降宋，宋封錢俶為淮海國王。⓭禪者　僧；和尚。⓮朝市　早晨的市集。⓯姑蘇之臺　姑蘇臺。在吳縣西南姑蘇山上。吳王夫差破越，越獻西施，吳王築姑蘇臺以居之。⓰五湖　即太湖。⓱太伯虞仲　皆周太王之子。兄弟二人讓位與其三弟季歷，遂逃往荊蠻，荊蠻人擁太伯為吳君，太伯死，虞仲繼其位。太伯所居，即今吳縣。虞仲居虞山，即今常熟。⓲闔閭夫差　皆春秋末吳君。闔閭，虞仲之後，殺吳王僚自立，後與越王句踐戰，受傷而死。夫差，闔閭之子。曾敗越為父復仇，後為越王句踐所滅。⓳子胥　即伍子胥。名員，春秋時代楚國人。父伍奢、兄伍尚，俱為楚平王所殺，伍子胥奔吳，佐吳伐楚以復仇，遂使闔閭稱霸。夫差敗越後，他反對議和，夫差賜劍使自殺。⓴種蠡　文種和范蠡。皆越王句踐之大夫，佐句踐滅吳。㉑苑囿　種植花木、畜養禽獸之處。㉒釋子　僧徒。㉓澌　盡。㉔吾徒　吾輩。

【語　譯】文瑛和尚居住在大雲庵，庵的四周環繞著水，那裡本來是北宋蘇子美滄浪亭的舊址。他多次要求我寫一篇滄浪亭記，說：「從前蘇子美的〈滄浪亭記〉，是記亭子的勝境；現在請您記我重建的原因。」

我說：「從前吳越保有國祚的時候，廣陵王鎮守吳中，在子城的西南修築了南園，吳越王的外戚孫承佑也在南園旁邊修築庭園。到了錢俶獻地歸順宋朝，受封為淮海國王，這座庭園依然沒有廢棄。蘇子美在這裡始建滄浪亭，後來是和尚住在這裡，這樣滄浪亭就變成大雲庵了。自從有大雲庵以來已經兩百年，文瑛搜尋古代的遺事，在荒殘湮沒的殘跡上，恢復蘇子美的建築，這樣大雲庵又變為滄浪亭了。古今的變遷，有如早晨的市集不斷改變。我曾經登上姑蘇臺，眺望過太湖的飄渺遼闊，群山的青蔥翠綠，想起太伯、虞仲所建立的，闔閭、夫差所爭奪的，以及伍子胥、文種、范蠡所經營的，如今都已不存在了。那麼庵和亭又能怎麼樣呢？話雖如此，錢鏐趁著混亂竊取權位，保有吳越的地方，國富兵強，王位傳了四代，他的子孫和姻戚，也乘機奢侈越禮，宮館苑囿的盛況，在當時達到極點；但蘇子美的亭，卻被僧徒這樣的敬重。可見士人要想留名千年，不跟外界的事物同歸於盡，自有它的道理在喲！」

文瑛讀書，喜愛詩，跟我們交往，我們都稱他為滄浪僧。

【研　析】本文可分三段。首段敘作記的緣由。二段為全文重心，敘述此亭之滄桑變化。三段補記文瑛之性情愛好。滄浪亭始建於北宋蘇舜欽，蘇舜欽已有〈滄浪亭記〉，詳記其造設、園亭形勢、景色，今若再記宮室、寫景物，便是雷同，故歸有光此文改由園變為亭，亭變為庵，庵再變為亭的變化上著筆，抒寫其興替盛衰之感慨，以及如何千載不朽的定見。這樣的興發正與滄浪亭歷經數百年歷史以及姑蘇的千年典故相互呼應，事與情十分貼切。

文末指出士人想傳名後代，自有道理在。但道理究竟何在，卻不直接說明，留下巧妙的懸疑。使人讀罷，追思尋繹，大有繞梁之音餘韻不絕的感覺。

# 茅坤

茅坤（西元一五一二～一六〇一年），字順甫，號鹿門，明歸安（今浙江湖州）人。世宗嘉靖十七年（西元一五三八年）中進士。官至大名兵備副使。後被忌者所中傷，解官歸里。

茅坤工古文，喜唐、宋，曾選編唐韓愈、柳宗元，宋歐陽脩、三蘇、曾鞏、王安石等八家古文，為《唐宋八大家文鈔》，「唐宋古文八大家」之名於是確立。自著有《茅鹿門先生文集》等。

## 青霞先生文集序

【題解】本文選自《茅鹿門先生文集》。《青霞先生文集》是沈鍊的詩文集。沈鍊，字純甫，號青霞山人，明會稽（今浙江紹興）人。明世宗嘉靖十七年（西元一五三八年）中進士。曾任錦衣衛經歷，因上書揭發嚴嵩父子罪狀，被謫戍保安衛（治所在今河北懷來東南）。後被嚴嵩所害。門人集其所作為《青霞先生文集》，其子沈以敬請茅坤作序。序文表彰沈鍊的正直敢諫，而其詩文正是其道德勇氣的體現，其人其詩闇合於「古之志士」。序，古代的一種文體（參見〈太史公自序〉題解）。本文屬「書序」。

青霞沈君，由錦衣經歷❶上書詆❷宰執❸。宰執深疾❹之，方力構❺其罪，賴天子❻仁聖，特薄❼其譴❽，徙之塞上❾。當是時，君之直諫之名滿天下。

已而君纍然⑩攜妻子，出家塞上。會北敵⑪數內犯，而帥府以下，束手閉壘⑫，以恣⑬敵之出沒，不及飛一鏃⑭以相抗。甚且及敵之退，則割中土之戰沒者與野行者之馘⑮以為功。而父之哭其子，妻之哭其夫，兄之哭其弟者，往往而是，無所控籲⑯。君既上憤疆埸⑰之日弛，而又下痛諸將士之日菅刈⑱我人民以蒙國家也。數嗚咽欷歔⑲，而以其所憂鬱發之於詩歌文章，以泄⑳其懷，即集中所載諸什㉑是也。

君故以直諫為重於時，而其所著為詩歌文章，又多所譏刺，稍稍傳播，上下震恐，始出死力相煽構㉒，而君之禍作矣。君既沒，而一時閫寄㉓所相與讒君者，尋且坐罪罷去。又未幾，故宰執之仇君者亦報罷。而君之門人給諫㉔俞君，於是裒輯㉕其生平所著若干卷，刻而傳之。而其子以敬，來請予序之首簡。

茅子㉖受讀而題之曰：「若君者，非古之志士之遺乎哉？孔子刪《詩》，自〈小弁〉㉗之怨親，〈巷伯〉㉘之刺讒以下，其忠臣、寡婦、幽人㉙、懟士㉚之什，並列之為風㉛，疏之為雅㉜，不可勝數，豈皆古之中聲㉝也哉？然孔子不遽遺之者，特憫其人，矜㉞其志，猶曰『發乎情，止乎禮義』、『言之者無罪，聞之者足以為戒』焉耳！予嘗按次春秋以來，屈原㉟之騷疑㊱於怨，伍胥㊲之諫疑於脅，賈誼㊳

之疏疑於激，叔夜㊴之詩疑於憤，劉蕡㊵之對疑於亢。然推孔子刪《詩》之旨而裒次之，當亦未必無錄之者。君既沒，而海內之薦紳㊶大夫，至今言及君，無不酸鼻而流涕。嗚呼！集中所載〈鳴劍〉、〈籌邊〉諸什，試令後之人讀之，其足以寒賊臣之膽，而躍塞垣戰士之馬，而作之愾㊷也固矣。他日，國家采風㊸者之使出而覽觀焉，其能遺之也乎？予謹識㊹之。至於文詞之工不工，及當古作者之旨與否，非所以論君之大者也，予故不著。」

【注釋】❶錦衣經歷　官名。錦衣，明禁衛軍錦衣衛之簡稱。經歷，掌出納文移之職。❷詆　毀謗。此用為痛責。❸宰執　宰相。執一國之政柄，故稱。此指嚴嵩及其子嚴世蕃。❹疾　憎恨。❺構　附會以成之；羅織陷害。❻天子　指明世宗。❼薄　用為動詞。減輕。❽譴　責罰。❾塞上　邊境。❿纍然　抑鬱不得志樣子。⓫北敵　指蒙古族俺答部。⓬閉壘　緊閉城壘。⓭恣　任憑。⓮一鏃　一枝箭。鏃，箭頭。此代指箭。⓯馘　殺敵割取其左耳。⓰控籲　控訴。⓱疆埸　邊界。⓲菅刈　殘害；殘殺。⓳嗚咽欷歔　失聲哭泣。⓴泄　發洩。㉑什　篇章。㉒煽構　以言惑世，陷人於罪。㉓閫寄　寄以閫外之事。即委以重要的軍職。閫，城郭之門。㉔給諫　即給事中。明六部皆置此官，掌侍從規諫，補闕拾遺，稽察六部百司之職。㉕裒輯　搜集編纂。㉖茅子　茅坤自稱。㉗小弁　《詩・小雅》篇名。趙岐謂此詩乃尹吉甫之子伯奇所作。尹吉甫為後妻所蠱惑，逐其前妻之子伯奇，伯奇作此詩以抒怨。㉘巷伯　《詩・小雅》篇名。寺人（即太監）孟子因被讒遭刑，故作是詩以洩怨憤。㉙幽人　幽居之人。指隱士。㉚懟士　怨士。㉛風　歌謠。指《詩經》中的十五〈國風〉。㉜雅　朝廷之樂歌。《詩經》中有〈大雅〉、〈小雅〉。此指〈小雅〉。㉝中聲　平和中正之樂聲。㉞矜　同情。㉟屈原　戰國時代楚國大夫，為楚懷王左徒。以忠信見疑而被逐，憂愁幽思，乃作〈離騷〉。㊱疑　類似；似乎。㊲伍胥　春秋末吳國大夫伍子胥。佐吳王夫差伐越而大破之，越王句踐請和，夫差許之，子胥屢諫不聽。㊳賈誼　西漢雒陽（今河南洛陽）人。文帝時，召為博士，遷至太中大夫，後招忌出為長沙王太傅，尋遷梁懷王太傅。賈誼曾上疏條陳政事，頗得治體。㊴叔夜　晉嵇康，字叔夜。因呂安事下獄，作〈幽憤詩〉。㊵劉蕡　唐人。文宗時應賢良對策，直言宦官之禍。㊶薦紳　也作「搢紳」、「縉紳」。古代官員，插笏於紳，是曰搢紳。後因謂仕宦曰搢紳。紳，大帶。㊷愾　憤怒。㊸采風　採集民間歌謠。㊹識　通「志」。記。

【語譯】青霞沈先生，擔任錦衣衛經歷時上書痛責宰相，宰相十分憎恨他，正竭力羅織他的罪名，幸好皇上仁慈聖明，特意減輕他的罪責，把他流放到邊區。在這時候，沈先生直諫的名聲傳遍了天下。

不久，沈先生抑鬱地帶著妻子和孩子，出京到邊塞上去住。剛好遇到北方敵人屢次來寇邊，自統帥以下的官員，都束手無策，緊閉城壘，任憑敵寇隨意出沒，連射一枝箭去抵抗也沒有。甚至等到敵人退了，便割取中原兵士戰死者和野外行路人的左耳來獻功。而父親哭兒子，妻子哭丈夫，哥哥哭弟弟，這種情況到處都是，卻無處可以控訴。沈先生既悲憤邊界國防的日漸鬆懈，又痛恨一般將士時常殘害國人來蒙蔽朝廷。因此每每失聲哭泣，把他的憂傷發抒在詩歌文章中，以排遣他的心情，就是這本文集中所收的篇章。

沈先生本來便因直諫受到當時人的推重，而他所寫的詩歌文章，又多有所譏刺，漸漸地流傳開來後，朝野上下為之震動驚駭，便開始有人出死力煽惑中傷他，因此他的災禍便發生了。沈先生死後，當時握有兵權進讒言陷害先生的那幫人，不久也都因罪罷官。再過不久，以前仇視沈先生的宰相也丟了官。沈先生的門人給事中俞君，於是搜集編纂沈先生生平的著作若干卷，刻印流傳。沈先生的兒子以敬，來請我寫篇序擺在書的前面。

我讀了他的文集，寫道：「像沈先生這樣的人，不就是古代志士的後繼者嗎？孔子刪《詩經》，從〈小弁〉的怨親、〈巷伯〉的刺讒以下，那些忠臣、寡婦、幽人、怨士的篇什，都分別收入〈風〉、〈雅〉中，不能一一細數，這些難道都是古代平和中正的樂聲嗎？然而孔子並不輕易地刪去的原因，只是憐憫這些人，同情他們的心志，還說是『發自於真情，而不逾越於禮義』、『說的人沒有罪，聽的人足以作為警戒』的呢！我曾依次序閱讀春秋以來的作品，覺得屈原的〈離騷〉近於幽怨，伍子胥的諫言近於脅迫，賈誼的上奏近於激憤，嵇叔夜的詩近於憤慨，劉蕡的對策近於剛直。然而如果按照孔子刪《詩》的本旨來收集編纂，這些人的作品未必無可選錄。沈先生死後，海內官員至今一提到他，沒有一個不鼻酸而掉淚的。唉！集中所收〈鳴劍〉、〈籌邊〉各篇，試著讓後代的人讀它，應足以使賊臣膽寒，使邊城戰士的戰馬踴躍，進而激起同仇敵愾的心理，這是必然無疑的。將來國家採集民歌的使者看到這些作品，難道會漏掉它們嗎？我審慎地記下這些。至於文詞的工巧不工巧，以及合乎古代作者的要旨與否，不是我評論沈先生的重點所在，所以我不論及。」

【研　析】本文可分四段。前兩段介紹沈鍊生平，及其發憤著為詩文，遂罹禍殃之始末。三段追敘其詩文之流傳及編纂刊刻之經過。末段強調沈鍊的詩文能合乎古人諷諭之旨，足供後世觀省得失。

茅坤與王慎中、唐順之、歸有光等人被稱為明代的「唐宋派」古文家，他們都十分重視文章的內容；本篇特別表彰沈鍊直言敢諫的道德勇氣，且盛讚其詩文之氣骨，正是茅坤文學主張的體現。在茅坤看來，沈鍊一生最值得稱述的地方，就在其剛正不阿的氣節，故重言其「直諫」之耿介（「君之直諫之名滿天下」、「君故以直諫為重於時」）。直諫是基於強烈的危機意識而以忠直之言對當局發出警訊，它以整體利益為考量，故不免觸犯既得利益者的忌諱，而使自身暴露於眾矢之的的危險之中，此為沈鍊罹禍之所由。然而，也正因為其正義感始終處於被壓抑的狀態，故而他在情感上一直是傷痛憂鬱的，發之於詩歌文章，遂「多所譏刺」，而闇合於「古之志士」，在這點上，茅坤是充分肯定其價值的。

# 王世貞

王世貞（西元一五二六～一五九〇年），字元美，號鳳洲，又號弇州山人，明太倉（今江蘇太倉）人。世宗嘉靖二十六年（西元一五四七年）中進士。官至南京刑部尚書。工古文，與李攀龍、謝榛、宗臣、梁有譽、徐中行、吳國倫等合稱後七子，繼前七子之後，以秦漢之文、盛唐之詩倡行天下，而李、王實為其領袖。李攀龍去世後，王世貞獨主盟文壇達二十年。著有《弇州山人四部稿》等。

## 藺相如完璧歸趙論

**【題解】**本文選自《弇州山人四部稿》。藺相如，戰國時代趙國人，為趙國宦者令繆賢之舍人。趙惠文王得和氏璧，秦昭王願以秦十五城與趙換璧。趙王不敢拒絕，又恐被秦所欺，失璧而換不回十五城，於是派藺相如持璧入秦。藺相如因秦王見璧而不提十五城之事，遂設巧計，命人暗中將璧先行送回趙國。《史記・廉頗藺相如列傳》記此事，稱讚藺相如智勇兼備。王世貞針對此事而翻案，認為藺相如之所以能完璧歸趙，實賴天意成全，而無關其智勇。

藺相如之完璧，人皆稱之，予未敢以為信也。夫秦以十五城之空名，詐趙而脅❶其璧，是時言取璧者，情❷也，非欲以窺趙也。趙得其情則弗予，不得其情則予；得其情而畏之則予，得其情而弗畏之則弗予。此兩言決耳，奈之何既畏而復挑其怒也？

且夫秦欲璧，趙弗予璧，兩無所曲直❸也。入璧而秦弗予城，曲在秦；秦出城而璧歸，曲在趙。欲使曲在秦，則莫如棄璧；畏棄璧，則莫如弗予。

夫秦王既按圖以予城，又設九賓❹，齋❺而受璧，其勢不得不予城。璧入而城弗予，相如則前請曰：「臣固知大王之弗予城也。夫璧，非趙寶也；而十五城，秦寶也。今使大王以璧故而亡其十五城，十五城之子弟皆厚怨大王以棄我如草芥❻也；大王弗予城而紿❼趙璧，以一璧故而失信於天下。臣請就死於國，以明大王之失信。」秦王未必不返璧也。今奈何使舍人❽懷而逃之，而歸直於秦？

是時秦意未欲與趙絕耳。今秦王怒而僇❾相如於市，武安君❿十萬眾壓邯鄲⓫而責璧與信，一勝而相如族⓬，再勝而璧終入秦矣！吾故曰：「藺相如之獲全於璧也，天也。」若其勁澠池⓭，柔廉頗⓮，則愈出而愈妙於用。所以能完趙⓯者，天固曲全之哉！

【注釋】❶脅　以威力迫人。❷情　實情。❸曲直　是非；對錯。❹九賓　周天子接見使臣朝聘之禮，命各國賓客會同觀禮，以示隆重。❺齋　齋戒沐浴。古人遇祭祀或典禮等大事，先潔身清心，以示虔敬，謂之齋。❻草芥　草。喻輕賤之物。

❼給 欺詐。❽舍人 左右親近之通稱。此指藺相如的門客。❾僇 殺戮。❿武安君 秦將白起之封號。⓫邯鄲 戰國時代趙國都城。在今河北邯鄲西南。⓬族 滅族。⓭勁澠池 言藺相如於秦、趙澠池（在今河南澠池西）之會時，不屈於秦王之前。勁，強硬。⓮柔廉頗 言相如之於廉頗，不與之計較。⓯完趙 保全趙國。

【語 譯】藺相如完璧歸趙一事，人們都稱讚他，我卻不敢同意。秦國想用十五座城的空口許諾，欺騙趙國而強取趙國的和氏璧，這時秦國聲言想得到璧，這是實情，並不是想伺機侵略趙國。如果趙國了解秦國的實情就不要給，不了解實情就給；了解實情而畏懼秦就給，了解實情而不畏懼秦就不給。這是兩句話便可決定的事，為什麼既畏懼秦國卻又要去挑起秦的怒火呢？

何況秦國想要璧，趙國不給，雙方都無所謂對錯。給了璧而秦國不給城，錯在秦國；秦國拿出城來而璧卻送回趙國，錯在趙國。想使錯在秦國，便不如捨棄這塊璧；怕捨棄這塊璧，便不如不給。

秦王既已指著地圖要把十五座城給趙國，又設九賓的大禮，齋戒沐浴後準備接受這塊璧，在這種情況下，不可能不給城。如果璧交給了秦王，而秦王不給城，相如便可以上前向秦王請求說：「臣本來就料到大王不會給城。那塊璧，不算是趙國的珍寶；那十五座城，卻是秦國的寶物。現在假使大王因為璧的緣故而失去十五座城，十五座城的子弟都會深深地怨恨大王，認為大王拋棄自己像拋棄小草一般。假使大王不給城，而騙取了趙國的璧，就會因為一塊璧的緣故而失信於天下。臣願意死在這裡，來凸顯大王的失信。」這樣秦王未必不把璧歸還。如今為什麼派門客懷藏著璧逃回趙國，卻把正直合理留給了秦國呢？

在這時，秦國並沒意思要跟趙國絕裂。假使招惹秦王動怒而殺相如於市，派武安君帶兵十萬進逼邯鄲，並責問那塊璧和失信的事，秦國一仗打勝，相如會被滅族，再勝，那塊璧終究會落入秦王手中了！所以我說：「藺相如能保全那塊璧，是天意啊！」至於他在澠池會上對秦王的強硬，在趙國用柔弱的方式對待廉頗，真是越來越神妙了。他之所以能保全趙國，實在是天意成全了他啊！

【研 析】本文可分四段。首段言趙國對秦以城易璧一事的實情有「得」與「不得」兩種認知，而對秦的威脅亦可有「畏」與「弗畏」兩種態度和反應。二段以「棄璧」與否為關鍵，扣緊「曲直」來析理。三段為藺相如擬設一段應對秦王的辭令，以失信欺趙和為璧棄城而招怨兩面難之，逼秦王返璧。末段言藺相如之舉實有亡身、亡璧、亡趙三重危險，而將其所以安然脫險歸諸天意。

王世貞作此論有一基本預設，即末段所謂「秦意未欲與趙絕耳」。「未欲」並非不欲，只是力有未逮。《史記》記載藺相如使秦之前，廉頗大破齊師於陽晉，顯示趙國的軍事力量尚不容忽視，而秦、趙前此之攻戰互有勝負，亦使秦不敢以輕心掉之。另方面，藺相如赴澠池之會前已和廉頗約定，三十日後趙王不還，便立太子為王，以絕秦望。藺相如固然智勇雙全，實亦仰賴趙之實力與決心以為籌碼，方有談判之空間。王世貞先疑其「既畏而復挑其怒」，以為不智；又責其昧於曲直，實欲失信；更以族滅、國破、璧失三險難之，謂其所以保身完趙全璧，誠賴天意成全。然則細審王氏推證之過程，亦不無可議。何以故？賈誼曾於〈過秦〉中指責秦不施仁義，而在秦君之治國理念底層，亦未嘗欲以愛民為事，故王世貞擬設責秦以失信、民怨，所謂「秦王未必不返璧也」，乍看似得其曲直，實則亦未必盡是。

## 袁宏道

袁宏道（西元一五六八～一六一〇年），字中郎，號石公，明公安（今湖北公安）人。年十六，中秀才，結社城南，自為社長。神宗萬曆二十年（西元一五九二年）中進士。累官稽勳郎中。工詩文，主妙悟，倡性靈，反對後七子王世貞、李攀龍等復古模擬之弊。所作以小品文見長，清新輕俊，時稱「公安體」。與兄袁宗道、弟袁中道並有才名，號「三袁」。有《袁中郎全集》等。

# 徐文長傳

**【題解】**本文選自《袁中郎全集》。徐文長，徐渭（西元一五二一～一五九三年），字文長，明山陰（今浙江紹興）人。一生科舉不利，僅考中秀才。才氣橫溢，不拘格套，兼擅詩文書畫及戲曲。有《徐文長集》等。

本文為徐渭作傳，敘述其生平，評論其藝文成就，對其負奇才而命運坎坷，表達了深切的同情。

徐渭，字文長，為山陰諸生❶，聲名藉甚❷。薛公蕙❸校❹越❺時，奇其才，有國士❻之目。然數奇❼，屢試輒蹶❽。中丞❾胡公宗憲❿聞之，客諸幕⓫。文長每見，則葛衣烏巾⓬，縱談天下事，胡公大喜。是時公督數邊兵，威鎮東南，介胄之士⑬，膝語蛇行⑭，不敢舉頭，而文長以部下一諸生傲之，議者方⑮之劉真長⑯、杜少陵⑰云。會得白鹿⑱，屬⑲文長作表。表上，永陵⑳喜。公以是益奇之，一切疏計㉑，皆出其手。

文長自負才略，好奇計，談兵多中。視一世事無可當意者，然竟不偶㉒。文長既已不得志於有司㉓，遂乃放浪麴糱㉔，恣情山水，走齊、魯、燕、趙㉕之地，窮覽朔漠㉖。其所見山奔海立，沙起雷行，雨鳴樹偃㉗，幽谷大都，人物魚鳥，一切可驚可愕之狀，一一皆達之於詩。其胸中又有勃然不可磨滅之氣，英雄失路、托足無門之悲，故其為詩，如嗔㉘如笑，如水鳴峽，如種出土，如寡婦之夜哭，羈人㉙之寒起；雖其體格㉚時有卑者，然匠心㉛獨出，有王者氣，非彼巾幗㉜而事人者所敢望也。文有卓識，氣沉而法嚴，不以模擬損才，不以議論傷格，韓、曾㉝之流亞㉞也。文長既雅㉟不與時調㊱合，當時所謂騷壇㊲主盟者，文長皆叱而奴之，故其名不出於越。悲夫！喜作書，筆意奔放如其詩，蒼勁㊳中姿媚躍出，歐陽公㊴所謂「妖韶㊵女，老自有餘態」者也。間以其餘，旁溢為花鳥，皆超逸有致。

卒以疑殺其繼室㊶，下獄論㊷死。張太史元忭㊸力解，乃得出。晚年，憤益深，佯狂㊹益甚。顯者至門，或拒不納。時攜錢至酒肆，呼下隸與飲；或自持斧擊破其頭，血流被面，頭骨皆折，揉㊺之有聲；或以利錐錐其兩耳，深入寸餘，竟不得死。周望㊻言：晚歲詩文益奇，無刻本，集藏於家。余同年㊼有官越者，托以鈔錄，今未至。余所見者，《徐文長集》、《闕編》二種而已。然文長竟以不得志於時，抱憤而卒。

石公㊽曰：「先生數奇不已，遂為狂疾；狂疾不已，遂為囹圄㊾。古今文人牢騷㊿困苦，未有若先生者也。雖然，胡公間世(51)豪傑，永陵英主。幕中禮數(52)異等，是胡公知有先生矣；表上，人主悅，是人主知有先生矣。獨身未貴耳。先生詩文崛起(53)，一掃近代蕪穢之習，百世而下，自有定論，胡為不遇哉？梅客生(54)嘗寄予書曰：『文長吾老友，病奇於人，人奇於詩。』余謂文長無之而不奇者也。無之而不奇，斯無之而不奇也！悲夫！」

【注釋】❶諸生　明時稱入學之生員。俗稱秀才。❷藉甚　盛大。❸薛公蕙　薛蕙。字君采，明亳州（今安徽亳縣）人。武宗正德九年（西元一五一四年）進士，累官吏部考功司郎中。公，對人的尊稱。❹校　考校。即學官考試諸生。❺越　指紹興府。治所在今浙江紹興。❻國士　一國傑出之士。❼數奇　命運不好。❽蹶　失敗；挫折。❾中丞　官名。明時稱巡撫為中丞。❿胡公宗憲　胡宗憲。字汝貞，明績溪（今安徽績溪）人，嘉靖進士，曾以御史巡按浙江，後升總督，負責江南、江北、浙江、福建等數省海防，抗擊倭寇。累官兵部尚書。⓫客諸幕　禮聘為幕客。客，用為動詞。以客禮相待。幕，幕府的簡稱。指將軍或地方軍政首長的府署。⓬葛衣烏巾　穿葛布衣，戴黑色頭巾。即平民裝束。⓭介胄之士　指軍人。介，甲衣。冑，頭盔。⑭膝語蛇行　以膝跪地而語，彎腰俯伏而行。形容卑遜之極。⑮方　比擬。⑯劉真長　劉惔。字真長，東晉人。晉簡文帝初作相，帝以上賓之禮待之。⑰杜少陵　杜甫。自稱少陵野老，唐代詩人。杜甫流寓成都，在劍南道東西川節度使嚴武幕中備受禮遇，曾乘醉對嚴武說：「嚴挺之（嚴武之父）竟然有你這個兒子！」⑱會得白鹿　明世宗嘉靖三十七年（西元一五五八年），胡宗憲得白鹿於舟山，獻於朝廷，視為吉祥物。⑲屬　通「囑」。吩咐。⑳永陵　指明世宗。明世宗葬永陵，故用以借指明世宗。㉑疏計　奏章報表。㉒不偶　不遇；不得志。㉓有司　指官吏。設官分職，各有所司，故稱。㉔麴櫱　釀酒用的發酵劑。此指酒。㉕齊魯燕趙　皆古國名。此指各國所領地區。齊、魯，指今之山東一帶。燕、趙，指今之河北、山西一帶。㉖朔漠　北方沙漠。㉗偃　伏倒。㉘嗔　怒。㉙羈人　客居異地的人。㉚體格　風格。㉛匠心　指文學構思。㉜巾幗　婦女的頭巾和髮飾。此代指婦女。㉝韓曾　韓愈和曾鞏。㉞流亞　同一流人物。㉟雅　非常。㊱時調　指當代的文風。㊲騷壇　文壇。㊳蒼勁　古老而強勁。㊴歐陽公　指歐陽脩。歐陽脩有〈水谷夜行寄子美聖俞〉詩云：「譬如妖韶女，老自有餘態。」㊵妖韶　嬌媚的樣子。㊶繼室　續娶之妻。㊷論　判決。㊸張太史元忭　張元忭。字子藎，明山陰（今浙江紹興）人。穆宗隆慶年間進士，官至翰林侍讀。明代修史屬翰苑諸臣，故翰林亦稱太史。㊹佯狂　假裝瘋狂。㊺揉　按摩。㊻周望　陶望齡。字周望，號石簣，明會稽（治所在今浙江紹興）人。神宗萬曆十七年（西元一五八九年）中進士，官編修，有詩名。㊼同年　科舉時代同榜考中舉人或進士的人，彼此互稱「同年」。㊽石公　袁宏道之號。㊾囹圄　牢獄。㊿牢騷　抑鬱不平的感觸。(51)閒世　隔世。即不世出。(52)禮數　禮節。(53)崛起　特出；突出。(54)梅客生　梅國楨。字客生，明麻城（今湖北麻城）人。神宗萬曆進士，官至兵部右侍郎、總督宣大山西軍務。

【語　譯】徐渭，字文長，是山陰縣的秀才，名氣很大。薛蕙公主持紹興府府試時，認為他的才學奇特，把他視為國士。但他運氣不好，屢次應試都失敗。巡撫胡宗憲公聽到他的名氣，聘請他做幕僚。文長每次進見，都是穿著粗布衣、戴著黑頭巾，縱談天下大事，胡公非常欣賞他。當時胡公總督數省邊防，威鎮東南一帶，將士們見了他，跪著講話，彎著腰走路，不敢抬頭，而文長只是胡公部下的一個秀才竟對他傲慢，評論的人把他比做劉真長和杜少陵。剛好胡公獲得一隻白鹿，吩咐文長作一篇表。表呈上去，世宗皇帝看了很喜歡。胡公因此更認為他是個奇才，一切奏章報表，都交給他寫。

文長自負他的才略，喜歡出奇計，談論軍事多能切中實際。他看當代的一切事情，沒有讓他滿意的，但是始終不能得志。文長仕途既不得志，於是肆意飲酒，縱情山水，遊歷過齊、魯、燕、趙等地，飽覽北方大漠。他所看過的山勢的奔騰，海水的洶湧，沙石的飛揚，雷電的疾行，雨的鳴嘯，樹的頹倒，寂靜的山谷，宏偉的都市，以及人物魚鳥，一切令人驚奇的形狀，都一一表現在他的詩中。他胸中又有蓬勃不可磨滅的氣概，英雄失意、無處容身的悲哀，所以他的詩，像在發怒，像在嘲笑，像流水在峽谷中悲鳴，像種子發芽冒出泥土，像寡婦夜晚哭泣，異鄉客寒夜起身；風格雖然偶爾有些卑下，但構思獨特，有王者的氣勢，不是那些像婦女般專討好人的作家所能跟他相比的。他的文章有卓越的見解，氣勢深沉而法度謹嚴，不以模擬折損他的才氣，不以議論損傷他的格調，可說是韓愈、曾鞏一流的人物。文長既然與當代文風極度不合，當時所謂文壇領袖的人物，文長都斥責他們、輕視他們，所以他的聲名不出浙江。真是可悲呀！他喜歡寫字，筆意奔放像他的詩，蒼老勁健中躍出嫵媚的姿態，如同歐陽脩所說的「嬌媚的女子，老了也仍自有風韻」。偶爾將其餘力，表現在花卉禽鳥畫上，也都超逸有韻致。

後來因疑心而殺了他續娶的妻子，下獄判了死罪。張太史元忭竭力營救他，才得釋放。晚年，憤世更深，裝瘋更嚴重。顯貴的人登門拜訪，有時拒不接見。他時常帶了錢到酒店，招呼一些地位低賤的人跟他喝酒；有時拿著斧頭敲破自己的腦袋，血流滿臉，頭骨都折斷，摸上去會有聲音；有時用銳利的錐子刺自己的雙耳，深入一寸多，居然沒有死。陶周望說他晚年的詩文越發奇妙，沒有刻本傳世，集子藏在他家裡。我的同年有在浙江做官的，我託他抄錄，到現在還沒抄來。我看到的只是《徐文長集》和《闕編》兩種而已。唉！文長終究因為在當時不得志，抱恨而死。

石公說：「先生命運始終不好，因此變為狂妄病；狂妄病老是不好，因此招來牢獄之災。古今文人抑鬱不平、窮困苦難，沒有一個像先生這樣悲慘的。雖然如此，胡公是不世出的豪傑，世宗是英明的皇帝。在幕府中胡公以特殊的禮儀待他，可見胡公是深知先生的了；表章呈上去，皇帝很喜歡，可見皇帝是知道先生的了。只是一生未曾顯貴罷了。先生的詩文特出，一掃近代蕪雜穢亂的習尚，百代以後，自然有公正的評價，怎能說他不遇時機呢？梅客生曾寄信給我，說：『文長是我的老友，他的病比他的為人奇特，他的為人比他的詩更奇特。』我說文長沒有一樣不奇特，因為沒有一樣不奇特，所以他的遭遇也都不順利。實在令人悲傷呀！」

【研　析】本文可分四段。首段記述徐文長之奇才，先後見賞於薛蕙、胡宗憲和明世宗。二段歎其長才未能施展，而絕意仕進，放浪於酒鄉林野，詩文益奇，書畫俱佳。三段記其殺其繼室，下獄幾死；晚年雖激憤佯狂，詩文尤奇。末段引梅國楨語為證，謂其無一不奇。全篇藉由描述徐渭的奇才（詩奇、文奇、字奇、畫奇，且好奇計）來烘托他的「數奇」，表達了作者深刻的同情。

對多數傳統士大夫而言，「修身、齊家、治國、平天下」是一條無可置疑的人生道路，《論語》「學而優則仕」是他們根深柢固的信念。然而，事與願違的畢竟占了多數，在各自「自負才略」且「視一世事無可當意者」的情況下，牢騷滿腹者有之，恃才傲物者更不乏其人，徐渭就是一個典型。才高者固易好「奇」，所謂「匠心獨出，有王者氣，非彼巾幗而事人者所敢望」，以至對騷壇主盟者「叱而奴之」，實亦無非以己所長，相輕所短之文人積弊所致。徐渭終身偃蹇，恐怕是這種率性狂傲的態度所導致的吧！

然而，作為一個藝術創作者，亦必得有真性情以充其氣。徐渭的言行固然有失溫厚，甚且流於病態，但他始終堅持忠於自我，耿介不群，亦非媚俗的鄉愿所堪比擬。袁宏道以一「奇」字許之，正是推崇其獨抒性情、不拘格套的一面，這與公安派的基本主張是一致的。

## 張溥

張溥（西元一六〇二～一六四一年），字天如，明太倉（今江蘇太倉）人。自幼好學，所讀詩文，往往反覆抄寫六、七遍，因名其書房曰「七錄齋」。明思宗崇禎四年（西元一六三一年）中進士，授庶吉士。因葬親請假還鄉，不再出仕。張溥與同鄉同學張采齊名，號稱「婁東二張」。曾集郡中名士為文社以復古學，名曰復社。以聲勢浩大，為執政者所厭惡，幾得禍，至其死，而社事之究問猶未已。著有《七錄齋集》等書，編有《漢魏六朝百三名家集》。

# 五人墓碑記

【題解】本文選自《七錄齋集》。明熹宗天啟（西元一六二一～一六二七年）年間，宦官魏忠賢把持朝政，殘害忠良。天啟六年，辭官在鄉的吳縣（今江蘇蘇州）人周順昌，因忤魏忠賢而被逮捕，此事激起人民的義憤，與東廠緝捕人員發生激烈衝突。魏忠賢以吳縣人民暴亂，發兵而來。顏佩韋等五人毅然自首，被斬決，事方平定，不再株連。明思宗崇禎元年（西元一六二八年），魏忠賢充軍死，吳縣士紳請准將五人屍身合葬於虎丘山塘。本文即五人墓成立碑時所作碑文，表揚出身平民的五人，能捨生取義，死得其所。

五人者，蓋當蓼洲周公❶之被逮，激於義而死焉者也。至於今，郡❷之賢士大夫請於當道❸，即除❹魏閹❺廢祠❻之址以葬之，且立石於其墓之門以旌❼其所為。嗚呼，亦盛矣哉！

夫五人之死，去今之墓而葬焉，其為時止十有一月耳。夫十有一月之中，凡富貴之子，慷慨得志之徒，其疾病而死，死而湮沒❽不足道者亦已眾矣，況草野❾之無聞者歟？獨五人之皦皦❿，何也？

予猶記周公之被逮，在丁卯⓫三月之望⓬。吾社⓭之行為士先者，為之聲義⓮，斂⓯貲財以送其行，哭聲震動天地。緹騎⓰按劍而前，問：「誰為哀者？」眾不能堪，抶⓱而仆⓲之。是時以大中丞⓳撫吳者為魏之私人，周公之逮所由使也。吳之民方痛心焉，於是乘其厲聲以呵，則譟而相逐。中丞匿於溷藩⓴以免。既而以吳民之亂請於朝，按誅五人，曰：顏佩韋、楊念如、馬杰、沈揚、周文元，即今之傫然㉑在墓者也。然五人之當刑㉒也，意氣揚揚，呼中丞之名而詈㉓之，談笑以死；斷頭置城上，顏色不少變。有賢士大夫發五十金㉔，買五人之脰㉕而函㉖之，卒與屍合。故今之墓中，全乎為五人也。

嗟夫！大閹㉗之亂，縉紳㉘而能不易其志者，四海之大，有幾人歟？而五人生於編伍㉙之間，素不聞《詩》《書》之訓，激昂大義，蹈死不顧，亦曷故哉？

且矯詔㉚紛出，鉤黨㉛之捕遍於天下。卒以吾郡之發憤一擊，不敢復有株治㉜，大閹亦逡巡㉝畏義，非常之謀，難於猝發。待聖人㉞之出而投繯㉟道路，不可謂非五人之力也。

由是觀之，則今之高爵顯位，一旦抵罪，或脫身以逃，不能容於遠近，而又有剪髮㊱杜門㊲，佯狂不知所之者，其辱人賤行，視五人之死，輕重固何如哉？是以蓼洲周公，忠義暴㊳於朝廷，贈諡㊴美顯，榮於身後，而五人亦得以加其土封㊵，列其姓名於大堤㊶之上。凡四方之士，無有不過而拜且泣者，斯固百世之遇也。不然，令五人者保其首領㊷，以老於戶牖之下，則盡其天年，人皆得以隸使之，安能屈豪傑之流，扼腕㊸墓道，發其志士之悲哉？故予與同社諸君子，哀斯墓之徒有其石也，而為之記，亦以明死生之大，匹夫㊹之有重於社稷㊺也。

賢士大夫者，冏卿㊻因之吳公㊼，太史㊽文起文公㊾，孟長姚公㊿也。

【注釋】❶蓼洲周公　周順昌。字景文，號蓼洲，明吳縣人。神宗萬曆四十一年（西元一六一三年）中進士，歷官吏部主事、文選員外郎。為魏忠賢所陷，下獄死。明思宗崇禎初，諡忠介。公，對人的尊稱。❷郡　指明之蘇州府。舊為吳郡，此用舊稱。❸當道　指握政權者。❹除　清除。❺魏閹　指魏忠賢。明熹宗時之宦官。時擅朝專政，生祠遍天下。明思宗立，貶於鳳陽（今安徽鳳陽），自縊死。❻廢祠　指魏忠賢生祠的廢址。在虎邱山塘。❼旌　表彰。❽湮沒　埋沒。❾草野　鄉野；民間。❿皦皦　明亮的樣子。⓫丁卯　丁卯年。即明熹宗天啟七年（西元一六二七年）。⓬望　農曆每月的十五日。⓭吾

社　指復社。時張溥與同里張采等，共結此社，以繼東林聲氣。⑭聲義　聲張正義。⑮斂　募集。⑯緹騎　逮治犯人之吏役。即官騎。緹，丹黃色的帛。漢執金吾從騎以此帛為服。⑰抶　擊打。⑱仆　跌倒。⑲大中丞　指蘇州巡撫毛一鷺。明代稱巡撫為中丞。「大」字有諷刺之意。⑳溷藩　廁所。㉑傫然　聚集的樣子。㉒當刑　受刑；就刑。㉓詈　罵。㉔五十金　五十兩銀子。明代以銀一兩為一金。㉕脰　脖子。此代指斷頭。㉖函　匣子。此用為動詞。裝入棺材。㉗大閹　指魏忠賢。㉘縉紳　代指官吏。古代官員束帶插笏，故稱。縉，插。紳，大帶。㉙編伍　指編入戶籍的平民。㉚矯詔　假聖旨。㉛鉤黨　結黨。此指東林黨。㉜株治　牽連治罪。㉝逡巡　遲疑不前的樣子。㉞聖人　指明思宗。㉟投繯　自縊。繯，繩圈。㊱剪髮　指落髮為僧。㊲杜門　閉門。㊳暴　顯揚。㊴贈諡　贈予死者之號，以示其德。㊵土封　聚土為封。指加封其墳墓。㊶大堤　地名。在今蘇州虎邱山塘。㊷首領　頭顱。㊸扼腕　以手握腕。表示振奮或惋惜。㊹匹夫　一般百姓。㊺社稷　借指國家。社為土神，稷為穀神，古代建國，必立社稷以祀之。㊻冏卿　官名。即太僕寺卿。㊼因之吳公　吳默。字因之，明吳江（今江蘇吳江）人。㊽太史　官名。明代修史之翰林稱之。㊾文起文公　文震孟。字文起，明吳縣（今江蘇吳縣）人。㊿孟長姚公　姚希孟。字孟長，明長洲（今江蘇蘇州）人。

【語　譯】這五個人，是在周蓼洲公被捕時，激於義憤而被殺害的。到現在，郡中的賢士大夫向當局請求，清除魏閹生祠的廢址來安葬他們，並在墓門前立一塊石碑來表彰他們的行為。唉！這也算是盛事了啊！

這五個人的死，距現在修好墳墓安葬他們，其間僅十一個月而已。在這十一個月當中，那些富貴人家的子弟，或慷慨得意的人，他們因病而死，死後沒沒無聞不值得稱道的也多極了，何況鄉野間那些沒有聲名的人呢？惟獨這五人聲名顯赫，這是為什麼呢？

我還記得周公被捕，是在丁卯年三月十五日。我們復社裡那些品行可以作為士人前導的，替他聲張正義，募集錢財來為他送行，當時哭聲震動天地。拘人的官差拿著劍上前，喝道：「你們為誰哀傷？」眾人不能忍受，把他們擊倒在地上。當時蘇州大中丞是魏某的私人，周公被逮捕便是他造成的。蘇州百姓正為此事而痛心，於是乘他厲聲呵責人時，便騷動起來追趕他。中丞藏匿到廁所裡才得脫身。不久，他以蘇州人民暴動的理由請示朝廷查辦，定罪處死這五個人，他們是：顏佩韋、楊念如、馬杰、沈揚、周文元，就是現在合葬在墳墓中的五個人。然而這五個人在受刑的時候，意氣高揚，喊中丞的名字並且罵他，談笑從容而死；砍斷的頭顱放在城上，臉色一點也沒改變。有賢士大夫出五十兩銀子，買回五人的頭裝入棺材，終於使他們的頭和屍體相合，所以現在的墳中，五人的屍體是完整的。

唉！大宦官亂政時，官員能不改變操守的，天下這樣大，又有幾個人呢？而這五個人生在一般百姓家，一向沒聽過《詩》《書》的教訓，卻能為大義而激昂，不惜生命而赴死，又是什麼緣故呢？況且當時假造的聖旨不斷地發出，對於東林黨人的逮捕遍及天下。終於因我郡的奮力一擊，不敢再牽連治罪，大宦官也因害怕大義而遲疑，那篡奪帝位的奸謀，才不敢驟然發動。等到聖天子即位而他只好自縊在流放的途中，不能不說是這五個人的力量啊。

從這件事看來，當今的那些達官貴人，一旦犯了罪，有人脫身逃亡，遠近都不被容納，有人剪了頭髮出家、閉門不出，假裝發狂、不知逃往何處的，他們使人感到可恥的卑賤行為，比起這五個人的死，輕重又該是怎樣呢？

所以周蓼洲公，忠義顯揚於朝廷，天子賜給他諡號，美盛榮顯，死後得到哀榮，而這五個人也得以建墳安葬，姓名列刻在大堤上。舉凡四方的人士，經過他們的墳前無不祭拜哭泣，這真是百代的禮遇啊。假使不是這樣，讓這五個人保全他們的頭顱，老死在家中，那麼，終其一生，別人都可以隨意役使他們，又怎能使豪傑之輩屈身，在墓道扼腕歎息，發出其志士的悲痛呢？所以我和同社的諸君子，不忍這墳墓前只有空白的碑石，就寫下這篇記，也想用來說明死生是大事，平常百姓也可以對國家有重大貢獻啊！

前面所說的賢士大夫，是太僕寺卿吳公因之，太史文公文起，姚公孟長。

【研析】從形式上看，碑文除以散文記事外，往往在末了加一段「其詞曰」的韻文，但此篇已純然是散文的體式了。就立碑地點和用途而言，碑最早用於帝王的封禪，周代才用於宗廟，至漢以後始用於墓前。一般墓誌往往對死者過度讚揚，張溥此文乃表揚忠貞義行，可說是頌而有實，自非一般諛墓之碑文可比。

全文圍繞「激於義而死」這個主題層層展開，可分六段。首段簡述五人的死因及樹立墓碑的緣由。二段評價五人之死，較諸常人為光榮顯耀。三段追敘五人死難經過及英勇就義的情景。四段譏貶達官貴人懼禍附勢，反不若出身平民之五人能激揚大義，發憤以擊閹黨。五段讚揚五人捨生取義，與周順昌同樣名垂千古。六段補記前文出金埋葬五人的賢士大夫之姓名。

死亡本是人生最大的限制，張溥卻刻意將「激於義而死」的「五人」，和採取「辱人賤行」的方式逃避一死的「高爵顯位」者對比，這豈不是個諷刺？為所當為謂之義；無學無位之「五人」勇於為公義而死，臨刑猶面不改色，縉紳之士卻多不敢仗義忠諫，以致「死而湮沒不足道」，此實王綱所以不振，而閹逆群小所以橫行之故。張溥為五人作碑記，多以感歎句、疑問句和反問句出之，鮮明地表達了他對缺乏道德勇氣的在位者的不滿。值得玩味的是，歷來所謂忠臣義士，他們殫精竭慮所欲護持的，往往是個亂朝庸君，結果反而導致自身的悲劇。是他們不智嗎？抑或此種明知局勢已不可為而猶勉強為之的道德勇氣，正是其可貴之處呢？讀者試一思之。

新譯李賀詩集
新譯杜牧詩文集
新譯李商隱詩選
新譯范文正公選集
新譯蘇洵文選
新譯蘇軾文選
新譯蘇軾詞選
新譯蘇轍文選
新譯曾鞏文選
新譯王安石文選
新譯唐宋八大家文選
新譯柳永詞集
新譯李清照集
新譯辛棄疾詞選
新譯陸游詩文選
新譯歸有光文選
新譯唐順之詩文選
新譯徐渭詩文選
新譯薑齋文集
新譯顧亭林文集
新譯方苞文選
新譯鄭板橋集
新譯袁枚詩文選
新譯李慈銘詩文選
新譯聊齋誌異選
新譯閱微草堂筆記
新譯浮生六記
新譯弘一大師詩詞全編

### 教育類

新譯爾雅讀本
新譯顏氏家訓
新譯聰訓齋語
新譯曾文正公家書
新譯三字經
新譯百家姓
新譯幼學瓊林
新譯增廣賢文・千字文
新譯格言聯璧

### 歷史類

新譯史記
新譯漢書
新譯後漢書
新譯三國志
新譯資治通鑑
新譯史記——名篇精選
新譯尚書讀本
新譯周禮讀本
新譯逸周書
新譯左傳讀本
新譯公羊傳
新譯穀梁傳
新譯春秋穀梁傳
新譯戰國策
新譯國語讀本
新譯說苑讀本
新譯新序讀本
新譯吳越春秋
新譯西京雜記
新譯列女傳
新譯越絕書
新譯燕丹子
新譯東萊博議
新譯唐六典
新譯唐摭言

### 宗教類

新譯金剛經
新譯高僧傳
新譯碧巖集
新譯百喻經
新譯楞嚴經
新譯梵網經
新譯圓覺經
新譯法句經
新譯六祖壇經
新譯禪林寶訓
新譯維摩詰經
新譯經律異相
新譯阿彌陀經
新譯無量壽經
新譯妙法蓮華經
新譯景德傳燈錄
新譯大乘起信論
新譯釋禪波羅蜜
新譯八識規矩頌
新譯永嘉大師證道歌
新譯華嚴經入法界品
新譯地藏菩薩本願經
新譯悟真篇
新譯无能子
新譯坐忘論
新譯列仙傳
新譯抱朴子
新譯神仙傳
新譯性命圭旨
新譯老子想爾注
新譯周易參同契
新譯道門觀心經
新譯養性延命錄
新譯樂育堂語錄
新譯沖虛至德真經
新譯長春真人西遊記
新譯黃庭經・陰符經

### 地志類

新譯山海經
新譯水經注
新譯佛國記
新譯大唐西域記
新譯洛陽伽藍記
新譯徐霞客遊記
新譯東京夢華錄

### 政事類

新譯商君書
新譯鹽鐵論
新譯貞觀政要

### 軍事類

新譯孫子讀本
新譯司馬法
新譯尉繚子
新譯三略讀本
新譯六韜讀本
新譯吳子讀本
新譯李衛公問對

◎新譯文心雕龍

羅立乾／注譯　李振興／校閱

《文心雕龍》是中國文學史上第一部完整且有系統的文學批評專著，內容博大精深，闡明寫作文章的根本原理和文學評論等重要問題，建立起一個由總論、體裁論、創作論、文學發展論、批評鑑賞論等組成的文學批評體系，向為了解中國文學與文學批評者必讀之作。本書「導讀」完整析論全書組織結構，各篇題解提綱挈領，注譯詳明準確，能帶領讀者深入研讀這部巨著。

國家圖書館出版品預行編目資料

新譯古文觀止(增訂五版)／謝冰瑩等注譯;張孝裕注音.－－增訂五版八刷.－－臺北市：三民，2022
面；　公分.－－(古籍今注新譯叢書)

ISBN 978-957-14-5607-2（平裝）

835　　100026590

古籍今注新譯叢書
新譯古文觀止

注譯者　謝冰瑩等
注音者　張孝裕

發行人　劉振強
出版者　三民書局股份有限公司
地　址　臺北市復興北路 386 號 ( 復北門市 )
　　　　臺北市重慶南路一段 61 號 ( 重南門市 )
電　話　(02)25006600
網　址　三民網路書店 https://www.sanmin.com.tw

出版日期　初版一刷 1971 年 3 月
　　　　　增訂五版一刷 2012 年 1 月
　　　　　增訂五版八刷 2022 年 10 月
書籍編號　S030080
ＩＳＢＮ　978-957-14-5607-2